新日本古典文学大系 31

三宝絵 注好選

馬淵和夫
小泉弘
今野達 校注

岩波書店刊行

目次

付　録

解　説

三宝絵　説話目次

下巻

注好選　説話目次

上巻

中巻

下巻

凡例

三宝絵

一　底本には、東京国立博物館蔵　東寺観智院旧蔵本(東寺観智院本)を用いた。

二　底本の欠字の部分は□で示して右傍に推定される字を注し、脱落と思われる部分は他本に徴して〔　〕で補入した。ただし、補入困難と認められた部分は⬚で示し、脚注に小考をしるした。

三　本文の漢文は、その訓み下し文を（　）に入れてその漢文の後に掲げた。

四　各話ごとに、その巻の中の番号と話題名を話の始めに掲げ、(　)で括って示した。

五　本文は底本の形を忠実に翻刻するよう努めたが、通読の便を考慮して、次のような処置を行った。

1　底本上巻は、付属語や活用語尾を片仮名小字で二行に割書きしているが、通常の書き方に改めた。中・下巻は漢字と片仮名を同じ大きさで書いてあるが、付属語などはやや小さく書かれている。本書ではすべて同じ大きさとした。

2　底本にある傍注は、長文のもの(下巻「布薩」にある鑑真和上伝など)は本文中に紹介し、短文のものはすべて脚注に移した。

3　底本にある万葉仮名および平仮名は片仮名に改めた。その万葉仮名・平仮名は解説中に一括して挙げた。ただし、小字の「天」「乃」「爪」などは片仮名の一種と認め、「テ」「ノ」「ス」と片仮名で示すに止めた。

4　校注者の判断により清濁を区別した。

5　改行・句読点、等

（イ）適宜改行して段落を設け、句読点を施した。

（ロ）会話に相当する部分等は、原則として改行し二字下げとした。

（ハ）心中思惟に相当する部分等は本文中で「　」に括った。

6　振り仮名、等

（イ）漢字に付した平仮名の傍訓は校注者による訓みを示す。校注者の傍訓は歴史的仮名遣いによった。

（ロ）底本にある本文と同筆の振り仮名は片仮名でそのまま生かしたが、後筆のものは脚注に注した。

（ハ）底本の仮名遣いが歴史的仮名遣いに一致しない場合には、その歴史的仮名遣いを傍記した。ただしそれが底本にある振り仮名の場合は脚注に注した。

（ニ）反読文字・捨て仮名の場合には、傍訓は必ずしも漢字の一字一字に対応せず、語句全体の訓みに沿うようにして、〈　〉を付して示した。

（例）不行ズ《〈おこなはず〉》　耳ノミ《〈の　み〉》　不窮メズ《〈きはめず〉》

7　字体

（イ）漢字は原則として現在通行の字体に改め、常用漢字表にある文字は新字体を用いた。古写本に現れるいわゆる異体字は、原則として通行字体に改めた。ただし校注者の意見により底本の文字を残したところもある。

（ロ）　反復記号は原則として底本のままとした。

8　明らかな誤字・衍字等は諸本を参照して訂正し、すべて脚注にその旨を注した。

六　中巻末尾にある「妙達和尚ノ入定シテヨミガヘリタル記」は、本文中には収めずに巻末の付録(田辺秀夫氏論文)に収録した。

七　脚注

1　脚注で言及した主な諸本の略称

名博本　　名古屋市博物館蔵　関戸家旧蔵本

東大寺切　古筆切として諸家に蔵するもの(新発見のもの以外『諸本対照三宝絵集成』に収める)

前田本　　前田家尊経閣本

高山寺本　高山寺蔵　三宝絵抜書

山田校本　山田孝雄博士稿本(『諸本対照三宝絵集成』三八八頁に紹介がある)

2　脚注で引用した主な文献は、誤解されるおそれのない限り通行の略称に従った。

3　引用の原漢文はつとめて訓み下し文に改めて紹介した。仮名書き本のあるものはそれによった。

八　巻末には、付録として次の論文を収めた。

大曾根章介「源為憲雑感」

外村展子「東寺観智院旧蔵本『三宝絵』の筆写者」

凡　例

田辺秀夫「「妙達和尚ノ入定シテヨミガヘリタル記」について」

注好選

一　底本には東寺観智院蔵本(ただし中巻第四十一から第六十までは金剛寺蔵本)を用いた。

二　底本の句読、付訓、用字等を尊重しつつ、新たに校訂を加えて作成した訓み下し文を本文として掲げた。訓み下し文の作成は次の要領で行った。

1　底本の虫損部は原拠および他書の本文等により、あるいは意によって補うようつとめたが、なお不明な部分は□で示した。

2　底本に校注者が補った部分は原則として（　）を付し、脚注に典拠等を記した。東寺本の底本に金剛寺本によって補入した部分には〔　〕を付した。

3　脱字が想定される箇所には⬚を用いた。

4　金剛寺本によって補った中巻第四十一以降については題目の立て方を東寺観智院本の形式に改め、欠けている説話番号は補った。

5　歴史的仮名遣いを原則とし、底本の仮名遣いのままにした場合は脚注に記した。

6　校注者の判断により清濁を区別し、振り仮名を付した。

7　漢字は原則として現在通行の字体に改め、常用漢字表にある文字は新字体を用いた。まま、底本の字体を保存した所もある。

8 反復記号は「々」を用いた。

9 底本における二行割書は小字一行とした。

10 誤字・誤写は正しい文字に改め、適宜脚注で補説した。一見して明らかなものは一々ことわらなかった。

三 脚注では、金剛寺本は「金本」と略称した。また古辞書類は次のような略号を用いた。

伊 伊呂波字類抄　　色 色葉字類抄

類 類聚名義抄　　和 倭名類聚抄

四 本文の作成に当たっては、桜岡寛氏、坂巻理恵子氏の協力を仰いだ。

三《さん》宝《ぼう》絵《え》

馬淵和夫
小泉弘
校注

高貴な生れの人がそれ故に幸福であるとは必ずしもいえない。むしろ、高貴な生れであったが故に不幸であるということもある。この『三宝絵』を贈られた尊子内親王とはそういう人であった。内親王は冷泉天皇の第二皇女として康保三年（九六六）に生れた。三歳の時賀茂の斎院になり、十歳までその任にあった。十五歳で円融天皇の女御として入内するが、その翌月内裏は火災にあい、世人は「火の宮」と呼んだという。当時の宮中の女性達の運命は、その後盾となる家族の勢力の如何によって左右されたので、「はかばかしう後見思ふ人なきまじらひはなかなかなるべき事」（『源氏物語』）であった。尊子内親王は祖父は太政大臣伊尹《これまさ》、母は冷泉天皇女御懐子で、弟に後の花山天皇、叔父に挙賢《たかかた》・義孝《よしたか》という「花を折りたまひし君たち」（『大鏡』）を持つめぐまれた一族であったが、伊尹は天禄三年（九七二）に、挙賢・義孝は天延二年（九七四）に疱瘡《もがさ》の流行で、母はその翌年にと、あいついで失った。内親王の入内の時には「はかばかしき後見」はほとんど無かったのである。しかも時は兼通《かねみち》・兼家《かねいえ》の熾烈な権力争いのさなかである。そんな世相の天元五年（九八二）、力と頼む叔父光昭が死んだ。十七歳の若い女性にとっては堪えがたい悲報であった。直ちに内親王は宮中を飛び出し、光昭の初七日にあたる夜には、ひそかにみずから髪を切ったという。

しかし、なにしろまだ十七歳の若い女性であるから、人生についての知恵もあまり無いことであろうし、いかにして気持を立て直し、いかに生きていったらよいか自分だけでは処理できなかったであろう。そこでおそらく伊尹家の方から、当時の碩学として名があり、また仏教に深い理解を持っている源為憲に、姫君のための仏教の知識と、人生の指針となる様な教養書の製作を依頼してきたのであろう。

『三宝絵』はその目的からして若い人向きに書かれていたので、仏教入門書として広く世人に愛読され、また仏家の間にも広く受容された。現在その写本が多様な形態で残っているのは、その受容がいかに他方面であったかを物語っている。

現在のわれわれとしては、単なる仏教解説書、絵巻物の詞、説話文学書の一つとして見るだけでなく、編纂の背後に、非運に沈み込んでいた一女性がいたことに思いを致して深く味読したいものである。（馬淵和夫）

三《さむ》宝《ぼう》絵《ゑ》序《じょ》

[一]古《いにしへ》ノ人《ひと》ノ云《いへ》ル事有《あり》、

[二]身観《みをくわんずれ》バ岸額《きしのひたひ》ニ根離《ねをはなれた》ル草《くさ》、命論《いのちをろんずれ》バ江辺不繋船《えのほとりにつながざるふね》。

ト。又、

[三]世中《よのなか》ヲ何譬《なににたとへ》ム朝《あさ》マダキコギ行船《ゆくふね》ノ跡《あと》ノ白浪《しらなみ》。

ト云《いへ》リ。唐《もろこし》ニモ此朝《このてう》ニモ物ノ心《こころ》ヲ知人《しるひと》ハカクゾ云《イヘ》ル。況《いはむや》解深《サトリフカク》慈《いつくし》ビ広ク伊坐《イマ》ス[四]仏御教《ほとけのミノリ》ニ、

世《ヨ》ハ皆堅《ミナかた》ク不レ全《またからざ》ル事、水《みづ》ノ沫《アハ》、庭水《ニハタヅミ》、外景《カゲロフ》ノ如シ。汝等《なむぢら》悉《ことごと》ク正《まさ》ニ疾厭《トクいと》ヒ離《はな》ルヽ、心ヲ可成《なすべし》。

ト宣《のたま》ヘリ。[五]仏ハ衆生《しゆじやう》ノ父《ちち》ニ伊坐《いま》ス。子《こ》ノ為《ため》ニ[六]背《ウシロ》メタ□《く》勧《すすめ》給ハムヤハ。[七]雨下《あめノシタ》ノ人此事《ひとこのこと》ヲ知レルハ多《おほ》カレド、[八]朝《あした》ノ露《つゆの》□係《かか》レル程《ほど》ヲ憑《たのみ》テ、[九]夏虫《なつむし》ノ燃《もえ》テ後《のち》ニ悔《くゆ》ルハ是愚《これおろか》也。[一〇]荒《あら》キ使《つかひ》ニ追《ヲハ》レ暗《くら》キ道《みち》ニ向《むかふ》時ニハ、獄卒云《ごくそついは》ク、

[一一]汝人《なむぢひと》ノ身《み》ヲ得《え》テ道《みち》ヲ不行ズ成《〈おこなはず〉なり》ニキ。入宝山ニ空手ヲ還《たからのやまにいりててをむなしくしてかへる》ガ如シ。

自《みづから》ノ怠《おこたり》ナレバ誰《たれ》ヲカハ怨《うらみ》ム。

総序 三宝絵全巻の序。世の無常、出家の功徳等から説きおこし、尊子内親王の発心を讃え、著作の目的や本書の構成などに及ぶ。即ち、上中下三巻を仏・法・僧にあて、あまたの尊き事を絵に描かせ、経やその他の文を添えて「三宝絵」と命名したこと、又各巻はそれぞれ述意部、例証説話部、讃部の三部構成とする方針を述べている。

一 和泉式部集三六―三〇にこの漢詩の各音を頭にした一連の和歌がある。それにより上の如く読んだ。和漢朗詠集・下にもこの詩を採り作者を羅維とするが、柿村重松は厳維の誤とする。厳維は唐の越川の人、厳正文詩集一巻がある。

二 静かに人の身を内観すると、岸辺の根を離れかけた草、命をいうならば繫がない川岸の小舟のようなもので、頼み難く、何時どうなるか解らないたよりないものだ。

三 人の世というものは漕ぎゆく舟のあとに立つ白波のようなもので、忽ちはかなくも消えてしまうものだ。万葉集・巻三の沙弥満誓の歌では、第三句を「旦開(あさびらき)」、拾遺集・哀傷、和漢朗詠集・下では「あさぼらけ」とする。

四 法華経・随喜功徳品「世は皆、牢固ならざること、水沫・泡焔の如し。汝等咸まさに疾く厭離の心を生ずべし」。水の泡・庭のたまり水・陽炎は忽ち消え失するものの例。「抹(アハ)」の歴史的仮名遣は「アワ」。

五 法華経・譬喩品「われ衆生の父たり」。

六 あやふやな気持でお勧めになろうか。そんなことはない。底本破損部分は「ク」とあったか。

七 「雨」は「天」の宛字。前田本「天下人」。

八 命は、すぐ蒸発してしまう朝露のようにはかないものなのに、これをたのみにして(大乗本生心地観経四)。底本破損部分は「ノ」とあったか。

九 灯火に慕い寄り、忽ち身を焼いてしまう夏虫のように、世俗の事に心奪われ、死後に後悔するのは愚かである(正法念処経・生死品)。

一〇 地獄の獄卒に追われて冥土(めいど)への暗い道を行く時に。「追(ヲハ)レ」の歴史的仮名遣は「オハレ」。

一一 摩訶止観四下に「徒(いたづら)に生き、徒に死すれば、一も獲

ト云《いひ》ツ、責打《せめうつ》時、悔悲《くいかなしぶ》トモ甲斐《かひ》モ無シ。[一]尺迦牟尼仏《しやかむにぶつ》隠《かくれ》給ヒテ後《のち》、一《いつ》千九百卅三年《せんくひやくさむじふさむねん》ニ成《なり》ニケリ。[二]像法《ざうぼふ》ノ世《よ》ニ有《あら》ム事　[三]遺年《ノコルとし》不レ幾《いくばくならず》。憐《アハレ》、[四]人《ひと》ノ身《み》ト成リ、仏《ほとけ》ノ教《をしへ》ニ値《あふ》事、梵天《ぼむてん》ノ上ヨリ垂《たる》ル糸《いと》ノ大海《だいかい》ノ中ニ有ル針《はり》ヲ貫《つらぬか》ムヨリモ難《カタ》カナレバ、徒《いたづらに》　此身《このみ》ヲ過《すぐし》テハ又行末《ゆくすゑ》ヲ可憑《たのむべき》時モ無シ。

忩《イソギ》テ仏ヲ念《ねむじ》、法《ほふ》ヲ聞《きき》、僧《そう》ヲ敬《うやまは》ム事只《ただ》近来《コノゴロ》耳《〈のみ〉》ノミナリ。

君不見《きみみず》ヤ、[五]王舎城《わうしやじやう》ノ長者《ちやうじや》ノ財《たから》ヲ貯《たくは》ヘテ我家《わがいへ》富《とめ》リト楽《たのしみ》シガ、身終《みをは》リテ蛇《へみ》ニ成《なり》テ、古家倉《ふるきいへくら》ヲ守《まもり》シヲ。又不見《みず》ヤ、[六]舎衛国《しやゑこく》ノ女人《によにん》ノ鏡《かがみ》ヲ見ツヽ我《わが》皃吉《かほよし》ト慢《ホ》コリシガ、命尽《いのちつき》テ虫《むし》ニ成《なり》テ本尸《もとのかばね》ノ頭《かうべ》ニ住《すみ》シヲ。蛇《へみ》ト成《なり》虫ト成《なら》ムト生《い》ケル時ハ不念《おもはざら》メド、家ヲ貪《ムサボ》リ形ヲ貪《むさぼりし》カバ後身《のちのみ》ニ即成《すなはちなり》ニキ。爰知《ここにしり》ヌ、餝《かざ》レル家□[七]モ罪《つみ》ヲ結《むすび》ケリ。家《いへ》出《をい》デヽ、仏国《ほとけのくに》ヲ可求《もとむべし》。吉形《よきかたち》モ不惜《をしからず》、形ヲ捨《す》テヽ、仏身《ほとけのみ》ヲ可願《ねがふべし》。今ノ経《きやう》ニ説《とけ》ル迹《あと》ヲ尋《たづね》テ、委《くはし》ク仏ニ成ル道《みち》ヲ訪《とぶら》ヘ。[八]劫《こふ》ヲ重世《かさねよ》ヲ積《つ》ムトモ、不求《もとめず》ハ至《いた》リ難《〈がた〉》ガタシ。一日片《いちにちへん》時《し》ニテモ心《こころ》ヲ発《おこ》サル[九]可得《うべし》。[一〇]縦百千万億《たとひひやくせんまんおく》ノ宝塔《ほうたふ》ヲ立《たて》、八万四千法蔵《はちまんしせんのほふざう》ヲ移《うつ》シ、妙《たへな》ル宝ヲ貧《まづし》キ人ニ分施《わかちほどこ》シ、生《〈なま〉》ナマシキ身ヲ割《さき》テ人ニ与《あた》ヘムヲモ勝《すぐれたり》トシモ不説給《ときたまはず》。[一一]只一日一夜《ただいちにちいちや》ノ出家《しゆつけ》ノ功徳《くどく》諸《もろもろ》ノ事ノ中ニ無比《たぐひなし》。仏《ぶつ》界《かい》皆喜《よろこび》給ヒ、[一二]魔軍《まぐん》ハ悉《ことごとく》振《ふる》フ。

(う)べきもの無し。宝の山に入りて手を空しくして帰るが如し」とある。折角よい機会に恵まれながら、何も得られないことの譬え。往生要集・上にも。

一 周の穆王の五十二年(紀元前九四九)入滅説に従うと、本書執筆の永観二年(九八四)は入滅後一九三三年目になる。

二 釈尊入滅後に正・像・末の三時があるとされ、その第二期。教と行とはあっても、さとりの得られなくなった時代。

三 大悲経の、正法一千年・像法一千年・末法一万年説に従えば、永観二年から六十七年後の永承七年(一〇五二)に末法に入ることになる。帝王編年記や扶桑略記も同じ。

四 法苑珠林二十三所引の提謂経に「一人有りて須弥山上に在つて繊縷を以てこれを下し、一人は下に在つて針を持ちてこれを迎へんに、中に旋風猛風有つて、縷を吹いて針の孔に入り難きが如し。人身の得難きこと是に過たり」。

五 王舎城は摩掲陀国の首都で阿闍世王の居城。この話は、法苑珠林七十八所引の百縁経、撰集百縁経六などに見える。

六 舎衛国は舎衛城を首都とする憍薩羅国のこと。この話は、法苑珠林二十一所引の賢愚経四に見える。

七 底本ここに五、六字分のすり消しの跡あり。

八 「劫」は、測れず数えられないほど長い時間の単位。

九 底本の「ル」は「ハ」の誤か。

一〇 無数の宝塔を立て、数限りない仏の説いた教法を書写し、また財施や身施の布施行も出家の功徳にはかなわない。底本の「移シ」は前田本「写」。

一一 法苑珠林二十二「出家功徳経に云く、譬へば四天下の中に満つる羅漢を百歳供養せんも、人有つて涅槃の為の故に、一日一夜も出家して戒を受くる功徳無量なるにしかず。又、七宝の塔を起(た)てて高さ三十三天に至らんが如きも、出家の功徳には如(し)かず」。

一二 仏道修行を妨げる魔はこぞって恐れおののく。

一三 「波羅門」はインドの四階級制度の一番上の階級。酔いのまぎれに僧になることを仏に求め、後に得道した婆羅門と、戯れに尼の衣を着た蓮花色比丘尼が、後に阿羅漢道を

生死海《しやうじのうみ》ノ船《ふね》、涅槃《ねはん》ノ山粮《やまのかて》也。

ト讃《ほめ》給ヘリ。因茲《これによりて》波[一三]羅門《ばらもん》暫程《しばしのほど》酔《ゑひ》テ僧形《そうのかたち》ニ成《なりし》カバ、此故《このゆゑ》ニ後《のち》ニ法《ほふ》ヲ聞《きき》キ。蓮花色《れんぐゑしき》ガ戯《たはぶれ》ニ尼《あま》ノ衣《ころも》ヲ服《き》ケルハ、其力《そのちから》ニ今仏《いまほとけ》ニ奉遇《あひたてまつ》レリ。酔ノ迷《まど》ヒ戯ノ衣成《なり》シダニ善根遂不空《ぜんごんつひにむなしからざり》ケレバ、賢《かしこき》心、実志《まことのこころざし》ナルハ、功徳弥難量《くどくいよいよはかりがた》シ。

穴貴《あなたふ》ト、吾冷泉院太上天皇《わがれいぜんのゐんのたいじやうてんのう》[一四]ノ二人《ふたり》[一五]ニ当《あた》リ給フ女《をむ》ナ御子《みこ》、春《はる》[一六]ノ花皃《はなかた》チヲ恥《はぢ》、寒《さむ》[一七]キ松音《まつこゑ》ヲ譲《ゆづ》リ、九重《ここのへ》[一八]ノ宮《みや》ニ撰《えらば》レ入《い》リ給ヘリシカド、五《いつつ》[一九]ノ濁《にごり》ノ世《よ》ヲ厭《いと》ヒ離《はなれ》給ヘリ。彼勝鬘《かのしようまん》[二〇]ハ波斯匿王《はしのくわう》ノ女《む》スメ也、心ヲ発《おこ》セル事人モ不教《をしへず》。有相《うさう》[二一]ハ宇陀羨《うだキ》《セム》王《わう》ノ后《きさき》也、髪《かみ》ヲ剃《そり》シ事誰《たれか》又進《すす》メシ。貴《たふ》トキ家《いへ》ヨリ生《むま》レ、重《おも》キ位《くらゐ》ニ備《そな》ハリ[二二]タシカド、蓮《はちす》[二三]ノ花ニ宿《やど》ラムハ芳《かうば》シキ契《ちぎ》リナレバ、忩《いそ》ギ法《のり》ノ種《たね》ヲウヘ《ゑ》、月《つき》[二四]ノ輪《わ》ニ入《いら》ムハ高《たか》キ思《おも》ヒナレバ、強《し》ヒテ戒《いむこと》ノ光《ひかり》ヲ受《うけ》テキ。今《いま》ヲ見テ古《いにしへ》ヲオモヘバ、時ハ異《こと》ニテ事ハ同《おな》ジ。玉《たま》ノスダレ錦《にしき》ノ帳《とばり》ハ本《もと》ノ御《おほむ》スマヒナガラ、花ノツユ香《かう》ノ煙《けぶり》ハ今ノ御忩《おほむいそ》ギニ成《なり》ニタリ。然而《しかれ》ドモ、ナヲ春《ほ》[二五]ノ日遅《おそ》ク晩《く》ル、林《はやし》ニ鳴鶯《なくうぐひす》ノ音《ね》シヅカニ、秋《あき》ノ夜《よ》難明《あけがた》シ。カベニソムケタル灯景《ともしびのかげ》[二六]カスカナル折《を》リ有《ある》ニ、碁《ご》[二七]ハコレ日《ひ》ヲ送《おく》ル戯《たはぶれ》ナレド、勝《か》チ負《ま》ケノ太身《いどみ》無レ端《あぢきな》シ。琴《こと》ハ復夜《またよ》ヲ通《とほ》ス

得た話は、共に法苑珠林二十二に、大智度論十三を引いて載せている。蓮花色の話は本書下巻十三条にも見える。

一四 譲位後の天皇の称号。ここでは冷泉院を指す。

一五 第二子。

一六 栄花物語に「いみじう美しげに光るやう」とある。

一七 寒風に響く松風も音を譲るばかりの美しい声の持ち主。

一八 日本紀略・天元三年(九八〇)十月二十日「前斎院尊子内親王始めて麗景殿に参侯す」。十五歳で円融天皇に入内した。

一九 劫濁・見濁・煩悩濁・衆生濁・命濁の五濁のはびこる悪世を厭い離れ、仏教に深く帰依する生活に入ったこと。

二〇 勝鬘夫人は、中インド舎衛国の国王波斯匿王の娘で阿踰闍国に嫁し、仏教に深く帰依した。女人の即身成仏を説く勝鬘師子吼一乗大方便方広経の主人公。

二一 法苑珠林二十二所引の雑宝蔵経十に、優陀羨王の妃有相夫人、死期近きを知り出家し八戒斎を受け、出家の後一日にして命終、天上に生まれることを得たとある。「羨」字の音は「セン」が正しい。「キ」は誤。「進メ」は「勧め」の意。

二二 「タシカド」は「タッシカド」の促音「ッ」の無表記。

二三 極楽浄土の蓮の花の上に往生することは、誠に尊い御本願であるので、まずもって成仏の因となる仏縁を結び。

二四 菩提心を求めるのは尊い願いであるので、あえて仏戒を受けられたのである。「月ノ輪」は菩提心の象徴。

二五 白氏文集・上陽人「秋の夜長し。夜長くして寐(い)ぬること無ければ天も明けず。耿(かう)々たる残りの灯の壁に背(そむ)けたる影。蕭々たる暗き雨の窓を打つ声。春の日遅し。日遅くして独り坐(ゐ)れば天も暮れ難し。宮の鶯(うぐひす)百囀(ももさへづ)りすれども愁あれば聞くことを厭ふ」。

二六 底本「風」を斜線にて見せ消ちにして、右に「カス」と書く。「風」は三九頁では「ホノカニ」と読ませている。

二七 僧尼令には、僧尼が音楽と囲碁をすることは許されている。底本「太身無レ端シ」の右に「営ミ阿知木無シイ本」(「阿知木」に「アチキ」と仮名をふる)と傍記。「太」を「いと」とよむのは、二五頁に「汝ハ太(いと)愚ナル人カナ」「水ヲバ太己(いとこ)ニカ汲移サム」という例にもある。

友《とも》ナレド、音《ね》ニメヅル思《おも》ヒ発《おこり》ヌ可《べ》シ。又[一]物《も》ノ語《がたり》ト云《いひ》テ女《をむな》ノ御心《みこころ》ヲヤル物《もの》、[二]オホアラキノモリノ草《くさ》ヨリモシゲク、[三]アリソミノハマノマサゴヨリモ多カレド、[四]木《き》草《くさ》山《やま》川《かは》鳥《とり》獣《け》モノ魚《うを》虫《むし》ナド名付《なづけ》タルハ、[五]物イハヌ物ニ物ヲイハセ、ナサケナキ物ニナサケヲ付《つけ》タレバ、只《ただ》[六]海《（あま）》アマノ浮木《ウキキ》ノ浮《うか》ベタル事ヲノミイヒナガシ、沢《さは》ノマコモノ誠《まこ》トナル詞《ことば》ヲバムスビオカズシテ、[七]イガヌメ、土佐《とさ》ノオトヾ、イマメキノ中将《ちうじやう》、ナカヰノ侍従《じじう》ナド云ヘルハ、男女《をとこをむな》ナドニ寄《よせ》ツヽ花ヤ蝶《てふ》ヤトイヘレバ[八]、[九]罪《つみ》ノ根《ね》、事葉《ことのは》ノ林《はやし》ニ露《つゆ》ノ御心《みこころ》モトヾマラジ。ナニヲ以《もつて》カ貴《たふと》キ御心《みこころ》バヘヲモハゲマシ、シヅカナル御心ヲモナグサムベキ、ト思フニ、昔《むか》シ[一〇]竜樹菩薩《りうじゆぼさつ》ノ[一一]禅陀迦《ぜんだか》王《わう》ヲ《を》オシヘタル[一二]偈ニ云《いは》ク、

モシ絵《ゑ》ニカケルヲ見テモ、人《ひと》ノイハムヲ聞《きき》テモ、或《あるい》ハ経《きやう》ト書《ふ》ミトニ随《したがひ》テ自《みづか》ラ悟《さと》リ念《おも》ヘ。

ト云ヘリ。

[一三]此レニヨリテ、アマタノ貴《たふと》キ事ヲ絵《ゑ》ニカヽセ、又経《きやう》ト文《ふみ》トノ文《もん》ヲ加《くは》ヘ副《ソ》ヘテ令レ奉《タテマツラシ》ム。[一四]其名《そのな》ヲ三宝《さむぼう》ト云《いふ》事ハ、ツタヘイハム物《もの》ニ三帰《さむき》ノ縁《えん》ヲ令結《むすばしめ》ムトナリ。其数《そのかず》ヲ三巻《みまき》ニ分《わか》テル事ハ[一五]三時《さむじ》ノヒマニアテタルナリ。

一 物語といって女性の心を慰めるもの。底本「ヤル物」の右下に「也」字を小さく書く。前田本「有物語云之物遣女御心之者也」。
二 奈良県五条市今井の荒木神社を指すという説もあるが、ここは「森」にかかる序詞的用法。用例は古今集以下に多い。
三 底本「アリソミ」の右に「有ソ海」と傍記。「アライソウミ(荒磯海)」の略。ここでは「浜の真砂」にかかる序詞。
四 木・草…などという名で呼んでいる自然物に対して。前田本「号草木山川鳥獣魚虫者」。
五 非情物に物を言わせ、感情を持たせたりしているので。
六 「海ノ浮木ノ」は「浮べ」を、「沢ノマコモ」は「ま」を引き出す序詞的用法。底本「末己毛」の右に「間薦」、「ムスヒオカス」の右に「不結置ス」と傍記。
七 以下は散逸物語の名。底本「伊加乎女」の右に「伊賀ノ太乎女ィ」、「おとゝ」の右に「大殿」、「以末女幾ノ」の右に「今様ノィ」、「奈加為」の右に「中居」と傍記。
八 底本「ハ」の右に「トィ」と傍記。「罪ノ根」の下、「事」と「葉」の間、いずれも「ノ」を書いて消す。
九 発心入信した内親王にとっては、却って不妄語戒の罪の根源にこそなれ、何等心ひかれるものではありますまい。
一〇 二世紀後半から三世紀にかけて南インドで大いに仏教を宣揚した。著書に中論、十二門論、大智度論等がある。
一一 南天竺憍薩羅国の王。竜樹に帰依して仏教を興隆した。
一二 竜樹菩薩為禅陀迦王説法要偈「若しは図に画けるを見、他の言を聞き、或は経と書に随ひて自ら憶念し」。
一三 この偈の所説に従い、多くの貴い話を絵に画かせ、これに諸経典、諸文献からの文を加え添えて奉らせた。
一四 本書に三宝の名を付したのは、これを語り伝えていく者に、三宝帰依の仏縁を結ばせようというねらいによる。底本「物」の右に「者」と傍記。
一五 晨朝、日中、日没。何時の余暇にも読めるよう編んである。
一六 我国に仏法が伝来し、次第に広まるありさまを書いた家々の記録より撰んだ。

初《はじめ》ノ巻《まき》ハ昔《むかし》ノ仏《ほとけ》ノ行《おこな》ヒ給ヘル事ヲ明《あか》ス種《くさぐさ》〻ノ経ヨリ出《いで》タリ。中《なか》ノ巻ハ中来《なかゴロ》法《のり》[一六]ノコ〻ニヒロマル事ヲ出《いだ》ス家《いへいへ》〻ノ文《ふみ》ヨリ撰《えら》ベリ。後《のち》ノ巻ハ今《いま》ノ僧《そう》ヲ以《もつ》テ勤《つとむ》ル事ヲ、正月《むつき》ヨリ十二月《しはす》ニ至《いた》ルマデノ所《ところどころ》〻ノ態《ワザ》ヲ尋《たづね》タリ。[一七]其ノ初《はじめ》ニ各《おのおの》ノ趣《おもむき》ヲ宣《の》ベ、其奥《そのおく》ニ又徳《とく》ヲ讃《ほめ》タリ。[一八]惣《すべ》テ仏法僧《ぶつぽふそう》ヲ顕《あらは》セバ、初《はじめ》モ善《よ》ク、中《な》カモ善ク、後《のち》モ善シ。在《あり》トシ在《あ》ラム所《ところ》ノ所ニハ、当《まさ》ニ三宝《さむぼう》伊坐《いま》シテ可守給《まもりたまふべ》シ。

[一九]参河権守《みかはのごんのかみ》　源　為憲《みなもとのためのり》ハ恩《おん》ヲイタヾケルコト山《やま》ヨリモ重《おも》ク、志《こころざし》ヲ懐《いだ》ケル事海《うみ》ヨリモ深《ふか》キ宮人《みやびとな》也リ。若《わか》クシテ文《ふみ》ノ道《みち》ニ遊《あそび》テ[二〇]一枝《ひとえだ》ノ桂《かつら》ヲバ折《をり》テキ。老《おい》テ法《のり》ノ門《かど》ニ入《い》リテ[二一]九《ここのつ》ノ品《しな》ノ蓮《はち》スヲ願フ。[二二]内《うち》外《〈と〉》トノ道ヲ見給フルニ、[二三]心《こころ》ハ恩ノ為《ため》ニ仕《つか》ハレ、[二四]仏《ほとけ》ノ種《た》ネハ縁《えん》ヨリ起《おこ》リケレバ、[二五]丁寧《ねむご》ロニ功《く》徳《どく》ノ林《はやし》ノ事《こと》ノ葉《は》ヲ書キ集メ、深ク菩提《ぼだい》ノ樹《うゑき》ノ善キ根《ね》ヲ写シ奉《たてまつ》ルニ、[二六]心ノ緒《を》ハ玉《たま》ヅサノ上《うへ》ニ乱《みだ》レ、[二七]涙《なみだ》ノ雨《あめ》ハ水《みづ》クキノ本《もと》ニ流《なが》ル。願《ねがはく》ハ此ノ志《こころざし》ヲ以《もち》テ又後《のち》ノ世《よ》ニモ被引導奉《みちびかれたてまつ》ラム事、喩《たと》ヘバ[二八]猶浄飯王《なほじやうぼんのう》ノ御子《みこ》ノ仏ニ成リ給ヘリシ時《と》キ、古《ふ》ルクヨリ仕《ツカ》マツレル[二九]憍陳如《けうちんによ》ガ先《ま》ヅ人《ヒ》トヨリ先《さ》キニ被度《わたされ》シガ如《ごとく》ナラム。于時《ときに》[三〇]永観《やうぐわん》二《ふ》タ年《と》セ[三一]中《なか》ノ冬《ふゆ》ナリ。

一七　各巻冒頭にそれぞれ述意部を置き、各巻末には讃部を配してある。
一八　本書は最初に仏の巻、中間に法の巻、最後に僧の巻を配してあるから、法華経・序品に「初善、中善、後善、其義深遠、其語巧妙」とあるように、文字通り初も善く中も善く後も善く、必ず三宝が加護を垂れて下さるに違いない。底本「惣テ」の右に「凡ソ」と傍記する。
一九　私は、父君冷泉院時代に官途につき、内親王が入内された円融院の時代に諸官を遍歴し、山より重い恩遇を戴き、海より深い忠節心を懐いている官人であります。
二〇　官試に及第した。科挙の試験の合格を折桂と言った。
二一　九品浄土に往生し、蓮の台に乗ることを願う。観無量寿経に極楽往生に九段階あることを説く。
二二　広く内典の仏書や儒書、史書などの外典を見ますと。
二三　和漢朗詠集・下「心は恩の為に使はれ、命は義に依りて軽し」(原拠後漢書)。内親王家の高恩に感激し、心を砕いて本書の執筆に取り組んでいる。
二四　法華経・方便品「仏種は縁従(ょ)り起る」。成仏は因だけではなく、縁によっても果されるものであるから。
二五　心をこめて功徳の多い数々の仏教説話(縁)をも集成し、深い悟りを成就すべき根本教理(因)を書き綴っていると。
二六　緒、玉、乱れは縁語。私の真心は文章の上に乱れ。
二七　涙、雨、水茎、流れも縁語。感激の涙は雨のように筆のもとに流れます。前田本「涙跟流筆下」。
二八　迦毘羅衛国の浄飯王の子悉達太子で、即ち釈迦牟尼仏。
二九　初め釈迦と苦行を共にし、後離れたが釈迦の教化を受けて、最初に仏弟子となった五比丘の一人。内親王家に多年仕えた私も、憍陳如のように、本書執筆の縁によって、後世も導かれ往生極楽が果されますように。
三〇　西暦九八四年。「やうぐわん」の読みは中家実録による。時の天皇は尊子内親王の弟、花山天皇。
三一　十一月。

三《さむ》宝《ぼう》絵《ゑ》上《じやう》

仏宝《ぶつぽう》

源為憲《みなもとのためのり》

我ガ尺迦《しやか》大師《だいし》凡夫《ぼんぶ》[一]ニ伊坐《いま》セシ時ニ、三大阿僧祇《さむだいあそうぎ》[二]ノ間《あひだ》ニ衆生《しゆじやう》ノ為《ため》ニ心《こころ》ヲ発《おこ》シ、三千大千界《さむぜんだいせんかい》[三]ノ中ニ芥子《けし》許《ばかり》モ身《み》ヲ捨《す》テ給ハヌ所無《ところな》シ。方《まさ》ニ今《い》マ[四]王宮《わうぐう》ノ内《うち》ニ生《むま》レテ五欲《ごよく》[五]ヲ厭《いと》ヒテ父《ちち》ヲ別《わ》カレ、道樹《みちのうゑき》ノ下《も》トニ往《ゆき》テ四魔《しま》[六]ヲ随《したが》ヘテ仏《ほとけ》ニ成リ給ヘリ。三学《さむがく》[七]、四弁《しべん》[八]、五眼《ごげん》[九]、六通《ろくつう》[一〇]内《うち》ニ備《そな》ヘ、卅二相《さむじふにさう》[一一]八《はち》[一二]十種好《じふしゆかう》外《ほか》ニ明《あきらか》ナリ。頂《いただき》[一三]ハ高《たかき》コト天蓋《てんがい》ノ如ク、面《おもて》ハ円《まどか》ナルコト満月《まんぐゑつ》ニ同《おな》ジ。頭《かうべ》ノ上《う》ヘノ螺髻《らけい》[一四]ハ青《あを》キ糸《いと》ヲ巻《まく》カト疑《うたが》ヒ、眉《まゆ》[一五]ノ間《あひだ》ノ毫相《がうさう》ハ白《しろ》キ玉《たま》ヲ瑩《みが》ケルニ似《に》タリ。眉ハ細《ほそ》キ月《つき》ヲ並《なら》ベ、歯《は》ハ白キ雪《ゆき》ヲ含《ふく》ミ、眼《まなこ》ハ青キ蓮《はちす》ニ喩《たと》ヘ、唇《くちびる》ハ赤《あか》キ菓《この》ミニ等《ヒト》シ。紫磨金《しまごむ》[一六]ノ膚《はだ》ヘハ耀《かかやき》テ塵《ち》リ無《な》シ。千輻輪《せんぷくりん》[一七]ノ趺《あなう》ラハ歩《あゆ》ムニ土《つち》ヲ離《はな》レ給ヘリ。如此《かくのごと》キ諸《もろもろ》ノ相《さう》ハ皆先《さき》ノ世ノ若干《そこばく》ノ行《おこな》ヒノ力《ちか》ラ、諸ノ波羅蜜《はらみつ》[一八]ノ成セル所ナリ。梵王《ぼむわう》[一九]ノ天眼《てんげん》モ其頂《そのいただき》ヲ不見ズ〈みず〉、目連《もくれん》ノ神通《じんづう》モ其ノ音《こゑ》ヲ不窮メズ〈きはめず〉。経《きやう》[二〇]ニ言《の》タマハク、

方等経《はうどうぎやう》[二一]ヲ謗《そし》リ、僧祇《そうぎ》[二二]ノ物《もの》ヲ盗《ぬす》ミ、五逆《ごぎやく》[二三]ノ罪《つみ》ヲ作《つく》リ、四重《しぢう》[二四]ノ過《と》ガヲ犯《をか》セラム者《も》ノモ、若《も》シ能《よ》ク心《こころ》ヲ繋《かけ》テ一日一夜《いちにちいちや》モ仏《ほとけ》ノ一《ひと》ツノ相好《さうがう》ヲ

上巻序　まず、釈迦前生における修行から説きおこし、仏の誕生、出家、降魔、成道のことを述べ、仏の三十二相・八十種好は、皆、先の世のそこばくの行いの力、諸の波羅蜜の成せる所と説く。続いて、この相好を念ずる功徳、仏の神通の力、慈悲の心、はかり難き仏寿仏智、涅槃以後の奇事、仏像・仏舎利並びにこれが礼拝称名の功徳等を讃えて、この巻は「仏ノ勝レ給ヘル事ヲ顕ス」巻であると結んでいる。

一　まだ悟りの境地に達しない前生における仏陀をさす。

二　「阿僧祇」は無数の意。梵語 asamkhya の音写。ここでは阿僧祇劫の略。劫の中でも第三番目であり、大中小のうちの大であるところの窮極の劫の意。無限の長い時。

三　無限大の広大な世界の中で、なたね程の極小の捨身の行もいとわなかった。法華経・提婆達多品にある文句。三千大千世界は、須弥山を中心とする広い範囲を一世界とし、その千倍を小千世界、そのまた千倍を中千世界、更にその千倍を大千世界とし、小中大三種の千世界をまとめていう。

四　中インド迦毘羅衛城の浄飯王を父、摩耶夫人を母として、通説では四月八日に生誕。

五　目・耳・鼻・舌・身の五官によって生ずる色・声・香・味・触の五種の欲望。この欲望を厭離して十二月八日出家。

六　心を悩まし、修行の妨げをするものを、煩悩魔・陰魔・死魔・他化自在天魔の四つに分けた語。

七　仏教者が悟りを達成するために学ぶべき戒と定と慧。

八　教法に通じ(法無礙)、法義に精通し(義無礙)、諸言語に通達し(詞無礙)、道理に従って自在に説く(弁無礙)能力。

九　肉眼、天眼(天人のような神的な視覚力)、慧眼(理智の眼による観察力)、法眼(一切の法門を照見する眼)、仏眼(前四眼を具備する仏の眼)。

一〇　六種の超人的能力。六神通。宿命通(自他の宿命を知る力)、天眼通(すべてを見通す力)、漏尽通(煩悩を取り去る力)、天耳通(すべてを聞きわける力)、他心通(他人の心中を知る力)、神足通(種々の奇跡を現わし得る力)。

一一　仏の身に具わっている三十二の勝れた吉相。

念《おも》ハヾ、諸《もろもろ》ノ罪滅《ほろ》ビ尽《つ》キテ、当《まさ》ニ必《かならず》仏ヲ見《み》奉《たてまつ》ル可《べ》シ。ト宣《のたま》給ヘリ。又神通《じんづう》ノ力《ちから》伊坐《いま》シテ妙《た》[二五]ヘ□《に》衆生《しゆじやう》ノ心《こころ》ヲ随《したが》ヘ給フ。[二六]火《ひ》ヲ変ジテ池《いけ》ト成《な》シヽカバ、勝蜜《しようみつ》ガ門《かど》空《むなし》ク過《す》ギ、[二七]水《みづ》ヲ踏《ふ》ムコト土如《つちのごと》クセシカバ、迦葉《かせふ》ガ船徒《ふねいたづら》ニ去リニキ。又慈悲《じひ》ノ心伊坐《いま》シテ能《よ》ク衆生ノ苦《くるし》ビヲ救《すく》ヒ給フ。[二八]外道《ぐゑだう》ノ殺《ころ》セル虫《むし》モ如来《によらい》ノ跡《あと》ニ置《おき》シカバ、即《すなは》チ生《い》キニキ。[二九]身《しん》子《し》ガ助《たすけ》シ鴿《はと》モ世尊《せそん》ノ御許《おほむもと》ニ隠《かく》レシカバ、恐《おそ》リ無《な》カリキ。惣《すべ》テ[三〇]三界《さむがい》ノ凴《たの》ム所《ところ》、四生《ししやう》ノ仰《あふ》グ所ナリ。

其レ仏《ほとけ》ハ色《いろ》ヲ以《もつ》テモ不可見《〈みるべからず〉》ズ、音《こゑ》ヲ以《もつて》モ不可求《もとむべからね》ドモ、[三一]縁《えん》ヲ待《まち》テ形《かたち》ヲ顕《あらは》シ給フ事、空《そ》ラノ月《つき》ノ水《みづ》ニ浮《うかぶ》ガ如シ。願《ねがひ》ニ随《したが》ヒテ音《こゑ》ヲ聞カセ給フ事、[三二]天《てん》ノ鼓《つづみ》ノ念《おも》ヒニ叶《かなふ》ガ如シ。[三三]身《み》ハ虚《ムナシ》キ空《そ》ラニ満《み》チ給ヘレドモ、権《カ》リニ丈《ちやう》六《ろく》ヲ示《しめ》シ、命《いのち》ハ極《キ》ハ限《カギリ》モ無《なけ》レドモ偽《いつは》リニ八十《はちじふ》ニ畢《をは》レリ。大地《だいち》ヲ摧《クダ》キテ塵《ちり》ヲバ数《かぞ》フトモ、仏ノ寿《いのち》ノ数《かず》ヲバ難知《しりがた》シ。大海《だいかい》ヲ酌《くみ》テ水ヲバ尽《つくす》トモ、仏ノ解《さと》リノ深《ふか》サヲバ難量《はかりがた》シ。涅槃《ねはん》ヨリ以来《このかた》モ奇《あやし》ク妙《たへ》ナル事多《おほ》カリ。[三四]石屋《いはや》ノ中《うち》ニ景《かげ》ヲ留《とど》メ給ヘルハ、毒竜《どくりう》マバテ常《つね》ニ忍《しの》ビ、[三五]石《いは》ノ上《う》ヘニ跡《あと》ヲ遺《のこ》シ給ヘルハ、悪王《あくわう》削《け》ヅレドモ不失《〈うせず〉》ズ。当《まさ》ニ知《しる》ベシ、仏ハ暫《しばら》ク人《ひと》ノ眼《まなこ》ヲ隔《へだ》テ給ヘル也、永《なが》ク隠《かく》レ給ヒニキト不可云《〈いふべからず〉》ズ。仏ハ常ニ我ガ心ニ伊《い》

一二 微細で見えにくい八十種の福相。
一三 観無量寿経「仏身は高さ六十万億那由他恒河沙由旬」。
一四 束ねて結んだ巻貝の形の結髪は青い糸を巻いたようだ。
一五 仏の眉間にある白い旋毛が巻いている所から白光を放っている相。
一六 仏の肌は金色に輝き、滑らかで塵も付着しない。「紫磨金」は紫色に輝く純良なる黄金。
一七 千輻輪の印紋をもつ足の裏の土ふまずは、歩いても地に触れなかった。
一八 pāramitā の音写。基本的な実践徳目。
一九 摩訶止観一下「梵天も其の頂を見ず、目連も其の声を窮めず」。→二〇二頁注三。
二〇 以下の経文は観仏三昧海経・本行品の抄出。
二一 深奥な意義をといた華厳法華等の大乗経典。
二二 仏教修行をする人々の団体。saṃgha の音写。
二三 仏教倫理にそむく五種の大罪。殺母・殺父・殺阿羅漢・破和合僧(教団を分裂させる)・出仏身血。
二四 出家者の犯してはならぬ四重罪。殺生・偸盗・邪婬・妄語。
二五 前田本の「妙へ二」による。
二六 勝蜜は王舎城の長者で仏を火坑に落そうとしたが、仏は神通力により火坑を池と変じ、事なきを得た(法苑珠林四十二所引の十誦律、経律異相三十五、大唐西域記九)。
二七 大唐西域記八に拠る。
二八 法苑珠林三十四所引の分別功徳論に見える。
二九 法苑珠林六十九、大智度論十一等に拠る。
三〇 「三界」は、一切衆生の生死流転する世界、欲界・色界・無色界。「四生」は、卵生・胎生・湿生・化生。生きとし生けるものすべての出生形態。
三一 妙法蓮華経玄義五「新金光明に云く…物に応じて形を現はすこと水中の月の如し」。
三二 忉利天善法堂にある鼓は打たないのに自然に鳴る(法華玄義釈籤十二)。
三三 法身は虚空に遍満して広大無辺であるが、仮に丈六の形をとって此の世に応化した。観無量寿仏経に拠る。

坐《ま》ス。遥《はるか》ニ去《さ》リ給ヘリト不可思《おもふべからず》ズ。況《いはむ》ヤ忉利天《たうりてん》[一]ニ上《のぼ》リ給ヘリケル時ヨリ作リ伝《つたへ》タル御《おほ》ム形《かたち》ヲ見奉《みたてまつ》リ、娑羅林《しやらのはやし》[二]ニ赴《おもむ》キ給《たまひ》ニシ後《のち》ヨリ遺《のこ》シ置キ給ヘル舎利《しやり》ヲ拝《をが》ミ奉リ、乱《みだれ》タル心ニ一《ひと》[三]ツノ花ヲ捧《ささ》ゲ、戯《たはぶれ》ノ態《わざ》ニ十《とを》ノ指《ゆび》ヲ叉《あざな》フ。暫《しばらく》モ心ヲ至《いた》シ一《ひ》ト度《た》ビモ名《な》ヲ唱《となふ》ルニ罪《つみ》ヲ滅《ほろぼ》ス願《ねが》ヒヲ満《み》テ給フ事、伊坐《います》[四]シヽ時ニ不異《ことならぬ》ヌヲヤ。天上天下《てんじやうてんげ》[五]ニ仏ノ如《ごと》クハ無《な》シ。十方世界《じつぱうせかい》ニモ又比《たぐ》ヒ無シ。我《われ》今 掌《たなごころ》ヲ合《あはせ》テ仏ノ勝《すぐ》レ給ヘル事ヲ顕《あらは》ス。

（一　檀波羅蜜《だんはらみつ》）

菩薩《ぼさつ》[六]ハ世《よ》ゝ《よ》ニ檀波羅蜜《だんはらみつ》[七]ヲ行《ぎやう》ズ。其ノ心《こころ》ニ念《おも》ハク、「若《も》[八]シ物《もの》ヲ施《ほど》コス心ヲ不習《ならはず》ズハ、常《つね》ニ貧《まづ》シク苦《くる》シキ身《み》ヲ受《う》クベシ。人ヲ助《たす》クル力《ちか》ラヲ備《そな》ヘ仏《ほとけ》ニ成ル道《みち》ヲ行《おこ》ナハム」ト思《おもひ》テ、己《おの》ガ有ル物《もの》ヲバ乞《こふ》ニ随《したがひ》テ与《あた》フ。国《くに》城《みやこ》妻子《めこ》ヲ施《ほど》コス事木《き》草《くさ》ヲ捨《すて》ムヨリモ軽《かろ》シ。頭《かしら》目《め》手《て》足《あし》ヲ与フル事石土《いしつち》クレ抛《な》ゲム従《より》モ安《やす》シ。況《いはむ》ヤ此外《このほか》ノ宝《たから》ハ一《ひと》ツモ惜《をし》ム心無《な》シ。

昔《むかし》[九]国王《こくわうい》伊坐《まし》キ。尸毗王《しびわう》[一〇]ト云《いひ》キ。慈悲《じひ》ノ心深《こころふか》クシテ衆生《しゆじやう》ヲ見ル事子《こ》ノ如シ。帝尺《たいしやく》[一一]其《その》[一二]心ヲ試《こころ》ミムト念《おも》ヒテ毗首羯磨天《びしゆかつまてん》[一三]ニ語《かたら》ヒテ云《いは》ク、

一四 釈尊が石洞の中に仏の影像を残したので、これを拝んだ毒竜は毒心おこる度にこれを見つめて悪心を抑え忍んだ。大唐西域記二に拠る。今昔物語集三ノ八にも見える。「マバテ」は「まばる」の促音便「マバッテ」の「ッ」の無表記。じっと見つめるの意。前田本「瞻」。類聚名義抄「矁 マバル」。

一五 大唐西域記八に拠る。

一 釈尊が忉利天に昇った時、優塡王が始めて如来の形像を作った話は、増一阿含経に源泉があり、観三昧海経や今昔六ノ五、宝物集等にも見える。

二 釈尊が拘尸那城外の沙羅双樹のもとで入滅されてから、仏陀の遺骨舎利崇拝が始まった(大般涅槃経後分)。

三 一もとの献花、戯れの結印、ほんの僅かの至心礼拝、たった一度の称名でも実践すれば、諸の罪を消滅して下さる。

四 底本「伊坐シー」の「ー」(キの異体)の右に「ヽ」があるのは上の「シ」のおどり字で、「シヽ」という異文を示したもの。

五 摩訶止観一下に「天上天下仏に如(し)くは無し、十方世界亦比無し」。

第一条 本条から第六条までの六話はすべて二部構成で、説明部では当該波羅蜜に対する菩薩の堅い決意とその実践態度を述べ、説話部ではその具体的例証としての本生譚を展開させる形式を採っている。本条では、説明部で檀(布施)波羅蜜による成道の決意と実践内容を示し、説話部には「己ガ有ル物ヲバ乞ニ随テ与フ」の具体例として、鷹に追われた鳩に代って我が身を提供した尸毗王の本生譚を載せる。

六 菩提薩埵 bodhisattva の略。悟りを求める人。悟りを開いて衆生を救うべく転生を繰り返しながら功徳のある宗教的実践を続ける人、ここでは前生における仏陀をさす。

七 檀那波羅蜜 danapāramitā の略。他に財または法を施すという修行。布施。

八 法苑珠林八十「夫れ布施の業は乃ち是れ衆行の源なり。…尸毗王は股を割きて以て鷹鸇の餐に代ふ。豈況や国城妻

汝《なむち》ハ鳩《はと》ニ成《なり》テ逃《にげ》テ王《わう》ノ懐《ふと》コロニ入《い》レ。我《われ》ハ鷹《たか》ニ成《なり》テ追《お》ヒテ王ノ心ヲ試《こころ》ミム。

ト云ヒテ各《おのお》[一四]ノ成《なり》ヌ。鳩来《はときたり》テ王《わう》ノ脇《わき》ニ入《い》ル。鷹追《たかお》ヒテ前《まへ》ノ樹《うゑき》ニ居《ゐ》ヌ。

我《われ》ニ鳩《はと》ヲ返《かへ》シ給ヘ。

ト乞《こ》フ。王《わう》ノ云《いは》ク、

我レ衆生《しゆじやう》ヲ救《すく》ハムト念《おも》フ誓《ちか》ヒ有リ。不可返《〈かへすべからず〉》ズ。

ト云フ。鷹《たか》ノ云《いは》ク、

我モ衆生《しゆじやう》ニハ非《あら》ズヤハ。ナドカ憐《あはれ》バズシテ今日《けふ》ノ食《く》ヒ物《もの》ヲバ奪《ば》ヒ給フ。

ト云フ。[一五]王鳩《わうはと》ノ命《いのち》ヲバ救《すく》ハムト念《おも》フ、鷹《たか》ノ飢《うゑ》ヲモ助ケムト念ヒテ、刀《かたな》ヲ取《とり》テ自《みづか》ラノ腂《もも》[一六]ノ肉《ししむら》ヲ割《さく》ニ、鷹ノ云《いは》ク、

鳩《はと》ノ重《おも》サト等《ひとし》クシテ得《え》ム。

ト云フ。王斤《わうはかり》[一七]ヲ以《もつ》テ繋《かく》ルニ、鳩《はと》ノ身《み》ハ弥《いよい》ヨ重《おも》ク、王ノ肉《ししむら》ハ弥ヨ軽《かろ》シ。又二《ふたつ》ノ腂《もも》ノ肉ヲ取《とり》テ加《くは》フルニ、猶《なほ》軽シ。又二ノ肘《ひ》ヂ、背《せな》カ惣《すべ》テ乍一身《ひとつみなが》ラノ肉ヲ皆取《とり》ツルニ、猶軽シ。[一八]鷹《たか》ノ云《いは》ク、

肉《ししむら》ハ皆尽《つき》ヌメルニ、鳩《はと》ハ猶重《なほおも》シ。又ハ何《いづ》クノ肉《ししむ》ラカ加《くは》ヘム。早《はや》ク

子何ぞ懐に経るに足らん」、大智度論四「一切の能施遮礙する所無し。乃至身を以て施す時、心に惜む所無し。譬ば尸毗王の身を以て鴿に施すが如し」、法華経・提婆達多品「六波羅蜜を満足せんと欲するがために、布施を勤行せしに、心に象馬・七珍・国城・妻子・奴婢・僕従・頭目・髄脳・身肉・手足を恪惜することなく、軀命をも惜しまざりしなり」等に拠って説明部を草し、接合させたと推定される。

九 本書上巻の十三条の本生譚は、第三条を除きすべて「昔」で始まる。また「国王イマシキ」のように、「き」を用い、作り物語の「けり」と異なる。これは文体の相異とみるべきであろう。

一〇 大唐西域記三には「如来昔菩薩行を修し尸毗迦王と号(つな)く」とある。この話は、大智度論四を中核的資料として抄出し、条末に六度集経一ノ二を一部加えて構成している。

一一 忉利天の主で須弥山上の喜見城に住み、仏法の守護者。大智度論は釈提桓因とする。帝釈天のこと。

一二 大智度論では、毗首羯磨が、久しからずして仏になるべき大菩薩尸毗王の存在を告げると、帝釈が、菩薩の相あるか否かを往きて試さんと言ったとある。

一三 帝釈の臣で工芸建築を司る天神。

一四 大智度論には、毗首羯磨は赤眼赤足の鳩に、帝釈は鷹にそれぞれ姿を変えたとある。

一五 以下の二句、大智度論の「他の生物を殺して、鷹の常食とする新しき血肉にあてる訳にはいかない。我が身を与えん」(意を取る)あたりを消化成文化したか。

一六 底本「腂」、大智度論「股」。共に類聚名義抄の訓「モヽ」。

一七 王の肉と鳩の重さを天秤で測った。底本「斤」、大智度論「稱」、共に類聚名義抄の訓「ハカリ」。

一八 大智度論の「身の肉尽(ことごと)くを挙ぐるに、鴿(はと)の身猶(なほ)重し」「鴿を以て我に還せ」や作者の付加した「又ハ何クノ肉ラカ加ヘム」を合成して、鷹の発言内容としたもの。

鳩ヲ返《かへ》シテヨ。

ト責《せ》ム。王《わう》ノ云《いは》ク、

更《さら》[一]ニ不可返《かへすべからず》。

ト云《いひ》テ、我[二]ガ身《み》乍《なが》ラ斤《はかり》ニ繋《かけ》ムトスル時ニ、筋絶《すぢた》エ、力尽《ちからつき》テ丸《まろ》ビ倒《たふ》レヌ。自《みづ》カラ我《わが》心ヲ責《せめ》テ云《いは》ク、

此[三]苦《このく》ルシビハ甚《はなは》ダ少《すく》ナシ。地獄《ぢごく》ノ苦ルシビハ量《はかり》モ無シ。我[四]ガ今解《いまさと》リ有《ある》ダニモ猶此事《なほこのこと》ヲ愁《うれ》ヘバ、地獄ノ人《ひと》ノ解《さとり》モ無キハ増《ま》シテ其苦《そのくる》シビヲ何《いか》ニスラム。我[五]自《われみづ》カラ誓《ちかひ》ヲ発《おこし》テ衆生《しゆじやう》ヲ救《すく》ハムト思《おも》ヒニキ。何《なに》ニ依《よ》リテカカク許《ばかり》ノ事ニ痛《いた》ミ迷《まどひ》テ心弱《よわ》ハク丸《まろ》ビ落《お》ツルゾ。

ト[六]。

人[七]来《ひときた》リテ我《われ》ヲ助《たす》ケテ推《お》シ上《あげ》ヨ。

ト云ヒテ、又起《お》キ上《あ》ガリヌ。手《て》ヲ以《もつ》テ斤《はかり》ノ緒《を》ニスガリテ、力《ちから》ヲ発《おこ》シテ強《しひ》テ登《のぼ》リ給《たまふ》ニ、其ノ心定《さだま》リテ悔《くゆ》ル念《おも》ヒ無シ。時ニ大地[八]《だいち》六種《むく》サニ動《うご》ケ空《そら》ノ上《うへ》ヨリ花《はな》ヲ雨《あめふ》ル。大海《おほうみ》ニ浪《なみ》上ガリ、枯《かれ》タル木《き》ニ花敷《さ》[九]キヌ。[一〇]天人来《てんにんきた》リ讃《ほ》メテ云《いは》ク、

一《ひと》ツノ小サキ鳥《とり》ノ為《ため》ニダニ重《おも》キ身《み》ヲ不惜《〈をしまず〉》ズ。実《まこ》トニ菩薩《ぼさつ》ナリ。必《かなら》

一 大智度論に「王言く、鴿来りて我に帰す、終に汝に与へず」とある。
二 大智度論に「手を以て稱（はかり）に攀づ。その時菩薩、肉尽き筋断え、自ら制する能はず、上らんとして堕つ」とある。
三 大智度論に「此の苦は甚だ少なし、地獄の苦は多し。此を以て相比ぶれば十六分にして猶、一に及ばず」とある。
四 大智度論に「我、今、智慧・精進・持戒・禅定有るだに猶此の苦を患ふ。何ぞ況や地獄中の人、智慧なき者をや」とあって、傍線部のような六波羅蜜の諸行を「解り」と和らげたもの。
五 大智度論、王の自戒の詞に「一切衆生、憂苦の大海に堕つ。汝一人誓を立て、一切を度せんとす。何を以て迷悶するや」とあり、「心弱ハク丸ビ落ツルゾ」は作者の付加。
六 「ト」は、以上の自戒の言葉を受けたもの。
七 以下の本文、大智度論に「此の時菩薩、一心に上らんとして、復更に稱（はかり）に攀らんとして、人、我を扶けよと語る。是の時菩薩、心定まりて悔ゆるなし」とある。「推シ上ヨ」「斤ノ緒ニスガリテ」等は作者の敷衍。
八 仏や諸天が人々の心を強く動かした時の瑞相。大地が上下四方の六種に震動すること。「動ケ」は「動キ」とありたい。
九 類聚名義抄「敷 シク ヒラク サク」。
一〇 大智度論における「諸天・竜王・阿修羅・鬼神・人民皆大いに讃めて言く、一小鳥のために乃ち爾り、是の事希有なり」「天女歌ひ讃めて、必ず成仏を得ん」「四方の神仙皆来り讃めて言く、是れ真に菩薩なり、必ず早く仏に成らむ」等を合成して、「天人」の讃辞としたもの。

ズ早《はや》ク仏《ほとけ》ニ成リナム。

ト云フ。[一一]鳩鷹《はとたか》ニ語《かた》フ、

[一二]我等《われら》謬《あや》マリテ菩薩《ぼさつ》ノ身《み》ヲ壊《やぶ》リツ。[一三]早《はや》ク天《てん》ノ力《ちから》ヲ以《もつ》テ王《わう》ノ疵《きず》ヲ愈《いや》スベシ。

ト云フ。[一四]鷹即《たかすなは》チ帝尺《たいしやく》ニ成リテ王《わう》ニ問フ、

[一五]此事《このこと》痛《いた》ク苦《く》ルシカラムニ、悔《くゆ》ル心有《あり》ヤ。

ト云フ。王答《わうこた》フ、

深《ふか》ク喜《よろこ》ブ心ノミ有《あり》。更《さら》ニ悔《くゆ》ル念《おも》ヒ無《なし》。

ト云フ。帝尺《たいしやく》ノ云ハク、

[一六]此事《このこと》注《しる》シ無《な》シ。誰《たれ》カ実《まこ》ト、可念《おもふべ》キ。

ト云フ。王即《わうすなは》チ誓《ちかひ》テ云《いは》ク、

今《いま》我ガ身《み》ヲ捨《すて》テ深《ふか》ク仏《ほとけ》ノ道《みち》ヲ求《もとむ》ルニ、心《こころ》若《も》シ偽《いつ》ハラズシテ、[一七]事若《もし》虚《むなし》カルマジクハ、願《ねがは》クハ我ガ身ヲシテ忽《たちまち》ニ本《もと》ノ如ク成ラシメヨ。

ト云フ。[一八]帝尺《たいしやく》又天《てん》ノ薬《くすり》ヲ灑《そそき》テ身《み》ノ肉《ししむら》俄《には》カニ満《みた》ス。身ノ疵《き》ズ皆愈《いえ》ヌ。本《もと》ノ形《かたち》ノ如シ。[一九]諸《もろもろ》ノ人是《これ》ヲ見テ、皆大《おほ》キニ喜《よろ》コビ貴《たふ》トビキ。[二〇]是ヨリ後《のち》ニ施《ほど》コス心弥《いよい》ヨ広シ。自《みづ》カラノ命《いのち》ヲ不惜《〈をしまざ〉》ザリシ、是ヲ檀波羅蜜《だんはらみつ》ヲ満《みつ》ル

一一 毗首羯磨の変身した鳩が、帝釈の変身した鷹に言うには。

一二 我等二人は、間違って尊い「菩薩」の肉身を疵だらけにしてしまった。作者の付加。

一三 帝釈天の神通力をもって、尸毗王の疵を元通りに直して戴きたい。

一四 鷹は直ちに、もとの帝釈の姿にもどって。

一五 大智度論「汝、肉を割き辛苦す、心悩没せざるや」とある。

一六 証明すべき証拠がない。大智度論に「誰かまさに汝が心没せずと信ずべきものぞ」とある。

一七 悟りを開いて仏になるという私の誓願が果たされるならば。

一八 六度集経の「天帝即ち天医の神薬を身にさづけしむ。瘡愈え、色力前に踰えたり。身の瘡、斯にたちまち豁然と都て愈ゆ」を補入。王の身がもとに復したのが、大智度論では王の誓の言葉の直後。作者は六度集経の記事を補入して、忉利天の神薬によるものと改めた。

一九 大智度論に「人天これを見て皆大いに悲しび喜び、未曽有と歎く」とある。

二〇 六度集経の「是より後、布施、前に踰ゆ」に拠る。

トセリ。昔《むかし》ノ尸毗王《しびわう》ハ今《いま》ノ尺迦如来《しやかによらい》也。六度集経《ろくどしふきやう》一、智度論《ちどろん》二等ニ見《みえ》タリ。
有絵《ゑあり》。

（二　持戒波羅蜜《ちかいはらみつ》）

菩薩《ぼさつ》ハ世々《よよ》ニ持戒波羅蜜《ぢかいはらみつ》三ヲ行《おこな》フ。其心《そのこころ》ニ念《おも》ハク、

若《もし》戒《い》ムコトヲ不持《〈たもたず〉》ズハ、常《つね》ニ悪道《あくだう》四ニ可堕《おつべ》シ。吉《よ》五キ身《み》ニ不生《〈むまれず〉》ズハ、

争《いか》デカ貴《たふと》キ道《みち》ヲバ行《おこな》ハム。

ト思《おも》ヒテ、命ヲ軽《かろく》シ戒《いむ》コトヲ重《おも》クスルコト、髻《もとどり》六ノ中ノ玉《たま》ヲ護《まも》ルガ如ク、七海《うみ》ノ上《う》ヘノ船《ふね》ヲ馮《たの》ムガ如シ。

昔国王有《むかしこくわうあり》キ。須陀摩《すだま》八ト云《いひ》キ。虚《そ》九ラ言《ご》ト不為《〈せぬ〉》ヌ戒《いむこ》トヲ持《たも》テリキ。王数《あま》一〇タノ女《をむ》ナト共《とも》ニ園《その》ニ入《いり》テ遊《あそ》バムトシテ、車《くるま》ニ乗《のり》テ門《かど》ヲ出《いづ》ルニ、一《ひと》リノ一一婆羅門《ばらもん》来《きた》リテ王ニ言《まう》サク、

我レ貧《まづし》ク苦《くる》シ。願《ねがはく》ハ物《もの》ヲ賜《たま》ヘ。

ト。王《わう》ノ云《いは》ク、

還《かへり》テ後《のち》ニ賜《たま》ハム。

一　六波羅蜜に関する説話九十一篇を、本生譚の形式で集録した仏教説話集。呉の康僧会が漢訳。八巻。
二　後秦の鳩摩羅什の訳した大品般若経の釈論、百巻。百科全書的な性格を示している。

第二条　本条は、説明部では前生での仏陀(菩薩)の、持戒波羅蜜に対する堅い決意とその実践態度を述べ、説話部は、「命ヲ軽シ戒コトヲ重クスルコト」を例証する、須陀摩王が命にかえて不妄語戒を守った本生譚を説く。前者は法苑珠林八十二をふまえ、後者は大智度論四を中核的資料とし、一部に作者の付加や省略が見られる。

三　戒律を厳重に守り、身・口・意の誤ちを犯さないよう心がけること。
四　六道中の地獄・餓鬼・畜生の三道。現世で邪悪な事を行なった者が、死後に堕ちていく苦悩の世界。
五　悟りに到達した吉き身に生まれ変らなくては、一切衆生を救う尊い仏の道をどうして行うことができよう。
六　髻の中に秘蔵する宝珠。法華経七大喩の第六(法華経・安楽行品)。転輪聖王が、国城邑衣服金銀等は与えるがこれだけは授与しないといった貴重なもの。
七　海上交通には船が何よりも頼みになる貴重なものの意。法苑珠林八十二に「戒は是れ人の師、道俗咸く奉ず…譬へば宝珠の若し、…大海を越え度るには号して牢船と曰ふ」とあるのを利用したか。
八　大智度論には須陀須摩王とある。訳は普明王。
九　不妄語戒を堅持していた。大智度論「是の王、精進持戒常に実語に依る」。
一〇　大智度論「晨朝、車に乗り諸婇女を将ゐて園に入り遊戯せんとし、城門を出づ」。
一一　インドにおける四姓の第一に位する司祭者階級の人々。梵志とも。

ト云《いひ》テ出《いで》ヌ。園《その》ニ遊《あそ》ブ程《ほど》ニ、[一二]鹿足王空《ろくそくわうそら》ヨリ飛《と》ビ来《きた》リテ、須陀摩王《すだまわう》ヲ取《とり》テ去リヌ。[一三]鷹《たか》ノ鳥《とり》ヲ取ルガ如シ。[一四]山ノ中ニ至《いたり》テ、[一五]初《はじめ》ヨリ取リ集《あつ》メテ頭《かうべ》ヲ取ラムトスル九十九《くじふく》ノ王ノ中ニ置キツ。須陀摩王涙《なみだ》ヲ落《おと》スコト雨《あめ》ノ如シ。鹿足問《とひ》テ云《いは》ク、

何《なにに》[一六]因《よ》リテカ泣《なく》コト童《わら》ハノ如クナルゾ。

ト。答《こた》ヘテ云《いは》ク、

命ヲ惜《をし》ムニハ非《あら》ズ、[一七]実《まこ》トヲ失《しつ》シツルコトノ悲《かなし》キナリ。我レ生《むま》レテ従《よ》リ未《い》マダ偽《いつは》リヲ不云《〈いはず〉》ズ。今日《け》フ宮《みや》ヲ出《い》ヅルニ、貧《まづし》キ人物《も》ノヲ乞《こ》ヒツルニ、還《かへ》リテ後《のち》ニ与《あた》ヘムト云《いひ》ツ。[一八]不図《はからざ》リキ、心《こころ》ノ外《ほか》ニ命ヲ失《うしな》ヒテ偽リノ罪《つみ》ヲ成サムトハ。是《これ》ヲ悲ビテ泣ク也。

ト云フ。鹿足《ろくそく》ガ云《いは》ク、

慇《ねむご》ロニ然《し》カ念《おも》ハヾ[一九]七日《なぬか》ノ暇《いとま》ヲ免《ゆる》サム。

ト。王悦《わうよろこ》ビテ帰《かへ》リヌ。[二〇]婆羅門《ばらもん》ヲ召《め》シテ珍《たか》ラヲ賜《たま》ヒ、太子《たいし》ニ譲《ゆづ》リテ国《くに》ヲ委《ま》カス。又民《たみ》ヲ集《あつ》メテ珍《たから》ヲ施《ほど》コシテ国ヲ出《いで》テ去リナムトス。諸《もろもろ》ノ臣《しん》、力《ちから》ヲ合《あは》セ、国ノ民《た》ミ心ヲ一《ひとつ》ニシテ涙《なみだ》ヲ垂《た》レテ共《とも》ニ白《まう》サク、

願《ねがはく》ハ猶《な》ホ留《とどまり》テ国《くに》ヲ治《をさ》メ、[二一]民《たみ》ヲ息《い》コヘ給ヘ。鉄《くろがね》ノ屋《や》ヲ造《つく》リテ令住《すまし》

一二 両翅があり空中を飛ぶ悪王。梵名は劫磨沙波陀大王、訳を鹿足王(仁王経では斑足王)とし、大智度論では「時に両翅王あり、名づけて鹿足といふ。空中を飛来し…王を捉へ連れ去る」とある。

一三 鷹が小鳥を捕えるように、いとも簡単に連れ去った。大智度論の「譬へば金翅鳥の海中にて竜を取るが如し」や、六度集経四の「猶鷹鸇の鷰雀を撮るがごとし」に拠ったもの。

一四 大智度論には、鹿足王が王を背負って大空に飛びあがり、居住している山に連れ去ったとある。

一五 外道の教えに従った斑足王が、千王の頭を家神に祭ろうとして最後の一王を求めていた(仁王経)。この同系説話を要約して、九十九王の修飾語として加えたもの。大智度論には、単に「九十九の諸王の中に置きつ」とある。

一六 底本虫損。意により「ニ」と読む。

一七 約束を破ってしまうことが悲しいのである。大智度論に「甚だ信を失ふことを畏る」とある。

一八 予想もしなかった。はからずも命を失って、約束にそむき、自分から人を欺く罪を犯してしまう結果になろうとは。

一九 大智度論の「汝に七日還り去ることを聴(ゆる)さむ。婆羅門に布施し訖らば便ち来り還れ。若し七日を過ぎて還らざれば、我に両翅の力あり、汝を取ること難からず」を簡略化。

二〇 約束をかわした婆羅門を召して財物を与え。これは作者の付加で、大智度論には「意に恣せて布施す」とある。

二一 民が安息な生活の出来るようにして下さい。

メ奉《たてまつり》、勝《すぐれ》タル兵《つは》モノヲ儲《まうけ》テ防《ふ》セガ令《し》メム。[一]鹿足空《ろくそくそら》ヨリ来《きた》ルトモ、何《な》ニノ怖《おそ》リカ有ラム。

ト白《まう》ス。王《わう》ノ宣給《のたま》ハク、

[二]更《さら》ニ然《し》カセジ。[三]戒《いむこと》ヲ破《やぶり》テ空《むな》シク生《い》ケラムヨリハ、不如《〈しかじ〉》ジ、戒ヲ守《まもり》テ早《は》ヤク死《し》ナムニハ。[四]実語《じちご》ハ第一《だいいち》ノ戒ナリ。実語ハ天《てん》ニ昇《のぼ》ル橋《はし》ナリ。妄語《まうご》ハ地獄《ぢごく》ニ入《い》ル。我今実《われいままこと》トヲ守リテバ命《いのち》ヲ捨《す》ツトモ悔《く》イ有ラジ。

ト[五]云《いひ》テ還《かへ》リ至《いた》リヌ。

鹿足遥《ろくそくはるか》ニ見テ悦《よろこ》ビ、讃《ほ》メテ云《いは》ク、

汝《なむぢ》ハ実《まこ》トニ偽《いつは》リヲ為《せ》ザリケリ。人《ひと》ノ[六]惜《をし》ム物《もの》ハ命ニ過《すぎ》タルハ無《なし》。汝[七]既《すで》ニ免《まぬ》カレテ去《さり》ニキ。今還《いまかへり》テ爰《ここ》ニ来《きた》レリ。契《ちぎり》シ所《ところ》ヲ不誤《〈あやまたず〉》ズ。実《まこ》トニ[八]是賢《これさか》シキ人ナリ。

ト。王《わう》ノ云《いは》ク、

実《まこ》ト為《す》ルヲ人《ひと》ト為《な》ス。偽《いつは》ルヲバ人ト不為《〈なさず〉》ズ。

ト。如是《かくのごと》クニ広《ひろ》ク[九]十善《じふぜん》ノ道《みち》ヲ讃《ほ》メ説《と》ク。鹿足王聞《ろくそくわうきき》テ云《いは》ク、

今我汝《いまわれなむぢ》ガ云フ事ヲ聞クニ、心改《あらたま》リ解開《さとりひら》ケヌ、信心清《しんじむきよ》ク起《おこ》リヌ。

一 大智度論の「鹿足、神なりと雖もこれを畏れざるなり」を、「空ヨリ来ルトモ」に改めた。「怖リ」は四段動詞「おそる」の体言形。

二 全くそうする訳にはいかないのだ。七日の期限で一時帰国したのだから、このまま国に留ることは出来ないの意。

三 この一文、次注の偈の第五、六句をふまえて文章化したか。

四 大智度論、「説偈言」として次の偈文をかかげる。「実語第一戒　実語昇天梯　実語為大人　妄語入地獄　我今守実語　寧棄身寿命　心無有悔恨」。実語は真実の語、行動がその言葉に応じていること。妄語は嘘をつくこと。大人（だいにん）は「釈尊は実語の人、故に聖人・大人と号す」という。

五 鹿足王の許へ帰って行った。

六 底本「惜ム」の二字、本文と同筆にて補入。

七 お前は既に許されて私の所から去っていった人だ。

八 誠に立派な人物である。大智度論には「汝は是れ大人なり」とある。

九 大智度論に「是の如く種々、実語を讃め、妄語を呵す」とあるのを「十善ノ道」と改変した。十善の道は理にかなった道。不殺生・不偸盗・不邪婬・不妄語・不綺語・不悪口・不両舌・不貪欲・不瞋恚・不邪見。

第三条　説明部で、忍辱波羅蜜に対する菩薩の堅い決意と、堪え難きを能く忍び、忍び難きを忍ぶ実践態度を述べ、説話部は、忍辱仙人が暴虐な歌利王に四肢や耳・鼻を削がれても、よく堪えて怒り恨むことのなかった話である。条末に、説話部の典拠として「大論」を掲げている。「大論」は一般的には大智度論のことと考えられるが、説話叙述はむ

今汝ガ命ヲ免《ゆ》ルス。九十九《くじふく》ノ王《わう》ヲモ又汝ニ免シテム。各《おのおの》ノ本国《もとのくに》ニ還《かへ》リネ。

是時《このとき》ニ諸《もろもろ》ノ王喜《わうよろこ》ビ還《かへり》テ命ヲ全《また》クシ、国《くに》ヲ治《をさ》メキ。命ニ替《か》フルマデ虚《そ》ラ事不為《ごとせざ》リシカバ、是《これ》ヲ持戒波羅蜜《ぢかいはらみつ》ヲ満《み》ツルト為《せ》リ。昔ノ須陀摩王《すだまわう》ハ今ノ尺迦如来《しやかにょらい》也。智度論《ちどろん》ニ見《みえ》タリ。有絵《ゑあり》。

(三　忍辱波羅蜜《にんにくはらみつ》)

[一〇]菩薩《ぼさつ》ハ世々《よよ》ニ[一一]忍辱波羅蜜《にんにくはらみつ》ヲ行《おこな》フ。[一二]其心《そのこころ》ニ思《おも》ハク、「[一三]若《も》シ忍《しの》ブル心《こころ》ヲ不習《ならはず》シテ事ニ触《ふ》レテ瞋《いか》リ恨《うら》ミバ、[一四]美《う》ル(ハ)シク[一五]柔《や》ハラカナル形《かたち》ヲ不得《え》ジ《じ》。[一六]忍ビ難《がたき》ヲ能《よ》ク忍ブ。[一七]荒《あら》キ辞《こと》バニ謗《そし》リ被罵《のらる》ルトモ、[一八]此音《このこゑ》ハ谷《たに》ノ内《うち》ノ響《ひびき》ノ如シト思《おも》ヒ、[一九]杖刀《つゑかた》ナニ打《う》チ割《わ》ルトモ、[二〇]此身《このみ》ハ水《みづ》ノ上《うへ》ノ沫《あわ》ノ如シ」ト思フ。

[二一]忍辱仙人《にんにくせんにん》ト云人有《いふひとあり》キ。城《みや》コノ辺《ほと》リノ林《はやし》ノ中ニ住《す》ム。時ニ国王《こくわう》有リ、[二二]歌利王《かりわう》ト云フ。数《あま》タノ女《をむな》ヲ共《とも》ニ引《ひ》キ将《ゐ》テ出《いで》テ林ノ中ニ遊《あそ》ブ。[二三]王ノ休《やす》ミ睡《ねぶ》レル程《ほど》ニ、諸《もろもろ》ノ女花《はな》ヲ見ルトテ林ニ交《まじ》リテ遊ビ廻《め》グル。遥《はるか》ニ仙《せん》ノ有

しろ阿毘達磨大毘婆沙論一八二並びに法苑珠林八十二所引の新婆沙論に近い。阿毘達磨大毘婆沙論の略称を「毘婆沙論」という。法苑珠林八十二では「新婆沙論」として引用している。以下すべて「毘婆沙論」と統一して表記する。

一〇 前生における仏陀(菩薩)は、転生を繰り返しながら何時の世にも。

一一 他から受ける肉体的精神的苦難や迫害に堪え忍び、平静に対処する心の完成。

一二 菩薩が心中堅く決意して思うには。

一三 もし堪え忍ぶ心を身につけず、何等かの事態に遭遇する度ごとに、怒ったり恨んだりするならば。

一四 他の波羅蜜説明部と照合するに、「瞋リ恨ミバ」の次に、「常ニ」を脱したか。底本「美ルシク」、意により「ハ」を補う。

一五 八十種好の十二に挙げる「身柔軟」の相好は得られまい。即ち、悟りを開いた仏身になることは出来まいの意。

一六 前田本「争欲得仏妙身難堪能堪、難忍能忍」とある。その前半の部分が底本で脱したか。

一七 法華経・常不軽菩薩品の「常に罵詈(めり)せられしかども瞋恚(しんい)をなさずして」や、大智度論十四の「菩薩は、若くは悪口罵詈に遇ひ、若くは刀杖を加へらるれども、思惟して罪福の業の因縁を知る」などをふまえたか。

一八 谷のこだまの反響のようなものと思い。

一九 法華経・常不軽菩薩品の「衆人、或いは杖木・瓦石を以てこれを打擲(ちやうちやく)すれども」とあるをふまえたか。

二〇 この身は水面に浮ぶ泡のようにはかないもの、悟りを開き、仏になる大目的のためにはすべて耐え忍ぶべきだ。

二一 この巻の説話部冒頭は本条以外はすべて「昔」で始まる。ここも前田本には「昔有聖、曰忍辱仙人」とある。底本は「昔」の脱か。大智度論十四には羼提仙人、毘婆沙論には忍辱仙人とある。前者は kṣānti の音写、後者は訳。

二二 波羅奈国の王、Kali の音写。闘諍王・無道王とも訳されている。

二三 毘婆沙論「意をほしいままに娯楽し、久しきを経て疲れ厭ひて便ち睡眠す」。

ルヲ見テ其[一]ノ前《まへ》ニ集《あつま》リ居《ゐ》ヌ。仙人法《のり》ヲ説《とき》テ、世《よ》ヲ厭《いと》ヒ離《はな》ルベキ心《こころ》ヲ説キ教《をし》フ。王睡リ寤《さ》メテ女ヲ求《もとむ》ルニ不見エズ《〈みえず〉》。

誰《た》[二]レカ将《ゐ》テイヌルゾ。

ト瞋《いか》リテ、大刀《た》チヲ抜《ぬ》キテ行《ゆ》キ求《もと》ム。遥《はるか》ニ仙人《せんにん》ノ許《もと》ニ集《あつま》リ居《ゐ》タルヲ見テ、即《すなはちきたり》来テ大《おほ》キニ瞋リテ問ヒテ云《いは》ク、

汝《なむぢ》ハ何《な》ニ人《びと》ゾ。

答《こた》ヘテ云《いは》ク、

我《われ》ハ仙人也《な》リ。

王又問フ、

何《な》ニ態《わ》ザヲカ為《す》ル。

ト。答《こた》フ、

忍辱《にんにく》ノ道《みち》ヲ行《おこな》フ。

ト。王ノ思《おも》ハク、「我[三]ガ瞋《いか》レル皃《かたち》ヲ見テ忍《しの》ブル心《こころ》ヲ行《おこな》フト云《いふ》ナメリ」

トテ、又問フ、

汝《なむぢ》[四]ハ色界《しきかい》無《む》色界《しきかい》ノ道《みち》ヲバ行《おこな》ヒ得《え》タリヤ。

ト。仙人答《こた》フ、

一 毘婆沙論「便ち馳せてこれに趣き、皆其の所に集る。到り已つて頂礼し囲遶して坐す」、東大寺切には「はしりゆきて、よろこびをがむで、そのまへにあつまりゐぬ」とある。
二 「レ」は底本一字を消して右に書く。

三 我輩が激怒している形相を見て、敢えて、忍辱を修しているなどと言っているのだと解釈して。
四 お前は欲望を超越した色界や更にその上にある無色界の境域に到達した道を修行し終えたか、の意。仏教の世界観では、人間界の上にある欲界(欲望の支配する世界、特に婬や貪)、その上方にある色界(欲望からは離脱したが物質的条件にとらわれたものの住む世界)、更にその上方にある無色界(欲望も物質的条件も越えた純粋に精神的な領域)を合わせて三界とする。ここでいう「色界無色界」は、婬欲を超脱したことを主意としたもの。

皆不得《〈え》ズ《ず〉》。
ト。王[五]〔弥《いよい》〕ヲ瞋《いか》リテ云《いは》ク、
汝《なむち》ハ[六]未欲界《いまだよくかい》ノ心《こころ》ヲ離《はな》レザリケリ。何《い》カデカ心ニ任《まかせ》テ我ガ諸《もろもろ》ノ女《をむ》ナ
ヲバ見ル可キ。
ト責《せ》ムルニ、
我《われ》ハ只《た》ダ忍辱《にんにく》ヲ行《おこな》フ人也《ひとな》リ。
トノミ答《こた》フ。王ノ云《いは》ク、
[七]汝《なむ》ヂサラバ一《ひと》ツノ臂《ひぢ》ヲ延《の》ベヨ。
ト。仙人臂ヲ延ベタルニ、王大刀《た》[八]チヲ以《もっ》テ切《き》リ落《おと》シツ。
汝《なむぢ》ハ誰《た》レゾ。
ト問フニ、
我レハ是レ能《よ》ク忍《しの》ブ人也《ひとな》リ。
ト答《こた》フ。又一《ひと》ツノ臂《ひぢ》ヲ延《の》ベサセテ切《き》リッ[九]。
能《よ》ク忍《しのぶ》ヤ不《いな》ヤ。
ト問フニ、
能ク忍ブ。

五 前田本により「弥」を補う。
六 「(欲界超脱も出来ない段階で)どうして情をほしいままにして、我輩の連れてきた多くの女性たちと一緒に居てよいものか」と詰問したのである。「離レザリケリ」は「離れてはいないのだ」ときめつけた言い方。
七 毘婆沙論には「一臂を伸ばす可し。能く忍ぶや否やを試む」とあり、この後半を省略したもの。
八 毘婆沙論には「王、利剣を以てこれを斬る。藕根を断つ如く地上に堕つ」とあり、「蓮根を切ったように片腕が地上にころがった」の部分を省略。
九 底本「ツ」に「ナ」の字を用いる。「ツ」の異体字には「イ」(十世紀半ばの石山寺の資料に多い)、「ト」(平安初・中期)があるが、「ナ」に一番近いのは天安二年(八五八)点の百論である。「ナ」は「都」の初画(中田祝夫博士説)。異体の仮名が偶然に出ているのに注目したい。

ト答《こた》フ。又[一]二《ふた》ツノ足《あ》シ、二ツノ耳《み》ミ、鼻《はな》ヲ切《きり》テ、度《た》[二]ビ毎《ごと》ニ問フニ、皆、

前《さ》[三]キノ如シ。

ト答《こた》フ。王[四]仙人《わうせんにん》ノ身《み》ノ多《おほ》ク土《つち》ニ散《ち》レル丶ヲ見テ瞋《いかり》[五]ノ心寤《さ》メヌ。仙人ノ

云《いは》ク、

何《な》ドカ又不切《〈きらずなり》ラズ〉成ヌル。設《たと》[六]ヒ割《さ》キ摧《く》ダカムコト芥子《な》タネノ如ク、

塵《ちり》ノ如クニ成ストモ、一念《いちねむ》モ瞋《いか》リ恨《うら》ムルコトヲ不可成《なすべからず》。

ト云《いひ》テ、即《すなはち》誓《ちか》ヒテ云《いは》ク、

願《ねがはく》ハ、王今日瞋《わうけふいか》レル心ヲ以《もつ》テ[七]我ガ身《み》ヲ以テ七《なゝつ》ニ分《わか》チテ七ツノ疵《き》ズ

ヲ成スガ如ク、[八]我レ後《のち》ニ仏《ほとけ》ニ成ラムニ、慈《いつくしび》ノ心ヲ以テ先《ま》ヅ汝《なむち》ヲ

度《わ》タシテ七[九]種《なゝくさ》ノ道《みち》ヲ行《おこな》ヒ、[一〇]七随眠《しちずいめん》ヲ断《た》タシメム。

ト云ヒキ。身《み》ヲ切ラル丶ニ恨《うら》ミ無《なか》リシカバ、是《これ》ヲ忍辱波羅蜜満《にんにくはらみつみつ》ルト為《せ》

リ。昔《むかし》ノ忍辱仙人ト云《いふ》ハ今《いま》ノ尺迦如来《しやかにょらい》也。[一一]大論《だいろん》ニ見《みえ》タリ。有絵《ゑあり》。

(四　精進波羅蜜《しやうじんはらみつ》)

菩薩《ぼさつ》ハ世《よ》〻《よ》ニ[一二]精進波羅蜜《しやうじんはらみつ》ヲ行《おこな》フ。其ノ心ニ思《おも》ハク、「若《も》シハゲミ

一 忍辱仙人は歌利王によって、一臂・他の一臂・両脚・両耳・鼻の順に肉体の損傷を受けるが、この順序は底本と毘婆沙論は一致し、大智度論は両耳・鼻・両手足の順。本条が毘婆沙論に依拠することの一証となる。
二 歌利王が両腕・両脚・両耳・鼻を切るその都度「能く忍ぶや否や」と質問した。
三 前と同じだ。つまり耐え忍ぶことができる。
四 毘婆沙論には「仙人の身をして七分して地に堕ちしむ」とあり、仙人の体が七つの肉塊となって地上に散乱したのを見て。「散レル丶」のおどり字不審。あるいは衍か。
五 毘婆沙論「王の心便ち止みぬ」、前田本「怒心覚」、東大寺切「いかりの心をさまりぬ」。大智度論、該当句なし。
六 毘婆沙論「仮に我が一切身分を断(き)りて猶芥子乃至微塵の如くすとも」、東大寺切「たとひ身をさきくだかむこと、なたねのごとく、ちりのごとくなすとも」。大智度論に該当文なし。芥子は「なたね」と読んだ。
七 仙人の誓願内容は、歌利王が私の体を七つに切りさき、七つの疵を負わせたように、もし私が仏になった暁には、七種の道を行なって、あなたの七随眠を断ち切ってあげましょうと、七尽しの形で展開させたもの。
八 毘婆沙論に「我未来世に阿耨多羅三藐三菩提を得ん時」とある。「私が未来世に仏になった時には」と和らげたもの。
九 悟りに到達するための七種の修行法。七覚支・七覚とも。念(心中常に悟りを思い)・択法(智恵によってよく思量し)・精進(怠ることなく精励し)・喜(正法を得て歓喜し)・軽安(身心を平安ならしめ)・定(心を安らかにして散乱させず)・捨(妄謬を捨て平等な態度を達成する)。この修行の完成により解脱が得られる。ここは、有りとあらゆる修行法を行じての意。
一〇 七種の煩悩。欲貪(愛欲)・瞋・有貪(物質欲)・慢・無明・見(邪見)・疑(疑惑)。歌利王のあらゆる煩悩を断ち切ってあげましょうの意。
一一 忍辱仙人の本生譚は大智度論十四にも見えるが、随時加注したように阿毘達磨大毘婆沙論や法苑珠林八十二所引

不勤《つとめず》シテ常《つね》ニ休《やす》ミ怠《おこ》タルコトヲ成サバ、[一三]生死《しやうじ》ノ家《いへ》ヲ不離《はなれず》シテ[一四]菩《ぼ》提《だい》ノ道《みち》ニ向《むか》ヒ難《がた》カルベシ」ト念《おもひ》テ、諸《もろもろ》ノ念《おも》ヒ立《たち》ヌル事ニ怠《おこた》リ捨《すつ》ル事ナシ。[一五]火《ひ》ヲ切ルニ気《い》キヲ休《やす》メツレバ、火ヲ得《う》ルニ不能《〈あたはず〉》ズ。水《みづ》ヲオヨグニ手《て》ヲ動《うごか》サネバ、水ヲ度《わた》ルコト不能《〈あたはず〉》ズ。[一六]励《は》ゲム心《こころ》若《も》シ怠《おこた》リヌレバ、求《もとむ》ル事成リ難《がた》キモ又如此《かくのごと》シ。

[一七]昔《むかし》波羅奈国《はらなこく》ノ王《わう》ノ御子《みこ》有《あり》キ。[一八]大施太子《だいせたいし》ト名《なづ》ケキ。宮《みや》ヲ出《いで》テ遊《あそ》ブ。時ニ田《た》ヲ作《つく》ル者《も》ノ鋤《す》キヲ以《もつ》テ土《つち》ヲホルニ、烏《から》ス集《あつまり》テ虫《むし》ヲ噉《は》ムヲ見ル。又糸《いと》ヲ[一九]ツモギ、絹《きぬ》ヲ織《お》リ、牛《うし》ヲ屠《ほふ》リ、[二〇]羊《ひつじ》ヲハギ、鳥《とり》ヲ取リ、魚《うを》ヲ釣《つ》ル者《もの》ヲ見ル。[二一]共《とも》ノ人《ひと》ニ問フニ、

[二二]着《〈き》キ物《もの〉》ノ、食《く》ヒ物《もの》ノ為《ため》ニ為《す》ル事也。

ト白《まうす》ニ、太子《たいし》悲《かなしび》ヲ生《〈な〉》ナシテ宮《みや》ニ還《かへり》テ王《わう》ニ白《まう》シテ、倉《くら》ヲ開《ひら》ク。数《しば》シバ[二三]珍《たから》ヲ出《いだ》シテ貧《まづし》キ民《たみ》ニ賜《たま》フ。大臣《だいじん》謗《そし》リヲ生《な》ス。太子王ニ白ス、

我レ聞ク、海《う》ミノ中ニ[二四]如意《によい》珠《しゆ》有《あん》ナリ。[二五]心見《こころみ》ニ行《ゆき》テ求《もとめ》ム。

ト。王驚《わうおどろき》テ答《こた》フ、

国《くに》ハ是《これ》汝《なむぢが》国《くに》ナリ、珍《たか》ラハ皆汝ガ珍《たから》ナリ。何《な》ニノ乏《とぼし》キ事有レバカ海《うみ》ニ行《ゆき》テ可求《もとむべ》キ。又毒《どく》ノ竜《りう》、[二六]大《おほ》キナル魚《うを》、荒《あら》キ風《かぜ》、高《たか》キ波《なみ》ニ、[二七]往《ゆ》

の新婆沙論と密接な関係が認められ、作者為憲は、大毘婆沙論を「大論」と略称したか。

第四条　説明部では、励み勤め、休み怠ることなくひたすら菩薩行に専念すべきことを説き、説話部は艱難辛苦の旅を続け、大海を汲み尽くさんとひたむきに努め、遂に如意珠を手に入れて衆生救済の宿願を果した大施太子の本生譚。この説話部は報恩経四や六度集経一ノ九に拠るほか、一部に賢愚経八をも利用している。

一二　日夜おこたることなく、他の五波羅蜜を実践すること。
一三　生死流転の迷界を抜け出ることができないで。
一四　悟りの世界に到達することは出来ないであろう。
一五　大智度論四十八に、寸時も休まず鑽(き)りもみすれば、採火することが出来るとある。「切ル」は「鑽る」に同じ。板に木の杵を立てきり揉みして火を採ること。
一六　もし励む心を少しでも怠ると、仏に成ることがむずかしいのは右の二つの比喩と同じである。
一七　古代中インド、ガンジス河中流にあった国。
一八　報恩経「善友太子」、六度集経「普施」、賢愚経八は「梵名摩訶闍迦樊、晋訳大施」とする。あるいは天台四教儀七の「大施太子の海を抒(く)み」に拠ったか。
一九　「ツモギ」は「つむぎ」に同じ。繊維によりをかけて糸にする。
二〇　羊の皮を剝(は)ぐ。
二一　お供の人。従者。
二二　これらは、衣食住等、生計をたてるための行為である。
二三　類聚名義抄「珍　タカラ」。
二四　七宝・衣服・飲食を出し、病苦等を除き、その他一切衆生の願うものは、すべて意のままにかなえるという宝珠。
二五　試みに。
二六　報恩経には「摩竭大魚」とある。十巻本伊呂波字類抄はこれを「くぢら」と訓ずる。一般には、空想上の巨大な魚。
二七　報恩経「往く者は千万、達する者は一二」。

ク者《も》ノハ千万《せんまん》ナレド、還《かへ》ル者ハ一《ひと》リ二《ふた》リ也。不可免《〈ゆるすべからず〉》ズ。

ト。太子《たいし》王《わう》ノ前《まへ》ニ臥《ふ》シヌ。

[一]此事《このこと》不被免《〈ゆるされず〉》ズハ終《つひ》ニ不起《〈おきじ〉》ジ。爰《ここ》ニシテ死ナム。

ト云フ。王《わう》ト后《きさき》ト誘《こしら》ヘ勧《すす》ムルニ、終《つ》ヒニ物《も》ノ不食《くはず》シテ七日《なぬか》不起《〈おきず〉》キズ。

后《きさ》キ泣《なき》テ白《まうさ》ク、

太子《たいし》ノ心動《こころうご》カシ難《がた》シ。今日《け》フ前《まへ》ニシテ死ナムヲ見ムヨリハ、猶免《なほゆ》[二]ルシテタマサカニモ還《かへ》[三]リモヤ来《く》ルト憑《たの》ミ待タム。

ト云フ。王是《わうこれ》ニ随《したがひ》テ、涙《なみだ》ヲ流《なが》シテ免《ゆ》ルシツ。

国《くに》ニ一《ひとり》[四]ノ翁有《おきなあり》、能《よ》[五]ク海《うみ》ノ道《みち》ヲ知レリ。年八十《としはちじふ》ニ成《なり》テ二《ふた》ツノ目《め》共《とも》ニ盲《めし》ヒタリ。王自《わうみづ》カラ往《ゆ》キテ、

太子《たいし》ノ共《とも》ニ往ケ。

ト語《かた》ラフ。翁《おきな》泣キテ白《まう》ス、

海《うみ》ニ往《ゆ》ク者《モ》ノハ全《また》[六]ク還《かへる》コト難《かた》シ。此[七]ノ仰《おほせ》忍《しの》ビ難《がた》シ。死ナム所《ところ》マデ候《さぶ》ラハム。

ト云フ。太子《たいし》船《ふね》[八]ヲヨソヒテ乗《の》リヌ。五百《ごひやく》[九]ノ商《あ》キ人《びと》共《とも》ニ往《ゆか》ムト云フ。七《なな》[一〇]ツノ鉄《くろがね》ノ鎖《くさ》リヲ以《もつ》テ船《ふね》ヲ繋《つ》ナゲリ。太子朝《あし》タ毎《ごと》ニ鼓《つづみ》ヲ打《うち》テ云《いは》ク、

一　報恩経には、太子は五体を地に投げ、「父母若し聴さずは、我、当に命をここに捨つべし、終に起きじ」とある。

二　大海行きを許可して、万に一つの頼みとして、たまたま生きて帰ってくることもあるかも知れないと。報恩経「故に、当に万に一つの冀ひあるべし」、前田本「邂逅」。

三　底本「還来リモヤ」とあり、その「来」字を見せ消ちにする。

四　報恩経「海師」。波羅奈国に一人の、航海に熟達した老人がいた。

五　海上交通の知識に通じていた。報恩経には「前後数返大海に入りて、道路通塞の相を知れり」とある。

六　報恩経は、「往く者は千万、達する者は一二」を重出させている。同意異文に表現を変えたか。

七　王の仰せは誠に耐え難いのでございます。(が、しかし)。

八　出航にそなえて、船を種々整備して。「ヨソヒテ」は前田本は「艤」につくり、出船の仕度をすること。

九　賢愚経、報恩経「五百人」、大智度論「五百賈客」。「数多の」の意で「五百の」というのが常套句。

一〇　七本の鉄のくさりで、船を岸辺に繋いだ。賢愚経に「七張の大索を以て岸辺に繋ぐ」とあるに拠る。

若《も》シ留《とどま》ラムト念《おも》ハム者《もの》ハ是レ従《よ》リ還《かへ》リネ。

ト云ヒテ、[一一]一日《〈ひとひ〉》ヒニ一《ひと》ツノ綱《つ》ナヲ解《とけ》リ。風《かぜ》ヲ待《まち》テ帆《ほ》ヲ上《あげ》テ[一二]珍《たから》ノ山《やま》ニ着《つき》ヌ。船《ふね》ヨリ下《おり》テ商人《あきびと》ラニ云《いは》ク、

此珍《このたから》ヲ取《とり》テ船《ふね》ニ乗《のり》テ還《かへ》リネ。

ト云《いひ》テ、[一三]船《ふね》ヲ留《とど》メ、人《ひと》ヲトメツ。此従《これよ》リ翁《おきな》ト諸共《もろとも》ニ[一四]カチヨリ往《ゆ》ケバ、七日《なぬか》水《み》ヅ膝《ひざ》ニ立ツ。又七日[一五]往《ゆ》ケバ水頸《みづくび》ニ至《いた》ル。[一六]又七日浮《うか》ビテ度《わたり》テ浜《はま》ニ着《つ》キヌ。翁《おきな》ノ云《いは》ク、

[一七]銀《しろかね》ノ沙《いさご》ノ浜《はま》ニキニケリ。遥《はるか》ニ見ヨ、辰巳《たつみ》ノ方《かた》ニ銀ノ山《やま》見ユ。

ト。

其《それ》ヲ差《さし》テ行《ゆ》ケ。

ト云フ。至《いたり》テ又遥《はるか》ニ行《ゆき》テ金《こがね》ノ沙《いさご》ノ浜《はま》有リ。[一八]翁飢《おきなつか》レ弱《よわ》クシテ倒《たふ》レ臥《ふし》テ云《いは》ク、

我爰《われここ》ニシテ可死《しぬべ》シ。是《これ》ヨリ東《ひむがし》ニ七日《なぬか》[一九]行《ゆ》ケバ、青《あを》キ蓮《はちす》ノ花《はな》ノ所《ところ》有リ。又七日行カバ、紅《くれなゐ》ノ蓮有リ。其《それ》ヲ過《すぎ》テ猶《なほ》行キ給ハヾ、[二〇]竜王《りうわう》ノ宮《みや》ニハ至《いた》リ給ヒナム。

ト教《をしへ》テ死ヌ。

一一 一日に一本ずつ鉄のくさりを断ち切り、七日目には全部のくさりを断ち切って出航した。

一二 報恩経には、「珍宝山に至るを得たり」とある。

一三 船を停泊させ、(太子と翁は下船し)残りの人々を船内にとどめて、本国に帰航させた。

一四 二人が陸路を徒歩で進んで行くと。報恩経には、「即ち、路を前進し行くこと一七日」とある。

一五 底本「往ケル」と書いて「ル」に重ねて「ハ」と書く。

一六 又、七日間、水に浮んで泳ぎ渡って一つの海浜にたどり着いた。

一七 報恩経では、盲目の翁が、現地の地形等を太子に説明させ、翁は経験を生かして判断の上、次の行動を指示している。経に基づきこの部分を解すると、翁は「この銀の沙の浜から東南の方向に白銀の山が見える筈だ」といい、太子が見えると答えると、翁は、「それでは、その山を目あてに行け」と指示したという筋立てとなる。

一八 報恩経「導師、疲乏悶絶して地に躃（ふた）る」、前田本「翁疲弱」とある。類聚名義抄「饑飢 ツカル」。

一九 「行ケバ」、次行では「行カバ」となっている。ここは未来のことを言っているから「行カバ」とあるのが中古文の言い方であるが、中世以降、已然形に「バ」が付いて一般の条件を表わすようになる。ここもその先駆的な現象か。底本は鎌倉時代の写本なので中世的な言い方が交ざったのかもしれない。

二〇 大海竜王の居城、竜宮城。

太子《たいし》悲《かなし》ビ泣《なき》テ云《いひ》シガ如ク独《ひと》リ行《ゆ》ク。蓮《はちす》ノ所《ところ》ヲ見レバ、青《あを》キ毒蛇《どくじやあり》有テ一花《はな》ノ茎《くき》ヲ纏《まと》ヘリ。目《め》二ヲ瞋《いか》ラシテ見レドモ、太子ヲ不犯《〈をかさず〉》ズ。王《わう》ノ宮《みや》ニ至《いたり》テ見レバ、毒《どく》ノ竜《りう》堀《ほり》三キヲ守《まも》リ、玉《たま》ノ女門《をむなかど》ヲ守ル。四太子消息《せうそこ》ヲ云ハシムレバ、竜王《りうわう》驚《おどろ》キ奇《あや》シム。

五オボロケノ人《ひと》ニ非《あら》ズハ、爰《ここ》ニ来《きた》リ難《がた》カル可《べ》シ。

トテ、自《みづか》ラ出《い》デ迎《むか》ヘテ六財《たから》ノ床《とこ》ニ居《す》ヱツ。

遠《とほ》ク来《きた》レル志《こころざし》何《なに》ヲ求《もと》ムルゾ。

ト問ヘバ、太子《たいし》ノ云《いは》ク、

七閻浮提《えんぶだい》ノ人貧《ひとまづし》キニ依《より》テ苦《くる》シビ多《おほ》シ。王《わう》ノ左《ひだり》ノ耳《みみ》ノ中ノ玉《たま》ヲ乞《こ》ハムガ為《ため》ニ来《きた》レル也。

ト云ヘバ、竜王《りうわう》ノ云《いは》ク、

七日《なぬか》爰《ここ》ニ留《とどまり》テ我ガ供養《くやう》ヲ受《うけ》給ヘ。其後《そののち》ニ奉《たてまつ》ラム。

ト云フ。太子《たいし》七日《なぬか》ヲ過《すぐ》シテ玉《たま》ヲ得《え》ツ。竜神空《りうじんそら》ヨリ送《おく》リテ即《すなはち》国《くに》ノ岸《きし》ニ至《いたり》ヌ。八時ニ諸《もろもろ》ノ竜《りう》、宮《みや》ニ集《あつまり》テ歎《なげき》テ云《いは》ク、

玉《たま》ハ海《うみ》ノ内《うち》ノ重《おも》キ宝《たか》ラ、身《み》ノ上《うへ》ノ貴《たふと》キ厳《かざ》リナリ。猶取返《なほとりかへ》シテ吉《よ》カル可《べし》。

一 蓮花の茎に毒蛇がまつわりついていた。報恩経「此の諸の毒蛇、身を以て蓮花の茎を遶る」とある。

二 毒蛇の様態で、報恩経には「目を張り、息を喘《（せ）》かせて太子を視る」とある。蛇は目をぎらぎらさせて太子をにらみつけていた。

三 「堀城（ほりき）」は、から堀。報恩経に「其の城の四辺に七重の壍あり」とある。色葉字類抄「壍 ホリキ」。

四 太施太子が、侍女をして竜王に来意を告げさせた。

五 並みなみならぬ人でなければ。報恩経には「福徳純善の人に非ざるよりは、遠く是の如き嶮路を渉る由なし」とある。「福徳純善の人」が「オボロケノ人」に該当する。土佐日記の「おぼろけの願によりてにやあらむ、風も吹かず、よき日出で来て漕ぎゆく」の「おぼろけ」と同じ。

六 類聚名義抄「財 タカラ」。

七 須弥山の南方にある大陸の名。はじめインドをさしたが、後には広く「人間世界」をさし、ここも後者の意。

八 「時ニ」以下、六度集経一を摂取。

ト定《さだ》ム。[九]海《うみ》ノ神人《かみひと》ニ成《なり》テ太子《たいし》ノ前《まへ》ニ来《きたり》テ云《いは》ク、

聴《き》ク、君世《きみよ》ニ希《ま》レナル玉《たま》ヲ得《え》タリト。我《われ》ニ見《みせ》ヨ。

ト云フ。太子《たいし》出《いだ》シテ見スル程《ほど》ニ、又[一〇]奪《ばひ》テ海《うみ》ニ入《いり》ヌ。

太子《たいし》悔《く》イ歎《なげき》テ誓《ちか》ヒテ云《いは》ク、

汝《なむ》ヂ若《も》シ玉《たま》ヲ不返《かへさず》ハ、此ノ海《うみ》ヲ汲《く》ミ干《ほ》サム。

ト云フ。于時《〈ときに〉》海《うみ》ノ神出来《かみいでき》テ咲《わらひ》テ云《いは》ク、

汝《なむぢ》ハ[一一]太愚《いとおろか》ナル人《ひと》カナ。[一二]空《そら》ノ日《ひ》ヲバ落《おと》シモシテム、早《はや》キ風《かぜ》ヲバ止《や》メ

モシテム。[一三]此海《このうみ》ノ水《みづ》ヲバ太己《いどこ》ニカ汲移《くみうつ》サムト為《す》ル。

ト云フ。太子《たいし》答《こたへ》テ云《いは》ク、

恩愛《おんあい》ノ難断《たちがたき》[一四]ダニ我レ猶欲断《なほたたむとおも》フ。生死《しやうじ》ノ難尽《つくしがたき》ダニ我《われ》猶欲尽《つくさむとおも》フ。

況《いはむ》ヤ海《うみ》ノ水《みづ》ハ多《おほ》カレド限《かぎり》有リ。[一五]若《も》シ此ノ世《よ》ニ汲《く》ミ不尽《つくさず》ハ、世々《よよ》ヲ

経《へ》テモ必《かなら》ズ汲ミ干《ほ》サム。

ト誓《ちか》ヒテ、[一六]貝《かひ》ノ柄《え》ヲ取《とり》テ海《うみ》ノ水《みづ》ヲ汲《くま》ムト誓フ心ノ実《まこ》トナルニ、天人《てんにん》

悲《かなし》ビ憐《あはれ》ビテ皆来《きたり》テ共《とも》ニ汲ム。遠《とほ》ク[一七]鉄囲《てつゐ》ノ山《やま》ノ外《ほか》ニ置キ、[一八]天《あま》ノ衣《ころ》モノ袖《そで》

ノ内《うち》ニ裹《つつ》ム。[一九]太子《たいし》一《ひ》ト度《た》ビ二《ふ》タ度《た》ビ汲《くむ》ニ、海ノ水十分《じふぶん》ガ八分失《はちぶんうせ》ヌ。竜《りう》

[二〇]王姦《わうさ》ワギアワテテ出来《いでき》テ、

九 竜神が普通の人に姿を変えて。六度集経「海人化して凡人となり」。

一〇 「奪(ばひ)テ」は「うばひて」の頭音脱落。類聚名義抄「奪 ムバフ ハフ」「簒 バフ」。

一一 類聚名義抄「太 イト」。→五頁注二八。六度集経「なむぢの言、何ぞ虚なるや」。出来もしないことをやろうなどまことに愚鈍な者だわい。

一二 六度集経の「天日も殞(そこな)ふべし、巨風も却くべし。海の竭(つ)き難きこと、猶空の毀(ほこ)ち難きがごとし」に拠る。

一三 この海水を一体どこに汲み移そうとするのかの意。「太己」は、「太」を「いと」に宛てるのは注一〇に前出、「己」は万葉仮名。

一四 「ダニ」の「ダ」は底本「丨(キ)」に重ねて「ダ」と書く。

一五 もしこの現世で海の水を汲み尽すことが出来なかったら、生まれ変わり死に変わり、生々世々を経ても汲み干してみせよう。六度集経「今世これを抒(く)みて尽きずは、世々これを抒まん」。

一六 「貝」は「匙」の宛字。類聚名義抄「匙 カヒ」。ひしゃく。六度集経には「瓢(ひょうたん)を割って作ったひしゃく)をもて海水を抒(く)み」とある。

一七 須弥山の最も外側にある山脈。海水をその鉄囲山よりもさらに外側に投げ棄てた。

一八 太子を助けようと下ってきた天人達は、海水を天の羽衣の袖の中に包んでしまった。

一九 六度集経「天即ち下りて、其を助けて水を抒(く)み、十分八を去る」。

二〇 前田本「騒章」、さわぎあわてる意。六度集経に「海神悔い怖れて」とある。類聚名義抄「姦 サハカシ」。

我ガ居《すみ》[一]カ已《すで》ニ空《むなし》ク成《なり》ヌ可《べし》。ト詑《わび》[二]シテ玉《たま》ヲ返《かへ》シツ。太子《たいし》宮《みや》ニ返《かへり》テ月《つき》[三]ノ十五日《じふごにち》ノ朝《あした》ニ香《かう》ヲ焼《た》キ、幡《はた》[四]ヲ懸《かけ》テ、玉ヲ幢《ほ》[五]コノ上《うへ》ニ置《おき》テ、香炉《かうろ》[六]ヲ取《とり》テ玉ヲ拝《をが》ミテ云ハク、我衆生《われしゆじやう》ノ為《ため》ニ苦《くるし》ビヲ忍《しのび》テ玉《たま》ヲ得《え》タリ。願《ねがはく》[七]ハ諸《もろもろ》ノ財《たから》ヲ雨《ふり》テ、普《あまね》ク人《ひと》ノ願《ねがひ》ヲ満《みて》ヨ。

ト云フニ随《したがひ》テ、和《やはらか》ナル風吹《かぜふき》テ空《そら》ノ雲《くも》ヲ掃《はら》ヒ、細《ほそ》キ雨《あめ》ヲ灑《そそき》テ土《つち》ノ塵《ちり》ヲ納《を》サム。普《あまね》ク諸《もろもろ》ノ財《たか》ラ雨《ふり》テ積《つも》レル事膝《ひざ》ニ至《いた》ル。閻浮提《えむぶだい》ノ内《うち》ニ財ノ雨《ふ》ラヌ所《ところ》無シ。苦《くる》シビヲ堪《た》ヘ、心《こころ》ヲ励《はげ》マシテ誓《ちかひ》ヲ発《おこ》シ、海《うみ》ヲ汲《く》ミシカバ、是精進波羅《これしやうじんはら》蜜《みつ》ヲ満《みつ》ルトナリ。昔大施《むかしだいせ》太子《たいし》ト云《いひ》シハ今《いま》ノ尺迦《しやか》如来《によらい》也。六度集経《ろくどしふきやう》、報恩経《ほうおんきやう》等ニ見《みえ》タリ。有絵《ゑあり》。

（五　禅定波羅蜜《ぜんぢやうはらみつ》）

菩薩《ぼさつ》ハ世々《よよ》ニ禅定波羅蜜《ぜんぢやうはらみつ》[八]ヲ行《おこな》フ。其ノ心ニ念《おもは》ク、心[九]ハ酔《ゑ》ヘル象《ざう》ノ如シ。狂《きやう》ジテツナギ難《がた》シ。心[一〇]ハ遊《あそ》ブ猿《さる》ノ如シ。捕《とらふ》レドモ不留ズ《〈とどまらず〉》。若《も》シ念《おもひ》ヲ不静ズ《〈しづめず〉》ハ、常《つね》ニ心ヲ乱《みだし》ツベシ。煩悩《ぼんなう》

一 「居」の字に類聚名義抄「スミカ」の訓なし。前田本「栖」。
二 「詑シテ」は東大寺切「わびて」、前田本「侘」。底本の「シ」は「ヒ」の誤写か。
三 報恩経に「月の十五日朝、妙宝香を焼き」とある。
四 「幡」は仏・菩薩の威徳を示す荘厳具。三角形の幡頭の下に細長い幡身をつけ、その下から数本の幡足を垂れたもの。
五 鉾や宝珠を上端につけ、幡竿から小旗を垂れたもの。はたぼこ。幡・幢のこと、報恩経にはない。
六 報恩経「手に香炉を執りて」、前田本「手取香炉」、東大寺切「てにかうろをとりて」。底本は「手ニ」を脱す。
七 以下は、報恩経の記事を要約。

第五条 説明部で法苑珠林八十四から一部を援用して、禅定の勝れて妙なることを説く。説話部では大智度論十七を典拠とし、作者の独自記事を付加しながら話を構成。尚闍梨仙人が、髻の中に鳥が卵を産んだことに気づき、雛がかえって飛び立つまで再度定に入った話。他条に比べ説明部は長文化し、反面説話部は、原拠の短小性もあって短くなっている。

八 静かに瞑想し、心を集中して真理を観察すること。菩薩の修行徳目六波羅蜜の一つ。
九 心というものは、酔象のようなもので、煩悩に執着して刻々に動き、繋ぎとめることはむずかしい。「酔象」は酒に酔った象、また発情期で気の荒くなっている象とも。法苑珠林八十四に「六塵、念に在つて乱想常に馳す。狂象の鉤無きに類す」とある。
一〇 法苑珠林には「戯猨の樹を得るに似たり」、「譬へば獼猴（みこう）の戯跳攀縁（ぎちようへんねん）し、歓娯奔逸するがごとし」とある。
一一 前田本「観念何成」、東大寺切「観念はいかでかならん」とあり、底本の「無カラム」は、「成ラム」の誤か。さとりを得るために、心を静め雑念を去る観念の行は、どうして完

難離シ《はなれがた》。[一一]観念《くわんねむい》何カデカ無カラム。ト思《おもひ》テ、閑《しづ》カナル所《ところ》ニ念《おもひ》ヲ収《をさめ》テ、心ヲ閑《しづめ》テ不姦ズ《〈さわがず〉》。定《ちやう》[一二]ト恵《ゑ》ト相《あ》ヒ扶《たすけ》テ善《よ》ク菩提《ぼだい》ニ至《いた》ル。鳥《とり》ノ二《ふたつ》ノ翅《は》ネ車《くるま》ノ並《なら》ベル輪《わ》ノ如シ。喩《たと》[一三]ヒ智《ち》有レドモ若《も》シ禅定《ぜんちやう》無ケレバ、其ノ心不閑マラズ《〈しづまらず〉》シテ、其ノ覚《さと》リ難照《てらしがた》キ事、風《かぜ》ニ動《うご》ク燭《ともしび》ノ如ク、波《なみ》ヲ乱《みだ》レル水《みづ》ノ如シ。若シ智《ち》ノ照ラス覚《さとり》ニ禅定ノ閑カナル心ヲ加《くはへ》ツレバ、燭ノ光《ひか》リ風ヲ留《とどめ》テ物《もの》ヲ照ス事《こ》ト閑カ也《な》リ。池《いけ》ノ水波無クシテ景《かげ》ヲ浮《うか》ブル事明《あきらか》ナルガ如シ。[一四]惣《すべ》テ心ヲ一《ひとつ》ノ所《ところ》ニ係《かけ》ツレバ、事トシテ不成《ならず》ト云フ事無シ。功徳《くどく》ノ勝《すぐ》レ妙《たへ》ナル事《こ》ト定《ちやう》ヨリ過《すぎ》タルハ無シ。

昔《むか》シ仙人在《せんにんあり》キ。[一五]正闍梨《しやうじやり》仙人ト名付《なづけ》キ。[一六]独《ひと》リ閑《しづ》カナル室《むろ》ニ居《ゐ》テ久《ひさし》ク定《ちやう》ニ入《い》リ、[一七]目《め》ヲヒシギ気《キ》ヲ収《をさ》メテ、[一八]日《ひ》ヲ経《へ》テ不経タヽズ《〈たたず〉》。[一九]鳥《と》リ恒《つね》ニ是《これ》ヲ見ルニ株《くひ》ゼノ如クシテ不動ネ《〈うごかね〉》バ、其ノ[二〇]本取《もとどり》ノ中ニ栖《す》ヲ咍《く》ヒテ子《こ》ヲ生《う》ミツ。仙人定《ちやう》ヲ出《い》デヽ、[二一]首《かしら》ニ鳥ノ栖有《ある》ヲ知リヌ。

[二二]貝子《かひご》落《おち》テ可破ヌベ《〈やぶれぬべ〉》シ。[二三]母驚《ははおどろき》テ来《き》タルマジ。

[二四]心ニ深《ふか》ク此レヲ憐《あはれ》ビテ、即《すなはち》又定《ちやう》ニ入《いり》ヌ。貝子《かひご》ノ善《よ》ク飛《とぶ》ヲ待《まち》テ正《まさ》ニ即《すなはち》定ヲ出《い》デキ。[二五]心ヲ閑《しづ》カニシテ不動ザ《〈うごかざ〉》リシ、是《これ》ヲ禅定波羅蜜《ぜんちやうはらみつ》ヲ満《み》ツ

成させることができようか。

一二 禅定(心を動揺させず一点に集中安定させること)と智(理解し識別し判断する力)とが互に助け合って始めて、真の悟りに到達するものである。

一三 もし智があっても、禅定がなければ世間の無明を照し難いことは、風にゆらめく灯火、波に乱れる水面の影のようなものである。法苑珠林に「皆、情慮を放散し、心神を擾乱するに由る。風裏の灯に似たり、波中の月に譬ふ」とある。底本「音」の右に「智」と傍記。後筆と認められるがこちらを採用した。

一四 すべて、静かな瞑想に入って心を一点に集中するならば。

一五 前田本、大智度論四には「商闍梨」とあるが、大智度論十七には「螺髻仙人、尚闍梨と名づく」とある。

一六 大智度論十七の「常に第四禅を行じ出入の息を断ち、一樹下に在りて坐し、兀然として動かず」を改変したもの。第四禅は色界四禅天の第四静慮天。無念無想の状態で、最高処の禅定。

一七 前田本「瞑目」。大智度論になく作者の付加。類聚名義抄「瞑 メヒシク ヒシク」とあり、「目をつぶって」の意。

一八 下の「経」は「起」の誤か。前田本「経日不起」。坐ったまま で起きあがらなかった。大智度論の「兀然として動かず」を敷衍したか。

一九 鳥は不動の仙人を見て木の切り株と錯覚した。大智度論「鳥、此の如きを見てこれを謂(おも)ひて木と為す」。

二〇 大智度論「即ち髻中に卵を生む」。「栖ヲ咍ヒテ」は作者の付加か。「もとどり」は髪をたばねて集めたところ。

二一 大智度論「頭上に鳥の卵有るを知る」を改変。

二二 前田本「若有動事卵落破」。「貝子落テ破ヌベシ」は作者の付加。「貝子」は卵。

二三 大智度論「若し我起き動かば、鳥の母必ず復来らじ、鳥の母来らざれば鳥の卵必ず壊れむ」を簡略化。

二四 作者の付加記事。

二五 この一文も作者の付加記事。

ルトナリ。昔《むかし》ノ正闍梨仙人《しやうじやりせんにん》ハ今《いま》ノ尺迦如来《しやかにょらい》也。智度論《ちどろん》ニ見《みえ》タリ。絵《ゑ》有《あり》。

（六　般若波羅蜜《はんにやはらみつ》）

菩薩《ぼさつ》ハ世〻《よよ》ニ常《つね》ニ[一]般若波羅蜜《はんにやはらみつ》ヲ行《おこな》フ。其心《そのこころ》ニ念《おも》ハク、「[二]若《も》シ覚《さと》リ明《あき》ラムル心無《こころな》クハ、常《つね》ニ愚《おろ》カニ可暗《くらかるべ》シ。[三]邪見《じやけん》ノ滋《しげ》キ林《はやし》ニ入《いり》テ[四]菩提《ぼだい》ノ正《ただ》シキ道《みち》ヲ迷《まど》ヒナム」ト念《おもひ》テ、貴《たふと》キ道《みち》ヲ問ヒ、深《ふか》キ覚《さと》リヲ習《なら》フ。[五]先《さ》キノ五《いつつ》ノ波羅蜜《はらみつ》ハ目盲《めしひ》タル人《ひと》ノ道ヲ不知《〈しらぬ〉》ヌガ如シ。[六]第六《だいろく》ノ波羅蜜ハ目明《めあき》ラカナル人ノ道ヲ示《しめ》スガ如シ。先《さき》ノ五ノ波羅蜜ハ[七]手足《てあ》シノ身《み》ヲ助《たす》ケタルガ如シ。第六ノ波羅蜜ハ[八]首《かう》ベノ寿《いのち》ヲ持《たも》テルガ如シ。[九]花《はな》ノ眼《まなこ》ニ依《より》テ善《よ》ク涅《ね》槃《はん》ノ道ニ向《むか》フ。[一〇]花ノ首ベニ依テ法身《ほふしん》ノ命《いのち》ヲ持ツ。正《まさ》ニ知ルベシ、[一一]吾ガ心《こころ》ニ迷《まど》ヒヲ離《はな》ルレバ、仏《ほとけ》ノ位顕《くらゐあらは》レナムトスルコト、木《き》ノ目《め》ノモユルヲ見テ春《はる》ノキヌル事ヲ喜《よろこ》ビ、[一二]浜《はま》ノ沙《いさ》ゴノ平《たひら》カナルヲ見テ波《なみ》ノ近《ちか》キ事ヲ知ルガ如ク、菩薩《ぼさつ》モ如此《かくのごと》シ。[一三]若《も》シ花ノ深キ覚リヲ見バ、正ニ菩提《ぼだい》ノ漸《やうや》ク近付《ちかづき》ヌルト可知《しるべ》シ。

昔大臣在《むかしだいじんあり》キ。[一四]拘賓大臣《くひんだいじん》ト云《いひ》キ。心明《こころあきら》カニ覚《さと》リ遠《とほ》シ。[一五]国諍《くにあ》ラソヒ在《あり》シ時

第六条　般若波羅蜜の説明部は他の波羅蜜説明部よりも詳細長文。比喩を多用し、他の五波羅蜜全体を統括する重要な波羅蜜であることを説く。解説部は法苑珠林八十五または同八十の一部を摂取していると思われる。説話部は、大智度論四を典拠として、拘賓大臣が深く鋭い明察力によって、複雑な多くの国々・村民等を的確に七等分した、般若成満の実例を語る。作者の潤色付加記事が多い。

一　真理を見極め悟りを完成させる智恵。般若は智恵、波羅蜜→九頁注一八。

二　もし、真理を見極める智恵の心がなかったならば、何時も愚かで、物の道理に暗いことになるであろう。

三　邪見(因果の道理を無視する誤った見解)という密林に迷いこんで。法華経・方便品「邪見の稠林に入る」。

四　菩提(深遠なる悟りの境地)という正しい道を見失うことになるであろう。

五　これまで述べてきた檀・持戒・忍辱・精進・禅定の五波羅蜜は、まだ盲人が正しい道を認識できないようなものである。つまり、悟りの境地にはほど遠いの意。法苑珠林八十の「前の五度等は譬へば盲人に同じ」に拠ったか。

六　第六の般若波羅蜜は、よく目の見える人に対して正しい道を指し示すようなものである。法苑珠林八十には「第六の般若は、事、有目に同じ」とある。

七　手や足が人間の体の運動を助けるようなものである。

八　頭が命を保っているようなものである。底本「し」は「之」の草体とみる。ここでは「ノ」とよむ。ただし「シ」ともよめる。

九　「花」は、般若の n 音無表記の「はにや」から拗音の直音化「はな」となり、これを借字して「花」と表記したもの。般若という眼(深遠なる智の働き)によって涅槃の道(悟り)に向うことが可能となる。

一〇　般若という頭(的確に認識する智の働き)によって、絶対的な真理である法身の命脈を保っているのである。

一一　般若の智恵により、心中の迷いから離脱すると、誰でも自然に仏の境涯があらわれてくることは。

ニ[一六]閻浮提《えむぶだい》ノ大地《だいち》ヲ別《わ》ケテ等《ひと》シク七分《しちぶん》ニ成ス。[一七]若干《そこばく》ノ大《おほき》ナル国、小《ちひ》サキ国、遠《とほ》キ村《む》ラ、近《ちか》キ村ラ、数《かず》モ不知《〈しらぬ〉》ヌ諸《もろもろ》ノ民《たみ》ヲ[一八]空《そ》ラニ皆覚《さと》リ知《しり》テ、等シク七《なな》ツニ成シテ、[一九]善《よ》ク国ノ諍《あら》ソヒヲ止《や》メキ。覚リ難《がた》キヲ明カニ覚レリシヲ般若波羅蜜《はんにやはらみつ》ヲ満《み》ツト為《せ》リ。昔ノ拘賓大臣ハ今《いま》ノ尺迦《しやか》如来《によらい》也。大論《だいろん》ニ見《みえ》タリ。有絵《ゑあり》。

(七　流水長者《るすいちやうじや》)

[二〇]昔《むかし》長者有《ちやうじやあり》キ。[二一]両《ふたり》ノ子《こ》共《とも》ニ遊《あそ》ビ見ルニ、[二二]諸《もろもろ》ノ鳥獣皆一方《とりけものみなひとか》タニ赴《おもむき》テ飛《と》ビ走《はし》ルヲ見ル。奇《あやし》ビテ其方《そのか》タニ尋行《たづねゆき》テ見レバ、一《ひとつ》ノ大《おほき》ナル池《いけ》有リ。[二三]夜《や》生《しやう》ノ池ト云フ。其水尽《そのみづつき》ナムトス。多《おほく》ノ魚《うを》有リ。流水是《るすいこれ》ヲ悲《かなし》ブニ、[二四]樹神《じゆしん》告《つげ》テ云《いは》ク、

[二五]汝《なむぢ》ヲ流水《るすい》ト云フ。水《みづ》ヲ与《あた》ヘテ魚《うを》ヲ生《い》ケヨ。

ト云フ。流水驚《るすいおどろ》キテ、

魚《うを》ノ員幾《かずいく》ツゾ。

ト問ヘバ、樹神答《じゆしんこたへ》テ、

一二 岸の砂が平らに続くのを見て、海の近いことを知る。底本の「波」は、前田本に「海」とある。
一三 般若という深い智恵の完成を見たなら、菩提という悟りが次第に近付いているのだと知るべきである。
一四 大智度論には「劬嬪陀婆羅門大臣」とある。般若波羅蜜を成就した賢明な大臣の名。
一五 諸国に争乱があった時。作者の付加記事。
一六 →二四頁注六。
一七 多くの。
一八 皆悉く暗記し実態を把握していて。作者の付加記事。
一九 見事に諸国の争乱を鎮定した。作者の付加記事。

第七条　夜生の池が渇水して多くの池魚が死にそうになっているのを見た流水長者が、水を運び、食を施し、法を説き、更に、宝髻如来の名号を唱えて後生を導いた。後に、同時に死んだ魚が悉く天衆に生まれ、曼陀羅花を降らせてその恩を報じた。昔の流水は今の釈迦如来という本生譚。金光明最勝王経九・長者子流水品を中核的資料とし、その抄出や独自の付加記事等によって成る。
二〇 前田本に「昔有長者、名曰流水」とある。最勝王経では、流水を持水長者の子とし、流水の二子を水満・水蔵とする。
二一 最勝王経に「流水、其の二子を将ゐ、漸次城邑の聚落を遊行す」とある。
二二 鳥や獣が皆同一方向に飛び走って行くのを見た。最勝王経の「諸禽獣豺狼狐玃鵰鷲の属、血肉を食ふ者、皆悉く一向に奔り飛びて去るを見る」を簡略化。
二三 前田本「野生池」とする。最勝王経も同じ。
二四 正しくは菩提樹神善女天、菩提樹守護の天女。長者子流水品は、仏がこの樹神に流水の昔の因縁を説いたもの。
二五 最勝王経によれば、樹神が「汝の名を流水というのは、二つの因縁があり、一つは能く水を流し、二つには能く水を与える宿命がある。だから、汝は名に従ってこの二つの事を果し、魚を助けるべきである」と語ったとある。

十千有《じふせんあり》[一]。

ト云フ。此池日《このいけひ》ニ爆《あぶ》[二]ラレテ魚《うを》皆死《しな》ムトス。流水万《るすいよろ》ヅノ方《かた》ニ走《はし》リ求《もとむ》ルニ水無《みづな》シ。[三]大《おほき》ナル木《き》ニ登《のぼり》テ滋《しげ》キ枝《えだ》ヲ折《をり》テ、且《か》ツ池[四]ノ中ニ立《た》テ、冷《すず》シキ景《かげ》ヲ作《つくり》ツ。又廻《めぐり》テ水[五]ノ逃《に》ゲム方ヲ尋《たづね》レバ、遠《とほ》ク去《さり》テ大《おほき》ナル河有《かはあり》、魚[六]ヲ取ル人《ひと》水ヲ落《おと》シ去《の》ケタリ。[七]忽《たちま》チニツクロヒガタカルベシ。流水走リ返《かへり》テ王《わう》ノ御許《みもと》ニ行《ゆ》キテ事ノ由《よし》ヲ令申《まうさし》メテ、

　願《ねがはく》ハ廿《にじふ》ノ大象《だいざう》ヲ給《たま》ハリテ、水《みづ》ヲ運《はこび》テ魚《うを》ヲ生《い》ケム。

ト申《まう》ス。王則《わうすなはち》象《ざう》ヲ給《たま》ヒツ。流水両《るすいふ》タリノ子《こ》ト共《とも》ニサケ[八]ノ家《いへ》ニ尋行《たづねゆき》ツヽ、皮《かは》ノ袋《ふくろ》ヲ借《か》リ集《あつ》メツ。河《かは》ニ行キテ水《みづ》ヲ裹《つつ》ミテ、象ニ負《おは》セテ池《いけ》ニ運《はこ》ブ。水忽《たちまち》ニ本《もと》ノ如クニ満《みち》ヌ。

流水池ノ堤《つつ》ミヲ廻《め》グルニ、魚随《うをしたがひ》テ廻リ行《あり》ク。奇《あやし》ビテ、

　此ノ魚《うを》ハ飢《うゑ》ニ依《より》テ吾《われ》ニ随《したがひ》テ食《く》ヒ物《もの》ヲ乞《こふ》ナメリ。

ト思《おもひ》テ、両《ふたり》[九]ノ子《こ》ニ云フ、

　[一〇]一人《ひとり》ノ子《こ》ハ象《ざう》ヲ取《とり》テ忩《いそ》ギテ宅《いへ》ニ行《ゆ》ケ。父母《ちちはは》[一一]ヨリ始《はじ》メテ下《し》モノ仕人《つかへびと》ニ至《いたる》マデ、食《く》ヒ物《もの》ヲ先《ま》ヅ取集《とりあつ》メテ来《きた》レ。

ト云ヒテ遣《や》リツ。則《すなはち》行《ゆ》キテ持来《もてきた》レリ。普《あまね》[一二]ク池《いけ》ノ内《うち》ニ散《ち》ラシテ、諸《もろもろ》ノ

一　千の十倍、即ち一万のこと。
二　池の水が太陽に照りつけられて。
三　大きな木に登って梢に繋っている枝や葉を折り取って。
四　該当句は最勝王経になく、作者の付加記事。
五　池に水が注がず、余所に逃げている所を探すと。
六　漁師が河を決壊してよそへ流してしまっていた。最勝王経に「此の河辺に諸漁人あり、魚を取らんがために、河の上流の懸険の処を決棄し、水を下に流さしめず」とある。
七　早急には補修し難い状況にあった。最勝王経には「此の崖深峻にして、百千人を設け、時を三月経るも亦断ずる能はず」とある。
八　酒。最勝王経に「酒家より多く皮嚢を借りて、嚢に水を盛り、象に負はせて池に至り、そそきて池中に置く」とある。
九　流水長者が二人の子に命じて言うには。最勝王経に「長者の子流水、其の子に告げて言く」とある。
一〇　最勝王経に「汝、一象の最も大にして力あるものを取りて、速やかに家中に至り」とある。
一一　最勝王経に「父母の食ふ分より始めて、妻子奴婢の分まで、悉く皆収め取って持ちて来るべし」とあり、前田本には、続いて「不経幾程」とある。
一二　流水は、持ってきた食料を、遍く池の中にまき散らし、魚たちは皆腹一ぱいになった。

魚《うを》皆飽《あ》キヌ。又念《おも》ハク、

已《すで》ニ食《く》ヒ物《もの》ヲ持《もち》テ魚《うを》ノ飢《うゑ》ヲ助《たす》ケツ。又[一三]法《のり》ノ味《あじはひ》ヲ施《ほどこ》シテ後《のち》ノ身《み》ヲ導《みちびかむ》。

ト思《おもひ》テ、池中《いけのなか》ニ下《お》リ立《たち》テ魚《うを》ノ為《ため》ニ法《のり》ヲ説《と》ク。[一四]昔《むかし》ノ僧《そう》ノ云ヒシヲ聞《き》キテ十二《じふに》因縁《いんねん》ノ心ヲ説キ、又[一五]経《きやう》ニ顕《あらは》セルヲ見テ、宝髻如来《ほうけいにょらい》ノ名《な》ヲ唱《とな》フ。如是《かくのごと》クシテ家《いへ》ニ返《かへり》ヌ。

後《のち》ニ十千《じふせん》ノ魚同《うをおな》ジ時ニ皆死ヌ。[一六]共《とも》ニ卅三天《さむじふさむてん》ニ生《むま》レヌ。[一七]相語《あひかたり》テ云《いは》ク、

吾等《われら》先《さき》ノ世《よ》ニ魚《うを》ノ身《み》ヲ受《うけ》タリケリ。流水《るすい》ノ水《みづ》ヲ施《ほどこ》シ、食《じき》ヲ与《あた》ヘ、法《のり》ヲ説《と》キ、仏《ほとけ》ヲ唱《とな》ヘケル力《ちから》ニ依《より》テ、[一八]此ノ天《てん》ニ生《むま》レタルナリケリ。

我等《われら》共《とも》ニ行《ゆき》テ此恩《このおん》ヲ報《むくい》ム。

ト云フ。此時《このとき》ニ流水夜《るすいよ》ル高《たか》キ楼《ろう》ノ上《うへ》ニ寝《いね》タリ。[一九]十千《じふせん》ノ天子《てんし》来《きたり》テ、流水ガ臥《ふ》セル[二〇]四《よつ》ノ側《かたはら》ニ、各《おのお》ノ十千ノ[二一]瓔珞《やうらく》ヲ置ク。合《あはせ》テ[二二]四十千《しじふせん》也。又[二三]天《てん》ノ花《はな》ヲ雨《ふ》ル事積《つも》レル高《たか》サ膝《ひざ》ニ至《いた》ル。又天ノ楽《がく》ヲ唱《となふ》ルニ、寝タル人《ひと》皆驚《おどろ》キヌ。流水驚キ惶《おそる》ル程《ほど》ニ、[二四]天子返《かへ》リ去リヌ。空《そら》ノ中ニ光《ひかり》ヲ放《はな》チ、国《くに》ノ内《うち》ニ花ヲ散《ちら》セリ。又[二五]昔住《むかしすみ》シ池《いけ》ニ行《ゆき》テ、多《おほく》ノ花ヲ雨《ふらし》テ返《かへり》ヌ。明《あく》ル朝《あした》ニ国ノ王《わう》奇《あやし》ビ尋《たづね》給ヒテ、流水ヲ召《め》シテ問ヒ給ヒ、使《つかひ》ヲ遣《つか》ハシテ池ヲ令見《みし》メ給《たまひ》

一三 仏の深妙なる法を説き、魚たちの来世を導こうと思って。仏の勝れた教を聞いての悦びを、美食を味わうことに喩えた。

一四 流水は、昔、一人の僧から聞いた十二因縁の深甚な心を説き、又、大乗経典中に説いている宝髻如来の名号を、魚たちのために唱えてやった。十二因縁は、人間の苦悩の根元を追求し、これを滅するための十二の条件を系列化したもの。無明・行・識・名色・六処・触・受・愛・取・有・生・老死の十二。底本「云シヒヲ」(「シ」の次の一字抹消)は「云ヒシヲ」の誤。

一五 最勝王経に「若し衆生有りて命終に臨む時、宝髻如来の名を聞くことを得ば、即ち、天上に生る」とある。

一六 流水長者が宝髻如来の名号を唱えてやったので、魚たちは死後、悉く三十三天に生れることが出来た。三十三天は六欲天の一つ。忉利天とも。須弥山の頂上にあり、中央に帝釈天、四方の各八天を加えて三十三天となる。

一七 死んで忉利天に生れた魚たちが相共に言うことには。

一八 此の天に生れたのだったね。「ナリケリ」の気持がよく表われている。

一九 三十三天に生れかわり天子となった一万の魚たちが。

二〇 最勝王経によれば「十千の天子、共に十千の真珠の瓔珞をその頭の辺に置く、又、足処・右脇・左脇の四つの側に置く」とある。

二一 金・銀・珠・真珠などを紐で編んで首や胸などにかける装身具。

二二 千の四十倍、即ち四万。

二三 最勝王経に「曼陀羅花・摩訶曼陀羅花をふりて、積れること膝までに至せり」とあり、天界の花々を膝の高さになるほど降らせた。「膝ニ至ル」の表現は、二六頁七行目にもある。

二四 十千の天子たちは(供養を終えて)天に帰り去った。

二五 魚たちが昔住んでいた夜生の池に行って。

テ、明《あき》ラカニ是レ池ノ魚ノ天ニ生《むまれ》テ恩《おん》ヲ報《むくい》タルナリケリト知《しり》ヌ。国ノ内ノ諸《もろもろ》ノ人皆大《おほき》ニ貴《たふと》ビヲ成シキ。[一]昔ノ流水ハ今《いま》ノ尺迦如来《しやかによらい》也。最勝王経《さいしようわうぎやう》ニ見《みえ》タリ。

(八　堅誓師子《けんじやうしし》)

昔《むかし》[二]波羅奈国《はらなこく》ニ山有《やまあり》。仙聖山《せんしやうせん》ト云《いひ》キ。五百縁覚《ごひやくのえんかく》[三]住《すみ》キ。山ニ一《ひとつ》ノ師子《しし》有《あり》キ。堅誓師子《けんじやうしし》ト名《なづ》ケキ。身《み》ノ[四]皮金《かはこがね》ノ色《いろ》ニシテ力《ちか》ラ千《せん》ノ師子ニ等《ひと》シ。音《こゑ》ヲ出《いだ》シテ吠《ほ》ユル時ニ、飛《と》ブ鳥驚《とりおどろき》テ落《お》チ、走《はし》ル獣《け》モノ隠《かく》レ臥《ふ》ス。此ノ師子ノ[五]縁覚《えんかく》ノ聖《ひじり》ノ木《き》ノ下《もと》ニ居《ゐ》タル時ヲ見テ、[六]日々《ひび》ニ来《きたり》テ喜《よろこ》ビムツレテ、経《きやう》ヲ誦《ず》シ法《ほふ》ヲ説《とく》ヲ聞ク。独《ひとり》ノ狩《か》リ人来《うどきたり》テ[七]是《これ》ヲ見テ念《おも》フ、若是《もしこれ》ガ皮《かは》ヲ剝《はぎ》テ王《わう》ニ奉《たてまつり》タラバ、[八]必《かなら》ズ官《つかさ》ヲ給《たまは》リ財《たから》ヲ得《え》テム。但《ただ》シ是ハ獣《けだ》モノヽ王ナリ。弓《ゆみ》ヲ以《もつ》テモ不可射ズ〈いるべからず〉、縄《なは》ヲ以テモ不可執ラズ〈とらふべからず〉。マサニ[九]別《こ》ト謀《はか》リ事ヲ可構《かまふべ》シ。[一〇]是ハ只法師《ただほふし》ニ馴《な》レ近《ちか》ヅクナル。必《かなら》ズ[一一]我暫《われしばら》ク頭《かしら》ヲ剃《そり》テ、袈裟《けさ》ノ中ニ弓ヲ隠《かく》シテ木《き》ノ下《もと》ニ居《ゐ》タラム。必《かなら》ズ来《き》タリムツレムヲ、窃《ひそか》ニ構《かまへ》テ射殺《いころ》サム。

一 最勝王経には「昔の時に長者の子流水といひしは、即ち我が身是れなり。持水長者といひしは即ち妙幢是れなり。彼の二人の子長子水満といひしは、即ち銀光是れなり。次の子水蔵といひしは、即ち銀幢是れなり。彼の天自在光王といひしは、即ち汝菩提樹神是れなり。十千の魚といひしは、即ち十千の天子是れなり」とあるが、本条では昔の流水は今の釈迦如来であるという部分だけを取りあげている。

第八条　金色の毛をしていたため猟師の策略にかかって毒の矢を射られたが、僧形の猟師を見て、ひたすら苦痛を忍び、殺されて皮を剝ぎとられた堅誓師子の話。報恩経七・親近品を中核的資料とし、一部に若干の潤色が認められる。

二 インド、ガンジス河中流のベナレス市附近にあった古代の国。

三 師なくして独自に悟りを開いた人。報恩経には音写の「辟支仏」とある。

四 報恩経や前田本には「身毛金色」とある。

五 報恩経には該当句なく、前田本「見一縁覚居樹下」とある。作者の潤色か。

六 日々にやってきてはこの聖に親しみ、常に誦経や説法を聴聞していた。報恩経「日日親(ちか)づき、常に、経を誦し、微妙の法を説くを聞く」、前田本「日々来親、恒聞誦経説法」。底本「常ニ」を脱す。

七 師子の毛が金色であるのを見て。報恩経には「是の師子の身毛金色なるを見て」とある。

八 必ず官位を賜わり、褒賞金にもありつけるに違いない。報恩経「必ず爵禄を施せん」。

九 特別の手だてを構える外に道はない。報恩経「当に更に異計を設けむ」、前田本「当構他謀」。

一〇 その師子はただ法師に馴れて近づいているとのことだ。

一一 私も一時、頭を剃って。報恩経の「我、今、当に沙門の像になるべし」を具体的に敷衍したもの。

ト念《おもひ》テ、家《いへ》ニ返《かへり》テ妻《め》[一二]ニ語《かたら》フ、
我未《われいま》ダ昔《むかし》ヨリ金《こがね》ノ色《いろ》ノ獣《け》モノ有《あり》ト聞《きか》ザリキ。今日《け》フ是《これ》ヲ見ツ。若《も》[一三]シ適《たま》タマ是ヲ殺《ころ》シテ皮《かは》ヲ剝《はぎ》テ王《わう》ニ奉《たてまつり》タラバ、我ガ家《いへ》ハ悦《よろこ》[一四]ビ有《あり》テ、孫《むまご》ノ世《よ》ゝ《よ》マデ財《たから》ニ豊《ゆたか》ニ成《〈なら〉》ナラム。
ト云《いひ》テ、俄《にはか》ニ鬢《ひ》ゲ髪《かみ》ヲ剃《そり》テ黒《くろ》[一五]キ衣《ころ》モヲ着テ、彼《か》ノ山《やま》ニ行《ゆ》キテ木《き》ノ下《もと》ニ居《ゐ》タリ。師子《しし》是《これ》ヲ見テ、悦《よろこび》テ踊《をどり》テ走《はし》リ来《きたり》テ、近《ちか》ヅキテ其ノ足《あし》ヲネブルニ、[一六]袈裟《けさ》ニ隠《かく》シテ弓《ゆみ》ヲ引《ひき》テ毒《どく》ノ箭《や》ヲ以《もつ》テ是ヲ射《い》ツ。
師子《しし》吠《ほ》[一七]エカマヒテ此人《このひと》ヲ喰《くは》ムトスルニ、又念《おも》ヒ返《かへ》ス、
我レ此人《このひと》ヲ喰《く》ヒ殺《ころ》サム事甚《はなは》ダ安《やす》ケレドモ、形《かたち》是レ僧《そう》ノ形ナリ、衣《ころ》モ已《すで》ニ法《のり》ノ衣ナリ。若《もし》僧ノ身《み》ヲ壊《やぶ》[一八]リテハ仏《ほとけ》ノ身ヲ壊《やぶる》ニ成《なり》ナム。
ト念《おも》ヒテ、気《い》[一九]キヲ惜《をし》ミテ痛《いた》[二〇]キヲ忍《しの》ブルニ、痛ク苦《くる》シキコト堪《た》ヘ難《がた》ケレバ、又猶歯《なほは》ヲ嚙《か》ミテ喰《く》ヒテムトスルニ、又忍《しのび》テ念《おも》ヒ留《とど》マル。
此人内《このひとうち》ニハ悪《あく》[二一]ノ心ヲ含《ふく》メリケレド、外《ほ》カニハ猶僧《なほそう》ノ姿《すがた》ナリ。若《もし》此ノ人ノ今日《けふ》ノ命《いのち》ヲ殺《ころ》シテバ、永《なが》ク諸《もろもろ》ノ仏《ほとけ》ノ重《おも》キ誡《いましめ》ヲ破《やぶ》リツベシ。事ヲ忍《しの》ブルハ人ニ敬《うや》マハル、忍ビヌハ人ニ悪《に》クマル。弥《いよい》ヨ煩悩《ぼんなう》ヲ発《おこ》シテ永ク生死《しやうじ》ヲ増《ま》[二二]シテ、悪《あし》キ所《ところ》ニ生《む》マレ、吉《よ》[二三]キ共《とも》ヲ離《はな》レ、正法《しやうぼふ》

一二 報恩経「即便ち家に還りて、是言を唱ふ」。「妻ニ」は作者の敷衍か。
一三 以下の二行、報恩経になし。
一四 お礼を沢山もらって。
一五 黒の僧衣を身にまとって。報恩経には「法服を被て」とある。
一六 袈裟の下にかくし持っていた弓を引いて。報恩経に該当文辞はなく、作者の敷衍か。
一七 吼え、嚙みついて。報恩経「嘊喍、哮吼」。嘊はかみつく、喍はかみ合う。類聚名義抄「嘊　カマフ」。
一八 底本「懐」は「壊」の誤。前田本「破」、東大寺切「やぶり」。
一九 「惜ミテ」は「収メテ」の誤か。前田本「収息」、東大寺切「いきをゝさめて」。息をのんで。
二〇 東大寺切「いたきをしのびて〔しばらくありて、どくのけやうやくふかくいるに〕」、前田本「痛ミヲ忍〔毒気深ク入テ〕」、報恩経「〔復た少時を経て毒薬転深し〕」。〔 〕内は底本の脱。
二一 「悪ノ心」は「毒ノ心」を正しとするか。前田本「毒意」、東大寺切「どくの心」、報恩経「毒陰謀を懐く」。
二二 底本「増ステ」。「ス」は「シ」の誤。前田本「増」、東大寺切「ます」、報恩経「増長す」。
二三 東大寺切「よきともを」、報恩経「善友を離る」。「共」は「友」の借字。

ヲ不聞ズ《〈きかず〉》、菩提《ぼだい》ヲ遠《とほ》ザカル。此故《このゆゑ》ニ我今《われいま》悪キ心ヲ不可発《おこすべからず》。

ト思《おも》ヒ了《をはり》テ、師子《しし》偈《げ》ヲ説《とき》テ云《いは》ク、

　願《ねがはく》ハ自《みづ》カラ命《いのち》ヲバ亡《ほろぼ》ストモ、遂《つひ》ニ悪《あし》キ心《こころ》ヲ発《おこ》シテ法《のり》ノ衣《ころ》モニ不向ハジ《〈むかはじ〉》。願ハ自カラ命ヲバ亡ストモ、悪キ心ヲ発シテ出家《しゆつけ》ノ人《ひと》ニ不向ハジ《〈むかはじ〉》。

[二]ト云ヒ了《をはり》テ即《すなはち》死ヌ。時ニ[三]大地《だいち》六度《むた》ビ振《ふる》ヒテ、[四]鳥獣《とりけ》モノ驚《おどろ》キ走《はし》ル。[五]雲無《くもなく》シテ血《ち》ヲ雨《ふり》テ、日《ひ》明《あきら》カナル光《ひかり》無シ。狩人《かりうど》袈裟《けさ》ヲ脱《ぬ》ギテ刀《かたな》ヲ以《もつ》テ師《し》子《し》ノ皮《かは》ヲハギツ。悦《よろこ》ビ荷《になひ》テ家《いへ》ニ返《かへり》ヌ。即《すなはち》国王《こくわう》ニ奉《たてま》ツリタレバ、深《ふか》ク奇《あやし》ビ悦ビ給《たまひ》テ、

　何《いか》ニシテ此ノ皮《かは》ヲバ得《え》シゾ。

ト問ハセ給ヘバ、[六]具《つぶ》サニ上《かみ》ノ件《くだり》ノ事ヲ顕《あら》ハシテ、構《かま》ヘ殺《ころ》シヽ謀事《はかりこと》ヲ申《まう》ス。王《わう》聞キテ驚《おどろき》テ悲《かなし》ビ泣《なき》テ、涙《なみだ》ヲ流《なが》シ給フ[七]。

　我レ昔《むか》シ智《ち》者《しや》ノ説《とき》シヲ聞《〈き〉》キヽシカバ、若畜生《もしちくしやう》ノ身《み》ノ毛《け》金《こがね》ノ色《いろ》ナルハ必是《かならずこれば》菩薩《さつ》也ト云《いひ》キ。今《いま》此ノ悪《あし》キ謀事《はかりこと》ヲ成シテ、此ノ菩薩ヲ殺《ころ》セリ。[八]我レ若官《もしつかさ》ヲ給ヒ財《たから》ヲ与《あた》ヘバ、彼《かれ》ト心ヲ同《おなじ》クスルニ成《なり》ナム。

ト宣《のたま》ヒテ、即《すなは》チ此人《このひと》ヲ捕《とら》ヘテ其ノ命《いのち》ヲ殺《ころ》シツ。王《わう》此ノ皮《かは》ヲ以《もつ》テ山《やま》ノ中

一 この偈は、報恩経に「願自喪身命　終不起悪心　向於壊色服　願自喪身命　終不起悪心　向於出家人」とある。

二 東大寺切「けを頌シテイハク被恒河沙仏　解脱幢相衣於此起悪心定」と行間に書き入れがあるが、後人のもの。

三 大地が六たび振動して。天神や仏の感動した時の相。

四 類聚名義抄「獣 ケモノ」「畜 ケタモノ」とあり、鳥類を含めた時は「けだもの」、鳥類を含めない時には「けもの」といったか。六頁三行目、二九頁七行目、三二頁七行目、三三頁二行目も同じ。

五 雲もない空から血を降らし、太陽からは光が失せた。

六 つぶさに事の仔細を説明し。

七 この次に前田本「集大臣曰」、東大寺切「大臣をあつめての□」とある。底本の脱。

八 私がもしこの猟師に官位を与え、財宝を施したりしたならば、彼と共謀して菩薩を殺したことになるであろう。

九 香木の名。高さ十メートルに達する常緑の高木。

一〇 報恩経「舎利を収め取り塔を起てて供養ず」。前田本「拾骨立塔供養之」。底本は「立塔」もしくは「起塔」の脱か。「供養ズ」は一語としてはにごる。日葡辞書「Fotoqeuo cuyôzuru ホトケヲクヤゥズル」。

第九条　五色の角をもった鹿王が、孕んでいる母鹿と胎

ニ入《いり》ヌ。師子《しし》ノ死ニケル所《ところ》ニ尋《たづ》ネ至《いた》リ給テ、[九]栴檀《せんだん》ヲ集《あつ》メ積《つみ》テ其ノ空《むな》シキ尸《かばね》ヲ葬《はふ》ラシメ給ヒ、皮《かは》ヲ焼《や》キ[一〇]骨《ほね》ヲ拾《ひろ》ヒテ供養《くやう》ジキ。昔《むかし》ノ堅誓師子《けんじやうしし》ハ今《いま》ノ尺迦《しやか》如来《によらい》也。昔《むかしのこくわう》国王ハ今ノ弥勒菩薩《みろくぼさつ》也。報恩経《ほうおんきやう》ニ見《みえ》タリ。

(九　鹿王《ししわう》)

[一一]昔《むかー》シ広《ひろ》キ野《の》ニ林在《はやしあり》キ。二《ふた》ツノ鹿《しし》ノ王有《わうあり》テ、各《おのおの》ノ多《おほ》クノ鹿ヲ随《したが》ヘタリキ。[一二]国《くに》ノ王出《いで》テ狩《かり》シ給フニ、[一三]鹿《し》シ皆逃《に》ゲ走《はし》ル。穴《あな》ニ落入《おちい》リ、岩《いは》ニ当《あたり》テ、身《み》ヲ破《やぶ》リ命ヲ失《うしな》フ。一《ひと》ツノ鹿ノ王此レヲ見テ悲《かなし》ビヲ成シテ、王ノ前《まへ》ニ行《ゆ》ク。[一四]其ノ形高《かたちたか》ク大《おほ》キニシテ、其ノ角五《つのいつ》ツノ色《いろ》也。人《ひと》皆驚《おどろ》キ奇《あやし》ブ。

鹿《しし》ヽ跪《ひざま》ヅキテ王ニ申《まう》サク、

[一五]王《わう》ノ自《みづか》ラ狩《か》リ給フニモ、王ノ使《つかひ》ノ狩ルニモ、吾ガ輩《ともが》ラ多《おほ》ク死ヌ。[一六]或野《あるの》ハ母《はは》ト子《こ》ト乍生《〈いきながら〉》ナガラ相《あ》ヒ別《わか》ル丶、事深《ふか》ク悲《かな》シ。[一七]仮使《たと》ヒ多クノ鹿《しし》ヲ今日《け》フ皆殺《ころ》セリトモ、[一八]一日《〈ひとひ〉》ヒニクサリ捨《す》テ、[一九]日《〈ひ〉》ヒ次《つ》ギニ当《あ》ツル事小《すく》ナカリナム。[二〇]王ノ厨《くり》ヤノ用《よう》スラム数《かず》ヲ承《うけたまはり》テ、[二一]日《〈ひ〉》ヒ毎《ごと》ニ勧《すす》ミテ進《たてま》ツラム。王ハ常《つね》ニ[二二]鮮《あざらか》ナルヲ用《も》[二三]チヰ、吾レハ暫《しばら》ク命ヲ延《の》ベム。

内の子鹿を助けるべく、我が身を提供しようとした布施行(身施)の話。六度集経三を中核的資料とし、大智度論十六、大唐西域記七からも取材し、これらを統合して話を構成している。

一一 大智度論の「野林の中に二の鹿の群を見る。群の主として各王有り。一の主に五百の鹿の群有り」に拠ったか。この二鹿王を、六度集経では菩薩鹿王(本条の主人公)と提婆達多鹿王とする。

一二 六度集経は単に国王とし、大智度論は「波羅奈国梵摩達王」とする。

一三 国王の出猟時には、鹿群は皆遁走し、穴に堕ち、岩に突き当って身を破り、死んでいった。六度集経に「群鹿分散し巌に投じ坑に堕つ…摧破し死傷し、殺さるること少なからず」とある。

一四 からだは丈が高く大きくて、角は五色であった。六度集経「厥(そ)の体高大、身の毛五色」、菩薩鹿王の姿体のことである。

一五 以下「深ク悲シ」まで典拠不明。作者の付加記事か。底本「輩ラ」の「ラ」は「フ」の様な字体であるが、三九頁一行目の「菴羅」の「羅」を「ㇷ」と書くのと同じ。

一六 前田本「或母与子相離別、或乍生蒙疵」。底本の「野」は衍、あるいは「イ」を「ノ」と誤って「野」と宛てたか。「蒙疵」は脱か。

一七 「仮使ヒ」以下の鹿王の発言部分は大唐西域記に拠る。類聚名義抄「仮使　タトヒ」。

一八 日ならずして腐って捨て。大唐西域記「不日腐臭」。

一九 日毎に使用する肉の量は、ごく少量であろう。前田本には「宛日供少」とある。

二〇 王の厨房で使用する量を、あらかじめ承っておき。

二一 毎日その分を当方からお届けしましょう。大唐西域記「願はくは、次を差し、日に一鹿を送らん」。

二二 類聚名義抄「鮮 アザヤカナリ アザラケキ」。土佐日記「ある人あざらかなるものもてきたり」。

二三 「用チヰ」の「ヰ」、→三六頁注二。

ト申《まう》ス。[一]王大《わうおほ》キニ奇《あやし》ビテ云《いは》ク、
日《ひ》次《つ》ギニ用《もち》[二]ヰル事ハ一日ヒ《〈ひとひ〉》ニ一《ひと》ツニハ不過ズ《〈すぎず〉》。不知ザリ《〈しらざり〉》ツ、汝《なむち》ガ
常《つね》ニ多《おほ》ク死ヌラム事ヲバ。今所云 裁《いまいふところことわり》[三]也。汝ガ事ニ[四]随《したが》ハム。
ト讃《ほ》メテ、不狩《からず》シテ還《かへり》ヌ。
二《ふた》ツノ鹿《しし》ノ王《わう》日ヒ《〈ひ〉》[五]交《ま》ゼニ互《たが》ヒニ進《たてま》ツル。[六]此ノ王ノ奉《たてまつ》ルニハ次《つい》デニ当《あた》
レル鹿《し》シニ涙《なみ》ダヲ垂《た》レテ誘《こし》[七]ラヘテ云フ、
命有ル物《もの》ハ皆死ヌ。誰《たれ》カ是《これ》ヲ免《まぬか》レム。道《みち》〱《みち》ニ仏《ほとけ》ヲ念《ねむ》ゼヨ。[八]恨《うら》ミ
ノ心ヲ成シテ人《ひと》ニ向《むか》フナ。
ト教《をし》ヘテ遣《や》ル。
[九]今一村《いまひとむら》ノ中ニ孕《はら》メル鹿《しし》、次《つい》デニ当《あた》レル日己《ひお》ノガ王《わう》ニ愁《うれ》フ、
子生《こむ》マム事不久ズ《〈ひさしからず〉》。願《ねがはく》ハ異《こ》ト鹿《しし》ヲ替《か》ヘテ、後《のち》ノ日《ひ》ニ吾レヲバ当《あて》
ヨ。[一〇]産《む》メラム子モ生《お》ヒ立《たち》ナバ、後《のち》ノ為《ため》ニ宛《あつる》ニ吉《よか》ルベシ。
ト云《いふ》ニ、鹿《しし》ノ王恚《わういかり》テ、
何《なに》ニ依《よりて》カ心ニ任《まかせ》テ濫《みだりがは》シク次《ついで》ヲバ可遁《のがるべき》。
ト云《いひ》テ不免ズ《〈ゆるさず〉》成リヌレバ、[一一]侘《わ》ビテ亦側《またかたへ》ノ王ニ愁《うれふる》ニ聞《きき》テ云フ、
[一二]悲《かなし》イ哉《か》ナ、母《はは》ノ心。未生《いまだむま》レヌ子ヲサヘ悲《かなし》ブ事。

一　以下、「ト教ヘテ遣ル」までは、六度集経に拠る。
二　前田本「日次用事」、六度集経「用ゐる所、日に一に過ぎず」。底本の「用ヰル事」の「ヰ」は片仮名の「サ」の様な字体で、前々行の「用チヰ」にも見え、平安後期の西墓点(園城寺系統)や石山寺の点本にも見える。一九頁注九の「ツ」の異体字とともに注目すべきであろう。
三　類聚名義抄「裁　コトワリ」。
四　「事」は「言」に同じ。
五　一日交替に。
六　菩薩鹿王の側から鹿を差し出す際には。
七　教え諭して。
八　六度集経「彼の人王に向ひ、慎みて怨むこと無れ」。決して国王に対して恨みをいだいてはならぬぞ。
九　もう一つの鹿群中に、子を孕んだ鹿で、次の順番に当っているのが。大智度論の「是時、提婆達多の鹿群の中に、一鹿有りて子を懐きて、来りて其主に白す」に拠る。
一〇　生まれてくる子も、成長の暁には、順番に当てるのに役立つであろう。
一一　困りはて、別群の菩薩鹿王に陳情すると。
一二　誠に悲しくも哀れなことだ、母親の愛情は。まだ生まれてもこない子鹿のことまで気づかっている。大唐西域記「悲しきかな慈母の心。恩未だあらはれざる子に及ぶ」。

ト悲ビテ、我方《わがかた》ノ明日《あす》ノ鹿《しし》ヲ呼《よ》ビテ、

一三 今日《けふ》替《か》ハリテ行《ゆ》ケ。

ト語《かた》フニ、夫《そ》レ又愁《うれへ》テ云《いは》ク、

誰《たれ》カ皆暫《しばらく》ノ命ヲ不惜《〈をしまざ〉》ザラム。

ト。

明日《あ》ス行《ゆ》カム事ハ次《つい》デニ当《あた》レヽバ難遁《のがれがた》シ。今夜《こよひ》ノ残《のこり》ノ命ヲ捨《す》テ、今日《けふ》死ナム事ハ愁《うれ》ヘト有《あり》。

ト云ヘバ、鹿《しし》ノ王《わう》ノ云《いは》ク、

此ノ愁《うれへ》モ可然《しかるべ》シ。吾レ今《け》日フ汝《なむぢ》ニ替《かはり》テ命ヲ捨《す》テム。

ト云《いひ》テ、自《みづか》ラ出《い》デヽ、行《ゆ》キヌ。国《くに》ノ王驚《わうおどろ》キ迷《まど》ヒ給フ。

一四 何《なに》ニ依《より》テカ鹿《しし》ノ王《わう》ノ今《け》日フ自《みづか》ラ来《きた》レル。村《むら》ノ鹿ノ失《う》セニタルカ。

ト宣《のた》マヘバ、鹿《しし》ノ王《わう》ノ云《いは》ク、

一五 傍《かたへ》ノ村《むら》ニ一《ひと》ツノ孕《はら》メル鹿《し》シ有リ。今日《けふ》ノ次《つ》イデニ当《あた》レリ。一六 孕メル子《こ》未《いま》ダ不生《〈むまず〉》マズト愁《うれ》フルヲ聞クニ、難忍《しのびがた》ケレバ、吾レ替《かはり》テ死ナムトスル也。

ト云ヘバ、国《くに》ノ王大《わうおほ》キニ悲《かなしび》テ涙《なみだ》ヲ流《なが》シテ宣《のたま》ハク、

一三 前田本「〔孕鹿愁事悲、替彼〕今日可往語」とある〔 〕の箇所、「子を孕んでいる鹿の嘆きを悲しんで、彼に替って」の部分は、底本の脱か。底本「替リテ」とあるが「替ハリテ」の誤写と認める。

一四 どういういきさつで、鹿王自らが今日やって来たのか。村中の鹿が尽き果てたのか。大智度論に拠る。

一五 大唐西域記の「雌鹿有り、死に当る。胎子未だ産せず、心に忍ぶ能はず、敢て身を以て代る」に拠ったか。

一六 前田本に「孕子未生、〔被免今日暇、生子之後、可遣之愁〕、其愁依難忍、代彼、欲死参也」とある〔 〕の箇所、「今日はお暇を戴いて、子を産んだ後に、私を遣わして下さいと嘆く」の部分は底本の脱か。

[一]吾レハ諸《もろもろ》ノ命ヲ殺《ころ》シテ己《おの》ガ身《み》ヲ養《やしな》フ。汝《なむぢ》ハ物《もの》ノ命ヲ済《すく》ヒテ己《おの》ガ身ヲ捨《すて》タリ。悲《かな》シクモ有ル哉《かな》。
トテ、偈《げ》[二]ヲ説《とき》テ云《いは》ク、
[三]我《われ》ハ是実《これじち》ノ畜生《ちくしやう》也。名付《なづけ》テ人《ひと》ノ頭《かし》ラ也鹿《なるしし》ト可為《なすべ》シ。汝《なむぢ》[四]ハ是畜生ナリト雖《いへど》モ、名付テ鹿ノ頭ラナル人ト可為《なすべ》シ。実《じち》[五]ヲ持《たもち》テ人ト為ス。
形《かたち》ヲ持テハ人ト不為《〈なさず〉》ズ。吾レ今日《けふ》ヨリ始《はじめ》テ諸《もろもろ》ノ鹿ヲ不食《〈くはじ〉》ハジ。
此誓《このちか》ヒヲ成シテ国《くに》ノ内《うち》ニ勅《ちよく》ヲ下《くだ》シテ、
狩《か》リ為《せ》ム者《も》ノヲバ罪《つ》ミ為《せ》ム。
ト誡《いまし》メテ、則《すなはち》[六]此ノ野《の》ヲ以《もつ》テ鹿《しし》ノ薗《その》ト成《なし》テキ。鹿苑《ろくをん》[七]ト云フ名《な》ハ是レヨリ流《なが》シヽナリ。仏始《ほとけはじめ》[八]テ爰《ここ》ニ赴《おもむき》テ法《ほふ》ヲ説《と》キ給フ。又昔ノ鹿王《ししのわう》ハ今ノ尺迦《しやか》如来《によらい》也。六度集経《ろくどしふきやう》ニ見《みえ》タリ。

（十　雪山童子《せつせんどうじ》）

昔独《むかしひとり》ノ人有《あり》テ雪山《せつせん》[九]ニ住《す》ミキ。名付《なづけ》テ雪山童子《せつせんどうじ》[一〇]ト云フ。薬《くすり》ヲ食《く》ヒ、菓《こ》ノ子《み》ヲ取《とり》テ、心[一一]ヲ閑《しづ》カニシ道《みち》ヲ行《おこな》フ。帝尺是《たいしやくこれ》ヲ見テ思《おも》ハク、「魚《うを》[一二]ノ子《こ》

一 六度集経の「畜獸天地の仁を懐ひて、身を殺して衆を済ひ…吾は人君として、日に衆生の命を殺して己が体を肥沢す」に拠る。
二 この偈、大智度論に「我実是畜獸　名曰人頭鹿　汝雖是鹿身　名為鹿頭人　以理而言之　非以形為人　…我従今日始　不食一切肉」とある。
三 我はまさに畜生そのものだ。外見は人間のかしらになっているが、内実は人間の頭をつけた鹿(畜生)と言っていい。
四 汝は外見は鹿の身とはいいながら、内実は鹿の頭をつけた人間(真の主領たるもの)と言ってよい。
五 止観輔行伝弘決一所引の大論に、「理を以て人と為し、形を以て人と為さず」とある。慈悲や道理の心のあるものを真の人間とすべきで、単なる外見だけでは人間と認め難い。
六 大唐西域記「即ち其林を以て諸鹿藪と為す。因りて之を施鹿林と謂ふ」。
七 大唐西域記「鹿野の号、此より興る」。鹿苑は鹿野苑の略。
八 釈尊が成道後、ここへ行って最初の説法をして五人の修行者を度した。その地が波羅奈国の鹿苑であった。

第十条　羅刹の唱える雪山偈の前半の二句を聞き、残りの半偈を聞こうとして、わが身を羅刹に与えようとした雪山童子の、施身聞偈の堅固な道心の話。法隆寺玉虫厨子台座の本生図の題材となっていることは著名。大般涅槃経・聖行品に依拠するが、経に見えない記事が多く、作者が利用したと推定される資料は未詳。
九 インド北部にそびえるヒマラヤ山脈。
一〇 釈尊が前世に菩薩であった時の名。
一一 心を静寂安穏にして仏道を修行していた。
一二 涅槃経に「魚の母は多く子を胎むこと有れども成就する者少なきが如く、菴羅樹は花多けれども果少なきが如し」とあり、きわめて稀であることの譬。「菴羅」はマンゴー。

ハ多《おほ》カレド、魚ト成ルハ少《すくな》シ。菴羅《あむら》ノ花《はな》ハ滋《しげ》ケレドモ、菓子《このみ》ヲ結《むす》ブハ希《まれら》ナリ。人《ひと》モ又如是《かくのごと》シ。一三心ヲ発《おこ》ス物《もの》ハ多《おほ》カレド、仏《ほとけ》ニ成ルハ希《まれ》ラナリ。惣《すべ》テ諸《もろもろ》ノ菩提心《ぼだいしむ》ハ一四浄土《じやうど》ニ経《ふ》レド動《う》ゴキ安《やす》ク、一五苦《く》ルシビヲ恐《おそれ》テ励《はげ》ミ難《がた》キ事、一六水《みづ》ノ内《うち》ノ月《つ》キ波《なみ》ニ随《したがひ》テ動キ安ク、一七鎧《よろ》ヒヲ着タル軍《いく》サノ戦《たた》カフニ臨《のぞ》ミテ恐《おそれ》テ逃《に》グルガ如シ。一八此ノ人ノ心ヲモ行《ゆ》キテ心《ここ》ロ見《み》テ知ル可《べ》シ」ト念《おも》フ。

一九其ノ時ニ仏世《ほとけよ》ニ不伊坐《〈いまさざ〉》ザリシカバ、雪山童子《せつせんどうじ》普《あまね》ク二〇大乗経《だいじようぎやう》ヲ求《もと》ムルニ不能《〈あたはず〉》ズ。

二一諸行無常《しよぎやうむじやう》、是生滅法《ぜしやうめつぽふ》

ト二二云フ音《コ》ヱ風《ほ》ノカニ聞コユ。驚《おどろ》キテ見レバ人《ひと》モ無《な》シ。二三羅《ら》刹《せつ》近《ちか》ク立テリ。其ノ形《かたち》猛ケク恐《お》ソロシクシテ、二四頭《かしら》ノ髪《かみ》ハ焔《ほの》ホノ如ク、口歯《くちのは》ハ剣《つるぎ》ノ如シ。目《め》ヲ瞋《い》カラカシテ普《あまね》ク四方《しはう》ヲ見廻《めぐ》ラス。二五此レヲ見レドモ不驚《〈おどろかず〉》カズシテ、偏《ひと》ヘニ聞キツル事ヲノミ悦《よろこ》ビ奇《あやし》ブ事、二六喩《たと》ヘバ年《と》シ経《へ》テ母《はは》ヲ別《わか》レタル小《〈こ〉》牛《うし》ノ、風《ほ》ノカニ母ノ音《こゑ》ヲ聞《きく》ナラムガ如シ。

此ノ事ハ誰《た》レカ云《いひ》ツルゾ。二七必《かなら》ズ残《のこり》ノ辞《こと》バ有ル可《べし》。

ト云《いひ》テ、普《あまね》ク尋《たづ》ネ求《もとむ》ルニ人《ひと》モ無《な》ケレバ、「若《も》シ此鬼《このおに》ノ云《いひ》ツルカ」ト疑《うたが》

一三 涅槃経「衆生の発心は乃ち無量有れども、其の成就に及びては少なきこと言ふに足らず」。
一四 前田本「凡夫菩提心触事易動」、涅槃経「少しき微縁を見れば即ち動転」とあって、凡夫の菩提心は、わずかのきっかけで動揺しやすいの意となるが、この字面通り解そうとすれば、「悟りを求める心は浄土で暮していても動きやすい」となろうか。
一五 苦しみを恐れて精進の心が退散し易いことは。
一六 あたかも水中の月影が波に随って動くように動揺し易いものであり。
一七 鎧に身を固めた武人が、いざ実戦という場面に直面すると、恐れて逃げ出すようなものである。ただし、「戦カフニ」と「戦カヒニ臨ミテ」の混態か。
一八 雪山童子の求道心を、彼の居る所に趣いて、試してみようと思って。底本の「知ル等シ」は「知ル可シ」の誤とする。
一九 その時は、仏がまだ出世しておられなかったので。涅槃経に「過去の世、仏日未だ出でず」とある。
二〇 自利のみならず、広く一切衆生を救済しようとする他利行を強調した教えを説く諸経典。般若経、法華経、涅槃経など。涅槃経に「如来出世、大乗経名有るを聞かず」とある。
二一 あらゆる現象は、常住不変ということはなく、生じたり滅したり、常に流転を繰り返している。
二二 偈を唱える声がどこからともなくほのかに聞えてきた。涅槃経に見えない表現で作者の付加か。「風」を「ホノカニ」とするのは四行後にもあるが、五頁一五行目では「カスカナル」としている。
二三 涅槃経の「その時、釈提桓因自ら其の身を変へて羅刹の像となる。形甚だおそるべし。是の半偈を説き終つて、その前に立つ。現はす所の形貌甚だおそるべし」を簡略化。
二四・二五 涅槃経に見えない。
二六 長年、母に別れていた子牛が、ほのかに母の声を聞きつけた時のような喜び方であった。
二七 涅槃経に見えない。

ヘドモ、「[一]マタ世《よ》ニ有ラジ」ト念《おも》フ。其[二]ノ身《み》ヲ見レバ罪《つみ》ノ報《むくい》ノ形《かたち》ナリ。此ノ偈《げ》ヲ聞《きけ》バ仏《ほとけ》ノ説《ときたまへること》[三]、、、バナリ。[四]カカル鬼《お》ニノ口《くち》ヨリカカル偈《げ》ヲ云ヒ不可出《いづべからず》ト思《おも》ヘドモ、又異《こと》人《ひ》ト無《な》ケレバ、

若《もし》此ノ事ハ汝《なむぢ》ガ云《いひ》ツルカ。

ト問《とへ》バ、羅刹《らせつ》答《こた》フ、

[五]我《われ》ニ物《もの》ナ云《いひ》ソ。物不食《くはず》シテ多《おほく》ノ日《ひ》ヲ経《へ》ヌレバ、飢《う》ヱ疲《つか》レテ[六]物《も》ノオモホエズ。既《すで》ニタハ事《ごと》ニ云ヘルナラム。我ガ遷《うつ》シ心《ごころ》ニ知レル事ニモ有ラジ。

ト答《こた》フ。

人《ひと》又云フ、

我レ[七]半偈《はんげ》ヲ聞キツルヨリ、[八]半《なか》バナル月《つき》ヲ見ルガ如ク、半《なかば》ナル玉《たま》ヲ得《え》タルガ如シ。猶汝《なほなむぢ》ガ云《いひ》ツルナラム。願《ねがはく》ハ残《のこり》ノ辞《ことば》ヲ説《と》キ畢《は》テヨ。

ト云ヘバ、鬼《おに》ノ云《いは》ク、

[九]汝《なむぢ》ハ自来《モトヨ》リ悟《さと》リ有レバ、不聞《きかず》トモ恨《うら》ミ不有ジ《〈あらじ〉》。吾レハ今飢《いまうゑ》ニ被迫《〈せめら》レ《れ〉》ニタレバ、物可云《ものいふべ》キ力《ちから》モ無《な》シ。[一〇]惣《すべ》テ多《おほ》シ。物ナ云ヒソ。

ト云フ。人猶《ひとなほ》問フ、

一　まさか、そんなことはあるまいとも思う。
二　(そのわけは)姿を見れば、罪の報いの鬼の姿である。涅槃経「或いは其の説に非ざるか。何を以ての故とならば」、前田本「又不可尓其故」、東大寺切「あらじとおもふ。そのゆゑは」。底本「其故ハ」の脱か。
三　不明部分は親本もしくは祖本の平仮名続け書きが読めなかったものか。東大寺切「仏のときたまへることばなり」、前田本「仏説之詞也」。本文は「仏ノ説〔給ヘルコト〕バナリ」か。なお、親本もしくは祖本が平仮名書きであったろうことは解説参照。
四　こんな鬼の口から、こんな尊い偈の言葉が飛び出すはずはないとは思うものの。涅槃経に、該当する文辞はない。
五　俺に物など言いかけるな。涅槃経「我に是の義を問ふべからず」。
六　人心地もしないのだ。正気を失い何か口走ったのだろう。正気で言ったことではあるまい。涅槃経「心乱れ謬語せしか。我が本心の知る所に非ざるなり」。「タハ事」は底本「太者事」。「太者事」は「たはごと(戯言)」の宛字、「遷シ心」は「現シ心」の宛字。
七　ここは、四句偈の前半の上二句を指す。
八　涅槃経の「猶、半月漸く蓮花を開くが如し」、「何れの処にて是の如き半如意珠を得たるや」などに拠ったか。半月を見、半玉を得たように中途半端で、完結していない感じがする。
九　お前はすでに迷いを超脱して悟りの段階に入っているから。底本「自来リ」の傍訓に「モトヨリ」とある。重複する「リ」は省いた。
一〇　以下は涅槃経に見えない。前田本は該当箇所脱文。底本の「多シ」は「多ク」の誤であろうが、これでも意は通ずる。あれこれと、私に多く物など言いかけるなの意。

物食《ものく》ヒテバ説《と》キテムカ。
ト問ヘバ、鬼《おに》、
[一一]サラバ云ヒモシテムヲ。
ト答《こた》フ。悦《よろこび》テ、
何《な》ニ物《もの》ヲカ食《く》フ。
ト問ヘバ、鬼答《おにこた》フ、
汝更《なむぢさらに》不可問《とふべからず》ズ。聞カバ必《かなら》ズ恐《おそ》レヲ成シテム。聞[一二]クトモ又可求《もとむべ》キ
物《もの》ニモ不有《あらず》ズ。
ト云フ。人[一三]迫《ひとせめ》テ問フ、
猶《なほ》[一四]其ノ物《もの》トダニ云ヘ。心見《こころみ》ニモ求見《もとめみ》ム。
ト云ヘバ、鬼《おに》ノ云フ、
吾[一五]レハ只人《ただひと》ノ温《あたた》カナル肉《しし》ヲ啗《くら》ヒ、人ノ温カナル血《ち》ヲ呑《のま》ムト空《そら》ヲ飛《とび》
テ普《あまね》ク求《もと》メ、世《よ》ニ満《みち》テ人多《おほ》カレド、各《おのお》[一六]ノ守《まも》リ有レバ、心《こころ》ニ任《まか》セテ
難殺《ころしがた》シ。
ト云フ。其ノ時ニ雪山童子《せっせんどうじ》ノ思《おも》ハク、「我レ今日《け》フ身《み》ヲ捨《すて》テ此ノ偈《げ》ヲ
聞キ畢《は》テム」ト思《おもひ》テ、

一一 そうなれば、言うかも知れないさ。最後の「ヲ」、底本「ト」に重ねて「ヲ」と書き、見にくくなったので右に「ヲ」と再書してある。

一二 たとい聞いても容易に手に入る物でもないんだ。

一三 童子はなおも問いつめて。

一四 やはり、せめてこれこれの物だとだけでも言って下さい。ためしにさがしてみますから。底本「タ」に「ツ」の字体を書くが、類似の字体は平安後期から末期の密教聖教中の点本に散見する。↓三六頁注二。

一五 人間の温い肉を食い血を飲みたいものだと、空中を飛びまわって普くさがし廻っているのだが。「空ヲ飛テ」は、場所は前後するが、涅槃経の「我、今、つとめて能く虚空を飛行し…処々食を求め亦得ることあたはず」に拠ったか。

一六 人々には、それぞれ守護神としての諸天がついているから。涅槃経には「兼ねて諸天の守護する所たり」とある。

[一]汝《なむぢ》ガ食《く》ヒ物爰《ものここ》ニ有リ。外《ほか》ニ不可求《もとむべからず》ズ。我ガ身《み》未死《いまだしな》ネバ、其ノ肉《し》シ温《あたたか》ナラム。我身《わがみ》未寒《いまだひえ》ネバ、其ノ血《ち》温カナラム。早《はや》ク残《のこり》ノ偈《げ》ヲ説《と》ケ。即《すなはち》此ノ身ヲ与《あた》ヘム。

ト云フ。鬼《お》[二]ニ咲《わら》ヒテ云《いは》ク、

誰《たれ》カ汝《なむぢ》ガ事ヲ実《まこ》トヽハ可憑《たのむべ》キ。聞《きき》テ逃《にげ》テイナバ、誰《た》[三]レヲ證人《しようにん》トシテカ糺《ただ》サムトスル。

ト云フ。雪山童子《せつせんどうじ》ノ云フ、

[四]此ノ身《み》ハ後《のち》ニ遂《つ》ヒニ死ナムトス。一《ひと》ツノ功徳《くどく》ヲモ得《え》マジ。[五]今日《け》フ法《のり》ノ為《ため》ニキタナク穢《け》ガラハシキ身ヲ捨《すて》テ、[六]後ニ仏《ほとけ》ト成《なら》ムハ浄《きよ》ク妙《たへ》ナル身ヲ可得《うべ》シ。[七]土《つち》ノ器《うつはもの》ヲ捨《す》テヽ、宝《たから》ノ器《うつはも》ノニ替《か》フルガ如クニセムトスル也。[八]梵王《ぼむわう》、帝尺《たいしやく》、[九]四大天王《しだいてんのう》、十方《じつぱう》ノ諸仏菩薩《しよぶつぼさつ》ヲ皆證《しよう》人《にん》ト為《せ》ム。我レ更《さら》ニ不偽《いつはらじ》ラジ。

ト云ヘバ、鬼《おに》、

若《も》シ云フガ如クニ実《まこ》トナラバ説《と》カム。

ト云フ。

雪山童子《せつせんどうじ》大《おほ》キニ悦《よろこ》ビテ、身《み》ニ着《つけ》タル鹿《しし》ノ皮《かは》ノ衣《ころ》モヲ脱《ぬ》ギテ[一〇]法《のり》ノ座《ざ》ニ

一 あなたの食いものはここにあります。よそに求める必要はありません。これ以下十行ほど、涅槃経に該当記事はない。
二 鬼はあざ笑って。
三 誰を証人として、お前の発言の真偽の程を糺すことが出来ようぞ。底本太字にて「糺」と下字を訂し、右に「本ノママ」と書き、さらに後筆で「糺カ」と傍記する。
四 この身は最後は結局死んでいくものである。(空しく生きていては)何の功徳にもなりますまい。
五 いま、仏の尊い教えを得るために、穢れ多いこの身を捨てて。
六 後世に仏となるならば、浄く妙なる仏の身を得ることになるではないですか。
七 これから以下涅槃経に拠る。価値の低い土の器を捨てて、より貴重な宝の器と入れ替えようとしているようなものです。涅槃経には、更に「我亦是の如し。不堅身を捨て、金剛身を得ん」と付言している。
八 大梵天王・帝釈天・四天王・十方の諸仏や諸菩薩、これらをすべて証人に立てましょう。
九 四方を守る守護神。東方の持国天、南方の増長天、西方の広目天、北方の多聞天。
一〇 説法する者の坐る座。

敷《し》キテ、手《て》[11]ヲ叉《あ》ザヘ、地《つち》ニ跪《ひざ》マヅキテ、

　但《ただ》[12]シ願《ねがは》クハ我ガ為《ため》ニ残《のこり》ノ偈《げ》ヲ説《と》キ給ヘ。

ト云《いひ》ツヽ、心《こころ》ヲ致《いた》シテ深《ふか》ク敬《うや》マフ。鬼《おに》ノ云フ、

　生滅《しやうめつめつい》[13]ヽ已、寂滅為楽《じやくめつゐらく》トナム云フ。

ト。此[14]ノ時ニ是レヲ聞悦《ききよろこ》ビ貴《たふと》ブル事無限《かぎりな》シ。後《のち》ノ世《よ》ニ不忘《わすれじ》〈わすれじ〉ジトテ、数《あま》タ度《た》ビ云ヒ返《かへ》シテ深《ふか》[15]ク其ノ心ニ染《し》ム。「悦[16]ブ所《ところ》ハ、此ノ仏説《ほとけと》キ給ヘルモ空《むな》シキ教《をしへ》ヲ悟《さと》リヌル事ヲ。歎《なげ》ク所ハ、我レ一人《ひとり》ノミ聞キテ人《ひと》ノ為《ため》ニ不伝成《つたへず》リヌル事ヲ」ト思《おも》ヒテ、石《いし》ノ上《う》ヘ、壁《か》ベノ上ヘ、道《みち》ノ辺《ほとり》ノ諸《もろもろ》ノ木毎《きごと》ニ此偈《このげ》ヲ書キ付《つ》ク。

　願《ねがはく》[17]ハ後《のち》ニ来《きた》ラム人必《ひとかなら》ズ此ノ文《ふみ》ヲ見ヨ。

ト云ヒテ、即《すなはちたか》[18]高キ木《き》ニ上《のぼり》テ羅《ら》刹《せつ》ノ前《まへ》ニ落《お》ツ。未《いま》[19]ダ地《つち》ニ不至〈いたらぬ〉ヌ程《ほど》ニ、羅刹俄《らせつにはか》カニ帝尺《たいしやく》ノ形《かたち》ニ成《なり》テ其身《そのみ》ヲ受ケ取リツ。平《たひら》カナル所《ところ》ニ居《す》ヘテ、敬《うやま》ヒ拝《お》ガミテ云フ、

　我レ暫《しばら》ク如来《にょらい》ノ偈《げ》ヲ借《かり》テ、心見《こころみ》ニ菩《ぼ》薩《さつ》ノ心ヲ悩《なやま》シツ。願《ねがはく》ハ此ノ罪《つみ》ヲ免《ゆる》シテ、後《のち》ニ必《かなら》ズ渡《わた》[20]シ済《すく》ヘ。

ト云フ。天人来《てんにんきたり》テ、

一一 手を組み合わせ。
一二 涅槃経には「唯願和上」、前田本には「唯願」とあり、底本の「但シ」は「唯」の意味。訓点語では、「但」を「唯」の意で使う。
一三 あるいは生じあるいは滅する輪廻の境涯を超脱してしまうと、煩悩を去った究極の安らぎの世界（悟り・涅槃の世界）こそ、真の楽しみの世界となる。
一四 これ以下、また涅槃経と重ならない。「貴ブル」は上二段活用。
一五 深く心に刻みこんだ。底本の「深ノ」は「深ク」の誤。ただし、「ノ」を「ク」の異体字として使った資料もある（地蔵十輪経・元慶七年点）が、ここでは無理か。
一六 嬉しいことは、仏の説かれた般若畢竟空の教理を悟ったこと。「仏説キ給ヘルモ」の「モ」は衍か。
一七 「どうか後にここに来た人は、必ずこの偈文を見てほしい」の発言部分は涅槃経にない。
一八 以下は涅槃経に依拠。童子は高い木に登って羅刹の前に身を投げた。
一九 童子の体が地上に届くか届かぬかのその瞬間、羅刹は、もとの帝釈天の姿になって空中で童子を受けとめた。
二〇 かならず自分も浄土にみちびいて下さい。帝釈天のことば。帝釈天といえども仏教徒ではないから浄土に往生することはできないという考え。

[一]善哉《ぜんざいぜんざい》〻〻、真《まこと》ニ是《これ》菩薩《ぼさつ》。

ト唱《とな》フ。半偈《はんげ》ノ為《ため》ニ身《み》ヲ投《なげ》シニ、[二]十二劫《じふにこふ》ノ生死《しやうじ》ノ罪《つみ》ヲ超《こえ》ニキ。昔《むかし》ノ雪山童子《せつせんどうじ》ハ今《いま》ノ尺迦如来《しやかによらい》也。涅槃経《ねはんぎやう》ニ見《みえ》タリ。

(十一　薩埵《さつた》王子《わうじ》)

[三]昔国王有《むかしこくわうあり》キ。三人《みた》リノ王子《わうじ》有《あり》キ。兄《このかみ》ヲバ摩訶波羅《まかはら》ト云フ。次《つぎ》ヲバ摩《ま》訶提婆《かでいば》ト云フ。弟《おとうと》ヲバ摩訶《まか》薩埵《さつた》ト云フ。王山林《さんりむ》ニ出《いで》テ遊《あそ》ブ。王子皆侍《さぶ》ラフ。[四]大《おほき》ナル竹《たけ》ノ林《はやし》ニ至《いたり》テ、一《ひとつ》ノ虎《とら》ノ七《ななつ》ノ子《こ》ヲ産《む》メルヲ見ル。飢《うゑ》ニ被迫《せめられ》テ[五]羸《つ》カレ疲《や》セタリ。死ナム事不久《ひさしかるまじ》ルマジ。兄ノ王子ノ云《いは》ク、

悲《かなし》キ哉《かな》。此ノ虎《とら》ハ子《こ》産《う》ミテ後七日《のちなぬか》ニ成リニケリ。七《なな》ツノ子《こ》有リ。食《く》ヒ物《もの》ヲ求《もとむ》ルニ無暇《いとまなく》シテ、飢《うゑ》テ自《みづか》ラノ子《こ》ヲ[六]ハミテムト為《す》。

ト云フ。薩埵《さつた》王子《わうじ》、

此ノ虎《とら》ハ何《な》ニヲカハハム。

ト問ヘバ、兄《このか》ミ、

虎《とら》ハ只温《ただあたたか》ナル人《ひと》ノ[七]肉《しし》ヲ《ノ》耳ミナムハムナル。

一「善哉」は人の言動を称讃する時の定型句。よき哉、よき哉、これこそまさしく真の菩薩そのものである。

二 十二劫もの長きにわたる生死流転の輪廻の世界から超脱することが出来たのであった。

第十一条　餓死しかけている虎の母子を見て、わが身を投げ出して血肉を与え、これを救った薩埵王子の施身の話。法隆寺玉虫厨子台座の「捨身飼虎」の画材になっていて著名である。本条は、金光明最勝王経十・捨身品に取材し、その抄訳を中心として構成されているが、一部に作者の潤色が若干認められる。終末部は、大唐西域記三に拠る記事が加えられている。

三 最勝王経に「過去世の時、一の国王有り。名大車と曰ふ。…大夫人三子を誕生す。…太子名を摩訶波羅と曰ひ、次子名を摩訶提婆と曰ひ、幼子名を摩訶薩埵と曰ふ」とある。

四 前田本に「〔為見花果、離王遊迴〕入大竹林」、最勝王経にも「〔花果を求めんが為に、父を捨て周く旋り〕大竹林に至る」とあり、底本は、〔 〕内を欠く。

五 前田本も「羸疲」とあるが、最勝王経は「羸瘦」。類聚名義抄「疲 ヤス」。つかれやせるの意。

六 前田本「将食己子」、最勝王経「子を噉ふ」。我が子を喰い殺そうとしているの意。

七 前田本に「只暖血食」、最勝王経に「唯熱き血肉をのみ噉む」とある。底本は「耳」の右に「コノミ」とあるが、字の書き様から推すに、「コ」「ミ」は後から書き加えたか。なお、底本は「肉血」の「血」を脱せるか。

ト答《こた》フ。二《ふたり》[八]ノ王子《わうじ》聞《きき》テ、

其レコソハ求《もと》メ難《がた》キ物《もの》[九]ナヽレ。誰《た》レカハ身《み》ヲ捨《すて》テ此レヲ済《すく》フハ有ラム。

ト[一〇]為《な》シ云ヘバ、兄《このか》ミ又云フ、

諸《もろもろ》ノ物《もの》ノ中ニ難捨《すてがたき》ハ、己《おの》ガ身《み》ヨリ過《すぎ》タルハ無《な》シ。

ト云ヘバ、弟《おとうと》ノ王子《わうじ》ノ云《いは》ク、

我等《われら》[一一]各ゝ《おのおの》身《み》ヲ守《まも》リ惜《をし》ムハ皆悟《さとり》ノ無《なき》ナリ。賢《さか》[一二]シキ人《ひと》ハ身ヲ捨《すて》テ物《もの》ノ命《いのち》ヲコソハ救《すくふ》ナレ。

ト云《いひ》テ、心ノ内《うち》ニ念《おも》フ、「此ノ身《み》ハ昔《むか》[一三]シ遥《はるか》ナル世ゝ《よよ》ニ生《しやう》ヲ替《か》ヘツヽ空《むなしく》[一四]シテ死《しに》シカドモ、徒《いたづ》ラニクサリ朽《くち》ツヽ一《ひと》ツノ得《え》タル所《ところ》モ無《な》シ。今日《けふ》[一五]ナドカ此ノ虎《とら》ヲ可不済《すくはざるべ》キ」ト念《おも》フ。三人《みた》リノ王子《わうじ》如是《かくのごと》クニ云《いひ》ツヽ、心ニ憐《うつく》シビテ虎[一六]ヲ守《まも》ル事、目《め》暫《しばら》クモ不捨《〈すてず〉》ズ。久《ひさし》ク有リテ皆去《さり》ヌ。薩埵《さつた》王子《わうじ》行《ゆくま》[一七]マニ弥《いよい》ヨ深《ふか》ク念《おも》フ、「我ガ身ヲ捨《す》テム事今正《いままさ》シク此ノ時也《な》リ。此ノ身ハ臰《くさ》[一八]クキタナクシテ労《いたは》[一九]リカシヅクベカラズ。此ノ身ハ固《かた》カラヌ事沫《あわ》ノ如シ。此[二〇]ノ身ハ可恐《おそるべき》事敵《かたき》ノ副《そ》ヘルガ如シ。筋《す》[二一]ヂ骨《ほね》連《つら》ナリ持《も》チ、血《ち》肉《し》シ集《あつま》リ成セリ。諸《もろもろ》[二二]ノ悟《さと》リ在ル人《ひと》ノ深《ふか》ク罵《に》[二三]クミ厭《いと》フ所《ところ》也。此[二四]ノ身ヲ

八 二番目の王子。最勝王経も前田本も共に「第二王子」とある。
九 「ナンナレ」の「ン」の無表記。「ナン」は断定の「なり」の終止形の撥音便形。下の「ナレ」は伝聞推定の「なり」の已然形。上の「コソ」に応じている。
一〇 或いは「為シ」を衍とし、或いは「有ラムト為(ナ)ラム」とあったかなどの説あり。最勝王経の「是の如き言を作す」に着目すれば、「ト言ヲ為(ナ)セバ」とあったのが変化したものか。
一一 我等各自が我が身だけを守り愛着するのは(自利)、悟りがないからだ。一番下の弟のことば。
一二 自利・利他をみたした賢人は、我が身を捨ててもあらゆる生物の命を救うものなのである(利他)。
一三 遥か昔の前生に、生れ代わり死に代わり生を替えつつ。
一四 その都度空しく腐り朽ちつつ何の得る所もなかった。
一五 前田本に「今日、何ゾ捨身」、最勝王経にも「何ぞ今日、捨てて以て」とあり、底本は「身ヲ捨テテ」などを脱す。
一六 虎を見つめて、寸時も目をはなさなかった。
一七 立ち去りながら益々深刻に捨身のことを思い。最勝王経に該当記事なし。
一八 類聚名義抄「臰 クサシ」。
一九 何時までもいたわり愛着し大切に扱うべきものでもない。
二〇 この身の危うく恐るべきことは、常に敵がつきまとっているようなものだ。
二一 人間の体というものは、筋や肉が相連なり、血や肉が相集って出来ている不浄なものに過ぎない。
二二 多くの悟りを開いた人々が。前田本にも「諸有智ノ人」とあるが、最勝王経には該当文見えず、作者の付加記事か。
二三 前田本「厭悪」、最勝王経は「厭患」とあり、略注は「悪(に)くみ厭ふ」に改めている。適訓なし。よって「クミ」の送り仮名によって「ニクミ」とよむ。
二四 虎のために我が身を捨てての意。

捨《すて》テ、当《まさ》[一]ニ道恵実《だうゑまこと》トニ満《み》チ、功徳《くどく》[二]普《あまね》ク厳《かざ》レル、浄《きよ》ク妙《たへ》ナル仏《ほとけ》ノ身ヲ求《もと》メム」ト念《おも》ヒヌルニ、二人《ふたり》ノ兄《このか》ミノ妨《さまた》ゲムヲ恐《おそ》リテ、

先立《さきだち》行《ゆ》キ給ヒネ。我《われ》ハ暫《しば》シオクレテ行《ゆか》ム。

ト云ヘバ、兄《このか》[三]ミ何《な》ニ心無《どころなく》シテ先立《さきだち》テ去リヌ。

薩埵《さつた》王子《わうじ》走《はし》リ返《かへり》テ林《はやし》ノ中ニ入《いり》テ虎《とら》ノ許《も》トニ至《いたり》ヌ。衣《ころ》モヲ脱《ぬぎ》ステ竹《たけ》ニ係《か》ケテ、

[四]我レ法子《ほふし》ノ諸《もろもろ》ノ衆生《しゆじやう》ノ為《ため》ニ無上道《むじやうだう》ヲ志《こころざ》シ求《もと》ム。当《まさ》[五]ニ凡夫《ぼむぶ》所愛《しよあい》ノ身《み》ヲ捨《すて》テ、智者《ちしや》ノ所楽《しよげう》ノ大慈悲《だいじひ》ヲ可受《うくべし》。

ト云ヒテ、虎《とら》ノ前《まへ》ニ行《ゆき》テ身《み》ヲ任《まかし》テ臥《ふ》シヌ。慈悲《じひ》ノ力《ちから》ニ虎更《さら》ニ寄《より》テ不食《くは》ズ《ずゝ》。又念《おもは》ク、「此《この》虎ハ疲《つ》カレ弱《よは》ケレバ、我レヲ難食《くひがたき》ナラム」ト念《おも》ヒテ、起《たち》テ枯《かれ》タル竹《たけ》ヲ取《とり》テ頸《くび》ヲ差《さ》シテ血《ち》ヲ出《いだ》シテ、又虎ノ前ニ歩《あゆ》ミ近付《ちかづ》ク程《ほど》ニ、大地《だいち》震《ふる》ヒ動《うご》ク。風《かぜ》[六]ノ波《なみ》ヲ上《あ》グルガ如シ。空《そら》ノ日光《ひひか》リ無《なく》シテ諸方《しよはう》暗《くら》シ。空[七]ノ中ヨリ花《はな》ヲ雨《ふり》テ林《はやし》ノ間《あひだ》ニ乱《みだ》レ落《おと》ス。飢《うゑ》タル虎王子《わうじ》ノ頸ノ下《した》ヨリ血ノ流《ながるる》ヲ見テ、血ヲネブリ[八]ツヽ、肉《しし》ヲ喰《は》ミ骨《ほね》ヲ残《のこ》セリ。二人《ふたり》[九]ノ兄《このかみ》ノ云《いはく》、

[一〇]地《ち》動《うごき》テ日光《ひのひかり》失《うしな》ヘリ。花雨《はなふ》[一一]リテ空《そら》ニ満《みち》タリ。空《そら》[一二]ニ知《しり》ヌ、此《これ》[一三]ハ弟《おとうと》ノ

一 禅定と智恵の力によって修行の功が十分満たされて。前田本「定恵円満」、最勝王経「定恵の力を以て円満して薫修し」とあって、底本の「道恵」は「定恵」の、「実トニ」は「円(まど)カニ」の誤か。

二 禅定と智恵などの功徳によって、荘厳に身を飾り、浄らかで妙なる仏身を得よう。

三 兄達は、弟の心中を察することなく、先にその場を立去っていった。最勝王経には見えない。

四 以下は七言の偈文。「我為法界諸衆生　志求無上菩提処」。底本の「法子」は「法界」の誤か。全世界の意。私は、全世界の一切衆生のため、無上最高の悟りを求めようと思う。

五 最勝王経「起大悲心不傾動　当捨凡夫所愛身　…諸有智者之所楽」。凡夫がみな断ち難く執着する此の身を捨て、あらゆる智者の願い求めたこの大慈悲を受けてほしい。

六 最勝王経「風水を激(ちら)すが如くして、涌(わ)き没(い)りて安からず」。風がはげしくて、波を大きくうねらせる。

七 天空から花が降りそそぎ、林の中に乱れ散った。最勝王経の、「天は名華及び妙香末を雨(ふ)りて、繽紛(まが)へ乱(まが)へ墜して、遍く林の中に満たしむ」を意訳。

八 類聚名義抄「舐　ネブル」。

九 最勝王経では、この時二人の兄の作った偈をそれぞれ載せている。次の偈はこれを合成して一偈に纏めている。よって、ここは「二人の兄がともどもいうには」と解した。

一〇 第一王子の偈文「大地山河皆震動　諸方闇蔽日無光」を圧縮したもの。

一一 第一王子の第三句「天花乱墜遍空中」に拠る。

一二 文型上は第一王子の第四句「定是我弟捨身相」に拠る。底本の「空ニ」は「定テ」の誤か。「空ニ」でも意は通ずる。

一三 内容的には、第二王子の偈文第三・四句「飢苦所纏恐食子　我今疑弟捨其身」に拠ったもの。

虎《とら》ヲ悲《かなしび》テ身《み》ヲ投《なげ》ツルナリ。

ト。驚疑《おどろきうたがひ》テ走《はし》リ返《かへり》テ見レバ、弟《おとうと》ノ衣《ころ》モ竹《たけ》ノ上《うへ》ニ係《かか》レリ。血《ち》[一四]ヲ流《なが》シテ地《ち》ヲ潤《うるほ》セリ。髪《かみ》[一五]ヲ乱《みだ》リ骨《ほね》残《のこ》リテ香《（か）》[一六]満《みち》タリ。是《これ》ヲ見《みる》ニ心迷《こころまどひ》テ骨ノ上辷《うへにまろ》ビ伏《ふし》ヌ。啼悲《なきかなしび》テ云《いは》ク、

[一七]我弟《わがおとうと》形勝《かたちすぐ》レテ父母《ちちはは》異《こと》ニ悲《かなし》ビ給ヒツルヲ、「何《なに》ニ依《より》テカ共《とも》ニ出《い》ヅルヲ、身《み》ヲ捨《すて》テ独《ひと》リ不返《かへらず》ナリヌル」ト父母問ヒ給ハヾ、我等《われら》何《い》カニカ答《こた》ヘムトスル。

ト呼《よば》ヒ泣ク。久《ひさ》シク有《あり》テ共《とも》ニ去リヌ。此事《このこと》[一八]ニ恐《おそ》リ憚《はばかり》テ王《わう》ノ共ニモ不行《ゆかず》。[一九]薩埵《さつた》王子《わうじ》ノ共ノ人〻《ひとびと》ニ、

王子《わうじ》ハ何《いづ》クヘ行《ゆ》キ給ヒヌルゾ。

ト、

求《もと》メ奉《たてまつ》レ。

ト云フ。

是ノ時ニ母后《ははぎさき》[二〇]キ宮《みや》ニ留《とどま》リテ高《たか》キ楼《らう》ノ上《う》ヘニ寝《ね》[二一]タリ。三《み》ツノ夢《ゆめ》ヲ見ル。二《ふた》ツノ乳房《ちぶさ》[二二]割《さ》ケテ血《ち》流《なが》レ出《い》ヅ。一《ひと》ツノ牙歯《きば》闕《か》ケ落《おち》ヌ。三《み》ツノ鳩《はと》[二三]有ルヲ一《ひと》ツ鷹《たか》ニ被奪取《ばひとられ》ヌ。地《ち》ノ震《ふる》フニ夢驚《おどろ》キヌ。二《ふた》ツノ乳《ち》[二四]ウツツニ流《なが》レタリ。

一四 最勝王経の「血流れて泥となりて、其の地を霑(らぬ)し汚(がけ)す」に拠る。

一五 最勝王経に「骸骨及び髪在処縦横」とある。

一六 「香、満タリ」は、最勝王経にも前田本にもない。捨身の義挙の結果なので、「臭気」ではなく「香」としたか。

一七 以下、最勝王経では次の五言の偈の形をとる。「我弟貌端厳　父母偏愛念　云何倶共出　捨身而不帰　父母若問時　我等如何答　寧可同捐命　豈復自存身」。意は、弟は形も勝れて父母は特に可愛がっていたのに。どうしてなのだ、一緒に出かけたのに、弟だけが、身を捨てて一人帰らぬ身となってしまうなどとは。父母にもし尋ねられたら、私達は何と答えたらよいのだ。むしろ一緒に命を捨てるべきだった。どうして自分だけ身を存しているのだ。

一八 弟だけが帰らぬ身となったことを恐れ憚って、父王のそばに顔も出さない。この一文、最勝王経になし。なお「王ノ共ニモ」は前田本に「王御許」とある。

一九 最勝王経には「時に小(ナ)なき王子の将ゐる所の侍従、互に相謂ひて曰く、王子は何くに在(まい)すらむ。宜しく共に推求せむ」とある。これを、二人の兄が薩埵王子の供人に捜索を命じたように改変している。

二〇 前田本にはあるが、最勝王経になし。

二一 最勝王経並びに前田本に「寝」とある。底本「寐」、当時の辞書に適当な訓なし。字体類似による誤記か。「寝」が正しい。→五〇頁注六。

二二 最勝王経には「両の乳割(ふは)られ」としかない。前田本には「二乳房サ割(サ)ケテ流出シテ」とあるが「血が流れた」とはない。或いは「乳(ち)流レ出ヅ」から変化したか。

二三 前田本「鳩鵠」、最勝王経「鴿雛」。底本「雛」を脱す。また底本「奮」は「奪」の誤写とみる。

二四 夢から覚めると、うつつに(現実に)乳が流れていた。

怪《あやし》ビ歎《なげ》ク間《あひだ》ニ、仕《つかうま》ツリ女《め》走《はし》リ来《きたり》テ申《まう》ス、[一]不知食《〈しろしめさぬ〉》ヌカ、人々《ひとびと》別《わ》カレ散《ち》リテ王子《わうじ》ヲ求《もと》メ奉《たてまつ》ル[二]ナルヲバ。未《いま》ダ見《み》出《いで》不奉《〈たてまつらざり〉》ザリ[三]ケリ。人ノ云《いひ》ツルヲ聞《きき》[四]ツル也。

后《きさき》キ驚《おどろ》キ迷《まどひ》テ王《わう》ノ許《もと》ニ行《ゆ》キ向《むか》ヒテ、

我ガ子《こ》ヲバ失《うしな》ヒ給ヒツルカ。

ト宣《のた》マフ。王驚《わうおどろき》テ涙《なみだ》ヲ落《おと》シテ、諸《もろもろ》ノ人ヲ曳居《ひきゐ》[五]テ林《はやし》ニ交《まじり》テ求《もと》メ給フニ、一人《ひとり》ノ大臣来《だいじんきたり》テ申《まう》ス、

兄《このかみ》ノ二人《ふた》リノ王子《わうじ》既《すで》ニ伊坐《いま》スナリ。薩埵《さつた》王子《わうじ》未《いま》ダ見エ不給《〈たまはざ〉》[六]ザナリ。

ト云フ。王泣《わうなき》[七]テ、

悲《かなしきかな》哉。初《はじ》[八]メ子《こ》有ル時ニハ悦《よろこ》ビ楽《たの》シブ事少《すくな》シ。後《のち》ニ子ヲ失《うしな》ヒツル時ニハ愁《うれ》ヘ苦《くる》シブ事多《おほ》シ。

ト宣《のた》マフ。又大臣来《だいじんきた》リテ、

王子《わうじ》既《すで》ニ身《み》ヲ捨《す》テ給《たまひ》ケリ。

ト申《まう》ス。王《わう》モ后《きさき》モ心ヲ迷《まどは》シ涙《なみだ》ヲ流《なが》シテ輿《こし》ニ乗《のり》テ行《ゆき》テ見ルニ、共《とも》[九]ニ地《ち》ニ倒《たふ》レヌ。水《みづ》[一〇]ヲ以《もつ》テ面《おもて》ニ灑《そそき》テ久《ひさし》ク有《あり》テ音《こゑ》在リ。

若《も》シ我ガ子《こ》ニ先立《さきだち》テ死《しな》[一一]マシカバ、カカル大《おほき》ナル悲《かなし》ビヲ見マシヤ。

一　御存知ないのですか、人々が四散して王子をさがしまわっているのを。底本の増補。
二　「ナル」は伝聞の意。
三　「ケリ」は「まだ見つけ出し申し上げないのですって」という気持。
四　「ツル」は、「ついさき程そう言っていたのを今聞いたところです」という気持。
五　前田本「引率諸人ヲ、入林求給」。「林ニ交テ」は、最勝王経に該当句はない。底本の「曳」は「曳」の誤。
六　「ザナリ」は「ザンナリ」の「ン」無表記。伝聞推定。
七　最勝王経には「王、是の語を聞き悲歎して言く、苦哉苦哉、我愛子を失ふ」とある。
八　以下、最勝王経では七言の偈文。始め子供達がいた時は、心配で悦びはとても少なかった。子供を失った今は、嘆き苦しむことが多い。子は苦労の種ということ。
九　最勝王経の「倶に時に地に投げて、悶絶して、死なむとす」を若干簡略化。大地に身を投げ、気を失って倒れ臥し、まさに死なんばかりであるの意。
一〇　大臣等が王と后の顔に水をかけ、しばらくして二人は蘇生し、声を出した。「そそく」は清音。
一一　「マシカバ…マシ」で仮定表現。
一二　残った骨を拾い集め、率都婆に収めて供養した。
一三　前田本になく、底本の筆者の何らかの心覚えか。不明。
一四　大唐西域記三・僧訶補羅国の条を抄出。
一五　大唐西域記に「人其の地を履むに、芒刺を負ふが如し」とあり、「心驚キ身ヒルム」はない。人がその地を踏むと、

ト云ヒテ、震《ふる》ヒ泣ク。胸《むね》ヲ押《おさ》ヘ地《ち》ニ丸《まろ》ブ事、魚《うを》ノ陸《く》ガニ如有《あるがごと》シ。其[一二]ノ残《のこ》リノ骨《ほね》ヲ取《とり》テ率都婆《そとば》ノ中ニ置《おき》キ。昔《むかし》ノ薩埵王子《さったわうじ》ハ今《いま》ノ尺迦如来《しゃかにょらい》也。最勝王経《さいしょうわうぎやう》ニ見《みえ》タリ。[一三]天竺《てんぢく》ノ事ニ注《しる》セリ。

[一四]西域記云《さいゐききにいはく》、「其ノ所《ところ》ハ土《つち》モ草木《くさき》モ于今猶赤《いまになほあか》キ色《いろ》也。血《ち》ヲ如塗《〈ぬれるがごとし〉》ルガ。人《ひと》[一五]其ノ辺《あた》リヲ踏《ふ》ムニ、心驚《こころおどろ》キ身《み》ヒルム事、荊 如レ差《イバラノサスガごと》シ。[一六]心有ル物《ものモ》心無《ナ》キ物《ものモ》、悲《かなし》ビ不レ痛《イタマず》ト云フ事無《な》シ」ト云ヘリ。

（十二　須太那太子《すだなたいし》）

[一七]昔折波羅国《むかししゃくはらこく》ノ王只独《わうただひとり》ノ子有《こあり》キ。[一八]須太那《すだな》ト云《いひ》キ。形勝《かたちすぐ》レテ[一九]如耀《かかやくがごと》シ。心《こころ》ニ深《ふか》ク人《ひと》ヲ憐《あは》レブ。貧《まづ》[二〇]シキ人、近《ちか》キモ遠《とほ》キモ集《あつま》リ来《きたり》テ物《もの》ヲ乞《こ》フ。王[二一]ノ財免《たからゆ》ルシ任《まかせ》タレバ、随乞《こふにしたがひ》テ必《かなら》ズ与《あた》フ。王[二二]一《ひと》ツノ白《しろ》キ象《ざう》有リ。力六《ちからろく》十《じふ》ノ象ニ等《ひと》シ。賊国《あたくに》ニ来《きた》リ戦《たたか》フ時ニ必ズ此象勝《このざうか》ツ。賊[二三]ノ王謀《はか》リ事ヲ成シテ、鹿《しし》ノ皮《かは》ヲ着《き》、杖《つゑ》ヲツキタル貧キ物八人《まづしものやたり》ヲ造《つくり》テ、太子《たいし》ノ許《もと》ニ遣《つかはし》テ此象ヲ令乞《こはし》ム。[二四]太子ノ念《おも》ハク、「是レハ王ノ重財《おもきたからな》也リ。[二五]失《うしな》ヒテバ必ズ罪《つみ》ヲ負《おひ》ナム」ト。[二六]云フニ随《したがひ》テ猶《なほ》乞ヘバ、又思《おもは》ク、「[二七]若《も》シ此人《このひと》ノ願《ねが》ヒヲ

心さわぎ、身のすくむ事は、まるで茨のとげの身をさすようである。なお、底本「荊ラノ」とあった「ラノ」を見せ消ちにする。また「イハラノ」「サスカ」「モ」「ナ」「モ」「イタマ」などの仮名はみな後筆。底本にある「如」の右の「シ」、「無」の右の「ナキ」の「キ」は本文と重複するので省いた。

一六　大唐西域記「疑ふと信ずると云ふこと無く、悲み愴(たい)まざるなし」。信ずる人信じない人の差なく、みな、悲しみ、心痛まない者はないということである。

第十二条　折波羅国の王子須太那太子は施を好み、諸財宝を始め、国の宝とする白象まで惜しむことなく敵国に与え、檀徳山に追放される。太子は後には、二人の子や妃まで布施してしまう。釈尊の前生における布施行の本生譚。太子須大拏経を中核的資料とし、諸所に六度集経二の記事を挿入し、また、行動や心情細叙の付加が各所に認められる。

一七　六度集経、須大拏経、並びに前田本は「葉波国」とする。

一八　底本「須太耶」。本条後文には「須太那」とする。Sudāna の音写で、須大拏・蘇達拏なども。善施太子の訳もある。

一九　六度集経「容儀世に光(かか)やき」。

二〇　太子の檀波羅蜜のことを聞き、貧しき人々が八方上下、百里・千里・万里からやってきて、食・住・珍宝等を求めたという須大拏経の記事を簡略化したもの。

二一　王は、財宝をすべて太子に任せていたので。

二二　六度集経「父王に一白象あり。威猛く、武勢六十の象に匹敵し、怨国来り戦ふに、象輒ち勝を得」とある。

二三　敵国の王は策略をめぐらし、鹿皮の衣を着、杖をついた貧しい八人を仕立てて。六度集経に依拠。

二四　これ以下しばらくは須大拏経の抄出。但し諸所に六度集経に基づく挿入箇所が認められる。

二五　須大拏経「若し卿に与へば、我即ち父の意を失はん」。

二六　前田本「強乞」。底本の「随」は「強」の誤記か。

二七　この人達の願いを満足させなかったら、本願である布施行にそむくことになるであろうと思って。

不満〈みてず〉ズハ、吾レ本《もと》ノ誓《ちか》ヒ違《たが》ヒナム」ト思《おもひ》テ、金《こがね》ノ鞍《くら》ヲ置《おき》テ与ヘツ。八[一]

人皆乗《のり》テ喜《よろこ》ビ咲《ゑ》ミテ去リヌ。

大臣《だいじん》驚《おどろき》テ王《わう》ニ申《まう》サク、

太子《たいし》財《たから》ヲ尽《つく》シテ人《ひと》ニ施《ほどこ》シ、倉《く》ラ皆漸《やうやく》空《むなし》ク成《なり》ヌ。又象《ざう》ヲ取《とり》テ賊《あた》ニ与《あたへ》ツレバ、国《くに》已《すで》ニ破《やぶ》レナムトス。猶重《なほおも》ク誡《いまし》メ給ヘ。

ト申《まう》ス。王大《わうおほき》ニ驚《おどろ》キ歎《なげ》ク。大臣《だいじん》申サク、

[二]猶太子《なほたいし》ヲ追《お》ヒ出《い》デヽ、国《くに》ノ堺《さかひ》ヲ出《いだ》シテム。深《ふか》キ山《やま》ニ込《こ》メテ十二年《じふにねん》ヲ限《かぎ》リト為《せ》ム。

ト定《さだ》ム。王是《わうこれ》ニ随《したがひ》テ使《つかひ》ヲ遣《つかはし》テ令云《いはし》ム、

[三]象《ざう》ハ賊《あた》ヲフセク財也《たからな》リ。賊ニ授《さづけ》ツルハ国《くに》ヲ破《やぶ》ル也《な》リ。此事難忍《このことしのびがた》シ。早《はや》ク我ガ国ヲ去《さり》テ[四]檀徳《だんとく》ノ山《やま》ニ行《ゆき》ネ。

ト令云給《いはしめ》フ。太子《たいし》ノ云《いは》ク、

王已《わうすで》ニ衆《もろもろ》ノ財《たから》ヲ免《ゆる》シテ、「任意《こころにまかせ》テ用《もちゐ》ヨ」ト宣《のたま》ヒキ。象《ざう》モ同《おなじ》ク王ノ[五]財ナルハ被免〈ゆるさるる〉ルヽ内《うち》ニ可有《あるべし》ト思《おも》ヒテ、不申《まうさず》シテ与《あたへ》ツル也。但今《ただしいま》ハ敢《あへ》テ仰《おほせ》ヲ不背〈そむかじ〉ジ。

ト令申《まうさし》ム。

一　六度集経の「倶に象に升騎して、笑を含んで去る」に拠る。

二　やはり太子を国外に放逐し、深い山中に籠めて、期限は十二年と致しましょう。

三　前田本「是拒敵宝也」、六度集経「象是国宝」。底本の「時」は「財」の誤写とみて改めた。

四　大唐西域記二・健駄羅国の条に「弾多落迦山、旧(とも)弾特山と曰ひしは訛なり」とある。六度集経、須大拏経には「檀特山」とある。

五　「財ナルハ」は「財ナレバ」とありたいところ。

六太子《たいし》妻《め》有リ。国王《こくわう》ノ娘《むす》メ也《な》リ。形無双《かたちならびな》ク、心世《こころよ》ニ勝《すぐれ》タリ。又二人《ふた》リノ幼《をさ》ナキ男子女子《をのこごをむなご》有リ。太子妻ノ七寝《ネ》給ヘルヲ驚《おどろ》カシテ宣《ノタマ》フ、

八早《はや》ク起《ヲ》キヨ。君《きみ》ハ不知《〈しらぬ〉》ヌカ、大王吾《だいわうわ》レヲ追《おひ》テ檀徳《だんとく》ノ山《やま》ニ被遣《〈つかはさるる〉》ル、ハ。

ト宣《のたま》ヘバ、妻《め》驚《おどろ》キ迷《まどひ》テ、

何事《なにごと》ニ依《より》テゾ。

ト問フ。太子《たいし》答《こた》ヘ給フ、

象《ざう》ヲ人《ひと》ニ与《あた》ヘタルニ依《より》テ也。

ト宣《のたま》ヘバ、妻《め》九涙《なみだ》ヲ流《なが》シテ、

一〇吾レモ同《おな》ジク行《ゆ》カム。

ト云《いふ》。太子《たいし》ノ云《いは》ク、

一一彼山《かのやま》ハハルカニ遠《とほ》カナリ。空《そ》ラ常《つね》ニ雲入暗《くもりくら》クシテ神鳴《かみなる》ナリ。雨降《あめふ》ル事不絶《〈たえず〉》ズ。虎狼《とらおほかみ》ノ諸《もろもろ》ノ猛《タ》ケキ種《ともがら》ノ満《みち》テ、毒《どく》ノ虫多《むしおほ》ク住《す》ム也。一二石巌《いしいはほ》山ニ満《み》チ、荊蕀《うばらおどろ》道ニ滋《しげり》テ、惣《すべ》テ心ノ不恐《〈おそれぬ〉》ヌ時《と》キ無《な》シ。安《やす》ラカニ歩《あゆ》ム所無《ところな》カナリ。我等《われら》宮《みや》ノ内《うち》ニ被養《やしなはれ》テ、未知世ノ苦《いまだよのくるしびをしらず》シビヲ。俄《には》カニ野山《のやま》ニ入《いら》バ、一三菓《このみ》ヲ食《く》ヒ物《もの》トシ、草《くさ》ノ葉《は》ヲ莚《むしろ》トスベシ。増《ま》シ

六 六度集経の「妻名曼坻　諸王之女　顔華煒耀　一国無双」に、「心世ニ勝タリ」を付加して、太子の妻の紹介文とした。

七 底本、不明の字の上に重ねて「寝」と書く。↓四七頁注二一。

八 六度集経の「起きて我が言を聴け。大王我を徙(ウツ)して檀特山に著く。十年を限りとなす。汝、これを知るや」に拠ったか。ただし六度集経は追放期間を十年とし、底本並びに須大拏経は十二年とする。しかも「汝これを知るや」は六度集経の独自記事で、須大拏経にはない。複数出典を接合した場合の不統一。「起(ヲ)キ」の歴史的仮名遣は「オキ」。

九 六度集経「妻驚きて起き太子を視、涙を流してしばらくして云ふ」の簡略化。須大拏経に該当句はない。

一〇 六度集経に「惟だまさに志を建て、彼の山沢に於て成道弘誓すべし」とある。私も一緒に参りましょうの意。

一一 以下六行は、須大拏経を抄出要約し、時に順序を変更させて山中の様子を叙述したもの。「ナリ」は伝聞。

一二 巨巌や石ころが山中に満ち、いばらが道に茂っていて。

一三 木の実を食料とし、草の葉を夜のしとねとすることになるでしょう。(未体験で、私でさえ耐え難いことでしょう)ましてあなたはどうしたらよいでしょう。やはり断念しなさい。前田本に「草葉為〔莚、未習者、吾而猶可難耐〕君益何為、尚留給」とあり、〔〕内は底本になし。

テ君《きみ》ハ何《いか》カ為《に》ム《せ》。猶《なほ》留《とどま》リ給ヒネ。

ト宣《のたま》フ。妻《め》又、

[一]縦《たと》ヒ諸《もろもろ》ノ苦《くる》シビ有《あり》トモ、相別《あひわか》レムヤハ。吾[二]レ深《ふか》ク君《きみ》ヲ憑《たの》ム事、子《こ》ノ祖《おや》ヲ憑《たのむ》ラムガ如シ。同《おなじ》ク行《ゆ》キテ共《とも》ニ死ヌトモ、本《もと》[三]ノ約《ちぎ》リヲバ不違《たがへじ》。

ト云ヘバ、太子《たいし》[四]憐《うつく》シビテ、共《とも》ニ母后《ははきさ》キノ許《もと》ニ行《ゆ》キテ白《まう》シ給フ。

[五]更《さら》ニ吾《われ》ヲ不可思《〈おぼすべからず〉》ズ。只王《ただわう》ニ吉《よ》ク仕《つかへまつ》リ給ヘ。若《も》シ民《たみ》ヲ可令苦《くるしましむべ》キ政《まつりごとあら》有バ、必《かなら》ズ丁寧《ねむごろ》ニ申止《まうしとどめ》給ヘ。

ト。母后《ははきさ》キ涙《なみだ》ヲ流《なが》シテ宣《のたま》ハク、

[六]吾《わ》ガ身《み》ハ石《いし》ノ如クシテ今《いま》ハ心《こころ》モ無《な》シ。吾[七]ガ子《こ》ハ只君《ただきみ》[八]也。常《つね》ニ見ルニダニ猶不飽《なほ〈あかず〉》ズ。遥《はるか》[九]ニ可遷《うつすべ》シト聞《きき》シヨリ、神《たまし》ヒキエテ心失《こころうせ》ニタリ。[一〇]吾《われ》ガ君《きみ》ヲ孕《はらみ》シ時ニハ、樹《うゑき》ノ花《はな》ヲ含《ふく》メルガ如クニ悦《よろこ》ビキ。君[一一]ヲ産《うみ》テシ後《のち》ヨリハ、樹ノ実《み》ヲ結《むす》ベルガ如クニ憑《たの》ム。不思去《〈おもはざ〉》リキ、国《くに》ヲ隔《へだ》テヽ、吾《われ》ヲ捨《す》テヽ、遥《はるか》ニ別《わか》レムトハ。

[一二]宣《のたま》給ヒテ、皃《かほ》ヲ視《み》テ共《とも》ニ涙《なみだ》ヲ流《なが》シ給フ事無限《かぎりな》シ。二万《にまん》ノ夫人《ぶにん》、四千《しせん》ノ大臣《だいじん》皆泣キテ別《わか》レヲ痛《いた》ム。太子《たいし》宮《みや》ヲ出《い》ヅルニ、[一三]諸《もろもろ》ノ人泣キテ送《おく》ル。見

一　六度集経「太子と生き離れて居らむか」、前田本「縦有諸苦乍生更不別」とあって、底本は「生キ乍ラ」を脱す。
二　この一文は須大拏経にはない。六度集経の「吾、太子を侍(のた)むこと、猶、孩(こ)の親を侍むがごとし」に拠る。
三　如何ようなる太子の布施行にも同意協力するという、須大拏経に詳説している夫婦の約束を要約して、「本ノチギリ」と簡略化したもの。なお、底本の「不違テ」は「不違ト」の誤記とする。
四　太子は、妻の心情を憐れんで。心情細叙の増補記事。
五　私のことは、ゆめゆめ御心配下さいますな(増補記事)。
六　身も心も石のようで、感情も思考力もないの意。須大拏経「我身石の如く、心剛鉄の如し」。
七　「吾ガ子ハ…心失ニタリ」。依拠の二つの経には見えない。
八　前田本に「只君一人也」とあり、底本「一人」を欠く。
九　遥か遠い所に追放すると聞いた時から。
一〇　私があなたを身ごもった時には、樹に花の蕾が着いたように喜んだ。六度集経「懐妊の日、樹の華を含めるが如し」。
一一　出産後は、樹木に木の実が成ったように頼みにしてきた(増補記事)。
一二　前田本「遥ニ別ン者(トイヘレバ)」。底本「ト宣給ヒテ」の「ト」を脱す。「宣給ヒテ…無限シ」も二つの経に見えない。
一三　六度集経の「宮内の巨細、哽噎せざるなし。出でて百揆吏民と哀訣す。…或ひは躃踊して天を呼ぶあり。音響、国

ル者道《ものみち》ニ満《みち》テ、泣ク声国《こゑくに》ヲ響《ひび》カス。

太子《たいし》送《おく》ル人《ひと》ヲ返《かへ》シ遣《やり》テ、漸《やうや》ク遠《とほ》ク行《ゆ》キ去ルニ、人来《きたり》テ馬《むま》ヲ乞《こ》フ。自《みづか》ラ下《おり》テ馬ヲ与《あたへ》ツ。又行ケバ、人車《くる》マヲ乞フ。妻《め》ヲ下《おろ》シテ車《くるま》ヲ与ヘツ。又数《あま》タノ人来《き》ツヽ、衣《ころも》ヲ乞フ。太子《たいし》妻《め》二人《ふたり》ノ子《こ》ノ衣ヲ脱《ぬぎ》テ皆与《あたへ》給ヒツ。共《とも》ノ人モ皆去《さり》ヌレバ、太子ハ男子《をのこご》ヲ負《お》ヒ、妻ハ女子《をむなご》ヲ負ヒテ、脚《か》[一四]チヨリ漸ク歩《あゆ》ミ行ク。此[一五]ノ国山《くにやま》ヲ去レル事遥《はる》カニ遠シ。道《みち》[一六]ニ止《とど》メ息《や》スムル人有レドモ、王《わう》[一七]ノ仰《おほせ》ヲ慎《つつし》ミテ不被止《〈とどめられず〉》ズ。[一八]経三七日《さむしちにちをへ》テ、苦《くる》シビ忩《いそぎ》テ旦徳《だんとく》山《せん》ニ至《いたり》ヌ。山ノ脚本《ふもと》[一九]ニ大《おほき》ナル河有《かはあり》。助《たすけ》テ是《これ》ヲ渡《わたり》ヌ。山ノ中ニ行人《おこなふひと》[二〇]有リ。尋《たづね》テ是《これ》ニ会《あひ》ヌ。山ニ可住《すむべ》キ所《ところ》ヲ問ヒ、道ヲ習《なら》ハムト思《おも》フ志《こころざし》ヲ語《かたら》フ。道士《だうし》驚《おどろ》[二一]キ悲《かなしび》テ、其ノ所ヲ教《をし》フ。太子《たいし》山ノ中巌《いはほ》ノ辺《ほとり》ニ三《み》ツノ扉《しばの》[二二]菴《いほり》ヲ並《なら》ベ作《つくり》ツ。一《ひとつ》ニハ自《みづか》ラ居《ゐ》タリ。一ニハ妻《め》ヲ令住《すまはし》ム。一ニハ子ヲ令遊《あそばし》ム。男子ハ七歳《しちさい》ニシテ父《ちち》ニ随《したがひ》テ出入《いでい》ル。女子ハ六歳《ろくさい》ニシテ随母《ははにしたがひ》テ出入《いでい》ル。泉《いづみ》[二三]ヲ飲《の》ミ、菓《くだもの》ヲ食《く》ヒテ、送日《ひをおく》[二四]リ過月《つきをすぐ》スニ、谷《たに》[二五]ノ水幽《みづかすか》ニ流《ながれ》テ、山ノ鳥悲《とりかな》シク泣ク。時ヽ《ときどき》[二六]ハ道士《だうし》ノ許《もと》ニ行キテ約《ちぎり》ヲ結《むす》ビ、道ヲ習フ。

其時《そのとき》ニ、鳩《く》[二七]留《る》国《こく》ト云フ遠《とほ》キ国《くに》ニ、老衰《おいおとろ》ヘ貧《まづ》シキ翁《おきな》有リ。髪《か》ミ白《しろ》ク、面黒《おもてくろ》ク、目《め》タ[二八]ダレ、口《く》[二九]チユガメリ。其ノ形如鬼《かたちおにのごと》シ。若《わか》キ妻《め》有《あり》テ責《せ》メ

を振はす」あたりを摂取した挿入文。
一四 徒歩でゆっくりと歩いていった。
一五 この葉波国は、目指す檀徳山からは遥か遠い所である。
一六 前田本「道有モ留メ安之(ヤスメム トスル)人」。途中で引きとめ休むことをすすめる人もいたが。須大拏経の記事を大幅に要約。
一七 途中で居留するのは王の命にそむくことになるといって、そこに留まらなかった。
一八 六度集経「三七二十一日、乃ち檀特山中に至る」。須大拏経には見えない。
一九 前田本は「趾」に「フモト」の傍記を付す。類聚名義抄「脚」「脚下」に、色葉字類抄「脚」に「フモト」の訓がある。
二〇 須大拏経「道人」、前田本「行人」、六度集経「道士」。行人・道人・道士は、ともに仏道修行の人。東大寺切「おこなふ人」。
二一 底本「䳍」を見せ消ちにして右に別筆にて「驚」と書く。これに従う。
二二 須大拏経「柴薪を取りて小さき草屋を作る」、六度集経「柴草もて屋を作る」、前田本「柴蘆」、東大寺切「しばのいほり」とあり、底本の「扉菴」は「柴ノ庵」の誤記か。また、「巌ノ辺ニ」は場所を具体化する増補。二つの経には見えない。
二三 須大拏経の「泉水果蓏を以て飲食と為す」を、飲と食とに分割表記。
二四 時の経過を示す増補記事。二つの経には見えない。
二五 須大拏経の「山中の空地、皆泉水を出す。枯木の諸樹、皆華葉を生ず。百鳥嚶々、相和して悲み鳴く」を簡略化。
二六 「時々ハ…道ヲ習フ」は二つの経に見えない。
二七 仏陀の時代の十六大国の一つ。インドのデリーに近いターネサル一帯の地域といわれている。
二八 前田本は「烟」(あるいは「灼」の誤記か)に「タ、レ」と傍記する。二つの経には共に「両目また青」とある。
二九 須大拏経には「唇哆」とある。哆は唇が垂れ下っていること。前田本の「口斜」ならば、口が歪んでいるの意。

テ云《いは》ク、

吾レ自《みづか》ラ水《みづ》ヲ汲《く》ムニ、見ル人悪《ひとに》クミ咲《わら》フ。汝《なむ》[一]ヂ仕人《つかひびと》ヲ不求《もとめず》ハ、吾レ爰《ここ》ニ不有《〈あらじ〉》ジ。

ト云ヘバ、翁《おきな》ノ云《いは》ク、

吾レ貧《まづ》シ。誰《たれ》カ被仕《〈つかはれ〉》レム。

ト云フ。妻又云《いは》ク、

須太那《すだな》太子《たいし》ハ深《ふか》キ山《やま》ニ被追《おはれ》ニタナリ。二人《ふたり》ノ子《こ》有ラム。行《ゆ》キテ乞《こ》ハヾ、必《かなら》ズ得《え》テム。

ト勧《すすむ》レバ、翁《おき》ナ太子《たいし》ノ許《もと》ニ杖《つゑ》[二]ニ係《かかり》テ尋《たづね》テ来《きた》レリ。此時《このとき》[三]ニ太子ノ妻《め》ハ菓《くだもの》拾《ひろひ》ニ出去《いでさり》タリ。二人《ふたり》[四]ノ子《こ》翁《おきな》ヲ恐《おそれ》テ逃ゲ隠《かく》レヌ。翁ノ云《いは》ク、

遠《とほ》クヨリナヅ[五]ミ歩《あゆみ》ツルニ、身《み》挙《あげ》テヒ[六]ルミ痛《い》タシ。又大《おほき》ニ飢羸《うゑつか》レニタリ。

ト云《いふ》。太子《たいし》憐《あは》レビテ、湯《ゆ》ヲ令飲《のまし》メ、菓《くだもの》ヲ令食《くはし》メ給フ。翁《おきな》ノ云《いは》ク、

御心《みこころ》[七]ヲ聞キヽ《〈きき〉》テ候《さぶらひ》ツル也。

ト云ヘバ、太子《たいし》、

吾レ已《すで》ニ財尽《たからつき》タリ。

一 あなたが召使いをさがしてくれないならば、私はここで一緒には暮しません。

二 東大寺切「つゑにかゝりてたづねきたれり」。前田本も「翁懸杖来ル」。須大拏経には「波羅門即ち太子の所に到る」とあるのみ。「杖ニ係テ」は作者による補入か。

三 折しも太子の妻は、木の実を拾いに出掛けて留守であった。場面細叙のために作者が補ったもの。

四 六度集経の「両児これを覩(み)、中心怛懼(かなしみおそれて)、…手を携へて倶に逃ぐ」に基づいて挿入。

五 底本に従えば、「難渋しながら歩いてきたので」の意となろうし、前田本の「蹇(ナヘ)歩テ」に従えば、「なえた足を引きずりながら歩いてきたので」の意となろう。

六 ずきずき痛い。前田本は「痨」の字を宛て、これに「ヒヽラキ」の傍訓を付す。須大拏経、六度集経は共に「痛」を宛てている。なお、類聚名義抄には「痿 ヒルム」とあり、倭名抄は「疼」を「ひひらく」と読ませている。

七 太子が布施を大変好み喜ばれるというお心を承って、お願いに参上したのである。

ト宣《のたま》フ。翁《おきな》ノ云《いは》ク、

吾レ年老《としお》イ、身貧《みまづ》シクシテ、遺《のこり》ノ命《いのち》難堪《たへがた》シ。二人《ふたり》ノ御子《みこ》ヲ給《たま》ハリテ老《おい》ノ身ヲ助《たす》ケ令養《やしなはしめ》ム。

ト、丁寧《ねむごろ》ニ乞《こ》フ事三度《みたび》ニ至《いた》ル。[八]太子《たいし》涙《なみだ》ヲ落《おと》ス。子《こ》ヲ思《おも》フ事モ無限《かぎりな》ク、[九]翁《おきな》ノ悲《かなし》ブ事モ弥《いよい》ヨ深《ふか》ケレバ、

遥《はるか》ニ憑《たのみ》テ来《きた》レリ。[一〇]所願《ねがふところ》ヲ不違ヘジ《〈たがへじ〉》。

ト宣《のたま》フ。翁大《おほ》キニ喜《よろこ》ブ。太《たい》[一一]〔子《し》〕子《こ》ヲ呼《よぶ》ニ隠《かく》レ忍《しのび》テ不答ズ《〈こたへず〉》。自《みづか》ラ出《い》デ、求《もと》メ取《とり》テ語《かたら》フ、

[一二]若《も》シ吾《われ》ヲ祖《おや》ト念《おも》ハヾ、此ノ人《ひと》ニ随《したがひ》テ行《ゆ》ケ。

ト云ヘバ、二人《ふたり》ノ子《こ》太子《たいし》ノ脇《わき》ノ下《した》ニ入《いり》テ呼《よば》[一三]ヒ泣キテ云《いは》ク、

此ノ翁《おきな》ハ是レ鬼也《おにな》リ。[一四]吾《われ》ヲ遣《や》ルハ命《いのち》ヲ殺《ころ》ス也。母返《ははかへり》テ吾ヲ求《もとめ》給ハム事、子《こ》ヲ失《うしな》ヘル牛《うし》ノ如ク走《はし》[一五]リ迷《まど》ハヾ、父《ちち》[一六]モ必《かなら》ズ悔《く》イ悲《かなし》ビ給ヒナム。猶《な》[一七]ホ暫《し》バシ母ノ返《かへり》給ハムヲ待チ給ヘ。

ト云ヘバ、翁《おきな》ノ云《いは》ク、

母来《ははきた》リ給ヒナム、必《かなら》ズ止《とど》メ妨《さまた》ゲラレナム。若《も》シ恵《めぐ》マバ早《はや》[一八]ク給《たまは》リテ去リナム。

八 「太子涙ヲ…深ケレバ」は、該当する記事は二つの経に見えない。太子の心情を述べた付加記事。
九 前田本「悲翁」(翁を悲しぶ)とあり、底本の「翁ノ悲ブ事」は「翁ヲ悲ブ事」の誤かとも思われるが、目的格の「ヲ」のところに「ノ」を用いることもある(古典大系『今昔物語集 一』補注二五七参照)。即ち、「太子の、翁を憐れぶ気持も大層深かったので」の意となる。
一〇 願の筋は聞きとどけてやろう。つまり、二人の子を与えようの意。須大拏経「いかんぞ相与へざらん」、六度集経「子、遠く来つて児を求む。吾、違ふ心なし」。
一一 六度集経に「太子これを呼ぶに、兄弟懼る」とあり、前田本にも「太子、呼子」とある。底本は「太子ヲ呼ニ」とあり「子」を一つ脱す。よって補う。「太子は子を呼んだが、子は逃げ隠れて返事をしない」の意。
一二 もしも私を親と思うならば、この翁について行け。前半に「若シ吾ヲ祖ト念ハバ」を補入して、須大拏経の「汝便随去」に続け、子供に対する指示のことばとした。
一三 前田本の「叫哭」(叫び泣く)を正しいとするか。
一四 私をこの翁に与えるのは、私を殺すことです。須大拏経の意訳。
一五 走り狂ったならば。六度集経の「狂ひ走り哀慟せば」に基づく。
一六 六度集経の「父も必ず悔いむ」に拠る。
一七 「猶ホ…待チ給ヘ」、二つの経に見えない。
一八 早く戴いて帰りたい。六度集経の「早く去るに如かず」に拠る。

ト云フ。太子《たいし》強《し》[一]ヒテ誘《こし》ラヘテ手《て》ヲ引《ひ》キテ授《さづ》クル時ニ、大地《だいち》振《ふる》ヒ動《うご》ク。
子《こ》逃《に》ゲテ太子《たいし》ノ前《ま》ヘニ入《いり》[二]テ、
吾レ昔《むか》シ何《い》カナル罪《つみ》ヲ造《つくり》テ、今《いま》此ノ苦《くる》シビニ会《あひ》ヌルナラム、[三]国王《こくわう》
ノ種《たね》ニ生《むま》レテ、卑《いや》シキ民《たみ》ノ[四]仕人《つかひびと》ト成ラム。
ト云ヒテ共《とも》ニ泣ク。太子《たいし》誘《こし》ラヘ語《かたり》テ宣《のたま》フ、
[五]親《おや》ト云ヒ子《こ》ト云ヘドモ、遂《つひ》ニハ皆長《なが》ク別《わか》レナムトス。[六]万《よろ》ヅノ事常《つね》
無《な》シ。イヅレヲモ可憑《たのむべ》キニ不有《あらず》ズ。[七]吾レ仏《ほとけ》ニ成《なり》ナム時ニ、自《おのづか》ラ将《まさ》
ニ引導《いんだう》シ渡《わた》サム。
ト教《をし》ヘ誘《こしら》ヘテ強《し》ヒテ授《さづく》レドモ、猶母《なほはは》ガ面《おもて》ヲ不見《みず》シテ永《なが》ク別《わか》レム事ヲ悲《かなし》
ビテ、
[八]吾ガ母《はは》何《な》ニ、依《より》テ今日《けふ》シモ遅《おそ》ク返《かへ》リ給フ。吾レ今去《いまさり》ナムトス[九]。早《はや》
ク来《き》テ相見《あひ》給ヘ。
ト泣キテ、臥《ふ》シ丸《まろ》ビテ不去《さらず》ズ。翁《おきな》ノ云《いは》ク、
年老《としおい》テ力少《ちからすくな》シ。[一〇]足《あし》ナヘギテ難歩《あゆみがた》シ。此ノ二人《ふたり》タリノ子《こ》吾レヲ棄《す》
テヽ逃《にげ》テ母《はは》ノ御許《みもと》ニ走《はし》リ行《ゆき》ナバ、吾レ更《さら》ニ何《い》カデカ得《え》ム。猶二人《なほふたり》
ヲ結《むす》ビ合《あは》セテ授《さづ》ケ給《たまは》メ。

一 強く言いふくめて。東大寺切「しひていひこしらへて」。
二 前田本「到テ」、東大寺切「いたりて」。底本の「入テ」でも意味が通ずるが、「至リテ」をよしとするか。
三 国王の血筋の家柄に生を受けて。
四 召使い。須大拏経には「奴婢」とある。
五 「親ト云ヒ子ト云ヘドモ」は増補記事。最後は皆、永遠の別れをするものである。須大拏経「天下恩愛皆応(まさ)に別離せんとす」。
六 万物はすべて無常で、何ひとつ常住と頼むべきものはない。須大拏経「一切無常、何ぞ保ち守るべけん」。
七 私が悟りを開いた暁には、必ず私の手で彼岸に渡してやろう。須大拏経「我、無上平等道を得ん時は、自ら当に汝を度(ど)すべし」。底本「引導ス」は「引導(いんどう)シ」の誤とした。あるいは「引導(みちび)キ」の誤とも考えられる。
八 「吾ガ母…相見給ヘ」、二つの経に見えない。母親の帰りを待つ子の心情を細叙。
九 東大寺切には「いまさりなんとす」の次に、「マタフタヽヒアフヘカラス」と、行間書き入れがある。
一〇 足に力が入らず不自由で歩きにくい。

太子《たいし》云フニ随《したがひ》テ二人《ふたり》ノ子《こ》ノ手《て》ヲ捕《とら》ヘタレバ、翁《おき》ナ寄《より》テ縛《しばり》ツ。翁[一一]縄《なは》ノ端《はし》ヲ捕《とら》ヘテ、[一二]猶撲《なほす》マヒテ不歩《〈あゆまず〉》ズ。翁《おき》ナ篠《しの》ヲ以《もつ》テ打《う》ツ。血《ち》出《い》デ丶土《つち》ヲ穢《け》ガス。太子庭《には》ニ立《たち》テ是《これ》ヲ見ルニ、涙落《なみだおち》テ土《つち》ニ流《なが》ル。地《ち》即《すなはち》振《ふる》ヒ[一三]動《うご》ク。山《やま》ノ獣《けだも》ノ[一四]囀《さへづ》リ鳴《な》ク。

太子《たいし》遥《はる》カニ見送《みおく》ルニ、二人《ふたり》ノ子《こ》遠《とほ》ク行《ゆ》キ隠《かく》レヌ。

母返《ははかへり》テ見給フニ、父独《ちちひと》リ居《ゐ》給ヘリ。二人ノ子ヲ尋求《たづねもとめ》テ[一五]三度《みた》ビ問フニ不答《〈こたへず〉》ズ。強《し》ヒテ又責問《せめ》ヘバ、

貧《まづ》シキ翁《おきな》ノ来《きたり》テ乞《こひ》ツルニ取ラセテ遣《や》リツ。

ト答《こた》フ。母地《ははち》ニ倒《たふ》レテ臥《ふ》シ丸《まろ》ブ。涙《なみだ》ヲ流《なが》シテ[一六]呼《よば》ヒ泣ク。

[一七]二人《ふたり》ノ子《こ》吾《われ》ヲ棄《す》テ丶誰《たれ》ニ付《つき》テ何《いづ》チ去リヌルゾ。[一八]伏《ふ》ス時モ居《ゐ》ル時モ常《つね》ニ左《ひだ》リ右《みぎ》ニ有《あり》テ、[一九]吾ガ手《て》ニ菓《くだ》子モノ有レバ悦《よろこ》ビテ来《きた》リ乞《こ》ヒ、[二〇]吾ガ身《み》ニ塵《ち》リ有レバ諍《あら》ソヒテ掃《はら》ヒ拭《のご》ヒツ。[二一]遊《あそ》ビ戯《たはぶれ》テ土《つち》ニ丸《まろが》シテ、鳥《とり》獣《けもの》ノ方《かた》ヲ作《つく》リ、種丶《くさぐさ》ノ遊《あそ》ビ物《もの》ヲ所丶《ところどころ》ニ遺《のこ》シ止《とど》メタリ。是《これ》ヲ見ルニ弥《いよい》ヨ悲《かな》シクシテ、吾ガ心如割《こころさくがごと》シ。[二二]只《ただ》其ノ行《ゆき》ツラム方《かた》ヲ教《をし》ヘヨ。走《はし》リ追《おひ》テ相見《あひ》ム。

ト泣キ迷《まど》ヒ給フ。太子《たいし》ノ宣《のたま》ハク、

一一 東大寺切「なはのはしをとらへてゆくに」、前田本「捕縄端引」とある。底本、「捕ヘテ」の次に「引クニ」、または「行クニ」の脱か。

一二 二人の子は、猶も逆らって歩こうとしない。

一三 底本「動」の次、はじめ「久」と書き、その字の上に「ニ」を書いて「テス」にしようとしたらしいが、読みにくいので後人がその右に「ニス」と改めて書いてますます原文から離れてしまった。今「動ク」とする。前田本「地則震動」、東大寺切「ふるひうごく」とある。

一四 山の鳥獣は、泣き叫んだ。東大寺切「山のけだもの、まろびなく」(「まろび」の傍記「ヨハヒ」は後人のもの)。よって考えるに底本や前田本の「囀」は、「轉」の誤記か。

一五 底本は大幅省略。須大拏経によれば、母親が子を捜して夫婦の草屋に行き、子の住む庵、遊び場の水辺と三カ所を捜しまわり、その都度太子に子の行方を問うた意の「三度」になっている。

一六 底本の「呼ヒ泣ク」、前田本には「叫哭」とある。五五頁注一三と同じ。

一七 「二人ノ子…去リヌルゾ」は増補記事。

一八 寝る時も起きている時も、いつも私の左右にいて。以下「心如割シ」まで、六度集経に依拠。経には「吾が坐すも児の立つも各左右に在り」とある。

一九 私の手にくだものがあると悦んでもらいに来。六度集経「児常に、吾菓をもちて帰るを望み覩れば、走りて我に趣き」。

二〇 六度集経に「身に塵あるを見れば競つて共に払ひ拭ひ」とある。

二一 泥にまみれて鳥やけだものの泥人形を作り、その他様々の玩具などが、あちこちに散在して残っている。六度集経「今、児の戯具、泥象・泥牛・泥馬・泥猪、雑巧諸物、地に縦横たり」。「方」は像・形などの宛字。

二二 「只其ノ…相見ム」は二つの経に見えず、増補記事。

君始《きみはじ》メ約《ちぎり》ヲ結《むすび》シニ、縦《たと》ヒ諸《もろもろ》ノ難《なん》有リトモ、[一]吾ガ心ニ不違《〈たがはじ〉》ジト云ヒキ。今《いま》カク悲《かなし》ビ云ヒテ吾ガ心ヲ悩《なや》マシ乱《みだ》ル事、本《もと》ノ約《ちぎり》ニ不有《〈あらず〉》ズ。

ト教《をし》ヘ誘《こしら》ヘ給《たまへ》ドモ、泣キ迷《まど》ヒテ不起《〈たたず〉》ズ。暫《しばら》ク有《あり》テ、[二]人来《ひときたり》テ云《いは》ク、

[三]吾レ聞ク、君《きみ》ガ妻形《めかた》チ吉《よ》ク心勝《こころすぐれ》タリト。吾《われ》ニ与《あたへ》ヨ。

ト□《い》[四]フ。太子《たいし》答《こたへ》給ハク、

誠《まこ》トニ然《しか》有リ。[五]今故《いまこと》サラニ来《きた》レリ。[六]与《あた》フ許《ばかり》ナリ。

ト宣《のたま》フヲ妻《め》聞《きき》テ宣ハク、

吾レヲ[七]人《ひと》ニ取《とら》サツハ、[八]誰《た》レカ副《そひ》テ奉養《やしなひたてまつらむ》トスル。

[九]ト宣《のたま》ヘバ、太子《たいし》答《こた》ヘ給ハク、

吾レ若《も》シ君《きみ》ヲ惜《をし》マバ、願《ねがひ》ヲ満《み》テムト誓《ちか》ヒシ心可違《こころたがふべ》シ。

ト宣《のたま》ヒテ、妻《め》ヲ引《ひ》キ授《さづ》ケ給フニ、[一〇]大地《だいち》又振《ふる》ヒ動《うご》ク。

[一一]此ノ人妻《ひとめ》ヲ取《とり》テ七《な》ナ歩《あゆ》ミ行《ゆ》クニ、[一二]太子《たいし》遂《つひ》ニ悔《くゆ》ル心無《こころな》シ。人返《かへり》テ妻ヲ返《かへ》ス。

吾レハ是帝尺《これたいしやく》也。[一三]子《こ》ヲ人《ひと》ニ与《あたへ》ツルヲ見テ、妻《め》ヲ乞《こ》ヒテ心《こころ》ヲ試《こころ》ミツルナリ。[一四]何事《なにごと》ヲカ願《ねが》フ。吾レ与ヘム。

ト云ヒテ、帝尺《たいしやく》ノ形《かたち》ニ成《なり》ヌ。妻《め》拝《をがみ》テ云《いは》ク、

一　布施にはげもうとする私の気持には決してそむくまいと固く誓ったはずだ。
二　この「人」は、帝釈天の化身。太子の心を試そうとして、人間の姿になってあらわれた。
三　六度集経の意訳。私は聞いていますよ。あなたの奥方は器量がよく、心も御立派であると。どうか、私にください。
四　底本の空欄、前田本に従えば「云」になる。
五　わざわざ。
六　妻を差しあげるだけのことです。動詞終止形に接続する「ばかり」は限定を表わす。
七　前田本「与人」。略注は「取せてば」、三宝絵集成「取サツハ」、出雲路修は「取サヘハ→取サツハ→取らさば」とする。ここでは「取サツハ」のままで、「取サハ」の強めの表現とする。
八　誰が一体おそばに仕えて御世話申し上げげましょう。
九　底本「ニ宣ヘハ」。「ニ」は「ト」の誤記とする。
一〇　大地がまた揺れ動いた。諸神感応の瑞相。
一一　この人は妃を連れて七歩進んだが。
一二　太子は全く後悔しなかった。太子の固い決意を示す増補。
一三　あなたが自分の子供を人に与えたのを見て（以上増補記事）、更に奥方を求めてあなたの布施心を試してみたのである。
一四　願は何か、私がかなえてやろう。

願《ねがはく》ハ吾[一五]ガ子《こ》ヲ将《ゐ》テ去リヌル翁《おきな》ニ、子ヲ売《う》ラムト念《おも》フ心《こころ》ヲ付《つけ》テ、吾ガ国《くに》ニ遣《や》リ給ヘ。願クハ吾ガ子ヲ守《まも》リ助《たすけ》テ、飢《う》ヱ苦《くる》シム事無《な》カラシメ給ヘ。願ハ太子《たいし》ヲ早《はや》ク本《もと》ノ国ニ令返《かへさしめ》給ヘ。

ト云フ。太子《たいし》ノ云《いは》ク、

吾《われ》ハ只仏《ただほとけ》ノ道《みち》ヲ尋《たづね》テ衆生《しゆじやう》ヲ渡《わた》シ、弥[一六]《いよいよ》人《ひと》ニ物《もの》ヲ施《せ》セムトナム思《おも》フ。

ト云ヘバ、帝尺《たいしやく》、

善哉《よきかな》。

ト讃《ほ》メテ失《うせ》ヌ。

其ノ時ニ彼《か》ノ翁子《おきなこ》ヲ得《え》テ家《いへ》ニ返《かへり》ヌ。妻[一七]《め》ノ云《いは》ク、

此[一八]ノ子《こ》ハ仕《つか》フニ難堪《たへがた》カリナム。是[一九]《これ》ヲ売《うり》テ奴《つぶね》メヲ買《か》ヘ。

ト云ヘバ、翁子《おきなこ》ヲ為売《うらむがた》メニ隣[二〇]《とな》リノ国《くに》ニ行《ゆく》ニ、道《みち》ヲ迷《まよひ》テ本《もと》ノ宮《みや》ニ来《きたり》ヌ。

見ル人《ひと》皆、

是レハ太子《たいし》ノ子《こ》、大王《だいわう》ノ孫《むまご》ナリ。

ト云フ。王《わう》ニ申《まう》セバ、翁《おき》ナヲ召《め》シテ問ヒ給《たまふ》ニ、

太子[二二]《たいし》ニ申《まう》シカバ給《たま》ヘル也。人《ひと》ニ売《う》ラムトテ来《きた》レル也。

ト申《まう》ス。王大《わうおほ》キニ悲《かなし》ビ給《たまひ》テ、子[二三]《こ》ヲ膝《ひざ》ノ上《う》ヘニ居《す》ヱ給フニ、不登《〈のぼらず〉》ズ。王、

一五 我が子を連れ去った翁に、子を売ろうとする心を起させて、私の本国につかわすようにさせて下さい。

一六 以前にも増して、人々に物を施そうと意を固めています。太子の布施心を強調した増補記事。

一七 「妻ノ云ク…本ノ宮ニ来ヌ」は、六度集経に依拠。

一八 この子は、召使いとして使うには体力が持たないだろう。六度集経「奴婢に爾らず、労を作すに任へず」。

一九 この子を売って、改めて別の使用人を買え。「奴(つぶ)メ」は召使い、下男。「メ」は接尾辞。六度集経には「急ぎ行きて衒売(げんばい)し、更に所使を買へ」とある。類聚名義抄「奴ツフネ」。

二〇 翁は隣国を目ざして行ったが、道に迷い、太子たちの本国に来てしまった。六度集経には「異国にゆかんとし、天、その道を惑はして乃ち本土にゆく」とある。

二二 太子に申し出たところ、頂戴したのです。

二三 六度集経「王呼び抱かんと欲す」、須大拏経「王両児を呼びてこれを抱く」。前田本にも「召寄子、坐膝給」とあり、底本は「呼ビテ」若しくは「召シ寄セテ」の脱で、「呼び寄せて抱こうとした」の意。

我《われ》ヲ忘《わす》レニタルカ。

ト宣給《のたま》ヘバ、子《こ》ノ云《いは》ク、

昔《むかし》ハ大王《だいわう》ノ孫《むまご》ナリキ。今《いま》ハ民《たみ》ノ仕《つかへびと》ナリ。

ト云フ。王泣《わうなき》テ強《しひ》テ懐《い》ダキテ、二人《ふたり》ノ子《こ》ノ直《あたひ》ヲ問ヒ給《たまふ》ニ、翁申事《おきなまうすこと》不能《〈あたはず〉》ズ。子ノ申《まうす》、

男《を》ノ子《こ》ノ直《あたひ》ハ少《すくな》ク、女子《をむなご》ノ直ハ可多《おほかるべし》。

ト云フ。王《わう》、

ナドテカ然可有《さあるべき》。

ト問ヒ給ヘバ、答《こたへ》テ云フ、

太子《たいし》ハ国王《こくわう》ノ御子《みこ》ナレドモ、遥《はるか》ナル山《やま》ノ中ニ被追《おはれ》テ苦《くるし》ビ多《おほ》カリ。是ノ故《ゆゑ》ニ男《を》ノ子《こ》ノ直《あたひ》ハ可劣《〈おとるべし〉》ルベシ。[一]奉仕人《つかうまつりびと》ハ卑《いやし》キ人《ひと》ノ娘《むすめ》ナリトモ、親《おや》ノ宮《みや》ノ中《うち》ニ侍《はべり》テ楽《たのし》ビ多カリ。是故《このゆゑ》ニ女子《をむなご》ノ直ハ可増《ますべし》。

ト云フ。王是《わうこれ》ヲ聞《きく》ニ弥《いよい》ヨ悲《かなしび》テ、

[二]年八《としやつ》ナル稚《をさな》キ子《こ》ノ云フ事ノ賢《かし》コクモ有ル哉《か》ナ。

ト宣《のた》マヒテ、[三]直《あたひ》ヲ給《たまひ》テ翁《おきな》ヲ返《かへ》シツ。王子《わうじ》ニ、

太子《たいし》ハ争《いかで》カ有ル。

一 前田本「仕人賤女、親候宮楽多」。底本「親ノ」は「親ク」の誤か。

二 年齢わずか八歳の子供の発言として、何と賢いことではないか。須大拏経に該当文は見えず、六度集経の「年八孩童、高士の論有り」に依拠して挿入した。前に「七歳」とあったが一年経ったという想定であろう。

三 前田本「多賜直」。底本「多ク」を脱したか。高額の代価を支払っての意。

ト問ヒ給ヘバ、

木《こ》ノ実《〈み〉》ミヲ食《く》ヒテナム伊坐《いま》ス。

ト云フ。王《わう》大《おほ》キニ涙《なみだ》ヲ流《なが》シテ、使《つかひ》ヲ遣《やり》テ太子《たいし》ヲ呼ビ給フ。[四]使《つかひ》至《いた》リテ王《わう》ノ仰《おほ》セ事《ごと》ヲ伝《つたへ》テ云《いは》ク、

「太子《たいし》去リニシヨリ、我《われ》モ后《きさき》モ恋《こ》ヒ悲《かなし》ブ。物《もの》モ不食《〈くはず〉》ズ、イモネズシテ、年《とし》ヲ送《おく》リ月《つき》ヲ送ルニ、形《かたち》モ毎日《ひとごとに》劣《おと》リ疲《つかれ》テ、命《いの》チ既《すで》ニアヤフキニ望《のぞ》[五]ミニタリ。早《はや》ク還《かへり》テ相《あひ》見ヨ」ト仰《おほ》セ給フ。

ト云フ。太子《たいし》ノ云《いは》ク、

王《わう》既《すで》ニ我《われ》ヲ罪《つみ》為《し》給フ事十二《じふに》年《ねん》也《な》リ。限《かぎ》[六]ルニ只《ただ》一年《いちねん》ヲ過《すぐ》セリ。年《とし》満《み》チナバ自然《おのづか》ラ還《かへ》リナム。

ト云フ。使《つかひ》還《かへり》テ王《わう》ニ申《まう》ス。王又手《て》[七]ヅカラ書《ふみ》ヲ書《かき》テ送《おくり》テ宣《のたま》ハク、

太子《たいし》ハ智《さと》リ深《ふか》キ人《ひと》也。去《さり》シ時ニモ善《よ》ク忍《しの》ビシカバ、還《かへ》ル時ニモ又可忍《しのぶべし》。[八]我レヲ怨《うらみ》テ若《も》シ不還《かへらず》ハ、[九]君《きみ》ヲ待《まち》テ長《なが》ク物《もの》不食《〈くはじ〉》ジ。

ト書キ給ヘリ。太子《たいし》王《わう》ノ御《おほ》ム文《ふみ》ヲ読《よ》ミ、[一〇]后《きさき》ノ恋《こ》ヒ給フ事ヲ思《おもひ》テ、菴《いほ》リヲ出《いで》テ[一一]車《くるま》ニ乗《の》リ、[一二]山《やま》ヲ返《かへ》リ見テ涙《なみだ》ヲ落《おと》ス。[一三]国《くに》ノ人悦《ひとよろこび》ヲ成シ、道《みち》ヲ払《はら》ヒ、香《かう》ヲ焼《た》キ、[一四]楽《がく》ヲ調《ととのへ》テ、太子《たいし》ヲ向《むか》ヘ奉《たてまつ》ル。

四 以下は六度集経の「王逮(およ)び皇后、食を捐(す)て、銜泣(がんきふ)して、身命日に衰へ、太子を覩(み)んと思ふ」を意訳して、これに、「太子去リニシヨリ」及び「イモネズ…月ヲ送ルニ」の潤色記事を加え、王の仰せごとの内容とした。
五 前田本「命已臨危」とあり、底本の「望」は「臨」の宛字。
六 山中の生活はまだ一年を経過したに過ぎない。
七 王は、みずから親書をしたためて。
八 もし、私を恨んで帰ってこないのであるならば。
九 御身の帰りを待ち続けて、帰るまでは物も食うまい。
一〇 「后ノ恋ヒ…庵リヲ出テ」。二つの経に見えない増補記事。
一一 六度集経「涙を収めて車に昇る」とある。
一二 六度集経の「太子左右を顧望し、山中の樹木流泉を恋慕し、涙を収めて」に拠る。
一三 六度集経の「使者発してより、国を挙げて歓喜し、道を治め、掃除し、あらかじめ帳幔を施し、香を焼き、華を散ず」を簡略化。
一四 六度集経には「伎楽、幢蓋(旗ぼこと朱の傘)、国を挙げて趍(はし)り蹌す」とある。蹌は舞いおどるさま。

賊《あた》[一]ノ国《くに》ノ王《わう》、彼《か》[二]ノ乞《こ》ヒ取《とり》シ白《しろ》キ象《ざう》ニ、鞍《くら》ヲ荘《かざ》リ置ケリ。宝《たから》ヲ持《も》テ造《つく》リ、又金《こがね》ノ鉢《はち》ニ銀《しろかね》ノ粟《あは》ヲ盛《も》リ、[三]鉄《くろがね》ノ鉢ニ銀ノ粟ヲ盛《もり》テ、使《つかひ》ヲ忽《たちまち》ニ道《みち》ニ立《たて》テ、咎《とが》ヲ悔《くい》テ云《いは》ク、

我[四]レ愚《おろか》ニシテ乞《こ》ヒ、誤《あやまり》[五]テ太子《たいし》ヲ罪為《つみせ》サセタリ。初《はじめ》[六]ハ山《やま》ニ行《ゆく》ト聞《きき》テ、悲《かなし》ビ難堪《たへがた》カリキ。今《いま》ハ宮《みや》ニ還《かへ》ルト聞《きき》テ、悦《よろこ》ビ無極《きはまりな》シ。是ノ白象《しろきざう》ヲ返《かへ》シ送《おく》リ、金《こがね》[七]ノ粟《あは》ヲ奉副《そへたてまつ》ル。願《ねがは》[八]クハ我ガ志《こころざし》ヲ納《をさめ》テ我ガ罪ヲ免《ゆる》セ。

ト云ヘリ。太子《たいし》象《ざう》ヲ送《おく》レルヲバ返《かへ》シ遣《やり》テ、使《つかひ》[九]ヲ送レル事ヲ悦《よろこ》ビ云フ。[一〇]又ハ父《ちち》ノ王《わう》象ニ乗《のり》テ出《いで》テ相《あ》ヒ迎《むか》フ。母《はは》[一一]ノ后《きさき》子《こ》ヲ見テ悦《よろこび》テ共《とも》ニ語《かたら》フ。大《だい》王宝《わうたから》ヲ譲《ゆづ》ル事物《すべ》テ無量《はかりな》シ。太子《たいし》[一二]人《ひと》ニ施《ほどこ》ス事弥《い》ヨヽ先《さ》キニ過《すぎ》タリ。是《こ》[一三]レヨリ後《のち》、民《たみ》ノ宅《いへ》豊《ゆた》カニ富《とみ》テ、盗人《ぬすびと》[一四]絶《た》エ、獄《ひ》[一五]トヤ失《うせ》ヌ。怨《あた》[一六]ノ国来《くにきた》ルニ随《したがひ》テ、戦《たた》[一七]カヒ止《や》ミ、世《よ》[一八]平《たひら》カニ成リニキ。昔《むかし》ノ須《す》檀《だ》那《な》太子《たいし》ハ今《いま》ノ尺迦《しやか》如来《によらい》也。太子《たいし》[一九]須《す》檀《だ》那経《なきやう》、六度集経《ろくどしふきやう》等《ら》ニ見《みえ》タリ。

西域記《さいゐきき》[二〇]ニ云《いはく》、「檀徳山《だんとくせん》ノ中ニ率都婆《そとば》有リ。太子《たいし》[二一]ノ昔《むか》シ住《すみ》シ所《ところ》ナリ。其ノ辺《あたり》ニ又率都婆有リ。太子[二二]ノ子《こ》ヲ授《さづけ》シ所也。婆羅門《ばらもん》[二三]ノ子ヲ得《え》テ打《うち》シ時ニ、血《ち》流《ながれ》土《つち》ヲ染《そめ》キ。今《いま》ニモ諸《もろもろ》ノ草木《くさき》皆赤色《あかきいろ》也」ト云ヘリ。

一　以下須大拏経に拠る。
二　敵国の王は、以前策略で手に入れた白象に飾鞍を置き、飾りを宝で作った。
三　須大拏経には「銀の鉢に金の粟を盛り」とある。
四　須大拏経に「前に白象を乞ひしは愚痴なるが故のみ」。前田本にも「吾愚乞象」とあり、底本「象ヲ」を脱す。
五　誤って、私のせいで太子を罪におとし入れてしまいました。須大拏経には「我に坐するが故に、遠く太子を徙(うつ)せり」とある。
六　初めは、太子が檀徳山に流されると聞いて私の悲しみは堪え難いものであった。二つの経には見えない、増補記事。
七　底本も前田本も共に「金」の粟とあるが、須大拏経には「金銀」の粟とある。
八　何とぞ私どもの微意をいれて、罪をお許し下さい。
九　敵国の王の使者派遣に対するお礼を述べた。
一〇　底本における「又ハ」の「ハ」は衍。
一一　須大拏経に「太子宮に入り、即ち母の前に至る。頭面礼をなして起居を問ふ」とある。
一二　太子の物を布施することは、ますます激しく、以前よりも度を越えていた。
一三　「是レヨリ…平カニ成リニキ」は六度集経に依拠して、経文を簡略化し、語順を前後させて接合している。
一四　六度集経には「賊寇仁を尚び、偸賊施を競ふ」。
一五　牢獄はなくなった。六度集経「囹圄(れいぎよ)毀矣」。
一六　敵国が帰順したり臣従したりしての意。六度集経「宿怨都(すべ)て然(うべな)ひ、拝表して臣と称し、貢献相銜む」。
一七　六度集経「干戈を蔵に戢(をさ)む」。
一八　六度集経「群生永く康らかに、十方善を称(たた)ふ」。
一九　西秦の聖堅の訳、一巻。布施を好んだ葉波国須大拏太子の物語。
二〇　大唐西域記二・健駄邏国の条に見える。
二一　大唐西域記に、跋虜沙城の東北二十余里の所に、弾多落迦山(檀特山のこと)があって、その嶺の上に率都婆があり、「蘇達拏太子此に棲隠」とあると。

（十三　施无《せむ》）

昔《むか》シ[二四]迦《か》夷《い》羅《ら》国《こく》ニ長者有《ちやうじやあり》キ。夫《をう》トモ妻《め》モ共《とも》ニ年老《としおい》、二《ふた》ツノ目《め》共《とも》ニ盲《めしひ》タリ。唯一人《ただひとり》ノ子《こ》有《あり》。其ノ名《な》ヲ[二五]施无《せむ》ト云フ。[二六]或本云《あるほんにいはく》、此名《このな》善心《ぜんしむと》云〻。心《こころ》ニ[二七]十善《じふぜん》ヲ好《この》ミ、丁寧《ねむごろ》ニ二人《ふたり》ノ祖《おや》ニ奉仕《つかへまつり》キ。父母《ちちはは》深《ふか》キ山《やま》ニ入《いり》テ仏《ほとけ》ノ道《みち》ヲ行《おこな》ハムト念《おも》フ 志《こころざし》有レドモ、[二八]家《いへ》ニ一人《ひと》リノ子ヲ別《わか》レム事ヲ悲《かな》シビ、[二九]山ニハ可相随《あひしたがふべ》キ人《ひと》モ無《なき》ヲ歎《なげき》テ、[三〇]空《むな》シク年月《としつき》ヲ送《おくり》テ其ノ[三一]志ヲ不遂《〈とげず〉》ズ。施无《せむ》父母ニ語《かたり》テ云《いは》ク、

何《なに》ニ依《より》テカ我《われ》ヲ悲《かなしび》テ、本《もと》ノ思《おもひ》ヲバ遂《とげ》給ハヌ。世《よ》ハ皆常無《つねな》シ。人《ひと》ノ命《いのち》ハ止《とま》リ難《がた》シ。早《はや》ク其ノ事ヲ遂《と》ゲ給ヘ。我レ副《そひ》テ奉 養《やしなひたてまつ》ラム。

ト云ヘバ、[三二]父母大《ちちははおほ》キニ悦《よろこび》テ、即《すなはち》家《いへ》ノ内《うち》ノ物《もの》ヲ数《かぞへ》テ、普《あまね》ク貧《まづし》キ人《ひと》ニ施《ほどこ》ス。施无《せむ》二人《ふた》リノ祖《おや》ヲ将《ゐ》テ行《ゆき》テ、深《ふか》キ山《やま》ノ中ニ居《す》ヱツ。[三三]草《くさ》ノ菴《いほり》ヲ結《むす》ビ構《かま》ヘ、蓬《よも》ギノ莚《むしろ》ヲ重《かさ》ネ敷《しき》テ、[三四]滝《たき》ノ水《みづ》ヲ尋《たづね》汲ミ、[三五]山ノ木《こ》ノ実《〈み〉》ミヲ求《もと》メ拾フ。[三六]朝《あした》ニ出《いで》テ木ノ実ヲ取《とり》テ、未《いま》ダ先《ま》ヅ自《みづか》ラ不食《〈くはず〉》ズ。[三七]夜《よる》ハ必《かなら》ズ三度《みた》ビ起《おき》テ、寒《さむ》ク、温《あたたか》ナルヲ見ル。[三八]独《ひと》リ父母ヲ養《やしなひ》テ年月多《としつきおほ》ク積《つも》リ、[三九]深ク慈《うつくしび》ノ

二二　大唐西域記「其の側、遠からず率都婆あり。太子ここに於て男女を以て婆羅門に施す」。

二三　大唐西域記「婆羅門其の男女を捶(う)つ。血を流し地を染む。今に諸草木猶絳色(赤色)を帯びたり」。

第十三条　多年山中で孝養をつくし、誤って毒矢で射られながら、一言も苦痛を訴えることなく、ひたすら親の将来を案ずる子の衷情と、一途に子の復活を願う親の慈愛に感じた帝釈天は天の神薬をそそぐ。子は蘇生し、盲目の老父母の目が開いた孝養譚。仏説菩薩睒子経を中核的資料とし、諸所に六度集経五による挿入や独自の増補が認められる。

二四　Kapila の音写。睒子経、六度集経は共に「迦夷国」。釈迦の生国で、現在のネパールのタラーイ地方。

二五　睒子経、六度集経は共に「睒」とする。Śyāma の音写。「施无」は、「睒」を一字一音の漢字表記にしたもの。

二六　前田本にはこの注記なし。底本は二行注の形で入れる。

二七　不殺生・不偸盗・不邪婬・不妄語・不綺語・不悪口・不両舌・不貪欲・不瞋恚・不邪見の十戒を破らないこと。

二八　たった一人の子を家に残し、別れ別れになることを悲しみ。

二九　前田本「山無可相従人歎」とあるが睒子経には見えない。作者の増補記事か。

三〇　睒子経の「年十歳を過し」を改変。

三一　山に籠って仏道修行をするという志を果せないでいた。

三二　睒子経に該当記事はない。前田本「父母大悦」。作者の増補か。

三三　草の庵を構え、蓬のむしろを重ね敷いて。六度集経の「草茅を以て廬と為し、蓬蒿を席と為す」に依拠。

三四　睒子経に「泉水涌き、水清くして且涼し」とある。六度集経は「山に流泉有り」。前田本には「谷水」とある。

三五　睒子経「衆果豊に茂り、これを食へば香ばしく甘し」。

三六　六度集経「夙(とつ)に興(お)きて果を採り、未だ先に甘きを嘗めず」に依拠。

心ノ有ルニ、鳥獣《とりけもの》皆馴《な》レ感《かむ》ジ泣ク。
于時《〈ときに〉》祖《おや》水《みづ》ヲ楽《ねがひ》テ乞《こ》フ。[一]谷《たに》ニ行《ゆき》テ此レヲ汲《くめ》バ、鹿《しし》ノ皮《かは》ノ衣《ころも》ヲ着テ、瓶《かめ》ヲ持《もち》テ[二]カガマリテ汲ムニ、鹿シヽ《〈しし〉》集《あつまり》テ水ヲ飲《の》ムニ[三]相《あ》ヒ交《まじり》テ形《かたち》同《おな》ジ。時ニ国王《こくわう》山《やま》ニ狩《かり》ヲ為《し》テ、鹿シヽ《〈しし〉》ヲ見テ即《すなは》チ射《い》ルニ、誤《あやまり》テ施无《せむ》ガ胸《むね》ニ当《あた》リヌ。倒《たふ》レ呼《よばひ》テ云フ、
[四]誰《た》レノ人《ひと》ノ、一《ひと》ツノ箭《や》ヲ以《もつ》テ三人《みたり》ノ人ヲ殺《ころ》スゾ。[五]象《ざう》ハ牙《きば》ヲ取ラムガ為《ため》ニ被殺ル《〈ころさる〉》。犀《さい》ハ角《つの》ヲ切ルニ依《より》テ死ヌ。[六]我《われ》ハ取ル所《ところ》モ無《な》シ。何《なに》ニ依《より》テ被殺《ころされ》ヌルゾ。
ト云ヘバ、[七]国王声《こくわうこゑ》ヲ聞《きき》テ、「人《ひと》ナリケリ」ト驚《おどろき》テ、馬《むま》ヨリ下《おり》テ近《ちか》ク寄《より》ヌ。
汝《なむぢ》ハ何人《なにびと》ゾ。其ノ形《かた》チ鹿《し》シニ同《おな》ジ[八]借《か》リツレバ、[九]誤《あやまり》テ箭《や》ヲ放《はな》チツル也。
ト宣《の》給《たま》フ。答《こたへ》テ申《まう》サク、
[一〇]我《われ》ハ老《おい》タル祖《おや》ヲ以《もつ》テ此ノ山《やま》ニ居《ゐ》テ養《やしな》フ人《ひと》也。
ト云フ。[一一]王聞《わうきき》テ涙《なみだ》ヲ落《おと》ス。共《とも》ノ人《ひと》皆泣《なき》ヌ。[一二]是ノ時ニ大《おほき》ナル風《かぜ》忽《たちまち》ニ起《おこり》テ木《き》ノ枝《えだ》ヲ吹折《ふきを》リ、万《よろ》ヅノ鳥悲《とりかなし》ビ鳴《なき》テ、獣馳《けものはし》リ呼《よば》フ。日《ひ》暗《くら》ガリ天《あめ》ノ

三七 夜には必ず三度起きて、親の寒いか暖いかの様子を見舞った。六度集経「夜は常に三たび興きて寒暖を消息す」。前田本「見祖寒温」、底本は「祖」脱か。

三八 唯一人で父母を養い、多くの年月を経過し(増補記事)。

三九 六度集経「其の仁、遠く照らし、禽獣附き恃む」に依拠。「感ジ泣ク」は付加記事。

一 前田本にも「子往谷汲水」とある。睒子経には見えない。

二 前田本「屈酌」。かがんで水を汲んでいると。増補記事。

三 前田本「相交形同」。鹿の皮衣を着た施无と鹿が入りまじって、どれが人やら鹿やら、見分けのつかない状態であった。睒子経には見えない。増補。

四 誰が一本の矢で親子三人を殺すのか。睒子経「誰か一毒箭を以て三道人を射殺す者ぞ」。

五 象は象牙のために殺され、犀は角のために殺される。睒子経「象は牙に坐して死に、犀は其の角に坐す」。

六 私には何も取るものがないではないか。睒子経「今、我に角なく、牙なく、毛なし」。

七 睒子経の「王、人の声を聞き、即便(すなはち)馬より下りて往いて、睒が前に到る」に依拠し、「人ナリケリト驚テ」を付加して連結したもの。

八 「借リ」は、「同じ」のカリ活用語尾「かり(つれば)」の宛字。

九 前田本にも「誤発箭也言」とある。増補記事。

一〇 睒子経「我は是れ、王国の中の人、盲ひたる父母と倶に来り、山中に入り、道を学ぶこと二十余年」。

一一 六度集経「王、睒の言を聞き、哽噎して涙を流し、甚だ痛くこれを悼み、群臣巨細哽咽せざるなし」。

一二 以下、睒子経に依拠。

光《ひかり》無《な》シ。電[一三]《いかづ》チ鳴《な》リ、地《つち》ヲ動《うご》カス。
王弥《わういよい》ヨ怖《おそ》リ思《おもひ》テ宣《のたま》ハク、
我レ誤《あやまり》テ孝子《けうし》ヲ殺《ころし》ツ。是ノ罪甚重《つみはなはだおも》シ。悲哉[一四]《かなしきかな》、少《すこし》ノ味《あぢはひ》ヲ求《もとめむ》ガ為《ため》ニ、重《おも》キ罪ヲ受《うけ》ムト為《す》ル事《こ》ト。何《いかに》シテカ汝《なむぢ》ヲ生《い》ケム。
ト泣ク。手《て》ヅカラ箭《や》ヲ抜《ぬ》キ給《たまひ》ヌ。深《ふか》ク入《いり》テ不出《〈いでず〉》ズ。施无《せむ》ガ中《まう》サク、
是[一五]レハ王《わう》ノ御咎《おほむとがめ》ニモ非《あら》ズ。只《ただ》我ガ昔《むかし》ノ罪《つみ》ニ依《より》テ也。自《みづから》ノ身《み》ヲバ不惜《〈をしまず〉》ズ。只父母《ただちちはは》ガ命《いのち》ヲ悲《かなし》ブ。我ガ祖年老《おやとしおい》テ、皆共《とも》ニ目《め》盲《〈しひ〉》シヒタリ。一日《ひとひ》モ我レ無《な》クハ、残[一六]《のこり》ノ命ヲ可失《うしなふべ》シ。
ト云《いへ》バ、王弥[一七]《わういよい》ヲ悲《かなし》ビ泣《なき》テ宣《の》給《たま》フ、
汝《なむぢ》終《つひ》ニ不生《いかず》ハ、我更《われさら》ニ不還《〈かへらじ〉》ラジ。永《なが》ク此山《このやま》ニ留《とどまり》テ、汝ニ替《かはり》テ祖《おや》ヲ養《やしな》ハム。諸[一八]《もろもろ》ノ天竜神《てんりうじん》、皆此ノ事ヲ聞ケ。我レ更ニ不誤《〈あやまらじ〉》ジ。
ト宣《の》給《たま》ヘバ、施无《せむ》聞《きき》テ喜《よろこ》ビ貴[一九]《たふとく》スル事無限《かぎりな》シ。
王実《わうまこ》トニ祖《おや》ヲ養《やしな》ハヾ、我レハ死《し》ヌトモ歎《なげ》ク事不有《〈あらじ〉》ラジ。
王泣《わうなき》テ問《とひ》給フ、
汝《なむぢ》ガ未死《いまだしな》ヌ時ニ、祖《おや》ノ有ル所《ところ》ヲ令知《しらしめ》ヨ。
ト宣《の》給《たま》ヘバ、答《こたへ》テ申《まう》サク、

一三 睒子経「雷電地を動かす」。
一四 ああ悲しい、僅かばかりの味を求めて、大変な重罪を受けようとしていることだ。
一五 これは王の罪ではなく、唯、私の昔の罪の報いによるものです。
一六 両親の余命は保ち難いであろう。
一七 睒子経に見えず、作者の増補か。
一八 諸天も竜神も、みな正に私のこの誓約を聞き届けて下さい。絶対にこの誓いを破るようなことはありません。睒子経「諸天・竜神みなまさに証知すべし。此の誓にそむかじ」。
一九 底本の「貴スル」は「貴ムル」または「貴ブ」の誤記か。

此ノ細《ほそ》キ道《みち》ヲ行《ゆ》キ給ハヾ、爰《ここ》ヲ去レル事不遠《とほからず》シテ、小《ちひ》サキ草《くさ》ノ菴《いほり》有リ。[一]其中《そのなか》ニ有《あり》。[二]漸《やうや》ク歩《あゆみ》テ静《しづ》カニ行キ給《たまへ》。忽《たちまち》ニ祖《おや》ノ心《こころ》ヲ驚《おどろ》カシ給《たまは》ザレ。[三]能《よ》ク計《はか》リ語《かたら》ヒ誘《こしら》ヘテ、[四]忽《たちまち》ニ祖ノ神《たまし》ヒヲ迷《まど》ハシ給ハザレ。又必《かなら》ズ我ガ父母《ちちはは》ニ伝《つた》ヘ語ヒ給ヘ。「[五]人寿《ひとのいのち》ハ常無《つねな》ケレバ、我レ爰ニシテ永《なが》ク別《わか》レヌ。[六]今《いま》ハ又誰《たれ》ヲカ憑《たの》ミ、何《いか》デカ残《のこり》ノ年《とし》ヲバ送《おく》リ給ハムト為《す》ル。[七]但此事《ただこのこと》ヲ念《おも》フニナム、死《し》ヌル神《たまし》ヒモ不安《〈やすからぬ〉》ラヌ。[八]死ニハ是レ終《つ》ヒノ道《みち》也。誰モ皆不免《〈まぬかれず〉》レズ。努《ゆめ》〳〵《ゆ》メ丁寧《ねむごろ》ニ云ヒ悲《かなし》ビテ、[九]空《むな》シク心ヲ悩《なや》マシ給フ事無《な》カレ。[一〇]願《ねがは》クハ後《のち》ノ世《よ》ゝ《よ》ニモ子友《こども》ニ相《あひ》テ、永ク忘《わす》レ離《はな》レ不奉《〈たてまつらじ〉》ジ」トナム、云ヒテ死ヌルト、告《つ》ゲ令知《しらし》メ給《たまへ》。

ト[一一]云ヒテ死ヌ。[一二]王《わう》モ諸《もろもろ》ノ人《ひと》モ是《これ》ヲ聞《きく》ニ涙《なみだ》ヲ流《なが》シ、音《こゑ》ヲ挙《あげ》テ共《とも》ニ泣ク。教《をしへ》ツル道《みち》ヨリ尋《たづ》ネ行《ゆき》テ、[一三]菴《い》ホノ許《もと》ニ至《いたり》ヌ。目盲《めしひ》タル二人《ふたり》ノ祖《おや》、[一四]人《ひと》ノ多《おほ》ク騒《さわ》グヲ聞《きき》テ、

　誰《たれ》カクルゾ。

ト問ヘバ、王答《わうこた》ヘ給フ、

　我《われ》ハ此ノ国《くに》ノ王《わう》也。汝《なむぢ》ガ山《やま》[一五]ニ入《いり》テ道《みち》ヲ行《おこなふ》ナルヲ聞《きき》テ、故《ことさ》ラニ来《きたり》テ[一六]供養《くやう》ゼムト為《す》ル也。

一 睒子経「我父母其中に在り」、前田本「祖在其中」。底本は「父母」または「祖(おや)」の脱。
二 ゆっくり歩いて、静かに行って下さい。睒子経「王、徐徐に往け」、前田本「漸歩、閑行給」。
三 よく適切に対応し、とりつくろって事情を説明し。睒子経「善く方便を権(はか)りて、其の意を解き語らへ」。
四 急に親の気持を迷わせ驚かさないで下さい。睒子経になく増補記事。
五 人の命は無常なもので、私はここで永のお別れをいたします。睒子経「無常今至る、当に後世に就くべし」とある。
六 今後誰を頼りにして、どのように余命を送りなさるか。睒子経「一旦我無くは、依仰する所なからん」。
七 ただこの事を思うと、安心して死にきれません。睒子経に「此の懊悩を以て自ら酷しく毒(うら)むのみ」とある。
八 死は終(つい)の道です。誰も逃れることは出来ません。睒子経の「死は自ら常の分、宿罪の致す所、得脱ある者なし」を和らげた。
九 徒らに心を悩ませなさらないで下さい。睒子経「憂患有ること勿れ」。
一〇 死んだ後々の世でも、親子互に相逢って。睒子経「願くは、我父母と世々相ひ値はん」。底本の「友ニ相テ」は「共ニ逢テ」の借字表記。ただし「親子」の「親」の字が落ちたか。
一一 六度集経は、施无が遺言を述べた後、「奄忽として絶ゆ」とあり、その後王はこの場を去り親の所へ向う。睒子経には「王去りて後、睒便ち奄然として死ぬ」とあり、王去って後の死去である。六度集経の方が本文に近い。
一二 六度集経「王より士衆に逮(およ)ぶまで、重複して哀慟す」。
一三 王は、施无に教えられた道を尋ねて行き親の庵に辿り着いた。六度集経「示す所の路を尋ねてその親の所に到る」。
一四 睒子経「粛として人声有り」、前田本「人多騒声聞」、東大寺切「人のおほくさわぐおと(傍記、コヱ)をきゝて」。底本は「声」を脱するか。
一五 前田本「入山」、東大寺切「山にいりて」。底本の「出」は「山」の誤として訂した。

ト宣《の》給《たま》ヘバ、驚《おどろき》テ、
甚《はなは》ダ忝《かたじ》ケナク貴《たふと》シ。[一七]異《こと》ニ新《あたら》シキ草《くさ》ノ莚《むしろ》ヲ侍《さぶら》フ。暫《しばら》ク此《ここ》ニ休《やす》ミ可給《たまふべ》シ。
ト申《まう》シテ、[一八]莚《むしろ》ヲ捜《さぐり》テ奉《たてまつ》リ敷《し》ク。王《わう》ノ宣《のたま》ハク、
此ノ山《やま》ニ来《きた》リ住《す》ムニ、[一九]安《やす》ラカニシテ苦《くる》シヤ。
ト問ヒ給ヘバ、答《こたへ》テ申《まう》ス、
国《くに》ニ大王《だいわう》伊坐《いま》ス。吾《われ》ニ孝子《けうし》有《あり》。[二〇]我ガ君《きみ》ノ徳《とく》ニ、世《よ》閑《しづ》カニ、年《と》シ豊《ゆた》カ也。吾レ子《こ》ノ養《やしなひ》ニ依《より》テ、菓《こ》ノミヲ食《く》ヒ、泉《いづみ》ヲ飲《の》ム。更《さら》ニ乏《とぼ》シキ所無《ところな》ク、苦《くる》シキ事無シ。此ノ山《やま》ノ菓子《この》ミ聞食《きこしめ》サム。[二一]我子《わがこ》水《みづ》ヲ汲《くみ》ニマカリヌ。今《いま》ハ返《かへ》リ来《きた》リヌラム。
ト申《まう》ス。[二二]王不堪《わうたへず》シテ涙《なみだ》ヲ流《なが》シテ宣《のたまは》ク、
[二三]吾レ親《おや》ノ子《こ》ヲ待《まつ》ヲ見ルニ、[二四]痛《いた》キ事如割《さくがごと》シ。[二五]吾レ山《やま》ニ入《いり》テ鹿《しし》ヲ射《い》ツルニ、誤《あやまり》テ汝《なむぢ》ガ子ニ当《あたり》ヌ。其ノ事ノ悲《かな》シキニ依《より》テ、[二六]故《ことさ》ラニ来《き》ツル也。[二七]今《いま》ハ只吾《ただわれ》ヲ憑《たの》メ。子ニ替《かはり》テ養《やしな》ハム。
ト宣《のたま》ヘバ、父母此《ちちははこれ》ヲ聞《きき》テ身《み》ヲ投《なげ》テ倒《た》フレ丸《まろ》ブ事、[二八]大《おほき》ナル山《やま》ノ如頽《くづるるがごと》シ。
王手《わうてづ》カラ助《たす》ケ起《おこ》シ給フ。泣キ悲《かなしび》テ申《まう》ス、

一六 ↓三四頁注一〇。
一七 東大寺切「ここにあたらしきくさのむしろさぶ□ふ」、前田本「此新草莚候」。底本の「異ニ」は「ここに」の誤、「莚ヲ」の「ヲ」は衍か。六度集経「斯に草の席有り、以て息(こ)ひ涼(すず)むべし」。
一八 莚を手さぐりにとり出して敷いて差し上げた。増補記事。前田本「採莚奉居」。
一九 前田本「来住此山、安、否」。安楽ですか、苦しいですかの意。底本は「安ラカナリヤ、苦シヤ」の約された形。
二〇 大王の恩徳のおかげで、世は太平で今年も豊作のようです。諸経に見えず、作者の増補記事。
二一 息子は水を汲みに出掛けました。もうじき帰って参りましょう。睒子経「睒、水を取りに行き、且(しばら)くして来り還らんとす」。
二二 ここより六度集経を用いている。「王、親に謂ひて曰く、吾其の親の慈を以て子を待つを観る。重ねて哽噎を為す」。
王は、たまらなくなって、涙を流して。
二三 私は、そなた達が、息子の帰るのを待っているのを見ると。六度集経「吾、両道士の慈を以て子を待つを観る」。
二四 心が痛くて、まるで身の割かれる思いがする。六度集経「吾が心切に悼み、甚だ痛きこと無量なり」。
二五 睒子経の「水辺を見るに群鹿あり。弓を引いてこれを射るに、箭誤ちて道人の子に中(あた)る」に拠る。六度集経は、単に「吾、これを射殺す」とあるだけである。
二六 わざわざやって来たのだ。
二七 前田本、東大寺切にも底本と殆ど同文が存する。経になく作者の増補記事。
二八 睒子経には「太山(泰山)の崩るるが如し」とある。泰山は固有名詞で、中国五岳の一。東大寺切にも「おほきなる山」とあり、底本では、普通名詞の「大きい山」と変えている。

吾ガ子《こ》ハ一慎《つつし》ミ深《ふかく》シテ、我ガ為《ため》ニ咎《とが》無《なか》リツ。今日《けふ》王《わう》ノ御為《おほむため》ニ何《いか》ナル誤《あやまち》ヲ成シテ、被殺奉《ころされたてまつ》リヌルゾ。大《おほき》ナル風《かぜ》俄《にはか》ニ吹《ふ》キ、山《やま》ノ鳥《とり》ノ泣キ悲《かなし》ビツルニ、我レ此ノ山ニ来《きたり》テ廿余年《にじふよねん》ヲ経《へ》ヌルニ、二カクアラザリツレバ、我ガ子ノ谷《たに》ニ行キヌル、三若《も》シ何《いか》ナル事カ有ラムト疑《うたが》ヒ悲《かなし》ビツルニ、已《すで》ニ空《むな》シク去《さり》ニケリ。四幾《いく》バクノ時ヲカ経《へ》ヌル。死ヌルカ、未《いま》ダ不死〈しなぬ〉ヌカ。

ト申《まう》セバ、五王具《わうつぶ》サニ子《こ》ノ云《いひ》ツル事ヲ伝《つた》ヘテ、

カク云《いひ》テナム死ヌル。

ト宣《のた》マフ。祖此《おやこれ》ヲ聞《きく》ニ弥《いよい》ヨ迷《まどひ》テ申《まう》サク、

六一人《ひとり》ノ子《こ》已《すで》ニ死《しに》ケリ。今《いま》ハ誰《たれ》ヲカ憑《たの》マム。定《さだめ》テ必《かなら》ズ死《しな》ム。願《ねがはく》ハ大《だい》王我《わうわれ》ヲ令引《ひかしめ》テ、吾ガ子ノ死ヌル所《ところ》ニ遣《つか》ハセ。七同《おな》ジ所ニシテ尸《かばね》ト成ラム。

ト云フニ、王深《わうふか》ク悲《かなしび》テ、手《て》ヅカラ二人《ふたり》ノ親《おや》ノ手《て》ヲ取《とり》テ引《ひき》テ、其ノ所《ところ》ニ将《ゐ》テ至《いたり》ヌ。父《ちち》ハ子《こ》ノ足《あし》ヲ懐《いだ》キ、母《はは》ハ頭《かしら》ヲ懐《いだき》テ、各ゝ一《おのおのひと》ツノ手ヲ以《もつ》テ共《とも》ニ胸《むね》ノ箭《や》ヲ引《ひ》ク。八母又舌《した》ヲ以テ其ノ疵《きず》ヲネブリテ云《いは》ク、

九毒《どく》ノ気《け》我ガ口《くち》ニ入《いり》テ、我《われ》ヲ殺《ころ》シテ子《こ》ヲ生《い》ケヨ。我レハ年老《としおい》、目盲《めし》

一 六度集経「仁を操り惻み」、睒子経「至孝仁慈」に従えば、「いつくしみの心が深くて」の意となろう。
二 今までこうした異変はなかったので、の意。睒子経には「未だ曾て此の災害有らず」とある。
三 もしや、何か変事でもあったのではないかと疑い心配していたが、まさに出掛けたままで未だに空しく帰って来ないの意。六度集経には「子已死」とある。
四 弓で射られてからどれ位の時間がたちましたか。
五 王は施无の言った言葉を細かく伝えて、「このように言ってなくなりました」と宣った。二つの経に見えず、増補記事。
六 六度集経の「子已に死す、はた何をか恃まむや。吾今死せん」が底本本文に近い。
七 東大寺切「おなじ所にしてかばねとならん」、前田本「於同処為骸」。二つの経には見えず、補入記事。
八 睒子経「母便ち舌を以て睒の胸の瘡を舐り」。
九 睒子経「願くは毒我が口に入りて」、前田本「願毒気皆入我口」、東大寺切も、「ネカハクハ」の傍記書入あり。底本、「願ハクハ」を脱す。
一〇 必ず子供の身代りになって死んで行きたい。増補記事。
一一 「我ガ子ハ…ト叫ケビ呼フ」は六度集経に依拠して挿入。
一二 六度集経には「仏を奉じ、法を信じ、賢を尊び、親に孝なり」とあるが、底本本文では冒頭に「我ガ子ハ孝子也リ」と据えたので、ここの「親に孝なり」は省略したのであろう。
一三 子供から去って行った魂も復活し。睒子経の「子、生存することを獲て」を意訳し、更に「絶タル命更ニ蘇ガヘレ」を増補して強調したもの。
一四 もし、子の孝の心に誠意が認められず、私の訴える言葉に感応のしるしがないならば。六度集経「子の行ひ然らず、我が言誠ならず」。前田本「吾言終無験」。底本の「注

ヒニタリ。[一〇]必《かなら》ズ相《あ》ヒ替《かはり》テ死ナム。

ト云フ。又父母音《ちちはこゑ》ヲ挙《あげ》テ呼《よば》ヒ泣《なき》テ云《いはく》、

[一一]我ガ子《こ》ハ孝子《けうし》也《な》リ。[一二]仏《ほとけ》ニ仕《つかへまつ》リ、法《のり》ヲ持《たも》チ、僧《そう》ヲ敬《うや》マヒツ。若《も》シ其ノ孝ノ心天《こころてん》ニ被知《しられ》タラバ、子ノ箭《や》自《おのづか》ラ抽《ぬ》ケ出《いで》テ、其ノ毒早《どくはや》ク消《き》エ失《うせ》テ、[一三]去レル魂《たまし》ヒ返《か》ヘリ来《きた》リ、絶《たえ》タル命更《いのちさら》ニ蘇《よみ》ガヘレ。[一四]若《も》シ其ノ孝ノ心不実《まことならず》シテ、我ガ云フ事ニ注《しる》シ無《なく》ハ、[一五]遂《つひ》ニ爰《ここ》ニ命ヲ了《を》ヘテ同《おな》ジク共《とも》ニ鹿《しし》ト成ラム。

ト叫《さ》ケビ呼《よば》フ。此ノ時ニ[一六]帝尺座《たいしやくのざ》忽《たちまち》ニ損《そん》ジ、[一七]諸天《しよてん》ノ宮《みや》皆動《うご》ク。即《すなはち》[一八]天《てん》眼《げん》ヲ以《もつ》テ遥《はるか》ニ此ノ事ヲ見ル。[一九]祖《おや》ノ子《こ》ヲ恋《こ》フル悲《かなし》ビノ聞キ、[二〇]子ノ祖ニ孝《けう》セシ誠《まこと》ノ心ヲ悲《かなしび》テ、[二一]上梵王共《じやうぼむわうとも》ニ来《きた》リ、天神地祇《てんじんちぎ》騒《さわ》ギ集《あつま》リ、[二二]帝尺形《たいしやくかたち》ヲ顕《あらは》シテ祖《おや》ニ語《かたら》フ。

[二三]是レ誠《まこと》ノ孝子《けうし》也。吾レ必《かなら》ズ助《たす》ケ生《い》ケム。

ト云ヒテ、[二四]天《てん》ノ薬《くすり》ヲ以《もつ》テ施无《せむ》ガ口《くち》ニ灑《そそ》ク。[二五]其ノ箭《や》忽《たちまち》ニ抽《ぬけ》テ、其ノ命《いのち》則《すなはち》生《い》キヌ。父母驚《ちちははおどろ》キ見ルニ、二《ふた》ツノ目《め》皆アキヌ。[二六]鳥獣《とりけもの》飛ビ走《はしり》テ、其音喜《そのこゑよろこ》ビ楽《たの》シブ。風止《かぜや》ミ、雲晴《くもは》レテ、日《ひ》明《あき》ラカニ、[二七]花鮮《はなあざやか》也。国王《こくわう》大《おほき》ニ驚《おどろ》キ喜《よろこび》テ、帝尺《たいしやく》ヲ拝《をが》ミ、又父母及《およ》ビ子《こ》ヲ拝《をがみ》テ宣給《のたま》ハク、

シ」は「験」の借字。

一五　六度集経「遂に当に終没して倶に灰土とならん」。底本の「鹿」は、灰土→塵→鹿と変化したものであろう。

一六　欲界の第二天である忉利天の主、帝釈天の座が忽ちにこわれの意。睒子経の「是にして、第二忉利天王の釈座、即ち大動を為す」を意訳。

一七　諸天の宮殿が悉く揺れ動いた。六度集経の「天帝釈、四天大王、地祇、海竜、親の哀ぶ音を聞き、信に其の言の如く、擾動せざるなし」に依拠して挿入連結させた。

一八　帝釈天は天眼通で、遥か天界から老夫婦の嘆く有様をつぶさに観察し。睒子経「天眼を以て二道人の子を抱きて号哭するを見」。

一九　六度集経「親の哀声を聞く」、前田本「聞祖恋子悲声」。底本「悲ビノ」の下に「声ヲ」を脱するか。あるいは「ヲ」に代る「ノ」か。→五五頁注九。

二〇　二つの経に見えず、子の孝心をたたえる増補文。

二一　睒子経「釈梵四天王即ち第四天上(兜率天)従(よ)り来る」、前田本「梵釈四王共到」。本文の「上梵王共ニ来リ」という文脈からも、「帝釈」を脱すること明らか。「上梵王」は梵天王のこと。帝釈は梵天王と一緒に天界からあまくだり。

二二　帝釈は本来の姿を顕わして、老夫婦に次のように語った。以下、「帝尺形ヲ顕シテ…口ニ灑ク」は、六度集経に依拠している。

二三　これは真の孝子である。私が必ず生きかえらせて見せる。六度集経に「斯れ至孝の子なり。吾能くこれを活けん」とある。

二四　帝釈が天の神薬を施无の口の中に注ぎ入れた。これも、六度集経の「天の神薬を以て、睒の口中に灌く」に拠る。

二五　矢は忽ちに抜けて、施无の命は生きかえった。睒子経の「薬、睒の口に入るや、箭自ら抜け出で、便ち活けること故の如し」に依拠。以下、条末まで睒子経に拠る。

二六　睒子経の「飛鳥禽獣、皆歓楽の音を作す」を意訳。

二七　睒子経の「衆華五色、樹の色光り栄えて常に倍す」を簡略化。

[一]我国《われくに》ノ財《たから》ヲ尽《つく》シテ、皆共《とも》ニ与《あた》ヘ□《む》。吾《われ》又永《なが》ク留《とどまり》テ、朝《あし》タ夕《ゆふべ》ニ又助《たす》ケ養《やしな》ハム。

施无《せむ》申《まう》シテ云《いは》ク、

若《も》シ恩《おん》ヲ報《むくい》ムトオボサバ、早《はや》ク国《くに》ニ返《かへ》リ給《たまひ》テ、人《ひと》ヲ憐《あはれ》ビ給《たまひ》テ、皆勧《すす》メテ戒《いむこと》ヲ令持《たもたしめ》給ヘ。王《わう》又狩《かり》シ給フ事莫《なか》レ。此[二]ノ世《よ》ニモ命《いのち》不安ズ《やすからず》、後《のち》ノ世ニモ地獄《ぢごく》ニ入《い》ル。昔《むかし》王一切《いつさい》ノ功徳《くどく》ヲ作《つくり》テ、[三]今《いま》国ノ位《くらゐ》ヲ得《え》給ヘリ。心《こころ》ニ任《まか》セテ愚《おろ》カニ[四]頑ハカ《はかな》ナク、恣《ほしいまま》ニ罪《つみ》ヲ作リ給フ事莫《なかれ》。

ト申《まう》ス。国王大《こくわうおほ》キニ悔《く》イ給ヒテ、

自今《いまよ》リ後《のち》ニハ、汝《なむぢ》ガ如教《をしへのごとく》ニ有ラム。

ト宣《のたま》給フ。[五]王《わう》ノ共《とも》ノ若干《そこばく》ノ人《ひと》、[六]天《てん》ノ下《くだ》リテ薬《くすり》ヲ灑《そそく》ニ、子《こ》ノ命即《いのちすなはち》生《い》キ、祖《おや》ノ眼《め》ノ皆アキヌルヲ見テ、皆大《おほ》キニ奇《あやし》ビ貴《たふとび》テ、永《なが》ク[七]後生《ごしやう》ヲ貴テ、命《いのち》ヲ限《かぎり》テ不破ジ《やぶらじ》ト念《おも》ヒヌ。

王国《わうくに》ニ返《かへり》テ普《あまね》ク告《つげ》テ宣給《のたま》ハク、

諸《もろもろ》ノ目盲《めし》ヒタル父母有《ちちははあり》テ、施无《せむ》ガ如クニ有ラム類《たぐ》ヒハ、皆当《まさ》ニ可助養《たすけやしなふべ》シ。若《も》シ悩《なやま》シ犯《をか》ス輩有《ともがらある》ヲバ、重《おも》キ罪《つみ》ニ当《あ》テム。

一 国の財産のすべてをそなた達に差上げよう。睒子経「上（たてまつ）らむ」、前田本「与」とあり、底本の不明字は「ム」であろう。

二 狩は現世においても危険ですし、後世においても必ず地獄に堕ちます。睒子経に「現世の身も安穏ならず、寿尽きて、当に泥梨の中に入るべし」とあるに拠る。

三 睒子経には「今王と為るを得たり」とある。底本「王」を脱したか。

四 「頑ハカナク」に該当する箇所、睒子経には「自在を得るの故を以て」、前田本には「無憚」とある。あるいは、「ハバカリナク」の誤写か。「頑」に「ハカナク」の訓は見当らない。

五 王に随従していた多くの家来たちは。睒子経には「諸の王に随ふ射猟者数百人」とある。

六 「天ノ下リテ」は「天人ノ下リテ」の誤か。睒子経に「神人」、前田本にも「天人」とある。

七 「後生」は「五戒」の誤か。睒子経に「五戒を奉持し」とあり、前田本にも「長持五戒」とある。五戒は、在家の信者の守るべき五つの戒。不殺生・不偸盗・不邪婬・不妄語・不飲酒。

ト宣給フ。国《くに》ノ内《うち》ノ諸《もろもろ》ノ民《た》ミ、施无《せむ》ガ如クニ心ヲ発《おこ》シテ、上《か》ミ下《し》モ相《あ》ヒ教《をしへ》ツヽ、五戒《ごかい》ヲ持《たも》チ十善《じふぜん》ヲ行《おこな》ヒ、死ヌレバ皆天《てん》ニ生《むまれ》テ、八三悪道《さむあくだう》ニ入《い》ル物無《ものな》カリキ。九仏阿難《ほとけあなん》ニ告《つ》ゲ給ハク、

昔《むかし》ノ施无《せむ》ト云《いひ》シハ吾ガ身《み》是《これ》也。

〔一〇其父母者今浄飯王今摩耶夫人是也。吾如此早至仏位、是依父母恩、又依孝養力也。人有父母、不可不孝。世有貴道、不可不学。見菩薩睒経并六度集経也。讃曰、不登高山時不知天高。不臨深谷時不知地厚。若不見菩薩三祇百劫之勤、縁何知如来六度万行之具、尺尊昔行貴哉、悲哉。〕

(一一其の父母《ちちはは》は、今《いま》の浄飯王《じやうぼんのう》、今の摩耶夫人《まやぶにん》是《これ》なり。吾此《われかく》の如《ごと》く早《はや》く一二仏《ほとけ》の位《くらゐ》に至《いたれ》るは、一三是れ父母の恩《おん》に依《よ》る、又孝養《けうやう》の力《ちから》に依る。一四「人《ひと》に父母有り、孝せざる可からず。世《よ》に貴《たふと》き道《みち》有り、学《まな》ばざる可からず」と菩薩睒経并《ぼさつせむきやうなら》びに六度集経《ろくどしふきやう》に見ゆ。

一五讃《さん》に曰《い》はく、

一六高《たか》き山《やま》に登《のぼ》らざる時は天《てん》の高きを知らず。

八 生前みずからの犯した悪行によって死後にたどる三種の世界。地獄道・餓鬼道・畜生道。

九 睒子経は、冒頭に阿難を登場させ、その要請にこたえる形で、まず施无の話を展開させ、終末部に再び登場させた阿難に、「昔の施无と云しは吾が身是也」と告げて本話を終えている。「阿難」は阿難陀の略。釈尊の従弟で十大弟子の一人。多聞第一と言われ、第一結集時に経典を誦出した。

一〇 東寺観智院本は最後の一葉が脱落したものであろう。その脱落の部分を前田本で補えば以下の如くになる。この部分の書き下し文をその後に載せ脚注を付けた。

一一 本条では、過去物語の主人公施无と釈迦との連結のほかに、睒子経所説の「盲父と閲頭檀、盲母と摩耶夫人、迦夷国王と阿難、天帝釈と弥勒」の連結中から父と母の場合だけを取りあげて、釈迦の前生譚(つまり施无の孝養物語)に結びつけている。

一二 睒子経の「無上正真の道」を「仏の位」と改変。私が、このように早く、完全な悟り、仏の位に到達し得たのは。

一三 これは「父母の育養の慈恩」と、「孝子の報恩孝養心」の致す所であるの意。睒子経の所説を圧縮したもの。

一四 仏が阿難に告げた教誡の中の一部を引用。睒子経には「人父母有り、孝ならざる可からず、道学ばざる可からず」とある。なお、本文中の「貴き道」は、仏の道のこと。

一五 「讃」は、仏の行いや功徳をほめたたえた詩文。ここでは本書上巻序の「天上天下ニ仏ノ如クハ無シ。十方世界ニモ又比ヒ無シ」を受けて、過去物語の主人公としての菩薩、ひいては釈尊の威大さをたたえたもの。

一六 荀子・勧学篇の「高山に登らずは天の高きを知らず、深谿に臨まずは、地の厚きを知らず」を引用。更に広く深く考究をすすめなければ、その真髄は把握し難いという譬え。

深《ふか》き谷《たに》に臨《のぞ》まざる時は地《ち》の厚《あつ》きを知らず。
[一]若《も》し菩《ぼ》薩《さつ》[二]三祇《さむぎ》百劫《ひやくこふ》の勤《つとめ》を見ずは、
[三]何に縁《よ》りてか如来《によらい》の六度万行《ろくどまんぎやう》の具《そな》はれるを知らむ。
尺尊《しやくそん》の昔《むかし》の行ひ貴きかな、悲しきかな。）

[四]〔三宝絵上巻〕

一 もしも前生における菩薩が、三祇百劫の長い間、生まれかわり死にかわりして励み勤めてきた宗教的実践の実態を知らないならばの意。摩訶止観三上の「三阿僧祇に六度の行を修し功徳をして身肥ならしめ、百劫相好を種ゑ、五神通を獲、法眼を得て俗諦を照す」に拠ったか。
二 「三大阿僧祇劫、百大劫」の略。阿僧祇は無数、劫は最長の時間の単位。空想に絶する非常に長い期間の意。
三 何によって、釈迦如来の六波羅蜜をすべて完成させたその威大さを真に理解し把握することが出来るであろうか。「六度万行」は六波羅蜜を完成するためのあらゆる修行。
四 前田本により補う。

三《さむ》宝《ぼう》絵《ゑ》中《ちう》

源為憲撰

法《ほふ》　宝《ぼう》

コノ巻《まき》ハ先《まづ》ハジメニ其趣《そのおもむき》ヲノベテ、次《つぎ》ニ十八人《じふはちにん》ガ事ヲ注《しる》セリ。

聖徳太子《しやうとくたいし》　役行者《えんのぎやうじや》　行基菩薩《ぎやうぎぼさつ》

肥後国《ひごのくにの》シヽムラ尼《あま》　伴造《とものみやつこ》[一]義通《よしみち》　播磨国漁翁《はりまのくにのぎよおう》

義覚法師《ぎかくほふし》　越前国小野麿《ゑつぜんのくにのをののまろ》　山城国囲碁《やましろのくにのゐご》[二]沙弥《のしやみ》

山城国造経函人《やましろのくにのきやうのはこをつくるひと》　高橋東人《たかはしのあづまひと》　大和国女人《やまとのくにのによにん》

[三]置染郡《おきそめのこほりの》[四]臣鯛女《おみたひめ》　楢磐島《ならのいはしま》　諾楽京僧《ならのきやうのそう》

吉野山僧《よしのやまのそう》　美作国採鉄山人《みまさかのくににくろがねをとるやまのひと》　大安寺栄好《だいあんじのゑうがう》

一 底本「義通」の右下に「或義光」と本文と同筆にて書く。

二 底本「基」と書くが、一〇五頁の本文により改める。

三 底本「景染」とあり、「景」の右に「置ィ」と本文と同筆にて書く。「置」の方を正と認めて訂した。

四 底本「臣鯛女」の右に「ヲホタヒニヨ」と傍記するが後筆であり、採用しない。

中巻序　釈迦が在世中に説いた諸教法は天竺でも震旦でもひたすら衰亡の一途を辿り、東流して我が国にとどまり、会い難く聞き難き大乗教典を我が国にして見聞する事が出来るに至ったと、まず仏教伝来史を説く。続いて聞法の功徳、聞法のため命を捨て身を焼いた諸例をあげる。

一 釈尊が悟りを成就した日から入滅の夜までに説いた数々の教法は、みな悉く真実でないものはない。天台四教儀一によれば成道は三十五歳の十二月八日、入滅は八十歳の二月十五日中夜。

二 以下の叙述は天台の教判による。成道後二十一日間に、悟りを開いた直後の境地を、菩薩に説いたのが花厳時。

三 天台四教儀に「譬へば日の出て先づ高き山を照すが如し」。摩訶止観一上にも。日が出るとまず高い山の頂上から照らすように、釈迦が悟りを開いてその教えを人々に知らせるのに、まず高徳の菩薩達から始めた。

四 成道後十二年間、鹿野苑で声聞たちに阿含を説いた。阿含時である。底本の「沙門」は前田本、名博本では「声聞」。声聞(しようもん)は菩薩より悟りの境地が一つ低い人々。

五 日が高く昇り、次第に深い谷々も照し出されるように、段々と、悟りの低い境地の人々にも教えが浸透していく。

六 阿含時のあとの八年間、維摩(ゆいま)・楞伽(りようが)・勝鬘(しようまん)などの方等経を示した時期、方等時。

七 維摩詰所説経・上に「仏は一音を以て説法を演(の)べ、衆生は類に随ひて各解(さとり)を得」とあり、摩訶止観一上、天台四教儀にも同文で見える。

八 法華経・薬草喩品に、同じ味の雨が降っても、草木の性

三《さむ》宝《ぼう》絵《ゑ》中《ちう》

[一]釈迦《しやか》ノ御《み》ノリ正覚成給《しやうがくなりたまひ》シ日《ひ》ヨリ、涅槃《ねはん》ニ入《いり》給シ夜《よる》ニイタルマデ、説《とき》給ヘル諸《もろもろ》ノ事、一《ひとつ》モマコトナラヌハナシ。[二]ハジメ花厳《くゑごむ》ヲ説《とき》テ、菩薩《ぼさつ》ニサトラシメ給《たまふ》、[三]日《ひ》ノ出《いで》テ先《ま》ヅ高峰《たかきみね》ヲ照《てらす》ガゴトシ。[四]次《つぎ》ニ阿含《あごむ》ヲノベテ、沙門《しやもん》ニシラシメ給《たまふ》ニ、[五]日ノタカクシテ漸《やうや》ク深《ふか》キ谷《たに》ヲテラスガゴトシ。[六]又所《ところどころ》ヾニシテ方等《はうどう》クサ〴〵ノ経《きやう》ヲアラハスニ、[七]仏《ほとけ》ハ一音《ひとこゑ》ニ説給ヘレドモ、衆生《しゆじやう》ハシナ〴〵ニシタガヒテサトリヲウル事、[八]雨《あめ》ハ一《ひとつ》ノ味《あぢはひ》ニテソヽケドモ、草木《くさき》ハ種《くさぐさ》〳〵ニ随《したがひ》テウルホヒヲウルガゴトシ。[九]十六会《じふろくゑ》ノ中ニ般若《はんにや》ノ空《むなし》キサトリヲオ《を》シヘ、[一〇]四十余年《しじふよねん》ノ後《のち》ニ法花《ほふくゑ》ノ妙《たへ》ナルミチヲヒラキ給ヘリ。[一一]鷲《わし》ノミネニヲ《お》モヒアラハレ、鶴《つる》ノ林《はやし》ニ声《こゑ》タエニシヨリコノカタ、[一二]迦葉《かせふ》ガ詞《ことば》ヲ鐘《かね》ノ音《こゑ》ニツタヘ、[一三]阿難《あなんみ》身ヲ鎰《かぎ》ノ穴《あな》ヨリイレリ。[一四]千人《せんにん》ノ羅漢《らかん》ヲ撰《えらび》トヾメテ、スベテ一代《いちだい》ノ聖教《しやうげう》ヲ注《しるしお》ヲケリ。ソレヨリノチ、[一五]廿余人《にじふよにん》ノヒジリウケツタヘ、[一六]十六大国《じふろくだいこく》ノ王《わう》ヒロメマモリキ。尺尊隠《しやくそんかくれ》給ヘレドモ、教法《けうほふ》ハトヾマリタレバ、[一七]薬《くすり》ヲトヾメテ薬《くす》

質・大小に応じ吸収力や生成に差違があると説く。「ソヽク」の「ク」は清音。
九　方等時の後の般若時二十二年間は、四処十六回に分けて、般若皆空の真理を中心とする大般若経六百巻を説いた。
一〇　花厳時より般若時までの計四十二年余の後、八年間にわたって最勝不可思議の妙法、法華経を示した。入滅時に説いた涅槃経と合わせて法華涅槃時という。
一一　釈迦は霊鷲山(りようじゆせん)(鷲ノミネ)で大乗の真髄般若や法華経を開陳し、拘尸那(くしな)城の沙羅林(しやらりん)(鶴ノ林)で入滅されたが、その滅後に。
一二　教団の統一をはかるため、迦葉が招集した第一回結集(けつじゆ)時のこと。大智度論二やこれを引く法苑珠林十二の千人結集部などに詳しい。迦葉が須弥山頂で銅の犍稚(かんち)(チャンター、梵鐘)を打ち偈を説いた、その語声。
一三　右の結集時に一旦排除された阿難が、遂に煩悩を断ち尽して、神通力をもって門の鑰孔(かぎあな)から入って、経蔵の上首となって結集を司宰した話(大智度論二)。
一四　迦葉は、追認した阿難を加えて千人の阿羅漢を選定して釈迦一代の聖教を合誦し、見解統一をはかった。
一五　迦葉は法蔵を結集し、二十年受持して阿難に付し、以来展転して師子尊者に至る。迦葉以下二十四人の付法の因縁を記したのが、付法蔵因縁伝六巻である。
一六　釈迦が般若の深法を説いた時、波斯匿王(はしのくおう)以下十六大国の王(仁王)が座に列なった。その十六の国名は、仏説仁王般若波羅蜜経、仁王護国般若波羅蜜多経に詳しい。
一七　薬(大乗の教え)を残して立ち去った良医治子(釈迦をたとえる)の話(法華経・如来寿量品)や、無価の宝珠(大乗の教え)を衣の裏にかけて立ち去る親友(釈迦)の話(法華経・五百弟子受記品)と同じで、この薬や宝珠は必ずともに煩悩や愚痴の病を除いてくれることであろう。
一八　天竺(インド)は釈尊が出現して仏法を説かれた国、震旦(中国)はこの仏法が伝わって広く流布した国である。
一九　前田本「可淡」、名博本「あはでにたるべし」、上宮太子御記「澆(アツ)(デツ)タルトコロナリ」、色葉字類抄「澆　アハヅ〳〵衰

師《し》ノワカレヌルニ同《おな》ジ。タレカ煩悩《ぼんなう》ノ病《やまひ》ヲ除《のぞ》カザラム。玉《たま》ヲカケテ友《とも》ノサリヌルニ同ジ。ツヒニ無明《むみやう》ノ酔《ゑひ》ヲサマスベシ。

[一八]抑《そもそも》天竺《てんぢく》ハ仏《ほとけ》ノアラハレテ説給《ときたまひ》シ境《さかひ》、震旦《しんだん》ハ法《のり》ノ伝《つたはり》テヒロマレル国《くに》也。コノ二所《ふたところ》ヲ聞《きく》ニ、仏ノ法《みのり》漸《やうやく》[一九]アハデニタルベシ。モロコシノ貞《ぢやう》[二〇]観《ぐわん》三年《さむねん》ニ、[二一]玄蔵《ぐゑんざう》ノ天竺《てんぢく》ニユキメグリシ時ニ、[二二]鶏足山《けいそくせん》ノ[二三]フルキ室《むろ》ニハ、竹《たけ》シゲリテ人《ひと》モカヨハズ、[二四]孤独苑《こどくをん》ノ昔《むかし》ノ庭《には》ニハ、室ウセテ僧《そう》モスマザリケリ。[二五]摩竭陀国《まがだこく》ニユキテ菩提樹院《ぼだいじゆゐん》ヲミレバ、昔《むかし》ノ国王《こくわう》ノツクレル観音《くわんのん》ノ像《ざう》アリ。皆《みな》ツチノソコニ入《いり》テ、肩《かた》ヨリカミワヅカニ出《いで》タリ。仏法《ぶつぽふ》ウセヲハラムニ、コノ像入《いり》ハテ給《たまふ》ベシトイヒケリ。

又モロコシニモ聖《ひじり》オホク、[二六]満《みち》サカヘ《え》タレドモ、シバ〳〵ミダレタル時アリ。[二七]後周《ごしう》ノ代《よ》ニ大《おほき》ニ魔《ま》ノ風《かぜ》アフギテ、マサニ法《のり》ノ灯《ともしび》ヲケタムトセシカバ、[二八]靄禅師《アイぜんじ》ノヨヲ悲《かなし》ミ身《み》ヲ恨《うら》ミ命《いのち》ヲステ、[二九]遠法師《をんぽふし》ノ道《みち》ヲヲシミシカバ、王《わう》ニムカヒテツミヲ論《ろん》ジキ。[三〇]開皇《かいくわう》ノ比《ころほひ》、カサネテヒロマリ、[三一]大《だい》業《げふ》ノヨニ又ヲ《お》トロヘシカバ、鬼《おに》泣キ神《かみ》ナゲキ、山《やま》ナリ海《うみ》ワキヌ。[三二]会昌《ゑしやう》ノ天子《てんし》オホク経論《きやうろん》ヲヤキシカバ、宮《みや》ノウチノ公卿《くぎやう》ハ頭《かうべ》ヲタレテナゲキ、門《かど》ノ前《まへ》ノ官人《くわんにん》ハ涙《なみだ》ヲ流《なが》シテカナシビキ。[三三]彼貞観《かのぢやうぐわん》ヨリコノカタ三百六《さむびやくろく》

也〉」とある。インド・中国の二カ国の状況をきくと、仏法も次第に衰退してしまったようである。

二〇 六二九年。唐の太宗の時代、玄奘三蔵が大唐西域記にしるす大旅行に出発の年。舒明天皇の元年にあたる。

二一 前田本、名博本共に「玄奘三蔵」。「玄蔵」は誤。

二二 迦葉の入寂した地(続高僧伝四・玄奘伝)。

二三 前田本「古道」、名博本「ふるみち」、続高僧伝四・玄奘伝「路極めて梗渋、諸林竹多し」とあり、「室」はもと「路」か。

二四 名博本「給孤独園」。舎衛城の西南にあった園林で、この園林中に祇園精舎があった。大唐西域記六には、今は荒廃して室宇傾きくずれて、ただ故基を残すだけとある。

二五 大唐西域記八・摩掲陀国上、菩提樹垣の条に、玄奘が摩掲陀国の菩提樹院を訪れた時、観自在菩薩の像身は土中に没して見えず、胸から上だけが僅かに出ていたとある。

二六 前田本「聖多、道昌」、名博本の脱文補入傍記「ヒシリオホク、ミチサカエタレトモ」、上宮太子御記「聖人オホク道サカリナレドモ」とあって、底本の「満」はもと仮名で「みち」(道)とあったのを誤ったものか。

二七 中国北周の武帝が建徳三年(五七四)、三武一宗の法難の一つといわれる廃仏を行なった。

二八 武帝の廃仏に反対した静藹(じようあい)は、自ら体をきりきざんで憤死した(続高僧伝二十三・釈静藹)。

二九 北周—隋代の僧、浄影寺の慧遠(ゑおん)は、北周の武帝の廃仏に当り、「帝は是れ邪見の人、阿鼻地獄は貴賤をえらばず」と直言して護法につとめた(続高僧伝八・釈慧遠)。

三〇 「開皇」は隋の文帝の時の年号(五八一—六〇〇)。文帝位につくや、積極的に仏教復興政治を進めた。

三一 「大業」は隋の煬帝(ようだい)の時の年号。始め仏教に理解を示したが大業三年(六〇七)、廃仏政策に転じた。

三二 「会昌」は唐の武帝の時の年号。道教を尊崇して会昌二年(八四二)から徹底的な廃仏を断行、会昌の廃仏といわれた。

三三 玄奘が天竺に向った貞観三年から三宝絵脱稿の永観二年までの年数。「観音像は完全に土中に埋ってしまったかも知れない」とは為憲の推量。

十余年《じふよねん》ヲヘダテツレバ、天竺《てんぢく》ヲ思《おもひ》ヤルニ、観音《くわんのん》ノ像入《ざういり》ヤハテ給《たまひ》ヌラム。[一]会昌《ゑしやう》ヨリノチ一百四十余年《いつぴやくしじふよねん》ニ及《およびヌレバ、大唐《だいたう》ヲオシハカルニ、[二]法文《ほふもん》ノ跡《あと》スクナクヤ成《なり》ヌラム。

アナ[三]タウト、仏法東《ぶつぽふひむがし》ニナガレテサカリニ我国《わがくに》ニトヾマリ、アトヲタレタル聖昔《ひじりむかし》オホクアラハレ、道《みち》ヲヒロメ給君《たまふきみ》、今《いま》ニアヒツギ給ヘリ。[四]十方界《じつぱふかい》ニアヒガタク、無量劫《むりやうこふ》ニモ聞《きき》ガタキ大乗経典《だいじようきやうでん》ヲ、コヽニシテオホク聞見《ききみる》事、是《これ》オボロケノ縁《えん》ニアラズ。[五]法《のり》ノ音《こゑ》ハ毒《どく》ノ鼓《つづみ》ノゴトシ。一《ひと》度聞《たびきく》ニ無明《むみやう》ノアタヲコロス。[六]経《きやう》ノ名《な》ハ薬《くすり》ノ樹《うゑき》ニ同《おな》ジ。僅《わづか》ニカタルニ輪廻《りんね》ノ病《やまひ》ヲ[七]除《のぞ》ク。[八]彼雪山童子《かのせつせんどうじ》ハ半偈《はんげ》ヲモトメテ命《いのち》ヲステ、[九]最勝仙人《さいしようせんにん》ハ一偈《いちげ》ヲネガヒテ身《み》ヲヤブリ、[一〇]常啼《じやうたい》ハ東《ひむがし》ニコヒ、[一一]善財《ぜんざい》ハ南《みなみ》ニモトメ、[一二]薬王《やくわう》ハ臂《ひぢ》ヲヤキ、[一三]普明《ふみやう》ハ頭《かうべ》ヲステムトシキ。

[一四]縦《タトヒ》一日《ひとひ》ニ三《み》度《たび》恒沙《ごうしや》ノカズノ身《み》ヲスツトモ、猶仏法《なほぶつぽふ》ノ一句《いつく》ノ恩《おん》ヲダニモ報《ほう》ズル事アタハジ。[一五]昔床《むかしゆか》ノシタニテ経《きやう》ヲキヽシ犬《いぬ》ハ、舎衛国《しやゑこく》ニ生《むまれ》テ聖《ひじり》トナリ、[一六]林《はやし》ノ中ニシテ法《のり》ヲ聞《きき》シ鳥《とり》ハ、忉利天《たうりてん》ニ生《むまれ》テ楽《たのしみ》ヲウケキ。[一七]鳥獣《とりけもの》スラカクノゴトシ。況《いはむ》ヤ人《ひと》ノ信《まこと》ヲモテキカムヲヤ。悲哉《かなしきかな》、[一八]滅度《めつど》之《の》後《のち》像法《ざうぼふ》ノ比《ころほひ》ニイタリテ、モロコシニハ[一九]漢明帝《かんのめいてい》ノ時ニハジメテ天竺《てんぢく》ヨ

一 会昌の廃仏から永観二年までの年数。→七五頁注三二。

二 底本の「法文」は、前田本、名博本、上宮太子御記は、いずれも「法門」とある。法門は仏の教え。

三 ああ尊いことだ。「タウト」は「タフト」の音便。

四 空間的に無量無辺の全世界においても逢い難く、時間的に無限の時の経過の中でも聞き難い大乗経典を。

五 毒鼓の音を聞く者皆死ぬように、ひとたび涅槃の経法を聞けば、あらゆる無明・煩悩がすべて消滅してしまうという喩え(大般涅槃経九)。

六 樹王という薬樹は諸薬中最も殊勝で、諸病を滅するように、経の名も僅かに語っただけで、生死流転する迷いの世界から離脱することができる(大般涅槃経二十九)。

七 「除ク」の次に、上宮太子御記には「此ユヱニ、スヽムルニネムゴロナル志ハ、身ノ皮ヲハギテ大乗ノ文典ヲウツスベシト。コレヲ敬コヽロハ、クチノイキヲモテ経巻ノ塵ヲフカザレトシメサシメタマヘルナリ」とある(前田本にも)。この部分底本並びに名博本の脱。前半は集一切福徳三昧経、並びにこれを引く諸経要集二、法苑珠林十七、後半は夜問経、並びにこれを引く諸経要集四の所説による。

八 雪山童子のこと、本書上巻十条に詳説。

九 法苑珠林十七、諸経要集二に引く集一切福徳三昧経の、最勝仙人が自分の皮を剝いで紙とし、血を出して墨とし、骨を折って筆として、天魔に偈を乞う話に基づく。

一〇 常啼菩薩が教えを求め東方妙香城に至り、遂に般若を求め得た話。以下、摩訶止観一上の「常啼東に請ひ、善財南に求め、薬王手を焼き、普明頭を刎ぬ」に拠る。

一一 善財童子が文殊菩薩に会い、発心して南方へ求法の旅を続け、五十三知識を遍歴し、最後に普賢菩薩に会って遂に法界に入ったという善財童子求法譚(華厳経・入法界品)。

一二 法華経・薬王菩薩本事品に、薬王菩薩が法華経供養のために、身を焼き臂を燃やした本事因縁を説いている。

一三 頭を切られようとしたが持戒波羅蜜を成就した国王須陀摩の話(本書上巻二条)。須陀摩は音写で、大智度論四には須陀須摩とあり、普明王はその訳。

リツタハリ、[二〇]我国《わがくに》ニハ欽明天皇《きんめいてんのう》ノ世《よ》ニ、遅《おそ》ク百済国《はくさいこく》ヨリキタレリ。我《われ》今《いま》タナ心《ごころ》ヲアハセテ、法《のり》ノ妙《たへ》ナル事ヲアラハス。

（一　聖徳太子《しやうとくたいし》）

[二一]昔上宮太子《むかしじやうぐうたいし》ト申《まうす》[二二]聖《ひじり》イマシキ。[二三]用明天皇《ようめいてんのう》ノハジメテ親王《しんのう》ニイマセシ時ニ、[二四]穴太部《あなほべ》ノ真人《まひと》ノ皇女《ひめみこ》ノ腹《はら》ニムマセ給ヘル御子《みこ》也。[二五]ハジメハ母《はは》ノ夫人《ぶにん》ノユメニ金色《こむじき》ノ僧《そう》アリテ云《いはく》、

我《われ》ヲスクフ願《ねがひ》アリ。願《ねがはく》ハ暫《しばら》ク御腹《おほむはら》ニヤドラム。[二六]我ハ救世菩薩《ぐぜぼさつ》也。[二七]家《いへ》ハ西方《さいはう》ニアリ。

トイヒテ、ヲドリテ口《くち》ニ入《いり》ヌトミテ懐妊《くわいにむ》シ給ヘリ。[二八]太子《たいし》ノ御伯父《おほむおぢ》敏達《びんたつ》天皇《てんのう》、[二九]雨《あめ》ノシタヲオサ《を》メ給初《たまふはじめ》ノ年《とし》、[三〇]正月《むつき》一日《ついたち》夫人宮《ぶにんみや》ノウチヲメグリテ、厩《むまや》ノモトニイタルホドニ、オボエズシテ生《むま》レ給ヘリ。[三一]オモト人《びと》ニイダカシメ、寝殿《しむでん》ニイタル程《ほど》ニ、俄《にはか》ニ[三二]赤光《あかきひかり》西《にし》ヨリキタリイル。御身《おほむみ》甚《はなはだ》馥《かうば》シ。[三三]四月《よつき》ノ後《のち》ニヨクモノヽ給《たまふ》。[三四]アクル年《とし》ノ二月十五日《きさらぎじふごにち》ノ朝《あした》ヨリ、[三五]心《こころ》ヅカラタナ心ヲ合《あはせ》テ、[三六]東《ひむがし》ニ向《むかひ》テ、

一四 摩訶止観一上に「一日三たび恒河沙の身を捨つとも、尚一句の力に報いること能はず」とある。「恒沙ノカズ」はガンジス河の砂の数。無数の喩え。底本「縦」の右に本文とは別筆にて「タトヒ」と書くが、採用する。

一五 床の下の犬が沙門の誦経を聞き、命尽きて女人に生まれ、後、比丘尼となり悟りを開いた。法苑珠林二十四、諸経要集二は共に旧雑譬喩経・上を引く。

一六 林の中で常に比丘の誦経を聴聞していた鳥が射られて死んだが、この善根により忉利天に生まれた聞法功徳譚。法苑珠林十七、諸経要集二は共に賢愚経十二を引く。

一七 前項所引の賢愚経十二末尾の「禽獣法を聴いて尚福報を獲ること無辺なり。豈況んや人において信心に聴法せば、いずくんぞ善報無からんや」に依拠。

一八 釈迦入滅後、正法千年が過ぎ、次の像法に入ったころ。

一九 後漢の明帝の永平十年(六七)インドより中国へ仏教伝来。

二〇 欽明天皇の十三年(五五二)、百済より仏像、経論伝来。

第一条　日本仏教の興隆に果した聖徳太子の功績を聖(ひじり)とたたえて中巻説話の冒頭に据え、奇瑞や化身譚をまじえながら、生誕から薨去までの経歴を語る。その大半を聖徳太子伝暦に従い、時に抄出、圧縮して叙述を進め、治世や新天皇即位などに関する記事を日本書紀に拠って挿入したものと思われる。条末の太子の名の由来譚は日本霊異記・上四に拠ったもの。各所に散在する典拠不明記事は、条末に掲示している上宮記(佚書)に基づくものであろうか。

二一 聖徳太子。命名の由来は本条の条末にある。

二二 太子の日本仏教界に果した功績を評価しての称。聖者。

二三 用明天皇がまだ親王時代に。

二四 用明紀には「穴穂部間人皇女」。底本「穴太部」に本文と同筆にて「アナトヘ」と傍訓を付すが、これは「穴太部」を「アナフトベ」と読んだための誤訓か。正しくは「アナホベ」。また、底本の「真人」は、間人(はしひと)をマヒトと誤読し、これに別字をあてたか。名博本「穴太部(アナオヘ)の間人(マウト)」。

二五 太子誕生以前に。伝暦によると、救世菩薩入胎は、欽

一南無仏《なむぶつ》。

ト云《いひ》テヲガミ給《たまふ》。

太子《たいし》六才《ろくさい》ニ成給《なりたまふ》ニ、二百済国《はくさいこく》ヨリハジメテ法師《ほふし》尼《あま》キタリテ、経論《きやうろん》ヲモテワタレリ。三太子奏《そう》シ給《たまふ》。四持度《もてわた》レル経論《きやうろん》ヲミナトキテ、香《かう》ヲタキテ開《ひらき》見《みる》事ヲハリテ、御門《みかど》ニ申給《まうしたまふ》、

月《つき》ノ八日《やうか》、十四日《じふしにち》、十五日《じふごにち》、廿三日《にじふさむにち》、廿九日《にじふくにち》、卅日《さむじふにち》、コレヲバ五六斎《ろくさい》トス。此日《このひ》ハ梵王帝尺《ぼむわうたいしやく》六ノマツリ事ヲミル。殺生《せつしやう》ヲトヾムベシ。

御門《みかど》悦給《よろこびたまひ》テ、雨《あめ》ノシタニミコトノリヲクダシテ、此日《このひ》ゝ《び》ニハ殺生《せつしやう》ヲヤメ給《たまふ》。

七八年《はちねん》ノ冬《ふゆ》、新羅国《しんらこく》ヨリ仏像《ぶつざう》ヲタテマツレリ。太子《たいし》申給《まうしたまふ》、

西国《さいこく》ノ聖《ひじり》尺迦牟尼仏《しやかむにぶつ》ノ像《ざう》ナリ。

ト。

八百済国《はくさいこく》ヨリ日羅《にちら》ト云人来《いふひときた》レリ。身《み》ニ光明《くわうみやう》アリ。太子《たいし》九窃《ひそか》ニ弊《ヤツレ》タル衣《きぬ》ヲキテ、諸《もろもろ》ノ童《わらは》ニマジリテ、難波《なんば》ノタチニイタリテミル。日羅《にちら》太子ヲサシテアヤシブ。一〇太子オドロキテ去《さる》。日羅ヒザマヅキテタナ心《ごころ》ヲ合《あはせ》テ云《いは》ク、

明天皇の三十二年(五七二)正月一日夜。紀、霊異記になし。

二六 法華経・普門品「観音妙知の力能(よ)く世間の苦を救ふ」に基づく聖観音の一名。後世、太子は救世観音の化身とされ、夢殿を始め太子ゆかりの寺に、この像安置の例が多い。

二七 西方に阿弥陀の浄土があるので、「家ハ西方ニアリ」といったもの。観音は阿弥陀の左の脇侍である。

二八 以下、伝暦、敏達元年の記事に依拠。敏達天皇は父用明帝の異母兄に当る。

二九 「雨」は「天」の宛字。→三頁注七。

三〇 伝暦の敏達元年(五七三)正月一日誕生説に従っている。

三一 女嬬。お付きの侍女。

三二 伝暦に「忽ち赤黄の光明西方より至り、殿内を照らす」とある。太子が救世観音の化身であることを示す霊異。

三三 伝暦には、誕生後四(よ)月で「能く言(ものい)ひ能く語る」とある。

三四 敏達二年、太子二歳の時のこと。二月十五日は釈迦入滅の日にちなんだものか。

三五 誰からも教えられることなく、ひとりで。

三六 東方に薬師如来の浄土、東方浄琉璃世界がある。

一 「南無」は namo の音写。訳は帰依。衷心から仏に帰依随順する意。

二 伝暦の敏達六年十月に、百済王が経論並びに律師・禅師・比丘尼等を我が国に献上したとある。敏達紀は十一月とする。なお、「ハジメテ」は「早々に」くらいの意か。僧尼の渡来はこの時が最初ではない。→七七頁注二二。

三 底本のままでは太子の奏した内容不明。名博本では太子が「もてわたりたる経論を見むと」となっている。

四 伝暦、敏達七年、太子七歳の二月のこと。

五 月に六日、八戒を守り功徳をつとめる日。六斎日。この日、梵天・帝釈が人間界に降って国政を査察するという。故に殺生を禁ずる日でもある。

六 名博本「くにのまつり事」(「く」の右に「クタリテク」と傍記)。底本「尺」の次に「国」脱か。そうでないと、梵天が帝

[一一]敬礼救世観世音《きやうらいくぜくわんぜおむ》、[一二]伝灯東方粟散王《でんとうとうばうぞくさんのう》。

ト申《まう》スホドニ、[一三]日羅《にちら》大《おほき》ニ身《み》ノ光《ひかり》ヲハナツ。[一四]太子《たいし》又眉間《まゆのあひだ》ヨリ光ヲ放給《はなちたまふ》。又[一五]百済国《はくさいこく》ヨリ弥勒《みろく》ノ石《いし》ノ像《ざう》ヲモテワタレリ。時ニ大臣蘇《おほおみそ》我馬子《がのむまこ》ノ宿《すく》禰《ね》、コノ像ヲウケテ、[一六]家《いへ》ノ東《ひむがし》ニ寺《てら》ヲツクリテ、スヘ《ゑ》タテマツリテウヤマフ。[一七]尼三人《あまみたり》ヲスヱテヤシナフ。[一八]大臣此寺《このてら》ニ塔《たふ》ヲタツ。太子《たいし》ノヽ給ハク、

[一九]塔《たふ》ハコレ仏舎利《ぶつしやり》ノウツハ物《もの》也。尺迦《しやか》如来《によらい》ノ舎利自然《じねん》ニキタリナム。

ト。大臣《おほおみ》コレヲキヽテ祈《いのる》ニ、[二〇]斎飯《いもひのいひ》ノウヘニ[二一]仏舎利《ぶつしやり》一《ひとつ》ヲエタリ。[二二]ルリノツボニイレテ、塔《たふ》ニヲ《お》キテオ《を》ガム。[二三]太子《たいし》ト大臣ト一心《ひとつこころ》ニシテ、三宝《さむぼう》ヲヒロメムトオモフ。

コノ時ニ、[二四]国中《くにのうち》ニ病《やまひお》ヲコリテ、死人《しぬるひとお》ヲホシ。[二五]大連弓《おほむらじゆ》削守屋《げのもりや》、中臣《なかとみ》ノ勝海王《かつみのわう》ト、モニ奏《そう》シテ申《まう》サク、

[二六]我国《わがくに》ハモトヨリ神《かみ》ヲノミアガメタテマツル。而《しかる》ヲ、蘇我大臣仏法《そがのおほおみぶつぽふ》トイフコトヲ、タウトビウヤマフ。コレニヨリテ、ヨノ中ニ病《やまひ》オコリテ、民皆《たみみな》タヘ《え》ヌベシ。[二七]此《この》仏法ヲスミヤカニトヾメテノミナム、人《ひと》ノ命《いのち》ハノコルベキ。

釈の政を見ることになってしまう。

七 伝暦に、敏達八年十月(太子八歳)。

八 敏達十二年七月、太子十二歳の時のこと。日羅は元来日本人で肥の国の国造阿利斯登(ありしと)の子、久しく百済王朝に仕えて、達率の官にあったが、召されて帰朝した。

九 日羅に逢いたいと言上したが勅許を得られなかったため。

一〇 伝暦には、日羅に見破られた太子は、驚いてその場を逃げ、衣を変えて改めて会見したとある。

一一 救世観世音様を謹しんで礼拝申し上げます。救世観世音は太子をさしたもの。

一二 「伝灯」は法灯伝授。東方の粟散国(粟粒の散在するような小国)は日本を、王は太子を指す。

一三 伝暦「日羅大いに身光を放つ、火のさかんに炎ゆるが如し」、敏達紀十二年「時に日羅身の光火焔の如きあり」。

一四 太子も救世観音の化身とされているから、白毫から光を放ったもの。

一五 伝暦は、敏達十三年九月「弥勒の石の像一軀百済より将来」とあり、敏達紀には将来者を鹿深臣(かぶかのおみ)とする。

一六 宅の東に仏殿を建て、弥勒の石像を安置したこと、敏達紀と伝暦、ほとんど同文。

一七 敏達紀は、この三尼の名を善信尼(名は嶋)、禅蔵尼(豊女)、恵善尼(石女)と明示。

一八 伝暦の十四年二月に、「蘇我の大臣、塔を大野岳の北に起つ」とある。

一九 太子の言葉、紀になく、伝暦にある。「仏舎利」は釈迦の遺骨。遺骨をまつるために塔(stupa)ができた。「ウツハ物」は入れもの。

二〇 仏事法要などに供養する食事。

二一 舎利を得たのは、伝暦は十四年、敏達紀は十三年。

二二 壺のこと紀に見えず、伝暦に瑠璃(青碧色)の壺とある。

二三 該当文は紀、伝暦に見えない。

二四 紀、伝暦ともに、疫疾流行、死者多数の記事がある。伝暦は敏達十四年二月の条。疫疾は天然痘か。「ヲホシ」は名博本「おほかり」。「おほかり」の方が和文調。

トイフ。ミコトノリニ云《いは》ク、
[一]申《まうす》トコロ已《すで》ニアキラケシ。スミヤカニ仏法《ぶつぽふ》ヲトヾメタチテヨ。
ト宣旨《せんじ》ヲ給《たまふ》。太子《たいし》奏《そう》シ給《たまふ》、
[二]此両人《このふたり》ハイマダ因果《いんぐわ》ヲシラザル也。善事《よきこと》オコナヘバ福《さいはひ》イタリ、悪《あしき》事《こと》ヲ行《おこな》ヘバ禍《わざはひ》キタル。此二人《ふたり》今必《いまかなら》ズワザハヒニアヒナム。
ト奏《そう》スレドモ、シ井《ひ》[三]テ宣旨《せんじ》ヲクダシ、守屋《もりや》ノ大連《おほむらじ》ヲモテ寺《てら》[四]ニツカハシテ、堂塔《だうたふ》ヲコホチ、[五]仏経《ほとけきやう》ヲヤキツクシツ。ソレニ、ヤケノコレル仏経ヲバ、[六]難波《なんば》ノホリ江《え》ニステイレツ。[七]三人《みたり》ノアマヲバウチレウジ、ノリハヅカシメテ追出《おひいだ》シツ。此日《このひ》、[八]大《おほ》ソラクラウナリ、雲《くも》ミダレテ、大風《おほかぜ》フキ、大雨《おほあめ》クダル。太子《たいし》ノヽ給ハク、
夭《ワザハヒ》サカリニシテ、忽《たちまち》ニオコリナムトス。
トノ給《たまふ》。カクシテ後《のち》ニ、[九]カサノ病忽《やまひたちまち》ニオコリテ、ヨロヅノ人《ひと》ヤミイタム。其《その》イタキ事、ヤキサクガゴトシ。
[一〇]二人《ふたり》ノ大臣《だいじん》コトニヲ《お》モキトガニアタリテ、クヒカナシミテ《い》王《おほぎみ》ニ奏申《そうしまうし》テ云《いはく》、
臣等《しんら》ガ病《やまひ》クルシクイタキコト、更《さら》ニタヘガタシ。願《ねがはく》ハ三宝《さむぼう》ニイノ

三五　前田本、名博本（傍記をはずす）、上宮太子御記は共に「大連物部弓削守屋、中臣勝海」とし、伝暦「物部弓削大連、中臣勝海連」（十四年三月の条）、敏達紀は「物部弓削守屋大連と、中臣勝海大夫（まへつきみ）」とあって、底本と全面合致するものはない。また、「勝海王」の「王」は衍。
三六　伝暦、敏達十四年三月の、守屋勝海の奏上内容「疫疾未だ息（や）まず人民絶ゆる可し。蘇我の大臣等仏法を興行するに由る」に、同二月の天皇太子に御下問の言葉中の「我国の基、神を以て主と為す」を加えて構成したか。
三七　伝暦、紀になく、作者の付加か。

一　伝暦、敏達紀の「灼然たり、宜しく仏法を断つべし」を敷衍。
二　伝暦「二臣未だ因果の理を識らず。善を修すれば福至り、悪を行へば禍来る…二臣今の如くは必ず天禍を蒙らむ」。「因果」は仏教思想の根底にある考え。仏教を信ずることは因果の理を認めることになる。
三　宣旨を下したこと、紀、伝暦にない。
四　伝暦には帝が遣わしたのではなく、二臣が勝手に寺に行き排仏行動に出たとある。
五　伝暦は、守屋たちが堂塔・仏像を毀却したことには言及するが、経に関することには触れていない。
六　日本書紀通証に「豊浦寺の東、飛鳥川の西也」とある。難波の、淀川の水を大阪湾に放流するための水路説もある。
七　伝暦には、三尼を呼び出し、法服を奪い、笞を加え恥しめたとある。
八　「大ソラクラウナリ、雲ミダレテ」は伝暦になく、「此の日、雲なくして大きに風ふき雨ふる」とある。底本「ミタレテ」の右に「或ナクシテ」とある。
九　伝暦「禍これより始まり、又瘡（かさ）おこり死者国中に充満せん」。「カサノ病」は七九頁注二四のごとく、天然痘か。
一〇　伝暦の敏達十四年夏の記事では、大臣馬子が「臣の疾久しく愈えず、願くは猶三宝に憑まむ」と奏したとある。

ラム。

ト。時ニ勅《ちよく》アリテ、三人《みたり》ノ尼《あま》ヲモトノゴトクメシテ、[11]二人《ふたり》ノ大臣《だいじん》ニワカチ給《たまひ》テイノラシメ給フ。又ヤキシ寺《てら》ヲ、アラタメツクラシメ給《たまふ》。ヤ[12]キウシナヒテシ仏経《ほとけきやう》ヲモトメ、アラタメテ、コレヨリハジメテ又オコシサカヘ《え》シメ給《たまふ》。太子《たいし》ノ御父[13]用明天皇位《おほむちちようめいてんのうくらゐ》ニツキ給ヌ。[14]二年《ふたとせ》アリテ、仏《ぶつ》法《ぽふ》イヨ〳〵ヒロマリオコリキ。[15]王《おほぎみ》ノ仰《おほせ》ニ云《いはく》、

イマハヒトヘニ三宝《さむぼう》ニ帰依《きえ》セムトヲ《お》モフ。

蘇我大臣勅《そがのおほおみちよく》ヲウケ給《たまひ》テ、[16]法師《ほふし》ヲメシテ内裏《だいり》ニイレツ。太子《たいし》悦《よろこび》テ、大《おほ》臣《おみ》ノ手《て》ヲ取《とり》テ、涙《なみだ》ヲタレテノ給ハク、

三宝《さむぼう》ノタヘナル事ヲ人《ひと》イマダシラヌニ、大臣心《おほおみこころ》ヲヨセタリ。ウレ

シクモアルカナ。

トノ給《たまふ》。

コレヨリ後《のち》ニ、[17]或人《あるひと》ヒソカニ守屋大連《もりやのおほむらじ》ニ告《つげ》テ云《いは》ク、

人〳〵《ひとびと》[18]ハカリコトヲナスメリ。[19]兵《つはもの》ヲマウケヨ。

ト。コレヲキヽテ[20]阿都《アト》ノ家《いへ》ニ籠居《こもりゐ》テ、兵士《つはもの》ヲアツメマウク。中臣《なかとみ》ノ勝《かつ》海《み》ノ連《むらじ》、武者《つはもの》ヲヽ《お》コシテ、守屋《もりや》ノ大連《おほむらじ》ヲアヒタスケムトス。又天皇《てんのう》ヲ

一一 伝暦では、三尼を元に復し、新寺創建の勅は、大臣蘇我馬子に下したとなっている。底本の「二人ノ大臣」は誤解もしくは誤写か。
一二 対応記事は紀、伝暦にない。
一三 敏達十四年八月十五日敏達天皇崩御、九月五日太子の父用明践祚。
一四 該当文、紀、伝暦ともにない。
一五 以下は伝暦の、用明二年四月の記事に依拠。四月の勅には「朕三宝に帰せんと思ふ。卿等宜しく量るべし」とある。
一六 紀、伝暦ともこの法師を「豊国法師」とする。九州豊(とよ)の国にいた僧の意か。紀には「名を闕(か)く」と注する。
一七 用明紀二年四月の条によれば「押坂部史(おさかべのふひと)毛屎(けくそ)」とする。伝暦には人名は見えない。
一八 類聚名義抄「揆 ハカリコト」とあり、「コ」は清音。
一九 伝暦には「備へざる可からず」とある。
二〇 現、大阪府八尾市跡部。用明紀の注に「大連(おほむらじ)の別業所在の地名也」とある。

[一]呪咀《しゆしよ》シタテマツラムトイフキコヘ《え》アリ。[二]蘇我大臣《そがのおとど》太子《たいし》ニ啓《けい》シテ、イクサヲヒキヰテ守屋[三]ノ大臣《おほおみ》ノモトニヨル。守屋兵《つはもの》ヲオコシテ、[四]タテヲツイテ[五]フセキタヽカフ。ソノ軍《いくさ》已《すで》ニコハクシテ、御方《みかた》ノイクサ怖惶《ヲヂヲノ、キ》[六]テ、三度《みたび》カヘリ退《しりぞ》ク。此時《このとき》ニ太子御歳《おほむとし》十六才《じふろくさい》也。将軍《しやうぐん》ノ後《しりへ》ニ立《たち》給ヘリ。[七]軍《いくさ》ノマツリゴトノ人《ひと》、秦川勝《はだのかはかつ》ニシメシテノ給ハク[八]、[九]ヌルデノ木《き》ヲトリテ四天王《してんのう》ノ像《ざう》ヲキザミ造《つくり》テ、各髻《おのおのもとどり》ノウヘニハサミ、[一〇]鉾《ほこ》ノサキニサヽゲテ願《ねがひ》テ云《いはく》、

我等《われら》ヲシテ戦《たたかひ》ニカタシメ給《たまひ》タラバ、四天王ノ像ヲアラハシテ、堂《だう》塔《たふ》ヲタテム。

ト。蘇我大臣《そがのおほおみ》又カクノゴトク願《ぐわん》シテ軍《いくさ》ヲアツメテスヽミタヽカフニ、物部守屋大連《もののべのもりやのおほむらじ》大《おほき》ナル榎《えのき》ニノボリテ、[一一]物部氏《もののべのうぢ》ノ大神《おほかみ》ヲチカヒテヤヲハナツニ、太子《たいし》ノ御《おほむ》アブミニアタレリ。[一二]太子又舎人《とねり》遠見《とみ》ノ赤檮《いちひ》ニ仰《おほせ》テ、四天王《してんのう》ヲイノリテ矢《や》ヲハナタシム。遠《とほ》ク大連ガ胸《むね》ニアタリテ、木《き》ヨリヲ《お》チヌ。ソノイクサヤブレヌ。セメユキテ[一三]守屋ガ首《かしら》ヲキリツ。[一四]鉾《ほこ》ニサシテ、[一五]家《いへ》ノ内《うち》ノタカラ物《もの》、庄園《しやうゑん》ヲバ皆寺《みなてら》ノ物《もの》トナシツ。[一六]玉造《たまつくり》ノ岸《きし》ノウヘニ、ハジメテ四天王寺《してんのうじ》ヲタツ。コレヨリ仏法《ぶつぽふ》サカリトナリヌ。

一　色葉字類抄に「呪詛〈陰陽部〉シユシヨ〈咀イ本〉」とある。
二　伝暦、紀に該当文はない。名博本「そがの大臣太子にまうして」。
三　伝暦、用明二年七月の条に「諸皇子と大連を討つ」、名博本「もりやの大連をうつ」とあり、「守屋ノ大臣ノモトニヨル」は誤。
四　名博本「城」。紀、伝暦には「稲城」(稲を積んだとりで)。
五　類聚名義抄「防　フセク」とあり、「ク」は清音。
六　「ヲヂ」の歴史的仮名遣は「オヂ」。
七　伝暦に「軍允秦造川勝」とあり、軍允は軍事を監督する役、後の四等官の第三、判官。前田本は「軍監」。川勝は、秦の始皇帝三世孝武の後裔と伝え、山城国葛野郡の人。推古時代に峰岡寺(広隆寺)を創建。
八　この「ノ給ハク」は、名博本、前田本にない。
九　名博本「白木」。白膠木。材は白く柔らかく、小細工等に用いた。
一〇　伝暦の注文「一云、擎(ささげ)て軍鉾に立つ」とある。
一一　紀になく、伝暦は「物部府都大神」。物部氏の氏神で、石上布都(いそのかみふつの)御魂神。
一二　名博本「太子」より「胸ニアタリテ」まで無く、片仮名本により補う。赤檮は用明紀の条では勝海連を殺している。太子の舎人で、近侍警衛の任に当った。底本「遠」の右に後筆にて「迹」、「檮」の右に底本と同筆にて「榑或」と記入する。
一三　名博本は同文。伝暦には「川勝、大連の頭を斬る」とあり、木から射落したのは赤檮、頭を切ったのは川勝となる。紀では川勝は登場していない。
一四　この一句は、名博本、紀、伝暦に見えない。
一五　伝暦「子孫の資財田宅皆寺の分とす」、紀「大連の奴の半と宅とを分けて大寺の奴、田荘(たどころ)とす」。名博本「いへのうちたからさうそのをばみなてらのものとなし」。「荘園」を「さうその」と訓じたのは、なるべく平仮名にしようとした意識の表れ。
一六　推古紀元年の条に、難波の荒陵(あらはか)に四天王寺を造り始めたとある。現在は大阪市天王寺区。

太子《たいし》ノ御舅《おほむをぢ》、[一七]崇峻《すしゆん》天王《てんのう》位《くらゐ》ニツキ給《たまひ》ヌ。[一八]コノ御世《みよ》ニ、太子年《とし》十九《じふく》ニテウヰ《ひ》カブリシ給《たまふ》。又御姑《おほむヲバ》、[一九]推古《すいこ》天皇《てんのう》位《くらゐ》ニツキ給《たまひ》ヌ。国《くに》ノマツリゴトヲバ、皆《みな》コト〳〵ク太子ニツケ給ヘリ。百済国《はくさいこく》ノ使《つかひ》ニテ、[二〇]阿佐《あさ》トイフ王《わう》子《じ》来《きた》レリ。[二一]太子ヲ《を》オガミテ申《まう》サク、

[二二]敬礼《きやうらい》救世《ぐぜ》観世音菩薩《くわんぜおむぼさつ》、妙教《めうけう》流通《るつう》東方《とうばう》日本国《につぽんこく》、卌九歳《しじふくさい》伝灯演説《でんとうえんぜつ》。

ト申《まうす》。[二三]太子《たいし》此《この》時ニ眉間《まゆのあひだ》ヨリ白光《しろきひかり》ヲハナチ給《たまふ》。長三丈《ながささむぢやう》バカリ、暫《しばらく》アリテシヾマリ入《いり》ヌ。

[二四]甲斐国《かひのくに》ヨリタテマツレル黒駒《くろきこま》ノ四足《よつのあし》白《しろ》キニノリテ、雲《くも》ニ入《いり》テ東《ひむがし》ニサリ給《たまひ》ヌ。[二五]舎人《とねり》使丸《つかひまろ》ヲ御馬《おほむむま》ノ右《みぎ》ニ副《そへ》[二六]リ。人〳〵《ひとびと》アフギテミル。信乃国《しなののくに》ニイタリテ、[二七]三越《みこし》ノサカヒヲメグル。三日《みつか》アリテカヘリ給ヘリ。

太子《たいし》、推古天皇《すいこてんのう》ノ御前《おほむまへ》ニシテ、[二八]高座《かうざ》ニノボリテ[二九]勝鬘経《しようまんきやう》ヲカウジ給《たまふ》。諸《もろもろ》ノ名僧《みやうぞう》ヲシテ義《ぎ》ヲ問《とは》シムルニ、説答《ときこたふる》事妙《たへ》也。三日《みつか》講《かう》ジヲハル夜《よ》、天《てん》ヨリ蓮花《れんぐゑ》フレリ。ハナノヒロサ三尺《さむじやく》バカリ也。[三〇]地《ち》ニフリツメルコト四尺《ししやく》バカリ也。コノ所《ところ》ニミチ〳〵タリ。アクル朝《あした》天皇《てんのう》ミ給《たまひ》テ、其地《そのち》ニ寺《てら》ヲ立《たて》シメ給《たまふ》。[三一]今《いま》ノ橘寺《たちばなでら》是《これ》也。ソノフレ[三二]ヽシ花《はな》イマニ此寺《このてら》ニアリ。

[三三]又太子《たいし》小野妹子《をののいもこ》ヲ使《つかひ》トシテ、サキノ身《み》ニモロコシノ衡山《かうざん》ニアリテタ

一七　用明天皇の二年(五八七)四月五日用明帝崩御、同年八月二日崇峻天皇即位。

一八　伝暦は、崇峻三年、「冬十一月太子冠焉」とある。

一九　崇峻紀、五年(五九二)十一月(伝暦は十月)三日、馬子の謀により崇峻天皇は弑(しい)せられ、同年十二月八日、太子の父用明天皇の同母妹推古天皇が践祚。伝暦にはない。

二〇　伝暦、推古五年(五九七)四月に、「百済王の使、王子阿佐等来り朝貢」。阿佐の伝は未詳、太子二十六歳の時のこと。

二一　伝暦「退きて庭に出で、右膝を地に着け、合掌恭敬して曰く」。

二二　伝暦「敬礼救世大慈観音菩薩、妙教流通東方日国、四十九歳伝灯演説」。初句の「大慈」、底本脱するが、前田本、名博本、上宮太子御記等みな存す。救世大慈の観世音菩薩(太子はその化身)を礼拝申し上げます。太子は妙なる仏の教えを日本国に流通させ、四十九年の間、法灯伝授の説法を続けることでしょう。太子の薨年四十九歳であることを暗示したもの。

二三　阿佐が太子を拝した時、太子が眉間から白光を放った話は、伝暦にあり、紀には見えない。

二四　甲斐の国の黒駒説話は紀になく、伝暦の推古天皇六年四月と九月の記事に依拠したもの。

二五　前田本の「便丸」(「使丸」の誤記)、名博本の「つかひ」(「まろ」脱)は、共に「舎人」を欠く。上宮太子御記、太子伝私記の二書も「舎人」を欠き単に「調士丸」とあり、伝暦には「舎人調使麿」とある。

二六　「副リ」は他動の意の下二段活用「副ふ」ならば「リ」は続かない。「ソヘタリ」とありたい。名博本は「つかひむまのみぎにそへり」で、自動の意の四段活用であるからこれでよい。

二七　越前・越中・越後の総称。ただし推古時代にはまだ三つに分かれてはいない。

二八　太子、勝鬘経講経時の霊異譚は、伝暦、推古十四年七月の記事に依拠。時に太子は三十五歳。「高座ニノボリテ」は、伝暦「師子の座に登り」とある。講経時の高い座。

モテリシ経《きやう》ヲトリニツカハス。ヲシヘテノ給ハク、
[一]赤県《せきくゑん》ノ南《みなみ》ニ衡山《かうざん》ト云山《いふやま》アリ。山ノ中《うち》ニ[二]般若寺《はんにやじ》アリ。[三]我昔《わがむかし》ノ同法《どうぼふ》ハミナシニケム。只三人《ただみたり》ゾアラム。我使《わがつかひ》トナノリテ、ソコニスミシトキタ[四]モチタテマツリシ法花経《ほふくゑきやう》ノ、アハセテ一巻《ひとまき》ニセルイマス、コヒテモテキタレ。

トノ給《たまふ》。妹子《いもこ》仰《おほせ》ノゴトクニワタリテ、ヲシヘニシタガヒテイタリヌ。[五]門《かど》ニ一人《ひとり》ノ沙弥《しやみ》アリテ、即《すなはち》見テ入《いり》テ云《いふ》、

[六]ネム禅師《ぜんじ》ノ使《つかひ》キタレリ。

ト[七]告《つぐ》ナレバ、老《おいたる》僧《そう》三人《みたり》杖《つゑ》ヲツキテイデアヒテ、喜《よろこ》ビヱミテ使《つかひ》ニヲシヘテ経《きやう》ヲトラシム。即《すなはち》カヘリテモテキタレリ。

太子《たいし》[八]斑鳩《いかるが》ノ宮《みや》ノ寝殿《しむでん》ノカタハラニ屋《や》ヲツクレリ。夢殿《ゆめどの》トナヅク。[九]一《ひと》月《つき》ニ三度《みたび》沐浴《もくよく》シテイル。アクル朝《あした》ニイデ給《たまひ》テハ、[一〇]閻浮提《えむぶだい》ノ事ヲカタル。又此内《このうち》ニ入《いり》テ、諸《もろもろ》ノ[一一]経疏《きやうのそ》ヲツクリ給《たまふ》。或度《あるたび》ハ七日《なぬか》七夜《ななよ》出《いで》給ハズシテ、戸《と》ヲトヂテオトモシ給ハズ。[一二]高麗《かうらい》ノ恵師《ゑじ》法師《ほふし》ノ云《いはく》、

太子《たいし》[一三]三昧定《さむまいちやう》ニ入《いり》給ヘリ。オドロカシタテマツルコトナカレ。

ト云《いふ》。

二九　波斯匿王（はしのくわう）の娘勝鬘（しょうまん）夫人を語り手として、大乗を讃歎し、如来蔵法身の教義を説いた経。詳しくは勝鬘師子吼一乗大方便方広経。女人成仏を説いた経典として著名。太子に勝鬘経義疏一巻がある。

三〇　前田本「満地三四尺」、名博本「つち三四丈にみてり」などとあるが、伝暦には「方三四丈の地に溢る」とある。伝暦は面積、底本は厚さとする。

三一　伝暦の注文「是、今の橘寺也」に拠ったもの。橘寺は明日香の地に現存している。

三二　名博本、上宮太子御記には「ふれる」。「フレ、シ」は誤った言い方。降った花びらが橘寺に現存すること、伝暦にない。

三三　伝暦の推古十五年五月の条に、太子が天皇に、先身漢土に修行時代に所持した経が衡山にあり、これを将来して比校したいと奏上したとある。小野妹子遣隋の事は伝暦、紀とも十五年七月の条にある。

一　「赤県」は中国の異称。「衡山」は中国湖南省にあり、五岳の一つで南岳とも。

二　伝暦、推古十五年七月に南岳の説明があるが、般若寺は無く、般若台がある。そこが修道の中心であった。

三　先身中国の衡山で一緒に修行した同心同学の僧。

四　法華経八巻を合巻して一巻としたもの。「タモチタテマツリシ」は法華経に対する敬語。

五　門前の一沙弥が妹子を見るや、念禅師の使者が来たと取りつぐ。老僧三人が来意を聞き、経を取り出させて渡してくれた。妹子はこれを持参して帰国したという文脈。

六　底本「思禅法師或」と傍記し、名博本、前田本とも「思禅法師」。伝暦は念禅、念禅法師、念禅比丘等とする。伝暦の十七年四月八日の条に「此の太子は是れ衡山般若台東房第一の念禅比丘なり」とある。後、この念禅法師と南岳大師慧思禅師とを同一人とし、太子を慧思の後身とみるに至る。慧思は中国天台宗の第二祖、天台大師智顗（ぎ）の師。

七　「ナレ」は沙弥の言っていることばを妹子が外にいて聞い

八日《やうか》トイフニイデ給ヘリ。玉《たま》ノ机《つくえ》ノ上《うへ》ニ一巻《ひとまき》ノ経《きやう》アリ。恵師法師《ゑじほふし》ヲメシテカタラヒ給ハク、

我《われ》サキノ身《み》ニ衡山《かうざん》ニアリシ時、タモテリシ実《まこと》ノ経《きやう》ハ是《これ》也。サリニシ年妹子《としいもこ》ガモテキタレリシ経ハ、我弟子《わがでし》ノ経也。三人《みたり》ノ老僧《おいたるそう》ノヲサメタル所《ところ》ヲシラズシテ、コト経ヲトリテヲ《お》クリシカバ、我《わが》タマシヒヲヤリテ[一四]トラセル也。

トノ給《たまふ》。コゾノ経《きやう》ト見合《みあは》スルニ、[一五]カレニハナキ字《じ》一《ひとつ》アリ。此度《このたび》ノ経モ一巻《ひとまき》ニカケリ。黄紙《きなるかみ》ニ玉《たま》ノ軸《ぢく》ヲイレタリ。又[一六]百済国《はくさいこく》ヨリ僧道欣等《そうだうごんら》十《じふ》人来《にんきたり》テツカフマツル。

[一七]前世《さきのよ》ニシテ、衡山《かうざん》ニテ法花経《ほふくゑきやう》ヲ説給《ときたまひ》シ時、我等《われら》ハ盧岳《ろがく》ノ道士《だうし》トシテ時〱《ときどき》マイ《ゐ》リテ、聞《きき》シ人〻《ひとびと》也。

ト中《まうす》。[一八]後《のち》ノ年《とし》ニ、小野妹子《をののいもこ》又モロコシニワタリテ衡山《かうざん》ニユキタレバ、サキノ僧《そう》ヒトリノコリテカタラヒテ云《いはく》、

去《さ》ル年《とし》[一九]ニ秋《あき》、[二〇]汝《なむぢ》ガクニノ太子《たいし》、本《もと》ハ此山《このやま》ノ思禅師《しぜんし》、[二一]青竜《しやうりう》ノ車《くるま》ニ乗《のり》テ、五百《ごひやく》ノ人《ひと》ヲ身《み》ニシタガヘテ東《ひむがし》ヨリ空《そら》ヲ踏《ふみ》テ[二二]キタテ、旧室《ふるキむろ》ノ中ニサシハサミヲ《お》ケル一巻《ひとまき》ノ経《きやう》ヲトリテ、[二三]雲《くも》ヲシノギテ帰去《かへりさり》ニキ。

たことを表わす伝聞推定の「なり」の已然形。

八 伝暦、推古九年二月「初めて宮を斑鳩村に造る」、十三年十月「太子斑鳩宮に遷る」とある。紀も殆ど同文。

九 以下、伝暦の推古十六年九月の条に拠る。太子三十七歳。

一〇 伝暦「海表の雑事をかたる」。海表は海外異国の事。「閻浮提」もわれわれの住む広い世界のこと。

一一 経典の注釈。太子が三経の義疏を作ったことをいう。

一二 底本の「恵師」は「恵慈」の誤。伝暦も他本も「恵慈」。推古紀の元年に「内教(仏教)を高麗の僧恵慈に習ひ」とあり、太子の師僧。推古天皇三年に来朝、法興寺に住し、二十三年に本国に帰った。底本「師」の右に「慈」と書くのは別筆。

一三 心を静めて一つの対象に集中し、心を散乱させない状態。

一四 「トラセル」は誤。「トラセタル」か「トラスル」とあるべきところ。

一五 伝暦「落ちし所の字を指して師に指す」。七大寺巡礼私記・法隆寺の条に、妹子将来の法華経・五百弟子品の「其不在此会」の下に「中」の一字脱とある。現行本もこれを欠く。

一六 百済の僧道欣等十人が王命で呉国に使した帰途暴風にあい(以上推古紀)、肥後の国に漂着、道欣等は太子の名声を聞いて日本在留を乞い、許されて元興寺に住む。伝暦、推古十七年四月のこと。

一七 道欣らの発言内容。私達は、太子が前世に衡山で念禅師として法華経を説かれた時、盧岳の道士(盧山在住の修行者)として時々拝聴した者どもです。伝暦には「盧岳の道人とともに時々拝謁」とある。

一八 伝暦、十七年秋九月、妹子再度入隋時の話。

一九 「去ル年ニ秋」の「ニ」は不審。伝暦「去年秋時」、名博本「こぞの秋」、前田本「去年秋」。

二〇 伝暦「子(し)の国の太子、元の念禅師」とある。

二一 青色の竜。四神の一つで東方の守護神。

二二 「キタテ」は「来ツテ」の促音無表記か。名博本「きたりて」。

二三 前田本「凌雲」。雲をのり越えて高く飛ぶこと。

トイフ。コヽニアキラカニシリヌ、「[一]此夢殿《このゆめどの》ニ入《いり》給ヘリシオリノ事也」
ト。

[二]太子《たいし》ノ[三]御妻《おほむめ》カシハデノ氏《うぢ》カタハラニ候《さぶらひ》給フ。太子カタラヒテノ給《たま》
ハク、

君我心《きみわがこころ》ノゴトクシテ一《ひとつの》コトモタガハズ。幸《さいはひ》ナルカナ。死《しな》ム日《ひ》ハ穴《あな》
ヲ同《おなじ》クシテ、トモニウヅムベシ。

ト。妃《ひ》コタヘ申《まう》サク、

[四]千秋万歳《せんしうまんざい》、朝暮《てうぼ》ニツカマツラムトコソ思《おもひ》給フレ。ナニノ心《こころ》アリテ
カ、今日《けふ》ヲハリノ事ヲバノ給フゾ。

ト。太子《たいし》答《こたへ》給ハク、

始《はじめ》アル物《もの》ハ必《かなら》ズ終《をはり》アリ。モノヽサダマレル理《ことわり》ナリ。一《ひと》タビハ生《むま》レ、
一度《ひとたび》ハ死《しぬ》ル事、人《ひと》ノ常《つね》ノ道《みち》也。[五]我昔《われむかし》アマタノ身《み》ヲカヘテ、仏道《ほとけのみち》ヲ
行《おこな》ヒツトメキ。ワヅカニ小国《せうこく》ノ王子《わうじ》トシテ来《きたり》テ、タヘナル法《のり》ヲヒ
ロメテ、法モナキ所《ところ》ニ[六]一乗《いちじよう》ノ義《ぎ》ヲ弘《ひろ》メ説《とき》ツ。[七]五濁悪世《ごぢよくのあしきよ》ニ久《ひさし》クア
ラムト思《おも》ハズ。

トノ給《たまふ》。妃《ひ》ナミダヲナガシテウケ給ハル。

一 太子が衡山に行き経をとって帰られたのは、太子が夢殿に入り七日七夜三昧定に入っておられた時の事である。
二 伝暦、推古十八年十月(太子三十九歳)のこととする。
三 伝暦、推古六年三月に、「膳大娘《かしはでのおほいらつめ》」を挙げて妃と為す」とあり、法王帝説には、「膳部加多夫古《かたぶこ》の臣の女子、名は菩岐々美《ほききみ》の郎女《いらつめ》」とある。底本「御妻カシハテノ氏」の右に「妃膳氏ィ」と底本と同筆にて傍記。
四 名博本「千々のあきよろづのとし、あしたゆふべつかうまつらん」。
五 伝暦「吾、昔数十身を経て修行し、道を崇ぶ」。
六 一切衆生が成仏する唯一無二の教。法華経・方便品に依拠。
七 五種の肉体的精神的悪事災害。汚れの多いこの世に。
八 伝暦、推古二十一年十一月の「難波より京に至る、始めて大道を治む」は、開削した竹内街道の起点難波と終点飛鳥京を示したものであるが、太子が飢人にあったのはその帰途のようにもとれる。ただし推古紀によれば飢人説話は別項で、十二月のこととする。なおこの飢人説話は霊異記・上四にもある。
九 大和志に「葛下郡片岡、片岡荘今泉村に在り」とある。今の北葛城郡香芝町今泉のあたり。
一〇 推古紀に該当句なく、霊異記は「輿より下りたまひて」、伝暦には「即ち馬より下りて」とある。「カタラヒ給」は「お話し合いになった」の意。なお、この文より以下、名博本欠。
一一 推古紀は「即、衣裳を脱ぎ」、霊異記も「着たる衣を脱ぎ」、伝暦は「紫の御袍を脱ぎて其人の身に覆ひ」とある。濃紫の袍は、一位、二位の人の公の着物。
一二 この歌は前田本、上宮太子御記、推古紀、伝暦みな長歌で、これに続いて「なれなりけめやさす竹の君はや無き飯に飢て臥せるその旅人あはれ」とある。本書は短歌形式をとる拾遺集・哀傷所収歌に近い。片岡山で食に飢えて倒れている旅人よ気の毒に、親がいないのか。「シナテルヤ」は「片岡山」の枕詞。日の輝く意という。

爰《ここ》ニ太子《たいし》難波《なんば》[八]ヨリ京《きやう》ニ帰給《かへりたまふ》ニ、片岡山《かたをかのやま》[九]ノ辺《ほとり》ニ飢《うゑ》タル人《ひと》フセリ。黒駒《くろこま》アユマズシテトヾマル。太子馬《むま》[一〇]ヨリヲ《お》リ給《たまひ》テカタラヒ給《たまふ》。紫《むらさき》[一一]ノ御袍《ごはう》ヲヌギ給テ此人《このひと》ニヲ《お》ホヒ給テ、歌曰《うたひていはく》、

[一二]シナテルヤ片岡山《かたをかやま》ニ飯《いひ》ニ飢《うゑ》テ臥《こや》セル旅人《たびと》アハレ祖無《おやなし》

飢人挙頭所返歌《うゑびとかしらをあげてかへせるうた》、

[一三]斑鳩《いかるが》ヤ富《とみ》ノ緒川《をがは》ノ絶《たえ》バコソ我ガ大公《おほきみ》ノ御名《みな》ヲ忘《わす》レメ

トイヘリ。太子《たいし》宮《みや》ニ帰給《かへりたまひ》テ、コノ人《ひと》[一四]シニ、ケリ。太子カナシビテ、ハ[一五]フリヲサメ給《たまふ》。時ニ大臣達《だいじんたち》、此事《このこと》[一六]ヲ誹謗《ひばう》スル人七人《ななたり》アリ。太子コノ人〳〵《ひとびと》ニ示《しめし》給フ、

片岡《かたをか》ニユキテソノカタチヲミヨ。

トノ給ヘバ、ユキイタリテミレバ、カ[一七]バネスデニナシ。棺内甚香《クワンノうちはなはだかうば》シ。皆驚《みなおどろき》アヤシム。

コヽニ太子《たいし》イカルガノ宮《みや》ニオハシマシテ、妃《ひ》ニカタラヒ給《たまふ》。ユ[一八]アミ、カシラアラヒ給テ、浄衣《じやうえ》ヲキ給テ、

我今夜《われこよひ》サリナム。

トノ給《たまひ》テ、床《とこ》ヲナラベテフシ給ヌ。アクル朝《あした》ニ、日《ひ》[一九]タクルマデヲ《お》キ給

一三　返歌のこと紀になく、霊異記には、後に使をつかわすと、「唯歌をのみ作り書きて墓の戸に立てたり」とある。伝暦には「飢人首を起こし答歌を進(たてまつ)って曰く」としてこの歌がある。斑鳩の富の緒(小)川が絶えないように、末長く太子の御名を忘れることはないの意。「富ノ緒川」は現在の富雄川。「斑鳩」は法隆寺あたりの地名。

一四　「死ぬ」に完了の意の助動詞「ぬ」の付いた例。

一五　葬って棺に納める。

一六　伝暦「時に大臣馬子の宿禰七大夫等皆譏(そし)る」。紀にない。

一七　伝暦「其の屍あることなく、棺内はなはだ香ばし」。底本「クワンノ」と傍記するが別筆である。

一八　伝暦、推古二十九年二月、太子夫妻は共に沐浴し、浄衣をまとい、死を予言して床につき共に遷化したとある。紀は二月五日、法王帝説は二月二十二日薨去とする。

一九　日が高くなるまで。

一　伝暦に「左右、殿の戸を開いて乃ち遷化を知る〈時に年四十九。壬午の年と説くは誤也〉」とある。

二　前出した甲斐の黒駒が太子の薨日に悲しんで死んだことは伝暦に見え、紀にはない。

三　伝暦、推古の十六年九月に「太子の崩後、王子山背大兄六時に礼拝す。丁亥年十月二十三日夜半、忽ち此の経を失ふ。去る所を知らず、これを求むるに由なし。王子大きに怪しみ、また以て大なる憂とす。今、院にあるは妹子将来のものなり」とあるに拠った。ただし丁亥は薨後六年目の推古三十五年で、薨去当日の事ではない。日本往生極楽記には「太子薨し給ひて後」とある。

四　伝暦、敏達八年十月の条に、新羅国釈迦牟尼仏の遺像献上のことがあってその注文に「今、興福寺の東の金堂にあり」とある。「山階寺」は興福寺のこと。

五　伝暦、敏達十三年九月、弥勒の石像将来のことがあって、その注文に「今、古京の元興寺の東金堂に在り」とある。

六　三宝絵は九寺を挙げ、伝暦は十一寺を挙げるも、十一寺

ハズ。人〻《ひとびと》アヤシミテ、[一]御殿《おほむとの》ノ戸《と》ヲアケテミルニ、共《とも》ニカクレ給《たまひ》ニケリ。御《おほむ》カホモトノゴトシ。御香《おほむか》コトニ香《かうば》シ。御年《おほむとし》四十九《しじふく》也。終給《をはりたまふ》日《ひ》、黒駒《くろこま》イナヽキヨバヒテ、草水《くさみつ》ヲハマズ。御輿《みこし》ニシタガヒテ墓《はか》ニイタル。[二]一度《ひとたび》イナヽキテタフレテシヌ。ソノカバネヲウヅム。

太子《たいし》カクレ給《たまひ》シ日《ひ》、彼衡山《かのかうざん》ヨリモテ[三]キタリ給ヘリシ経《きやう》ハ、俄《にはか》ニウセヌ。イマダ寺《てら》ニアル経ハ、妹子《いもと》ガモテキタリシナリ。[四]新羅《しんら》ヨリタテマツレリシ尺迦仏《しやかほとけ》ノ像《ざう》ハ、イマニ山階寺《やましなでら》ノ東《ひむがし》ノ堂《だう》ニスヘ《ゑ》タテマツレリ。[五]百済国《はくさいこく》ノ石像《いしのざう》、今《いま》ノ古京《こきやう》ノ元興寺《ぐわんごうじ》ノ東ノ堂ニオキタテマツレリ。太子、[六]四天王寺《してんのうじ》、法林寺《ほふりむじ》、元興寺、中宮寺《ナカミヤでら》、橘寺《たちばなでら》、蜂岡寺《はちをかでら》、池後寺《いけシリでら》、葛城寺《かつらぎでら》、日向寺《ひうがでら》等ヲ造《つくり》給ヘリ。[七]

[八]太子《たいし》三《みつ》ノ名《な》アリ。一《ひとつ》ニハ[九]厩戸皇子《むまやどのみこ》ト申《まうし》キ。王《おほぎみ》ノムマヤノモトニシテ生給《むまれたまふ》。十人《とたり》一度《ひとたび》ニ愁申《うれへまうす》コトヲヨクキヽテ、一《ひと》コトヲモラサズ事[一〇]ハ《わ》リ給《たまふ》ニヨリテ也。二《ふたつ》ニ聖徳太子《しやうとくたいし》ト申《まうす》。生給《むまれたまひ》テノフルマヒ、ヨソヲヒ《ほ》ミナ僧《そう》ニヽタマヘリ。[一一]勝鬘経《しようまんきやう》、法花経《ほふくゑきやう》等ノ疏《そ》ヲツクリ、法《のり》ヲヒロメ、[一二]人《ひと》ヲワタシ給《たまふ》ニヨリテ也。三《みつ》ニ上宮太子《じやうぐうたいし》ト申《まうす》。[一三]推古天皇《すいこてんのう》ノ御世《みよ》ニ、太子ヲ王宮《わうぐう》ノ南《みなみ》ニスマシメテ、[一四]国《くに》ノ政《まつりごと》ヲヒトヘニシラシメ給《たまふ》ニヨリテ

目の法興寺の条に「已上二寺此の本に入らずと雖も、捜求してこれを記すのみ」と注文があり、この二寺を除外すると、寺名並びに列挙の順は両者全く一致している。ただし底本の「法林寺」は前田本、東大寺切、上宮太子御記はみな法隆寺とあり、底本の誤記。

七 各寺の別称その他を、伝暦注記等を参考に掲げておく。四天王寺(荒陵寺)、法隆寺(鵤僧寺)、元興寺(法興寺、飛鳥寺)、中宮寺(太子母后のために建立の尼寺)、橘樹寺(菩提寺、尼寺)、蜂岡寺(広隆寺)、池尻寺(法起寺、池尻尼寺)、葛城寺(妙安寺、葛城尼寺)、日向寺(大和志によれば十市郡南浦村にあったという)。

八 以下、霊異記・上四に依拠。

九 諸本並びに霊異記は「厩戸の豊聡耳(とよとみみ)」とある。底本「豊聡耳」を脱す。また前田本は「聡」を「聴」と誤まる。底本の傍記「八耳ノ王子ト云」(底本と同筆)も諸本に見えない。

一〇 「事ハリ」は「理り」の意。

一一 勝鬘経義疏一巻伝存、法華経義疏四巻・伝親筆本現存。

一二・一三・一四 いずれも霊異記には見えない。

一五 日本書紀の通称。

一六 「平氏撰」とあるので聖徳太子伝暦のことと思われる。平氏が誰であるかは未詳。ただし別に上宮記という佚書があったと推定されており(逸文が諸書に残る。鎌倉時代後期まで存在)それとの関係は微妙。

一七 略して霊異記という。ただし、霊異記では「古京」でなく「右京」、「撰」でなく「録」とある。当然「右京」が正しい。

第二条 役行者の出自、山林修行のこと、葛木金峯山間に石橋を渡すこと、一言主の神の讒による伊豆流島のこと、特赦により昇天して飛び失すこと、道照と新羅で会うこと等は日本霊異記・上二十八に依拠。韓国連広足讒言のこと、鬼神を汲水採薪に役使したことは続日本紀・文武三年の条に拠る。一言主の神を呪縛のこと、条末の渡唐のこと、葛木山谷底の現況等の依拠資料は不明で、名僧伝(佚)に拠ったか。なお、袖中抄六・くめぢの橋に本条を引く。

也。
[一五]日本記《にほんき》、[一六]平氏《へいし》撰聖徳太子上宮記《せんしやうとくたいしじやうぐうき》、[一七]諾楽古京薬師寺沙門景戒撰日本《ならのこきやうやくしじのしやもんけいかいせんにほん》国現報善悪霊異記等《こくぐゑんほうぜんなくりやういきら》ニ見《みえ》タリ。

(二一 役行者《えんのぎやうじや》)

[一八]役優婆塞《えんのうばそく》、[一九]俗姓《ぞくしやう》ハモトノエノキミ、イマハタヽモノ朝臣《あそみ》ト云氏《いふうぢ》也。[二〇]名《な》ヲバ小角《をつの》トイヒキ。大和国葛城《やまとのくにかづらき》ノ上郡《かみのこほりち》[二一]千原村人《はらむらのひと》也。ソノ心《こころ》ヲミレバ、ムマレナガラニシル事ヒロク、マナビテサトリヲホ《お》シ。三宝《さむぼう》ヲタノミアフグ事、常《つね》ノ心《こころ》ザシトス。[二二]仙《せん》ヲモトムル志《こころざし》アリテ、[二三]葛木山《かづらきやま》ニスム。[二四]卅余年《さむじふよねん》、窟中《いはやのなか》ニヰテ、藤皮《ふぢのかは》ヲキ給《たまひ》、松葉《まつば》ヲクヒ物《もの》トシテ、[二五]清泉《きよきいづみ》ヲアミテ身心《しんしむ》ノアカヲアラヒ、[二六]孔雀王呪《くじやくわうじゆ》ヲナラヒ行《ぎやう》ジテ、[二七]霊験《れいげむ》ヲアラハシエタリ。或時《あるとき》ニハ[二八]五色《ごしき》ノ雲《くも》ニノリテ仙人《せんにん》ノ城《みやこ》ニカヨフ。

爰《ここ》ニ[二九]外従五位下《ぐゐじうごゐげ》韓国広足《からくにのひろたり》、ハジメハ是《これ》ヲウヤマヒテ師《し》トシキ。後《のち》ニハソノ神《かみ》ノカシコキヲミテ、公家《おほやけ》ニ讒《ざん》シテ、

[三〇]是《これ》ハ世《よ》ヲ狂《タブラ》カスアシキ物《もの》也。[三一]国《くに》ノタメニアシカルベシ。

一八 「役」は氏、「優婆塞」は在家のまま仏門に帰依した男。俗にいう役(えん)の行者。修験道行者の祖とされる。「役」一字はエキの音であるが、キの音はK入声で消えてしまい、エと同じに発音され、「エノ」と音が連結されて、連声を起し、「エンノ」といった。

一九 「モトノ」は「カモノ」、「タ、モノ」は「タカ、モノ」の誤か。俗姓は賀茂の役の公(きみ)、その家系は今の高賀茂の朝臣という氏であるの意。底本「モトノ…タ、モノ」の右に「賀茂役公今ハ高賀茂朝臣ト云或」とある。底本と同筆。

二〇 続紀・文武三年五月の条に「役君小角」とあるが、霊異記には小角の名は見えない。

二一 「千原」は茅原の同音宛字。今の奈良県御所(ごせ)市茅原に吉祥草寺があり、小角の開基と伝える。

二二 仙術会得を求める心が強く。霊異記にない付加記事。仙を求めるのは仏教的でなく、道教的であり、日本古来の山岳信仰と結びついた思想である。

二三 奈良県と大阪府の境にある金剛山地の一峰。修験道の霊場として著名。

二四 底本は修行の期間を三十余年とし、霊異記は「四十余歳を以て」と、行者の年齢とする。

二五 清らかな清水で斎戒沐浴して。霊異記に「清水の泉を沐み、欲界の垢を濯き」とある。

二六 孔雀明王を本尊として行う秘法を孔雀経法とし、その呪文は病を除き息災延命のため盛んに用いられた。

二七 不可思議な験力を示す仙術を身につけることができた。

二八 霊異記「五色の雲に挂(かか)りて、仲虚(なかぞら)の外に飛び、仙宮の賓(まらうど)と携り、億載の庭に遊ぶ」とある。

二九 韓国広足、行者を讒することは、続紀・文武三年五月の記事に依拠。広足、外従五位下を賜わることは、続紀・天平三年正月の条に見える。なお、東大寺切には、韓国(からくに)の連(むらじ)広足とある。

三〇 続紀「讒するに妖惑を以てす、故に遠処に配せらる」とある。妖惑は、人々を煽動しまどわすことで、僧尼令によれば還俗遠島の大罪。底本「タフラ」の「ラ」の字は後筆。

ト申《まうす》。行者《ぎやうじや》[一]諸《もろもろ》ノ鬼神《おにがみ》ヲメシツカヒテ、水《みづ》ヲクマセ、薪《たきぎ》ヲトラシム。是《これ》ニシタガハヌ物《もの》ナシ。アマタノ鬼神ヲメシテ云《いはく》、

[二]葛木山《かづらきのやま》ト金峰山《かねのみたけ》トニ橋《はし》ヲツクリワタセ。[三]我《わが》カヨフミチニセム。

トイフ。諸《もろもろ》ノ神《かみ》ドモ愁《うれひ》テナゲヽドモ、[四]ユルサズ。[五]セタメヲホ《お》スルニ、[六]思《おもひ》ワビテ、「ヒルハ形《かたち》ミニクシ」トテ、

ヨルニカクレテツクリワタサム。

ト云《いひ》テ、ヨル〳〵イソギツクルアヒダ、行者葛木《ぎやうじやかづらき》ノ[七]一言主《ひとことぬし》ノ神《かみ》ヲメシテトラヘテ、

ナニノハヅカシキコトカアラム。形《かたち》ヲカクスベカラズ。[八]スベテハナツクリソ。

トハラタチテ、[九]呪《じゆ》ヲモチテ神《かみ》ヲシバリテ、谷《たに》ノソコニウチヲ《お》キツ。

[一〇]藤原宮《ふぢはらのみや》ニ雨《あめ》ノシタヲヲサメ給《たまふ》ヨニ、[一一]一言主《ひとことぬし》ノ神《かみ》、人《ひと》ニ付《つき》テ云《いはく》、

役優婆塞《えんのうばそく》ハカリコトヲナシテ、[一二]国王《こくわう》ヲカタブケタテマツラムトス。

ト。爰《ここ》ニ公家《おほやけ》オドロキ給《たまひ》テ、使《つかひ》ヲシテトラヘシメ給《たまふ》ニ、ソラニノボリトビテトラヘラレズ。[一三]ソノカハリニ母《はは》ヲトラヘシメ給ヘバ、行者《ぎやうじや》母ニカハラムトテ、[一四]心《こころ》ヅカライデキタリテトラヘラレヌ。[一五]即《すなはち》文武天皇三《もんむてんのうのさむ》

三一「国ノタメニアシカルベシ」は続紀にはない。東大寺切、袖中抄にはある。

一 前田本「行者夜召仕鬼神」、東大寺切「行者よるおに神をめしつかひて」(「よる」は小書補筆)。底本「よる」の脱か。
二 奈良県南部の大峯山のこと。修験道の霊地。
三 霊異記に見えず、東大寺切、袖中抄にある。三宝絵の独自付加記事。
四 「ユルサズ…谷ノソコニウチヲキツ」、霊異記、続紀にない。条末掲示の名僧伝(佚)に拠ったか。東大寺切にはある。
五 労役等を過重に負担させ、責めたてるので。東大寺切「せめおほすれば」。
六 前田本「侘、択削調大巌、度始」、袖中抄「わびて大なる石八(はい)を運て、つくりとゝのへて渡しはじむ」。東大寺切は後半を逸す。
七 延喜式神名帳に大和国葛上郡、葛木坐一言主神社とあり、言霊(ことだま)信仰に基づく託宣の神かという。古事記・雄略の条に、天皇と問答したとある。
八 前田本「凡者」、袖中抄「凡は」、底本は「凡者」を読み誤ったか。「凡」は、おおよそ、並の、ありきたりの意。いい加減には造ってはいけない。
九 本朝神仙伝「一言主神を縛りて潤(にた)の底に置く」。続紀、霊異記にはない。
一〇 以下、霊異記に依拠。藤原京時代の文武天皇の御代に。「雨」は「天」の宛字。→三頁注七。
一一 一言主の神が、ある宮廷人に乗りうつって。
一二 前田本、東大寺切、袖中抄みな「王」なく「国」とする。
一三 前田本「纔」、東大寺切、袖中抄には「わづかに」とある。
一四 自発的に自分の方から出頭してきて捕えられた。「心ヅカラ」は底本独自の語。
一五 伊豆配流の年次は霊異記にはなく、続紀は文武天皇の三年五月丁丑(二十四日)のこととする。
一六 東大寺切「うみのうゑをはしる事、くがをふむがごとし」、前田本「浮海上走如踏陸」、霊異記「海上に浮びて走る

年己亥 五月丁酉日《ねんつちのとゐのさつきのひのととりのひ》、伊豆島《いづのしま》ヘナガシツカハセバ、[一六]海上《かいしやう》ニウカビテハシルガゴトシ。[一七]山《やま》ノ巓《いただき》ニ居《ゐ》テ、飛《とぶ》事鳥《とり》ノゴトシ。ヒルハ公家《おほやけ》ニ恐《かしこまり》テ島《しま》ニヰタレドモ、夜《よる》ハ駿川国《するがのくに》ノ富士峰《ふじのみね》ニユキテヲ《お》コナフ。ネガフ心《こころ》ハタヾ[一八]コノ島《しま》ヲマヌカレテ、オホヤケノニハニシテ罪《つみ》ヲウケフサムトイノル。三年《みとせ》ヲスギテ、[一九]大宝元年辛丑 五月《たいほうぐわんねんかのとうしのさつき》ニメシアグ。漸《やうや》ク御前《おほむまへ》ノ庭《には》ニチカヅキ候程《さぶらふほど》ニ、[二〇]ソラニノボリテトビウセヌ。[二一]月《つき》ニノリ、雲《クモ》ニカクレテ、ウミニウカビテ、ハルカニサリテカヘラズ。

我朝《わがてう》ノ[二二]道照法師《だうせうほふし》勅《おほせこと》ヲ承《うけたまはり》テ、[二三]法《のり》ヲモトメムガタメニモロコシニワタリシ時、[二四]新羅《しんら》ニ[二五]五百虎《ごひやくこ》ノ請《しやう》ヲ受《うけ》テ新羅ニイタレリ。[二六]山内《やまのうち》ニシテ法《ほふ》華経《くゑきやう》ヲ講《かう》ズル庭《には》ニ人《ひと》アリテ、[二七]我国《わがくに》ノ詞《ことば》ニテウタガヒヲアゲタリ。道照《だうせう》和尚《くわしやう》、

タレソ。

トヽヘバ、答云《こたへていはく》、

[二八]我《われ》ハモト日本国《につぽんこく》ニアリシ役優婆塞《えんのうばそく》也。彼国《かのくに》ノ人《ひと》、[二九]神《かみ》ノ心《こころ》モ枉《まが》リ、[三〇]人ノ心モアシカリシカバ、サリニシ也。[三一]今《いま》モ時〱《ときどき》ハカヨヒユク。

トイフ。我国《わがくに》ノ聖《ひじり》也トシリテ、[三二]ソノカヒニ高座《かうざ》ヨリヲ《お》リテヲガミモト

こと陸(がく)を履むが如し」。袖中抄も大同。
一七 普段は高山の頂に居て、一旦飛び立つや空中を天翔ける飛鳥のようであった。霊異記「体は万丈にうずくまり、飛ぶこと翥(ふは)る鳳の如し」とある。
一八 伊豆流罪の刑を許していただいて、帝のいます都近くで服役したいと祈った。
一九 底本、前田本、袖中抄は、赦免を大宝元年五月のこととするが、霊異記、扶桑略記は同年正月のこととする。
二〇 霊異記には「遂に仙となりて天に飛びき」とある。
二一 「月ニノリ…サリテカヘラズ」は、三宝絵諸本、袖中抄にはみなこの記事があるが、続紀、霊異記にはない。三宝絵系の独自記事。
二二 続紀・文武四年(七〇〇)三月の条に道照の没伝がある。六五三年渡唐、玄奘に学び六六〇年頃帰朝。元興寺に住み、法相を我が国に初めて伝えた。
二三 孝徳紀・白雉四年(六五三)五月の条の、遣唐の学問僧・学生の中に「道昭」の名が見える。
二四 「新羅ニ」は前田本、霊異記になく衍か。
二五 霊異記、私聚百因縁集八ノ一には「五百虎」、扶桑略記五所引の役公伝には「五百の賢聖」、今昔物語集十一ノ三には「五百ノ道士」とある。どこかで混同したか。韓国語で「虎」beom と「梵」beom とは同音である。
二六 新羅の山寺で道照が法華経を講じたその説教の場に。
二七 日本語で疑問を提出した。
二八 行者の答の内容、霊異記ではただ「役優婆塞」の一語だけ。「我ハモト日本国ニアリシ」「彼国ノ人…時々ハカヨヒユク」は作者の増補した記事。「彼国」は日本国。
二九 神の心もゆがんで。一言主の神の讒言などを指す。
三〇 人々の心も善くなかったので。韓国広足の讒訴などを指す。
三一 扶桑略記五所引の役公伝に「然りと雖も、本所忘れ難く、三年一度金峰、葛山、富慈峰に詣り住む」とある。
三二 前田本、袖中抄になく、底本独自の句。略注は「間」の意とする。講経終了休憩などの中間時に。

ムルニ、忽《たちまち》ニミヘ《え》ズナリヌ。葛木《かづらき》ノ一言主《ひとことぬし》ノ神《かみ》ハ、此行者《このぎやうじや》ニシバラレ[一]テ、イマニイマダトケズトイヘリ。続日本紀《しよくにほんぎ》、霊異記《りやういき》、居士《こじ》小野仲広《をののなかひろ》[二]ガ撰日本国《せんにつぽんこく》[三]ノ名僧伝《みやうぞうでん》等ニ見《みえ》タリ。

古人《ふるきひと》[四]伝《つたへて》云《いはく》、「役行者《えんのぎやうじや》ミヅカラハ草座《さうざ》[五]ニ乗《のり》テ、母《はは》[六]ヲバ鉢《はち》ニノセテ唐《もろこし》ヘワタリニケリ」トイヘリ。葛木山《かづらきやま》[七]ノ谷《たに》ノ底《そこ》ニハ、常《つね》ニ物《もの》丶呻《ニヨブ》コヘ《ゑ》キコユルヲ、人尋《ひとたづね》イタリテ見レバ、大《おほき》[八]ナル岩《イハ》ヲ大ナル藤《ふぢ》モトヒ縛《しば》レルヲウタガヒテ、ソノ藤ヲキレドモ即《すなはち》又如元《もとのごとく》ニ成《なり》ワタリヌ。又橋《はし》[九]ノレウニセシ石《いし》ハ、削造《けづりつくり》テイマニ峰谷《みねたに》ニオホカリトイヘリ。

(三　行基菩薩《ぎやうぎぼさつ》)

行基菩薩《ぎやうぎぼさつ》[一〇]ハモト薬師寺《やくしじ》ノ僧《そう》也。俗姓《ぞくしやう》ハ高階氏《たかしなのうぢ》[一一]、和泉国大鳥郡《いづみのくにのおほとりのこほり》[一二]ノ人《ひと》也。ワカクテ頭《かしら》ヲソリテ、ハジメテ瑜伽論《ゆがろん》[一三]ヲ誦《ず》ス。即其心《すなはちそのこころ》ヲ明《あきらか》ニサトリヌ。アマネク[一四]諸国《しよこく》ニアソビテ、人ヲシテ法道《のりのみち》ヲシラシメテ、仏《ほとけ》ノ道《みち》ニオモムケテ、仏法《ぶつぽふ》[一五]ヲオコナヒツトメトシテ、行基[一六]スグル所《ところ》ニハ家《いへ》

一 役行者に縛られたまま未だに解かれないでいるという。
二 前田本「野中広」、東大寺切「野中廉」、袖中抄「野仲廉」。今は底本の「小野仲広」に従う。伝未詳。
三 散佚書。
四 以下は霊異記にも続紀にも見えない。あるいは名僧伝に拠ったか。袖中抄の記事は三宝絵の引用。
五 法会の時導師の敷く座具。釈尊成道の時に農夫から受けた吉祥草を金剛座に敷いて坐ったという所伝による。
六 本朝神仙伝には「その母を引きて鉄の鉢に乗せて、海に浮びて去りぬ。舟檝(かぢ)を用ゐず、いづれにゆきしかを知らず」とある。また扶桑略記五所引の役公伝には「母堂自ら鉢に坐し、此の国に渡来す」とある。
七 本朝神仙伝に「一言主神を縛りて澗(たに)の底に置く。今見るに、葛の纏(まつは)るところ七匝(めぐり)なり。万方すれども(あらゆる手だてを尽くしたが)遂に解けず、呻(によ)び吟(なげ)く声、年を歴(ふ)れども絶えず」とある。「呻ぶ」はうめく。
八 大きな岩を、太い藤づるがからみ付いて、ぐるぐる巻きに縛ってある。底本の「モトヒ」は「マトヒ」の訛形か。
九 石橋をかける時材料にした石は、切り出されたまま、今もって峰や谷にたくさん散在しているという。

第三条　条末に典拠、日本国名僧伝と日本霊異記の二書を挙げるが、第一段行基の出自と民衆教化のことは、続日本紀一七・天平勝宝元年の行基没伝と符合する。あるいは名僧伝に殆ど同文で引かれた没伝に拠ったか。鹿油を塗った女を看破する第三段は霊異記・中二十九に、第四段の任大僧正のことと第五段の行基をねたんだ智光の冥界蘇生譚は、霊異記・中七に依拠する。膾(なます)を生魚と化した第二段、婆羅門僧正との歌の贈答の第六段は先行文献に所見なく、佚書の名僧伝に拠ったか。

一〇 続紀の行基没伝に依拠。没伝に、「霊異神験類に触れて多し。時の人、号して行基菩薩と曰ふ」とあり、行基は生前から「菩薩」と尊称をつけてあがめられていた。
一一 前田本「俗姓高志氏」。続紀も同じ。底本の「高階氏」は

ニヲル人ナク、競《きほひ》イデヽヲガミタテマツル。[一七]アシキ道ニイタリテハ橋《はし》ヲツクリ、堤《つつみ》ヲツキテワタシ給《たまふ》。[一八]ヨキ所ヲミ給《たまひ》テハ堂《だう》ヲタテ、寺《てら》ヲツクリ給《たまふ》。[一九]畿内《きだい》ニハ卅九所《さむじふくしよ》、他国《ほかのくに》ニモ甚《はなは》ダヲ《お》ホシ。[二〇]其寺《そのてら》イマニアヒツギテサカユル事、イマニタヘ《え》ズ。

[二一]アマネク雨《あめ》ノシタニアリキ行《ゆき》テ、利益《りやく》セズトイフ所ナシ。フルサトニ帰《かへる》時、或人《あるひとびと》〱池《いけ》ノホトリニアツマリヰテ、魚《うを》ヲトリテクフ所アリ。其前《そのまへ》ヲスグルニ、[二二]イサメル人ドモトラヘトヾメテ、ナマスヲツクリテ、アナガチニスヽメ、シヰ《ひ》テマイ《ゐ》ラス。是《これ》ヲウケテ口《くち》ノウチニイレテ、即《すなはち》ハキイデタルヲミレバ、ミナコト〲クチヰ《ひ》サキ魚トナリテ、又池ニ入《いり》ツ。ミル人オドロキテ、戯《たはぶれ》ノトガヲクユ。[二三]カクノゴトクニアヤシクタエ《へ》ナルコト甚《はなはだ》ヲ《お》ホシ。

[二四]古京元興寺《こきやうぐわんごうじ》ノ村人《むらびと》、大法会《だいほふゑ》ヲマウケテ、行基菩薩《ぎやうぎぼさつ》ヲ請《しやう》ジテ、七日《なぬか》ノ間法《あひだのり》ヲトカシム。男女僧尼《をとこをむなそうに》オホク来《きたり》テ見ルニ、其中《そのなか》ニ、一人《ひとり》ノ女《をむな》ノ[二五]鹿《しし》ノアブラヲ調《ととのへ》テ、聊《いささか》ヒタヒノカミニヒキヌリテ、人《ひと》ニマジリテ[二六]トオ《ほ》クヲリ。[二七]ソノカタハラノ人ダニシラズ。カヽルニ、行基[二八]ハルカニミヤリテ云《いはく》、

誤。
一二 霊異記・中七にも「母は和泉国大鳥郡の人」とあり、大鳥郡は母の本貫で、現在の堺市。
一三 瑜伽師地論の略称。弥勒の作と伝え、唐の玄奘訳は百巻。法相宗の最も重要な所依の論書。
一四 続紀に「都鄙に周遊して衆生を教化す。道俗化を慕ひて追従する者、ややもすれば千を以て数ふ」とある。
一五 人々に法の道を知らしめ、仏道に帰依させ、これを務めとしていた。
一六 続紀「行(ゆく)処和尚来ると聞くときは、巷(ちまた)に居る人なく、争ひ来つて礼拝す」。
一七 続紀「諸の要害の処に於て、橋を造り陂(つつみ)を築かしむ」。
一八 続紀「留止する処には、皆道場を建つ」。
一九 続紀「其の畿内には凡そ四十九処、諸道にも亦往々(ところどころ)にあり」とあり、前田本も四十九所。日本往生極楽記(寛文九年版)は底本と同じく三十九所とする。
二〇 続紀の「弟子相継ぎて皆遺法を守り、今に至りて住持す」に基づく。
二一 以下、続紀、霊異記に見えない。佚書名僧伝に拠ったか。為憲と同時代の人慶滋保胤の日本往生極楽記にはある。
二二 血気にはやった連中が。前田本には「勇メル人等」、日本往生極楽記には「年小放蕩の者相戯れて」とある。
二三 「カクノゴトクニ…甚ヲホシ」、東大寺切にも前田本にも見えず、底本のみの独自記事。
二四 以下、霊異記・中二十九に拠る。日本往生極楽記はこの説話を省略。「古京」は飛鳥京のこと。「元興寺」は平城京に移してからの名で、飛鳥時代は法興寺、飛鳥寺といった。
二五 霊異記は「猪油」、前田本は「鹿油」。共に「ししのあぶら」と読み、獣(けだもの)の油のこと。
二六 「トオク」、霊異記、前田本にない。
二七 「ソノカタハラノ人ダニシラズ」、霊異記にない。前田本には存在する。
二八 「ハルカニ」、霊異記にない。前田本には存在する。

我甚《われはなはだ》クサキモノヲミレバ、カシコナル女《をむな》ノ頭《かしら》ニケダモノヽアブラヲヌリテヲル。

トイヘバ、女大《をむなおほき》ニハヂヲ《お》ソリテ[一]、イデヽサリヌ。[二]ミル人《ひと》ミナアヤシミヲ《お》ドロク。[三]カクノゴトキノアヤシキコト甚《はなはだ》オホシ。[四]天朝《アメノミカド》フカクタウトビ給《たまひ》テ、一向《ひたすら》ニ師《し》トシ給テ、[五]天平十六年冬《てんびやうじふろくねんのふゆ》、ハジメテ大僧正《だいそうじやう》ノ職《しき》ヲサヅケ給《たまふ》、[六]度者四百人《どしやしひやくにん》ヲ給《たまふ》。

[七]于時智光大法師《ときにちくわうだいほふし》ト云僧《いふそう》アリ。[八]サトリトクミテル大《だい》シ也。大僧正名徳《だいそうじやうなとく》タカクヒロクシテ、[九]アマタノ経論《きやうろん》ノ疏《そ》ヲ作伝《つくりつた》ヘ、法《のり》ヲヒロメテ、ヨニタウトミラルヽヲソネミネタミテ云《いは》ク、

[一〇]我《われ》ハ智深《さとりふか》キ大僧《だいそう》也。行基《ぎやうぎ》ハサトリアサキ沙弥《しやみ》也。ナニヽヨリテカ、オホヤケ彼《かれ》ヲバタウトビ、我《われ》ヲバステ給《たまふ》ゾ。

トウラミテ、河内国《かふちのくに》[一一]鋤田《スイタ》寺《でら》ニユキテ籠居《こもりゐ》ヌ。然間《しかるあひだ》、[一二]俄《にはか》ニ病《やまひ》ヲウケテシヌ。[一三]十日《とをか》ト云《いふ》ニ蘇生《そせい》シテ云《いはく》、

[一四]閻羅王《えむらわう》ノ使我《つかひわれ》ヲメシテユクニ、[一五]道《みち》ノマヽニミレバ、[一六]金《こがね》ノ宮殿《きうでん》ヲカザリツクレル所《ところ》アリ。此使《このつかひ》ニ問《とふ》ニ、答《こたへ》テ云《いはく》、「是《これ》ハ行基菩薩《ぎやうぎぼさつ》ノ生《むまれ》給《たまふ》ベキ所也」ト云《いふ》。又ユケバ、[一七]アツキケブリタチオホフ所アリ。

一 「ヲソリテ」、霊異記、前田本にない。
二 「ミル人ミナアヤシミヲドロク」、霊異記にない。東大寺切、前田本には存在する。
三 「カクノゴトキノアヤシキコト甚オホシ」、霊異記にない。前田本、東大寺切には存在する。九三頁注二五以下、行基の天眼を強調するための作者の増補である。
四 「アメノミカド」は広く天皇の汎称ではあるが、本条では特に聖武天皇を指している。続紀の行基没伝には豊桜彦天皇(聖武)が行基を甚だ敬重したとある。
五 霊異記・中七の「天平十六年甲申の冬の十一月に大僧正に任ぜらる」に拠ったもの。続紀は天平十七年正月二十一日のこととする。初例抄はこれを任大僧正の最初とする。
六 続紀の、四百人の得度出家を御許可なさったという記事に基づく。霊異記に該当記事はない。
七 以下、霊異記・中七に拠る。「智光」は河内の人、俗姓は鋤田連。元興寺の智蔵に師事して三論を学び、三論の碩学として奈良時代で最も著述が多い。
八 「サトリ」「トク」それぞれの右に底本「智」「徳」と傍記。本文と同筆。
九 霊異記に「(智光)盂蘭盆・大般若・心般若等の経の疏を製り、諸の学生の為に仏教を読み伝ふ」、前田本にも「(智光)作伝数経疏弘法為世所貴」とある。底本はこれらを行基の業績と誤っている。
一〇 霊異記の「吾は是れ智人、行基は是れ沙弥、何の故にか天皇吾が智を歯(ぜか)へず、唯沙弥を誉めて用ゐたまふ」に基づいてこれに若干手を加えたもの。
一一 霊異記に「釈智光は、河内の国の人、其の安宿(あすかべ)の郡鋤田(すきた)寺の沙門なり」とある。今の大阪府羽曳野市駒谷にあたるという。
一二 霊異記には、痢病にかかり一と月許りで死んだとある。
一三 十日目に生きかえって。以下は智光の蘇生譚。
一四 地獄の王で、死者の生前の罪を裁くとされている。もとYamaというインドの神であったが、中国で道教思想が加わり、地獄の裁判官としてのイメージが定着した。閻

又トヘバ、答云《こたへていはく》、「汝《なむち》ガ生《むまる》ベキ大地獄《だいぢごく》ゾ」トイフ。即《すなはち》イタリ付《つき》タレバ、[一八]クロガネノシモトヲモチテウチ、鉄《くろがね》ノ火《ひ》ノ柱《はしら》ヲイダカシムルニ、[一九]肉《しし》ミダレ、骨《ほね》クダケヌ。[二〇]諸《もろもろ》ノ苦《くるしび》ヲウクル事ハカリナシ。閻羅王ノ云《いは》ク、「汝《なむち》、[二一]豊葦原《とよあしはら》ノ水穂国《みづほのくに》ニアル行基菩薩ヲソシリソネメル罪《つみ》、甚《はなは》ダヲ《お》モシ。[二二]ソレヲカムガヘ給ハムトテ、メシツルナリ」。「[二三]今《いま》ハヰテ返《かへり》ネ」ト仰給《おほせたまひ》テ、[二四]使《つかひ》ヲソヘテカヘシユルシヲ《お》クリツルゾ。

トイヘリ。[二五]即《すなはちそのつみ》其罪ヲアラハサムガタメニ、行基菩薩《ぎやうぎぼさつ》ノ難波《なんば》ニヲ《お》ハシマシテ橋《はし》ヲツクリ、江《え》ヲホリ、船《ふね》ヲワタシ、木《き》ヲウヘ《ゑ》給所《たまふところ》ニ、杖《つゑ》[二六]ニカヽリテ尋《たづね》イタリヌ。行基菩薩暗《そら》[二七]ニソノ心《こころ》ヲシリテ、ホ《ほ》ヲヱミテ云《いはく》、

[二八]ナニヽヨリテカ目《め》ヲミアハスル事カタクオボユル。

トイヘバ、智光《ちくわう》イヨ〳〵ヲ《お》ソリハヂテ、涙《なみだ》ヲナガシテトガヲクユ。又天皇東大寺《てんのうとうだいじ》ヲ作給《つくりたまひ》テ、[二九]供養《くやう》ジ給ハムズルニ、講師《かうじ》ニハ行基菩薩《ぎやうぎぼさつ》ヲ定《さだめ》テ宣旨《せんじ》ヲ給《たまふ》ニ、

[三〇]行基《ぎやうぎ》ハ其事《そのこと》ニタヘズ侍《はべ》リ。外国《とつくに》ヨリ大師《だいし》来給《きたりたまふ》ベシ。ソレナムツカウマツルベキ。

魔とも。

二五 連行されていく道々、前方をみると。

二六 金の宮殿を美しく飾り立てて造ったのがあった。

二七 非常に熱い熱気がたちこめている所があった。霊異記には「火を見ず、日の光に非ずして、甚だ熱き気(け)身に当り、面を炙(あぶ)る」とある。

二八 鉄のむちで打ち。前田本になく底本のみの増補記事。

二九 霊異記の「柱を抱けば、肉皆銷(と)け爛れ、唯骨璅(ほねくさり)のみ存(のこ)れり」に拠る。

三〇 霊異記に、金の宮殿に辿り着くまでの九日間の責め苦を詳述している。

三一 日本国の別称。

三二 その罪の程を考量しようとして。「給ハム」は閻魔王の自分に対する敬語ということになる。ただし、本文の記事は罪の程を考えるよりも罰の実施となっている。霊異記には「其罪を滅ぼさむが為の故に」とある。

三三 閻魔王が智光に、連行の趣旨を述べ、続いて閻魔庁の使者に「智光を連れて帰れ」と指示したことば。

三四 こう言って、使者を同行させ私を娑婆まで送り届けてくれたのである。以上が、智光が弟子に語った冥界譚。

三五 智光は、自分の罪を行基に告白し懺悔しようとして。

三六 「杖ニカカリテ」まで、底本独自の増補記事。

三七 行基は、神通力で暗に智光の来意を察知して。

三八 どういうわけで自分はあなたをまともに見ることができにくいのでしょうね。「おぼゆ」は自分の心の中を言うことばなのでこう解した。霊異記では「何ぞ面(まのあたり)奉(うけたま)はること罕(まれら)なりし」とあり、これだと「どうしてお目にかかることがなかなかできなかったのでしょう」となる。

三九 本条に依拠している今昔物語集十一ノ七は、これを開眼供養とする。開眼供養は天平勝宝四年(七五二)四月九日で、行基は三年も前の天平二十一年(七四九)二月二日にすでに没している。略注は天平二十一年四月一日の供養かとする。

四〇 以下は行基固辞の弁。私はその任に堪えませぬ。外国から講師にふさわしい大師が参りましょう。

ト奏《そう》スレバ、供養《くやう》ゼムトスルホドニ成《なり》テ、摂津国《つのくに》ノ[一]難波《なんば》ノ津《つ》ニ[二]大師《だいし》ノムカヘトテユク。即《すなはち》オホヤケニ申給《まうしたまひ》テ、百僧《ひやくそう》ヲヒキヰタリ。次《ついで》ニ行基《ぎやうぎ》ハ[三]第百《だいひやく》ニアタリ給ヘリ。[四]治部《ちぶ》[五]玄蕃《ぐゑんばん》雅楽司《うたのつかさ》等《ら》ヲ船《ふね》ニノリクハヘテ、音《おむ》楽《がく》ヲ調《トヽノヘ》テユキ向《むかふ》ニ、難波ノ津ニイタリテミレバ、[六]人《ひと》モナシ。行基[七]閼伽《あか》一具《いちぐ》ヲソナヘテ、ソノムカヘニイダシヤル。花《はな》ヲモリ、香《かう》ヲタキテ、潮《しほ》ノ上《うへ》ニウカブ。[八]ミダレチルコトナシ。ハルカニ西《にし》ノ海《うみ》ニウカビ行《ゆき》ヌ。シバラクアリテ、小船《こぶね》ニノリテ[九]波羅門僧正《ばらもんそうじやう》、名《な》ハ菩提《ぼだい》トイフ僧来《そうきた》レリ。閼伽又コノ舟《ふね》ノ前《まへ》ニウカビテ、ミダレズシテ帰来《かへりきた》レリ。菩薩《ぼさつ》ハ南天竺《なむてんぢく》ヨリ、東大寺《とうだいじ》供養ノ日《ひ》ニアハムトテ、南海《なむかい》ヨリ来《きた》レリ。舟ヨリ浜《はま》ニヨセテヲ《お》リテ、タガヒニ手ヲトリ、喜《よろこび》ヱメリ。行基菩薩先《まづ》読歌《うたをよみて》曰《いはく》、

[一〇]霊山《りやうぜん》ノ尺迦《しやか》ノミマヘニ契《ちぎり》テシ真如《しんによ》クチセズアヒミツルカナ

波羅《ばら》門僧正《もんそうじやう》返歌《うたをかへして》曰《いはく》、

[一一]伽毘羅衛《かびらゑ》ニトモニ契《ちぎり》シカヒアリテ文殊《もんじゆ》ノ御皃《みかほ》アヒミツルカナ

トイヒテ、トモニ宮《みや》コニノボリ給《たまひ》ヌ。爰《ここ》ニ知《しり》ヌ、行基《ぎやうぎ》ハ是文殊《これもんじゆ》ナリケリト。天平勝宝元年二月二日《てんぴやうしようぼうぐわんねんにぐわつふつか》ヲハリヌ。時ニ年八十《としはちじふ》也。居士《こじ》[一二]小野仲《をののなか》広撰日本国名僧伝《ひろせんにつぽんこくみやうぞうでん》、幷《ならびに》[一三]僧景誡《そうけいかい》造《つくる》霊異記《りやういき》等《ら》ニ見《みえ》タリ。

一 東大寺切には「難波」を二カ所とも「なは」と書いているので、「なには」ではなく「なんば」と言っていたと判断した。
二 行基が大師を迎えに行った。東大寺切には「大師むかへんとてゆく」。
三 底本「第一日」とある。東大寺切「僧のついで行基はだい百にあたれり」、前田本「僧次、行基当第百」。よって底本の「一日」は「百」の誤、また「僧」を脱するか。僧の並ぶ順が、行基は最後の百番目に当っていたの意。
四 治部省は雅楽・僧尼・山陵及び外交のことを司った。
五 玄蕃寮は寺院僧尼の管理、外国使臣応接のことを掌り、雅楽寮は宮廷用の文武の歌舞音曲とその教育に当った。ここでは外国僧来朝の歓迎奏楽のために出向いた。
六 前田本「無来人」、東大寺切「きたる人もなし」、底本だけ「きたる」を脱す。来朝予定の人は誰も来ていなかった。
七 仏に奉る水を容器に入れて供え、花を盛り香をたき、この一そろいの台を海に浮べて迎えにやった。
八 波に乱れることもなく、きちんと作法通りの位置をくずすことなく西を指して流れていった。つまり仏を迎える儀式である。三宝絵の増補記事。
九 婆羅門出身のインド僧で、名は菩提遷那。天平八年(七三六)五月十八日太宰府着、八月八日摂津国着。大安寺に住し、天平勝宝三年(七五一)任僧正、同四年(七五二)四月の東大寺大仏開眼供養には導師をつとめた。天平宝字四年(七六〇)没。年五十七。伝に弟子修栄撰の南天竺婆羅門僧正碑文がある。
一〇 「霊山」は霊鷲山(りようじゆせん)の略。釈迦説法の地。霊山で、後生に日本で再会しようと堅く約束したことが、朽ちることなく果されて、この地であなたと再会できましたね。この贈答、ともに拾遺集・哀傷に見える。
一一 伽毘羅衛で共に契った甲斐があって、前身文殊菩薩の行基様のお顔を拝することができました。「伽毘羅衛」は釈迦生誕の地、釈迦族の主都。沙石集では行基を文殊菩薩の、婆羅門僧正を普賢菩薩の化身とする。
一二 →九二頁注二。
一三 底本の「景誡」は「景戒」の誤記。→八九頁一二行目。

（四　肥後国《ひごのくにの》シシムラ尼《あま》）

[一四]肥後国八代郡豊服郷《ひごのくにやつしろのこほりとよぶくのさと》、[一五]豊服ノ君《きみ》ガ妻《め》ハラミテ、[一六]宝亀《ほうき》二《に》年辛亥十《ねんかのとゐのじふ》一月十五《いちぐわつじふご》日寅時《にちとらのとき》ニ、一《ひとつ》ノ[一七]肉団《シヽムラ》ヲムメリ。ソノカタチヲミレバ、[一八]明月《めいぐゑつ》ノゴトシ。夫妻《めをうと》ヲ《お》モハク、「コレヨキ事ニハアラジ」ト思《おもひ》テ、[一九]桶《をけ》ニ入《いれ》テ山《やま》ノイハノ中ニカクシヲ《お》キツ。七日《なのか》ヲスゴシテユキテミレバ、[二〇]カヒゴノゴトクニシテヒラケタリ。アヤシキ女子《をむなご》アリ。父母《ちちはは》ヨロコビテトリカヘシテ、乳《ち》ヲフクメテヤシナフ。ヨロヅノ人《ひと》キヽテアマネクアヤシブ。八月《やつき》ヲフルアヒダニ、俄《にはか》ニ大《おほき》ニナリヌ。[二一]身《み》ノタカサ三尺五寸《さむじやくごすん》。七歳《しちさい》ヨリヲ《お》ノヅカラニサトリアリ。物《もの》イフ[二二]事バ妙《たへ》ニシテ、[二三]聡明《そうめい》ナリ。七歳ヨリサキニ法華経八巻《ほふくゑきやうはちくわん》、[二四]花厳経八十巻《くゑごむきやうはちじふくわん》ヲミナソラニヨム。出家《しゆつけ》ノ心《こころ》フカクシテ、カミヲソリ、ノリノ衣《ころも》ヲキテ尼《あま》ト成《なり》ヌ。仏道《ぶつだう》ヲ行《おこなひ》テ人ヲオ《を》シフ。ソノコヱ甚《はなはだ》タウトクシテ、聞《きく》モノナミダヲ《お》トシテアハレブ。其《その》形《かたち》人ニスグレテ、其身《そのみ》女《をむな》ナリトイヘドモ、[二五]カクレタル所《ところ》ハアリテアナヽシ。ワヅカニ尿《ゆばり》ノミチノミアリ。世《よ》ノ人オロカナル物コレヲワラ

第四条　異常出生、俄の長大、特異体形の一女子が聡明で幼時より経をそらんじ尼となる。これを軽んじ悩ました僧二人は急死し、また請ぜられた大安寺の戒明大法師を論破したので、人々は舎利菩薩とあがめて帰依恭敬した。日本霊異記・下十九に依拠。各所に潤色記事が加わっている。

一四　熊本県下益城郡松橋（まつばせ）町豊福。略注には濁って「とよぶく」とよむとあるが、現在は、年配の土地の人は「とよぶく」、若い人は澄んでよむという。

一五　伝未詳。霊異記には「豊服の広公（ひろぎみ）の妻」とある。

一六　七七一年。「寅時」は午前四時頃。

一七　霊異記訓釈に「肉団　シヽムラ良」とある。肉のかたまり。「ムメリ（産メリ）」は後では「ウメリ」とある。

一八　明月のようにまるかった。霊異記「其姿卵の如し」、名博本「そのかたち、あきらかなる月のごとし」とある。

一九　三宝絵諸本は「桶」「をけ」、霊異記訓釈では「筒　乎介」とする。「をけ」は、「を」（つむいだ麻糸）を入れる「け」（ひのきのうす板でつくった器）。

二〇　肉団を包んでいた外殻が破れ開いて。霊異記「肉団の殻（かひご）開きて女子を生めり」とあって、底本の「アヤシキ」は作者の付加。法華験記・下はこれに従い「妙なる女子」とする。「アヤシ」は「美妙」の意。

二一　霊異記は、この次に「頭と頸と成り合ひ、人に異りて頤（おとがひ）なし」と奇型の体形を示すが、三宝絵はこれを省略。

二二　名博本「ことばたへにして」、前田本「詞妙」とあって、底本の「事ハ」は「ことば（言葉）」の宛字表記。

二三　色葉字類抄「聡明〈文章部〉ソウミヤウ〈才智部〉メイ」とあり、才智の意の時はソウメイであった。名博本「ソウミヤウ」と片仮名傍訓を付すが後筆である。

二四　唐の実叉難陀訳の八十巻本の華厳経。八十華厳とも。

二五　霊異記には「閪（くぼ）無くして嫁ぐことなく、唯尿（ゆまり）を出すあなあり」とあり、女陰はあるが膣はなく、僅かに尿道口だけはあったの意。

ヒテ、ナヅケテ猿聖《さるひじり》トイフ。此国《このくに》ノ国分寺僧《こくぶんじのそう》、幷《ならびに》豊前国《ぶぜんのくに》、宇佐大神《うさのだいじん》宮《ぐう》ノ僧二人《ふたり》、コノ尼《あま》ヲミテニクミテ云《いは》ク、

汝《なむぢ》ハコレ外道《ぐゑだう》ナリ。

トイヒテ、ワラヒソシリ、ナヤマシレウズル時ニ、アヤシキ人《ひと》ソラヨリ来《きたり》テ、手《て》ヲモテ二人《ふたり》ノ僧《そう》ヲ爴《ツカム》。僧《そう》イクバクナラズシテトモニ死《し》ヌ。其後《そののち》、宝亀《ほうき》八年《はちねん》ノホド、肥前国《ひぜんのくに》佐賀郡《さがのこほり》ノ大領《だいりやう》、佐賀君《さがのきみ》トイフ人《ひと》、阿《あ》含会《ごむゑ》ヲマウケテ、大安寺《だいあんじ》ノ僧《そう》、戒明大法師《かいみやうだいほふし》、筑紫国《つくしのくに》ノ師《し》ニテアルヲ請《しやう》ジテ、八十巻《はちじふくわん》ノ花厳経《くゑごむきやう》ヲ講《かう》ズルニ、此尼《このあま》日《ひ》ゝ《び》ニ来《きたり》テ、座《ざ》ヲカヽズ、衆《しう》ノ中ニアリテ聴聞《ちやうもん》ヲス。講師《かうじ》此尼ヲミテ詈恥《のりはづか》シメテ云《いはく》、

ナニスル尼《あま》ゾ。ミダリガハシク衆中《しうのなか》ニマジリヰル。

トイヘバ、尼答《あまこたへ》テ云《いは》ク、

仏《ほとけ》ハ大悲《だいひ》ノ心深《こころふか》ク、教《をしへ》ハ平等《びやうどう》ノ法《のり》也。一切衆生《いつさいしゆじやう》ノタメニ、イマ聖《しやう》教《げう》ヲヒロメ給《たまふ》。ナニノユヘ《ゑ》ニテカ我《われ》シモセイシ給《たまふ》。抑説給経《そもそもときたまふきやう》ノ文《もん》ニツイテ、スコブルウタガヒアリ。スベカラク、アナガチオボツカナサヲアキラメム。

ト云《いひ》テ、花厳経《くゑごむきやう》ノ偈《げ》ヲイダシテ問《と》フ。講師《かうじ》ヨクコタフルニタラズ。此《この》

一「聖」と敬ったが身体の奇型を揶揄軽蔑して「猿」を冠したもの。えせひじり。
二 肥後国の国分寺址は、熊本市出水(いずみ)にある。
三 前田本「宇佐大神宮寺」、名博本「宇佐の大神寺」。今の大分県宇佐市の宇佐八幡宮の神宮寺の僧。
四 彼の尼の信望あるのをねたみ、奇型の体形などを侮蔑した罵倒の言葉。「外道」は本来は異端者、邪説を説く者の意。
五 悩まし凌ずる。悩まし、いじめた時に。
六 霊異記「神人」とす。神通力をもった仏教守護神。
七 霊異記には「桙(ほこ)」を以て僧を棠(つ)かんとす」とある。
八 前田本「宝亀七年」、名博本、霊異記には「七、八年」。
九「大領」は郡司の長官。霊異記には「佐賀君児公(こきみ)」とある。名博本の本文補入傍記「児ミ」は「キ」の脱か。
一〇 諸本みな「安居会(あんごゑ)」。安居会は修行者たちが一定期間一カ所に集団生活し、外出せず修行に専念する行事。
一一 日本高僧伝要文抄三に伝がある。大安寺の慶俊に師事し華厳経の奥旨を究め、宝亀の末入唐、帰りて大安寺の南塔院に住む。延暦年中入滅。
一二 筑紫の国の国分寺の国師在任中の戒明を招いて。国師は任国内の僧尼を統領し、仏事法務に当り、経論を講じた。
一三 色葉字類抄「聴聞　チヤウモン」。名博本「きく」。
一四 仏は衆生を救う慈悲の心が深く、普く一切衆生のために平等の教えを広めなさる。講師の差別に対して、これを指摘し詰問することばの最初に据えたもの。
一五「抑…オボツカナサヲアキラメム」、作者の付加記事。
一六「スコブル」は「甚多」の意と「少し」の意とあるが、ここは「少し」の意。「すこぶる」「すべからく」は漢文訓読語。女の言葉ではないことに注意。名博本にはない語。
一七「偈」は教理を詩句の形で説いたもの。尼が華厳経中の偈を提示して質問したが、講師は解答不可能であった。
一八 経中の文言。
一九 名博本「こたふる事たへなり」、前田本「答此妙也」、霊異記「不屈」とあるから、「臆することがない」の意であろう。
二〇「其時ニ…タウトビテ」、作者の付加記事。

座《ざ》ニアル諸《もろもろ》ノ智徳《ちとく》名僧《みやうぞう》ヲドロキアヤシミテ、各《おのおの》文《もん》[一八]ヲ出《いだし》テ問心《とひこころ》ミルニ、尼《あま》ヨク一ゝ《いちいち》ニ是《これ》ヲコタヘテハヾ[一九]カルコトナシ。[二〇]其時《そのとき》ニ衆中《しうのなか》ニウヤマヒタウトビテ、[二一]聖《ひじり》ノ跡《あと》ヲタレ給ヘルナリケリトサダメツ。[二二]名《な》ヲバ舎利菩《しやりぼ》薩《さつ》ト申《まうす》。道俗《だうぞく》コト〲クナビキ、帰依《きえ》恭敬《くぎやう》ズ。コレヲ教主《けうしゆ》トシテ、皆《みな》ソノ教《をしへ》ニ随《したがひ》キ。昔仏在世《むかしほとけざいせ》ノ時、舎衛国《しやゑこく》ノ須達長者《すだつちやうじや》ノ娘《むすめ》、[二三]蘇曼《そまん》トイヒシガ生《むめ》リシ卵子《カイゴ》十枚《じふまい》ハ男子《なんじ》十人《じふにん》ト成《なり》テ、皆羅漢果《らかんくわ》ヲエタリ。[二四]伽毗羅城《かびらじやう》ノ長者《ちやうじや》ノ妻《め》ハラミテ一《ひとつ》ノ肉団《ししむら》ヲウメリシ、七日《なのか》ヲヘテ肉団ヒラケテ百《ひやく》人《にん》ノ童子《どうじ》アリテ、一時《いちじ》ニ出家《しゆつけ》シテ、百人ナガラトモニ羅漢ノ果ヲエタリ。[二五]我朝《わがてう》ニモ生《むまれ》タリケル肉団ヲ、古《いにしへ》ニナズラヘツベシト、霊異記《りやういき》ニミヘ《え》タリ。

（五　衣縫伴造義通《きぬぬひのとものみやつこよしみち》）

昔《むかし》、[二六]小墾田宮《ヲハリタノみや》ニ雨《あめ》ノシタヲサメ給《たまひ》シ帝《みかど》ノ御代《みよ》ニ、[二七]衣縫伴造義通《きぬぬひのとものミヤツコよしみち》ト云《いふ》モノアリキ。忽《たちまち》ニヲ《お》モキ病《やまひ》ヲ[二八]ウケテ、二《ふたつ》ノ耳《みみ》トモニ[二九]シヒ、悪瘡《あしきかさみ》身[三〇]ニイデヽ、トシヲヘテイエズ。コヽニミヅカラオモハク、「是《これ》ハ昔《むかし》ノ

二一　この尼は、仏が人間に姿を変えてこの世に現われた聖だという結論に落着いた。
二二　霊異記に「更に名を立てて舎利菩薩と号す」とあり、「猿聖」を改めて新たに「舎利菩薩」と申すことにした。智恵第一の舎利弗にちなみ、智恵の勝れていることを称えた称。
二三　蘇曼十子の話、賢愚経十三に拠る。「須達長者」は祇園精舎を寄進したといわれる大長者。「羅漢果」は、小乗仏教の修行の最高位に達した者。「カイゴ」の歴史的仮名遣は「カヒゴ」。
二四　この話は、撰集百縁経七に見える。「伽毗羅城」は現在のネパールのタラーイ地方。↓九六頁注一一。
二五　霊異記・下十九の条末に「我が聖朝の、弾圧せらるる(爪はじきするだけで押しつぶせる程の小さな)土(くに)に、是の善類(善き仲間)有り。斯れも亦奇異(すく)しき事なり」とあるのをふまえたもの。

第五条　出典は日本霊異記・上八。聖徳太子伝玉林抄二十に本書の引用がある。重病で両耳の聴力を失った伴造義通が、義禅師を招請して至心に方広経を読誦せしめた功徳によって、聴力を回復した現報譚。
二六　「小墾田宮」は推古天皇の宮。推古十一年(六〇三)に遷都。奈良県高市郡飛鳥の地であるが詳しくは不明。底本「小墾田」に「ヲハリタノ」と傍記する。底本と同筆。名博本は「ハハンた」と仮名付けをするが意味不明。
二七　底本「継伴造」、同筆にて右に「ケイトモツクリ」、左に「ミヤツコ」とあり、「継」の上に「衣ィ」を補うが、人名であること明らかなので、名博本、霊異記の「衣縫伴造義通」に従い、「継」は「縫」の誤とし、訓は「ミヤツコ」のみ採用した。なお、名博本には「コロモヌヒノトモツクリキトウ」と仮名付けをしているが不採用。
二八　霊異記並びに三宝絵諸本は皆「重き病を得て」とある。底本「ウケ」の右に「エ」とある。同筆。
二九　霊異記「聾」。両耳ともに聞えなくなり。
三〇　名博本「身にあまねし」。悪質のできものが全身に出て。

ムクヒニヨリテ所招病《まねくところのやまひ》也。[一]コノヨノ事ニハアラジ」ト思《おもひ》テ、「ナガイキシテ人《ひと》ニニクマレムヨリハ、シカジ、功徳《くどく》ヲツクリテハヤクシナムニハ」ト思《おもひ》テ、寺《てら》[二]ニマウデヽ、庭《には》ヲハラヒ、堂《だう》ヲカザリテ、義禅師《ぎぜんじ》[三]ヲ請《しやう》ジテ経《きやう》[四]ヲヨマセテイノリテ、香水《かうずい》[五]ヲノミ、身《み》ヲキヨメテ、ツヽシ[六]ミノ心《こころ》ヲイタシテ方等経《はうどうぎやう》[七]ヲヨマシム。爰《ここ》ニ義通《よしみち》、禅師《ぜんじ》ニ申《まうし》テ云《いはく》、

今我片耳《いまわがかたみみ》ニ一人《ひとり》ノ菩薩《ぼさつ》ノ御名《みな》キコユ。タヾ願《ねがはく》ハ大徳《だいとく》、後世《ごせ》[八]ヲ引導《いんだう》シ給へ。

ト云《いふ》。

此《これ》[九]ヲ聞《きき》テ弥《いよいよ》ネムゴロニ、此経《このきやう》[一〇]ノ仏菩薩《ぶつぼさつ》ノ御名《みな》ヲヽガミタテマツレバ、片耳心《かたみみこころ》ヨクキコユル[一一]。義通大《よしみちおほき》ニ悦《よろこび》テ、禅師《ぜんじ》ヲマス〳〵カサネテヲガミタテマツルニ、二《ふたつ》ノ耳トモニアキヌ。遠近聞者《とほくちかくきくもの》、ヲ《お》ドロキタウトガルコトカギリナシ。人信心《ひとしんじむ》[一二]フカケレバ、法力《ほふりき》ムナシカラズ。霊異記《りやういき》ニ見《みえ》タリ。

（六　播磨国漁翁《はりまのくにのぎよおう》）

一　現世においてなした悪因による報いではあるまい。
二　「寺ニマウデヽ」は三宝絵諸本、霊異記になく、底本の独自記事。
三　名博本、太子伝玉林抄は「天義禅師」。底本、前田本、霊異記は「義禅師」、これは僧名の一字を採ったいい方か。天義は伝未詳。
四　三宝絵諸本、霊異記になく、底本の独自記事。
五　名博本「かうずいをあみて」、前田本「浴香水」、太子伝玉林抄「香水を沐し」とあり、底本の「ノミ」は誤か。「香水」は丁子香等を煮出した汁で、身を清めるのに用いた。
六　名博本には「信心をいたして」とある。真心をこめた信仰心で。
七　諸本、霊異記には「方広経」とあるが、どちらも同じ。大乗経典の総称で、広大にして深奥な義を説く経典の意。
八　名博本には「のちのよをみちびかむとおもへ」とある。
九　前田本「禅師聞此」、名博本「ぜじこれをきゝて」、太子伝玉林抄「禅師聞此」。底本のみ「禅師」を欠く。
一〇　「此経ノ仏菩薩ノ御名ヲ」は他本になく、底本の増補か。
一一　「キコユル」は連体止め。
一二　霊異記に「是に知る、感応の道、諒(まこと)に虚(むな)しからぬことを」とある。名博本には「人のこゝろまことにふかければ、のりのちからもむなしからぬ事をしりぬ」とあり、三宝絵は特に「法力」を強調した表現。

第六条　出典は日本霊異記・上十一。多年漁業をなりわいとしていた翁が、俄に桑畠の中で地獄の業火に迫められたが、元興寺の僧慈応大徳を請じ、加持の法力によって焼死をまぬがれた現報譚。本朝高僧伝七十五・慈応伝に引用。
一三　吉田東伍の大日本地名辞書は兵庫県飾磨郡御国野村にある国分寺(姫路市の東、御着(ごちゃく)付近)とする。
一四　底本を除く諸本、霊異記みな「濃於寺」。底本「ノサウテラ」の右に「濃乃於寺ィ」と傍記する。本条の終りの方では「ノウサ寺」とする。「濃於」は、「野」の語尾音を延べ、二字で記したもの。

[一三]播磨国餝磨郡《はりまのくにシカマのこほり》[一四]ノサウテラニ、[一五]京《きやう》ノ元興寺《ぐわんごうじ》ノ僧[一六]慈応大徳《そうじおうだいとく》、[一七]檀越《だんをつ》ノ[一八]請《しやう》ゼラレテ、[一九]安居《あんご》ノアヒダヰタリ。即《すなはち》法華経《ほふくゑきやう》ヲ講《かう》ズ。其寺《そのてら》ノホトリニ[二〇]漁翁《すなどるおきな》アリ。ワカクヨリ老《おい》ニ及《およぶ》マデ、魚《うを》トルヲ事トシテ、[二一]又コト事ナシ。而《しかる》ニ、俄《にはか》ニ[二二]家《いへ》ノカキ中桑《うちくは》ノ中《なか》ニ[二三]ハヒマロビテ、コヱヲアゲテヨバヒナキテ云《いはく》、

[二四]アツキ炎《ほのほ》キタリテワガ身《み》ヲヤキセム。我《われ》ヲタスケヨ。

トサケブ。[二五]ヨロヅノ人《ひと》アツマリテ、是《これ》ヲタスケムトテヨリイタレバ、又叫《さけび》テ云《いは》ク、

[二六]我《われ》ニチカヅクコトナカレ。ヨリ来《きた》ラバ又ヤケナム。

ト云《いふ》。[二七]シタシキトモガラ[二八]寺《てら》ニハシリ参《まゐり》テ、[二九]行者《ぎやうじや》ヲ請《しやう》ジテヰテ来《きたり》テ加持《かち》セシムルニ、[三〇]ヤヽ久《ひさしく》アリテ、ヤキセムル事ヲマヌカレヌ。ソノキタルキヌ、ハカマ、ミナ[三一]コト〱クニヤケコガレタリ。オキナヲ《お》ソレオノヽキテ、ノウサ寺ニマウデヽ、[三二]大衆《だいしゆ》ノ中ニシテツミヲハヂクヒ《い》、心《こころ》ヲアラタメテ[三三]キヌヲヌギテ読経《どきやう》ス。漁《すなどり》スル事ヲセズナリニキ。霊異記《りやういき》ニ見《みえ》タリ。

一五 飛鳥京の本元興寺。現在の安居院。飛鳥寺とも。
一六 伝未詳。「大徳」は徳の高い僧に対する敬称。
一七 寺や僧に寄進をする後援者、施主。後の檀家。
一八 前田本「得檀越請」、名博本「檀越の請をえて」。底本は「ニ請ゼラレテ」と「ノ請ヲ得テ」の混態か。招きを受けて。
一九 陰暦四月十六日から七月十五日までの三カ月、僧たちが一定の場所に集って修行に専念すること。
二〇 名博本「すなどるおきな」。漁業を生業とする老人。
二一 「又コト事ナシ」は他本になく、底本の独自記事。もっぱらその事に従事した。
二二 家の敷地内の桑畠の中に。霊異記「家内桑林の中」。
二三 這いころがって。前田本「臥転」、霊異記「匍匐」、名博本「ふしまろびて」。
二四 霊異記「炎火身に迫る」。「我ヲタスケヨ」は霊異記にはない。名博本も「あつきほのほ身をせむ」。
二五 霊異記には「親属」とある。名博本「人あつまりて」。「ヨロヅノ」は底本の独自記事。
二六 俺に近寄るな、近寄るとみんなもまた焼け死んでしまうぞ。
二七 親しい仲間たちが。
二八 夏安居を修している濃於寺に駆けこんで。
二九 仏道修行者(ここでは慈応大徳)に懇請して現地に連れてきて祈禱をしてもらうと。
三〇 類聚名義抄「経久 ヤヽビサシ」。少したってから。
三一 「コト〱クニ」は底本のみの独自記事。
三二 安居会に参会していた多くの僧の中で罪を懺悔して。
三三 諸本「衣を脱ぎて誦経」とあり、霊異記も「衣服等を施して経を誦せしむ」とある。衣服を脱いでこれを布施とし、経を読んでもらった。

（七　義覚法師《ぎかくほふし》）

[一]義覚法師《ぎかくほふし》トイヒケル僧《そう》ハ、モト百済国《はくさいこく》ノ人《ひと》也。[二]彼国《かのくに》ノヤブレシ時、我朝《わがてう》、[三]後《のち》ノ岡本《をかもと》ノ宮《みや》ノ、雨《あめ》ノシタオ《を》サメ給《たまひ》シ帝《みかど》ノ代《よ》ニ、渡《わたり》キタレリシ也。[四]難波《なんば》ノクダラ寺《でら》ニスム。身《み》ノタケ七尺《しちしやく》。弘《ひろ》ク仏《ほとけ》ノヲシヘヲマナビテ、[五]般若心経《はんにやしむぎやう》ヲ誦《ず》ス。同寺《おなじてら》ノ住僧《ぢうそう》恵義《ゑぎ》[六]トイフ、夜中《よなか》ニ一人出《ひとりいで》テ、義覚ガ家《いへ》ノ内《うち》ヲミ入《いる》レバ、アキラカナル光《ひかり》テリカヽヤケリ。ヨリイタリテ、[七]マドノ上《うへ》ヨリイタリテ見レバ、義覚法師ノ、オキヰテ経《きやう》ヲ誦スルニ、口《くち》ヨリ出《いづ》ル光《ひかり》ナリケリ。恵義オドロキ敬《うやまひ》テ、アクル朝《あした》ニ人〳〵《ひとびと》ニ告《つげ》テ、[八]アヤシビタウトビテ、義覚[九]ヒジリミヅカラ弟子《でし》ニカタリテ云《いはく》、我一夜《われひとよ》ニ心経《しむぎやう》ヲ誦《ず》スル事、百反許《ひやくぺんばかり》也。後《のち》ニ身《み》ヅカラ目《め》ヲアケテ家《いへ》ノ中《うち》ヲ見レバ、四面《しめん》[一〇]ノ壁通《かべとほり》テ庭《には》ノウチアラハニミユ。我《われ》モ又アヤシビテ家ヲイデヽ、寺《てら》ノウチニメグリユキテ、カヘリ来《きたり》テ室《むろ》ヲミレバ、カベモ[一一]トボソモミナトヂタリ。[一二]彼《かれ》又心経ヲ誦スレバ、アケ徹《とほる》事サキノゴトシ。[一三]コレハ般若心経《はんにやしむぎやう》ノ不思議《ふしぎ》也。

第七条　出典は日本霊異記・上十四。百済の亡命僧義覚は般若心経読誦の功が積って、口より光を発し室の壁が開き通って、屋外の庭があらわに見えるに至った。般若心経の霊異譚。

一 百済の滅亡時(六六〇)に日本に亡命した僧。元亨釈書九に伝があるがこの記事を採ったもの。

二 百済は、斉明天皇の六年(六六〇)、唐、新羅の連合軍に敗れ、その後、主権回復の戦が続いたが、天智二年(六六三)、白村江の戦に敗れて、百済王以下多数が日本に亡命した。

三 斉明天皇は重祚し、六五六年飛鳥の岡本に新宮殿を造営。

四 四天王寺の東の、旧生野村舎利寺が、その趾であろうという(大日本地名辞書)。百済王氏の氏寺。

五 詳しくは般若波羅蜜多心経。大般若経の要諦を略述したもので、数種の訳本がある。二六二字の玄奘訳が多く行われているが、玄奘の死(六六四)と白村江の戦とはほとんど同年なので、ここは玄奘訳でない方が穏当か。

六 伝未詳。

七 底本のままでは、近付いて窓の上からのぞきこんでみると、の意となる。霊異記には「牖(まど)の紙を穿ちて窺ひ看れば」とある。前田本、山田校本も霊異記に大同。

八 山田校本「あやしびうやまふ」、前田本「悚敬」。「アヤシビタウトビテ」に対応する記事は、霊異記にはない。

九 「義覚ヒジリ」の「ヒジリ」も「ミヅカラ」も、山田校本、前田本、霊異記になく、底本のみの独自記事。

一〇 部屋の四周の壁を透視して。

一一 戸。とびら。

一二 前田本「後又誦経」、名博本「のちに又心経をずすれば」、霊異記「後に心経を誦すれば」とあって、底本の「彼又」は「後又」の誤写か。

一三 これは般若心経の霊妙不可思議な力の致す所である。

第八条　出典は日本霊異記・下十四。浮浪人取締りの長が、千手経の呪を誦持する優婆塞を縛り、殴打し、就労を強制しようとしたが、忽ち乗馬のまま空中に宙吊りとなり、

トイヘリ。霊異記《りやういき》ニミヘ《え》タリ。

（八　小野朝臣麿《をののあそむまろ》）

[一四]越前国加賀郡《ゑつぜんのくにかがのこほり》ニ、[一五]浪人《うかれびと》ノ事ヲ[一六]執行長《トリヲコナフヲサ》アリ。[一七]外国《ほかのくに》ヨリ来《きた》レル人《ひと》アレバ、其名《そのな》ヲタヅネ注《しる》シテ、[一八]雑役《ざふやく》ニオホセテ、カリツカヒ、[一九]テウ庸《よう》ヲ附《つけ》徴《はたる》。ソノ時ニ、[二〇]京《きやう》ノ人小野朝臣麿《をののあそむまろ》[二一]トイフ人、[二二]優婆塞《うばそく》ト成《なり》テ、ツネニ[二三]千《せん》手《じゆ》ノ呪《じゆ》ヲ[二四]誦持《じゆぢ》ス。此郡《このこほり》ニメグリ来《きたり》テ、山《やまやま》ゝヲフミトヲ《ほ》リアリクニ、[二五]神《じん》護景雲三年歳次《ごけいうんさむねんさいじ》己酉春《つちのとといのはる》、三月廿六日《さむぐわつにじふろくにち》ノ午時《むまのとき》ニ、其郡ノ[二六]御馬河《みまがは》ノモトニシテ、[二七]彼長行者《かのをさぎやうじや》ニアヒテ問《とふ》、

汝《なむぢ》ハ何人《なにびと》ゾ。

答《こた》フ、

[二八]我《われ》ハ修行者《しゆぎやうじや》也。世《よ》ニフル人《ひと》ニモアラズ。

ト答《こた》フ。長《をさ》イカリテ、

[二九]汝《なむぢ》ガカタチハ猶俗《なほぞく》也。トナリノ国《くに》ヨリウカレテ此《この》国ニ来《きた》レリ。何《なん》ゾ[三〇]公務《こうむ》ニテ行《おこなひ》シニハシタガハズシテ、調庸《てうよう》ヲモワキマヘヌゾ。

一日一夜を経て墜落死する。千手経の法力に基づく現報譚。

一四 加賀郡が越前の国から分割されて加賀国となったのは、弘仁十四年(八二三)二月(類聚三代格)。本条は分割以前の話。現在の石川県河北郡に該当。

一五 本籍地を離れて他国に流浪している者。底本「浪」の右に「ラウ」と仮名があるが、別筆なる故、不採用。霊異記訓釈に「浮浪　宇加礼比止」、名博本「うかれ人」とある。底本の左傍記「マドヒ人也」は別筆の語義注記。

一六 浮浪人を取り締る役人の長。名博本「とりおこなふをさ」。底本の「トリヲコナフヲサ」は本文と同筆。「ヲコナフ」の歴史的仮名遣は「オコナフ」。

一七 管轄以外の他の諸国。

一八 規定の「庸」以外の臨時の労役に使役すること。名博本「ざふやくにかりつかふ」。

一九 調はその土地の産物による税、庸は労力をもって服役すること。底本「テウ」の右に「調」とあるのは本文と同筆。名博本「つけはたる」。「徴(はた)(る)」は税を責めて取り立てる。

二〇 霊異記には「京戸」(京に戸籍のある人)とある。

二一 霊異記、名博本には「庭麿」とある。前田本も「庭丸」。底本は「庭」を脱したか。

二二 仏門に入った在家の男子。

二三 千手千眼観世音菩薩大悲心陀羅尼などに含まれる観音の功徳を説いた陀羅尼。千手の陀羅尼、大悲呪とも。

二四 名博本には「ずしたもてり」とある。「誦持」は常に呪文を唱え、仏の教えを守り続けること。

二五 称徳天皇の御代の年号。七六九年。

二六 現在の金沢市三馬町。底本の「モト」は「さと」(里)の誤写か。前田本、名博本「里」とある。

二七 ここでは優婆塞小野庭麿をさす。

二八 霊異記「俗人に非(あ)(ら)ぬなり」。

二九 お前のなりふりはやはり俗人だ。隣の国から浮浪してこの国に来たのだ。「トナリノ国カラ」は底本の独自記事。

三〇 どうして公務を執行するのに従わないで。霊異記には霊異記には「汝は浮浪人なり」とあるだけ。

[一]トセタメテ、シバリウチテ、ヲ《お》ヒツカフ。コノ時ニ修行者《しゆぎやうじや》ノ云《いは》ク、キヌノシラミハ頭《かしら》ニノボレバ黒《くろ》クナル。[二]頭ノ蟣《しらみ》モ衣《きぬ》ニクダレバ白《しろ》クナリヌ。[三]虫《むし》モスミカニシタガヒテ其色《そのいろ》ヲアラハセバ、法《のり》モツ所《ところ》ニシタガヒテソノカタチヲアラハスベキ物《もの》也。[四]我頂《わがいただき》ニ多羅尼《だらに》ヲイタダキ、背《せ》ニ千手経《せんじゆきやう》ヲヲ《お》ヒタテマツレリ。[五]此《この》法ノ力《ちから》ニヨリテ、他《ほか》ノワザハヒニハアハジトタノミツルニ、ナニノユヘ《ゑ》ニヨリテカ、大乗《だいじよう》ヲタモテル我身《わがみ》ノ[六]罪《つみ》モナク、アヤマチモナキニ、ウチシバリ[七]レウゼラレテ、大《おほき》ナルハヂヲバ見セ給《たまふ》。

トイヒテ、

[八]モシ多羅尼《だらに》マコトニシルシイマセバ、忽《たちまち》ニ其験《そのしるし》ヲシメセ。

ト云《いひ》テ、[九]縄《なは》ヲモチテソノ千手経《せんじゆきやう》[一〇]ニカケテステヽサリヌ。[一一]此所《このところ》ニ長《をさ》ノ家《いへ》トアヒサレルコト一里《いちり》バカリ也。長《をさ》ヲ《お》ノガ家《いへ》ニカヘリテ、門《かど》ノマヘニシテ馬《むま》ヨリヲ《お》ルヽニ、ツヨクツキテヲ《お》リラレズ。即《すなはち》[一二]馬ニノリナガラソラニトビユク。行者《ぎやうじや》ノウチシバラレシ所《ところ》ニイタリテ、空《そら》ノ中ニカ[一三]ヽリトヾマリテ、一日一夜《いちにちいちや》ヲスグスマデオチズ。アクル日《ひ》ノ午時《むまどき》ニナリテ、[一四]昨日《きのふ》行者ノウタレシ時刻《とき》ニ

なく、名博本には「いかでかおほやけのおこなふにしたがはずして」とある。

一 前田本「責」、名博本「せめて」。責めたての意。
二 柀斎攷証に文選の李善注にいうとして、「抱朴子に曰く、今、頭の虱、身に著けば皆稍く変じて白く、身の虱、頭に処れば皆漸く化して黒し」とあるが、現存抱朴子にはない。
三 「虫モ…ソノカタチヲアラハスベキ物也」は霊異記になし。なお「カタチ」は名博本「ちから」、前田本「力」。「力(ちから)」の誤写か。虫でも環境や状況に応じて変化を示すが、まして仏法は、信奉する仏や経典に従って、それぞれの法力を発揮すべきものであるの意。
四 私は在俗の者ですが、頂には多羅尼を奉持し、背には千手経を背負っている修行者であります。
五 この千手経のあらたかなる法力によって、他からの災厄に遭遇することはないようにと頼みにしておりましたのに。
六 何の罪とがも過ちもないのに。作者の増補記事。
七 「レウゼラレテ、大ナル」は他本にない。「凌ズ」は恥かしめる、いやしめる。「ラレ」は下の「給」と同じく、経に対する敬語である。
八 もしも千手多羅尼が本当に効験のましますものならば、すぐにもその霊験をお示し下さい。
九 庭麿は、縄でその千手経を縛り、これを路上に棄ててその場を立ち去った。前田本には「以縄懸千手経於木枝去」、霊異記には、「縄を以て千手経に繫けて、地より引きて去れり」とある。
一〇 底本「ヲ」を「ニ」に訂し、さらに右に「ニ」と書く。底本と同筆と認める。
一一 名博本「このところとをさのいへと」とあり、底本の「此所ニ」は、「此所ト」の誤記か。
一二 長は馬に乗ったまま空に舞い上り、行者が迫害された現場まで空中を飛行してもどってきて。
一三 底本「カヽリ」の「ヽ」と「リ」の間の一字を墨で塗り消す。
一四 「昨日行者ノウタレシ時刻ニ及テ」は霊異記にない。

及《およ》テ、空ヨリヲ《お》チテシヌ。其骨《そのほね》ノクダケタル事、[一五]算《さん》ヲ袋《ふくろ》ニ入《いれ》タルガゴトシ。諸《もろもろ》ノ人《ひと》是《これ》ヲミテ、[一六]ヲ《お》ソリヌ物《もの》ナシ。霊異記《りやういき》ニミヘ《え》タリ。

（九　山城国《やましろのくにの》　囲《ゐ》碁《ごの》沙弥《しやみ》）

[一七]昔《むかし》山城国《やましろのくに》ニ一人《ひとり》ノ[一八]沙弥《しやみ》アリ。俗《ぞく》ト共《とも》ニ[一九]囲碁《ゐご》ヲウツホドニ、[二〇]乞者来《こつじやきたり》テ[二一]法華経一品《ほふくゑきやういつぽむ》ヲヨミテ、食《じき》ヲコフ。沙弥是《これ》ヲキヽテ、カロミワラヒソシル。[二二]コトサラニ口《くち》ヲユガメ、[二三]音《こゑ》ヲナマラカシテマネミ読《よむ》。俗《ぞく》是ヲキヽ、テ[二四]ゴヲウツコトバニハ、

穴恐《あなおそろシ》ヽヽ。

ト云《いふ》。俗《ぞく》ハタビゴトニ勝《か》ツ。沙弥《しやみ》ハ毎度《たびごと》ニ負《ま》ク。即乍居口《すなはちゐながらくち》ユガミヌ。[二五]医師《くすし》ヲヨビテ薬《くすり》ヲモチテツクロヘド、ツヒニナヲ《ほ》ラズ。[二六]法華経《ほふくゑきやう》ニ云《いはく》、

モシカロミワラフ物《もの》アラバ、当世《まさによ》ヽ《よ》ニ牙歯《げし》疎《まばら》ニ欠醜《カケミニクヽ》、唇《クチビル》黒《クロミ》、鼻《ハナ》ヒラミ、手足《テアシ》脚繚戻《モトリユガミ》、眼目《め》角睞《すがめになるべし》。

ト云《いふ》、是《これ》也。霊異記《りやういき》ニ見《え》ヘタリ。

一五「算」は算木。中国から渡来した計算や占いに用いる木片。全身各所の骨が折れ砕けたことは、まるで算木を乱雑に袋に詰めこんだようであった。
一六 この「オソル」は上二段活用。なお、名博本には「これをおぢおそらぬものなし」とあり、これは四段活用。

第九条　出典は日本霊異記・上十九。一沙弥が俗人と碁を打っている時、来あわせた乞者の法華経読誦を嘲笑し、口をゆがめ声をなまらせて真似をした報いで、忽ち口がゆがんだ現報譚。法華験記・下九十六は、本条に基づく同話。

一七 現在の京都府。奈良山の北側地方を大和からうしろの意で山背(やましろ)と呼びならわしていたが、一名「やまき(山木)」ともいったので延暦十三年(七九四)の詔で「山城(やましろ)」に改められ、いつからか「山城(やまき)」と呼ぶようになった。
一八 官できめられた正規の手続を経ない出家者。霊異記には「自度」とある。
一九 僧尼令に「碁・琴制限あらず」とあり、碁は僧尼に許されていた娯楽の一つ。→五頁注二七。
二〇 こつじき。食を乞いながら諸国を歩く仏道修行の僧。
二一 法華経の或る一品だけを唱えて。霊異記、名博本は「法花経の品をよみて」。
二二 霊異記訓釈に「故 已止左良ニ」、類聚名義抄、色葉字類抄同訓。わざと、故意にの意。
二三 声をなまらせて。前田本「横音」、名博本は「こゑをよこたへて」、霊異記には「音を訛(なま)りて」とある。
二四 碁を打ちながらのことばに。霊異記「碁の条(おち)に」。
二五 名博本「くすしくすりをもちてつくろへども」、前田本にも「求医師以薬治之」とあるが、霊異記には「薬もて治療せしむるに」とあるだけで「医師ヲヨビテ」はない。
二六 法華経・普賢菩薩勧発品。

(十　山城国造経函人《やましろのくにのきやうのはこをつくるひと》)

[一]聖武天皇《しやうむてんのう》ノ御世《みよ》ニ、[二]山城国相楽郡《やましろのくにサガラのこほり》ニ[三]願《ぐわん》ヲオコセル人《ひと》アリ。姓名《しやうみやう》ハイマダツマビラカナラズ。[四]四恩《しおん》ヲムクヒムガタメニ、法花経《ほふくゑきやう》ヲ書《かき》タテマツレリ。此経《このきやう》イレタテマツラムトテ、[五]筥《はこ》ヲツクラムトオモフ。[六]白檀紫檀《びやくだんしたん》ヲモトム。[七]諸楽郷《ならのさと》ヨリトブラヒエタリ。[八]銭百貫《ぜにひやくくわん》シテカヒトリツ。[九]細工《さいく》ヲ[一〇]ヤトヒスヘ《ゑ》テ、ハコヲツクリイダサシメタルニ、経ハナガク、ハコハミジカウシテ、イレタテマツルニ[一一]タラズ。[一二]檀越大《だんをつおほき》ニナゲク。[一三]又コト木《き》ヲモトムルニ、トブラヒエズ。[一四]心《こころ》ヲイタシテ願《ぐわん》ヲオコシテ、アマタノ僧《そう》ヲ請《しやう》ジテ、三七日《さむしちにち》ヲカギリテ[一五]此木《このき》トブラヒエサセ給ヘトイノリコフ。二七日《にしちにち》アリテ[一六]心《こころ》ミニ経ヲイレミルニ、[一七]経ナヲ《ほ》イラネド、ハコスコシノビタリ。檀越悦《よろこ》ビアヤシビテ、マス〳〵フカクツヽシミイノル。三七日ヲスグシテイルヽニ、ヨク入給《いりたまひ》ヌ。人〳〵《ひとびと》アヤシビウタガフ。若《もし》経ノシヾマレルカ、若《もし》ハコノヽビタルカ、トテ[一八]本経《もとのきやう》ヲトリテアタラシキ経ニクラブレバ、是《これ》モタケヒトシ。[一九]人二《ふたつ》ノ経ヲナラベテ[二〇]一《ひとつ》ハ

第十条　出典は日本霊異記・中六。新しく造った経箱が小さくて、至心に書写した法華経が入らなかったが、僧を招いて行なった三七日の祈禱により箱が延びた法華経の霊験譚。同文的同話の法華験記・下一〇五は三宝絵に、今昔物語集十二ノ二十六は霊異記に依拠したもの。

一　第四十五代の天皇。在位七二四—七四九年。

二　名博本「さからかのこほり」。倭名抄にも「山城国相楽 佐加良加」。ただし、底本二カ所に「サカラ」と傍訓があるのでそれを生かす。今の京都府相楽郡。

三　霊異記には「発願人」とある。

四　心地観経二には、父母・衆生・国王・三宝の四を挙げる。

五　「筥ヲツクラムトオモフ」は霊異記にない。

六　共に熱帯地方に産する常緑高木。「白檀」は心材が黄白色で芳香があり仏像仏具などの用材、「紫檀」は暗紫色で調度品家具材として古くから珍重されてきた。

七　底本「諸楽郷」に「サカラ」と仮名を付す。名博本は「さからかの京」、前田本並びに霊異記には「諸楽京」とあって、ここはナラのこと。つまり、山城国相楽郡の発願人が大和国諸楽の京から用材を入手したの意。

八　一貫は当時の価格で米一石の値とし、現在の米価(一石九万円)に換算すれば、九百万円になる。

九　堂塔家屋等を建築する「大工」に対し、手のこんだ家具調度品などを手がける細工師。指物師。

一〇　名博本「さいくをすゑて」、前田本「雇坐細工令造筥」。細工師を雇い、自宅に滞在させて。

一一　前田本「不能奉納」、名博本「いれたてまつるにたへず」、霊異記「経を納(い)るること得ず」。底本の「タラズ」は「タヘズ」の誤か。箱が小さくて経を納めることができなかったの意。

一二　もと梵語。施主と訳す。→一〇一頁注一七。

一三　再度、用材を求めたが入手出来なかった。

一四　「心ヲイタシテ」は霊異記にはない。真心をこめて。

一五　用材を探して入手できるようにさせて下さいと。

一六　試しにお経を経箱に入れてみると。底本「心ミニ」の

コニ入《いる》レバ、フルキハイラズ、アタラシキハイル。マサニシルベシ、[21]大乗《だいじよう》ノフシギノ力《ちから》、願主《ぐわんしゆ》ノフカキマコトニカナヒ給ヘル也。霊異記《りやういき》ニシルセリ。

（十一　高橋連東人《たかはしのむらじあづまひと》）

[22]高橋《たかはし》ノ連東人《ムラジアヅマひと》ト云《いふ》ハ、伊賀国山田郡《いがのくにやまだのこほり》[23]噉代郷《クヒシロのさと》[24]ノ人《ひと》也。大《おほき》ニ富《とみ》テタカラニユタカ也。シニケル母《はは》ノタメニ、法花経《ほふくゑきやう》ヲカヽシメタリ。供養《くやう》ジタテマツラムトテ、堂《だう》ヲカザリ、法会《ほふゑ》ヲアスヲコナハムトテ、[25]講師《かうじ》モトメニヤル。使《つかひ》ニ[26]イマシメテ云《いは》ク、

[27]マヅハジメニアハム人《ひと》ヲ、ワガタメニ[28]有縁師《うえんのし》トシテ、法会《ほふゑ》ヲバ行《ぎやう》ズベシ。[29]形《かたち》ヲバ不可求《もとむべからず》。必《かなら》ズ請《しやう》ゼヨ。

トイフ。使《つかひ》ヲシヘニ随《したがひ》テ門《かど》ヲイヅルニ、同郡《おなじこほり》ノ[30]益志郷《ましのさと》ニ乞者《こつじや》アリ、[31]鉢《はち》ト袋《ふくろ》トヲ臂《ひぢ》ニカケテ、酒《さけ》ニヱイテ路《みち》ニフセリ。[32]使コレヲミテ、[33]請《しやう》ジトリテ家《いへ》ニカヘリヌ。[34]願主《ぐわんしゆ》アヒテウヤマフ。一日一夜《いちにちいちや》[35]家内《いへのうち》ニコモリヰタリ。忽《たちまち》ニ法服《ほふふく》ヲツクリテアタフ。乞食《こつじき》、

「ミ」と「ニ」との間一字を墨消する。

一七「経ナヲイラネド」および下の「悦ビアヤシビテ」は共に霊異記にはない。

一八 新しく書写した法華経の親本。

一九 前田本「又、並二経」、名博本「又、ふたつの経をならべて」。底本の「人」は「又」の誤写か。なお、この一文は霊異記にはない。

二〇 同じ箱。

二一 大乗経典たる法華経の霊妙不可思議なる神力が。

第十一条 出典は日本霊異記・中十五。願主東人が亡母供養の法会を行なった時、講師とさせられた般若心経神呪誦持の乞食僧が、その母は生前子の物を盗用し、今は牛に転生して罪を償っているという因縁を語る。願主は因縁尽きて死んだ牛のため重ねて追善供養を営んだという話。願主の、報恩のための至心の仏事と乞食僧長年奉誦の般若心経神呪の霊異譚。法華験記・下一〇六は三宝絵に依拠、今昔物語集十二ノ二十五は霊異記に基づく。

二二 伝未詳。

二三「山田郡」はもと伊賀四郡の一つ。今は山田郡と阿拝(あへ)郡を合併して阿山郡という。三重県の西部。

二四 現、三重県上野市喰代(ほうじろ)。「ほうじろ」は、ハミシロの転。ただし底本には、「噉代」に「クヒシロ」の傍訓あり。底本と同筆。名博本「くひしろ」。

二五「講師モトメニヤル」は霊異記にはない。「講師」は法会における読経、説法の僧。

二六 講師をさがし求める使者によく言いふくめて。霊異記「誡使曰」、前田本にも「誡使云」とある。

二七 最初に出会った人を有縁の人とする人選方法は、古代的民間的卜占に由来するもの。東大寺の開眼供養の読師の話(今昔十二ノ七など)も類話。

二八 何等かの因縁のある師僧として。

二九 貴賤や外見にとらわれてはいけない。

三〇 名博本には郷名なく「おなじきこほりのさと」、前田本

ナニワザヲシ給ハムズルゾ。

ト、ヘバ、

法花経《ほふくゑきやう》ヲ講《かう》[一]ゼムトスル也。

トコタフ。乞食《こつじき》又云《いはく》、

オノレハマナベル所《ところ》スクナシ。タヾワヅカニ[二]般若心経《はんにやしむぎやうの》 陀羅尼《だらに》ヲ誦持《じゆぢ》シテ、食《じき》ヲコヒテ命《いのち》ヲヤシナフ。[三]イカデカ経《きやう》ヲバ講《かう》ズベキ。

トイフニ、願主《ぐわんしゆ》ナヲユルサズ。乞食《こつじき》、「ヒソカニ[四]ニゲム」ト思《おもひ》ヰタリ。

[五]願主《ぐわんしゆ》カネテウタガヒテ、人《ひと》ヲツケテマモラシム。

其夜《そのよ》、乞食《こつじき》ノ夢《ゆめ》ニ[六]アメナルメ牛《うし》キタリテ云《いはく》、

我《われ》ハコノ宅《いへ》[七]ノアルジノ母《はは》ナリ。コノ家《いへ》ノ牛《うし》ノ中ニアメナル牛《うし》アリ。ソレヲ我トシレ。[八]我イケリシ時、子《こ》ノ物《もの》ヲ犯用《ぼんよう》[九]シキ。コノユヘニ《ゑ》、今《いま》牛ノ身《み》ヲウケテ、其罪《そのつみ》ヲツグノフ也。アス我《わが》タメニ大乗《だいじよう》[一〇]ヲトクベキ師《し》ナレバ、今夜《こよひ》丁寧《ねむごろ》ニツゲシラスル也。実否《じつぷ》[一一]ヲシラムト思《おも》ハヾ、説法《せつぽふ》ノ堂《だう》ノ内《うち》ニ、我《わが》タメニ座《ざ》ヲシケ。我《われ》マサニノボリヰム。

トイフ。ユメサメテ、心《こころ》ノウチニ大《おほき》ニアヤシブ。アクル朝《あした》ニ[一二]イナブレドモ、ユルサネバ、高座《かうざ》ニノボリテ云《いは》ク、

「答郷」、霊異記「御谷の里」、現、阿山郡大山里村三谷。略注は、旧山田郡阿波村猿野(ましの)かとする。「益志郷」の出所不明。

二一 前田本「鉢与袋」、名博本は「はちとふくろ」とするが、霊異記は「鉢嚢」とする。釈氏要覧・中には「律云、鉢袋を作るに青色を聴す〈今に鉢嚢と呼ぶ也〉」とある。托鉢用の鉢を入れる袋のことで三宝絵は誤解か。

二二 「路ニフセリ」の次に霊異記には「姓名未だ詳(あきらか)ならず。伎戯(たはぶ)るる人ありて髪を剃り縄を懸けて以て袈裟となす。然すると雖も曾て覚り知らず」とある。三宝絵諸本にない。

二三 前田本「使見之礼、呼取還家」、名博本「つかひこれをみておがむ、よびとりていへにかへりぬ」、霊異記「使見て起し礼し、勧請して家に帰る」。底本と同じ「請」の字の見えるのは霊異記のみ。

二四 立願の主で、東人を指す。

二五 霊異記「家の内に隠し居(す)ゑ」、名博本「いへのうちにかくしてすゑたり」とあり、願主が乞食を隠し据えていた意となっている。

一 霊異記、名博本には「かうぜしめんと」とある。

二 般若心経の巻末の「羯諦羯諦　波羅羯諦　波羅僧羯諦　菩提娑婆訶」の呪。般若心経については一〇二頁注五。

三 この一文霊異記にはない。名博本「いかでか経はかうぜん」。

四 底本「ニケム」の「ニ」は不明字の上に重ねて書き、さらにその右に「ニ」と書く。

五 願主は、乞食の逃げ出すことをあらかじめ察知して。

六 倭名抄、色葉字類抄、類聚名義抄「黄牛　アメウジ」。日葡辞書「メウジ」。飴色の牝牛。ただし、熟語でなく「牛」一字の時はウシ。

七 「宅」は家族の意、下の「家」は屋敷の意。なお、次条にある「屋」は建物のこと。

八 前世において。

九 霊異記に「子の物を偸(ぬす)み用ゐ」とある。名博本「ぬすみ

[一三]鄙身《いやしきみ》甚《はなはだ》ヲ《お》ロカニシテ、モトヨリサトリモナシ。仏《ほとけ》ニ申《まうし》、経《きやう》ヲ説《とく》ベキ事ヲモシラズ。タヾ願主《ぐわんしゆ》ニシタガフユヘ《ゑ》ニ、コノ座《ざ》ニノボル也。但《ただ》ネヌルヨノユメニシメサル丶コトアリ。

トテ、ソノユメヲカタル。

[一四]檀越《だんをつ》ヲ《お》ドロキテ、テヅカラ座《ざ》ヲシキツ。[一五]宅《いへ》ニカヘルアメナル牛来《うしきたり》テ、堂内《だうのうち》ニノボリキテ、此《この》座ニヒザマヅキテフシヌ。願主大《ぐわんしゆおほき》ニナキテ云《いは》ク、

マコトニ我《われ》サラニシラザリケリ。[一六]年来《としごろ》クルシメツカヒタテマツリケル、我心《わがこころ》ノヲ《お》ロカニカナシクモアルカナ。今日此事《けふこのこと》ヲシリヌレバ、[一七]一乗《いちじよう》ノ力《ちから》ウレシクタウトクモアルカナ。今日ヨリノチハ、イタハリヤシナヒタテマツリテ、[一八]ナガクツカヒタテマツル事ヲトヾムベシ。

トナキカナシブ。牛《うし》コノ事ヲキ丶テ、[一九]気《ケ》ヲナゲキ、涙《なみだ》ヲナガス。法事《ほふじ》オ《を》ハルホドニ、コノ牛即《すなはち》シヌ。来《きた》リアツマレル[二〇]ソコバクノ人〳〵《ひとびと》、[二一]コヱヲアゲテミナ丶ク。ソノコヱ堂《だう》ノ庭《には》ヲヒヾカス。

昔《むかし》ヨリコノカタ、イマダカクノゴトクノ事ナシ。トアヤシビテ、サラニソノ母《はは》ガタメニ、[二二]カサネテ功徳《くどく》ヲ修《しゆ》ス。即知《すなはちしり》

ようじき」。
一〇 大乗経典の一つである法華経。
一一 本当か嘘かを。名博本「まことそらごと」、霊異記「虚実を」。色葉字類抄「実否〈評定部〉シッフ」。
一二 いくら断っても許してくれないので。霊異記にはない。
一三 以下の乞食の発言は、霊異記に「我、覚る所なし。唯、願主の心に随ふが故に此の座に登るのみ。唯、夢に悟ることあり」とあるだけで、「鄙身…モトヨリ」、「仏ニ申…シラズ」、「ネヌルヨノ」等は霊異記にない作者の付加記事。なお、底本の「ネヌル」は前田本「去夜」、名博本「いぬる夜」とあるが、ここは「寝ぬる」の意で使ったのであろう。
一四 施主、檀主。願主の高橋連東人を指す。「ヲドロキテ」「テヅカラ」は霊異記にない。
一五 家で飼っていた飴牛が来て、説法の堂にのぼって来て、兼ねて用意して置いた座席に跪いて臥した。霊異記には「牝を喚べば、牝座に伏す」とあるだけ。なお、牛の前生にまつわる因縁譚は関寺の牛(今昔十二ノ二十四)など多い。
一六 以下、願主の発言内容は大きく増補されていて、「年来…タテマツリテ」は霊異記にはない。自分の母とわかったので「タテマツリ」という対象尊敬の敬語を用いている。
一七 一切の衆生が一つの乗物に乗ってひとしく成仏できると説く大乗の教え。特に法華経をさす。
一八 霊異記には「今は我免し奉らむ」とあり、盗用の罪を許してあげますの意であるが、三宝絵は「以後酷使することはやめましょう」と改変されている。
一九 牛は願主の告白を聞いて、大きなため息をつき、涙を流した。「涙ヲナガス」は霊異記にはない。
二〇 多くの人々。
二一 参会者の感動の泣き声は法場に響き渡った。名博本「堂のうち、にはにひゞく」。「庭」は場の意。
二二 願主東人は重ねて母のために仏事をおこなった。

ヌ、[一]願主《ぐわんしゆ》ノ恩《おん》ヲムクイムト思《おも》フ心《こころ》ノネムゴロニ、マコトヲイタセルチカラ也。[二]乞食神呪《こつじきしんじゆ》ヲタモテル験《しるし》也。霊異記《りやういき》ニ見《みえ》タリ。

（十二　大和国山村郷女人《やまとのくにやまむらのさとのによにん》）

大和国《やまとのくに》[三]城上郡《シキノカミのこほり》山村郷《やまむらのさと》ニ、一人《ひとり》ノ女《をむな》アリ。姓名《しやうみやう》イマダ詳《つまびらか》ナラズ。此《この》女ムスメアリ。ヲトコシテ二人《ふたり》ノ子《こ》ウメリ。[四]聟外国《むこほかのくに》ノツカサニメサレヌ。女《め》[五]コヲヒキヰテソノ国《くに》ニイタリテ[六]二年《ふたとせ》アルニ、女《め》ノ母《はは》[七]アリテ、娘《むすめ》ノタメニアシキ夢《ゆめ》ヲミテ驚《おどろき》サメテ、ヲ《お》ソレナゲク。[八]誦経《じゆきやう》セムトヲ《お》モフニ、家《いへ》マヅシクシテ物《もの》ナシ。ミヅカラキタルキヌヲヌギテ、アラヒキヨメテ、誦経ヲシツ。[九]娘ヲトコニシタガヒテ、国[一〇]ノ館《たち》ニスム。二人ノ子イデヽ庭《には》ニアソブ。母屋《や》ノ中ニアリ。[一一]二人ノ子母ニイフ、

家《いへ》ノ上《うへ》ニ七人《ななたり》ノ法師《ほふし》アリテ経《きやう》ヲヨム。ハヤクイデヽミ給へ。トイフニ、屋ノ上《うへ》ヲキクニ、マコトニ経ヲヨムコヱアリ。蜂《はち》ノアツマリテナクガゴトシ。母アヤシビテ庭《には》ニ出《いで》テミレバ、[一二]其屋《そのや》即《すなはち》タウ《ふ》レヌ。七人《ななたり》ノ法師《ほふし》忽《たちまち》ニミヘ《え》ズ。女《をむな》オヂアヤシミテ、心《こころ》ノウチニ思《おも》フ、

一　願主が母への報恩のため、法華経を書写しねんごろに誠を致した信仏の力である。
二　乞食が長年般若の神呪を奉誦し続けてきた功験である。

第十二条　夫と共に地方の任国に赴いた娘の身に、悪いことのおこる凶兆の夢を見た国許の母親が、着ている衣類を布施として誦経をしてもらった。その誦経の力によって、家屋倒壊、娘親子圧死の難から逃れることが出来た三宝加護の霊異譚。出典は日本霊異記・中二十。

三　前田本「添上郡」、名博本「そふのかみのこほり」、霊異記も「添上郡山村里」とあり、底本の「城上郡」は誤写。倭名抄にも「大和国添上郡山村　也末無良」とある。現在の奈良市帯解(おびとけ)付近。底本「城上」の右に「ソウノカミ」と本文と同筆にて書き、別筆で「ソウ」を消して「シキ」とその右に書く。
四　娘の聟が地方官として任国に赴任することになった。「外国」は名博本に「ほかのくに」とあり、畿外の諸国のこと。
五　聟は妻子を連れて任国に着任して。
六　前田本「経十二年」。霊異記「歳余を経たり」。
七　名博本「めのはゝふるきさとにありて」、前田本「妻母有故郷」、霊異記「妻の母、土(に)に留りて」。底本は「故郷に」又は「くにに」等の脱か。
八　凶兆を除くために、僧に読経を依頼しようと思った。
九　諸本並びに霊異記には「誦経ヲシツ」に続いて「あしきゆめ又かさねてみゆ。はゝの心ますます〳〵おづ。又きたるものをぬぎて、あらひてず行をせしむ」(名博本)などとある(他も同意)。底本のみの脱。なお傍線部、霊異記には「裳」「誦経」とある。
一〇　娘は任国の官舎に住んでいた。
一一　「母屋ノ中ニアリ」の次に霊異記には「二(ふたり)の子、七僧ありて居たる屋の上に坐(ゐ)て、経を読むを見る」とある。
一二　三宝絵諸本はすべてこれを欠く。
一三　母が庭に出るや、とたんにその建物が倒壊した。

[一三]天地《あめつち》ノ我《われ》ヲタスケテ、ヤ[一四]ニヲ《お》ソヒコロサセズ成《なり》ヌル也。トヨロコブ。後《のち》ニ母使《ははつかひ》ヲヤリテ、アシキユメヲミシサマヲイヒ、誦経《じゆきやう》ヲ《お》コナヒシヨシヲツグ。娘《むすめ》コノヨシヲ聞《きき》テ、マス〳〵三宝《さむぽう》ヲ敬《うやまひ》タテマツル。即《すなはち》知《しり》ヌ、[一五]誦経ノ力《ちから》ニ三宝ノマボリ給ヘルナリ。霊異記《りやういき》ニミヘ《え》タリ。

（十三　置染郡臣鯛女《おきそめのこほりのおみたひめ》）

[一六]置染郡臣鯛女《おきそめのこほりのおみたひめ》ハ、[一七]ナラノ尼寺《あまでら》ノ[一八]上座《じやうざ》ノ尼ノ娘《むすめ》也。道心《だうしむ》フカクシテ、ハジメヨリ[一九]男《をとこ》セズ。ツネニ[二〇]花《はな》ヲツミテ、[二一]行基菩薩《ぎやうぎぼさつ》ニタテマツル事《こと》一日《ひとひ》モ不怠《おこたらず》。山《やま》ニイリテ花ヲ擿《ツム》ニ、大《おほき》ナル[二二]蛇《くちなは》ノ大蝦《おほきなるかへる》ヲノムヲミル。女《をむな》カナシビテ云《いはく》、

[二三]此蝦我《このかへるわれ》ニユルセ。

トイフニ、猶《なほ》ノム。深《ふか》クカナシブニタヘズシテ、

[二四]蛇《くちなは》ハ如此云《かくのごとくいふ》ニナムユルスナル。

ト云テ、

一三 天地の神々が私を助けて下さって。
一四 家屋に圧死されずに終ったのである。ただしこの文脈は、「天地が、我を、屋に、おそい殺させないようになった」というので、「コロサセ」の「セ」は使役の意。
一五 誦経したことに感応して仏法僧の三宝が護って下さったのだ。

第十三条 出典は日本霊異記・中八。蛇に呑まれようとしている蛙を、汝の妻になるからといって助けた置染臣鯛女が、行基菩薩の戒を受け、蟹を放生した功徳によって、蛇の難をのがれた話。放生の功徳、戒の功験による蟹の報恩譚である。類話に蟹満寺縁起があり、霊異記・中十二を始めとし、諸書に収める。これにも行基菩薩が出てくる。

一六 名博本、霊異記は「置染臣鯛女（おきそめのおみたひめ）」とする。前田本も「置染臣鯛姫」。「置」は底本「景」字のごとく見えるが誤とする。「置染」は氏、「臣」はかばね、「鯛女」は名。伝は未詳。底本は「置染」を郡名と誤ったか。また、底本「臣鯛女」の右に「ヲホタイニヨ」と底本と同筆にて傍記するが、このよみは採用しない。
一七 霊異記には「奈良京、富尼寺」とある。椀斎攷証は、大和の登美寺をあて、添下郡鳥見の荘にあったとする。
一八 上位の席に坐ることのできる尼。霊異記には「法邇（ほふに）の女なり」とあるが、法邇は伝未詳。
一九 結婚をしたことはない。
二〇 諸本並びに霊異記は皆「菜」とある。「花」は作者の意識的改変か。底本次行の「擿」の右に「ツム」と底本と同筆にて傍記。
二一 →本書中巻三条。
二二 「蛇」の訓には「へみ」と「くちなは」の両方があるが「へみ」の方が土俗的、日常的。「くちなは」の方は文学的のようである。名博本「くちなは」。
二三 この蛙を私に免じて許してやってほしい。
二四 蛇は次のように言うと許すものだということなので。霊異記にない付加記事。

我汝《われなむち》ガ妻《め》トナラム。猶《なほ》ユルセ。

ト云《いふ》時ニ、蛇《くちなは》タカクカシラヲモタゲテ、女《をむな》[一]ヲマモリテ蝦《かへる》ヲハキイダシテユルシツ。女アヤシト[二]思《おもひ》テ、日《ひ》ヲトヲ《ほ》クナシテ、

今七日《いまなぬか》アリテキタレ。

ト、[三]タハブレニイヒテサリヌ。其夕《そのゆふべ》ニナリテ、[四]思《おもひ》イデヽオソロシカリケレバ、ネヤヲトヂ、アナヲフタギテ、身《み》ヲカタメテ、ウチニコモレリ。蛇《くちなは》来《きたり》テ尾《を》ヲモチテ壁《かべ》ヲタヽケドモ、[五]イルコトアタハズシテサリヌ。

アクル朝《あした》ニイヨ〳〵ヲ《お》ヂテ、行基菩薩《ぎやうぎぼさつ》ノ[六]山寺《やまでら》ニ居《ゐ》給ヘル所《ところ》ニユキテ、

[七]コノコトヲタスケヨ。

トイフニ、答《こたへ》テ云《いは》ク、

汝《なむぢ》マヌカルヽコトヲエジ。タヾカタク戒《かい》[八]ヲウケヨ。

ト云《いひ》テ、スナハチ三帰《さむき》[九]五戒《ごかい》ヲウケテ、女《をむな》帰《かへる》ミチニ、シラヌヲ《お》キナ[一〇]アヒテ、大《おほき》ナル蟹《かに》ヲモタリ。女ノ云《いは》ク、

汝何人《なむぢなにびと》ゾ。コノ蟹我《かにわれ》ニユルセ。

トイフニ、翁《おきな》ノ云《いは》ク、

一 蛇はこの女の顔をじっと見つめて。
二 女は怪しいと思って、逢う日をわざと遠くして。霊異記にない付加記事。
三 冗談に言って立ち去った。これも霊異記にない付加記事。
四 約束したことを思い出すと恐ろしくなったので寝室を閉じて。付加記事。
五 蛇は家に入ることができず立ち去った。霊異記にない。
六 霊異記には「生馬山寺」とある。現在、奈良県生駒市有里にある竹林寺は旧名生駒寺で行基の開基という。
七 かくかくの事情ですので助けて下さい。霊異記にない。
八 本書上巻では「いむこと」と読んだが、ここは名博本「かい」とあるのに従う。
九 仏法僧の三宝に帰依することと、不殺生・不偸盗・不邪婬・不妄語・不飲酒の五つの戒めを受けること。
一〇 「知らぬ老人が出合った(やってきた)」で「あふ」は自動詞。現在なら「に」をとって「女が老人に出合った」となる。

我《われ》ハ摂津国宇原郡《つのくにうはらのこほり》[一一]ニスメリ。姓名《しやうみやう》ハ某甲《しかしか》[一二]ト云《いふ》也。年七十八《とししちじふはち》ニ成《なり》ヌルニ、一人《ひとり》ノ子《こ》ナシ。ヨヲフルニタヨリナケレバ、難波《なんば》[一三]ノワタリニユキテ、タマ〳〵コノ蟹《かに》ヲエタル也。人《ひと》ニトラセムトチギレル事アレバ、コト人ニハトラセガタシ。

ト云《いふ》。女《をむな》キヌヲヌギテカフニユルサズ。又裳《も》[一四]ヲヌギテカフニウリツ。女蟹《かに》ヲモチテ寺《てら》ニ帰《かへり》テ、行基菩薩《ぎやうぎぼさつ》シテ呪願《しゆぐわん》[一五]セシメテ、谷河《たにがは》ニハナツ。行基菩薩ホメテ云《いはく》、

善哉《よいかな》、貴哉《たふときかな》。

ト。

女家《をむないへ》ニ帰《かへり》テ、其夜《そのよ》タノミ思《おもひ》テヰタルニ、蛇《くちなは》屋《や》ノ上《うへ》ヨリオリクダル。大《おほき》ニヲ《お》ソレテ、ト[一六]コヲサリテノガレカクレヌ。ト[一七]コノマヘヲキクニ、[一八]踊騒《オドリハタメク》コヱアリ。アクル朝《あした》ニミレバ、一《ひとつ》ノ大《おほき》ナル蟹《かに》アリテ、蛇[一九]ヲツダ〳〵トキリヲ《お》ケリ。即《すなはち》[二〇]シヌ、蟹ノ我恩《わがおん》ヲムクヒ《い》、我仏《われほとけ》ノ戒《かい》ヲウケタル力《ちから》ナリト。マコトイツハリヲシラムトテ、人《ひと》ヲ摂津国《つのくに》ニヤリテ、翁《おきな》ノ家尋《たづね》トハスルニ、コノ郡里《こほりさと》ニサラニナキ人也ト云《いふ》。又シリヌ、翁変《へん》[二一]化人《ぐゑのひと》也ト。霊異記《りやういき》ニミヘ《え》タリ。

一一 霊異記、前田本「兎原郡」。現在の兵庫県西宮市、芦屋市に属する。名博本のみ「むこのこほり」とある。武庫郡である。
一二 「なにがしのだれだれ」の意。霊異記に「画問邇麻呂（あどひのにまろ）」とある。前田本「姓名曰某」、名博本「姓名をばしか〳〵といふ」とあり、共に姓名を省いている。
一三 名博本「なは」。→九六頁注一。
一四 「裳」は、古代に僧や婦人が腰から下にまとった衣類の一種。
一五 簡単な語句で願意を述べ、仏の加護を乞うこと。
一六 床を抜け出して逃げかくれていた。霊異記にない付加。
一七 床の前のあたりで音がするのでそこを注意して聞くと。「キク」は一一〇頁一二行目の「屋ノ上ヲキク」と同じ用法。
一八 はねあがり、どたんばたんという音がする。底本「踊」の右傍に「オトリ」とある。「オドリ」の歴史的仮名遣は「ヲドリ」。
一九 蛇をずたずたに切りきざんであった。類聚名義抄「寸ツダ〳〵」。
二〇 「シヌ」は名博本「しりぬ」。よって「シンヌ」と発音したと推定。知った、わかったの意。
二一 蟹を持っていた翁は、実は此の女を護ろうとして、仏菩薩が姿を変えた化身であったのだとわかった。

（十四　楢磐島《ならのいはしま》）

[一]楢磐島《ならのいはしま》ハ、[二]聖武天皇御代《しやうむてんのうのみよ》、奈良《なら》ノ[三]右京六条五坊人《うきやうろくでうごばうのひと》也。[四]大安寺西《だいあんじのにしの》[五]郷《さと》ニ住《ぢう》セリ。其寺《そのてら》ノ[六]スタラ分《ぶん》ノ銭[七]卌貫《ぜにしじふくわん》ヲ借《かり》ウケテ、[八]越前国敦賀津《ゑつぜんのくにつるがのつ》ニユキテ、[九]物《もの》ヲカヒテ船《ふね》ニツミテカヘルホドニ、俄《にはか》ニ病《やまひ》ヲウケツ。船ヲトヾメテ、馬《むま》ヲカリテ、ヒトリイソギテ家《いへ》ニカヘル。[一〇]近江国高島郡《あふみのくにたかしまのこほり》ニシテ見カヘリタレバ、男三人附《をとこみたりつき》テ来《きた》ル。[一一]去程一丁許《さるほどいつちやうばかり》也。[一二]山城国宇《やましろのくにう》治橋《ぢばし》ニイタリテ、ヲ《お》ヒツキテソヒテユク。磐島問《とひ》テ云《いはく》、

イヅチユク人《ひと》ゾ。

答《こたへ》テ云《いはく》、

[一三]閻羅王宮《えむらわうのみや》ヨリ、奈良《なら》ノ磐島《いはしま》ヲメシニ行使《ゆくつかひ》也。

ト云《いふ》。キヽオドロキテ云《いはく》、

其人《そのひと》ハ我《われ》也。ナニノユヘ《ゑ》ニテメスゾ。

ト。使《つかひ》ノ鬼《おに》ノ云《いは》ク、

マヅ汝《なむち》ガ宅《いへ》ニユキテ問《とひ》ツルニ、「アキナヒシニユキテ、イマダカ

第十四条　本条の出典は日本霊異記・中二十四。楢の磐島は、閻羅王の使者の鬼に冥途へ連行されようとしたが、鬼に干飯や牛を与え、僧に金剛般若経を読誦させた功徳によって、閻羅王の召しをまぬがれた話。今昔物語集二十ノ十九は本書に依拠し、元亨釈書二十九の賈の盤島は霊異記を簡略化した同話。

一　底本「橘」。底本以外の諸本には、すべて「楢」とある。本文中にも「奈良の磐島」とあるので底本の「橘」は「楢」の誤写とみて訂す。

二　第四十五代の天皇。在位七二四―七四九年。底本「聖」の字は底本と同筆にて補入。

三　底本「右京」とするが、六条五坊は左京にある。前田本は「古京」、霊異記には「左京」とある。

四　六一七年、聖徳太子建立になる熊凝(くまごり)精舎が濫觴。その後、百済大寺・高市大寺・大官大寺と改称。奈良遷都後、七一〇年に平城京左京六条四坊に移築、大安寺と改称。南都七大寺の一。

五　六条五坊は大安寺の西側に当らない。松浦貞俊は六条三坊の誤りかとする。

六　大安寺では大般若経を転読講説して万民の安寧を祈願する法事を修多羅供と称し、そのための施入金を修多羅(供)銭、修多羅分の銭と言った。貸金として利殖運用され、寺院経済の一端を担った。底本の傍記「修理ノ分ノ銭貨」(本文と同筆)は誤りであろう。

七　四十貫とするのは底本だけ。他本はみな三十貫とする。貫については一〇六頁注八参照。十貫は大体米十石に相当し、現在の米価(一升九〇〇円)で換算すると、四十貫は大体三六〇万円になるか。

八　現在の福井県敦賀港。当時、北日本の物資を中央へ輸送する港であったが、それのみでなく、朝鮮半島や大陸とも交易があった。悉曇字記創学鈔五に「源信三五決云」として源信の時に敦賀に唐人が来ていたとある。その他渤海等と日本海岸諸港との交易も行われていた。

九　商取引で購入した物品を船に積んで帰る途中に。船で都

ヘラズ」トイヒツレバ、津《つ》[一四]ニユキモトメエ[一五]タル。ソコニシテ即《すなはち》トラヘムトシツルヲ、四天王《してんのう》[一六]ノ使《つかひ》トイフ物来《ものきたり》テ、「コノ人寺《ひとてら》ノ銭《ぜに》ヲウケテ、アキナヒテタテマツル[一七]ベシ。暫《しばらく》ユルセ」トイヒツレバ、家《いへ》ニカヘルマデユルセル也。我日来《われひごろ》汝ヲモトメツルニ、飢《うゑ》ツカレタリ。若食《もしじき》アリヤ。

トイフ。磐島《いはしま》ガ云《いはく》、

我《われ》[一八]ミチニテスカムトテ、糒《ほしいひ》[一九]スコシヲモチタリ。

ト云《いひ》テ、コレヲアタヘテクハセツ。鬼《おに》ノ云《いはく》、

汝《なむち》[二〇]ガヤムハ我《わが》ケナリ。チカクハヨラジ。ヲ《お》ソルヽ事ナカレ。

トイヒテ、トモニ家《いへ》ニイタリヌ。食《じき》[二一]ヲマウケテ大《おほき》ニ饗《きやう》ズ。

鬼《おに》ノ云《いはく》、

我《われ》ハ牛《うし》[二二]ノ肉《しし》ヲネガヒクフ。ソレヲモトメテクハセヨ。世間《よのなか》[二三]ニ牛トル鬼ハ我ナリ。

ト云《いふ》。磐島《いはしま》ガ云《いはく》、

我家《わがいへ》ニマダラナル[二四]牛二《うしふたつ》アリ。是《これ》ヲアタエ《へ》ム。

ト。

へ帰るとすれば日本海をぐるっと廻って瀬戸内海を東行して大和川を遡上したものであろう。後世の北国航路の形成を示唆する。

一〇 琵琶湖西北部の郡名。敦賀から陸路を奈良へ行くのに琵琶湖の西岸を廻って大津から宇治へ出たことがわかる。

一一 後をつけてくる三人の男との間隔は一町ばかりであった。

一二 京都府宇治市の宇治川にかかる橋。

一三 九四頁注一四参照。

一四 港、船着場。ここは敦賀の港。

一五 「エタル」は連体止め。

一六 仏法守護の善神で、持国・増長・広目・多聞の四天王。つまり大安寺の使者である。

一七 「タテマツル」は大安寺に対する敬意を表わしたもの。

一八 道中で食べようと思って。「すく」は色葉字類抄に「糝スク〈呑也〉」とあって、呑む、食べるの意。この一句は霊異記にはない。

一九 飯を乾して携帯用にした物。水に浸して食べる。

二〇 お前の病気は俺達のせいである。「け」は人にとりついて悩まし、病や死に至らせる目に見えない霊気、悪気。

二一 食事を与えてもてなした。

二二 当時一般には牛肉は食わなかったので、この鬼は国内にあって牛肉を食う異邦人をイメージしているらしい。

二三 世間で牛を取り殺す鬼というのは俺達のことなのだ。

二四 類聚名義抄「犂牛 マダラナルウシ タカヘスウシ」。農耕用の牛。

我《われ》[一]ヲバユルセ。

ト云《いふ》。鬼《おに》ノ云《いはく》、

我《われ》オホク汝《なむち》ガ食《じき》ヲエツ。ソノ恩《おん》[二]ムクフベシ。タヾシ、若《もし》汝ヲユルシテハ、我ヲモキ罪《つみ》ヲオヒテ、鉄《くろがね》ノ杖《つゑ》ヲモチテ百度《ももたび》ウタルベシ。若汝《もし》[三]ガ同年《おなじとし》ナル人《ひと》ヤアル。

トヽフ。磐島答《いはしまこたへ》テ云《いはく》、

我更《われさらに》シラズ。

トイフ。[四]ヒトリノ鬼《おに》タチカヘリテ、

汝《なむち》ハ何《なに》ノトシゾ。

トヽヘバ、

[五]戊寅《つちのえとら》ノ年《とし》也。

トコタフ。鬼《おに》ノ云《いはく》、

[六]我其年《われそのとし》ノ人《ひと》ノアルヲシレリ。汝《なむち》ガカハリニ是《これ》ヲメシカヘム。タヾシ、ユルシツル牛《うし》ハ一《ひとつ》ヲナムクヒツル。又、我《わが》ウタレム罪《つみ》ヲマヌカラシメムガタメニ、三人《みたり》ガ名《な》[七]ヲヨバヒテ、[八]金剛般若経百巻《こむがうはんにやきやうひやくくわん》ヲヨマセタテマツレ。我等《われら》一《ひとり》ヲバ[九]高佐《タカサ》丸《まろ》、二《ふたり》ヲバ仲智《ナカチ》丸《まろ》、三《みたり》ヲバ槌《つち》

一 私をつかまえることはお許し下さい。
二 「ムクフ」は普通は「ムクユ」でヤ行上二段であるが、ここはハ行上二段に転じた例。
三 お前と同じ年の人はいないか。
四 もう一人の鬼が、折り返しとっさに。
五 本条の始めに「聖武天皇御代」とあり後文に九十余歳で没とあるから、磐島の生年は天武天皇七年戊寅(六七八)ということになる。
六 霊異記は同年者として「率川(いざがは)の社の許の相八卦読み」を挙げているが、三宝絵ではこれを省略。
七 仏に祈願する時に、その功徳にあずかる人の名をとなえるのである。
八 金剛般若波羅蜜経の略。一巻。「百巻」とあるのは、百度くり返して読誦すること。
九 「槌丸」を「土(つち)」の借字で最低の意とし、三鬼の名を、長身・中身・低身の、身長による命名とする説、長子・次子・末子の兄弟の順によるとする説があるが、いずれも確証に乏しい。
一〇 大安寺の資材帳、伽藍縁起、七大寺巡礼私記などには、南塔院の名は見えない。あるいは金堂の東南にあった東塔

丸《まろ》トイフ。

トナノリテ、夜中《よなか》ニイデサリヌ。

アクル朝《あした》ニミレバ、牛一死《うしひとつし》タリ。即《すなはち》大安寺南塔院《だいあんじのみなみのたふゐん》[一〇]ニユキテ、沙《しゃ》弥《み》仁耀《にんえう》[一一]ヲウケ[一二]テ事ノヨシヲカタラヒテ、ソノ経《きやう》ヲヨマシム。二《に》ケ日《にち》ニヨミツ。三日暁《みつかのあかつき》ニ、ツカヒノ鬼来《おにきたり》テ云《いはく》、

大乗《だいじよう》[一三]ノ力《ちから》ニヨリテ、モヽ[一四]杖《つゑ》ノ罪《つみ》ヲマヌカレヌ。又常《つね》[一五]ノ食《じき》ヨリホカニ、食ヲマシテオホクエタリ。ヨロコビタウトブル事フカシ。イマヨリノチハ、節日《せちび》[一六]ゴトニ我《わが》タメニ功徳《くどく》ヲオコナヒ、食《じき》[一七]ヲグセヨ。

トイヒテ、忽《たちまち》ニキヘ《え》ウセヌ。此人年九十余《このひととしくじふよ》ニテ、命《いのち》ヲハリヌ。大唐《だいたう》ニハ徳厚《とくこう》[一八]トイヒシ人《ひと》、般若《はんにゃ》ノ力《ちから》ニヨリテ閻羅王《えむらわう》ノメシヲマヌカレタリ。日本《につぽん》ニハ磐島《いはしま》アリテ、寺《てら》ノ銭《ぜに》[一九]ヲウケテ、使《つかひ》ノ鬼《おに》ノトラフルヲマヌカレタリ。霊異記《りやういき》ニミヘ《え》タリ。

（十五　奈良京僧《ならのきやうのそう》）

奈良京《ならのきやう》ニヒトリノ僧《そう》アリ。ツネニ方等経《はうどうぎやう》[二〇]ヲ誦《ず》シテ、ヨ[二一]ヲワタラムガ

を「南塔院」といったか。

一一　元亨釈書十二に仁耀の伝があり、延暦十五年(七九六)に七十五歳で没とする。磐島よりは約四十四歳ほど年少の沙弥ということになる。

一二　底本「ウケテ」の右に「請」と書くが後筆。しかし意味はそれでよい。

一三　大乗経典金剛般若経を読んでいただいたお蔭で。

一四　鉄の杖で百度打たれる筈の罪をまぬがれた。

一五　いつもの食事より特別に量を増して多くもらった。霊異記には「常の食より復(ま)た飯一斗を倍(ま)して賜ふ」とある。

一六　毎月の六斎日ごとに。八戒を守り、行を慎み、功徳をつむことに努める日。

一七　供物(くもつ)をそなえてほしい。底本、「グ」の右に「供」とある。本文と同筆と認める。

一八　前田本の「徳云」、名博本の「隠玄」、底本の「徳厚」は共に誤りで、霊異記の「徳玄」を正しとする。底本は「厚」の右に本文と同筆にて「玄ィ」と注し、合点を付ける。孟献忠編の金剛般若経集験記・上に、唐の高宗の代の人、徳玄が金剛般若経一千遍を読誦して、閻魔王の鬼の難を脱れた話を載せている。

一九　底本「エテ」の「エ」を見せ消ちにして右に「ウケ」とするが本文とは別筆。

第十五条　出典は日本霊異記・下四。方広経誦持の舅の僧が、娘婿に貸した金の返済を督促したところ、婿の陸奥国の権掾に謀られて、海路任国の陸奥へ向う途中で海中に突き落されたが、方広経読誦の功徳によって無事救出された現報霊異譚。今昔物語集十四ノ三十八は、本条に依拠したもの。

二〇　底本及び名博本には「方等経」「はうとう経」とあるが、霊異記並びに前田本には「方広経」とある。方等・方広は同一原語 vaipulya の訳、意味は同じで大乗経典の通称。ただし底本後文には「方広経」とある。

二一　前田本「着世」、名博本「よにつきて」。

タメニ銭《ぜに》[一]ヲタクハヘテ、妻子《めこ》ヲヤシナフ。娘《むすめを》[二]オトコシテ夫《をうと》ノ家《いへ》ニスム。[三]帝姫《テイヒメ》安倍《あべの》天皇《てんのうの》 御代《みよ》ニ、娘ノオ《を》トコ陸奥《みちのおく》[四]権掾《のごんのじょう》ニナリテ、舅《シウト》ノ僧ノ銭[五]廿貫《にじふくわん》ヲ借《かり》テ任国《にむごく》ニクダル。[六]一年《ひととせ》ヲヘテ[七]借銭一倍《しやくせんいちばい》ニナリヌ。[八]纔《わづか》ニモトノカズヲ返《かへし》テ、イマダ利《り》ノ銭ヲツグノハズ。[九]年月《としつき》ヲヘテナヲ《ほ》ハタリコフ。[一〇]聟《むこ》ヒソカニタヨリヲハカリテ、舅ヲコロシテムト思《おもひ》テ、カタラヒテ云《いはく》、

[一一]他国《ことくに》ニユキテコノ銭《ぜに》ヲカヘサム。モロトモニユケ。

トイヘバ、僧船《そうふね》ニノリテトモニユク。聟《むこ》、舟人《ふなびと》ニ心《こころ》ヲ合《あはせ》テユク。僧ノ[一二]四《よつ》ノエダヲシバリテ、海《うみ》ノ中ニ入《いれ》ツ。カヘリテ偽《いつはり》テ妻《め》ニ云《いは》ク、

父大徳《ちちだいとく》、汝《なむち》ヲミムトテ我《われ》ト丶モニワタリキツルヲ、俄《にはか》ニアラキ浪《なみ》ニアヒテ、舟海《ふねうみ》ニシヅミテシヌ。スクヒトラムトシツレドモ、[一三]タヘズナリヌ。[一四]我モ殆《ほとほど》シクテ、纔《わづか》ニイキタル也。

トイフ。娘是《むすめこれ》ヲキ丶テ大《おほき》ニナク、

悲哉《かなしきかな》、二《ふた》タビヲ《お》ヤノカホミズナリヌル事。[一五]我海《われうみ》ノ底《そこ》ニイキテ、ムナシキカバネヲダニミム。

トナク。

一 金を蓄え、それを貸して利子をとり、妻子を養っていた。内職として高利貸をやっていたこと。
二 娘は結婚して夫の家に同居していた。親とは別居の形式。
三 女帝孝謙(重祚して称徳)天皇。御諱が安倍であったのに基づく呼称。扶桑略記は、この説話を元明天皇の条に載せているが、元明の御諱「阿閉」に基づく誤解。「帝姫」のよみは底本右傍訓(底本と同筆)によったが、名博本は「帝きあはい天王」とある。
四 「陸奥」は今の福島・宮城・岩手・青森の四県。「掾」は守・介に次ぐ三等官。「権」は定員外の官。
五 銭一貫は一千文。正倉院文書によれば、当時の相場で大体米一石が銭一貫。二十貫では現在の物価(米一升九〇〇円)にして一八〇万円ぐらいになろう。
六 前田本「一年余」、名博本「一年よ」、霊異記も「歳余」とあって、底本は「余」の脱であろう。
七 名博本「かれるぜに、いちべしぬ」。利息が元金と同額になり、元利ともで借銭の二倍になった。一年で借りた金の倍になったということは年利率十割ということで滅茶苦茶な高利である。
八 辛じて元金だけは返済したが、利子は支払えなかった。
九 更に年月が経過し、舅の僧は残金の支払いを責め立てた。
一〇 機会をうかがって。
一一 名博本「ことくに丶ゆきて」、前田本「往任国」、霊異記「奥に共せむとす」とある。任地の陸奥国に行って支払います。一緒に行きましょう。
一二 両手両足の四肢を縛って。
一三 「能(あた)へず」の意で、救助することができなかった。
一四 私も危なく海に沈みそうで、辛うじて生還したのである。類聚名義抄「殆　ホトホド」。
一五 海底にもぐり、せめて父の亡き骸なりにお逢いしたい位です。

僧海《そうみ》ノソコニアリナガラ、心《こころ》ヲイタシテ方広経《はうくわうぎやう》ヲ誦《ず》ス。[一六]海水《うみのみづ》サリノキテ、居所《ゐるところ》ニキタラズ。

二日夜《ふつかよ》ヲヘテ、人船《ひとふね》ニノリテコノ所《ところ》ヲワタリスグ。縄《なは》ノハシウカビテタヾヨフ。船人是《ふなびとこれ》ヲトリアグルニ、シバラレタル僧《そう》イデキタリヌ。顔色《かほのいろ》ツネノゴトシ。船人大《おほき》ニアヤシビテ、

何人《なにびと》ゾ。

ト、ヘバ、

[一七]我《われ》ハソレ也。盗人《ぬすびと》ニアヒテ、シバラレテヲ《お》トシイレラレタルゾ。

ト答《こた》フ。又問フ、

イカナルズチ[一八]アリテ、海《うみ》ニシヅミテシナザリツルゾ。

ト、ヘバ、

我常《われつね》ニ方広大乗経《はうくわうだいじようぎやう》ヲ誦持《じゆぢ》ス。[一九]ソノチカラナルベシ。

トイフ。但《ただし》、聟《むこ》ノ姓名《しやうみやう》ハ人《ひと》ニカタラズ。[二〇]モトノサトニカヘラム事ヲネガフ。舟人《ふなびと》コレヲ送《おく》ル。

聟《むこ》、落入《おとしいれ》シ舅《しうと》ノタメニトテ、聊《いささか》[二一]僧供《そうぐ》ヲマウケテ、テヅカラ僧《そう》ニワカツホドニ、舅ノ僧ヲ《お》モテヲツヽミテ、[二二]沙弥《しやみ》ノ中ニマジリキテ、[二三]其施《そのせ》

一六 身のまわりの海水が去り退いて、私の居る所には水が近寄って来ない。

一七「私はしかじかの者である」と名乗った。

一八「ズチ」は「術」の字音表記。秘術、通力。

一九 方広大乗経のあらたかなる験力によるものでしょう。

二〇 任地陸奥国の港に帰ることを希望した。霊異記の会話文「我を具して奥に泊(は)てよ」を地の文に改変したもの。

二一 僧たちに食事を供養する仏事。

二二 霊異記には「自度の例(ともがら)にあり」とあり、自度僧の集団にまじっていて。

二三 功徳のための供養(施し物)を受けた。

行《ぎやう》ヲウク。[一]聟ソノカホヽ《を》ミツケテ、[二]面《おも》ヲアカメテヲ《お》ドロキテカクレヌ。僧《そう》ヱミヲフクミテ、ウラミズ、[三]シノビテツヒニアラハサズ。海《うみ》ノ水《みづ》ニオボレズ、毒《どく》ノ魚《うを》ニノマレズシテ、命《いのち》ツヰ《ひ》ニマタキ事ハ、[四]大乗経《だいじようぎやう》ノアラハナルチカラナリトシリヌ。霊異記《りやういき》ニ見《え》ヘタリ。

（十六　吉野山寺僧《よしのやまのてらのそう》）

吉野山《よしのやま》ニ一《ひとつ》ノ山寺《やまでら》アリ。[五]海部峰《アマベノみね》トイフ。[六]帝姫安倍天皇《ていひめあべのてんのうのみ》御代《よ》ニ、独《ひとり》ノ[七]僧《そう》アリテ、彼山寺《かのやまでら》ニスミテ、[八]年《とし》ヒサシク行《おこな》ヒツトメテ、又[九]ミヅカラチカラオトロヘテ、ヲ《お》キフスチカラタヘズナリヌ。[一〇]弟子《でし》ノ僧大師《そうだいし》ニ申《まうさく》、

身《み》ツカレ給《たまひ》テ、病《やまひ》スデニオモクナリ給《たまひ》タリ。又身ヲタスケテ道《みち》ヲオコナフハ、仏《ほとけ》ノ説給所《ときたまふところ》也。[一一]病僧《やまひのそう》ニハユルシ給《たまふ》ナリ。売《うる》ヲカフハツミカロカナリ。[一二]心《こころ》ミニナヲ《ほ》[一三]魚《いを》ヲマイ《ゐ》レ。トイフ。ネムゴロニス丶ムレバ、[一四]ナニカハ。

一 聟は、死んだ筈の舅の僧の顔を見付けて。「カホヽ」の「ヽ」は上の「ホ」を「ヲ」と読んだので、助詞「ヲ」を書くつもりでおどり字にした。
二 前田本「面色赫青成」、名博本「おもてあをくあかくなりて」とある。底本「あをく」を脱するか。
三 舅の僧は遂に最後まで婿の悪行を表沙汰にしなかった。霊異記では、「斯(こ)の法師鴻(おほ)きに忍辱(にんにく)の高行を立つ」と讃えている。
四 法華経・観世音菩薩普門品に「或いは巨海に漂流して、竜・魚・諸の鬼の難あらんにも、彼の観音を念ぜん力に、波浪没せしむること能はじ」とある。条末の一文は右の法華経を頭に置いてのもので、方広大乗経や大乗経という汎称も、具体的、直接的には法華経を指している。

第十六条　出典は日本霊異記・下六。吉野山寺に住む病の師僧のために、童子が購入した八匹の魚が、法華経八巻に化した法華経霊験譚。法華験記・上十は本書に依拠、今昔物語集十二ノ二十七は霊異記に拠ったもの。同類譚は九冊本宝物集九や元亨釈書十二・釈広恩の項にも。

五 「海部」の読み、名博本の傍訓も「アマヘ」。棭斎攷証に「吉野の郷小川の荘麦谷村薊(あざみ)が嶽に在り」とある。今の奈良県吉野郡東吉野村麦谷の丹生川の奥あたり。
六 孝謙(重祚して称徳)天皇の御代。↓一一八頁注三。なお、名博本「帝姫阿部」の右に「テいキア仁」とよめる書き込みがあるが、後筆のため不採用。
七 霊異記、三宝絵、今昔等は僧名を記さない。法華験記は「沙門広恩」とするが所拠不明。元亨釈書はこれを継承。
八 霊異記には「精懃(ねもころ)に道を修せり」とあるだけで「年ヒサシク」は三宝絵の付加記事。
九 霊異記「疲身」、前田本「身疲」、名博本「みつかれ」とある。底本の「ミヅカラ」は「身ツカレ」の誤か。
一〇 霊異記では、魚を食うことは師の僧の発案。三宝絵諸本はすべて弟子が師の僧に勧めている。
一一 例外的に魚肉を食うのを許すことは、法苑珠林九十三・

トイフ。

[一五]弟子《でし》、紀伊国《きいのくに》ノ海《うみ》ノホトリニ童子《どうじ》[一六]ヲヤル。童《わらは》ユキテアザラカナル[一七]鯔《ナヨシ》[一八]

八《やつ》ヲカヒテ、小櫃《ちひさきひつ》ニ入《いれ》テ帰《かへり》クルホドニ、我師《わがし》ヲシレル俗三人《ぞくみたり》[一九]路《みち》ニア

ヒテ、師[二〇]ノモトヘモテユク物《もの》ナメリトミテ、

　汝《なむぢ》ガモタルハナニゾ。

ト丶ヘバ、童子《どうじ》心《こころ》[二一]ナラズシテ、

　法花経《ほふくゑきやう》ナリ。

トコタフ。櫃《ひつ》ヨリ魚《いを》ノシルタリヲチ《お》テ、魚ノ香《か》アラハニクサケレバ、

俗《ぞく》イツハリヲタヾサムトテ市《いち》[二二]ノ中ヲスグルホドニ、童《わらは》ヲトヾメテ、オ

ホクノ人《ひと》ノ中ニシテ、

　汝《なむぢ》ガモタルモノハ是魚《これいを》也。イカデカ経《きやう》トハイフ。

トイフニ、童猶《わらはなほ》、

　経《きやう》也。魚《いを》ニアラズ。

トアラガフ[二三]。俗[二四]《ぞく》ハ、

　猶《なほ》コレ魚《いを》ナリ。経《きやう》ニアラズ。

トイヒテ、シヒテアケテミムトスレバ、童《わらは》ノガル丶コトエズシテ、

食肉部等に見えるほか、病人が自ら乞い求めた場合(四分律行事鈔)、病気治療の場合(弥勒菩薩所問本願経)等に見えている。

一二「軽カルナリ」の「ル」の撥音便「ン」の無表記。

一三 名博本「いを」。

一四 法華験記には「弟子の勧めに依りて即ちこれを聴許(ゆる)せり」、元亨釈書には「拒むことあたはず」とあり、最終的には黙認するのであるから、「何かは拒(こば)まむ」の略で、「どうしてこばもうか、まあよいように」位の意であろう。

一五「弟子の僧」が、魚を購入するため「童子」を派遣した。霊異記では「弟子の僧」が、途中から「童子」という言い方に変っている。

一六 寺院に住みこみ、仏典学習のかたわら師僧の身辺の世話や外出時の供などをする得度以前の少年。

一七 新鮮で生きのいい。底本「アザラカナル」の右に「鮮」(後筆)、左に「アタラシキ魚也」(後筆)とある。名博本「あざらかなるなよし」。→三五頁注二一。

一八 ぼらの異称。成長に従って、すばしり・いな・ぼらと名が変るので「名吉し」といって出世魚とされた。

一九 僧でない世俗の人。

二〇「師ノモトヘ…トミテ」霊異記にはない。

二一「心ナラズシテ」霊異記にはない。

二二 霊異記に「大和国の内の市(いち)のほとり」とあって、下市(しもいち)のあたり説や宇智の市(五条市のあたり)説などがあるが未詳。要するに、多くの人の集っている処。

二三 反論する、抗弁する。

二四「俗ハ…トイヒテ」霊異記にはない。

[一]心中《こころのうち》ニ発願《ほつぐわん》ス、

我師《わがし》ノ年来《としごろ》ヨミタテマツリ給《たまふ》法花一乗《ほふくゑいちじよう》[二]、我《われ》ヲタスケ給へ。師ニ恥《はぢ》ミセ給《たまふ》ナ。

ト念《ねむ》ズ。俗櫃《ぞくひつ》ヲアケテミルホドニ、法花経八巻《ほふくゑきやうはちくわん》アリ。俗《ぞく》ドモ是《これ》ヲミテ、ヲ《お》ソレアヤシガリテ去《さり》ヌ。

一人《ひとり》ノ俗《ぞく》アヤシト思《おもひ》テ、ヲ《お》クレツヽ行《ゆき》テ童《わらは》ニソヒテ寺《てら》ニイタリヌ。[三]カクレテ見レバ、童師《わらはし》ニ向《むかひ》テツブサニコノ事ヲノブ。[四]禅師《ぜんじ》コノ事ヲキヽテ、[五]アヤシビ悦《よろこび》テクハズナリヌ[六]。[七]俗五体《ぞくごたい》ヲ地《ち》ニナゲテ、禅師《ぜんじ》ヲオ《を》ガミテ申《まう》サク、

マコトノ魚《いを》ナレド、聖《ひじり》ノ徳《とく》ニヨリテ経《きやう》ニナレリ。[八]我愚痴邪見《われぐちじやけん》ニシテ、[九]因果《いんぐわ》ヲシラズ。[一〇]聖《ひじり》ノ使《つかひ》ヲナヤマシワヅラハシツ。願《ねがはく》ハツミヲユルシ給へ。今《いま》ヨリ後《のち》、我大師《わがだいし》[一一]トシタテマツラム。

ト云《いひ》テ、[一二]大檀越《だいだんをつ》トナリテ、ナガクウヤマヒ供養《くやう》ズ。マサニ知《しる》ベシ、[一三]法《のり》ノタメニ身《み》ヲタスクレバ、[一四]毒《どく》モ変《へん》ジテ薬《くすり》トナル。魚《いを》モ化《くゑ》シテ経《きやう》トミユ。霊異記《りやういき》ニ見《みえ》タリ。

一　「心中ニ発願ス…ト念ズ」の童の発願のこと、霊異記にない。
二　法華経・方便品に「十方仏土の中に唯一乗の法のみ有り、二無く、また三無し」とあって、法華経はこの上なく完全な悟りに到達する唯一の教えであると説く。底本「法花経」と書き、「経」を見せ消ちにして右に「一」と書き、「法花一乗」と読ませている。
三　後をつけて来た俗が、隠れて様子をみていると。霊異記にはなく、作者の増補記事。
四　禅定を修めた師僧の意で、法師に対する敬称。
五　不思議なことだといぶかったり、有難いことだと喜んだりして。
六　霊異記に「然して彼の魚を食ふ」とあるのを「クハズ」と改変した。
七　左右の膝、左右の肘、頭の五体を大地につけてひれ伏す最高の礼拝。五体投地の礼。
八　「愚痴」は三毒の一つ、愚かで物の道理のわからぬこと。「邪見」は十惑の一つで、因果の道理を無視した誤った見解。九→八〇頁注二。
一〇　お坊様の使のお弟子さんを。「聖」は僧に対する敬称。
一一　偉大な師の意で高僧に対する尊称。
一二　大施主。信心も深く、布施することも大きい大旦那。
一三　仏法のため、僧の病をなおすためならば。
一四　諸仏も加護を垂れて、毒も変じて薬となり、魚も化して経典に変ずる霊異をお示しになったのである。霊異記には「魚宍(ぎょにく)を食ふと雖も罪を犯すにあらず、魚化して経と成る」とある。

第十七条　出典は日本霊異記・下十三。美作の国の鉄山で、落磐事故のため坑内に閉じこめられた坑夫が、法華経書写を立願した功徳によって無事救出された法華経霊験譚。法華験記・下一〇八は本書に依拠し、今昔物語集十四ノ九

（十七　美作国《みまさかのくにに》採鉄《くろがねをとる》山人《やまのひと》）

[一五]美作国英多郡《みまさかのくにあいたのこほり》ニ、[一六]オホヤケ鉄《くろがね》ヲトル山《やま》アリ。[一七]帝姫《ていひめ》安倍《あべの》天皇《てんのう》御代《みよ》ニ、国《くに》ノ[一八]司民十人《ツカサたみじふにん》ヲ召《めし》テ、此山《このやま》ニノボセテ、穴《あな》ニ入《いレ》テ鉄ヲホラシム。時ニ[一九]アナノクチクヅレ、フタガル。人《ひと》ヲ《お》ドロキヲ《お》ソレテ穴ヨリ[二〇]キヲ《ほ》ヒイヅルニ、[二一]九人《くにん》ハワヅカニイデヽ、一人《ひとり》[二二]ヲ《お》ソク出《いづ》ルホドニ、穴ノクチクヅレアヒヌ。国ノ司ナゲキアハレミ、妻子《めこ》カナシビ泣《な》ク。[二三]仏《ほとけ》ヲカキ、経《きやう》ヲウツシテ、[二四]卌九日法事《しじふくにちほふじ》修《しゆ》シヲハリヌ。此人《このひと》一人穴ノウチニヰテ思《おもはく》、

我昔《われむかし》法花経《ほふくゑきやう》カキタテマツラムトイフ願《ぐわん》ヲ発《おこ》セリ。イマダウツシタテマツラズ。我命《わがいのち》ヲタスケ給ハヾ、カナラズトクカキタテマツ[二五]ラム。

ト念《ねむ》ズ。[二六]穴《あな》ノヒマヲヲ《お》ヨビサス許通《ばかりトホリ》[二七]アキテ、[二八]日《ひ》ノ光《ひかり》ワヅカニキタレリ。[二九]独《ひとり》ノ沙弥《しやみ》アリテヒマヨリ入来《いりきた》リテ、食物《くひもの》ヲソナヘアタフ。カタリテ云《いはく》、

[三〇]汝《なむぢ》ガ妻子《めこ》ノ我《われ》ニアタヘツル物《もの》ナリ。[三一]汝ガウレヘワブレバ、コトサ

は法華験記に基づく。
一五 現在の岡山県英田郡。倭名抄「美作国英多 安伊多(あいた)郡」。美作国は古くから鉄の産出で知られていた。
一六 国営の鉄山。延喜式主計帳に、美作国の調の一つとして鉄を挙げている。
一七 孝謙(重祚して称徳)天皇。→一一八頁注三。ただし名博本に「帝姫」の右に「テイキ」、左に「ノムスメ」とあり、「倍」の右に「ヘ」とある。
一八 人夫十人を徴発して。名博本のみ「たみ百人」とする。
一九 落磐事故で、突然坑口が崩れふさがった。
二〇 我先にと出たが。
二一 九人はやっと脱出して。名博本は、百人中脱出者を九十九人とする意識的誇張表現をとっている。
二二 出るのがおくれてしまった時に。おそく出た、のではない。一人だけおくれて出られなかった時に。
二三 仏像を画き経を書写して。霊異記には「観音の像を図絵し、経を写し」とあるが、三宝絵は観音菩薩のことを省略している。
二四 四十九日の供養も終えた。前田本、名博本は共に四十九日とするが、霊異記には「七日逕(ふ)ること」とある。坑内で四十九日間も生存したと誇張するための意識的改変か。
二五 霊異記では、この発願の言葉に続き「闇(くら)き穴に居て惆(うれ)へ悵(かな)しぶ。生長(ひととなりし)時より今日に至るまで、この哀(かな)しびに過ぎたることなし」とある。作者の省略か。
二六 坑口に、すき間が指一本入る位あいて。「ヒマヲ」の「ヲ」はない方が意味は通りやすい。名博本「ヲ」なし。
二七 底本「通アキテ」の「キ」は「ケ」に重ねて書く。
二八 日の光が僅かに射しこんできた。
二九 一人の沙弥が小さい透間から入ってきて食物をその人の前に置いてくれた。
三〇 この食事は、そなたの妻子が七日毎の法事に私に供えてくれたものである。
三一 それに、そなたが悲しみ嘆いているので、特別にやって来たのである。

ラニ来《き》ツル也。

トイヒテ、又ヒマヨリイデヌ。サリテノチ久《ひさし》カラズシテ、居《ゐ》[一]タルイタヾキニアタリテ、穴《あな》ヒラケトホリテ、ソラアラハニミユ。ヒロサ[二]三《さむ》尺余《じやくよ》、高《たか》サ五尺許《ごしやくばかり》也。

時ニ村人卅余人《むらびとさむじふよにん》葛《かづら》[三]ヲクリニ山《やま》ニ入《いり》テ、コノ穴《あな》ノホトリヨリ[四]ユキスグルニ、人〳〵《ひとびと》[五]ソノカゲヲミテ、ヨバヒサケビテ、

我《われ》[六]ヲタスケヨ。

トイフ。山人《やまびと》ホノカニキクニ、蚊《か》ノコヱノゴトシ。即《すなはち》キヽアヤシビテ、葛《かづら》ニ石《いし》ヲツケテソコニイレテ心見《こころみ》ルニ、底《そこ》ナル人《ひと》ヒキウゴカス。「人《ひと》ナリケリ」トシリテ、葛[七]ヲムスビテ籠《こ》ニツクリテ、葛ヲナヒテ縄《なは》ニツケテオトシイレツ。底ノ人ノリヰテ、ウヘノ人ヒキアゲツ。オヤノイ[八]ヘニヰテオクル。家《いへ》ノ人コレヲミテ、悲《かなし》ビ悦事《よろこぶこと》カギリナシ。国《くに》ノ司《つかさ》オドロキ問《とふ》ニ、ツブサニ件《くだり》[九]ノ事ヲ申《まうす》。即《すなはち》オホキニタウトビ、カナシビテ、国内《くにのうち》[一〇]ニ知識《ちしき》ヲトナヘテ、是《これ》[一一]ヨリハジメテチカラヲクハヘテ、其法《そのほふ》花経《くゑきやう》ヲ書《かき》タテマツリテ、オホキニ供養《くやう》ズ。イキガタクシテイキタル事、是法華経《これほふくゑきやう》[一二]ノ願力《ぐわんのちから》也。霊異記《りやういき》ニ見《みえ》タリ。

一　しゃがんでいる頭の上あたりの天井に穴があいて。

二　閉じ込められている穴の大きさの説明。広さは方三尺余り、高さは約五尺であった。三宝絵諸本同じ。霊異記は「広さ方二尺余、高さ五丈許なり」とする。高さ五尺ではよじのぼれるぐらいの高さである。

三　山野に自生する豆科のつる性植物。つるは長く丈夫で綱の代用として用い、また行李などにも編む。これを採る作業を「曳く」「繰(く)る」と言った。

四　穴のほとりを通り過ぎようとした時。「ヨリ」は経過を示す格助詞。

五　名博本「そこなる人、ひとのかげをみて」、前田本「底人、見影」、霊異記にも「穴の底の人、人影を見て」とある。底本は「底ナル」を脱し、「ソノカゲ」の「ソ」は衍で、底なる人が「人〳〵ノカゲヲミテ」とあったものと思う。

六　助けてくれ。霊異記の「我が手を取れ」を同意異文に改変した表現。

七　葛を編んで籠をつくり、これに葛をなった縄を着けて。

八　親の家につれて送って行った。

九　坑内で法華経書写の願を立てたこと、沙弥が食物を差し入れてくれた事など。

一〇　国司は国内の有志たちに呼びかけて。

一一　名博本には「我よりはじめてちからをくはへて」とある。

一二　霊異記では説話末に「是れすなはち法花経の神力、観音の贔屓(きひ)なり」とある。三宝絵諸本では法華経の霊現に重点を置いたためか、観音のことは割愛されている。

第十八条　法華八講のおこりを説く。条末に掲示の典拠「石淵寺ノ縁記(起)」は今は伝わらない。ひたすら母に孝養を尽していた大安寺の僧栄好の急逝後、親友の勤操が息子の死を隠して栄好の母の世話を続ける。たまたま来客接待

（十八　大安寺栄好《だいあんじのゑうがう》）

昔《むかし》大安寺《だいあんじ》[一三]ニ栄好《ゑうがう》[一四]トイフ僧《そう》アリ。身《み》マヅシウシテ、オコナヒツトム。坊《ばう》[一五]ヨリイヅル事ナシ。老《おい》タル母《はは》ヲ寺《てら》ノ外《ほか》ニスヱタリ。一人《ひとり》ノ童《わらは》ヲ室《むろ》ノウチニツカフ。七大寺《しちだいじ》[一六]、古《いにしへ》ハ室ニ釜檜《カマコシキ》[一七]ヲオカズ、政所《まんどころ》[一八]ニ飯《いひ》ヲカシキテ[一九]、露車《むなぐるま》[二〇]ニツミテ、朝《あした》ゴトニ僧坊《そうばう》ノ前《まへ》[二一]ヨリヤリテ、一人ノ僧ゴトニ小飯四《せうはんし》[二二]升《しよう》ヲウク。栄好是《ゑうがうこれ》ヲウケテ四《よつ》ニ分《わかち》テ、一《ひとつ》ヲバ母ニタテマツル。一ヲ来《きた》ル乞者《とつじや》ニアタフ。一ヲバミヅカラクフ。一ヲバ童ニアテタリ。マヅ母ニオクリテ、マイ《ゐ》ル[二三]ヨシヲ聞《きき》テノチニ、ミヅカラ食《く》フ。師《し》食ヒテノチニ童クフ。アマタノ年《とし》ヲヘテ此事《このこと》アヤマタズ。坊ノカタハラニ近《ちか》ク並《ならび》テ、勤操《ごんさう》[二四]ト云《いふ》僧アリ。又身《み》マヅシクテ、ツトメアリ。栄好《ゑうがう》トシタシキ友《とも》トシテ、年ヲヘテ此事[二五]ヲキテ、朝《あした》[二六]ニ壁《かべ》ヲヘダテヽキクニ、栄好ガ童《どう》子《じ》今日《けふ》ノ飯《いひ》ヲウケ置《おき》テ、カクシ忍《しのび》テナクコヱアリ。勤操アヤシビテ、ヒソカニ童ヲヨビテ、

何事《なにごと》ニヨリテ泣《なく》ゾ。

の飲酒で母の食事がおくれ、これがきっかけで息子の死を知らされた母親は急死する。悔み悲しんだ勤操は、亡母供養のため同法七人と語らい、年毎の忌日に、欠かさず法華経八巻講讃の同法八講を修した。これが法華八講のおこりで、後世広く世に行われるようになった。中巻中、本条だけが典拠資料が確認できない。よって、参考資料として同系並びに類話所載の作品名を掲げる。九冊本宝物集六、発心集、私聚百因縁集九、元亨釈書二、三国伝記九。

一三 聖徳太子創立の南都七大寺の一つ。→一一四頁注四。

一四 護国寺本諸寺縁起集所収の法華八講縁起は「永高」とする。伝未詳。元亨釈書二の勤操伝に「栄」に「ヤウ」と仮名を付す。名博本により「ゑうがう」とする。

一五 僧侶の居住する部屋。名博本は「むろ」とする。

一六 南都の七大寺。東大寺・興福寺・元興寺・大安寺・薬師寺・西大寺・法隆寺。

一七 前田本「甑」。底本の「檜」は屋根のない高殿の意なので「甑」の誤記か。「甑(こしき)」は円形瓦製で、穴のあるすのこを底に敷き、釜にのせて物を蒸すのに使った。後に木製となる。せいろう。

一八 大きな寺社や摂関家等の家政事務機関。今の寺務所。

一九 類聚名義抄「炊」字他すべて「カシク」の「ク」は清音。

二〇 車台だけで、覆いや屋形などのない車。荷車。

二一 「ヨリ」は経過を示す格助詞。僧坊の前を通って。

二二 前田本「飯四升」、名博本「いひ四升」とあり、底本の「小」は衍か。

二三 「食ふ」の敬語。母が召し上ったと聞いたその後で。

二四 弘法大師の師として著名。三論教学の学匠として名をはせ、僧綱に列せられ、没後僧正を贈られる。元亨釈書二にその伝があるが、多くはこの記事に同じ。

二五 前田本「見聞此事」、名博本「このことをみきくに」。底本は、「此事ヲ見キヽテ」の傍線部の脱か。栄好の孝行ぶりを見聞していて。

二六 前田本「一朝」。名博本の「人あした」は「一(ひと)あした」の借字か。ある朝の意。

トヽヘバ、答《こたへ》テ云《いは》ク、

ケサ師《し》ノ僧《そう》[一]ツヽガナクシテ、俄《にはか》ニオ《を》ハリタリ。マヅハヲ《お》[二]ノレ一人《ひとり》シテ、イカサマニテヲサメタテマツラムトスラム。次《つぎ》ニハ師[三]ノ飯《いひ》ニカヽリ給ヘル母《はは》、イカニシテイキ給《たまひ》タラムトスラム。

ト云《いひ》テ泣ク。

勤操《ごんさう》カナシビ思《おもふ》事カギリナシ。オノガ父母《ちちはは》ヲワカレタラムガゴトシ。

即《すなはち》ヲシヘテ云《いはく》、

汝《なむち》[四]サラニオモフベカラズ。ヲサメム事ハ、我《われ》[五]ト汝トシテ、コヨヒモテカクシテム。母《はは》ヲバ、我アヒカハリテ、飯《いひ》ヲワケテヤシナハム。汝スデニカハラズ、飯モ又アヒ同《おな》ジ。スベテイマハ、我ヲタノム事、モトノ師《し》ノゴトクオモヘ。抑《そもそも》ユメ〳〵此《この》ヨシヲ母ニシラシムナ。年《とし》[六]ヲ《お》ヒ《い》ヲ《お》トロヘタナレバ、キカバ必《かなら》ズマドヒ死給《しにたまひ》ナム。時[七]タガハザラムサキニ、トク今日《けふ》ノ飯ヲヽ《お》クレ。

トイフ。童此事《わらはこのこと》ヲキヽテ、悲《かなしみ》ノ中ニ喜《よろこび》ヲナス。涙《なみだ》[八]ヲノゴヒテ[九]ツレナサマヲツクリテ、例《れい》ノゴトクニ飯《いひ》ヲモテユク。涙ノ落《おち》ヌベケレバ、イフコトモナクシテ、サシヲ《お》キテトクカヘリヌ。母《はは》[一〇]、今日《けふ》ノアシタニ心《こころ》ハ

一 何の異常もなく突然他界してしまった。
二 私一人で、どうして亡き骸を葬ったらよいだろうか。
三 師僧に配られる飯に頼って生きておられる母君。
四 そなたは、何等心配することはない。
五 私とそなたと二人で今夜他の人にわからぬように始末しよう。
六 名博本「としおいおとろへたれば」。底本「タ」と「ナ」の間の抹消符号は「ル」を消したものか。「ナレ」は伝聞。年とって体も衰えているということだから。
七 何時もの食事どきを余り過ぎないうちに。
八 名博本はこの字および次行の「涙」に当るところを「なむた」とするが、従前通り「なみだ」とよんだ。
九 わざと平気なそぶりをよそおって。名博本「つれなきさま」。「ツレナサマ」で一語。
一〇 母は、この日の朝は何となく胸騒ぎを感じていた。

シリシケリ。

コノ夜《よ》、勤操童《ごんさうわらは》トニナヒテ、栄好《あうがう》ヲフカキ山《やま》ノウヘニオキツ。寺《てら》ノ中ニシラセズシテ、「[一一]シバラクホカニサリタル」トイハシム。勤操ヲ《お》ノガ飯《いひ》ヲワケテ、モトノゴトクニ母《はは》ニオクル。又童ニタマフ。母トキ〲童ニトフ、

[一二]ナドカ久《ひさし》クイマセヌト申《まう》セ。

トイヘバ、童《わらは》ノ云《いはく》、

[一三]ツネニ出立給《いでたちたまふ》ヲ御《おほむお》ヲコナヒヒマナク、人《ひと》[一四]又キアヒテトマラル、也。[一五]タヾタヒラカニヲハ《お》ストキヽヨロコビテ、イソガレヌナリ。

[一六]コヨヒモマイ《ゐ》ラレナム。

トイヒツヽ月日《つきひ》ヲオクル。

[一七]又ノトシノ春《はる》、人来《ひときたり》テ、勤操《ごんさう》ニ供養《くやう》[一八]ヲタテマツレリ。セバキ坊《ばう》ニ客《まら》人《うど》アツマリテ、童《わらは》[一九]マヅコノ事ヲイソギテ、飯《いひ》ヲワクル事シバラクオコタレリ。客人シヒテ薬《くすり》[二〇]ノ酒《さけ》ヲスヽメテ、勤操酒《さけ》ノ気《け》アリテネブリイリテ、[二一]オドロキテミルニ、日《ひ》ノカゲカタブケリ。即《すなはち》ワラハニメ[二二]ヲクハセテ、例《れい》ノ飯ヲヤリツ。母語《ははかたり》テ云《いはく》、

一一 勤操は童に「師の僧栄好は、暫くよそに出掛けている」と言わせた。

一二 栄好に、なぜ久しい間こちらにいらっしゃらないのかと申し伝えよ。

一三 何時もこちらにお出かけなさろうとするのですが、お勤めに暇がなく。

一四 又、来客が来合せたりして、こちらへの御来訪がとりやめになってしまわれるのです。

一五 師の僧は、母君が御無事でいらっしゃると聞いて喜ばれ、こちらへのおいでを急がれないのです。

一六 今夜にもこちらへいらっしゃいますでしょう。

一七 翌年の春。

一八 ここは客人が勤操に飲食物をふるまった事。

一九 童は、取りあえず来客接待の準備にとりまぎれて。

二〇 酒は本来禁ぜられていたが、薬としては許されていたので、薬用の酒といったもの。

二一 目を覚ましてみると。

二二 目くばせをして。

老《おい》ヌル身《み》ノ口惜《くちをし》カリケルハ。例《れい》ノ時[一]スコシスギツレバ、ケサナム心地《ここち》アシカリツ。

トイフニ、童《わらは》悲《かなしみ》ノ心《こころ》ムネニアマリテタヘズシテ、俄《にはか》ニフシ丸《まろ》ビテナク。母《はは》アヤシミテ問《と》フ。[二]カクシハツル事アタハズシテ、ナク〳〵云《いはく》、

マコトハ御子《みこ》ハイマヽデイマスカリツルトヤヲ《お》ボス。去年《コゾ》[三]ノソノ月《つき》ニハ隠給《かくれたまひ》ニキ。

ト云《いふ》。母《はは》、

イカニ〳〵。

トイフマヽニタヘ《え》ヲハリヌ。童《わらは》イヨ〳〵カナシガリテ、[四]コシラヘヲ《お》ドロカセドモイカズ。悔思《くいおも》ヘドモカヒナシ。此由《このよし》ヲ勤操《ごんさう》ニ申《まうす》。勤操カナシビナク事カギリナシ。

我《われ》モシマコトノ子《こ》ナラマシカバ、[五]カヽル事ハアラマシヤハ。我《われ》モシ仏《ほとけ》ノ制《せい》シ給ヘル酒《さけ》ヲノマザラマシカバ、カタ時モオコタラマシヤハ。

トイヒツヽ、ナキナゲクコトネムゴロニフカシ。今夜《こよひ》同法《どうぼふ》[六]ノ人七人《ひとしちにん》ヲカタラヒテ、モトノ童《わらは》シタシクソヒテ、コノ母《はは》ヲ石淵寺《いはぶちでら》[七]ノ山《やま》ノフモト

一 いつもの食事どきが少しおくれたので。直前のことの回想なので「つ」が用いられている。
二 童は栄好の死をいつまでも隠し通すことができないで。
三 去年のこれこれの月に。
四 あれこれとやってみて、正気づかせようとしたが生き返らなかった。
五 「Aマシカバ、Bマシヤハ」の言い方で、「もしAであったらBということになっただろうか。そうはならなかったであろう」という意。
六 同じ師について仏法を修行した仲間。
七 奈良市の東南、高円山の中腹にあった勤操開基の寺。

ニハフリツ。

アクル朝《あした》ニ、八人《はちにん》ノ僧《そう》、堂《だう》ニ入《いり》テシバシ休《やす》ム。勤操《ごんさう》カタラヒテ云《いはく》、ワレ栄好《ゑうがう》ニカハリテ其母《そのはは》ヲヤシナヒツ。其 志《そのこころざし》イマダ久《ひさし》カラザルニ、ソノ命已《いのちすで》ニタヘ《え》ニタリ。ナゲキテモカヒナシ。[八]今《いま》ハ後世《のちのよ》ヲミチビカムト思《おもふ》ニ、堂《だう》ノウチニ仏《ほとけ》イマス。仏ノミマヘニ経《きやう》イマス。見レバ法花経《ほふくゑきやう》也。我等《われら》八人《はちにん》シテ八巻《はちくわん》ノ経ヲエタリ。因縁《いんねん》アリトイフベシ。[九]七ゝ日《しちしちにち》ノ忌《き》ノ間《あひだ》ハ此寺《このてら》ニ来《きたり》テ、一日《いちにち》ニ一鉢《いつぱち》ヲマウケテ、一人《ひとり》ニ一巻《いつくわん》ヲ講《かう》ゼム。[一〇]年《とし》ゴトノ忌日《きにち》ニモ、今日《けふ》ノ八人力《ちから》ヲ合《あはせ》テ、[一一]其日《そのひ》ヲハリニアテヽ、[一二]四日《よか》講《かう》ヲ修《しゆ》シテ、八巻ノ経ヲ説《とか》ム。名《な》ヲバ同法八講《どうぼふはつかう》トイヒテ、[一三]年《とし》ゴトニカヽジ。

トイヘバ、ノコリノ七人《しちにん》ノ僧《そう》モミナ、

[一四]アハレニタウトキ事也。必《かなら》ズ可然《しかるべし》。

ト契《ちぎり》テ、延暦十五年《えんりやくじふごねん》死《しに》[一五]タリ、四十九日《しじふくにち》ヨリハジメテ、後ゝ《のちのち》ノ年《とし》ノ忌日《きにち》ゴトニ、タヘ《え》ズオコナフ。[一六]勤操《ごんさう》ノ聖徳《しやうとく》世《よ》ニホメラレテ、ヲ《お》ホヤケ、ワタクシ皆《みな》タウトブ。コノ八講《はつかう》イヨ〳〵大《おほき》ニ行《おこな》フ。[一七]勤操死《ごんさうし》ニテ後《のち》ニ、ヲ《お》ホヤケ僧正《そうじやう》ノ職《しよく》ヲオクリ給《たまふ》。東大寺《とうだいじ》ノ僧《そう》ドモ、

八 今となっては、せめて後世の安楽を導いてあげようと。

九 母君の死後、七日七日の忌中の間は、七日毎にこの寺に参集して。

一〇 毎年の祥月命日にも。

一一 命日を結願の日に割り当てて。

一二 法華経八巻を八座とし、一日は朝と夕との二座として、一座は一人一巻ずつを担当して講説し、四日間で全八巻を八人で講ずる法会。

一三 毎年欠かさずにやりましょう。

一四 誠に人の心を打つ、尊い企画です。必ず実現しましょう。

一五 延暦十五年(七九六)栄好の母が死去し、その四十九日の同法八講を第一回として、その後毎年の命日ごとに、絶えることなく法華八講を行なった。「死タリ」は「死タル」の誤記か。

一六 生前は友人の母に食を贈り、死するや同法八講を創始し、同法と力を合せて爾来継続してこれを実施した勤操の聖なる徳行。

一七 天長四年(八二七)五月四日、西寺の北院で入寂。年七十。没後、茶毗(びだ)の際に僧正位が追贈され(僧綱補任)、死後贈官の先例となった。

石淵寺《いはぶちでら》ノ八講《はつかう》タウトキ事ナドキヽテ、[一]天地院《てんちゐん》ニシテ代ゝ《よよ》ニツタヘオコナフ。イマニタエズ。コノ後《のち》ニ寺ゝ《てらでら》又皆《みな》ハジメ、所〳〵《ところどころ》ニアマネクヒロマル。或《あるい》ハ[二]開結経《かいけつきやう》クハヘテ[三]十講《じふかう》ニヲ《お》コナフ所《ところ》モアリ。[四]一寺《いちじ》ノ僧力《ちから》ヲアハスルコトハ、勤操ガフルキアトヲ継《つぐ》ナリ。[五]五巻《ごくわん》ノ日《ひ》、[六]薪《たきぎ》ヲ荷事《になふこと》ハ、[七]国王《こくわう》ノ昔《むかし》ノ心《こころ》ヲマネブ也。八講ノオコリ、石淵寺ノ縁記《えんぎ》ニ見《みえ》タリ。

薪《たきぎ》ヲ荷《になひ》テ廻《〈めぐ〉》メグル讃歎《さんたん》ノ詞云《ことばにいはく》、

[八]法花経《ほふくゑきやう》ヲ我《わ》ガエシコトハタキヾコリナツミ水《みづ》クミツカヘテゾエシ

此歌ハ[九]或《あるい》ハ光明皇后《くわうみやうくわうごう》ノ読《よみ》給ヘルトモイヒ、又行基菩薩《ぎやうぎぼさつ》ノ伝《つたへ》給ヘリトモ云《いふ》。イマダ不詳《つまびらかならず》。

[一〇]讃《さん》ニ曰《いは》ク、

[一一]守屋大連《もりやのおほむらじ》ノ愚《おろか》ナル詞《ことば》ニカヽリテ、[一二]我国《わがくに》ノ仏種《ぶつしゆ》ハ断《たえ》ヌベカリケルヲ、[一三]厩戸皇子《うまやどのみこ》ノカシコキ政《まつりごと》ニヨリテ、今日《けふ》マデ法門《ほふもん》ハ所伝也《つたはるところなり》。[一四]四《し》百歳《ひやくさい》ヨリ以来《このかた》、[一五]幾《いくばく》ノ衆生《しゆじやう》カ知因《いんをしり》、悟果《くわをさとり》、[一六]離苦《くをはなれ》、得楽《たのしみをえし》。[一七]尺尊《しやくそん》ノ法力《ほふりき》アヤシキカナ、妙《たへ》ナルカナ。

一 天地院は東大寺中の一院。延暦十七年(七九八)、ここで始めて東大寺の法華八講を行なったという。

二 本経を説く前、序説として説かれるのが開経で、法華八講の場合は無量義経。結びに当るのが結経で、観普賢行法経がこれに該当する。

三 法華経八巻に開経結経各一巻を加えた十巻を、一人一講、十人の講師で講ずるのが十講。

四 それぞれの寺内の僧が協力して行う形式は、勤操が大安寺で行なった古い先例を継承しているのである。

五 八講や十講で法華経第五巻を講説する日。第五巻提婆達多品には悪逆人提婆達多への授記や幼き八歳の竜女成仏の次第などが説かれていることから、悪人成仏、女人成仏の証拠として重んじられた。

六 五巻の日は、仏が前世で国王であった時、阿私仙に千年奉仕し、果を採り、水を汲み、薪を拾って法華経を聴聞したという提婆達多品の故事に基づき、法華讃歎の歌を詠じながら、薪を背負ったり、水桶をかついだりして僧衆の後に続いて薪の行道を行なった。

七 前世で国王であった時の釈迦が、採果汲水の給仕をした故事の精神を受け継いでいるのである。

八 拾遺集・哀傷に「大僧正行基よみたまひける」として収載。

九 依拠不明。

一〇 「讃」は仏法をたたえる文句。ある物語の結論として一定の型をもってまとめた短い章句。ここは中巻「法宝」の巻のまとめの文。

一一 守屋の仏教排斥の愚かな進言により。

一二 日本における仏法の受容、流布の道が断絶する所であったのを。

一三 厩戸皇子の賢明な政策によって。

一四 為憲は聖徳太子の生誕を敏達元年(五七二)としている(本書中巻一条)。その時から本書執筆の永観二年(九八四)までは四百十二年、仏教伝来の欽明天皇十三年(五五二)からは四百三十二年である。

一五 どれだけの衆生が因果応報の道理を悟り。

三宝伝[18]中巻

一六　諸煩悩を離脱し、菩提の悦楽を得たか測り知れません。
一七（ここに本朝における仏法の流布及びその霊験譚十八条を紹介しましたが）釈尊の説かれた仏法の威力は、何と不可思議であり、霊妙きわまりないものではありませんか。
一八　底本「伝」は誤。前田本「絵」。

三《さむ》　宝《ぼう》　絵《ゑ》　下《げ》

此巻《このまき》ニハ、正月《しやうぐわつ》ヨリハジメテ十二月《じふにぐわつ》マデ、月《つき》ゴトニシケル所〻《ところどころ》ノワザヲシルセル也。

正　月

正月オコナフヨシ　　御斉会《みさいゑ》　　ヒエノ山《やま》ノ四季ノ懺法《せむぼふ》　　温室《うんしつ》ノ功徳《くどく》　　布薩《ふさつ》

二　月

二月オコナフヨシ　　西院阿難悔過《さいゐんのあなんくゑくわ》　　山階寺《やましなでら》ノ涅槃会《ねはんゑ》　　石塔《しやくたふ》

三　月

志賀《しが》ノ大法会《だいほふゑ》　　薬師寺最勝会《やくしじのさいしようゑ》　　高雄《たかを》ノ法花会《ほふくゑゑ》　　法花寺《ほふくゑじ》ノ花厳会《くゑごむゑ》　　比叡坂下勧学会《ひえのさかもとのくわんがくゑ》　　薬師寺《やくしじ》ノ万灯会《まんどうゑ》

四　月

比叡《ひえ》ノ舎利会《しやりゑ》　　大安寺大般若会《だいあんじのだいはんにやゑ》　　御前《おほむまへ》ノ灌仏《くわんぶつ》　　ヒエノ山《やま》ノ受戒《じゆかい》

五月
長谷寺菩薩戒《はつせでらのぼさつかい》　施米《せまい》
六月
東大寺千花会《とうだいじのせんぐゑゑ》
七月
文殊会《もんじゆゑ》　盂蘭盆《うらぼん》
八月
ヒエノ山《やま》ノ不断念仏《ふだんねむぶつ》　八幡放生会《やはたのはうじやうゑ》
九月
比叡山《ひえのやま》ノ灌頂《くわんちやう》
十月
山階寺《やましなでら》ノ維摩会《ゆいまゑ》
十一月
熊野八講《くまののはつかう》　比叡山《ひえのやま》ノ霜月会《しもつきゑ》
十二月
御仏名《ごぶつみやう》

是等《これら》ノハジメオ《を》ハリノアリサマヲシルセルナリ。

下巻序　釈尊隠れ給い菩薩や声聞の僧もいまさざる末の世に、仏法を伝え衆生の頼みとなるのは凡夫の僧に外ならない。たとえ破戒僧でも未受戒沙弥でも、僧形のものすべてを敬うべきであると、諸経典を駆使して強調している。

一 大乗本生心地観経二に「世の出世間に三種の僧あり。一は菩薩の僧、二は声聞の僧、三は凡夫の僧。文殊師利及弥勒等は是れ菩薩の僧、舎利弗、目犍連等の如きは是れ声聞の僧…衆生を利楽するを凡夫の僧と名づく」とある。

二 「クサ」の右に底本「種」とあるが、別筆と判定する。

三 「菩薩ノ僧」は、ここでは、菩薩名で呼ばれる最高位の仏弟子。「声聞ノ僧」は仏弟子たちのこと。「凡夫ノ僧」は世間一般の人で僧となり、指導的地位にある人。

四 心地観経二の「前の三真実の僧宝を供養ずれば、獲る所の功徳、正に等しうして異なる事なし」をふまえた記事。

五 衆生を済度しようとする広大なるいつくしみの誓願。法華経・観世音菩薩普門品に「弘誓深きこと海の如し」とある。

六 仏や阿羅漢果の聖者の持つ宿命明・天眼明・漏尽明の三明に天耳通・他心通・如意通を加えた、六つの超人間的神通力。

七 前田本に「自釈尊匿、〔聖僧失大象去、子随如去。彼観音去西〕普賢帰東」とあり、〔 〕内は底本の脱。大智度論二、並びに、これを引く法苑珠林十二にも「仏の滅度を聞いて我随て去る。大象去れば象の子も随ふが如し」とあり、観無量寿経に、観音は仏と共に西方極楽浄土にいますとある。

八 法華経・普賢菩薩勧発品に、普賢菩薩は東方「宝威徳上王仏国」にいますとある。

九 菩薩の僧がこの世からなくなった、の意。後に「声聞ノ僧」とあり、対比した言い方。

一〇 「憍梵」は憍梵波提の略。舎利弗の弟子。大智度論二、法苑珠林十二に、第一次結集時に迦葉の要請にも応ぜず「復能く閻浮提に下らず。ここ(天上の尸利沙樹園)に住し

三《さむ》宝《ぼう》絵《ゑの》詞《ことば》下《げ》

僧《そう》宝《ぼう》

[一]釈迦《しやか》ノ御弟子《みでし》ニ三《み》[二]クサノ僧《そう》イマス。一《ひとつ》ニハ[三]菩薩《ぼさつ》ノ僧、弥勒文殊《みろくもんじゆ》ノゴトキノタグヒナリ。二《ふたつ》ニハ声聞《しやうもん》ノ僧、目連身子《もくれんしんし》ノゴトキノトモガラナリ。三《みつつ》ニハ凡夫《ぼむぶ》ノ僧、コノ世《よ》ノ僧正僧都《そうじやうそうづ》ノゴトキノヤカラ也。衆生《しゆじやう》ニ恩《おん》ヲホドコス。恩ヲカブリヌレバムクユル事カタシ。恩ヲムクヒ《い》ムトテ供養《くやう》ジタテマツル人《ひと》ハ、[四]福《ふく》ヲウルコトヒトシウシテコトナラズ。菩薩ハミナ[五]大悲《だいひ》ノヒロキチカヒヲオコシテ、世《よ》ヲワタス事、ソノチカヒ広《ひろ》シ。声聞ハ又[六]三明六通《さむみやうろくつう》ヲソナヘテ、人ヲスクフニチカラタヘタリ。[七]尺尊《しやくそん》カクレ給《たまひ》ニシヨリ、[八]普賢《ふげん》ハ東《ひむがし》ニ帰《かへり》シカバ、[九]菩薩ノ僧ノ目《め》ニミヘ《え》給《たまふ》モナシ。[一〇]憍梵《けうぼむ》ハ水《みづ》トナガレテシヅマリ、[一一]迦葉《かせふ》ハ山《やま》ニカクレニシカバ、声聞ノ僧ハアトヲトヾムルナシ。アハレ、仏《ほとけ》モマシマサズ、[一二]ヒジリモイマサヾルアヒダニ、[一三]クラキヨリクラキニ入《いり》テ心《こころ》ノマドヒサカリニフ

て般涅槃せん」といって種々の神変を現じ、「心より火を出して身を焼き、身中より水を出して四道に流下す」とある。
一一 仏陀十大弟子の第三で、第一回の結集を行い、後、阿難に法を嘱して鶏足山で入滅したという。
一二 ここでは、菩薩、声聞をさす。
一三 法華経・化城喩品の「冥(くら)きより冥きに入りて永く仏の名を聞かざりしなり」をふまえたもの。

一 同類の表現は、大乗大集地蔵十輪経四にも「我、今、恭敬して髪を剃り衣を染めたる人を礼す」などとある。剃髪し墨染の衣を着た人、すなわち僧侶。
二 法苑珠林十九、諸経要集二に「(仏宝・法宝・僧宝の)三宝は既に同義なれば、須(すべから)く斉(ひと)しく敬すべし。偏(ひとへ)に仏法に遵(したが)ひて、頓(にはか)に僧尼を棄つ可からず」と。
三 前田本「永挑法灯」、名博本「ながくのりのともしびをかゝげ」とある。仏法が世の闇を照らすこと。
四 摩訶止観二下に「油鉢を擎(ささ)げ一渧(いってい)も傾けざるが如し」とある。心を集中して正念を持することの喩え。
五 底本「身ノ根」を見せ消ちにして「或本真言」と傍記し、その「真言」に合点をつける。前田本「伝真言」、名博本にも「真言をつたへて」とある。底本の傍記に従う。
六 真言密教の奥秘を伝えて遺漏のないことの喩え。たとえば北本大般涅槃経四十に「阿難、我につかへて二十余年…我が所説の十二部経を持し、一たび耳に経れば再問せず、瓶水を写すにこれを一瓶に置くが如し」とある。
七 大乗経典。
八 法華経・五百弟子受記品の法華七大喩の一。衣裏宝珠の譬え。ある貧しい者が衣の裏に親友が宝の珠をつけておいてくれたのを知らずして、世事にあくせくしていたごとく、俗人は仏より無上の教えを受けているのにそれを悟ることができないということ。ここは逆に仏道に専心して俗事を気にしないことをいう。
九 仏道修行に従って世俗のことを捨て。
一〇 俗人の間に進出して、人々が仏道に入るのを勧誘する。

カク、身《み》ノツミ弥《いよいよ》ヲ《お》モキスヱノヨニ、[一]モシカミヲソリ、衣《ころも》ヲソメタル凡夫ノ僧イマサヾラマシカバ、誰《たれ》カハ仏法《ぶつぽふ》ヲツタヘマシ、衆生《しゆじやう》ノタノミトハナラマシ。[二]三宝《さむぼう》ハスベテ同《おな》ジケレバ、ヒトシクミナ敬《うやま》ヒタテマツルベシ。ヒトヘニ仏《ぶつ》ト法《ほふ》トヲタウトウシテ、僧《そう》ト尼《に》トヲカロムルコトナカレ。

アナタウト、或《あるい》ハ経論《きやうろん》ヲ説《とき》テナガク[三]ノリノ灯《ともしび》ヲツガムヤ、或ハ戒律《かいりつ》ヲマモリテ[四]鉢《はち》ノ油《あぶら》ヲカタブケズ、或ハ[五]真言《しんごん》ヲサダメテマタク[六]カメノ水《みづ》ヲウツシ、或ハ[七]大乗《だいじよう》ヲ誦《ず》シテアマネク[八]衣《ころも》ノウラニ玉《たま》ヲカケ、或ハ[九]禅定《ぜんぢやう》ヲコノミテ世《よ》ノイソギヲステ、或ハ[一〇]世間《せけん》ニイデヽ人《ひと》ノ心《こころ》ヲスヽム。[一一]ミナコレ仏教《ぶつけう》ノアマタノ門《かど》ヨリワカレイデヽ、ヲ《お》ナジク菩提《ぼだい》ノ一所《ひとつトコロ》ニイタリアハムトスル也。

又[一二]戒《いむこと》ヲヤブレル僧《そう》ヲモ、我《われ》オナジクウヤマフ。経《きやう》ニノ給《たま》ハク、[一三]タトヒ戒《いむこと》ヲヤブレドモ、ナヲ《ほ》輪王《りんのう》ニスグレタリ。[一四]タトヒ悪道《あくだう》ニヲ《お》ツレドモ、ソノ所《ところ》ノ王《わう》トナル。[一五]セムフクノ花《はな》ハシボミタレドモ、ヨロヅノ花ノアザヤカナルニハスグレタリ。[一六]栴檀《せんだん》ノ香《かう》ノモエウセヌレド、モロ〳〵ノ衣《ころも》ニホヘルガゴトシ。[一七]千《せん》ノ牛《うし》ノナカニ一《ひとつ》シヌ

一一 以上、それぞれ立てる所に従って諸門に分派したが、菩提の道を目指すことはみな軌を一にしているの意。
一二 以下、破戒の僧をも敬うべきことを説く。「戒」の字は底本で「いむこと」と訓じていることが多いが、平仮名の名博本ではかえって「かい」と音読している例がある。
一三 心地観経二に「当に知るべし、是の人三宝の力を信ず。諸外道に勝ること百千万倍、亦四種の転輪聖王に勝れたり」とある。「輪王」は転輪聖王の略で、正義をもって世界を治める王。金・銀・銅・鉄の四輪王がある。
一四 心地観経三に「禁戒を毀り悪道に生ると雖も、戒の勝れたるに由るが故に王となるを得」とある。なお、前田本の「能進善根」や、名博本の「よくぼだいをすゝむ」とある本文に従えば、大方広十輪経三、並びにこれを引く法苑珠林十九の「自らは悪道に堕すれども、能く衆生をして善根を増長せしむ」に拠ったものと思われる。
一五 十輪経三に「瞻蔔(せんぷく)の華は萎むと雖も諸の余華に勝れたり」とあるによる。瞻蔔華は黄白色で、芳香の花として仏典にしばしば引用されている。底本「才」(セ)の右に別筆にて「せ」と書く。
一六 芳香を発する香木栴檀(せんだん)でつくった香。同趣旨の表現は、十輪経三にも「譬へば焼香の如し。香体壊ると雖も他に薫じて香らしむ。破戒の比丘も亦復是の如し」とある。
一七 百喩経二に、二百五十頭の牛主が、一頭を虎に食われ、残りを全部殺した喩えを載せている(殺群牛喩)。これは、具足戒二百五十戒受持者が、一戒を破ったからといって、他のすべての戒を破ったように思ってはいけないという話。三宝絵はこれを「千」と改変したか。
一八 名博本は、「かたへ」の右に「もろ〳〵」の傍記がある。残りのもろもろの修行の功を軽んじてはならないの意。
一九 「カウ」の右に「香」と注す。本文と同筆。
二〇 名博本「かうゝせぬれども」、前田本も「香失」とあり、底本は「香」の脱か。
二一 名博本「かいやぶれども」、前田本「受戒之身戒破」とあり、底本は「戒」の脱か。

トテ、ノコリノ牛ヲバスツベカラズ。アマタノ戒《いむこと》ノナカニ一《ひとつ》カケヌトテ、カタヘノ一八戒ハカロムベカラズ。一九カウヲツヽメリシ袋《ふくろ》ハ失《うせ》二〇ヌレドモ、ナヲ《ほ》カウバシ。戒ヲウケテシ身《み》ハ、二一ヤブレヽドモナヲ《ほ》タウトシ。

トノ給ヘリ。

二二又イマダウケヌ沙弥《しやみ》ヲモ我《われ》フカクウヤマフ。経《きやう》二三ニノタマハク、

竜《りう》ノ子《こ》ハチヰ《ひ》サケレドモカロムベカラズ、雲《くも》ヲウ二四ゴカシテ雨《あめ》ヲクダス。沙弥《しやみ》ハイトキナケレドモアナヅラズ、道《みち》ヲエテ人《ひと》ヲワタス。

トノ給ヘリ。

スベテコレヲイヘバ、二五カタチ声聞《しやうもん》ニニヌレバ、必《かなら》ズ二六ケム《ん》コウ《ふ》ノモム《ん》ニカケタリ。身《み》二七ニケサヲキツレバ、ミナ如来《によらい》ノマコトノ身トナリヌ。イマシメヲ大集経《だいしふきやう》ノ偈《げ》ノコセリ。仏《ほとけ》イマシメテノ給ハク、

二八モシカレヲウツハ、スナハチ我《われ》ヲウツナリ。モシカレヲノルハ、スナハチ我ヲノル也。

トノ給ヘリ。

二九孔雀《くじやく》ハウルハシウカザレル色《いろ》ナレドモ、カリノツバサノトヲ《ほ》クト

二二 前田本「未受戒沙弥」、名博本「まだかいをうけぬ沙門をも」とあり、底本は「戒」を脱したか。

二三 阿育王伝七に「竜の子は小なりと雖も亦軽んずべからず、沙弥は小なりと雖も能く人を度す、…竜の子は小なりと雖も、能く雲を興し雨を致す」とあるに拠る。法苑珠林十九にもこれを引く。

二四 「コ」の字底本「カ」(?)を消して右に改めて書く。

二五 名博本に「かたち沙門にゝぬれば、かならず賢劫の〔もろ〳〵のほとけをみたてまつり、たのみを大非経の〕もむにかけたり」とあり、底本〔 〕内の記事脱落。前田本にも「形似沙門必奉見賢劫諸仏、懸馮大悲経文」とある。なお、底本の「声聞」は、名博本、前田本、大悲経は共に「沙門」とあって、底本の誤か。

二六 大悲経三に「形沙門に似て、当に袈裟衣を被着する者あり、此の賢劫に於て弥勒を首(はじめ)となし」とある。法苑珠林十九所引の大悲経にも。「ケムコウ」(賢劫)は現在世のこと。

二七 大方等大集経五十六に「身に袈裟衣を著くれば、彼は是れ我が子なりと説く」とある。底本の「マコトノ身」は、名博本「まことのことなりぬ」、前田本「成如来御子」とある。

二八 大集経五十六の偈に「若し彼を撾打(だか)すること有らば、則ちこれ我が身を打つなり。若し彼を罵辱(めじよく)すること有らば、則ちこれ我を罵辱するなり」とあるに拠る。

二九 大智度論三の「孔雀は色をもて身をかざると雖も、鴻雁の能く遠く飛ぶにはしかず。白衣は富貴にして力ありと雖も、出家の功徳の勝れたるにはしかず」に拠る。白衣は「俗人」の別称。インドでは俗人は白衣を着るのに基づく。

一 名博本には「そうのみちの、まことにすぐれたるにはおよばず」とある。底本の「ヨヲ」は「ヲヨ」の転倒。

二 仏道修行の経験を積んだ者。

三 仏法を受け容れることのできるうつわ。仏道修行に堪え得る人の意。

四 法華経・法師品に「我が滅度の後、能くひそかに一人のた

ブニハシカズ。白衣《びやくえ》ハトミタウトキチカラアレドモ、僧《そう》ノミチノ
マヅシク、イヤシキニハ[一]ヲ《お》ヨバズ。
トノ給ヘリ。コノユヘ《ゑ》ニ、[二]ツトメアルヲモ、ツトメ無《なき》ヲモ、[三]法《のり》ノウツハ物《もの》ゾトタノメ。サトリ深《ふかき》ヲモ、サトリアサキヲモ、[四]仏《ほとけ》ノツカヒト思《おもふ》ベシ。若《もし》ハマコト[五]マレ、若ハイツハリデマレ、ソノトガヲアラハサヾレ。或《あるい》ハタウトキマレ、或ハイヤシキマレ、ソノ徳《とく》ヲホムベシ。

凡《およ》ソ凡夫《ぼむぶ》ノ心《こころ》ヲモチテ[六]賢聖《けんじやう》ノミチヲハカルベカラズ。[七]彼倶婆羅比丘《かのくばらびく》ハアシキ人《ひと》也キ。見シモノタレモ、過去《くわこ》ノ如来《にょらい》トシラザリキ。[八]不軽菩薩《ふきやうぼさつ》ハクダレルカタチナリ。ウチノリシ人、未来《みらい》ノ教主《けうしゆ》也ト思《おも》ハザリキ。マコトノ位《くらゐ》、カリノ迹《あと》、カレモコレモシリガタシ。シカジ、ミナ敬《うやま》ハムニハ。内《うち》ノ徳《とく》、外《と》ノ形《かたち》、サダメガタシ。シカジ、スベテ嘆《ほめ》ムニハ。

昔《むかし》、[九]維那《ゆいな》ノ愚《おろか》ニテホカノ僧《そう》ヲノレリシハ、九十一劫虫《くじふいちこふむし》トナリテツミヲウケ、[一〇]ワカキ僧ノタハブレニ老《おい》タル僧ヲワラヒシハ、五百生犬《ごひやくしやういぬ》ノ身《み》ノクルシミヲ[一一]ウケ、コヽヲ[一二]モチテ、古《いにしへ》ノカシコキ人《ひと》、皆仏《みなほとけ》ノ御弟子《みでし》ヲタウトビキ。[一三]ヤウケム《ん》王《わう》ノ千《せん》ノ僧ヲヤシナヒシハ、太子《たいし》ウケテアヒ伝《つた》ヘ、[一四]阿育王《あいくわう》ノ諸《もろもろ》ノ僧ヲオ《を》ガミシハ、大臣《だいじん》イサメシカドヤマザリキ。

めにてもあれ、法華経の乃至一句を説かば、当に知るべし、この人は即ち如来の使なり」とある。

五 「もあれ」の略。「マレ…マレ」で「でもいいし…でもいい」の意。

六 名博本「賢ざうのみちをはかりがたし」、前田本には「難量賢聖之道」とある。底本「ハカルヘシ」と書き、「ヘシ」の間に「。」を入れて右に「カラス」と補記し、「シ」を見せ消ちにする。

七 孔雀王経・下「瞿波羅、大夜叉の名なり」とある。名博本「けうほむ比丘(「或本指鬘云々」と傍記)」、前田本「指鬘比丘」。いずれも仏教説話に出てくる悪人で、実は善人であった、あるいは過去の如来であったという話。

八 法華経・常不軽菩薩品に登場する菩薩の名。釈尊の過去世の姿で、比丘・比丘尼・優婆塞・優婆夷の四衆に出逢うごとに、軽蔑や迫害にもめげず「我深敬汝等、不敢軽慢」と唱え、礼拝讃歎し、ついに仏果を得たという。

九 賢愚経十三・汪水中虫品にある、寺務を宰領する役僧の維那が他の僧を罵倒悪口し、九十一劫虫となって阿鼻地獄に堕ち、屎尿の池中に棲む話。法苑珠林九十四にも。

一〇 賢愚経十三・沙弥均提品に、年少の比丘が自らの好声をたのみ老僧の音声をののしり、五百世犬の身を受けた話。法苑珠林六にも。

一一 名博本「いぬのみのくるしびをうけたり」。底本「タリ」を脱するか。もしくは「ウケ」は「ウク」の誤写か。

一二 底本「モテ」の間に「チ」を補入する。

一三 影堅王。古代インド摩掲陀国の王、頻婆沙羅の訳語。王舎城に住み、深く仏教に帰依し、仏教教団を外護した。大智度論二に「(頻婆娑羅)王は宮中に教勅し、常に飯食を設けて千人を供養ず。(太子の)阿闍世王も是の法を断ぜず」とある。

一四 阿育王経五、阿育王伝三の取意。老後施心ますます進むも、財物はすべて邪見の大臣に押えられ、一切所有悉皆喪失となった王が、我が最後の布施と手中のくだもの菴摩勒(あんまろく)半果を僧に施した話。半菴摩勒施僧因縁品にある。

一五 須達長者《すだつちやうじや》ハ寺《てら》ヲツクリテスマシメキ。一六 タヽイムハ湯《ゆ》ヲワカシテアムシキ。況《いはむ》ヤ又大象《だいざう》一七 ノ獦《カリ》ノ人《ひと》ニコロサレシモ、ヒゲカミヲソレリシヲミテヨクシノビ、羅刹《らせつ》一八 ノツミ人《びと》ヲクラヒシモ、法《のり》ノ衣《ころも》ヲマツヘリシニオドロキテ即《すなはち》サリニキ。鬼《おに》ケダ物《もの》ダニモウヤマヒケリ。何況《いかにいはむ》一九 ヤ人ノ心《こころ》ニアナヅリオロカニスベカラズ。スベテ世《よ》ノトモシ火《び》トツタヘ、国《くに》二〇 ノ宝《たから》トナヅケタリ。年《とし》二一 ノ中《うち》ニハタウトキワザヲ行《おこな》ヒ、ユクスヱノヨキミチヲ 二二 シフルコト、ミナ声聞《しやうもん》二三 ノ徳《とく》ニアラヌハナシ。我今《われいま》タナ心ヲアハセテ、僧ノタウトキコトヲアラハス。

正　月

（一）修正月《しゆしやうぐわつ》

二四 仏説給《ほとけとき》ハク、

一日《いちにち》モイモヒ 二五 ヲタモテバ、六十万歳《ろくじふまんざい》ノ粮《カテ》ヲエツルナリ。一歩《ひとアユミ》二六 モ寺《てら》ニムカヘバ、百千万劫《ひやくせんまんこふ》ノツミヲケツ。

トノ給ヘリ。又経《きやう》二七 ニ云《いは》ク、

阿育王は摩掲陀国マウリヤ王朝第三代の王で、全インドを統一し、大いに仏教を保護し、正法の興隆に尽くした。
一五 中インド舎衛城の長者。「須達」は音写。貧しく孤独な人々に食を給したことから給孤独(ぎっこどく)長者とも呼ばれた。祇陀太子の苑林を買い取り、祇園精舎を建立して寄進したことは著名。賢愚経十。法苑珠林三十九にも。
一六 「キタヽイム」は不明。あるいは「キハイ王」からの変化か。名博本、前田本は「耆婆医王」、賢愚経三も「祇域医王」とする。摩掲陀国王舎城の名医。仏および衆僧を請じて温浴の供養をしたことは、温室洗浴衆僧経に詳しい。
一七 六度集経四の象王本生譚は、象王が狩人に殺されようとしたが、狩人が鬚髪を剃り法衣をまとっていたので僧かと思い、敢えて敵対せず、牙を与え奄然と死んでいった。法苑珠林七十八、十輪経四にも。本書上巻八条、堅誓師子の話も類話。
一八 十輪経四の取意。羅刹(悪鬼)が、死罪の判決をうけて墓所に放たれた罪人を食おうとしたが、鬚髪を剃り法衣をまとっていたので食い殺さなかった話。
一九 「何況ヤ」は前田本、名博本にない。
二〇 最澄の作った山家学生式に「道心ある人、名づけて国の宝となす。…能く言ひ行ふこと能はざるは国の師なり、能く行ひ言ふこと能はざるは国の用なり、能く行ひ能く言ふは国の宝なり」とある。
二一 年間の仏会・諸行事を勤め、仏陀の教えを教導していることは、ひとえに僧の徳行というべきである。
二二 底本「ヲシ」の右に「教」「令ル」と書く。「教」は底本とは別筆であり、「令ル」は後筆。
二三 名博本、前田本共に「沙門」とある。→一三七頁注二五。
第一条　修正月は、正月の始めに旧年の悪を正し国家の安穏などを祈る法会。朝廷では諸国の法師や尼に布施を与えて祈らせ、人々も寺々に参って仏事を行なった。
二四 旧雑譬喩経・上「一日の持斎も六十万歳の余糧あり」。法苑珠林九十一、諸経要集六にもこれを引く。ここでの持斎

正月《しやうぐわつ》、五月《ごぐわつ》、九月《くぐわつ》ニハ、帝尺《たいしやく》[一]南閻浮提《なむえむぶだい》ニ向《むかひ》テ、衆生《しゆじやう》ノツクル所《ところ》ノ善悪《ぜんあく》ヲシルス。此月《このつき》ニハ、湯《ゆ》アミ、イモヒシテ、モロ〱ノヨキ

コトヲオコナヘ。

トイヘリ。是《これ》ニヨリテナルベシ、アメノシタノ人《ひと》、正月《しやうぐわつ》ニハミナツヽシム。オホヤケハ[二]七《ななつ》ノ道《みち》ノ国々《くにぐに》ニ、法師《ほふし》尼《あま》ニ布施《ふせ》ヲタビテツトメイノラシメ、私《わたくし》ニハモロ〱ノ寺々《てらでら》ニ、男女《をとこをむ》ナミアカシヲカヽゲテアツマリオコナフ。又命《いのち》ヲノブルコトヽ聞《きき》テ、粥《かゆ》ヲモチテ僧《そう》ニ施《せ》スル人モアリ。[三]四分律《しぶんりつ》ニハ四《よつ》ノ利益《りやく》アリトヽキ、[四]僧祇律《そうぎりつ》ニハ十《とを》ノ利益《りやく》アリトアカセリ。[五]偈《げ》ノ文《もん》ニ云《いは》ク、

人天《にんてん》ノナガキ命《いのち》ノ楽《たのし》ビヲエムト思《おも》ハヾ、イマヽサニカユヲモチテ

諸《もろもろ》ノ僧《そう》ニホドコスベシ。

トイヘレバナリ。身《み》ノ上《うへ》ノコトヲ祈《いの》リ、年《とし》ノ中《うち》ノツヽシミヲナスニ、寺《てら》トシテオコナハヌナク、人《ひと》トシテキヨマハラヌナケレバ、[六]年ノハジメニハ国《くに》ノ中《うち》ニ善根《ぜんごん》アマネクミチタリ。マサニ知《しる》ベシ、[七]帝尺《たいしやく》ノ玉《たま》ノ鏡《かがみ》ニ照《てら》シ、[八]閻王《えむわう》ノ金《こがね》ノフタニシルスベシ。

は非時食戒を守ること。即ち正午を過ぎて食事をしない。譬喩経の「斎」が妥当。

三五 底本「イモヒ」に本文と同筆で「戒」と傍記するが、

三六 「一歩モ」以下の典拠未詳。名博本「なゝあゆみ」、前田本にも「七歩」とある。

三七 法苑珠林八十八所引の提謂経に類似の記事が見える。

一 須弥山の南方にある大陸の名。始めはインドを、後には広く人間世界をさすようになった。

二 東海道以下、東山道・北陸道・山陰道・山陽道・南海道・西海道の七道に属する国々。つまり当時の全国の意。

三 法苑珠林四十二に「四分律に、僧に粥を施せば五種の利益を得。一に飢を除き、二に渇を除き、三に宿食を消し、四に大小便調適、五に眼目精明なり(四分律十三には除風患)」とある。底本の「四ノ利益」は「五ノ利益」の誤記か。「四分律」は鑑真が将来した律宗の中心的経典。

四 法苑珠林四十二に「僧祇律に、粥を施すに十種の利益を得」とある。

五 法苑珠林四十二に、摩訶僧祇律二十九の偈を引いて、「人天の長き寿(いのち)の楽しみを生ぜんとおもはば、今応(まさ)に粥を以て衆僧に施すべし」とある。「人天ノナガキ命」の部分は、名博本には「人天の中に」、前田本「人天中」とある。

六 年頭には、国中に善根が遍く満ちわたっている。「善根」は根が花や果実をうみ出す基であるように、善行はよい果報をもたらす根源であるという意。易林本節用集、饅頭屋本節用集「善根 ゼンゴン」。日葡辞書「ゼンゴン」。

七 帝釈天が人々の善悪を明らかに照し出すという鏡。釈氏要覧・下、三長月の条に「天の帝釈は大宝鏡を以て、正月より南剡部洲を照らし、二月には西洲を照らす。五、九月に至りて皆南洲を照らして人の善悪を察するが故に、南洲の人、多く此の月に於て素食し善を修す」とある。

八 閻魔王は死後の世界の支配者で、その使が死者生前の善悪を記した帳簿や簡札を勘案して審判するという。

(二)　御斎会《みさいゑ》

[九]最勝王経《さいしようわうぎやう》ニノ給ハク、国王《こくわう》此経《このきやう》ヲ講《かう》[一〇]ズレバ、王《わう》ツネニ楽《たのし》ビヲウケ、民《たみ》又クルシビナシ。風雨《ふうう》時ニシタガヒ、国家《とつか》ノワザハヒヲハラフ。王コノ経ヲキカムトオボサム時ハ、宮《みや》ノウチニコトニスグレタラム殿《との》ノ、王ノオモクセム所《ところ》ヲカザリテ、[一一]師子《しし》ノ座《ざ》ヲオケ。[一二]幡《はた》ヲカケ、カウヲタケ。王ハス[一三]コシミジカヽラム座《ざ》ニヰテ、心《こころ》ヲ至《いた》シテ経ヲキヽ給ヘ。又法師《ほふし》ヲタノミアフギテ大師《だいし》ノ思《おもひ》ヲナシ、諸人《もろもろのひと》ヲアハレミテ慈悲《じひ》ノ心ヲオコセ。ミヅカラ[一四]白蓋《びやくがい》ヲトリ、[一五]サリニ音楽《おむがく》ヲトヽノヘテ、[一六]アユミイデヽ師《し》ヲムカヘタマヘ。コレヲスグレタリトス。[一七]ナニヽヨリテカ、王ヲシテカクノゴトクニセシムルトナレバ、歩《あゆ》[一八]ミゴトニハ即《すなはち》無量《むりやう》ノ諸ノ仏《ほとけ》ニツカウマツリ給《たまふ》也。歩《あゆみ》[一九]ゴトニハ又生死《しやうじ》ノナガキクルシミヲコユル也。歩《あゆみ》ノカズニ随《したがひ》テノチノヨニ輪王《りんのう》[二〇]ノ位《くらゐ》ヲウケ、歩ノカズニ随テ此世《このよ》ニ福徳《ふくとく》ノ力《ちから》ヲマサムトナリ。トノ給ヘリ。コレニヨリテ、オホヤケ大極殿《だいごくでん》[二一]ヲカザリ、七日《なぬか》夜《よ》ヲカギ

第二条　御斎会は、宮中大極殿を飾り、正月八日から十四日の七日間、金光明最勝王経を講説して国家の安穏を祈り、僧に斎食を供する法会。南都三会の一つ。朝廷で行われたので御斎会という。今昔物語集十四ノ四は本条に依拠したもの。

九　最勝王経六・四天王護国品十二の取意。

一〇　前田本「誦」。

一一　仏の坐る座の意から講師の坐る所をもいう。ここは、講師のために設けた高座をいう。最勝王経「師子殊勝法座」。

一二　最勝王経「種々の宝蓋幢幡を張り施(し)き、無価の香を焼き」とある。前田本には「幡ヲカケ、カウヲタケ」を欠くが、底本の方が経文に近い。

一三　一段低い格の座席。最勝王経に「小さく卑からむ座に坐せよ」とある。「ミジカシ」には「短」のほかに「低」「卑」の意がある。

一四　白絹を張って、法会の時導師の頭上を覆うのに用いる天蓋。

一五　底本には「左右カ」の傍注がある。前田本「数調音楽」、最勝王経「盛に音楽を陳(つら)ね」とある。「サカリニ」の「カ」の字の脱か。

一六　王は城門まで出御して講師を迎え。

一七　最勝王経に「何の因縁を以てか、彼の人王に親(まのあた)り是の如き恭敬供養を作ら令むるとならば」とあるに拠る。

一八　一足ごとに計り知れないもろもろの諸仏に仕え奉ることになるからである。最勝王経に「百千万億那庾多(なゆた)の諸仏世尊を恭敬供養じ承事し尊重する」とある。那庾多は数の単位で千億のこと。

一九　又、一足ごとに生死流転の長い苦しみの境界を超越することが出来る。前田本「生死中苦」とあるが、底本は最勝王経の「劫数の生死の苦」を「ナガキ」と和らげたもの。

二〇　→一三六頁注一三。

二一　最勝王経の所説に従って、宮中の最高の式殿大極殿を飾って式場としたもの。

リテ、ヒルハ最勝王経《さいしようわうぎやう》ヲ講《かう》ジ、夜《よる》ハ[一]吉祥悔過《きちじやうくゑくわ》ヲオコナハシメタマフ。[二]吉祥天女《きちじやうてんによ》ハ毗《び》沙門《しやもん》ノ妻《め》ナリ。五穀倉《ごこくくら》ニミチ、諸《もろもろ》ノネガヒ心《こころ》ニカナヘムトイフ誓《ちかひ》アレバナリ。大臣諸卿《だいじんしよきやう》誠《まこと》ヲイタシ、力《ちから》ヲクハフル事、ミナ[三]経《きやう》ニ説《とく》ガゴトシ。アル時ニハ又行幸《ぎやうがう》モアリ、[四]聴衆《ちやうじゆ》、[五]法用《ほふよう》[六]寺〻《てらてら》ニワカチ召《め》シ、[七]供養荘厳《くやうしやうごむ》ツカサ〳〵ニツトメツカフマツル。此会《このゑ》ハ諸国《しよこく》ニモミナ同日《おなじひ》ヨリオコナフ。[八]アメノ御門《みかど》ノ御女《おほむむすめ》、[九]高野《タカノ》ノ姫《ひめ》ト申《まうす》御門ノ御代《みよ》、[一〇]神護景雲《じんごけいうん》二年《ねん》ヨリオコナハレル也。[一一]格《きやく》ニミヘ《え》タルベシ。

（二）　比叡懺法《ひえのせむぼふ》

[一二]ヒエノ山《やま》ハ伝教大師《でんげうだいし》ノ行《おこな》ヒ弘《ひろ》メ給ヘル所《ところ》也。大師《だいし》俗《ぞく》ノ姓《しやう》ハミツノ氏《うぢ》、近江国《あふみのくに》志賀郡《しがのこほり》ノ人《ひと》也。[一三]イトタウトクシテ心《こころ》サカシ。七歳《しちさい》ニシテサトリアキラケシ。アマタノコトヲカネシレリ。十二《じふに》ニシテ頭《かしら》ヲソル。[一四]ハジメテヒエノ山《やま》ニ入《いり》テ、イホリヲ結《むすび》テツトメ行《おこな》フ。香呂《かうろ》ノ灰《はひ》ノ中ニ仏《ほとけ》ノ舎利《しやり》ヲエタリ。イレム器《うつはもの》ヲネガヒ給《たまふ》ニ、灰《はひ》ノ中ヨリ金《こがね》ノ花《はな》ノ器《うつはもの》ヲエタリ。

[一五]延暦十二年《えんりやくじふにねん》ニモロコシニワタリテ、[一六]天台山《てんだいせん》ニノボリヌ。[一七]道遂和尚《だうすいくわしやう》ニ

一　最勝王経八・大吉祥天女品、同八・大吉祥天女増長財物品でその功徳が強調されていることから、吉祥天女を本尊とし、罪過を懺悔し、天下泰平五穀豊穣を祈願する法会。
二　毘沙門天の妃で鬼子母神を母とし幸福をもたらす女神。
三　最勝王経八・大吉祥天女増長財物品の所説をさす。
四　法会などに参列して講師の説法を聴聞し、難義を質問したりもするので問者ともいう。御斎会に召される僧は三十二名の規定。
五　法会の用務に従事する僧。延喜式によると「法用四口」、つまり唄・散華・梵音・錫杖の四人。
六　これらの諸役を、諸寺に割り当てて招集し。
七　供養の役、荘厳の役など、それぞれの役所が分担して。
八　天皇の尊称の汎称であるが、三宝絵では、特に聖武天皇をさしている。東大寺要録一・本願章には、聖武皇帝を俗に天帝と号(ょ)ぶとある(略注による)。
九　聖武天皇第二皇女、名は高野姫尊。即位して孝謙天皇となり、後に重祚して称徳天皇。底本には「母光明皇后、淡海公娘。此御時百万基塔ヲ作、万僧会アリ」と傍記がある。淡海公は藤原不比等への諡(おくりな)。百万基の塔は、仲麿の乱後、称徳天皇が鎮護国家と滅罪のため、南都十大寺に各十万基ずつ寄進したもの。現在でも諸処に残る。
一〇　続日本紀二十八によれば、神護景雲元年(七六七)正月に諸国の国分寺で吉祥悔過を行うべき勅が発せられ、翌二年から諸国で施行されたものと思われる。
一一　現存の三代格には見えない。

第三条　比叡の懺法は叡山延暦寺で行う法華経読誦、罪障懺悔の法要。前半部は、我が国天台宗の開祖、延暦寺創立者としての最澄の略伝とも言うべきもので、主として釈一乗忠の叡山大師伝(以下「大師伝」と略称)を抄出して編集している。後半は比叡の懺法の由来とその行法、更には功徳のすぐれていることを、法華三昧の行法、普賢経、摩訶止観等の諸書の所説を引用して綴っている。なお、今昔物語集十一ノ十は、本条の前半部に拠ったものである。

アヒテ、[一八]天竺《てんぢく》ノ法文《ほふもん》ヲウケ習《なら》ヘリ。[一九]仏竜寺《ぶつろうじ》ノ[二〇]行満座主《ぎやうまんざす》ノイハク、昔《むかし》キヽキ、智者大師《ちしやだいし》ノ給ハク、「[二一]我死《われしに》テノチ二百余歳《にひやくよさい》ニ、ハジメテ東《ひむがし》ノ国《くに》ニシテワガ法《ほふ》ヲヒロメム」トノ給ヘリ。ヒジリノミコトタガハズシテ、今《いま》コノ人《ひと》ニアヘリ。ハヤクモトノ国ニ帰《かへり》テ道《みち》ヲ広《ひろ》メヨ。

トイヒテ、オホクノ法文《ほふもん》ヲサヅケタリ。

延暦廿四年《えんりやくにじふしねん》ニカヘリキタリ。[二二]八幡《やはた》ノ御前《おほむまへ》ニシテ法花経《ほふくゑきやう》ヲ講《かう》ズルニ、[二三]ホクラノ中ヨリ紫《むらさき》ノケサヲホドコシテ、法《のり》ヲキヽツル恩《おん》ヲムクヒ《い》タリ。[二四]春日社《かすがのやしろ》ニシテ法花経ヲ講ズルニ、峰《みね》ノ上《うへ》ヨリ紫ノ雲《くも》タチテ、経《きやう》ヲトク庭《には》ヲオホヘリ。神《かみ》ノホドコセル衣《ころも》、イマニ山《やま》ニオサメタリ。「[二五]像法《ざうぼふ》ノ時ヲスクヒ給ヘ」トテ、手《て》ヅカラ中堂《ちうだう》ノ薬師如来《やくしにょらい》ノ像《ざう》ヲツクリ、「[二六]妙《めう》法《ほふ》ノミチヲヒラカム」トチカヒテ、ネムゴロニ天台《てんだい》ノ智者大師《ちしやだいし》ノ跡《あと》ヲヒロメ給ヘリ。

弘仁三年七月《こうにんさむねんしちぐわつ》ニ法花堂《ほふくゑだう》ヲ造《つくり》テ、大乗《だいじよう》ヲヨマシムルコトニヨルヒルタヽズ。[二七]谷《たに》ノ中ニヨル〳〵ハ法花経《ほふくゑきやう》ヲ誦《ず》スルコヱアリ。求《もとむ》レドモ人《ひと》ナシ。コヱヲ尋《たづね》テ至《いた》リツヽミレバ、人ノ頭《かしら》ノホネノフルクカレタルアリ。

一二 滋賀県と京都市の境の東山連峰北端の山。延暦四年(七八五)最澄が比叡山寺を開き、死後延暦寺の寺号を賜った。
一三 東大寺切「いときなくして」、前田本「稚」。稚は色葉字類抄「イトケナシ」。底本の「イトタウトクシテ」は誤記か。
一四 最澄の比叡入山は、大師伝以下、延暦四年(七八五)七月中旬のこととする。
一五 底本「十二」を「廿三」と訂し、さらに上欄に「廿」を書き直す。大師伝には延暦二十三年(八〇四)秋七月出航、大唐の貞元二十年(八〇四)九月上旬入唐とある。
一六 浙江省天台県北部にある山。智顗(ぎち)が入山して一宗を開いた。天台宗、天台大師等の名はこの山に由来する。
一七 底本、前田本の「道遂」は大師伝の「道邃」が正しい。堪然の弟子で天台第七祖。入唐した最澄のために質疑十条を説き、また大乗菩薩戒を伝授した。
一八 底本「天笠」を「天竺」と別筆により訂するが、大師伝、前田本とも「天台」。
一九 大師伝は「仏隴寺」。天台山内の寺。前田本は「仏竜寺」。
二〇 湛然に師事し、師の寂後は仏隴寺で法門の伝授に当った。最澄は行満からも法門伝授をうけている。
二一 行満と最澄が会った延暦二十三年(八〇四)は、智者大師滅後二百七年目に当る。
二二 大師伝は、最澄が宇佐八幡宮の神宮寺で法華経を講じたのを弘仁五年(八一四)春のこととする。
二三 神宝を納めておく宝蔵庫。
二四 底本、前田本等「春日社」、大師伝は「賀春神宮寺」。香(賀)春社は最澄の渡海を護った神で、今の福岡県田川郡香春町に鎮座する香春神社。
二五 正・像・末三時の第二期。→四頁注二一。
二六 妙法蓮華経の道のこと。
二七 大師伝に見えない。伝教大師行状では、髑髏誦経の話を弘仁元年(八一〇)春、最澄が三部長講のため一乗止観院に宿泊した時のこととする。「至リツヽ」は、なん度も行ってみた意。

即《すなはち》コレヲ堂《だう》ノカタハラニ埋《うづみ》テ、人ヲシテフマザラシム。ヒロク願《ねがひ》ノ文《もん》ヲアラハシテ、時[一]ゴトニソヘヨマシム。チカヒテ[二]炬《ともしび》ノ光《ひかり》ヲカヽゲテイマダキヘ《え》ズ。春夏秋冬《はるなつあきふゆ》[三]ノハジメノ月《つき》ニイタルゴトニ、十二人《じふににん》ノ堂僧《だうそう》ヲモチテ、三七日《さむしちにち》ノ懺法《せむぼふ》ヲヽ《お》コナハシム。弘仁十三年六月四日《こうにんじふさむねんろくぐわつしにち》[四]ニ大《だい》師《し》ヲハリヌ。アヤシキ雲《くも》ミネニオホヒテ、久《ひさし》クサラズ。遠《とほ》キ人《ひと》ミテアヤシブ。

山《やま》ニ必《かなら》ズユヘ《ゑ》アラム。

トイフ。

ソモ〳〵此懺法《このせむぼふ》ハ普賢経《ふげんきやう》[五]ヨリイデタリ。四《し》[六]種三昧《しゆさむまい》ノ中ニハ、半行半《はんぎやうはん》[七]座《ざ》三昧トナヅケタリ。天台大師《てんだいだいし》コレヲ行《おこな》ヒシニ、タチマチニ法花三昧《ほふくゑさむまい》ヲエテ、サトリ開《ひら》ケ、心《こころ》アキラケシ。又普賢菩薩《ふげんぼさつ》[八]ヲミテ、象《ざう》ニノリテ頂《いただき》ヲナデタリ。経《きやう》ニクハシカラヌ所《ところ》ヲバ大師《だいし》ツブサニ文《ふみ》ヲクハヘテ、[九]法花三昧ノ行法一巻《ぎやうぼふいつくわん》ヲツクリテ世《よ》ニツタヘタリ。是《これ》[一〇]ヲオコナヘバ、一《いち》乗《じよう》ノ力《ちから》ニヨリツヽ、六根《ろつこん》ノ罪《つみ》ヲケツ。小乗《せうじよう》ノ懺悔《さむぐゑ》[一一]ハタヾカロキトガヲノミウシナフ。大乗《だいじよう》ノ懺悔《さむぐゑ》ハヨクオモキ罪《つみ》ヲスクフ。行法《ぎやうぼふ》[一二]ニイハク、

[一三]尺迦多宝分身《しやかたほうぶんしん》ノ諸仏《しよぶつ》ヲミタテマツラムト思《おも》ヒ、六根《ろつこん》ヲキヨメテ仏《ほとけ》

一　大師伝「種々願文別に巻軸にあり。毎座添へ読ましむ」。
二　前田本「誓挑灯、于今未滅」。誓を立ててともした灯明の光は、誓のとおり、今もって消えずに輝いている。
三　伝教大師行状に「弘仁三年七月、法花堂をここに建てて三昧の行法を始め、四季の懺法を修す」とある。春夏秋冬の初月、一月四月七月十月毎に、法華経にもとづく罪障懺悔の法、法華懺法を行わせた。
四　大師伝「弘仁十三年歳次壬寅六月四日辰時、比叡山中道院に於いて右脇にして寂滅に入る。春秋五十六なり」。
五　仏説観普賢菩薩行法経の略称。法華経の終章、普賢菩薩勧発品を受ける教えとして、法華経の結経とされている。
六　天台宗において、止観実修のための四種の行法。常坐三昧、常行三昧、半行半坐三昧、非行非坐三昧。
七　「座」は「坐」の誤。二十一日一期の法華三昧による行法。ある時は行道して経文を誦し、ある時は安坐して三昧を行う。
八　摩訶止観二上「法華に云く、其の人若しくは行(あゆ)み若しくは立ちて是の経を読誦せば、若しくは坐して是の経を思惟せば、我、六牙の白象に乗りて其の人の前に現はれん」、法華三昧懺儀「三昧の力故、即ち普賢及び十方の仏を見る。頂を摩でて法を説く」とあるのを踏まえたもの。天台大師は普賢菩薩にお会い出来て、菩薩は大師の頭をなでて下さったの意。頭をなでるのは灌頂の一種。「ヲミテ」では文意不通。「を見たところが普賢菩薩は」と主語が転換する。
九　天台大師智顗撰の法華三昧懺儀のこと。
一〇　この「行法」によって懺法を行うと、法華経の威力によって、六根による諸罪障をみな消滅してくれる。
一一　底本「忄忄」、つくりの「韱毎」は後筆。次行および次頁十二行目の「懺悔」は「忄忄」とのみある。
一二　以下は、法華三昧の行法「明三七日行法華懺法勧修第一」の抄訳。
一三　行法「釈迦牟尼仏、多宝仏、塔、分身の諸仏及び十方仏を見むとおもはば」。仏塔涌出、多宝仏、その分身の諸仏等のことは法華経・見宝塔品に基づく。

ノ境界《きやうがい》ニ入《い》リ、諸《もろもろ》ノサハリヲハナレテ、[一四]菩薩《ぼさつ》ノ位《くらゐ》ニ入《いら》ムト思ヒ、モシコノ身《み》ニ[一五]五逆《ごぎやく》[一六]四重《しぢう》ヲカシテ比丘《びく》ノ法《ほふ》ヲウシナヘラム、カヘリテ清浄《しやうじやう》ナルコトエテ、スグレタル功徳《くどく》ソナヘムトオモハム物《もの》ハ、[一七]ムナシク閑《のどか》ナラム所《ところ》ニテ三七日《さむしちにち》コレヲオコナヘ。

トイヘリ。

又普賢経《ふげんきやう》ニノ給ハク、

心《こころ》ヲ専《もはら》ニシテ行《おこな》ヘバ、一日《いちにち》ニマレ、三七日《さむしちにち》ニイタルマデニマレ、普賢《ふげん》ヲミタテマツル。[一八]ヲ《お》モキサハリアルモノハ、七々日《しちしちにち》ノ後《のち》ニミル。又ツギニ重《おも》キ者《もの》ハ、一生《いつしやう》、二生《にしやう》、三生《さむしやう》ニミタテマツル。

トノ給ヘリ。

又[一九]摩訶止観《まかしくわん》ニ云《いはく》、

コノ懺悔《さむぐゑ》ハ世間《せけん》ノオモキタカラ也。モシヨクツトメヲ《お》コナフハ、マタキ宝《たから》ヲエツルナリ。[二〇]花香《くゑかう》ヲ供養《くやう》ズルハ、下分《げぶん》ノ宝ヲエツルナリ。仏《ほとけ》、文殊《もんじゆ》ト下分ノ功徳《くどく》ヲ説給《ときたまふ》ニ、ツクス事アタハズ。況《いはむ》ヤ中《ちう》ト上《じやう》トヲヤ。若《もし》ツチヨリ[二一]梵天《ぼむてん》ニイタルマデ、タカラヲツミテ仏ニタテマツラムヨリハ、シカジ、[二二]大経《だいきやう》ザニ一《ひとつ》ノ食《じき》ヲ施《ほどこ》シテミヲヤシ

一四　行法の「文殊師利普賢等諸大菩薩と共に等しきともがらとなることを得むとおもひ」の意訳。
一五　無間地獄に堕ちる原因となる五つの犯罪行為。殺母・殺父・殺阿羅漢・破和合僧・出仏身血。
一六　出家の犯してはならない殺生・偸盗・邪婬・妄語の四重罪。
一七　行法に「当に空閑の処に於て、三七日一心に精進して、法華三昧に入るべし」とある。
一八　普賢経の「重き障り有る者は七七日を尽して然る後に見ることを得。復重き者は一生にして見ることを得、復重き者は二生にして見ることを得、復重き者は三生にして見ることを得ん」の簡略化。「一生」は一つの生涯、現世。
一九　摩訶止観二上に拠る。
二〇　摩訶止観ではこの次に「但し、能く読誦すれば、中の分宝を得」があり、前田本にも「但能読誦、得中分宝也」とある。底本この部分脱。
二一　色界の初禅天。欲界の最上位たる他化自在天の上にある。
二二　底本「大経サ」の右傍に「持経者ィ」とある。摩訶止観、前田本は共に「持経者」とする。経典、特に法華経を専念して読誦する者。

ナハムニハ。

トイヘリ。三昧《さむまい》トブラフ功徳《くどく》スグレタルカナ。

（四）　温室《うんしつ》

寺《てら》ニ、月《つき》ゴトノ十四日《じふしにち》、廿九日《にじふくにち》ニ大《おほき》ニ湯《ゆ》ヲワカシテ、アマネク僧《そう》ニ[一]アムス。ソノアクル日《ひ》ニ布《ふ》[二]薩《さつ》ヲ行《おこなふ》ニヨリテ也。又人《ひと》ノ心《こころ》ザシニテ、日ヲモ定《さだめ》ズシテワカス事オホカリ。[三]温室洗浴衆僧経《うんしつせんよくしゆそうぎやう》ニ云《いはく》、

[四]奈《ナ》女《にょ》ガ子《こ》ノ[五]祇《ぎ》域長者《ゐきちやうじや》、[六]夜《よる》フシテ思《おもひ》ヲ《お》コシテ、朝《あした》ニ行《ゆき》テ仏《ほとけ》ニ、「ワレヨノコトヲイソギテ、イマダ功徳《くどく》ヲツクラズ。[七]イマ仏《お》ヲヨビ僧《そう》ヲムカヘタテマツリテ、湯《ゆ》ヲワカシテアムシタテマツラムトオモフ。[八]願《ねがはく》ハ衆生《しゆじやう》ヲシテ煩悩《ぼんなう》ノアカヲハナレム」ト申《まう》ス。仏《ほとけ》ノ給ハク、「ヨイカナ、コノ事。功徳《くどく》ハカリナシ。僧ニ湯アムスニハ、湯屋《ゆや》ニハ七《なな》ノ物《もの》ヲモチヰル。アムルニハ七ノ病《やまひ》ヲノゾクベシ。七ノ福《さいはひ》ヲウベシ。

[九]七《なな》ノ物《もの》ヲ用《もちゐ》ルトイフハ、薪《たきぎ》ト、キヨキ水《みづ》ト、澡豆《サクヅ》ト、身《み》ニヌリテスベシクヤハラカニナスアブラト、[一〇]コマカヤカナル灰《はひ》ト、楊枝《やうじ》

第四条　温室は毎月の十四日、二十九日に、寺々に設けられた浴室に僧達を入浴させる行事。まず最初に、仏説温室洗浴衆僧経に拠って、湯屋に七物を用いること、洗浴は七病を除き七福報を得ること、この世のよき果報はすべて前世において僧に湯をあむした報いによること等を説く。続いて、諸経律の例話を引いて、洗浴の功徳を強調している。温室の功徳を説く我が国最古の記事として貴重である。末尾の道珍禅師極楽往生の瑞応譚は、今昔物語集六ノ四十へ影響を与えている。

一　類聚名義抄「浴　アムス」。浴びせる。湯浴みさせること。

二　衆僧が集って戒本を誦し自省する集会。梵語 poṣadha の音写。次条に詳しい。

三　祇域(ぎいき)＝名医耆婆のこと)が仏や衆僧を請じて温浴を供養した時、仏が洗浴の功徳等を説いた経典。後漢の安世高訳。以下の記事はこの経の取意。

四　摩掲陀国(まがだこく)の女。頻婆娑羅王(びんばさらおう)との間に名医祇域を生んだという所伝がある。

五　仏陀時代の名医。阿闍世太子が父の頻婆娑羅王を幽閉し、密かに食を運んだ韋提希夫人(いだいけぶにん)を殺そうとした時、耆婆が大臣月光(がっこう)と共にこれをやめさせた話は著名。

六　温室経に「是に於いて耆域、夜たちまち念を生じ、あしたに仏所に至る」とある。

七　温室経に「今、仏及び諸衆僧・菩薩大士を請じ、温室に入れ、澡浴せしめんとおもふ」とある。

八　前田本には「願令衆生離煩悩之垢」(願はくは衆生をして煩悩の垢を離れしめむ)とある。本文も「ハナレシメム」とありたいところ。

九　温室経には「然火、浄水、澡豆、蘇膏、淳灰、楊枝、内衣」とあり、次のように対応。薪―然火、キヨキ水―浄水、澡豆(色葉字類抄「サクツ」、洗い粉に用いる小豆の粉末)、身ニヌリテ…アブラ―蘇膏(牛や羊の油でつくった滑らかな油)、コマカヤカナル灰―淳灰、帷―内衣(倭名抄「内衣　由加太比良」、入浴時又は入浴後に身につける単衣)。

一〇　底本「コマヤカナル」の「マ」と「ヤ」の間に底本と同筆に

ト、帷《かたびら》トナリ。

[一一]七《なな》ノ病《やまひ》ヲ除《のぞく》トイフハ、[一二]身体《しんだい》ヤスラカナル事、風病《ふびやう》ヲノゾクト、イタミヒルムコトヲノゾク、サムクヒユル事ヲ除《のぞ》ク、アツクイキル事ヲ除クト、アカノキタナキコトヲ除クト、[一三]身《み》カロク目《め》アカクナル事也。

七《なな》ノ福《ふく》ヲウトイフハ、一《ひとつ》ニハ、[一四]次第《しだい》ニ病《やまひ》ナクシテ、生《むまる》ル所《ところ》ニ清浄《しやうじやう》ニシテ、カホカタチウルハシクキヨシ[一五]。三《みつつ》ニハ、身体《しんだい》ツネニカウバシクシテ、キタル所《ところ》[一六]モキヨクアザヤカナリ。四《よつつ》ニハ、身《み》ノハダヘヤハラカニ、ナメラカニシテ、威光《ゐくわう》ナラビナシ。五《いつつ》ニハ、シタガヒツカハル丶人多《ひとおほく》シテ、チリヲハラヒ、アカヲノゴフ。六《むつつ》ニハ、口《くち》ノ香《か》香《かうば》シク白《しろ》クシテ、イフ事ニ人シタガフ。七《なな》ニハ、[一七]生《むま》ル丶所オノヅカラ衣《ころも》アリテ、タヘナルタカラカザリヒカラレルナリ」。

[一八]凡《おほよ》ソヒト夜《よ》ニ生《むま》レテ、カタチヨウシテ、人《ひと》ニヰヤマハレ、[一九]身《み》ヨクシテハダエ《へ》ウルハシキハ、皆《みな》サキノ世《よ》ニ僧《そう》ニ湯《ゆ》アムセルムクヒ《い》ナリ。[二〇]大臣《だいじん》ノ子《こ》トナリテ、ヨロヅノタカラニユタカナルモ、大王《だいわう》

て「カ」を補入。

一一 温室経は、七病除去に、四大安穏・除風病・除湿痺・除寒氷・除熱気・除垢穢・身体軽便眼目精明の七項を挙げる。

一二 温室経は「四大」、前田本「四体」とする。人間の肉体は地水風火の四大元素から成るとして、四大は「身体」と同意。

一三 からだが軽快で目が明るく、はっきり見えること。

一四 温室経には「一は四大無病、所生〔常安、…二は所生〕清浄、面目端正、塵水不著」、前田本にも「一、四体無病、生所〔常安、二者所生〕清浄、面貌美麗」とあり、底本の「次第」は「四大(身体)」が正しく、〔 〕内は「所生」の目移りにより脱したもの。底本「次第」の右に「四大カ」と後筆にて注す。

一五 底本では、「二ニハ…」が落ちたので、後人が「二ニハ垢ノツキヨコレル事ヲ除ソク」の十六字を「三ニハ」の前に補記したが、これは「除去七病」の第六「除垢穢」を誤って補記したもの。補入の位置も正しくない。

一六 温室経に「衣服潔浄」、前田本「着衣鮮」とある。底本「所」の右に後筆にて「衣カ」と傍記するのは、「コロモ」を「トコロ」とまちがえたかという推測批判。

一七 温室経「七は生るる所、自然に衣裳あり、飾れる珍宝光れり」、東大寺切「むまるゝ所におのづからころもありて、たへなるたからかざり、あきらかなるなり」、前田本「妙宝餝光」とある。文末の「ヒカラレルナリ」の「ラ」は衍か。

一八 以下、温室経の五言の頌に拠る。底本「ヒト」に「人」、「夜」に「世カ」の傍記があるがいずれも後筆。温室経には「夫れ、人、生れて世に処し」とある。前田本「凡人生世」。

一九 温室経「体性常に清浄」、東大寺切「みきようして」、前田本「身清」とあり、底本は「身キヨクシテ」の「キ」脱か。

二〇 温室経「若し大臣の子となり財富みて」、東大寺切「大臣の子となりて、とみて」。前田本「大臣子生豊万宝」。

ノ家《いへ》ニ生テ湯アムルニ、カウバシキ香《か》カウバシキ湯ヲモチヰルモ、[一]四大天王《しだいてんのう》ノイキホヒ四方《しはう》ヲマモル、日月星宿《にちぐわつせいしく》ノ光《ひかり》諸《もろもろ》ノヤミヲテラスモ、[二]帝尺《たいしやく》ノ七宝《しつぽう》ノ中ニヰテカタチウルハシク、命《いのち》ナガキモ、[三]輪王《りんのう》ノ四海《しかい》ノホカニメグリテ、タノシビヲ《お》ホク身カウバシキモ、[四]六欲天《ろくよくてん》ノタノシビ[五]サカナルモ、[六]梵天《ぼむてん》ノ行《おこなひ》キヨキモ、コレラノムクヒ《い》ヲウル事ハ、皆《みな》僧ニ湯ヲアムシヽニヨリテ也[七]。ト説《とき》給ヘリ。

又[八]経《きやう》ニ云《いはく》、

仏《ほとけ》ノ御《み》弟子《でし》ノ[九]賓頭盧《びんづる》ハ、スヱノヨノ功徳《くどく》ヲマサムトテ、涅槃《ねはん》ニイラズシテ、ナガクマレイ山《せん》ニマシマス。モシ僧《そう》ノタメニ湯《ゆ》ヲワカサムニハ、マヅ暁《あかつき》ニ[一〇]賓頭盧ヲ請《しやう》ゼヨ。花《はな》ヲシキテ[一一]ホドヲヘヨ。後《のち》ニヒライテ見ルニ、アル時ニハ湯ヲツカヘルサマヲシメシアラハス。

トイヘレバ、[一二]天竺《てんぢく》ニハミナコノコトヲス。コノ国《くに》ニモシカスル人《ひと》アリ。

又[一三]アマタノ経《きやう》ドモニ云《いは》ク、

[一四]須陀《しゆだ》会《ゑ》テムハ、ムカシ[一五]毘婆尸仏《びばしぶつ》ノヨニ、マヅシキ人《ひと》ノ子《こ》トナレリ

一 四天王の威徳が四方の領域を鎮めているのも。東大寺切「よつのかたをまもるも」。底本は「マモル」の次に「モ」を脱するか。
二 欲界第二天「忉利天」の主、帝釈天が、七宝の宮殿に住み、顔形が端正で長寿であるのも。
三 転輪聖王のこと。正義をもって世界を統治する理想的な君主。→一三六頁注一三。
四 人間界の上にあるとされる四王天・忉利天・夜摩天・兜率天・化楽天・他化自在天の六天。
五 「サカン(盛)ナルモ」の撥音無表記。
六 ここでは梵天王の略。一四五頁注二一の「梵天」は天上の世界。
七 この次に東大寺切「ほとけの御みのいろの、こがねのいろにしてちりあかとまらず、まどかなるひかりそなへるも、これもろ〳〵のそうにゆあむすによりてなり」、前田本「仏身金色塵垢不留、円光相副、是皆依浴諸僧也」、温室経「金体玉を瓔と為す、塵垢身に著かず、円光相ひ具足し、斯れ衆僧を洗ふに由る」の文がある。
八 請賓頭盧法(法苑珠林三十三に引く)の取意。
九 仏弟子で説法にすぐれ獅子吼第一と言われ、十六羅漢の一。かつて世俗の人に妄に神通を現じたので、仏は涅槃に入るをゆるさず、命じて永く南天竺の摩梨山に住し滅後の衆生を度せしめたという。
一〇 東大寺切に「あかつきに〔ゆをとゝのへて〕」、前田本「暁〔湯調〕」とある。底本は〔 〕内を脱するか。
一一 東大寺切「はなをしきて〔ざとせよ、とをとぢて〕ほどをへて」、前田本「敷花〔為座、閉戸〕歴程之後」。底本〔 〕内脱。
一二 底本「天笠」とし、「笠」を「竺」と訂するが、後筆。
一三 以下、須陀会天《しゆだゑてん》、阿難、難陀、舎利弗の説話は典拠を示さず列挙してあるが、これらは条末の五功徳、五利益と共にすべて法苑珠林三十三、諸経要集八に引用をみる。「アマタノ経ドモ」はこれらを総括した表現。
一四 須陀会天説話は賢愚経九、これを引く法苑珠林、諸経要集にも見えているが、みな「首陀会天」とある。首陀会天

キ。スコシノ銭《ぜに》ヲモトメエテ、湯《ゆ》ヲワカシ食物《くひもの》ヲマウケテ、仏《ほとけ》ヲ請《しやう》ジタテマツリ、僧《そう》ヲムカヘテ[一六]アムシキ。命終《いのちをはり》テ、[一七]天竺《てんぢく》ニカタチスグレ光明《くわうみやう》アリ。後《のち》ニ仏ニナルニ、[一八]浄身如来《じやうしんによらい》トナヅクベシ。

[一九]又阿難《あなん》昔《むかし》[二〇]羅閲祇《エツぎ》国《とく》ノ民《たみ》ノ子トアリシ時ニ、身《み》ニアシキカサイデ、ツクロヘドモヤマザリキ。[二一]人カタラヒテ云《いは》ク、「僧ニ湯ヲアムシテ、ソノアミタラム汁《しる》ヲモチテカサヲアラハヾ、即《すなはち》イヘ《え》ナム。又福《さいはひ》ヲウベシ」トイヒシカバ、喜《よろこび》テ寺《てら》ニユキテ、ソノコトヲセシニ、忽《たちまち》ニイエニキ。コレヨリノチ生《むまる》ル所《ところ》ニ、カタチウルハシク、身キヨシ。九十一劫《くじふいちこふ》ソノ福ヲウケタリ。今《いま》仏ニアヒタテマツリ、心《こころ》ノ垢《あか》キエツキヌ。

[二二]難陀比丘《なんだびく》ハ、昔《むかし》[二三]維衛《ユイエ》仏《ぶつ》ノ時ニ、一《ひと》タビ衆僧《しうそう》ニ湯《ゆ》ヲアムシヽニヨリテ、今王《いまわう》ノタネニ生《むまれ》テ、[二四]身《み》ニ卅二《さむじふに》ノ相《さう》ヲソナヘタリ。

[二五]舎利《しやり》弗《ほつ》、夏《なつ》ヒデリセルニ、アツキ事ヲウレフ。人《ひと》アリテ、水《みづ》ヲクミテ、ソノヽ中ニシテウエ《ゑ》キニソヽク。舎利《しやり》弗《ほつ》ヲ見テヨビテ、木《き》ノモトニスヘ《ゑ》テ、クメル水ヲアムシツ。命《いのち》ツキテ忉利《たうり》天《てん》ニ生《むまれ》ヌ。即《すなはち》舎利《しやり》弗《ほつ》ノ[二六]トモニクダリキテ、花《はな》ヲチラシテ恩《おん》ヲムクヒ《い》、法《のり》ヲ

は浄居天(色界の第四禅天)に住む聖者。
一五 過去七仏の第一仏。釈迦が生れる前の世の仏。
一六 東大寺切「ゆをあむしき」、前田本「浴湯」。
一七 賢愚経「首陀会天に生る」、前田本「生天」、東大寺切「天にむまれて」。底本の「竺」は衍。また、「生レテ」脱か。
一八 賢愚経に「仏授記して曰く、…当に作仏を得て、号して浄身といふべしと」、東大寺切「のちにほとけにならんに、浄身如らいとなづけたてまつるべしといへり」、前田本「後成仏、浄身如来可名云」。
一九 阿難説話の原拠は仏説諸徳福田経。また法苑珠林、諸経要集にもこれを引く。阿難は、十大弟子の一人。侍者として多年釈尊に仕え、多聞第一と呼ばれた。第一結集時に経典の誦出にあずかった。
二〇 古代の摩掲陀国の首都王舎城のこと。
二一 福田経に「親友の道人あり、来りて我に語りて言く」とある。
二二 難陀の話の原拠は、支婁加讖訳雑譬喩経。また、これを引く法苑珠林、諸経要集にも見える。難陀は釈尊の異母弟。迦毘羅城の王子。釈迦の教誡により得道した。釈迦に酷似し三十二相を具えていたという。
二三 過去七仏の第一を長阿含経では毘婆尸仏とし、増一阿含経では維衛仏とする。
二四 雑譬喩経には「身に五六の相を珮す」、前田本「身受具三十相云」とするも、東大寺切「みに三十にのさうをそなへたりといへり」、底本「卅二ノ相」とある。
二五 舎利弗の話は、法苑珠林三十三、諸経要集八所引の十誦律に拠る。舎利弗は釈迦十大弟子の一人。智恵第一と尊敬された。
二六 前田本「下来舎利弗許」。十誦律「舎利弗の所に下り詣て」。底本「トモ」は「モト」の転倒か。東大寺切この所なし。

キヽテ[一]果《くわ》ヲエタリ。

トイヘリ。

[二]モロコシノ往生伝《わうじやうでん》ヲミルニ、[三]梁《りやう》ノ世《よ》ノ[四]道珍禅師《だうちんぜんじ》、廬山《ろさん》ニシテ仏《ほとけ》ヲ念《ねむ》ズ。夜《よ》シヅカニ[五]浄土《じやうど》ノ水《みづ》ヲ観《くわん》ジテネブリイレリ。夢《ゆめ》ニ大《おほき》ナル水ヲミル。人《ひと》百人《ひやくにん》舟《ふね》ニノリテ西《にし》ニ行《ゆ》ク。

クハヽリノラム。

トイフニ、舟《ふね》ノ人《ひと》ユルサズ。夢《ゆめ》ノ中ニイハク、

我《われ》ハ一生《いつしやう》ニ[六]西方《さいはう》ノヲ《お》コナヒヲ心《こころ》ザセリ。ナニノユヘ《ゑ》ニユルサヌゾ。

トイヘバ、舟《ふね》ノ人《ひと》答《こた》フ、

汝《なむぢ》ガ行《おこな》ヒイマダミタズ。[七]イマダ阿弥陀経《あみだきやう》ヲヨマズ。又イマダ温室《うんしつ》[八]ヲイソガズ。

トイヒテ、ノセズシテサリヌレバ、トヾマリテナキカナシブトミテ、ネブリサメヌ。即《すなはち》経《きやう》ヲ誦《ず》シ、僧《そう》ニ湯《ゆ》アムシツ。後《のち》ニ又夢《ゆめ》ヲミタリ。[九]ヒトリノ人《ひと》銀《しろかね》ノ蓮《はちす》ニノリテイタリテ云《いは》ク、

汝《なむぢ》ガ行《おこな》ヒスデニミチヌ。定《さだめ》テ西方《さいはう》ニ生《むまれ》ナム。

ト云フトミル。コノ僧《そう》ヲハル夜《よ》、[一〇]山《やま》ノイタヾキニ明《あきらか》ナル光《ひかり》アリ。室《むろ》ノ

一 十誦律には「須陀洹果を得たり」とある。煩悩を断ちきって聖者の列に入ることを得たの意。
二 往生西方浄土瑞応伝所載の道珍禅師伝に拠る。
三 中国南北朝時代の南朝の国。
四 伝は、瑞応伝のほか三宝感応要略録、続高僧伝、往生集等にも見えるが、戒珠の浄土往生伝によれば、梁の天監年中(五〇二―五一九)、中国浄土教の開祖慧遠等を慕って廬山(江西省)にしばらく泊ったという。
五 観無量寿経所説の十六観の第二。水の清澄なるをみて氷をおもい、氷の映徹せるをみて瑠璃をおもい、次第に進めて極楽浄土の瑠璃地をおもうこと。水想観。
六 西方極楽浄土に生れる業、念仏、読経などをさす。
七 瑞応伝には「未だ弥陀経を誦し並びに浴宮を営まず」、前田本「未読阿弥陀経未勤温室」とある。
八 用意をしない。
九 浄土往生伝には、師の功を以てすれば当然金台を得べきであるが、始めに猶予の心があったため、白銀の蓮台にとどまったのだ、という解説がある。
一〇 瑞応伝「臨終の夜、山頂数千の炬火を列べるが如し」。

中ニ香キ《かうばし》香《か》ミチタリ。コノ夢《ゆめ》、イケルホドハ人《ひと》ニカタラズ。一一経箱《きやうばこ》ノウチニシルシヲ《お》ケレバ、死《しに》テノチニトリエタリトイヘリ。多《おほ》クシリヌ、温室《うんしつ》ノヤスキ事ノ功徳《くどく》フカキ也。一二阿含経《あごむきやう》ニモ五《いつつ》ノ功徳ヲトキ、一三十誦律《じふじゆりつ》ニモ五ノ利益《りやく》ヲアラハセリ。

（五）一布薩《ふさつ》

一四鑑真和尚楊州江陽県人也。俗姓淳干氏。就智満禅師遂出家、遇弘景律師。最三蔵度人授戒遇四万有余。天平勝宝六年来朝。天皇詔曰、大徳和上遠渉滄波来投此国。誠契朕意。授戒伝律、一任和上。遂立唐招提寺、長伝四分律蔵。宝字七年五月六日結跏趺坐而西化。一五春秋七十七矣。　天平勝宝ハ孝謙天皇

（鑑真和尚《がむじんわじやう》は楊州江陽県《やうしうかうやうくゑん》の人《ひと》なり。俗姓淳于氏《ぞくしやうじゆんうし》。智満《ちまん》禅師《ぜんじ》に就《つ》きて出家《しゆつけ》を遂《と》げ、弘景律師《ぐきやうりつし》に遇《あ》ふ。最《もつとも》三蔵《さむざう》人を度《ど》し、戒《かい》を授《さづ》くること、四万有余《しまんいうよ》に遇《あ》ふ。天平《てんぴやう》勝宝六年来朝《しようぼうろくねんらいてう》す。天皇詔《てんのうせう》して曰《のたまは》く、「大徳和上遠《だいとくわじやうとほ》く滄《さう》

一一 瑞応伝に、この夢のことを書いた記を経箱の中に入れて置いたので、とある。

一二 増一阿含経二十八に「浴室に五功徳有り。一除風、二病得瘥(やむ)、三除去塵垢、四身体軽便、五徳肥白」とある。法苑珠林三十三、諸経要集八にもこの引用がある。

一三 十誦律三十七「洗浴は五利を得。一除塵垢、二治身皮膚令一色、三破寒熱、四下風気調、五少病痛」とある。法苑珠林三十三、諸経要集八にもこの引用を載せている。

第五条　布薩は、毎月の十五日、三十日に、同一地域内の僧たちが会合して戒本を聴聞し、互に自省して犯戒を懺悔する集会。これを本邦に伝えたのは唐僧鑑真で、本条の前半は来朝の経緯、戒律伝来、布薩の創始等を略述した鑑真伝となっている。伝は続日本紀二十四の鑑真没伝に拠り、これを抄出したもの。後半は布薩の行法、その功徳に触れ、梵網経や大般涅槃経を簡略化したもの。他書に見られぬ記事で、資料的に貴重。

一四 以下は標題下から始まる行間傍記。勿論後人によるものであろうが、本文と同筆。唐大和上東征伝の抄出。この傍記と東征伝の主要校異を次に示す。下段が東征伝。鑑真和尚—大和上諱鑑真、淳干—淳于、最三蔵—究学三蔵、度人授戒—教授戒律、遇四万有余—済化群生、趺坐而西化—趺坐面西化、七十七—七十六。

一五 「西」は「遷」の省文。

一 梵語 posadha の音写。仏教教団の定期集会。

二 鑑真は、道宣が四分律に拠って起した南山律宗の系統に

波《は》を渉《わた》りて此の国《くに》に来《きた》り投《とう》ず。誠《まこと》に朕《わ》が意に契《かな》ふ。戒を授け、律《りつ》を伝《つた》ふること、一《いつ》に和上に任《まか》す」とのたまふ。遂に唐招提寺《たうせうだいじ》を立て、長《なが》く四分律蔵《しぶんりつざう》を伝ふ。宝字《ほうじ》七年五月六日《しちねんごぐわつむいか》結跏趺坐《けつかふざ》して遷化《せんぐゑ》す。春秋七十七《しゆんじうしちじうしち》なり。

天平勝宝は孝謙《かうけむ》天皇)

月《つき》ゴトノ十五日《じふごにち》、卅日《さむじふにち》ニ、寺々《てらでら》ニ[一]布薩《ふさつ》ヲオコナフ。[二]鑑真和尚《がむじんわじやう》ノ伝《つた》へ給ヘル也。[三]和上《わじやう》ハ、モロコシノ楊州《やうしう》ノ、[四]竜興寺《りうこうじ》ノ大徳《だいとく》也。[五]ヒロク経論《きやうろん》ヲワタシテ、コトニ戒律《かいりつ》ニクハシ。[六]コノ国《くに》ヨリモロコシニワタル僧栄《そうえい》叡《えい》、行業等《ぎやうげふら》、ネムゴロニ和上《わじやう》ニ申《まう》サク、

仏法東《ぶつぼふひむがし》ニナガレテ我国《わがくに》ニトヾマレルヲ、法文《ほふもん》アリナガラ伝《つた》ヘヲシフル人《ひと》ナシ。願《ねがはく》ハ和上《わじやう》ワタリ給へ。

トイフ。

[七]勝宝四年《しようほうしねん》ニ、我国《わがくに》ノツカヒノワタリテカヘルタヨリニ、[八]弟子廿四人《でしにじふしにん》ト、ソヒ使大伴《つかひおほとも》ノ宿禰《すくね》古麿《こまろ》ガ舟《ふね》ニノリテ来《きた》レリ。アメノ御門《みかど》タウトビ給《たまひ》テ、[九]東大寺《とうだいじ》ニスヱテ供養《くやう》ジ給《たまふ》。[一〇]経《きやう》ノ文《もん》ヲタヾサシムレバ、口《くち》ニ誦《ず》シテ多《おほ》クナヲス。[一一]クスリノ名《な》ヲトヘバ、ハナニカギテ皆弁《みなわきま》フ。[一二]御門《みかど》ニイ

属す。四分律は鑑真が将来した律宗の中心的経典。

三 以下次頁の「イマノ招提寺コレナリ」まで、続日本紀二十四・天平宝字七年(七六三)五月六日の鑑真没伝による。

四 東征伝には、初名大雲寺、後改めて竜興寺としたとある。

五 没伝に「博く経論に渉(わた)りて、尤も戒律に精(くは)し」とある。広く経や律関係の原典やその解釈、解説書等をあまねく通覧し、殊に戒律に精しかったの意であるが、底本の「ワタシテ」だと、「日本へ請来して」の意となる。

六 天平五年(七三三)、遣唐大使丹墀(たぢひ)広成に従って入唐した留学僧。栄叡は鑑真の来朝に尽力中、中国で没。「行業」は続紀、前田本「業行」とある。東征伝では「普照」。

七 没伝に、天平勝宝四年(七五二)本国の使(東征伝には、遣唐大使藤原清河、大伴胡麻呂等)が唐にて和上にあい、同船して日本に行くように招聘したとある。東征伝では天平勝宝五年十一月十五日、四船同発、十二月二十六日大和上大宰府に入るとある。

八 没伝「遂に弟子二十四人と、副使大伴宿禰古麻呂が船に寄せ乗せて帰朝」とある。東征伝は二十四人の名を詳記する。

九 没伝「東大寺に安置供養ず」。

一〇 没伝「時に勅ありて、一切の経論を校正せしむ。往々誤字諸本皆同じくして、これを能く正すことなし。和上暗誦して多く雌黄を下す(可否を決して訂正した)」。

一一 没伝「諸の薬物を以て真偽を名づけしむれば、和上、一々鼻を以てこれを別つ。一つも錯失(あやま)ることなし」。

一二 没伝「聖武皇帝、これを師として受戒したまふ」、東征伝「(天平勝宝六年)四月、盧舎那殿の前に戒壇を立て、天皇初めて登壇して菩薩戒を受けたまふ」とある。

一三 没伝「皇太后(光明子)の不悆(よ=病気)に及びて、進むる所の医薬験あり」。

一四 続紀十九・天平勝宝八年(七五六)五月二十四日の勅「宜しく和上小僧都を大僧都に拝すべし」。

一五 没伝の「俄にして綱務煩雑なるを以て、改めて大和上の号を授く」に拠る。続紀二十一・天平宝字二年(七五八)八月一

ム事ヲサヅケタテマツリ、[一三]后《きさき》ニ薬《くすり》ヲタテマツル。ハジメニ[一四]大僧都《だいそうづ》ノ位《くらゐ》ニヲサメタマヘル、[一五]綱所《かうしよ》ノキタルコトヲイトヒシカバ、アラタメテ大《だい》和尚《わじやう》ノ名ヲサヅケテ、[一六]戒院《かいゐん》ヲシヅカニシテスマシメタリ。イマノ招提《せうだい》寺《じ》コレナリ。

和尚《わじやう》ハジメテ奏《そう》シテ、[一七]布薩《ふさつ》ヲ東大寺《とうだいじ》ニ行《おこな》フ。コノヽチ、所〳〵《ところどころ》ニ弘《ひろ》マレリ。大衆《だいしゆ》ミナ堂《だう》ニアツマリテ、戒師《かいし》ヒトリ経《きやう》ヲ誦《ず》ス。[一八]梵網経《ぼむまうぎやう》ニノ給ハク、

[一九]新学《しんがく》ノ菩薩《ぼさつ》ハ、半月《はんぐわつ》ヽヽニ布薩《ふさつ》セヨ。[二〇]十重《じふぢう》[二一]卌《しじふ》八軽戒《はちきやうかい》ヲ誦《ず》セヨ。

[二二]百千人《ひやくせんにん》ノ布薩ストモ、一人《いちにん》誦セヨ。誦セム人《ひと》ハ高《たか》クヰテ、キカムモノハ下《クダ》リテ居ヨ。[二三]コレ三世《さむぜ》ノ諸仏《しよぶつ》ノ誦シ給フ所《ところ》ナリ。我《われ》モ又誦ス。ナムタチノ心《こころ》ヲオコセル菩薩モ又誦セヨ。一切《いつさい》ノ大衆《だいしゆ》、国《こく》王《わう》、ヽ子《わうじ》、比丘《びく》、ヽヽ尼《びくに》、信男《しんなむ》、信女《しんによ》モ、菩薩ノイムコトヲ誦シタモチテハ、悪道《あくだう》ニヲ《お》チズ。

トノ給ヘリ。[二四]ソノ作法《さほふ》ノ間《あひだ》ヲバ、僧《そう》ニアラヌ人《ひと》ニハミキカシメズ。[二五]仏《ほとけ》ノヲ《お》ハシマシヽ時ニ、[二六]ヒトリノ童《わらは》アリテ、カクレタル所《ところ》ニシテ僧ノ布《ふ》薩《さつ》ヲキヽキ。仏ヨソニシテシロシメシテ、[二七]金剛密迹《こむがうみつしやく》ヲツカハシテヲ《お》ハ

日の僧綱の表にも「号して大和上といひて恭敬供養ぜよ。政事躁煩にして敢へて老を労せしめざらむ。宜しく僧綱の任を停むべし」とある。「綱所」は僧綱(僧正・僧都・律師)が出仕して事務を掌る役所。「大和上(尚)」は特別な称号。

一六 没伝に「新田部親王の旧宅を施し、以て戒院と為す。今の招提寺是なり」とある。始め唐律招提寺と言ったが、後、唐招提寺と改めた。奈良市五条町に現存。律宗総本山。

一七 天平宝字元年(七五七)閏八月二十三日の官符に「是を以て官の大寺別に永く戒本師田十町を置く。自今以後、布薩を為す毎に、恒に此の物を以て布施に量り用ゐよ」とある(類聚三代格十五)。続紀二十にも引用(ただし日付は二十一日)。なお東大寺要録九には「布薩戒師作法」「大乗布薩作法」を載せている。この官符の頃東大寺の布薩も始まるか。

一八 梵網経・盧舎那仏説菩薩心地戒品十下の抄訳。

一九 新たに発心して仏道に励もうとする求道者。

二〇 十重禁戒の略。殺・盗・婬・妄語・酤酒(こし)(ゆ)・説過罪・自讃毀他・慳・瞋・謗三宝の、十種の重い禁戒。

二一 不敬師長戒・飲酒戒・食肉戒・食五辛戒など、比較的軽い四十八の戒。梵網経・下の所説に基づく。

二二 梵網経「一人布薩には即ち一人誦し、若し二人三人乃至百千人も亦一人誦せ」の簡略化。

二三 梵網経には「諸仏子諦聴せよ。此の十重四十八軽戒は三世の諸仏の已(す)に誦し、当に誦すべく、今誦する所なり。我も今亦是の如く誦す。汝等一切の大衆若しは国王、王子、百官、比丘、比丘尼、信男、信女も、菩薩戒を受持せば、…世々悪道八難に堕ちず常に人道天中に生まれむ」とある。

二四 布薩の作法は俗人には見聞させないの一文は、作者の造文か。

二五 「仏ノヲハシマシヽ時ニ」以下は大般涅槃経三(南本、北本殆ど同文)に依拠。

二六 涅槃経に「是の童子は即ち是れ化人にして真実にあらざるなり」とある。

二七 金剛杵を持ち仏法を護持する天神。寺の門に安置する金剛力士。向って左が金剛密迹。

シメタマフニ、童ノ頭《かしら》ヲウチテコロシツ。コレハマコトノ童ニハアラザリケリ[一]。[二]コレ戒律《かいりつ》ノヲ《お》モキ道《みち》、仏法《ぶつぽふ》ノフルキアトナリ。[三]六月《ろくぐわつ》ノツゴモリノ程《ほど》ハ、オ《を》トコ女寺《をむなてら》ニ来《きたり》テ[四]籌《チウ》ヲウク。功徳《くどく》ノタメナリ。

二月

(六) 修二月《しうにぐわつ》

此月《このつき》ノ一日《ついたち》ヨリ、モシハ[五]三日《みつか》、五夜《ごや》、七夜《しちや》、[六]山里《やまざと》ノ寺〻《てらでら》ノ大《おほき》ナル行《おこなひ》也。ツクリ花《ばな》ヲ[七]イソギ、名香《みやうがう》ヲタキ、仏《ほとけ》ノ御前《おほむまへ》ヲカザリ、[八]人《ひと》ノイルベキヲイル丶コト、ツネノ時ノ行《おこなひ》ニコトナリ。ソモ〳〵キヌヲキザメル花《はな》シ、[九]テスサビノタハブレカトウタガハシク、香《かう》ヲタクニホヒ、[一〇]ナサケノタメカト覚《おぼゆ》レド、皆《みな》仏ノ御教《みをしへ》ニシタガフナリ。[一一]経《きやう》ニ云《いはく》、

花《はな》ノ色《いろ》ハ仏界《ぶつかい》ノカザリ也。モシ花ナカラム時ハ、マサニツクレル花ヲ用《もちゐ》ルベシ。[一二]香《かう》ノケブリハ仏《ほとけ》ヲムカヘタテマツル使《つかひ》ナリ。人間《にんげん》ハクサクケガラハシ。マサニヨキ香ヲタクベシ。

トノ給ヘレバ也。[一三]仏《ほとけ》ハ色《いろ》ヲモヨロコビ給ハズ、香《かう》ニモメデ給ハネドモ、

一「アラザリケリ」の次に前田本「仏誡末世給而、仮作給」とあるが、これは前田本の独自記事。
二 僧以外には非公開の布薩をぬすみ聞いて殺された童子の話は、戒律は遵奉厳守すべき重き道であり、連綿と続く厳しい仏の教えであることを示したものである。
三 月毎の十五日、三十日の布薩は俗人に未公開であるが、特別六月三十日の布薩は、広く民衆にも公開した。
四 もとは竹製または木製の、数をかぞえるための棒であったが、ここではおみくじであろう。

第六条　本条に説く修二月は、二月一日より三夜、或いは五夜、七夜、山々寺々で広く行われる大きな仏事で、著名な東大寺の修二会ではない。造花をつくり、香をたき、仏の御前の飾りつけなど、人々の協力によって行う点が通常の法会と異なっていると述べている。続いて諸経典に説く香花の功徳の話や偈の文を引く。
五 前田本、袖中抄六には「三夜」とある。
六 前田本「山々寺々」。
七 造花をつくって、仏に供える準備をする。
八 袖中抄「人の伊多豆木(いたき)を入るゝ事」、前田本「入人力事」とある。造花の作製、仏前の飾りつけ等、人々の労力を煩わす点。「イルベキ」は「イタヅキ」の誤か。
九 前田本「手取蛇尾(てすさび)」。造花づくりなどの手なぐさみ。
一〇 東大寺切「ことのなさけのわざかとおもはゆれど」、前田本「事奈佐介(なさけ)態(わざ)念」。香の匂いなど、ただ情趣を添えるためだけのものと思われ勝ちだが。
一一 経名未詳。
一二 四分律刪繁補闕行事鈔三下には「仏言く、香は仏の使なり、故にこれを須(もちゐ)るなり」とある。
一三 仏は色をも悦ばず、香にも愛着はしていないが、香花が勝れた功徳となる事を衆生に勧め、一段と深い信仰の力に向われるのである。「ヲモブキ給」が「オモムケ給」であるとわかりやすい。

功徳《くどく》ノスグレタルヲス丶メ、信力《しんりき》ノフカキニヲ《お》モブキ給《たまふ》也。香《かう》ヲモチテ仏《ほとけ》ニタテマツルニハ、功徳カギリナシ。

昔《むかし》[一四]、毘婆尸仏《びばしぶつ》[一五]ノ涅槃《ねはん》ノ丶チニ、ヒトリノ長者《ちやうじや》アリ、塔《たふ》ノウシロノツチノワレヤブレタルヲミテ、土《つち》[一六]ヲツクリテヌリツクロヒテ、栴檀香《せんだんかう》[一七]ヲモチテソノウヘニマメシチラシテ、願《ぐわん》ヲオコシテサリヌ。是《これ》ニヨリテ九十一劫《くじふいちこふ》悪道《あくだう》ニオチズ。天《てん》ニ生《むま》レ、人《ひと》ニ生《むまれ》ッ丶、身《み》香《かうば》シク口《くち》香シ。今《いま》迦毘羅城《かびらじやう》[一八]ノ長者ノ子《こ》ト生《むまれ》テ、カタチヨキ事ナラビナシ。身ノ中ヨリセムダムノ香《か》ヲイダシ、口ノ中ヨリ優鉢花《うはつくゑ》[一九]ノ香《か》ヲイダス。父母《ちちはは》見喜《よろこび》テ、名《な》ヲ栴檀香トナヅケツ。ツヒニ仏《ほとけ》[二〇]ノ弟子《でし》トナリテ、羅漢《らかん》ノ位《くらゐ》ヲエタリ。

又経《きやう》[二一]ニ云《いは》ク、

口《くち》ヲモチテ香《かう》ノ灰《はひ》ヲフキノクレバ、ツミヲ《お》モシ。

ト。又イハク、

香《かう》ヲタカム時《とき》ハ、マサニコノ偈《げ》[二二]ヲ誦《ず》スベシ。

戒定恵解知見香《かいぢやうゑぐゑちけんかう》　遍十方界常芬馥《へんじつぱうかいじやうふんふく》
願此香烟亦如是《ぐわんしかうえんやくによぜ》　廻作自他五種身《くわいさじたごしゆしん》

トイヘリ。マサニ知《しる》ベシ、一《ひとつ》[二三]ノ色一《いろひとつ》ノ香《か》モ、中道《ちうだう》ニアラヌハナシ。

一四 以下「羅漢ノ位ヲエタリ」までは、法苑珠林三十六並びに諸経要集四所引の百縁経に拠るか。ただし、原経たる撰集百縁経七・身有栴檀香縁とは若干の差が認められる。

一五 釈迦以前にこの世に出現したという過去七仏の第一。

一六 泥をよくまぜ合わせて塗りつくろい。法苑珠林に「泥を和し塗り治め」とある。

一七 栴檀香をその上にまき散らし。法苑珠林「栴檀香を以て其の上に坌(まめ)し散らし」。類聚名義抄「坌 マメス マミルマキラス チリハム」。まぶす、ふりかけること。「マメシ」の「マ」は底本不明字を訂して右に「マ」と書く。

一八 法苑珠林「迦毗羅衛城」、百縁経「迦毘羅衛国」。釈尊の故郷の町。ヒマラヤ山麓、今のネパール国タラーイ地方。

一九 前田本や法苑珠林には「優鉢花」、百縁経には「優鉢羅花」とある。共に睡蓮のこと。

二〇 法苑珠林に「仏を求めて出家し、阿羅漢果を得たり」とある。阿羅漢果は、原始仏教で説く、修行者の到達し得る最高の位。

二一 法苑珠林三十六に「夜問経に云く、荘厳供養の具、口を以て灰を吹き去る者は優鉢羅地獄に堕つ」とある。諸経要集四にも。

二二 仏説浴像功徳経に見える偈。為憲の口遊(くちずさみ)には「奉香頌　戒香恵香知見香　遍十方刹常芬馥　願此香煙亦如是　廻向自他五種身」とある。言行をつつしみ(戒)、心の散乱を静め(定)、正しく見る知恵を具え(恵)、一切の束縛から解脱し(解)、自己の解脱を自覚(知見)するという五種の徳の香りは、あまねく十方世界に常に馥郁と薫っている。願わくは、この香の功徳を、自他一切の人々にふり向けて、五種の徳を身につけさせて戴きたい。

二三 摩訶止観一上「一色一香無非中道」。眼に見えるささやかな一枝の花、鼻に感ずる一つまみの香の中にも、仏法の真実の極致のあらわれでないものはない。一色一香は六根によって認識されるあらゆる存在や事象を代表させたもの。

（七）　西院阿難悔過《さいゐんのあなんくゑくわ》

[一]淳和院《じゆんなゐん》ハ淳和ノ后《きさき》ノ宮《みや》ナリ。西院《さいゐん》トモイフ。后ハ[二]嵯峨御門《さがのみかど》ノ御《おほむ》スメ、淳和ノ御門ノ御后《おほむきさき》也。[三]心《こころ》ヲ三宝《さむぼう》ニカケテウツクシビ、物《もの》ヲスクフニフカシ。[四]貞観二年《ぢやうぐわんにねん》五月《ごぐわつ》ニ、淳和院ニシテ、大《おほき》ニ法花経《ほふくゑきやう》ヲ誦《ず》セシメタマフ。終《をは》ル日《ひ》ニ、[五]延暦寺《えんりやくじ》ノ座主《ざす》慈覚大師《じかくだいし》ヲトメテ、カミヲソリテ、菩薩戒《ぼさつかい》ヲウケ給《たまふ》。法名《ほふみやう》ヲタテマツル。良祚《りやうそ》ト申《まうす》。[六]東《ひむがし》ノ京《きやう》ニステタル人《ひと》ノ子《こ》ヲトリアツメテ、メノトヲグシ給《たまひ》テヤシナハシメ給《たまふ》。[七]嵯峨《さが》ノフルキ宮ヲバ寺《てら》トナシ給《たまひ》ツ。大覚寺《だいかくじ》トナヅク。[八]ソノカタハラニ屋《や》ヲタテヽ、ナヅケテ済治院《さいぢゐん》トイフ。法師尼《ほふしあま》ノヤマヒスルヲスヘ《ゑ》テ、ヤシナフ所《ところ》ナリ。[九]淳和院ヲモ寺《てら》トナシ給《たまふ》。モトノ名《な》ヲアラタメズ。アケクレツカフマツル尼ドモヲスマシメテ、アツク供養《くやう》ヲ給ヒテ、[一〇]ナガクヽヘトサダメ給ヘリ。[一一]師弟子《しでし》アヒツタヘテ、道《みち》ヲ行《おこな》フ事タヘ《え》ズ。[一二]日本国三代実録《につぽんこくさむだいじつろく》ニミヘ《え》タリ。

院《ゐん》ノ大《おほき》ナル[一三]イソギ、[一四]年《とし》ニ二《ふた》タビ阿難悔過《あなんくゑくわ》ヲオコナフ。[一五]ソノユヘ《ゑ》ヲタヅヌレバ、昔《むかし》、仏《ほとけ》ノ[一六]御《おほむ》姨《イ》母《も》、[一七]憍曇弥《けうどむみ》、仏ノ御《おほむ》モトニキタリテ、カミヲ

第七条　西院は淳和天皇の後院淳和院のことで、淳和天皇崩御の後、皇后正子内親王が落飾してここに住み、皇后崩御の後、尼寺となったが、淳和院の院号は継承した。本条はこの西院で行われた阿難悔過を述べたもの。阿難悔過は、女人出家の道を開いた阿難の恩に報いるため、阿難尊者を本尊として自分の罪過を懺悔し、多幸を願う儀式。

一 淳和院という御殿は、淳和天皇の皇后のお住まいである。

二 后は嵯峨天皇の皇女正子内親王。以下は、三代実録三十五・元慶三年三月二十三日の崩伝に拠る。

三 崩伝に「慈仁天至」とある。生れつき人々をうつくしびあわれぶ心が身に備わっており。

四 崩伝に「貞観二年(八六〇)五月に当り、淳和院に於いて大斎会を設け〔諸寺の名僧を延(ひ)いて〕法華経を講ぜしむ」とある。〔 〕内は前田本にも存在し底本の脱か。

五 崩伝に「延暦寺座主円仁大阿闍梨(慈覚大師)を留めて菩薩戒を受く。太后に法名を奉り、良祚と称す」とある。

六 崩伝に「東西の京の棄児・孤孩を収拾して、これに乳母を給ひ、養育する所多し」とある。前田本にも「東西京」とあり、底本は「西」を脱す。

七 崩伝に「嵯峨の旧き宮を捨して精舎となし、号して大覚寺と曰ふ」とある。前田本「名大覚寺」。東大寺切の「大賢寺」は誤記。

八 崩伝に「其の側に廨舎を建て名づけて済治院と為す。僧尼の病を療す」とある。東大寺切「西治院」。

九 崩伝に「淳和院を以て道場となし、院号を改めず。平生左右に侍す尼を安置して、厚く供料を充て」とある。

一〇 崩伝「永く居住せしめ」、東大寺切「ながくすめと」、前田本「長住定給」。底本の「ヽヘ」は「スメ」の誤か。

一一 崩伝「師資相承して道を修すること断えざらしむ」。

一二 →注二。

一三 ここでは催し物、恒例行事の意。

一四 大方便仏報恩経五に「常に、二月八日・八月八日に当り浄衣を著し、至心に八戒斎法を受持し、昼夜六時に大精進を建つ」とあるに拠る。

ソリテ御弟子《みでし》ニナラムト三《み》タビマデ申ゝ《まうしし》ニ、仏ユルシ給ハズ。ウラミカナシビテ、[一八]祇園精舎《ぎをんしやうじや》ヲイデ、門《かど》ノ外《と》ニシテ涙《なみだ》ヲナガシヽニ、[一九]阿難ホカヨリ来《きたり》テカタラヒテ、カナシビテ即入《すなはちいり》ヌ。仏ニ申《まう》サク、

[二〇]仏生給《ほとけむまれたまひ》テ後七日《のちなぬか》アリテ、摩耶夫人《まやぶにん》ハウセ給《たまひ》ニシカバ、太子《たいし》ヲウケトリテヤシナヒタテマツル事ハ、[二一]憍曇弥《けうどむみ》ガフルキ心《こころ》ザシナリ。一切衆生《いつさいしゆじやう》ヲダニ、ナヲ《ほ》仏界《ぶつかい》ニ入《いら》ムトスヽメ給《たまふ》ニ、況《いはむ》ヤコノ人《ひと》ヲユルサレザラムヤ。

ト申《まうす》。仏答給《ほとけこたへ》フ、

[二二]此人《このひと》ノタメニ恩《おん》アルヲシラヌニハアラネドモ、[二三]女人《によにん》ヲユルシテ仏《ぶつ》家《け》ニイレジト思《おもふ》ナリ。モシコレヲユルサバ、[二四]正法五百年《しやうぼふごひやくねん》ヲツヾメツベケレバナリ。

トノ給フ。阿難《あなん》又申《まう》サク、

[二五]過去《くわこ》ノ諸《もろもろ》ノ仏《ほとけ》モ皆《みな》、四部《しぶ》ノ弟子《でし》ヲソナヘタマヘリキ。ナニヽヨリテカ我大師《わがだいし》尺迦如来《しやかによらい》、ヒトリシモ女人《によにん》ヲユルシ給ハザル。

ト、ネムゴロニスヽメ申《まうす》ニヨリテ、仏《ほとけ》ツヒニ憍曇弥《けうどむみ》ガ[二六]出家《しゆつけ》ヲユルシ給《たまひ》テ、是《これ》ヲハジメトシテ[二七]諸《もろもろ》ノ女《をむな》ノカミヲソル、イムコトヲウクル事ヲユ

一五 以下の阿難悔過の由来譚は、報恩経五・慈品七の抄出。

一六 底本「姨」の右に「イ」、左に「ヲハ」と書くが、いずれも後筆。叔母。

一七 釈迦は生後七日目に生母摩耶を失い、叔母の憍曇弥に養育された。釈尊は始め女性の出家を許さなかったが、養母の熱意と阿難のとりなしで彼女の出家を認めたという。底本「頓」の右に「曇」と本文と同筆にて書く。後の表記も「曇」であるから、「曇」の方を採用。前田本も「曇」。

一八 報恩経五「即ち祇桓を出でて悲しみ、涙目に満つ」。東大寺切「(なみだ)をながしてかなしぶ」とある。

一九 東大寺切に「あなむ、ほかよりいたりきたりて、かたらひてすなはちいりぬ」。阿難はよそから帰ってきて、彼女の話をきき、すぐに仏のいる精舎に入って行った。阿難は、一四九頁注一九。

二〇 報恩経三に「其の生れて七日、母の命便ち終る」とある。

二一 東大寺切に「けうどむみがふかきこゝろざしなり」、前田本にも「深志也」とある。底本の「フルキ」は誤記か。「か」を「る」と誤るのは平仮名ではありうること。

二二 東大寺切「われもかのひとのおむあるをしらぬにはあらねども」。私も彼の人の重恩を知らない訳ではないが。

二三 女人を仏法の世界に入れまいと思うのである。底本「仏界」の「界」を見せ消ちにして右に「家」と傍記。

二四 報恩経五「若し女人を仏法中に入るることを聴(ゆる)さば、正法当に漸微して五百歳を漸滅せん」。

二五 報恩経五に「過去の諸仏は四部の衆を具(そな)ふ。我が釈迦如来のみ独り具へずや」とある。四部の衆は、比丘・比丘尼・優婆塞・優婆夷の四衆の仏弟子のこと。

二六 東大寺切には「つひにけふどみがすけをゆるしたまひてき」とある。

二七 東大寺切に「もろ〳〵の女、かみをそりいむことをゆるしたまふことゆるしたまへり」とある。「かみをそり」は経にない。底本の「ソル」は連体形で、「そること、すなわち」の意ととる。「イムコトヲウクル」は「受戒」の和訳語。

ルシタマヘリ。仏ノ給ハク、

　スヱノヨニ尼《あま》トナラムモノ、及《およ》ビ[一]諸《もろもろ》ノヨキ心《こころ》ヲオコセラム女《をむな》ヲ、マサニ心ヲイタシテ阿難《あなん》ガ恩《おん》ヲ思《おもひ》テ、名《な》ヲトナヘ、供養《くやう》ジ、讃歎《さんたん》スベシ。

トノ給ヘリ。

　[二]仏《ほとけ》カクレ給《たまひ》テ後《のち》ニ、年老《としおい》タル御弟子《みでし》、[三]大迦葉《だいかせふ》ガ、[四]阿難《あなん》ガ六《むつ》ノトガヲ出《いだ》シテセメトヒシ中ニ、[五]女人《にょにん》ヲ仏家《ぶつけ》ニイルベシト申《まうし》スヽメテ、正法《しやうぼふ》五百年《ひやくねん》ヲツヾメタルコト、是一《これひとつ》ノトガ也トイヒシカド、阿難モサカシキ聖《ひじり》ナレバ、コタヘ返《かへ》ス旨《むね》オロカナラズ。即《すなはち》知《しり》ヌ、一切《いつさい》ノ女人ノ尼《あま》トナル事ハ、[六]阿難尊者《あなんそんじや》ガ恩《おん》ヲノコセル也。又[七]報恩経《ほうおんきやう》ニノ給ハク、

　モシ女人有《にょにんあり》テ、ヤスラカニヨキ果報《くわほう》ヲ求《もとめ》ムト思《おも》ハヾ、二月八日《にぐわつやうか》、八月八日《はちぐわつやうか》衣《ころも》ヲキヨウシ、心《こころ》ヲ至《いた》シテ[八]八戒《はつかい》ヲウケテタモチ、[九]六時《ろくじ》ニツトメヲ《お》コナヘ。阿難即《あなんすなは》チ大威神《だいゐじん》ノ力《ちから》ヲ以《もつ》テ、[一〇]コヱニカナヒテマモリタスケテ、願《ねがひ》ノゴトク即《すなはち》エテム。

トノ給ヘリ。此院《このゐん》ニナガクコノ悔過《くゑくわ》ヲオコナフ事ハ、阿難《あなん》ガ恩《おん》ヲムクユル也。又[一一]此《この》ツキノ日《ひ》ヲチギレル事ハ、尺尊《しやくそん》ノ教《をしへ》ニシタガヘルナリ。

一　前田本「諸発善心女人者」。「女ヲ」は「女ハ」の誤記か。
二　以下は大智度論二の所説の取意。
三　仏の十大弟子の一人でその後継者。仏陀の死後教団をまとめ、阿難と共に第一回の結集を行なった。
四　第一結集時に大迦葉が次の六種の突吉羅(とき ら)罪をあげて阿難を難じた。一、女人出家を仏に勧請して正法五百年を衰滅させ、二、仏涅槃時に水を供給せず、三、仏は大神力を有するのに濁水さえ与えず、四、四神足好修につき仏の三度の問にも答えず、五、仏衣を踏み、六、仏の陰蔵の相を女人に示した(大智度論二)。これらにつき阿難に反省釈明させた。突吉羅罪の漢訳は「悪作」。戒律における軽微なる身口の犯罪。
五　大智度論に「仏は意(こゝろ)に女人の出家を聴(ゆる)すを欲せざるに、汝、慇懃に勧請す…是れを以ての故に、仏の正法は五百歳にして衰微す。是れ汝が突吉羅(とき ら)罪なり」とある。
六　前田本「依阿難尊者之恩也」。阿難尊者の恩を今に残しているのである。
七　報恩経五に基づく。
八　在俗の男女が一日一夜守るべき八種の行為。五戒(殺生・偸盗・邪婬・妄語・飲酒)に、高大な寝床にねない、歌舞音曲に夢中にならない、午後に飲食をしないを加えた八条。
九　昼夜をそれぞれ三分したもので、昼を晨朝・日中・日没、夜を初夜・中夜・後夜に区分する。
一〇　報恩経に「阿難即ち大威神力を以て、声に応じて護り助けて願の如く即ち得てむ」とあるに拠る。
一一　「阿難悔過」を二月と八月の八日にきめて行うのは。

第八条　涅槃会は二月十五日釈尊の入滅を追悼する法会。涅槃図を掲げ遺教経を読誦する。山階寺(興福寺)の法会は儀式・作法・舞楽の興趣が特にすばらしく、熱田明神の所望で十六日の法華会が加わり、二日の大会となった。同類の説話は護国寺本並びに菅家本の諸寺縁起集に見える。冒頭部と末尾の記事は、大般涅槃経に拠っている。なお今昔物語集十二ノ六は、本条に拠ったものである。

（八）　山階寺涅槃会《やましなでらのねはんゑ》

釈迦如来《しやかにょらい》[12]涅槃《ねはん》ニ入《いり》ナムトオボシテ、[13]摩迦陀国《まがだこく》ヨリ[14]拘戸那城《くしなじやう》ニオモブキ給《たまひ》テ、二月十五日《にぐわつじふごにち》ニ、跋提《ばつだい》ノ河《かは》ノホトリ、[15]沙羅《しやら》ノ林《はやし》ニシテ、[16]薪《たきぎ》ツキ火《ひ》キエ玉《たま》ヒニキ。仏《ほとけ》ノ生《むま》レ給シ日《ひ》ヨリ昨日《きのふ》マデサカヘ《え》タル、[17]栴檀《せんだん》ノ樹《うゑき》俄《にはか》ニ枯《かれ》ヌ。[18]仏ノカクレ給《たまひ》ニシノチハジメテ、ケフゴトニミルニ、菩提《ぼだい》樹《じゆ》ノ葉《は》ミナ落《おつ》トイヘリ。心《こころ》ノナキ木《き》ダニ皆今日《みなけふ》ヲシレリケレバ、恩《おん》ヲオモフ人《ひと》イカデカ昔《むかし》ヲコヒザラム。是《これ》ニヨリテ末《すゑ》ノ世《よ》ノ御弟子《みでし》ノ、[19]日ヲ忍《しのび》ガタクシテ、[20]昔《むかし》ノ今日ニ金《こがね》ノ床《とこ》ニオキヰツヽ、[21]仏性常住《ぶつしやうじやうぢう》ノ理《ことわ》リヲアラハシテ、

[22]一切衆生《いつさいしゆじやう》ニハミナ仏《ほとけ》ノタネアリ。皆《みな》マサニ仏ニナルベシ。

トヽキシルサセ給《たまひ》シ涅槃経《ねはんきやう》ヲ[23]カクシテ、スナハチ[24]理《のり》ノ会《ゑ》ヲ行《おこな》ヒ、[25]仏《ほとけ》ノ恩《おん》ヲムクユルヲ涅槃会《ねはんゑ》トイフ也。

[26]山階寺《やましなでら》ノアマタノ会《ゑ》ノ中ニ、此会《このゑ》ヲバ、寺《てら》ノ僧力《そうちから》ヲ合《あはせ》テイソギ行《おこな》フ。其儀式《そのぎしき》ハジメハス[27]コシオロカナリケルヲ、昔尾張《むかしをはり》ノ国《くに》ノ[28]書生《しよしやう》ノ、[29]此国《このくに》ノツカサ、マツリゴト枉《まが》レルヲミテ、頭《かしら》ヲソリテ此寺《このてら》ニ来《き》テスム。名《な》

一二　nirvāna の音写。諸煩悩を断ち、悟りの境地に入ること。普通、釈迦の入滅をいい、寂滅・滅度とも漢訳される。

一三　古代インド最大の国で、首都王舎城のあったところ。現在のビハール州南部。

一四　仏陀入滅の地。十六大国の一つ末羅（まつら）族の都で現在のビハール州カシアーの地といわれる。西北に跋提河が流れ、その西岸に沙羅林があった。

一五　インド原産のフタバガキ科の常緑高木。釈迦の臥所の東西南北に各一対の沙羅があったので沙羅双樹という。

一六　法華経・序品に「仏、此の夜滅度し給ふこと、薪尽き火滅するが如し」とある。

一七　大般涅槃経後分・下に「仏初めて恒河の北岸に成道するとき一樹の栴檀、仏に随つて生ず…仏入涅槃の時、此の一檀樹、即ち仏滅に随つて枝葉倶に落つ」とある。

一八　大唐西域記八の「如来の涅槃の日に至る毎に（菩提樹の）葉皆凋落し、しばらくして故に復す」に拠るか。前田本に「自仏隠給日始、毎今日、見菩提樹葉皆落」とあるよりすれば、底本「ノチ」の次に「ヨリ」脱か。

一九　前田本「末世弟子、難忍此日」とあり、底本は「此」を脱するか。お弟子たちがこの入滅の日を忍びがたく思って。

二〇　入滅された二月十五日、釈尊は金の床に起きあがり。

二一　仏となるべき素質は、衆生の場合には煩悩に覆われているけれども、常に存在しているという道理。

二二　涅槃経北本二十七、南本二十五の「一切衆生悉有仏性」をパラフレイズした表現。

二三　前田本に「講涅槃経」。底本は「カウ（講）ジテ」の誤か。

二四　前田本に「行法会」とあり、ここでは底本の「理」を「ノリ」とよむ。類聚名義抄「理　ノリ」。

二五　底本「仏ノ」は本文と同筆にて補入。

二六　例えば、修二月、常楽会、維摩会、涅槃会など。

二七　「オロカ」は「おろそか、疎略」の意。前田本に「其儀式始頗疎也」とある。

二八　国府に仕える下級の事務官、書記役。

二九　尾張の国。

ヲバ[一]寿広《じゆくわう》トイフ。心《こころ》キヨクサカシ。和上《わじやう》ノ名ヲエタリ。音楽《おむがく》ノミチヲシレリ。ミヅカラ儀式ヲツクリ、サラニ[二]色衆《しきしゆ》ヲトヽノヘテ、改《あらため》[三]イツクシク行《おこな》ヘリ。アクル日《ひ》ニ、尾張国ノ[四]アツタノ大神《おほかみ》、小《ちひさ》キ童《わらは》ニツキテ、ナク〳〵ノ給ハク、

寿広和上《じゆくわうわじやう》、[五]モトハ我国《わがくに》ノ人《ひと》也。タウトキ会《ゑ》ヲ行《おこな》フトキヽテ、[六]フルキ心《こころ》アラムトタノミテ、昨日《きのふ》[七]此国《このくに》ニ来《きたり》シヲ、[八]サカヒノ中ニコト〴〵クニ諸仏《しよぶつ》ノ境界《きやうがい》ニナリテ、[九]奈良坂口《ならざかぐち》ニハミナ[一〇]梵王帝尺《ぼむわうたいしやく》守《まもり》シカバ、ワガ近付《ちかづ》キヨル事アタハズシテ、カナシビヲ《お》モフ事限《かぎり》ナシ。イカデコノ会ミタテマツラム。

トイフ。和上《わじやう》アハレミテイハク、

ノリノタメニハルカニ来《き》タマヘリケルヲ、昨日《きのふ》ミタマハズナリニケリ。神《かみ》ノ御《おほむ》タメニ、コトニ心《こころ》ザシテ、今日《けふ》又行《おこな》ハム。[一一]行《おこなひ》ノヒマ〳〵ニ、法花経百部《ほふくゑきやうひやくぶ》ヲヨマム。アケム年《とし》ニハアタラシク百部ヲカキヲ《お》キテ、ノチ〳〵ノ年ニハナガクソノ経《きやう》ヲヨマシメテ、[一二]二日《ふつか》ノ大会《だいゑ》ヲ行ハム。

トイヒテ、ニハカニ又クハヘ行《おこな》フ。ソレヨリノチタヘ《え》ズ。[一三]山階寺《やましなでら》ノヲ《お》

一 護国寺本諸寺縁起集に、尾張の人、後に興福寺の僧となり、涅槃会の儀式文をつくり貞観二年(八六〇)これを執行したとある。後年、維摩会講師となる。僧綱を辞したが大和尚と称せられたという。南都仏教では和尚を和上と書く。
二 法会の時、導師に従い声明・散華・鳴物その他の諸役を勤める僧。色の法衣を着るので色衆といった。
三 荘厳に。今昔十二ノ六にその盛儀のさまを記す。
四 前田本に「熱田明神」とある。熱田神宮の社神。
五 寿広和尚は、元来は我が尾張の国の人である。
六 古いよしみを大事にする心があるだろうと頼みにして。
七 前田本「来此寺」。
八 大和の国の国境の中は、ことごとく諸仏の勢力範囲となっていて。「サカヒノ中ニ」の「ニ」は不審。「諸仏満チテ」と書かんとして筆がそれたか。
九 平安京から奈良山を越えて興福寺所在の大和の国へ通ずる坂道の入口。
一〇 仏法の守護神として法華経護持に当っていた梵天王や帝釈天が守っておられるので。
一一 前田本に「行歌舞隟(ひま)」、今昔十二ノ六に「歌舞ノ隙ニ法花経百部ヲ読誦シテ」とある。歌舞を演ずる合間あい間に法華経百部を読みましょう。
一二 十五日は涅槃会(常楽ともいう)、十六日は熱田明神のために行なった法華会で、この両会を合わせて「二日ノ大会」といったもの。
一三 山階寺の沿革は、「山階寺維摩会」の項で詳記する。作者の注記記事である。→本書下巻二十八条。
一四 石山寺でも恒例行事として行う。
一五 叡山でも、山階寺と縁を結んで涅槃会を行なっている所がある。
一六 法苑珠林十七・敬法篇法師部五には、涅槃経七、九等を抄出編集している。三宝絵の記事は、法苑珠林に近い。
一七 法苑珠林には「涅槃経に云、…若し衆生有つて一たび耳に経れば、悉く能く一切の諸悪・無間の罪業を滅除せん」とある。涅槃経九も殆ど同文。

コリハ、維摩会《ゆいまゑ》ノ次《ついで》ニシルスベシ。

此涅槃会《このねはんゑ》ハ、[一四]石山《いしやま》ニモ、寺《てら》ノイソギトシテ行《おこな》フ。[一五]比叡山《ひえのやま》ニモ縁《えん》ヲムスビテ行フ所《ところ》アリ。[一六]涅槃経《ねはんきやう》ニノ玉《たま》ハク、

[一七]若《もし》コノ経《きやう》ヲ一《ひと》タビモ耳《みみ》ニフルレバ、ヨク諸《もろもろ》ノツミ、無間《むげん》ノヲ《お》モキ罪《つみ》ヲケツ。[一八]ヨク如来《によらい》ノツネニマシ〱テ、[一九]ウケ給ハヌ事ヲシリ、[二〇]或《あるい》ハ常住《じやうぢう》トイフ[二一]二《ふたつ》ノ文《もん》ヲキクニ、即《すなは》チ天《てん》ニ生《むま》ル。[二二]モシハコノ経ノ名《な》ヲ聞《きく》ニ、悪道《あくだう》ニ落《らく》セズ。

トノ給ヘリ。マサニ知《しる》ベシ、此会《このゑ》ヲオガミ、此経《このきやう》ヲキクモノ、ハジメテ身《み》ノ中ノ仏《ほとけ》ノタネヲアラハスト。[二三]家《いへ》ノ中《なか》ノ土《つち》ノ金《かね》ヲ《を》オシフルガゴトシ。

（九）　石塔《しやくたふ》

石塔《しやくたふ》ハ[二四]ヨロヅノ人《ひと》ノ春《はる》ノツヽシミナリ。[二五]諸司《しよし》、諸衛《しよゑ》ハ官人舎人《くわんにんとねり》トリ行《おこな》フ。[二六]殿《との》バラ宮《みや》バラハ、召次《めしつぎ》、雑色《ざふしき》[二七]廻《めぐら》シ催《もよほ》ス。[二八]日《ひ》ヲエラビテ川原《かはら》ニ出《いで》テ、石《いし》ヲカサネテ塔ノカタチニナス。[二九]心経《しむぎやう》ヲ書《かき》アツメ、[三〇]導師《だうし》ヲヨビスヘ《ゑ》テ、年《とし》ノ中《うち》ノ[三一]マツリゴトノカミヲカザリ、[三二]家《いへ》ノ中《なか》ノ諸《もろもろ》ノ人ヲイノル。

一八 法苑珠林には「若し能く如来常住にして変異有ること無きことを知ること有らん」とある。涅槃経七も殆ど同文。

一九 前田本に「不失給知」とあり、底本の「ウケ」は「ウセ」の誤か。

二〇 法苑珠林には、注一八の引用文に続いて「或は常住の二字の音声を聞いて、一たび耳に経れば即ち天上に生まれむ」とある。涅槃経七も殆ど同文。

二一 底本の「二ノ文」は、「二字の音声」の意であろう。

二二 法苑珠林には「若し衆生有つて、一たび耳に経れむに、却後七劫悪道に堕せず」とある。涅槃経九の引用である。底本の「落セズ」は、「落チズ」もしくは「堕セズ」の誤か。

二三 前田本に「如地中金蔵也」とある。底本「オシフル」は「オサムル」の誤か。「土ノ」の二字、本文と同筆にて補入。

第九条　石塔は、平安時代に貴賤公私を問わず、二月中の日を選んで、川原で石を重ねて石塔を造り、家内の息災延命を祈った民間行事。後半には、仏塔を造営すれば延命の功徳あることを説く仏説造塔延命功徳経を引用消化して、興味深い造塔延命説話を展開させている。

二四 広く一般庶民が仏を信奉する春の行事である。

二五 諸官庁や六衛府では上、下級の役人等が事に当った。

二六 貴族や宮家などでは下級の取りつぎ役や雑役従事者たちが。「バラ」は複数を示す接尾辞。

二七 年度毎に輪番で行事の世話や運営に当った。

二八 年ごとに二月中の然るべき日柄を選んで。後世、盲僧たちに継承された積塔会では二月十六日であった。

二九 般若心経の略称。

三〇 仏事執行の中心的な役割を担当する僧。

三一 前田本「餝年政神」。その年を支配する守り神か。

三二 一家のすべての人々の息災と安穏延命等を祈る。

一 仏道帰依の心は、導師の勧めによって起るものだから。

二 石塔を積み、心経を写し、供物を供える等の行為は、それ自体も楽しいものだから、おのずと飯や酒の供物も沢山

一道心《だうしむ》ハス丶ムルニオコリケレバ、オキナワラハ皆《みな》ナビク。二功徳《くどく》ハツクルヨリタノシカリケレバ、飯《い》ヒ酒《さ》ケ多《おほ》クアツマリ、ソノ中ニ三信《しん》フカキモノハ息災《そくさい》トタノム。四心《こころ》オロカナルモノハ逍遥《せうえう》トオモヘリ。五年《とし》ノアヅカリヲ定《さだめ》テ、六ツクヱノウヘヲホメソシリ、七夕《ゆふべ》ノ酔《ゑひ》ニノゾミテ道《みち》ノナカニタフレ丸《まろ》ブ。八シカレドモナヲ《ほ》功徳ノ庭《には》ニ来《き》ヌレバ、オノヅカラ善根《ぜんごん》ヲウ《ゑ》ヘツ。九造塔延命功徳経《ざうたふえんめいくどくきやう》ニ云《いはく》、

一〇波斯匿王《はしのくわう》ノ仏《ほとけ》ニ申《まうす》、「相師《さうし》我《われ》ヲミテ、「一一七日《なぬか》アリテ必《かなら》ズヲハリヌベシ」トイヒツ。願《ねがはく》ハ仏スクヒタスケ給ヘ」ト。仏ノ丶玉《たま》ハク、「ナゲクコトナカレ。一二慈悲《じひ》ノ心《こころ》ヲオコシ、物《もの》コロサヌイム事ヲウケ、塔《たふ》ヲツクル一三スグレタル福《さいはひ》ヲ行《おこな》ハゞ、命《いのち》ヲノベ、サイハヒヲマシテム。コトニ勝《すぐれ》タル事ハ、塔ヲツクルニスギタルハナシ。

昔《むかし》、チヰ《ひ》サキ一四ワラハ牛《うし》ヲ飼《かひ》キ。アマタノ相師《さうし》ドモミテ、「此童《このわらは》イマ七日《なぬか》アリテ、必《かなら》ズシヌベシ」トサダム。此後《このゝち》ニ、諸《もろもろ》ノ童タハブレニ一五砂《いさご》ヲアツメテタカクツミテ、「仏《ほとけ》ノ一六タウ《ふ》ツクルゾ」トイフ。コノ牛飼《うしか》フ童モソノ中ニマジリテ、タハブレニイサゴノ塔《たふ》ヲツクリツ。タカサ一七一搩手《いっちゃくしゅ》ナリ。コレニヨリテ、忽《たちまち》ニ七年《しちねん》ノ命《いのち》ヲノベツ。

集ってくる。東大寺切「さけおほくあつまれり」。

三 信心の深い人は、行事参加でわざわいが避けられると頼みにしている。

四 心愚かなる人は、単なる行楽の集いと思っている。

五 年の預。その年度の諸事世話役。年番。年預(よねん)。

六 机の上の供え物のよしあしを品評し。底本「ツクヱ」の右に「机」、「ウヘ」の右に「上」あり。いずれも本文と同筆。

七 夕方にはすっかり酔って、大道に寝ころがっている者もいる。

八 それでも石塔会という功徳の法場に来たのであるから、善い果報をもたらす功徳の種をまいたということになる。

九 仏説造塔延命功徳経、全一巻、唐の般若訳。波斯匿王の問に答えて、仏塔造営は延命の功徳あることを説く。

一〇 仏陀時代の憍薩羅国の王。舎衛城に都した。熱烈な仏教信者となる。

一一 人相見が、七日後には必ず死ぬだろうと占った。

一二 慈悲の心をおこし、不殺戒を持し、造塔の福を修するならば、寿命を延ばし幸いを増すであろうと言った。「イムコト」は「戒」の和訓。「イム事ヲウク」は「受戒」の和訓。

一三 たいへんよい行い。類聚名義抄「福　サイハヒ」。

一四 底本「ワラハ」の右に「童」とある。本文と同筆。

一五 類聚名義抄「砂　イサコ」。

一六 底本「タウ」の右に「塔」とある。本文と同筆。

一七 掌をひろげ親指と中指の先との間の長さ、約二十センチ。

一八 独覚・縁覚と漢訳される。師友なくして独自に悟りを開いた人をいう。

一九 仏道修行者の食器。多くは金属製のおわん。

二〇 人の力を超えた自由自在な能力。

二一 類聚名義抄「汝等　ナムタチ」。日葡辞書には「ナンダチ」とあるが、古くは「なむたち」といったであろう。

二二 「砂の塔一搩(約二十センチ)なるを造った場合、後の世に転輪聖王の第四鉄輪王となって、一天下の王となるであろう。また、二搩手、三搩手、四搩手の場合も転輪王の第三の銅輪王、第二の銀輪王、最高位の金輪王となって、それぞれ

此時《このとき》ニ辟支仏《ひやくしぶつ》[一八]アリテ、鉢《はち》[一九]ヲモチテユク。諸ノ童タハブレノ心《こころ》ニモ砂ヲモチテ、「麦粉也《むぎこ》」トイヒテ、此聖《このひじり》ニ施《ほどこ》ス。辟支仏スナハチ鉢《はち》ヲ出《いだし》テ砂ヲウケツ。[二〇]神通《じんづう》ヲモチテ麦粉ニナシツ。諸ノ童コレヲミテ、ミナマコトノ信《しん》ヲオコシツ。辟支仏ヲシヘシラセテ云《いはく》、[二一]「ナムタチ砂ノ塔ヲツクレルニ、[二二]タカサ一磔手《いつちやくしゆ》ナルハ、後《のち》ノヨニ鉄輪王《てちりんのう》トナリテ、一天下《いつてんげ》ニ王《わう》トアラム。二磔手《にちやくしゆ》ナルハ、銅輪王《どうりんのう》トナリテ、二天下《にてんげ》ニ王トアラム。三磔手《さむちやくしゆ》ナルハ、銀輪王《ぎんりんのう》トナリテ、三天下《さむてんげ》ニ王トアラム。四磔手《しちやくしゆ》ナルハ、金輪王《こむりんのう》トナリテ、四天下《してんげ》ニ王トアラム」ト云《いひ》キ。[二三]チヰ《ひ》サキ童ノタハブレニツクルニ、カクノゴトキムクヒ《い》ヲエタリ。イカニイハムヤ、大王《だいわう》ノマコトノ心ヲイタサムヲヤ。モシ人《ひと》ウタガヒナキ心ヲオコシテ、法《のり》ノゴトクニ塔ヲツクラム事、[二四]一《ひとつ》ノユビノフシバカリモセバ、功徳《くどく》ハカリナシ」トノ玉《たま》ヒテ、泥塔《でいたふ》ツクルベキ事ヲ説《とき》タマフ。

[二五]モシ人《ひと》コレヲツクレバ、[二六]コノ一生《いつしやう》ヲオクルマデ、毒《どく》ノタメニヤブラレズ。ソノ命《いのち》ナガク遠《とほ》シ。[二七]ヨコサマノシニヲセズ、[二八]鬼神《きじん》チカヅカズ、[二九]アタカタキノガレサル。身《み》ニツネニヤマヒナシ。[三〇]ツミ皆《みな》キ

二天下、三天下、四天下の王となるであろう」と言った。「天下」は呉音で「てんげ」とよむ。

二三 小さい牛飼いの童が戯れに砂の塔を造ったのでさえ、七年も命の延びる報いを得た。ましてや波斯匿王が真心こめて造塔されたなら、必ず寿命の延びること疑いない。「イカニイハムヤ…ヲヤ」は漢文「何況」の訓読語。例えば「いかにいはんや長者みづから財富無量なりとしりて…ひとしく大車をあたふるをや」(妙一記念館本仮名書き法華経二)。

二四 指の節と節との間の一ふし位の高さの小さな塔を造っても、功徳は測り知れない。

二五 造塔延命功徳経の末尾に、造塔の軌儀法則十二則を立て、これに続く「清浄心を以て此の軌儀に依り仏塔を造作すれば」とある文を受けたもの。

二六 造塔経の「此の一生に於て、一切の毒薬の中(あた)る所と為さず」による。

二七 横死。不慮の死。

二八 造塔経の「一切の鬼神、敢へて逼(せま)り近づかず」による。

二九 造塔経の「一切の怨家、悉皆退散す」による。底本「ノカレ」の右に「逃」、「サル」の右に「去」と傍記。後筆か。

三〇 造塔経の「若し、四重及び五無間、極重罪業を犯せるも、悉く消滅することを得」に拠る。四重は婬・盗み・殺人・妄語の四重罪。五無間は無間地獄に堕ちる五つの極悪罪。

一 法華経・方便品に拠る。

第十条 志賀の伝法会は志賀寺(崇福寺)で三月と九月に、弥勒菩薩を本尊として経律論疏を講ずる集会。始めに志賀寺開創由来を説くが、典拠として掲示の「志賀ノ縁起」は、扶桑略記五所引の崇福寺縁起(以下「縁起」と略称)か。続く伝法会の行法とその功徳等は、法苑珠林八十・布施部一法施部五に依拠して述べ(諸経要集十にも)、最後に置く例話は摩訶止観四下から引く。今昔物語集十一ノ二十九は本条に取材し、藤原範兼の和歌童蒙抄は本条の前半部を引用し

エヌ。

トノ給ヘリ。又法花経《ほふくゑきやう》ニモ、

[一]乃至《ないし》童子《どうじ》ノタハブレニイサゴヲアツメテ仏《ほとけ》ノ塔《たふ》トナシヽハ、ミナスデニ仏ニナリニキ。

トノ玉《たま》ヘリ。マサニ知《しる》ベシ、石《いし》ノ塔モ功徳《くどくお》ヲモカルベシ。

三月

（十）志賀伝法会《しがのでんぽふゑ》　[二]三月《やよひ》九月《ながつきの》四日《よつか》始《はじむ》

[三]天智《てんち》天皇寺《てんのうてら》ツクラムノ御願《ぎよぐわん》アリ。此時《このとき》ニ[四]王城《わうじやう》ハ近江《あふみ》ノ国《くに》[五]大津《おほつ》ノ宮《みや》ニアリ。[六]寺所《てらのところ》ヲ祈《いのり》テネガヒ給ヘル夜《よ》ノ御夢《おほむゆめ》ニ、法師《ほふし》来《きたり》テ申《まう》サク、

[七]乾《いぬゐ》ノ方《かた》ニスグレタル所《ところ》アリ。トク出《いで》テミ給ヘ。

ト。即《すなはちお》ヲドロキサメテ、イデヽ見給《たまふ》ニ、[八]火《ひ》ノ光《ひかり》アカクソビケリ。アクル朝《あした》ニ[九]使《つかひ》ヲツカハシテタヅネシメ給《たまふ》ニ、カヘリ来《きたり》テ奏《そう》ス、

火《ひ》ノヒカリシ所《ところ》ニチヰ《ひ》サキ山寺《やまでら》アリ。一人《ひとり》ノ[一〇]優婆塞《うばそく》アリテ、[一一]メグリ歩《ありき》テ行《おこな》フ。[一二]トヘドモコタヘズ。其形《そのかた》チ[一三]スコブルアヤシ。ヨノ人《ひと》

たもの。
二 前田本「九月」。底本の「九日」は「九月」の誤として訂す。三月四日、九月四日に始まるの意の注記。
三 底本「天智天皇」の右に、「舒明一子母皇極天皇也」と注記する。本文と同筆。
四 色葉字類抄「皇城〈宮城部〉ワウシヤウ」。
五 大津遷都は天智天皇六年(六六七)三月のこと。宮の所在地は今の大津市南滋賀町に擬せられている。
六 童蒙抄「てらをたてたまはむところを祈願し給ふよるの夢に」。縁起には寺所を得んと祈って寝た記事はない。
七 北西の方角。陰陽道では東北の鬼門に対して、北西を神門と称して尊んできた。
八 縁起「火の光細く昇り十余丈ばかり」、前田本「火光上聳」。童蒙抄「日のひかりあきらかにそびけり」。光が明るく立ち昇っている。底本「アカク」は「ア〇〇(二字不明)」に重ねて書く。
九 縁起「即ち大伴連桜井等を召して見しむるに」。
一〇 → 一〇三頁注二二。
一一 誦経しながら行道していた。行道は円を描いて歩きながら誦経するという修行の一つ。
一二 縁起に見えない。前田本「問不答」、童蒙抄「とへどもこたへず」。
一三 「スコブル」には「少々」の意と「大変」の意とある。ここはどちらともとれるが、一応「大変」の意とする。
一四 縁起に見えない。前田本、童蒙抄には存在する。
一五 七言二句。昔、神仙が隠れ棲んでいたこの洞窟は、種々の福徳、霊験の伏蔵している霊地で、滋賀の国の長等山と申します。「ササナミ」は「滋賀、志賀」の枕詞。底本「フルキ」の右に「古」と傍記するのは後筆。
一六 縁起「(天智天皇)七年戊辰(六六八)正月十七日、近江の国志賀の郡に崇福寺を建つ」。
一七 縁起「奇異なる宝鐸一口を掘り出す。高さ五尺五寸」。前田本、童蒙抄には「宝鉢」とあるが、いわゆる銅鐸のこと。
一八 この一文、縁起に見えない。前田本、東大寺切、童蒙

ニニズ。ト申《まうす》。御門《みかどお》ヲドロキ喜給《よろこびたまひ》テ、其所《そのところ》ニミユキシ給フ。[一四]優婆塞《うばそく》出《いで》テムカヘタテマツル。御門トヒ給《たまふ》ニ、コタヘテ申《まうす》、

[一五]フルキ仙霊窟《セムレイノクツ》、伏蔵地《フクザウノチ》、サヽナミ長等山《ナガラヤマ》。

ト申《まうし》テ、即《すなは》チキエ失《うせ》ヌ。アクル[一六]戊辰《ツチノエたつ》ノ年《とし》ノ正月《むつき》ニ、ハジメテツクラシメ給《たまふ》。土《つち》ヒキテ山《やま》ヲ平《たひら》グルニ、[一七]宝鐸《ほうたく》ヲ堀出《ほりいで》タリ。又白《しろ》キ石《いし》アリ。夜《や》光《くわう》ヲハナツ。[一八]御門《みかど》イヨ〳〵ツヽシミタウトビ給《たまひ》テ、堂《だう》ヲツクリ、仏《ほとけ》ヲ[一九]アラハシ給《たまひ》ツ。御門左《ひだり》ノ方《かた》ノ[二〇]大指《おほゆび》ヲキリテ石ノハコニ入《いれ》テ、[二一]所《ところ》ノ土ノシタニウヅミヲ《お》キ給《たまふ》。[二二]コレ天《てん》ニトモシビヲアラハシ給ヘルナリ。[二三]志賀《しが》ノ縁起《えんぎ》ニミヘ《え》タリ。

参議《さむぎ》兼兵部卿《けんひやうぶきやう》正四位下《しやうしいげ》 [二四]橘朝臣奈良麿《たちばなのあそむならまろ》、[二五]天平勝宝八年《てんぴやうしようぽうはちねん》[二六]三月五日《さむぐわついつか》、ハジメテ伝法会《でんぽふゑ》ヲ此寺《このてら》ニ行《おこな》フ。[二七]其式《そのしき》ニ云《いはく》、

弟子《でし》[二八]ツテニキク、「崇福寺《すうふくじ》ハ寺《てら》タウトク、僧多《そうおほ》カレド、[二九]学《まなべ》ル所《ところ》スクナシ」ト。此故《このゆゑ》ニ[三〇]花厳経《くゑごむきやう》ヲハジメトシテ、諸《もろもろ》ノ大小乗《だいせうじよう》[三一]経律論《きやうりつろん》疏等《そら》ヲツタヘヨマシメム。其料《そのれう》ニハ、[三二]米一万斤《よねいちまんぎん》、田廿丁《たにじふちやう》ヲ入《いれお》ヲキテ、ナガク行《おこな》ハム。

抄には底本とほぼ同文が存在する。三宝絵の独自記事か。
一九 仏像を作ってそこに据えること。仏がそこに出現する、仏を出現させるという気持。
二〇 底本「大指」の右に「無名指ィ」と後筆にて傍記。前田本、東大寺切も「無名指」「なゝしのおよび」とする。
二一 縁起「灯炉の下の唐石臼内に納めて」、東大寺切「とうろのつちのしたにうづみおきたまひつ」、前田本「埋安灯炉地下給」、童蒙抄「灯楼のつちのもとにほりおきたまひつ」。
二二 底本の「所ノ」は「灯炉(とうろ)」の誤記か。
二三 東大寺切「これ、てにともしびを〔さゝげて、みろくにたてまつりたまふこころざしを〕あらはしたまへるなり」。〔 〕内は底本の脱。前田本にも「是手擎灯奉礼(あがめ)之相顕給也」、縁起にも「掌中灯を捧げて、恒に弥勒仏及び十方の仏に供す」とある。また、「天ニ」は「手ニ」の誤か。
二三 今伝わらず。扶桑略記五・天智天皇六年二月三日の条、並びに七年正月十七日の条所引の崇福寺縁起はその逸文。
二四 左大臣橘諸兄の子。天平勝宝九年(七五七)七月、藤原の仲麿を除こうとしたが誅殺された。年三十七。
二五 底本「天平」の右に「孝謙」と傍記する。本文と同筆。
二六 前田本、東大寺切、童蒙抄は共に「二月五日」とするも、この伝法会は本書の三月の項に排列されており、その創始は底本の如く三月五日を妥当とするか。
二七 「式」はきまり、法式、法会の作法、式次第のことだが、前田本、東大寺切には「縁起」とあり、縁起→えき→之き→しき→式と誤記されたものか。
二八 伝え聞く所によるとの意。前田本の「己聞」は誤記。
二九 仏教学を身につけた学僧は少い。東大寺切には「まなぶるともがら」とある。
三〇 釈迦成道後最初の所説。六十巻本、八十巻本、四十巻本などがある。
三一 「経」は仏の所説、「律」は戒律、「論」は教義・教理についての解釈や解説、「疏」は経律論の章句の注釈。
三二 「米」は物資としてみた場合はヨネの方が普通。東大寺切は「いね」。

トイヘリ。ソレヨリ今《いま》ニイタルマデ、[一]橘氏《たちばなのうじ》ノ人〳〵《ひとびと》マウデヽ行《おこな》ハ[二]シム。[三]智度論《ちどろん》ニ云《いは》ク、

仏《ほとけ》トキ給《たまふ》。諸《もろもろ》ノ施《せ》ノ中ニ、法施《ほふせ》第一《だいいち》也。ナニヲモテノユヘ《ゑ》ニ。財《ざい》施《せ》ハ限《かぎり》アリ、法施ハカギリナシ。[四]財《ざい》ハタヾ施《せ》スル人《ひと》ノミ福《さいはひ》ヲウ。法施ハ、施スル人モウクル人モ、トモニウ。

トイヘリ。アマタノ経《きやう》ノ中ニ、

法《ほふ》ヲツタヘテ、人《ひと》ニヨマセサトラシムルハ、[五]キハ限《かぎり》ナキ功徳《くどく》ナリ。

トイヘリ。マサニシルベシ、法《ほふ》ヲヲ《お》モクセム人《ひと》ハ、師《し》ノイヤシカラム事ヲキラハザレ。袋《ふくろ》ノクサキニヨリテ、ツヽメル金《こがね》ノタウトキヲスツベカラズ。[六]雪山《せつせん》ハ鬼《おに》ニシタガヒテ偈《げ》ヲオコナヒ、[七]帝尺《たいしやく》ハキツネヲヰヤマヒテ法《のり》ヲウケキ。況《いはむ》ヤ、サカシキ僧《そう》ノツタヘムハ、カナラズユキテヨムベシ。

（十一）　[八]薬師寺最勝会《やくしじのさいしようゑ》

薬師寺《やくしじ》ハ、[九]浄見原《きよみはら》ノ御門《みかど》ノ、[一〇]母后《ははぎさき》ノ御《おほむ》タメニ[一一]タテマツル所《ところ》也。ソノツクレルサマ、御門ノ御師《おほむし》[一二]ソレガ[一三]定《ちやう》ニ入《いり》テ、竜宮《りうぐう》ノ[一四]カタヲミテ、スコ

一　東大寺切「たちばなうぢの人におこなはしむ」、前田本「橘氏人詣令行」。伝法会の創始以来今日に至るまで、橘氏の人々が寺に詣でこの法会の執行に当っている。
二　底本「シム」の右に本文と同筆にて「令」と傍記。
三　法苑珠林八十・布施部一法施部五所引の大智度論十一に拠る。「法施」は法を多くの人に知らしめること。
四　「施」を脱するかと思われるが、前田本も「財施人得福」。
五　東大寺切「きはまりなきくどく」。前田本「無極功徳」。
六　本書上巻十条に詳説。摩訶止観四下の「雪山は鬼に従って偈を請ひ」の引用。東大寺切は「げをこひ」、前田本「乞偈」とあり、底本「偈ヲオコナヒ」は誤記か。
七　摩訶止観四下「天帝は畜を拝して師となす」。前田本は「敬狐受法」とあるが、東大寺切は「きつね」を見せ消ちにして「さる」と傍記する。「天帝」、「帝尺」は共に帝釈天のこと。底本「ヰ」の右に「ウ」と後筆にて傍記。

第十一条　薬師寺最勝会は、毎年三月七日から十三日まで、金光明最勝王経の講讃と論義を行う法会。類聚三代格二所収の太政官符(天長七年(八三〇)九月十四日)に拠る。今昔物語集十二ノ五は本条に拠ったもの。また扶桑略記・天武天皇九年十一月の条には、「為憲記云」として本条の一部を引く。

八　東大寺切、前田本には標題の下に「始七日」の注記がある。
九　天武天皇。皇居が飛鳥浄御原宮であったための称。
一〇　三宝絵諸本は母后(皇極天皇)のための発願とし、天長七年の格文、扶桑略記・天武九年の条、薬師寺縁起諸本はいずれも皇后(後の持統天皇)の病気平癒の発願とする。
一一　底本は「マツル」の右に「タマヘ」と後筆にて傍記して「タテタマヘル所也」と、天武天皇に対する尊敬としている。
一二　為憲記、続群書類従本薬師寺縁起等には「祚蓮」とある。底本はこれを撥音無表記の片仮名書きとしたもの。前田本は「ソレ」に「其」の漢字を当てた誤記。
一三　禅定に入ること。精神を統一し静かに瞑想すること。
一四　底本「カタ」に「チ」を後筆にて補う。

ブルマネビツクレルナリ。天長七年《てんちやうしちねん》[一五]ニ、中納言《ちうなごん》[一六]従三位《じゆさむみ》兼行《けむかう》中務卿《なかつかさのきやう》直世《なほよ》ノオホギミ奏《そうし》テ中《まうす》、

此寺《このてら》ハ、コトニ[一七]七日《なぬか》ノホド法会《ほふゑ》ヲ行《おこなひ》テ、雨《あめ》ノシタヲイノラシメム。ナガク最勝王経《さいしようわうぎやう》[一八]ヲ講《かう》ゼム。

ト。スナハチ、ミコトノリ[一九]ニイハク、

コトノマヽニ。

此《これ》ヨリハジメテ行《おこな》ヒキタレリ。代々《よよ》ノ御門《みかど》ノ御《おほむ》[二〇]チノ人《ひと》ヲ檀越《だんをつ》トシテ、山《やま》[二一]シナ寺《でら》ノ維摩会《ゆいまゑ》ノ作法《さほふ》ヲ儀式《ぎしき》ニハウツセリ。維摩《ゆいま》、御斎《みさい》、最勝《さいしよう》、是《これ》ヲ三会《さむゑ》トイフ。日本国《につぽんこく》ノ大《おほき》ナル会《ゑ》、コレニハスギズ。講師《かうじ》[二二]ハ同人《おなじひと》ツカウマツル。終《をはり》ヌレバ已講《いかう》[二三]トイフ。次《ついで》[二四]ニヨリテ、律師《りつし》[二五]ノ位《くらゐ》ニヲサメ給《たまふ》。格《きやく》[二六]ニ見《みえ》タリ。

（十二）　高雄法花会《たかをのほふくゑゑ》　八日始《やうかはじむ》

高雄《たかを》[二七]ノ法花会《ほふくゑゑ》ハ、行来《おこなひきた》レル事久《ひさ》シ。寺《てら》ノ檀越大学頭《だんをつだいがくのかみ》[二八]和気弘世《わけのひろよ》[二九]丼《ならび》ニ真綱《マツナ》等《ら》、比叡《ひえ》ノ伝教大師《でんげうだいし》[三〇]ヲ請《しやう》ジタテマツレル文《もん》ニ云《いは》ク、

千歳《せんざい》[三一]ノナガキ例《ためし》、コノ度始《たびはじむ》ベシ。

一五 格文によれば淳和天皇の天長七年(八三〇)九月十四日。底本上欄外に「淳和」と本文と同筆にて注記。
一六 天武天皇の末流。浄原王の子。直世王は官が正四位上相当官の中務卿であったが、位は従三位で官相当より高かったので、位の下に「行」を付したもの。
一七 前田本「毎年」。底本は「年ゴトニ」の「年」を脱するか。
一八 金光明最勝王経の略。わが国では鎮護国家の経典として尊重され、聖武天皇の国分寺建立もこの経典に基づく。
一九 東大寺切「みことのりにいはく「まうしのまゝに」と」、前田本「詔曰任奏」。奏上のとおりにせよと裁可された。
二〇 東大寺切「御のちのひと」、前田本「御後人」。底本「ノィ」と後筆にて補う。皇族及び皇族から降下した人々。
二一 最勝会の儀式は、山階寺維摩会の作法(講経論議など)を摸して作ったものである。→本書下巻二十八条。
二二 三代実録・貞観元年正月八日にも同趣旨の文がある。
二三 僧の学階を表わす称号。三会已講師の略。
二四 講師を勤めた順序の記録。古参順の経歴書に基づいて。
二五 わが国では僧綱職の第三位。僧正、僧都に次ぎ位は五位に准じた。
二六 天長七年九月十四日の官符。類聚三代格二所収。

第十二条　高雄の法華会は和気清麻呂の長子弘世と第五子真綱が、延暦二十一年(八〇二)正月、十有余の大徳と伝教大師を招いて法華経講讃を行なったのに始まり、空海およびその門徒が代々この法華会を執り行なってきた。これを尊び悦び、参集する男女が多かった。
二七 和気清麻呂が開いた神願寺を高雄山に移し、後、定額寺となり神護寺と改称。京都市右京区梅ケ畑高雄町にある。
二八 寺院や住僧に寄進する人、施主。
二九 弘世は清麻呂の長子、真綱は第五子。両人共に仏教外護者として尽力。続日本後紀・真綱卒伝には、天台真言の建立は両人の力なりとある。
三〇 前田本には「和気弘世丼真綱等〔与伝教大師深契欲弘一乗延暦二十二年招十人大徳講天台法文殊〕奉請伝教大師文

トイヘリ。コレヨリ始《はじめ》テオコナヘルナリ。

其後《そののち》、[一]奈良《なら》ノ弘法大師《こうぼふだいし》、此寺《このてら》ニヨリテスミタマフ。[二]大師《だいし》ハサヌキノ国多度郡《くにたどのこほり》ノ人《ひと》也。[三]俗姓《ぞくしやう》ハサヘキナリ。[四]十八《じふはち》ニシテ大学《だいがく》ニ出《いで》、[五]廿一《にじふいち》ニシテ僧《そう》トナル。阿波《あは》ノ国《くに》ノ[六]大《おほ》タキノミネニシテ、[七]虚空蔵《こくうざう》ノ聞持《もんぢ》ノ法《ほふ》ヲ行《おこな》フニ、[八]明星来《みやうじやうきたり》アラハレタリ。ソレヨリ後《のち》、[九]文《ふみ》ヲマナブルニサトリアラタニ、筆《ふで》ヲ下《おろす》ニホマレタカシ。

延暦廿三年《えんりやくにじふさむねん》ニモロコシニワタリテ、青竜寺《しやうりようじ》ノ[一〇]恵果和尚《けいくわくわしやう》ニアヒテ、真言《しんごん》ヲウケナラヘリ。来《きたり》テ[一一]真言院《しんごんゐん》ヲ申《まうし》タテタリ。[一二]其後《そののち》ヨリコノカタ心《こころ》ザシアリ。[一三]承和二年《じようわにねん》ノ春《はる》、紀伊国《きいのくに》ノ[一四]金剛山寺《こむがうセムジ》ニ[一五]終《をは》レリ。[一六]年六十三《としろくじふさむ》、位《くらゐ》大僧都《だいそうづ》ナリ。[一七]斉衡《さいかう》ノコロヲヒ《ほ》、大僧正《だいそうじやう》ノ位ヲオクリ、[一八]延喜《えんぎ》ノヨニ弘法《こうぼふ》大師《だいし》ノ名《な》ヲオクレリ。ソノ門徒《もんと》此寺《このてら》ニツタハリスミテ、此会《このゑ》ヲトリオコナフ。[一九]第五巻《だいごくわん》ノ日《ひ》ハ、[二〇]捧物《ほうもち》ヲ高雄《たかを》ノ山《やま》ノ花《はな》ノ枝《えだ》ニ付《つけ》テ、[二一]讃歎《さんたん》ヲキヨタキ河《がは》ノ波《なみ》ノコヱニ合《あは》セリ。男女来《をとこをむなきた》リヲガミテ、ヨロコビタウトブル物ヲ《ものお》ノヅカラヲ《お》ホカリ。[二二]カノ一人《ひとり》ヲスヽメテキカシムルニ、功徳《くどく》ノムクヒ《い》ヲウル事、随喜品《ずいきぼむ》ヲヒライテミルベシ。[二三]一偈《いちげ》ヲキヽテ喜《よろこび》ヲナスニ、菩提《ぼだい》ノ記《き》ヲサトル。

云」とある。〔 〕内は「伝教大師」の目移りによる底本の脱か。

三 叡山大師伝には伝教大師屈請の要請文を載せ、その末文に「千載の長き例、今の度始むべし。奉面に非ざるよりは毎事疑多し。必ず降垂を乞ひ仏日を興隆せむ」とある。

一 空海は奈良の諸大寺と関係が深かったので「奈良ノ弘法大師」と言った。高雄山寺への入住は三十六歳の時。

二 以下、空海の略伝は、続日本後紀四・承和二年(八三五)三月二十五日の空海卒伝に拠る。

三 父方の姓。卒伝に「俗姓佐伯直」とある。

四 卒伝「十八槐市に遊学」。槐市は大学のこと。底本「学ニ」に消印あり。ただしその意味不詳。

五 出家時の年齢、卒伝や寛平七年の伝記は三十一歳、前田本「三十」。真済の空海僧都伝、弘法大師伝、元亨釈書一は共に二十二歳とする。底本「廿一」に消印あり。

六 徳島県那賀郡加茂谷村にある山。大滝寺は大師修行の跡と伝える。

七 卒伝「時に一沙門有り(弘法大師伝は石淵贈僧正とする)、虚空蔵聞持法を呈示す」。虚空蔵菩薩能満諸願最勝心陀羅尼求聞持法に基づく修法。

八 日月星の三光を観音、勢至、虚空蔵に配し、明星を虚空蔵菩薩の化身とする。明星所顕を所願成就の示現とした。

九 卒伝「これより慧解日に新にして筆を下せば文を成す」。「マナブル」は上二段活用。

一〇 長安の人。不空三蔵の弟子。真言第七祖。入唐した空海に真言密教の深奥を一切伝授した。

一一 元亨釈書一には「承和元年、海(空海)奏して唐国の内道場に准じて、真言院を宮中に置くことを乞ふ。勅して勘解由司庁を以て曼荼羅道場となす」とある。

一二 東大寺切「そのゝちに、にはかに(よを)のがるゝこゝろざしあり」、前田本「有遁世志」。底本は「ヨリコノカタ」の右傍に「ヨヲノカル、ィ」と本文と同筆にて校異がある。

一三 続後紀四に、終焉の日を承和二年(八三五)三月二十一日とする。底本上欄外に「仁明」と注記する。本文と同筆。

ト、法師品《ほふしぼむ》ヲミテ知《しる》ベシ。

（十三）　法花寺花厳会《ほふくゑじのくゑごむゑ》

[二四]法花寺《ほふくゑじ》ハ光明皇后《[二五]くわうみやうくわうごう》ノタテ給ヘル所《ところ》ナリ。皇后宮《[二六]くわうごうのみや》ハ内大臣鎌足《ないだいじんかまたり》ノ御孫《おほむむまご》、贈太政大臣不比等《ぞうだいじやうだいじんふひと》ノオトヾノ御女《みむすめ》ナリ。心《こころ》ニ仏《ほとけ》ノ道《みち》ヲタウトビ、ウツクシミ、人ノクルシミヲスクフ。悲田《[二七]ひでん》ト施薬《せやく》トノ二《ふたつ》ノ院《ゐん》ヲタテ、、アメノシタノヤマヒスルモノヲヤシナフ。アメノ御門《みかど》ノ、東大寺《とうだいじ》及《およ》ビ国々《くにぐに》ノ国分寺《とくぶんじ》ヲタテタマヘル事モ、本《もと》コノ后《きさき》ノスヽメタマヘル所ナリ。[二八]ミヅカラ法花寺ツクリテ、大和国《やまとのくに》ノ尼寺《あまでら》トシ給ヘリ。続日本紀《しよくにほんぎ》ニミヘ《え》タリ。即《すなは》チ此寺《このてら》ニ花厳経《くゑごむきやう》ヲ講《かう》ゼシメテ、会《ゑ》ヲ行《おこな》ハセ給《たまふ》ヲ花厳会《くゑごむゑ》トナヅク。法用色衆《[二九]ほふようしきしう》ニミナ尼ヲモチヰル。

花厳経《くゑごむきやう》ノ中ニトケル所《ところ》ノ、善財童子《[三〇]ぜんざいどうじ》ノ所々ニシテ五十余人《ごじふよにん》ノ善知識《ぜんちしき》ニアヒツヽ、諸《もろもろ》ノタエナル法《のり》ヲキヽシカタチヲツクレリ。タケ七八寸《[三一]しちはつすん》バカリナリ。会《[三二]ゑ》ノ日《ひ》ゴトニ錦綾《にしきあや》ヲヌヒキセテ、ブタイノウヘ《へ》ニオキテ供養《くやう》ゼシメ給フ。本願《[三三]ほんぐわん》ノ時ヨリヨノ人《ひと》イヒツタヘテ、ヒヽナノ会[三四]トイヘリ。尼寺《あまでら》ヲツクリヲ《お》キ給ヘレバ、尼トナルモノハタヘ《え》ズ。

二四　底本「山寺」の右傍に「セムシ」と本文と同筆にて書く。さらにこれを見せ消ちにし、左に「峯」と書くが後筆。東大寺切「こむがうせじ」（「せ」の右に「山」の書きこみ）。

二五　底本「終レリ」を見せ消ちにして「入定シ玉ヘリ」と後筆にて傍記する。東大寺切「をはれり」。前田本「終」。続後紀四「紀伊国の禅居に終れり」。けだし真言宗では弘法大師については「入定」という語を用い、いまだ生きていられるとの見解を持っているのである。

二六　卒伝、前田本「六十三」。空海僧都伝、弘法大師伝は「六十二」。

二七　斉衡四年すなわち天安元年（八五七）十月二十二日、空海に大僧正を贈る。

二八　扶桑略記・延喜二十一年（九二一）に「弘法大師伝に云く、延喜の比、僧正観賢の上表に依り、謚号を進め給ひ弘法大師と称す」とある。元亨釈書一は「延喜二十有一年冬十月」とする。底本「ヨ」の右傍に「代」と書くが本文とは別筆。

二九　法華経五には悪逆人提婆達多の成仏や八歳竜女の成仏が説かれていて、この巻を講ずる日が特に重視された。

三〇　仏に捧げる物。花の枝に仏に献ずる品をつけて奉った。

三一　本書中巻十八条末に既述の法華讃歎。

三二　法華経・随喜功徳品に「阿逸多よ、汝、しばらく是を観よ。一人を勧めて往きて法を聴かしむる功徳は、此くの如し」とある。

三三　法華経・法師品「妙法華経の一偈一句を聞きて、乃至、一念だにも随喜する者には、我皆記を与へ授く」。底本の「サトル」は経にも前田本にも「授く」とあるのが正しい。

第十三条　まず、尼寺法華寺の創建者光明皇后の伝と、尼僧だけで行う法華寺花厳会の法会内容を述べる。花厳経・入法界品所説の、善財童子求法の旅の諸場面を像に作って飾った「ひゝなの会」の記事は、雛祭の源流考察の貴重資料と言えよう。続いて、仏在世時の優鉢羅華比丘尼が多くの女に尼となることを勧め、自分の本生譚を語る。最後に、よき友に会うことを心がけよと説く。

[一]優鉢羅《うばら》花比丘尼《ぐゑびくに》本性経《ほんじやうきやう》トクガゴトキハ、ウ[二]バラ花比丘尼《ぐゑびくに》六神通《ろくじんづう》[三]ヲ
エ、阿羅漢《あらかん》トナリテ、モ[四]ロ〳〵ノ女《をむな》ヲスヽメテ、
出家《しゆつけ》セヨ。
トカタラフニ、或《あるい》ハコタフ、
ワレラトシワカクサカリニシテ[五]□。
□戒《いむこと》ヲモヤブラバヤブレ。タヾ出家セヨ。
トイフ。女《をむな》又云《いはく》、
戒《いむこと》ヲヤブリテ地獄《ぢごく》ニヲ《お》チナムハ。
トイフ。比丘尼《びくに》又云《いはく》、
地獄ニモヲ《お》チバヲ《お》チヨ。猶《なほ》出家セヨ。
トスヽム。女ワラヒテイハク、
地獄ニヲ《お》チナバヲ《お》モキ苦《くるしみ》ヲウケヨトヤ。
トイフ。比丘尼ノイハク、
[六]我昔世《われむかしのよ》ヲ思《おもひ》ミレバ、イ[七]サメル女《をむな》トナレリキ。タハブレニクサ〴〵ノキヌヲキカヘツヽ、コヱヲカヘ、コトバヲカヘテ、人〳〵《ひとびと》ノサマヲマナビシニ、尼《あま》ノ衣《ころも》ヲキテ、尼ノマネヲシキ。此事功徳《このことくどく》

二四 光明皇后が、父藤原不比等の旧宅を尼寺としたのに始まり、天平十三年(七四一)国分寺、国分尼寺建立の詔が下った時、大和国の法華滅罪之寺かつ総国分尼寺となった。奈良市法華寺町にあり、今は真言律宗の尼寺。
二五 不比等第三女。聖武天皇皇后。七〇一—七六〇年。
二六 以下、続日本紀・天平宝字四年(七六〇)六月七日の皇后の崩伝に拠る(以下崩伝と略称)。
二七 悲田院は貧窮者、孤児等を収容して救護した施設、施薬院は貧しい病人に施薬する施設。
二八 扶桑略記・天平十三年(七四一)三月十四日の条に引く勅には「藤原大后の宮を以て法花寺と為す」とある。
二九 法会の際に四箇法要(梵唄・散華・梵音・錫杖)にたずさわる者や導師にしたがい法具を持ち、鳴物(ならしもの)その他の諸役を務める役は、すべて尼僧をこれに当てた。
三〇 華厳経・入法界品所説の、善財童子が発心して南方へ求法の旅に出発し、五十三人の善知識に会って妙なる法を聞いたという諸場面を、尼たちが人形にこしらえた。
三一 人形の身のたけは七八寸(約二一—二四チセン)位であった。
三二 法会の当日毎に、錦や綾の衣裳を縫い着せて、特定の台に飾って供養をおこなった。「フタイ」を前田本は「舞台」とするが、「ぶんだい」の撥音無表記で「文台」をあてることも可能か。文台は書籍、経典などを載せる机。
三三 寺院創立者や施主など。ここは光明皇后をさす。
三四 前田本「世人伝云比ゝ那会」。「ひひな」は人形。

一 底本の「本性」は「本生」が正しい。大智度論十三に本経を引き、法苑珠林二十二はその大智度論を引く。それぞれ小異あり、三宝絵は法苑珠林に拠ったか。底本「性」の右に「生」と本文と同筆にて注し合点を付す。
二 蓮花色比丘尼、蓮花比丘尼とも。比丘尼中神通第一と言われた長老尼。
三 天眼通、天耳通、宿命通など六種の超人間的な能力。
四 前田本「成阿羅漢、〔往諸貴人家〕勧諸女人出家談」、法苑珠林所引の本生経「阿羅漢果を獲たり。〔貴人の舎に入りて

ニナリニケレバ、迦葉仏《かせふぶつ》ノ時ニアヒテ、人ニ生《むまれ》テ尼トナレリキ。[八]ソノ時ニタウトキユカリヲタノミテオゴレル思《おもひ》ヲナシ、アシキ心《こころ》ヲオコシテ、[九]思ヒキ罪《つみ》ヲツクリ、戒《いむこと》ヲヤブル事多《おほ》カリシカバ、地《ち》獄《ごく》ニ落《おち》ニキ。シバラクヲ《お》モキ苦《くるし》ビヲバウケシヲ、トク人ノ道《みち》ニ生《むまれ》ニタリ。[一〇]昔《むかし》ノ善根《ぜんごん》ニヨリテ、今尺迦《いましやか》如来《によらい》ニアヒタテマツリテ、ツヒニ猶《なほ》尼トナリテ、[一一]羅漢《らかん》ノ位《くらゐ》ヲエタリ。是《これ》ヲ思《おもひ》テ、[一二]タトヒ戒《いむこと》ヲヤブルトイフトモ、トク道《みち》ヲウケツレバ、ナヲ《ほ》尼ノ形《かたち》トナレトスヽムルナリ。

トイヒキ。

又[一三]善財童子《ぜんざいどうじ》ノ善知識《ぜんちしき》ノカタチヲツクリヲ《お》キテ、供養《くやう》ズル事ヲ知《しる》ベシ。[一四]ヨキトモニアフ事ハ、コレヲ《お》ボロケノ事ニアラズ。[一五]経《きやう》ニ云《いはく》、善《ぜん》知《ち》識《しき》ハコレ七《なな》ノ因縁《いんねん》ヲオ《を》シヘミチビキテ、菩提《ぼだい》ノ心《こころ》ヲ《お》コサシム。

トイヘリ。又[一六]経《きやう》ノ偈《げ》ニ、

菩提《ぼだい》ノ妙果《めうくわ》ハナリガタキニアラズ。マコトノ善知識《ぜんちしき》ノマコトニアヒガタキ也。

常に出家の法を讃む。〕諸の貴人の婦女に語つて言く姉妹出家すべしと」。底本は〔 〕内を脱す。

一五 本生経に「我等少壮にして容色盛美なり。〔戒をたもつこと難しと為す。或は当に戒を破るべしと。比丘尼の言く〕戒を破らばすなはち破れ、但出家せよ」とあり、前田本にも「吾少状(「壮」の誤写)〔可叵守戒、比丘尼云〕戒破尚出家」とある。〔 〕内は底本の脱文。

六 本生経「我自ら本の宿世の時を憶念すれば」。私の前世の時のことを思い返してみると。

七 本生経には「戯女」とある。「戯」は調子に乗っておどけたりふざけたりすること。また、演技すること。「ナレリキ」は、ある時はお調子者の女となっていた、の意。

八 本生経に「自ら貴姓端正をたのみ、心、憍慢を生じ、禁戒を破る」、前田本にも「憑貴縁、成憍慢、発悪心」とある。

九 前田本「作重罪」。底本「思ヒキ」は「重き罪」の誤か。

一〇 尼の真似をしたという前世の行いが善根となって。

一一 修道の段階の最高位、羅漢果の位を得ることが出来た。

一二 法苑珠林所引の本生経に「また戒を破ると雖も、道果を得べし」とあり、前田本にも「縦破戒、早可得道」とある。

一三 →一六九頁注三〇。

一四 善知識にめぐり逢うことは、並大抵の縁ではない。きわめて特別な縁である。

一五 法華経・妙荘厳王本事品に「大王よ、当に知るべし。善知識はこれ大因縁なり。謂(い)ふ所は、化導して仏を見まつり、阿耨多羅三藐三菩提の心を発(お)こさしむるなり」とある。底本の「七ノ因縁ヲ」は「大因縁也」の誤か。善知識は、仏道修行を励ます大きな機縁をなすものであるの意。

一六 大乗本生心地観経三の偈の「菩提の妙果は成り難きにあらず、真の善知識はまことに遇ひ難きなり」の引用。

トイヘリ。[一]又云《いはく》、
モシヨキ香《かう》ヲトレバ、ソノ匂手《にほひて》ニシミヌ。モシヨキ友《とも》ニチカヅケバ、ソノヲシヘ心《こころ》ニシム。
トイヘリ。コノユヘ《ゑ》ニ、本願《ほんぐわん》ノ后《きさき》ノ御功徳《おほむくどく》ヲ思《おもふ》ニ、アマタノモロ〳〵ノ尼《あま》ヲナシ給ヘル事ハ、[二]花色《くゑしき》ガムカシス丶メニコトナラズ。ツネニヨキ友《とも》ニアヒ給ハム事ハ、善財《ぜんざい》ガフルキアトニ同《おな》ジカルベシ。

（十四）　[三]比叡坂本《ひえのさかもとのくわんがくゑ》勧学会

村上《むらかみ》ノ御代《みよ》[四]康保《かうほ》ノ初《はじめ》ノ年《とし》、[五]大学《だいがく》ノ北《きた》ノ堂《だう》ノ学生《がくしやう》ノ中ニ、心《こころ》ザシヲオナジクシ、マジラヒヲムスベル人《ひと》アヒカタラヒテ云《いはく》、

[六]人《ひと》ノ世《よ》ニアル事、ヒマヲスグル駒《こま》ノゴトシ。我等《われら》タトヒ[七]窓《まど》ノ中《うち》ニ雪《ゆき》ヲバ聚《あつむ》トモ、[八]且《しばらく》ハ門《かど》ノ外《と》ニ煙《けぶり》ヲ遁《のがれ》ム。願《ねがはく》ハ僧《そう》ト契《ちぎり》ヲムスビテ、寺《てら》ニマウデ会《ゑ》ヲ行《おこな》ハム。[九]クレノ春《はる》、スヱノ秋《あき》ノ望《モチ》[一〇]ヲソノ日《ひ》ニ定《さだめ》テ、経《きやう》ヲ講《かう》ジ、仏《ほとけ》ヲ念《ねむ》ズル事ヲ其勤《そのつとめ》トセム。コノ世、後《のち》ノ世ニ、[一一]ナガキ友《とも》トシテ、法《のり》ノ道《みち》、文《ふみ》ノ道ヲタガヒニアヒス丶メナラハム。
ト云《いひ》テ、始行《はじめおこな》ヘル事ヲ勧学会《くわんがくゑ》ト名《な》ヅクルナリ。

一　仏本行集経五十七の七言の偈「若し手に沈水香、及び藿香・麝香等を執ることあれば、須臾に執り持ちし香おのづから染む。善友に親附（ふしん）するも亦復然り」の取意。法苑珠林五十一、諸経要集九にもこれを引く。「モシ」と仮定しながら「チカヅケバ」と已然形を使う用法に注意。
二　→一七〇頁注二、五頁注一三。「ムカシ」の下「ノ」脱か。もしくは、「ス丶メシ」とありたいところ。

第十四条　康保元年（九六四）九月十五日に創始された僧俗合同の法会。行事内容は、大学寮紀伝道の学生二十人と叡山の僧二十人が、三月と九月の十五日に西坂本の一堂に会し、朝には法華経を講じ夕には弥陀仏を念じ、その後暁に至るまで讃仏・讃法の詩を賦し、その合間に偈や詩文を朗唱・詠吟して夜を明かすのを例とした。為憲は第一回からの結衆で、本条は、自己の体験に基づく記事で貴重というべきである。

三　比叡坂本は比叡山に登る口で、東と西とがあったが、ここは京都側の西の坂本である。
四　会の創始は康保元年（九六四）九月十五日である。
五　大学紀伝道（史学）専攻の学生のこと。大学寮の北に紀伝道の学舎都堂院があり、これを北堂ともいった。
六　荘子・知北游に「人、天地の間に生くるは、白駒の隙を過ぐるがごとし」とある。人の一生はまたたく間に過ぎる。
七　晋の孫康が、雪明りで書を読んだという故事。一生懸命に勉学すること。
八　出典未詳。しばらくは俗塵（ここでは勉学の生活）をのがれて外へ出よう。類聚名義抄「且　シバラク」。
九　前田本は「暮春季秋之望日」。三月と九月の十五日。
一〇　「モチ」は本文とは別筆の附訓。
一一　前田本「永為善友」とある。現世に於ても後世に於ても、いつまでも善き友として。
一二　十四夜の月光を浴びながら。
一三　会場の寺までの道中では声を合わせて。
一四　白氏文集二十七の「贈僧五首、鉢塔院如大師」と題する

十四日《じふしにち》ノ夕《ゆふべ》ニ、僧《そう》ハ山《やま》ヨリオリテフモトニアツマリ、俗《ぞく》ハ[一二]月《つき》ニ乗《のり》テ寺《てら》ニユク。[一三]道《みち》ノ間《あひだ》ニ声《こゑ》ヲ同《おなじ》クシテ、[一四]居易《きよい》ノツクレル、「百千万劫《ひやくせんまんごふ》ノ菩《ぼ》提《だい》ノ種《たね》、八十三年《はちじふさむねん》ノ功徳《くどく》ノ林《はやし》」トイフ偈《げ》ヲ誦《ず》シテアユミユクニ、ヤウヤク寺ニ[一五]キヌルホドニ、僧又《また》声ヲ同《おなじ》クシテ、[一六]法花経《ほふくゑきやう》ノ中ノ、「志求仏《しぐぶつ》道者《だうしや》、無量千万億《むりやうせんまんのく》。咸以恭敬心《かむいくぎやうしむ》、皆来至仏所《かいらいしぶつしよ》」ト云偈《いふげ》ヲ誦《ず》シテマチムカフ。

十五日《じふごにち》ノ朝《あした》ニハ法花経《ほふくゑきやう》ヲ講《かう》ジ、夕《ゆふべ》ニハ弥陀仏《みだぼとけ》ヲ念《ねむ》ジテ、ソノヽチニハ[一七]暁《あかつき》ニイタルマデ、仏《ほとけ》ヲホメ、法《のり》ヲホメタテマツリテ、[一八]ソノ詩《し》ハ寺《てら》ニヲ《お》ク。又[一九]居易《きよい》ノミヅカラツクレル詩ヲアツメテ、香山寺《かうざんじ》ニオサメシ時ニ、[二〇]「願《ねがはく》ハコノ生《しやう》ノ世《せ》俗文字《ぞくもんじ》ノ業《げふ》、狂言綺語《きやうげんきぎよ》ノアヤマリヲモテカヘシテ、当来世《たうらいせ》ゝ《ぜ》讃仏乗《さんぶつじよう》ノ因《いん》、転法輪《てんぼふりん》ノ縁《えん》トセム」トイヘル願《ぐわん》ノ[二一]偈《げ》誦《ず》シ、又、[二二]「此身《このみ》何足愛《なんぞあいするにたらむ》、万劫煩悩《まんごふぼむなう》ノ根《ね》、此身《このみ》何足厭《なんぞいとふにたらむ》、一聚虚空《いつじゆこくう》ノ塵《ちり》」トイヘル詩ナドヲ誦スル。僧《そう》モ互《たがひ》ニ[二三]法花経ノ、「聞法歓喜讃《もんぼふくわんきさん》、乃《ない》至《し》発一言《ほついちごん》、即為已供養《そくゐいくやう》、三世一切仏《さむぜいつさいぶつ》」トイフ偈、又、[二四]竜樹菩薩《りうじゆぼさつ》ノ[二五]十二《じふに》礼拝《らいはい》ノ偈等《ら》ヲ誦シテ夜《よ》ヲアカス。[二六]娑婆世界《しやばせかい》ハコヱ仏事《ぶつじ》ヲナシケレバ、僧ノ妙《たへ》ナル偈頌《げじゆ》ヲトナヘ、俗《ぞく》ノタウトキ詩句《しく》ヲ誦スルヲキクニ、心《こころ》オ

詩の初二句。如満大師より教を受けたことは永劫にわたって悟りを開く種を植えつけられたようなものだ。師の八十三年間に積んだ功徳、善根は無量であるの意。ここでは僧達への挨拶。

一五 前田本には「其音漸聞寺之程」とあり、学生達の朗詠する声が次第に寺に聞えて来る頃にの意。

一六 法華経・方便品に「仏道を志求する者、無量千万億にして、咸(ことごと)く恭敬心を以て皆仏の所に来至す」とある。ここも本来の経意を翻して歓迎と答礼の意の挨拶とみる。

一七 前田本には「迄暁作詩而讃仏讃法」とあり、底本は、勧学会の重要な行事要素である「作詩」のことを脱す。

一八 作成された学生たちの作品は、会所となった寺に置く。これは、白居易が自作の詩八百首を十巻に纏め、竜門香山寺の経蔵堂に納めた先例にならったもの。

一九 白氏文集七十一、香山寺白氏洛中集記の文中の一部。冒頭「我に本願あり」の句がある。

二〇 詩文の制作がたとえ道にはずれ偽りの飾った言葉のもてあそび、と言われようとも、かえって仏徳を讃歎し、仏説を求通させる助けとなるような詩文を作ることにより、その罪障から救われる。

二一 右の文は、前田本の「願文」が正しく、「偈」ではない。

二二 白氏文集二十七の逍遥詠と題する詩。この身は、愛するにも厭うにも価するものではない、いく万年もの迷いの根源であり、虚空に生じた一つの塵みたいなものにすぎないのだからの意。三宝絵は原詩の「恋」を「愛」としている。誤写か改変か。

二三 法華経・方便品の偈に「法を聞いて歓喜し讃めて、乃至一言を発するときは、則ちこれ已に一切三世の仏を供養するなり」とある。僧側がこれを誦したのは、この勧学会において讃仏讃法の詩賦を作成することは、そのまま一切三世の諸仏を供養することになると、詩作の正当性を認める意をこめたものであろう。なお、底本の「三世一切仏」は、前田本、法華経には「一切三世仏」とある。

二四 南インドの人。初期大乗仏教を確立し、八宗の祖と仰

ノヅカラウゴキテ、ナミダ袖《そで》ヲウルホス。

一ワガミチ尽《つき》ズハ、コノ会《ゑ》モタヘ《え》ズシテ、二竜花三会《りうぐゑさむゑ》ニイタラシメム。

トイヘリ。

（十五）　薬師寺万灯会《やくしじのまんどうゑ》　廿三日《にじふさむにち》

薬師寺《やくしじ》ノ万灯会《まんどうゑ》ハ、寺《てら》ノ僧《そう》三恵達《ゑたつ》ガハジメタルナリ。イケルホドハミヅカラ行《おこなひ》テ、死《し》ニノゾミテハ四大衆《だいしゆ》ニツケタリ。恵達ノチニハ五律師《りつし》ニナリテシヌ。寺ノ西《にし》ニハフル。六此会《このゑ》行《おこな》フ夜《よ》ハ、カノ墓《はか》ニ光《ひかり》アリトイヘリ。八阿闍世王《あじやせわう》トモシ火《び》ノ功徳《くどく》ヲホメタル事、七アマタノ経《きやう》ニヲ《お》ホクトケリ。

受決経云《じゆけつきやうにいはく》、

九阿闍世王仏《あじやせわうほとけ》ヲ請《しやう》ジタテマツリテ、供養《くやう》ジタテマツル。一〇帰給《かへり》フ時ニ、王百石《わうひやつとく》ノ油《あぶら》ヲモチテ、宮《みや》一一ノ門《もん》ヨリ祇園精舎《ぎをんしやうじや》ニイタルマデトモシ火《び》ヲトモセリ。

時ニ貧《まづし》キ女《をむな》一二コレヲミテ心《こころ》ヲハゲマス。一三二《ふたつ》ノ銭《ぜに》ヲモトメテ油《あぶら》ヲ買フ。一四油ノアルジノイハク、「汝《なむぢ》キハマリテマヅシ。一五クヒ物《もの》ヲカハズシテ油ヲ買《かふ》ハナニノ心《こころ》ゾ」トヽフ。女コタフ、「我《われ》キク、仏《ほとけ》ノ

がれた。

二五 讃礼阿弥陀仏文のこと。阿弥陀仏の荘厳功徳を讃歎した偈頌で、七言四句を一偈とし、十二偈四十八句より成る。一偈を誦するごとに礼拝したことから「十二礼」ともいう。迦才の浄土論・中、善導の往生礼讃偈に収録。

二六 維摩経に「音声の語言を以て仏事を作す有り」、金光明経玄義に、「此の娑婆国土は音声もて仏事を成す」とある。勧学会は、講経、口称念仏、朗詠、誦偈等を主軸とするもので、まさに声をもってする仏事そのものである意。

一 前田本に「〔僧俗共契云、吾山不亡、〕吾道不尽此会不絶」とある。〔 〕内は底本の脱。我が叡山が滅びない限り、わが紀伝道詩文の道の尽きない限り、この勧学会もまた絶えることなく。

二 釈迦入滅より五十六億七千万年後に、弥勒菩薩が兜率天から此の世に下って、竜華樹の下で成道し、三回の説法をして人々を救済すること。弥勒下生経では初回に九十六億、第二回九十四億、第三回九十二億の人々を救うとある。

第十五条 万灯会は、懺悔や滅罪のために一万の灯明をともして仏に供養する法会。諸大寺でも行われているが、本条は薬師寺での万灯会で、創始者は薬師寺の僧恵達。三月二十三日に行われる。法苑珠林所引の阿闍世王受決経に基づく「貧女の一灯」の話、同じく法苑珠林所引の譬喩経に拠る阿那律の話を載せて、献灯の功徳を説いている。

三 俗姓秦氏。薬師寺で法相を学ぶ。三十八歳で万灯会を創始し、八十三歳までの四十六年間これを修し続けたという。略伝が元亨釈書にある。遷化は天慶二年（九三九）八月二日。

四 万灯会の伝統を薬師寺の僧たちに付託した。「大衆」は古くは「だいしゆ」と読んだ。現代の「たいしゅう」とは意味が違う。一山一寺を構成する僧侶の総称。衆徒とも。

五 今昔物語集十二ノ八では「後ニハ僧都ニ成レリ」とある。

六 万灯会施行の日、恵達の墓に必ず光ある話は、今昔十二ノ八や宝物集六などに継承されている。

出《いで》給ヘルニハアヒガタシ。ワレ幸《さいはひ》ニアヒタテマツレリ。供養《くやう》ヲタテマツルニチカラナシ。今日《けふ》王《わう》ノ大《おほき》ナル功徳《くどく》ヲツクルヲミテ、一《ひとつ》ノ灯《ともしび》ヲダニタテマツリテ、後世《のちノよ》ノタネトセムトヲ《お》モフナリ」トイフ。油ノアルジキ丶カナシビテ、[一六]アタヒノ外《ほか》ニクハヘテアタフ。即《すなは》チ仏ノ御前《おほむまへ》ニトモス。[一七]消《きえ》ム事、夜《よ》中《なか》マデダニタルマジ。女誓《ちかひ》テ云《いはく》、「我[一八]後《のち》ノ世ニ仏トナルベクハ、此《この》油ツキズシテ、ヨモスガラ光《ひかり》キヘ《え》ザレ」トイフ。仏目連《もくれん》ニ告《つげ》給ハク、「[一九]天《あめ》スデニアケヌ。灯ヲケツベシ」ト。目連タチテ諸《もろもろ》ノ灯ヲケツニ、王ノ灯ハ皆《みな》キヘ《え》ヌ。貧女《ひんによ》ガ一ノ灯、三《み》タビケツニキエズ。袈裟《けさ》ヲモチテア[二〇]フゲドモ、ソノ光イヨ〳〵マサル。仏ノ給ハク、「[二一]ヤミネ〳〵。是《これ》ノチノ世ノ仏ノ光ナレバ、汝ガチカラノキ[二二]ヤスベキニアラズ。此女 卅劫《さむじふこふ》ヲヘテ仏ニナラム。名《な》ヲバ須弥灯光如来《しゆみとうくわうにょらい》トイハム」トノ給フ。女キ丶テ大《おほき》ニヨロコブ。王聞《きき》テ、アヤシビテ[二三]耆婆《ぎば》ニ問《とふ》、「我《わが》灯ハオホカリ、女ノトモシ火《び》ハスクナシ。ナニ丶ヨリテ、仏ノワレニハ[二四]授記《じゆき》シタマハズシテ、此女ノマヅ[二五]記《き》ヲウケツル」トイフ。耆婆《ぎば》ガ云《いは》ク、「王ノ灯ハオホカリトイヘドモ、御心《みこころ》専《もはら》ナラネバ、此女ノ

七 たとえば法苑珠林三十五・然灯篇には、菩薩本行経、受決経、賢愚経、施灯功徳経、灯指経、譬喩経、僧祇律などの諸経を引いて燃灯の功徳をたたえている。これらを一括して「アマタノ経」と言ったもの。

八 原経の阿闍世王受決経よりは、法苑珠林三十五、諸経要集四所引の受決経が三宝絵に近い。

九 古代インドの摩掲陀（まがだ）国王頻婆娑羅（びばしやら）王の子。父を殺害し母を幽閉したりしたが、後、釈迦に会い入信した。釈尊入滅後、王舎城に舎利塔を建て供養した。

一〇 法苑珠林には「仏、祇洹に還る」とある。

一一 法苑珠林「宮門より然（もや）して祇洹精舎に至る」。

一二 法苑珠林によれば、この貧女は王の大なる功徳の行に感激し、乞食を行じ両銭を入手することができたとある。

一三 底本「二」と書いて後筆にて上から「一」と直す。「二」を採用。法苑珠林「両銭」。前田本「二銭」。

一四 油を商う店のあるじ。

一五 底本「クヒ」の右に「食」と傍記するが後筆。

一六 法苑珠林によれば、店主は両銭に値する油二合と、特別の三合とを合わせて、五合の油を貧女に与えた。

一七 恐らく途中で消えて、燃えているのは夜半までももつまい。名博本に「もえむこと、よなかまでにだにたるまじ」、前田本「燃不可及夜半」。

一八 名博本「もし我、のちのよにほとけとなるべくは」、前田本「若我後世可成仏者」。

一九 前田本は「天已明」、名博本「夜すでにあけぬ」。

二〇 底本「アフケ」の右に「扇」と同筆にて注す。

二一 底本「ヤミネ〳〵」の右に「止止」と同筆にて注す。

二二 消す。

二三 原経は「祇婆」、法苑珠林では「耆婆」。古代インド摩掲陀国の王舎城に住んでいた小児科医で熱心な仏教信者。

二四 未来の世でかならず仏となることを予言し、保証を与えること。

二五 前田本「此女先援記」。

イタセルニハ及《およ》バヌ也」ト申《まうす》。[一]王マコトヲイタシテ灯ヲタテマツル時ニ、[二]仏《ほとけ》記ヲサヅケテノ給ハク、「八万劫《はちまんこふ》ヲスギテ仏ニナラム」トノ給ヘリ。

[三]又譬喩経《ひゆきやう》ニ云《いはく》、

阿難仏《あなんほとけ》ニ申《まう》サク、「[四]阿難律《あなんりつ》昔《むかし》イカナルユヘ《ゑ》アリテカ、[五]今天眼明《いまてんげんあきらか》ニスグレタル」ト。仏《ほとけ》ノヽ給ハク、「昔《むかし》[六]毘婆尸仏《びばしぶつ》涅槃《ねはん》ニ入給《いりたまひ》テノチ、此人《このひと》ソノ時ニヌス人トナレリキ。[七]堂《だう》ノ中ニ入《いり》テ、堂ノ物《もの》ヲヌスマムトスル時ニ、仏ノマヘノ灯《ともしび》キエナムトス。[八]火《ひ》ヲアカシテ物ヲトラムトテ、矢《や》ヲモチテ灯ヲカヽゲタルニ、仏ノ御《おほむ》カタチノ明カニミユルニヲ《お》ヂテ[九]出《いで》テ思《おも》ハク、「[一〇]コト人《ひと》ハ物ヲツクシテダニコソ功《く》徳《どく》ヲツクレ、[一一][一二]我《われ》モ又同人《おなじきひと》也。ヌスミトル事ハヅカシキカナ」ト思《おもひ》テ、ステオキテサリニキ。灯ヲカヽゲテシ功徳ニヨリテ、ソレヨリノチ九十一劫《くじふいちこふ》ツネニヨキ所《ところ》ニ生《むま》ル。今《いま》我ニアヒテ、出家《しゆつけ》シテ阿羅漢《あらかん》ヲエタリ。天眼第一《だいいち》ナル也」トノ給ヘリ。

一《ひとつ》ノ灯《ともしび》ノ光《ひかり》スラ仏《ほとけ》ニナル、況《いはむ》ヤ[一三]万灯《まんどう》ヲヤ。ヌス人《びと》ノカヽゲシダニ道《みち》ヲエタリ、況ヤ沙門《しやもん》ノカヽグルヲヤ。此会《このゑ》[一四]ノ功徳《くどく》ハカナラズ智恵《ちゑ》ノ光

一 原経には該当する文が存在せず、法苑珠林の独自記事「是に於いて後の時、闍王至誠心を以て油華を献じ奉り、仏を供養す」に拠っている。

二 貧女に対しては三十劫を経て仏になるだろうと授記したのに対して、阿闍世王には八万劫を過ぎて仏になるだろうと、未来に成仏すべきことを予言した。

三 譬喩経には見えず、法苑珠林三十五、諸経要集四所引の譬喩経に拠る。

四 山田校本「あなりち」、前田本、法苑珠林「阿那律」。釈尊十大弟子の一人で天眼第一といわれた。

五 阿那律の天眼を得た因縁譚は注好選や今昔物語集等の諸書に所見。

六 過去七仏の第一。釈尊以前のはるか遠い昔に現れたとされる仏。

七 山田校本「たふ」、前田本「塔」、法苑珠林には「仏塔の中に入りて、塔物を盗まんとする時に」とある。

八 底本の「火ヲアカシテ物ヲトラムトテ」は、前田本にも「明火欲取物」とあるが、法苑珠林、諸経要集所引の譬喩経には見えない。作者の増補記事か。

九 底本「テ出」を消して「恐レ」と傍記する。ただし後筆。山田校本の本文も「おちていてゝ(「ち」を消して「ソリ」と傍記)」とある。恐ろしくなって塔の中から外に出ての意。法苑珠林は「歘然として毛豎ち」とする。「歘」は一切経音義五に「恐懼する也」とある。

一〇 ほかの人は、自分の財物のすべてを施与してでも功徳をつくっているのに。

一一 底本「レ」の下に「。」を書き、右に「ルニ」と補う。ただし後筆。

一二 法苑珠林には「いかんぞ盗まんとする」とあるのみ。「我モ又同人也。ヌスミトル事ハヅカシキカナト思テ」は作者の潤色記事か。

一三 「万灯ヲヤ」の四字、底本「況ヤ」の下に「。」を書いて右に補う。ただし後筆。

一四 「会」の字、不明の字に重ねて書く。

ヲエテ、[一五]無明《むみやう》ノヤミヲテラスベシ。

四　月

(十六)　比叡《ひえの》[一六]舎利会《しやりゑ》

舎利会《しやりゑ》ハ[一七]慈覚大師《じかくだいし》ノハジメ行《おこな》ヘル也。大師ハ下野国《しもつけのくに》ノ人《ひと》也。[一八]生《むまる》ル時ニ、家《いへ》ノ中ニ紫《むらさき》ノ雲《くも》タツ。国《くに》ニヒジリノ僧《そう》アリ。人ナヅケテ[一九]広智菩薩《くわうちぼさつ》トイフ。ハルカニ雲《くも》ヲミテ、家ニイタリヌ。父母《ちちはは》ニイマシメテ、

コノ子《こ》ハヨク〳〵マモリヤシナヘ。

ト云《いふ》。九歳《くさい》ニシテ広智《くわうち》ガ所《ところ》ニユキヌ。誓《ちかひ》テ[二〇]観音経《くわんのんきやう》ヲサグリエタリ。ノチニヒロク経論《きやうろん》ヲサトレリ。ユメニヒトリノ[二一]大徳来《だいとくきたり》テ、[二二]頂《いただき》ヲナデヽカタラフ。夢《ゆめ》ノ中《うち》ニ人《ひと》アリテ云《いはく》、

是《これ》ヲバシレリヤ。比叡《ひえ》ノ大師《だいし》ナリ。

トヲシフトミル。ツヒニ比叡《ひえ》ニノボリテ、[二三]伝教大師《でんげうだいし》ヲミタテマツルニ、咲《ゑみ》ヲ含《ふくみ》テヨロコビカタラヒ給《たまふ》事、昔夢《むかしゆめ》ニミシ形《かたち》ニコトナラズ。[二四]心《こころ》ニミヅカラシリテ、人《ひと》ニカタラズ。

一五　心の無明(迷いの根本、愚痴)を闇黒にたとえた語。底本「ヤミヲモラスベシ」の「モ」の右に「テ」と後筆にて訂するが、前田本の「可照無明之暗也」によって「テ」の方を採用。

第十六条　比叡の舎利会は、慈覚大師円仁が貞観二年(八六〇)に惣持院で行なったのが最初。本条はまず慈覚大師の伝を日本三代実録八所載の卒伝によって冒頭に据え、慈覚大師伝、浴像功徳経、大般涅槃経後分、長阿含経等を抄出して、舎利供養の功徳、舎利配分等を述べ、叡山入山不可能の女性に、香性婆羅門の舎利配分等を述べ、、舎利入手のため狂奔する人々の姿、唐招提寺、花山寺の二寺に詣でて舎利を拝み奉れと呼びかけている。原初、仏教ではまだ仏像は制作されず、釈迦の舎利と仏足跡とがその形見として信仰された。

一六　「舎利」は仏の遺骨。円仁が中国から舎利を持って来てから、舎利を供養する法会が行われ、これを舎利会という。

一七　諱は円仁。最澄の弟子。入唐して密教を学び、台密を大成し堂塔を整備して延暦寺の基礎を固めた。貞観六年(八六四)没。貞観八年、慈覚大師の諡号を受ける。本邦大師号の始め。在唐中の日記に入唐求法巡礼行記がある。

一八　三代実録の卒伝に「産時に当り紫雲有り、其の家の上に見ゆ」。大師伝にも「大師誕生、是日紫雲屋上を覆ふ」。

一九　下野国(栃木県)都賀郡大慈院の僧。鑑真和上第三代の弟子。「菩薩」は広智の徳行に対する尊称。

二〇　卒伝に「嘗て経蔵に登り、誓ひて観世音経を探り得、心甚だ歓喜す」とある。前田本には「普門品」とある。法華経・観世音菩薩普門品をさす。

二一　底本「テ」の下一字消去。

二二　卒伝「頂を摩(な)でて語り話す」。慈覚大師伝に見えず。

二三　卒伝「最澄大師、咲(ゑみ)を含みて語らふこと、夢に見し所の如し」。

二四　卒伝「窃かに自らこれを知れど、人に向つて説かず」。円仁は、この人が伝教大師であるということを、心中ひそかに気付いていたが、他人には誰にもこの事を語らなかった。底本「心」の下一字消去。

[一]承和五《じようわご》年《ねん》ニモロコシニ渡《わたり》ヌ。[二]天台山《てんだいせん》ニユキ、[三]五台山《ごだいせん》ニノボリ、オホクノ年《とし》ヲヘテ法《のり》ヲモトメ、アマタノ師《し》ニアヒテ道《みち》ヲナラヘリ。モロコシノ人《ひと》ノ云《いは》ク、

[四]我国《わがくに》ノ仏法《ぶつぽふ》ハ、ミナ和上《わじやう》ニシタガヒテ、東《ひむがし》ニ去《さり》ヌ。

トイヒキ。[五]承和十四《じようわじふし》年《ねん》ニ此国《このくに》ニ帰来《かへりきたり》テ、[六]多《おほく》ノ仏舎利《ぶつしやり》ヲモテワタレリ。[七]貞観二《ぢやうぐわんに》年《ねん》ニ此会《このゑ》ヲ始行《はじめおこな》ヒテ、[八]惣持院《そうじゐん》ニツタヘヲ《お》ケリ。[九]多《おほく》ノ色衆《しきしゆ》ヲトヽノヘタテ、二《ふた》リノ別当《べつたう》ヲサス事ハナガキコトヽナレヽバ、人《ひと》ノ力《ちから》ノタフルニシタガフ。[一〇]日《ひ》ハ定《さだま》レル日モナシ。山《やま》ノ花《はな》ノサカリナルヲ[一一]契《ちぎ》レリ。

昔仏《むかしほとけ》ノノ玉《たま》ハク、

[一二]仏《ほとけ》ノ舎利《しやり》ヲ供《ぐ》セムト、仏ノイマス身《み》ヲ供スルトハ、功徳《くどく》トモニヒトシクシテ、果報《くわほう》コトナラズ。[一三]一《ひと》タビ舎利ヲオ《を》ガムニ、罪《つみ》ヲケシ、天《てん》ニ生《むま》ル。宝《たから》ノウツハ物《もの》ヲツクリテイレヨ。宝ノ塔《たふ》ヲタテヽ置《おけ》。

トノタマヘリ。

[一四]カクノゴトク説《とき》給ヘル事ノオホカレバ、[一五]涅槃《ねはん》ノ時ニ、衆生《しゆじやう》ノトモガラハ如来《によらい》ヲコヒカナシビタテマツリテ、舎利《しやり》ヲバネガヒアラソフ。[一六]四《し》

一　卒伝「承和五年発し、七月二日大唐揚州海陵県に著く」。底本上欄外に「仁明」と承和五年(八三八)時の天皇名を記す。
二　浙江省天台県北部にある山。智顗(ちぎ)の入山以来、中国天台宗の根本道場となった。中国仏教三大霊地の一。円仁は天台山行きを希望したが許されず、五台山に行った。
三　山西省五台県の東北にある山。東西南北中の五つの台状の峰から成る。かつては三百カ寺を越えたというが現在も仏教寺院は存続する。天台山、峨眉山と共に中国仏教三大霊地の一。
四　卒伝に「僉(みな)云く、我が国の仏法既已滅尽せんとす。仏法和尚に随て東に去る。今より以後若し法を求むる者有らば、必ず当に日本国に向ふべきなり」とあるに拠る。円仁在唐中武帝の廃仏があり、中国仏教は壊滅的打撃を受けた。
五　卒伝「承和十四年(八四七)九月、此の土に還る」。
六　円仁が持ち来ったものは入唐新求聖教目録にすべて記されており、その中、長安・五台山・揚州で求めた品目の中に「舎利」がある。
七　慈覚大師伝に「(貞観)二年(八六〇)…四月、始めて供仏舎利会を行ふ。それより以降この会断たず」とある。山田校本では「貞観」を朱点で消し、右に「長寛」と朱書している。史実としては貞観が正しいが、この校異は、名博本の書写年次考証に問題を提供するか。
八　法華仏頂総持院とも。叡山東塔の一院。大唐青竜寺鎮護道場に准じ、皇帝本命道場として創設。初回の舎利会はこの惣持院を会場として行われた。
九　「色衆」は、一六〇頁注二参照。惣持院に十四僧を置くとは、卒伝、慈覚大師伝にも見えるが、叡岳要記・上には、嘉祥三年(八五〇)九月十四日の太政官牒「惣持院に十四僧を定むる事」を載せる。これらの諸僧を左方右方に分け、それぞれ堂達・唄師・散華等の諸役と法会を管掌する二人の別当を立てることが長い間の先例になっているので、舎利会の時もその任に堪える人を選んで任命する、の意。
一〇　慈覚大師伝に「或いは暮春を以てし、或いは首夏を以てす、定日有ること無し。唯、華の時となすのみ」とある。

王《わう》ハトリテ天《てん》ニノボリナムト思《おも》ヒ、竜王《りうわう》ハ取《とり》テ海《うみ》ニ入《いり》ナムトセシカバ、[一七]仏《ほとけ》ノ御弟子《みでし》ノ云《いは》ク、

[一八]ナムタチノ心甚《こころはなは》ダアシ。高《たか》ク天《てん》ノ上《うへ》ニオキ、深《ふか》ク海《うみ》ノウチニオ《を》サメテバ、[一九]土《つち》ニスム人《ひと》ハイカデカ行《ゆき》テ供養《くやう》ジタテマツラム。

トイヒテ、トヾメツ。帝尺《たいしやく》ハ[二〇]ユルセルニシタガヒテ、一《ひとつ》ノ牙《げ》[二一]ヲエテサリヌ。[二二]羅刹《らせつ》ハ形《かたち》ヲカクシテ、二《ふたつ》ノ牙ヲヌスミテ失《うせ》ヌ。国々《くにぐに》ノ大王《だいわう》タヽカヒアラソヒテウバヽムトセシカドモ、王《わう》ノ宮《みや》コニオキテカタクマモラシメ、仏《ほとけ》ノイマシメニシタガヒテミダリニアタヘネバ、一分《いちぶん》ヲモエズシテカナシビナクモノカズヲ《お》ホシ。[二三]閻王《えむわう》ノネムゴロニコヒシモ、ウラミテイ[二四]タヅラニ去リ、[二五]釈衆《しやくしゆ》ノハルカニ来《きた》レルモ、ナイテ空《むなし》クカヘリニキ。ツヒニ心直《こころなほ》クタヾシキ[二六]香性波羅門《かうじやうばらもん》ヲエラビテ、ヒトシクワカチクバラシムルニ、[二七]ツボノウチニ蜜《みち》ヲヌリテ、ハカルタビゴトニオホクツケタリ。仏ノ御舎利《おほむしやり》ニアヘバ、[二八]心ヨキ人《ひと》モナカリケリ。舎利ニモアタラヌ人〲ハ、灰炭《はひすみ》ヲエテ供養《くやう》ジキ。

[二九]抑仏《そもそもほとけ》ハツネニマシマス御身《おほむみ》ナリ。命《いのち》ヲハリアルベカラズ。仏キヨクムナシキ御《おほむ》カタチ也。ホネノトヾマレルモアルベカラネドモ、カク

本書では四月の条に配している。

一一 約束する。そういうことにきめてある。

一二 仏舎利を供養することと、在世時の仏身を供養するのとは、功徳も果報も全く同じである。

一三 出典未詳。

一四 以下、大般涅槃経後分の取意。

一五 釈迦のおなくなりになった時に、人々はお釈迦様を恋しくおしたい申して。

一六 後分に、四天王が舎利を取って天上で供養しようとしたとある。

一七 後分には「楼逗(ずる)」。十大弟子の一人阿那律。

一八 経典の「汝等」の訓としては「ナムタチ」が用いられた。

一九 地上に住んでいる人々は。

二〇 仏の御弟子達の許可したのに従って。

二一 ここでは歯。類聚名義抄「牙 キバ キ〈和〉ゲ」。

二二 →三九頁注二三。

二三 前田本には「閻王」、後分には「阿闍世王」とある。閻王ならば一四〇頁注八。

二四 何も得るところなく。

二五 仏弟子達。

二六 前田本「香姓婆羅門」。「香姓」は名。この話は長阿含経四・遊行経に拠る。

二七 菩薩処胎経七に「此の臣、密(ひそか)に蜜を以て瓮の裏に塗り、瓮を以て量とし、即ち舎利を分つ」とある。蜜に舎利がついて残るように計略をめぐらしたのである。

二八 山田校本「心きよき」、前田本「心清人」。底本は「キヨキ」の上の「キ」を脱したものか。誰も舎利を沢山欲しがり清廉潔白にとり澄ましている人もなかった。

二九 仏は常在永久の御身で、命の尽きるということなどはある筈はない。仏は空の御形で、本来骨など残る筈はないのであるが、お隠れになったのは仏との深い因縁を結ばしめんためのもの、骨を残されたのは慈悲によるものである。

レ給《たまふ》事ハ機縁《きえん》ニ随《したが》ヒ、ノコシ給ヘル事ハ慈悲《じひ》ニヨレリ。末《すゑ》ノヨノ衆生《しゆじやう》ニ善根《ぜんごん》ヲウヘ《ゑ》シメ給ハムタメニ、大悲方便《だいひはうべん》ノ力《ちから》ヲモテ、[一]金剛不壊《こむがうふゑ》ノ身《み》ヲクダキ給ヘル也。コノ故《ゆゑ》ニ、天竺《てんぢく》ニモ[二]塔《たふ》ニオキ、寺《てら》ニヲサメタルニ、花《はな》フリ、光《ひかり》ヲハナテバ、国王来《こくわうきたり》テ供養《くやう》ジ、男女《をとこをむな》アツマリテ礼拝《らいはい》ス。

我等《われら》昔《むかし》ツミニヨリテ、イマセシヨニハアハネドモ、今機縁《いまきえん》アリテ、舎利《しやり》ニマイ《ゐ》リアヘリ。[三]ソノヒロヒシ時ヲカゾフレバ、荼毗《だび》ノケブリ年《とし》久《ひさ》シ。[四]ソノツタハレル所《ところ》ヲ思《おも》ヘバ、流沙《りうしや》ノ雲《くも》ミチハルカ也。会《ゑ》ヲヲガミタテマツル人《ひと》ハ、近《ちか》クミタテマツル事ヲ悦《よろこ》ブニ、[五]山《やま》ニノボラヌ女《をむな》ハ、ヨソニキク事ヲカナシブラム。我《われ》キク、[六]鑑真和尚《がむじんわじやう》ノタテタル招提《せうだい》ニモ年ゝ《としどし》ノ五月《さつき》ニ行《おこな》ヒ、[七]遍昭僧正《へんぜうそうじやう》ノ弘《ひろ》メタル花山《はなやま》ニモ時ゝ《ときどき》三月《さむぐわつ》ニ行《おこな》フナリ。[八]事ヲヨスル、家ゝ所ゝ《いへいへところどころ》ノ女ニ。コノ二寺《フタてら》ニマウデヽ、舎利ヲ《を》オガミタテマツレ。

（十七）　大安寺大般若会《だいあんじのだいはんにやゑ》　五六日《いつかむいか》

[九]大安寺《だいあんじ》ノ願《ぐわん》ハ上宮太子《じやうぐうたいし》ニオコリテ、力《ちから》ハアマタノ御門《みかど》ノクハヘラレタリ。太子[一〇]クマゴリノ村《むら》ニ寺《てら》ヲツクル事イマダヲハラザルニ、[一一]隠給《かくれたまひ》ニ

一　金剛のように堅固で永久に破壊することのない仏身。大乗本生心地観経五に「当に金剛不壊の身を得て、三界に還来し、父母を救度すべし」とある。その仏身を砕くとは、涅槃に入り荼毘に付せられ舎利として分けられたこと。底本「懐」の字は「壊」の誤写とみて訂す。

二　塔は本来仏舎利を納めるための建造物で、尊崇の気持の表われから装飾的となり、ことに中国、日本では重層化して三重・五重・十三重などになった。

三　仏舎利を拾った時から今日まで数えてみると、その火葬の煙の立ちのぼって以来随分と年久しい。

四　仏舎利伝来の源やその伝道径路に思いを馳せてみると、沙漠のはての雲路遥か遠い所に及ぶ。

五　叡山に登ることの出来ない女性たちは、舎利会のことを伝え聞くだけであることを悲しがっていることであろう。読者である尊子内親王を頭において書いている。

六　鑑真並びに唐招提寺のこと、本書下巻五条参照。唐招提寺の舎利会は毎年の五月に行う。

七　俗名良岑宗貞、仁明天皇の崩御に会い出家、後、僧正に至る。六歌仙の一人。花山寺は、遍照が陽成天皇の誕生を記念して発願創建、正式には元慶寺。「ナリ」はこの文の冒頭の「我キク」と呼応し、伝聞の意。

八　前田本には「寄言」とある。「事」は「言」の宛字。家々所々の女性に一言お勧め致します。文が倒置されている。これも尊子内親王を頭において言っている。

第十七条　大安寺での、大般若波羅蜜多経六百巻を転読する法会。大安寺は、聖徳太子創建の熊凝寺に濫觴を持つ。その後歴代天皇、度々移築して堂塔を建立、寺名も熊凝寺、百済大寺、大官大寺と改まり、聖武天皇の御代に新寺を落成して大安寺と改名するに至る。この間の経緯を、寛平七年(八九五)の大安寺縁起(以下「寛平縁起」と略称)を中核的資料として詳説している。続いて、大安寺大般若会の創始者が道慈律師であること、大般若経の霊験等を述べている。今昔物語集十一ノ十六は本条に依拠したもの。

シカバ、推古《すいこ》天皇《てんのう》ヨリハジメテ聖武《しやうむ》天皇《てんのう》マデ、[一二]九代《くだい》ノ御門ウケ伝《つた》ヘツヽツクリ給ヘリ。[一三]欽明《きんめい》天皇《てんのう》ノ代《よ》ニ、クダラ河《がは》ノホトリニヒロキ所《ところ》ヲエラビテ、クマゴリ寺《でら》ヲウツシタテヽ、[一四]クダラ寺《でら》トイフ。[一五]寺《てら》ヲツクルツカサ、オホク[一六]神《かみ》ノ社《やしろ》ノ木《き》ヲキリテモチヰタリ。[一七]神イカリテ火《ひ》ヲ放《はなち》テ寺ヲヤキツ。[一八]皇極天皇忩《くわうぎよくてんのういそ》ギツクリツ。

[一九]天智《てんち》天皇《てんのう》ノヨニ、丈六《ぢやうろく》ノ尺迦《しやか》ヲツクリヲヘテ、心《こころ》ニ祈《いのり》ヲナシ給ヘルヨノ[二〇]暁《あかつき》ニ、二人《ふたり》ノ天女来《てんによきたり》テ此像《このざう》ヲオガミタテマツル。妙《たへ》ナル花《はな》ヲ供養《くやう》ジテ、ヰヤマヒホメタテマツル事ヤヽビサシ。御門《みかど》ニカタラヒタテマツリテ云《いは》ク、

　[二一]此像《このざう》ハ霊山《りやうぜん》ノマコトノ仏《ほとけ》トイサヽカモタガハズ。此国《このくに》ノ衆生《しゆじやう》ノ信心《しん じむ》キヨケレバナルベシ。

ト云《いひ》テ、ソラニノボリテ去《さり》ヌ。開眼《かいげん》ノ日《ひ》ハ紫《むらさき》ノ雲《くも》ソラニミチ、妙《たへ》ナルコヱソラニキコユ。[二二]天武《てんむ》天皇《てんのう》ノヨニ、高市《たけち》ノ地《ち》ニウツシ作《つくり》テ、改《あらたま》リテ大官寺《だいくわんじ》トナヅク。

　[二三]文武《もんむ》天皇《てんのう》ノヨニ塔《たふ》ヲタテタマフ。フルキ尺迦《しやか》ノゴトクニ、丈六《ぢやうろく》ノ像《ざう》ヲツクラムトオボス願《ぐわん》ヲヽ《お》コシテ、

九 寛平縁起に、聖徳太子が推古天皇二十五年に、一精舎を熊凝村に建て種々の仏事を修し代々の皇位を護ろうと願ったとある。これを熊凝道場とも熊凝精舎とも言った。

一〇 熊凝は奈良県大和郡山市に属し、現に額安寺がある。

一一 寛平縁起では、推古二十九年、太子は未完成の精舎を田村皇子(後の舒明天皇)に嘱し斑鳩宮に薨じたとする。

一二 大安寺伽藍縁起並流記資財帳(以下「天平縁起」と略称)に、この寺に関係あった天皇として、推古・舒明・皇極・斉明・天智・天武・持統・文武・聖武の九代を挙げる。

一三 前田本も「金明(きんめい)」とするが、天平縁起「飛鳥岡基宮御宇天皇」(舒明天皇)、寛平縁起「田村皇子」(後の舒明天皇)、大安寺碑文「舒明天皇」とする。三宝絵原本の誤。

一四 諸本、諸縁起みな「百済大寺」とある。

一五 寛平縁起「造寺司」。造寺担当官のこと。

一六 天平縁起、碑文に子部神社とある。延喜式神名帳に、子部神社を十市郡に鎮座とある。

一七 天平縁起には、子部の社神が怨んで火を放ち、九重塔並びに金堂の石の鴟尾(びし)を焼破したとある。

一八 寛平縁起、焼けたのを未修復のまま舒明天皇は崩御。皇極天皇は、造寺司阿倍椋橋、穂積百足等をして日夜営んでこれを造ったとある。

一九 寛平縁起、天智天皇丈六の釈迦仏並びに脇士菩薩等の像を造って寺中に安置とある。天平縁起、碑文にはない。

二〇 寛平縁起に「其の暁に、二女有りて天上より来れり。容花端麗、香気遍ねく満てり。此の像を礼拝し妙花を供養し、讃歎やや久し」とある。底本の「天女来テ」は山田校本「天女くだりて」。天女のこと、天平縁起、碑文等に見えない。

二一 この像は、釈尊が生前霊鷲山で法を説いた当時の真影と寸分違いがない。→九六頁注一〇。

二二 天武二年(六七三)伽藍を百済の地より高市に移し(寛平縁起)、天武六年九月寺名を大官大寺と改む(天平縁起)。底本の「改リテ」は「改メテ」の誤か。前田本「改名」。

二三 寛平縁起に「文武天皇立ちて九重塔を起す。…天智天皇の御願を追感して、丈六の尊像を造らんとおもふ」とある。

[一]ヨキ工《たくみ》ヲエシメ給へ。ト祈給夜《いのりたまふよ》ノユメニ、[二]ヒトリノ僧来《そうきたり》テ申《まうす》、

サキノ年此仏《としこのほとけ》ヲツクリシハコレ[三]化人《くゑにん》ナレバ、カサネテ来《きたる》ベキニアラズ。[四]ヨキ工《たくみ》トイヘドモ、ナヲ《ほ》刀《かたな》ノキズアリ。[五]画師《ゑし》トイヘドモ、丹《ニ》色《イロ》ノアヤマリナキニアラズ。タヾ大《おほき》ナラム鏡《かがみ》ヲ仏ノ前《まへ》ニカケテ、影《かげ》ヲウツシテヲガミ給へ。ツクルニモアラズ、カクニモアラズシテ、[六]三身《さむじん》ソナハルベシ。[七]形《かたち》ヲミルハ応身《おうじん》ナリ、[八]影《かげ》ヲ浮《うか》ブルハ報身《ほうしん》ナリ、[九]空《むなし》キヲサトルハ法身《ほふしん》也。功徳《くどく》スグレタル事コレニハスギジ。ト見タマフ。サメ驚《おどろき》テ悦玉《よろこびたま》フ。夢《ゆめ》ノゴトクニ一《ひとつ》ノ大《おほき》ナル鏡《かがみ》ヲ仏《ほとけ》ノマヘニカケ、五百僧《ごひやくのそう》ヲ堂《だう》ノ中ニ請《しやう》ジテ、大《おほき》ニ供養《くやう》ヲ儲《まうけ》タリ。

[一〇]元明天皇《ぐゑんみやうてんのう》ノ代《よ》、[一一]和銅三年《わどうさむねん》ニ堂《だう》ヲウツシ、仏《ほとけ》ヲウツシテ奈良《なら》ノ京《きやう》ニツクレリ。聖武天皇《しやうむてんのう》ウケツタヘテ、ヒロメツクラムトスルアヒダニ、[一二]道慈《だうじ》トイフ僧《そう》アリ。[一三]心《こころ》ニサトリアリテ、世《よ》ニ重《おも》クシ敬《うやま》ハレタリ。サキニ、法《のり》ヲモトメムガタメニ、[一四]大宝元年《たいほうぐわんねん》ニモロコシニ渡《わた》リシ時モ、

心《こころ》ノ中ニ[一五]大《おほき》ナル寺《てら》ヲツクラムト思《おもひ》テ、西明寺《さいみやうじ》ノ構《かま》ヘ作《つく》レルサマヲ

ウツシトレリ。

一 寛平縁起「良き工(たくみ)を招き求めるに、未だ其の人を得ず」とある。
二 以下も寛平縁起に依拠したもの。
三 神仏が仮に形を変えて化現した人。
四 どんなにすぐれた名工(仏師)であっても、刀の彫り誤りはあるものだ。寛平縁起「猶、釿斧の躓あり」とある。
五 寛平縁起「豈丹青の訛無からんや」。(どんなすぐれた絵師であっても)彩色の誤りがない訳ではない。
六 仏陀に具足する応身・報身・法身の三つの身体。寛平縁起では、応身・化身・法身の三身とする。
七 鏡に映った釈迦仏の形は、衆生を教化すべくこの世に現われた応身仏である。
八 釈迦如来は万行の善根功徳の「報い」として出現した報身であることから、鏡に映った影像を報身といったもの。
九 鏡の影像を虚像であると悟れば、一切空の真実そのものの悟りであるから、鏡中の仏身すなわち法身となる。
一〇 底本「光明天皇」。前田本、山田校本、寛平縁起みな元明天皇とする。底本の誤とみて訂した。底本上欄外に「女光明天皇」と底本と同筆にて記入。
一一 寛平縁起、元明帝の和銅三年庚戌(七一〇)に「伽藍及び丈六の仏像等を平城に移す」とある。
一二 大和国添下郡の人、俗姓額田氏。智蔵に次いで三論宗第三伝。大安寺の建築を指導、同寺に住す。続日本紀・天平十六年(七四四)十月二日の条に没伝がある。
一三 没伝「性聡悟にして衆のために推さる」に拠る。
一四 山田校本には「大宝元年〔もろこしに渡りて、やうらう二年にかへりきたりて、みかどにまうさく、みちをとひに〕もろこしにわたりし時」、前田本にも「大宝元年〔渡唐、養老二年帰朝也、奏王言、因道〕度唐之時」とある。〔 〕内は、底本、「もろこしに」の目移りによる脱。
一五 寛平縁起に「大寺を造らんと欲し、偸(ひそか)に西明寺の結構の体を図取(うつしと)れり」とある。西明寺は、唐の高宗の勅により、玄奘が顕慶三年(六五八)に長安に建立した寺。

ト申《まうす》。御門《みかど》悦《よろこび》給《たまひ》テ、
　我願《わがぐわん》ミチヌル也。
トノ給《たまふ》。
　[一六]天平元年《てんぴやうぐわんねん》ニ、[一七]道慈《だうじ》ニ律師《りつし》ノ位《くらゐ》ヲタマフ。[一八]中天竺《ちうてんぢく》ノ舎衛国《しやゑこく》ノ祇園精舎《ぎをんしやうじや》ハ、[一九]都率天《とそつてん》ノ宮《みや》ヲマネビツクレリ。モロコシノ西明寺《さいみやうじ》ハ、祇園精舎ヲマネビ作《つく》レリ。我国《わがくに》ノ大安寺《だいあんじ》ハ、西明寺ヲマネビ作レリ。[二〇]十四年《じふしねん》ニ作《つくり》ヲエ《へ》テ、大《おほき》ニ法会《ほふゑ》ヲ行《おこな》フ。
　[二一]天平十七年《てんぴやうじふしちねん》ニ、大官大寺《だいくわんだいじ》ヲ改《あらため》テ、大安寺《だいあんじ》トナヅク。[二二]道慈《だうじ》律師《りつし》ノ云《いは》ク、
　此寺《このてら》ハジメヤケヽル事、[二三]高市《たけち》ノ郡《こほり》ノ子部《こべ》ノ明神《みやうじん》ノ社《やしろ》ノ木《き》ヲキレルニヨリテナリ。[二四]此神《このかみ》ハ雷《いかづち》ノ神ナレバ、イカリノ心《こころ》ニ[二五]ホノヲ《ほ》ヽ出《いだ》セルナリ。其後《そののち》九《く》代《だい》ツタヘツクレリ。シバ〳〵所《ところ》ヲウツセルニ、其《その》ツヒエ多《おほ》シ。[二六]神ノ心ヲヨロコバシメテ、寺ヲマボラシメム事ハ、
　法《のり》ノ力《ちから》ニハシカジ。
ト云《いひ》テ、大般若経《だいはんにやきやう》ヲカキヲ《お》キテ、此会《このゑ》ヲハジメオコナヘルナリ。且《かつ》ハ経《きやう》ノ文《もん》ヲヨミ、且ハ[二七]歌舞《ウタマヒ》ヲトヽノヘタリ。神《かみ》ノ悦《よろこび》ヲナシテ、寺《てら》ノ守《まもり》トナリニタリ。[二八]縁起《えんぎ》ニ見《え》ヘタリ。

一六　底本上欄外に「聖武」と同筆にて記入。
一七　山田校本に「道慈に〔おほせて、かの寺をあらためてつくらしめたまふ。すなはち道慈に〕」とあり、前田本にも、「〔仰道慈、令改造此寺給、則〕賜道慈律師位」とある。寛平縁起にも「天平元年己巳(七二九)、更に道慈に〔勅して、改めて此の寺を造らしむ。即ち道慈を以て〕律師に補す」とあり、〔　〕内は底本の脱。
一八　中インド舎衛城の南にあった寺。もと祇陀太子所有の樹林。須達長者が購入の上、寺を建立して釈迦に献じた。
一九　欲界六天の第四。内外の二院があり、内院は弥勒が居住し、外院は天人衆の遊楽の地といわれる。
二〇　寛平縁起に「二七年間に営造既に成る」とあり、天平元年下命以来十四年だから竣工は天平十四年(七四二)。
二一　寛平縁起に「十七年乙酉、大官大寺を改めて大安寺と為す」とある。
二二　以下、「縁起ニ見ヘタリ」までは寛平縁起に見えない。
二三　延喜式神名帳には、子部明神の所在を十市郡とする。
二四　続紀・天平九年四月八日の条に「雷声有りと雖も災害ある所なし」とあるから、子部の社の社神は雷神であったと思われる。
二五　山田校本「ほのほを」。前田本も「出火也」とある。
二六　碑文には、道慈が「妖火を滅せざれば功業成り難し」として、毎年四月に般若会を設けることを上表し、これが裁可され、「それより以来、火の難絶ゆ」とある。
二七　底本「ウタマヒ」は本文とは別筆と認めた。
二八　この「縁起」、具体的には未詳。

一　「麟徳」は、太宗ではなく高宗治世時の年号。また「大般若経」は、高宗の顕慶五年(六六〇)から竜朔三年(六六三)の間に、玄奘によって訳出されたもの。その玄奘は麟徳元年(六六四)二月五日没。史実としては「モロコシノ高宗ノ時、竜朔年中ニ」とありたい所。

此大般若経《このだいはんにやきやう》ハ、モロコシノ大宗《たいそう》ノ時、[一]麟徳年中《りんとくねんちう》ニ玄弉三蔵《ぐゑんじやうさむざう》ハジメテ翻訳《ほんやく》シテ、[二]昭明殿《せうめいでん》ニヲ《お》カシメシ時ニ[三]光《ひかり》ヲ放《はな》テリ。ソノ[四]文《もん》ニ云《いはく》、

モシ人《ひと》般若経《はんにやきやう》ヲオケラム所《ところ》ニハ、一切《いつさい》ノ天竜《てんりう》タナ心《ごころ》ヲ合《あはせ》テ、ツヽシミ敬《うやま》ハム。

トイヘリ。又[五]云《いは》ク、

マサニ法《のり》ノ雨《あめ》ヲモチテ毒竜《どくりう》ニソヽキウルホシテ、熱《あつ》ク苦《くる》シキ事ヲハナレシメム。

トノ給ヘリ。アラハニ是仏《これほとけ》ノ[六]法《のり》ノ道《みち》ヲモチテ、神《かみ》ノ嗔《いかり》ノホノホヽ《を》トヾメタルナルベシ。

（十八）　灌仏《くわんぶつ》

[七]承和七年四月八日《じようわしちねんうづきやうか》ニ、清涼殿《せいりやうでん》ニシテハジメテ御灌仏《おほむくわんぶつ》ノ事ヲ行《おこな》ハシメ玉《たま》フ。[八]律師《りつし》[九]静安候《じやうあんさぶらひ》テ、経《きやう》ニトケル旨《むね》ヲモチテ、ソノアルベキ事ヲ奏《そう》シ定《さだ》ム。ヤガテ今日《けふ》ノ御導師《おほむだうし》ヲツカマツラル。コレヨリ後《のち》ニヒロマレリ。[一〇]殿上日記《てんじやうのにつき》ニ見《え》ヘタリ。[一一]灌仏像経《くわんぶつざうぎやう》云《にいはく》、

[一二]十二月《じふにぐわつ》諸《もろもろ》ノ仏《ほとけ》ハ、ミナ四月八日ヲモテ生玉《むまれたま》フ。[一三]春夏《はるなつ》ノ間《あひだ》ニシテ、

二　三宝感応要略録・中、今昔七ノ一には、大般若経の翻訳完成時、竜朔三年十月三十日斎会が行われ、この時大般若経が光を放って遠く近くを照し、天より妙花を降らせたとあるが、これは嘉寿殿でのこととする。
三　山田校本「おほきに光を放てり」、前田本「大放光」とする。
四　大般若波羅蜜多経五四一の取意。
五　未詳。
六　前田本に「得仏法水」とあり、本文直前の行にも「法ノ雨」とあるから、「法ノ水」が妥当か。

第十八条　灌仏会は、四月八日、釈尊の降誕を祝して行う法会。釈尊誕生の時、天竜があまくだって香湯をそそいだという伝説に基づく。まず禁中初回の灌仏の事から説き、開催時期のこと(灌洗仏形像経)、像に湯をあむす法(浴像功徳経)を述べ、浴像経灌仏偈と百石讃歎(ももさかさんだん)を掲げて本条を構成している。

七　続日本後紀・承和七年(八四〇)四月八日の条に、「律師伝灯大法師位静安を清涼殿に請じ、始めて灌仏の事を行ふ」。
八　西大寺の常騰に法相を学び、近江の比良山で仏名経を読誦礼拝し、このこと禁中に聞え、召されて仏名懺悔の導師となり、また、清涼殿での灌仏会を行う。
九　天皇のおそばに伺候して、経典の趣旨に基づき灌仏会の作法を奏上して定まった。
一〇　具体的には未詳。宮中行事を記録した日記であろう。
一一　灌洗仏形像経。法苑珠林三十三、諸経要集八、前田本は「灌仏形像経」としてこれを引く。
一二　山田校本、前田本、灌洗仏形像経はいずれも、「十方諸仏」とする。底本の誤か。
一三　灌洗仏形像経に「春夏の際にして殃罪悉く畢り、万物普く生じ、毒気未だ行われざるを以て」とある。
一四　灌洗仏形像経に「寒からず熱(あつ)からず、時の気和適なるがためなり」とある。時候がおだやかで、よく調和がとれているの意。
一五　仏説浴像功徳経。

ヨロヅノ物《もの》アマネク生《お》フ。サムカラズアツカラズシテ、時[一四]ノホド
ニヨクト丶ノホレバ也。
トイヘリ。又浴像経《よくざうぎやう》[一五]ニ、仏《ほとけ》ノ丶給ハク、
我今像《われいまざう》[一六]ニ湯《ゆ》アムス法《のり》ヲトク。諸《もろもろ》ノ供養《くやう》ノ中ニ、事[一七]スグレタリトス。
若仏《もしほとけ》ニアムシタテマツラムト思《おも》ハヾ、諸[一八]ノ妙《たへ》ナル香《かう》ヲ水《みづ》ニ入《いれ》ツ丶、
浴《アム》シタテマツレ。水ヲクム時[一九]ニハ、マサニ偈《げ》ヲ誦《ず》スベシ。
トノ給ヘリ。人必《ひとかならず》シモソノ偈《げ》ヲオボヘ《え》ネバ、僧《そう》ヲモチテ誦《ず》セシメテ
讃嘆《さんたん》セシムル也。
我今灌沐諸如来《がこむくわんもくしよによらい》[二〇]　浄智功徳荘厳聚《じやうちくどくしやうごむしゆ》
五濁衆生令離苦《ごぢよくしゆじやうりやうりく》　願證如来浄法身《ぐわんしようによらいじやうほふしん》
トイヘル偈《げ》ハ、尺迦如来《しやかによらい》ノ説給《とき》ヘル也。又、「モ[二一]丶サクニヤソサカソ
ヘテタマヘテシチブサノムクイケフセズハイツカワガセントシハヲツ
サヨハヘニツ丶」トイフ事ハ、行基菩薩《ぎやうぎぼさつ》[二二]ノトナヘタルナリ。

（十九）　比叡受戒《ひえのじゆかい》

此国《このくに》ニ昔《むかし》、マヅ声聞戒《しやうもんかい》[二三]ヲツタヘタリ。伝教大師《でんげうだいし》[二四]モロコシニ渡《わたり》テ、顕《けん》

[一六] 浴像経に「我今汝の為に浴像の法を説かん」とある。
[一七] 山田校本に「諸の供養の中にことにすぐれたりとす」とあり、浴像経にも「諸の供養の中に最も殊勝と為す」とあり、底本の「事」は「殊」の誤か。
[一八] 浴像経によれば、栴檀・紫檀・沈香等の妙香を浄器中の湯水に入れて香水をつくり、これを仏像にあびせよと。
[一九] 山田校本「水をいむ時は」。前田本「汲水之時」。「汲」は、水をかける、そそぐの意の「沃（い）る」の異体字。底本の「クム」は誤であろう。底本「クム」の右に「汲」と書くが別筆。
[二〇] 浴像経の中の偈。読み下せば「我、今、諸の如来の浄智功徳荘厳の聚（あつま）りなせるを灌（そそ）き沐（あら）はむ。五濁の衆生をして苦を離れしめ、願はくは如来の浄き法身を証せむ」となる。この偈、源為憲の口遊（くちずさみ）に、「灌仏頌」として載る。ただし第三句末は「令離垢」とある。浴像経も口遊と同文。
[二一] 百石（一石は約一八〇（リットル））に更に八十石を加えた百八十石も授けて下さった母上の乳房に対する報恩を、今日しなかったらいつの日に出来ようか。年月はどんどん過ぎてゆくし、一夜一夜も忽ち経過してしまうであろう。底本「モモサクニ」以下「トイフ」まで平仮名書き。「サク」「サカ」は石（しゃく）の直音表記。底本は「やそさく」の「く」の上に「か」と重ね書き。大乗本生心地観経二「飲める所の母の乳、百八十斛」、中陰経「乳一百八十斛を飲む」とある。また山田校本には、末句「としはへにつつ、さよはへぬべし」とある。百石（ももさか）讃歎として著名で、拾遺集・哀傷では「ケフセズハ」以下が「けふぞわがする」と短歌形式をとる。
[二二] 天平六年（七三四）光明皇后に代わって行基菩薩が作ったという。拾遺集には「大僧正行基よみたまひける」とある。

第十九条　大乗菩薩戒が伝教大師によって我が国に伝えられ、叡山に戒壇院を建てるに至った次第を、叡山大師伝に拠って説く。続いて、この大乗戒の勝れていることを梵網経、心地観経、大智度論等の諸経論を引いて述べ、これが四月の行事である所以を嘉祥や寛平の官符を引いて言及

密《みつ》ノミチヲナラヒ、[一]菩《ぼ》薩《さつ》ノイムコトヲウケテヨリ天台宗《てんだいしう》ハジメテオコリ、[二]菩薩戒《ぼさつかい》又伝《つたは》レル也。延暦《えんりやく》ノスヱノ年《とし》ニ[三]年分《ねんぶん》ヲ申置《まうしお》キ、[四]弘仁《こうにん》ノ末《すゑ》ノ比《ころほ》ヒニ、大師ハジメテ云《いは》ク、

[五]南岳《なむがく》、[六]天台《てんだい》ノ二《ふた》リノ大師《だいし》ミナ菩薩戒《ぼさつかい》ヲウケタリ。アヒ授《さづけ》ツヽイマニ及《およべ》リ。コノ故《ゆゑ》ニ我宗《わがしう》ノ僧《そう》ハミナ此戒《このかい》ヲ伝《つた》ヘ受《うく》ベシ。

ト云《いひ》テ、[七]オホヤケニ申《まうす》ニ、定下《さだめくだ》サレガタシ。大師《だいし》筆《ふで》ヲフルヒ、文《もん》ヲトバシテ、[八]顕戒論《けんかいろん》三《み》巻《まき》ヲツクリテタテマツリ、證文《しようもん》ヲオホク明《あきらか》ナリシカバ、[九]弘仁十三年《こうにんじふさむねん》六月《みなづき》ニ、是《これ》ヲユルシ下《くだし》テ官符《くわんぶ》ヲタマヒ、戒壇《かいだん》ヲ立《たて》タリ。

コノ大乗戒《だいじようかい》ハアマタノ経《きやう》ニホメ説《とけ》リ。

[一〇]梵網経《ぼむまうぎやう》ニ云《いはく》、

菩《ぼ》薩《さつ》ノ戒《いむこと》ヲウケザルモノ、畜生《ちくしやう》ニコトナラズ。ナヅケテ邪見《じやけん》トス。ナヅケテ外道《ぐゑだう》トス。[一一]モシ法師《ほふし》アリテ、一人《ひとり》ヲヽシヘテ菩薩戒《ぼさつかい》ヲウケシムルハ、功徳《くどく》八万四千《はちまんしせん》ノ塔《たふ》ヲツクルニマサレリ。イハムヤ、二人《ふたり》三人《みたり》百千人《ひやくせんにん》ヲヤ。

トノ給ヘリ。又[一二]心地観経《しむぢくわんきやう》ニ云《いはく》、

[一三]上品《じやうぼむ》ニタモツ者《もの》ハ、法王《ほふわう》ノ位《くらゐ》ヲエテ衆生《しゆじやう》ヲミチビク。[一四]中品《ちうぼむ》ニ持《たもつ》ハ、

している。今昔物語集十一ノ二十六は本条に依拠したもの。
三 戒律は鑑真により我国に伝来していたが(本書下巻五条参照)、最澄は大乗菩薩戒を唱え、五戒・八戒・十戒・具足戒等を、小乗の行者が自利のために守る声聞戒であると称した。
四 延暦二十三年(八〇四)に入唐した最澄は、中国天台第七祖の道邃からは天台の付法を受け、順暁和尚からは真言密教の付法を受けて帰朝したことをさす(叡山大師伝)。

一 叡山大師伝には、道邃和上は最澄の情を察して道場を荘厳にし、諸仏を請い奉り、菩薩三聚大戒を授与したとある。
二 大乗の菩薩が受持する戒律。十重禁戒・四十八軽戒等。
三 諸大寺に枠を設けて、毎年、所定の経論についての試験合格者に得度を許可する制度。延暦二十五年(八〇六)二月、天台宗に年分度者二名が許された。
四 叡山大師伝には、弘仁九年(八一八)暮春、最澄が諸弟子に告げた言葉に「南岳、天台の両大師、昔霊山に於いて親しく法華経を聞き、兼ねて菩薩三聚戒を受く」、「今、我宗の学生をして大乗の戒定慧を開き、永く小乗下劣の行を離れしめむ」とある。
五 慧思禅師。五一五―五七七年。中国隋代の高僧。衡山(南岳)に住したことから南岳大師ともいう。思禅師。↓八四頁注六。
六 智顗(ぎち)。智者大師とも。五三八―五九七年。中国天台山にいて天台宗の開祖となった。
七 弘仁十年三月十五日の上表文(叡山大師伝所載)で、大乗戒の公認を請願したが、南都の反対にあい許されなかった。
八 最澄は、南都の論難の一々に反論を加え、天台円戒の特色を明らかにした書、顕戒論三巻をあらわし、弘仁十一年二月二十九日、これを朝廷に奉った。
九 最澄没後七日目の弘仁十三年六月十一日に、戒壇建立裁可の太政官符が下った。この官符、類聚三代格二所収の弘仁十四年二月二十七日の太政官符に引用されている。
一〇 「梵網経」は「瓔珞経」の誤か。引用経文の前半は梵網経・

輪王《りんのう》ノ位ヲエテ諸《もろもろ》ノ楽《たのし》ビヲウク。[一五]下品《げぼむ》ニ持ハ、戒《いむこと》ヲアヤマチテ、タトヒ悪道《あくだう》ニオツレドモ、戒《いむこと》ノ力《ちから》スグレタルニヨリテ、ツネニ其《その》中《なか》ニ王《わう》トナル。諸ノトモガラシタガヒ敬《うやまひ》テ、[一六]心《こころ》ニ自在《じざい》ヲエタリ。此故《このゆゑ》ニ、諸ノ衆生《しゆじやう》ハ菩薩《ぼさつ》ノ浄戒《じやうかい》ヲウクベシ。[一七]生死《しやうじ》ノフカキ海《うみ》ヲコユルニハ、菩薩ノ浄戒ヲヤドリトス。[一八]貪瞋《とんじん》ノツキシバレルヲキルニハ、菩薩ノ戒《いむこと》ヲトキカタナトス。[一九]鬼魅《きみ》ノナヤマシワヅラハスヲハナルヽニハ、菩薩戒《ぼさつかい》ヲヨキ薬《くすり》トス。

トノ給ヘリ。

菩薩戒《ぼさつかい》トイフハ[二〇]三聚浄戒《さむじゆのじやうかい》也。一《ひとつ》ニハ接律義戒《せふりつぎかい》、モロ〳〵ノアシキコトヲタツナリ。二《ふたつ》ニハ接善法戒《せふぜんぼふかい》、モロ〳〵ノヨキ事ヲ行《おこな》フナリ。三《みつ》ニハ饒益有情戒《ねうやくうじやうかい》、モロ〳〵ノ衆生《しゆじやう》ヲワタス也。マサニ知《しる》ベシ、[二一]大乗《だいじよう》ノハジメノ心《こころ》ヲオコスハ、二乗《にじよう》ノキハメタル位《くらゐ》ニコヘ《え》タリ。

[二二]昔《むかし》、羅漢《らかん》アリテ、沙弥《しやみ》ニ衣《ころも》ツヽメル袋《ふくろ》ヲニナハシメテユク。沙弥心《こころ》ノ中《なか》ニシバラク菩薩《ぼさつ》ノ心ヲオコス。羅漢是《これ》ヲシリテ、ミヅカラ袋ヲトリテニナヒテ、シリニ立《たち》テユク。沙弥又心ノ中《うち》ニ、「菩薩ノ道《みち》ハ行《おこなひ》ガタカルベシ」ト思返《おもひかへ》シツ。羅漢又知《しり》テ、袋ヲサヅケテサキニタチヌ。

下に類似記事が見えるが、後半は梵網経に見えない。しかも前後半とも、菩薩瓔珞本業経・下や、これを抄出している法苑珠林八十九所引の瓔珞経と符合する所が多い。

一一 法苑珠林所引の瓔珞経に「復、法師、能く一切国土の中に於いて、一人の出家を教化して菩薩戒を受けしむれば、是の法師、其の福八万四千の塔を造るに勝れり。況んや復二人三人、乃至百人千人等をや。福報、称量すべからず」。

一二 大乗本生心地観経三。

一三 心地観経「上品に清浄戒を堅持すれば、起居自在にして法王となり…縁に随ひ普く諸群品(衆生)を済ふ」。

一四 心地観経「中品に菩薩戒を受持すれば、福徳自在を得て転輪王となり、心の所作に随ひ、ことごとく皆成り」。

一五 心地観経では、下品を更に上中下の三階に分かち、それぞれ戒品受持に欠犯があって三悪道(餓鬼・畜生・地獄の三道)に堕ちても、戒の力が勝っているので、それぞれの王(大鬼王・禽獣王・琰魔王)となると説く。

一六 心地観経・下の上品に「一切の非人みな率伏す」、下の中品「一切の飛走するもの皆帰伏す」、下の下品「地獄中に処りて常に自在」を一括して「心ニ自在ヲエタリ」と言った。

一七 心地観経に「生死の深き大海を超越するには菩薩の浄戒を〔船筏とす。生死の嶮しき道の諸怖畏には菩薩の浄戒を〕舎宅とす」、名博本「さうじのふかきうみをこゆるには菩薩戒を〔ふねとす、ほならのはげしきみちをすぐるには、ぼさちかいを〕やどりとす」、前田本「超生死深海為〔船、過煩悩険道菩薩戒〕為宿」とあり、底本は右の〔 〕内を脱す。「ヤトリ」の右に「カ　梶取」と記すのは本文と同筆であるが誤認に基づくもの。

一八 心地観経「永く貪瞋痴の繫縛を断つには、菩薩の浄戒を利き剣とす」、名博本「とむじのまつひつなげるには、ぼさかいをときつるぎとす」。

一九 心地観経「鬼魅著く所の諸疾病には、菩薩の浄戒を良薬とす」、名博本「鬼魅のなやましわづらはすをはなるゝには、ぼさかいをよきくすりとす」。

二〇 菩薩戒の特色を表わす概念で、一切の戒法は皆この中

沙弥アヤシミテ問フ。羅漢答《こたへ》テ云《いはく》、

汝《なむぢ》サキニハ大《おほき》ナル心《こころ》ヲオコシタリツレバ、我《われ》ニスグレタリ。[一]今《いま》ハ

其《その》心ヲトヾメツレバ、我ニヲ《お》トレルユヘ《ゑ》ナリ。

ト云《いひ》キ。

マサニタヘムニ随《したがひ》テ、ヨク戒《いむこと》ヲ守《まもる》ベシ。カノ[二]草《くさ》ニツナガレタリシ比《び》丘《く》ハ、王《わう》ノミユキノ時ニユルサレ、[三]玉《たま》ヲセメラレシ沙門《しやもん》ハ、鵝《が》ノ死《しぬ》ルノチニアラハシキ。スベテ[四]天台《てんだい》ノ菩《ぼ》薩戒《さつかい》モ、南京《なむきやう》ノ声聞戒《しやうもんかい》モ、ミナコレ仏法《ぶつぽふ》ノ命《いのち》ヲツグナリ。経律論《きやうりつろん》ノ中ニツブサナリ。カネテハ又、[五]年穀《ねんこく》ノユタカナラム事ヲ祈《いのる》也。[六]提謂経《だいゐきやう》ノ文《もん》ニ明《あきらか》也。是《これ》ニヨリテ、

受戒《じゆかい》ハ年《とし》ノハジメニアルベシ。

ト定《さだめ》テ、[七]嘉祥《かしやう》ノ官符《くわんぷ》ニハ、

四月三日《しぐわつさむにち》ヲ《お》コナヘ。

[八]ト給ヒ、[九]寛平《くわんぴやう》ノ官符ニハ、

四月《しぐわつ》十五《じふご》日《にち》ノサキニ行《おこな》ヘ。

トイヘリ。

に摂せられるので「摂」といい、その戒法は清浄なので「浄戒」と名づけた。底本の「接《せふ》」はすべて「摂《せふ》」を正しとする。摂律儀戒は一切の諸悪を皆断じ去ること(止悪)、摂善法戒は積極的に一切の諸善を実行すること(作善)、饒益有情戒は衆生を摂取して普く利益を施すこと(利他)。

二 大乗の初発心位は、小乗における最高の位たる声聞乗、縁覚乗の二乗を遥かに越えているの意。

三 羅漢は小乗の最高の境地に達した聖者、沙弥は得度を終えたばかりの修行の浅い見習僧。この説話は大智度論七十八に見える。

一 東大寺切「なむぢいまは」、前田本「汝今留其心」とある。

二 大荘厳論経三に詳説。賊に草で縛られた比丘が、禁戒を堅持して、王の御幸の際に解き放されるまで縛られたままでいた持戒譚。

三 大荘厳論経十一に詳説。摩尼珠を盗んだと疑われた沙門が、鵝の命を助けるため、鵝が珠を呑んだ事実を語らず、鵝の死後、その腹から珠を取り出させたという戒律遵奉譚。

四 「天台ノ」「南京ノ」は、東大寺切にも前田本にも共に無く、底本だけの独自増補記事。

五 持戒、持斎にはげむことは、ひいては又、作物の豊作を祈ることにもなる。法苑珠林八十八所引の提謂経の、持斎して道を行えば、「和気を助け、万物を長養す」、「道気を助けて万物を成長せしむ」などの意を取ったか。

六 北魏の曇靖撰の提謂波利経のこと。現存しないが、法苑珠林など諸書に引用されている。中に、斎日と陰陽の関係を明かす説などがある。

七 嘉祥三年(八五〇)十二月十四日の太政官符に「須く年毎に四月三日、並びに得度せしむべし」とある。

八 底本「ト」の次に「ノ」脱か。前田本「云」。

九 寛平七年(八九五)十月二十八日の太政官符に「貞観七年(八六五)三月十五日の格に準じ、四月十五日以前を戒日と定め、これを行へ」とある。

五月

（二十）　長谷菩薩戒《はつせのぼさつかい》

昔《むかし》、[一〇]辛酉歳《かのととりのとし》ニ大水《おほみづ》イデヽ、[一一]大《おほき》ナル木《き》流出《ながれいで》タリ。近江国高嶋郡《あふみのくにたかしまのこほり》ノ[一二]ミヲガ崎《さき》ニヨレリ。サトノ人《ひと》ソノハシヲ切《きり》トレリ。スナハチソノ家《いへ》ヤケヌ。又ソノ家ヨリハジメテ、村里《むらざと》ニシヌル者《ものお》ヲホカリ。家ゝ《いへいへ》崇《タヽリ》ヲウラナハスルニ、「コノ木ノナス所《ところ》ナリ」トイヘリ。コレニヨリテ、アリトシアル人近付《ちかづき》ヨラズ。

此時《このとき》[一三]ハ、大和国《やまとの》ノ葛城《かづらき》ノ下郡《しものこほり》ニスム、[一四]イヅモノ大《おほ》ミヅトイフ人此里《ひとこのさと》ニ来《きた》レリ。此木《このき》ヲキヽテ、心《こころ》ノ中ニ願《ぐわん》ヲオコス。「願《ねがはく》ハ此木ヲモチテ、[一五]十一面観音《じふいちめんくわんのん》ニツクリタテマツラム」ト。シカレドモ、[一六]ユクベキタヨリナクシテ、空《むなし》ク[一七]モトノ里ニ帰《かへり》ヌ。コノヽチ、大《おほ》ミヅガタメニシバ〳〵[一八]シメスコトアルニヨリテ、[一九]糧《かて》ヲマウケ、人ヲ伴《ともな》ヒテ、又彼《かの》木ノモトニイタリヌ。[二〇]木オホキニ、人トモシクシテ、イタヅラニ見テカヘリナムトス。心ミニ綱《つな》ヲツケテ引動《ひきうごか》スニ、カロクヒカレテヨクユク。道《みち》ニア

第二十条　前半は、本尊十一面観音像の料木の霊異、観音像造立のいきさつ等を中心に、長谷寺創建の由来を述べている。依拠として掲示の「天平五年ニシルセル、観音ノ縁起幷ニ雑記」は護国寺本諸寺縁起集所収の長谷寺縁起か。菅原道真撰と伝える寛平の縁起文、諸寺略記、扶桑略記六所引の為憲記(三宝絵を漢文化引用したもの)等も参照に価する。後半は、菩薩戒の行事やその功徳に触れる。今昔物語集十一ノ三十一は、本書の前半に依拠して潤色したもの。なお、長谷寺は六八六年に道明が西の岡に建てた本長谷寺と、七三三年に徳道が東の岡に建てた新長谷寺(後長谷寺)の二つがあり、ここでは新長谷寺の縁起をのべる。

一〇 扶桑略記六・神亀四年(七二七)三月三十日の条に所引の為憲記では、「辛酉年」に「推古九」(六〇一)と傍記するが、後に記すところより逆算すればもう一まわり前の欽明一二年(五五一)になろう。寛平の縁起文、諸寺略記では「継体天皇即位十一年(五一七)丁酉」とする。

一一 寛平の縁起文には「長十余丈、楠也」とある。

一二 前田本「三緒埼」、為憲記「三尾崎」、長谷寺縁起「三尾前山」、諸寺略記「三尾前山」。滋賀県高島郡、三尾川河口の崎。

一三 底本「ハ」の右に小さく「ニ」と書く。

一四 前田本「(出)雲大水」、為憲記「出雲大満」、長谷寺縁起「葛下郡人出雲臣大水、法名沙弥法勢」。

一五 六観音の一つ。十一面四臂もしくは二臂。現世利益の仏として尊崇された。

一六 前田本の「無可持行之便」に従い、「もてゆくべき」の意とする。

一七 ふる里。後出の当麻の里。

一八 神仏などのおさとし、夢のお告げなどの霊験。

一九 為憲記に「少しの粮を儲け、人夫を雇ひ求めて」とある。食料を用意し、運搬のための人夫を雇って。

二〇 前田本「木甚大、人専乏」、為憲記「木大きく、人少なし」。

フ人ミナアヤシビテ、車《くるま》ヲトヾメ、馬《むま》ヨリヲ《お》リテ、力《ちから》ヲクハヘテ共《とも》ニヒク。ツヒニ大和国葛城[一]ノ下郡当麻《たぎま》ノ里ニ至《いた》リヌ。[二]物《もの》ナクシテ久《ひさし》クヲ《お》キテ、大《おほ》ミヅ已《すで》ニ死《し》ヌ。

此木《このき》イタヅラニナリテ[三]八十年《はちじふねん》ヲヘヌ。ソノ里《さと》ニ病《やまひ》オコリテ、[四]カラクコゾリテヤミイタム。「此木ノスルナリ」トイヒテ、郡《こほり》ノツカサ、里《さと》ノヲサラ、大《おほ》ミヅガ子《こ》[五]ミヤ丸《まろ》ヲメシテ[六]勘《かむがふ》レドモ、ミヤ丸《まろ》ヒトリシテコノ木ヲサケガタシ。郡里《こほりさと》ノ人《ひと》トモニシテ、[七]戊辰歳《ツチノエたつのとし》ニ、[八]シキノ上《カミ》ノ長《はつ》谷《せ》河《がは》ノ中ニ引《ひき》ステツ。ソコニシテ[九]三十年《さむじふねん》ヲヘヌ。

コヽニ[一〇]沙弥《しやみ》徳道《とくだう》トイフ者《もの》アリ。此事《このこと》ヲキヽテ思《おも》ハク、「此木《このき》カナラズシルシアラム。十一面観音《じふいちめんくわんのん》ニツクリタテマツラム」ト思《おもひ》テ、[一一]養老四《やうらうし》年《ねん》ニ、[一二]今《いま》ノ長谷寺《はつせでら》ノミネニウツシツ。徳道力無《ちからなく》シテ、トクツクリガタシ。カナシビナゲキテ、七八年《しちはちねん》ガ間《あひだ》、此木ニ向《むかひ》テ「[一三]礼拝威力《らいはいゐりき》、自然《じねん》造仏《ざうぶつ》」トイヒテ額《ヌカ》ヲツク。[一四]飯高《いひたか》ノ天皇《てんのう》ハカラザルニ恩《おん》ヲタレ、[一五]房前《ふささき》ノ大臣《おとど》自《みづか》ラ力ヲクハフ。[一六]神亀《じんき》四年《しねん》ニツクリ終《を》ヘタテマツレリ。タカサ二《に》丈六尺《ぢやうろくしやく》ナリ。徳道ガユメニ神《かみ》アリテ、北《きた》ノミネヲサシテイハク、カシコノ土《つち》ノシタニ大《おほき》ナルイハホアリ。[一七]アラハシテ此観音《このくわんのん》ヲ立《たて》タ

一　今の北葛城郡当麻村。出雲大水の出身地。
二　為憲記「只発願の心有れども全く仏を造る力無し。然る間大満即世」。
三　諸寺略記「其後、大和国高市郡八木の辻に挽き置くこと三十年、葛下郡当麻郷に挽き移して五十七年」とある。
四　底本の「カラク」は、前田本「挙首病痛」よりすれば「カシラ」の誤写か。
五　前田本は「宮丸」。
六　宮丸を召してこの木を移動させるよう責め立てたが。
七　天智天皇の七年戊辰(六六八)。底本の「ツチノエ」の傍訓は本文と同筆。
八　長谷寺縁起「城上郡長谷河の辺に移す」。前田本は「志記上長谷河傍」とあり「志記」は「磯城」の借字。底本の「カミ」の傍訓は後筆。
九　為憲記「三十年」、諸寺略記「二十九年」、長谷寺縁起「三十九箇年」、寛平の縁起文は「三十九年」。
一〇　寛平の縁起文には「彼徳道聖人は播磨国揖宝(保ィ)郡の人、俗姓辛矢田部造米麻呂なり、後に子若と名のる。是れ法基菩薩の応化第三仙人の再誕なり」とある。前田本には「得道」とある。
一一　長谷寺縁起は「養老四年庚申(七二〇)二月」のこととする。底本上欄外に本文と同筆にて「元正」と注す。
一二　道明の創建とする西の岡の本長谷寺に対して、新長谷寺(後長谷寺)の建つ谷の東の岡をさす。本条解題参照。
一三　霊木礼拝時の四言二句の詞。「礼拝の威力により、自然に仏像が完成致しますように」の意。「ヌカ」は本文と同筆。
一四　草壁皇子の皇女、元正天皇。「飯高」は御名。
一五　藤原北家の祖。不比等の子。参議、民部卿を歴任したが大臣就任のことはない。後年太政大臣を追贈された。建久御巡礼記には、大和国班田勅使として長谷に趣いた時、徳道の宿願を聞き朝に奏聞し、税稲三千束を賜って新像を完成させたとある。
一六　長谷寺縁起には「去る神亀四年丁卯(七二七)四月の首を以て始めて件の新像高さ二丈六尺を造り奉る」とある。底本

テマツレ。

トイフトミル。サメテ後《のち》ニ堀《ほ》レバ有リ。弘《ひろ》サ長《なが》サヒトシク八尺《はつしやく》ナリ。面平《おもてたひら》カナル事、[一八]タナ心《ごころ》ノゴトシ。ソレニ立《たて》タテマツレリ。徳道《とくだう》、ゝ《だう》明等《みやうら》ガ天平五年《てんびやうごねん》ニシルセル、観音《くわんのん》ノ縁起《えんぎ》幷《ならび》ニ雑記等《ざふきら》ニ見《え》ヘタリ。

ソノヽチ利益《りやく》アマネク、[一九]霊験《れいげむ》モロコシニサヘキコヘ《え》タリ。[二〇]寺《てら》ノ如《ごと》クシテ、年《とし》ニ菩薩戒《ぼさつかい》ヲオコナフ。[二一]伝戒乞戒《でんかいこつかい》ヲ請《しやう》ジ、[二二]善男善女《ぜんなむぜんによ》ヲアツメタリ。或《あるい》ハ、タヾ見キカムト思《おもひ》テ、キタリアツマル者《ものお》ヲホカリ。菩薩戒ハ仏《ほとけ》ノ位《くらゐ》ニ入《いる》ハジメノ門《かど》也。[二三]ソノカミノ布薩《ふさつ》、受戒《じゆかい》ラニ見エタリ。此《この》戒《かい》ハ[二四]南岳《なむがく》、天台《てんだい》モロコシニサカリニサヅケシメ、鑑真《がむじん》、伝教《でんげう》[二五]コヽニハジメテ伝《つた》ヘ弘《ひろ》メタリ。タヾ壇《だん》ニノボリテ僧《そう》ノ[二六]カクルノミナラズ、又所《ところ》ニ随《したがひ》テ俗《ぞく》モ受《うく》ベシ。

[二七]梵網経《ぼむまうぎやう》ニノ玉《たま》ハク、

モシ国王《こくわう》ノ位《くらゐ》ヲウケムトセン時、転輪王《てんりんわう》ノ位ヲウケム時、[二八]百官《ひやくくわん》マデ位ヲウケム時ニハ、マヅ菩薩《ぼさつ》ノ戒《いむこと》ヲウクベシ。[二九]諸《もろもろ》ノ仏《ほとけよろこびたまふ》悦給。

トイヘリ。[三〇]又云《いはく》、

モシ仏《ほとけ》ノ戒《いむこと》ヲウケム者《もの》ハ、国王《こくわう》モ王子《わうじ》モ百官《ひやくくわん》モ宰相《さいしやう》モ、比丘《びく》モ比《び》

上欄に本文と同筆にて「聖武」と注す。

一七 前田本「穿顕」、為憲記「堀り顕して」。

一八 手のひら。

一九 源氏物語・玉鬘に「仏の御なかには、はつせなむ日の本のうちにあらたなるしるしあらはし給と、もろこしにだにきこえあなり」、長谷寺験記「濫觴をば長谷に開くと云へども、奇瑞をば彼の唐土までに及ぼす」。長谷観音の御利益や霊験は唐土にまで知れ渡っているの意。長谷寺験記などにその話をのせる。

二〇 前田本「寺事」。底本は「寺ノコトトシテ」の誤記で、長谷寺の恒例行事としての意か。

二一 「伝戒」は伝戒師、戒律を伝授する僧。「乞戒」は乞戒師で、授戒の際に受者に代って阿闍梨に授戒を乞う僧。

二二 底本「男女」の間に「善」を本文と同筆で傍記する。

二三 前田本「其旨具見上布薩受戒等」。底本は「旨具（むね、つぶさに）」の部分を脱するか。受戒の事は、精しくは前記の「布薩」や「受戒」の条に見えているの意。

二四 ↓一八六頁注五・六。

二五 日本で始めて。

二六 底本「カ」の右に別筆で「ウ」と傍記するが、これを生かすと、戒を「受ける」の意となる。

二七 梵網経・下並びにこれを引く法苑珠林八十九に拠る。法苑珠林には「太子国王の位を受けんとする時は」とある。

二八 法苑珠林も梵網経も「百官の位を受けむ時」とあり、或いは「百官マデ」の次「ノ」の脱か。

二九 前田本「〔諸鬼神来護〕諸仏悦給」、梵網経「〔一切鬼神王身百官の身を救護し〕諸仏歓喜す」とある。底本は〔 〕内脱か。

三〇 これも梵網経・下、これを引く法苑珠林八十九の引用。

丘尼《くに》モ[一]大梵天《だいぼむてん》モ[二]六欲天《ろくよくてん》モ、諸《もろもろ》ノ民《たみ》モ[三]黄門《くわうもん》モ婬男《いむなむ》モ婬女《いむにょ》モ奴婢《ヤツコ》モ、鬼神《きじん》モ[四]金剛神《こむがうじん》モ畜生《ちくしやう》モ変化人《へんぐゑにん》モ、タヾ法師《ほふし》ノイハムヲサトリテ、

コト〴〵ク受《うけ》タモツハ[五]戒《いむこと》ヲエツル也。ミナ第一清浄《だいいちしやうじやう》ノ者トナヅク。トノ給ヘリ。コレニヨリテ、モロコシニモ我国《わがくに》ニモ、ヨヽノ御門后《みかどきさき》、家ゝ《いへいへ》ノ男女《をとこをむな》心《こころ》ヲオコシ、師《し》ヲ請《しやう》ジテ、コレヲウクルモノオホカリ。カノ黄門《くわうもん》ハツミ人《びと》ノ形《かたち》也。婬女《いむにょ》ハ色好《いろごのみ》ノ名《な》也。鬼神《きじん》ハ心タケキ身《み》ナリ。畜生《ちくしやう》ハサトリナキミチナリ。コレミナユルサレタリ。況《いはむ》ヤ此外《このほか》ノ人《ひと》ヲヤ。マサニ今《いま》サトリスクナクシテ心ヲヽ《お》コスニアタハズ、力《ちから》ホソクシテ師ヲ迎《むかふ》ルニタエ《へ》ヌ者《もの》、諸《もろもろ》ノ男女ノタメニ、ヒトリノ師ヲスヘ《ゑ》テサヅケシメテ、アマタノ人ヲスヽメテ受《うけ》シムル也。ヨロコブ心タトヒ浅《あさく》トモ、タハブレノコトタトヒオホカリトモ、聞ク力空《ちからむなし》カラジ。カロミ思《おもふ》ベカラズ。[六]無明《むみやう》ノ長《なが》キ夜《よ》ニハ、戒光《かいくわう》ヲ炬《ともしび》トス。生死《しやうじ》ノハルカナルミチニハ、[七]木叉《もくしや》ヲツエ《ゑ》トスルモノナリ。

(二十一)　施米《せまい》

施米《せまい》ハ[八]古《いにしへ》ヨリ此月《このつき》ニオホヤケノ行《おこな》ハシ[九]メ玉《たま》フ事也。[一〇]陸奥国《みちのくに》ニ召《め》サル

一 前田本「十八梵」、法苑珠林、梵網経は「十八梵天」。前田本は「天」を脱し、底本は「十八」を「大」の一字と誤認したか。
二 人間界の上にあるとされる欲界の六天。四王天・忉利天・夜摩天・都率天・楽変化天・他化自在天。
三 宮刑に処せられた罪人。去勢された男子。
四 密教に登場する神格の総称。金剛杵を持ち仏教を守護する鬼神。また、仁王のこととも。
五 底本の「戒ヲエツル也」は梵網経にも法苑珠林にも見えない。ただし前田本には「尽受持、皆得戒也、皆名第一清浄者」、東大寺切にも「こと〴〵くうけたもつは菩薩戒えつるなり、みなだい(い)ちのさうざうのものとなづく」とある。
六 延暦寺光定(最澄の弟子)の戒牒に「無明の長夜には戒光を炬とす、滅後の軌範には木叉を師とす」とあるのに拠る。煩悩に取りつかれた闇の境界からの脱出には、持戒が何よりの頼りであり、輪廻の世界からの離脱には、戒本が何よりの頼りであるの意。
七 波羅提木叉の略。戒本。戒律の項目を列記したもので、比丘・比丘尼の遵奉すべき禁止条項をまとめたもの。

第二十一条　新儀式五に、京中の窮民に米塩を給うのが五月の賑給、京辺山々の僧たちに料米を施すのが六月の施米とあり、公事根源にも、五月の賑給、六月の施米とある。また九条年中行事、小野宮年中行事、西宮記も、すべて施米を六月の行事とする。同趣旨の社会救済事業のため、開催月がまぎれて施米を五月の項に配したか。夏安居の頃の諸事不如意の僧を慰問する公的行事で、後半には、諸経典を引いて施米の功徳を根拠づけている。
八 新儀式「六月中、上卿勅を奉じ、校書殿の衆を使と為して京辺の山々に差し遣はし、僧数に随ひて料米を充給し、僧名を巡注せしめてこれを奏す。僧数に随ひて料米を充給し、これを分ち行はしむ」。
九 底本「シ」の右に「令」と傍記。
一〇 前田本に「三国」とある。ミツノ国→ミチノ国→陸奥国と変化したか。三カ国、三百石が正しい。西宮記、江家次

三百石《さむびやくこく》ノ米《こめ》ヲモチテ、ヨモノ山《やま》ニアル所《ところ》ノ一一安居《あんご》ノ比《ころ》ホヒノ僧《そう》ヲ訪給《とぶらひたまふ》ナリ。一二文《ふみ》ドノヽ人《ひと》、使《つかひ》トナリテ、定《さだま》リテ分《わか》チ行フ。私《わたくし》ノ人モ心《こころ》ヲオコシテ、又オクリホドコス。

一三オホヨソ山寺《やまでら》ハ室《むろ》ツネニムナシ。一四春《はる》ノワラビハスデニオヒニシカバ、峰《みね》ノ雲《くも》ニモトリガタシ。秋《あき》ノ菓《このみ》ハイマダムスバネバ、林《はやし》ノ風《かぜ》ニモヒロイガタシ。況《いはむ》ヤ又日《ひ》ナガクシテ経《きやう》ヲヨムニ力疲《ちからつか》レ、一五雨《あめ》シキリニシテ里《さと》ニ乞事《こふ》アトタヘ《え》タルニ、一六河《かは》ヲワタリテヲ《お》クレル心《こころ》ザシ、思《おも》ヘバ已《すで》ニ深《ふか》シ。山《やま》ヲ尋《たづね》テ施《ほどこ》セル恩《おん》、仰《あふ》ゲバ弥《いよい》ヨ高《たか》シ。眼《まなこ》ニミナ喜《よろこび》ノ涙《なみだ》ヲオトシ、顔《かほ》ニハ即《すなは》チ飢《うゑ》ノ色《いろ》ヲ失《うしな》フ。一七阿含経《あごむきやう》ニ、仏《ほとけ》ノ時ニカナヘル施《ほどこし》ヲ説《とき》給ヘルニ、

トキトヽノヘラムニハ、僧《そう》ヲ請《しやう》ジテモ供養《くやう》ゼヨ。ノチノヨニカナラズ我身《わがみ》ハユキ求《もとめ》ヌニ、モノヲノ《お》ヅカラ来《きた》リ集《あつま》ルムクヒヲ得《う》トノ給ヘリ。長雨《ながあめ》ノコロヲヒ《ほ》ニ送《おくり》ヤル事ハ、一八コノコヽロナルベシ。又一九経《きやう》ニ云《いはく》、

二〇諸仏皆喜玉《しよぶつみなよろこびたま》フ。

トイヘリ。二一況《いはむ》ヤ心《こころ》ヲカケ、シヅカニ観《くわん》ズル人《ひと》ハ、功徳《くどく》イヨ〳〵スグレ

第、小野宮年中行事には、備前百五十石、尾張五十石、紀伊百石と、三カ国に対する料米挙出割当が示されている。陸奥国を「みちのくに」とよむ例は一九五頁注二一。

一一 陰暦四月十六日から七月十五日までの三カ月、僧たちが外出せず一室に籠って修行すること。この間、比丘たちは檀越の援助を得て生活するのが習わし。

一二 西宮記、江家次第等によれば、文殿の官人や蔵人所の衆も加わって僧数を注し、料米を分配給付したとある。「文殿」は校書殿のことで、母屋には歴代の図書を納める。

一三 前田本「凡山寺常空室、〔就中煙絶是夏程也〕」。〔 〕内底本の脱であろう。

一四 春のわらびは既に生長しきって、かなり峰の高い所に分け入っても、食べごろのものは採取しがたい。

一五 安居の頃は梅雨時で、里への乞食も途絶え勝ちな時に。

一六 法苑珠林八十一所引の増一阿含経(諸経要集十にも)に、時に応ずる五施のことを説く。中に「まさに時に随ふの施を思ふべし」として、「〔風雨には供(く)を送り〕、天、和する時は僧を請ず」とある。風雨はげしき時には供物を送り届けて差しあげ、天候がおだやかな時には僧を自宅に招いて供養申しあげるの意。底本は〔 〕内を脱す。前田本にも「調時請僧供養、風雨送遣供養」とある。雨が降り続いて増水したであろうのに、その河を渡って贈ってくれる志。

一七 法苑珠林所引の増一阿含経に「若し時に応ずる浄施は、還つて時に応ずるの果報を得」とか、「かくの如く、時に随ひ情に応じて僧を悦ばしむれば、未来に福を獲て、還つて順報を受く」とあり、前田本にも「後世必吾身不行求、得物自来集之報」とある。

一八 底本「コロ」の中央に挿入印「○」を、右におどり字「ヽ」および「心」を、左に訂正印「——」を書くが、いずれも後筆。

一九 依拠経典未詳。

二〇 前田本に「〔比丘在無事安臥〕諸仏皆悦給」とあり、底本には〔 〕内がない。

二一 まして、精神を集中し閑かに観想にふけっている僧に対する施しは、その功徳は一段とすぐれたものがある。

タリ。

又[一]宝積経《ほうしやくきやう》ニノ給ハク、

スヱノヨニハ、多《おほ》ク物《もの》ヲタクハヘ、人《ひと》ノ施《ほどこし》ヲウケム僧《そう》ヲバ、[二]人オホク敬《うやま》ヒホメジ。[三]若世《もしよ》ヲイトヒハナレテ、シヅカニヨクツトメオコナヒテ、イソグコトスクナクナカラム僧ヲバ、人其所《そのところ》ニユキテヲガミ敬《ふ》ウモノアラジ。[四]世ニアル人ハタヾコノ世ノコトヲノミシテ、後《のち》ノヨノ事ヲバシラネバナリ。[五]昔《むかし》ノ世ニチギリアル人ノ、僧ヲシタシク敬ヒ尊《たふと》ビホムベシ。

トノ給ヘリ。[六]アマネクアメノシタノ事クノイヘヲス丶ム。シタシキモナク、ウトキモナク、シヅカナル僧《そう》ヲトブラヘ。

六　月

（二十二）　東大寺千花会《とうだいじのせんぐゑゑ》

東大寺《とうだいじ》ハ[七]アメノ御門《みかど》ノ立《たて》タマヘルナリ。

[八]ヒトヘニ王《わう》ノ力《ちから》ニテ行《おこな》ヘバ、民《たみ》ノクルシミ多《おほ》カルベシ。

一 前田本は「経」を脱す。出雲路修は、大宝積経一一二の取意か、とする。
二 前田本には「人多敬讃」とあり、打消しの語をともなわない。末世には、多くの物をたくわえたり、人からの施を受けるような僧をば、世の人は多くその真意がわからなくて、敬いほめることはしないだろう。
三 もし俗世から厭離し、静かに修行をしていながら、一方では万一の用意を十分にしているような僧をば、人々はそこへ行って敬い拝むものはいないだろう。
四 世俗の人は、ただ現世の事だけを見て(或いはして)、後世の事に目を向けない。
五 前世に因縁のある人は、こうした(山林に閑居して修行に専念する)僧に親しみの情を懐いてうやまい、尊びほめるべきである。「人ノ」は「人ハ」とありたい。
六 前田本には「普勧天下功徳家」とあり、底本の「事ク」は、「功徳」の誤か。広くこの世の中の、僧に功徳を施そうとされる方々にお勧めします、親疎の別なく、閑かに修行をしている僧に施すことを。

第二十二条　まず最初に東大寺建立のこと、国内から黄金産出のいきさつ、開眼供養時にこれに関与した人々やその霊異などを述べているが、本文には続日本紀や東大寺の記文等に拠ったとある。続いて千花会の趣旨となり、花を仏や僧に供養する功徳を、花天比丘(賢愚経二)、威徳比丘(撰集百縁経七)や、花色比丘尼、鹿母夫人(雑宝蔵経一)等の例をあげて説く。最後に華厳経六の偈と法華経・方便品の偈を置いて結んでいる。東大寺要録によれば、本会は六月二十三日羂索堂での行事。
七 聖武天皇のこと。→一四二頁注八。
八 続紀・天平十五年十月十五日(七四三)の詔「徒に人を労すること有れば能く聖(仏の真の有難さ)を感ずることなく、或は誹謗を生じて反つて罪辜(ざいこ)に堕せんことを恐る」。

トノ給《たまひ》テ、[九]太政官《だいじやうくわん》ノ[一〇]知識文《ちしきのもん》ヲツクリテ国々《くにぐに》ニ下遣《くだしつかは》シテ、

[一一]一《ひとつ》ノ木《き》、一ノツチクレヲモ力《ちから》ニシタガヒテクハフベシ。

トイヘリ。[一二]アメノシタ是《これ》ニシタガフ事、草《くさ》ノ風《かぜ》ニナビクガゴトシ。ハジメテ堂《だう》ノ壇《だん》ヲツク日《ひ》、[一三]先御門《まづみかど》鋤《すき》ヲトリテ土《つち》ヲスキタマフ。后《きさき》袖《そで》ニ土ヲイレテハコビ玉《たま》フ。大臣《だいじん》ヨリハジメテ諸《もろもろ》ノ人《ひと》、[一四]一人《ひとり》モノガレ怠《おこた》ルモナシ。

[一五]大仏《だいぶつ》アラハレ給日《たまふひ》、堂塔《だうたふ》イデキタリヌルニ、此国《このくに》モト金《こがね》ナクシテヌリカザルニアタハズ。[一六]カネノミタケノ蔵王《ざわう》ニ祈申《いのりまう》サシメ給《たまふ》。

今法界衆生《いまほふかいしゆじやう》ノタメニ寺《てら》ヲタテ、仏《ほとけ》ヲツクレルニ、我国金《わがくにこがね》ナクシテ此願《このねがひ》ナリガタシ。ツテニキク、此山《このやま》ニ金アリト。願《ねがはく》ハ分《わかち》給ヘ。

ト祈《いのる》ニ、[一七]蔵王《ざわう》シメシ給ハク、

[一八]此山《このやま》ノ金《こがね》ハ弥勒《みろく》ノ世《よ》ニ用《もちゐ》ルベシ。我《われ》ハ只守《ただまも》ルナリ。分《わかち》ガタシ。近江《あふみ》ノ国志賀郡《くにしがのこほり》ノ河《かは》ノホトリニ、昔《むかし》、翁《おきな》ノ居《ゐ》テ釣《つり》セシ石《いし》アリ。其《その》上《うへ》ニ[一九]如意輪観音《にょいりんくわんのん》ヲツクリスヱテ、祈《いの》リ行《おこ》ナハシメ玉《たま》ヘ。

トアリ。[二〇]スナハチ尋求《たづねもとむ》ルニ、今《いま》ノ石山《いしやま》ノ所《ところ》ヲエタリ。観音《くわんのん》ヲツクリテ祈《いの》ルニ、[二一]ミチノ国《くに》ヨリハジメテ金出来《こがねいできたる》ヨシヲ申《まうし》テタテマツレリ。[二二]スナ

九 八省以下諸国を統轄し、政務を処理する最高機関。
一〇 智識(同志)を募り喜捨や寄進を勧進する文。
一一 注八所引の詔の後の方にも同趣旨の文がある。
一二 護国寺本諸寺縁起集所収の古記に「天下のこれに随ふこと、草の風に靡くがごとし」とある。
一三 東大寺要録二所引の大仏殿碑文に「更に、天平十七年〈歳次乙酉〉八月二十三日、大和国添上郡に於て、同像を創り奉る。天皇専ら御袖に土を入れ持ち運びて御座に加ふ。然る後、氏々の人等を召し集め、土を運びて御座を築き堅めしむ」とある。
一四 東大寺切「ひとりものがれおこたるものなし」、前田本「一人無遁怠者」とあり、底本は「モノナシ」の「ノ」を脱す。
一五 東大寺切「大仏あらはれたまひ」、前田本は「大仏顕給」。底本の「給日」の「日」は、「給ひ」の「ひ」かとも思われるが底本中他に例がない。大仏殿碑文によれば、天平勝宝元年(七四九)十月二十四日鋳造が終了、天平十九年(七四七)以来、三カ年で八度大仏の御体を鋳奉ったとある。なお以下の記述は護国寺本諸寺縁起集所載の標題不明の古記に酷似する。
一六 奈良県吉野の金峯山(きんぷせん)。
一七 扶桑略記所引の「世伝」には「託宣に云く」とある。
一八 「弥勒」は慈氏、慈尊とも訳し、釈迦入滅後五十六億七千万年後、この世に示顕し、衆生を済度するという。
一九 六観音の一。如意宝珠と宝輪を持ち、一切衆生の願いをかなえる観音。奈良時代には二臂像、平安時代以降は六臂像が多く作られたが、ここのは金銅二臂の像である。
二〇 勅をうけた良弁が蔵王権現の霊示により石山の巌上をさがしあて、ここに二臂の如意輪観音を安置して祈請した。
二一 陸奥。「みちのおく」(倭名抄)が正しい形で、「みちのく」(万葉集)になり、類推で「ミチノ国」といったか。「むつ」は後世の転。
二二 続紀・天平二十一年(七四九)二月二十二日「陸奥より始めて黄金を貢す」とあって天平感宝と改元(天平二十一年四月十四日)、続いて同年七月二日天平勝宝と改元。

ハチ年号《ねんがう》ヲ改《あらため》テ一天平勝宝《てんぴやうしようぼう》ト云《いふ》ニ、寺《てら》ヲ供養《くやう》ジタマフコロホヒ、二行基《ぎやうぎ》菩薩《ぼさつ》、三良弁僧正《らうべんそうじやう》、四婆羅門僧正《ばらもんそうじやう》、五仏哲《ぶつてつ》、六フシミノ翁《おきな》、七コノモトノ翁ナドイヘル、八アトヲタレタル人〳〵《ひとびと》、九或《あるい》ハ我国《わがくに》ニ生《むま》レ、或ハ天竺《てんぢく》ヨリ来《きたり》テ、御願《ごぐわん》ヲタスケタリ。其間《そのあひだ》ニアヤシク妙《たへ》ナル事多《おほ》カレドモ、文《もん》ニオホカレバシルサズ。続日本記《しよくにほんぎ》、一〇東大寺《とうだいじ》ノ記《き》文等《もんら》ニ見エタリ。寺《てら》ノ中《なか》ニ年《とし》ゴトニアマタノ法会《ほふゑ》ヲ行《おこな》フ事オホケレバイレズ。

一一此次《このつぎ》ニハ千花会《せんぐゑゑ》ヲ行《おこな》フ。多《おほく》ノ蓮《はちす》ノ花《はな》ヲモチテ、仏《ほとけ》ニ供養《くやう》ジタテマツルナリ。一二始《はじめ》ニノタマハク、

若人花《もしひとはな》ヲ取《とり》テソラノ中《なか》ニナゲチラシテ、十方《じつぱう》ノ仏《ほとけ》ニタテマツレバ、
一三善《よきこと》 限《かぎり》ナシ。

トイヘリ。又一四賢愚経《けんぐきやう》ニトクヲ聞《き》ケバ、

一五花色比丘《くゑしきびく》ハ長者《ちやうじや》ノ子《こ》ナリ。カタチウルハシキコト、ナラビナシ。生《むま》ルヽ時ニ天《てん》ノ花《はな》オホクフリテ、家《いへ》ノ中《なか》ニフカクツモレリ。宝《たから》ノユカニウマキ食《く》ヒ物思《ものおもふ》ニシタガヒテオノヅカライデキタル。此人《このひと》昔貧《むかしまづ》シキ人トナレリキ。アマタノ僧《そう》ノ里《さと》ニイデヽアソビ行《ありく》ヲミテ、心《こころ》ニ悦《よろこび》ヲナス。イカデ供養《くやう》ゼムトナゲクニ、家ノ中《なか》ニ物ナシ。

一 底本上欄外に本文と同筆にて「孝謙」と注す。
二 大仏建立の協力者として五畿七道を勧進。文殊菩薩の化身といわれたこと、本書中巻三条にある。
三 聖武天皇の御師として東大寺建立につとめ、最初の東大寺別当となった。弥勒菩薩の化身といわれた。
四 インドの僧、東大寺大仏開眼供養の導師となる。本書中巻三条に行基との歌の贈答があり、普賢菩薩の化身であるといわれた。
五 底本「仏誓」、前田本「弘誓」とするが、共に「仏哲」の誤写。林邑(インドシナ半島東南部)出身の僧。大仏開眼法会に林邑楽を将来した。
六 為憲記、元亨釈書は伏見翁の字を宛てる。前田本「深身老」。あるいは「臥身翁」の意か。大和国菅原寺の傍に臥したる翁、三年起きず物言わず、婆羅門僧正来朝時に、行基、婆羅門僧正と三人で歌いかつ舞ったという。婆羅門僧正の往昔の童子の後生とも(東大寺要録二の七大寺巡礼私記所引の大安寺菩提伝来記)。
七 前田本「此本老」とするが「木下翁」が正しいか。略注は東大寺要録所載の「化人講師事」に見える鯖売りの翁をさすのであろうとする。
八 垂跡の訳。もと仏菩薩が、かりに人間の姿となってこの世に現れたこと。
九 上記の行基以下の化人は、或いは本朝に生まれ、或いはインドより渡来して、東大寺建立の御願を助けたのである。
一〇 東大寺の記文としてまとまったものは無いが、護国寺本諸寺縁起集所収の東大寺関係の記、あるいは東大寺要録に多く入っているのであろう。
一一 前田本「此月」、東大寺切「このつき(月)には」とあって、「この六月の月には」の意。「次」は誤写か。
一二 底本「始」とあるが、東大寺切「経にのたまはく」、前田本「経云」によれば「経」が正しい。但し、この経は未詳。
一三 前田本「善根無限」とあって、底本は「根」を脱するか。
一四 賢愚経二・華天因縁品十に依拠。
一五 前田本、賢愚経には「花天」とあり、底本の「花色」は「花

野《の》ニ出《いで》、沢《さは》ニ行《ゆき》テ、花ヲツミテ僧ニチラス。心《こころ》ヲイタシテオガミ、願《ねがひ》ヲオコシテ去《さり》ニキ。ソレヨリノチ、九十一劫悪道《くじふいちこふあくだう》ニオチズ。イマ又仏《ほとけ》ニアヒタテマツリテ、[一六]阿羅漢《あらかん》ノ位《くらゐ》ヲエツ。

トイヘリ。又経《きやう》[一七]ニトケリ、

[一八]威徳比丘《ゐとくびく》生《むま》レシヨリハダエ《へ》ヤハラカニ、カホアザヤカナリ。父母《ちちはは》見悦《よろこ》ビ、人《ひと》ミナアフギ敬《うやま》フ。昔《むかし》人有《あり》テ塔《たふ》ノ中ニイレルニ、シボメル花《はな》アリ。塵《ちり》ニケガレ、土《つち》ニマミレタリ。[一九]コレヲトリテハラヒノゴヒキヨメテ、サラニ又供養《くやう》ジテ去《さり》ニキ。此功徳《このくどく》ニヨリテ天《てん》ニ生《むま》レ、人ニ生レツヽ、ナガク諸《もろもろ》ノ楽《たのし》ビヲウク。仏《ほとけ》ヲミ、法《のり》ヲキヽテ、ツヒニ聖《ひじり》[二〇]ノ位《くらゐ》ニイリヌ。

トイヘリ。[二一]彼僧《かのそう》ニチラシヽムクヒ《い》カギリナシ。況《いはむ》ヤ仏《ほとけ》ニタテマツル心《こころ》ザシヲヤ。[二二]萎《しぼめ》ル花《はな》ヲノゴヒシツトメ、ムナシカラズ。況《いはむ》ヤアザヤカナルヲ折《を》レルマコトヲヤ。

[二三]花色《くゑしき》ノ女人《によにん》ノカホノヨソノヒ[二四]ハ、生《むま》ルヽゴトニ花《はな》ニニタリ。[二五]鹿母夫《ろくもぶ》人《にん》ノ足《あし》ノアトハ、歩《あゆむ》ニ随《したがひ》テ蓮《はちす》ヲヒラク。ミナ是《これ》サキノヨニ花ヲホドコセルムクヒ《い》ナリ。モシサカシキ思《おもひ》ヲメグラシテ、十方《じつぱう》ノ仏《ほとけ》ニオヨボサ[二六]

天」の誤記。
一六 修道の最高の段階に達した者、即ち修行完成者。
一七 撰集百縁経七、「大威徳有る縁」に依拠。
一八 迦毘羅国の長者の息子。百縁経「身体柔軟にして顔色は鮮沢なり。端正殊妙にして世に希有とする所なり。父母親属これを見て歓喜し、因りて為に字を立て名付けて威徳と曰ふ」とある。
一九 百縁経「即ち萎める花を取り、払ひ拭ひて浄めてまた用ゐて供養じ、願を発して出で去る」とある。底本は「発願」を脱し、前田本は「キヨメテ」を脱す。
二〇 高徳の僧。仏教では特に「聖」という位階は無い。
二一 前田本「以彼花施僧之報」。底本「花」を脱す。賢愚経の花天のように野の花を僧に奉っただけで阿羅漢の最高位を得た。まして仏に花を奉る志の場合をやである。
二二 百縁経に説く威徳の場合のように、萎んだ花の塵を拭って供養した報いでさえ空しくなかった。まして鮮かな花を仏に奉る誠の志の場合をやである。
二三 本書の総序に「蓮花色」、下巻十三条に「ウバラ花比丘尼」とある。花色比丘尼、蓮花比丘尼、蓮花女とも。エピソードは多いが、その所伝は明らかでない。
二四 「ヨソノヒ」は「ヨソホヒ」「ヨソヲヒ」の変化形か。前田本「容儀」。
二五 雑宝蔵経一・鹿女夫人縁(法苑珠林二十八にも引用)に基づく。波羅奈国の梵志の精液を舐めた雌鹿の生んだ女子。歩く跡毎に蓮花を生じ、後に梵予王の夫人となり、千葉の蓮花を産むが各葉毎に一子、計千人の子の母となる。
二六 底本はオとヨが転倒。前田本「及」。意をもって正す。

バ、[一]花厳経《くゑごむきやう》ノ中ノ、「散衆雑花遍十方《さんじゆざふぐゑへんじつぱう》、供養一切諸如来《くやういつさいしよによらい》」トイヘル偈《げ》ヲトナフベシ。モシ乱《みだれ》タル心《こころ》ヲモチテ一枝《ひとえだ》ノ花《はな》ヲモサヽゲバ、[二]法花経《ほふくゑきやう》ノ中ノ、「若人散乱心《にやくにんさんらんしむ》　乃至以一花《ないしいいちくゑ》　供養於画像《くやうおがざう》　漸見無数仏《ぜんけんむすぶつ》」トイヘル偈ヲタノムベシ。

七　月

(二十三)　文殊会《もんじゆゑ》

文殊会《もんじゆゑ》ハ[三]ハジメハ僧《そう》ノ心《こころ》ザシヨリオコリテ、今《いま》ハオホヤケゴトヽナレリ。[四]贈僧正《ぞうそうじやう》勤操《ごんさう》、元興寺《ぐわんごうじ》ノ僧泰善《たいぜん》ガ畿内《きだい》ノ郡《こほ》リ里《さ》トニシテヒロク此会《このゑ》ヲマウケテ、飯《いひ》ヲツヽ[五]ミナヲクハヘテ、モロ〳〵ノマヅシキ物《もの》ニホドコシヽナリ。是即《これすなはち》[六]文殊般若経《もんじゆはんにやきやう》ニ、モシ衆生《しゆじやう》アリテ文殊師利《もんじゆしり》ノミ名《な》ヲキカバ、[七]十二劫《じふにこふ》ノ生死《しやうじ》ノヲ《お》モキツミヲノゾク。[八]モシ供養《くやう》ゼムトヲ《お》モハヾ、スナハチ身《み》ヲワカチテ、マヅシク飢《うゑ》タルモノ、ミナシゴ、病人《びやうにん》ラノカタチニナリテ、ソノ人《ひと》ノマヘニイタラム。

一 大方広仏華厳経六の偈(法苑珠林三十八にも引用)。「衆(もろもろ)の雑花を散ずること十方に遍く、一切の諸如来を供養ぜよ」。「衆」の字、経では「諸」、法苑珠林所引の偈には「衆」とあり、本文は珠林に近い。
二 法華経・方便品の偈。「もし人、散乱の心にて、乃至一花を以ても画像に供養せば、漸く無数の仏を見たてまつらむ」。

第二十三条　文殊会は、文殊般涅槃経の所説に基づき、文殊菩薩を供養する法会。毎年七月八日に行われ、困窮者に米塩などが施与される。始めは個人の発意による私的なものであったが、後、泰善の申請により公の行事となった。本条前半は、天長五年(八二八)二月二十五日の太政官符に基づきその沿革を説く。後半は諸経を引いて布施の功徳を説いている。

三 始めは、ある僧の個人的発意による法会であったが、現在では朝廷の公式行事になっている。
四 天長の官符には「贈僧正伝灯大法師位勤操、元興寺伝灯大法師位泰善等、畿内の郡邑に広く件の会を設け、飯食等を弁備して貧者に施給す」とある。底本の「幾内」は「畿内」の誤。「勤操」は本書中巻十八条に既出。「泰善」は不詳。
五 前田本にも「儲菜」とあるが、官符にはなく、「ナヲクハヘテ」は作者の付加か。おかずをそえての意。
六 この名の経はない。三宝絵は、官符引用の「文殊般涅槃経」を誤記したか。詳しくは文殊師利般涅槃経。
七 官符、前田本は「十二億劫生死之罪」。底本は「億」を脱し、「ヲモキ」を付加している。
八 もし、衆生が文殊師利を供養しようと思うと、文殊は即時に我が身を貧しく飢えた者、孤児、病人などの姿に変えて、供養しようとする人の前に到るであろう。
九 勤操は天長四年(八二七)五月七日七十歳で死去。
一〇 僧綱は泰善の申状を可とし、一緒になって政府に申請書を奉り、これが裁可され、天長五年二月二十五日付で官符が下された。

トノタマヘルニヨリテ行《おこな》ヒシ事也。

其後《そののち》、[九]勤操《ごんさう》スデニシヌ。泰善《たいぜん》ヒトリトヾマリ、アヒツギテ行《おこな》ハムトスルニ、カナシビヲマス事ヤマズ。[一〇]僧綱《そうがう》トモニシテオホヤケニ申《まうし》テ、[一一]天長五年二月廿五日《てんちやうごねんにぐわつにじふごにち》ニナガク官符《くわんぷ》ヲワカチ下《くだ》シテ、[一二]京《きやう》ニモ七《なゝつ》ノ道《みち》ノクニ〴〵ニモ、[一三]年《とし》ゴトニコノ月《つき》ノ八日《やうか》ヲ定《さだめ》テ行《おこな》フナリ。[一四]国々《くにぐに》ニハ米《よね》ヲタマヘリ。又[一五]国郡《くにこほ》リノ使《つかひ》、百姓《ひやくしやう》ノ力《ちから》ニ随《したがひ》テ、物《もの》ヲクハフルヲサマタゲズ。[一六]講読師《かうどくし》トモニシリオコナフ。[一七]京《きやう》ニハツカサ〳〵ヨリ米塩《よねしほ》等ヲタマヒ、[一八]御子《みこ》達《たち》、上達部《かむだちめ》ヨリハジメテモ、チノツカサノ人〳〵《ひとびと》ニ銭《ぜに》ヲイダサシム。東寺《とうじ》西寺《さいじ》ニワカチテ、モロ〳〵ノ乞者《こつじや》ヲ集《あつ》ム。[一九]僧《そう》ヲモチテ、マヅ三帰《さむき》五戒《ごかい》ヲサヅケ、薬師《やくし》文殊《もんじゆ》ヲトナヘシム。[二〇]ツカサ〳〵ヒキヰテコレヲ行《おこな》フ。[二一]オホヤケノ御力《おほむちから》ニハ、人ニ物ヲクハヘサセ給《たまふ》ベカラネドモ、[二二]像法決疑《ざうぼふけつぎ》ニノ玉《たま》ハク、

[二三]ヒトリ布施《ふせ》ヲ行《おこな》ハム事、ワカキヨリ老《おい》ニイタルマデ、セムヨリハ

[二四]昔《むかし》、モロ〳〵ノ人《ひと》ドモニアヒスヽメテ、オノ〳〵スコシノ物《もの》ヲイダシテアツメテ、一所《ひとところ》ニヲ《お》キテ、マヅシク老《お》ヒ病《やま》ヒシタラム人ニホドコサムニハ。ソノ福《さいはひ》ハナハダオホキナリ。

一一 底本「天長五年」の行の上欄外に、「淳和」とある。
一二 官符には「京畿七道諸国」とある。京、畿内、七道(東海・東山・北陸・山陰・山陽・南海・西海)等の国々。つまり「全国に」の意。
一三 毎年七月八日を定例日と定めて修することにした。
一四 承和七年(八四〇)三月十四日の太政官符(続日本後紀九にも)に「大上国各二千束、中下国各一千束」の稲を永く文殊会の料として下付されることが見えている。
一五 天長の官符には、国司や郡司は、百姓達がそれぞれ財力に応じて、物を加えて布施することは支障なしとしたとある。なお、底本の「国郡リノ使」は「国郡リノ司」の誤。前田本「国郡司」。
一六 格文によれば、各国国分寺の講師や読師は、管轄下の村邑毎に教主を選任し、法会の運営やその執行の任に当ると共に堂塔経教の破損の修理をも行なったとある。
一七 以下の記事は太政官符には見えない。
一八 親王や公卿たちを始め、百千の官人たちに金銭を供出させた。
一九 僧たちをして、参集者にまず三帰五戒を授けさせ、薬師と文殊の名号を各一百回唱えさせた。三帰五戒については、一一二頁注九。
二〇 政府では各官庁を総動員し法会や施与の実施に当った。
二一 公の力では、民間人に施与を強制なさるべきではないのであるが。
二二 像法決疑経(一巻)。底本「経」を欠く。前田本にはある。
二三 ただひとりで布施をするよりは、若い人から老人に至るまで多くの人々が互いに勧めあい、各自僅かの財を出しあって一つ処に置き、随時これを貧しい人、老いた人、病人等に施すに越したことはない。個人の単独的な善行よりも、社会的な組織としての福祉事業を高く評価している点注目すべきであろう。
二四 底本「昔」を見せ消ちにして右に「シカシ」と書く。ただし後筆。前田本「不如」。「昔」は平仮名の「志かし」の「志」を「む」と見誤まっての誤写か。

トノ給ヘリ。[一]コレラノ輩《ともがら》ハ、或《あるい》ハコレ十方《じつぱう》ノ仏《ほとけ》ヒジリノミヲワカチ給ヘル也。此故《このゆゑ》ニ[二]カロマザレ。惣《すべ》テハ[三]ミナ先《さき》ノ世《よ》ノ父母《ちちはは》ノ形《かたち》ヲカヘタル也。[四]此故《このゆゑ》ニカナシブベシ。[五]ソヘ《ゑ》ニ尺尊《しやくそん》ハコレヲ[六]福田《ふくでん》トヽキ給ヒ、[七]浄《じやう》名《みやう》ハコレニ瓔珞《やうらく》ヲワカテリ。

[八]優婆《うば》塞戒経《そくかいきやう》ニノタマハク、

貧《まづし》キ人《ひと》ナレバ人《ひと》ホドコス事アタハズトイフハ、此事《このこと》シカルベカラズ。ヨノ中ニマヅシキ人ナレドモ、一日《ひとひ》ニスコシノ物《もの》ヲクハヌハナシ。マサニソノ半《なか》バヲワカチテモ乞者《こつじや》ニホドコスベシ。

トノ給ヘリ。

又[九]福報経《ふくほうきやう》ニ云《いはく》、

食《じき》ヲモチテ人《ひと》ニ施《せ》スルハ、五《いつつ》ノ功徳《くどく》ヲソナフ。一《ひとつ》ニハ命《いのち》ヲ施スルナリ。物《もの》クハネバシヌルガユヘ《ゑ》ニ。二《ふたつ》ニハ色《いろ》ヲ施スル也。物クハネバソノ色《いろ》ウスキガユヘ《ゑ》ニ。三《みつ》ニハ力《ちから》ヲ施スル也。物《もの》クハネバ力《ちから》ナキガユヘ《ゑ》ニ。四《よつ》ニハヤスラカナル事ヲ施スル也。物クハネバヤスラカナラザルガユヘ《ゑ》ニ。五《いつつ》ニハ詞《ことば》ヲ施スル也。物クハネバ物ヲイフ事アタハザルガユヘ《ゑ》ニ。コレニヨリテ食ヲ施スルニ、命ナガ

一 これら貧、老、病、困苦等の人々は、実は十方の仏菩薩や聖などが、仮に姿を変えてこの世に現われた分身なのである。

二 「カロム」は軽く見ること。仏の分身だから軽んじてはいけないというのである。

三 この世の弱者は前世における父母の生まれ代りである。仏教の輪廻の思想。

四 だから、慈悲の心を寄せなくてはならない。

五 底本「スヘニ」と見られるが、その「ス」の字は平仮名の「そ」に似ている。略注は「そゑに」の誤で「それ故に」の義とする。前田本には「所以」とある。

六 「福田」は、これを信奉し布施、供養すれば幸福がもたらされる因となるもの、福徳の収穫し得る田だという。優婆塞戒経三は、福田に報恩田・功徳田・貧窮田の三種を立て、「貧窮田は一切の窮苦困厄の人なり」とする。

七 釈迦在世時、在家の高徳な仏教信者であった維摩詰のこと。→二一三頁注二三。維摩詰所説経・上に、価百千なる瓔珞の布施を受けた維摩詰は、これを納受して二分とし、その一分を最下の乞人に施したとある。

八 優婆塞戒経四に拠る。法苑珠林八十一、諸経要集十にもこれを引く。優婆塞戒経には「自ら財なしと説くは是の義然らず…貧窮の人も亦食分あり…是の故に諸人応(まさ)に食の半ばを以て乞者に施すべし」とある。

九 仏説食施獲五福報経に拠る。法苑珠林四十二、諸経要集五にもこれを引く。福報経は「人、飯食をもちて人に施せば五の功徳あり」として、施命・施色・施力・施安・施弁の五つを挙げる。以下の本文はその各項の説明の抄出。

ク、力スグレ、色ウルハシク、[一〇]身《み》ヤハラカニ、詞妙《たへ》ナル五《いつつ》ノムクヒ《い》ヲ得《う》。

トノ給ヘリ。

[一一]阿含経《あごむきやう》ニ云《いは》ク、

モシワカクシテタノシク、老《おい》テクルシキ人《ひと》ハ、サキノヨニワカキ時ニ功徳《くどく》ヲツクリ、老ノ時ニツミヲツクレルナリ。モシワカクシテクルシク、老テタノシキ人ハ、サキノヨニワカキ時ニハツミヲツクリ、老ノ時ニ功徳ヲツクレル也。

トノ玉《たま》ヘリ。

[一二]我《わ》レ世《よ》ノ人《ひと》ヲミルニ、アル時ニハサカエ、アル時ニハオトロフル事、一《ひと》ツ身《み》ニ同《おなじ》カラヌハ、今《い》マ仏《ほとけ》ノヲシヘヲキクニ、[一三]サキノヨノ心《こころ》カラナリケリトシリヌ。[一四]顔《かほ》ノ色《いろ》クレナヰナル人ハヨク知《しる》ヤイナヤ。[一五]カシラノヨモギ白《しろ》キトモガラ、又キヽトレ。物《もの》コフ物[一六]カホニキタラバ、カナラズ物ヲアタヘヨ。ヤマヰ《ひ》スルモノ道《みち》ニモフセラバ、ネムゴロニ病《やまひ》ヲヤシナヘ。コレニヨリテムクヒ《い》ヲウル事、仏多《ほとけおほ》クトキ玉《たま》ヘリ。請《こ》フ、[一七]須《す》達《だつ》ト[一八]樹提《じゆだい》トノアトヲトヘ。

一〇 福報経「施食は則ち安を施すなり」、前田本にも「身安」とある。底本「ヤハラカ」は「ヤスラカ」の誤か。

一一 増一阿含経二十一・苦楽品の取意。一先苦後楽、二先楽後苦、三先苦後苦、四先楽後楽の四人の因果を物語り、第四を願うならば布施を行い、諸功徳をなせと説く。

一二 作者源為憲が自らいう。

一三 前世における布施や功徳の心がけ次第だということがよく解った。「ナリケリ」はよく解ったという気持の表現。

一四 紅顔の若い方はこの因果関係がよくお解りかどうか。底本「色」の右に「花」と書き合点を付ける。本文と同筆。前田本「容花紅人」とあり、「かたち花紅なる人」のつもりであろう。

一五 白髪のお年寄りも、よく耳を傾けて戴きたい。

一六 底本「カホ」の右に「門カ」とあるが別筆と思われる。前田本「乞者来門者」とある。底本は「かと」を「かを」と誤読したか。

一七 舎衛城の須達長者。法苑珠林五十六・須達部に、諸経を引いて須達の施の功徳を挙げている。須達が祇園精舎を建立して仏に寄進した話は著名。→一三九頁注一五。

一八 古代インド王舎城にいた長者。母を火葬する火の中から生れたので、釈迦より「火」を意味する「樹提」という名を付けてもらった。仏説樹提伽経一巻あり、樹提の福徳と布施のことを説く。今昔物語集二ノ二十三は樹提伽の施の功徳の大なる話。

（二十四）　盂蘭盆《うらぼん》　加自恣《じしをくはふ》

盆供《ぼんぐ》[一]ハ仏《ほとけ》ノヲ《お》ハシマシヽ世《よ》ヨリハジマレル也。盂蘭盆経《うらぼんきやう》[二]ニ云《いはく》、目連《もくれん》[三]ハジメテ六通《ろくつう》[四]ヲエテ、父母《ちちはは》[五]ヲワタシテ、ヤシナヒ立《たて》タル恩《おん》ヲムクヒ《い》ント思《おもひ》テ、其生《そのむま》[六]レタラム所《ところ》ヲミルニ、ソノ母餓鬼《がき》[七]ノ中ニ生テ、飢《うゑ》[八]ヤセタルコトカギリナシ。皮《かは》ト骨《ほね》トツラナリタテリ。目連カナシミナキテ、鉢《はち》ニ飯《いひ》ヲモリテ、ユキテ母ニアタフ。左《ひだり》ノ手《て》シテハ飯[九]ヲサヅク。右《みぎ》ノ手シテハ、イサヽカトリテクハムトスルニ、イマダ口《くち》ニイラヌニ、飯スナハチ火《ひ》トナリ、スミトナリヌレバ、クフ事アタハズ。目連クヒ[一〇]カナシビテ、仏《ほとけ》[一一]ニ申《まうす》。仏ノタマハク、「汝《なむぢ》ガ母ハ罪《つみお》ヲモシ。汝ヒトリタスクベキニアラズ。七月十五日《しちぐわつじふごにち》ニ、モヽチ[一二]ノ味《あぢはひ》、五《いつつ》[一三]ノクダ物《もの》、諸《もろもろ》ノムマキクダ物[一四]ヲソナヘテ、盆《ぼん》ノ中《なか》ニイレテ、十方《じつばう》ノ僧《そう》ニ供養《くやう》ゼヨ。此日《このひ》[一五]ハ、モロ〳〵ノミチヲモトメ位《くらゐ》ニイル声聞縁覚《しやうもんえんかく》[一六]、十地《じふぢ》[一七]ノ菩薩《ぼさつ》、カリニ僧ノ形《かたち》ニアラハレテ、ミナ来《きたり》テ飯ヲウク。コレラノ自恣《じし》[一八]ノ僧ヲ供養ズレバ、コノヨノ父母モ七世《しちせ》ノ父母モ、三途《さむづ》[一九]ノ苦《くるし》ビヲ出《いづ》ル事得《う》」トノタマフ。目

第二十四条　盂蘭盆会は、盂蘭盆経の目連救母説話に基づき、夏安居最終日の陰暦七月十五日に、自恣の衆僧に飲食を供養し、祖霊の救済と冥福を祈った仏事。後半に自恣の作法や、諸経を引いて布施の功徳を述べている。なお、室町初期書写、表紙とも五丁から成る盂蘭盆供の説草（三宝絵抜書）が高山寺に蔵せられている（本条では「高山寺本」と略称）。

一　いろいろの食物を盆に入れて僧に供えること。この盆は盂蘭盆の盆とは関係ない。盂蘭盆は梵語の ullambana の音訳。
二　仏説盂蘭盆経、一巻。以下はこの経全体の取意。
三　仏十大弟子の一人。神通第一といわれ、救母説話の主人公。
四　六種（神足通・天眼通・天耳通・他心通・宿命通・漏尽通）の超人的な能力。
五　父母を済度し、養育してくれた恩にむくいんと思って。
六　神通力で、父母の死後の世界をよくよく観望すると。
七　餓鬼道世界の中に生まれていて。
八　前田本「飢疲無限」、高山寺本「飢痩タル事無限」。盂蘭盆経には該当記事なく、作者の潤色であろう。
九　盂蘭盆経「障飯（鉢）」、高山寺本「鉢ヲ抱テ」。前田本「抑飯」。意味からいえば、左手で鉢をかかえ、右手で飯を食おうというのであるから、底本の「サック」は「さゝへ」を「さつく」と誤読したための誤記か。
一〇　「クヒ」は盂蘭盆経にはない。盂蘭盆経「叫悲」。高山寺本、前田本「呼悲」。「クヒ」は「よひ」の誤読か。なお、三宝絵諸本、経にあっては、「叫」と「呼」との相互交替が多く見られる。
一一　盂蘭盆経「馳還りて仏に白す」、高山寺本「返リテ仏ニ申ス」。前田本「廻白仏」。
一二　百千の美味のもの。
一三　核果（桃・李等）、膚果（梨・林檎等）、殻果（胡桃・石榴等）、檜果（松笠の類）、角果（大豆・小豆等）。
一四　前田本「諸美食」、高山寺本「美食」。「クダ物」は「くひ

連ガ母、コノ日ニ[二〇]一劫《いっこふ》ノ餓鬼ノクルシミヲマヌカレヌ。目連又仏ニ申《まうす》。「我母《わがはは》ノマヌカレヌルハ[二一]三宝《さむぼう》ノ力《ちから》ナリ。[二二]モシスヱノヨノ御《み》弟子《でし》モ、若《もし》又此事《このこと》スベシヤ」ト。仏ノ玉《たま》ハク、「若比丘《もしびく》モ比丘尼《びくに》モ、国王《こくわう》モ王子《わうじ》モ、大臣《だいじん》モ宰相《さいしやう》モ、[二三]三公《さむこう》モ百官《ひやくくわん》モヨロヅノ民《たみ》モ、モロ〳〵ノ[二四]孝《けう》アラムモノハミナ、コノ[二五]歓喜《くわんき》シ玉《たま》フ日、僧ノ自恣スル日ニ味ヲト丶ノヘテ、盆ニ入《いれ》テモロ〳〵ノ僧ニ供《く》セヨ。[二六]現世《げんせ》ノ父母ノタメニモセバ、命百年《いのちひやくねん》ニシテ病《やまひ》ナク、[二七]七世ノ父母ガタメニハ、餓鬼ノクルシビヲハナレテ、天《てん》ノ楽《たのし》ビヲウケシメムトコヒネガヘ。[二八]孝ヲヲ《お》コナハムモノハ念念《ねむねむ》ニツネニ思《おも》ヒ、年々《ねんねん》ニ恩《おん》ヲムクヒ《い》ヨ」

トノ玉《たま》ヘリ。コレヨリノチハ、天竺《てんぢく》ニモ大唐《だいたう》ニモミナ[二九]行《おこな》フラム。我国《わがくに》ノ大《おほ》ヤケ、ワタクシモ、[三〇]アマネクイソグ。

[三一]心地観経《しむぢくわんぎやう》ニ仏《ほとけ》ノタマヘルヲミレバ、世人《よのひと》ハ子《こ》ニヨリテモロ〳〵ノツミヲ造《つく》ル。三途《さむづ》ニヲ《お》チテナガククルシビヲウク。[三二]ソノ子ヒジリニアラズ。神通《じんづう》ナケレバ、輪廻《りんね》スラムオ《を》モ見ズシテ、ムクユベキ事カタシ。ソノ子[三三]後《のち》ニ思《おも》ヒテ功徳《くどく》ヲ

物」の誤か。果物は前に出ている。
一五 前田本「此日、諸聖、修道入位」、高山寺本「此日、諸ノ仙、道ヲ勤メテ位ニ至ル」。「モロ〳〵ノ」は「声聞縁覚十地ノ菩薩」にかかる。
一六 声聞→七四頁注四、縁覚→三二頁注三。
一七 菩薩の修行の五十二の階位中、第四十一位から第五十位までの段階。ついで等覚、妙覚に至り、更に仏に到達。
一八 九十日の修行期間の安居を終えて自恣の行に入っている一切の聖衆、衆僧たちを供養すると。「自恣」とは修行中のことを反省し、自発的に懺悔する集まりで、陰暦七月十五日に行われた。
一九 餓鬼・畜生・地獄の三悪道に堕ちて受けている苦患。
二〇 数えることも出来ない程長い間の、餓鬼道での苦しみ。
二一 底本「寶」の草体を書き左に「ヒ」(抹消符)を付し右に「宝」と書くが後筆。
二二 ひょっとして未来世の仏弟子もまた、盂蘭盆供養をなすべきでしょうか。
二三 高山寺本「三公」。前田本「三宮」。ここは仏の言葉であるが、インドに三公があったかどうか不明。中国と日本では、三公の指すものが違う。日本では太政、左、右の大臣を指すが、前に「大臣」は出ているし、「宰相」も出ているので、この三公は不詳。三宮ならば太皇太后・皇太后・皇后の三后と同じ。おそらくその方が重複しなくてよいか。
二四 僧に食事を供えることが父母に対する孝になるという考え方。したがって孝心ある者は僧に食事を供えよということになる。これが盂蘭盆の行事となる。
二五 盂蘭盆経、前田本、高山寺本みな「仏歓喜日」とある。底本は「仏の」を脱す。「夏安居終了の仏の喜び給う日、衆僧自恣の七月十五日において」の意。
二六 盂蘭盆経、前田本、高山寺本ともに「現在」とある。現在生きている父母。
二七 七つの世界(地獄・畜生・餓鬼・天・人・業・中有)を生れかわっている父母。
二八 盂蘭盆経の「孝順を修せん者は、まさに念々中に常に父

ツクレバ、大《おほき》ナル金《こがね》ノ光《ひかり》アリテ地獄《ちごく》ヲ照《てら》ス。光ノ中ニコヱ有《あり》テ、ソノ父母《ちちはは》ニシラシムレバ、昔《むかし》ツクリシ所《ところ》ノ罪《つみ》ヲ思出《おもひい》デツ[一]。一念《いちねむ》[二]ノ悔《くゆ》ル心《こころ》ニミナキエウセテ、ヒマモナク受《うく》ルクルシビ、ナガクマヌカル丶事ヲエツ。

トノタマヘリ。子《こ》ヲ思《おも》ヒケルオヤノ心《こころ》ザシ、已《すで》ニネムゴロナリキ。ヲ《お》ヤヲミチビク子ノ心《こころ》ザシ、今日《けふ》争《いかで》カオロソカナラム。

抑《そもそも》此日《このひ》悪《あく》[三]ヲツクレバ、スナハチ自恣《じし》ヲオコナフ。堂《だう》ノマヘノ庭《には》ヲ払《はらひ》テ、寺《てら》ノ中ノ僧《そう》ヲアツム。臈《らふ》[四]ノ次《ついで》ニマカセテ座《ざ》ヲツラネ、律《りち》[五]ノ文《もん》ニヨリテコトヲツタヘタリ。此《この》時ニ力《ちから》[六]ニシタガヘルモノヲマウケテ、座ニミテル僧ニホドコス人《ひと》アリ。

或《あるい》[七]ハ柳《やなぎ》ノ枝《えだ》ヲケヅレリ。律《りち》[八]ニイハク、

比丘《びく》ハ楊枝《やうじ》ヲモチヰルコトヲユルス。五《いつつ》ノ利益《りやく》アリ。

トイヘバ、或[九]ハ朴皮《ホヲノカハ》、干薑《カンカウ》、訶梨勒《かりろく》丸《ぐわん》等《ら》ヲツヽメリ。付《ふ》[一〇]法蔵経《ほふざうきやう》ニ云《いはく》、

薄拘羅《はくくら》[一一]昔《むかし》ノ世《よ》ニヒトリノ比丘《びく》頭《かしら》ヲヤムヲミテ、一《ひとつ》ノカリロクヲアタヘタリキ。其後《そののち》九《く》十一劫《じふいちこふ》[一二]ヨキ身《み》ニ生《むまれ》テ楽《たのし》ビヲウケ、コノ身《み》[一三]ニ百《ひやく》

母の供養を憶ひ、年々七月十五日常に孝順の慈を以て、所生の父母乃至七世の父母を憶ひ、為に盂蘭盆をなせ。仏及び僧に施し、以て父母長養、慈愛の恩に報ぜよ」の取意。
二九 行なっていることであろう。現在の推量。
三〇 みなその準備をする。
三一 大乗本生心地観経三の七言の偈の抄出。
三二 その子は神通力を持った者ではないから、父母が七つの世界をめぐっているとしても、それを見ることはできず、報恩のこともなしがたい。
三三 前田本「後追作功徳」、高山寺本「後追求功徳作」とある。底本の「後ニ思ヒテ」は「後ニ追ヒテ」の誤か。

一 きっと思い出す。
二 心地観経には「一念の悔ゆる心に悉く除滅す。〔口に南無三世仏と称すれば〕暇なき苦難の身を脱することを得」とある。底本は〔 〕内脱落のため意味が若干不鮮明。
三 高山寺本「此日安居ヲヘツレバ」、前田本「此日了安居即」。底本は平仮名「あこ」を「あく」と誤読し、漢字「悪」を宛てたものか。
四 比丘が受戒の後に安居を終えると一臈とし、その臈数によって位次を定めた。「マカセテ」は、「従って」の意。
五 十誦律に自恣作法(自恣のやり方)が、四分律に自恣犍度(自恣の規定の解説)がある。
六 財力に応じた供養の品を用意して一座の僧に布施する人がある。
七 僧への布施用として、柳の枝をけずって楊枝を用意する人がいる。
八 十誦律四十に「仏言く、楊枝を嚼むことをゆるす、五つの利益あり」とある。五つの利益とは、口不苦・口不臭・除風・除熱病・除痰癊(たんいん=血たん)である。なお、法苑珠林九十九にこれを引く。
九 朴の木の皮、干した生姜の根茎、訶梨勒(和名みろばらん)の果実。いずれも薬効が高く、珍重された。布施用としてこれらの薬を包んでいる人もいる。

六十歳《ろくじふさい》ナガキ命《いのち》ヲエテ病《やまひ》ナシ。

トイヘリ。

或《あるい》ハ紙墨筆《かみすみふで》ヲモトメタリ。一四大集経《だいしふきやう》ニ云《いはく》、

一五紙墨筆《かみすみふで》ヲモチテ、法師《ほふし》ニホドコシテ経法《きやうぼふ》ヲカキウツサシムレバ、智恵《ちゑ》ヲウ。

トイヘリ。

或《あるい》ハ扇《あふぎ》ヲハレリ。一六正法念経《しやうぼふねむきやう》ニ云《いはく》、

僧《そう》ヲミテ、扇《あふぎ》ヲホドコシテ経法《きやうぼふ》ヲヨミ、誦《ず》セシムルハ、命終《いのちをは》リテ風行天《フギヤウてん》ニムマル。香《かうばし》キ匂来《にほひきた》リ吹《ふき》テ、ヨロコビタノシビナラビナシ。

トイヘリ。何《いづ》レノ物《もの》カ人《ひと》ニアタフルニ、果報《くわほう》カロクスクナカラム。ソノナカニ僧《そう》ニホドコス功徳《くどく》ハ、殊《こと》ニ勝《すぐれ》タリ。

一〇 付法蔵因縁伝三。法苑珠林四十二にもこれを引く。
一一 仏弟子の一人で、無病第一、長寿第一といわれた長老。薄拘羅説話は、今昔物語集二ノ二十にも見える。
一二 因縁伝に「是の縁に由るが故に、九十一劫、人天中に生まれ」とある。底本の「ヨキ身ニ生テ」は、「人天中に生まれ」の意訳。
一三 法苑珠林四十二所引の付法蔵経の「生まれてより老に至つて年百六十、未だ曾て病あらず」に依拠。
一四 大方等大集経三十に依拠。法苑珠林八十一所引の大集経にも見える。
一五 大集経には「菩薩摩訶薩に四種の施ありて、智恵を具足す。何等を四となす、一は、紙・墨・筆をもつて法師に施与して経を書写せしむ」とある。
一六 正法念処経二十三に拠る。法苑珠林三十三所引の正法念経に「比丘僧を見て、扇をもつて布施して〔清涼を得しめ〕、経法を読誦せしめば、命終つて風行天に生まる。香気来り吹いて悦楽無比ならん」とある。〔 〕内、底本にはないが、前田本にも「涼而」、高山寺本にも「涼クシテ」とある。

八　月

（二十五）　比叡不断念仏《ひえのふだんねむぶつ》

[一]念仏《ねむぶつ》ハ慈覚大師《じかくだいし》ノモロコシヨリ伝《つたへ》テ、[二]貞観七年《ぢやうぐわんしちねん》ヨリ始行《はじめおこな》ヘルナリ。[三]四種三昧《ししゆさむまい》ノ中《うち》ニハ、[四]常行三昧《じやうぎやうさむまい》トナヅク。仲秋《ちうしう》ノ風《かぜ》スヾシキ時、中旬《ちうじゆん》ノ月明《つきあきらか》ナルホド、[五]十一日《じふいちにち》ノ暁《あかつき》ヨリ十七日《じふしちにち》ノ夜《よる》ニイタルマデ、不断《ふだん》ニ令行《おこなはしむる》也。[六]故結願夜修行三七日《ゆゑにけちぐわんのよのしゆぎやうさむしちにち》也。唐《たう》ニハ三七日行《おこなふ》ト云《いふ》。我山《わがやま》ニハ三所《みところ》ニ分《わかち》テ一七日《いちしちにち》行《おこなふ》也。合《あはせて》三七日也云々《とうんぬん》。[七]身《み》ハ常《つね》ニ仏《ほとけ》ヲ廻《めぐ》ル。身ノ罪《つみ》コトゞゞクウセヌラム。口《くち》ニハ常経《つねにきやう》ヲ唱《とな》フ。口ノトガ皆《みな》キエヌラム。心《こころ》ハ常ニ仏ヲ念《ねむ》ズ。心《こころ》ノアヤマチスベテツキヌラム。

[八]阿弥陀経云《あみだきやうにいはく》、

[九]若善心《もしぜんしむ》ヲオコセル善男女《ぜんなむによ》アリテ、阿《あ》ミダ仏《ぶつ》ノ名号《みやうがう》ヲ聞持《ききたも》チテ、[一〇]若《もしは》一日《ひとひ》、若二日《ふつか》、若三日《みつか》乃至《ないし》七日《なぬか》、一心不乱《いつしむふらん》、臨終《りむじう》ノ時ニ心顚倒《こころてんたう》セズシテ、即《すなはち》極楽《ごくらく》ニ生《むま》ル。

七日《なぬか》ヲカギレル事ハ、此経《このきやう》ニヨテ也。

第二十五条　比叡の不断念仏は、一定期間断えることなく阿弥陀仏像のまわりを行道し、六字の名号を声に抑揚をつけて唱え続け、心に弥陀仏を念ずる法会。慈覚大師伝、阿弥陀経、観無量寿経などに基づき、その起源、修法、功徳等を述べている。今昔物語集十一ノ二十七に材を提供している。

一　円仁が仁寿元年(八五一)五台山念仏三昧の法を移し、諸弟子に伝授し行なったのが最初という(慈覚大師伝)。↓一七七頁注一七。

二　円仁没の翌年貞観七年(八六五)八月十一日、相応が慈覚の遺志を継いで、不断念仏の法会を東塔常行三昧堂で行なったのが最初という。

三　礼仏、懺悔の儀礼を、常坐三昧・常行三昧・半行半坐三昧・非行非坐三昧の四種の行儀に分類したもの。

四　四種三昧の一。一定期間の行道、引声念仏をし、心に弥陀仏を念ずる行。

五　前田本には、「自十一日暁迄十七日夜〔山上二千余僧分結四番、七日七夜〕不断令行也」とある。〔　〕内は底本脱。

六　「故結願…三七日也云々」は底本の割注。前田本にはない。中国では一カ所で二十一日間行い、叡山では、東塔、西塔、横川の三カ所で各一七日行い、全山で計三七、二十一日行なったこととする。叡山を「我山」といっているから、天台関係の寺で書き入れたのであろう。

七　身の行道、口の誦経、意の念仏の三善道により三業の諸罪はすべて消滅する。

八　鳩摩羅什の訳、仏説阿弥陀経。一巻。

九　阿弥陀経「若し善男子、善女人ありて、阿弥陀仏(の名号)を説くことを聞き、名号を執持するに」。

一〇　「もし…ば」の「ば」は「一心不乱」の下にあるとして、「一心不乱ならば」と理解すべきであろう。

一一　阿弥陀仏が法蔵菩薩として修行中、一切衆生を救うために立てたという四十八の大誓願(康僧鎧訳、無量寿経)。

一二　観無量寿経に下品下生は「仏の名を称ふるが故に念々の中において八十億劫の生死の罪を除き」。

又彼仏《かのほとけ》ハ此土《このど》ノ衆生《しゆじやう》ニ[一一]大誓願《だいせいぐわん》アリ。此土ノ衆生ハ彼仏ニ大因縁《だいいんねん》アリ。一度《ひとたび》ソノ名《な》ヲ唱《となふ》レバ、[一二]音《こゑ》ヲアグルホドニ八十億劫《はちじふおくこふ》ノ生死《しやうじ》ノ罪《つみ》ヲケシ、忽《たちまち》ニソノ国《くに》ニムマルレバ、[一三]臂《ひぢ》ヲノブルアヒダニ[一四]十万億《じふまんおく》ノサカヒヲコエヌ。彼浄土《かのじやうど》ヲ心《こころ》ザシモトムル人《ひと》ハ、カナラズ[一五]厭《いと》ヒ、願《ねが》フ心《こころ》ヲ発《おこ》スベシ。厭フ心ハタチテモ坐《ゐ》テモ、タヾ此身《このみ》ノ苦《く》オホカルヲイトフ也。願フ心ハネテモサメテモ、カノ国ノ楽《たのし》ミヲネガフナリ。[一六]春《はる》ノ花《はな》ヲミム朝《あした》ニモ、[一七]七重《しちぢう》ノ林《はやし》ノ色《いろ》オボツカナカルベシ。秋《あき》ノ風《かぜ》ヲキカム夕《ゆふべ》ニハ、[一八]八《はち》功《く》ノ浪《なみ》ノコヱヲ思《おも》ヒヤレ。ツネニクレム日《ひ》ニソヘツヽ、心《こころ》ヲ西方《さいはう》ニヲ《お》クレ。[一九]一日《ひとひ》モ微善《びぜん》モ志《こころざさ》バウタガヒナシ。[二〇]五逆《ごぎやく》ノヲ《お》モキ罪《つみ》ヲモ、タノメバ即生《すなはちむま》レヌ。

（二十六）　八幡放生会《やはたのはうじやうゑ》

[二一]八《や》幡《はた》ノ大菩薩《だいぼさつ》ハ、[二二]モト我国《わがくに》ノ聖《ひじり》ノ御門《みかど》ニイマス。[二三]弘仁十四年《こうにんじふしねん》、官符《くわんぷに》云《いはく》、

[二四]神主《かむぬし》大神浄丸《おほみわのきよまろ》ガ申文《まうしぶみ》ニ云《いはく》、「此大菩薩《このだいぼさつ》ハ[二五]是誉田《これほむだ》ノ天皇《てんのう》ナリ。昔《むかし》、欽明天皇《きんめいてんのうの》 御代《みよ》ニ、豊前国《ぶぜんのくに》宇佐郡《うさのこほり》[二六]馬城《まキ》ノ嶺《みね》ニ、ハジメテアラハレ

一三　観無量寿経に中品下生は「譬へば壮士の、臂を屈伸する頃(あひだ)に即ち西方極楽世界に生るるが如し」。「臂ヲノブルアヒダ」は、極めて短い時間のたとえ。

一四　前田本「超十万億土之界」、阿弥陀経「是より西方十万億仏土を過ぎて世界あり、名づけて極楽と曰ふ」。

一五　必ず濁世を厭離し浄土を欣求する心を起すべきである。「厭離穢土、欣求浄土」をふまえた表現。

一六　「春ノ花ヲミム朝・七重ノ林ノ色」と次の「秋ノ風ヲキカム夕・八功ノ浪ノコヱ」は対句表現。

一七　極楽の、七宝づくりの樹木が七重に植えられている並木。極楽のことが気にかかるということ。

一八　極楽浄土の池の水。八種の勝れた性質(甘く、冷たく、軟らかく、軽く、澄み、臭みなく、飲む時のどを損なわず、飲み終って健康を増す)をもつという。

一九　観無量寿経に上品上生は「この功徳を具ふること、一日乃至七日ならんに、すなはち往生することを得」。

二〇　観無量寿経・下品下生の取意。

第二十六条　放生会は魚鳥を僧に呪願させて山野池水に放つ法会。本条は放生会の沿革ならびに、諸経を引いてその功徳を説く。宮寺縁事抄十三所載の弘仁の官符(放生会縁起、以下「縁起」と略称)は、本書と極めて近い同文関係にあるが、為憲には一典拠を殆ど転載の形で摂取した例はなく、しかもこの縁起には、以下を省略して「云々」と注する場合が五例、長文の脱落も二例あり、こうした資料から三宝絵の文は生れてこないので、この官符は三宝絵に基づく偽作ではないかと思われる。

二一　応神天皇の垂跡神。平安初頭、朝廷から護国霊験威力神通大自在王菩薩の号が授けられ、延喜式神名帳をはじめ八幡大菩薩の略称が広く用いられた。

二二　縁起では三宝絵の「モト我国ノ聖ノ御門ニイマス」を省略、その位置に「云々」とある。底本「御門」の右に、同筆にて「応神」と注する。

二三　底本「十四年」の右に同筆にて「十年ィ」と注する。前田

坐《いま》ス。其後《そののち》、[一]菱形小椋《ヒシカタヲクラ》ノ山《やま》ニウツリ玉《たま》ヘリ。今《いま》ノ宇佐宮是《うさのみやこれ》也。天《てん》平[二]三年《びやうさむねん》ニ、[三]彼処《かしこ》ニ威験《ゐげむ》ヲノベアラハシテ、ヲホヤケ御幣《みてぐら》ヲタテマツレリ」。

又[四]辛島《からしま》ノ[五]勝氏《カチノうぢ》ガタテマツレル[六]日記《につき》ニ云《いはく》、

[七]八幡三所《やはたさむじよ》、始《はじめ》ニハ広幡八幡大明神《ひろはたのやはただいみやうじん》ト申《まうし》キ。今《いま》ハ護国霊験威力神通《ごこくれいげむゐりきじんづう》大自在王菩薩《だいじざいわうぼさつ》ト申《まうす》。[八]養老四年《やうらうしねん》ニ、大隅《おほすみ》、日向《ひうが》ノ両国《りやうごく》ニ軍兵《ぐんびやう》アリ。[九]祈申《いのりまうす》ニヨリテ、[一〇]大神公家《おほみわくげ》ノ軍《いくさ》ト共《とも》ニアヒ向《むかひ》テ戦《たたかひ》シ給《たまひ》シカバ、禰《ね》宜《ぎ》辛島《からしまの》勝波豆米《カツハツメ》[一一]ツカマツル。ソノ[一二]アヒタヲウチタヒラゲテカヘリ給《たまひ》ヌ。

爰《ここ》ニ託宣《たくせん》アリテノ給ハク、

[一三]兵人《ひやうにん》等《ら》オホクコロシツ。其罪《そのつみ》ヲウシナハムガタメニ、放生会《はうじやうゑ》ヲ毎年《としごと》ニ行《おこな》フベシ。

コレニヨリテ、[一四]諸国《しよこく》ニイハヽレ給ヘル所々《ところどころ》ハ、カナラズ海辺《うみノへ》、川《かはノ》畔《ほとり》也、ミナ放生会《はうじやうゑ》ヲオコナフ。[一五]山城《やましろ》ノ僧俗《そうぞく》、神社司《じんじやのつかさ》アタヒヲモテ、オホク海人《うみびと》ヲヨビ、スナドリスル人《ひと》ノ殺《ころ》サムトスル魚《うを》ヲ買取《かひとり》テ、[一六]僧《そう》ヲモテ呪願《しゆぐわん》セシメテ水《みづ》ニハナツナリ。

本並びに縁起では「十年」とし、底本の傍記と一致する。
二四 宮寺縁事抄一所載の弘仁十二年(八二一)の大宰府符には「神主正八位下大神朝臣清麻呂」とある。底本「神」の右に別筆にて「和ィ」と注する。
二五 応神天皇。
二六 縁起には「真木乃峰」とある。宇佐市宇佐神宮東南にある山。一名小許(おもと)山とも。

一 縁起「菱方小蔵山」、扶桑略記三「菱形小倉山」、大宰府符「菱形小椋社」。底本「ヒシカタヲクラ」と仮名を付けるが、本文とは別筆。
二 前田本のみ「五年」、縁起、大宰府符、底本は皆「三年」。底本「三」の右に「五ィ」と注する。本文と同筆。
三 縁起「賢験現給テ」、大宰府符「陳顕神験」、前田本「述顕賢験」とある。底本の「彼処ニ」は「賢(かしこき)」の誤か。略注「かしこき」に改める。あらたかなる霊験をあらわしての意。
四 「辛島」は豊前の地名、「勝氏」は姓(かばね)で百済人の帰化した氏族、縁起には名を「波豆米(はつめ)」とある。
五 底本「勝」の右に「カチノ」と注するが、本文とは別筆。
六 前田本、縁起には「古記」とある。
七 八幡宮の三柱の祭神。誉田別(ほんだわけの)尊=応神天皇、比売大神(ひめおおかみ)=玉依媛、大帯姫(おおたらしひめの)命=神功皇后。三柱を一殿ごとに祭り、三殿併立。
八 続日本紀八・養老四年(七二〇)二月二十九日の条に「大宰府奏言すらく、隼人反して大隅国の守、陽侯(やこ)の史麻呂を殺す」とある。四、五カ月で鎮定。縁起にはこの記事を欠く。
九 扶桑略記六・養老四年九月の条に「大隅日向両国に乱逆あり、公家、宇佐宮に祈請す」とある。
一〇 扶桑略記六に「禰宜辛島勝波豆米、神軍を相率ゐて、行きて彼の国を征し、其の敵を打ち平らぐ」、縁起にも「大神、公ノ軍ト共ニ大隅隼人ノ地ニ相向ヒ給ヘリ」とある。底本「勝波豆米」の右に「カツハツメ」と別筆にて仮名を付す。
一一 縁起は「ツカマツル」以下「カヘリ給ヌ。爰ニ」までの記事を欠き、その位置に「云々」とある。

仏《ほとけ》ノ説《とき》給ヘルヲキケバ、凡《およ》ソ心《こころ》アラムモ[一七]ノミナ命《いのち》ヲシマヌハナシ。[一八]カタチハコトナレドモ、身《み》ヲ痛《いた》ム事ハ同《おな》ジ。[一九]梵網経《ばむまうぎやう》ニ云《いはく》、人《ひと》[二〇]慈悲《じひ》ヲモテ放生《はうじやう》セヨ。六道衆生《ろくだうしゆじやう》ハ皆是《みなこれ》[二一]先世《せんせ》ノ我父母《わがちちはは》也。コロシテクフ者《もの》ハ[二二]父母ヲコロシテクフ也。此故《このゆゑ》ニ常《つね》ニ放生ヲ行《おこな》ヘ。モシヨノ人《ひと》ノ畜生《ちくしやう》ヲコロサムヲミン時ハ、方便《はうべん》シテスクヒタスケヨ。トノ給ヘリ。

又[二三]六度集経《ろくどしふきやう》ニ云《いはく》、

昔《むかし》、人市《ひといち》ニユケルニ、河亀《かはかめ》ヲウル者《もの》アリ。是《これ》ヲミテアタヒヲ問《とふ》ニ、云《いふ》ニシタガヒテオホクアタヘツ。カヒ取《とり》テ、水《みづ》ニ放《はなち》テ、ソノ[二四]游《ヲヨギ》サルヲミテ、[二五]カナシビ悦《よろこぶ》事心《こころ》ニフカシ。然後《しかるのち》、夜《よる》コノ亀来《きたり》テ門《かど》ヲタヽク。此人《このひと》アヤシビテ出《いで》テ見ルニ、亀語《かたり》テ云《いは》ク、「我レ[二六]思《おも》ヒキ。恩《おん》ヲウケテ身《み》ヲマタクシ、命《いのち》ヲエタリ。ムクイムト思《おもふ》ニアタハズ。[二七]ワヅカニシレル事ヲツゲム。大水出《おほみづいで》ナムトス。トク船《ふね》ヲマウケヨ」トイフ。此人アクル朝《あした》ニ宮門《みやのかど》ニイタリテ、[二八]王《わう》ニ此《この》ヨシヲ申《まう》サシム。コノ人[二九]サカシキ心アルニヨリテ、王此事ヲモチヰテタカキ所《ところ》ニウツリ給《たまひ》ヌルニ、洪水《こうずい》スデニ出《いで》タリ。王ツヒニ後《のち》ニコノ人ヲ

一二 前田本、扶桑略記六共に「其敵」とある。底本「アタィ」と傍記するが後筆。「ヒ」は衍か。

一三 前田本「隼人」、縁起「隼人等」とある。

一四 諸国で祭られている八幡社は。「カナラズ海辺、川畔也」は挿入句とみて、「所〻ハ」は「ミナ放生会ヲオコナフ」の主格とみる。

一五 前田本「社僧俗」、縁起「社ノ僧侶」とあり、底本の「山城《やましろ》」は「社《やしろ》」の誤か。

一六 僧に、祈りや仏の加護を願うことばを唱えさせて水中に放つのである。

一七 底本「人」を見せ消ちにして右に「モノ」と書く。

一八 前田本「受体各異」、縁起「形ヲ受タル事ハ各異ドモ」。底本は「カタチ」の次に「ヲウケタルコト」を脱するか。

一九 梵網経・下。法苑珠林六十五所引の梵網経にも。

二〇 梵網経、法苑珠林「慈心を以ての故に放生の業を行へ」とある。いつくしみの心をもって放生を行いなさい。

二一 「先世」は底本のみの増補。

二二 縁起は底本の「父母ヲコロシテクフ也」の記事を欠き、この位置に「云々」とある。

二三 六度集経三、法苑珠林五十所引の六度集経にも。

二四 底本「游」の右に本文と同筆にて「ヲヨキ」と仮名を付す。歴史的仮名遣は「オヨギ」。

二五 前田本にも「悲悦心無限」とあるが、六度集経、法苑珠林、縁起には「心ニフカシ」に該当する辞句はない。

二六 前田本「受重恩」、六度集経、法苑珠林「重き潤を受く」。底本の「思ヒキ」は「重キ」の転写間の誤記か。重い御恩を蒙って身を全くし、命が助かりましたの意。

二七 六度集経、法苑珠林の「水居の物水の盈虚を知る(水中に棲息していて水の満ち干を知っている)」を、「少しばかり知っていることをお知らせしましょう」と改めたもの。

二八 縁起には「王ニ此ヨシヲ申サシム…洪水スデニ出タリ」を欠く。この記事、六度集経、法苑珠林、前田本等には皆存し、縁起→三宝絵の関係は成り立たない。

二九 判断力のある聡明な人物であったので。

大臣《だいじん》トセリ。手《て》ヲトリテ宮《みや》ニイリ、座《ざ》ヲナラベテ道《みち》ヲカタラヒ給《たまひ》キ。

トイヘリ。

一雑宝蔵経《ざふほうざうぎやう》ニ云《いはく》、

昔《むかし》一《ひとり》ノ二羅漢《らかん》アリテ、一《ひとり》ノ三沙弥《しやみ》ヲツカフ。四コノ沙弥ヲミルニ、七日《なぬか》トイハム朝《あした》ニ必《かなら》ズシヌベシ。イトマヲコヒテ家《いへ》ニカヘル道《みち》ノ中ニ、諸《もろもろ》ノアリノ子《こ》ノ水《みづ》ニナガレテシナムトスルヲミテ、カナシビアハレブ。ミヅカラケサヲヌギテ、土《つち》ヲイレテ水ヲセキツ。アリノ子ヲスクヒトリテ、タカクカハケル所《ところ》ニオキツ。コト〲ク皆《みな》イク事ヲエタリ。五師大《しおほき》ニアヤシブ。六定《ぢやう》ニ入《いり》テミルニ、七サラニ事ナシ。蟻《あり》ノ子ヲスクヘル力《ちから》ヲモテ命《いのち》ヲノブト知《しり》ヌ。若人位《もしひとくらゐ》ヲエムト思《おも》ハヾ、放生《はうじやう》ヲセヨ。八彼亀《かのかめ》ヲ買《かひ》シムクヒ《い》ヲウタガハザレ。若《もし》人命《いのち》ヲノベムト思ハヾ、放生セヨ。九彼《かの》蟻ヲスクヒシ力ヲタノムベシ。

一 雑宝蔵経四。法苑珠林六十五所引の雑宝蔵経にも。
二 →一八七頁注二二。
三 →一八七頁注二二。
四 この沙弥の人相をみると、七日目の朝までには必ず死ぬという死相があらわれていた。
五 「師大ニ」の上に、前田本は「歴七日還来」、雑宝蔵経、法苑珠林には「七日目の頭(はじめ)に至りて、還りて師の所に帰る」、縁起にも「七日有リテ還リ来ル」とある。底本の脱か。
六 雑宝蔵経、法苑珠林には「即ち定に入り、天眼を以て観ずるに」とある。禅定に入り、その事由を天眼をもってつぶさに観察したが。
七 前田本「更無他事」。底本「他」を脱したか。雑宝蔵経、法苑珠林には「更に余福の爾(かし)得ること無きを知る」とある。延命すべき特別の事由も見つからない。
八 縁起に「彼ノ〔市ノ中ニテ〕亀ヲ買ヒシ報イヲ疑ハザレ」とあり、前田本にも「〔於市中〕買亀之報」とある。底本は〔 〕内がない。
九 前田本「可馮〔於彼水上〕救蟻子之力也」とあり、底本は〔 〕内を脱す。あの、蟻の子を救ってやった功徳を頼みとすべきである。縁起は「彼蟻子之子云々」とあるのみ。

第二十七条 前半に叡山大師伝、嘉祥の太政官符、慈覚大師伝等によって灌頂の伝来、叡山の重要儀式となるまでの経緯を説く。後半に結縁灌頂の内容を詳説しているが、これは本文にあるように叡山の僧からの聞き書によるものと思われ、当時の灌頂の実態を知る上で貴重である。
一〇 「灌頂」には、修行僧に阿闍梨の位を得させるための伝法灌頂と、俗人に仏縁を結ばせるための結縁灌頂とあり、ここでは後者である。
一一 叡山大師伝「唐の貞元廿一年」、前田本も「貞元廿一年」。「貞元」が正しい。我が国の延暦二十四年(八〇五)に当る。
一二 叡山大師伝「泰岳霊巌山寺鎮国道場大徳内供奉沙門順暁」。唐代の高僧で、最澄入唐時の師僧。
一三 前田本「越州」、叡山大師伝「越府」。底本「楊」の右に「越

（二十七） 比叡灌頂《ひえのくわんちやう》

[一〇]灌頂《くわんちやう》ノオコリヲ尋《たづぬ》レバ、伝教大師《でんげうだいし》、モロコシノ[一一]貞観廿一年四月《ちやうぐわんにじふいちねんしぐわつ》ニ、[一二]順暁和尚《じゆんげうくわしやう》ニアヒテ、[一三]楊州《やうしう》ノ[一四]竜興寺《りうこうじ》ニシテコレヲ受ク。[一五]延暦廿四年九《えんりやくにじふしねんく》月《ぐわつ》ニ、[一六]桓武天皇《くわんむてんのう》ニ奏《そう》シテ、[一七]清滝《きよたき》ノ高雄寺《たかをでら》ニシテコレヲ修《しゆ》ス。宣旨云《せんじにいはく》、[一八]真言《しんごん》ノヲ《お》モキ道石《だうしやく》、イマダコノ国《くに》ニツタハラヌ、阿闍梨《あじやり》是《これ》ヲ伝《つたへ》給ヘリ。国《くに》ノ師《し》トスルニタヘタリ。

[一九]勅使《ちよくし》ヲ給《たまひ》テ事ヲヽ《お》コナハシメ、[二〇]画師《ゑし》ヲ撰《えらび》テ仏《ほとけ》ヲウツサシメ給《たまひ》キ。[二一]其《その》後《のち》、比叡《ひえ》ニウツシテ、毎年《としごと》ニ寺務《てらのつとめ》トシテオコナフ。

[二二]嘉祥元年《かしやうぐわんねん》ニ、又慈覚大師《じかくだいし》公家《おほやけ》ニ申《まうし》テ、官符《くわんぶ》ヲ下《くだし》テ[二三]総持院《そうぢゐん》ニ立《たて》テ、灌《くわん》頂堂《ちやうだう》ヲツクリテ、[二四]ナガクコノ山《やま》ニシテ公家ノ御《おほむ》タメニ伝《つた》ヘヲ《お》コナヘル也。如来《によらい》ノ法《ほふ》ハ[二五]イヅレヲモミナ同《おなじ》ケレド、トク仏《ほとけ》ノ位《くらゐ》ニイタル事ハ、コノ道《みち》ヨリサキナルハナシ。コノ故《ゆゑ》ニ[二六]クハシクキコシメサムトテ、[二七]其《その》趣《おもむき》ヲ山《やま》ノ僧《そう》ニトヘリ。コノ法《ほふ》ヲ受《うくる》モノニハ、水《みづ》ヲ持《もち》テ頂《いただき》ニソヽク。コレニヨリテ灌頂トハ云《いふ》也。[二八]菩薩《ぼさつ》ノ仏ニナル時、如来ノ水ノ其頂ニソヽキテ、仏ノ位ニイレシメ給フ心《こころ》也。

[二九]胎蔵界《たいざうかい》、[三〇]金剛界《こむがうかい》ヲ、[三一]年《とし》ヲヘダテツヽタガヒニオコナフ。[三二]進止道俗《しんしだうぞく》ト

イ」と注する。この方が正しい。
一四 叡山大師伝所引の「順暁闍梨付法書」に、最澄が貞元二十一年四月上旬竜興寺に到り順暁に謁し、四月十九日に付法を受けたとある。
一五 叡山大師伝には、桓武天皇の延暦二十四年八月二十七日最澄が上表し、裁可されたのが九月一日とある。
一六 叡山大師伝に「同年(延暦二十四年)九月一日勅有り、清滝峰高雄山寺に於て毘盧遮那都会大壇を造り、三部三昧耶妙法を伝受せしめ、灌頂に預る者総て八人」とある。
一七 「清滝」は京都市右京区の地名。高雄寺は高雄にある神護寺のこと。のち空海に賜り、真言宗の道場となった。
一八 叡山大師伝に「真言の秘教等未だ此の土に伝ふるを得ず。然るに最澄闍梨幸に此の道を得たり。まことに国師と為す。宜しく諸寺智行兼備する者を抜いて灌頂三昧耶を受けしむべし」とある。前田本「真言重道」。「道石」の「石」は「オモキ」と形容したためにつけた修辞か。また、底本の「ツタハラヌ」は「真言ノヲモキ道尺」と同格とみる。
一九 叡山大師伝「勅使小野朝臣岑守をして、諸事を検校せしむ」とある。
二〇 叡山大師伝「勅して画工上首等二十余人を召して敬んで毘盧遮那仏像一幅・大曼荼羅一幅・宝蓋一幅を図せしむ」。
二一 嘉祥元年(八四八)六月十五日の太政官符に、「爾の後、叡山年毎に灌頂を修す」とある。
二二 慈覚大師伝「大師国家のために灌頂法を修せんことを奏請し、(嘉祥元年)六月十五日太政官、応に件の法を修すべき牒を寺家に送る」。この上表文は、類聚三代格二に載す。
二三 前田本「立惣持院」。底本は「総持院ヲ立テ」の誤か。→一七八頁注八。
二四 嘉祥元年(八四八)太政官符末尾の「今望むらくは、此の雲峰先帝本願の地に於て、国家のおほむ為に永く灌頂を修し、皇祐を増飾し聖境を鎮護せんことを」に拠るか。
二五 前田本「何皆同」。底本「ヲ」衍か。釈尊の教はどれも皆同じく尊いのであるが、早く仏の位に到達するのはこの灌頂に勝るものはない。

イフ四人《よたり》、入《いる》ベキ人《ひと》ノ次第《しだい》ヲト丶ノフ。[一]門前灑水《もんぜんしやすい》トイフ四人、門前ニシテイルベキ人ノ頂《いただき》ニ水《みづ》ヲソヽク。[二]道俗加持《だうぞくかぢ》トイフ四人、水ソヽカレヌル人ヲ加持《かぢ》ス。[三]覆面引入《ふくめんいんにふ》トイフ二人《ふたり》、アカキ衣《きぬ》ヲモチテ面《おもて》ヲツヽミテ、手《て》ヲトリテ壇《だん》ノマヘニヒキイル。[四]授与蜜花《じゆよみつぐゑ》トイフ四人、花《はな》ヲサヅケテ曼陀羅《まんだら》ニウツセル仏ノ位《くらゐ》ヲウタシメタテマツル。[五]看花示位《かんくゑシゐ》トイフ八人《やたり》、花《はな》ヲナゲタル所《ところ》ヲミテ、ウチタテマツレル仏ノ位ヲシメス。[六]授《じゆ》与《よ》蜜号《みつがう》トイフ四人、ソノ仏ノ御名《みな》ヲサヅク。

大阿闍梨《だいあじやり》一人《ひとり》供養法《くやうほふ》ヲ作《な》ス。モシ大日如来《だいにちによらい》ヲウチタテマツレル人《ひと》ヲバ、[七]蓮花《れんぐゑ》ノ座《ざ》ニスヱテ讃《ほ》ム。其外《そのほか》ノ仏《ほとけ》ヲモ位《くらゐ》ニ随《したがひ》[八]テ、[九]讃衆廿人《さんしうにじふにん》[一〇]政所《まんどころ》ニ是《これ》ヲ請《しやう》ゼリ。別《べち》ノ讃衆卅四人《さむじふしにん》、阿闍梨是《これ》ヲマウケタリ。[一一]歯木《しもく》トイフ八人《やたり》、堂《だう》ノウチノコトニモチヰル。[一二]イタヾキノウヘニ水《みづ》ヲウケタル心《こころ》ノ中ニ花《はな》ヲナゲム事、煩《イタツカハ》シキニニタレドモ、[一三]秘密《ひみつ》ノフカキ道《みち》ナレバ、[一四]仏ニナラム事コレニアリ。此《これ》又[一五]東寺《とうじ》又 幷《ならびに》[一六]法性寺《ほふしやうじ》トニオコナフ。[一七]格《きやく》ニ年《とし》ゴトノナガキアト也。人〳〵《ひとびと》コノ寺〳〵《てらでら》ニユキテモ是ヲ受ク。ミヘ《え》タリ。

二六 前田本「細欲令聞食」。底本「キコシメサシメムトテ」の「シメ」を脱するか(内親王様に、詳しく灌頂をご理解させ申しあげたいと存じましての意となる)。このままでも「内親王様が詳しく灌頂を御理解なさるのがよかろうと存じまして」の意ともとれる。
二七 結縁灌頂の様子を比叡の山の僧に問い尋ねてみた。
二八 菩薩が仏になる時、如来の智水をその頂に灌ぎかけて、その証とする。灌水はこの趣旨に由来する形式である。
二九 密教の教説によれば宇宙の一切は大日如来の顕現で、「水ノ」の「ノ」は「ヲ」の意。
「胎蔵」は大日如来を慈悲の面から説く部門。胎蔵曼荼羅は、大日経に基づき四百四十四の仏像が描かれている。胎蔵に「界」をつけるのは金剛界から類推した誤り。
三〇 大日如来の智徳を顕わす面を金剛界とし、金剛界曼荼羅は、金剛頂経に基づき千四百六十の尊体が描かれている。
三一 灌頂は胎蔵・金剛界を隔年交互に行なっている。
三二 受者の威儀進退、入壇順序等を指図する役。

一 受者の頭に水を灌ぐ役。
二 受者を加持祈禱して浄める役。
三 赤い布で覆面させ、手を取って壇に導く役。
四 花を授け、これを曼荼羅に投げることを指示する役。底本の「蜜花」、前田本には「密花」とある。
五 花の当った像の尊号を告げる役。
六 受者の灌頂名を授ける役。「蜜号」も前田本は「密号」。
七 仏、菩薩、聖者などの坐る蓮花の台座。
八 底本は「テ」の次に「讃」の一字を脱するか。前田本「随位讃、讃衆」。
九 「讃衆」は、法会の式に讃偈を唱える役僧。
一〇 今日の寺務所。
一一 一種の雑役をなす者。ただし「歯木」とは二〇四頁にある楊枝のこと。
一二 袖中抄に「頂上に水をうけ、掌の中に花を授む事」とあるのは三宝絵の引用。前田本「頂上受水、常(「掌」の誤写

十　月

（二十八）　山階寺維摩会《やましなでらのゆいまゑ》

昔《むかし》、大織冠《だいしよくくわん》[一八]、内大臣鎌足《ないだいじんかまたり》ノオトヾ、山城《やましろ》ノ宇治《うち》ノコホリ、山階《やましな》[一九]ノ村《むら》ノスヱハラノ家《いへ》ニスム。久《ひさし》[二〇]ク身《み》ノ病《やまひ》アリテ、オホヤケニツカヘズ。新羅《しんら》[二一]ノ尼《あま》アリテ、其家《そのいへ》ニイタレリ。内大臣問《ないだいじんとひ》テ云《いはく》、

其国《そのくに》ニカヽル病《やまひ》スル人《ひと》アリヤ。

ト。答《こたへ》テ云《いはく》、

病《やまひ》アリ。

又問《とふ》、

[二二]イカヾ治《ち》スル。

答《こたへ》云《ていはく》、

維摩詰《ゆいまきつ》[二三]ノ形《かたち》ヲアラハシテ、維摩経《ゆいまきやう》[二四]ヲヨメバ即《すなはち》ヤミヌ。

ト云《いふ》。コレニヨリテ、大臣家《だいじんいへ》ノ中《なか》ニ堂《だう》ヲタテヽ、其像《そのざう》ヲアラハシ、其《その》経《きやう》ヲ講《かう》ゼシム。即《すなはち》此尼《このあま》ヲ講師《かうじ》トス。初日《はじめのひ》、マヅ問疾品《もんしつぼむ》[二五]ヲ講《かう》ズ。大臣

か）中投花」とある。よって底本「イタヾキノウヘニ水ヲウケタル心ノ中ニ花ヲナゲム事」は「頂の上に水をうけ、たなごころの中に花をなげむ事」の誤か。

一三 秘法の伝授という神秘的な儀式なので。

一四 仏縁を結ばせるためこうした灌頂の手順をふむのです。

一五 延暦十五年（七九六）創建、後空海に下賜、真言宗の根本道場となった教王護国寺。東寺灌頂は承和十年（八四三）十一月十六日の太政官符（類聚三代格二）によって定められた。

一六 天台宗の寺。延長三年（九二五）藤原忠平の創建。有力な藤原氏の氏寺で、代々円仁流の座主が任命された。

一七 平安時代の律令の追加法令。類聚三代格二に収める。

第二十八条　山階寺の維摩会は、御斎会、薬師寺の最勝会と並ぶ南京三大勅会の一つ。毎年十月十日から藤原鎌足の忌日十月十六日まで、維摩経を講説する法会。本条の前半は維摩会の由来や山階寺（後の興福寺）の沿革等を述べ、後半は維摩詰所説経の方便品二や文殊師利問疾品を抄出並びに要約して記している。本条は今昔物語集十二ノ三の中核的出典となる。

一八 大化三年（六四七）に制定された位階の最高位。後の正一位に当る。藤原鎌足が唯一の授与者。

一九 山城国宇治郡小野郷山階村（今の京都市東山区山科小野）にあった鎌足の私邸。底本「スヱハラ」の右に「陶原」と本文と同筆にて書く。

二〇 斉明天皇二年（六五六）の事とする（維摩会記、扶桑略記等）。

二一 底本「新羅」の右に「百済ィ」と本文と同筆にて傍記。前田本、維摩会縁起、今昔等は百済の尼とする。なお、前田本、興福寺縁起等はいずれも名を法明とする。

二二 前田本「如何愈」、今昔「何ニカ治セシ」。どのようにしてなおしたのか。

二三 維摩詰の像を作って。「維摩詰」は梵語 Vimalakīrti の音写。浄名、無垢称などと訳す。釈迦在世の頃、中インド毘耶離城の長者で、在俗のまま菩薩の行を修め、大乗仏教の根本思想を説いた。

ノ病即《やまひすなはち》ヤミヌ。[一]アクル年《とし》ヨリ、年ゴトニコレヲオコナフ。[二]大臣ウセ給《たまひ》テ、コノ事タエヌ。

大臣《だいじん》ノ二《に》男《なむ》不比等《ふひと》、[三]年《とし》ワカクシテ父《ちち》ニヲ《お》クレヌ。漸《やうや》クツカヘ昇《のぼり》テ、[四]大臣ノ位《くらゐ》ニイタル。又[五]身《み》ニ病《やまひ》アリ。[六]其崇《そのたたり》ヲウラナハスルニ、ヲ《お》ヤノ時ノ法事《ほふじ》ノタエタルタヽリナリトイヘリ。コノユヘ《ゑ》ニ維摩会《ゆいまゑ》ヲオコナフ。陶原《すゑはら》ノ家《いへ》ヨリ[七]法花寺《ほふくゑじ》ニウツシ行《おこな》フ。[八]法花寺ヨリ殖槻寺《うゑつきでら》ニウツシオコナフ。後《のち》ニ不比等ノヲ《お》トヾ、[九]興福寺《こうぶくじ》ヲタテ玉《たま》フ。彼山階《かのやましな》ノ陶原ノ家ノ堂《だう》具《ぐ》ヲワタシツクレルニヨリテ、奈良《なら》ノ京《きやう》ニタテタルヲ、山階寺《やましなでら》トイフ也。法光寺《ほふくわうじ》ヲ時ノ人《ひと》、初《はじめ》ハ中臣寺《なかとみでら》トイフ。[一〇]内大臣《ないだいじん》ハジメテ藤原《ふぢはら》ノ姓《しやう》ヲ給《たまはり》テヨリ後《のち》、藤原寺《ふぢはらでら》ト云《いふ》。其後《そののち》、代ゝ《よよ》ノ聖朝《せいてう》ミナコノ氏《うぢ》ノ腹《はら》ニ生《むま》ル。[一一]世ゝ《よよ》ノ賢臣《けんしん》オホクコノ門跡《もんぜき》ヲツゲリ。[一二]寺《てら》ノサカヘ《え》会《ゑ》ノ大《おほき》ナル事、シカルベシトミヘ《え》タリ。氏ノ上達部《かむだちめ》ヨリハジメテ、五位《ごゐ》ニイタルマデ、[一三]衾《ふすま》ヲヌヒテ僧《そう》ニホドコス事、[一四]縁起《えんぎ》幷《ならびに》雑記等《ざふきら》ニ見《みえ》タリ。

[一五]抑此経《そもそもこのきやう》ノ問疾品《もんしつぼむ》ハ、仏《ほとけ》ノ浄名《じやうみやう》ノヤマヒヲトハシメ給ヘル事也。[一六]維《ゆい》摩詰《まきつ》権《〈かり〉》カリニ方便《はうべん》ヲモテ病《やまひ》ヲシメセリ。[一七]国王大臣《こくわうだいじん》ヨリハジメテ、諸人《もろびと》ノ来訪《きたりとぶらふ》事カズナシ。答云《こたへていはく》、

二四 鳩摩羅什訳の維摩詰所説経の略称。
二五 維摩経・文殊師利問疾品。釈迦の命により文殊師利が維摩居士の病気を見舞った時のことを述べた章段。

一 扶桑略記四・斉明二年(六五六)の条に、法明尼、問疾品を講じて鎌足の病、平癒したことを載せ、三年の条に「始めて精舎を立て、すなはち斎会を設く。是則ち維摩会の始なり」とある。
二 維摩会縁起に「天智天王御宇第八年十月十六日に当りて、彼の大臣薨ず。其の後、講経断絶」とある。西暦六六九年。
三 父鎌足死去の時、不比等は十歳位。
四 和銅元年(七〇八)不比等は五十歳で右大臣となる。
五 興福寺縁起に「慶雲二年歳次乙巳(七〇五)秋七月、後太政大臣(不比等)病に臥し不予」とある。
六 七大寺巡礼私記「卜筮の告ぐる所、仏事断絶の祟り」。父鎌足の始めた維摩会を断絶させた祟りであるという。
七 前田本、巡礼私記「法光寺」。底本「法花寺」の右に本文と同筆にて「光イ」とある。拾芥抄「法光寺は大和国に在り、大織冠の氏寺、元の名は中臣寺、今の名は藤原寺」。
八 塵添壒嚢抄「和銅二年十月に右大臣不比等、浄達法師をひいて植槻道場にして維摩会を修す…かくの如く昔は所を定めざるなり」。会場を植槻寺に移して維摩会を行なった。
九 和銅三年(七一〇)不比等は、遷都した平城京の春日の地に山階寺を移築して、興福寺と称した。
一〇 天智天皇の八年(六六九)十月十五日、鎌足は、中臣の姓を改めて藤原の姓を賜った。
一一 又、代々の勝れた方々が興福寺の門跡を継承している。
一二 興福寺の繁栄、維摩会の盛大さは当然の事と思われる。
一三 寝具。
一四 未詳。
一五 維摩経の問疾品は、仏が、病む浄名居士(維摩詰)を仏弟子たちに見舞わせるという設定になっている。
一六 維摩詰は、方便上、仮に病気になった形を示したのである。維摩経・方便品には「方便を以て、身に疾あるを現

一八此身《このみ》夢《ゆめ》ノゴトシ。マコトヽ思《おもふ》ベカラズ。此身ハ雲《くも》ノゴトシ。久《ひさし》カラズシテキエウセヌ。諸《もろもろ》ノ人皆《ひとみな》コノ身ヲイトヒテ、一九マサニ仏《ほとけ》ノ身ヲネガフベシ。

二〇仏《ほとけ》又文殊《もんじゆ》ヲ使《つかひ》トシテ維摩詰《ゆいまきつ》ヲトブラヒ給《たまふ》。二一カネテシリテ、二二室《むろ》ノ中《なか》ヲ空《むなし》クシテ、タヾ一《ひとつ》ノユカヲノミオケリ。文殊《もんじゆ》イタリテトヒ給《たまふ》。

二三此病《このやまひ》ハ何《なに》ニヨリテオコレルゾ。ツクロハンニシルシアリナムヤ。イカニシテカヤムベキ。仏《ほとけ》ネムゴロニ訪給《とぶらひたまふ》。

トイフ。摩詰《まきつ》答《こたへ》テ云《いはく》、

二四衆生病《しゆじやうやまひ》スレバ、我《われ》モ病ス。衆生病イユレバ、我又イエヌ。又二五菩《ぼ》薩《さつ》ノヤマヒハ大悲《だいひ》ヨリオコレリ。

トイフ。又問フ、

此室《このむろ》ハイカナレバ空《むなし》クテ人《ひと》モナキゾ。

答《こたへていはく》云、

二六諸仏《しよぶつ》ノ国土《こくど》モ又〳〵如此《かくのごと》シ。

トイフ。コレヨリハジメテ互《たがひ》ニフ二七カク妙法《めうぼふ》ヲ演説《えんぜつ》シ、二八諸《もろもろ》ノ善事《よきこと》等ヲアラハシシメス。キク物《もの》、ミル物、多《おほ》ク大菩提心《だいぼだいしむ》ヲオコシ、大乗《だいじよう》ノサト

ず」とある。底本「権」の下に「カリ」とあり、全訓捨て仮名。
一七 方便品に「其の疾(やまひ)を以ての故に、国王、大臣、長者、居士、婆羅門等、及び諸の王子、幷びに余の官属、無数千人、皆往いて疾を問ふ」とある。
一八 方便品に「是の身夢の如し、虚妄の見を為す…是の身は浮雲の如く須臾にして変滅す…諸の仁者、此れ患厭すべし、当に仏身を楽(ねが)ふべし」。
一九 前田本に「当願仏身説教」とある。底本「説教」の脱か。
二〇 以下、維摩経・文殊師利問疾品に拠る。
二一 維摩が文殊の来訪を予知して。問疾品には「維摩詰心に念ずらく、今、文殊師利、大衆と倶に来らんと」とある。
二二 問疾品の「即ち神力を以て其の室内を空しくし、あらゆる物及び諸の侍者を除去し、ただ一床を置き、疾を以て臥せり」を抄訳したもの。「ユカ」は「床(とこ)」で、室内で一段高くして寝ることのできるようにしたもの。現在の畳の床の原形。
二三 文殊師利の質問で、問疾品には「居士、この疾(やまひ)は何の因起する所ぞ。其の生ずること久しきや、当にいかんが滅すべき」とある。
二四 問疾品における維摩の言、「一切衆生、病あるを以て是の故に我が病あり。若し一切衆生の病滅せば、則ち我が病も滅せん」。
二五 問疾品「菩薩の病は大悲を以て起く」。
二六 問疾品「維摩詰言く、諸仏国土亦復皆空」。底本「生」の右に「人ィ」と本文と同筆にて書く。
二七 問疾品後半における文殊師利と維摩との問答を「互ニフカク妙法ヲ演説シ」と圧縮。
二八 前田本「諸奇事」。維摩経・不思議品以下に説く所の、神通力による数々の奇異や不可思議解脱の法門などを指したもの。

リヲヒラク。摩《ま》詰《きつ》即《すなはち》病《やまひ》ノ床《ゆか》ヨリヲ《お》キテ、文殊《もんじゆ》ト丶モニ仏所《ほとけのところ》ニ詣《まうで》給《たまひ》キ。浄名《じやうみやう》ハコレ大菩《だいぼ》薩《さつ》也。病《やまひ》ノムナシキヲノベタル経《きやう》ナレバ、[一]コレヲ講《かう》ゼシニシルシヲエタル也。

十一月

(二十九) [二]熊野八講会《くまののはつかうゑ》

紀《き》伊国《いのくに》[三]牟《ム》婁《ロノ》郡《こほり》ニ神《かみ》イマス。[四]熊野《くまの》両所《りやうじよ》、證誠一所《しようじやういつしよ》トナヅケタテマツレリ。両所ハ[五]母《はは》ト娘《むすめ》也。結早玉《ムスビハヤタマ》ト申《まうす》。一所ハ[六]ソヘル社《やしろ》也。此山《このやま》ノ本《ほん》神《じん》ト申《まうす》。[七]新宮《しんぐう》、本宮《ほんぐう》ニミナ八講《はつかう》ヲオコナフ。紀《き》伊国《いのくに》ハ南海《なむかい》ノキハ、熊《くま》野郷《ののサト》ハ奥《おく》ノ郡《こほり》ノ村《むら》也。山《やま》カサナリ、河多《かはおほく》シテ、ユクミチハルカナリ。春《はる》ユキ秋来《あききたり》テ、イタル人《ひと》マレ也。山ノ麓《ふもと》ニヲルモノハ、[八]コノミヲヒロイ《ひ》テ命《いのち》ヲツグ。海《うみ》ノホトリニスムモノハ、[九]魚《うを》スナドリテツミヲムスブ。モシコノ社《やしろ》イマセザリセバ、八講ヲモ行《おこな》ハザラマシ。此《この》八講ナカラマシカバ、三宝《さむぼう》ヲモシラザラマシ。[一〇]五十人《ごじふにん》マデモ語伝《カタリつたへ》ガタカルベキ眇ゝ《べうべう》タル所《ところ》ニ、妙法《めうはふ》ヲヒロメキカシメ給ヘルハ、[一一]菩薩《ぼさつ》ノアトヲタレタルト

一 維摩会でこの経を講じたので、あらたかなる効験を得たのである。

第二十九条 本条は、本書成立の花山天皇永観二年(九八四)当時の熊野八講の実態を知る貴重資料といえる。後半、賢愚経、優婆塞戒経、大智度論等を引き、僧供や布施、請僧時の心得などを内親王に呼びかけている。なお尊子内親王の弟君花山法皇も、正暦二年(九九一)に熊野に詣でている。

二 熊野で行われていた法花八講会。法華経八巻を朝夕二座、四日八座で講ずる法会。

三 牟婁郡は紀伊半島の南端、紀伊国の殆ど半国を占め、後に東・西・南・北の四郡に分割された。

四 その祭殿は、一社は熊野両所、もう一社は証誠一所と名付け奉っている。「所」は神や貴人等を数える時の助数詞。結と早玉の両所は、同じ神殿、つまり二所一殿であった。

五 本文に従えば、一殿に結と早玉二柱を祭り、この二柱を母と娘の関係という。現在は結の神(熊野牟須美大神)を伊弉冉尊に、早玉の神(熊野速玉大神)を伊弉諾尊に当てているから、この二柱は夫婦の間柄となる。鎌倉頃の類聚既験抄に二神を母娘とする伝承の断片が残っているので、この頃母娘の関係から夫婦の関係に変ったようである。

六 前田本には「副津留社也」とあり、底本「ソヘル」の右に「副」と本文と同筆にて書く。後から添え加えたの意ではなく、証誠一所は結・早玉と三神一体となり、互に寄り添う関係にある神であるの意。つまり、証誠一所(家津美御子大神、現在は素盞嗚尊にあてる)は、本来、地主神的神で、この山の本神とでもいうべき神ということになる。

七 新宮は早玉を祭り、本宮は証誠を祭る。新宮は現在の新宮市にあり、本宮は熊野川上流にある。ちなみに、結は現在の那智大社である。

八 底本「コノミ」の右に本文と同筆にて「菓」と注する。

九 魚介類をとって生物殺生の罪をつくる。

一〇 法華経・随喜功徳品の「是の如く展転して教ふること、第五十に至らば」を踏まえたものか。次々と教えを伝えて

イフベシ。[一二]四日《よつか》ノ檀越《だんをつ》、[一三]執行《しふぎやう》ハ、タヾキタレル人ノス丶ムルニシタガフ。八座《はちざ》ノ講師《かうじ》、[一四]聴衆《ちやうじゆ》ハ、アツマレル僧《そう》ノツトムルニマカセタリ。[一五]僧《そう》供《ぐ》ハ鉢鋺《はちカナマリ》ヲモマウケズ。[一六]キノコフニウケ、[一七]帯袋《おびぶくろ》ニイル。[一八]講説《かうぜち》ハ[一九]裳《も》裟《さ》ヲト丶ノヘズ、[二〇]鹿皮衣《しゝのかはごろも》ヲキ、[二一]脛巾《はばき》ヲシタリ。貴賤《きせん》ノシナヲモエラバズ、老少《らうせう》ヲモサダメズ。

[二二]賢愚経《けんぐきやう》ニ、

仏《ほとけ》五施《ごせ》ヲホメ給フ。福《さいはひ》ヲウル事無量《むりやう》ナリ。此世《このよ》ニ報《むくい》ヲエツ。トヲクキタレル人《ひと》ニ施《せ》スルト、遠《とほく》サル人ニ施スルト、ウヱツカレタルモノニ施スルト、病《やまひ》セルモノニ施スルト、法《のり》ヲシレル人ニ施スルト也。[二三]此施僧《このせそう》ノ庭《には》ヲ見ルニ、[二四]五種《ごしゆ》皆備《みなそな》ヘタリ。[二五]コレマデイタレルハ遠《とほく》アユメル也。カヘラムトスルハ遠《とほく》サル也。カテナキモノハウヘツカレタルナリ。足《あし》ハレタルモノハ病シクルシブ也。経《きやう》ヲヨミ、呪《じゆ》ヲ誦《ず》スルハ法ヲ知レル也。檀越《だんをつ》ノ福《さいはひ》ヲウル事、ウタガヒアルベカラズ。

又[二六]優婆塞戒《うばそくかい》経《きやうに》云《いはく》、

[二七]菩薩《ぼさつ》ハモノヲホドコス時ニ、善悪人《ぜんあくにん》ヲイハズ、貴賤種《きせんしゆ》ヲエラバズ、

五十番目の人にまで語り伝えていくことなど、とても出来兼ねる茫漠たる広い遠いこの土地で。
一一 菩薩が衆生済度のために熊野三神となって出現なさったものと言ってよかろう。
一二 四日間八座の施主や、寺内の実務を司る事務職の役僧。
一三 底本「行」の右に「事ィ」と本文と同筆にて注する。
一四 法会に参列し説法を聴聞する役の僧。
一五 僧に出す供養の食事には、鉢とか椀を用いない。底本「鉢鐃」とするが、「鐃」は楽器の「どら」。前田本の「鋺」(かなまり)＝金属製のわん)に従う。
一六 前田本「木節」。「コブ」とよんで「木のこぶ」とする説と、「コフ」とよんで「木の甲」、木の表面の堅い部分とする説とがある。後者の方が自然か。倭名抄「甲音俗云古不」とあり、「亀の甲」「手の甲」などからの類推か。
一七 旅の時、乾飯(ほしいい)などを入れ腰につけた帯状の袋。
一八 経典を講義し解説する僧。
一九 僧職にある者が腰から下にまとった衣類。
二〇 鹿の皮で作った衣。山伏の服装である。前田本には「木皮装」(樹皮で織った衣)とある。
二一 旅などの時、脛(はぎ)に巻きつけた布、脚絆。山伏の姿。
二二 賢愚経四。法苑珠林七十一、諸経要集十一にも引く。
二三 僧達に供養しているこの熊野八講会の法場を見ると。
二四 賢愚経に説く五施五福の条件をすべて具備している。
二五 はるばるとこの熊野まで訪れた人は「遠去者」に、此処から帰る人は「遠来者」に、食乏しき参会者は「飢えつかれたる者」に、足のはれた人は「病痩者」に、この法場で読経・誦呪した人は「知法の人」に該当する。
二六 優婆塞戒経五。法苑珠林八十にも引く。
二七 経に「菩薩の布施は…五法を離る」として、一有徳無徳を選ばず、二善悪を説かず、三種姓を択ばず、四施を受ける者を軽しめず、五悪口罵詈せずと挙げている。経並びに前田本によれば、底本は「一不選有徳無徳」、「四不軽求者」を省略または脱。

ウクル人《ひと》ヲモアラキコトバニテノラズ。トイヘリ。又[一]大論《だいろん》ニトクヲキケバ、独《ひとり》ノ長者《ちやうじや》アリキ。[二]日《ひ》ゝ《び》ニツイデニヨリテ、諸《もろもろ》ノ老《おい》タル僧《そう》ノミ請《しやう》ジテ供養《くやう》ズ。[三]沙弥《しやみ》ヲバヨバズ。羅漢《らかん》ノ位《くらゐ》ヲエタル諸ノ沙弥等《ら》、形《かたち》ヲ化《くゑ》シテ老僧《らうそう》トナリテ、其家《そのいへ》ニイタリヌ。眉《まゆ》ノ白《しろき》事雪《ゆき》ノゴトシ。面《おもて》ノシハメル事浪《なみ》ノ如《ごと》シ。座《ざ》ニツキテ後《のち》、モトノ沙弥ノ形《かたち》ニナリヌ。檀越《だんをつ》オドロキク[四]ユ。沙弥教《をしへ》テ云《いはく》、

汝愚《なむぢおろか》ニシテ僧《そう》ノ善悪《ぜんあく》ヲサダム。[五]蚊虻《もんまう》ノ觜《くちばし》ヲモテ、海《うみ》ノ水《みづ》ヲノミツクスベカラズ。人《ひと》ノ心《こころ》ヲモテ僧ノ徳《とく》ヲハカルベカラズ。[六]我等《われら》ハジメヨリ、仏法僧宝《ぶつぽふそうぼう》ノマサリヲ《お》トレル事アル事ミズ。

トイヒキ。[七]我今《われいま》アマネクイマシム。キミキヽトレ、心《こころ》ヲヒトシクシテ同《おなじ》ク供養《くやう》ゼヨ。[八]撰《えらぶ》事ナカレ。

（三十）　比叡霜月会《ひえのしもつきゑ》[九]

比叡《ひえ》ノ霜月会《しもつきゑ》ハモロコシノ[一〇]天台大師《てんだいだいし》ノ忌日《きにち》也。大師ハ[一一]南岳《なむがく》ノ恵大師《ゑだいし》ノ弟子《でし》、陳隋両代《ちんずいりやうだい》ノ帝師《ていし》也。南岳ハ[一二]位六根《くらゐろつこん》ヲキヨメ、天台《てんだい》ハサトリ[一三]五《ご》品《ぼむ》ニノボレリ。[一四]天台大師ハジメテ生《むま》レ給《たまひ》シトキ、光室《ひかりむろ》ニミテリ。[一五]二人《ふたり》

一　大智度論二十二。法苑珠林四十一にもこれを引く。
二　毎日順番をきめて年老いた僧だけを招いて供養した。
三　出家して日が浅くまだ修行中の僧は招待しなかった。「羅漢」は最高の悟りに到達した僧。
四　前田本や大智度論に「悔ゆ」に該当する語はない。大智度論に頻出する「懺悔・慚愧」を和らげて加えたか。大智度論には「檀越驚き怖れて言く」とある。
五　蚊や虻のようなちっぽけな嘴で、大海の水を飲みほすことなど出来る筈はないのだ。
六　大智度論二十二の、沙弥の答えの言葉に「我等、初より僧宝と仏宝との中に増減有ることを見ず」とある。
七　以下は、作者から内親王に対する呼びかけ。私は、今、広くおさとし申し上げます。どうかよくお聞き届け下さい。差別の心を持つことなく、同じように供養なさいませ。
八　前田本「莫択僧也」。底本は「僧」を脱す。決して僧に差をつけ、分け隔てをなさってはなりません。

第三十条　霜月会は、唐の天台大師智顗(ぎ)の忌日十一月二十四日を中心に延暦寺で行われる法花大会。本条は、まず天台大師の略伝を記し、この法要は伝教大師最澄が延暦十七年(七九八)に法花十講、大師供を修したのに始まると、この法要の法式について述べる。続いてこの時唱える顔真卿の画讃をわが国に将来した智證大師の小伝に及び、この法会が梵網経の所説に基づくことにも触れている。
九　標題の下に、前田本「加大師供」とある。大師供は、天台大師の忌日十一月二十四日に大師を祀る法会。
一〇　智顗。中国天台の開祖であるが、慧文、慧思の相承から第三祖とされる。開皇十七年(五九七)十一月二十四日入寂。底本「大」の字は「山」字の上に重ね書きする。→本書下巻三条。
一一　慧思。→一八六頁注五。
一二　六根による煩悩を断ち切った六根清浄位の境地を極めて。菩薩が修行すべき五十二位説から見れば最初の十位にあたる。「キヨメ」は「きはめ」の誤写か。ただし前田本も

ノ僧忽《そうたちまち》ニ来《きたり》テ、

此子《このこ》ハカナラズ出家《しゆつけ》スベシ。トイヒテ、即《すなはち》ウセヌ。

[一六]七歳《しちさい》ニシテ寺《てら》ニ詣《まうで》テ、一度聞《ひとたびきく》ニ普門品《ふもんぼむ》ヲエタリ。十八《じふはち》ニシテ髪《かみ》ヲ剃《そり》テ、初《はじめ》テ[一七]大蘇寺《だいそじ》ニノボレリ。南岳大師《なむがくだいし》手《て》ヲ取《とり》テノ給ハク、

[一八]昔在霊山同聴法花《むかしりやうぜんにありおなじくほふくゑをきく》、宿縁《しくえん》ノ所追今復来《おふところいままたきた》レリ。

トノ給ヘリ。[一九]法花三昧《ほふくゑさむまい》ヲエタリ。[二〇]智恵深明《ちゑしむみやう》ニシテ、無导弁才《むげのべんざい》ヲエタリ。説法無窮《せつぼふきはまりな》シ。南岳大師《なむがくだいし》常《つね》ニ[二一]身《み》ニカヘテ、経《きやう》ヲ講《かう》ゼシメ玉《たま》フ。[二二]夢《ゆめ》ニ高《たか》キ山《やま》ノ[二三]ウヱニ僧《そう》ノ立《たち》テマネクヲミル。後《のち》ニハジメテ天台《てんだい》ニノボレルニ、[二四]定光《ぢやうくわう》菩薩《ぼさつ》トイフ聖僧《しやうぞう》マチ悦《よろこ》ベルカタチ、昔《むかし》ノ夢ノゴトシ。即此山《すなはちこのやま》ニトヾマリスミ給フ。

[二五]陳《ちん》ノ代《よ》ノ御門《みかど》菩薩戒《ぼさつかい》ノ弟子《でし》トナリテ、師《し》ヲタウトビテ智者大師《ちしやだいし》トナヅケタテマツリ、[二六]大師口《くち》ヲスヽギテ経《きやう》ヲノベトケバ、弟子ノ[二七]灌頂大師《くわんちやうだいし》筆《ふで》ヲトリテ紙《かみ》ニシルス。[二八]其《その》時ヲ《お》ケルアマタノ文《ふみ》ミナヲ《お》ホヤケニタテマツリ、世《よ》ニヒロメタリ。

開皇十七年十一月廿四日《かいくわうじふしちねんじふいちぐわつにじふしにち》ニ、[二九]維那《ゆいな》ニツゲテノ給ハク、

「清」。

一三 天台宗において、まだ悟りに至っていない凡夫に五階級を立てたもの。法華経・分別功徳品の所説による。

一四 以下、唐の道宣撰の続高僧伝十七・智顗伝による。伝に「誕育の夜に及び室内洞明」とある。

一五 続高僧伝「忽ち二僧あり、門を扣(たた)きて曰く、善哉、児徳の薫る所、必ず出家すべしと言ひ詑(はを)りて隠る」。

一六 続高僧伝「七歳喜んで伽藍に往(ゆ)く。諸僧其の情志を訝(いぶか)る。口に普門品を授くれば、初契一遍に即ち得たり」。

一七 底本「大蘇寺」の「寺」の右に「山ィ」と本文と同筆にて注す。前田本、続高僧伝、天台霊応図本伝集等みな「大蘇山」とする。

一八 昔、私が霊山に居た時、そなたと一緒に法華経を聴聞した。宿縁があって、今またためぐり会うことができた(続高僧伝による)。

一九 智顗は、大蘇山の慧思の下で法花三昧の前方便(巧みな教導の手だて)を発得したとされる。法花三昧は法華経の真髄を開悟した境地。

二〇 天台山国清寺智者大師別伝には、師の慧思が「たとへ、文字の師千群万衆をして汝の弁を尋ねしむるも窮むること能はじ、説法人中に於いて最第一」と感嘆したとある。

二一 続高僧伝「爾後常に代講せしめ、聞く者これに伏す」。

二二 この夢の話も続高僧伝に拠る。

二三 底本「ウヱ」と書き「ヱ」の右に「エ」と書くが別筆。

二四 続高僧伝に「先に青州の僧定光あり、久しくこの山に居り四十載を積む。定・慧を兼習し蓋し神人なり」とある。智顗はこの聖僧定光を慕って天台山に止住したという。

二五 続高僧伝に、陳(五五七—五八九の南朝の国)の始興王や文帝、宣帝に帰信され、隋の統一後は、文帝や晋王広(後の煬帝)の帰依を受け、晋王に菩薩戒を授け、智者大師の号を賜ったとある。

二六 灌頂の智者大師別伝に「経を唱へ覓(はを)りて、香湯を索(もと)め、口を嗽ぎ、十如・四不生・十法界・三観・四無量心・四

命《いのち》マサニ終《をはり》ナムトス。カネノコヱヲ聞《きき》テ、正念《しやうねむ》ヲマサム。ヒサシクウテ、イキノタエムヲカギリトセヨ。

トノ給《たまひ》テ、[一]ナガクヰテウゴカズ。定《ぢやう》ニ入《いる》ガゴトクニテ終《をはり》ヌ。天《あめ》[二]ノ雲《くも》メグリタナビキテ、風《かぜ》サムクイタム。山《やま》ノ木《き》低傾《タレかたぶキ》、水《みづ》ムスビカナシブ。十日《とをか》カホノ色同《いろおなじ》クシテアヤマラズ。身《み》ニアマネク汗《あせ》ナガレテ、イキ玉《たま》ヘル時ノゴトシ。

[三]忌日《きにち》ニ至《いたる》ゴトニ公家《おほやけ》ノマツリゴトヲヤム。使《つかひ》[四]ヲサシテ千僧《せんそう》ヲ供養《くやう》ゼシメ給フ。[五]斎場《さいぢやう》ニ僧《そう》ヲカゾフレバ、千僧一《ひとり》ヲアマセリ。名《な》ヲ呼《よび》テコレヲシルセバ、又カズノゴトシ。供養ヲ送《おく》[六]レバ又アマリヌ。事終《をはり》ヌレバミチヌ。即《すなはち》知《しり》ヌ、大師《だいし》ノ来《きたり》テ僧ニマジリ給《たまふ》ナリケリト。奇《き》[七]妙《めう》ノ事トキツクスベカラズ。モシコレヲシラムト思《おも》ハヾ、シルセル文《ふみ》ヲタヅネヨ。[八]唐高僧伝《たうかうそうでん》 幷《ならびに》 [九]霊応伝《りやうおうでん》等ニ見エタリ。

伝教大師《でんげうだいし》フカク大師ノ恩《おん》ヲ思《おもひ》テ、[一〇]延暦七年《えんりやくしちねん》ノ十一月《しもつき》ニ、ハジメテ七《しち》大寺《だいじの》[一一]名僧《みやうぞう》十人《じふにん》ヲ請《しやう》ジテ、ヒエノ山《やま》ノセバキ室《むろ》ニシテハジメテ十講《じふかう》[一二]ヲ行《おこな》ヘリ。十日《とをか》講《かう》ヲハリテソノアクル朝廿四日《あしたにじふしにち》、[一三]大師供《だいしぐ》ヲオコナフ。[一四]霊《リヤウ》応図《ヲウヅ》ヲ堂《だう》ノ中《うち》ニカケテ供養《くやう》ズ。供物《くもつ》ヲ庭《には》ノマヘヨリオクルニ、[一五]茶《だ》ヲ煎《せん》

悉檀・四諦・十二因縁・六波羅蜜を説く」とある。

二七 天台宗第四祖灌頂は、智顗の弟子で、文章に勝れていたことは智者大師述讃に精しい。天台大師の玄義、文句、止観の三大部ほか多くの著述は灌頂の筆録に依るという。

二八 前田本も「尓時置」。しかし意味からいって「其説き置ける」の誤記ではないか。

二九 続高僧伝に「維那に勅して、人命将に終らんとす、鍾磬(しやうけい)の声を聞いて其の正念を増さむ、唯長く唯久しくせよ、気尽くるを期と為さむ」とある。「維那」は寺務を総括する役僧。

一 前田本「直居不動」、続高僧伝「端坐し定の如くして卒す」。底本「ナカク」は「ナホク」(直く)の誤記か。

二 顔真卿の天台智者大師画讃の七言の偈「天雲泱漭風慘烈 草木低垂水嗚咽 十日容顔殊不別 遍身流汗彰異節」の訓読。なお「ムスビ」は「ムセビ」の誤か。

三 続高僧伝に「毎年諱日、帝必ず朝を廃す」とある。

四 千僧供養の話は、顔真卿の画讃並びに天台山国清寺智者大師伝に見える。

五 供養の行われる場。

六 供養の品を贈るとまたひとりあまってしまう。

七 右の智者大師伝に「其の余の霊跡勝げて言ふべからず」、前田本にも「奇事妙態難説尽」とある。

八 唐の道宣撰、続高僧伝(智顗の伝は巻十七に)。

九 天台霊応図本伝集。最澄の編とされ、序によれば全十巻。今は散逸して二巻だけが現存。

一〇 伝教大師行業記に「十七年冬十一月、十講会を創起し七大寺の名徳十人を請じ以て講匠と為す。如今所謂十一月の法花会は是なり」とある。底本の「七年」は「十七年」の誤か。

一一 高い位の僧。

一二 法華経八巻に無量義経、観普賢経を合せた十巻を、一日一巻一講として、十一月十四日より二十三日までの十日間に十人の講師によって行われる講義、説教の会。

ジ、菓子《くだもの》ヲソナフ。[一六]天台《てんだい》ノ昔《むかし》ニ奉供《ぶく》スルニヲ《お》ナジ。花《はな》ヲサヽゲ、香《かう》ヲツタフ。[一七]震旦《しんだん》ノ煙《けぶり》ヲ思《おもひ》ヤル。時ゝ《ときどき》[一八]鐃鈸《ねうばち》ヲウチ、カタ〳〵[一九]画讃《グワさん》ヲトナフ。スベテ天竺《てんぢく》、震旦《しんだん》、我国《わがくに》ノ諸道《しよだう》ノ祖師達《そしたち》ヲモ、供ヲソナヘテ同《おなじ》クタテマツル。画賛《ぐわさん》ハ[二〇]顔魯《がんろ》公《こう》ガ天台大師ヲホメタテマツレル文《ふみ》也。智證大師《ちしようだいし》モロコシヨリ伝《つた》ヘタル也。

[二一]智證大師《ちしようだいし》ハ讃岐国《さぬきのくに》ノ人《ひと》也。其母夢《そのははゆめ》ニソラノ日《ひ》ヲ口《くち》ニ入《いる》トミテハラメリ。[二二]イトキナキヨリ文《ふみ》ヲヨミ、経《きやう》ヲ誦《ず》ス。[二三]天長《てんちやう》ノナカゴロ、ハジメテ山《やま》ニノボレリ。[二四]義真座主《ぎしんざす》悦《よろこび》テ弟子《でし》トセリ。[二五]仁寿三年《にんじゆさむねん》ノ秋《あき》、唐《たう》ニ渡《わたり》テ法《のり》ヲモトム。[二六]天安二年《てんあんにねん》夏《なつ》、帰朝《きてう》シテ道《みち》ヲツタフ。抑《そもそも》天台《てんだい》ノアトヲヒロメタル寺ゝ《てらでら》ニ、同《おなじ》ク法花経《ほふくゑきやう》ヲ講《かう》ジテ、大師供《だいしぐ》ヲ行《おこなふ》事アマタ也。梵《ぼむ》網経《まうぎやう》ニノ給ハク、

[二七]モシ仏子《ぶつし》ハ父母《ちちはは》、和尚《くわしやう》、阿闍梨《あざり》[二八]過去《のくわこ》ノ日《ひ》、大乗経《だいじようぎやう》ヲ読誦《どくじゆ》シ、講説《かうぜつ》スベシ。

トノ給ヘリ。コノユヘ《ゑ》ニ、スヱノ御弟子《みでし》ノ心《こころ》ザシヲ[二九]モテモ、大師《だいし》ノ恩《おん》ヲムクヒ《い》タテマツラムト[三〇]イソグ也。

一三 天台大師の忌日十一月二十四日に大師を供養する法会。
一四 底本の「霊応面」の「面」は前田本「図」。よって「面」は「図」の誤とする。最澄帰朝時に将来し、朝廷に献じた天台大師の画像。天台霊応図本伝集・序には「今の図像は天台智者霊応の図なり」とある。「リヤウヲウ」は本文とは別筆。
一五 茶の一種。
一六 生存時の大師に供物を差し上げたのと同じ形式をとったもの。
一七 中国での香煙を思い偲んでのものである。
一八 金属性の音響楽器。鉢型で両手に一面ずつ持ち、これを打ち合わせて鳴らす。
一九 顔真卿の天台智者大師画讃。七言九十句より成り、天台大師智顗画像の讃文。→二二〇頁注二。「グワ」は本文より後筆。
二〇 顔真卿が魯国公に封ぜられたので顔魯公といった。
二一 智證大師伝に「天台宗延暦寺第五座主。入唐伝法阿闍梨、少僧都法眼和尚位円珍、俗姓和気公、讃岐国那珂郡金倉郷人なり」とある。
二二 智證大師伝によれば、八歳にして因果経を誦読し、十歳にして毛詩、論語、漢書、文選等を読んだとある。
二三 天長六年(八二九)十五歳の時叡山に登り義真につく。
二四 最澄の弟子で共に入唐し、天台学、密教を学んで帰朝、後、初代の天台座主となった。義真は智證の才量を評価し、意を尽くして善誘したという。
二五 智證大師伝に、遂に入唐の志をとげ、仁寿三年(八五三)七月進発、天安二年(八五八)本朝に帰るとある。
二六 「天安二年」の右上欄外に「文徳」とある。本文と同筆。
二七 梵網経・下に拠る。
二八 「過去」は、前田本「過亡」、梵網経「亡滅」とある。底本は誤記か。仏に仕える者は、父母、自分の師である和尚や阿闍梨がなくなった日には。
二九 「モチテモ」の「チ」の促音化の無表記。下の「モ」は副助詞的用法。「もったりして」の意。
三〇 準備するのである。

十二月

(三十一) 仏名《ぶつみやう》

仏名《ぶつみやう》ハ[一]律師《りつし》静安《じやうあん》ガ[二]承和《じようわ》ノハジメノ年《とし》、[三]深草《ふかくさ》ノ御門《みかど》ヲス丶メタテマツリテ、[四]ハジメ行《おこな》ハセ給フ。後《のち》ニヤウヤク[五]アメノシタニアマネク勅《ちよく》ヲ下《くだし》テ行《おこ》ナハシム。[六]静安律師《じやうあんりつし》思《おも》ハク、「[七]仏名経《ぶつみやうぎやう》ヲカキ、一万三千仏《いちまんさむぜんぶつ》ヲウツシテ、公家《おほやけ》ニタテマツラム」ト思フ。即経《すなはちきやう》ヲ書進《かきまゐら》ス。即国々《すなはちくにぐに》ニワカチツカハシツ。イマダ仏《ほとけ》ヲカクニヲ《お》ヨバザルニ、静安《じやうあん》ガ命終《いのちをは》リヌ。其弟子《そのでし》元興寺《ぐわんごうじ》ノ僧賢護《そうけんご》[八]、[九]先師《せんし》ノ志《こころざし》ヲトゲムト思《おもひ》テ、一万三千《いちまんさむぜん》ノ仏《ほとけ》ヲ[一〇]七十二《しちじふに》鋪《ふ》カキテ公家《おほやけ》ニタテマツレリ。内裏《だいり》ノ料《れう》ヲバ[一一]図書寮《づしよれう》ニオキテ、其外《そのほか》ハ官々《つかさづかさ》、国々《くにぐに》ニ[一二]ワカチタテマツリ、[一三]格《きやく》ニミヘ《え》タリ。[一四]仏名経《ぶつみやうぎやう》ニノタマハク、

モシコノ[一五]三世《さむぜ》三劫《さむこふ》ノ諸仏《しよぶつ》ノ名《な》ヲキ丶テ、或《あるい》ハヨクカキウツシ、或ハ仏《ほとけ》ノ形《かたち》ヲカキ、或ハ[一六]香花伎楽《かうぐゑぎがく》ヲ供養《くやう》ジテ、心《こころ》ヲイタシテ礼拝《らいはい》シタテマツラバ、ソノ功徳無量《くどくむりやう》ナリ。[一七]在々所々《ざいざいしよしよ》常《つね》ニ三宝《さむぼう》ニ値遇《ちぐう》シタ

第三十一条 仏名会は、毎年十二月十九日(当初は十五日)から三日間、過現未三世の一万三千の仏の名を唱えて、その年に犯した罪障を懺悔し滅罪生善を祈願する法会。まず、貞観十三年(八七一)の太政官符に拠って仏名会の沿革を述べ、三世三劫の諸仏の御名を聴聞、礼拝する功徳の無量なることを語る。最後は、阿含経、撰集百縁経、賢愚経等を引き、仏名会恒例のかづけ綿や温かな衣、ころも等を僧に布施する果報の大なることを述べている。

一 →一八四頁注八。

二 承和十三年十月二十七日の太政官符に「承和の初より勅ありて、年終に到る毎に大内常に此の法(仏名)を修す」とある。また、続日本後紀・仁明天皇の承和五年(八三八)十二月十五日の条に「天皇清涼殿に於いて仏名懺悔を修す。限るに三日三夜を以てす。律師静安、大法師願安、実敏、願定、道昌等、遞(たが)ひに導師となる。内裏仏名懺悔これより始まる」とあるのは、「宮中の恒例行事の最初」の意であろう。

三 底本この行の頭に「仁明」とある。本文と同筆。

四 前田本「始内裏行給」。底本「内裏ニ」の脱か。

五 前田本「後漸天下普下勅、道々国々行」。底本「道々国々」の脱か。貞観十三年(八七一)九月八日の太政官符にも「漸く天下に遍し」とある。

六 以下、貞観十三年の太政官符に拠る。

七 ここにいう仏名経は、「一万三千仏」とあるから、三千仏名経ではなく、一万三千仏を説く十六巻本。

八 静安の弟子賢護の伝は、本朝高僧伝六十五に見える。

九 貞観官符「苟も弟子たるもの当に師の志を述ぶべし。茲によつて発心して誠を致し、造り奉ること件の如し」。

一〇 貞観官符に、五畿七道分六十八鋪に、太政官・図書寮・大宰観音寺・八幡神宮寺分各一の四鋪を加え、計七十二鋪を朝廷に献上とある。

一一 図書の保管・書写、及び宮中の仏事、仏経、仏像などをも主管した役所。

一二 前田本「分給」。底本「タテマツリ」の右に「玉ヘリ」と傍記するが後筆。「給」ならば動作主尊敬で公家に対する敬意、

テマツル。八難《はちなん》[一八]ニヲ《お》チシモ、ヲ《お》[一九]ガム時ニハ心《こころ》ニ念《おも》ヒ、口《くち》ニトナヘテ、我今諸仏《われいましよぶつ》ヲヲ《お》ガミタテマツル、願《ねがはく》ハ三途《さむづ》[二〇]ノヤミヲ息《やめ》、国《くに》ユタカニ、民《たみ》ヤスクシテ、邪見人《じやけんのひと》[二一]善根《ぜんごん》[二二]ヲ発《おこさ》シメ、願《ねがはく》ハ衆生《しゆじやう》ト共《とも》ニ無量《むりやう》[二三]寿仏《じゆぶつ》ノ国《くに》ニ生《むまれむ》ト思《おも》ヘ。

トノ給ヘリ。

又云《いはく》[二四]、

若《も》シ仏《ほとけ》ノ御名《みな》ヲキカバ、心《こころ》[二五]ヲ一《ひとつ》ニシテ拝《をが》ミタテマツレ。タガヒニ[二六]アヤマタム事[二七]バヲ恐《おそれ》ザレ。無量阿《むりやうあ》[二八]僧祇《そうぎ》劫《こふ》ニアツメタル所《ところ》ノ諸《もろもろ》ノ罪《つみ》ヲケツ。

トノ玉《たま》ヘリ。タ[二九]シカニトナヘヌ人《ひと》モマジレルハ、此文《このふみ》ヲタノムナルベシ。

凡仏名《およそぶつみやう》ヲ行《おこな》フニハ必《かなら》ズ導師《だうし》ヲ請《しやう》ズ。公家《おほやけ》[三〇]ニハヒロキ綿《わた》ヲカヅケタマフ。私《わたくし》ニハヌヘル衣《キヌ》ヲカヅクル事、恒例《ごうれい》[三一]ノ事也。阿含経《あごむきやう》[三二]ニ仏《ほとけ》トキテノ玉《たま》ハク、

[三三]モシサムカラム時ニハ、アタヽカナラム衣《きぬ》ヲ僧《そう》ニ施《せ》セヨ。時[三四]ニカナヒテ悦《よろこ》バシムルニ、ノチノヨニ心《こころ》ニカナヘル報《むくい》ヲウ。

「タテマツリ」ならば対象尊敬で仏名経に対する敬意を表わしたことになる。

一三 貞観十三年の太政官符。類聚三代格二所収。

一四 以下、過去荘厳劫千仏名経の抄訳。

一五 過去荘厳劫、現在賢劫、未来星宿劫の総称で、この各の劫にそれぞれ千仏が出現するとして、三世三千仏、三世三劫の諸仏などと称している。底本「三劫」の左に「一切ヵ」と傍記するが後筆。

一六 香や花や音楽。

一七 生まれ変わる度に何時でも、どこでも。

一八 前田本、千仏経「不堕八難」。底本のままなら「八難に落ちたにしても」の意か。「八難」は、飢・渇・寒・暑・水・火・刀・兵の八種の災難。

一九 底本「ヲガム」の右に「拝」と書くが後筆。

二〇 前田本には「願、三途痛息(三途の痛みを息め)」とある。

二一 因果の道理を認めない邪悪な見解の人。

二二 千仏経には「邪見の衆生をして正道に廻向し、菩提心をおこさしめ」とある。この「菩提心」を「善根」と言い変えたか。→一四〇頁注六。

二三 阿弥陀如来のいます極楽浄土。

二四 以下は、現在賢劫千仏名経に拠る。

二五 現在賢劫千仏名経には「心を一つにして、放逸を懐くことなく勤行精進せよ」とある。

二六 「タガヒニ」の「ニ」は衍。前田本「違過事不謗」。千仏経には「謬錯を畏れざれ、必ず涅槃を得」とある。

二七 「事バヲ」の「バヲ」は「ヲバ」の転倒か。

二八 「阿僧祇」は梵語 asamkhya の音写。数えきれない意。数えきれないほどの長い間。

二九 正確に千仏の名を唱えることの出来ない人も講衆に混っているのは、「不畏謬錯」という経文の言葉を頼みにしているからであろう。

三〇 朝廷からは広い真綿が下賜されます。この「かづけ綿」は、寒中深夜の行法をおもんぱかってのもの。導師以下と

トノ給ヘリ。スベテ衣服《えぶく》ヲ人《ひと》ニアタフルニ、果報《くわほう》カロカラズ。イハムヤ僧《そう》ニ施《せせ》バ功徳《くどく》イヨ〳〵アツシ。コノユヘ《ゑ》ニ一彼商那和修《かのしやうなわしう》、二鮮白比丘《せんびやくびく》ハ中有《ちうう》ノ位《くらゐ》ヨリ衣《コロモ》アリ。コレミナ先世《さきのよ》ニ衣《ころも》ヲモテ僧《そう》ニアタヘタル報《むくい》也。又三憍曇弥《けうどむみ》テヅカラ衣《ころも》ヲヲ《お》リテ仏《ほとけ》ニタテマツレルニ、仏《ほとけ》ノタマハク、四恩《おん》ヲ思《おもひ》テ我《われ》ニホドコスハカルベシ。トス丶メ給《たまふ》。抑《そもそも》コノ五仏名《ぶつみやう》ハモロコシニモヲ《お》コナフベシ。居易《きよい》ノ詩《し》ニ云《いはく》、

六香火一炉灯一盞《かうくわいちろとういつさん》　白頭夜礼仏名経《びやくとうやれいぶつめいけい》

トイヘル句《く》ヲモチテミレバナリ。

賛云、

喜二人善根一為二我功徳一。若自行至相扶、若遥見問随喜、能喜人心同、等二行人報一。如下中二人焼香其匂同移、対二人燃火一其光同照中我宮上。養二深窓一未知外事一。他家遠事心中思遣、我国近事目前知見、公私仏事、和漢法会、種々写之、各々書之。不出戸知天下貴事、不如是巻。彼弥勤行五悔一、其中演二説随喜方便詞一。普賢立十願、其内可レ馮二随喜功徳誓一。僧勤諸事一貴哉尊矣。

れを肩にかけ法会を続けた。

二一 いつもの例。きまったやり方。類聚名義抄に「恒」の和音として、「我ウ」「後ウ」とあり「コ」は濁音。

二二 以下、法苑珠林八十一、諸経要集十所引の増一阿含経に拠る。

二三 前田本「若寒時、温衣施僧、〔若熱、涼衣施僧〕」。〔 〕内は底本にない。法苑珠林にも「若し熱き時には、涼室・軽衣・水・扇・冷物等を施す」とある。仏名会は酷寒期の法会なので意識的に省略したか、或は脱か。

二四 法苑珠林に「是の如く時に随ひ情に応じて悦ばしむれば、未来に福を獲て還つて順報を受く」とある。このように、時宜にかなって僧を悦ばせると、後の世に必ず自分の望む順報を受けるものである。

一 前田本「彼商那和修、始自生時、着衣」、付法蔵因縁伝二「斯の願力甚だ大きく雄猛なるに由り、母の胎内にをりし時より商那衣を着す」とある。底本「修」と「鮮」の間に「。」を書き傍記してある「ハ初テ生ルトキヨリ衣ヲキタリィ」は脱文の補正であるが後筆。商那和修は、先世で僧に衣服を施する願力強く、今世で胎内時から身に衣をつけていたという。

二 底本、前田本共に「尼」を脱す。倶舎論九には「菩薩は中有にも亦衣と倶なり。鮮白苾芻尼は本願の力に由るが故に世々に自然衣あり。恒に身を離れず、時に随ひて改変す」とある。百縁経八及びこれを引く法苑珠林三十五は、同一内容の所伝は詳しいが、この尼の名を「白浄比丘尼」とする。「中有ノ位」は死んで次の世界に生れるまでの間のこと。

三 瞿曇弥、摩訶波闍波提とも。→一五六頁注一七。賢愚経十二(法苑珠林四十一、八十一に引く)に、憍曇弥が、仏の出家時に、手ずから毛織物を織って仏に奉ったとある。

四 賢愚経に、仏が「恩愛の心にして施する福は弘広ならず、若し衆僧に施さば報を獲ること弥多し」と言ったとある。底本「カルヘシ」の右上に「カロ歟」と後筆による傍記あり。前田本「思恩施吾功徳可慥、清心与僧功徳可増」。後半部底

七 (賛《さん》に云《い》はく、
八 人《ひと》の善根《ぜんごん》を喜《よろこ》ぶに我が功徳《くどく》と為《な》る。九 若《もし》は自《みづか》ら行き至《いた》りて相《あ》ひ扶《たす》け、若《もし》は遥かに見、問ひて随喜《ずいき》するに、能《よ》く喜《よろこ》ぶ人の心《こころ》も同《おな》じければ、行《おこな》ふ人の報《むくい》と等し。人の焼香《せうかう》に中《あた》るに其の匂《にほひ》同じく移《うつ》りぬ、人《ひと》の燃《とも》せる火《ひ》に対《むか》ふに、其の光《ひかり》同じく照《てら》すが如し、一〇 と宣《のたま》へり。一一 我が宮一二 深《ふか》き窓《まど》に養《やしな》はれて未《いま》だ外《ほか》の事を知りたまはず。一三 他家《ほかのいへ》の遠《とほ》き事を心の中に思《おも》ひ遣《や》りて、我が国《くに》の近《ちか》き事をば一四 目《め》の前《まへ》に知見し、公私《こうし》の仏事《ぶつじ》、和漢《わかん》の法会《ほふゑ》種々《くさぐさ》に一五 之《これ》を写《うつ》して、各々《おのおの》之を書く。一六 戸を出《い》でずして天下《てんか》の貴《たふと》き事を知るは、是の巻《まき》に如かず。一七 彼《か》の弥勒《みろく》の五悔《ごくゑ》を行《おこな》へる、其の中に、随喜方便《ずいきはうべん》の詞《ことば》を演《の》べ説《と》きたまふ。一八 普賢《ふげん》の十願《じふぐわん》を立つる、其の内《うち》に随喜功徳の誓《ちか》ひを憑《たの》む可し。僧《そう》の諸《もろもろ》の事勤《つと》むるは、貴《たふと》きかな、尊《たふと》きかな。)

文永十年八月八日彼岸中日未刻

書写了

一九 三宝絵下

本の脱か。

五 この仏名会は中国でも行なっているようだ。それは、白居易の次のような詩が存在することで判断できるのだ。

六 白氏文集三十五の「戯れに経を礼せる老僧に贈る」の起承。和漢朗詠集・上・仏名の項にも見える。香炉に香をたき、油皿に一灯をともし、白髪の老僧が夜毎に仏名経を誦し、礼拝を捧げているの意。

七 前田本には「讃曰、経云」とある。底本「経云」を脱するか。

八 他人の善根(善い果報をもたらす善い行為)を見聞してこれを喜ぶと、我が身にも善い功徳になるものである。

九 優婆塞戒経四の「若しは随喜の心身、往きて佐助し、若しは遥に見聞し、心に歓喜を生ず。其の心等しきが故に、得る所の果報差別有ることなし」の取意。底本「問」の左に後筆にて「聞カ」とする。前田本「見聞」。

一〇 「宣へり」は冒頭の「経云」(底本脱)に対応している。

一一 底本の訓点は誤。「我宮」は続く文の主語で、「深き窓」の上にあるべきもの。

一二 尊子内親王様は深窓に育たれて、一般社会の事はご存知ない。

一三 前田本「他界」。「他家」でも意は通ずる。中国やインドのこと。

一四 前田本に「眼前如見奉」とある。底本「知見」は「如見」の誤か。内親王様の眼前に見奉るように致したいと意図して。

一五 写しとり、下巻各条の諸法会を作成執筆した。

一六 内親王様が戸外に出ることなく、世の貴き仏会の実態を知る事ができるのは、本書下巻の僧の巻に勝るものはないの意。伝教大師の天台霊応図本伝集・序に「印度の威儀、進まずして悉く知り、漢家の風俗、歩まずして都て覧る。庭の戸を出でずして普く天下を知るとは、其れ斯れを謂ふか」とあるのをふまえたもの。

一七 天台大師が法花三昧を修する者のために、弥勒菩薩所問本願経、占察経、普賢観経の意に従って説いた懺悔・勧請・随喜・廻向・発願の五種の懺悔法。その第三に「随喜方便(自他一切の善根を随喜讃嘆)」を説いている。

[一]戸部二千石三善朝臣(花押)

東寺宝泉院本

一八 唐の般若訳の四十華厳経・普賢行願品に説く普賢菩薩の立てた十の大願。その第五に「随喜功徳」を挙げている。
一九 前田本「三宝絵下巻」。

一 本書付載論文四六一頁参照。

注《ちゅう》好《こう》選《せん》

今野達 校注

三巻。故事・説話集。撰者未詳。「注好選集」「注好選抄」とするものもあるが、正しくは「注好選(撰)」。成立年次は確定し得ないが、『今昔物語集』の一出典とみられることから、十二世紀初めには成立していたと推定される。序および内容から推すに、本来は童蒙教訓、特に貴族・官僚・寺家の子弟教育の資として編集されたもので、撰者も学僧または儒仏兼学の儒者であろう。

完本は現存しないが、上中下三巻から成り、表記は漢文。上巻は冒頭に序を付し、「劫焼」より「嶋子別筥雲」までの百二条を収録。ただし、第二十二後半より第二十六前半までは欠落。中巻は「天名曰大極」より「獄卒叱罪人」までの六十条を収める。下巻は「日名金烏」より第四十九話の「鹿悲子導獦師」前半までで以下を欠くが、東寺本の欠損状況から推して、なお相当数の説話を収録していたものと思われる。

上巻は世俗の話題を収め、数話を除けばすべて中国説話。宇宙草創、三皇五帝の事跡以下、唐代以前の勧学・孝養説話、史話、故事逸話類を収める。中巻は仏典に由来するインドの仏教説話を主体に、仏菩薩・仏弟子の行状や仏法関連の逸事を説く。下巻は仏典や漢籍から選び出した故事因縁を中心に、広く動物関連の故事・説話を収録。三巻を通じて、仏俗から禽獣にわたる全生類の営為が配される編成となっている。叙述形式は『古註蒙求』に、また広義の儒仏二教に立脚する啓蒙教訓的姿勢は『童子教』などに通うものがある。

現存最古の写本は東寺観智院本で、仁平二年(一一五二)以前の写。宮内庁書陵部本はその転写で、中巻第二十九後半以下を欠く。東寺本は取り合わせ本で、上・下巻は本来のものながら、中巻は本来の中巻前半に下巻の一部を付録した一種の抄本である。新出の金剛寺本は元久二年(一二〇五)の写。原姿を伝える最善本と見られるが、中巻と下巻第九までの零本であることが惜しまれる。現在知られているのはこの二系三本に過ぎないが、『続教訓鈔』『体源鈔』、また中世の浄土三部経の注疏類にも多くの本文の引用を見る。『今昔物語集』の天竺・震旦部や『私聚百因縁集』等の有力な出典となるなど、後代文献への影響も少なくなく、その遺響は近世に及んでいる。

注好選　上巻[一]　俗家に付す[二]

□[三]惟《おもむ》みれば、末代[四]の学士未《いま》だ必ずしも本文[五]を習はず。茲《ここ》に因《よ》りて、纔《わづ》かに文書を学ぶと雖《いへど》も、本義[六]を識《し》り難し。譬《たと》へば、田夫《でんぶ》[七]の苗を作りて穂を作らざるが如《ごと》し。惟只《これただ》力をのみ竭《つく》して、是《これ》何の益か有らんや、者《てへ》[八]れば、粗之《ほぼこれ》を注《しる》して小童[九]に譲ると云々。

劫焼《こふせう》第一

劫[一〇]とは必ず始め有り、必ず終り有り。一袜《いちみ》[一一]を以て劫と名づく。始終の中間《ちうげん》に久しく有るが故に劫と云ふ[一二]なり。之《これ》[一三]に付きて四劫有り。謂《い》はく一は成劫《じやうこふ》。下は風輪際《ふうりんざい》[一四]より上は梵天[一五]国土に至る。世間[一六]の衆生[一七]は世間に漸々《ぜんぜん》[一八]に成立出生す。此《こ》の間に二十の増減有り。一増とは十才より八万四千《しせん》才に至る。一減[一九]とは八万四千才より十才に至る。二は住劫《ぢうこふ》。此の間に又二十の増減有り。是《これ》を中劫と云ふ。初めの一中劫は唯《ただ》減じて

一 底本虫損。「注好選上」を補。 二 虫損。先に残存字形より「唐」の異体字を擬したが撤回し、伴信友説の「俗」に復する。俗家は法家の対で、在世、世俗の意。この一句を要するに、世俗の巻ということになる。 三 虫損。「夫(それ)」などが擬せられる。 四 末代(→三三五頁注二七)の就学者というほどの意。末法下の平安末期以後、本書に類した初学者向けの啓蒙的著述に散見する常套語。童蒙教育に資した実語教、至要鈔などにも所見。 五 拠りどころとなる文。しかるべき典拠。 六 本来の正しい意味。 七 労多くしてみのりがないことのたとえ。 八 「といへり」の約「てへり」の已然形。記録語として漢文訓読文系に多用。というわけで。という次第で。 九 小童の用に供する意。学識者向けのものではないとする一種の常套的謙辞。字義通りのものであると同時に、著述上のゼスチュアでもある。

第一話 巻頭に、劫の生滅と輪廻による時間の無限性を説き、その一劫の生滅の中で衆生の出現に言及して、以下の人間界の叙述の大序とする。

一〇 梵語 kalpa に対応する音写。古代インドまた仏教で、無限の時間の計量に用いた最長の時間単位。これが輪廻して無限の時間概念が説明される。 一一 魅と同義。体源鈔引用文によると「往」。字形的には、消滅を意味する「抹」の変とも。一劫の生滅を一単位とした計測単位。 一二 底本虫損。体源鈔によって「云」を補。本話の以下の虫損部、これに同じ。 一三 劫については諸経論に説くが、以下の劫の記事は大毘婆沙論一三三に初見し、その要約が大智度論、倶舎論以下の論疏に多く引かれている。本記事の源流はそれらに発するもので、記事に精粗の差は大きいが内容も対応する。 一四 古代インドまた仏教で説く地・水・火・風(四大)から成る宇宙形成層の、最深部にあるとされた空気層。なお、ここではその下に空(くう)を設定する五大説をとっていない。 一五 天部の色界の下層を総理する大梵天王の国土。初禅天(大梵天・梵輔天・梵衆天)をいう。「土」は底本虫損を補。 一六 古代インド思想に基づく宇宙空間的場で、劫の一単位内で生滅する有限の世界。 一七 精神性を持つ一切の生物。

増《ぞう》無し。所以《ゆゑ》に人寿《にんじゅ》[一]は無量才より十才に至る。終りの第二十の中劫は唯増にして減無し。所以に十[二]才より無量才に至る。中間の十八の中劫に増減有り。成劫に准ぜよ。三は壊劫《ゑこふ》。此の間[三]に二十の増減有り。其《そ》の中に三[四]種の災《わざはひ》発《おこ》る。一は火災。下は無間《むけん》[五]地獄より上は初[六]禅を壊《やぶ》[七]る。二は水災。下は水輪より上は二禅を壊る。三は風災。下は風輪より上は三禅を壊る。或いは七つの日出でて、万物焼け焦《こが》れぬ。更《さら》に芥子《けし》[八]許《ばか》りも遺《のこ》り留まる物無し。是を劫焼と云ふ。此の時に若《も》し法花経の持[九]者有らば、火も焼かず。法花経を誦読供養する地は、又壊《やぶ》れざるなり。四は空劫。下々上々皆壊れ已《をは》[一〇]つて、空《うつ》[一一]けたること黒き穴の如し。此の間に二十の増減を過ぐす。其の最後の減劫の時に、又返[一二]つて成劫すべし。

劫に又三種有り。小劫・中劫・大劫なり。小劫と謂ふは一増一減なり。中劫は二十の増減なり。大劫は八十の中劫を一に合せて一大劫と為《な》すなり。

[一三]又、劫に付きて其の程《ほど》久しと言ふは、四十《しじふ》里の石有り。梵[一四]天三銖《しゅ》の[一五]天衣《てんえ》にて三年に一たび石を撫《な》づるに、是《かく》の如く撫で尽すを小[一六]劫と為《な》す。

生きとし生けるもの。その由来について、長阿含経二一・三災品は「劫初めて成る時、諸天下りて人と為り、皆悉く化生す。…衆共に世に生ず。故に衆生と名づく」(法苑珠林約文)とする。一八 訓読すれば「やうやう」。少しずつ次第に。色「漸々 ゼムゼム」。一九 底本「咸」。意によって改める。

一 以下、人間の寿命の長短が劫の増減に比例することを説く。二 底本虫損あり。体源鈔によって補。
三 虫損。「有」まで補。
四 三災と称されるもの。以下四大説に即して、地下は火輪から最下層の風輪に至るまで、天上は初禅天から三禅天に至る、色界の三天すべてが破壊し尽くされる次第を説く。なお、四禅天(無色界)は劫の影響圏外にある。
五 地下の八大焦熱地獄層の最深部にある地獄。絶え間なく責め苦を受けることからの称で、罪悪深重の者の落ちる地獄とされる。阿鼻地獄とも。
六 色界の最下層にある天界。その上に二禅天、三禅天が位置づけられる。七 虫損。「壊」を補。
八 芥子菜(からしな)の実。極微小のもののたとえ。
九 法華経を至心に信仰憶持する者。ここに説く法華経の功徳利益は原拠には見えないもので、法華信仰を強調する立場に立つ後人の加筆。
一〇 底本「ヲハテ」と付訓。促音を補。
一一 焼亡し破壊されて黒い空洞状になる意。
一二 時間の悠久無限を輪廻転生思想によって解釈したもの。
一三 本段の原拠は止観輔行伝弘決一ノ一。同書に金光明経を引いて同文性の同種記事をあげるが、現行の金光明経諸本には見えない。弘決の記事の流れを汲むことは明白。
一四 梵天は大梵天王とも(→二一九頁注一五)。銖は黍一粒の十分の一の重さともいうが、極めて軽い重量。
一五 「てんね」とも。天人が身にまとう衣服。その重さ極めて軽く、諸説あるが、ここでは三銖と説く。
一六 弘決の対応本文では「劫と為す」とするだけで、以下の

八十里を尽すを中劫と為す。百里尽すを大劫と為すなり。又云《い》はく、四十里の城に芥子を蒔《ま》き満てて、百年に一粒を取り、取り尽すを小劫と為す。八十里を尽すを[一七]中劫と為す。百里を尽すを大劫と為すなり。

開闢《かいびやく》第二

[一八]□天定まり地堅まりて、未だ人類を生ぜざる最初の時を[一九]開闢と名づくるなり。

天皇《てんわう》第三

天定まり地堅まりて後、開闢の時に[二〇]変化《へんげ》の人在《あ》りて、始めて皇《わう》と称して、世を持《たも》ち人を助く。其の皇の[二一]頭《かうべ》十二なり。[二二]治化は一万八千年なり。此の皇の時、[二三]十二月《げつ》を以て一年と定め、即ち吾が十二の頭を以て十二月を表《へう》するなり。

重複的記事を欠き、終りを「劫を経ること無数なるを阿僧祇(あそうぎ)と名づく」と結ぶ。

一七 底本「中劫」の上に一字虫損あり。あるいは「為」の衍字か。

第二話 題目虫損。意によって補。衆生出現の後を受けて、ここから人間界の幕明けとなり、以下に、儒家的発想に基づいて、三皇五帝に始まる中国世俗世界の事跡が叙述される。

一八 虫損。四字ほど欠。「天定」は意によって補。

一九 天地の初め。天地創成。

第三話 底本題目一字め虫損。体源鈔によって補。これ以下湯辰第十六に至る中国古代帝紀は、特定の中国史書によったものではなく、芸文類聚一一・一二の帝王部のごときを受けて、わが国の儒家が中国の史書・雑書より抽出した記事を適宜雑糅して編成したもの。この種の中国古代帝紀は、十二世紀末の明文抄や、やや後出の唐鏡などにも所見。なお、以下の三皇の説と所伝は史記・三皇本紀中の「一説」、および芸文類聚・帝王部、初学記九所載記事などの流れを受けたもの。明文抄もほぼ同趣。

二〇 父母を持たずに化して生まれたもの。仏教でいう生物の誕生形式、胎・卵・湿・化の四生の中の化生に相当する。

二一 史記の注によると、天皇に十二の頭があったのではなく、十二頭は十二人の意とする。史記は頭十二、治世一万八千年。芸文類聚、初学記は頭十三、治世一万八千年。

二二 政治をとって人民を化導すること。治政。伊チの畳字に「治化」がある。

二三 無限の時間の流れに一年十二か月の周期を設定した意。十二頭を十二月に配し、各頭を各月の主管者としたのは、四神を四季に配したのと同様の発想。以下、帝皇歴代の治政を通して、人間社会の発展の経緯を記す。

地皇《ちわう》第四

天皇の後、地皇位を即《つ》いで、世を治し人を助く。此の皇の頭《かうべ》十一なり。天下を治すること一万二千年なり。此の皇の時に山現れ川流る。地上に於《おい》て[一]四至阡陌を限る。[二]町・段・歩の数を定め、并《あは》せて[三]四方四角を有らしむ。

人皇《にんわう》第五

[四]地皇の後、人皇位を即いで、世を治し人を助く。此の皇の時、[五]神を祀《まつ》り人を葬《さう》す。皇の頭《かうべ》九つなり。

[六]已上三皇。

伏羲子《ふつきし》第六

人皇の後、伏羲子《ふつきし》位を即いで、世を持《たも》ち人を養ふ。此の帝の時、[七]少

第四話 「地皇十一頭。火徳王。姓十一人。…亦各万八千歳」(史記)。明文抄は頭十一、治世一万一千年。→二三一頁注二一。

一 土地の四方の境界と、それぞれに通じる道。異説もあるが、普通阡を経(南北)、陌を緯(東西)の道とする。

二 地積の単位。一町は十段、一段は古くは三百六十歩(後代三百歩)、一歩は一坪で六尺四方(約三・三平方メートル)。「六尺為レ歩、三百六十歩為レ段、十段為レ町」(口遊)。

三 東西南北と西北・西南・東北・東南(四維)。八方の方位を定めた意。

第五話 「人皇九頭、乗二雲車一駕二六羽一、出二谷口一。兄弟九人分長二九州一、各立二城邑一。凡一百五十世。合四万五千六百年」(史記)。「始学篇曰、人皇九頭、兄弟各三百歳。依二山川土地之勢一、財度為二九州一、各居二一方一」(芸文類聚、初学記)。明文抄は史記の記事に近く、「九頭分治二天下一。共六十五代、四万五千六百年」とする。

四 底本虫損。意によって「地」を補。

五 自然崇拝や祖霊信仰が芽ばえた意であろうが、他書に同趣の記事が見当たらない。

六 天・地・人の三皇を立てる説のほか、中国でも古来諸説があり、わが国でもそれを受けて、唐鏡は「伏犧・女媧・神農ヲ三皇ト申ス、鄭玄説也。伏犧・神農・黄帝ヲ三皇ト申、是ハ孔安国説也。燧人・伏犧・神皇ヲ三皇ト申スハ、白虎通ノ説也」と注している。

第六話 題目と本文冒頭は底本虫損。体源鈔に照らして補。伏羲子は正しくは伏羲氏。よみは慣用による。庖犧氏とも。所伝により、時に三皇の一、またそれに次ぐ五帝の一ともされる。人頭蛇身の王、治世百十年という。史記・三皇本紀に類似の文が見えるが、典拠とまでは言えない。

七 少しずつ身分の上下とそれに伴う礼義が生まれ、次第に社会秩序が整ってきた意。

八 虫損。「礼」を補。

しく尊卑有り。粗礼《ほぼ》[八]在《あ》り。復《また》[九]男を以て女の夫《をうと》と為《し》、女を以て男の妻《め》と為《す》。此の時に人[一〇]と禽獣と相《あひ》和して、毛[一一]を茹《す》[一二]き血を飲みて、居[一三]るに定止すること無し。

神農《しんのう》第七

伏羲子の後、神農位を即《つ》いで、世を治し民を顧《かへり》みる。此の帝より前《さき》には未《いま》だ五穀有らず。又田を耕《かへ》[一四]し、畠を作ること無し。即ち神農山に登り野に遊びて、草木[一五]の葉を取り、一々に其の味《あぢはひ》を嘗《な》む。一日の内に七十二の毒草に逢ひて、百度《ももたび》死し百度生く。即ち天命[一六]在《あ》り遂《つひ》に五穀[一七]を獲たり。謂《い》はく、粟・麦・稲・麻・豆なり。

此の帝手自《てづか》ら金鋤《かなすき》[一八]を取りて、五穀を蒔きて民の為にす。即ち、此《これ》より已来《このかた》、播《わか》[一九]ち殖《う》ゑて命を養ふなり。

九 未開の雑婚から夫婦関係の成立へと進んだもの。史記にも見え、それを受けて明文抄も「制㆓嫁娶礼㆒」とする。
一〇 野生の鳥獣の家畜化を意味する。
一一 毛はいわゆる毛物(けもの)で、獣類。この前後、抱朴子・外篇四八にも類似の記述が見え、「亦知㆓鳥聚、獣散㆒、巣栖穴竄、毛血是茹、結㆑草斯服」とある。
一二 よみは底本の訓による。類「茹 スク」。食う意。
一三 居を構えて定住しない。

第七話 神農は所伝により三皇の一(史記・三皇本紀)、また五帝の一(孔子家語)ともされる。炎帝と称し、人身牛首の王、治世百四十年という。初めて農耕を教え、本草学(漢方の薬物学)の祖ともされる。その名を冠した神農本草経は本草学の古典で、わが国にも伝来し珍重された。牛頭天皇(王)としてわが国に垂迹し、祇園感神院に祭祀されたという(唐鏡)。
一四 類「耕 タカヘス」。
一五 典拠を特定しがたいが、以下と同種の記事は史記以下諸書に所伝。明文抄にも「種㆓五穀㆒…嘗㆓百草㆒除㆑病」とある。
一六 自然のめぐり合せ。
一七 諸説あって一定しないが、和名抄は「周礼注云」として「黍(きび)・稷(たかきび)・菽(まめ)・麦・稲」をあげ、また一説として「礼記月令注云」として「稷・麻・菽・麦・禾」をあげる。色葉字類抄の「五穀」も同説ながら、稷を「アハ」、または稷を「キビ」禾を「アハ」とする。本文中の五穀に一致する説を見ないが、掌中歴に命穀とする七穀にはこのすべてが含まれる。
一八 金属の鋤の意で、鉄器時代の到来に伴う強力な新農具、鉄製の鋤をさす。
一九 伊ハの畳字「播殖」とあり、音読するも可。

第八話 祝融は火をつかさどる神とされ、礼記・月令に「孟夏三月…其帝炎帝、其神祝融」、同注に「祝融顓現氏之子…為㆓火官㆒」とある。ただし、神農後の即位については

祝融《しゆくゆう》第八

神農の後、祝融位を即《つ》ぐ。此の帝の時に、五穀有りと雖《いへど》も、人未《いま》だ之《これ》を蒸《む》さざりき。即ち[一]此の帝の時、人民転《うたた》[二]多く禽獣遂に少なし。帝仰ぎて天上を見るに[三]火星有り。[四]之《これ》を見て木を鑽《き》りて火を取りて後、鉄《てつ》を鋳《い》て鍋釜を為《つく》り、穀を蒸す。之に因《よ》りて民相続《あひつ》いで今に在り。

軒轅《けんゑん》第九

祝融の後、軒轅位を即《つ》ぐ。此の帝の時に、[五]皇帝城墎《じやうくわく》を造る。[六]衣裳を着《き》、[七]牛に服《よそ》ひ、馬に乗り、倉を立て、[八]尊卑多くして礼節有り。官《つかさ》に於《おい》て始めて政《まつりごと》在り。

顓頊《せんぎよく》第十

諸書に見えず、明文抄、唐鏡も、これを古代帝王の一に立てていない。

一 底本虫損。「民」までを体源鈔によって補。 二 非常に。はなはだ。 三 諸説あるが、ここではさそり座の主星アンタレス。大火ともいう。 四 これ以下、火神の事跡にふさわしいが、他書に見えない。史記以下これを太古の帝王燧人氏(すいじんし)の事跡とし、明文抄もそれを受けて、燧人氏の項に「是時教ㇾ人鑽ㇾ木出ㇾ火、始教ㇾ民熟ㇾ食」とする。あるいはこれを祝融に結びつけたものか。虫損部を体源鈔によって補。

第九話 軒轅は史記・五帝本紀によるに、治世百年という。黄帝の名。軒轅の名は居住した地名に由来する。五帝についても諸説あるが、史記はこれを五帝の第一に立てる。銅頭鉄身の蚩尤(しゆう)と覇権を争い、これを倒して王位についた伝説は著名。史記、博物志以下の所伝では、この治下に文物の進歩が目ざましく、文字・医薬・舟車・造酒の発明を始め、礼楽の起源もここに始まるとされる。

五 黄帝に当てたものであろうが、この記事によると、軒轅と黄帝は別人の感を抱かせる。もと複数の資料を結合した痕跡であろうか。 六 史記、明文抄に所見。「始垂㆓衣裳㆒」。 七 牛車を仕立てる意。「黄帝…曰軒轅…治㆓五気㆒、設㆓五量㆒。撫㆓万民㆒、度㆓四方㆒、服ㇾ牛乗ㇾ馬」(孔子家語五・五帝徳)。「服」のよみは底本の付訓による。→第九十二話。 八 二三二頁注七を受けて、この治下に社会秩序が確立し、政治機構が整ったことを記す。

第十話 顓頊は史記・五帝本紀によると、五帝の第二、黄帝の孫。高陽氏と称し、治世七十八年という。以下の記事は他書に見えない。

九 正しくは黄帝。→二三四頁注五。 一〇 虫損。体源鈔によって補。売買交易。上記の銭貨の鋳造を受けたもの。

第十一話 帝嚳は五帝の第三。黄帝の曾孫。高辛氏と称し、治世七十年という(史記)。以下の事跡、典拠未詳ながら、あるいは史記に「修ㇾ身而天下服…暦㆓日月㆒而迎㆓送之㆒、明㆓鬼神㆒而敬㆓事之㆒、其色郁郁」とあるなどと関係ある

[九]皇帝の後、顓頊《せんぎよく》位を即《つ》ぐ。此の帝の時に、始めて銭を造る。故に人民即ち[一〇]貨易《くわやく》する者なり。

帝嚳《ていこく》第十一

顓頊《せんぎよく》の後、帝嚳《ていこく》位を即《つ》ぐ。此の帝の時に衣の色を[一一]五色に染《そ》め成す。男女、其の服《き》るもの各《おのおの》異なり。吉凶・[一二]卜筮《ぼくぜい》の事、人道[一三]種々《くさぐさ》の事、始《はじ》めて相備《あひ》はる。

帝尭《ていげう》第十二

帝嚳《ていこく》の後、帝尭位を即ぐ。此の帝の時に、始めて[一四]治律を造り、[一五]国・郡・郷・村を定め、各々《おのおの》政《まつりごと》在り。

か。

一一　五采とも。普通、青・黄・赤・白・黒の五色をいう(尚書注、礼記疏など)。伊コの光彩「五色」も同説。芸文類聚一一に引く帝王世紀には、これを帝舜治下のこととし、「以ニ五采章一施ニ于五色一、為レ服」とする。

一二　卜・筮ともに占いで、前者は亀甲による占い、後者は蓍木(めどぎ)後代は筮竹)による占い。　一三　人間の生活秩序に関する諸般のこと。色「種々　クサクサ」。

第十二話　帝尭は五帝の第四。帝嚳の子。陶唐氏と称し、治世九十八年という(史記)。次代の帝舜とともに、中国古代の理想的聖天子とされ、その仁政は多くの史伝に記すところ。→第十四・十五話。

一四　法律。史記には、この治下に皐陶(こうとう)が獄を作ったとする。　一五　二三四頁注八を受けて、帝徳が遠隔の地にまで及んで、地方の行政機構が整ったことをいう。

第十三話　題目虫損。体源鈔によって補。以下の虫損部も同じ。帝舜は五帝の第五。黄帝の末孫とされる。帝尭の禅譲によって即位し、治政四十八年の後、蒼梧の野に没した。姓は姚(よう)、名は重華。有虞(ぐう)氏と称したことから、虞舜とも呼ばれる。重瞳の人で、重華の名もそれに由来するという(史記)。中国古代の聖天子として帝尭と併称され、また孝子の範として二十四孝の第一にあげられる(→第四十六話)。なお崩後、二妃娥皇・女英が追慕して竹に注いだ涙の跡は斑竹の由来譚として知られる。

一　虫損。次の「帝」まで補。　二　世路は世渡り、資具は道具で、生活の用具。色「世路　セイロ」。　三　容器。器物。色「器　ウツハモノ」。　四　虫損。「為」を補。類「為　ツクル」。　五　鳳凰とも。鳳は雄、皇は雌の称。聖天子が現れると飛来するという想像上の鳥。「鳳皇来儀」(芸文類聚所引帝王世紀)。→下巻第四十一話。

第十四話　禹王は黄帝の末裔という。姓は姒(じ)、名は文命(ぶんめい)。帝舜の禅譲によって即位し、治政十年、夏を建国して始祖となる。古来治水の功が特筆され、今に治水の

帝舜《ていしゅん》第十三

一帝堯の後、帝舜位を即《つ》ぐ。此の帝の時に、市を立つ。飲酒《おんじゅ》幷《なら》びに世《せい》二路《ろ》の資具、土木を以て三器《うつはもの》に四為《つく》る。人々好みに随つて資具を設く。五鳳皇来《きた》りて王の庭に遊び、帝徳を表《へう》す。

禹王《うわう》第十四

帝舜の後、禹王位を即ぐ。此の王の時に、六水災息《や》みぬ。地を作ること広くして、七五穀豊満す。八天清《す》み地九寧《やす》く、人民安楽にして互ひに礼有り。一〇孝《けう》を悟りて報恩する者なり。

堯代第十五

此の時、九年の洪水に遭へりき。然而《しか》れども、人民一一誇《ほこ》つて一二菜食《さいじき》せざ

神として禹廟に祀られる。六 次の第十五話に見える尭代の大洪水をさす。黄河の本文流の大氾濫によるものという。禹の父鯀(こん)が尭の命によって治水に当たったが失敗し、禹が遺業をなし遂げたことは史記・夏本紀に所見。詩経・大雅の毛伝にも「禹治二梁山一、除二水災一」とある。七 →二三三頁注一七。八 天空は澄みわたり、地上は平和で災害がないことで、天下泰平の表象。九 底本「ヤスク」「ユタカニシテ」の両訓を付すが、前者を取る。なお体源鈔は清を「きよく」、寧を「やすし」とよむ。一〇 人道の大本である孝道をさとったことは、道徳の根本が自覚されたことになる。

第十五話 九年間にわたる大洪水。鯀・禹父子二代によってその治水工事が完成したという(→注六)。なおこの洪水については、史記・五帝本紀に「湯湯洪水滔レ天、浩浩懐レ山襄レ陵。…九歳功用不レ成」、また夏本紀に「当帝堯之時、鴻水滔レ天…九年而水不レ息」と見える。

一一 自尊心が高くて。プライドを持って。底本「ホコテ」と付訓。促音を補。一二 野菜類だけの食事をすること。ただし、この字義通りに解すると、人民はプライドが高くて、穀類を摂取し、肉食などもしたことになるが、文意いささか不審。「禹十年水、湯七年旱、而天下無二菜色者一」(荀子・富国)の記事などを参照するに、あるいは「菜食」は誤って「菜色」に当てたもので、洪水にへこたれて菜っ葉のような青ざめた顔色をする者はなかった、の意か。

第十六話 湯辰は他書に見えない。「湯成」の誤伝または誤写であろう。史記・夏本紀には「成湯」とあり、明文抄以下の国書もすべてこれに従う。夏の悪王桀を滅ぼして殷を建国した太乙成湯をさす。これも黄帝の末裔とされる。黄帝以後の帝王がすべて黄帝を始祖とするのは、黄帝の血脈につながることが、古代王権の正当性を保証するものだったのであろう。

一三 七年間にわたる日照りで、尭代の大洪水と並ぶ大災害。注一二の荀子の記事のほか、太平御覧三五にも「世説曰、湯時大旱七年」と見え、唐鏡・成湯の条には「此御時、七年

りき。

湯辰《たうしん》第十六

此の時、一三七年の旱魃に遭へりき。然《しか》而れども、民一四寧《やす》くして飢《う》ゑたる色無し。一五已上帝皇の代の沙汰なり。

蘇秦股《そしんもも》を刺《さ》す第十七

一六此の学生は、一七張儀と倶《とも》に一八鬼谷先生に一九事《つか》ふること十年二〇なり。二一六芸百家の二二言《ことば》に通ず。□二三書を読むに息《やす》まず。眠らんと欲《す》れば、垂《た》るるに錐《きり》を以て股を刺して臥《ふ》さず。

□第十八

二四此の学生は書を学ぶことを好み、睡らんと欲《す》れば縄を以て二五梁《うつはり》に着《つ》け

ノ間雨フラズシテ、旱魃浅猿(あさまし)カリシカバ」とある。一四 よみは底本の付訓による。→二三六頁注九。一五 ここで中国太古の伝説的帝王紀が終わり、殷の建国に始まる歴史時代に入るわけであるが、殷・周時代を飛ばしてただちに戦国時代の記事に移行するのは、作者の関心の所在と編集姿勢にかかわるものとして注目される。

第十七話 戦国策三に見える蘇秦の故事に由来する。ちなみに、本書とほぼ同時代的な童子教に「蘇秦為二学文一、錐刺レ股不レ眠」とあるのは同話に基づくもので、本話の流布と伝承の場をうかがわせる好資料。蘇秦は東周の洛陽の人。戦国時代を代表する高名な遊説家。西方の強国秦に対抗して、南北に連なる六国(韓・魏・趙・燕・楚・斉)の攻守同盟を説いた合従(がっしょう)策を提唱。なお、これ以下四字の題目を立てて説話を注するのは、当時盛行流布した蒙求にならったものであろう。底本、「刺」に「サク」「サス」の二訓を付するが、後者を取る。

一六 虫損。他話にならい、「此」を意によって補。一七 戦国時代の魏の人。同門の蘇秦の合従策に対して、秦の東方の六国(韓・魏・趙・燕・楚・斉)が秦に服従して東西共存をはかる連衡策を説いた。→第三十七話。一八 底本「僧」。対校一本の「倶」を取る。一九 春秋戦国時代に輩出し、思想・政治・外交・軍事等を説いた、いわゆる諸子百家の一。王詡(おうく)と呼ばれるが、詳伝は不明。鬼谷の称は同名の地に住したことに由来する。著書に鬼谷子があるが、後代の偽書らしい。二〇 底本、七を十と改めるが、対校一本に七とする。二一 伊リの畳字「六芸」。六芸は、普通士大夫の必修すべき礼・楽・射・御(馬術)・書・数の六種の伎芸をさすが、ここでは六経(易経・書経・詩経・春秋・礼記(または周礼)・楽記)をさすか。百家は多くの学者。二二 説くところ、つまり論説に精通した意。二三 以下の記事は、戦国策に「読レ書欲レ睡、引レ錐自刺二其股一。血流至レ足」とあるのに対応する。

第十八話 題目虫損。蒙求(付注本。以下に引く蒙求も同じ)・孫敬閉戸にも類似の記事が見えるが、注目すべきは童子教に「俊敬為二学文一、縄懸レ頸不レ眠」とある記事で、こ

て、其の縄を頸《くび》に懸けて[一]通夜《よもすがら》臥さず。

車胤《しやいん》は[二]蛍を聚《あつ》む第十九

此の学生は家極《きは》めて貧しくして、[三]燭《ともしび》の便《たよ》り無し。即ち[四]蛍十枚を取りて[五]絹の帋《ふくろ》に[六]成《つつ》むで書の上に置きて文《ふみ》を読む。

匡衡《きやうかう》は壁を穿《うが》つ第二十

此の学生は[七]前漢の東海の人なり。学を好み、書を読みて息《やす》まず。夜[八]寐《い》ねず。而《しか》るに其の家甚《はなは》だ貧しくして、[九]燭無し。其の室の東西の壁を穿《うが》ちて、[一〇]月の光を招《まね》き入れて、夜を以て朝に続《つ》いで文を誦《じゆ》する音《こゑ》絶えず。

幻安《げんあん》は席《むしろ》を割《さ》く第二十一

れは同話に基づくものであろう。なおこの記事、あるいは孫敬の故事の異伝かとも思われるが、童子教には「孫敬為㆓学文㆒、閉㆑戸不㆑通㆑人」ともあって、別の話となっている。これから推測するに「俊敬懸縄(または懸頸)」などの題目を擬すべきか。

二四 虫損。他話にならい、「此」を意によって補。 二五 柱の上に渡して屋根をささえる横木。

一 色「通夜 ヨモスカラ」。

第十九話 題目まで一致することから、原拠は蒙求・車胤聚蛍。童子教ではこの四字題を二分して、「車胤好㆓夜学㆒、聚㆑蛍為㆑灯矣」とする。同じ蒙求の孫康映雪と一対の勧学譚として古来人口に膾炙し、宇津保物語・祭の使でも、学士藤英に、「光を閉ぢつる夕には叢の蛍を集め、冬は雪をつどへて」などと言わせている。車胤は、字は武子、晋の合浦郡南平県の人。

二 底本「営」を改める。 三 灯油を求める資力がなかった意。

四 蒙求は「数十蛍火」。枚は助数詞。薄いもの、平たく長いもの、小さいものなどを数えるに用いる。 五「帋」は紙の異体。色・類「フクロ」。蒙求には「練囊」とあり、これによれば、ねり絹製の袋となる。「帋」字の読み次第で、の表現も生れよう。袋は紙に転じ、それに伴って包んで、の表現も生れよう。絹の紙は未詳。漢代に盛行した帛書から推すに、文字を記すに用いた白絹をさすか。 六 よみは底本の付訓による。

第二十話 原拠は蒙求・匡衡鑿壁。童子教ではこの四字題を二分して、「匡衡為㆓夜学㆒、鑿㆑壁招㆓月光㆒」とする。なお底本「匡衝」。「衝」を「衡」の誤写と見て改める。匡衡は東海郡承県の人。楽安侯に封ぜられた。

七 秦に次ぐ統一王朝で、紀元前二〇二年から紀元八年まで。

八 底本「寤」。字義はさめる意で、文意不通。底本の付訓「イネ」によって、字形の似た同訓の「寐」に改めた。

九 →注三。 一〇 蒙求では隣家の灯火の明りを招き入れたとする。これを月光に変えたのは、蒙求伝来後の日本的改変。童子教でも本話と同じく月光とするのは注目される。

此の人美艶[一一]を好まざりき。其の身貧しきが故に、只《ただ》席[一二]を割き、枚《まい》を半ばにして之《これ》を敷き、其の上に居たり。

君長《くんちやう》は蒲《かま》[一三]を截《か》[一四]る第二十二

此[一五]の人少《をさな》[一六]かつし時、羊を牧《か》ふて沢[一七]の辺《ほとり》に於《し》て蒲を截《か》る。即ち、蒲の葉を以て常に字を書く。蘘《くさむら》[一八]の□於《し》[一九]て□声尤《もつと》も高し。時に郡[二〇]守見て之《これ》を奇《あやし》びて、将《ゐ》て帰りて書を学[二一]せしむ。遂《つひ》に一[二二]（底本一丁脱落のため、以下第二十六前半まで欠）

（　　）第二十六

（上欠く）疇《うね》[二三]を作る。休息の際《きは》には、便《すなは》ち節々《よりより》[二四]に披《ひら》きて読みき。年月差《やや》[二五]積もりて、其[二六]の位を逐ひて御史《ぎよし》[二七]の官《つかさ》に至る。

第二十一話　原拠不明。ただ、極貧にして満足な敷物なしとされる学生の話は散見。蒙求・孫晨藁席などもその一例。
一一　美しくあでやかなこと。地味な人柄で、華美をきらったのであろう。一二　席と同じ。草を編んで作った粗末な敷物。

第二十二話　蒙求・温舒截蒲は同話であるが、人名が一致しない。蒙求によると、温舒は姓は路、字は長君、鉅鹿県の東里の人。本話に君長とするのは長君の誤伝か。蒙求には「牧レ羊。温舒取二沢中蒲一、以為レ牒、編用レ写レ書」とあり、たまたま太守に見いだされて登用され、累進して臨淮の太守となって、治政に特異なものがあったという。
一三「がま」とも。水辺や湿地に自生するガマ科の植物。その葉を編んで敷物を製したり、茎を細工物の材料などに用いる。蒙求によれば、ここではその葉を加工して筆写の用としたもの。一四 よみは底本の付訓による。普通は「きる」と読む。刈り取る意。一五 虫損。残存字形より「此人」と判読できる。一六 底本「少ナカシ」。「少なかりし」の音便形の促音無表記と見て「つ」を補。一七 低湿地。一八 叢の異体。類「蘘・叢 クサムラ」。一九 虫損。下の虫損部と合せて四字分欠。二〇 郡の長官。蒙求「太守」。二一 底本を通覧するに、音訓両様に読んでいる。二二 底本に、一本になしとする。これ以下底本一丁脱落のため本文を欠くが、内容は蒙求により推測可能。

第二十六話　底本欠脱のため、題目及び本文前半を欠き、原拠を推定しがたい。ただ残存本文より推すに、あるいは童子教に「倪寛乍二耕作一、腰帯レ文不レ捨」とする話が相当するか。なお蒙求・常林帯経に類似の記事が見えるが、常林は第三十三話に立てるので、ここは別人であろう。
二三 ここは畑のうね。畝と同意。二四 よみは底本の付訓による。色「時々 ヨリヨリ」と同意で、折々に。ときどき。二五 底本「さし」とよむが、いかが。色「差 ヤ、」によって読み改める。次第に年月を積み重ねて。二六 累進して。次第に昇進して。二七 もと記録をつかさどる役職であったが、

董仲《とうちう》は帷《とばり》を下《た》る[一]第二十七

此の学生は前[二]漢の広川《くわうせん》[三]の人なり。学を好み、帷[四]を下《た》れて目《まなこ》を散ぜざらしむ。書[五]を読みて、人に遇ふに多く談《かたら》ず。食《じき》に向ひて、久しく逗留《とうりう》[六]せざる者なり。

桓栄《くわんえい》は己《おのれ》[七]を励《はげ》ます第二十八

後漢[八]□此の学生は、本元卿《もとぐわんきやう》[九]と曰《い》ふ家の子なり。即ち元卿と倶《とも》に田に在《あ》り。暫《しばら》く休息する暇《いとま》に、[一〇]桓栄書を読む。元卿の曰《い》はく、「貧賤[一一]の基之《もとゐこれ》に在り」と。而《しか》るに其の心変改《へんがい》せず、弥《いよいよ》励む。後の時[一二]尚書[一三]の大傅《たいふ》と為《な》る。弟子千万なり。元卿之《これ》を貴《たふと》ぶ。

孝明《かうめい》は火を継《つ》ぐ第二十九

漢代には官吏を監察し、違法を弾劾する職に転じている。「官」は官職。

第二十七話 原拠は蒙求・董生下帷と思われるが、その全般にわたるものではなく、「下帷」のモチーフに焦点を当てて勧学譚風に改作したもの。なお、源為憲の世俗諺文・下帷の条にも「漢書云」として簡単な同話を収める。董仲(底本「薫沖」を「董仲」の誤写と見て改める)は漢代の大儒董仲舒。若くして春秋に通じ、その著、春秋繁露は著名。景帝の時に博士となり、武帝の時に進言して儒学を国教とした。

一 よみは底本の付訓による。 二 →二三八頁注七。 三 漢代の信都国広川県。 四 部屋の目隠しや仕切りのために用いる垂れ布。 五 以下に対応する記事は蒙求に見えない。寸刻を惜しんで学問に専念する姿を強調した敷衍的記事であろう。 六 とどまる。食事の席に長居しない意。

第二十八話 原拠不明。桓栄については、同名の人物で、後漢の竜亢の人、字は春卿、関内侯に封ぜられたのは同人か。

七 底本「励己」を「励むのみ」とよむがいかが。「おのれを励ます」とよみ改め、自分にむち打って勉励した意に解する。 八 虫損。「漢」と判読できるが、左側に衍字符を付す。後漢は王莽(おう もう)の新を滅ぼして再興した漢。紀元二五年から二二〇年まで。 九 よみは底本の付訓による。伝不明。 一〇 底本「桓栄読書之元卿曰」とし、「之」に衍字符を付す。 一一 農事に専念せず、非生産的な学問に心を奪われたことを、将来の貧窮のもとと評したもの。 一二 底本の訓点に従えば「時を後(おく)らして」となるが、他話の同例にならって「後の時」とよみ改める。 一三 尚書で太傅の任を兼ねた。尚書は、宮中で文書をつかさどる官職。「大傅」は正しくは太傅。天子を補佐する重職で、その人を得なければ欠員とする則闕の官とされた。

第二十九話 原拠不明。

一四 虫損。残存字形より「此」と判読。 一五 →二四〇頁注八。

此[一四]の学生は後漢[一五]の人なり。書を学して夜休むこと無し。火[一六]を継ぎて書を誦《じゅ》し、恒《つね》に夜半《やはん》を過ぐす。

□は戈《ほこ》[一七]を□《な》[一八]ぐ第三十

此の人は、本《もと》[一九]軍旅の中に在《あ》れども、戈《ほこ》を放《す》てて即ち史書を読む。

□□を□第三十一

[二〇]後漢の呉の人なり。学を好み書を読む。冠[二一]の遺《のこ》るを覚えず。食の時をも憶□[二二]せ莫《ざ》[二三]りき。

高鳳《かうほう》は麦を流す第三十二

此の人は、書を読みて晨夕《あしたゆふべ》に止まず。其の妻麦[二四]を曝《さら》して、鳳に之《これ》を守らしむ。竿《さを》[二五]を以て手に授けて、鶏雀を追はしめき。即ち天より大い

一六 灯火を絶やさないように油をつぎたす意。

第三十話 原拠不明。人名も不明。

一七 底本「テホコ」「ホコ」の二訓を付するが、後者を取る。矛は、両刃の直剣を長柄に仕込んだ刺突用の武器。日本の槍の祖形とされる。 一八 虫損で付訓だけを残すが、欠字は「投」で、投棄の意。 一九 底本「軍」の下「族」に似た字を記すが、旅の異体または誤写と見る。征戦の旅先。戦陣。

第三十一話 童子教に「休穆入二意文一、不レ知二冠之落一」とする話が相当するか。とすれば、「休穆落(遺)レ冠」などの題目も考えられよう。休穆は三国時代の呉の人。字は朱桓。新城侯に封ぜられた。なお、蒙求・孟嘉落帽にも、風に帽子が吹き飛ばされても気づかなかった孟嘉の逸話を伝えるが、孟嘉は晋の人で、別話。

二〇 後漢の呉とあるのはいささか不審。三国(魏・呉・蜀)鼎立は後漢に続く時代なので、時代認識にやや曖昧なものがあったか。あるいは、後漢の呉地方の人といったほどの意とも。 二一 休穆の故事とすれば、冠が落ちて後に残ったのに気づかなかったの意。下出の食事時をも忘れていたという記事と相俟って、学問・読書に熱中して他を顧みるゆとりがなかったさま。 二二 虫損。該当字が不明なので、読み下す時の位置を特定し得ない。 二三 よみは底本の訓点による。

第三十二話 原拠は蒙求・高鳳漂麦。古来有名な話で、今昔物語集一〇ノ二五以下国書にも散見。童子教では前記休穆の記事と対にして「高鳳入二意文一、不レ知二麦之流一」とする。高鳳は、後漢の南陽郡葉県の人。字は文通。名儒として聞こえ、招かれたが官途に着かず、隠逸の生涯を送った。後漢書七三・逸民伝に収める。

二四 麦を日光や外気にあてて乾燥させる。 二五 底本「カネ」「シモト」の二訓を付するが、特殊に過ぎるので、古辞書に共通の「さを」に改めた。

一 類「雨 アメフル」。 ニ 底本「エ」「ラ」の捨て仮名を付するが、後者を取る。

なる雨[一]ふりき。而《しか》るに鳳竿《さを》を執《と》りて書を読みて、麦を流すことを覚《さと》[二]らず。妻の還《かへ》りて罵《の》るに始めて悟る。

常林《じやうりん》は暇《いとま》を接《せふ》[三]す第三十三

学を好み書を読みて、田を鋤《す》き耕《たつく》[四]るに、休息して書を披《ひら》きて読む。[五]三十年、遂に官[六]□に至る。

朱寵《しゆちよう》は疲《つかる》[七]ること無し第三十四

此の人は、潁川《えいせん》[八]の守と為《な》[九]りて行くに、[一〇]経書を先に荷《にな》ひ負はせて、停《ちやう》止《じ》の処には披《ひら》き読み、義[一一]を講じて暫《しばら》くも息《やす》まず。

□安《あん》は憩《いとのは》[一二]ず第三十五

□[一三]安定の人なり。[一四]学文に臨みしより以後、老死に至るまで暫《しばら》

第三十三話 蒙求・常林帯経に「於㆓人性㆒好㆑学。漢末為㆓諸生㆒、帯㆑経耕鋤」とある記事に由来するか。本書で高鳳と並記されるのも、蒙求で常林帯経と高鳳漂麦が対になっていることと無関係ではなかろう。常林は、魏の河内郡温県の人。字は伯槐。

三 よみは底本の付訓による。「暇をつぐ」とも読めよう。継ぐと同意で、余暇をつないでは読書に励んだ意。四 よみは底本の付訓による。耕作の意。五 三十年(の勉学)を経て。六 底本「至㆑官㆓」。「官」の下に脱字を想定。官途について光禄大夫に至ったという(蒙求)。

第三十四話 原拠不明。朱寵は、後漢の京兆の人。字は仲威。安郷侯に封ぜられた。

七 底本「タユムコト」「イタムコト」「オコタルコト」の三訓を付するが、「イタム」以外は古辞書に証を得ず、「イタム」も文意がなじまない。記事内容に即して「つかるること」とよみ改めた。八 底本の字体やや異風だが、付訓「エイ」によって正字に改めた。潁川は郡名、今の河南省に属する。九 長官。太守とも。一〇 この一句、よみは底本の訓点による。経書は聖賢の著述した儒書で、四書五経の類。一一 意味や論旨を講説する意。

第三十五話 人名を推定し得ず、原拠も不明。

一二 底本異体。正字に改める。「イキツキア(ヘ)」「イコノ(ハ)」の二訓を付するが、後者を取る。「いとは(ず)」ともよめよう。いずれも休息の意。一三 所在不明。一四 学問と同意。学業についてから。一五 虫損。下の虫損と合せて三字分欠。ここは「息まず」などとあったものか。一六 原義は死者の霊魂であるが、ここでは広く鬼神・霊鬼の類をさす。

第三十六話 原拠不明。

一七 底本「棘」とし、「アラハニセ□(虫損、リ?)」と読むが、いかが。「棘」を棘の異体「棘」の変と見て、「おどろにす」とよみ改める。学業に専念するあまり、住居を荒れ放題にし、草木の茂るにまかせていた意。一八 南陽郡。今の河南省南西部の要衝。一九 ここでは床几、または石畳。二〇 イバラ・カラタチなど、とげのある灌木の称。二一 よみは底本

くも其の声□[一五]ず。□禽獣之《これ》を守り、鬼《き》[一六]来りて恭《うやま》ふ。

石勤《せききん》は院を棘《おどろ》[一七]にす第三十六

此の人は南陽[一八]の人なり。学に勤めて遑《いとまあ》らず。門の前の床[一九]の上に、荊《けい》[二〇]棘藪《きよくをどろ》[二一]を為《な》せり。敢《あ》へて之《これ》を掃ふに暇《いとま》無し。終《つひ》に外の友に交らず。

張儀《ちやうぎ》は文朗《ほがら》[二二]かなり第三十七

此の学生は、大守[二三]と為《し》[二四]て之《これ》[二五]に行くに、夕の宿に臨みて、枯木の林の中にして、即ち新古[二六]の文《もん》を誦す。其の声誦々《じゆじゆ》[二七]として可なり。其の晨《あした》[二八]に彼の林の中に枯木無し。皆[二九]木有りて花を開き、花有りて菓《このみ》を結ぶ。

亀毛《きまう》は弁妙《たへ》なり第三十八

此の人は、秋の野に宿りて、節《とき》[三〇]の趣に因りて史《し》[三一]に書き弁を陁《さが》[三二]す。即

の付訓による。正しくは「おどろ」。やぶ。

第三十七話 張儀の弁口の妙を伝えた逸話。次の亀毛弁妙と対をなし、共に遊仙窟の名句「白骨再宍(肉)、枯樹重花」を踏まえている。ここでは下句を取って張儀の能弁を説いたもので、特定の経史類に典拠を持つものではなさそうである。張儀は弁舌天下に比なく、蘇秦も一歩を譲ったという。秦の宰相となる(史記)。→二三七頁注一七。

三 類「朗 ホガラカナリ」。明るくさわやかで、とどこおることのないさま。 三 →二四二頁注九。 二四 よみは底本の付訓による。 二五 よみは底本の訓点によるが、「之」は具体的には不明。あるいは任地をさすか。 二六 普通秦漢以前の実用本位の文を古文とし、以後の四六駢儷的修辞文と区別する。 二七 途切れることなく、なめらかで美しいさま。 二八 翌朝。 二九 張儀の流麗爽快な弁舌に感応し、林中の枯木の精が一斉によみがえり、花開き、実を結んだ奇跡を説く。

第三十八話 空海の三教指帰・上・亀毛先生論に由来する話。亀毛は同書に儒客として登場する博学雄弁の人物で、「三寸(舌の意)纔かに発すれば、枯れたる樹栄え花さく。一言僅かに陳ぶれば曝(さら)せる骸(かばね)反って宍(しし)づく」とされ、その能弁には「張儀・郭象も遥かに瞻て声を飲む」とする。この架空の人物を張儀と対にして、前記遊仙窟の上句を取り合せて作出した話であろう。ちなみに、亀毛は、兎角・蛇足などと共に、仏書では実在しないもののたとえとする。なお、童子教に「亀毛誦二史記一、古骨得レ膏矣」とするのも同話を踏まえた記事であろう。

三〇 季節の風趣、つまり秋夜の野の景趣。 三一 童子教は史記とするが、いわゆる史書には限らない。文書の意で、ここでは詩文というに近い。 三二 よみは底本の付訓による。「陁」は「サガシ」(類)と読み、険峻を意味する語であるが、ここでは「捜・探」(さがす)に当てたもの。修辞に意を用い、適切な詞句を求めて口ずさんだ意。

一 文案ができあがって読み上げた。 二 よみは底本の付訓

ち夜明けて後、弁[一]を作《な》す。其の傍《かたはら》に死したる骸骨《がいこつ》有り。即ち弁の妙なるに依りて、古《さ》[二]れたる骨等更に脂《あぶらづ》[三]いて汗を流す。

□雪を積む第三十九

此の学生は、家尤《もつと》も貧しくして灯《ともしび》[四]無し。即ち冬の夜、書の辺《ほとり》に雪を積みて、文を照《て》らして之《これ》を読む。

白元《はくぐゑん》は帯を結ぶ第四十《しじふ》

此の学生は、家[五]に居て書を学す。敢[六]へて伴侶無し。飲食《おんじき》得難《えがた》し。旦《あした》より暮に至るまで帯[七]を結ぶこと七分なり。帯[八]を以て力と為《し》て、昼夜に書を読[九]す。年長じ功成りて、遂に位は御史《ぎよし》[一〇]の官に至る。

羅《ら》由《いう》は楉《しもと》[一一]に泣く第四十一

による。三 底本「シシッイテ」「アフラッイテ」の訓を付するが、脂に「しし」の訓を得ないので後者を取る。この一句、遊仙窟の「白骨再宍」に基づくもので、二四三頁注二九に対応する。亀毛の至妙の弁舌に感応して死霊がよみがえり、白骨に脂肪がのって汗をしたたらせた奇跡を記す。

第三十九話 題目は虫損により、付訓と「雪」字の一部を残すのみ。付訓と本文に照らして「積」を補。蒙求・孫康映雪に由来するとすれば、「孫康積㆑雪」の題が擬せられるが、同話を踏まえた童子教には「宣士好㆓夜学㆒、積㆑雪為㆑灯矣」とある。これによれば、「宣士積㆑雪」の題も考えられよう。孫康は晋の人。位、御史大夫に至る。蒙求で対をなす車胤聚蛍とともに古来最も著聞する勧学譚。↓第十九話。

四 学生の極貧を伝える常套的表現。↓二三八頁注三。

第四十話 原拠不明。底本「元」に「グヱン」と付訓。第二十八話では「グワン」とし、よみが一定しない。

五 家に閉じこもって。六 伴侶は仲間、友人。全く友達づき合いをせず、ひたすら勉学にいそしんだ意。七 常用の長さの七分で帯を結んだ意とも、七度帯を締め直した意とも。身がやせ細るので、帯をきつく結び、腹部を強く締めつけて空腹感をやわらげたもの。八 帯の力に支えられて。九 底本、ここでは音読するが、通覧するに、音訓両様に読んでいる。一〇 ↓二三九頁注二七。

第四十一話 原拠不明。晩学者の刻苦勉励と成業を伝える類話は、荀子が六十歳で学に志した故事や、童子教に「宗吏七十初、好㆑学昇㆓師傅㆒」とする記事など、諸書に散見。

一一 よみは底本の付訓による。木のむち。一二 漢代の懸寧は所在不明。あるいは同音の建寧をさすか。一三 底本「饅」。「ユルク(ニ)シテ」の付訓により、「緩」の誤りと見て改める。遊び怠けての句意。一四 五十歳で学に志し、師のきびしい教鞭に泣いた意で、晩学者の刻苦勉学を象徴する表現。一五 底本「学㆑書登㆑位云々」とあり、「書を学べる位に登ると云々」とよむが、文意が整わない。「位」の下に官位を表わす脱字を想定してよみ改めた。

此の人は漢の懸寧[一二]の人なり。若くして遊び緩《ゆる》[一三]くして、五十[一四]にして師の椙《しもと》に泣きつ。書[一五]を学び、位□に登ると云々。

張仲《ちやうちう》は蕗《ふうき》[一六]を食《じき》す第四十二

此の人は平陵[一七]の人なり。書[一八]を荷《にな》ひ、師に随ひて、深き谷に入りてより十九年、未《いま》だ出で来らず。即ち師と張と倶《とも》に谷[一九]の蕗を食ひて敢へて怠らず。即ち徳[二〇]重なり、功成りて、師は仙[二一]の轝《こし》に駕《が》して遷[二二]楼に昇る。張は皇[二三]の車に乗りて衣服を御《ととの》[二四]ふ。

伯英《はくえい》は笈《ふんばこ》[二五]を荷ふ第四十三

此の学[二六]士は台[二七]明の人なり。九才より師に従《したが》ひて学を好む。其の師七日州を巡《めぐ》るに、伯筥《はこ》[二八]を荷ひて共に巡る。遂に学達して、明[二九]鏡を照らすが如し。学徒七十人、其《そ》[三〇]の半《なかば》は昌《さかん》にして、便《すなは》ち位は御[三一]史の官[三二]に至りて、[三三]財物涌《わ》[三四]くが如《ごと》し。

第四十二話　原拠不明。
一六 よみは底本の付訓による。「ふふき」の音転。ふきの古名。和「蕗 布々木(ふふき)」。一七 所在不明。一八 次話にも見えるが、書物を荷って師に随行するのは弟子の礼。一九 山野自生の蕗を食して命をつないだというのは、山中苦修の粗食を意味する常套的表現。二〇 人徳。身についた徳行。二一 仙人の乗物。轝は輿に同じ。普通は手でになうものをいうが、これは空中を飛行する乗物であろう。類「輿・轝 コシ」。二二 正しくは僊楼。仙楼と同意で、仙人の住む高殿。二三「仙の轝」に準じて読んだが、皇車と音読してもよかろう。王車と同意で、帝王の乗用する車。二四 底本「估(ろう)」と見る説もあるが、文意不通。「御」の草体と見る。よみは「ととのふ」「をさむ」の両訓が考えられるが、前者を取り、衣服を整える、立派な衣服をまとって身なりを整える意に解する。山中での多年苦修のかいあって、師は仙界の人となり、弟子の張仲は俗界で栄達したという結末。

第四十三話　原拠不明。童子教に「伯英九歳初、早到二博士位一」とある記事は同話を踏まえたもの。伯英については、蒙求・伯英草聖の注に後漢書を引いて、張芝、字は伯英、燉煌酒泉の人とし、草書の名手で草聖と称されたとするのは同人か。なお、蒙求・蘇章負笈にも、「章負レ笈、追レ師不レ遠二千里一」という類似の記事が見える。
二五 よみは底本の付訓による。「ふんばこ」は「ふみばこ」の音便。書物を入れておく箱で、ここでは背負う箱。二六 底本「士」に注して一本「生」とする。他話にすべて「学生」とあることから、あるいはここも一本を取って「学生」とすべきか。二七 所在不明。二八 底本「莒」の異体または誤写。莒は筥と同じく、箱。ここでは笈と同意。この一句、前記蘇章の故事と同様、伯英の強烈な向学心を伝える記事。二九 伯英の万事に通暁した学才のほどを、万物を明るく映し出す曇りない鏡にたとえたもの。三〇 よみは底本の訓点によったが、門下生七十人の半数は名声を得て栄達した意か。三一 →二三九頁注二七。三二 底本「位官」とし、「位」に衍字符を付す。三三 金銭・財宝が湧くように身についたことで、

孝尼《かうぢ》は脩《ししびしほ》[一]を貢ず第四十四

此の人は前漢[二]の盧《ろ》[三]の人なり。師に服《つ》[四]き従ひて書を読む。其の師常《つね》[五]に食はず。謂《い》はく、「腹中に病在り」と。医家[六]の云《い》はく、「一生が間脩を食ふべし」と。即ち時に孝尼天に請《こ》[七]ひし、地に祈りて、師の為《ため》に常に山野に獵《れう》して、則ち一字[八]毎《ごと》に千の脩を貢ず。師の病差《や》[九]んで孝の才[一〇]鏡明らかなり。

鎮那《ちんな》は舌を切らる第四十五

此の人は前漢の臣なり。少《をさな》[一一]かつし時に暫《しばら》く書を学ぶ。即ち年老《お》いて遷官[一二]して、此《ここ》に於て嘗《もと》[一三]の師、皇《わう》の為《ため》に聊《いささか》[一四]なる犯《をかし》有り。其の臣勅[一五]を奉じて彼の犯《ぼん》を譴《いまし》[一六]む。則《すなは》ち皇、後の時に師を禁[一七]ずるを聞きて、臣を謫《つみ》して其の舌を切りて、永く臣[一八]を却《さ》けつ。已上[一九]二十九人、至孝人の類《たぐひ》なり。

大いに富み栄えた意。 二四 底本「踊」。「ワク」の付訓によって「涌」と改めた。

第四十四話 原拠不明。

一 よみは底本の付訓による。古辞書では「ほしし」の訓を当てるが、「ししびしほ」と「ほしし」はいずれも肉の加工品で類義なので、かく読んだのであろう。ししびしおは肉の醤(ひしお)で、肉の細片を塩・麴・香辛料などの調味料で漬けこんだ食品。なお、ほししは乾し肉。 二 →二三八頁注七。 三 今の山東省内の地名。 四 底本「服」を「ツキ」と読み、「従」に「シテ」と捨て仮名を付する。「つきしたがひて」「服従して」の両様に読めるが、「シテ」が「ヒテ」の転である可能性も配慮して、しばらく前者を取る。 五 「常には食はず」の意。絶食ではなく、ふだんは食事をしない意。 六 伊イの畳字「医家」。医師。 七 「請ひす」の語形は二六五頁注二六にも所見。請願して。 八 一字を学ぶごとに大量のししびしおを師にさし上げた。一字の価値が千金に相当するとした「一字千金」の成語に由来した表現。呂不韋(りょふい)の呂氏春秋にまつわる「一字千金」の故事(史記八五・呂不韋伝)は古来わが国でも著聞し、世俗諺文にもこの一項を立て、また至要鈔では「一字之恩徳、尚重㆓於千金㆒」とする。 九 よみは底本の付訓による。「差みて」の音便形。治癒して。 一〇 学才を鏡にたとえた語。→二四五頁注二九。

第四十五話 原拠不明。

一一 底本「少カシ」。→二三九頁注一六。なお、底本では「少」を「をさなし」とも「わかし」とも読み、その間に読み分けの基準も認めがたいので、「わかかつし」とも読める。 一二 底本の訓点によったが、「遷官す」と終止したいところ。遷官は、官途につく意。 一三 よみは底本の付訓による。旧師。 一四 底本「輒」。「イサヽカナル」の付訓により、「聊」の誤写と見て改めた。 一五 やや唐突な記事であるが、「其の臣として」の意。鎮那をさす。 一六 普通「せむ・つみす」と読む字(類・色)であるが、底本の付訓による。下出の「禁ずる」と同意。 一七 とがめる。処罰する。 一八 臣下から追放

舜《しゅん》は父が盲《めし》ひたるを明《あ》けたり第四十六

[20]『史記』に云はく、昔、虞舜[21]が父[22]、後妻[23]の言《こと》に因りて、井に舜を堕《おと》し入れて殺さむと欲《し》て、大石を以て井を埋《うづ》む。舜兼《か》[24]ねて其の意《こころ》を得て、東《ひむがし》の家の井の中《なか》より潜《くぐ》[25]り出《い》でて、歴山《れきざん》[26]に去りて耕《たつく》[27]る。即ち父、[28]井に埋《うづ》めしが故に両《ふた》つの目、清盲《あきじひ》[29]なり。母後《のち》[30]に瘖瘂《おふし》[31]なり。

十年を経て、舜が山より出で来《きた》りて、市に居て物を貨《う》[32]る。此《ここ》に於て舜が後母銭《ぜに》を易《う》[33]りき。舜銭を返して直《あたひ》[34]の物を得しむ。即ち三度までです。時に母怪しみて父に報ず。父が曰《い》はく、「若《も》し吾《わ》が子舜にやあらん。汝《なむぢ》吾を将《ゐ》て市に向ふべし」と。妻遂《つひ》に将《ゐ》て行く。舜父の年老いたるを見て泣《な》く。子の泣くを攬《さぐ》[35]る。即《すなは》ち舜、手[36]を以て父が涙を拭《のご》ふに、両《ふた》つの目明《あきら》かなり。後母能《よ》く言語《ごんご》[37]す。

した。一九 この注記少々不審。以上二十九人ということになると、第十七話の蘇秦以下すべてが至孝の人となるが、特に裏づけとなる所伝があっての注記ではあるまい。後代に芳名を残した人物というぐらいの意味で、至孝人と位置づけたものか。この注記を仲介として、以下に孝子列伝が配されることになる。

第四十六話 同文性に乏しく、記事に繁簡異同があるが、原拠は船橋家本孝子伝・上一・舜。陽明文庫本孝子伝収載話はそれに準ずる。同話は古孝子伝以来、和漢の文献に頻出。中国でも広域に流布し、辺境の敦煌石窟からも、同話二伝を収める孝子伝、語り物化した舜子至孝変文などが出土し、二十四孝詩選の冒頭にも据えられている。わが国でも儒仏二家に引かれて広く作文・唱導の資とされた。

二〇 司馬遷の史記には下文見えず、わずかに同書五帝本紀に本話前半に類する記事を簡記するのみ。古く中国では、史記を史伝的文献の汎称ともしたことから、その種の散佚文献を擬するのも一案であろうが、ここでは原拠の船橋家本に、話末に史記・五帝本紀の上記関連記事を「史記第一云」として付記することから、恣意的に全体を史記で括ったものと見ておく。二一 底本「呉」。音通による借字と見て「虞」に改める。舜を有虞氏と称したことからの略称。↓第十三話。二二 史記に、名は瞽叟(こそう)盲目の老翁の意)、盲人とする。なお孔安国(くあんこく)の説に、瞽叟の瞽は盲目の意ではなく、善悪の区別をする目を持たない意とする。二三 後妻の告げ口によって。二四 予ての意。事前に父の意図を察知して。二五 底本「濳」。正字「潜」に改める。二六 この山の所在は山東省歴城県、山西省永済県など諸説があり、確定しない。二七 底本「ウツル」「タックル」の二訓を付するが、後者を取る。田作るの意で、田畠を耕作する。二八 以下因果応報的解釈で、悪因悪果による失明・失語。二九 色「清盲 アキシヒ」。明きめくら。三〇 底本対校一本に「又」とする。底本では行草体の相似から「後」と「復」の間に誤写が散見。ここもあるいは原姿「復」か。三一 底本「病瘂」とし、「病」に疑問の傍線を付する。対校一本の「瘖」に改める。類

閔騫《びんけん》は母が去るを還《かへ》[一]し留む第四十七

魯[二]の人なり。父、後妻を娶《とつ》[三]ぎす。時に母に二子を生ぜり。其の後、母牛の紭《つな》[四]を蔵《かく》せり。後の時に御車[五]にして、即ち父閔騫を召して之《これ》[六]を責めて誡《いまし》め懲《こ》[七]らす。後の時に母が所為[八]を知りて、妻を放《はな》[九]ちてむと欲《す》。時に閔騫泣いて曰《い》はく、「母に一[一〇]子在《あ》り。又二子在り。若《も》し母去りなば、三[一一]子寒《こご》いて死なむ。大人之《たいじんこれ》[一二]を思へ」と。父愧《は》ぢて止《とど》む。後母の過《とが》を悔いて遂に二[一三]子と均《ひと》し。

魯の哀[一四]公之《これ》を聞きて、遂に自《みづか》ら費《もち》[一五]ひて邑《むら》[一六]の宰《つかさ》と為《な》す。

郭巨《くわくきよ》は地を掘りて児《こ》を埋《うづ》む第四十八

文挙[一七]とも字《あざな》す。後漢[一八]の河内《かだい》[一九]の人なり。至孝尤《もつと》も深し。家貧しくして一子を生ぜり。三[二〇]才の時に妻《め》に語りて云《い》はく、「子を養へる間に老母[二一]の孝《けう》を闕《か》くべし。之《これ》に因りて吾《われ》、穴を掘りて吾が子を埋めて、偏《ひと》へに

「瘖瘂 オフシ」。啞(おし)と同意で、口がきけないこと。
三二 よみは付訓による。伊「貨 ウル」。売ると同意。
三三 よみは底本の訓点によったが、「銭を易(か)へき」とよみたいところ。類「易 カフ」。銭貨を品物にかえた、つまり銭を支払って品物を買った意。
三四 銭価相当の品物。
三五 類「攬 サグル」。主格は舜の父。手さぐりでさがし求める。
三六 孝心が天に感応して、父の目が見えるようになったもの。類話として古来有名なものにインドの拘拏羅(倶那羅)太子の話があり、この両話は後代の説経「しんとく丸」「さんせう大夫」など、同類モチーフを持つ文学作品の成立に影響するところがあったかと思う。
三七 訓読すれば「ものいふ」。類「言・語 モノイフ」。口がきけるようになった。

第四十七話 原拠は船橋家本孝子伝・下一〇・閔子騫。陽明文庫本孝子伝収載話も準原拠。同話は敦煌本孝子伝、蒙求・閔損衣単以下和漢の諸書に所収。閔騫は閔子騫の略称。名は損、字は子騫。孔子の高弟で孔門十哲の一。徳行の人とされる。二十四孝の一。
一 底本「還」に捨て仮名「テ」「ヘシ」を付するが、後者を取る。
二 底本「曾」。対校一本の「魯」に改める。春秋時代の国名で、現在の山東省から江蘇省にまたがる地。
三 ここでは、めとる意。
四 底本「紖」とし、「ツナ」と付訓。正字「紭」に改める。類・色「紭 ツナ」。下文に照らすに、牛の胸部に掛けて車を引く綱。むながい。ただし、諸孝子伝収載話は「靷(むながい)」とする。底本の字形より推すに、原姿「靷」の誤写、誤訓とも。
五 よみは底本の訓点によったが、「車を御するに」とよみたいところ。御は馭と同義で、牛車をあやつって出かける時にの意。
六 引き綱がなくて牛を車に取りつけられないことを、閔騫の不始末として責めたてたもの。
七 底本「ころしぬ」「こらす」の二様によむが、後者を取る。
八 伊シの畳字「所為」。しわざ。
九 追い出そうとした。離縁しようとした。
一〇 一子は閔騫、下出の二子は後母の実子。
一一 よみは底本の付訓(「コヒ」の原姿を「コ、ヒ」と見る)による。類「凍 コ、ヒタリ」、伊「寒 コ、ヘタリ」。凍

母に孝せむ[二二]」と。以て、妻に児を負《おほ》せて、父鋤《すき》[二三]を取りて山に行きて穴を掘《ほ》るに、即ち地[二四]の底より黄金《こがね》の一釜《いつぷ》を得たり。返りて子を捨てずして、其の財《たから》を以て母に孝し、妻子を養ふ者なり。

姜詩《きやうし》は江《え》に因りて婦《よめ》を遂《お》ふ第四十九

子遊[二五]とも字《あざな》す。後漢[二六]の人なり。其の母、江[二七]の水を好む。得ざれば食せず。江を去ること八里[二八]なり。婦《よめ》[二九]、「吾更《われさら》[三〇]に堪《た》へじと謂《おも》ふ」と。之《これ》に因りて其の妻を却《さ》[三一]けて、自《みづか》ら江の水を負ひて母に供《く》す。大旱《たいかん》[三二]には遂《つひ》に天[三三]に仰ぎて泣きしかば、庭より江の水自《おのづか》ら[三四]泉と出でたり。

孟宗《まうそう》は竹に泣く第五十

此の人の母、笋《たかんな》[三五]無ければ食はず。冬の時に臨みて、雪高く寒さ厳《きび》しくして笋尤《もつと》も得難《がた》し。母台《だい》[三六]に向ひて曰《い》はく、「吾年已《としすで》に老いたり。人界《にんがい》[三七]に有りて子を煩はすこと、今幾《いく》[三八]ばくならず。何《なむ》が故ぞ、尓年来《なむぢとしごろ》[三九]の

死してしまうだろう。一二 貴人や年長者に対する敬称。ここでは父に対して使用。一三 閔騫を実子と平等にあつかった。一四 魯の君主(在位、前四九四—前四六八)。名は蔣。哀は諡号。一五「ひ」は底本のまま。古くは「ゐ」。「て」を補読。類「費 モチヰル」。登用して。一六 邑宰の訓読。「宰」のよみは底本の付訓による。類「宰 ツカサドル」。村里の長。村長。

第四十八話 同文的原拠は見当たらないが、船橋家本、陽明文庫本各孝子伝・上五・郭巨、蒙求・郭巨将坑などに見え、二十四孝詩選にも収載。劉向撰孝子伝以来、古孝子伝の常連的一話として著名で、今昔物語集九ノ一以下国書にも頻出。郭巨は、漢の河内郡温県の人。一説に同郡隆慮県の人とも。

一七 敦煌本孝子伝に大挙とする。一八 劉秀(光武帝)が王莽政権(国号新)を亡ぼして再興した漢(三五—二二〇)。蒙求も後漢とするが存疑。郭巨の故事がすでに前漢末の劉向撰孝子伝に見えることから推すに、あるいは前漢の人とも。一九 漢代の郡名。河南省黄河以北一帯の地。河北。二〇 船橋家本、敦煌本は、その年は飢饉だったとする。二一 老母への孝養がおろそかになるだろう。育児のため、老母に供する食事も思うにまかせなかったこと。二二 底本「孝ラム」と見えるが、「孝せらむ」の語法は破格。「ラ」を「セ」の転と見て改める。二三 土を掘り返すのに用いる農具。二四 本句のあとに船橋家本は「釜上題云、黄金一釜天賜二郭巨一」、蒙求は「釜上文云、天賜二孝子郭巨一、官不レ得レ奪、人不レ得レ取」とする。他伝も大同小異。

第四十九話 同文的原拠は見当たらないが、本話は後漢書七四・列女・姜詩妻伝、またはそれを引く蒙求・姜詩躍鯉系伝承に由来するもの。同話は船橋家本、陽明文庫本各孝子伝・下五・姜詩、二十四孝詩選などに収載。儒仏両家に引かれて国書にも頻出する。姜詩は後漢の広漢郡の人。夫妻共に至孝。登用されて江陽の令となる。なお、類「遂 オフ」。

二五 敦煌本孝子伝「士遊」。二六 正しくは広漢。漢代の広漢

孝子《けうし》と為《し》て今[一]朝の味《あぢはひ》を備《そな》へざるぞ。如《し》[二]かじ、吾汝《なむぢ》が供《く》を受けずして直《ただ》ちに死なむ」と。時に孟宗忽《たちま》ちに竹[三]園に到り、其《そ》の枝を捕へて天に仰《あふ》ぎ、声を高くして泣き悲しぶ。即ち天[四]感在《あ》りて、雪の中に紫[五]の笋十枝[六]生ひ出でたり。之《これ》を採《と》りて母に供す。母悦《よろこ》びて食《じき》す。其の後、冬毎《ごと》に笋有ること七年なり。

王祥《わうしやう》は氷を扣《たた》く第五十一

此の人の父[七]、鮮魚《せんぎよ》無ければ食はず。雪高く氷厚《あつ》[八]くして江河《かうが》に魚無し。一日の供《く》[九]を欠《か》きたり。父子に向ひて甚《はなは》だ恨《うら》み深し。即ち王祥岸[一〇]に辷《まろ》[一一]び、氷を扣《たた》きて泣く。涙血[一二]の色を以てす。天[一三]地感《かん》有りて、三[一四]尺の鯉氷の上に踊《をど》る。以て之《これ》を供す。

曾参《そうしむ》は琴[一五]を奏す第五十二

此の人、父と鋤《すき》[一六]を同じうして薗《その》に行《ゆ》く。父[一七]嗔《いか》りて、鋤を以て其《そ》の頭《かうべ》

郡。今の四川省広漢。なお後漢は、→二四八頁注一八。 二七 河水。川の水。 二八 蒙求「六七里」。船橋家本「六十里」。 二九 後漢書に広漢の龐盛の娘とする。漢代の一里は約四一五メートル。 三〇 私にはとても水汲みができそうにない。船橋家本系は、これ以下離縁に至る記事を欠く。後漢書は、妻が風害のため、水を汲み帰るのが遅れたことを離縁の原因とする。 三一 しりぞけて。離縁して。後漢書は、離婚後も妻の孝養はやまず、やがて母の知るところとなって復縁したとする。 三二 ひどい日照り。 三三 日照りによる渇水を嘆いたもの。 三四 後漢書、船橋家本は、母が日頃魚の膾を好んだが、この湧水中より毎朝二匹の鯉が躍り出て、これを母に供したとする。

第五十話 同文的原拠は見当たらないが、同話は船橋家本、陽明文庫本各孝子伝・下三・孟仁、蒙求・孟宗寄鮓などに見え、二十四孝詩選にも収載。儒仏両家に引かれ、今昔物語集九ノ二以下国書にも頻出し、宇津保物語・俊蔭の仲忠孝養譚の一素材ともなっている。世に孟宗竹の由来譚として著聞。孟宗は、孟仁と同人。初め宗、後に仁と改名。字は恭武、三国時代の呉の江夏郡(湖北省)の人。呉の司空となる。

三五 竹の子。色「笋 タカンナ」。 三六 食事をのせる台。食膳。 三七 人間界。仏教語の使用に注意。この世に生きながらえて。 三八 今後いくらでもない。老い先短い意。 三九 長年孝養を尽くしてきた子として。

一 (なぜ)今朝の食膳に好物の竹の子を供えないのか。 二 「…死なむには如かじ」の強調表現。すぐ死んだ方がましだの句意。 三 竹林。 四 天意が孝心に感応して。船橋家本「精霊有レ感」。 五 紫色を帯びた竹の子。みずみずしい竹の子の形容。 六 底本「枚」。これでも意が通じるが、対校一本の「枝」を取る。今昔「紫ノ色ノ笋三本」。

第五十一話 同文的原拠は見当たらないが、同話は船橋家本、陽明文庫本各孝子伝・下四・王祥に収載。蒙求・王祥守柰も同話を含み、二十四孝詩選にも所見。儒仏両家に引

を打ち破《わ》りて血流る。即ち、曾参琴を引く。時に父一八吟《なげ》く思ひを散ず。一九是《これ》第一の孝《けう》なり。若《も》し琴を引かずは、父が吟《なげ》き深くして不孝の子と成《な》るべし。

顧初《こしよ》は棺《ひつぎ》に二〇辷《まろ》ぶ第五十三

此の人、二一母の二二亡《し》ぬるに遭《あ》ひて、即ち棺の上に伏して火に二三啼哭《ていこく》す。乃《すなは》ち二四飛び去りて、遂《つひ》に其の棺焼けず。

劉殷《りういん》が雪の芹《せり》第五十四

此の人の母、二五冬の月に二六思《ねが》ふて、青き芹無《な》ければ食はず。二七殷哭《な》きて之《これ》を求むるに、二八大雪より青き芹を生ぜり。

かれて国書にも頻出し、宇津保物語・後蔭の仲忠孝養譚の一素材ともなっている。王祥は、字は休徴、今の山東省内瑯琊郡臨沂の人(晋書)。なお船橋家本は、呉の時に司空公、敦煌本孝子伝は太傅の官に至るとする。
七 船橋家本以下諸伝すべて母とし、父とするは本書のみ。
八 底本「原」。諸伝に照らし、また意によって「厚」に改める。
九 供養。父に供える食事。 一〇 河岸。川のほとり。
一一 「辷」は国字。底本「マロフ」「マロヒ」の二訓を付するが、後者を取る。ころげ回り。色「辷 マロフ」。 一二 涙がかれ果てて血まじりの涙、つまり血涙を流した意。 一三 天帝地神が孝心に感応して。 一四 蒙求「双鯉」。

第五十二話 いわゆる曾参の五孝の一話。同話は諸書に散見するが、船橋家本、陽明文庫本各孝子伝・下一四・曾参が原拠に近いか。なお体源鈔・八上・琴の項に、本話を「注好選ニ云ク」として、続教訓鈔散佚部を介して孫引きする。曾参は、通称曾子、字は子輿。春秋時代の魯の人。孔子の高弟で、忠恕・孝徳をもって知られ、孝経の著作者とも伝えられる。底本「ソウシム」と付訓。
一五 当時は七絃琴。古くは五絃だったが、周代より二絃を加えたという。 一六 よみは一応底本の訓点によったが、疑わしい。体源鈔引用本文に「父ト同ク薗ヲ鋤クトキ」とあるによれば、原文は「与父同鋤薗時」とあったと推定される。これを取れば、父と共に菜園をすき返す時の意となり、文意明白。なお底本「鋤」と「薗」の間に脱字符を付し、「行(クユ)」を補う。「時」を「行」と誤り、補入位置を誤ったとも。
一七 このままでは父が怒った理由も不明で、文意疎通を欠く。体源鈔ではこの上に「其根ヲ切キ」とあり、文意が通じる。脱文を想定し、これを取るべきか。誤って作物の根を切断した意。諸伝によるに、瓜の根とも、除草中に花枝を損じたともいう。 一八 心の憂さを晴らした。類「吟 ナゲク」。 一九 曾参の五孝の第一の意。船橋家本はこれを第一の孝として第二孝以下をも収録。

第五十三話 東観漢記に古初の人名で同話を収載。
二〇 よみは付訓による。ころげまわる。 二一 東観漢記は父

丁蘭《ていらん》が木母《もくも》第五十五

此の人、[一]母を葬して後、其の[二]芳儀《はうぎ》を慕ひて、[三]工人に命じて[四]母の形を造らしむ。室の内に居《す》ゑ、[五]帳《とばり》を下《た》れて[六]四季朝暮《てうぼ》に[七]略《まいな》ひすること、存生の時に倍せり。[八]官より還《かへ》りては、先《ま》づ帳の前に於《し》て[九]世間の言語《ごんご》を成す。[一〇]三年の水菽《すいしゆく》更に[一一]癈《おこた》らず。即ち、[一二]婦煩《よめわづら》ひを思ひて、丁が他行《たぎやう》の程に[一三]木の母を破りて、故《もと》の室に之《これ》を置きつ。丁夕に還り来《きた》るに、帳の内に[一四]痛む音《こゑ》有り。驚きて之《これ》を見るに、[一五]現《うつつ》に血赤く[一六]席《むしろ》の上に流れたり。[一七]時の人之《これ》を聞きて、貴賤至孝の貴きことを感ず。

伯楡《はくゆ》は杖に泣く第五十六

此の人の母、常に子を[一八]叱《さいな》む。然《しか》而れども伯楡深く[一九]母の孝を知りて、[二〇]堪忍して更《さら》に高く泣かず。其の母[二一]七十《しちじふ》にして其の子を打つ。即ち伯楡高く泣く。母問ひて云《い》はく、「何《なむ》ぞ高く泣くや」と。答へて曰《い》はく、

とする。 二二 よみは付訓による。類「亡 シヌ」。 二三 火葬の火に向かって大声で泣き叫んだ。遺骸との別離に堪えられなかったもの。 二四 火が飛び去った。飛散して立ち消えをしたのであろう。至孝天に通じて火が消えたとも、また火が孝子の心に打たれたとも解せよう。

第五十四話 原拠不明。孝子の至誠が天に通じて、老母の無理な注文をかなえてやったという筋立ては、前出の孟宗・王祥の故事に類する。

二五 冬月の訓読。冬期間。 二六 よみは付訓による。類「思ネカフ」。願うと同意。 二七 仏教では、芹摘みを釈迦の阿私仙人給仕にあやかって苦修成道のよすがとするが、儒仏趣を異にし、ここでは至上の孝心の発露ということになる。 二八 この一句、孟宗が雪中に筍を得た記事に類する。

第五十五話 同文的原拠は見当たらないが、同話は船橋家本、陽明文庫本各孝子伝・上九・丁蘭、蒙求・丁蘭刻木などに見え、二十四孝詩選にも収載。今昔物語集九ノ三以下国書にも頻出する。なお本話に続けて伯瑜泣杖の故事を配する序列は、蒙求の「丁蘭刻木　伯瑜泣杖」の対偶に由来するものか。丁蘭は河内(→二四八頁注一九)の人。漢の宣帝(治世、前七三—前四九)の頃の人とも伝える。

一 船橋家本は幼時、劉向撰孝子伝佚文は十五歳で母を失うとする。 二 かぐわしい行儀。生前のすぐれた立ち居ふるまい。 三 木工の職人。工匠。 四 船橋家本以下諸伝、造像を丁蘭十五歳の時とする。 五 垂れ布。 六 年中一日も欠かさず、朝夕に。 七 供物を捧げること。食膳を供した意。よみは底本のまま。正しくは「まひなひ」。 八 この時点での丁蘭仕官の記事は他に見えない。 九 世間話。亡母を生前同様に遇したもの。 一〇 三年は親の喪に服する期間。水菽は水を飲み、豆粥をすするような貧しい食事。窮乏に堪えてひたすら三年の喪に服した意で、亡親に対する孝養を強調する常套句でもある。 一一 よみは付訓による。 一二 にがにがしく思って。 一三 木母の損傷を妻の所行とするのは本話だけで、船橋家本以下の諸伝は、妻は木母の顔

「杖[二二]痛からず。故《ゆゑ》に泣くなり」と。

原谷《げんこく》は輦《こし》をば賷《も》てかへる第五十七

原谷は楚[二三]の人なり。其の父不孝《ふけう》にして、常に父の死なざることを猒《いと》[二四]ふ。時に父輦《こし》[二五]を作りて、父を入れて原谷と共に担《にな》ひて、山の中に棄《す》てて置きて家に還《かへ》る。原谷走り返りて、祖父を載《の》せたる輦《こし》を賷《も》[二六]て来《きた》る。父呵責《かしやく》[二七]して云はく、「何が故に持て来《きた》るや」と。原谷答へて云《い》はく、「人の子為《た》る者は、老《お》いたる父を山に棄《す》[二八]てけるものなり。我が父老いなむ時、之《これ》[二九]に入れて将《ゐ》て去りて棄てむ。更[三〇]に作ること能《あた》はじ」と。爰《ここ》に父之《これ》を思惟《しゆい》して、更《さら》に祖父を将て帰《かへ》つて孝を致す。惟《これ》原谷の方便[三一]なり。

三州《さんしう》の義士第五十八

三人《みたり》各《おのおの》郷土を棄てて、一樹[三二]の下《もと》に至《いた》り会へり。相共《あひとも》に同宿《どうじゆく》せり。時に一人《ひとり》問ひて云《い》はく、「汝等《なむだち》は、何《いか》なる人の、何《いづれ》の処《ところ》より去りて、

を焼き、隣人が怨恨から木母を傷つけたとする。一四 苦痛を訴える声。一五 現実に。実際に。一六 底本は異体。正字「席」に改める。よみは第二十一話の付訓による。床の上に敷いたむしろ。なお「しきゐ」とよめば敷き物の意。類「席 ムシロ・シキヰ」。一七 船橋家本では、丁蘭が報復して隣人を殺害したが、官は孝心に免じて罪を問はず、官途に登用したと結ぶ。

第五十六話 同文的原拠は見当たらないが、同話は船橋家本、陽明文庫本各孝子伝・上四・伯瑜、蒙求・伯瑜泣杖などに収載。蒙求は題目の一致、前話丁蘭との対偶関係から注目される。今昔物語集九ノ十一以下内外典に頻出し、二十四孝詩選にも所収。伯楡の「楡」、孝子伝、蒙求以下多く「瑜」。説苑は「兪」。正しくは瑜か。船橋家本「韓伯瑜者宋人也」によれば、姓は韓、春秋時代の宋(?—前二八六)の人。一八 よみは付訓による。しかりつける。叱責する。一九 母に対する孝をわきまえて。二〇 堪え忍んで決して声高には泣かない。二一 曲礼に「七十曰レ老」とし、また古稀とも称されるように、古来高齢を象徴する年齢。二二 母の体力の衰えを悲しんだもの。船橋家本や今昔はこの間の委細を詳述する。

第五十七話 原拠は船橋家本孝子伝・上六・原谷。陽明文庫本孝子伝も同文的同話。異伝もあるが、この両孝子伝系の伝承が主流となって、平安以来、本話は儒仏両家の間に広く行われた。今昔物語集九ノ四五、私聚百因縁集六ノ一〇以下諸書に収載。なお沙石集三収載話は同話ながら、孝徳伝収載話系の影響も見られる。棄老昔話の一型として民間に伝わる〈親棄て畚(もっこ)〉は本話に由来する。原谷は、孝子・孝孫二つの芳名を得た至孝人。孝子順孫の典型例として、令義解、令集解ともにこれを引く。人名に異伝があり、孝徳伝収載話系は「元啓」、敦煌本古孝子伝は「元覚」とする。二三 春秋戦国時代の列強の一。領域は湖北から河南に及んだ。二四 底本「猒」。「厭」の省字とみて改める。二五 二人でになう手輿(たご)。二六 類「賷 モツ」。二七 責めさいなむ。二八 「けり」の使用は漢文訓読文では稀。

何《いづれ》の国より来《きた》れるや」と。皆、互ひに問ひ答へて云はく、「[一]生活《しやうかつ》せむが為《ため》に家を離れて[二]東西するのみ。吾等三人各《おのおの》[三]三世の因感有りて、一樹の下《もと》に宿れり。故に[四]断金の契《ちぎり》を結びて、全く[五]永代の睚《むつ》びを期《ご》せむ。[七]其《そ》の[六]長《おとな》づけるをば父と為《な》し、小年なる二《ふたり》をば兄弟と為《な》す。桂蘭の心恒に芳《かんば》しく、[八]膠漆《かうしつ》の語《かたら》ひ弥《いよいよ》深し。財《たから》を求め得ては、彼此を別《わか》たず、父に孝養《けうやう》すること猶《なほ》[九]骨肉に踰《こ》えたり。

爰《ここ》に父、子等《ら》の心を試《こころ》みむと欲《し》て、二《ふたり》の子に語りて云はく、「我《われ》河の中に舎《や》を建て、以て居処《きよしよ》と為《せ》む」と。二《ふたり》の子教へを奉じて[一〇]土を運び、河を[一一]塡《うづ》めて、入る[一二]毎に漂流して波浪に溺《おぼほ》る。三年を経《ふ》と雖《いへど》も塡め作ることを得ず。爰《ここ》に二《ふたり》の子吟《なげ》きて云《い》はく、「我等不孝《ふけう》と成りぬ。父の命に叶《かな》はず。[一三]海中の玉豈《あに》誰が為《ため》にかせんや。世上の珎《たからまた》復誰の為ならんや。未《いま》だ小さき舎《や》を造らず。我等[一四]人《ひと》と為《せ》むや」と。憂歎《いうたん》して寝《い》ねたる夜の夢に、一人有り、壌《つちくれ》を持ちて河《かは》の中《なか》に投ぐと見る。明旦《みやうたん》に之《これ》を見るに、河の中に土を塡《うづ》むること数十余丈、屋《や》を建つること数十宇なり。之《これ》を見聞く者、皆共に奇《あや》しみて云《い》はく、「大《おほ》いなるかなや。孝養《けうやう》に[一五]天神感応して河の中に岳《をか》を為《つく》りて、一夜に舎《や》を建《た》てて父をして安置せしむ」

仮名文の用法と同様で、年老いた父を山へ棄てるものだったのだ、と気づいた意。二九 この一句、底本の訓点に従えば、「之に入れて去らんと将ふ。棄てむ」となる。「将」は適切な訓を得ないが、あるいは対校一本の「云」にひかれて「いふ」と読んだものか。底本の訓点を誤りと見て、出典等に照らしてよみ改めた。以下、これに父を入れて山へ持って行って棄てることになろうが、その時に、の句意。三〇 (今ここで輦を捨ててしまったなら)もう二度と作ることが出来まい。三一 仏教の方便からの転用で、ここでは父を善導するための手段。

第五十八話 原拠は船橋家本孝子伝・上八・三州義士。陽明文庫本孝子伝も同文的同話。この系統につながる代表的なものに今昔物語集九ノ四六があり、変形と見られるものに私聚百因縁集六ノ一二がある。本話は古来広範に流布し、平安以降、仏家の唱導材として講説・作文の場に利用されたほか、漢詩漢文の素材ともなった。中国でもいわゆる古孝子伝類に収められて盛行したが、特筆すべきは止観輔行伝弘決四ノ三に引かれた蕭広済撰孝子伝収載話で、弘決を介して仏家に取りこまれ、室町初頭には敷衍脚色されて、「一樹の陰」の成句と結びついた物語的なものにまで成長した。

三 この一句、および後出の「三世の因感有りて、一樹の下に宿れり」の句が媒体となり、中世に至って、本話は「一樹の下に宿り、一河の流れを汲むも多生の縁」の成句の由来説明譚ともなった。

一 生きてゆく、命をつなぐが本義で、生計を立てる意にも。二 流浪する。さすらう。三 三世は普通、過去・現在・未来の称とするが、ここでは宿縁のなせるわざで、というほどの意味。四 金を断つほどの固い約束、または結びつき。強固な交情をいう成語。易経に初出とされるが、中国ではこの語をめぐる俗解的説話も案出された。敦煌本句道興撰捜神記には、この語の由来説明譚として、〈金と蛇〉型昔話に属する、弘嵩と范巨卿の友情譚が収録されている。説話

と。天下に之《これ》を聞きて[一六]嘆思せずといふこと莫《な》し。其の子終《つひ》に生長して五位と為《な》り、[一七]二千石《じせんせき》と名づく。[一八]食口三十有余、三州を以て[一九]姓《しやう》と為《な》す。夫《そ》れ親父に非《あら》ずと雖《いへど》も、[二〇]丹誠を至さば[二一]神明の感近く在り。況《いは》んや骨肉をや。

蔡順《さいじゆん》は賊を脱《のが》る第五十九

此の人は[二二]汝《じよ》の海南の人なり。[二三]母隣《となり》に行きて酒に酔《ゑ》ひて吐《は》く。爰《ここ》に蔡順飢饉に遭《あ》ひて、[二四]桑薗に行きて桑の実を採《と》りもて、赤黒 各《おのおの》別にして袖に入れて家に帰《かへ》る。途中に忽《たちま》ちに[二五]赤眉の賊来《きた》りて、蔡順を縛《しば》りて桑の実を[二六]奪《ば》ひて食はむと欲《す》。乃《すなは》ち賊云《い》はく、「何《なむ》が故に汝が桑の実の[二七]各《おのおの》別に二種なるや」と。蔡順答へて云はく、「色黒きは味《あぢはひ》甘し。以て母に供すべし。色赤きは未熟《みじゆく》なり。此《これ》は己《おのれ》が分と為《せ》ん」と。時に賊歎じて云はく、「我賊と雖《いへど》も父母有り。汝母の為《ため》に[二八]心有り。何ぞ汝を殺して之《これ》を奪はん」と。即ち之を放《はな》ち、便《すなは》ち[二九]宍《しし》[三〇]十斤を与ふ。蔡順之《これ》を得て家に還り、母を養ひ己《おのれ》が身を労《いた》はる。

と成語・成句の結びつきという点では、本話と同趣。五 未来永久の親交。六 年長者。後出の「小年」は年少者。七 桂も蘭も共に芳香を放つことから、それに見立てて、美しく徳義に満ちた心情を形容したもの。八 膠はにかわ、漆はうるし。共にねばりが強く離れがたいものであることから、緊密な交わりの形容とする。九 肉親の間柄。ここでは真実の親子の間柄以上のものがあった意。一〇 以下は、河の埋め立て工事の労苦を写した記事。一一 底本「塡イテ」。「ついて」（築く意）とよんだのであろうが、文章なじまず。「うずむ」とよむ。後出の「塡」も同様。一二 底本「海」とあるが、海が出てくるのは唐突に過ぎて不審。船橋家本に照らすに「毎入漂流」（入る毎に漂流し）とある。「海」を「毎」の誤写と見て改める。河の中に入るたびごとに水に押し流されて漂流し、川波に溺れた意。一三 明月珠・摩尼珠・如意珠など、海竜王の所管するところというが、一般に真珠をさす。句意は、海にもぐって海中の宝玉を手に入れるのも、苦労して世上の財宝を求めるのも、一体誰のためのものか、すべて父への孝養のためにほかならないの意。類「弥タカラ」。一四 （父の願いも叶えてやれずに）人間たりえようか、とても人とは言えない。一五 天意が二人の子の孝養心に動かされ、それにこたえて。いわゆる感応道交の思想で、儒家仏家共に強調するところ。一六 底本「莫シ不イフコト嘆セ恩ヲ」。文意不通。「恩」を「思」の誤写と見てよみ改める。一七 漢代の官制で刺史（しし 州の長官）の禄高が二千石であったところから、地方長官（守・太守）の称となった。わが国では国守の称とする。「じせんせき」のよみは、「二千里」を「じせんり」とよむと同じく、平安以来の慣用読み。一八 人口、人数を意味する語で、ここでは家族・身内（みうち）の意。陽明文庫本「家口」。一九 底本「性」。「姓」の誤写。出典および諸書によって改める。二〇 当時多用された「心を至す」の表現と同意。ひたすらの誠意をこめて。二一 原拠も同語同文。いわゆる日本の神ではなく、中国における天というに近い。注一五参照。天意は遠いものではなく、身近にあって照覧されているの意。

其の後《のち》母没しぬ。蔡順常[一]に墓の辺《ほとり》に居て、母が骸骨[二]を護る。時に一《ひと》つの白虎《びやつこ》、口[三]を張りて順に向ひて来《きた》る。順虎の心を知りて、臂《ひぢ》を申《の》べて虎の喉《のむど》を探《さぐ》つて、黄《き》[四]の骨[五]一枚を取り出でて之《これ》に与《あた》ふ。虎恩を知りて、常に死せる鹿を送る。

[六]荒賊・猛虎すら恩義を知る。況《いは》[七]んや人倫をや。

楊威《やうゐ》は虎を脱《のが》る第六十

此の人は会稽[八]の人なり。少年《せうねん》にして其[九]の父早く没して、母と居せり。時に山林に入りて薪《たきぎ》を採《と》る。忽尓《こつじ》[一〇]として虎に逢へり。楊威虎の前に跪《ひざま》づきて泣きて云《い》はく、「我に老母有り。亦《また》[一一]養ふ子無し。只《ただ》我独《ひと》りを以て衣食《えじき》[一二]と怙《たの》み仰《あふ》ぐ。若《も》し我無くは必ず餓死を致さむ」と。時に虎目を閉《と》ぢ、頭《かうべ》を低《た》れ[一三]て永く棄て[一四]て去りにき。

曹娥《さうが》は衣《ころも》[一五]を混《ひた》す第六十一

第五十九話 原拠は船橋家本孝子伝・上一一・蔡順。陽明文庫本孝子伝も同文的同話。蒙求・蔡順分椹、二十四孝詩選なども異文ながら本話前半と同話。平安時代以後、儒仏両家に引かれて内外典に頻出。蔡順は後漢の人。字は君仲、一説に君長。出自は汝南県の治府平與(輿)とも安城ともいう。

三 「汝」は川の名。河南省に発して淮水に注ぐ。汝河、汝水とも。海南の地名は未詳。「汝の海南」または「汝海の南」は汝水の南の意で、汝南と同じか。船橋家本、蒙求以下すべて「汝南」。汝南は漢代の郡名で、河南省汝南県の周域。三 この一句は不審。以下に脱文があろう。敦煌本孝子伝収載話によるに「順の母曾て婚家に至り、酒を飲みて度を過し、嘔吐して顚倒す。順母の毒に中(あた)るを恐れ、自ら其の口を嘗めて吐く」(原漢文)とする。これに照合するに、吐字の重出を介して後半部を欠脱したものであろう。なお、注好選系伝承と見られる内外因縁集収載話には「母行ニ隣家一、酔レ酒吐。順疑レ毒、伏レ地呑レ之。白レ母非レ毒云也」とする。二四 桑畑。二五 前漢王朝を簒奪した王莽政権(八−二三、国号新)の末期に、新王朝打倒のために決起した反徒の称。彼等が眉を朱で染めて目印としたことに由来する。二六 よみは色・類による。うばうと同意。二七 それぞれ赤い実と黒い実の二種類に分けてあるのか。二八 思いやり。孝心。二九 底本「害」の異体。船橋家本「肉」。意により「宍」の誤写と見て改める。色「宍 シ、」。肉。三〇 斤は重量の単位。時代や用途によって一定しないが、普通一斤は百六十匁(約六〇〇グラム)。漢代には約二二三グラムとも。

一 礼記によれば、親の喪は三年。墓辺にあって喪に服したもので、至孝の行状。二 死骸。土葬した遺体。三 口をあけて。四 よみは底本の訓点による。黄色の骨の意となるが、船橋家本以下「横骨」。これによれば「横たはれる骨」で、虎ののどに横に突きささった骨。これに従うべきか。五 枚は、小さく薄いものを数えるに用いる助数詞。ここでは小骨一つ。骨片。六 荒々しい賊。内外因縁集は「猛賊」

此[一六]の人は会稽の人なり。其の父[一七]絃歌《げんか》[一八]を好む。時に引[一九]く所の琴[二〇]・笛を以て、艜《はしふね》[二一]を乗りて波浪[二二]に遊ぶ。艜覆《くつがへ》りて江《え》の中に没[二三]しぬ。曹娥年十《じふ》四《し》、泣くこと七日七夜息《や》まず。第七日に至りて、衣を脱《ぬ》ぎて呪《しゆ》[二四]して曰《い》はく、「若《も》し父が死骸に値《あ》ふべくは、我が衣江の中に没《しづ》むべし」と。其の時に、彼の衣随《したが》[二五]ひて沈《しづ》み入りぬ。曹娥其の身を衣の沈める所に投げつ。女人なりとい[二六]へども、父を悲しみて身命《しんみやう》[二七]を惜しまざるなり。

白年《はくねん》は衾《ふすま》を返す第六十二

此の人朋友《ほういう》[二八]の家に至る。友之《これ》を饗《あるじ》[二九]す。酒に酔《ゑ》ひて還らず。時に寒きが故に、友衾《ふすま》[三〇]を以て之に覆《おほ》へり。白年驚[三一]き覚《さ》めて、衾を覆《おほ》[三二]えりと知りて、即ち脱《ぬ》[三三]ぎ却《さ》けて着ず。友問ひて云はく、「何《なむ》が故に衾を着ざる」と。答へて云はく、「我が母独り寒き家に宿《ね》[三四]たまへり。我何《いか》でか暖《あたた》かなることを得んや。仍《よ》りて着ざるなり」と。友之《これ》を聞きて、涙を流すこと雨の如し。

とする。七 伊シの畳字「人倫」。まして人間においてはなおさらのことである、の句意。

第六十話 原拠は船橋家本孝子伝・上一六・楊威。同話は陽明文庫本孝子伝、今昔物語集九ノ五のほか、普通唱導集、内外因縁集などの唱導書にも散見。宇津保物語・俊蔭の仲忠孝養譚の一素材ともなっている。なお楊威の「楊」、陽明文庫本は「陽」。

八 秦漢時代の郡名で、江南地方一帯の称。地内の会稽山(浙江省北域)は呉越の古戦場として著名。九 内外因縁集は「十歳而失レ父」とする。一〇 忽然と同意。急に。突然。一一 伊エの畳字「衣食」。生計。暮らし。ここでは生活をささえるもの、生きるたよりの意。一二 ほかに老母を扶養する子がいない。一三 底本「伹」。正字に改める。一四 立ち去って二度と現われなかった。

第六十一話 原拠は船橋家本孝子伝・上一七・曹娥。陽明文庫本孝子伝収載話もこれに準ずる。同話は古く後漢書七四・列女・孝女曹娥伝に見え、日本でも儒仏両家に引かれて今昔物語集九ノ七以下、内外典に頻出。時に敷衍脚色されて太平記三四収載話のごときものに成長した。曹娥は、後漢の会稽郡(→注八)上虞県(浙江省紹興市の東)の人。

一五 衣を水に漬けることで、入水して死んだ意。色「混ヒタス」。一六 底本、本句の下に「異本ニ女帝ノ二字有」とし、その横に一本によって「女帝王ナリ其父好云々」と対校するが、衍文と見て削る。一七 名は肝。神事にたずさわる巫祝の徒という。一八 琴や笛などの管絃楽器を吹奏して歌をうたうこと。一九 弾の借字。弾く、弾奏の意。二〇 →二五〇頁注一五。二一 よみは底本の付訓による。類・色「游艇 ハシフネ」。はしけ。小舟。二二 船遊びをする。後漢書、船橋家本に、この日を漢安二年(一四三)五月五日とすることから、この船遊びは端午の節句の神事に奉仕したものと解される。この日に竜神・水妖を祭ることは、浙江・湖南地方の古来の習俗。二三 底本「シテ」「シヌ」の捨て仮名を付するが、後者を取る。なお水死の事情について、後漢書は「県江に於て濤を泝りて婆娑神を迎へ、溺死して屍骸を得ず」(船橋

張敷《ちやうふ》は扇《あふぎ》に泣く第六十三

此の人、生れて一才にして母没しき。十才に至りて母を問ひ求む。家《け》人《にん》[一]答へて云《い》はく、「早く死して無し」と。時に張敷悲しみ痛んで云はく、「我が母存生の時に、我が為《ため》に遺《のこ》[二]せし財《たから》有りけんや」と。家人云はく、「一つの画《ゑが》[三]ける扇有り」と。張敷之《これ》を得て弥《いよいよ》[四]以て泣く。涕《なみだ》[五]血なり。恋慕已《や》むこと無し。毎日扇を見て泣き泣く。之《これ》を見聞く人、痛まざること莫《な》し。

許牧《きよぼく》は土を負《お》ふ第六十四

此の人は呉寧《ごねい》[六]の人なり。父母滅亡しぬ。許牧自《みづか》ら土を負ひて墳《はか》[七]を作る。墳の下《もと》に松柏を栽《う》[八]へ、八行せり。遂《つひ》に土墳[九]を成す。

家本、陽明文庫本ほぼ同文)とする。これによれば、巫祝だった曹娥の父が、楽を奏しながら江上をさかのぼり、水神に扮した舞姫を迎える時の遭難と解される。二四 まじないをして。実際には天に祈願をしたもので、格別の呪文を唱えたわけではない。二五 曹娥の祈願に応じて。二六 底本「雖」を欠くがかくよむ。それに従う。二七 「不惜身命」の訓読。本来は仏教語で、自己の菩提と衆生の救済を求めて命を惜しまない意であるが、ここではその転用。なお船橋家本はこのあとに、上虞県令がこれを聞いて感動し、碑を立てて曹娥の孝名を長く顕彰したとする。ちなみに、曹娥が入水した川も、後代曹娥江と名づけられた。

第六十二話 同文性に欠けるが伝承間の変容で、原拠は船橋家本または陽明文庫本孝子伝・上一三・朱百年。同話は世説二にも収載。なお孝子伝系の同話は、今昔物語集九ノ一二に見え、普通唱導集、内外因縁集など中世唱導書にも引かれている。朱白年の「白」、船橋家本以下「百」とする。白は百の誤写、または音通による転か。二八 船橋家本は同郡の人、孔顗、世説は孔思遠とする。二九 もてなす。饗応する。三〇 上に掛ける寝具で、今の掛けぶとんに相当。船橋家本に綿絮とあるによれば、綿入れのふとんだったことになる。三一 ふと目がさめて。三二 「覆えり」の「え」、底本のまま。正しくは「へ」。三三 払いのけて。三四 よみは底本の付訓による。

第六十三話 原拠は船橋家本孝子伝・下二一・張敷。陽明文庫本孝子伝収載話もこれに準じ、これら孝子伝収載話は今昔物語集九ノ六以下、言泉集、内外因縁集などの唱導書にも引かれている。南史三二に収める話は、同話ながら別系。張敷は字は景胤。南北朝時代の江南の人(南史)。一 伊ケの畳字「家人」。家族。二 遺産。ただし船橋家本以下「遺物」とあるに照らせば、遺品というほどの意。三 扇面に絵を画いた扇。四 船橋家本によるに、張敷は扇を玉匣(たまくしげ)に秘蔵し、亡母をしのんではあけて見て悲泣したという。五 血涙を流した。→二五〇頁注一一。

義士赦《しや》に遇《あ》ふ第六十五

[一〇]曾《むかし》[一一]義士有りき。兄弟二人なり。[一二]一人は母が子、一人は父が子なり。幼《をさな》き時父母滅亡しぬ。後母と兄弟と[一三]懃《ねむごろ》なり。[一四]懃に孝順《かうじゆん》して懈《おこた》らず。時に隣《となり》の人酔《ゑ》ひて来《きた》りて、其の母を[一五]罵《の》り恥《はづか》しむ。[一六]両《ふたり》の男之《これ》を聞きて、罵る人を殺しつ。爰《ここ》に犯せる罪重からずと知りて、[一七]門を開《ひら》きても避《さ》けず。遂に[一八]官使《くわんし》来《きた》りて捕《とら》へて[一九]死《ころ》さむと擬《す》。即ち兄の曰《い》はく、「[二〇]吾《われ》が殺せるなり」と。弟の曰はく、「[二一]兄は殺さず。吾《われ》が殺せるなり」と。彼此《かれこれ》互ひに命を譲る間に罪を決することを得ず。使還《かへ》りて王に曰《まう》す。王其の母を召《め》して問ふ。[二二]実《じつ》に依りて母申して云はく、「過《とが》は[二三]妾《せふ》が身に在り。子を教《し》て犯さしむるなり」と。王の曰はく、「[二四]罪法限り有り。罪に代ることを得ず。其の子を二人ながら殺すべし。然《しか》而れども一人を免《ゆる》して一人を殺さん。[二五]若し汝《なむち》何《いづ》れの子をか愛し、何れの子か不孝なる」と。母申して云はく、「少《をさな》き者をば殺さるべし」と。王の曰はく、「何《なむ》が故に然《しか》るや」と。母申して云はく、「小《ちひさ》きは妾が子なり。[二六]長《おとなづ》ける者は前《さき》の

第六十四話　原拠は船橋家本孝子伝・下八・許牧。陽明文庫本収載話もこれに準じ、これら孝子伝収載話は、言泉集、内外因縁集などの唱導書にも引かれている。
六 船橋家本以下呉寧とするが、この地名他書に所見なし。あるいは「呉の寧の人」か。とすれば、呉は三国時代の呉国、寧は呉の建てた寧国(県)か。七 よみは底本の付訓による。普通「つか」とよむが、類「墓 ツカ・ハカ」などを介して同義の「はか」ともよめる。八「栽うること八行せり」の句意。松と柏を八列に植樹した。九 土を盛り上げて作った墓。船橋家本「遂正しくは「〓」。なお「栽へ」の「へ」は底本のまま。成二大墳一」以下他伝もすべて「大墳」。大きく立派な墳墓を造成したとする本話の趣旨からすれば、土墳より大墳の方が通りがよい。なお船橋家本は、話末を「爰州県感レ之、其至孝郷名曰二孝順里一、里人為レ之立レ廟。于レ今猶存也」と結び、他伝もこれにならう。

第六十五話　原拠は船橋家本孝子伝・下九・魯国義士。陽明文庫本孝子伝収載話もこれに準ずる。同系の同話は今昔物語集九ノ四、私聚百因縁集九ノ九、沙石集三、内外因縁集・義士三賢事など国書に散見するが、国籍不明の発心集六収載話を介して、三国伝記一ノ三〇で日本の話と化しているのは注目される。
一〇 類「曾 ムカシ」。一一 正義を堅守し、それを実行する男。一二 一人は後妻の子、一人は前妻の子ということになる。一三 底本「懃々」二字を「ねむごろに」とよむが、上下の句意が通じないのでよみ改める。分けへだてなく親密であった。一四 主格は兄弟。兄弟そろって心から母に孝養を尽くして、おこたることがなかった。一五 ののしって恥をかかせた。一六 類「両 フタリ」。一七 門をあけて逃げようともしない。一八 おおやけの使者。ここでは国王の使者。発心集では日本に見立てて「検非違使」と言い換えている。一九 死罪に処そうとした。伊クの畳字「官使」。二〇 底本「吾を殺されよ」ともよむが、取らず。次行の同句も同じ。二一 底本「兄をば」ともよむが、取らず。二二 事実に即して。ありのまま。二三 婦人の謙遜の自称。二四 罪を

母が子なり。然《しか》るに其の父命終の時、妾に語りて云はく、「此の子は母無し。我復《われまた》死なむと擬《す》。孤《こ》[一]露《ろ》にして帰《たの》[二]むところ無し。我死なむに、之《これ》を念《おも》ふに安《やす》からず」と。時に妾其の父に語りて云《い》はく、「我此の子を愛す。汝思ふ所莫《な》かれ」と。父喜びて命終しぬ。其の言《ことば》を謬《あやま》たじ。故に吾《わ》が子を殺して父が子を生けむ」と。

時に王の曰はく、「[三]一門には三賢有り。一室には三義有るかな」と。即ち従《よ》りて皆[四]恩赦せられぬ。

佰奇《はくき》は蜂を払ふ第六十六

此の人は、周の丞相《じようしやう》[五]伊尹吉補《いんきつほ》[六]が子なり。人の為に孝慈[七]あり。未[八]だ嘗《つね》にも悪有らず。時に後母、一[九]男を生みて、始めて佰奇を憎む。或[一〇]いは蛇《くちなは》を取りて瓶に入れて佰奇に賣《も》[一一]たしめて、小児の所《もと》に遣《や》る。小児之《これ》を見て、畏[一二]怖して泣き叫ぶ。爰《ここ》に母父に語りて云はく、「佰奇は常に吾が子を殺さむと欲《す》。君見知らずや。往きて畏《おそろ》しき物を見よ」と。父瓶の中の蛇を見て曰はく、「吾が子は、若《わか》うより人の為に悪無し。豈《あに》[一三]

さばく法の運用には限度がある。情状を酌量しても、の意をこめたもの。三五 もしかすると、おまえはどちらかの子を愛しているか、(また)どちらの子が不孝者か。三六 年長者。類「長 オトナツク」。

一 孤独で庇護する者がないこと。
二 「帰する」ともよめようが、意味的に類「帰 タノム」を優先した。頼るところがない。今昔「憑ム所」。
三 一門と一室は、対句を構成させる上の修辞的言い換えで、いずれも一家の意。三賢は、母と兄弟の三人の賢者。三義は、三者三様の立場で義理を立てたことをさす。
四 特別の恩典によって罪を許されること。

第六十六話 原拠は船橋家本孝子伝・下 一二・伯奇。陽明文庫本孝子伝収載話もそれに準ずる。同系の同話は今昔物語集九ノ二〇、内外因縁集・伯奇殺後母以下国書に散見。なお文選李善注、世俗諺文・令揚蜂に引く説苑収載話は別系の異伝で、伯奇譚の日本文学への投影は、溯源すればこの二伝に帰する。佰奇の「佰」、正しくは伯。諸書すべて伯とする。
五 古代中国で、天子を補佐して政治をとる大臣。
六 底本「伊尹去補」とするが、対校一本の「吉」を取る。船橋家本「尹吉補」、陽明文庫本「伊尹吉補」。正しくは尹吉補か。周の宣王の治世の賢臣。房陵(湖北省房県)の人。
七 親によく仕え、衆人をいつくしむこと。
八 よみは底本の訓点によったが、「未だ嘗(つか)て」ともよめよう。よみによって意味が多少異なってくる。
九 後母の子の名を、陽明文庫本は西奇、説苑は伯封とする。
一〇 ある時は。
一一 →二五三頁注二六。
一二 恐れおびえて。

之《これ》有らんや」と。母が曰はく、「若し君信ぜずは、慥《たしか》に其の所為等《ども》を見せしめむ。妾と佰奇と彼[一四]の薗に往きて菜を採《つ》まむ。君、窺《うかが》ひて佰奇の所為を見るべし」と。即ち後母、密《ひそ》かに蜂を取りて、袖の中に裹《つつ》むで薗に至りぬ。乃《すなは》ち母地に倒《たふ》れて云はく、「吾が懐《ふところ》に蜂入れり」と。爰《ここ》に佰奇走り寄りて、懐を採《あさ》[一五]り蜂を掃《はら》ふ。時に母起《た》ちて、家に走り還りて云はく、「君見ずや否《いな》や」と。父之を信じて佰奇を召して云はく、「汝は吾が子なり。上には天に恐《おそ》り、下には地に恥づ。何ぞ汝後母を犯すや」と。佰奇之《これ》を聞きて、「五内《ごだい》[一六]に主《あるじ》無し。既に後母が讒謀《ざむぼう》[一七]を知りて、諍《あら》ふと雖《いへど》も信ぜじ。如《し》[一八]かじ、自《みづか》ら殺害してむ」と。人有《あ》りて誨《をし》へて云はく、「罪無くして徒《いたづら》[一九]に死なむよりは、如《し》[二〇]かじ、逃げて他《ほか》の国《くに》に住まむには」と。時に佰奇遂《つひ》に逃げ去りぬ。

父猶《なほ》後母が讒謀を知りて、車を馳《は》せて遂《お》ひ行く。河の岸に至りて、吏[二一]に逢ひて問ひて云はく、「此《ここ》より童子過ぎつるや」と。吏答へて云はく、「可愛《うつくし》[二二]げなる童子涙[二三]たり、河の中に至りて天に仰ぎて嘆きて曰はく、「我計らざる外《ほか》に忽ちに蜂の難に遭ひ、家を離れて浮蕩《ふたう》[二四]して帰する所無し。心に向ふ所を知らず」と。歎き已《をは》つて、即ち身を河の中

一三 どうしてそのような事があろうか。
一四 「彼」はあるいは「後」の誤写か。とすれば、家のうしろにある菜園。船橋家本「後薗」。今昔「後ノ薗」。
一五 底本「トリ」「アサリ」の二訓を付する。意によって後者を取る。探して。さぐって。
一六 五内の「内」、底本の字形「肉」に見えるが、「肉」では意不通。「内」に改める。五内は五臓の内部、転じて心の内。心を取り仕切る主人が不在で、決断を下しがたいことから、どうしてよいかわからないの句意。
一七 あしざまに告げ口をしてたばかること。
一八 「自ら殺害してむには如かじ」の強調表現。自殺した方がましだ。
一九 むだ死にをするよりは。
二〇 →注一八。
二一 底本「史」。「吏」の誤写と見て改める。以下も同じ。津吏で、船頭、渡し守の意。
二二 よみは底本の付訓による。かわいらしい男の子。
二三 涙を流して。
二四 さすらって。流浪して。

に投げて没《しつ》[一]み死にぬ」と。父之《これ》を聞きて悶絶《もんぜつ》[二]し、悲しみ痛むこと限り無し。乃《すなは》ち曰はく、「吾が子佰奇、怨《うらみ》を含みて身を投げたり。嗟々《なげか》[三]しきかなや、悔《くや》々しきかなや」と。時に飛鳥、吉補が前に来至《らいし》せり。吉補が曰はく、「吾が子の若し鳥に化《け》せるか。若し然《しか》らば当《まさ》に我が懐《ふところ》に入れ」と。鳥即ち吉補が手に居て、亦《また》其の懐に入りて袖より出でぬ。又父が曰はく、「吾が子佰奇が化せるならば、吾が車の上に居て、吾に順《したが》ひて家に還《かへ》れ」と。即ち鳥車の上に居て家に還り到る。

後母出でて見て曰はく、「噫《ああ》[四]、悪しき怪鳥《くゑてう》なり。何ぞ射殺《いころ》さざる」と。父弓を張りて之を射るに、箭《や》鳥には中《あた》らずして、母が胸に当中《あた》[五]りて死亡しぬ。鳥則ち其の頭に居て、面目[六]を啄《ついば》み穿《うが》ちて、乃ち高く飛びぬ。死にても敵《かたき》を報ゆるは、所謂《いはゆ》る鵩鳥《いむ》[七]是《これ》なり。雛《ひな》にして母に養はれ、長じては還《かへ》りて母を食《じき》す。世々に此の怨《うらみ》、敵《かたき》を施《ゆる》[八]さざる所、以て此《かく》の如きか[九]。

郎女は枕を代《か》ふ第六十七

一 底本「没死」とし、没を衍字とするが、内外因縁集「没死」。しばらく没を生かす。音読すれば「没死(もっしっ)す」。
二 気絶せんばかりにもだえて。
三 以下二句のよみは底本の付訓による。

四 底本「噫(やあ)しき悪怪の鳥」とよむが、当を得ないのでよみ改める。伊「噫 ア、」。
五 底本「当中」二字で「あたりて」とよむ。
六 顔や目をつつきほじくって。
七 よみは底本の付訓によるが、根拠不明。あるいは「鵔」の字音よりの類推、または忌む鳥の意からかくよんだものか。「鵩」字、辞書に見えず。「鵩」または「鴞」の変か。鵩鳥(ふくちょう)ならミミズク、鴞鳥(きょうちょう)ならフクロウ。文選一三・鵩鳥賦に「鵩は鴞に似て不祥の鳥なり」とするように、中国では古来鵩・鴞類を凶鳥としてきた。船橋家本「死而報レ敵所謂飛鳥是也」。陽明文庫本「今世鵄梟是也。一名二鵂鶹一」。
八 許すと同意。類「施 ユルス」。
九 詠嘆の助詞。

第六十七話 原拠は船橋家本孝子伝・下二〇・東皈節女。陽明文庫本孝子伝収載話もこれに準ずる。古く劉向撰列女伝五・京師節女にも見え、国書では今昔物語集一〇ノ二一、私聚百因縁集六ノ一一、源平盛衰記一九・東帰節女事などに収載。源平盛衰記一九・袈裟御前事に初見する文覚上人発心譚の源流ともなっている。郎女は若い娘の愛称である

此の女は[一〇]長安の[一一]里人《さとびと》なり。其の夫《をうと》、[一二]人の為《ため》に敵《かたき》と有り。敵の人夫を殺さむと欲《し》て来至《らいし》せり。其の夫無きに依りて妻の父を縛《しば》る。[一三]縛らると聞きて内より出でぬ。即ち仇《あた》女に謂《い》ひて云はく、「汝が夫を出さずは、将《まさ》に汝が父を殺さん」と。仇に謂ひて云はく、「豈《あに》夫に依りて父を殺さむ。君吾が言《い》はむに随ひて、後の時を以て吾が家に来至せよ。夫を殺さしめむ」と。即ち曰はく、「[一四]寝《ねや》の上に夫は[一五]東首《まくら》、妾は西首《まくら》なり。後に来《きた》りては、東首を斬るべし」と。是《ここ》に仇[一六]既に時を知りて、[一七]常の方に帰りぬ。時に妻夫に語りて云はく、「[一八]今夜《こよひ》よりは、吾東首に[一九]宿《ね》たらむ」と。即ち仇の来《きた》りて之《これ》を殺して、妻の夫に代るを見る。仇《あた》大きに[二〇]傷《いた》み嗟《なげ》きて、悲しみて曰はく、「[二一]貞女は夫に代りて命を捨つ」と。乃《すなは》ち仇の心を解《と》きて永く[二二]骨肉たり。

義夫は墓を護《まも》る第六十八

此の人は[二三]楊里の人なり。十九にして妻死に亡《う》せぬ。[二四]義夫が年は百十五なり。妻死して後、墓の本《もと》に木を[二五]殖《う》へ、花薗を作りて、[二六]他《ほか》の女に着《つ》

が、説話内容に照らせば、船橋家本以下のように節女とありたいところ。ただし陽明文庫本は「東阪郎女」。
一〇 前漢・隋・唐などの首都。本話は前漢時代。今の陝西省西安市付近。
一一 列女伝、船橋家本以下「大昌里」「昌里」。
一二 ある人に対してかたきの身の上であった。つまり敵持ちの身であった。
一三 主格は女。
一四 よみは底本の付訓による。「寑」の異体。類「寝　ネヤ」。
一五 よみは底本の付訓による。下出の「首」も同じ。東枕と同意。
一六 決行の時間を承知して。
一七 ふだんの住居。自宅。
一八 色「今宵・此夕　コヨヒ」。類「是夜　コヨヒ」。
一九 類「宿　ネタリ」。
二〇 底本「傷嗟」に二訓を付し、「なげきなげく」ともよむ。伊「傷　イタム」。
二一 底本「貞母」。本話の内容に照らして「母」は不当。対校一本の「女」を取る。貞節を守り、義理を立てる女性。
二二 末長く肉親同様の親しい間柄となった。なお、本話に似て非なる話が捜神記三・費孝先の条に見える。間男と示し合わせて夫を殺そうとした不倫妻が、本番の時になって打ち合わせた事を度忘れして、自分が殺されたという話。

第六十八話　原拠不明。
二三 所在不明。
二四 節義を堅く守る夫。義理固い夫。転じて、妻の死後、再婚しない夫の称ともする。
二五 「殖へ」は底本のまま。正しくは「殖ゑ」。類「殖　ウフ」。墳墓に植樹する習俗は第六十四話にも所見。
二六 他の女性に近づかない。

かず。[一]人有りて云はく、「[二]何ぞ女を娶《とつ》がざるぞ」と。答へて云はく、「[三]霊《りやう》存す。[四]約を謬《あやま》たじと思ふ」と。

養由《やういう》は日を射る第六十九

此《これ》は武者《むさ》なり。昔《むかし》天に十の日有り。[五]天下の為に大旱有りき。即ち養由九《ここの》つの日を射落して、即ち此の[六]一つの日を有らしむ。

李広《りくわう》は巌《いはほ》を貫《つらぬ》く第七十

此は[七]武者なり。[八]即ち一つの虎有り。[九]李広が母を害《がい》し失ふ。李広[一〇]人の言《ことば》を得て来《きた》りて見るに、[一一]実《まこと》なり。弓矢を取りて、跡に付きて追ひ行く。即ち[一二]山の口の野の中に斑《まだら》なる岩有り。即ち虎と見て之《これ》を射《い》るに、[一三]矢《や》の中《なかご》より已《すで》に融《とほ》りぬ。寄りて見るに岩《いはほ》なり。返りて復之《これ》を射るに、矢を入れず。

一 ある人が言うには。
二 どうして結婚(再婚)しないのか。
三 底本「雲存ノ」とするが、意不通。対校一本の「霊」を取ってよみ改める。妻の肉体は滅びたが、霊魂はなお存在しているの意。
四 生前の約束をたがえまい。

第六十九話 原拠不明。淮南子八・本経訓に、尭代の羿(げい)の故事として収載。共に弓の名人であることから、羿の故事を養由に付会、または誤伝したものか。今昔物語集一〇ノ一六は本話に同じく養由とする。養由は、史記に養由基とする。春秋戦国時代の楚の人。弓の名人として著聞し、その神技は史記四・周本紀や蒙求・養由号猨などに所見。

五 国土万民にとって大変な日照りがあった。
六 今ある太陽一つ。

第七十話 漢書五四・列伝・李広伝に見え、それを蒙求・李広成蹊に引くが、いずれも異同があって直接の典拠とはしがたい。今昔物語集一〇ノ一七は本話に取材した同話。李広は、漢代の天水郡成紀県(甘粛省秦安県の北)の人。武勇の誉れ高く、誠実な人格で知られた。

七 武人。匈奴と歴戦七十余度、漢の飛将軍と畏怖された。
八 さて。ところで。 九 この記事、漢書、蒙求には見えず。今昔は本話と同趣。 一〇 人から知らされて。 一一 底本「実然」。「然」に衍字符を付するので削る。 一二 山の入口。
一三 矢尻の柄(え)で、矢柄(やがら)の中に入っている部分。類・色「中 ナカコ」。矢尻のなかごの部分よりもさらに深く射通した、つまり深々と射立てたの句意。今昔に「鏃(ずは)ノ斉(そは)ニ至ル」とするも同趣。

第七十一話 記事簡略に過ぎて典拠を特定できないが、原拠は漢書五四・列伝・蘇武伝。流布は蒙求・蘇武持節に負うところが大きいようで、同話は俊頼髄脳、今昔物語集一〇ノ三〇、平家物語二、源平盛衰記八、謡曲「蘇武」など国書に頻出。蘇武(?―前六〇)は、字は子卿。杜陵(陝西省西安市の東南)の人。匈奴抑留中の雁書の故事は著聞する。

一四 鵠の羽毛のように白い髪。 一五 伝記に照らすに、武人

蘇武《そぶ》が鶴[二四]の髪第七十一

此の武者[一五]は漢帝[一六]の人なり。皇《わう》の所使[一七]と為《し》て胡塞[一八]へ征く。十六[一九]にして勅を奉じて、二十四[二〇]にして帰朝す。即ち十九年の転蓬《てんぼう》[二一]に髪白きこと鶴の頭の如《ごと》きか[二二]。

燕丹《えんたん》が馬の角第七十二

此の武者は秦皇《しんわう》[二三]の人なり。少《わか》き時に父母の家を去りて、皇《わう》[二四]に服《つ》いて過半[二五]に至るまで親を視《み》ず。老年に及びて、秦皇に奏して帰らむことを請《しやう》[二六]ず。更[二七]に許さず。復《また》請ずれば、皇の云《い》はく、「烏[二八]の頭《かしら》白く、馬に角生《お》ひむ、此《こ》の時に尓《なむぢ》を許さむ」と。乃《すなは》ち丹天[二九]に仰ぎしかば、首《かしら》白き烏来《きた》り、地に伏ししかば、馬に角生ひて来《きた》りき。

とするのはいかが。一六 前漢の七代皇帝、武帝。一七 この語未見。所司(官吏)を当ててもぴったりしない。漢書は持節使。遣使は天漢元年(前一〇〇)という。一八 漢の塞外の胡国。匈奴をさす。一九 十六歳遣使、三十四歳帰朝は日本での創作か。平家、源平盛衰記もこれにならうが、帰還を三十五歳とする。漢書の「武留㆓匈奴㆒凡十九歳、始以㆓強壮㆒出、及㆑還鬚髪尽白」によれば、壮年の出立ということになる。二〇 底本のまま。三十四歳とありたいところ。二一 風に吹き飛ばされて転々とする蓬(よもぎ)に見立てて、零落して流浪する意。漂泊の生活。二二 ここは二六二頁注九とは異なり、疑問の意をもこめる。

第七十二話 同文的原拠は見当たらないが、原拠は史記八十六・荊軻伝、同索隠、燕丹子・上などが挙げられる。宝物集、平家物語五、源平盛衰記一七など国書に頻出するが、本話の同文的同話として特記すべきは今昔物語集一〇ノ三九。燕丹は、燕(戦国七雄の一国。勢力圏は河北省)の太子丹の略称。戦国時代の燕王喜の子。荊軻に命じて秦王政を刺殺しようとして失敗した史実(前二二七)は、荊軻の易水歌と共に著聞する。

二三 「秦皇」は普通秦王と表記。秦王の時代の人の意。秦王は政、後の始皇帝をさす。紀元前二二一年天下を統一。二四 秦王につき従って。史実としては、燕の危急を救うために人質となったもの。二五 人生半ばを過ぎるまで。中年過ぎまで。二六 底本かくよむが、いかが。「請ず」は招く意で、願う意の用例を見ない。ここは「こふ」、下出の「請ずれば」は「こへば」とよむべきか。ただし、「請ず」で願う意とすれば全くの新用例。二七 「許す」は、釈放する意。決して解放しなかった。二八 実際にはあり得ないことのたとえ。二九 「天に仰ぎ、地に伏す」の常套句を二分して、白烏と馬角の出現に配したもの。秦王はこの奇跡によって、やむなく燕丹の帰国を許したという。燕丹の赤心が天地に感応して父王と再会できたわけであるが、燕丹は後年、秦王の攻撃に屈した父王の手で斬殺された。

紀札《きさつ》は釼《つるぎ》を懸《か》けき第七十三

此の武者は、丹[一]の使と為《な》りて外《ほか》の国《くに》に往く。途中に於《し》て洪水に遭《あ》ひて進退[二]し難《がた》し。即ち猪《ちょ》君[三]の家に宿《やど》つて、二月《ふたつき》[四]ありて天霽《は》[五]れ、雨止《や》みて出でて行く。時に猪君に語りて云はく、「吾が命と共に惜《を》しむは、帯《は》ける所の釼《たち》[六]なり。謀叛《むほん》[七]を戮《ころ》いて還らむに、必ず此の釼を譲《ゆづ》らむ」と。已《すで》[八]に過ぎ退《まか》りて、敵地にして一年を経て、遂に賊の首を殺《き》[九]つて還る。時に猪君死して家門[一〇]荒癈し、村邑《そんいふ》野原と成れり。即ち紀札故老[一一]に逢ひて猪君を問ふに、指《ゆび》[一二]を用《さ》して彼の墓を教ふ。墓の上に榎《お》[一三]生ひたり。丈《たけ》三尺なり。釼を解《と》いて此の木に掛けて、恩を酬《むく》い約[一四]を謝して以て去《さ》りぬ。

利徳《りとく》は盞《さかづき》[一五]を報ず第七十四

昔、二人の上戸《じやうご》[一六]有り。謂《い》はく利徳[一七]・明徳なり。三日[一八]を過ぎず、相互《あひ》

第七十三話　同文的原拠は見当たらないが、原拠は史記三一・季札伝。流布は蒙求・季札挂剣に負うところが大きいようで、同話は今昔物語集一〇ノ二〇、十訓抄六、源平盛衰記一五、宝物集以下国書に頻出。なお、本話は原拠に比してかなり変容するが、今昔収載話は同文性が顕著。紀札は、正しくは季札。春秋時代の呉の人。呉王寿夢の第四子。延陵侯に封ぜられて延陵季子と称せられた。

一　丹は不審。他伝に見えず。燕の太子丹(→第七十二話解説)では時代合わず、史実にも反する。
二　足を止められた。
三　正しくは徐君。猪君とするは今昔と本話のみ。
四　訓読しておく。二か月を経て。
五　よみは底本による。類「霽 ハレ」。晴れと同意。
六　底本、題目では「ツルキ」と付訓し、ここでは「タチ」と付訓して、よみが統一していない。
七　謀叛人を殺して帰還する時に。「ころいて」は「ころして」の音便。
八　こうして猪家を辞去して。
九　よみは底本の付訓による。
一〇　猪家の門は荒れ果て、住んでいた村里は野原と変っていた。状況が一変して住む人もなく、周辺一帯が廃墟と化していたさま。
一一　老人、特に土地の古事旧聞に詳しい人をいう。
一二　よみは底本の付訓による。なお「指」一字でも「ゆびさす」とよめる。類「指 ユビサス」。
一三　原拠は「冢樹」(墳墓の木)とするだけであるが、榎を登場させるのは日本的変容の一。日本では榎を神木や道標とするなど、特別な木に扱う。今昔「榎ノ木」。
一四　直接猪君に手渡す約束を果たせなかったことをわびて。

第七十四話　原拠不明。本話に取材した今昔物語集一〇ノ四〇以外に同話を見ない。

一五　返杯した。利徳が明徳の献杯に酬杯した意。
一六　酒飲み、特に大酒家をさす。

ひに行きて酒を飲む。即ち利徳[一九]田猟《でんれふ》の為《ため》に出でて無き時に、明徳来れり。主《あるじ》無きが故に、坏《さかづき》を乞ひて池の橋の上に[二〇]居《す》え、水を汲みて盞を差して水を飲む。[二一]燕《えん》し已《をは》りて還りぬ。其の夕《ゆふべ》利徳来れり。妻件《くだむ》の事を述ぶ。[二二]明旦《みやうたん》に又、橋の上に於《し》て水を汲むこと前《さき》の如くす。[二三]頌《じゆ》して云はく、「御酒の欲《ほ》しきには非《あら》ず、[二四]明徳の芳《かうば》しきなり」と。

蘇規《そき》は鏡を破《わ》る第七十五

此の人は、[二五]勅使と為《し》て[二六]外《ほか》の州《くに》に行く。即ち妻《め》に談じて云はく、「吾が鏡を二つに破《わ》りて、半《なか》ばは君に得せしめ、半ばをば吾賷《も》たらむ。[二七]由《よし》は、[二八]若《も》し吾他《ほか》の女を娶《とつ》ぎせば、此の半《なか》ばの鏡飛び来りて君が鏡に合へ。若し君他の男に[二九]有らば、[三〇]亦《また》以て此《かく》の如し」と。妻許諾して、之《これ》を得て箱の内に置きて思惟《おもへ》らく、「[三一]実《まこと》に然《しか》ること難し」と。即ち蘇規家を出でて十日有りて、妻犯すこと有り。半ばの鏡、蘇規が所に飛び来りて合ふこと[三二]約の如し。

一七 ともに伝不明。あるいは二人一対で虚構された説話的人物か。なお、偶合かも知れないが、利徳をさかさまにすると徳利になる。徳利の語源は定説を見ないというが、利徳も付会説には一役買えそうである。
一八 三日にあげず。三日の間を置かず。
一九 狩猟。伊「畋獵 テンレウ」。
二〇 底本のまま。正しくは「居ゑ」。
二一 酒盛りをし終って。
二二 翌朝。色「明旦 ミヤウタン」。
二三 ほめたたえて言うには。
二四 明徳のしわざがかぐわしいのだ。意訳すれば、明徳よ、お前さんのやり口が何ともゆかしくうれしいので、返杯というわけだ。

第七十五話 原拠不明。本話に取材した今昔物語集一〇ノ一九以外に同話を見ない。夫婦の破鏡の離合をモチーフとした類話は、本事詩・情感第一・徐徳言夫妻の条や、神異経に見える。なお蘇規は伝未詳。
二五 今昔「国王ノ使」。
二六 他国。第七十三話には「外の国」とある。
二七 「ゆゑ」ともよめる。色「由 ユヘ」。いずれによむも同意。理由。わけ。
二八 底本「若語」。「語」を衍字とするので削る。
二九 「娶(つと)がば」の意。もし密通したなら。不倫したなら。
三〇 同様に半鏡が飛来して一つになるだろう。
三一 実際にはそんなことはありえまい。
三二 約束通りであった。鏡の呪力を踏まえた話である。

楊姪《やうあい》は薪《たきぎ》を慎む第七十六

此の女人は七子[一]を生ぜり。即ち[二]夫薪を取りて、中《なか》より焼き切る。之《これ》を見て忌《い》み[三]て、慎みて去りぬ。後に迎ふれども来らず。早別[四]を惜しむが故なり。

耆婆《ぎば》は病《やまひ》を治《ち》す第七十七

此の人は本山夫《もとさんぷ》[五]なり。西北の山に往きて薪《たきぎ》を採りて、貨易《くわやく》[六]して生《しやう》活《くわつ》す。常に山に往く道に、薬王品《やくわうぼん》[七]を誦する房《ばう》[八]有り。暫く留《とどま》りて之《これ》を聞きて深信[九]す。即ち山夫[一〇]木を荷ひて還《かへ》[一一]るに、前後の人を見るに、明了《みやうれう》[一二]に身内の万病の体相[一三]を見る。時に随ひて之《これ》を治《ち》するに、更に謬《あやま》たず、及び手に取る毒草は変じて良薬と成る。天下[一四]に並び無し。仍《よ》りて位大臣[一五]に至る。

第七十六話 原拠不明。他に同話を見ない。楊姪の伝も未詳。
一 七人の子を生んだ。結婚後多年を経て、多くの子宝にも恵まれて、妻としての地位が安定していたことをいう。詩経・邶風・凱風序に「衛之淫風流行、雖下有二七子一之母上、猶不レ能レ安二其室一」とある七子の母と同意。 二 ところで。さて。
三 不吉として、恐れつつしんで夫のもとを去った。夫が薪を二つに切り放した行為から夫婦の離別を連想し、夫婦の縁のもろさと不定に思い至ったもの。
四 早く別れること。生別と死別があるが、ここでは夫の行為に端を発しているので、時ならぬ離縁と見る。そうした事態にならぬ前に、自分から縁を切って去ったもの。
第七十七話 原拠不明。同話も他書に見えないが、止観輔行伝弘決五ノ六に引く耆婆童子譚は同工異曲で、類話といえよう。ちなみに該話では、耆婆童子が柴売りのあきなう大柴束の中に、薬王と名づける大光明木を発見し、その光に照らして、身内の万病を診療するを得た、とする。耆婆は、次話の扁鵲と並び称される古代インドのマガダ国の名医。首都王舎城に住し、仏教を篤信し、釈迦の外護者ともなった。
五 山中で生活をする男。また、農夫に対して山で暮らしを立てる男。 六 商売をして。あきなって。 七 法華経第二十三品・薬王菩薩本事品。薬王菩薩が日月浄明徳仏に燃臂供養をしたことを説くが、ここでは、一切衆生の心身の病患を治癒するという、薬王菩薩の本願を踏まえたもの。
八 僧房。路傍の僧庵の類であろう。 九 深く信心した。心から信仰心をおこした。 一〇 底本「山夫共ニ」。山夫は耆婆自身なので「共ニ」は不審。対校一本になしとするを可として削る。 一一 「還見」に付した底本の訓点錯雑するが、意によってよむ。 一二 明らかに。伊ミの畳字「明了」。 一三 からだの様子。病状。 一四 治病の技術は天下に並ぶ者がなかった。釈迦や仏弟子の治病にも当たったとされる。 一五 耆婆がマガダ国の大臣となり、父王殺害の非を悔いた阿闍世王を説いて釈迦に会わせ、仏門に帰依させたことは著名。

鶣鵲《へんじやく》は卜《ぼく》を悔《く》ゆ第七十八

此の人は、[一六]卜筮《ぼくぜい》の[一七]極《きはめ》第一なり。即ち[一八]皇《わう》[一九]鼠一枚を取りて箱に入れて、鶣鵲を召して問ひて曰はく、「此の箱に入れる物の体《かたち》と[二〇]員《かず》とを卜ひ申《うらな》せ」と。時に鶣鵲卜ひて云はく、「鼠十一なり」と。即ち開きて之《これ》を見るに、[二一]現《うつつ》に十一なり。子十と母となり。此に於《し》て[二二]皇禄を給ふ。後に「若し皇と[二三]違ふこと有らば、皇を[二四]損《そこな》ひつべし」と。[二五]仍《よ》りて之を殺す。後に時に悔いて□[二六]、「[二七]後代は子の日は卜ふべからず」と。

陳安《ちんあん》は冠《かうぶり》を掛けき第七十九

此の人、他《ほか》の家の垣《かき》を過ぐるに、李《すもも》の枝に冠[二八]掛《か》かれり。則ち思惟《おも》へらく、若し吾《われ》冠を取らば李を取ると云はれぬべし、と。仍《よ》りて、冠を[二九]賫《と》らずして捨て去りたり。

第七十八話　原拠不明。太平御覧七二六・蔡鐵は、函中の鼠の数を卜する類話。なお覆中の物を卜占で言い当てるモチーフは、今昔物語集二四ノ一七、安倍晴明物語二、古浄瑠璃「信田妻」など、安倍晴明対蘆屋道満の術比べ(簠簋抄、安部晴明物語二、古浄瑠璃「信田妻」)などに見られ、後者には鼠も登場する。鶣鵲は、史記には扁鵲。前話の耆婆と併称される中国の戦国時代の名医。鄭(河北省任丘県の北)の人。姓は秦、名は越人。諸国遊歴中の起死回生譚に富む。→注二五。

一六　卜は亀甲を焼き、筮は筮竹(古くは蓍《めどぎ》)を用いるうらない。転じてうらないの総称とも。

一七　底本「極」の異体の転、または「遂」の省画。類「極・遂　キハム」。奥義をきわめること。極意に達すること。

一八　→二六八頁注二。　一九　底本「一ヲ牧ヲ」。意によって牧を枚の誤写と見て改め、枚を生かしてよむ。ただし、下出の鼠には付さない。枚は、小さいものや薄いものを数える時の助数詞。鼠一匹の意。　二〇　類「員　カス」。　二一　現実に。まさしく。一匹が十一匹になったのは、鼠が箱の中で子鼠十匹を出産したもの。　二二　ほうびの下賜品。引出物。

二三　仲たがいすることがあるなら。

二四　害するに相違ない。鶣鵲の神技を恐れたもの。

二五　本話は異伝。史記一〇五・扁鵲伝によると、名声をねたまれ、秦の太医令、李醯に暗殺されたという。

二六　虫損。「云(曰)」が擬せられる。

二七　鼠占いが死を招いたことからの鶣鵲の遺戒。「子の日」は、十二支の子の日。

第七十九話　原拠不明。本話は次話と対になって、「瓜田不レ納レ履、李下不レ正レ冠」(古楽府・君子行)、「経二瓜田一不レ躡レ履、過二李園一不レ正レ冠」(劉向撰列女伝・弁通・斎威虞姫伝)の成句の由来を説くもの。ただし、この話が君子行、列女伝の典拠というわけではなく、既存の成句を敷衍した後人の創作話かも知れない。他書に未見の珍しい話。陳安は伝未詳。晋書一〇三に陳安伝があるが、別人であろう。

二八　底本「かか(ん)ぬ」ともよむ。そのよみも可。

二九　類「賫　トル」。

南効は履《くつ》を棄つ第八十

此の人、人の薗《その》を過ぐるに、沓《くつ》脱げて畝《うね》[一]に落ちぬ。若し沓を取らば、苽《うり》[二]を取ると念《おも》ふべし。仍《よ》りて、只《ただ》沓を棄てて取らずして去る者なり。

許由《きよいう》は耳を洗ふ第八十一

此の人、少《をさな》き時より艶《えん》[三]を好まず。常に世間の不定[四]を観[五]じて、栄爵[六]を求めず、田畠《でんばく》を耕《たつく》[七]らず。即ち、時に江[八]に到りて魚を釣る。勅使来りて云はく、「卿《きみ》[九]、大臣に任ぜり」と。時に許由、貪《むさぼり》[一〇]を発《おこ》すべきことを観[一一]じ、栄《さかえ》[一二]を習《しふ》すべきことを念《おも》ひて、江[一三]の水に耳を洗ひて宣《おほせごと》[一四]を聞かざりき。

巣父《さうふ》は牛を引く第八十二

第八十話　原拠不明。前話と一対の「瓜田の履」の由来譚。前話の解説はそのまま本話にも該当。南効は伝未詳。
一　底本の付訓「ツネ」に見えるが、「ツ」は「ウ」の転。
二　瓜の異体字。

第八十一話　同文的原拠は見当たらないが、原拠は高士伝・許由の条。世俗諺文・洗耳には同話を逸士伝より引く。高士伝収載話は次話を含めて一話とするが、本書では許由・巣父に分けて立項する。沙石集十本に二話を引いて「許由耳ヲ洗ヒ、巣父牛ヲ引ト申伝ヘタルハ此事也」とするように、二話は古来一連の故事として伝承されてきた。同話は宝物集以下国書に頻出。許由は尭代の隠士。字は武仲。陽城槐里の人。清貧高潔で聞こえ、蒙求にも許由一瓢の故事を伝える。
三　華美。ここでは世俗的なはなやかさ。→二三九頁注一一。
四　二七一頁注一五に照らすに、無常と同意。
五　澄んだ心で静かに見きわめる意。
六　高くて名誉ある爵位。色ヱの畳字「栄爵」。
七　→二四二頁注四、二四七頁注二七。
八　高士伝によると潁水(今の潁河)。
九　貴人を敬っていう対称語。類「卿　キミ」。
一〇　財物などをむさぼり求めること。仏教では、衆生をまどわす煩悩の第一とする。
一一　下句の「念ひて」に対応する。観念の語を分割して上下句に配したもの。
一二　栄華になじむこと。
一三　この故事から洗耳の成語が生まれ、世俗の交わりを断って身を清らかに保つ意とする。
一四　帝王のお言葉。御命令。類「宣　オホセコト」。

第八十二話　原拠は高士伝・許由の条(→第八十一話解

此の人、即ち無常[一五]を知ること許由に劣《おと》らず。尓《そ》の時に牛を引きて江に来りて、水を飲ましめむと擬《す》。時[一六]に女有りて物を洗ふ。問ひて云[一七]はく、「許由は何《いづれ》の所ぞや」と。答へて云はく、「大臣に任[一八]ずると聞きて、耳を洗ひて去りにき」と。巣父が云はく、「此の江は不[一九]浄に成りけり」と。仍《よ》りて牛を引きて将《ゐ》て還りぬ。

利楊《りやう》は郷《さと》に栗を殖《う》ゑき第八十三

山[二〇]夫有り。二月中《なかば》[二一]を以て、生栗《なまぐり》[二二]を荷《も》[二三]つて利楊の家に志[二四]す。利楊物を与へ、食はずして栗を地に殖《う》ゑてき。

陳薩《ちんさつ》は水に渇《かつ》す第八十四

此の人、挔《たび》[二五]の道を行くに、即ち銭[二六]無きが故に、半日水を飲まずして渇して而《しか》も行く。

説)。巣父は底本に「サ□フ」と付訓。「さうほ」とも。尭代の隠士。その名は、山居して世俗を断ち、年老いて樹上に巣を作って寝たことからの称という(潜夫論・交際)。

一五 一字め虫損。「無常」と判読。世間一切のものはことごとく生滅流転して、とどまることがないこと。この一句から、二七〇頁注四の「不定」と「無常」を同意に用いていることが知られる。

一六 高士伝以下この記事を欠き、許由と巣父の直接問答とする。

一七 虫損。意によって「云」を補う。

一八 底本「セムト」「スルト」の捨て仮名を付す。後者を取ったが、「任ず」とありたいところ。加点の時代下るか。

一九 けがれているさま。

第八十三話 原拠不明。他に同話を見ない。利楊も伝未詳。

二〇 →二六八頁注五。

二一 「なかごろ」ともよめよう。二月中旬。

二二 日葡辞書「ナマグリ」。色「生 ナマシ」により、「なましき栗」ともよめよう。

二三 よみは底本「モテ」による。促音を補。類「荷 モツ」。この用字から、になう、かつぐの意。

二四 気持をあらわすために物などを贈ること。

第八十四話 原拠不明。陳薩も伝未詳。

二五 旅路。色「挔 タヒ」。

二六 飲料水が貴重な土地柄だったのだろう。砂漠か大草原を連想させるが、中国は硬水で、水があっても飲料に適さない土地も多い。

孔子は車を却《さ》[一]けき第八十五

昔、孔子車に駕《が》して其の道に行く。三人《みたり》の七才なる童《わらは》有り。土[二]の城《じやう》を作りて遊戯《ゆげ》[三]す。時に孔子来りて小児に告げて云はく、「小児、汝等《なむだち》、道を逃《さ》[四]けて吾が車を過ぐせ」と。小児等《ら》嘆[五]きて曰《い》はく、「未[六]だ車を逃《さ》くる城をば聞かず。城を逃くる車をば聆《き》[七]く」と。仍《よ》りて孔子、車を却《さ》けて城の外《ほか》より過ぐ。敢《あ》へて理《ことわり》[八]を横《よこさま》にせず。

文選《もんぜん》は諍《あらそひ》を止めき第八十六

昔、舎衛《しやゑ》[九]国《こく》に王有り。都[一〇]夫王と名づく。其の夫人《ぶにん》、四《よたり》の王子を生めり。又一子を任ぜり。即ち未《いま》だ任《はら》[一一]める子を生[一二]ざるに、王没崩《かくれ》[一三]たまひき。王に遺言《ゆいごん》在《あ》り。「君等《きむだち》[一四]、吾が死後には天下を領[一五]じて人民《にんみん》[一六]を救へ。太[一七]郎は春三《み》月《つき》東を領ずべし。次郎は夏三月南を領ずべし。三郎《さぶらう》は秋三月西を領ずべし。四郎は冬三月北を領ずべし」と。任《はら》める子は未だ生

第八十五話　原拠不明。本話に取材した同話は今昔物語集一〇ノ九に収載。なお孔子に付会したこの種の知的問答譚は、列子や敦煌本句道興撰捜神記にも見え、国書にも散見。孔子は春秋時代の大思想家。名は丘、字は仲尼。仁を理想とする徳治政治を説く。呉音で「くじ」とも。今昔には「共子」の借字がみえる。

一　色「逃・却　サル・サク」。

二　土をこねて作った城の模型。

三　遊びたわむれること。楽しく遊ぶこと。色「遊戯　ユケ」。

四　よけて。→注一。

五　対校一本に「咲テ」。今昔「咲テ」。

六　以下のよみ、底本初めに「未だ車の城を逃くることをば聞かず。城の車を逃くることをば聆く」とよみ、再読して本文のごとく改めている。今昔の本文は後者に同じ。

七　聞くと同意。類「聆　キク」。

八　決して道理を曲げることはしなかった。類・色「横　ヨコサ(シ)マ」。

第八十六話　原拠不明。類話は八帖花伝書に収載(田口和夫氏示教)。なお続教訓鈔に同話の痕跡をとどめることから、本話が中世南都の楽家にも伝承されたことが知られ、八帖花伝書に類話を収載するのもいわれなしとしない。文選は、学識豊かな人の意をこめて、文選の書名を借りた架空の人物か。

九　中インドの国名。コーサラ国とも。舎衛城を都とし、その南に祇園精舎があった。

一〇　経論類に見えず。仮作の王名か。よみも決しがたいが、仮に「とふ」としておく。八帖花伝書の類話は盤古大王とする。盤古王は中国古代神話における天地開闢の天子。

一一　「任」は妊の通字。底本は音読しているようだが、以下は訓読しておく。

一二　底本は「生ざるに」「生れたまはざるに」と二様によむ。

一三　底本音訓二様によむが、「ヒキ」の捨て仮名を取って訓

れざれば、所領を置かずして、王崩じ了《をは》んぬ。即ち四《よたり》の王子、父の命の如く四方を領ず。時に任《はら》める子生ぜり。[一八]已《すで》に男《をとこ》なり。成人して兄等《あにら》に向ひて云はく、「吾が為《ため》に、父何《いか》なる領か[一九]有りし」と。兄等答へて云はく、「君未《いま》だ生じ給はざるに依りて、所領を置かざりき」と。五郎の王子の云はく、「[二〇]同じ父の一つ腹なり。[二一]豈《あに》所分無からんや。君達《きむだち》が[二二]拘《かか》へ惜しむ所なり」と。度々《たびたび》[二三]相論を致す。即ち五郎の王子、[二四]力用《りきゆう》勇健にして[二五]一人当千なり。即ち[二六]闘諍盛《さか》りにして、天下静まらず。更に損傷を致して、[二七]敢《あ》へて停《とど》むるに由《よし》無かるべし。

時に大臣有り。文選博士《もんぜんはかせ》と云ふ。五《いつたり》の王子の前に来りて、再拝して曰《い》はく、「[二八]暫《しばら》く、公達《きむだち》各々坐し給へ。文選謹《つつし》みて啓《まう》すべし」と。時に五の王子、許諾《きよだく》して各《おのおの》[二九]座《ゐずま》ひす。博士の云はく、「王已《すで》に万民を安んじ、国土を持《たも》たむが為《ため》に、君等に各《おのおの》四方を領ぜしむ。然《しか》るに遺言を違《たが》ひて、国土を破り人民を損ずる、甚《はなは》だ以て可《か》ならざるなり、[三〇]者《てへ》れば、公達御心平《たひ》らかにして国民を持《たも》たば、吾即ち各《おのおの》に分ちて[三一]配《あ》て奉らむ。[三二]五の王子乍《なが》ら、平等に七十二日を受領《じゆりやう》し給へ。[三二]四の王子、各 方々《おのおのかたがた》の十八日を分ちて、五郎の王子に奉りたまへ」と。時に君等、博士の言《ことば》に

読。「崩」は帝王に用いて、色・類「シヌ」。類「没　カクル・シヌ」。
二四 本話では「君等・君達・公達」と三様に表記。親王・公卿・殿上人またその子弟をさすが、ここでは王子。
二五 領有の意から、統治して。
二六 色「人民　ニンミム」。
一七 陰陽五行説に基づいて、長男以下四子を四季・四方の支配者に配したもの。同説では、春は東、夏は南、秋は西、冬は北に配する。なお三郎のよみは、「日本ニハ三郎（さむらう）ヲサブラウトイフ」（悉曇要訣一）による。
一八 まぎれもなく。まさに。
一九 底本「有る」「有りし」の二様によむが、後者を取る。
二〇 父母を同じくする子供、ここでは兄弟。
二一 所領。日葡辞書「ショブン」。
二二 よみは底本の付訓による。かかえこんで出し惜しみをする意。
二三 たがいに言い争うこと。
二四 「力用」のよみは類「用　ユウ」による。力が強く、勇敢でたくましいこと。
二五 一人で千人に匹敵するほど勇敢で強力なこと。伊イの畳字「一人当千」。
二六 闘争。合戦。色「闘諍　トウシヤウ」。
二七 とても争いをやめさせる手段がありそうにない。
二八 ちょっとお待ちを、というほどの意。
二九 すわる。話を聞こうとする態度である。類「座作　イズマヒ」。
三〇 →二二九頁注八。
三一 あてがう、配当する意。類「配　アツ」。
三二 五人の王子が共に。すべてに。
三三 陰陽五行説で四季を五行（木・火・土・金・水）に配すると水があまるので、四季それぞれ九十日の終りの十八日、つまり四季の土用を水にあてて計七十二日としたもの。五郎は土用の擬人化で、土用の由来説明となっている。

随ひて、七十二日を承《う》け引きて、心平《たひ》らかに怨み止みぬ。
五郎の王子博士に語《かた》りて言はく、「吾等、将来に人有りて博士の末《まつ》孫《そん》と[一]いはば、[二]縦《たと》ひ眼《まなこ》を穿《うが》ち頭《かうべ》を打つとも、其の過《とが》を免《ゆる》すべし。[三]敢へて祟《たた》り無からむ者か」と。

酉夢《いうむ》は身を裂《さ》[四]く第八十七

此の人不孝なる上に、[五]農《なりはひ》に来《きた》る毎《ごと》に、父と共に[六]沃《こ》えたる田を相論す。則ち[七]貪心《とんしん》[八]熾盛《しじやう》にして敢へて思ひ停《とど》まらず。時に[九]朸《あうご》を以て父を打つ。俄かに[一〇]雲の雷《いかづち》なつて、未だ家に還らざるに、[一一]天の雷其の身を裂きてき。

恵竜《くゑいりう》は薬を得てき第八十八

此の大王の母、病に沈みて[一二]死せむと擬《す》ること久しからず。即ち王天に仰ぎて高く泣く。[一三]天之《これ》が為《ため》に雲に乗りて下り来《きた》りて、[一四]天の薬を王に授く。王之《これ》を得て母の病を治す。命を延ぶること二十七年なり。

一 よみは底本「者」の付訓による。言うならば。
二 たとえ眼を突きさしたり、頭を打ったりしても。残虐な行為の喩え。
三 底本「無」を「無からむ」「無からしめん」と二様によむが、前者を取る。決して恨んでたたるようなことはなかろうよ。「か」は詠嘆の助詞。後者を取れば、たたりがないようにさせるの意。

第八十七話 原拠不明。童子教に「酉夢打二其父一、天雷裂二其身一」、仲文章に「酉夢打レ父、裂二天雷於其身一」と見え、宝物集、日蓮遺文にも引くなど、訓蒙教誡の資として国書に頻出。酉夢は伝未詳。
四 底本「サクル」と付訓するが、「裂く」(自動詞、下二段活用)の連体形で不当。「さく」に改める。なお、連体形終止の加点「サクル」は加点の時代下るか。→二七一頁注一八。
五 底本「農ノ」とするが、いかが。「農に」とよみ改める。色「農 ナリハヒ、耕也」「東作 ナリハヒ」から、耕作、農作の意。耕作に来るたびごとにの意。
六 肥沃な田をわが物にしようと言い争う。→二七三頁注二三。
七 欲深くむさぼり取る心。→二七〇頁注一〇。
八 火が燃え上がるように勢いが激しいさま。色「熾盛 シ、ヤウ」。
九 物を担うのに用いる棒。よみは底本による。色「朸 アフコ、杖也」。
一〇 雲中のかみなりが鳴って。
一一 父殺しの不孝者に対する天の配剤。

第八十八話 原拠不明。他に同話を見ない。「恵」のよみは底本の付訓による。大王とあるが未詳。
一二 余命がいくらもない。
一三 ここでは儒・仏・道を判別し得ないが、天帝、天神。
一四 天上界の妙薬。仏教で甘露を兜率天の長生の霊液としたように、天界には起死回生の霊薬があるとされていた。

父の頸《くび》を殺《き》[一五]りて孝子《けうし》とす第八十九

[一六]荊保と云ひし人は、飢饉の為《ため》に家貧しきが故に、父と共に隣の州《くに》に行きて人の財《たから》を盗む。[一七]即ち父と子と財を盗む間、[一八]家人并《なら》びに近き辺《ほとり》、各《おのおの》出でて叫びて之《これ》を追ふ。二人逃げ走ること、[一九]猫に逢へる鼠の如し。即ち子は疾《と》く走り、父は遅く逃ぐ。垣を破りて出づる時に、子先に出でぬ。父が頭《かうべ》は垣の外《ほか》に在り、其の足は垣の内に捕《とら》へられぬ。時に荊保、釼《つるぎ》を以て父の頸を殺《き》りて去る。[二〇]父恥を惜しみしが故に、[二一]喜びて痛からず。[二二]時の人之《これ》を称[二三]して孝子《けうし》と名づく。

母が橋を亘《わた》して不孝《ふけう》とす第九十

[二四]楚那《そな》と云ひし人は、家の薗の内に[二五]小さき舎《や》を造りて、[二六]孀《やもめ》なる母を居《す》ゑて養育す。即ち[二七]密かに傍《かたはら》の男に遭《あ》ひて、[二八]自《おのづか》ら年序を送る。其の[二九]往《わう》還《ぐゑん》の間に深き塹《ほり》[三〇]有り。楚那[三一]僅《わづ》かに母の気色《けしき》を知りて、其の母を安らか

第八十九話　原拠不明。ただし、源流は生経二、仏説舅甥経一二で、もとインド種の話が中国説話化したもの。同文的同話は源平盛衰記二〇・楚効荊保事に見え、「父が頸を害するは孝子なり、母が橋をわたすは不孝なりと云ふ本文あり」として、次話と一対に収載。なお、西鶴諸国咄三ノ七・因果の抜穴は、源平盛衰記を介して本話に取材したもの。

一五 よみは本文中の付訓による。
一六 本話の性格より推すに、虚構の人物か。底本「荊保ハ」ともするが、取らない。「云」の捨て仮名が虫損するが、次話の「楚那ト云シ人ハ」に照らして、残存字形を「シ」と判読。
一七 底本「盗テ」とするが落ち着かず、「盗む」と改める。
一八 家族と近所の人々。
一九 多く畏縮して逃げられないさまのたとえとするが、ここは一目散に逃げ出す意。
二〇 盗賊の汚名を着ることを恥としたので。
二一 首なし死体なら身元も露顕せず、恥をかかずにすむので喜び、斬首の痛みも感じなかったもの。
二二 底本「時人ノ」ともするが、取らない。
二三 ほめたたえて。称賛して。

第九十話　原拠不明。同話は源平盛衰記二〇収載話以外に見当たらない。→第八十九話。

二四 底本「那」に「郍」と校異。前話の荊保と同じく虚構の人物であろう。源平盛衰記「楚効」。
二五 底本「少」に衍字符を付し「小」と訂正。「小」を取る。
二六 夫を失った女。未亡人。
二七 こっそり近所の男と密通して。
二八 自然の成行きで数年の歳月を送った。
二九 往来と同意。色「往還 ワウグヱン」。
三〇 よみは底本の付訓による。伊「塹 ホリ」。
三一 いささか母の様子を察知して。

に往来せしめむが為[一]に、彼の道の塹に橋を亘《わた》す。即ち母、子の知ることを恥ぢて、愛別[二]して窃《ひそ》かに去りて死にぬ。是《これ》[三]不孝の子なり。

焚会《ふんくわい》は針を懸けき第九十一

此《これ》は武者《むさ》なり。高き木末《こずへ》[四]に針を懸けて、町《ちやう》[五]の外《ほか》にして之《これ》を射るに、必ず木の下の銃《かなまり》[六]に入る。百度《ももたび》之《これ》を射て、百度ながら中《あた》る。定[七]まりて其《そ》の銃に入る。

莫耶は釼《つるぎ》を分つ第九十二

此の人は眉間尺《みけんじやく》が父、楚《そ》[八]の人《ひと》なり。楚王の夫人《ぶにん》常に鉄《てつ》[九]を抱く。鉄《てつ》[一〇]の精感[一一]有り、遂《つひ》に任[一二]ぜり。鉄の精を生む。王奇《あやし》んで曰はく、「惟《これ》凡[一三]鉄に非ず」と。時に莫耶を召して釼を作らしむ。莫耶命を蒙《かうぶ》りて、退きて両《ふた》つの釼を作る。一つの釼をば王に上《たてまつ》[一四]る。王之《これ》を得て収め置きたまひて後に、釼鳴る。王怪《あや》[一五]しふで群臣に問ふ。群臣奏して云はく、「此の

一 虫損。「為」を補う。
二 愛する者と心ならずも別れること。
三 源平盛衰記は「母が為には孝子とこそ云ふべきに、子が知る事を恥ぢ、窃かに家を出でて自ら死したりけるをば、子不孝といへり」と敷衍解説する。

第九十一話 原拠不明。弓技の精妙を説く意味での類話はあるが、同話は他に見えない。
四 枝先。よみは底本の付訓による。正しくは「こずゑ」。
五 一町(一〇九メートル強)以上離れて。
六 底本「ミ丶」と付訓(後出も同じ)。これによれば針の耳、つまり針の糸を通す穴となるが、よみの証を得ず、意味的にもいかが。ここは木の下に椀が置いてあり、矢が命中すると、つり糸が切れて針が椀に落ちたのであろう。類「銃 カナマリ」によってよみ改める。「かなまり」は金属製の椀。底本、一本に「鉢」とする(後出も同じ)。
七 決まって。必ず。

第九十二話 原拠は船橋家本孝子伝・下二一・眉間尺。陽明文庫本孝子伝もこれに準ずる。今昔物語集九ノ四四は同文的同話。源流の一として、捜神記収載話(二十巻本一一、法苑珠林二七、太平御覧三四三などに引く)も注目される。和漢に著聞する説話で、宝物集六、太平記一三、曾我物語四、三国伝記一一ノ一七以下国書に頻出。なお宇津保物語で、俊蔭が霊木で製作した名琴を帝と分蔵し、臨終に地中に埋めて娘に伝えたとするのは、あるいは想を本話に得たものか。
八 戦国時代の七雄の一国。長江中流地区を版図とした。↓二五三頁注二三。
九 船橋家本によるに、避暑のため鉄柱を抱いたという。
一〇 後出の同語に照らすに、鉄の純粋成分。まじりけのない鉄分。
一一 底本「咸」。「感」の略字として通用したが正字に改める。
一二 底本「任セリ」。↓二七二頁注一一。

釼、必ず雄《を》[一六]の釼有らんか。是の故に吟《なげ》[一七]くなり」と。時に王大きに忿《いか》りて、莫耶を殺さむと欲《す》。即ち使者未《いま》[一八]だ之《これ》に到らず。前《さき》んじて莫耶婦に語りて云《い》はく、「吾今夜《こよひ》[一九]悪相を見つ[二〇]。家に在《あ》らじ。今汝が任ぜる所の子、若し男《をとこ》ならば、成長の日に語りて、南の前の松の中《うち》を見よ、と曰《い》ふべし」と。語らひ已《をは》りて北の戸より出[二一]でて南の山に入り、大きなる石の中に隠れて死にぬ。婦男を生めり。年十五、其《そ》の眉間《みけん》[二二]一尺有り。眉間尺[二三]と名づく。母具《つぶさ》に父が遺言を語る。子思惟《おもへ》らく、釼を得て父が敵《かたき》を報[二四]ぜむと欲《おも》ふ、と。時に王の夢に、眉間一尺[二五]の者有《あ》りて、朕《ちん》を殺さむと欲《おも》ふ、と見る。乃《すなは》ち四方に命じて云はく、「能《よ》く之《これ》を捕《とら》[二六]へむ人に、当《まさ》に千金[二七]を賞[二八]すべし」と。眉間尺之《これ》を聞きて、逃げて深山《しんざん》に入りぬ。即ち山中に於《し》て一《ひとり》の客《きやく》[二九]に逢へり。客問ひて云はく、「眉間尺か」と。答へて云はく、「是《これ》なり」と。客の曰はく、「吾《われ》、君が為《ため》に敵《かたき》を報ぜん」と。眉間尺問ひて曰はく、「客、何物を用[三〇]ずるか」と。客曰はく、「君が頭《かうべ》、幷《なら》びに利釼を用ずべし」と。眉間尺、則ち釼を以て頭を斬りて客に授く。

頭を得て楚王に上《たてまつ》る。王募《つの》[三一]り思ふが如く、犬[三二]の糞《くそ》を加へて頭を客に

一三 「おほよその鉄」で、並一通りの鉄。普通の鉄。
一四 献上する。類「上 タテマツル」。
一五 「あやしみて」の音便形。
一六 二剣を雌雄一対に見立てたもの。
一七 雌剣が雄剣との離別を嘆いてむせび泣いたという解釈。類「吟 ナゲク」。
一八 底本のよみに従うが、本書での「之」の用字から推して、「未だ到らざる前に」とよむも一案。
一九 捨て仮名を欠くので音読。ここでは不吉な夢相。
二〇 底本「現」に衍字符を付し「見」に訂正。これを取る。
二一 底本「出ぬ」ともよむが、取らない。
二二 眉間一尺の異相は異才の相で、呉の名臣伍子胥も楚人で眉間一尺と伝える(呉越春秋)。
二三 虫損。意によって補。捜神記は名を赤または赤比として眉間一尺の記事を欠き、後代の中国書は眉間赤とも表記。
二四 底本「うたむ」とよむが、取らない。
二五 虫損。意によって補。
二六 底本「捕(と)らば」ともよむが、取らない。
二七 千両、転じて多額の金銭。
二八 底本「賞たふ」ともよむが、取らない。
二九 戦国時代などに、諸国をさすらい、王侯に寄寓していた壮士の類。底本「客」の下の衍字一字を削る。これ以下の展開は、荊軻が燕丹(→第七十二話)に依頼されて、亡命の秦将樊於期(はんおき)の首を持って始皇帝の刺殺に赴いた話を連想させる。それもあってか、眉間尺説話の変容過程で、その時の荊軻の剣は莫耶形見の剣であったと付会される(三国伝記)。
三〇 必要とする意。
三一 心が激しているように。怒りに興奮しているように。
三二 首を犬の糞で汚して恥ずかしめたもの。

一 七日に至るまで。七日までも。
二 古代中国で魚や肉などを煮るに用いた器具で、多く三脚がついている。当時は青銅製。

投げて、七日[一]までに煮《に》さしむるに爛《ただ》れず。客其の由を奏す。王奇《あやし》んで、面《おもて》を鑊《かなへ》[二]に臨《のぞ》みて之を見るに、王[三]の頭鑊の中に落ち入りぬ。二《ふた》つの頭相《あひ》嚙《か》む。客の曰はく、「恐らくは、眉間尺が頭は弱からむ」と。時に、釼を鑊の中に投げ入る。両《ふた》つの頭《かうべ》共に爛《ただ》れぬ。又客、久しく鑊の中に臨《のぞ》きて之《これ》を見るに、自《みづか》[四]らが頭を斬りて入れぬ。三《み》つの頭相混《あひひたた》[五]けて、分別すること能《あた》はず。時に司[六]有り、一《ひと》[七]つの墓を作りて三《み》つの頭を葬す。今[八]に汝南《じよなん》[九]の宜春県《ぎしゆんけん》に在《あ》り。

奚仲《けいちう》は車を造る第九十三

此の人は黄帝《くわうてい》[一〇]の時の大臣[一一]なり。黄帝といつぱ[一二]、前《さき》[一三]の人皇是《にんわうこれ》なり。即ち皇の幸《みゆき》を厳《いつく》[一四]しくせしめんが為《ため》に、始めて車を造りて牛[一五]を駕《かく》るに甚《はなは》だ以て美なり。

貨狄《くわいてき》は船を彫《ゑ》[一六]る第九十四

三 自然に鑊の中に落ちこんだもので、今昔では「自然ニ落テ」とする。眉間尺の霊のしわざか。 四 身を捨てて約束を果たそうとした刺客の義侠的行為。 五 互いに入り乱れて、見分けることができない。「混く」は、交り合う意。底本「相」の下の衍字一字を削る。 六 役人。 七 三王墓(捜神記)、また三王陵(太平寰宇記)とも称された。 八 「今に…」は説話の結尾に付される一定型。 九 漢代の汝南郡宜春県。今の河南省汝南県の西南。ただし、陵墓の所在については古来諸説があったようである。底本「春」の下の衍字一字を削る。

第九十三話　奚仲造車の故事は墨子・非儒、荀子・解蔽、淮南子・修務訓以下諸書に見え、原拠を特定できない。ただ平安末期の仲文章・学業篇二に、次話の貨狄彫船と対にして広雅の本文を引く。あるいは広雅・釈器などに由来するものか。

一〇 →第九話。 一一 当時大臣(丞相)は存在しない。重臣というほどの意。七佐(七人の補佐官)の一とするものもある(鄭玄撰六芸論)。一説に奚仲を夏の人。禹の臣で、車馬を管轄したともする。 一二 …というのは。「言ふは」の促音便形という。 一三 前記の人皇がこれである。三皇は諸説あるが、黄帝を人皇とするは孔安国の説(尚書序)。唐鏡もこれを引いて「伏犧・神農・黄帝ヲ三皇ト申、是ハ孔安国説也」とする。先に両者を別人とし、ここで同人とする編者の認識に注目したい。 一四 (行幸を)いかめしく美しいものにさせるために。 一五 牛を取りつけると。牛車に仕立てたもの。太平御覧七七三に古史考異を引いて「黄帝作レ車、少皞時略加レ牛、禹時奚仲駕レ馬」とする。

第九十四話　原拠を特定しがたいが、前話に注したように、仲文章が奚仲・貨狄を対にして広雅を引くことは示唆的。ちなみに仲文章は「貨狄者、広雅曰、貨狄黄帝時臣、造ニ始船一、及ニ其具一公利令レ得ニ利益一也」とする。また説文・舟字の注にも関連記事(→注二〇)が見える。あるいは本話はそれらの複合に由来するものか。貨狄は底本「クワイテキ」と付訓。普通「くゎてき」とよむが、「くゎいてき」は当

此の人は黄帝《くわうてい》[一七]の時の大臣なり。即ち県々《あがたあがた》[一八]に民在《たみあ》り、管々《つかさつかさ》に政《まつりごと》を置く。往還に煩《わづら》ひ之《これ》多し。助けざるべ[一九]からず。乃《すなは》ち船[二〇]を彫り、楫《かぢ》を造りて与へたり。

蒙恬《もうてん》は筆を作《ま》[二一]く第九十五

此の人は秦皇《しんわう》[二二]の時の大臣[二三]なり。始めて筆を巻く[二四]。即ち其の様は錐《きり》[二五]の如し。時に江南[二六]の石の上に紫毛の兎《うさぎ》有り。常に藤[二七]を嚙《は》む。其の毛甚《はなは》だ以て質《なを》[二八]し。之《これ》を賚《と》つて、千万が中に一《ひと》つを撰ぶ。功畢《をは》[二九]りて後に用以《ゆう》[三〇]て大なり。是《ここ》を以て筆をば紫毫《しがう》[三一]と名づく。

杜康《とかう》は酒を造る第九十六

此[三二]の女人の夫《をうと》[三三]、他行して来《きた》らず。日[三四]々に飯《いひ》を備《そな》ふ。旦《あした》に備へて夕《ゆふべ》に来《きた》らざれば、林に持《も》て行きて、木の天河《うつを》[三五]に入れ置く。多くの日を経て、夫到来せり。即ち杜康夫に相《あ》ひて、日来[三六]の功を相語《あひ》らふ。夫行[三七]きて之《これ》

時の慣用読みか。音通から「化狄」とも。一六 色「彫 ヱル」。一七 →二七八頁注一〇。一八 底本特に訓を付さないので、下出の「管々」と共に音読。訓読すれば「あがたあがた」と「つかさつかさ」。県は行政区画の単位、管は役所。多くの行政区画を設定して各地の住民を所属させ、それに合わせて多くの役所を設置して政務を執行した意。一九 あるいは「ずんばあるべからず」とよむか。二〇 木をくり抜いて船を作り。丸木舟を作ったもの。説文「古者共鼓・貨狄、刳レ木為レ舟、剡レ木為レ楫、以済レ不レ通」。

第九十五話 同文的原拠は見当たらないが、蒙恬造筆の故事に白居易の紫毫筆(白氏文集四・新楽府)の所説を付会したもの。蒙恬の造筆は、史記八八・蒙恬伝、博物志(太平御覧、初学記所引)、蒙求・蒙恬製筆など、諸書に見える。蒙恬は秦始皇帝の功臣。諸方に遠征して秦の天下統一に貢献し、匈奴を討って長城を築いた。

二一 よみは底本の付訓による。古辞書に証を得ないが、意によって読んだもの。二二 秦始皇帝。→二六五頁注二三。二三 ここも重臣というほどの意。行政官として内史(帝都の治政官)になったが、丞相にはなっていない。二四 筆の穂の根元を何重にも細い糸で巻き固めて作ることから出た言い回しで、作ると同意。→注二一。二五 筆の穂先の鋭くとがっているさまの形容。紫毫筆「尖如レ錐兮」。二六 長江の中・下流の南域一帯の称号。この辺から紫毫筆と同文的。二七 紫毫筆「啜レ竹飲レ泉生二紫毫一」。二八 毛質が強くすなおでくせがない意。底本「ナヲシ」と付訓。正しくは「なほし」。二九 底本「切」として「功歟」とする。「功」を取る。完成した後に。三〇 役に立つこと。用途。三一 本来は濃紫色の兎毛で製した宣城(安徽省内)産の筆の称。蒙恬製は筆の軸は枯木、穂は鹿毛を芯として羊毛で包んだもので、蒼毫(後代は秦筆)と称された(史記)。

第九十六話 原拠不明。他に同話を見ない。ただし、杜康造酒の故事は、博物志(文選・楽府上・短歌行の李善注所引)、蒙求、杜康造酒など諸書に見える。杜康は、黄帝の宰人で字は仲寧。初めて酒を作ったことから酒泉太守と称

を見るに、香薫《かくん》じて色紫《いろ》なり。見奇《あやし》びて返ること能《あた》はず。螺《かひ》[一]を以て之《これ》を汲《く》みて飲むに、其《そ》の心悦々《えつえつ》[二]たり。憂《うれ》へ変じて楽《たのし》びと為《な》りたり。老返《おいかへ》りて既に若し。奇《あやし》び驚きて、再拝して木の神を祀《まつ》る。木の神之を受けて、悦《よろこ》ぶこと極《きはま》り無《な》し。始めて酒と称す。

田祖《でんそ》は直《あたひ》を返す第九十七

往《むかし》、三人《みたり》有りき。同[三]父の一腹《ひとつはら》の兄弟なり。田祖[四]・田達《でんたつ》・田音《でんおん》と云《い》ふ。即ち其の祖《おや》の家に前栽[五]あり。四季[六]に花を開く荊《うばら》[七]三茎《さんけい》[八]在りて、一[九]花は白、一花は赤、一花は紫なり。往代《わうだい》[一〇]より相伝《あひつた》へて財《たから》と為《な》して、色[一一]に随《したが》ひ香に付きて、千万[一二]の喜《よろこ》び剰《あま》り有り。人々欣《ねが》ふと雖《いへど》も未《いま》だ他所《たしよ》に有らず。即ち父母亡《う》せて後に、此《こ》の三人身《み》極めて貧《まづ》し。相《あひ》語らひて云はく、「吾《わ》が家を売りて他国に移住《いぢう》せむ」と。時に隣国《りんごく》の人、三荊を買ふ。已《すで》に之《これ》を売りて直《あたひ》を得つ。其の明旦《みやうたん》[一三]に、三荊花落ち葉枯れたり。三人之を見て歎ず。未《いま》だ此《かく》の如き事をば見ず、と。呪[一四]して曰はく、「吾が三荊、別れを惜《を》しむが為《ため》に枯れたり。吾等留《とど》まるべし。復[一五]返りて栄《はなさ》か

されたという。一説に周代の人とも。唐鏡は黄帝の条に「杜康初テ酒ヲ造ル」とする。三二 この句によると、杜康は女性ということになり、不審。あるいは古代日本で、酒造りを女性の仕事としたことからの誤解か。三三 注六の付訓によれば、「をとこ」とよむべきか。いずれも同意。三四 留守宅で妻が影膳を供え、夫が出先で飢えることがないように念じたもの。三五 底本「天阿」として「ウツヲ」と付訓。一本「河」を取る。「うつほ」の転。岩や朽木などの空洞、うろ。「半天河　本草云半天河〈岐乃宇豆保能美都〉」（十巻本和名抄一〇）。三六 留守中の功績。不在中のつとめぶりなどを話し合ったのであろう。三七 底本「夫」に「ヲトコ」と付訓。

一 貝殻。類「螺　カヒ」。 二 喜ぶさま。

第九十七話 原拠は続斉諧記収載話らしいが、本話はかなり変容する。今昔物語集一〇ノ二七は多少同文的ながら本話との直接関係は疑問。文選・楽府下・予章行に引き、同李善注でも触れている。二十四孝詩選収載話は、続斉諧記系。

三「一腹」は同母の意。→二六八頁注一。 四 人名に異同あり、今昔「田達・田旬・田烟」、続斉諧記「田真兄弟三人」、二十四孝詩選「田真・田広・田慶」。 五 庭の植込み。これ以下下句にかけて、底本二様に訓点を付するが、一方を否とする。 六 底本「四秀」。「秀」は「季」の誤写と見て改める。 七 底本「ケイ」と付訓するが、訓読しておく。古来中国で賞美されてきた四季咲きの薔薇（しょうび・そうび）、学名コウシンバラであろう。 八 一株から三本生え出たもので、三株あったのではない。「三荊歓ニ同株ー、四鳥悲ニ異林ー」（文選・予章行）。 九 以下の記事は本話のみ。他伝はすべて紫荊。 一〇 昔。往古。色「往代　ワウタイ」。 一一 美しい花の色を見、かぐわしい花の香をかぐにつけて。 一二 千万と言ってもなお余りある喜び、つまり多大の喜びを得たの意。 一三 明くる朝。翌朝。色「明旦　ミヤウタン」。 一四 祈願して言うには。

一五 もう一度元のように花が咲くだろうか。

一六 底本「返テ」とするが、下句とのつながりから「返す」と

むや」と。即ち直を返す[一六]。明くる日に随[一七]ひて故《もと》の如く盛りなり。故に去らず。是《ここ》[一八]を以て契《ちぎり》をば三荊と曰《い》ふなり。

胡《こ》楊《やう》は鏑《やさき》[一九]を免《まぬか》る第九十八

此の胡楊童子は形美艶《びえん》[二〇]なり。少《わか》くして母死ぬ。父後母とあり。胡楊年十六。後母相眤《あひむつ》[二一]びんと欲《おも》ふ。即ち父他行《たぎやう》の間に、屏の中に招き取りて語りて云はく、「吾汝《なむぢ》と思ふ事有り。相叶《あひ》[二二]へんや否《いな》や」と。胡楊が云はく、「父の為《ため》に失[二三]有らば、豈《あに》天地聴《ゆる》[二四]さざらむや」と。□[二五]相眤《あひ》びず。母大きに恥ぢて、刀を以て[二六]自《みづか》らが髪を剪《き》り、手足を損じ、衣裳を破る。而《しか》して父に語りて云はく、「胡楊吾《わ》[二七]が為に思ふ事有り。今日の所為此《かく》の如し」と。時に父大きに忿《いか》りて、三人《みたり》の兵《つはもの》を相副《あひそ》へて之《これ》を放つ[二八]。兵に語りて云はく、「若し尓等《なむだち》胡楊が頸《くび》を殺《き》らずは、尓等が親族を又以て殺し失《うしな》はむ」と。時に三《みたり》の兵、野に征《ゆ》いて之を射る。胡楊天の判《ことわり》[二九]を念《おも》ふ。[三〇]初めの箭《や》は金翅鳥《とんじ》[三一]咋《てうく》ひて空に上る。次の箭は毗嵐風《びらんぷう》[三二]吹き摧《くだ》いつ。次の矢は背《うしろ》に兎《うさぎ》有りて、中《あた》りて死ぬ。仍《よ》りて三の兵幷《なら》びに童子、三朝[三三]

改め、文を終止する。一七 虫損。残存字形と意によって「随」と判読。あるいは「即」とも。翌日になるにつれて。一八 三兄弟が三荊と契って離別しなかった故事を踏まえたもの。なお、続斉諧記系伝承に立てば、同根の三荊が互いの別れを惜しんだとすることから、この句の由来は三荊の間の契りということになり、句意が通じやすい。

第九十八話 原拠不明。話性としては継子いじめに属する類型的なものながら、他に同話を見ない。国籍不明の話で、舞台は西域地方を思わせる。胡楊は、虚構の説話的人物であろう。ちなみに名の意味は、胡国のやなぎで、砂漠地帯に多いタマリクス、中国での御柳（ぎよりゆう）の称。一九 底本「ヤサキ」「カフラ」の二訓を付する。前者なら矢尻（鏃）、後者なら矢尻の一種となり、いずれでも文意は通じる。色ヤ・カの雑字「鏑 ヤサキ・ヤシリ・カフラ」。二〇 美しくあでやかなさま。二一 ここでは男女の交わりをかわす意。二二 聞き入れてくれるだろうか、それともいやか。二三 あやまち。過失。二四 底本のまま。「聴さむや」とありたいところ。打ち消しては肯定となる。否定の意が先走って誤ったものか。「不」は衍字とも。二五 虫損。「否」（いなびて）などが擬せられよう。二六 虫損。意によって判読。これ以下、継子にあらぬ濡れ衣を着せる継母の奸計は、伯奇の後母（→第六十六話）のやり口に似る。二七 私に対してよこしまな思いを寄せている。二八 追放した。底本、この下に重出の衍字九字あり、削る。二九 さばき。是非の判断を天意にまかせた意。三〇 これ以下、三本の矢がすべてはずれたのは天意によるもの。これと同趣の記事は今昔物語集三ノ二五（原拠は出曜経）にも見えるが、そこでは王が仏法帰依の后を射殺しようとしたもの。三一 梵語 garuda の漢訳。音写して迦楼羅（かるら）とも。伝説上の巨鳥で、経論に頻出。天竜八部衆の一として仏法を守護する。竜族の天敵とされる。三二 梵語 vairambhaka の音写。暴風。烈風。三三 三代の治世。父祖三代の治世にまさる盛運で、の句意。

に越えて、童子は王位を即《つ》[一]ぎてき。三の兵は丞[二]相と為《し》て、其の朝の内に永く両妻《りやうさい》[三]を制《せい》せり。

武帝は木の后[四]に燕《えん》[五]す第九十九

此の漢の武[六]帝は、李夫人《りぶにん》[七]死して後恋慕止《や》まず。即ち工人《こうじん》[八]に命じて夫人の形を作らしめて、帳《とばり》[九]の裏《うち》に置きて、之《これ》[一〇]を抱きて燕《えん》する時に、木の夫人相《あひ》燕すること存生《ぞんしやう》の時の如く、更に異《こと》なること無し。

劉縞《りうかう》は石《こく》の酒を飲む第一百

此の人は上戸《じやうご》[一一]なり。酒を飲むに、一石に満たざれば酔《ゑ》はず。即ち死して之《これ》を葬《はうぶ》るに、其の身皆《みな》焼け了《をは》るに、背に只《ただ》[一二]三寸なる丸《まろ》なる石有りて焼けず。七日之《これ》を焼くに失《う》せず。時に智臣《ちしん》[一三]有りて云はく、「酒一石を以て之《これ》に懸けて焼くべし」と。即ち随[一四]ひて之を焼くに、酒一石を満《み》て了《をは》るに石焼けぬ。存生の時に、必ず一斛《こく》[一五]を飲みしは此[一六]の石なり。仍《よ》

一 よみは底本によるが、文脈からすれば「王位を即ぎ」とよんで、下句につなげたいところ。 二 丞相は大臣というほどの意。大臣として補佐して。 三 二人の妻を持つことを禁じた。本話の内容に照らすに、後妻を迎えることを主眼としたもの。

第九十九話 同文的原拠は見当たらないが、原拠は拾遺記五・王嘉の条収載話。武帝が反魂の香煙中に李夫人の幻を見た故事と並んで著名。徳大寺(藤原)実定の亡妻のための堂供養の願文にもこの二故事を踏まえて、「瑩レ石造レ像、弥迷二恋慕悲哀之情一。焼レ香反レ魂、更残二縹渺悠揚之怨一」と見える。

四 底本「后に」「后を」と二様によむが、「后と」とありたいところ。 五 酒宴をする。→二六七頁注二一。 六 前漢七代の皇帝(在位、前一四一―前八七)。姓名は劉徹。内治では儒学を奨励し、外交では張騫を西域に派遣して東西交通の道を開き、匈奴を駆逐して古代帝国の最盛時を現出。 七 武帝の夫人。李延年の妹。美貌と舞の名手で知られる。帝の寵愛を得たが早逝。 八 本話では木像とするが、拾遺記によると、夫人の図像を模して工匠に彫刻させた玉石像という。 九 垂れ絹の内側(奥)。拾遺記「置二於軽紗幙裏一」。 一〇 これ以下、拾遺記「宛若二生時一」。これを敷衍したものか。

第一百話 原拠不明。他に同話を見ない。

一一 →二六六頁注一六。 一二 わずか直径三寸の丸い石。 一三 智恵のある臣。 一四 そのことばに従って。 一五 「斛」は十斗の容量を意味する「こく」の本字。「石」は代用。 一六 この石のしわざである。 一七 石と十斗の量目をあらわす石(こく)は区別がない。同字で二様の意味に通じるのだの意。説話に付会した俗字解である。

第一百一話 同文的原拠は見当たらないが、原拠は白居易の長恨歌。その影響は多大で、一々指摘するまでもない。 一八 底本二様によむが、最初の加点を取る。他によれば「涕きて密かに契る」となり、本文内容とややずれる。 一九 唐の六代皇帝玄宗(六八五―七六二、在位七一二―七五六)。姓名は李隆基。開元・天宝の盛代を現出したが、次第に政務に倦み、安禄

りて石[一七]《いし》と石とは別《こと》無し。

漢皇《かんわう》は密契[一八]《みつけい》に涕《な》く第一百一

此の漢皇[一九]、楊翁[二〇]の女[二一]《むすめ》に別れて後、心肝《しんかん》安からず。夜[二二]の天更《さら》に明け難《がた》く、昼[二三]の英劫《えいかす》めども暮れず。痛《いたみ》の心安か[二四]《いどこ》息《や》めむ。悲涙弥《いよいよ》潤《うる》ほす。時に方士[二五]をして魂魄[二六]《こんぱく》を覔《もと》めしむ。方士碧落[二七]に昇り黄泉[二八]に入りて、蓬萊[二九]《ほうらい》の仙宮に適《ゆ》いて素[三〇]皃《そめう》を見る。相更《あひたがひ》に問答す。貴妃が云《い》はく、「宿習[三一]を遂《と》げむが為《ため》に、下界[三二]に生れては暫《しばら》く夫婦と為《な》れり。使者吾を求むるに丁寧にして、相《あひ》見ることを得たり。早く退《まか》りて、実[三三]《じつ》に依《よ》りて奏すべし」と。方士の云はく、「御宇[三四]《ぎよう》の恋慕甚《はなは》だ重し。言《ことば》を以て証[三五]《しるし》と為《せ》んや」と。貴妃金釵[三六]《きんさ》一枝《いつし》、鈿合[三七]《でんがふ》一扇を授けて云はく、「此《これ》は、皇の始めて幸《みゆき》せし時に賜《たま》へる所の物なり。是《これ》を以て証[三八]《しるし》と為《せ》んや」と。使者の云はく、「是《これ》は世[三九]に有る所の物なり。未[四〇]《いま》だ快《こころ》よからず。猶《なほ》、何の密契か有りし」と。楊貴妃が云はく、「天[四一]に有りては比翼[四二]《ひよく》の鳥と成らんと願ひ、地に在らば連理[四三]《れんり》の枝と作《な》らむと願ふ」と。使者帰りて皇に報ず。時に

山の叛にあって成都に脱出。帰洛後復位しなかった。二〇 楊家の長老、楊玄琰をさす。二一 底本「女を」ともよむが、取らない。楊貴妃(七一九—七五六)をさす。玄琰の末子。玄宗の妃として寵愛を一身に集めたが、玄宗の成都逃避行の途中、君側の奸として再従兄の楊国忠と共に馬嵬駅で殺害された。類「女 ヲムナ・ムスメ」。二二 心痛のために眠れない夜は長く、昼もすることがなくて時間の経過が遅く感じられた意。二三「英」は花。昼は日がかげって花の色もはっきりしなくなったが、いつまでも暮れなずんでいる。二四 よみは底本の付訓による。どこが安らごうか。「なんぞ」とよめば、どうして安らかになろうかの意となる。二五 神仙の術を使う者。道士。二六 楊貴妃の霊魂を探し求めさせた。二七 青空。天。ここでは天上界。長恨歌「上窮碧落下黄泉」。二八 死霊がおもむく地下の国。地下の死者の国。二九 蓬莱は、古代中国で想定された神仙境。渤海にある霊島という。仙宮は、その島にある神仙の居住する御殿。三〇 底本「索」。一本の「素」を取る。白く美しい顔。楊貴妃をさす。長恨歌によると、貴妃は仙宮中で太真(実は貴妃の称号以前の称号)と名づけられていた。三一 前世の縁(夫婦の契り)を果たすために。類似の発想は二八四頁注七にも見える。この記事は長恨歌には見えない仏教思想的解釈。三二 天上界に対して人間界をさす。三三 見た通りありのままに皇帝に申し上げなさい。三四 御治世の意から、ここでは皇帝をさす。三五 (貴妃と会った)証拠とすることができましょうか。三六 黄金製のかんざし。三七 青貝細工の香箱。なお一枝・一扇は、かんざしの一つの足と香箱の一つの扉の意。長恨歌は一股・一扇とし、貴妃の生前、皇帝と貴妃が金釵と鈿合を二分して片方ずつ所持したとする。本話ではその記事を欠くが、ここも同意で、二足の金釵、二扉の鈿合のそれぞれの片割れと解される。三八 底本「証と為(せ)よ」とよむが、本文「為証哉」に即してよみ改める。証拠となるだろうか。疑問の意で、同句ながら注三五の反語とは意味が異なる。三九 世の中に同じようなものがある品物です。四〇 まだ快諾できません。四一 この二句を、長

皇、之《これ》を信じて泣く。血[一]流れたり。

嶋子《しまこ》は筥《はこ》[二]の雲に別る第一百二

嶋子[三]少《わか》らより仙[四]の行を好む[五]。即ち船に乗りて江[六]浦に魚を釣《つ》る間に、亀を得たり。亀即ち美女に変じて語りて云はく、「吾、昔汝《なむち》[七]と契《ちぎ》り有りて、遂《と》げずして天仙《てんせん》[八]と為《な》れり。今、昔の契りを遂げむが為に汝が船に来《きた》れり。本宮[九]に将《ゐ》て至りて、早く素懐[一〇]を察《つばひら》[一一]かにせむ」と。語りて云はく、「汝は下界[一二]の仙人なり。豈《あに》[一三]本郷を思[一四]ふらむや」と。子、「以て[一五]尓《しか》なり」と。仙[一六]の言はく、「君子[一七]は人を送るに言《ことば》を以てし、小人[一八]は人を贈るに財《たから》を以てす。吾《われ》汝に語らふ。此の玉の筥《はこ》を開くこと勿《なか》れ。開《ひら》[一九]かずは、又再び相逢《あひあ》ふことを得む」と。

時に子、本郷に帰り了《をは》んぬ。其の郷《さと》、山と成り或いは海と作《な》りて、[二〇]人跡永く絶えたり。古老[二一]の女に逢ひて問ひて云はく、「此の処《ところ》は何《なむ》と云ふや」と。答ふらく、「昔の嶋子が処なり」と。時に、蓬萊に在《あ》りて楽《たのし》びを経し間に、久しく過ぎたるを知りぬ。則《すなは》ち愚《おろ》かに箱を開《ひら》けば、

恨歌に皇帝と貴妃が「七月七日長生殿、夜半無レ人私語時」にかわした密契とする。四二 想像上の雌雄共に一目・一翼の鳥で、常に一体となって飛ぶとされる。四三 木目がつながっている二本の枝。比翼の鳥と共に、男女・夫婦の仲むつまじいことのたとえとする。

一 →二五〇頁注一二・二五八頁注五。

第一百二話 原拠は続浦島子伝記。本話は原拠の要約的記事で、多少の同文性も認められるが、直接に依拠したとまでは言いがたい。なお浦島の子に関する伝承は、浦島子伝以下、古くは日本書紀・雄略二二年、万葉集九、丹後風土記に見え、中世物語の浦島太郎まで国書に頻出。底本「嶋」に「カウ」と付訓するのは、「鴻」とよみ誤ったもの。「嶋の子」ともよめる。

二 底本「筥」に作り、「ハコ」と付訓するが、改める。後出も同じ。 三 「浦嶋(島)の子」の略称。後代の浦島太郎。伝説的人物ながら、丹後国の水江浦、また筒川の人とも伝える。 四 仙人の行法。仙人の修行。 五 底本「好テ」。文脈から「好む」に改める。 六 海の入江。 七 前世にあなたと夫婦の契りを結んだが、添いとげないで天仙となった。続浦島伝「妾在二昔之世一、結二夫婦之義一。而我成二天仙一、生二蓬萊之宮中一」。→二八三頁注三二。 八 最高位の仙人。抱朴子の説に、仙人の上士を天仙、中士を地仙、下士を屍解仙とし、天仙は虚空に遊び、地仙は名山に遊ぶとする。 九 もとの宮殿。続浦島伝によれば蓬萊宮。→注七。 一〇 かねてよりの思い。平生の願。 一一 事細かに実現する意。日頃の思いを余すところなく果たしたい、の句意。類「察ツハヒラカニ」。 一二 いわゆる地仙に当たる。→注八。 一三 どうして故郷に心ひかれるようなことがあろうか。「本郷」は、訓読すれば「もとのさと」。ふるさと。郷里。 一四 よみは底本のまま。「思ふらむ」は破格。「思はむ」とするのが普通。 一五 全くその通りです。おっしゃる通りです。 一六 この句を介して脱文がある。多分この句の重出による欠脱であろう。続浦島伝に照らすに、この間に島子が蓬萊宮で神女と

雲飛びて去りぬ。故に天仙二二の行皆失《う》せぬ。時に仙に逢《あ》二三へらず、本郷に由《よし》無し。故に恋ひては身を焦《こ》がし、悲しみては肝を摧《くだ》く。人の言《ことば》を信ぜざるが故に、枯松二四の下二五に死せり。

注好選上

歓を尽くし、やがて郷里へ帰るまでの記事があったはずである。 一七 本句中の「送」と下句の「贈」は、字義通りに解すれば、前者は見送る、後者は物を贈る意になるが、続浦島伝「君子贈レ人以レ言、小人贈レ人以レ財」によれば、同字の重出を避けたもので、共に贈る意とも解される。とすれば、上下句中の「人を」は底本のよみによったが、共に「人に」とありたいところ。 一八 底本「少」。二七五頁注二五にならって「小」と改める。 一九 底本「不(ス)ハ開」。あるいは「開かずんば」とよむか。→二七九頁注一九。 二〇 全く人の住んでいるけはいはない。 二一 →二六六頁注一一。 二二 空中飛行の天仙の特技も失ったことになる。→二八四頁注八。
二三 底本「不逢ラ」。「逢へり」の再活用語。普通は「逢はず」。神女にも逢えず、郷里に住むすべもない。 二四 底本に捨て仮名を欠くので、音読しておく。 二五 底本「下にして」ともよむ。続浦島伝は「遂不レ知レ所レ終」と結ぶ。

一 金本、「注好撰中」として「抄」を欠く。これが原姿だったはずで、東寺本が「抄」を付するのは格別の理由があったものと推測されるが、しばらくそのままとする。 二 俗家に対する語で、仏家と同意。以下は中巻の編集趣旨を注した句。これによると、本巻では仏家の記事に付託して釈迦の因位の諸相を明らかにするというのであるが、この趣旨と収録内容がずれているのは不審。→二二九頁注二。 三 仏果を得る因を生む修行時の位。発心時より成仏に至るまでの修行期間(菩薩時)の地位で、果位に対する。因地とも。

第一話 上巻冒頭では、古代インド的、仏教的宇宙観に立って宇宙の生成変化に言及したが、本巻では次話と相俟って、古代中国的宇宙観に立って天地の創成と天象を説く。

四 太極とも表記。中国古代の宇宙観の所産で、宇宙創成の根元的エネルギーである陰陽二気の根本。 五 東晋の葛洪撰の道家の書。内篇二十巻、外篇五十巻より成り、内篇に道教・神仙道の理論と術技、外篇に政治・文化論や文明批判を収める。日本国見在書目録に見え、平安初期には伝来。なお、抱朴子は葛洪の号でもある。 六「が」を付したのは抱朴子を人名扱いしたもので、書名なら「に」を付するのが普通。同類の「が」の使用は本書の全巻に通じている。

七 この句、抱朴子現存本には見えないが、初学記七、太平御覧三六に「抱朴子云」として引く。「抱朴子云、太極初構、清濁始分。故天先成而地後定」(太平御覧)。 八 構成する。ここでは無の世界に始めて有が生じた意。 九 よみは底本による。金本も同じ。なお「者」字、底本、金本共に、時に「てへり」とよみ、時に「といへり」とよんでいる。 一〇 よみは金本の声点による。伊シの畳字「二儀」。陰陽二気をさす。両儀とも。下出の「首」は、大本、根元というほどの意。

一一 現存せず。唐書、宋史の芸文志に見える。中唐の王起が荘恪太子の教育用に撰した童蒙教育書で、一巻。日本国見在書目録に見え、鎌倉初期の言泉集などにも引く。

一二 底本「刑」。意不通。金本「形」を取る。 一三 万物生成の

注[一]好選抄中　法家《ほふけ》[二]に付して仏《ほとけ》の因位[三]を明らかにす

天をば名づけて大極《たいきよく》[四]と曰《い》ふ第一

『抱朴子《はうぼくし》』[五]が曰《い》[六]はく、「大極[七]に初めに構[八]ふ」と者《いへり》[九]。是《ここ》を以て知りぬ、万物《ばんぶつ》の初め、二儀《じぎ》[一〇]の首《かしら》なり。『文場秀句《ぶんぢやうのしうく》』[一一]に云はく、「天をば円清《ゑんせい》と云ふ。天の形[一二]は円《ゑん》にして、気[一三]の軽清《けいせい》なれば、上をば天と為す。又天をば玄蓋《げんがい》[一四]と云ふ。即ち天の色玄《くろ》きが故なり」と。『易《えき》』[一五]に云はく、「天に九重の霄《そら》[一六]有り。又天に九卿《けい》[一七]有り。又陽[一八]の数は九つなり」と。『広雅《くわうが》』[一九]に云はく、「天[二〇]は地を去ること一億一万六千七百八十一里半なり」と。『抱朴子』が云はく、「天[二一]をば左動《さどう》と云ふ」と。『広雅』に云はく、「天[二二]は南北二億三万三千五百里七十五歩なり。東西は短くして四歩を減ず。周六億十万七百七里二十五歩なり」と。『白虎通《びやっこつう》』[二三]に曰《い》はく、「『河図括《かとのくわつ》』[二四]に云はく、「天は西北に足らず。西北を天[二五]の門と為す。天

資となり、また構成要素ともなるもので、極微極小の元素のようなもの。一四 黒いかさの意。一五 普通易経をさすが、下句は見当たらない。金本「易(イ)カ」とする。一六 よみは底本による。色「霄 ソラ 天也」。「天有二九重一」(淮南子・天文訓)。一七 九人の長官(大臣)の意であるが、詳細は不明。一八 陽は奇数で、一・三・五・七・九をさすが、数が合わない。九は陽の極致(最大値)であることから特に取り上げたもの。↓二八九頁注四〇。一九 魏の張揖撰。十巻。「広爾雅」の意で、中国最古の字書、爾雅を改訂増補した訓詁形式の字書。博雅とも。二〇 広雅・釈天に見え、法苑珠林四・日月篇地動部にも広雅を引いて「従レ地至レ天一億一万六千七百八十一里半」とする。一里は三百歩、一歩は六尺(時代により異なるが、普通約一・八二メートル)。二一 抱朴子現存本および佚文に見えない。周礼・大司徒疏に「河図括地象」の句として所見。「儒者論曰、天左施」「儒者説曰、…天左行」(論衡・説日)。二二 広雅・釈天に見え、法苑珠林四・日月篇地動部にも広雅を引き、「天円広」の下に同文を収録。二三 白虎通義。漢の班固撰。四巻。五経をめぐる儒教の学説の異同を調整し、古義旧聞を雑録する。ただし、以下の文は現存本に見えない。二四 底本「河図格」。第二話の「括」、他書の引用などにより、「格」を「括」に改める。以下の文、周礼・大司徒疏に「河図括地象曰、天不レ足二西北一、地不レ足二東南一、西北為二天門一、東南為二地戸一、天門無レ上、地門(一本に戸)無レ下」と見える。なお河図括は現存しないが、上文の「河図括」と同書か。「河図」は、伏羲(↓上巻第六話)の世に、黄河から竜馬が背負って出たとされる図で、易の卦の起源と伝える。二五 天の出入り口。金本は音読。

以下二八八頁

一 現存せず。黄帝に仮託した書で、以下の文は隋書、晋書の天文志に黄帝書の文として引き、太平御覧五八には抱朴子の文として収録。二 金本は「てへり」とよむ。↓二八七頁注九。三 よみは底本の付訓による。普通「じょうげん」という。字は康成。後漢の高密(山東省内)の人。訓詁学の第一人者で、唐の貞観年間、孔子廟に従祀された。四 正

の門は上に無し」」と。[一]『黄帝書《くわうていの》』に曰《い》はく、「天は地の外《ほか》に在《あ》り。水は天の外に在り。天を浮かべて地を載《いただ》いたり」と者《いへり》[二]。[三]鄭玄《ていげん》が曰《い》はく、「[四]窮蒼《きゆうさう》は天の名なり。春をば蒼天《さうてん》と云ひ、夏をば[五]炎天《えんてん》と云ひ、秋をば[六]昊天《かうてん》と云ひ、冬をば玄天と云ふ。次の如くも云ふ。[七]東南西北の天なり。東南をば陽天《やうてん》と名づけ、西南をば朱天《しゆてん》と名づけ、西北をば幽天《いうてん》と名づけ、東北をば[八]愍天《みんてん》と名づく。[九]春をば青陽と云ひ、夏をば朱明と云ひ、秋をば白蔵《はくざう》と云ひ、冬をば玄英《げんえい》と云ふ。[一〇]四気《しき》の和せるを玉燭《ぎよくしよく》と謂《い》ふ。春をば発生と云ひ、夏をば長贏《ちやうるい》と云ひ、秋をば[一一]収成《すせい》と云ひ、冬をば安寧《あんねい》と云ふ。[一二]四気の和通せる、之《これ》を[一三]景風《けいふう》と謂ふ」と。[一四]『仲尼遊方問録《ちうぢがゆはうのもんろく》』に云はく、「天に運動有り。[一五]天は西へ行く。日月《にちげつ》は東へ行く。天は疾《と》く行く。日月は遅く行く。天の力は大なり、日月の力は小なり。故に西に没す。日月は[一六]天を逆《さか》へて西へ行く。[一七]四時は一に和し、[一八]八節は陰陽《いんやう》[一九]の気なるが故に、其の[二〇]時候《じこう》を失せず。天に[二一]三十の三重《ちう》有り。重別《ちうべち》に亦《また》人民有り。平地の如くして尽《ことごと》く慈悲を好みて殺生せず。天に三百六十の度有り。一度は三千九百二里なり。[二二]日は一日一夜に一度を行く。三百六十日に天を行き周《めぐ》る。月は一日一夜に十[二三]三度を行く。[二四]三十三日に

しくは穹蒼。天を仰ぐと青く弓(アーチ)形に見えることからの称。これ以下の記事、対象を鄭玄の著述に限定すると典拠不明。ただし、天名に異同はあるが、爾雅、広雅の釈天の本文と酷似する。なお天名については、淮南子・天文訓の九野(九天)の名により近く、さらに二中歴・乾象歴・九天の天名とは、蒼と倉、昊と旻間の誤写を想定すれば完全に一致する。 五 爾雅「昊天」。淮南子、二中歴「炎天」。 六 爾雅、二中歴「旻天」。淮南子「顥(こう)天」。 七 陰陽五行説では、春夏秋冬がそれぞれ東南西北に配されることから、四季の天名は方位の天名にも適用されることになる。 八 広雅、淮南子「変天」。二中歴「愍天」。 九 これ以下の引用記事、末尾まで爾雅・釈天の本文と一致する。 一〇 天地間に生成消去する四種の気。春の温(生)、夏の熱(長)、秋の涼(収)、冬の寒(蔵)をいう。この四気が調和すると、万物が光り輝き、玉の灯火に似ていることから玉燭と称したもの。 一一 よみは底本の付訓による。 一二 四季の気候が調和を保って順調に推移すること。 一三 語意は南風また東南風の意。四気を和合する温和な風というほどの意で景風と称したもの。 一四 同名の書は現存しないが、孔雀経音義・下に対応する佚文を引く。敦煌出土の孔子備問書一巻は異名の同書。孔子と周公の問答形式をとった仮託書。 一五 音義佚文「日月東行、何以西没。天西行、日月東行。…天行疾、日月行遅。天力大、日月力小。以天牽之、故西没」。 一六 天の運行に逆行して。 一七 四季は乱れなく調和し。 一八 底本「三節」。三節では文意になじまず、音義佚文、金本「八節」を取る。八節は一年の間の八つの季節の変わり目、立春・春分・立夏・夏至・立秋・秋分・立冬・冬至の総称。八節は陰陽二気のしからしめるところであるから、それぞれの時候を誤ることはないの意。ちなみに三節は年節(正月一日)、端午(五月五日)、中秋(八月十五日)の称。 一九 よみは金本の付訓による。「おんやう」とも。 二〇 底本、金本共に「時假(仮)」。音義佚文、金本対校一本の「候」を取る。 二一 底本、金本共にかくよむが、「の」を削って「三十三重」とし、三十三層の意に解すべきか。確証はないが、仏教の

天を一周す。故に十二月を一才と為す。[二五]天は東《ひむがし》高く、西は下《くだ》れり」と。[二六]或る論に云はく、「上下の[二七]風輪の中間《ちうげん》に、[二八]一四天下《いちしてんげ》の国土有り」と。

地をば称して[二九]清濁と為す第二

『[三〇]抱朴子《はうぼくし》』が云はく、「[三一]清濁《せいだく》始めて分《わか》る。故に天先《ま》づ成りて、地後《のち》に定まる」と。『[三二]文場秀句《ぶんぢやうのしうく》』に云はく、「地《ち》をば方濁《はうだく》と云ふ。[三三]地は[三四]方《はう》にして、気《き》は[三五]重濁なりと者《いへ》ば、下を地と為す。又地をば方輿《はうよ》と云ふ。地は方にして下に在ること[三六]輿《こし》の[三七]為《ごと》し」と。『[三八]易』に云はく、「地をば黄《くわう》輿《よ》と云ふ。地の色黄《き》なるが故なり。地に[三九]十州《しう》有り。又[四〇]陰の数は十なり」と。『[四一]広雅』に云はく、「[四二]地の厚さは一億一万六千七百八十一里半なり」と。『抱朴子』が曰《い》はく、「[四三]地をば右動と云ふ」と。『[四四]淮南子《ゑなんじ》』が曰はく、「[四五]八極の地の広さは、東西二億三万三千里、南北二億三万一千五百里なり。[四六]禹王《うわう》が埋《うづ》めたる所の四海の内の地は、東西二万八千[四七]里、南北二万六千里なり」と。『[四八]白虎通《びやつこつう》』に曰《い》はく、「『[四九]河図括《かとのくわつ》』に[五〇]云

三十三天(忉利天)に由来した発想とも。孔子備問書「問曰、天有㆓幾重㆒。天有㆓三十二重㆒。有□人□亦有人。其人不㆑殺㆓害衆生㆒」。二二 底本「日月」。意により「月」を衍字と見て削る。金本「日」。二三 論理的には金本「十二度」を是とすべきか。音義佚文「月一日一夜行十三度。三十一日一㆓周天㆒。故十二月為㆑歳也」。二四 金本「三十二日」。二五 音義佚文「天東高西下、地西高東下」。二六 不明。二七 古代インド的、仏教的宇宙観で、須弥山世界の最基底をささえる空気塊。虚空に浮かぶ巨大な円盤状のものとされる。この上に水輪・金輪があって須弥山世界をささえる。上下の風輪については、大毘婆沙論一九三などに見える。ただし、中間の国土については不明。二八 一つの四天下の国土。須弥山中腹の四王天の下の国土の意で、須弥山の四周の海にある南贍部洲(南閻浮提)以下の四大洲の称とする。ここではそれに準じて用いたもの。

第二話 第一話の天象の後を受けて、ここでは古代中国的宇宙観を主体に地儀を説く。→第一話解説。

二九 清濁の語を未分化の混沌の意と解すると、この語の使用は題意として少々なじまない。三〇 →二八七頁注五。三一 類似の記事は、淮南子・天文訓にも所見。三二 →二八七頁注一一。三三 底本「地ハ之方ニシテ濁、地之方」。上の四字句を衍字と見て削る。三四 円の対語で、天が円形であるのに対して、地は四角形としたもの。三五 天の気は軽清としたのに対して、地の気は重く濁っているとしたもの。三六 乗り物。万物を乗せることからの称でもある。三七 よみは金本の付訓による。類「為 コトシ」。三八 →二八七頁注一五。三九 八方の大海中にある仙人の住む島、祖洲・瀛洲・玄洲・炎洲・長洲・元洲・流洲・生洲・鳳麟洲・聚窟洲の総称。四〇 偶数。二・四・六・八・十の五つであるが、陰の極数として十を取り上げたものであろう。→二八七頁注一八。四一 底本「疾雅」。意によって金本「広雅」を取る。→二八七頁注一九。四二 広雅・釈天に「下度㆓地之厚㆒、与㆓天高㆒等」とあるのを言い換えたもの。四三 抱朴子現存本に見えず。周礼・大司徒疏に河図括・地象を引いて「地右動」とする。

はく、「地は[一]東南に足《た》りず。東南を地の[二]戸と為す。地の戸は下に無し」」と。『[三]仲尼遊方問録《ちうぢがゆはうのもんろく》』に云はく、「地は方《はう》にして安静なり。[四]地は西高く東下れり。地に[五]九州有り。[六]冀《ぎ》洲、荊《けい》〔州〕、青洲、徐《じよ》洲、預《よ》洲、[七]雍《よう》洲、梁洲、[八]充洲、[九]楊洲なり。九洲の地は、縦《たて》の広さ三万六千里なり。何に由りてか只《ただ》九州有る。[一〇]軒轅皇帝《けんゑんくわうてい》に九子有り。各《おのおの》一洲を[一一]封《ほう》ず。故に九洲有り」と。[一二]鄭玄が曰はく、「[一三]両河《りやうか》の間を冀洲と曰ひ、河南を預洲と曰ふ。河西を[一四]灘《たん》洲と曰ひ、[一五]漢南を荊洲と曰ひ、[一六]江南を楊洲と曰ひ、[一七]潳河《しんが》の南を[一八]充洲と曰ふ。[一九]済《せい》の東を徐州と曰ふ。[二〇]鄢《えん》を幽州と曰ひ、[二一]晋を[二二]営洲と曰ふ」と。『[二三]京房易妖占《けいばうえきえうがせん》』に曰はく、「[二四]天冬雷《ふゆいかづち》なれば、地必ず震《ふ》る。故に[二五]撓《たわ》ましむ。則ち冬雷なれば民飢《たみう》うるなり」と。『白虎通』に曰はく、「[二六]雲は地より出づ。霜は上より下る」と。『[二七]論衡《ろんかう》』に云はく、「[二八]雲[二九]霰《あられ》は雨の[三〇]徴《しるし》なり。夏は則ち露《つゆ》と為《な》り、冬は則ち霜《しも》と為る。温には則ち雨と為り、寒には則ち雪と為る。即ち[三一]霜露雪《さうろせつ》の[三二]凍《とほ》り凝《と》ること、皆《みな》地に由りて発《おこ》る。天より降らず」と。『仲尼遊方問録』に云はく、「地に[三三]五《ご》岳《がく》[三四]四《し》瀆《とく》有り」と。[三五]本書を見るべし。[三六]或る論に云はく、「[三七]地下五百[三八]由旬《ゆじゆん》に[三九]閻魔《えんま》王《わう》宮有《あ》りと為す。至るに八千里、[四〇]四十九日に[四一]着府す」と。

四四 前漢の淮南王劉安の撰。二十一篇より成る。道家の思想を中心に儒家・法家の説をも援用し、論ずるところは、現実世界の人事の諸般から天文・地象にわたる。 四五 四方(東西南北)と四隅(西北・西南・東南・東北)。転じて全世界をさす。以下の記事は淮南子・墜形訓の記事を要略。「禹乃使下太章歩自二東極一、至中于西極上、二億三万三千五百里七十五歩。使下豎亥歩自二北極一、至中于南極上、二億三万三千五百里七十五歩」(淮南子・墜形訓)。 四六 →上巻第十四話。「禹乃以二息土一塡二江水一、以為二名山一、掘二崑崙虚一、以下レ地、闔二四海之内一、東西二万八千里、南北二万六千里」(淮南子・墜形訓)。 四七 底本「里ナリ」とするが、「ナリ」を削る。 四八 →二八七頁注二三。 四九 以下の記事、白虎通には見えないが、周礼・大司徒疏に、河図括・地象より引いた同文が見える。→二八七頁注二四。なお底本「括」に「ヒツ」と付訓するが、取らない。 五〇 底本「云無云」。下の「無云」の二字、「云」に「無」と注したものが誤って本文に混入したもの。衍字として削る。金本「云」。

一 底本「東西」。文意下句につながらず。河図括・地象「東南」に照らして金本「東南」を取る。 二 「天の門」の対語。大地の出入り口。 三 →二八八頁注一四。 四 音義佚文「地西高東下」。 五 古代中国を九分した各地名の総称。以下の九洲(金本「州」)名は書経・禹貢、帝王世紀の記事と一致する。「冀・兗・青・徐・揚・荊・豫・梁・雍、九州、顓帝所レ建」(帝王世紀)。 六 よみは金本の声点による。普通は「きしゅう」。 七 金本「ヲウ」と付訓するが取らない。 八 底本、金本共に「充」の異体。「兗」の異体を酷似する「充」の異体に誤ったもので、正しくは兗(えん)州。書経以下中国古典は「兗」とし、二中歴・坤儀歴・九州にも「兗」と正書する。 九 底本、金本共に「楊」とするが、正しくは揚。後出も同じ。 一〇 「皇帝」は黄帝に当てた誤表記。正しくは軒轅黄帝。→上巻第九話。 一一 領地を与えて領主に任命する。 一二 →二八八頁注三。 一三 以下の記事、鄭玄の現存著述中には見当たらないが、爾雅・釈地の本文と対応する。「両河の間」は黄河の南北の

又云はく、「地下二万由旬[四二]に阿鼻地獄《あびぢごく》[四三]有り。至るに三億二万里、九月[四四]に始めて落ち入る。此の地の下に金剛座[四五]有り。其の下に凝《こ》り結《むす》べる金《こん》[四六]輪《りん》有り。厚さ三億二万由旬なり。其の下に水輪《すいりん》[四七]在り。厚さ八億由旬なり。其の下に風輪《ふうりん》[四八]有り。厚さ十六億由旬なり。其の次の下に無色界《むしきかい》[四九]あり。是《かく》の如くして、十方上下[五〇]重々に、算《かぞ》ふべからざる者なり」と。略《ほぼ》[五一]知りぬ、天は普《あまね》く覆《おほ》ひ、地は広く戴《いただ》く。日は温《あたた》かに熱し、月は冷《つめ》たく潤《うるほ》す。天下が誰の人、〔何〕物か、此[五二]の恩を重くせざらむや。譬へば、父母《ぶも》師君の人間の為に宝と為《す》るが如しと云々。

調達《てうだつ》は大王を苦しむ第三

〔調達をば〕提婆達多[五三]とも名づけ、天熱[五四]とも云ふ。『玄賛[五五]』に云はく、此の人は往古《わうご》[五六]の阿私仙人[五七]なり。奥山に居て仙法《せんぽふ》[五八]を学し、幽林《いうりん》[五九]に住して聖教《しやうげう》[六〇]を鏡《あきら》[六一]む。意《こころ》に大小[六二]を兼ね、思ひは自他[六三]の利に通ず。其の仙の世の大王〔求法の志切にして〕、宮を捨てて洞《ほら》に入り、位を委《ゆづ》つて城《じやう》を出づ。螺《かひ》[六四]を吹きて冥顕[六五]を驚かし、錫[六六]を振ひて、以て発願《ほつぐわん》

地域。ただし河北が主体で、河南は一部。現在の河北・山西省と河南省の一部が相当。一四 底本、金本共に「灘」とするが、正しくは雝とあるべきところ。雝(よう)は雍に通じ、雍州と同じ。あるいは灘は雝の誤写とも。爾雅「雝州」。一五 漢江(揚子江の支流)の南部地域。一六 底本「河南」とするが、河南は既出。爾雅、金本により「江南」に改める。揚子江の南部地域。一七 底本、金本共に「涽河」とするが、正しくは済河。「斉」の異体「斉」を「晋」に誤ったもの。済水と黄河の間の地域。済水は、現在河南省済源県西方を水源とする黄河の支流。古くは黄河を越えて南下し、山東省に東流して海に注いだ。一八 正しくは兗州。↓注八。一九 済水。二〇 正しくは燕。爾雅「燕」。春秋戦国時代には国名となった。↓上巻第七十二話解説。二一 底本、金本共に「晋」とするが、正しくは斉。「斉」の異体を「晋」に誤ったもの。爾雅「斉」。周の呂尚が同名の国を建国した。現在の山東省。二二 金本「キヤウ(ヤウ)」と付訓。二三 現存せず。京房は漢の人。姓は李、名は君明。易学に長じ、その易学を京房易、京房占と称する。現存書は京氏易伝、三巻のみ。佚書の周易妖占は同書か。金本「占」に「テム」と付訓するが取らない。二四 太平御覧一三に「易妖占曰」として同文を引く。二五 底本、金本合わせて五訓を付するが、類「撓 タハム」による。ひずませる、ゆがませる意。地震によって地殻がゆがみ、不作となって人民が飢えるという論理。二六 白虎通に見当たらない。↓注三一。二七 底本「論衝」。金本「論衡」によって改める。論衡は、後漢の王充撰。三十巻。儒教的、伝統的思想に対する痛烈な批判で知られる。二八 以下の記事とほぼ同文が論衡・説日に見える。二九 論衡「雲霧、雨之徴也」。底本「雲散レハ」は不審。金本「雲霰レハ」とし、「霰」に「覆□ヲホウ」と対校する。論衡本文を参照して「霰」を取るが、文意からすれば「覆」も捨てがたい。色「霰アラレ」。類「覆 オホフ」。三〇 底本「徴」。論衡本文に照らし、意によって「徴」に改める。三一 論衡「雨露凍凝者、皆由レ地発、不ニ従レ天降一也」。三二 凍結すること。凝結すること。三三 中国の五霊山。普通嵩山(すうざん)を中心に泰山

して云はく、「我が為に大法を説く者有らば、身命を投げて奴《ぬ》僕《ぼく》と為らむ」と。〔阿私仙人来りて王に白《まう》して言《まうさ》く、「我に大乗有り、妙法蓮花経と名づく。若《も》し我に違《たが》はずは、当《まさ》に宣説すべし」と。王仙の言《ことば》を聞きて、歓喜踊躍《くわんぎゆやく》すること、子の母を得たるが如く、渡《わたり》に船を得たるが如く、民の王を得たるが如く、闇に灯《ともしび》を得たるが如し。即ち仙人に従ひて〕郷より林に入り、谷より峰に登る。夜は居て臥《ふ》さず、昼は行ひて息《やす》まず。高き声山に満ち、深き念《おも》ひ心を駭《おどろ》かす。素《しろ》き脛《はぎ》は黒く痩《ひは》れ、緑の髪は曝《さら》され乱れたり。即ち此の仙の室に到りて服従す。仙の云はく、「千才を限りて、其の後《のち》法を授けむ。尓肯《なむぢうけが》はざるや否や」と。大王謹《つつし》みて請《う》け伏す。其の日より已《すで》に奴役《ぬえき》と為る。昼は肩に薪《たきぎ》を荷《にな》ひて、峰より谷に之《ゆ》き、夜は背に仙を臥せて暮《くれ》より暁《あかつき》に之《いた》り、谷を超《こ》えて至りて峰に之く。仕《つか》ゐて暁より暮に之《いた》る。岳《をか》の蕨《わらび》味《あぢはひ》無しとて、拳《こぶし》を以て頭《かうべ》を叩《たた》き、林の薪煙《けぶり》有りとて、楉《しもと》を以て脛《はぎ》を叱《さいな》む。泣きを喉《のむど》の中に惜しみて、軟《やはら》かに仙の行に随ひ、涙《なみだ》を瞼《まなぶた》の内に納めて、忍《しの》びて師の側《かたはら》に仕うまつる。此《ここ》に於《おい》て供給《くぎふ》を千才に満《み》てて、勤求《ごんぐ》を一道に種《う》ゐて

(東)・華山(西)・衡山(南)・恒山(北)の総称。三四 中国の四大河、揚子江(長江)・黄河・淮水(わい)・済水の総称。三五 金本「大書」。詳しくは原典を見よ、というほどの意。三六 不明。ただし、記事内容は主として倶舎論一一に由来する。三七「於二此贍部洲下一、過二五百踰繕那一有二琰魔王国一」(倶舎論)。三八 梵語 yojana の音写。踰繕那とも。古代インドの長さの計測単位で、一由旬は約七キロメートル。三九 梵語 Yamarāja。閻魔は Yama の音写、王は rāja の漢訳。地獄を主宰する王の宮殿。→第五十九話解説。四〇 七七日、四十九日の中陰期間と対応する。四一 閻魔王の庁舎に到着する。四二 以下の記事、大要は倶舎論一一の所説に由来する。「此贍部洲下過二二万一有二阿鼻旨大㮈落迦一」。四三 八大地獄の最底部にある最悪の苦処で、五逆・謗法の重罪を犯した者が落ちるとされる。四四 死後九か月を経て。本説の出所不明。四五 極めて堅固で、決してこわれることのない金石の盤。倶舎論一一、大毘婆沙論一三〇などによると、須弥山世界の南贍部洲(人間世界)にあって、上は大地に接し、下は金輪に支えられているという。正覚を求める菩薩がこの上に座して金剛定に入り、釈迦も座して正覚を得たとされる。阿鼻地獄の下にこの金剛座があり、その下に三輪が重層するというのは正統な経論に見えない珍説。しかし、地下の最底層の阿鼻地獄を須弥山の基底と見立てれば、その下に金剛座があり、以下に三輪が重層することになる。倶舎論に説く地獄の構造と須弥山世界の構造を結びつけて、恣意的解釈を施した奇説である。四六 須弥山世界を支える三輪の一。巨大な円盤上の金石層という。→二八九頁注二七。四七 金輪の下にある巨大な円盤状の水層。四八 →二八九頁注二七。四九 欲界・色界と共に三界の一。欲望や物質的条件を超越して、精神的条件だけに関与する生物の住む境界とされるが、倶舎論の所説に対応させれば、須弥山世界の三輪が依拠する大虚空層ということになる。五〇 十方は東・南・西・北の四方と西北・西南・東南・東北の四維に上下を加えたもの。従って下出の「上下」は重出となるが、要は、あらゆる方位方角、上下、前後左右に重なり合

今の法花経を得《え》奉《たてまつ》り給へり。自ら[二六]正覚を成《じやう》じて、[二七]一切衆生を於《し》て仏道に入らしむ。

其の大王とは今の尺迦如来、〔昔の〕阿私仙〔人とは〕、即ち提婆達多なり。善《よ》きかなや。[二八]善知識《ぜんちしき》の拳《こぶし》の跡《あと》は、皆[二九]三十二相《さう》を備へたり。〔阿私仙の〕梏の疵《きず》は、悉《ことごと》く[三〇]八十種好《しゆがう》を得たまへり。とや[三一]。

鴦掘摩羅《あうくつまら》は太子を詰《なじ》る第四

此の人は[三二]指鬘比丘《しまんびく》の弟子なり。[三三]資師相順して[三四]外道の法を信学す。即ち尺迦如来、[三五]過往無量劫の時に、[三六]法身地《ほつしんち》に於《し》て遥かに[三七]三界六道の衆生《しゆじやう》を照見《せうけん》するに、一人として仏と作《な》るべき意《こころ》有る人無し。[三八]適《たまたま》生るるは死に易く、苦多くして楽少なし。之《これ》に因《よ》りて、此等《これら》の衆生《しゆじやう》の為《ため》に五百の大願《たいぐわん》を発《おこ》す。一々の願《ぐわん》に、皆一切衆生を度《ど》[三九]して、[四〇]永く苦《く》を抜《ぬ》き、遥《はる》かに楽《らく》を与《あた》[四一]へむと。仍《よ》りて[四二]浄飯王《じやうぼんわう》の太子と生れ、[四三]随《したが》ひて王位を欲《ほつ》せず。窃《ひそ》かに宮の[四四]閫《とじきみ》を出《い》でて専《もは》ら[四五]利生《りしやう》の道に入る。其の日、指鬘比丘、鴦掘

っての句意。五一 よみは金本「知ヌ」による。底本「知レ」。以上の記述で大略を知り得た。五二 天地・日月の恩。

第三話 原拠は法華経・提婆達多品。釈迦の法華経伝領の因縁を説く有名な故事で、法華八講の三日目に演じられた薪の行道もこれに由来する。同話は私聚百因縁集一ノ三、三国伝記一ノ四以下諸書に頻出。調達は提(調)婆達多の略称。なお提の唐音は「チャウ」。五三 調婆達多とも。梵語 Devadatta の音写。斛飯王の子で、阿難の兄、釈迦の従弟とされる。最初釈門に帰したが、後に離脱して異を唱え、仏敵となる。五四 提婆達多の異称。誕生の時、人天共に悪人の誕生に驚愕して心が熱くなったことからの称という(法華文句、法華文句記)。五五 金本はこれをも提婆達多の異称とするが、玄賛の異称は経論に見えない。玄賛は唐僧基の法華玄賛の略称ともするが、同書には以下の記事を見ない。存疑。五六 色「往古 ワウゴ」。訓読すれば類「往古 ムカシ」。五七 阿私陀(Asita の音写)。阿私仙とも。五八 仙人の行法。仙術。五九 人気のない静かな林。六〇 ここでは仏菩薩の教え、またそれを記した尊い文献。六一 類「鏡 アキラム」。金本「みがく」とよむ。六二 大乗の教法と小乗の教法。六三 自利と利他の行。前者は自分の成道を志し、後者は一切衆生の化導済度を眼目とする。前者は声聞・縁覚道(小乗)、後者は菩薩道(大乗)で、両道を兼ねるのは仏だけとされる。六四 「ら」と音読するも可。ほら貝。宝螺。六五 冥界と娑婆界(現世)。六六 錫杖。金本「錫杖」。

以上二九一頁

一 大乗の法をさす。二 下男。下僕。三 底本これ以下長文の脱文があり、金本で補う。なおこの前後四行ほど、法華経と同文性が目立つ。四 原義は大きな乗物、偉大な乗物。一切衆生を濁世から浄土へ渡す仏菩薩の教行(利他)を乗物に見たてた語。五 八巻二十八品から成る大乗経典。中国天台宗初祖智顗によって釈迦の窮極の教法と判定されて後、天台宗のよって立つ根本経典となった。六 喜びを押さえきれずに飛び上がり、踊り回ること。七 深い思索が心を

摩羅を呵責《かしやく》[一]して云はく、「汝《なむち》今日出でて千人の指を切りて、天神[二]に祀《まつ》りて、早く王位を得て天下を治めて、富貴に跨《あふどこ》[三]せよ」と。時に鴦掘摩羅、竜[四]の水を得《え》たるが如くして、右の掌《たなごころ》に釼《つるぎ》を拳《にぎ》り、左の手に索《なは》を持ちて出でぬ。即ち哀《あは》[五]れなる事は、悪人の趣《おもむ》く道の最初に、先《ま》づ太子[六]来《きた》り向《むか》ひ給へりき。進退意《しんだいこころ》に任《まか》せずして、太子即ち返り給ふ。鴦掘は叫《さけ》びて追ひ行く。疾《と》く逃げ、遅く追ふ。故に太子は前《さき》立ちて、鴦掘は疲《つか》[七]れ極《こう》ず。即ち鴦掘高声《かうじやう》に云はく、「吾《われ》、汝の本願《ほんぐわん》を聞く。衆生の楽《たのしび》を叶《かな》へむが為の故に、王宮を出でて利生の道に入ると。吾千人の指を切りて王位を得むと欲《おも》ふ。何が故に汝、我が欲《ねが》ひに背《そむ》きて一指を惜しむや」と。文《もん》[八]に云はく、「住々大沙門《ちうちうだいしやもん》、浄飯王太子《じやうぼんわうたいし》、我是《がぜ》鴦掘魔《あうくつま》、今《こん》当切一指《たうさいいつし》」文と。時に太子此の言《ことば》を聞きて、立ち返りて指[九]を与《あた》ふ。時に鴦掘、心を発《おこ》して沙門の道に入る。

憍尸迦《けうしか》は舎指《しやし》を諌《いさ》む第五

憍尸迦[一〇]とは、忉利《たうり》[一一]天《てん》の主《あるじ》、帝尺天王《たいしやくてんわう》[一二]なり。舎指[一三]夫人《ぶにん》とは、帝尺の妻、

覚醒させる。八 よみは底本の付訓による。皮膚が乾燥してひびわれること。九 美しい髪は日光や風雨にさらされて乱れた。一〇 期限を千年と限定して。一一「肯ふや否や」とあるのが普通。直訳すると、承諾しないかどうかとなるが、要するに、承諾するかどうかと同意。一二 下僕として労役に従事した。一三 これ以下の苦行を三十一文字に収めたものが、薪の行道の讃歎歌「法華経をわが得しことは、薪こり、菜つみ水汲み、仕へてぞ得し」である。法華経・提婆達多品「採レ菓、汲レ水、拾レ薪設レ食」。一四 類「之 ユク・イタル」。一五 金本は「至」字を欠く。この方が文意が通じやすい。一六 うつぶせに腹ばって、背に阿私仙を寝かせた。法華経・提婆達多品「以レ身而為二床座一」。一七 底本のまま。正しくは「仕へて」。一八 薪が生木なのでよく燃えず、煙りがくすぶり出たもの。一九 むち。二〇 すねをむち打ってしかりつける。二一 声を上げて泣きたいのを喉の奥でこらえて。二二 柔順に。おとなしく。二三 底本「マナシリ」と付訓するが、意味的にもいかが。類・色「瞼 マナフタ」によって改める。まぶた。二四 阿私仙への奉仕を千年間成し遂げて。「植ゑて」は、功徳を積むことを植物の成育に見立てたもの。二五 ひたすら法華経取得の一筋道に勤め励んで。二六 完全無欠の正しい悟りを開いて。二七 この世に存在するすべての生物。生きとし生けるもの。二八 善導してくれる師友。ここでは阿私仙人をさす。二九 仏が備えているとされる三十二のすぐれた身体的特徴。三〇 仏菩薩に備わっているとされる八十種の身体・動作にかかわるすぐれた特徴。三一 底本「耶」。…ということだ。「…とや」の結びは全体を通じてこの一例のみ。金本「云々」を取るべきか。

第四話 大きく変容するが、原拠は四巻本央掘魔羅経一。話中の四句偈も同経中の長偈の一節。同話は異訳の鴦掘摩経、鴦崛髻経以下、賢愚経一一、大唐西域記六など諸書に見え、経律異相にも二経の要約を収める。なお、今昔物語集一ノ一六は本話に取材した同文的同話。宝物集、三国伝記四ノ一六にも同話を収載。

三二 この名不審。大唐西域記六に「鴦窶利摩羅。唐言二指

[一四]毘摩質多羅阿修羅王《びましつたらあしゆらわう》の娘なり。即ち[一五]阿耨達多《あのくだつた》の[一六]流《ながれ》なり。即ち帝尺、[一七]仏《ほとけ》未《いま》だ世に出でたまはざる前《さき》に仙人有りき。提婆那羅延仙《だいばならえんせん》と名づく。常に其の仙の所《ところ》に来りて[一八]仙法を問ひ習ひき。時に舎指夫人、心に思ふ様《やう》は、帝尺定めて仙法を習ふにしも非《あら》じ。是《こ》の人必ず他《ほか》の夫人有るべし、と。即ち帝尺の後《うしろ》に、夫人隠《かく》れて密《ひそ》かに尋ね行く。而《しか》るに、実《まこと》に天王仙の前に居たり。夫人忽《たちま》ちに来《きた》る。爰《ここ》に帝尺夫人を[一九]呵責《かしやく》して云はく、「[二〇]仙法は女人《によにん》を見ず聞かず。早く返り給へ」とて、即ち蓮《はちす》の茎《くき》を以《もつ》て舎脂を打てば、舎脂[二一]阿万衣天《あまえて》帝尺に言語す。仙人其の女の[二二]阿天那留《あてなる》声に[二三]眈《ふけ》るが故に、忽《たちま》ちに[二四]仙の通力《つうりき》を失ひて[二五]凡夫《ぼんぶ》に返る。是《ここ》を以て女人は[二六]仙法の大障と為《な》すなり。

山夫《さんぶ》は大魚を屠《ほふ》る第六

昔、尺迦如来、一切衆生に[二七]剰《あま》りさへ[二八]機縁《きえん》を〔結ばむと〕欲するが為の故に、誓願し給はく、「[二九]我《われ》飢渇《けかつ》の世に大魚と成りて、海辺の山夫《さんぶ》の道に[三〇]臥せらむ。往還《わうぐゑん》の人、先づ我が肉《しし》を屠《ほふ》りて食《じき》せむ者、[三一]吾《われ》正覚《しやうがく》を成《じやう》じ

鬘」。旧言ニ央掘摩羅ニ訛也」とするように、鴦掘摩羅本人の別称。彼が切り取った指を紐に通して髪飾りとしたことから出た呼び名。四巻本央掘魔羅経では師を婆羅門僧摩尼跋陀羅と伝える。なお鴦掘摩羅は、一切世間現とも称する。 三三 底本のままとしたが、金本「師々相承」。正しくは師資相承であろう。師から弟子へと代々受け継ぐこと。 三四 仏教から見ての異教。ここでは古来のバラモン教をさす。 三五 はかり知れない永遠の過去世。 三六 釈迦がまだこの世に現われない真理身だった境地で。法身は釈迦の三身の一。釈迦出世以前の第一身で、釈迦があらゆる肉体的条件を伴わない純粋な真理体だった時の称。釈迦が五感によらず、本体の真理に照らして見た意。 三七 三界は欲界・色界・無色界の総称。六道は天・人間・修羅・畜生・餓鬼・地獄の六境界。両者を総合すれば、浄土を除く全世界となる。 三八 縁あってまれに人間として生まれる者は。 三九 濁世から浄土へ渡す意で、救済して。 四〇 いわゆる抜苦与楽で、仏菩薩の慈悲の標識とされる。 四一 底本「与リ」。これによれば「与へ(たまひ)たり」とよめるが、意味的に下句へつながらないのでよみ改める。金本は「与へむとなり」とよめ、意味明快。 四二 釈迦の父で、迦毘羅衛国(ネパール地方)の王。 四三 前記の五百の立願を受けた句。誓願を果たすために。 四四 敷居。類「閾 トジキミ」。王宮を出ての句意。 四五 衆生利益の道。

以上二九三頁

一 声を荒げて責め立てること。 二 バラモン教の神で、ブラフマン(梵天)やシバ神のような神。 三 底本「跨コシ」は、「あふどこし」とよんだものか。とすれば、ここで文が終止するので「あふどこせよ」とよむべきところ。また「シ」がミの誤写なら「あふどこみよ」のよみが得られよう。「跨ぶ(む)」は、またがること。富貴の上にまたがって君臨せよの句意。類「跨 アフドコフ」。 四 魚が水を得ると同意。 五 感慨深いことには。元気を盛り返して。元気百倍して。 六「太子」とするのは本話と今昔収載話のみ。他伝はすべて成道後の釈迦の呼称を用いる。 七 しばらく訓読しておく

て最初に之《これ》を度《ど》[一]さむ」と。時に山夫[二]五人来りて、大魚の死せるを見て喜びて、肉《しし》を屠《ほふ》りて、飢《うゑ》の心飽満《はうまん》[三]しぬ。是《ここ》を以て、尺迦成道《じやうだう》[四]の初めに先づ五人を度[五]したまふ、是《これ》なり。五人[六]といつぱ、拘隣比丘《くりんびく》・馬勝《めしよう》〔比丘〕・摩訶男《まかなん》〔比丘〕・十力迦葉《じふりきかせふ》〔比丘〕、拘利太子《くりたいし》、是《これ》なり。況《いは》むや衆生有りて、吾《われ》[七]と進みて心を発《おこ》し道を求むるをや。

精進弁《しやうじんべん》は睡《ねむり》を戒《いまし》む第七

昔、二人有りて菩提[八]を求む。一人をば精進弁《しやうじんべん》[九]と名づけ、一人をば得《とく》[一〇]楽止《らくし》と名づく。即ち、得楽止は常に睡《ねむり》を好みて、道行《だうぎやう》[一一]を覚知せず。精進〔弁〕は念々[一二]に怠《おこた》らず。相《あひ》語らひて云はく、「汝《なむぢ》得楽止、甚《はなは》だ睡深し。是《これ》煩悩《ぼんなう》の重きなり。睡は是《これ》、一切衆生の善根[一三]の宝を盗み奪《ば》ふ第一の〔盗《ぬす》〕人《びと》なり。汝《なん》何ぞ慎《つつし》まずして能《よ》く眠るや」と。時に得楽止、林を去りて蓮花の池の側《かたはら》に住す。然《しか》而れども、猶《なほ》即ち眠る。池の蓮《はちす》の中より大きなる蜂《はち》飛び来《きた》りて、得楽止が目《まなこ》を差《さ》さむと欲《す》。差す時、眼《まなこ》を守るが故に眠らずして道を行ず。即ち睡る時、蜂[一四]又来《またきた》る。其[一五]の蜂とは今の

が、「疲極」は経論に頻出する熟語で、音読した場合も多いようである。疲れきった、疲れ果てたの意。 八 四巻本央掘魔羅経一に見える長偈の冒頭の四句で、そこでは「住住大沙門、白浄王太子、我是央掘魔、今当税一指」とする。この偈は三国伝記収載話にも引く。 九 指を与えたとするのは、本話と今昔収載話だけの異伝。経説以下、他伝はすべて鴦掘摩羅が釈迦に折伏され、指を切らずに仏門に帰依したとする。なお、義経記三に初見する弁慶と牛若丸の出会いは、この話から脱化したもの。

第五話 原拠は阿毘曇毘婆沙論三二・使揵度一行品中収載話。経律異相三九ノ一三にもほぼ同文を抄出。今昔物語集五ノ三〇は同話。なお、金本は、本話の結尾に改行して「已上娑婆(婆娑の誤りか)論説也」と注する。

一〇 梵語 Kauśika の音写。帝釈天が過去世に人間だった時の名という。 一一 欲界六天の第二天。須弥山の頂上八万由旬の高所にあり、帝釈天がこの天界の喜見城を住居として、四方の三十二天を統治する。 一二 「尺」は釈の省字。現に話中でも一か所に同じ。 一三 舎脂・舎芝をも当てる。夫人は后妃の称。 一四 法華経・序品に見える四阿修羅王の一。須弥山の周海の最深部にある阿修羅界の王で、毗摩質多羅宮を住居とする。 一五 ヒマラヤ山脈と崑崙山脈の間にあるとされた無熱池(清冷池)の称。ここではそこに住む竜王をさし、八大竜王の一とされる。 一六 血統。血筋。 一七 これ以下「名づく」まで、挿入句。 一八 底本「仏法」。金本及び意によって改める。以下も同じ。仙人の行法。仙術。 一九 →二九四頁注一。 二〇 底本、ここだけ「仙法」。他は仙を仏と誤写。 二一 「甘えて」の字音がな表記。親しげになれなれしくふるまって。 二二 「あてなる」の字音がな表記。優雅な美声。 二三 心を奪われて。類「耽 フケル」。 二四 仙人の神通力。 二五 真理を悟らず、煩悩に明け暮れる俗人。 二六 金本は「仙法の為に大きなる障(さまたげ)なり」とよむ。天竺の一角仙人から日本の久米仙人まで、女性に心引かれた落堕仙人の話は多い。

第六話 今昔物語集五ノ二九は同話。同文性を欠くが、

尺迦如来なり。精進弁とは[一六]文殊師利《もんじゅしり》菩薩なり。得楽止とは[一七]弥勒如来《みろくにょらい》なり。尺迦如来、昔蜂と作《な》りて得楽止が眠《ねむり》を除《のぞ》かしむ。故に[一八]〔九劫を〕越えて九十一劫に成仏す。得楽止は、眠るが故に尺迦の後に成道す。尺[一九]迦・弥勒の発心《ほっしん》を尋ぬるに、弥勒は前《さき》、尺迦は遥《はる》かの後に発心せし者なり。是《ここ》を以て知る、眠は尤《もっと》も禁止《きんし》すべき者なり、と。

五人は稲の花を供養す第八

昔、六人有り。[二〇]同道《どうだう》と成りて行く。即ち、稲の花を見て[二一]相《あひ》伝へて云はく、「去来《いざや》、吾等《われら》此の花を取りて、[二二]十方《じつぱう》の諸仏に奉《たてまつ》らむ」と。時に一人《ひとり》が云はく、「此の花は未《いま》だ熟せず。同じくは実《み》付きて後に之《これ》を奉らむ」と。五人が云はく、「[二三]分段《ぶんだん》の[二四]依身《えしん》は不定《ふぢやう》なり。其の命を論ずれば、[二五]竹葉《ちくえふ》に有る露に劣《おと》れり。[二六]日光の一枝を過ぐる間に、死期《しご》自《おのづか》ら[二七]縮《つづま》り来りぬ。豈《あに》熟する時を待たんや」。之《これ》に因《よ》りて、五人は稲の花を取りて以て[二八]藪《やぶ》の上に置きて、十方の仏に[二九]供《く》す。一人は然《しか》らず。是《ここ》を以て、尺迦如来成道の初めに五人有りて[三〇]成仏すといつぱ、[三一]昔時《むかし》の五人な

同話は法華文句一上に収載し、また法華玄賛四末にも「経曰」として略記。原拠は経律異相一三ノ七の後半話(出典、賢愚経四とするが、現行本に見えず)か。山夫は、→二六八頁注五。

二七 その上。自身が悟りを得た上に。 二八 仏道に導いて衆生を救済するきっかけ。 二九 食に飢え、のどがかわくこと。飢饉の時世にの意。 三〇 「臥せり」の再活用。臥していようの意。→三三四頁注七。 三一 正しく完全無欠な悟り。「成ず」は達成するの意。

以上二九五頁

一 訓読すれば「わたさむ」で問題はないが、音読が普通。その場合、サ変動詞が四段化したことになり、加点の時代が下ることを示唆する。此岸から彼岸に渡すことで、済度する、救済するの意。 二 経律異相、法華文句「木工五人」。 三 十分に満たされた。 四 正覚を得ること。得道。 五 底本「度」。前出の「誓願し給はく」に対応してかくよんでおく。 六 この五人というのは。以下の五人と釈迦との因縁については諸伝があり、本話もその一。釈迦と同族で、釈迦出家後、父浄飯王が釈迦の給仕と身辺警護のためにつかわした人物という(過去現在因果経、大毘婆沙論)。なお拘隣は憍陳如・阿若と同人、馬勝は馬星とも表記。五人については異説もあり、法華玄賛は「相伝解云、…一陳如、二十力迦葉、三頞鞞、有云即馬勝比丘、四跋提、五摩訶男拘利」とする。 七 自分から進んで道心をおこして。

第七話 原拠は六度集経六・仏説蜜蜂王経。その要約は法苑珠林八三・六度篇精進部にも収載。釈迦と弥勒の先後成仏の因縁を説いた話で、同趣の関連記事は大宝積経一一一・弥勒菩薩所問会にも所見。

八 一切の煩悩や迷いから解放された、正しい悟りの境地。 九 特定の人名ではなく、修行に専念する分別男というほどの意。 一〇 精進弁と相対的な命名で、現状の安楽にふけって向上を求めない男の意。六度集経「徳楽止」。こうした相対的資質の二人を設定して話を展開するのは、説話に見られる類型的構想の一。これを一ひねりひねって意外な結末

り。後に道を得し[一]須跋《しゆばつ》とは、熟するを待ちし一人是なり。然《しか》れば則ち、[二]善根《ぜんごん》を修めむ人は、[三]努力《ゆめゆめ》急ぎて遂《と》ぐべきなり。

薬王《やくわう》は身と臂《ひぢ》を[四]焼《とぼ》す第九

[五]此の菩薩は昔[六]喜見《きけん》と名づく。中《なかごろ》は[七]星光《しやうくわう》と曰《い》ふ。即ち、[八]雪山《せつせん》の薬《やく》を得て、衆僧《しゆそう》に施《せ》して誓願を発《おこ》す。「[九]吾[一〇]此の功徳を以て[一一]未来生《みらいしやう》の時に、必ず一切衆生の身心の二病を除かむ」と。此の願《ぐわん》を発《おこ》してより薬王と名づく。[一二]即ち、[一三]日月浄明徳仏《にちぐわつじやうみやうとくぶつ》の[一四]法《ほふ》の中に於《おい》て苦行を勤め、法花経を聞きて[一五]信心に精進して、[一六]香油《かうゆ》を以て体に塗《ぬ》り、[一七]天衣《てんえ》を以て身に纏《まと》ひ、彼の仏《ほとけ》の前に於《おい》て[一八]其の身を燃《とも》す。即ち[一九]千二百才を経て、次いで[二〇][二一]身替りて、又浄徳王の[二二]家の子と〔生れて〕、又王宮を出《い》でて道を求む。彼《か》の仏の[二三]涅槃《ねはん》の後、其の[二四]舎利《しやり》を取りて[二五]八万四千《はちまんしせん》の[二六]七宝《しつぽう》の塔を起《た》て、塔の下《もと》にして[二七]二《ふた》つの臂《ひぢ》を焼《とぼ》す。即ち[二八]七万二千才を経《へ》き。此の文《もん》に付きて[二九]討《たづ》ね奇《あやし》ぶ所は、何が故に身と臂に於て[三〇]時節異《こと》なるや。[三一]大身は小時《しばらく》なり。小臂《せうひ》は久しきなり。[三二]尺に云はく、「[三三]初め自行《じぎやう》を為《な》し、後に化他《けた》を為す。是《こ》

に導いたものが、元興寺の智光・頼光往生譚や、私聚百因縁集収載の恒怠比丘の話である。 一一 仏道修行の大事をさとらない。 一二 一瞬の間もなまけない。 一三 未来に善報楽果を得るもととなるもの。 一四 六度集経では、蜂の再来時に徳(得)楽止と蜜蜂の王の間に偈がかわされ、それによって徳楽止は煩悩を断って空理を悟ったとする。 一五 これ以下、六度集経では、精進弁を今の釈迦、得楽止を弥勒とするだけで、他に言及するところがない。 一六 普賢菩薩と共に釈迦に近侍し、その教化を助ける一生補処(ふしょ)の菩薩(一生限りの菩薩で、来世の成仏がすでに約束済みの菩薩)。完全無欠の知恵の持主で、釈迦の教化を助けて諸菩薩を善導することから、仏の母、仏母とも称される。六度集経には見えないが、蜂を釈迦の前生とすれば、得楽止の同法の精進弁に文殊師利を当てるのは当然の帰結。 一七 現在兜率天の内院で菩薩行に専念している未来仏。五十六億七千万年後に世に出るとされる補処の菩薩であることから、ここでは仏に準じて如来と称している。↓第五十七話。

一八 底本「越九十一劫」。このままでは文意不通。「九」の重出による脱字と見て、金本によって補う。一般に菩薩は百劫の修行によって成仏するが、釈迦は九劫の行を超越短縮して九十一劫にして成仏した意。また釈迦出世前の過去九十一劫は、無仏無法の世だったとされている(大宝積経二、一一一)。劫は、↓二二九頁注一〇。 一九 釈迦・弥勒発心の先後については諸経論に見えるが、大宝積経一一一は、弥勒がすでに四十劫の菩薩行を修めていた時、釈迦が正覚を得ようとして菩薩行に精進し、「由二我勇猛精進力一故、便超二九劫一、於二賢劫中一、得二阿耨多羅三藐三菩提一」と説く。なお同経では、眠りによって成道の遅速が生じたのではなく、菩薩行の質の相違によるものとする。

第八話 同話は法華玄賛四末に「経曰」として収載するが、原経不明。

二〇 道連れになって。 二一 金本「相語らひて」によるべきか。 二二 十方は、↓二九一頁注五〇。ありとあらゆる仏、の句意。 二三 区切りの意。永遠の安住界を得ず、区切られた生

の故に、専《もは》[三四]ら他を利するを甚[三五]だ勝《まさ》ると為《す》べし」と。

浄徳夫人《じやうとくぶにん》は大王を化《け》す第十

昔、四人《よたり》有り。契《ちぎ》りを結びて云はく、「吾《われ》〔等《ら》〕身命《しんみやう》の無常を観《くわん》[三六]ずるに、更《さら》に世間に於《お》いて其の楽欲《げうよく》[三七]無し。如《し》かじ、吾等四人同行《どうぎやう》[三八]と成りて、深山《しんざん》に入りて法花経を求めむには」と。是《かく》の如く議し了《をは》りて、山に入り樹下に居て年月を送る。即ち、世澆《あは》[三九]でて衣食《えじき》[四〇]得難《がた》きこと継ぎぬ。時に一人有りて云はく、「三人《みたり》は、全《また》[四一]く法花を誦して本願を遂げよ。吾《われ》に於ては、郷《さと》に出でて所須《しよしゆ》[四二]を求めて、行者に供給《くぎふ》[四三]せむ」と。即ち、出《しゆつ》[四四]入往還《にふわうぐゑん》の間に、大王の幸《みゆき》に遇ひて、之《これ》を見て人天《にんでん》[四五]の楽《たのしび》を欣《ねが》[四六]ふ。時に四人命終《みやうじゆう》して、三[四七]人は菩薩と為《な》り、一人は人中《にんちう》に生れて王と為る。謂《いはゆる》[四八]妙荘厳《めうしやうごん》〔王《わう》〕是なり。此《ここ》に於て王、楽[四九]に着《ちやく》して仏法を忘れ、殆《ほとほと》[五〇]昔の大[五一]乗の善《ぜん》〔根《ごん》〕を失ふ。〔福[五二]を尽すべからずと雖《いへど》も、有為《うゐ》[五三]の楽は其《そ》の限《かぎ》り有れば〕乃《すなは》ち悪[五四]道に堕《お》ちむと擬《す》。之《これ》に因《よ》りて、彼の三人《みたり》の菩薩相語《あひかた》ら ひて云はく、「吾等が普賢《ふげん》[五五]の道を具《ぐ》するは、昔、此の王の同法《どうほふ》[五六]と於《し》て

死の輪廻を繰り返すこと。下出の依身と相俟って凡夫の境界をいう。 三四 心霊や五官のより所となる身。身体。 三五 竹葉に置いてある露で、はかなくもろいことのたとえ。 三六 日光が一本の枝を通過する時間で、極めて短い時間のたとえ。 三七 底本「縮□ヵ」とするが、定訓を得ない。金本のよみを取る。 三八 「おどろ」のよみもあるが、意によって類「藪 ヤブ」を取る。 三九 供養する。お供えをする。 三〇 金本は「証レ果者」。五人は、→二九六頁注六。 三一 金本のように「昔の時」ともよめるが、しばらく類「昔時 ムカシ」を取る。

以上二九七頁

一 法華玄賛「須跋陀羅」。もと苦行の異教徒だったという。 二 未来に楽果(善果)を得る因となる善行。 三 必ずの意で、…せよの意で結ぶ。「ゆめゆめ」は否定辞で結ぶことが多いが、この形も今昔物語集などには頻出。色「努々 ユメユメ」。道心がきざしたなら、急いでその思いを遂げよの句意。

第九話 二経の所説を結合したもので、原拠は、前半の「薬王と名づく」までは観薬王薬上二菩薩経、それ以下は法華経・薬王菩薩本事品(経律異相八ノ二にも要約収載)。なお前半部について付言すれば、法華文句一〇下・釈薬王菩薩本事品冒頭部に同文性の記事が見え、伝承的にはこの系統につながるものと見られる。 四 「やく・ともす」ともよめるが、注二七の底本付訓に従う。ともすと同意。火をつけてもやす。色「焼 トモス」。 五 喜見を昔の名、星光を中頃の名とするのは、二経を勘案した法華文句の解釈に由来する。「若推ニ此義一、星光応レ在ニ喜見之後一」。 六 薬王菩薩の過去世の菩薩名。法華経「憙見」。法華文句「喜見」。 七 二菩薩経は長者星宿光とし、尊師日蔵によって道心に目覚めたとする。法華文句「星光」。 八 雪山(ヒマラヤ山脈)に産する妙薬。二菩薩経に訶梨勒果と諸雑薬とする。金本「雪山之上薬」。法華文句「以ニ雪山上薬一供ニ養衆僧一」。 九 法華文句「願我未来能治ニ衆生身心両病一」。 一〇 衆僧に施薬した功徳。 一一 未来世に生を受けた

食《じき》を求むるに由るが故なり。此の王、地獄に堕《おと》さじ。而《しか》れば今度《このたび》仏道に入らしめむ」と。議し了りて、一《ひとり》の菩薩は王の后《きさい》と為る。[一]浄徳夫人《じやうとくぶにん》是《これ》なり。二《ふたり》の菩薩は王子と為る。兄は浄蔵《じやうざう》、弟は浄眼《じやうげん》〔是《これ》〕なり。三人即ち神通《じんづう》を廻《めぐ》らし、[二]方便《はうべん》を現じて〔仏道に入れしむ〕。王の不信を改めて永く[三]仏見に入る。[四]彼の王とは、今の[五]沙羅樹王仏《しやらじゆわうぶつ》是なり。其の后とは、今の光照荘厳相《くわうしやうしやうごんさう》菩薩是なり。兄の王子とは、今の[六]薬王《やくわう》菩薩是なり。弟の王子とは、今の[七]薬上《やくじやう》菩薩是なり。是《ここ》を以て知りぬ、女人と雖《いへど》も[八]善《ぜん》知《ち》識《しき》と為り、能《よ》く人を化して仏道に入らしむるなり、と。

瞿曇比丘《くどんびく》は外道《げだう》を伏《ふく》す第十一

[九]瞿曇《くどん》とは尺迦如来なり。即ち一《ひと》つの城有《じやうあ》り。五百人の[一〇]外道、其の[一一]師徒《しと》、一《ひと》つの城と為《な》して住す。時に外道の主《あるじ》、[一二]伴類《ばんるい》に告げて云はく、「今明日《けふあす》の間、瞿曇比丘[一三]乞食《こつじき》と為りて吾等《われら》の城に来《きた》るべき由《よし》、[一四]風聞有り、者《てへ》れば、若《も》し吾が城《じやう》の中《なか》に、[一五]乃至《ないし》一人《いちにん》のみでも、彼の比丘を供養する者有らば、[一六]五百両の金《こがね》を[一七]弁《わきま》へしめむと擬《す》」と。即ち時に瞿曇比

時。[一二]さて。ところで。これ以下、法華経を原拠とする。[一三]太陽と月を清浄な灯明とする仏。光明(真理)によって闇黒(煩悩)を消滅する仏徳を讃美した名。法華経・序品にも日月灯明仏が見え、この仏は同名相続して悠久の過去世より法華経を説くという。[一四]この仏が世に出て法華経を説いた世に。[一五]よみは底本による。深く信仰心をおこしてひたすら修行にいそしんで。[一六]種々の香料をとかしこんだ油。[一七]→二三〇頁注一五。[一八]身体に点火して灯明とし、仏に供養したもの。いわゆる身灯供養。「燃」のよみ、「焼」にならえば「とぼす」とも。[一九]身灯が千二百年間ともり続けたことをいう。[二〇]生まれかわって。[二一]底本「賛」。誤写または通字と見て「替」に改める。[二二]底本「家ノ子トシテ」。これでも文意は通じるが、金本によって「生」を補う。[二三]ここでは死の意。入滅。[二四]仏の遺骨。これを信仰崇拝の対象として仏塔を建立したもの。[二五]経論で極めて多数を意味する常套語。[二六]七種の宝物。経説によって異なるが、法華経では金・銀・瑪瑙(めのう)・瑠璃・硨磲(しやこ)・真珠・玫瑰(まいかい)。[二七]左右の臂に点火して仏に供養したもの。底本「焼」に「トホス」と付訓。[二八]二臂の灯明が七万二千年間ともり続けたもの。[二九]不審に思って尋ねたいことは。これ以下話末までの記事、法華文句に由来するか。同文ではないが、同一趣旨の記事が法華文句の「問、焼身但経二千二百歳、焼臂何故時長」以下の問答に見える。[三〇]火がともり続けた期間が異なるのか。[三一]全身を供養した時は点灯期間が短く、わずか二臂を供養した時は点灯が長期にわたった。その矛盾を疑ったもの。[三二]釈の意。解釈。[三三]初めの焼身供養は自己の成道のために行い、後の焼臂供養は広く他(一切衆生)を化導救済するために行った。つまり、前者は小乗の行、後者は大乗の行ということになる。その功徳の大小が点灯期間の長短となったとし、利他行が自利行に遥かにまさることに説き及んだもの。[三四]底本「我」に似た字体。釈文の本意に照らして誤写と見て、金本の「専」に改める。[三五]底本「其」。前注と同様の理由から金本の「甚」に改める。

丘・[一八]阿難、倶《とも》に乞食の為《ため》に此の城に来《きた》りぬ。時に外道等《ら》、主の戒《いましめ》に依りて一々《いちいち》に門戸を閉《と》ぢ、一家《いつけ》として戸を開く家無し。仍《よ》りて五百余の家を行くに、[一九]鉢空《はちむな》しくて還《かへ》り給ふに、即ち老婢《らうひ》有り。臭《くさ》き[二〇]漿《こむづ》を破《わ》れたる[二一]瓫器《ほとき》に入れ、外《と》に持ち出《い》でて棄《す》てむと擬《す》。時に老婢、比丘の鉢の空しきを見て、心の中《うち》に思ふ様《やう》は、「吾《われ》[二二]世に人と均《ひと》しく[二三]有らば、此の比丘を供養し奉らまし。悲しき態《わざ》なり。一日の内に巡《めぐ》り行き給ひて、遂《つひ》に鉢空《はちむな》しくて還り給ふ」と思ふ。此の時に比丘、[二四]暗《そら》に此の女の慮《おもばかり》を知りて女に語りて云はく、「汝が持たる物を我が鉢に入れよ」と。女の云はく、「臭《くさ》き漿《こむづ》なり。恐らくは御鉢《おんはち》に入れじ」と。仏《ほとけ》の言はく、「但《ただ》汝、信を生じて之《これ》を入るべし」と。仍《よ》りて供養し奉り已了《をは》り、仏受《う》け了《をは》んぬ。[二五]漸《やうや》く歩みて云はく、「此の女、此の功徳に依りて天に生れ、天の楽《たのしび》を受くること二十五劫[二六]あつて、[二七]天の寿《いのち》尽《つ》きなば、必ず悪道[二八]を離れて[二九]大きなる果《くわ》を感ずべし」と。時に、垣《かき》の辺《ほとり》に一《ひとり》の外道有り。此の事を聞きて比丘に問ひて云はく、「汝は、[三〇]尺種浄飯王《しやくしゆじやうぼんわう》の子なり。然《しか》るに、何に依りて、少《すこ》しきの食《じき》を得て[三一]虚妄《こまう》の言《ことば》を作《な》すや。老婢《らうひ》は何《いか》許《ばかり》の善に依りて、大きなる果を得べきや」と。比丘の云はく、「汝聞

第十話　本話も前話と同様、二経の所説の合成譚。初めに法華文句一〇下に引く妙荘厳王前生譚を据え、それに法華経・妙荘厳王本事品(経律異相八ノ三にも要約収載)の記事を関連づけて結尾とする。法華文句は妙荘厳王前生譚を「此因縁出二他経一」とするが、原経は不明。しかし、本話は原経にまでは溯源せず、前話と同じく法華文句を仲介とした算が大きい。同話は私聚百因縁集三ノ八(本話の転載)、三国伝記四ノ一〇にも収載。
三六 静かに思念して正しく見きわめる意。三七 願望。ここでは世俗の快楽を求める欲望。伊「楽欲 ケウヨク」。三八 同じ道を修行する仲間。三九 世の中が衰えて。澆季の世になって。類「澆 アハヅ」。四〇 衣食を入手しがたい日々が続いた。四一 完全無欠に。四二 用いる物。所要の物。四三 供養給仕の意で、食事の世話や雑用に従事すること。四四 托鉢のために出歩いている間に。四五 人間界と天上界の快楽。いずれも欲界のもので、煩悩に根ざす世俗的快楽。四六 願うと同意。類「欣 ネガフ」。四七 三人は法華経読誦の善根から菩薩転生の妙果を得、一人は前世の願望通り人界の王に転生したもの。四八「妙荘厳王と謂ふ、是なり」ともよめそうだが、底本、金本共にこの句に返点を付さない。「所謂」からの類推もあり、金本のよみを取る。世に言うところの。四九 浮世の快楽にとらわれて。五〇 ほとんど。類「殆 ホトホド」。色「殆 ホトヲト」。五一 ここでは、法華経読誦の功が積んだ善因。五二 この世の幸福をきわめ尽くすことはできないといっても。五三 無為の対。生滅流転の世の楽しみには限度があるから。死の到来を意味する。五四 普通、地獄・餓鬼・畜生の三悪道をいう。ここでは地獄。五五 法華経・普賢菩薩勧発品に「説二是普賢勧発品一時、…三千大千世界微塵等諸菩薩具二普賢道一」とあることから出た語。法華経を受持し、その教えを信奉して弘通する道。釈迦が同品で普賢菩薩に法華経の宣揚と流通を付託したことに由来する。五六 同じ教えを信じて修行する仲間。同行の友。

――以上二九九頁

け。吾《われ》、[一]生々《しやうじやう》に未《いま》だ虚言《こごん》[二]せず。仍《よ》りて、吾が[三]舌相広長《ぜつさうくわうちやう》にして髪《かみ》の際《きは》を舐《ねぶ》る。[四]是《これ》虚妄無きの報なり。即ち汝吾が言《ことば》を信ぜじ。然《しか》らば、汝世の中に[五]奇異《きい》の瑞相《ずいさう》を見るや否《いな》や」と。答へて云はく、「吾見《われ》たり」と。問ひて云はく、「何物ぞや」と。「[六]尼拘陀樹《にくだじゆ》なり。其の種《たね》の大きさは[七]芥《け》子《し》の三分《さんぶ》が一許《ばかり》なり。然《しか》るに、彼の木の本《もと》は[八]〔囲百囲《めぐりひやく》〕なり。木の下に五百両の車を立つるに、木の下猶《なほ》広し。此甚《これはなは》だ希有《けう》なり」と。即ち比丘の云はく、「汝、吾が言も亦復是《またまたかく》の如し。女が吾を信ずること、[九]業苦《ごふく》を信ずるが故なり。故に少《すこ》しきの善《ぜん》と雖《いへど》も、[一〇]決定《けつぢやう》して大きなる報《ほう》を感ずべし。[一一]少しきの種も堅《かた》き地より秀《ひ》[一二]づるが故に高大《かうだい》なり」と。外道此の言を聞きて、城を挙《こぞ》つて皆呼《みなよ》び出《いだ》して随喜の心を生じ、各《おのおの》家毎《ごと》に五百両の金を出し、相具《あひぐ》して比丘に送る。皆比丘の[一三]一道を[一四]信伏《しんぶく》せる者なり。

須達《しゆだつ》は市《いち》に詣《いた》りて升《ます》を売る第十二

昔、[一五]須達長者は、一生の内に七度《たび》は富《と》み、七度は貧《まづ》し。其の最後に

一 以下の后と二王子の名は、法華経・妙荘厳王本事品に登場する妙荘厳王の后と二王子の名。この辺から説話の内容は、法華文句所引経の記事と重なりながら、次第に法華経・妙荘厳王本事品の所説へ移行してゆく。 二 正しい教えではないが、仏道に導くために行使する巧みな教化手段。妙荘厳王本事品によれば、神通力を駆使し、種々の超自然的現象や奇蹟を現出して王を信伏させたとする。 三 仏知見ともいう。金本「仏知見」。一切を見通し、明察する仏の正しい知恵と見識。王をその境地に導き入れた、の句意。 四 これ以下、妙荘厳王本事品に所見。 五 妙荘厳王本事品では、妙荘厳王が雲雷音宿王華智仏の法中(↓二九八頁注一四)に成仏する時の仏名とする。 六 ↓第九話。 七 観薬王薬上二菩薩経に、この菩薩も兄薬王の誓願にならって、一切衆生の身心二病を救う誓願を立てたとする。 八 ↓二九三頁注二八。

第十一話 原拠は大智度論八。法苑珠林三三・興福篇生信部、経律異相四一ノ一一に原拠の要約を収載するが、本話はそれら要約本文に近い。今昔物語集一ノ一一は本話に取材した同文的同話。

九 釈迦の姓。Gautama の音訛という。釈迦牟尼の略称とする。 一〇 ここでは異教徒。バラモン教の信奉者。 一一 師匠と弟子。 一二 従者。家来。 一三 僧が在家を回って、修行生活に必要な食物の布施を受けること。托鉢。 一四 うわさがあるということだから。↓二二九頁注八。 一五 あるいはただ一人だけでも。 一六 大智度論「輸ニ五百金銭ニ」、法苑珠林「当レ罰ニ金五百文ニ」を受けたもので、多量の黄金、多額の金銭を意味する。 一七 つぐなわせよう。罰として差し出させよう。 一八 阿難陀とも。釈迦の十大弟子の一。釈迦に近侍し、教えを受けることが多かったので多聞第一と称された。釈迦入滅後の第一次経典結集で功績があった。 一九 施しを受ける鉢。 二〇 普通米を煮た時の汁、おもゆの類とするが、今昔では、米のとぎ汁と解している。「臭き」とあるのは、くさって悪臭を放っていたのであろう。類「檠 コムツ」。 二一 液体を入れる深底の土器。 二二 世間並

貧人《ひんにん》と成りし度《たび》は、貧苦《ひんく》前《さき》の六度に倍《ばい》せり。即ち、牛[一六]の衣《きぬ》許《ばか》りの服《きもの》無し。菜食《さいじき》[一七]許りの味《あぢはひ》無し。夫妻《ふさい》相吟《あひなげ》きて昼夜を送る。境界[一八]にも厭《いと》はれ、随近《ずいこん》[一九]にも悪《にく》まれて、全《また》く三日食せず。時に、行きて本《もと》の倉の内を見れば、栴檀《せんだん》[二〇]の升《ます》の片角《かたすみ》有り。之《これ》を見得《みえ》て、須達自《みづか》ら市に行きて売る。貨《あきな》[二一]ひて〔米〕五升に易《か》へ得たり。時に米《よね》一升を取りて、菜を価《か》[二二]はむが為に市に出づ。妻《め》は米一升を飷《かし》[二三]きて須達を待つ間、仏《ほとけ》の御弟子《おでし》、解空《げくう》[二四]第一の須菩提《しゆぼだい》[二五]来りて乞食《こつじき》す。妻鉢を取りて、一粒《いちりふ》も惜《を》しまず之を供《く》[二六]し已了《をは》んぬ。又米一升を炊《かし》きて夫を待つ間、又神通《じんづう》[二七]第一の御弟子、目連《もくれん》[二八]来りて食を乞ふ。前《さき》の如く供し了んぬ。又米一升を炊きて夫を待つ間、多《た》[二九]聞《もん》第一の御弟子、阿難《あなん》[三〇]来りて乞食す。前の如く供し了んぬ。妻独《ひと》り思ふ様《やう》は、「今は米一升なり。白《しら》[三一]く精げて炊《かし》きて、夫婦して之を用ゐむ。此《これ》より後《のち》、何《いづ》れの御弟子等《ら》来ると雖《いへど》も、敢《あ》へて供養《くやう》せじ。先《ま》づ吾《わ》が命を継《つ》がむ」と思ひ得て、已《すで》に炊くに、未だ須達来らざるに、即ち、大師尺尊自《みづか》ら来りて乞食す。妻随喜《ずいき》の涙を捉《のご》ひて、礼拝《らいはい》供養し已了《をは》んぬ。時に尺尊、女の為に偈《げ》[三二]を説きて云はく、「貧窮布施難《びんぐうふせなん》[三三]、富貴忍辱難《ふつきにんにくなん》、厄嶮持戒難《やくけんちかいなん》[三四]、少壮捨欲難《せうさうしやよくなん》[三五]」文と。〔是の如く説き已《をは》りて〕返り給ひぬ[三六]。

みに暮らしているならば。二二 金本は「有らましかば」とよみ、下出の「奉らまし」と呼応させている。二四 暗黙のうちに女の心中を察知して。二五 ゆっくり歩き出して。二六 →二二九頁注一〇。二七 天人としての寿命が尽きたなら。二八 →二九九頁注五四。二九 大きな善い果報を感じ取るであろう。三〇 釈迦族。浄飯王は、→二九三頁注四二。三一 いつわり。うそ。色「虚妄 コマウ」。

以上三〇一頁

一 生まれかわり死にかわりしてきた過去世で。二 三〇一頁注三一の「虚妄の言」と同意。伊コの畳字「虚言」。三 仏に備わる身体的特徴三十二相の一。長広舌相、また大舌相とも。舌が幅広く長くて、舌で顔面を覆い、額髪の生えぎわをなめることができるというほどのもの。四 過去世でうそをつかなかったことに対する報い。五 不思議な現象。六 イチジク属の熱帯産の常緑高木で、ガジュマルまたはインド菩提樹の称という。七 芥子菜(からしな)の種。微粒のもののたとえ。八 底本「團」。金本によって補訂。木の根本の周囲は、はかるのに百人の手を要するほどの太さである。九 生前の悪行によって死後に受ける苦しみ、つまり悪因苦果を信ずるためである。一〇 間違いなく。一一 小さな種でも堅固な大地から芽吹いて成長するから、高く大きな樹木となるのだ。堅固な道心に根ざしたものは、どんな些細な善因でも大きな善果を生むことのたとえ。一二 稲などの穂が出る意であるが、ここでは芽が出る、発芽するの意。類「秀 ヒヅ」。一三 よみは底本によるが、金本は「一道ニ」とする。一道は仏道をさす。一四 信仰して教えに従うこと。

第十二話 原拠は特定しがたいが、同話は雑譬喩経・下二八、雑宝蔵経二ノ三三に見え、それらは経律異相三五ノ六、法苑珠林五六・貧賤篇須達部にも引かれる。今昔物語集一ノ三一前半、私聚百因縁集三ノ三前半、阿弥陀四十八願釈・第二十三願収載話は本話に取材した同文的同話。三国伝記一ノ一〇は同話ながら別系伝承を受けたもの。

一五 Sudatta の音写。須達多とも。舎衛国(憍薩羅国)の波斯匿王治世の大臣。国内随一の富豪で、釈迦の大外護者。

暫《しばら》くして後《のち》に須達来《きた》れり。妻一々に前《さき》の事を述《の》ぶ。夫の云はく、「汝、我が為に[一]生々世々《しやうじやうせぜ》の[二]大善知識《だいぜんちしき》なり」と。起《た》ちて妻を礼拝して喜悦《きえつ》すること限り無し。仍《よ》りて其《そ》の日其《ひそ》の時、三百七十の倉、本《もと》の如く[三]七宝に満ちぬ。此の度《たび》の富貴は、前の六度に倍せり。永代に名を挙げて、[四]閻浮提に比《たぐ》ひ無き者なり。

賢者は稲の穀《もみ》[五]を種《う》う第十三

昔、一《ひとり》の賢人有り。末代の衆生の為に第一の[六]食味《じきみ》を求む。九月の間山野に宿《やどり》して、本《もと》の処《ところ》に返らず。即ち高き峰より深き谷に至るに、其の谷の[七]水精《すいしやう》の石の上に、[八]一茎十枝《いつきやうじふし》一粒七寸《いちりふしちすん》の稲一本生《ひともとお》ひたり。即ち石の面《おもて》に[九]「金の」[一〇]碑文《ひもん》有りて云はく、「是《これ》を名づけて[一一]任娘草《にむぢやうさう》と曰《い》ふ。[一二]将来の[一三]任女、之《これ》を食《じき》して力と為《な》して[一四]産《こう》み養《やしな》ふべきなり。子《こ》は[一五]之《これ》を作りて祖《おや》を養ふべし」と。喜びて返る間、又[一六]金《かね》の鋤《すき》有り。其の[一七]柄に碑文有りて云はく、「之を以て稲を耕《たつく》るべし」と。即ち[一八]殖《う》うるに随《したが》ひて作り、其の[一九]流《なが》れ今に断えず。其の賢人とは[二〇]観音なり。[二一]稲とは尺迦如来の眼《まなこ》の中

一六 牛に着せるぬのぎぬで、乱麻を荒く編んだ粗末なもの。一七 野菜と海藻類だけの粗末な食事。色「菜食 サイシキ」。一八 自分の縄張り区域の意から、親族・縁者。一九 近所。近隣。色「随近 スイコン」。二〇 今の白檀。インド、インドネシア地域に産する香木で、種々の細工物にも用いる。なおこの一句、底本は捨て仮名を欠くが、古来二様のよみが行われてきた。一は「栴檀の升の片角有り」(金本、今昔)、他は「栴檀の升片角に有り」(百因縁集)。前者なら白檀製の升の破片、後者なら白檀製の升が倉の片隅にあったの意。二一 伊ヵの畳字「貨 アキナフ」。百因縁集も同訓。二二 よみは金本の付訓による。二三 底本「餌(ｶ)(ｼ)ｸ米一升ｦ而待…」。意により「餌きて」とよみ改める。炊飯して。たいて。二四 一切の事物の実相を空とする空思想を、最もよく理解したことからの称。二五 Subhūti の音写。釈迦の十大弟子の一。温厚な人柄で、醇々と教化して決して人と争わず、また喜捨を受けることも多大だったことから無諍論住第一、供養第一とも称された。二六 供養の意。二七 仏弟子中、最も神通力に長じていたことからの称。二八 Maudgalyāyana の音写。(大)目犍連とも。釈迦の十大弟子の一。神通力を駆使した逸話に富む。→第二十三・二十四話等。二九 底本「多門」。金本によって改める。仏弟子中、釈迦に近侍して教えを聞くことが最も多かったことからの称。三〇 →三〇一頁注一八。三一 類「精 シラグ」。玄米を精白して。三二 梵語 gāthā の音写。偈頌とも。詩句の形式で、仏の教えや仏菩薩の功徳をよみこんだもの。漢訳して一句四または五字、四句から成るものが多い。三三 百因縁集はこの偈を訓読して、「貧窮にして布施すること難し。富貴にして忍辱なること難し。厄嶮にして持戒すること難し。少壮にして欲を捨つること難し」とする。三四 底本「危」。金本、今昔、百因縁集によって「厄」と改める。三五 底本「小状」。金本「少状」。今昔「小時」。「状」を「壮」の誤写と見て、百因縁集の「少壮」を取る。三六 底本「返給ﾃ」。金本によって文を終止する。

以上三〇三頁

の精肉《しやうにく》なり。神農[二二]之《これ》を次ぎ、天下に之を耕る。本《もと》は是《これ》任女が報食《ほうじき》[二三]なり。

須達《しゆだつ》は金《こがね》[二四]を地に敷く第十四

須達長者、〔仏より法を聞きて後、大きなる随喜を生ず〕。常に心の中《うち》に思ふ様《やう》は、「然《しか》[二五]るべき処もがな。伽藍[二六]一院を建立して、尺尊并《なら》び に弟子《でし》等《ら》を住せしめ奉り、一生の間、日々に供養《くやう》し奉らむと欲《おも》ふ」と。即ち太子[二七]有り、祇陀《ぎだ》と名づく。極《きは》めたる勝地[二八]を〔持たり〕。水竹[二九]を左右に受《う》け、菓樹を前後に置く。爰《ここ》に須達、太子に逢ひて地を乞ふ。太子答へて云はく、「件《くだむ》の地は、東西十里南北七百余歩[三〇]なり。当国〔隣国〕の貴[三一]き君達《きんだちめ》召すと雖《いへど》も進《たてまつ》らず。君《きみ》[三二]が事に於ては、已《すで》に仏法の為《ため》なり。惜しむべからず。但し、地の上に金《こがね》を六寸に敷《し》きて、直《あたひ》[三三]として得しめよ」と約し了《をは》んぬ。須達金を運びて、其の地の上に厚さ六寸に布《し》き満《み》てつ。〔今[三四]少しきの地に敷かずして、須達天に仰《あふ》ぎて思惟《しゆい》す。太子問ひて云はく、「若しは金の足らざるか」と。須達答へて云はく、「何《いづ》[三五]れの倉の金か余らざる。足らずは敷くべしと思惟仕《つかまつ》るなり」と。既《すで》に

一生まれかわり死にかわり、未来永劫の。二 →二九三頁注二八。三 →二九八頁注二六。四 原義は閻浮(Jambu)樹の繁茂している島(dvīpa)の意で、我々人間が住んでいる国土の称。仏教的宇宙観で、須弥山の南方海上に位置づけられていることから南閻浮提とも。

第十三話 原拠不明。体源鈔一一下に「或書ニ云ク」として本話を転載。

五 類「穀 モミ」。籾に同じ。六 食物の味わい。七 水晶に同じ。八 一本の茎から十本に枝分かれし、各枝についているもみの長さが一粒七寸ほどもある巨大な稲。九 金本、体源鈔によって補。黄金の意とも、鉄の意とも解される。→注一六。一〇 石に彫りつけた文。一一 「任」は妊と通用。妊娠した娘に供する草の意。一二 これから先の。行く末の。一三 妊婦。「妊(はら)める女」ともよめるが、体源鈔は「将(ゐ)て来りて」とよむ。「任」は底本虫損。金本によって補。一四 類「産 コウム」。一五 稲を作って。一六 「かなすき」ともよめる。金(こがね)に対して金(かね)は金属の意で、古くは鉄をさした。ここでは鉄製の鋤。日本霊異記・上三にも「金杖」の語が見え、そこでも鉄杖をさしている。色「金・鉄 カネ・カナ」。→二三三頁注一八。一七 底本「柄柄」とする。一字を衍字と見て削る。一八 植えては作り、植えては作り続けて。一九 伝統。伝承。二〇 観世音菩薩の略称。観自在菩薩とも。法華経・観世音菩薩普門品にその衆生済度の功徳を説き、浄土信仰では、大勢至菩薩と共に阿弥陀仏の脇侍となり、慈悲を旨として衆生を化導する。華厳経によると、その住居は南方補陀落(Potalaka の音写)山とされる。二一 典拠は不明ながら、善光寺如来本懐(応永九年写)にも、稲について「釈迦如来ノオンマナコノ髄ニテマシマス。衆生ヲタスケンガタメナレバ、五穀トナリテマシマス」とある。末代最高の食味である稲(米)を、仏智の由来する仏眼(ぶつげん)中の極上肉に見立てたもの。仏眼によって般若波羅蜜が得られ、それが仏を生むもととなると説く仏眼仏母思想を踏まえている。二二 →上巻第七話。二三 他に用語例がなく、語義を確定しがたいが、

布《し》き満てて〕地主に度《わた》し了《をは》んぬ。其の地に一百余寺の精舎《しやうじや》[一]を造りて、寺々房々に、尺迦及び高名威徳《かうみやうゐとく》[二]の菩薩、五百羅漢《らかん》[三]等を住せしめ奉り、百味[四]を備へ運び、〔万物《ばんぶつ》を〕満《み》て置きて、二十五年の間《あひだ》供養し奉る。是《これ》[五]最後に妻の信に依りて得る所の富貴なり。

祇陀《ぎだ》の太子[六]は樹を施《せ》す第十五

彼の須達[七]が売り与へられし地に、多く本の樹立てり。名づけて逝多《せいた》[八]林《りん》と曰《い》ふ。時に太子思ふ様《やう》は、「何《いか》[九]にして須達は、金を布き地を価《か》ひて〔仏の為に精舎を建立せんと擬《す》る〕。吾は此の木を掘り取らず、永く地の毛と為《な》[一〇]して仏に施し奉らむ」と。抑件《そもそもくだむ》の樹は、希有《けう》[一一]の用有《ゆうあ》り。千万の敵《かたき》に追はれたる人、此の林の中に入れば、敵退《しりぞ》き返して、凡夫も怖畏[一二]の事を離る。仍《よ》りて、地よりは樹は是勝《これまさ》れる宝なり。然《しか》れば一本をも惜しまず、地に具[一三]して施し了んぬ。故に彼の処をば祇樹給孤独《ぎじゆぎふこどく》園《をん》と云ふ。旦越《だんをつ》[一四]二人《ふたり》の名を挙げて処の名と為す。伽藍をば祇園精舎《ぎをんしやうじや》と云ふ。祇とは地主[一五]を上ぐ。園とは須達なり。〔給孤独《きふこどく》とは、長者七宝[一六]

報恩の食物の意か。とすれば、妊婦が仏恩に報いるべき食物の意となる。文中の「子は之を作りて祖を養ふべし」の句と相俟って、仏家のいわゆる報恩・孝養の思想から生まれた語らしい。

第十四話　祇園精舎造立の記事は大般涅槃経・師子吼品、観弥勒上生兜率天経賛・上、以下諸経論疏に見えるが、本話の原拠は賢愚経一〇・須達起精舎品。その要約は経律異相三・精舎二ノ二にも収載。今昔物語集一ノ三一後半、私聚百因縁集三ノ三後半は本話に基づいた同文的同話。

二四 →三〇四頁注一六。　二五 適当な土地があればよい。　二六 梵語 saṃghārāma の音写、僧伽藍(摩)の略。原義は僧たちが集まって修行する清浄な場所。転じて寺院。　二七 底本「大臣」。金本と史実により「太子」と改める。以下もこれにならう。祇陀は舎衛国の波斯匿王の太子。　二八 景色のよい土地。風光明媚の地。　二九 左右(東西)に池と竹林を配し、その前後(南北)に果樹を植えこんだ意。　三〇 一間(約一・八ﾒｰﾄﾙ)。　三一 高貴な方々が所望されたけれども。　三二 あなたがこの土地を望まれるのは、全く仏法興隆の目的からです。　三三 底本「真」。金本「直」によって改める。　三四 これ以下「布満」の重出による脱文。金本によって補。　三五 どの蔵の金を取り出して用いたなら、余りを出さずにすむだろうか。賢愚経「何蔵金足、不ㇾ多不ㇾ少、当ニ取満ㇾ之」。

以上三〇五頁

一 精錬行者の舎宅の意から、寺院、僧院をさす。　二 有名で、威力ある高徳の菩薩。　三 五百人の修行を成就し、学道を完成した聖者。羅漢は阿羅漢(梵語 arhan の音写)の略称。尊敬され、供養を受けるに足る聖者の意から応供と漢訳される。五百は、仏経で大勢を意味する単位語の一で、必ずしも五百の数値を表わすものではない。　四 多数の味わいある食物。ありとあらゆる珍味。　五 須達致富の由来を説いた第十二話を受け、須達が最後の八度目に天下無双の大富豪となり、仏法の大外護者たり得たのも妻の信心の致すところと結んだもの。

を以て、[一七]耆宿《きしゆく》・[一八]古老《こらう》・[一九]窮者《きうじや》・病者《びやうじや》に施せし故なり。」

舎利弗は外道《げだう》に勝つ第十六

[二〇]身子《しんじ》声聞《しやうもん》は、本《もと》「[二一]且然梵志《しやねんぼんし》の第一の弟子」、[二二]外道の師の[二三]兄《このかみ》なり。[二四]正《まさ》しく其の母は[二五]鉄腹外道なり。母身子を胎《はら》めるに、智に依りて母の腹を破るべし。仍《よ》りて鉄《てつ》を以て帯と為《せ》り。[二六]時に身子、邪道の門徒《もんと》を背《そむ》きて[二七]尺《しやく》種《しゆ》の御弟子《おんでし》と成り了《をは》んぬ。之《これ》に因りて、[二八]大智《だいち》外道・神通《じんづう》外道・韋陀《ゐだ》外道を首《かしら》と為《し》て、若干《そこばく》の外道等《ら》、心を一《ひと》つにして舎利弗を妬《そね》む。「然《しか》る間、[二九]須達長者祇薗精舎を造立《ざうりふ》して、諸《もろもろ》の仏を世に住せしめんが為に、仏《ほとけ》の所《みもと》に弟子一人《ひとり》を[三〇]申《まう》す。仏身子声聞を賜《たま》ふ。時に諸《もろもろ》の外道等《ら》、弥《いよいよ》妬心を含みて長者に向ひて言はく、「仏を[三一]請住為《せ》ば精舎を破《やぶ》るべしと云々。[三二]若《も》し尓《しか》らずは不便の事なり。況《いは》むや、舎利弗は本是我等《もとこれわれら》が[三三]御党《ともがら》なり。然《しか》るに、我等が事を背《そむ》けるは安からず。況むや、今[三四]瞿曇《くどん》が使者と為《な》りて当国に来《きた》りて、都《すべ》て精舎を造らしむる事は、大きなる非道なり。我等倶《とも》に会ひて諍論《じやうろん》して、各《おのおの》秘術を施《ほどこ》さむ。若《も》し負《ま》けなば、

第十五話　本話はもと須達の祇園精舎建立譚の一部で、前話と結びついていた話。原拠は前話と同じく、賢愚経一〇・須達起精舎品。同経本文は金剛般若経疏一に転載され、要約は経律異相三・精舎二ノ二に収載。同趣の記事は大般涅槃経・獅子吼品、観弥勒上生兜率天経賛・上などにも見える。

六 底本「大臣」を「太子」と改める。以下も同じ。↓三〇五頁注二七。七 ↓第十二話。八 底本「遊多」。金本「逝多」を取る。逝多は梵語 Jeta の音写で、祇陀に同じ。誓多とも。逝多(祇陀)太子の林の意。九 金本「何なる須達か」とよむが、取らない。一〇 地から生え出る植物の総称で、ここでは樹木をさす。地上の草木を大地の毛に見立てたもの。↓二三三頁注一一。一一 世にも不思議な効用。「用」は用途、働きの意。類「用 ユウ」。一二 恐怖から解き放される。一三 土地に付けて。一四 檀越の異表記。施主。一五 よみは金本による。一六 ↓二九八頁注二六。一七 学徳を備えたしかるべき老人。一八 故老と同意。↓二六六頁注一一。一九 困窮者。貧しい人。

第十六話　冒頭部を除き、原拠は賢愚経一〇・須達起精舎品。同経本文は金剛般若経疏一、観弥勒上生兜率天経賛・上以下諸経論疏に引く。今昔物語集一ノ九は本話に基づく同話。なお小経直談要註記三に、「注好撰ノ中ニ云ク」として本話冒頭の一節を引用。舎利弗は梵語 Śāriputra の音写。母シャーリ(śāri)の子(putra)の意。古代インドのマガダ国の婆羅門の出身。釈迦の十大弟子の一で智慧第一と称された。仏弟子の長老的偉材で、釈迦に先んじて死没。

二〇 身子は舎利弗の漢訳名の一。Śāri に類似した梵語 śarira(骨組・身体)から出た誤訳という。声聞は、ここでは親しく釈迦の教えに接した仏弟子の称。二一 舎利弗の入信以前の師サンジャヤ(Sañjaya 刪闍夜)をさすか。とすれば、釈迦と同時代の思想家で、いわゆる六師外道の一。なお舎利弗の初めの師を母の弟拘郗(綺)羅(長爪梵志)とし、その前名を沙念とする訛伝もある(今昔一ノ九、三国伝記一〇

造《つく》[一]られむに其の限りならず」と。長者身子に語る。身子声聞既《すで》に[二]□承引す。時に外道」秘術を相合《あひ》せて相報《あひむく》いむことを計《はか》らふ。已《すで》に勝負の計《はかりこと》を企《くはだ》つ。此の事十六[三]大国に風聞して、〔閻浮《えんぶ》[四]の奇異、何事か之《これ》に如《し》かむと、〕見物市を為す。即ち身子は但《ただ》一人なり。外道は無量なり。相《あひ》対して左右に居て術を現ず。外[五]道は身子が頭《かうべ》の上に大樹を現じ、其の頭を打ち摧《くだ》かむと欲《おも》ふ。毗《び》[六]嵐《らん》と云ふ風《ふ》吹きて、他方に吹き却《さ》けつ。次《つ》いで洪水を現ず。大象有りて吸ひ失《うしな》ひつ。次いで大山を現ず。力[七]士有りて、拳《こぶし》を以て打ち摧きつ。次いで青竜《せいりよう》[八]を現ず。椽《あひ》[九]を持たり。金翅《こんじ》[一〇]鳥《てう》有りて遥《はる》かに追ひ却《さ》けつ。次いで大牛を現ず。師子有りて此《これ》に依《よ》せず。次いで夜叉《やしや》[一一]を現ず。毗《び》[一二]沙門《しやもん》有りて之を伏《ぶく》しつ。故に〔諸《もろもろ》の〕外道併《しか》[一三]しながら負けて、身子既[一四]に勝ちぬ。

尺尊の面目《めんもく》[一五]、法力《ほふりき》[一六]の勇猛《ゆみやう》、此《これ》より弥《いよいよ》風聞して、〔須達の所願自然《しよぐわんじねん》に成《な》れり。爰《ここ》に諸の外道、一人の利口《りこう》[一七]の者を出《いだ》して唱《とな》へしむ。「舎利弗は負けぬ、労度差《らうどしや》[一八]は勝ちぬ」と。時に一人の弁説《べんぜつ》[一九]の外道出《い》で来《きた》りて、手を扣《たた》いて唱《とな》へて渡る。「舎利弗は勝ちぬ、労度差は負けぬ」と。此より弥普《いよいよあまね》く身子の徳行・神通の勝《すぐ》れたる事聞《きこ》えぬ。〕復《また》彼《か》の日《ひ》、多[二〇]く

一 寺を造営なされても我々の関知するところではない。 二 虫損。残存字形より推測するに「身」とあったものか。とすれば「みづから」とよまれ、本人自身での意。 三 釈迦の時代にインドを構成していた十六の大国。詳細は仁王経などに見え、転じてインド全土の意ともなる。 四 閻浮提の略、→三〇四頁注四。この世でこれほど珍しく興味深い見物(みもの)はまたとあるまい、の句意。 五 賢愚経によると、この試合で外道側から選ばれて登場したのは外道の弟子労度差で、幻術の巧者という。 六 梵語 vairambhaka の音写。毘藍婆とも。一切のものを飛散し破壊し尽くす大暴風という。 七 剛力の者、力持ちの意であるが、賢愚経に照らすに、仏法守護の金剛力士。 八 青色の竜。陰陽五行思想では四神の一で、東方(春)をつかさどる神霊。賢愚経では一身十頭の竜とするが、ここで青竜に転じているのは、中国的、日本的変化として注目される。 九 棒。ここでは自在に変化するという如意棒をさすか。色「椽撃・棒 アヒ」。

ノ七)。 二一 外道の指導者の頭領。外道は、→三〇〇頁注一〇。 二二 かしら。首領。類「兄 コノカミ」。 二三 これ以下の舎利弗誕生の因縁は、舎利弗の父婆羅門提舎の逸事を訛伝したものか。大智度論十一によると、提舎は「わが学ぶ所の経書甚だ多くして、腹の破れ裂くるを恐る」として、銅筒で腹帯したという。鉄筒を巻いたとして、提舎を鉄腹外道と称する所伝もある。 二四 →前注。 二五 舎利弗は目連と共に、師サンジャヤの弟子二五〇人を率いて釈迦に帰信した。 二六 釈迦の出身の種族、つまり釈迦族の称であるが、ここでは釈迦本人をさす。 二七 これ以下の諸外道、個々の人名ではなく、大智外道は智慧のすぐれた外道、神通外道は神通力に長じた外道、韋陀外道は、ヴェーダ(韋陀)聖典を信奉する外道の意。 二八 →第十四・十五話。 二九 請願する。招聘したいと願い出る。 三〇 招いて居住させること。 三一 もし我々の申し出を聞き入れなければ、お気の毒なことになります。 三二 お仲間。類「党 トモカラ」。 三三 →三〇〇頁注九。

の沙門・外道舎利弗に服《つ》き従ひて、永く仏道に帰信《きしん》す。故に文《もん》[二一]に云はく、「大樹《たいじゆ》・毗嵐風《びらんぷう》・池《いけ》・象《ざう》・山《やま》・力士《りきし》・竜《りう》・鳥《とり》・牛《うし》・師子《しし》・夜叉《やしや》・毗沙門《びしやもん》」と云ふ。

波斯匿王《はしのくわう》は身子を請《しやう》[二二]ず第十七

処々《しよしよ》の安居《あんご》[二三]終《をは》りて、仏の御弟子等《おでしら》、自《おのづか》ら参り集まり給ふ。時に舎利[二四]弗・羅[二五]〔睺羅〕、仏の前《みまへ》に来《きた》りて左右に随《したが》ひて在《あ》り。即ち、仏羅云《らうん》に問ひたまはく、「吾が弟子の中に、誰をか上座[二六]と為す」と。答へて云はく、「身子[二七]是《これ》なり」と。時に仏之《これ》を見たまふに、身子は肥え白くして貴徳[二八]なり。羅云は痩《や》[二九]せ黒みて、骨[三〇]を現ず。即ち、時に仏の言《のたま》はく、「何が故[三一]に吾が弟子の中に舎利弗は肥えたるや」と。答へて云はく、「智恵朗《あきら》かにして貴賤の師為《た》り。勝味[三二]・珍物《ちんもつ》を此の人の所《もと》に運[三三]ぶ。仍《よ》りて肥えたり。羅云は尓《しか》らず、仍りて痩《や》せたり」と。時に仏の言《のたま》はく、「吾が法[三四]の中《うち》には蘇油《そゆ》[三五]の食《じき》を許さず。何ぞ身子肥えたるや」と。身子之を聞きて、攀縁《へんえん》[三六]を生じて隠居《いんきよ》す。大王《だいわう》・長者[三七]請を送ると雖《いへど》も敢《あ》へて

一〇 梵語 Garuḍa の漢訳。音写して迦楼羅(かるら)とも。伝説上の巨大な鳥。竜蛇を宿敵として餌食とする(→下巻第十四話)。仏教では仏法守護の八部衆の一とする。一一 梵語 yakṣa の音写。薬叉とも。インドの鬼神。猛鬼。軽捷敏速で飛行自在という。仏教に取りこまれて八部衆の一。一二 仏教では四天王の一として須弥山の第四層に住し、北方の鎮護に当たる。多聞天とも。夜叉・羅刹などの鬼類を統率して仏法を守護する神格。一三 完全に。ことごとく。完敗しての句意。一四 底本「尤」。このままでも文意は通じようが、誤写と見て金本「既」を取る。一五 顔かたちの意であるが、ここでは名誉、名声の意。一六 底本「法身」。これを取れば、仏の無形無色の真理体の意となり、文意いささか整わない。「力」と「身」の草体の相似から誤写と見て、金本「法力」を取る。仏法の威力。一七 口のきき方の巧みな者。軽妙な口ききをする者。一八 →注五。一九 弁論の巧者。前出の利口とは異なり、筋道を明らかにして論ずることの巧みな者をいう。二〇 賢愚経に「六師徒衆、三億弟子、於二舎利弗所一出家学道」と見える。二一 経論等に典拠を持ついわゆる本文ではなく、本話の伝承間に生まれた世俗の諺文・慣用句の類であろう。強いもの順に登場する一連のことばの連鎖は、一種の言語遊戯的なものとも考えられ、童蒙のことば遊びの具にもなったかと憶測される。

第十七話 原拠は大智度論二・大智度初品中婆伽婆釈論四。同話は僧祇律四〇以下諸律にも見え、その要約を経律異相一四ノ七に収載。今昔物語集三ノ四は本話に基づく同文的同話。波斯匿王は釈迦と同時代のコーサラ(憍薩羅)国の王。勝軍王・月光王とも漢訳。舎衛城に都し、仏教を外護したが、後に実子琉璃太子に王位を奪われた。

二二 招く。請待する。二三 インドの雨季、春から夏にかけての約三か月、僧が一か所に集まり、外出をせずに修行に専念する行事。日本では四月十六日から七月十五日までを安居の期間とする。二四 →第十六話解説。二五 梵語 Rāhula の音写。羅云とも。釈迦の実子で、十大弟子の一。十五歳出家、舎利弗に師事し、不言実行の行で名声があり、

請《う》けず。時に王子・大臣・長者、顒々《ぎやうぎやう》[一]たる官徒《くわんと》、皆仏《ほとけ》の所《みもと》に詣《いた》りて仏に白《まう》して言《まう》さく、「唯願《ただねが》はくは、舎利弗を召して人の請を請けむことを命《おほ》せらるべし。由何《よしいか》にとなれば、大師《だいし》[二]は人の請を受けたまはず。又、誰を以て師と為《な》して仏事[三]を勤めんや」と。即ち衆《しゆら》等に告げて言はく、「舎利弗は本《もと》[四]毒蛇と有りき。本習《ほんじふ》[五]深きが故に、吾が言《ことば》を聞きて怨《うら》みを生ぜるなり」と。即ち之を召して、「早く人の請を受け、仏法の為に師と成《な》れ」と。爰《ここ》に身子、教勅《けうちよく》[六]に随ひて請を受けたり。

阿那律《あなりつ》比丘は天眼《てんげん》[七]を得《う》第十八

昔、此の比丘[八]甚《はなは》だ貧しかりき。即ち納めたる宝寺に有り。時に心の中《うち》に思ふ様《やう》は、夜に臨みて窃《ひそ》かに此の寺に入り、宝[九]を盗みて貨易《くわやく》[一〇]して生活《しやうくわつ》せむと。即ち夜弓箭《きうせん》を持ちて彼の寺に至り、相構《あひ》[一一]へて其の戸[一二]を開きて内に入る。仏前を見るに灯《ともしび》在《あ》り。乃《すなは》ち滅[一三]せむと擬《す》。即ち明《あき》らかに宝を見むが為に、矢頭《やはず》[一四]を以て御明《みあか》しを挑《かか》[一五]ぐ。時に仏像金色にして、堂[一六]の内に英満せり。仍《よ》りて仏前に廻り返り、掌《たなごころ》を合せて観《くわん》[一七]を作《な》す。

密行第一と称された。二六 首座。仏弟子中の首席。二七 舎利弗の別称。→三〇七頁注一九。二八 貴い大徳の意で、尊貴な高僧。二九 よみは金本の付訓による。類「疲ヤス」。三〇 金本「骨現(あらは)なり」とよむ。三一 底本虫損。金本によって「故」を補。三二 美味な食物と珍しい味わいの食物。三三 布施として供養する意。三四 修行のおきて。三五 古代の乳製品で、蘇(酥)とも。牛乳を煮つめ、凝縮させて製するという。栄養食品、また薬物として珍重された。三六 いきどおること。怒り。伊への畳字「攀縁」。三七 釈迦の時代の大地主・大商人など、富裕な豪族をさす称。

一 底本「顒々」。金本により改める。高貴な。歴々の。二 釈迦に対する尊称。三 仏法に関する諸行事。法会。四 過去世において。前生に。五 前世の習性、またその名残。宿習。六 仰せごと。教令。

第十八話 同話は法苑珠林三五・然灯篇引証部、経律異相一三ノ一三に収載。両書いずれも譬喩経を出典とするが、該経は遺存しない。今昔物語集二ノ一九は本話に基づく同文的同話。阿那律は釈迦の従弟で、十大弟子の一。肉眼を失ったが天眼を得て、天眼第一とされる。
七 五眼の一。もと色界の天人の目で、人間も禅定を修することによって得られるとされる。遠近・精疎・昼夜にかかわりなく、衆生の心をも含めて一切のものを見通すことができるという。
八 梵語 bhikṣu の音写。古くは托鉢修行をする出家者の総称だったが、転じて仏教の僧侶の称となった。
九 金本は「寺中宝」とする。
一〇 あきなって他の品物に替える意。ここでは売り払って。
一一 よく注意して。一二 底本虫損。金本によって「戸」を補。
一三 消えかかっていた。一四 よみは底本の付訓による。矢の上端の、弦につがえる部分。一五 灯心をかき上げた。
一六 (金色の光)が堂内くまなく照り輝いた。
一七 心を一点に集中して、静かに思索する意。

「何《いか》なる人[一八]の宝を投げて仏を造り、堂を立つるぞ。我も又同じ人なり。何《いか》なる心を以て之《これ》を盗まむや。又、此[一九]の報《ほう》を感じて、後々生々《ごごしやうじやう》[二〇]に貧報《ひんぼう》[二一]は尤も倍すべし」と。故に取らずして返り了《をは》んぬ。其の灯を挑ぐるが故に天眼を得、観を作《な》すが故に仏弟子と成れるなり。

利群史比丘は口を閉塞《へいそく》[二二]せりき第十九

此の人、在[二三]俗にして衣《え》[二四]食《じき》得難《がた》かりき。比[二五]丘と成りても又得難かりき。即ち塔[二六]の下《もと》に宿《やどり》して、初[二七]めて僅《わづ》かに食《じき》を得たり。後《のち》に又食を得ず。全《また》[二八]く七日飢《け》渇《かつ》して、まさに死せむとすること久しからず。須[二九]菩《しゆぼ》提《だい》・目[三〇]《もく》連《れん》・阿《あ》[三一]難《なん》、日々[三二]に来りて食を与へんと欲《す》るに、更《さら》に相違《あひたが》[三三]ひて得《え》ず。已《すで》に十日を経るに未《いま》だ食せず。目連相[三四]構へて鉢《はち》を懐《いだ》[三五]きて持て来《きた》る。即ち塔の戸、俄《には》かに堅く閉ぢて更に開かず。目連神通力を以て、鉢を抱《いだ》き乍《なが》ら匙《かぎ》の穴より入りて飯《いひ》を与ふ。比丘鉢を取るに、手[三六]より落ちて地の下五百由旬《ゆじゆん》[三七]に入りぬ。目連[三八]神通力を以て臂《ひぢ》を申《の》べて取り出《いだ》して、又与ふ。比丘取りて食せむと欲《す》。即ち口堅く閉ぢて開かず。仍《よ》りて遂《つひ》に食

一八 虫損。金本によって「人」を補。
一九 盗みの報いで。 二〇 生々世々と同意。未来永劫に。
二一 底本「貧報テ」をよみ改める。貧しい境遇に生まれかわる悪報。

第十九話 原拠は撰集百縁経一〇・利軍支比丘縁。今昔物語集二ノ三九は本話に基づく同文的同話。同話は沙石集一ノ七にも収載。利群史は舎衛国の婆羅門の子。生まれながら食に縁が薄く、よく乳房を含めず、指頭に塗った蘇蜜をなめて成長したという。
二二 「せり」と「しき」の混態。金本「閉塞ス」。
二三 俗人として生活していた時に。在家の時に。
二四 衣服と食物。ここでは後者に重点が置かれる。
二五 →三一〇頁注七。
二六 仏塔。 二七 原拠によると、仏塔を清掃した功徳によって食物を得たが、後に朝寝をして掃除を怠ったために食物にありつかなかったという。 二八 まる七日飢えかわいて。色「飢渇 ケカツ」。
二九 原拠には須菩提は見えず、代りに舎利弗が登場する。→三〇三頁注二五。 三〇 →三〇三頁注二八。
三一 →三〇一頁注一八。 三二 底本虫損。金本によって「々」を補。 三三 食い違って。手順が狂って。この間の事情は原拠に詳述。 三四 →三一〇頁注一一。 三五 底本、金本「壊」。金本の付訓により「懐」に改める。色「懐 イタク」。
三六 底本「手より地に落ちて五百由旬に下り入りぬ」とよむが、いかが。よみ改める。
三七 →二九〇頁注三八。諸説あるが、牛車の一日の行程を一由旬とするという。
三八 底本虫損。金本によって「連」を補。

せず。[一]目連相共に仏の[二]所《みもと》に至りて此の由《よし》を問ふ。仏答へて云《のたま》はく、「汝、[三]当昔《むかし》、母が僧に施《せ》するを見て財《たから》を惜しみ、母を土《つち》の倉《くら》に込めて飢《け》渇《かつ》して死せしめき。故に汝食を得難し。[四]父《ぶ》母《も》の功徳に依りて、今我《わ》が前に来《きた》りて弟子と作《な》り、[五]果を証せるなり」と。

阿難は鶖子《しうし》を誨《をし》ふ第二十

[六]鶖子とは舎利弗なり。[七]常に阿難を慢《あなづ》る。阿難舎利弗に勝《か》たむと欲《おも》ひて偽《いつは》りて[八]風を病みて臥せり。枕の辺《ほとり》に粥《かゆ》を盛りて置けり。即ち舎利弗、之《これ》を訪《とぶら》ひに来る。[九]白衣《びやくえ》にして[一〇]法の衣服《えぶく》を帯びず。[一一]此に於て、阿難、「此の粥は[一二]未《いま》だ用ゐず、[一三]卿《きみ》に之を奉らむ」と。時に[一四][一五]身子之を飲《の》む。時に阿難莚《むしろ》より下りて、草一本を取り出《いだ》して舎利弗に授《さづ》けて言はく、「是《これ》を[一六]大師《だいし》の[一七]御前《おまへ》に持《も》て参り給へ」と。時に身子之《これ》を取りて行くに、途中に於《し》て、手足の[一八]甲《つめ》牛の爪《つめ》と成り了《をは》んぬ。驚き奇《あや》しびて仏に白《まう》して言《まう》さく、［「是何《これなに》が故《ゆゑ》ならんや」と。］仏の言《のたま》はく、「汝が身は已《すで》に牛なり。草は汝が食《じき》なり。但《ただ》し、其の由を吾《われ》知らず。返りて阿難に問へ」と。

一 原拠では、利群史は一週間の絶食後、慚愧して衆僧の前で砂を食い、水を飲んで死んだとし、目連と仏所に同行した記事はない。
二 底本虫損。残存字形より「所」または「前」が擬せられるが、金本により「所」と判定。
三 よみは古辞書に徴し得ないが、金本「当昔シ」とあるによる。ここでは前世、過去世の意。
四 虫損。金本によって「父」を補。 五 証果の訓読。修行の結果としてさとりを得ること。原拠に「得㆓阿羅漢果㆒」とする。

第二十話 原拠不明。今昔物語集三ノ六は本話に基づく同文的同話。なお小経直談要註記二に「注好撰ニ云」として本話を引用転載。
六 舎利弗(舎利の子の意)の母、舎利女が鶖鷺と漢訳されたことから、その子の意で、鶖鷺子、略して鶖子と称された。
七 金本はこの上に「舎利弗ハ」とするが、小経直談にも見えない。 八 金本「風病して」とよむ。風邪をわずらって。
九 底本虫損。金本によって「衣」を補。 一〇 法衣、法服と同意。後文によると、ここでは袈裟をさしている。金本、小経直談「法服」。 一一 虫損。金本によって「不」を補。 一二 まだ口をつけていない。 一三 →二七〇頁注九。 一四 身子は舎利弗の別称。→三〇七頁注二〇。 一五 三字虫損。金本によって「子飲之」を補。 一六 →三一〇頁注二。 一七 虫損。金本によって「前」を補。小経直談「所」。 一八 爪と同意。類「甲 ツメ」。 一九 金本、小経直談共にこの二字あり。
二〇 祈願。施主の厚志に謝してその滅罪招福を祈願するもの。 二一 虫損。金本によって「受」を補。 二二 動物に転生する悪報を受ける。ここでは現報を受けたことになる。
二三 罪過を犯しても恥としないこと。 二四 悪報を転じて元の身に復した。 二五 「つとめよや、つとめよや」とよむ説もあるが、「ゆめゆめ…すべし」の略と見る。上句を受けてさらにその意を強調したもの。

〔[一九]身子〕走り返りて阿難に告ぐ。阿難の云はく、「袈裟《けさ》を着ず、[二〇]呪願《じゆぐわん》せずして人の施《せ》を[二一]受くる者は、必ず[二二]畜生の報を受くるなり。汝[二三]無慚《むざん》にして吾が施を受く。故に忽《たちま》ちに此の報を感ぜり」と。時に身子能《よ》く懺《さん》〔悔《げ》〕して、[二四]此の報を転ず。仍《よ》りて末代の僧、必ず袈裟を着て施を受けよ。[二五]努力努力《ゆめゆめ》。

勝鬘夫人《しようまんぶにん》は金の釵《かむざし》を失ふ第二十一

仏《ほとけ》光を放ちて[二六]城《じやう》の内に入りて、即ち城の内を[二七]照曜《せうえう》したまふ。[二八]王幷《わうなら》びに夫人、頭《かうべ》を傾《かたぶ》けて仏を礼す。即ち金の釵落ちて前に在り。地を見て金の釵を求むるに、更に無し。即ち仏過ぎ給ひて[二九]〔七日〕、光失《う》せて後《のち》に前に釵在り。是《ここ》を以て知りぬ、仏の光明《くわうみやう》は殊勝なりと。吾等《われら》一切衆生も仏と作《な》りて、[三〇]此の相を[三一]具《ぐ》せむこと、亦復是《またまたかく》の如くして、更に[三二]差別《しやべつ》無からむ。

第二十一話　原拠不明。勝鬘夫人は波斯匿王(→第十七話解説)と末利夫人との間の王女。阿踰闍国の王妃となる。仏道に帰依し、釈迦が為に法を説いた勝鬘獅子吼一乗大方便方広経(勝鬘経)がある。
二六 コーサラ国の王都舎衛城(シーラヴァスティー)。
二七 底本「照曜ッ」の捨て仮名を生かしてかくよむが、金本によれば「(城の内)照曜せり」。類句「大光明を放ちて天地を照曜したまふ」(法句譬喩経三)。
二八 王は波斯匿王、夫人は王女の勝鬘夫人。
二九 仏(釈迦)の放つ大光明によって金釵の光がかき消され、所在が全くわからなかったもの。
三〇 身から光明を放つ相。仏の三十二相の中にも、身金色相・常光一丈相などが挙げられている。
三一 底本虫損。金本によって「具」を補。身につける意。
三二 色「差別 シヤヘツ」。区別。相違。

以下三一四頁

第二十二話　経論疏に頻出し、原拠を特定しがたいが、付法蔵因縁伝三(法苑珠林四一・愛請篇施福部にも引用)、分別功徳論四(法苑珠林二五・見解篇引証部にも引用)などが擬せられる。同話は今昔物語集二ノ二〇前半、宝物集以下国書にも散見。薄拘羅は、梵語 Vakkula の音写。仏弟子中、長寿第一と称される。大智度論二九では、小施をもって善果を得た代表的人物の一に掲げる。
一 過去七仏の第一仏。釈迦未生以前より教法は永遠の過去世より伝承されてきたとする七仏思想が生み出した仏。
二 人にやとわれて耕作して。
三 底本虫損。金本によって「人」を補。
四 訶梨勒樹(シクンシ科の高木)の果実。眼病・風邪・通便などに薬効があって珍重された。
五 劫は、→二二九頁注一〇。
六 普通地獄・餓鬼・畜生の三悪道をいうが、ここでは天上・人中以外の四境界で、修羅道も悪道に含めている。
七 女性に法を説くことは、愛執に引かれた行為として批難の対象ともなった。迦葉が憍曇弥に戒を授けた阿難を批難したのもその好例。→第四十・四十一話。
八 正覚と同意。正しく完全無欠な悟り。

第二十三話　原拠は増一阿含経二九ノ二。同経の要約が

薄拘羅《はつくら》は終《つひ》に病無《やまひな》し第二十二

此の比丘は、昔毗婆尸仏《びーばしぶつ》の滅後《めつご》に、極めて貧しかりし人なり。二傭作《ようさく》して生活《しやうくわつ》す。即ち、三人の手より一《ひと》つの四呵梨勒丸《かりろくぐわん》を得たり。時に思惟《おもへ》らく、是は第一の薬なり。病僧を尋ね求めて之《これ》を施せむと。茲《これ》に因《よ》りて五九十一劫六悪道に堕《お》ちず。天上人中に趣《おもむ》きて福を受くること殊勝なり。今生《こんじやう》又八十に至るまで頭病《づびやう》を識《し》らず。況《いは》むや余の病をや。目《まなこ》に女人の面《おもて》を視《み》ず、〔七為に〕一句の法を説かず、遂《つひ》に尼の寺に入らず。此等《これら》の善《ぜん》〔根《ごん》〕に依りて、今日八等正覚《とうしやうがく》を成《じやう》ぜるなり。

舎利弗は目連を試《こころ》みる第二十三

仏九祇薗精舎《ぎをんしやうじや》に在《ましま》すに、多くの御弟子等来り集まる。其の中に一〇身子未《いま》だ来《きた》らず。即ち仏目連に命《おほ》せて云《のたま》はく、「汝身子が所《もと》に往《ゆ》きて将《ゐ》て来るべし」と。時に目連身子の所に至るに、衣を一一補《おきの》つて、帯を解きて地

法苑珠林二五・見解篇引証部、法華文句一下などに引かれている。今昔物語集三ノ五は本話に基づく同文的同話。舎利弗は、→第十六話解説。目連は、→三〇三頁注二八。九 →第十四・十五話。一〇 舎利弗のこと。一一 底本「オキノテ」に促音を補。補綴の意で、法衣を作る布切れを綴じ合わせていたもの。一二 須弥山。仏教的宇宙観で、大宇宙を構成する単位宇宙(一小世界)の中心をなす巨大な山。半ばは大海中にあり、半ばは天空にそびえて、頂上に帝釈天の住殿喜見城があり、中腹に四天王の住居がある。一三 底本虫損。金本によって「地」を補。一四 容儀作法を整えてひかえていた。一五 底本「供」。これを生かせば「つかまつる」とよんで、奉仕する意にも取れるが、金本、今昔「侍」を原姿と見て改める。一六 これ以下、金本では「是の故に知りぬ、目連の神通は劣れり、身子は智慧・神通第一なりと」とし、末尾を「仏の言はく、身子が力にあらず、仏の力なりと云々」と結ぶ。

第二十四話　原拠は大宝積経一〇・密迹金剛力士会三ノ三(密迹金剛力士経三)。同経の要約は法苑珠林二五・見解篇引証部に引かれる。増一阿含経二九ノ二に同話の異伝が見え、その要約を法華文句一下に引く。今昔物語集三ノ三は本話に基づく同文的同話。目連は、→三〇三頁注二八。一七 大勢の僧。ここでは釈迦の説法を聴聞する仏弟子たちをさす。一八 古代インドの世界観に基づく無限大の大宇宙。須弥山を中心に四大州・九山八海から構成される一小世界(我々の住む小宇宙)一千の集合体を小千世界、小千世界一千の集合体を中千世界、中千世界一千の集合体を大千世界とし、小千・中千・大千の三千を総合した意味で、大千世界を三千大千世界と名づける。一九「無量」以下「恒河沙」に至るまで、いずれも計測不可能な無限大の数量。ちなみに那由他は古代インドの数の単位で一千億、恒河沙はガンジス河の砂の数。二〇 恒河沙に同じ。金本では上句の「恒河沙」も「恒沙」とする。二一 原経によるに、「幡」字は正しくは「幡」。大宝積経「然過二九十九江河沙国土一、有二仏世界一。名二光明幡一。又其土仏名二光明王如来至真等正覚一」。

に置く。身子の云《い》はく、「汝《なむぢ》は神通《じんづう》第一の人なり。此の我が帯を取り動かすべし」と。目連神通を励《はげ》まして之《これ》を挙ぐるに、塵許《ちりばかり》も動かず。身子の云はく、[一二]須弥《しゆみ》を振《ふる》ひ、大地[一三]を動かせども、遂《つひ》に帯は動かず。身子の云はく、「汝は前《さき》に参れ。吾は後に至らむ」と。時に目連仏の所《みもと》に到るに、御《お》前《まへ》に身子[一四]威儀《ゐぎ》闕《か》くること無くして侍《さぶら》[一五]ふ。[一六]是の故《ゆゑ》に目連は知りぬ、身子は智恵・神通第一なりと。

目連は仏の声《こゑ》を窮《きは》め難《がた》し第二十四

目連[一七]大衆《だいしゆ》に語りて言はく、「吾等《われら》処々《しよしよ》にして仏の声《みこゑ》を聞くに、常に御《み》側《かたはら》に有りて聞くが如し。吾神通力を以て遥《はる》かに遠く行き去りて、声《こゑ》の高下を聞かむ」と。〔時に〕[一八]三千大千世界を飛び過ぎて、此《これ》より西方に[一九]無量無辺《むりやうむへん》不可思議《ふかしぎ》那由他《なゆた》恒河沙《ごうがしや》の仏の国土《こくど》、〔九十恒沙[二〇]の仏土〕を過ぎ行きて、〔光明幡[二一]世界に至りて〕之《これ》を聞くに、側に在りて聞くが如くして異なること無し。時に目連疲極《ひごく》[二二]して、僧の居座《こざ》[二三]して施《せ》[二四]を受くる鉢の縁《ふち》[二五]に居《ゐ》て息《やす》む。僧等《そうら》之《これ》を見て云はく、「此《これ》は沙門に似たる虫なり。

三 訓読すれば「疲れ極(きはま)じて」とよめるが、ここでは音読したようである。疲れ果てての意。漢訳経典以下仏典には頻出の語。 三 座席にすわって。金本「座に居て」とよむ。あるいはこれを取るべきか。 二四 供養の食物を受ける鉢。 二五 「はた・へり」とよんでもほぼ同意であるが、色「縁 フチ又ハタ」による。

以下三一六頁

一 金本「沙」「て」の二字虫損するが、大集経「被二沙門衣一」に照らし、意によって補。 二 教化者。仏・菩薩・高僧などの称とする。 三 原経によるに、光明王如来至真等正覚。→三一五頁注二一。 四 釈迦が説法している現場。 五 原経によるに、目連は釈迦の光明に導かれて帰還したという。 六 底本「弥信耶声第一也」の「耶」字不審。原姿「御」の草体を「耶」の草体に誤ったものと見る。

第二十五話 原拠は増一阿含経二〇ノ一(要約を法苑珠林七七・十悪篇慳貪部に引く)、経律異相一三ノ一五。同話は今昔物語集三ノ二三、三国伝記一一ノ二五に見え、特に前者は本話に基づく同文的同話。私聚百因縁集三ノ六、小経直談要註記二に本話の全文を引く。毗豆盧は、金本以下「毗頭盧」。梵語 Piṇḍola の音写で、普通「賓頭盧」を当て、賓頭盧尊者と敬称する。中インドのコーサンビー(拘睒弥)国王優塡王の大臣の子。婆羅門出身。説法に長じて獅子吼第一とされ、また神通力の妙を伝える話も散見。和上は敬称で、ここでは師僧の意。堅貪女は、けちで欲の深い女。原経によるに、跋提長者の姉、難陀という老女。 七 これ以下、底本では題目の下に二行に注記する。これが原姿らしいが、しばらく底本のままとする。金本、百因縁集、小経直談では本文とし、 八 いとこ関係にある年下の者、つまり従弟。 九 普通賢明な宰相の意とするが、ここではいかが。賢明な面相の意か。とすれば、仏弟子中最も賢そうな人相をしていたことになるが、徴証を得ない。 一〇 底本虫損。金本以下により「之」を補。 一一 小麦粉を練って油でいり焼きをしたもの(和名抄)。色「煎餅 センベイ」。 一二 よみは金本以下すべて音読するによる。好きな

何《いか》なる虫の〔[一]沙門の衣を着て〕落ち来《きた》るや」と云ひて慢《あな》づる。目連が長《たけ》は一丈《ちやう》三尺なり。其の土《ど》の〔[二]能化の〕仏《ほとけ》[三]の言《のたま》はく、「〔是は〕尺迦の神通第一の弟子なり。〔仏の音声《おんじやう》の遠近を窮《きは》めんが為に此《ここ》に来れるなり」と。爰《ここ》に目連、神通尽《つ》きて返らむ事を知らず。仍りて泣《な》きぬ。其の声[四]此《ここ》に聞《きこ》ゆ。」是を以て知りぬ、仏の声《みこゑ》は不可思議なりと。仍りて仏の[五]神通力をもて目連は還《かへ》り至りて、[六]弥《いよいよ》御《み》声《こゑ》の第一なることを信ぜり。

毗豆盧《びんづる》和上《わじやう》は堅貪女《けんどんによ》を化《け》す第二十五

此[七]の和上比丘は、尺迦如来の御父方の[八]伊止古《いとこ》弟《おとうと》なり。[九]賢相第一なり。

時に一《ひとり》の女人《によにん》有り、堅貪女《けんどんによ》と名づく。常に屛風《びやうぶ》[一〇]の内に居て煎餅《せんべい》[一一]を作りて、[一二]愛物《あいもつ》と為す。一切の物を貪《むさ》ぼること、膠《にかは》の〔[一三]草に〕着《つ》くが如《ごと》く、一切の物を惜《お》しむこと眼精《がんせい》[一四]を守るが如し。時に毗豆盧《びんづる》和上、之《これ》を化《け》せむと欲して、宅《いへ》に行きて鉢を捧《ささ》げて煎餅を乞ふ。女深く惜しみて施《せ》すること能《あた》はず。旦《あした》より未《ひつじ》[一五]の時に至るまで、立ち乍《なが》ら之を乞ふ。〔女の云はく、〕「設《たと》ひ和上は立ち死ぬと雖《いへど》も、吾は遂《つひ》に供養せじ」と。即ち

食べ物。好物。一三「草」字を有するは金本のみ。百因縁集、小経直談は「草」字なく、「著膠の如く」とよむ。一四 ひとみ。黒目。最も大切なもののたとえ。一五 午後二時から二時間、または午後二時の前後一時間。一六 家中のすべての人々と女が、死臭に悩んだ。一七 中間の記述を省略した語法で、三人から次第に人数を増して曳いたが動かず、遂に百人千人で曳いたけれども、の意。一八 祈願して。一九 よみは金本の付訓による。類・色「ヤイトウ」とも。焼処（やきと）の音便で、お灸（きゅう）。二〇 小経直談「吾が智に及ばず」とよむ。二一 同様の称呼は第十二話にも見える。二二 主格は仏（釈迦）。二三 阿羅漢の証果。阿羅漢は arhan の音写。修行によって到達できる最高位、またそれを極めた人の称。応供（おうぐ）と漢訳し、もと仏の別称の一でもあったが、大乗仏教では仏の下位に位置づけ、親しく仏の教えを聴聞した仏弟子の称とする。増一阿含経「時母難陀、諸塵垢尽得ニ法眼浄ヿ」。二四 小経直談は同文。金本「和上ハ能化第一也云々」。

以下三一八頁

第二十六話 原拠は三十六巻本大般涅槃経二八（四十巻本では三〇）・獅子吼菩薩品一一ノ四。今昔物語集一ノ一五は本話に基づく同文的同話。提河長者について、原経には瞻婆城（中インド瞻婆国都）の大長者とし、名を明記しない。「提河」は、話中の自然太子の本名「樹提伽（迦）」の略称「提伽」で、子の名を誤って親に冠したもの。自然太子は親なくして自然に生まれた太子の意で、誕生の経緯に由来する名称。→注三〇。

一 痛ましいこと。嘆かわしいこと。金本「ツタナシ・ハナハタシ」の二訓を付するが、取らない。類「劇 イタム」。二 樹神に子宝を祈願する類例は諸経に散見。古代インドで樹神が申し子信仰の対象となったことは注目される。三 底本「壊」。金本「懐」を取る。四 舎利弗。→第十六話解説。五 うらない終って。人相などを見たものか。六 男子誕生と予言されて長者はますます喜び、詩歌を吟詠して舞を舞った。七 釈迦とほぼ同時代に活躍したプーラナ・カッサパ、サンジャヤ・ベーラッティプッタなど、六人の自由

比丘忽《たちま》ち死して、臭《くさ》き香《か》宅《いへ》の内に満ちて、[一六]上下并《なら》びに女病痛す。時に女、人を催《もよほ》して之《これ》を曳《ひ》き捨てむと欲《おも》ふ。三人《みたり》寄りて之を曳くに動かず。[一七]乃至《ないし》百千余人曳くと雖《いへど》も、弥《いよいよ》重くして動かず、更《さら》に香臭《くさ》し。女人[一八]呪《しゆ》して曰《い》はく、「若《も》し女《なむぢ》和上《わじやう》生き返らば、吾惜しまずして与へむ」と。時に和上忽《たちま》ちに生き返りて、立ちて之を乞ふ。即ち女又《また》死せむ事を念《おも》ひて、鉢を取り来りて、煎餅二枚を入れて之を与ふる間に、鉢に煎餅五枚在り。女三枚を取らむと擬《す》。相互《あひたが》ひに鉢を捕《とら》へて引きて之を諍《あらそ》ふ程に、和上引きて手を放《はな》つ。時に鉢女の鼻の上に到り着きて、更《さら》に落ちずして、着く処《ところ》は、[一九]灸《やいと》を居《す》ゑたるが如くして堪《た》へ難し。即ち女手を摺りて、此の苦《く》を免《ゆる》せと乞ふ。和上の云はく、「[二〇]吾《われ》智《ち》及ばず。吾が[二一]大師〔尺尊〕の御許《みもと》に詣《まう》でて問ひ申すべし。吾将《ゐ》て行かむ」と。時に急ぎて往かむと欲《す》。比丘の云はく、「種々《くさぐさ》の財《たから》を相具《あひぐ》して参るべし」と。仍《よ》りて女、車五百両、夫《ぶ》千人に財を積み荷《にな》はせて、仏の所《みもと》に参り詣でて苦を免《まぬか》れぬ。[二二]為《ため》に法を説きたまふに、[二三]〔阿〕羅漢〔果〕を得て、永く堅貪の心無し。故に知る、[二四]和上の教化は甚《はなは》だ以て第一なりと。

思想家の総称。仏教を内道とする立場から、非仏教の思想家を外道と称したもの。→三〇〇頁注一〇。八 酒宴。酒盛り。九 ねたましく思って。一〇 事実かどうか。色「実否ジッフ」。一一 教化。化導。一二 底本「告テ」でも文意通じるが、金本「告ラク」を取る。いわゆるク語法で、告げることの意。告げて言うことには。一三 走る馬に鞭を入れてさらに加速させると言いますから。言外に、私も一つお力添えをして、といった語気をこめたもの。この句が、挿入句を隔てて下出の「吾秘術を加へて」の句につながる。一四 会話中に挟んだ挿入句。あなたは外でもない、長年の私のパトロンですから、の意。旦越は檀越とも。布施や寄進をしてくれる外護者。施主。一五 長者の意中におもねって、生まれる子は本当は女子なのだが、変成男子の秘法を施して必ず男子に変えようと言ったもの。一六 底本「儀」。金本「議」を取る。下出の「議」も同じ。よみは金本、今昔にならって音読。一七 もしかすると仏が勝つ(釈迦の予言が適中する)かも知れない、という次第で。類「雄 カツ」。一八「如かじ」を強調したもので、「…には如かじ」の転倒表現。一九 底本三字虫損。金本による。二〇 原経「母」。今昔「子」とするは不審。二一 よみは底本によるが、金本、今昔「生ましめじ」。二二 必ず死ぬ毒薬。二三 丸薬一粒。二四 底本虫損。金本により「食」を確認。二五 柚子(ずゆ)の実。二六 底本「虚忘」。金本により「忘」を「妄」と改める。うそ。いつわりごと。二七 火葬の火炎の中に。原経によるに、火葬にした死体の腹部が裂けて子が生まれ、火中に端座したという。これを十三歳ほどの童子とするのは本話と今昔に特有の記事で、原経、法苑珠林には見えない。→注二九。二八 花のように美しい顔つき。二九 原経によるに、毘沙門天は従者の夜叉大将摩尼跋陀(まにばつだ)に火葬場の整備荘厳を命じ、火中の子を抱き帰ったのは耆婆(→上巻第七十七話)とする。伝承間の訛伝であろう。三〇 自然太子の命名、原経には見えない。生まれた赤子を十三歳の童子に改変した作為は、母なくして生まれたことを強調する自然太子の命名にかかわるものだろう。原経では、仏が長者に、「是の

提河《だいか》長者は自然《じねん》太子を獲《え》たり第二十六

此の長者は、夫婦共に年老《としお》いたり。一人《ひとり》の子無し。即ち相語らひて云はく、「天上人中《てんじやうにんちう》には、子無きを以て劇《いた》[一]みと為す」。之《これ》に因《よ》りて樹[二]神に祈る間、已に懐任《くわいにん》[三]せり。長者、喜び愛すること限り無し。時に身[四]子来《きた》れり。長者問ひて云はく、「此の子、男女云何《いかむ》」と。身子答へて云はく、「男《をとこ》なり」と。相《さう》[五]し了《をは》りて返りぬ。弥《いよいよ》[六]長者詩を詠じて歌舞《かぶ》す。後の時に六[七]師外道〔来りて〕問ひて云はく、「何が故に例に似ず甚《はなは》だ宴《うたげ》[八]し給ふや」と。答へて云はく、「身子吾が子を男《をとこ》なりと相し了んぬ。之を聞くに喜び深きなり」と。時に外道、身子を嫌《そね》[九]まむと欲《おも》ひて相して云はく、「君が子は女なり」と。云ひ了りて返りぬ。〔又〕後に身子来れり。上《かみ》の事を述ぶるに、身子の云はく、「更に〔女ならず〕」、男なり」と。又外道の云はく、「女なり」と。相互《あひたが》ひに挑《いど》む。時に提河《だいか》、仏《ほとけ》の所《みもと》に詣《まう》でて実否《じつぷ》[一〇]を問ふ。仏の言《のたま》はく、「男子《なんし》なり。必ず祖《おや》を化《け》[一一]して仏道に入るべし」と。之を聞きて弥《いよいよ》妬《ねた》みの心を生じて長者に告ぐ[一二]

児猛火の中より生る。火を樹提と名づく。まさに樹提と名づくべし」(原漢文)と言ったとする。樹提は梵語 Jyotiska の音写。樹提伽とも。原義は火、照耀。 三二 底本二字虫損。金本により「出来」と確認。 三三 父子共に仏道に帰信したが、自然太子こと樹提伽長者には、釈迦がその因縁を説いた樹提伽経がある。

以下三二〇頁

第二十七話 原拠は大荘厳論経一一。法苑珠林八二・六度篇持戒部引証部、諸経要集一〇・六度部持戒篇勧持縁にも同経を引く。同話は宝物集五以下国書にも散見。第二十八話と並ぶ高名な持戒譚で、賢愚経五・沙弥守戒自殺品以来、インド・中国を通じて両話は一対の形で取り上げられ、弘仁十四年四月十四日付天台戒牒にも「所下以賊縛二比丘一、脱二草繋於王遊一、乞食沙門顕中鵝珠於死後上」と見える。本書で二話を一連に配したのもその流れを受けたもの。金本の題目は天台戒牒「乞食沙門鵝珠(於)顕二死後一」と同句。これが原姿で、底本はそれを五字題に縮約したものであろう。→第二十八話解説。沙門は Śramaṇa の音写で、男性出家者の汎称。鵝珠は鵞鳥が呑みこんだ珠。本文参照。

一 戒をたもつこと。戒律を守ること。戒は仏道修行者が遵守すべき自律的規則。他律的規則である律をも含めて主体的に保守実践することを持戒という。求道者必修の行として、六波羅蜜の第二にあげられる。 二 訓読すれば「おほせごと」。 三 鵝は鵞鳥。「かり(雁)・のせ・くぐひ(鵠)」などの訓があるが音読する。 四 鵞鳥がうろつき回って。 五 ここでは、乞食僧に供養する食物。 六 珠を盗んだ疑いをかけて責めたもの。 七 どうして身のあかしとなろうか。 八 →三二八頁注一〇。 九 よみは金本による。あなたはこの鵞鳥が珠を呑みこんだけはいを聞いたか。 一〇 殺生戒を第一として。五戒・十戒などでも殺生戒を第一にあげる。 一一 懺悔して。

第二十八話 原拠は大荘厳論経三。法苑珠林八二・六度篇持戒部引証部、諸経要集一〇・六度部持戒篇勧持縁にも同経を引く。古来前話と一対の持戒譚として伝承され、特

らく、「[一三]走る馬に鞭《むち》を加ふ者《て》れ《へ》ば、[一四]年来の旦越《だんをつ》なり、吾秘術を加へて、[一五]女を変じて〔必ず〕男子と為《な》さむ」と。長者喜悦す。返りて外道相議し[一六]て云はく、「此の事、若《も》[一七]し仏雄《か》たんや」者《て》れ《へ》ば、「如《し》[一八]かじ、直《ただ》[一九]ちに母を[二〇]殺して子を生[二一]ましめざらむには」と。議し了《をは》りて、[二二]必死の薬を作りて、之を遣《つか》しは《》て告げて云はく、「一日一[二三]丸を食《じき》[二四]すべし」と。即ち薬は三丸なり。大きさ柚《ゆ》[二五]の如くして色太《はなは》だ赤し。即ち三日に当りて、母言《ものい》はずして死ぬ。長者悲しび吟《なげ》きて、身子と共に仏の所《みもと》に詣《いた》る。仏の言《のたま》はく、「汝、母と子と何《いづ》れをか得むと欲《おも》ふ」と。答へて云はく、「但男子《ただなんし》を得む」と。「然《しか》らば吟かざれ。汝が子は在《あ》り。失《う》せず。仏は未《いま》だ虚妄《こまう》[二六]せず」と。即ち葬送の日、外道聚《あつ》まり、仏来《きた》り給ふ。即ち炎の[二七]中に十三才許《ばかり》の童《わらは》有り。花《はな》[二八]の顔《かほばせはなは》甚だ妙《たへ》なり。毗[二九]沙門に抱《いだ》かしめて仏の御膝の上に居《す》ゑたり。「汝を自《じ》[三〇]然《ねん》太子と名づけむ。母無くして出[三一]で来れり」と。長者を召して之を給ふ。外道負けて返りぬ。貴賤弥《いよいよ》仏の語《ことば》を信ず。即ち此[三二]の子、祖を化して仏道に入れたりと云々。

に天台戒牒の対句を介して流布するところがあった。宝物集一巻本以下諸書に散見。金本の題目は天台戒牒「賊縛ニ比丘一脱ニ草繋(於)王遊ニ」と同句。これが原姿で、底本は第二十七話と同様、それを五字題に縮約したものであろう。→第二十七話解説。
三 →三二〇頁注一。 三 僧が他出修行の時に身につけるべき品物。僧衣・錫杖・水瓶など、六品または十八品目とされる。 一四 二七五頁注三〇では「ホリ」と付訓。「ほり」なら堀川、「ほりけ」とよめば掘った池。いずれでも文意は通じよう。 一五 金本「寄」。近寄って。 一六 よみは金本の付訓による。一日中。終日。 一七 いわゆる殺生戒に基づくもの。 一八 あごひげと髪の毛。 一九 よみは底本「剃(ソ)リ除」とあるによる。出家剃髪の意。 二〇 家来。従者。色「伴類 バンルイ」。 二一 すべて。ことごとく。 二二 金本「服従シテ」。 二三 持戒と同意。→三二〇頁注一。

以下三二二頁

第二十九話 原拠としては撰集百縁経八・波斯匿王醜女縁が最有力。次いで賢愚経二・波斯匿王女金剛品。前者は法苑珠林七六・十悪篇悪口部引証篇に引き、後者は経律異相三四ノ二に引く。雑宝蔵経二・波斯匿王醜女頼提縁は同話の異伝。今昔物語集三ノ一四に本話に基づく同文的同話が見え、私聚百因縁集三ノ一四に本話の全文を引く。金剛は堅固勇健の意で、ここでは鬼のように強くたくましい容姿の形容。百縁経には「金剛」を欠くが、同経を引く法苑珠林には「字曰ニ金剛一、面貌極醜」。賢愚経「字ニ波闍羅一、晋言ニ金剛一。其女面貌極為ニ醜悪一」。
一 →二七二頁注九。 二 →第十七話解説。 三 波斯匿王の第一夫人。琉璃王・勝鬘夫人の母。釈種の娘と素姓を偽って王に嫁したことが因となって、琉璃王の釈迦族大虐殺を招いた史実は著名。 四 容貌。色「形貌 キヤウメウ」。 五 →三〇八頁注三。 六 底本「生一女子已」。金本、百因縁集、今昔の本文に照合し、「已」を「也」の誤写と見てよみ改める。 七 百縁経系「如ニ蛇皮一」。賢愚経系「如ニ駝皮一」。 八 底本「右」。金本以下の諸本文に照合し、「右」を「太」の誤

沙門《しやもん》は鵝《が》珠《じゆ》を顕《あらは》す第二十七

[一]持《ぢ》戒《かい》の沙門、珠造《たまつく》りの家に到りて乞食《こつじき》す。時に家主《いへあるじ》、王の[二]勅《ちよく》を蒙《かうぶ》りて珠《たま》を作りて、傍《かたはら》の机の上に七《なな》つの珠を置く。其の辺《ほとり》に鵝[三]随《したが》ひて物を食《じき》す。珠作り内に入りて[四]供《く》物《もつ》を求む。即ち[五]其の程と無く、鳥《とり》珠一丸《いちぐわん》を吞《の》む。沙門之《これ》を見る。家主の出《い》で来《きた》るに、物《もの》無し。又珠を算ふるに、一丸を失ふ。時に其の沙門に[六]珠を責む。沙門持戒の故に思ふ様は、「鳥は言《ものい》はず、[七]豈証《あにしるし》と為《せ》む。[八]実《じつ》否《ぶ》を見むが為《ため》に鳥を死《ころ》さば、我が戒破るべし。偏《ひと》へに吾盗人と為り了《をは》らむ」と。珠作り杖《つゑ》を取りて沙門を打つ。鳥珠作りの後《うしろ》に在りて、杖の端《はし》に当りて直《ただ》ちに死す。時に沙門、「[九]汝此の鳥の吞めるを聞くや」と。即ち腹を裂きて之《これ》を見るに、実《まこと》に在り。珠作りの云はく、「沙門、何が故に疾《と》く言《い》はざるや」と。答へて言はく、「戒は[一〇]殺生を初めとして尤も禁《きん》ずるなり。仍《よ》りて吾盗人と成ると雖《いへど》も、鳥の命を死《ころ》さじと欲《おも》ふが故に言はず。死して後《のち》に之《これ》を明すなり」と。〔故に珠作り、[一一]懺《さん》して沙門の道に入れりと云々。〕

写と見て改める。仏の三十二相八十種好にも徴されるように、仏菩薩の髪は細軟にして右に旋り、太く左に巻くのは鬼類の髪。九 底本「余人其令知其醜」。金本以下に照合し、上句の「其」を「不」とよみ改める。一〇 よみは金本「別ニ」による。一一 一丈(約三・〇三メートル)四方の小室。一二 金本、百因縁集、今昔により「不」を補ってよむ。一三 底本「妨」。意によって金本「訪」に改める。結婚を申し込んだ意。ただし百因縁集も「妨」。一四 正しくは蔭孫。蔭(おん)は日本の律令制下における貴族の登用法。祖父の位階・勲功等によって、一定年齢に達した時、自動的に官人として叙位・任官される孫。一五 心ならずも恐ろしい目に遭って。一六 金本「愁吟すること」と音読。一七 一生に一度の大願。一八 金本「鬼」に「ミニクキ」と付訓。百因縁集「醜」、今昔「醜キガ故ニ」。あるいはこれを取るべきか。一九 金剛醜女の居室の鍵。色「匙 カキ」。二〇 身分の低い役人を指示して。二一 容貌の美醜。二二 霊鷲山の略。マガダ国の首都王舎城の東北にある小山で、釈迦が法華経、無量寿経等の大乗経典を説いた所。二三 仏のお姿。ここでは万徳円満の相を備えた肉体身。二四 底本「現ズ」をよみ改める。二五 よみは底本のままとしたが、金本「目も眼(まなこ)も」、百因縁集「目も相及ばず」の方が文意疎通する。目で見きわめられないほどの美しさです。二六 酔いからさめて起き上がって。二七 あとずさりして立ったまま近寄らない。二八 仏菩薩が念仏に答えて来迎し、浄土に導くことをいうが、ここでは先の仏身の応現をさす。二九 金剛醜女の兄弟姉妹の王子王女など。三〇 立派な輦台をかついでゆり動かして。類「輦 コシ」。三一 善事を行う場所。法会の場。三二 底本「将て来りて、会了んぬ」とよむが、文脈に照らしてよみ改める。三三 貴人の家に仕えて炊事・調理などに従事する女。三四 貴賤男女の別なく、一切の人に仏縁を結ばせようという願い。三五 「牧」のよみは底本の付訓による。金本「ぼく」とよむ。牛飼いわらわ。牛を飼育・使役する童髪の男。

以下三二四頁

一 修行によって身につけた神通力を発揮して、人知を越え

比丘は賊《ぞく》の縛《ばく》を脱《のが》る第二十八

即ち是《これ》[一二]持戒の比丘なり。道に賊に逢ふ。法[一三]具を奪《ば》ひ、比丘を縛りて[一四]塹《ほりけ》に落し入れ、岸《きし》の草に之《これ》を繋《つな》ぐ。即ち旦《あした》より暮《くれ》に至るに、大王千余の兵《つはもの》を具して、獦《かり》より返り給ふ。此に於《おい》て高声《かうじやう》に、「免《まぬか》れむ」と呼ばふ。時に大王自《みづか》ら依《よ》[一五]りて、之を見て問ひて云はく、「汝已《すで》に草の根に繋《つな》がる。何《なむ》ぞ引き切りて上らず、竟日《ひめもす》[一六]に塹の中に在るや」と。答へて云はく、「吾は是《これ》持戒の人なり。戒は重く、草[一七]の根一本《ひともと》を切るを制せり。仍りて、設《たと》ひ命終すと雖《いへど》も戒を破らじ」と。大王之を聞きて、弓《きう》箭《せん》を投げて鬚髪《しゆはつ》[一八]を剃《そ》[一九]り除《のぞ》く。余《よ》の伴類《ばんるい》[二〇]も併《しかしなが》[二一]ら此《かく》の如くして、一人として家に還《かへ》らず。此の比丘に従[二二]ひて皆仏道を行《ぎやう》じ、戒[二三]に住して仏と作《な》ることを得たる者なり。

た不可思議な現象を現出すること。衆生教化の方便として行われることが多かった。二 一切の煩悩から解脱して寂静の境地に入ること。三 金本、百因縁集「鬼身」。四 善因となって楽果を得る道。今昔は「善根ノ道」、百因縁集は「菩薩道」と解する。

第三十話 原拠は付法蔵因縁伝六。法苑珠林一七・敬法篇聴法部にも同伝を引く。同話は今昔物語集四ノ三〇、沙石集二ノ一〇などに見え、特に前者は本話に基づく同文的同話。なお、金本は冒頭に「百縁経云」とするが、撰集百縁経には見えない。婆羅門は梵語 brāhmaṇa の音写。古代インドの四姓制度の最上位に配された僧侶階級。彼等が仏教に先立ち、ヴェーダ聖典に基づいて創始した宗教がいわゆるバラモン教。

五 類・色「髑髏 トクロ」。訓読すれば「ひとがしら」。六 ラージャグリハ(Rājagṛha)の漢訳。古代インドのマガダ国の首都。七 白骨化した髑髏。ただし金本「古頭」、今昔「古キ頭」。八 底本「罵謗ス」により音読。色「罵詈 メリ」と類義で、ののしり非難する意。金本「罵(ノ)リ謗ル」と訓読。九 訓読すれば色「賢人 サカシヒト」。原拠に「優婆塞(うばそく)」(在家信者)とする。一〇 →二九二頁注五。一一 髑髏をまつった塔で、いわゆる舎利塔。一二 僧を居住させて。ただし、金本「価へるを置きて」、今昔「此ノ多ノ頭ヲ置テ」によれば、購入した髑髏を安置した意となる。一三 原拠にはこれに対応する記事はなく、造塔供養の功徳によって死後天界に転生したとする。

第三十一話 原拠は付法蔵因縁伝一。法苑珠林三三・興福篇修造部にも同伝の要約を収録。同話の後半部は一巻本雑譬喩経(道略集)、経律異相一三ノ一に見え、前半部は法華文句一上に引く。国書では聖覚四十八願釈・第三悉皆金色願、大経直談要註記二以下に散見。なお同話後半部の異伝が一切有部苾芻尼毘奈耶一に見え、小経直談要註記にも引く。金色女は、前世の善根によって金色の膚を得たことからの称。本文参照。毘奈耶所収の異伝では妙賢と名づける。

金剛醜女《こんがうしうによ》は美艶《びえん》に変ず第二十九

[一]舎衛国《しやゑこく》に王有り。[二]波斯匿王《はしのくわう》と名づく。后《きさい》をば[三]末利夫人《まりぶにん》と曰《い》ふ。其の[四]形皃《ぎやうめう》吉《よ》くして、[五]十六大国に並び無し。時に夫人、一《ひとり》の女子を[六]生めり。身の[七]膚《はだへ》毒蛇の如し。其の臭《くさ》き香《か》近づくべからず。[八]太《ふと》き髪《かみ》左に巻きて、是《これ》鬼なり。時に大王と夫人・乳母《めのと》の三人《みたり》知りて、[九]余の人に其の醜《しう》を知らしめず。王の云はく、「君が子は是金剛醜女《これこんがうしうによ》なり。甚《はなは》だ怖《おそ》ろし。早く[一〇]別《べつ》に居《きよ》せしめよ」と。仍りて[一一]方丈《はうちやう》の室《しつ》を造りて、宮より北に二里を去りて、乳母・侍女一人を具して、室の内に込《こ》めて更に出入せしめ[一二][ず]。時に十二三に成る間、末利夫人の女《むすめ》の美《うるは》しきことを推《お》して、十六大国より各々《おのおの》相[一三]訪《とぶら》ふ。即ち大王一《ひとり》の[一四]陰孫《おんそん》を召して、位を大臣に成して、聟《むこ》と称して相具せしむ。大臣[一五]心に非ず怖畏《ふゐ》に逢ひて、昼夜[一六]愁《うれ》へ吟《なげ》くこと極《きはま》り無し。然《しか》る間、大王[一七]一生の大願《だいぐわん》の為に法会を修す。第一の女《むすめ》は、[一八]形《かたち》鬼なるが故に来らず。仍《よ》りて諸《もろもろ》の大臣奇《あや》しみ疑《うたが》ひて、酒を以て聟の大臣を酔《ゑ》はしめて、腰に指《さ》せる[一九]匙《かぎ》を取りて、[二〇]下官《げかん》を指《さ》して[二一]善《よ》し悪《あ》

一四 みだらな行為。ここでは男女の交わり。一五 金色の膚を持つ貴女の意。ただし、この別称は原拠以下に見えない。一六 過去世の身の上。前世の身。原拠では、乞食放浪の貧女とする。一七 高さ一丈六尺（約四・八五ﾒｰﾄﾙ）の金銅仏の坐像。一八 金箔が少し剝げ落ちていた。一九 金銀などの金属箔を加工細工する職人。原拠によるに、これが迦葉の前身で、本話が迦葉の本縁譚とされる所以である。二〇 生まれ変わり死に変わりして。生生世世に。二一 底本虫損。金本「与」を補ってよむ。二二 仏道を求める上の善友。求道の友。底本「善知識ム」。これを生かせば「善知識とならむ」ともよめようが、「入ム」の捨て仮名の位置のずれ（類似の現象は他にも散見）とみてかくよむ。二三 原拠によるに、男女共に梵天に転生して、快楽極まりなしという。二四 原拠にはこの記事なし。原拠に登場する金神は、注二五の挿入話中に見える金色の女神像の称で、男の名ではない。ただし、原拠でも男は「顔貌端正にして、身は真金色なり。光明赫奕として一由旬を照らす」とあり、この名として、原拠中の金神の称を借りたものか。二五 原拠によるに、前出の箔打ちが梵天から人界の婆羅門家に転生して迦葉となり、同じく梵天から人界に転生した前世の妻金色女と夫婦となったもの。原拠にはこの間の経緯を説く説話が挿入されているが、本話では省略されている。二六 男女の交わり。性交。二七 知ることと見ることで、ここでは仏（釈迦）の知遇を得て、直接その教えに接する意。二八 底本「臥ｾ」。これによれば「女は床の上に臥せ」とよまれるが、いかが。「臥し」または「臥せり」とありたいところ。二九 底本「垂ﾚﾘ」は不審。「垂れたり」によみ改める。

以下三二六頁

一 はっとして目が覚めて。「驚く」は、はっと我に返る、意識がもどる意。二 原拠には、仏の説法を聞いて、男はその席上で、女は後で阿羅漢果を証したとする。三 底本、この下虫損。金本は「云々」を付する。

第三十二話　原拠は盂蘭盆経、盂蘭盆経疏・下・仏言汝母罪深結の条。目連救母の関連記事は私聚百因縁集三ノ一以

しを見せしめに遣《や》る。時に彼の女《をんな》、下官の未だ到らざる前《さき》に、室の内に独り居《ゐ》て、悲しみて云はく、「[二二]霊山《りやうぜん》の尺迦《しやか》、吾が形を美《うるは》しく成して父の法会に逢《あ》はしめたまへ」と。此の願《ぐわん》に依りて、[二三]仏身庭の中に現[二四]じたまふ。女《をんな》此の相《さう》を見て随喜《ずいき》を生ずるが故に、身の上に仏《ほとけ》の相を移し得たり。居て吾が夫を待つ間に、下官窃《ひそ》かに来《きた》る。物の隙《ひま》より之《これ》を見て、返りて諸《もろもろ》の臣に告げて云はく、「[二五]目の相も及ばず。未だ曾て是の女人《によにん》の相は有らず」と。時に聟の臣の腰に匙を差しつ。臣[二六]起きて室に至りて、[二七]退《しりぞ》き立ちて近づかず。疑ひて云はく、「吾が室に何《いか》なる人の来《きた》り給ふぞ」と。女《をんな》の云はく、「吾は汝が妻《め》なり」と。又云はく、「更に尓《しか》らじ」と。又云はく、「早く来《きた》れ。吾法会に出でむ。即ち尺迦の[二八]引接《いんぜふ》を蒙《かうぶ》れり」と。臣起ち返りて大王に告ぐ。則ち王・后・[二九]宮々、玉[三〇]の轝《こし》を振《ふ》りて行幸《ぎやうかう》して、娘を迎へて[三一]善の庭に将《ゐ》[三二]て来る。会了《をは》りて、仏の所《みもと》に将《ゐ》て行きて、一々に之《これ》を問ひたてまつる。仏の言《のたま》はく、「此の女は、昔汝が家の[三三]御炊《みかしき》なり。然るに、汝が殿に一《ひとり》の聖人《しやうにん》来りて施《せ》を受けしに、汝[三四]普《あま》ねき願《ぐわん》有りて、一俵の米を置きて、[三五]牧童《もくどう》に至るまで摶《にぎ》らしめて僧に供養せしめき。其の中《うち》に此の女、僧を供〔養〕し乍《なが》ら、後に

下国書に散見。なお、同話を取りこんだ敦煌出土変文に、目蓮縁起、大目乾蓮冥間救母変文などがある。精提女は、盂蘭盆経疏以下、多く青提女とする。
四 地獄・畜生と共に三悪道の一。貪欲・吝嗇・不施・嫉妬などの悪因によって赴く境界で、種々の悪報を受けるが、落堕者に共通の苦痛は、極端な飢餓状態に置かれることである。
五 →三〇三頁注二八、第二十四話。 六 盂蘭盆経疏は過去世の定光仏の時とし、敦煌変文類は仏(釈迦)在世時の目連在俗時とする。 七 目連在俗時の名であるが、盂蘭盆経疏以下敦煌変文類もすべて羅卜とし、羅上とするものを見ない。羅上は羅卜の誤伝か。 八 親友。朋友。底本「来得意人」。「来らむ得意の人」ともよめようが、金本「得意人来」を参照してかくよむ。 九 訓読すれば「あるじし」。もてなす、饗応する意。 一〇 底本「依レ実」とするが、金本に照らして返点を誤点と見る。羅上が言い残していった通りに。 一一 底本「偽らむが為に経営す」とよむが、誤読と見てよみ改める。「経営」は色「経営 ケイエイ」とあるが、仮名文に散見する「けいめい(す)」を取る。もてなす、接待する意。うわべはもてなすふりをしたが、実際には饗応しなかったの句意。盂蘭盆経疏「詐為ニ設食之筵一」。 一二 金本「客ト」。これによれば「まらうど」と訓読できる。 一三 むくい。応報。悪因苦果の一例。 一四 餓鬼の一。順正理論三一に初見の語。同書によれば無財鬼の一種で、「此の鬼の口中、常に猛焔を吐き、熾然として絶ゆることなし。身は多羅樹(たらじゆ)の形に燎(や)かる。此れ極慳の招く所の苦果を受く」(原漢文)とし、盂蘭盆経もこれを受ける。 一五 影と同意。樹陰などの物陰。 一六 香りのよい清水が湧き出る泉。 一七 飢餓・食欲の極限状態を象徴するもの。 一八 底本虫損。金本により「之」を補。 一九 施しをせよ。供養せよ。

第三十三話 原拠は盂蘭盆経。経律異相一四ノ一一にも同経の要約を収録。第三十二話につながるいわゆる目連救母説話は、宝物集一、私聚百因縁集三ノ一以下国書にも頻出し、お伽草子「もくれんの草子」、説経浄瑠璃「目蓮記」などの素材ともなっている。→第三十二話解説。目連は、↓

形の醜《みにく》きことを謗《そし》りき。後に聖人王の前に来《きた》りて、神変《じんぺん》[一]を現じて、虚《こ》空《くう》に上《のぼ》りて涅槃《ねはん》[二]に入りき。彼の女之《をんなこれ》を見て、泣く泣く謗《そし》れる罪を懺悔《さんげ》しき。是《ここ》を以て、僧を供《く》せるが故に大王の子と生れ、謗りを生ぜしが故に鬼[三]の形の身を得たり。後の時に懺悔を至せしが故に、吾が教化《けうげ》を蒙《かうぶ》りて永く仏道に入る」と。

故に僧は謗るべからず。復罪を造るとも、能《よ》く能く怖〔畏〕の心を生じて懺悔すべし。懺悔は第一の〔善〕[四]道なり。

婆羅門《ばらもん》は髑髏《どくろ》[五]を売る第三十

一《ひとり》の婆羅門《ばらもん》有り。多くの古き頭《かしら》を貫《つらぬ》きて王舎城《わうしやじやう》[六]に入る。高声《かうじやう》に叫びて云《い》はく、「人有りて、吾《わ》が持たる白き[七]頭を価《か》ふべし」と。一人も価ふ人無し。悲しみ痛みて人々を罵謗《めばう》[八]す。時に賢人[九]之《これ》を価ふ。即ち、耳の穴の通るをば直《あたひ》を与へて取り、穴の通らざるをば返す。婆羅門問ひて云はく、「何が故に尓《しか》るや」と。答へて云はく、「法花経[一〇]を聞ける頭《かしら》は耳の穴通り、聞かざるは尓《しか》らず。仍《よ》りて返すなり」と。塔[一一]を起《た》て僧[一二]

三〇三頁注二八。 二〇 布施の法会で、ここでは僧に施食する法会。 二一 →第三十二話。 二二 仏に対する尊称。ここでは釈迦に対するもの。 二三 母の苦を取り除く、母を餓鬼道の苦から救済する意。 二四 安居の明ける日。盂蘭盆経では、この日に自恣(じし)の僧を供養すると、現世の父母は無病息災、過去七世の父母は餓鬼道の苦を脱して人・天二界に転生し、福徳無限と説く。盂蘭盆の行事の由来でもある。なお自恣は、安居明けの七月十五日、安居に参加した僧全員が集会し、互いに修行中の反省や、罪障の告白・懺悔をする行事。 二五 →三〇九頁注二三。 二六 →三二六頁注九。 二七 仏の慈悲による抜苦与楽で、注二三参照。

第三十四話 諸伝の集約で、原拠を特定しがたいが、同趣の記事は増一阿含経二八、大乗造像功徳経・上、観仏三昧海経六など諸経に見え、経律異相六にも四伝を引く。大唐西域記五、摩訶止観輔行伝弘決一ノ四、釈迦譜三、三宝感応要略録・上、以下収載文献多数。今昔物語集六ノ五、宝物集一、三国伝記二ノ四など国書にも頻出。優塡王は、優塡は梵語 Udayana の音写。于闐とも。中インド、コーサンビー(憍賞弥)の王で、釈迦に帰依し、仏教を外護した。 二八 容貌と姿態。 二九 これ以下次行「法を説きたまふに」まで、摩訶摩耶経の冒頭、及び経律異相七ノ三の冒頭本文に酷似。 三〇 釈迦の生母摩耶(Māyā)夫人。浄飯王の妃。釈迦生誕後七日にして死没し、忉利天に転生したとされる。 三一 →二九四頁注一一。 三二 忉利天の四園の一。帝釈天の住殿、喜見城の北にあり、園中にあれば心やわらぎ、歓喜を生ずることからの称。 三三 忉利天上の香木で、香遍木と漢訳。長穂状の深紅の花をつけ、六月頃落葉するという。 三四 底本虫損。金本により「羅」を補。 三五 →注二四。 三六 →第十七話解説。 三七 底本「朝暮之」。金本「朝々暮々」を原姿と見て改める。 三八 工作に巧みな人。すぐれた工匠。 三九 帝釈天の臣で、技芸・工作に巧みな天人。

以下三二八頁

一 五尺の立像。金本「赤栴檀を以て立仏を造りて」(原訓点

を置きて、之を供養す。時[一三]に天人降《くだ》りて其の塔を礼拝《らいはい》する者なり。

金色女《こんじきにょ》は婬行《いんぎやう》[一四]を離る第三十一

又は金貴女《こんきにょ》[一五]と云《い》ふ。此の女、前身《ぜんしん》[一六]は人の家の老婢《らうひ》なりき。即ち傍《かたはら》に寺有り、内に金色《こんじき》[一七]の丈六《じやうろく》坐《ましま》す。御胸前《おんむなさき》の金《こがね》[一八]、少《すこ》し落ち失せたり。之《これ》を見て、金薄《きんばく》一枚を求め得て、之に押《お》さむと欲《おも》ふ。然《しか》而れども得難《えがた》し。即ち己《おのれ》が分の食《じき》を欠《か》きて、砂《さ》金《きん》少分《せうぶん》を価《か》ひ得て、薄打《はくう》[一九]ちの家に至りて上の事を述ぶ。即ち答へて云はく、「汝甚《なむぢはなは》だ以て貴し」と。之を打ちて得しむ。契《ちぎ》りて云はく、「生々《しやうじやう》[二〇]に汝と倶《とも》[二一]に善知識《ぜんちしき》[二二]として、必ず仏道に入らむ」と。時に女膚《はだへ》に金を押《お》し了《をは》りて、後に彼此《かれこれ》命終《みやうじゆう》して天上[二三]に生る。二人共《とも》に楽《らく》を得《え》、人間に又生る。女をば金色女《こんじきにょ》と名づく。膚《はだへ》は名の如し。男をば金神《こんじん》[二四]と名づく。身《み》は名の如し。即ち[二五]一家の夫婦《ふうふ》と為《な》りて、相《あひ》語らひて云はく、「相互《あひたが》ひに永く交会《けうゑ》[二六]せじ。終《つひ》に今生《こんじやう》に直《ただ》ちに仏の知見[二七]に入らむ」と云ひ了《をは》んぬ。後《のち》の時の夏、此の女は床《ゆか》の上に臥《ふ》[二八]せ、金神は庭に有り。時に毒蛇床の下に有り、女の手は下に垂《た》[二九]れ

改読)。二 →第十四・十五話。三 五尺の坐像。金本「紫磨黄金を以て居仏を作りて」(原訓点改読)。四 底本三字程度虫損。「□合□」か。金本に照合して「掌」を補うが、なお一字分不明。「廼」と見るのは不当。五 感応。立像が示した奇蹟をさしたもの。

第三十五話 原拠は大唐西域記九か。記事内容に異同はあるが、他に同趣の記事を収める経論が見当たらない。阿闍世は梵語 Ajātaśatru の音写。古代インドのマガダ国の王。提婆達多に教唆煽動されて父王頻婆娑羅を殺害。即位後、耆婆大臣の説得によって仏門に帰依。釈迦入滅後、王舎城に舎利塔を建立供養した。六 霊鷲山の略。→三二三頁注二一。七 古代インドの十六国を東・西・南・北・中に分けた五天竺の中部地域の称。四国から成り、マガダ国が中核となる。八 摩竭陀とも表記。現在のビハール州ガンジス河南部地域。紀元前六、七世紀頃より次第に強大化し、マウリヤ王朝のアショカ(阿育)王の治下に全盛期を迎えた。九 ラージャグリハ。王舎城と漢訳。現在のビハール州ラージギールがその古址。一〇 北東。一里は、中国の制にならった古代律令制下では五町(三〇〇歩)で、約五四〇メートル。大唐西域記「宮城東北行十四五里」。一一 阿闍世王をさす。一二 Bimbisāra の音写。マガダ国の王。仏教を篤信し、釈迦とその教団を外護したが、実子阿闍世太子に殺害された。一三 Vaidehī の音写。頻婆娑羅王の妃、阿闍世王の生母。阿闍世の父王幽閉と殺害にまつわる韋提希の悲話は観無量寿経に説くところで、それを写した当麻曼荼羅も著名。一四 仏(釈迦)に接見して説法を聴聞すること。なお大唐西域記では、これ以下を父王頻婆娑羅の行状とする。一五 →二九八頁注二六。一六 山麓。類「脚 フモト」。一七 大唐西域記「編レ石為レ階、広十余歩、長五六里」。一八 十五尺。約四・五メートル。一九 stūpa の音写。仏塔、舎利塔、供養塔、霊場のシンボル的塔など種々ある。二〇 古く法顕訳大般涅槃経・下に見え、諸経に引かれる四句偈。同経では、釈迦が臨終にこの偈を説いて「是れ我が最後の教へなり」とした

たり。金神は毒蛇を恐れて、女の手を取りて懐《ふところ》の内に〔入る〕。女[一]驚《おどろ》き覚めて云はく、「汝の行ひ、何ぞ約《やく》に違《たが》ひて不浄《ふじやう》の心《こころ》有るや」と。金神上の事を述《の》ぶ。是《かく》の如く多年《たねん》遂《つひ》に交会せず。皆同[二]時に果《くわ》を証《しよう》して仏道に入る[三]。

精提女《しやうだいによ》[四]は餓鬼道《がきだう》に堕《お》つ第三十二

此の女は目連の母なり[五]。[六]其の時に目連は[七]羅上《らじやう》と名づけき。羅上母に語りて云はく、「我が他行《たぎやう》の間《あひだ》に[八]得意の人来らむ。必ず[九]饗《きやう》し給へ」と。即ち他行し已《をは》んぬ。[一〇]依りて実《まこと》に人来《きた》れり。母貪《むさぼ》る心に依りて、[一一]偽《いつは》りて経営《けいめい》し、遂《つひ》に実《まこと》無し。[一二]客已《すで》に返りぬ。此の[一三]報《ほう》に由《よ》りて、[一四]炬口鬼《こくき》の中《うち》に生る。常に盛《さか》んなる炎《ほのほ》、口より〔骨〕髄に出入して堪《た》へ難《がた》し。冷《すず》しき[一五]景《かげ》も行けば去り、[一六]香《かうば》しき泉も来《きた》れば火と成る。[一七]後《うしろ》に口《くち》有り。又、貪《むさぼ》る心の苦しび極《きはま》り無し。[一八]之《これ》を聞かむ人、能《よ》く能く人に施《せ》[一九]せよ。

とする。無常偈と通称。一切の作られたものは変化して常住することなく、生じては滅し、滅しては生ずるのが作られたものの属性である。この生滅変化が消滅し終って、静かな状態にあるのが安楽であるの意。後半二句を知るために阿修羅に捨身した雪山童子の話(三十六巻本大般涅槃経一三)で著聞し、雪山偈とも称される。 二一 底本の本文乱れ、訓点不審。文意不通なので金本の本文によってよみ改める。 二二 退凡下乗の卒塔婆と称されるもので、平家物語二・山門滅亡、徒然草二〇一段などにも見える。この前後、大唐西域記に「有二二小窣堵波一。一謂二退凡一。即簡二凡人一不レ令二同往一。一請二下乗一。即王至レ此徒行以進。」とある。 二三 仏道修行をおこたり、信仰心に欠ける者。下出の「修行精進の人々」と対になる。 二四 時期によって登頂に要する日数が異なる。 二五 →注三一。 二六 過去七仏の第四仏。過去七仏は、釈迦以前の過去世に出現したと設定された六人の仏と、釈迦仏を併せた総称。これがやがて未来仏の弥勒仏の出現を設定することになる。 二七 過去七仏の第五仏。 二八 過去七仏の第六仏。 二九 釈迦牟尼仏の異表記。 三〇 短時間。過去仏より釈迦仏に至る過程に見られる登頂時間の漸進的短縮は、過去世より教法が次第に整い、釈迦仏に至って完成したとする思想を踏まえたもの。 三一 法華文句記一中に、「倶留孫仏四日四夜行至二山頂一。那含仏三日三夜、…釈迦牟尼須臾至レ頂」と見える。日数に異同はあるが、これをさすか。

第三十六話 原拠は三十六巻本大般涅槃経二〇。経律異相八ノ一四にも同経の要約を収録。

三二 成道後、諸方で説法をして五十余年を経て。なお釈迦の転法輪期間は諸説があり、一定しない。中国の仏書では四十九年説を取るものが多い。底本「了」字虫損。金本により補。 三三 以下の釈迦の没年時は、中国で成立した周の穆王三十六年壬申二月十五日、七十九歳入滅説(伝法正宗記一に集約)によっている。 三四 訓読すれば「みづのえさる」。 三五 底本虫損のため金本を参照して判読。大般涅槃経も「二月十五日」とする。 三六 クシナガラ(Kuśinagara)の音写、

目連は施会《せゑ》[二〇]を設《まう》く第三十三

目連母[二一]の餓鬼の苦を見て、仏に白《まう》して言《まう》さく、「〔世尊《せそん》[二二]、〕何《いか》なる行《ぎやう》を以てか之《これ》[二三]を抜《ぬ》かむ」と。仏の言《のたま》はく、「汝《なむぢ》[二四]七月十五日を以て供養を設け、一夏《いちげ》[二五]九旬《くじゆん》の安居《あんご》の僧を請じて之を饗《きやう》[二六]せよ。汝が母の苦に堕《お》ちたるを脱《のが》るべし」と。仏の教へに随《したが》ひて之《これ》を修するに、即ち母幷《なら》びに一切の餓鬼、皆《みな》[二七]苦を離れて仏道に入る。

優《う》填王《てんわう》は仏の相好[二八]を慕《しの》ぶ第三十四

尺迦《しやか》[二九]如来《によらい》、母[三〇]の恩を報ぜむが為に忉利天《たうりてん》[三一]に昇り、歓喜薗《くわんぎをん》[三二]の中の婆利《はり》[三三]質多羅《したら》樹《じゆ》[三四]の下《もと》に、一夏《いちげ》[三五]九旬《くじゆん》安居して法を説きたまふに、凡夫《ぼんぶ》未《いま》だ何《いづ》れの処《ところ》に坐《ましま》すと知らず。時に波斯匿王《はしのくわう》[三六]・憂闐王《うてんわう》、如来の御相好を恋ひ奉《たてまつ》りて、即ち朝《てう》[三七]〔々《てう》〕暮《ぼ》々《ぼ》子の母を求むるが如し。時に巧人《かうにん》[三八]を召し集めて此の事を語らひ給ふに、則ち、一人として作ること能《あた》はず。毗首《びしゆ》[三九]

拘(倶)戸那掲羅の略。その郊外、阿利羅抜提(阿恃多伐底)河のほとりが釈迦入滅の地とされ、諸説あるが、インドのビハール州内カシアーの地が有力。三七 底本虫損。金本により「国」を補。三八 沙羅樹の林。沙羅は梵語 śāla の音写。インド原産のフタバガキ科の常緑高木で、淡黄色の小さい花をつける。沙羅双樹の故事で著名。→第三十七話。三九 底本「縁」字虫損。金本に照合して判読。過去世の因縁。前世の出来事の由来。四〇 はかり知れないほど大昔の過去世。那由他は、→三一五頁注一九。劫は、→二二九頁注一〇。四一 ここでは特定の経典名をさすものではなく、仏が入滅時に説いた教えというほどの意。原経「為ニ諸大衆一宣ニ説如レ是大涅槃経一」。四二 →二九一頁注五〇。四三 悪性の皮膚疾患。ハンセン病の類。四四 時代により、また計量する品物によって異なるが、古くは一両は十匁、約三七・五グラム。四五 底本「二」とするがよみ改める。

以下三三〇頁

一 底本「攵」。「枚」の省字と見る。原経、金本共に「枚」。二 毎日肉三両を病人に提供すること。三 類「差 イユ」。治癒し。四 正しくは平復。全治。全快。金本「平復」。原経「我身平復亦無ニ瘡痍一」。色「平復 ヘイフク」。五 阿耨多羅三藐三菩提の略。無上正遍知・無上正等覚などと漢訳。仏教が志向する最高の完全無欠な悟り。六 これ以下全文、原経、金本に照らすに、底本の異同が著しい。話末括弧内に金本の相当本文を付録して対照に資する。七 底本虫損により「証□」。残存字形によって「[illegible]」(涅槃)と判読。身心共に一切の煩悩や束縛から解脱すること、つまり無余(よ)涅槃を得ること。仏の入滅を踏まえている。八 一切の煩悩を断って悟りを得て。九 誠の心。真心。一〇 このような善果を得たのは。一一 仏菩薩の徳をたたえた一連の詩句。→三〇三頁注三二。一二 受持して。心に刻みつけて日夜口ずさんで。原経によるに、貧者は仏の説法の中からこの一偈だけを取得して、ひたすら信受したものという。一三 原経に一句五字の四句偈とするに復する。金本では「如来涅槃を証し、永く生死を断つ。若し至心有りて聴かば(至心

竭磨天《かつまてん》王の心を感じて、降《くだ》りて人と化《け》して、二《ふたり》の王の為に二体を作る。皆《とも》に五尺なり。波斯匿王は[一]五尺の立仏《りふぶつ》にして、[二]祇薗精舎《ぎをんしやうじや》に置く。憂闐王は[三]五尺の居仏《こぶつ》にして王宮《わうぐう》に置く。即ち安居畢《をは》りて忉利天より降り給ふに、立仏は実《まこと》の仏の所《みもと》に来《きた》りて腰を屈す。[四]□掌《たなごころ》を合せて実の仏を礼《らい》し奉る。是《これ》信心の致す所の[五]感なり。

阿闍世王《あじやせわう》は[六]霊山《りやうぜん》に詣《まう》づ第三十五

尺迦如来霊山に坐《ましま》す。此の山は、[七]中天竺《ちうてんちく》[八]摩伽陀《まがだ》国の[九]王城の[一〇]丑寅《うしとら》に十五里を行きて在るなり。[一一]此の王は当国《たうごく》の王なり。父をば[一二]頻婆《びんば》〔娑《さ》〕羅《ら》王と曰《い》ひ、母をば[一三]韋提希《ゐだいけ》と名づく。即ち[一四]見仏聞法《けんぶつもんぼふ》の為に往詣《わうげい》するに、[一五]七宝を鏤《ちりば》めて道と為し、黄金を研《みが》いて橋と成す。[一六]山の脚《ふもと》より頂《いただき》に至る間、[一七]三里余りなり。其の山の南面の裾《すそ》に、高さ[一八]一丈五尺の八角の[一九]率都婆《そとば》有り。其の南面の文《もん》に云はく、「[二〇]諸行無常《しよぎやうむじやう》、是生滅法《ぜしやうめつぼふ》、生滅々已《しやうめつめつい》、寂滅《じやくめつ》為楽《ゐらく》」と。時に王、[二一]〔此《これ》より上に過ぎ行きて、率都婆の所に至りて、輿《こし》より下りて歩行《ほかう》す〕。其の上に至りて、[二二]退凡《たいぼん》の率都婆有《あ》り。此《これ》より

に聴くこと有らば、とよむべきところ)、常に無量の楽を得む」と訓読する。一四 文脈やや正格を欠くが、本句は前出の「是」を受けたもの。

第三十七話 三十六巻本大般涅槃経一、大般涅槃経後分・上、以下仏典に頻出する有名な故事。大般涅槃経疏一・二、摩訶止観輔行伝七ノ一などに詳述するところがあり、日本文学にも取り上げられることが多い。双樹は沙羅双樹をさす。→三二九頁注三八。

一五「鶴の林」と訓読し、栄華物語の巻名ともなる。→注二〇。一六 →三二九頁注三六。一七 東・南・西・北の各方位。東方の双林は常・無常、南方の双林は楽・無楽、西方の双林は我・無我、北方の双林は浄・不浄をたとえたものという(止観輔行伝)。大般涅槃経後分「娑羅樹林四双八隻。西方一双在二如来前一。東方一双在二如来後一。北方一双在二仏之首一。南方一双在二仏之足一」。一八「くわえふ」とよんでおく。「けせふ」のよみは証を得ない。一九 金本に「菓」なし。他書収載の同話にも見えず。あるいはもと「葉」を重複した衍字を誤記したものか。二〇 鶴林の語の由来。大般涅槃経「爾時拘尸那城娑羅樹林、其林変白猶如二白鶴一」。同経後分「其樹即時惨然変白猶如二白鶴一」。二一 →三〇三頁注三二。二二 典拠未詳。訓読すれば「仏已(すで)に寂滅して涅槃に入り、諸(もろもろ)の結を滅する者皆随ひて去る。世界是くの如く空にして無智、痴冥の道増して智灯滅す」。釈迦の入滅に随従して多くの解脱者はすべて世を去り、この世は真理を洞察する知恵も消滅して、無明の闇だけが深まった、と嘆いた偈。二三 沙羅林を吹く風の音さえかく唱えるのに、まして人間はの意。二四 底本促音無表記。「つ」を補。二五 深く静思観想しないでよかろうか。釈迦の入滅を思い描いて、心静かに瞑想せよと説いた句。

第三十八話 大智度論二(法苑珠林一二・千仏篇結集部千人結集部にも引用)を主たる原拠とするが、法華文句一下・三、法華義疏一などにも関連記事が見える。分別功徳論四、増一阿含経憍梵波提の記事も注目される。

二六 梵語 Gavāmpati の音写、憍梵波提の略。牛脚・牛跡・牛

[二三]懈怠不信《けだいふしん》の者を択《えら》び留む。修行精進《しゆぎやうしやうじん》の人々相具《あひぐ》して上《のぼ》る所なり。時[二四]に随ひて不同なり。四・三・二・一日にして上に至るなり。〔或[二五]る処に云はく、「拘留孫仏《くるそんぶつ》[二六]の時には七日七夜、倶那含尼仏《くなごんにぶつ》[二七]の時には三日三夜、迦葉仏《かせふぶつ》[二八]の時には一日一夜、尺迦文仏《しやかもんぶつ》[二九]の時には須臾《しゆゆ》[三〇]にして山頂に至る」と云々。『疏《しよ》[三一]』に見えたり。〕

貧《まづ》しき身を売りて涅槃《ねはん》の楽《らく》を得《う》第三十六

尺迦如来処々《しよしよ》[三二]にして法を説き、五十余年已《すで》に了《をは》つて生年[三三]七十九にして壬申[三四]の年、二月[三五]の十五日に至りて涅槃《ねはん》に入らんと擬《す》。即ち倶尸那《くしな》[三六]国[三七]の沙羅林[三八]の中に着きて、涅槃《ねはん》の本縁[三九]を説きて云《のたま》はく、

吾《われ》昔、無量無《むりやうむ》[四〇]辺那由他劫《へんなゆたごふ》の前《さき》に貧人と作《な》りき。尓時《そのとき》娑婆《しやば》と名づく。仏は尺迦と名づく。衆生《しゆじやう》の為に涅槃[四一]〔経〕を説く。聞き已《をは》りて、此の法を供養せむと欲《おも》ふ。仍りて十方[四二]に行きて身を売りき。一人有りて云はく、「吾に悪瘡《あくさう》[四三]有り。医《くすし》教へて云はく、「日々に人の新しき肉《しし》[四四]三両を食《じき》せよ」と。汝此の事を叶[四五]へむや」と。吾「価《う》らむ」

呵とも漢訳。舎利弗に師事して戒律に精通し、解律第一と称された。二七 死を迎えられた時。金本「臨涅槃ノ時」。二八 容貌の醜悪を特記する記事を見ないが、分別功徳論、法華文句、法華義疏などによると、憍梵は過去世に牛だった宿習から食物を反芻する癖があり、それを凡夫・外道が嘲笑して羅漢誹謗の罪を得ることを恐れた釈迦が、忉利天に移住させたとする。二九 この一句、底本の訓点乱れるので、よみは金本による。三〇 →二九四頁注一一。三一 尸利舎(沙)樹が茂っている園の意。帝釈天の四園にはこの名を見ない。尸利舎は多く尸利沙を当て、梵語 Sirīṣa の音写。合昏樹、合歓樹と漢訳。人頭に似た果実をつけるという。三二 経典結集時、迦葉が律蔵編集の要員として招請の使者を派遣したものという(大智度論)。三三 大智度論には、憍梵は招請には応ぜず、その時身中から噴出した水流が仏棺に流れついたとある。三四 忉利天から流れ下った涙の中から、憍梵の声が発せられたもの。いわゆる「歌う水」のモチーフに属する一古例。三五 →三〇三頁注三二。三六 訓読すれば「憍梵波提頭面(づめ)して、妙衆第一の大徳僧を礼す。仏の滅度を聞きて我随ひ去ること、大象去りて象子の随ふが如し」。三七 頭面礼足の意。尊者の足をおしいただき、それをさすりながら顔を当てて敬礼すること。大智度論「稽首礼」。三八 仏弟子中で最もすぐれた高徳の僧。迦葉をさす。三九 底本「入滅」。大智度論以下すべて「滅度」とあるのに照らし、金本「滅度」を取る。四〇 私は仏の御後に随ってこの世を去るの意。四一 釈迦を追慕して死ぬ自分の行為を、親象が死んで子象も去るのにたとえたもの。なお底本「如大象去象子随也」とするが、一句七字の四句偈であり、大智度論、金本共に「也」を欠くことから、「也」を衍字と見て削る。四二 底本のまま。金本「云々」が原姿であろう。

第三十九話 原拠不明。

四三 もと聖者の意で、仏教では釈迦の尊称。四四 菱の実の形をした小さな鉄製の武器。投げつけて相手を殺傷する。「てつびし」とも。四五 さて。そこで。四六 →注二七。金本

と喜びて服《つ》き従ひ、金銭五枚[一]を得て、将《も》て来《きた》りて供養を作《な》しき。涅槃〔経〕を聞きて、其の人に相就《あひつ》きて彼[二]の事を勧むるに、心に悔《く》い痛《いた》まざりき。故に其の病差《やまひい》え[三]、吾が身も平[四]腹して亦創《またきず》無く、其の身に阿[五]耨菩提《あのくぼだい》を具《ぐ》す。是[六]則《これすなは》ち、如来の証[七]涅槃《しやうねはん》を聞きてより、永く生[八]死を断《た》ち、若《も》し至[九]心に聴《き》くこと有らば、常に無量の楽《らく》を得るが故なり。〔是《これ》[一〇]一偈《いちげ》[一一]を持《たも》[一二]ちて云はく、「如[一三]来証涅槃《によらいしやうねはん》、永断於生死《やうだんおしやうじ》、若有至心聴《にやくうししんちやう》、常得無量楽《じやうとくむりやうらく》」と。此[一四]の偈を聞くによる故なり。」

と。

双樹《さうじゅ》変じて鶴林《かくりん》[一五]と成る第三十七

仏の涅[一六]槃の処に、惣《すべ》て八本の樹有り。各[一七]面《かくめん》に二本なり。故に双林と名づく。仏《ほとけ》在世の間は、花[一八]葉《くわえふ》・菓[一九]茂《このみしげ》く盛りなり。如来入滅の時に始めて皆《みな》枯れて、其[二〇]の林の色鶴の如し。故に名と為す。其の林に風有り、常に〔枝を〕鳴らして偈《げ》[二一]を説きて云はく、「仏[二二]已寂滅入涅槃《ぶついじやくめつにふねはん》、諸滅結者《しよめつけつしや》皆随去《かいずいこ》、世界如是空無智《せかいによぜくうむち》、痴冥道増智灯滅《ちみやうだうぞうちとうめつ》」文《もん》と。況[二三]《いは》むや人倫、涅槃

「臨涅槃時ニ」。四七 訓読すれば「金(こがね)の棺(ひつぎ)」。金または金銅製のひつぎ。四八 雲のように多く集まること。金本「雲集セル」。四九 はかり知れないほど多くの。恒沙は恒河沙と同じ。→三一五頁注一九。五〇 天人たち。

以下三三二頁

一 からだの中で。二 天人のまとう衣服。縫い目がないという。三 これ以下の会話部分、底本の訓点不審。私意によってよみ改める。四 衆生が本来持っている仏となり得る資質。仏性とほぼ同義。五 法会や供養など、善事を行う場所。六 ますます。一層。七 金本は話末に「云々」を付する。

第四十話 原拠は大智度論二。法苑珠林一二・千仏篇結集部千人結集部にも同論を引く。今昔物語集四ノ一は本話と次の第四十一話を一話に合成したもので、その前半は本話に基づく同話。小経直談要註記二に本話の全文を引く。摩訶迦葉は梵語 Mahākāśyapa の音写。大迦葉の意。略して迦葉。王舎城付近の婆羅門の出身。釈迦十大弟子の一で、その修行は少欲知足に徹し、頭陀第一と称される。釈迦より伝法の法衣を付託され(→第四十三話)、釈迦入滅後の第一回仏典結集を主宰したとされる。

八 →三〇一頁注一八。九 責めとがめる。一〇 ここでは入滅、死去の意。本句のよみは底本の訓点によるが、下出の「入涅槃」は音読している。なお金本、小経直談ではすべて音読。一一 ここでは座長の意。一二 →三一七頁注二三。一三 利他を説く大乗経典と自利を説く小乗経典、つまり釈迦の教説を伝えたすべての経典。一四 衆僧の合議によって経典を編集すること。一五 仲間に入れることはできない。小経直談「一に准(なずら)ふべからず」。一六 底本「糺」の変体。正字に改める。一七 罪状を問いただす。一七 女性詞「弥」を女と訳した語で、憍曇(答)弥とも。瞿曇弥に同じ。釈迦族の女を意味する音写語で、釈迦の叔母で、育ての親だった摩訶波闍波提(Mahāprajāpatī)をさす。釈迦は初め出家を許さなかったが、阿難の請願と説得によって聴許された。一八 戒を授けて出家を許した意。→第二十七話注一。

を憶《おも》ひやつて[二四]観《くわん》[二五]を作さざらむや。

天上に憍梵《けうぼん》[二六]を遣《つか》はす第三十八

尺迦如来涅槃[二七]に臨みたまひし時に、憍梵比丘を召して云《のたま》はく、「汝《なむぢ》衆中《しゆちう》[二八]に形極《かたちきは》めて醜《みにく》し。故に吾《わ》が入滅の後に、人々慢《あなづ》[二九]りを発《おこ》して汝を軽しめむ。汝我在《われあ》る時に天上に至りて住せよ」と。即ち忉利天《たうりてん》[三〇]の尸利舎《しりしや》[三一]薗《をん》に遣《つか》はす。時に、仏涅槃の後に、〔一《ひとり》[三二]の〕羅漢《らかん》至りて〔之《これ》を〕告ぐるに涙[三三]を流す。涙下《くだ》りて仏の涅槃の棺《ひつぎ》の下《もと》に至る。涙の中[三四]に偈[三五]を説きて云はく、「憍梵波提頭面礼《けうぼんはだいづめんらい》[三六][三七]、妙衆第一大徳僧《めうしゆだいいちだいとくそう》[三八]、聞仏滅度《もんぶつめつど》[三九]我随去《がずいこ》[四〇]、如大象《によだいざう》[四一]去象子随《こざうしずい》」と云ふ[四二]。

世[四三]尊は鉄《てつ》[四四]の菱《ひし》を投ぐ第三十九

尺迦如来乃《すなは》[四五]ち涅槃[四六]に臨みたまひし〔時に〕、金棺《きんくわん》[四七]より起《お》きて、雲集《うんじふ》[四八]の無量恒沙《むりやうごうしや》[四九]の天衆[五〇]の方に向ひて告げて云《のたま》はく、「我《われ》鉄の菱を以て汝等《なむだち》が

一九 正像末三時の一。釈迦入滅後五百年乃至一千年間の称で、この間は教・行・証の三者が完備し、教えを実践してさとりを得られる時期とされる。なお、女人の出家による正法五百年の短縮については、大毘婆沙論一八三に詳説する。二〇 過失。金本「トカ」と付訓。二一 釈迦の在世中も没後も。二二 四部衆とも。仏教教団を組織する四種類の構成要員。比丘・比丘尼(僧・尼)の出家二衆と、優婆塞・優婆夷(男・女)の在家信者二衆。二三 多数の車が上流を渡河し、水が濁ったので汲まなかったと弁解したもの。この故事は長阿含経三に詳説する。二四 括弧内の句、金本によって補ったが、小経直談、今昔共にこの句を欠く。伝本間の本文の異同をうかがわせる一好例。二五 阿難をさす。二六 自在三昧神力・精進三昧神力・心三昧神力・誡(戒)三昧神力の四神力を充足すること(増一阿含経二九)。二七 現世にとどまり、生きながらえること。前後の句意の大要は、そなたが四神足を修得したのになお現世にとどまり、私にもこの世にとどまってほしいと請願するのは、の意。二八 現世に一劫の間とどまるべきか、それとも長く多劫にわたってとどまるべきか。二九 天魔は、欲界の第六天、他化自在天の主の魔王。名は波旬。外道(→三〇〇頁注一〇)と共に、仏道に種々の妨害を加える代表的存在。三〇 妨げ。妨害。返事をしたなら、天魔外道がそれに応じて仏道に妨げをなすだろうの句意であるが、原拠では、その時、天魔外道が阿難の心をまどわして返事をさせなかったとする。三一 これ以下の問答内容は原拠と全く異なり、話題を入れ替えたもの。その依拠するところは不明ながら、以下の記事の源流は摩訶摩耶経・下に由来するものか。三二 →三二七頁注三〇。三三 底本「給」。金本「洽」の誤写と見て改める。小経直談「注く」。よみは金本の付訓による。三四 側近に奉仕する者。阿難は釈迦に近侍すること二十五年とされる(大智度論二)。三五 上記第一の糺問に通じる女人禁制の思想。三六 未来の衆生に対して。三七 愛情。特に本能的、母性的愛情を意味する語。三八 仏教では親子間の情愛を煩悩の一とするが、それとは別な次

方に投ぐ。身[一]に限りて惜《を》しむ所を隠すべきなり」と。時に諸天、天衣《てんえ》[二]を以て首《かしら》を裹《つつ》み、手を以て眼《まなこ》を覆《おほ》ふ。時に如来、他方に菱を捨てて云はく、「汝等《なむだち》、吾《わ》が入滅の後《のち》に一切衆生を守らむこと、今日[三]の頭目《づもく》を惜しむが如く、衆生を守らむこと眼を持《たも》つが如く、其の心中の仏種《ぶつしゅ》[四]を守らむこと首《かしら》を惜しむが如くせよ」と。故に善き[五]庭には、更[六]に天衆は疾《と》く来《きた》り給ふなり[七]。

摩訶迦葉《まかかせふ》は阿難《あなん》[八]を詰《なじ》[九]る第四十

尺迦如来既《すで》に涅槃[一〇]に入りたまひて後、迦葉を上座《じやうざ》[一一]と為《し》て、千人の羅漢[一二]、大小乗[一三]の経を結集《けつじふ》[一四]せむと欲す。其の中に、阿難は之《これ》一《ひと》[一五]つに具《ぐ》すべからず。仍《よ》りて迦葉、之《これ》を糺《ただ》[一六]し問ふ。「抑《そもそも》汝仏を請じて、瞿曇女《くどんにょ》[一七]の為に戒[一八]を許ししが故に、正法[一九]五百年を促《つづ》めたり。其の咎何《とがいか》にや」と。阿難、「失《しつ》[二〇]ならず。如来[二一]の在世・滅後に必ず四衆[二二]有り。謂《い》はく、比丘・比丘尼・男・女なり」と。又云《い》はく、「仏入滅の時に、水を汲《く》みて奉《たてまつ》らざりき。其の咎何《いか》に」と。答へて云はく、「五百[二三]〔両〕の車、川

元から孝養を最大の美徳の一ともする。三九 問いただすことをやめた。

第四十一話 本話以下、中巻末まで東寺本に欠落するので、金剛寺本を底本として欠を補う。本話は前話を受けた一連の話で、原拠も前話と同じく大智度論二を中核とし、話末を同書三を原拠とする記事で結んだもの。ちなみに、本書に取材した今昔物語集では、前話と本話を連結して四ノ一とする。法苑珠林一二・千仏篇結集部千人結集部にも大智度論二の同記事を引き、大唐西域記九にも同話を収録。阿難は、→三〇三頁注三〇。

四〇 鍵と同意。色「匙 カキ」。四一 前話を受けた語で、さて、そこでというほどの意。四二 →三二三頁注二二。四三 →第四十話解説。四四 阿難一人を除くから、厳密には九百九十九人とあるべきところ。大智度論「九百九十九人」。四五 これ以上学ぶべきところがないの意で、学修の最終階梯である阿羅漢果を得たこと、またその段階の人をいう。四六 無学の対で、さらに学ぶべきところがある学修階梯にあること、またその人。修学の四階梯(四果)の中の、預流(よる)・一来(いちらい)・不還(ふげん)の三階梯にとどまること。四七 「ときどき」ともよめるが、色「時々 ヨリヨリ」による。四八 俗訳すれば、女にちょっかいを出すこと。

憍曇弥の受戒などが典型例。→三三二頁注一七。四九 女性へのとらわれが身について抜けきらない者は。習は身にしみついた性癖。ここにも、女人を解脱の障碍とする迦葉の一貫した思想が見られる。

以下三三四頁

一 意によって「と」を補。二 よみは底本の付訓による。三 悉檀に同じ。立論、定説などの意。仏の説法を四つの範疇に分類し、世界悉檀・各各為人(いにん)悉檀・対治悉檀・第一義悉檀の四悉檀とする。その説くところは世俗的真に始まり、各人の資質・認識・思想に対応した方便的教えから唯一絶対の真理に至るもので、それぞれが相応に衆生を利益し、遂には究極の真理に導く。この衆生利益の教法が多岐深遠にわたるので、阿難はそれを極め尽くすにはなお学修の要

の上より度《わた》りしが故に汲まざりき」と。又云はく、「仏汝に向ひて、〔[二四]云はく、「比[二五]丘四[二六]神足を得て尚寿《なほいのち》[二七]に住し、我に住せよと請ふは〕、一[二八]劫《こふ》に住《ぢう》すべきか、多劫に住すべきか」と問ひ給ひしに、三度《みたび》まで答へ申さざりき。其の咎何《いか》に」と。答へて〔云はく〕、「失ならず。天[二九]魔外道障[三〇]碍《しやうげ》を作《な》すべし」と。又[三一]云はく、「仏涅槃に入りたまひし時に、摩《ま》[三二]耶夫人《やぶにん》手を申《の》べて仏の足《みあし》を執《と》りて、涙落《お》ちて如来に沾《そそ》[三三]きき。何が故に汝[三四]侍者《じしや》と為《し》て、女[三五]の手を制せずして、仏の身《おんみ》に触れしめしや」と。答へて云はく、「将[三六]来に、祖子《おやこ》に於《おい》て悲[三七]しび深くして、恩[三八]を知り徳を報ずることを伝へしめむが為《ため》なり」と。仍《よ》りて阿難の答ふる所、一々に道理なり。迦葉之《これ》[三九]を止《とど》む。

阿難は匙《かぎ》[四〇]の穴より入《い》る第四十一

即[四一]ち千人の羅漢、皆共《みなとも》に霊[四二]山《りやうぜん》に至りて、結集《けつじふ》の堂に入る。時に迦[四三]葉《かせふ》が云はく、「九[四四]百九十人は皆無[四五]学《むがく》なり。阿難《あなん》一人は是有[四六]学《これうがく》なり。又[四七]時々《よりより》[四八]女を引くこと有り。女[四九]に未《いま》だ習薄《しふうす》からざる者は、早く堂の内を出《い》

があると答えたもの。四 女性に関しては全く愛執がない。五 物にとらわれる心情がないとすれば。六 阿羅漢果を証せよ。究極の悟りを得よ。七「証せり」の再活用語で、証したからの意。本書では同類の語法が散見する。下出の「証せらば」も同じ語法。八 阿羅漢果を得たならば。↓前注。九 大勢の僧。衆僧。居合わせた九百九十九人の阿羅漢。一〇 首長。ここでは経典編集の主幹。一一 講師のために設けられた一段と高い座席。ここでは長者用の高座。一二 阿難の容姿が仏の尊容にそっくりだったというのは、いわゆる三十二相八十種好が備わっていたことになる。一三 私は仏の説法をこのように聴聞したの意で、経典の冒頭に記すことの多い句。一四 晴らした。一五 ↓三〇三頁注三二。一六 訓読すれば「面(おもて)は浄満月の如く、眼(まなこ)は青蓮花の若し。仏法の大海水、阿難の心に流入す」。前半の二句で阿難の容姿を仏の尊容のごとしとたたえ、後半の二句で、偉大にして無尽蔵の仏法を大海の水にたとえて、そのすべてが阿難の心に会得されたと賞讃したもの。なおこの偈は、大智度論三に説く他の話題で、論者が阿難をたたえた八句偈の前半四句に相当するもの。これを分離転用して迦葉の偈に付会し、本話の結びとしたもので、言うならば、説話作者の創作である。

第四十二話 原拠不明。今昔物語集四ノ二は本話に基づく同文的同話。私聚百因縁集三ノ一五、小経直談要註記二に本話の全文を引く。なお大唐西域記六・拘尸那揭羅国の条に同話の異伝と見られる類話が収載され、小経直談要註記転載本文では、これを原拠として「羅睺羅泣二王膳一」の下に「見二西域記一」と注記する。この注記が注好選原本以来のものとすれば、第四十五話の例と相俟って、本話が大唐西域記収載話から出た可能性も考えられよう。羅睺羅は、↓三〇九頁注二五。

一七 底本「鐥」として「カナヘ」と付訓。小経直談以下に照合して「膳」に改める。一八 釈迦の死後二百年という時代設定は、話中の登場人物が釈迦と同時代人の波斯匿王、釈迦の実子羅睺羅であることと矛盾する。伝承間の虚構と見るべ

でよ」と[一]。云《い》ひ了《をは》りて、是《これ》を引き出《いだ》して門を閉《と》づ。即ち阿難、外《と》[二]に出でて迦葉に告げて云はく、「吾《わ》が有学なるは悉旦《しつだん》[三]の益《やく》の為《ため》なり」と。又云はく、「更[四]に女の境に於て愛無し。猶《なほ》吾を入れて座に着せしめよ」と。迦葉が云はく、「汝《なむち》[五]物に於《おい》て習《しふ》無くは、無[六]学の果《くわ》を証《しよう》せよ。然《しか》らば入れて座せしめむ」と。時に暫《しばら》く在りて、阿難が云はく、「吾《われ》果を証[七]せれば、入らしめよ」と。迦葉が云はく、「果を証[八]せらば、開《あ》けざるに入るべし」と。時に阿難匙《かぎ》の穴より入りて、大衆《だいしゅ》[九]の中に在り。時に諸《もろもろ》の衆の云はく、「誰《たれ》を以てか結集《けつじふ》の長者と為《な》さむ[一〇]」と。時に阿難の云はく、「吾《われ》を以て長者と為《な》すべし」と。時に阿難[一一]高座に昇れり。身相《しんさう》[一二]仏の如《ごと》くして異《こと》なること無し。時に大衆、三《み》つの疑ひを生ず。一《ひと》つは、尺尊の重《かさ》ねて出で給へるか、二《ふた》つは、他方の仏の来りたまへるか、三つは、阿難の仏に成れるか、と。時に「如是我聞《によぜがもん》[一三]」と云ふに、大衆三つの疑ひを遣《や》[一四]れり。時に迦葉阿難を讃《ほ》めて、偈《げ》[一五]を説きて言《い》はく、「面如浄満月《めんによじやうまんぐわつ》[一六]、眼若青蓮花《げんにやくしやうれんげ》、仏法大海水《ぶつぽふだいかいすい》、流入阿難心《るにふあなんしん》」と云々。

きものか。大唐西域記収載話では、これを一婆羅門と羅睺羅との間の話とし、羅睺羅は「正法を護らんが為に未だ寂滅に入らず」と言い残して忽然と姿を消したとする。これが原姿に近いか。二一 これ以下「以て」まで、底本の訓点重複する。一九 →第十七話解説。二〇 末利(まり)夫人をさす。二二 数多くの美味・珍味。私見によってよみ改める。二三 清らかで法にかなった供養の飲食物。二四 これまで「じきして」とよんできたが、ここでは底本の付訓を尊重した。二五 憂鬱になって。二六 答えることとの意。→三一八頁注一二。二七 釈迦入滅後、正法時一千年(五百年とも)、像法時一千年(五百年とも)を経た後の仏法衰退期。末世、末法とも。→三三二頁注一九。二八 あらゆる煩悩を断ち切って悟り(絶対の真理)を体得した聖者で、仏・菩薩など。二九 底本「誠」。小経直談以下に照合して「試」に改める。ためしに両方を食べ比べる意。三〇 底本「コ、ロミル二」と付訓するが、取らない。類・色「嘗 ナム」による。三一 かぐわしい味わい。特にかおりのよさについていう。三二 大地を堅固に保持する神。草木を育成し、五穀を実らせる大地母神的性格から、女神とされる。三三 これ以下「置かむ」まで、堅牢地神の心中思惟。地味は大地が生み出す食味(食物)の意で、特に米をさす。三四 →二九〇頁注三八。三五 どんな時の用に当てようとしたものか。三六 仁王護国般若波羅密(多)経の略。仁王般若経とも。二訳あり、共に二巻八品。鎮護国家・除災招福の功徳ありとされ、金光明経、法華経と共に護国三部経の一。天武朝以後、奈良時代を通じて特に篤信された。

以下三三六頁

第四十三話 本話は有名な話で、同話は大智度論三、阿育王経七(経律異相一三ノ四)、付法蔵因縁伝一、毘奈耶律雑事四〇、大唐西域記九・摩伽陀国下など仏書に頻出し、原拠を特定しがたいが、しいて言えば、大智度論系の伝承か。なお、小経直談要註記二に本話の全文を引用する。迦葉尊者は迦葉に対する尊称。→第四十話解説。一 →三二三頁注二二。二 類「蔵 カクル」。身を隠すことで、

羅睺羅《らごら》は王の膳《ぜん》[一七]に泣く第四十二

如来入滅《にふめつ》の後《のち》[一八]二百年に、波斯匿王《はしのくわう》并《なら》びに夫人《ぶにん》[二〇]、手自《てづか》ら[二一]百味[二二]の清浄《しやうじやう》[二三]如法《によほふ》の供具《くぐ》を調《ととの》へて、以て羅云《らうん》を請《しやう》じて供養し奉《たてまつ》る。即ち羅云、一箸《ひとはし》を食《め》[二四]して、涙を流して渧《な》くこと少児《せうに》の如し。時に王后百官皆奇《あやし》み鬱《うつ》[二五]して、即ち問ひて云はく、「我が供《く》に何の由《よし》有りて泣き給ふぞ。疾《と》く此の由を聞かむ」と。時に羅云答[二六]ふらく、「如来の滅後未《いま》だ久しからず。即ち此の飯《いひ》の味《あぢはひ》、遥《はる》かに変じて悪《あ》しきなり。況《いは》むや、末代[二七]の衆生は何を以てか食《じき》と為《せ》むと思ふなり。是《こ》の故に涙留《とどま》らず。大王之《だいわうこれ》を見給《みたま》へ」とて、即ち臂《ひぢ》を申《の》べて、地《ち》の底の土の中より飯《いひ》一粒《りふ》を取り出《いだ》して、「是《これ》は如来在世の飯《いひ》なり。断惑《だんわく》[二八]の聖人《しやうにん》の食《じき》なり。試《こころ》[二九]み合せ給ふべし」と。即ち大王之《これ》を嘗《な》[三〇]むるに、香味不可思議《かうみふかしぎ》[三一]なり。相比《あひくら》ぶるに、実《まこと》に毒の如し。時に羅云の言はく、「堅牢地神《けんらうぢしん》[三二]、聖人[三三]は皆去りぬ、誰《たれ》が為《ため》にか之《これ》を置かむと、地味《ちみ》を五百由旬《ゆじゆん》[三四]の底に埋《うづ》めり」と。王の云はく、「然《しか》らば、何《いづ》[三五]れの時の為《ため》なるべきか」と。答へて云はく、「仁王経《にんわうきやう》[三六]を

ここでは入定の意。三 釈迦からあずかった法衣。伝法のあかしとして、弥勒出世時に伝えるように釈迦から託されたもの。四 僧が他出の時に携行する杖。先端に数個の金属環が取り付けてある。五 二説があり、大智度論は霊鷲山とするが、他伝は鶏足山(屈屈吒播陀山)とする。六 底本「賛」。正字「替」に改める。七 変形してくずれ破れること。身体が腐乱し、白骨化してゆくこと。八 生身のまま。九 小経直談引用本文には「入二土底一、居出三弥勒出世二一」(土の底に入りて、居して弥勒の出世に出でて)とあり、この方が文意が通じる。「居(こ)して」は、結跏趺座(けっかふざ)して禅定に入る意。一〇 未来譚ながら、迦葉が弥勒に付属の袈裟を伝えた時の記事は、弥勒下生経、弥勒大成仏経などに詳しい。なおこれら諸経では、迦葉は霊鷲山より現出したとする。一一 底本「合はむこと」とよむが、いかが。よみ改める。

迦葉入山時に二つに分裂した山が、元通りになった意。

第四十四話 原拠不明。菩薩は大乗仏教の求道者の称で、自利・利他の二行の完成を目ざし、衆生の心を心としてその救済に努める存在。

一二 世の中の道具。生活用具。一三 生活の依り所となる家財道具。伊シの畳字「資具」。一四 穀類をふるい分けて殻やごみを取り除く農具。和「箕 美(み) 除レ糞簸レ米之器也」。一五 「うまぐわ」(類)とも。馬や牛に引かせて、田畑をすき返したあとをかきならす農具。和「馬杷 宇麻久波(うまくは) 作レ田具也」。一六 「犂」の俗字。牛馬に引かせて田畑を耕す農具。和「犂 加良須岐(からすき) 墾レ田器也」。一七 未来に苦果を招くもととなる行為。人間の罪深い心が考案して作り出したものである、の句意。一八 典拠不明。一九 底本第四句末に「殺生器」と返点を付するが、他例に準じて音読。経文の大意は、世界創成時に人間に必要な生活用具が生じたなら、その都度菩薩が巧みな工匠となって需要を満たしてやったが、遂に凶器だけは作らなかった。二〇 底本虫損。残存字形及び意によって「資」を補。二一 底本のまま。造作と同意。二二 底本にはないが、読解の便宜から訓読文を付す。二三 仏教では因縁の法によって生滅去来する一切の現象を

講読する処に、必ず地味有るべきなり」と。

迦葉尊者《かせふそんじや》は霊山《りやうぜん》[一]に蔵《かく》る[二]第四十三

迦葉[三]如来付属《にょらいふぞく》の袈裟《けさ》を畳《たた》みて、[四]錫杖《しやくぢやう》を持ちて[五]霊鷲山《りやうじゆせん》の頂《いただき》に至りて誓《ちか》ひて云はく、「我が身[六]替《かは》らず、[七]変壊《へんゑ》せずして、[八]此の身乍《なが》ら山中に入りて、[九]弥勒の出世に居《ゐ》て、尺迦の御弟子《おでし》と称して[一〇]此の袈裟を奉《たてまつ》らむ」と。即ち山中に入りて後《のち》、山[一一]合《あ》ふこと故《もと》の如し。是《ここ》を以て迦葉《かせふ》が身は滅《めつ》せざるなり。

菩薩《ぼさつ》は[一二]世具《せいぐ》を造る第四十四

世の始めに、菩薩衆生の[一三]資具《しぐ》を造り出せり。謂《い》はく、鍋《なべ》・臼《うす》・杵《きね》・[一四]箕《み》・[一五]馬鍬《うまくわ》・[一六]犂《からすき》、及び諸《もろもろ》の一切の具は菩薩の造れるなり。但《ただ》し、其の中に遂《つひ》に殺生の具をば造らず。是《これ》衆生の[一七]罪業《ざいごふ》の意《こころ》の工《たくみ》の、構《かま》へて造り出せる所なり。所以《ゆゑ》に[一八]経の文《もん》に云はく、「[一九]若有世界初成時《にやくうせかいしよじやうじ》、衆生所須資《しゆじやうしよしゆし》[二〇]

いうが、ここではそうした有為の境界に生滅する人間の行為をさす。→注一七。

第四十五話　原拠は大唐西域記五・阿踰陀国の条収載話。「西国伝云」とするが、直接に取材したものではなく、他に同文的出典が介在したものと思われる。世親はヴァスバンドゥ(Vasubandhu)の漢訳名。天親とも。紀元四―五世紀の人。北インド、ガンダーラ国のプルシャプラ(現在のパキスタンのペシャワール)に生まれ、弥勒・無着の学統を受け、唯識思想を大成した。主著に倶舎論、唯識二十論、唯識三十頌がある。

二四 大唐西域記の別称。日本でも古代・中世にこの書名が行われた。二五 アサンガ(Asaṅga)の漢訳名。世親の兄。弥勒を師とし、弟世親に業を授け、唯識思想の教理的基礎を築いた。主著に摂大乗論がある。→本話解説。二六 仏陀僧訶の漢訳名。無着の弟子。二七 伊ミの畳字「命終」。二八 兜率天・都史多天とも。欲界の第四天。将来仏となってこの世に下生する菩薩が、直前の生を送る場所とされており、釈迦も出世以前はこの天に住した。現在は弥勒菩薩がこの天の内院に住する。二九 弥勒の下生を待ちきれず、進んで都率天に転生して弥勒に値遇したいと願ったもの。三〇 ここでは死没の意。三一 大唐西域記によると、師子覚は死後三年を経て来報せず、世親は六か月を経て来報しなかったので、両人共に悪趣に流転したかと思っていたところ、世親が天仙となって来報したとする。世親三年後の来訪は、師子覚の記事を混同訛伝したものか。三二 都率天の一座の説法が人間界の三年に相当することからの評。ちなみに、弥勒の都率天内院の所住は四千年で、それが人界の五十六億七千万年に相当するとされる。

以下三三八頁

一 眼・耳・鼻・舌・身の五感覚器官(五根)が、それに対応する色・声・香・味・触の五認識対象(五境)にとらわれることによって生ずる五種の欲望。色欲・声欲・香欲・味欲・触欲をいう。二 執着して。とらわれて。三 都率天の外院の天衆をさす。

具生《ぐしやう》、尓時《にじ》菩薩《ぼさつ》為《ゐ》巧匠《けうしやう》、終不作造殺生器《しゆうふさざうせつしやうき》[二一]」（若《も》[二二]し世界初成の時に有りて、衆生所須の資具生ぜば、尓《そ》の時菩薩巧匠と為《な》り、終《つひ》に殺生の器を作造せず）文《もん》と。故に知りぬ、一切衆生の悪業は、有為《うゐ》[二三]の意の工《たくみ》の造れる所なり。他の作《つく》れるには非《あら》ずと云々。

世親《せしん》は三年に報《ほう》ず第四十五

『西国伝《さいごくでん》』[二四]に云はく、三《みたり》の菩薩有り。一《ひとり》をば無着《むぢやく》[二五]と名づけ、一をば世親《せしん》と名づけ、一をば師子覚《ししかく》[二六]と名づく。契《ちぎ》りを結びて云はく、「吾等《われら》三人が中に命終《みやうじゆう》[二七]せば、必ず都率天《とそつてん》[二八]に生れて弥勒《みろく》[二九]を見奉《みたてまつ》らむに、先《ま》づ死せる者は、必ず返《かへ》りて相報《あひほう》ずべし」と。時に師子覚、先《ま》づ没《もつ》して来《きた》らず。次《つ》いで世親無常《むじやう》[三〇]しぬ。即《すなは》ち三年[三一]を経て無着に来り報ず。無着の云はく、「何が故ぞ久しく有りて来《きた》れるや」と。世親の云はく、「弥勒《みろく》の一座の説法《せつぽふ》を聞き了《をは》りて来《きた》れるなり」と。仍《よ》りて彼[三二]の天の時節《じせつ》は久《ひさ》しきなり。又無着が云はく、「師子覚は何《いづ》れの処にか在《あ》る」

眷属は従者の意で、ここでは都率天に従属する諸天人。内院は弥勒の浄土、外院は五欲の充足にふける天衆の居処とされる。大唐西域記「在二外衆中一、耽二著欲楽一」。

第四十六話　原拠は観世音応験伝（記とも。→注四）所収の傅亮撰光世音応験記一。観音義疏・上に「伝云」としてその要約を引くほか、応験伝と同文的同話は法苑珠林二三・奨導篇感応縁に出典を冥祥記として収載。なお本話は「応験伝二云ク」とするが、直接に取材したものではなく、本文的には観音義疏の要約本文に近い。観音義疏を介した孫引きの末流と見るべきか。竺長舒は、応験記等によるに、父祖は西域の出身で、資産家だったという。　四 現存唯一の伝本である青蓮院本では、外題を観音応験記とし、晋の謝敷（謝慶緒）撰光世音応験記に基づいた宋の傅亮撰光世音応験記、宋の張演撰続光世音応験記、斉の陸杲撰繫光世音応験記の三書を収める。観音義疏は同書を「晋世謝敷作二観世音応験伝一、斉陸杲又続レ之」として引用する。　五 西晋の恵帝治下の元康年間（二九一―二九九）。　六 現在の河南省洛陽市。東周以来の古都で西晋（二六五―三一六）の都。　七 底本虫損。残存字形より「於」が擬せられ、「洛陽にして」とよめる。義疏「於」。　八 草葺きの家。　九 いわゆる称名念仏で、南無観世音菩薩と唱えて至心に祈念したのであろう。　一〇 これまで多く「よりて」とよんできたが、ここでは上句「称へしかば」を受けて「すなはち」とよむ。類・色「仍　スナハチ」。　一一 風向きが変って火が反転して消えた意。　一二 その村里の人々。居住地区の人々。義疏「郷里浅見」。応験記「里中有二凶険少年四五一」。　一三 底本「見二テ之目一」（之を目で見て）とよめるが、いかが。「目」を「自」の誤写と見てよみ改める。　一四 応験記「風偶自転」。自然の成行きで、たまたま風が長舒の家を避けて通ったので火が消えたの意。応験記、義疏によると、後日、乾燥して風の吹く日を選んで炬火（たいまつ）を投げたものという。応験記、義疏「三擲三滅」。　一五 叩頭（こうとう）の訓読。額を地にうちつけて拝むこと。　一六 もたらされた感応。　一七 底本「咸」。感の略字として通用したが、正字に改める。　一八 色「信仰　シンガウ」。

と。答へて云はく、「師子覚は五《ご》[一]欲《よく》の楽《たのしび》に着《ぢやく》[二]して、外《ほか》[三]の眷属《けんぞく》の中に在《あ》り。未だ弥勒を見たてまつらず」。

と云々。

竺長舒《ちくちやうじよ》は火難を免《まぬか》る第四十六

[四]『応験伝《おうげんでん》』に云はく、

此の人は、晋《しん》[五]の代の元康年中に洛陽《らくやう》[六]にして[七]、火の為に草屋《さうをく》[八]を焼かるべし。風の下に在りて免《まぬか》るべからず。即ち一心に観音《くわんおん》[九]の名《みな》を称《とな》へしかば、[一〇]仍《すなは》ち火[一一]廻《めぐ》り去《さ》りて滅《めつ》しぬ。爰《ここ》に郷里《きやうり》[一二]の人々之《これ》を見て、[一三]自《おのづか》ら風の吹き却《さ》けて滅しぬと思ひて、[一四]火を擲《なげう》ちて之《これ》を焼くに即《すなは》ち滅しぬ。三度に至るまで遂《つひ》に焼けず。故に各頭《おのおのかうべ》[一五]を叩《たた》きて随喜《ずいき》して云はく、「観音の名を称へて致す[一六]所の感[一七]なり」と。人々弥《いよいよ》之《これ》を見て信仰《しんがう》[一八]する者なり。

と云々。

第四十七話　原拠不明。他書に同話を見ない。ただし、法華経読誦の功を積んだ人の舌が不朽不壊で、死後もなお読経したといった類の話は和漢に多く伝える。一九 伊ミの畳字「命終」。二〇 助け合って。「はかりて」とよめば、相談しての意。二一 各人一昼夜交替で。二二 底本「在(ア)テ」。促音を補。二三 おろそかな土地。浄界に対して娑婆世界、つまり穢土をさす。二四 音楽。天人の奏楽である。二五 底本「云ク」のよみは、類・色「云云 サ、ヤク」による。

第四十八話　原拠は観世音応験伝(記)所収の陸杲撰繫光世音応験記一三。観音義疏・上にも「応験伝云」としてその要約を引き、本話はそれを介した孫引きと見られる。なお本話の伝承源について、応験記は話末に「徳蔵尼、親しく本師慧期に聞きて記す所なり」(原漢文)と付記する。↓第四十六話解説、注四。「陽」は、底本「タウ」と付訓するが、よみの根拠不明。応験記、義疏共にこの人名を欠き、(北)彭城(今の江蘇省徐州市)の人とするのみ。あるいは同話の異伝に陽梨と伝えるものがあったか。二六 金属音。↓注二八。二七 東晋の孝武帝治下の太元年間(三七六—三九六)。二八 金銅(鋳銅に金めっきを施したもの)の仏像。二九 造像に魂を入れるための供養で、いわゆる開眼供養。三〇 頭上の結髪の中におさめて置いた。三一 気が触れて。応験記も同じく「被レ狂」とするが、義疏は「被レ枉」(まげられて)とし、牧田諦亮氏はこれを取る。氏説に従えば、無理じいをされて心ならずもの意。また色「狂・誑 タフル」、類「誑 タブロカス」によって「たぶろかされ」のよみも考えられ、だまされての意とも取れる。三二 底本「コロス」と付訓するが、取らない。死刑を執行する場所。刑場。三三 肉を断つ音のはずが、ただ金属音に聞こえて。三四 応験記「三遍易レ刀」。義疏は本話と同じく「刀三斫」。

以下三四〇頁

一 底本「析」。「折」の誤写と見て改める。二 底本「有金像一々」として「々」を衍字とする。三 もとどりを解きほどいて。四 底本異体字。義疏「痕」によって正字に改める。

舎活《しやくわつ》は舌焼《や》けず第四十七

此の人、年来《としごろ》法花経を誦《じゆ》す。家に七子在《あ》り。時に舎命終《みやうじゆう》[一九]しぬ。子《こ》共《ども》支《ささ》[二〇]へて之《これ》を葬《はうぶ》るに、身体は皆焼け尽きて、舌は更《さら》に焼けず。七人の子誓《ちか》ひて、各《おのおの》[二一]一日一夜を当てて七日《なぬか》焼くに、猶《なほ》焼けず。七子吾等《われら》は不孝《ふけう》かと疑ひて、天に仰《あふ》ぎ地に伏して泣く。泣く時に天の中に声在《あ》[二二]つて云はく、「汝《なむぢ》が父専《もは》ら法花経を誦せり。仍《よ》りて天人来《きた》りて舌を迎《むか》ふ。凡地《ぼんち》[二三]に置くべからず。故に焼けず」と。即ち「天の中に楽在《がくあ》[二四]り」と云《ささや》[二五]く。舌飛び昇《のぼ》りぬ。時に人、心に経を誦すと云ふ。

陽梨《やうり》は金《かね》[二六]の声を聞く第四十八

此の人は、晋[二七]の代の太元年中の人なり。金像《こんざう》[二八]の観音《くわんおん》を造りて供養《くやう》[二九]して、髻《もとどり》[三〇]の中に帯し置けり。時に忽《たちまち》に狂[三一]はされて賊と為《な》り、即ち屠《と》[三二]に在《あ》り。刀を下して其の頸《くび》を殺《き》るに、但《ただ》[三三]金の声に聞きて、刀随《したが》[三四]ひて三《み》つに

類「痕 キズ」。

第四十九話 原拠不明ながら、中国の道家・神仙家の霊魂観を踏まえたもので、漢訳仏典に由来するものでないことは明白。帝尺は、→二九四頁注一二。 五「ひとがしら」のよみもあるが、色「髑髏 トクロ」を取る。 六「とどむ」ともよめる。おさえてとどめる。管理して遺留する。 七 これ以下次行までの記事、九想や白骨観の一場面を想起させるものがある。 八 観察させるため。 九 底本「死□」。意によって虫損部に「する」を補。 一〇 三魂は人の心中に宿る三種の魂で、台光・爽霊・幽精の総称。七魄は人の肉体中に宿る七種の魄で、尸狗・伏矢・雀陰・呑賊・非毒・除穢・臭肺の総称。魂・魄共に人間に宿る不可視の霊的存在であるが、魂は心性をつかさどり、魄は肉体を主管するとされる。 一一 底本音訓二様によむが、「いましむ」の訓を取る。とがめる。訓戒する。 一二 魂は死体から抜け出て昇天し、魄は遺体に残留するものとされる。 一三 七魄をさす。鬼は死霊を意味する語で、七魄は同時に七鬼でもある。 一四 これより「と云ふ」まで、底本二行割書。底本「維」は誤り。「淮」に改める。→二八九頁注四四。 一五 底本「霊魄屍」とあるが、文意不通。淮南子「魂是霊、魄是屍」に照らして「魂・是・是」の三字補。魂は天外に去って霊となり、魄は遺体に留まって地上に残ることを説いた句。 一六 言語は魂が生み出すものであり、行動は魄のしわざである。言語と行動を人間に内在する別個の心霊の作用とし、言語を霊的なものとする思想は、古代日本の言霊(ことだま)思想にも一脈通じるものがある。 一七「語」の訓読に対応させて訓読。よみの直接の証を得ないが、類・色に挙動・動止・動静などを「フルマヒ」とよむことから類推。 一八「人神」の音読例を見ないので、よみはしばらく色「人神 オニ」による。鬼(き)と同じく死霊の霊、亡霊を意味する語。

第五十話 原拠は観世音応験伝(記)所収の陸杲撰繫光世音応験記四六か。観音義疏・上に「応験伝云」としてその要約を引くほか、同話は法苑珠林一七・敬仏篇観音験五(出典は冥祥記)、法華伝記六ノ一九に収載。本話も応験伝に直

折《を》れ、頸は遂《つひ》に殺《き》れず。驚《おどろ》きて之《これ》を問ふに、答へて云はく、「吾が髻の中に金像《こんざう》有り」と。解《と》きて之を見るに、仏像に三つの痕《きず》有り。故に免《まぬか》るることを得たり。人々之《これ》を信ずと云々。

帝尺《たいしやく》は髑髏《どくろ》を制す第四十九

人死して野《や》草《さう》に伏せり。鳥獣《てうじう》之を食《じき》す。皮・骨髄の中に、帝尺は頭《かしら》をば食せしめず。是《これ》人々をして之を見て、無常を観ぜしめんが為なり。又人死する時、三魂七魄《さんこんしちはく》と成る。其の魂《こん》苦を受くれば、来りて魄《はく》を禁《いまし》む。其の魂楽《らく》を受くれば、来りて魄を礼《らい》す。所以《ゆゑ》に三魂は往き、七魄は留《とど》まる。頭《かしら》に七《なな》つの穴有り。二《ふた》つの目、二つの耳、二つの鼻、一つの口の穴なり。七鬼《しちき》は之《これ》に在り。人の為に祟《たた》りを成すとは、七魄の鬼《き》が致《いた》す所なり。『淮南子《ゑなんじ》』に云はく、「天の気《き》を魂と為し、地《ち》の気を魄と為す。(魂は是《これ》)霊、魄は(是《これ》)屍《かばね》なり」と云ふ。語《ことば》は魂の生ずる所、行動《ふるまひ》は魄の致す所なり。此等《これら》を人神《おに》と云ふと云々。

接依拠せず、第四十六・四十八話と同様、観音義疏を介した伝承の流れを汲むものと見られる。恵達は、同名の晋僧が釈門自鏡録・上に見える。同人とすれば、河西の離石の人。俗名劉薩荷。義疏、法華伝記は「慧達」、応験記、法苑珠林は「開達」。なお法華伝記では法華持経者とし、本話を法華経の霊験譚とする。

一九 危害を加える賊徒から受ける災難。二〇 →三三八頁注四。二一 東晋の安帝治下の隆安年間(三九七―四〇一)。二二 類「上 ホトリ」。二三 甘味のある草の意で、マメ科の多年草。中国北西部に自生し、茎や根に鎮咳・鎮痛・利尿等の成分を含み、古来漢方薬に重用された。二四 「羌」は羌の俗字。底本「えみし」「えびす」の二様によむ。普通音読するが、賤称としてかくよんだもの。中国西北部辺境に住んでいた遊牧民。漢民族から胡、西戎としてさげすまれたが、後秦・西夏を建国したタングート族もこの種族。二五 「柵」は普通「さく・ませがき・たてき」などとよむが、底本の付訓を生かす。「かきくゑ(へ)」は、「かきくひ」(垣杭)の転で、垣や柵(きく)囲いに立て並べた棒杭。応験記、義疏以下は、多人数を捕えて柵の囲いの中に閉じこめておいたとする。二六 断ち切ることで、断首、斬殺の意。二七 観音の名号を唱えた。明日殺す予定にしておいたからの句意。→三三八頁注九。二八 白虎は四神の一として西(秋)をつかさどる神格とされ、白狐・白蛇・白鹿などと同様に神聖視された。ただし応験記以下は「大虎」「一虎」。→三〇八頁注八。二九 底本「云」を小文字に記す。あるいは原姿「云々」とも。

第五十一話 原拠は法句譬喩経三・刀仗品一八収載話。その要約は経律異相四一ノ一二に見え、本話の構成はそれに近い。経律異相二ノ七、同三六ノ八、今昔物語集二ノ二七等に見える鳩留長者譚は類話。

三〇 →三〇六頁注四。三一 現行の法句経には以下の話は見えない。正しくは法句譬喩経(西晋の法炬等訳。四巻三十九品)とあるべきところ。直接依拠したものではないが、源流は同経に求められる。三二 釈迦をさす。三三 祇園精舎

恵《ゑ》達《だつ》は怨《あた》[一九]の賊《ぞく》の難を離る第五十

『応験伝』[二〇]に云はく、此の人は、晋《しん》[二一]の代の隆安の年、北の丘の上《ほとり》[二二]に甘草《かんざう》[二三]を掘る。時に飢ゑたる羌《えびす》[二四]、人を捕へて之《これ》を食《じき》す。即ち恵達、羌の為に捕《とら》へられて、已《すで》に柵《かきくゐ》[二五]の下《もと》に繫《つな》ぎ置けり。先《ま》づ肥《こ》えたるを択《えら》むで食す。恵達と少児とは、明日《あす》の断[二六]に置けば、其の夜《よ》恵達一心に観音[二七]を称す。明朝《みやうてう》之を食せむと擬《す》。時に一《ひと》つの白き虎[二八]有りて、羌を食せむと擬《す》。是の故に諸《もろもろ》の羌、恵達と少児とを捨てて、散りて外《に》げぬ。仍《よ》りて観音を信ずと云ふ[二九]。

樹神《じゆしん》は手を挙げて百味《ひやくみ》[三〇]を下す第五十一

『法句経《ほつくきやう》[三一]』に云はく、

仏《ほとけ》[三二]祇薗寺《ぎをんじ》[三三]に在《まし》まして、一[三四]切衆生の為に法を説きたまふ。須達《しゆだつ》[三五]長者供具《くぐ》[三六]を運ぶ。一《ひとり》の貧人有りて[三七]、酪《らく》[三八]を提《ひさ》[三九]げて行く。此の人命終《みやうじゆう》し

の別称。↓第十四・十五話。三四 原経には、天人・竜鬼のために説法したとする。三五 ↓三〇二頁注一五。三六 供養の具で、香花・飲食などの供物。三七 底本虫損。残存字形及び意によって補。三八 牛酪。牛乳を精製した練乳の類で、これを煮つめて蘇(油)を製するという。↓三〇九頁注三五。三九 手にさげて持って行く。

以下三四二頁

一 ↓三〇六頁注三。二 ↓第三十話解説。三 底本「投」。前文(↓注三九)と対照するに「提」とあるべきところ。誤写と見て改める。

第五十二話 原拠不明。求色女は好色な女を意味する普通名詞で、仏典に散見。多情な女。淫婦。また遊女をさすこともある。

四 底本「王」。後文に照らして「玉」に改める。玉を飾りつけた橋。また玉(ぎょく)と呼ばれる貴石で作った橋とも。五 約束をかわして。六 月に十日の斎日を特定して八斎戒を保つこと。十斎日は八・一四・一五・二三・二九・三〇の六斎日に一・一八・二四・二八の四日を追加したもの(地蔵本願経説)。八斎戒は在家信者が遵守すべき八種の戒。不殺生・不偸盗・不邪婬・不妄語・不飲酒の五戒に、衣食住に関する節制三戒、即ち化粧・装身具・歌舞音曲を慎む戒、立派な座席・寝具を慎む戒、正午を過ぎての食事を慎む戒を加えた八戒。七 つき従って。八 注六の八戒の第八で、斎(時《とき》)ともいう。非時食の戒とも。九 諸悪を退け、煩悩を断つ五力の第一で、信仰に徹する力。強固な信心。一〇 訓読すれば「ひとつみち」。同じ道。伊イの畳字「一道」。一一 道中。途中。一二 ↓注四。一三 梵語 Samantabhadra の漢訳。文殊の智に対して理をつかさどる菩薩。釈迦三尊の一で、左の文殊と対になって釈迦の右の脇侍に配され、白象に騎乗する。文殊と共に未来世の成仏を保証されている、いわゆる一生補処の菩薩。↓二九九頁注五五。一四 梵語 Mañjuśrī の音写、文殊師利の略。完璧な智慧(般若)を身につけた菩薩として仏の化導を補助する。普賢と対になり、釈迦の左の脇侍として獅子に騎乗する。なおこ

て樹神《じゅしん》と成る。時に五百[一]の婆羅門《ばらもん》[二]、飢渇《けかつ》して山野に迷《まど》ひ、食《じき》を求めて大木の下に至れり。時に樹神、身を現じて百味を与ふ。是《これ》昔酪《らく》を提[三]げし果報《くわほう》なり。

と云々。

求色女《ぐしきによ》は玉[四]の橋を壊《やぶ》る第五十二

昔、夫妻二人契《ちぎ》[五]りを結びて、十斎《じっさい》[六]を行ず。時に夫《をうと》、求色女に相就《あひつ》[七]きて斎食《さいじき》[八]を勤《つと》めず。本《もと》の妻《め》は信力《しんりき》[九]有りて十斎を勤む。即ち二人命終《みやうじゅう》して、[一〇]一道に乗《の》りて行く。時に途《みち》[一一]に一《ひと》つの大河有り。玉[一二]を以て橋と為《せ》り。橋の左右に普賢《ふげん》[一三]・文殊坐《もんじゅましま》[一四]せり。即ち三人階《はし》[一五]を渡るに、先《ま》づ本の妻前《さき》に行き、次《つ》いで求色女、次《つ》いで夫行く間に、本の妻渡《わた》り了《をは》りて後《のち》に、階《はし》段々《だんだん》[一六]に折《を》れて、二人河の底に没しぬ。而《しか》るを本の妻は仏の加被《かび》[一七]を得て、返《かへ》りて二人を済《すく》ひて天上に生れしむ。女と雖《いへど》も信力有《あ》りて男に勝《まさ》れるなりと云々。

こで、普賢・文殊の二菩薩が一対となって橋の左右に配されることは、釈迦三尊の配置を連想させて、橋の持つ意味と見立てが示唆的である。 一五 同訓ながら、「橋」と別字を当てているのは同義ではなく、階段の意であろう。 一六 底本訓点を欠くが、意によってかくよむ。ばらばらに崩壊して。がらがらと崩落して。色「段々 タンタン」。 一七 仏力の加護。伊カの畳字「加被」。

第五十三話 原拠不明。鬼神は、ここでは仏法守護の諸善神に使役される下級霊。

一八 仏法の戒めを破って恥じない僧。 一九 招き。招待。 二〇 通過した跡。足跡。破戒僧が後に残した莫大な罪業と汚穢を掃除したもの。 二一 その層の深さは。 二二 →二九〇頁注三八。 二三 →三三五注三二。 二四 類「吟 ナゲク」。嘆くと同意。 二五 色「一渧 イッテイ」。ひとしずく。一滴。一滴の水の汚れをとどめることをも、の句意。

第五十四話 原拠不明。諸律に剃髪の規定と功徳を説くが、この記事は見当たらない。大梵は、普通大梵天王をさすが、ここでは帝釈天王をも含めた称か。

二六 大梵天王(→二二九頁注一五)と帝釈天王(→二九四頁注一一・一二)の二天王。この二天王は三界の代表的神格で、仏法守護の善神とされる。 二七 底本「尺」。一尺では意不通。「尺」を「天」の誤写と見て改める。 二八 破戒僧。 二九 底本虫損。残存字形及び意によって「守」を補。 三〇 よみは底本による。「よし」とよんでも同意。 三一 底本「刕」とするが、正しくは「剹」で、「剃刀」の合字。色「剃刀 カミソリ」。類に「カミゾリ」とする。 三二 →三〇二頁注三一。 三三 色界・無色界と共に三界の一。六層の天より成り、人間界よりは稀薄ながら欲望にとらわれる生物の住む境域。 三四 三界の最上位にある境域で、欲望や物質的なとらわれから解放されて、ひたすら静かな瞑想と真理の探求に徹する生物の住界。しかしなお永遠の安住を得ず、生死の流転を免れ得ないのがこの境界で、仏道の悟境はこの上に位置づけられる。 三五 欲界の上位の境域で、欲望にはとらわれないが、なお物質的諸条件からは解放さ

鬼神は一《ひとり》の比丘の跡《あと》を掃《はら》ふ第五十三

即ち一八無慚破戒の比丘有りて、人の一九請《しやう》を受けて行く。其の後《うしろ》に五百の鬼神《きじん》有りて、其の二〇跡を払《はら》ふ。二一深さは二二五百由旬なり。由何《ゆゑいか》むぞ、二三堅牢地《けんらうぢ》神《しん》の地《ち》の重きことを二四吟《なげ》くが故《ゆゑ》なり。又国王の地は水の二五一渧《いつてい》をも許さざるなり。

大梵《だいぼん》は破戒の比丘を護る第五十四

二六梵尺《ぼんしやく》二七二天は、二八破比丘を捨てず二九守護す。三〇由何《ゆゑいか》むと者《なれば》、頭《かしら》を剃《そ》れる功徳の貴きに依るなり。三一剃《かみそり》とは是《これ》如来の舌相なり。剃を以て頭を剃るは、三二是《これ》如来の舌相を申《の》べて、衆生の煩悩を舐《ねぶ》るなり。三三欲界《よくかい》の煩悩を除くなり。上の髪《かみ》を剃るは三四無色界《むしきかい》の煩悩を除き、下の鬚《ひげ》を剃るは三五色界《しきかい》の煩悩を除くなり。故に頭を剃る功徳は勝《すぐ》れたるなり。

れない生物の住む境域。

以下三四四頁

第五十五話　原拠は不明ながら、特定の経論に由来するものではなかろう。なお鳴鐘の功徳については、四分律刪繁行事鈔・上二に増一阿含経、付法蔵因縁伝などを引いて特記するほか、和漢の仏教説話にも言及するところがある。

一 起世経一には、須弥山の海面下三層の各層に夜叉が住するとし、倶舎釈論八には、須弥山の海面上の初層、即ち山麓に夜叉神が住するとする。須弥山は、↓三一五頁注一二。 二 空中を飛行する通力を得た夜叉。 三 空中飛行の通力を得ず、地上で行動する夜叉。 四 法会や念仏などの仏事を勧める意。 五 ここでは釣り鐘から敲鉦(たたきがね)までの総称。↓本話解説。 六 天界の住人。天人たち。 七 ↓三一五頁注一八。 八 天衆に対して、地上の精霊。地神やその従類。 九 仏法をさまたげ、衆生に害をなす魔物。その一切を統率するのが他化自在天(第六天)の魔王波旬とされる。↓三三三頁注二九。 一〇 善果を生むもととなるもの。善因。

第五十六話　原拠は観世音応験伝(記)所収の陸杲撰繫光世音応験記一九か。人名の異同により、第五十話と同様断定をひかえる。応験伝に基づく同話は観音義疏・上、法華伝記五ノ一七に見え、本話の本文は前者に近い。なお幽信は、応験記以下すべて「蓋護、山陽人」とし、人名が合致しない。他に異伝があったものか。あるいは伝承間の誤伝で、心奥の信仰または幽囚の信心を意味する説話の標目「幽信」が話中に取りこまれた可能性も。

一一 首かせとくさり。罪人を拘束する刑具。伊カの畳字「枷鏁」。 一二 国王から受ける災難。 一三 手かせと足かせ。手足を拘束する刑具。伊チの畳字「杻械」。 一四 少しの間も。寸時も。類「間 シバラク」。応験記、義疏「三日三夜、心無㆓間息㆒」。 一五 応験記以下によるに、刑具が自然にはずれて自由の身となり、光に導かれて獄外に脱したという。 一六 中国古代の一里は日本の六分の一で六町(約六五〇メートル)。 一七 底本「見」。文意不通。原拠の応験記「於㆑是光滅」、義疏

夜叉《やしや》は鍾《かね》の響《ひび》きに驚《おどろ》く第五十五

[一]須弥山《しゆみせん》の脚《ふもと》に住する夜叉《やしや》あり。[二]飛行《ひぎやう》の夜叉と[三]地行《ぢぎやう》の夜叉となり。若《も》し人界に有りて[四]善を修して[五]鍾《かね》を叩《たた》けば、之を聞きて、飛行は天に廻《めぐ》りて[六]天衆《てんしゆ》を勧《すす》めて下す。地行は[七]三千大千世界《さんぜんだいせんせかい》を廻りて[八]地類《ぢるい》を請《しやう》じて集む。是《こ》の故に天衆地類降臨集会《かうりんしふゑ》して、[九]魔《ま》を伏《ぶく》し難《なん》を除きて、[一〇]善根《ぜんごん》を増長《ぞうちやう》せしむ、者《てへり》。

幽信《いうしん》は[一一]枷鏁《かさ》を脱《まぬか》る第五十六

此の人、昔[一二]王難《わうなん》に逢《あ》ひて、其の身[一三]杻械枷鏁《ちうかいかさ》に繋《つな》がれて、将《まさ》に死せんとすること久しからず。心に観音を念ずること、[一四]間《しばら》くも息《や》むこと無し。即ち夜、夢中《むちう》に観音の像を視《み》れば、光を放《はな》ちて身を照す。夢覚《さ》め了《をは》りて、[一五]吾《わ》が身獄門の外《と》に在り。光更に息《や》まず。即ち光に付きて[一六]二十五里まで行きて、乃《すなは》ち[一七]息む者なり。

「光明方息」に照らし、「見」は「息」の誤写と見て改める。とすれば、光は消滅したの意となり、文意はスムーズ。

第五十七話 原拠不明。弥勒仏の出世と竜華樹下の三会については、弥勒下生(成仏)経、弥勒大成仏経以下諸経論疏に頻出するが、本話のごとき欲界六天での三会を説くものを見ない。底本「弥勒三会トハ」と直ちに本文に入るので、冒頭の四字「弥勒三会」を取って題目を仮設する。なお弥勒の三会は、増一阿含経四四・弥勒下生の諸経以下に説くところは、釈迦入滅後五十六億七千万年後に、未来仏の弥勒がこの世に出現し、竜華樹下で三会を行い、機根に応じて初会に九十六億人(一説に九十二億人)、二会に九十四億人、三会に九十二億人(一説に九十六億人)に証果させるというもの。

一八 欲界第六天の第三天の王宮。天王は牟修楼陀。一九 正法念処経・観天品・夜摩天の項以下諸経論疏に見えず。二〇 衆生を化導する師の意で、ここでは法会を主宰する師僧。二一 釈迦入滅後の正像末三時の最後の仏法衰退期。教・行・証の教だけが残り、正しい実践行もすたれ、悟りを得ることもできないとされる。末世、末代とも。二二 一つの善行、ささやかな善事を行う人。二三 一度釈迦牟尼仏の名号を唱えて礼拝する者。二四 諸経には、阿羅漢果を証すると説く。二五 心地観経三に収める長偈中の一連の句。釈迦が弟子を弥勒に付託し、汝等は未来仏の弥勒の竜華樹下の三会の中で解脱するだろうと予言した句。二六 虫損するが、「二」と判読できる。二七 欲界六天の第二天(三十三天とも)の王宮。帝釈天王の善見城(喜見城)をさすか。↓二九四頁注一一。二八 諸経論疏に見えず。二九 ↓三四二頁注一四。三〇 「とは」のよみは底本のまま。三一 欲界六天の最上位の第六天の王宮。天王は仏法を妨害する天魔、波旬。三二 諸経論疏に見えず。三三 ↓三四二頁注一三。これで釈迦・文殊・普賢の三尊が登場し、弥勒の三会が釈迦三尊で主宰されたことになる。三四 以下の記事、異同はあるが、弥勒下生の諸経や同論疏に同趣の記事を見る。三五 一粒七分ではないが、弥勒経遊意に「弥勒仏出世時、田一種七獲

弥勒《みろく》の三会《さんゑ》第五十七

弥勒の三会《さんゑ》とは、第一会は[一八]夜摩《やま》天宮《てんぐう》の[一九]白毫寺《びやくがうじ》にして、[二〇]導師は尺迦如《しやかによ》来《らい》なり。尺迦如来の[二一]末法《まつぽふ》の[二二]一善《いちぜん》の人、[二三]一称《いちしやう》礼拝《らいはい》する者《もの》、其の時に生れ会ひて[二四]成仏《じやうぶつ》す。故に云はく、「[二五]我今《がこん》弟子《でし》付《ふ》弥勒《みろく》、竜花《りうげ》会《ゑ》中得《ちうとく》解脱《げだつ》」(我今の弟子を弥勒に付す。竜花会中に解脱を得む)文《もん》、と云ふ。第[二六]二会は、[二七]忉利《たうり》天宮《てんぐう》の[二八]宝網蔵寺《ほうまうざうじ》にして、導師は[二九]文殊《もんじゆ》なり。第三会とは[三〇]、[三一]他化《たけ》自在天宮《じざいてんぐう》の[三二]化生寺《けしやうじ》にして、導師は[三三]普賢《ふげん》菩薩なり。[三四]即ち其の国土は、衣《え》食《じき》天より降り、地より涌《わ》くべし。[三五]米《よね》の一粒《いちりふ》は七分、[三六]人の命は七千歳なり。[三七]五百歳に始めて娶《とつ》ぐ事を知る者なりと云々。

尺迦は[三八]末世に[三九]明神《みやうじん》と現ず第五十八

末世の衆生は、悪心狂乱《あくしんきやうらん》して甚《はなは》だ不善なり。日々に不善相重《あひかさな》りて、[四〇]麁《そ》妙《めう》の善に於て更に[四一]梗概《かうがい》の[四二]結縁無し。是の故に尺迦如来誓ひて云《のたま》はく、

(穫)、米長七寸、白如㆓珂玉㆒、甘甜如㆑蜜」と見える。米一粒七寸の記事は第十三話にも所見。実り豊かなことのシンボル。 三六 弥勒下生の諸経以下、人寿八万四千歳とする。 三七 弥勒下生経「女人年五百歳、然後出㆑嫡」。弥勒下生成仏経「女人年五百歳、爾乃行㆑嫁」。同類諸経や賢愚経の記事も同趣。

第五十八話 原拠不明。仏家の側から、本地垂迹・神仏習合説の行き過ぎを牽制し、仏本神末を強調した記事。 三八 →注二一。 三九 霊威のあらたかな神。仏菩薩や諸天が垂迹した神、つまり権化神の称とすることが多い。 四〇 麁は粗雑で真理にうといこと、妙は深遠な真理に通達すること。「麁を開きて妙を顕し、以て絶待を明らむ」(原漢文、法華文句記一中)というのが智顗以来の天台宗の持論で、修行者のなすべき善とされた。本句は、末世の衆生は不善のみ多く、誰ひとりとして開麁顕妙の善に目覚め、発憤興起して仏法に結縁する者がないことを嘆いた句。なお、仏神二道の権実を説く本話では、麁は権教で神道につながり、妙は実教で仏法につながるものでもある。 四一 慷慨に当てたもので、古くは散見。濁世の不善を嘆き、心を奮い起こして真実を求めること。 四二 仏法に縁を結ぶこと。帰信すること。

以下三四六頁

一 典拠不明。経論に由来するものではなく、習合論者の手に成る偽作句であろう。 二 大娑婆明神の意で、娑婆世界に垂迹した偉大な神の称であろう。ちなみに、山王神道(天台神道)では、日吉山王社の本宮の本地を釈迦如来とする。 三 俗縁を断ってひたすら仏道修行にいそしむ意であるが、ここでは男女の交わりや食生活をも含めて、身心共に清浄な生活を保つこと。 四 底本「勤ㇲ」を生かしてかくよむ。 五 ここでは仏法との縁つなぎというほどの意。 六 徐々に。→二二九頁注一八。 七 仏法。仏教を内とし、他を外とする立場からの語。古くは内教とも。 八 底本「コロシ」「イマシメ」の二訓を付するが、後者を取る。 九 訓読すれば「きぬ・ぜに」。帛は「はくのきぬ」と言われ、固く織

「[一]吾末世に[二]大沙明神《だいしやみやうじん》と現じて、男女に於て一日一夜の[三]精進を勤め[四]させ、之《これ》を以て[五]結縁と為《な》して、[六]漸々《ぜんぜん》に引入《いんにふ》して[七]内法《ないほふ》に至らしめむ。若《も》し順《したが》はざる者は、祟《たた》りと成りて其の心を[八]懲《いまし》め、惜《を》しむ所の物、若《も》しは[九]帛《はく》・銭《せん》乃至《ないし》余の[一〇]資具《しぐ》を他の[一一]境に投じて、世に[一二]染着《せんぢやく》無からしめむ」と。故に[一三]『悲花経《ひけきやう》』に云はく、「我滅度後《がめつどご》、於《を》末法中《まつぼふちう》、現大明神《げんだいみやうじん》、広度衆生《くわうどしゆじやう》」(我が滅度の後、末法中に於て大明神と現れ、広く衆生を度せむ)文《もん》と。又『[一四]優利曼陀《うりまんだ》[一五]羅呪経《らじゆきやう》』に云はく、「尺迦《しやか》・[一六]普賢《ふげん》・[一七]金剛手《こんがうしゆ》・[一八]薬師《やくし》・[一九]文《もん》殊《じゆ》・[二〇]地蔵尊《ぢざうそん》・[二一]栴檀香仏《せんだんかうぶつ》・[二二]摩利支《まりし》・[二三]得大勢至《とくだいせいし》・[二四]無量寿《むりやうじゆ》、[二五]内護外護度衆《ないごげごどしゆ》生《じやう》」(尺迦・普賢・金剛手……無量寿、内護外護して衆生を度せむ)文と。[二六]『大集経《だいじふきやう》』に云はく、「[二七]十二神所居者《じふにじんしよごしや》、是菩薩所住也《ぜぼさつしよぢうや》」(十二神の居《ご》する所は、是《これ》菩薩の住する所なり)文と。即ち若《も》し人有《ひとあ》りて、此等《これら》の文を[二八]執して、偏《ひと》へに[二九]神道を仰《あふ》ぎて仏法を軽《かろ》んじて、或いは[三〇]神の辺《ほとり》にして[三一]自《おのづか》ら法を背《そむ》かむ。吾神と現ずとは[三二]権《ごん》なり。但《ただ》衆生を禁《いまし》めむが為《ため》なり。仏法に入るを以て正道と為す。是《ここ》を以て神の方《かた》は邪道と為す。仍《よ》りて有る[三三]論に云はく、「一礼一切諸神祇《いちらいいつさいしよじんぎ》、[三四]正受蛇身五百度《しやうじゆじやしんごひやくど》、現世福徳更不《げんぜふくとくきやうふ》来《らい》、後生仏法永遠離《ごしやうぶつぽふやうをんり》」(一切の諸《もろもろ》の神祇を一礼せば、正に蛇身五百度を

った薄絹の称。色「帛 ハク・ハクノキヌ」。なお「帛」字、底本「帋」にも似るが、「帛」の変と判定。 一〇 →三三六頁注一三。 一一 境界。場所。 一二 なじんでとらわれること。執着。 一三 悲華経とも。北涼の曇無讖(どんしん)訳。十巻。悲華経が濁世における穢土成仏を願った釈迦の大悲を説くことから、同経に付会した偽作句。中世の山王神道書や両部神道書に頻出する。なお、以下の経句は同経には見えない。ただし、以下の偈に底本訓点を付するが、本文の処理は他に準ずる。→三四八頁注六。 一四 所在不明。あるいは偽経か。 一五 底本虫損。意によって「羅」を補。 一六 →三四二頁注一三。 一七 金剛手菩薩の略。密教の金剛界の一尊で、手に金剛杵を持つことからの称。 一八 薬師如来。東方浄瑠璃浄土の教主。十二大願を立てて現世の衆生を利益。 一九 →三四二頁注一四。 二〇 地蔵菩薩。釈迦入滅後、弥勒出世までの無仏世界の導師。地獄の救済者で、閻魔はその変化身とされる。 二一 香身仏の一。仏身より栴檀の妙香を発することからの称。 二二 摩利支天の略。猪に騎乗する天部の神で、仏教では護身・勝利・財福などをつかさどり、日本では武人の守護神とされる。 二三 勢至菩薩の別称。阿弥陀三尊の一。観世音菩薩と共に阿弥陀仏の脇侍となり、智恵をもって阿弥陀の教化を補助し、衆生を利益済度する。 二四 無量寿仏。阿弥陀仏の漢訳。西方極楽浄土の教主。法蔵比丘の過去世に四十八大願を立てて衆生を済度したことは余りにも著名。 二五 仏法の内外から守護して。時には仏菩薩として、時には俗形に変化して守護する意であろう。→注七。 二六 慣用読は「だいじゅっきょう」または「だいじっきょう」。大方等大集経の略。六十巻。北涼の曇無讖訳大集経に後出の月蔵経、日蔵経を合編。十方の菩薩を集めて正法を宣揚したとこからの経名。ただし、以下の経句は見当たらない。 二七 普通薬師如来に随従する十二神将をさすが、ここでは不当。前文を欠くので判定しがたいが、日吉山王十二社のごとき権化神をさすか。熊野にも十二神がある。 二八 こだわって。執着して。 二九 ここでは平安時代以後盛行した本地垂迹説に立つ習合神道で、山王神道や両部神道の類。

受く。現世の福徳は更に来らず、後生に仏法永く遠離す）文と。

閻魔《えんま》王《わう》は[三五]丹筆《たんぴつ》を吟《なげ》く第五十九

丹筆とは、[三六]罪を注《しる》す筆の名なり。所以《ゆゑ》は、[三七]浄土に生るる人は[三八]麟角《りんかく》の如く、[三九]地獄に堕《お》つる者は[四〇]春雨《しゆんう》の如し。是《こ》の故に閻魔《えんま》王《わう》は息《やす》まずして、衆生の[四一]日々《ひび》念々《ねんねん》の所作の[四二]悪業を注す。返りて[四三]悲吟する所なり。即ち来《らい》集《じふ》せる罪人に向ひて[四四]偈《げ》を説きて云はく、「[四五]汝得人身不修道《によとくにんじんふしゆだう》、[四六]如入宝山《によにふほうせん》空手《くうしゆ》、自行悪業還受苦《じぎやうあくごふげんじゆく》、[四七]叫喚苦者欲何為《けうくわんくしやよくかゐ》」（汝《なむぢ》人身を得て道を修せざるは、宝の山に入りて手を空しくするが如し。自ら悪業を行ひて還りて苦を受く。苦を叫喚する者何《いか》に為《せ》むと欲《おも》ふ）文と。

獄卒《ごくそつ》は罪人を恥《はづ》かしむ第六十

一切衆生は、[四八]在々処々《ざいざいしよしよ》[四九]には[五〇]終《をは》り但皆《ただみな》獄卒の手に至る。卒《そつ》とは[五一]閻魔王の許《もと》より遣《つかは》さるる使なり。十八の[五二]牛頭《ごづ》・馬頭《めづら》等を謂《い》ふなり。[五三]首《かしら》に十八

三〇 神の周辺で。神事などにかかわっての意。三一 自然の成行きで、心ならずも仏法にそむくような事態が生じよう。三二 訓読すれば「かり」。仏法を実、神道を権とする思想で、仮の教え、つまり方便の意。三三 不明。以下の偈文とほぼ同じものが、諸神本懐集・本に「優婆夷経ニ八」として所見。国産の偽作であろう。三四 確実に五百生にわたって蛇身を受ける。竜蛇に転生した者は、三熱の苦を受けるという。

第五十九話 原拠不明。閻魔は梵語 Yama の音写。琰魔とも。地獄の王で、死者の生前の罪をさばく。地獄に十王が設定されてからは、第五王の称ともなった。

三五 朱墨を用いた筆。朱筆。三六 死者の生前の罪状。三七 「清浄国土」の約語。現世を穢土とするのに対して仏国土を浄土としたもの。ここは死後におもむく来世の浄土で、たとえば阿弥陀仏の西方極楽浄土の類をさす。なおこれ以下の対句は、往生要集・上・大文一の「人趣に生るる者は爪の上の土の如く、三途に堕つる者は十方の土の如し」などと類似の表現。三八 麒麟の角。極めて稀で珍重すべきもののたとえ。三九 三悪道中の最悪の境界。等活・黒縄・衆合・叫喚・大叫喚・焦熱・大焦熱・無間の八大地獄と、大地獄に付属する多くの小地獄から成るとされる。倶舎論では別に八寒地獄をも立てる。四〇 限りなく多いもの、無数無量のたとえ。四一 毎日の刹那刹那の所行。念は、一刹那、一瞬間の意。四二 悪果を生む行為。四三 よみは底本のまま。悲しみ嘆く。四四 →三〇三頁注三二。四五 典拠不明。四六 仏典に頻出する慣用句で、仏法を宝の山にたとえた句。大智度論一、止観輔行伝弘決四、往生要集・上・大文一などにも見える。四七 苦痛にわめき叫ぶ者どもはどうしようと思うのか、自業自得の報いだからどうしようもないことだ。

第六十話 原拠不明。獄卒は、底本「獄率」。「率」は「卒」に通用。閻魔王の従卒で、堕地獄の亡者を責めさいなむ鬼類。

四八 それぞれの住む所で。あちらこちらで。四九 よみは底本のまま。あるいは「には」の「は」不用か。五〇 死ぬ時は。最期は。五一 →第五十九話解説。五二 牛頭人身・馬頭人身

の眼《まなこ》、或いは六十四の眼在《あ》り、[一]颷《ひらめ》くこと電《いなづま》の如し。眼毎《ごと》に見張りて、[二]悪業の衆生を[三]眦《にら》む。[四]須臾《しゆゆ》の間《ま》も堪《た》ふべからず。即ち其の使、[五]中有《ちうう》に於て衆生を恥《はつ》かしめて云はく、「[六]我前呵責汝《がぜんかしやくによ》、出後亦不来《しゆつごやくふらい》、若来此獄中《にやくらいしごくちう》、愚不可恨我《ぐふかこんが》[七]」(我前《さき》に汝を呵責しき、出でて後亦来らざれと。若し此の獄の中に来りなば、愚かに我を恨むべからず)文と。又云はく、「[八]非《ひ》異人作悪《いにんさあく》、異人受苦報《いにんじゆくほう》、自業自得果《じごふじとくくわ》、衆生皆如是《しゆじやうかいによぜ》」(異人の悪を作《な》して、異人の苦報を受くるに非《あら》ず。[九]自業自得の果なり。衆生は皆是《かく》の如し)文と。努々《ゆめゆめ》一切衆生[一〇]且《かつ》は恥ぢ、且《かつ》は悲しぶべし。[一一]恐るらくは心に任せて悪業を作《な》すべからず。能《よ》く能く[一二]之《これ》を信ぜむ而已《のみ》。已上六十条。

の鬼類。牛頭・馬頭は獄卒の代表的存在で、「牛頭獄卒、馬頭羅刹」(楞厳経八)、「獄卒名ニ阿傍一、牛頭人手、両脚牛蹄」(五苦章句経)など仏典にも散見。本書と同時代的な地蔵十王経の偈に「引レ路牛頭肩挟レ棒、催レ行馬頭腰擎レ叉、苦レ食レ牛牛頭来、乗レ馬苦レ馬馬頭多」とある。五三 底本「首在ニ十八眼一。或六十四眼ヨリ」とするが、よみ改める。

一 底本「ヒ、フク」と付訓するが、意不通。しばらく「ヒラメク」の誤写と見ておく。颷は飄に通じ、「ひらめく」とよめよう。「雷は落ちかかるやうにひらめきかかるに」(竹取物語)。二 底本虫損。意によって「り」を補。三 色「睚眦ニラム」。四 しばしの間。わずかな時間。五 死後、次の生に転ずるまでの期間。中陰とも。本来は必ずしも一定しなかったが、次第に一七日乃至七七日、つまり四十九日で満期ということになった。「七七冥途中陰身、専求ニ父母一会ニ情親一」(地蔵十王経)。なお、中有の旅の様子については、三四七頁注五三の十王経の偈文参照。六 以下の偈を底本訓読するが、他の一般例にならって原姿に復し、括弧内に訓読文を示す。偈の典拠不明。俺は過去世でお前を叱責して、地獄を抜け出たら二度と来るなと言った。それなのにもしまた地獄に落ちるようなことになったなら、愚かに俺を恨んではならぬ、の意。七 底本「哉こ」。文意及び訓点より推して、「我」の誤写と見て改める。八 本文の処理は注六に準ずる。正法念処経七に見える長偈中の四句。往生要集・上・大文一にも引く。要約すれば、他人の悪業によって苦報を受けたのではなく、わが身の悪業の報いで苦果を受けたのだ、衆生はすべてこうしたものだ、の意。九 底本「自業自ら果を得」とよむ。これでも文意は通じるがよみ改める。自分が犯した過去の悪業の報いとして、現在の自分が得た苦果である。言うなれば、身から出たさび。一〇 一方ではわが所行を恥じ、一方ではわが心のさがを悲嘆せよ。一一 いわゆるク語法で、恐れることは。思いのままに悪業を犯すことを恐れて、これをいましめた句。一二 このいましめを信ずることが何よりも肝要である。

注好撰 下 〔禽獣[一]に付して仏法を明らかにす〕

日をば金烏《きんう》[二]と名づく第一

[三]『文場秀句《ぶんぢやうのしうく》』に云《い》はく、「日の色赤きが故に金と云ふ。日の中に三《さん》[四]足《そく》の烏《からす》有るが故に烏《う》と云ふ。亦《また》日を陽烏《やうう》[五]と云ふ。日は陽[六]の精と為《な》す。亦日は扶光《ふくわう》[七]と〔云ふ〕。日は扶桑山《ふさうざん》[八]より出づ」と。相皃《さうばう》[九]は、下《しも》の文に在るべし。『倶舎《くしや》』[一〇]に曰《い》はく、「日[一一]の広さは五十一由旬《ゆじゆん》なり」と。孔子[一二]が云はく、「日[一三]の形は方《はう》[一四]千里なり。日は三百六十日を以て一匝《さふ》[一五]と為《な》す。日[一六]の形は方円《はうゑん》なり」[一七]と。昔、観自在菩薩《くわんじざいぼさつ》[一八]七宝[一九]を以て日を造る。日[二〇]の下面は火珠《くわしゆ》なり。此の日匝《めぐ》りて四天下《してんげ》[二一]を照す。一日一夜に八十万億一百五万三千五百二十六里を周《めぐ》[二二]りて、還《かへ》りて本《もと》の処《ところ》に復《ふく》す。日は常に三道を行く。其《それ》は須弥山《しゆみせん》[二三]の半腹に在《あ》り。水際従《よ》り上[二四]四万由旬に有《あ》りと謂《い》ふ。三道[二五]とは、春秋は中道

一 底本に欠脱するが、原本以来の注記と見て金本により補。鳥獣の話題にことよせて仏法を明らかにする趣意であるが、中巻同様、本巻にも趣意に合わないものも含まれている。

第一話 本巻では冒頭の二話に日月を取り上げ、初めに内外典を引いて日の名称・広量・運行・創成などを説く。この日月解説は、上巻冒頭の四劫(宇宙の生滅)、中巻冒頭の天地生成と相俟って、一切衆生の居住する国土、いわゆる器世間の解説を締めくくるもの。本話は続教訓鈔一三に引用転載される。

二 金本「キンヲ」と付訓。文明本節用集「金烏 キンウ」。名称の由来は本文参照。色「日 ヒ 金烏日名 陽精同 耀霊同 義(羲)光同 曦和同」とする。 三 →二八七頁注一一。

四 三本足の烏。日中に三足の烏ありとするのは中国古来の伝説で、「五経通義」(芸文類聚一・天部上所引)以下中国古典に頻出。三足烏の由来については春秋元命苞に「陽以レ一起、…陽成二於三一。故有二三足烏一」とする。また論衡は実在を疑い、「儒言、日中有二三足烏一。日者火也。烏入レ中焦爛、安得レ如レ立。然烏日気也」と解する。日本では霊烏として八咫烏に付会し、熊野権現の使霊とする。→注五。 五 和「陽烏 歴天記云、日中有二三足烏一、赤色。今案二文選一、謂二之陽烏一。日本紀謂二之頭八咫烏一」。 六 底本のよみに従うが、注二の色によると音読を可としよう。「日為二陽精一、月為二陰精一」(顔氏家訓・帰心)。 七 扶桑より昇る光の意から、日の異称。文選一三の李善注に「扶光、扶桑之光也」。

八 扶桑の生えている山。所伝に異同はあるが、中国の東海(中国大陸東部の縁海区)の島山で、扶桑の木が生えており、日はそこから海上に昇るという。扶桑は榑樹。桑に似た同根双樹の巨木で、その実は仙人の食用とされる(山海経九・海内東経、海内十州記、神異経・東荒経)。一説に「邪之隘上為二扶桑一。日所レ升」(河図緯象)。 九 日の形相。

一〇 倶舎論。詳しくは阿毘達磨倶舎論。世親作。唐の玄奘訳。三十巻。倶舎宗はこれを依拠の論とする。 一一 倶舎論一一に「日月径量幾踰繕那(由旬の異表記)。日五十一、月唯五十」とある。 一二 仲尼遊方問録の記事をさす。→二八

なるが故に、其の一節《せつ》は、熱《あつ》からず寒からずして冷然《れいぜん》たり。冬は上道を行くが故に、日の光遠く去りて、[一]山の陰闇《かげくら》く覆《おほ》へり。露は雪と為《な》り、水は氷を結ぶ。夏は下道を行くが故に、日の光近くして甚《はなは》だ熱し。[二]日をば夫《をうと》と為すと知るべし。

月をば玉兎《ぎよくと》[三]と称す第二

[四]『文場秀句《ぶんぢやうのしうく》』に云はく、「月の色白きが故に玉《ぎよく》と云《い》ふ。月の中に兎《うさぎ》有るが故に兎《と》と云ふ。亦《また》月を[五]陰兎《いんと》と云ふ。亦月を[六]娥影《がえい》と云ふ。[七]恒娥《こうが》をば月の[八]御《ぎよ》と為す。亦《また》月を[九]桂影《けいえい》と云ふ。[一〇]月の中に桂《かつら》有《あ》り。[一一]亦景夜と云ふ。[一二]亦望舒《ばうじよ》と〔云ふ〕[一三]」。『倶舎[一四]』に云はく、「[一五]月の広さは五十由旬なり」と。[一六]『白虎通《びやつこつう》』に曰はく、「[一七]月は疾《と》く行く」と。[一八]孔子が云はく、「[一九]月の形は方《はう》千里なり。天を去ること遠く、地を去ること近し。日の如《ごと》し」と。[二〇]昔、[二一]得大勢至菩薩《とくだいせいしぼさつ》[二二]七宝を以て月を造る。月の下面は水精《すいしやう》[二三]なり。[二四]月をば婦《め》と為《な》す。[二五]三道を行くこと、[二六]日に同じと知るべし。

八頁注一四。 一三 仲尼遊方問録佚文に「日月之形其方千里也。…日三百六十日一匝。…日月去レ天遠去レ地近」とある。 一四 四方千里。一辺千里の正四角形。「日月皆四方正等、其方千里也」(仲尼遊方問録)。 一五 ひとめぐり。一周。ここでは天を一周する意。色「一匝 イッサウ」。 一六 仲尼遊方問録の具体的記事を一句に要約したもの。同書によると、日月は四王天上の人には方形に見えるが、四王天下(→注二一)の人には、発散する光域の加減で円形に見えるという。 一七 「孔子が云はく」がどこまでかかるのか、佚文の範囲では確認しがたい。一応ここで切っておくが、次注に示したように、仲尼遊方問録には、観音と明記しないだけで、下句と同趣の記事も見えて、引用の範囲は微妙である。 一八 観世音菩薩。古くは光世音菩薩とも。観自在の訳は隋唐の間とされる。→三三八頁注九。なお観音の造日については、仲尼遊方問録に「日月誰造。日月菩薩所レ造。菩薩以二七宝一造二日月一。東面黄金、南面白銀、西面水精、北面瑠璃、上玉。善白珠・摩尼宝珠・虎珀珠以成二日月一也」とある。また天地本起経では、日月は阿弥陀仏の命によって観音・勢至二菩薩が造成したものとし、「応声菩薩作レ日、吉祥菩薩則作レ月也。応声菩薩則観世音菩薩也。吉祥菩薩則大勢至菩薩也」とする。 一九 →二九八頁注二六。 二〇 倶舎論一一に「日輪下面頗胝迦宝火珠所成、能熱能照。月輪下面頗胝迦宝水珠所成、能冷能照」。頗胝迦(はていか)は玻璃(はり)で、水晶。七宝の一ともする。 二一 四天上の対。四王天の下の世界で、須弥山の周海の東西南北にある四大洲、東勝身洲・西牛貨洲・南瞻部洲(人間の居住地)・北倶盧洲をさす。 二二 →三一五頁注一二、三四四頁注一。 二三 須弥山の中腹を一周して。半腹は中腹。 二四 底本「上に四万由旬」とよむが、意によってよみ改める。須弥山の高さは水面上八万由旬あり、その中腹は水面上四万由旬に位置する。なお四王天は水面上四万二千由旬に位置し、日の軌道はその下二千由旬にあることになる。 二五 三道については、孔雀経音義・下に「楼炭経云」として同趣の記事を引き、「日行有二三道一。冬行二南道一、当二氷山之上一。是以故天下大寒。春秋行二

六鳥は教法を詠ず第三

[二七]阿弥陀仏の[二八]極楽国に、[二九]八功徳水《はつくどくすい》の池有り。其の池数十なり。池ごとに六鳥ありて[三〇]遊舞《いうぶ》す。身の色は[三一]七宝を成して、詠ずる声は[三二]三宝を[三三]頌《じゆ》す。或る時は、[三四]摩尼《まに》の湊《みなと》に群《むら》がつて[三五]往生の人を礼拝《らいはい》す。或る時は、琉璃《るり》の庭に集《あつま》つて成仏の輩《ともがら》を讃歎す。真珠の浜に遊びて[三六]常楽《じやうらく》の[三七]風を[三八]茹《す》き、[三九]虎《こ》白《はく》の岸に臨みて[四〇]苦空《くくう》の波を飲む。其の池に[四一]漲《うかべ》る水を八功徳水と称することは、[四二]二つの説有り。[四三]先《ま》づ一は、水の味《あぢはひ》太《はなは》だ甘きこと[四四]比無《たぐひな》し。二は、水を飲むに、身の内外《ないげ》極《きは》めて冷《すず》しく香《かう》ばし。三は、水を飲むに、身の内外尤《もつと》も柔和《にうわ》なり。四は、水を飲むに身軽《かる》くして飛行《ひぎやう》す。五は、水を飲むに身心清浄《しやうじやう》なり。[四五]六は、水を飲むに身心に苦患《くげん》無し。七は、飲む時に喉《のむど》を損《そこな》はず。八は、飲み已《をは》りて腹病《ふくびやう》皆失《みなう》せて発《おこ》らず。[四六]次に一は、飲むに身心[四七]澄浄《ちようじやう》なり。二は、飲むに身心清浄なり。三は、[四八]甘露なること、母の乳《ち》を子の嘗《な》むるが如し。四は、飲むに身心[四九]潤沢《じゆんたく》にして飽満《はうまん》す。五は、[五〇]軽耎《きやうなん》なり。六は、[五一]安和なり。七は、飲む時永《なが》く飢渇《けかつ》等

中道一。故寒温適等。夏行二北道一、当二人上一」とする。ただし、現行大楼炭経には同文を見ない。

以上三四九頁

一 須弥山の陰。 二 依拠不明。日月を夫婦に擬し、日を夫としたもの。↓注二四。

第二話 前話と一対の日月解説。前話の日の後を受けて月を取り上げ、内外典を引いて月の名称・広量・運行、創成などを説く。本話は続教訓鈔一三に引用転載される。 三 名称の由来は本文参照。色「月 ツキ 玉兎月名 恒娥同 陰精同 望野同 夜景同 繊治同 水気同 金兎同 円壁同 金波已上同名也」とする。 四 ↓二八七頁注一一。 五 金本「ヲムト」と付訓。月を陰精と称し、また月中に兎が住むことからの称。陽烏の対。↓注二。 六 金本「ガケイ」と付訓。娥は恒娥で、恒娥の影姿の意。 七 音通による慣用的表記で、正しくは姮娥(がこう)。嫦娥とも。尭帝の臣羿(げい)の妻で、夫が西王母から手に入れた不死の薬を盗飲して女仙となり、月中に逃げて月の精となったという(淮南子・覧冥訓、後漢書・天文上)。月の異称とする。↓注一二。 八 御者。由来不明。普通は望舒を月の御者とする。↓注一二。 九 下出の月中の桂に由来する称。 一〇 中国古来の伝説で諸書に所見。日本でも広く行われて、万葉集以来文学にも多彩に投影。続教訓鈔は上句を受けて「月ノ中ニ桂アル ユヱニ」。 一一 色には「夜景」とする。↓注三。 一二 月の御者の称からの転。「日御謂二之義和一、月御謂二之望舒一」(広雅・釈天)。「淮南子云、月一名二夜光一、月御曰二望舒一、亦曰二繊阿一」(初学記・天・上・月)。 一三 続教訓鈔はこの下に「又金波トイフ」の句を付する。 一四 倶舎論。↓三四九頁注一〇。 一五 ↓三四九頁注一一。 一六 ↓二八七頁注二三。 一七 「日行遅、月行疾」(白虎通四・日月)。 一八 仲尼遊方問録の記事をさす。 一九 ↓三四九頁注一三。 二〇 ↓三四九頁注一七。 二一 (大)勢至菩薩とも。阿弥陀三尊の一で、阿弥陀仏の右の脇侍。左の脇侍観音菩薩の慈悲に対して、知恵をもって衆生を済度し、阿弥陀仏の教化を助ける。得大勢至菩薩の造月については三四九頁注一八参照。 二二 ↓二九八頁注二六。 二三 水晶に同じ。↓

の[一]無辺の過患《くわげん》を除く。八は、飲み已《をは》りて[二]定《さだ》めて[三]能《よ》く[四]諸根[五]四大を長養し、種々《くさぐさ》の[六]殊勝の善根《ぜんごん》を増益《ぞうやく》するなり。

[七]六鳥とは、一は白き[八]鵠《くぐひ》。腹《はら》は白く背《せ》は金《こがね》にて、頸《くび》に[九]瓔珞《やうらく》在《あ》り。頌《じゆ》して云《い》はく、「[一〇]無上菩提《むじやうぼだい》証得耶《しようとくや》、永離《やうり》三途《さんづ》得菩提《とくぼだい》」文と。是《これ》[一一]五種の菩提を明らかにす。二は孔雀。頸と尾と虎白《こはく》にして、腹は真珠、背は青し。面《おもて》は鳥、足は人なり。[一二]六時に頌して云《い》はく、「[一三]六度《ろくど》万行《まんぎやう》証得耶《しようとくや》、慈悲《じひ》喜捨《きしや》証得耶《しようとくや》」文と。是《これ》[一四]四無量《しむりやう》の義を明らかにす。三は鸚鵡《あうむ》。背は金、腹は[一五]馬脳《めなう》なり。頌して云はく、「[一六]五根《ごこん》五力《ごりき》七菩提《しちぼだい》、[一七]八相成道転法輪《はつさうじやうだうてんぼふりん》」と。是《これ》[一八]菩薩《ぼさつ》の[一九]三十万億《のく》種の相貟を明らかにす。四は[二〇]舎利鳥《しやりてう》。二《ふた》つの羽は[二一]琵琶《びは》を持たり。其の色は金なり。詠じて[二二]云《い》はく、「[二三]衆生無辺誓願度《しゆじやうむへんせいぐわんど》、煩悩無辺誓願断《ぼんなうむへんせいぐわんだん》、法門無尽誓願知《ほふもんむじんせいぐわんち》、無上菩提誓願証《むじやうぼだいせいぐわんしよう》」と。是《これ》[二四]十波羅《じつぱら》蜜《みつ》を明かす。五は[二五]迦陵頻伽鳥《かりようびんがてう》。[二六]卵《かひご》の中に在りて、其の声衆鳥《しゆてう》に勝《すぐ》れたり。[二七]面《おもて》は人、足は鳥なり。其の身は五色にして[二八]斑《まだら》なる珠なり。詠じて云《い》はく、「[二九]甚重父母往生耶《じんぢうぶもわうじやうや》、孝養師長往生耶《けうやうしちやうわうじやうや》」と。是《これ》[三〇]九品《くほん》往生を明らかにす。六は[三一]共命鳥《ぐみやうてう》。背・腹・頭は紫なり。歌ひて云はく、「[三二]尺迦如《しやかによ》来不忘念《らいふまうねん》、弥陀如来不忘念《みだによらいふまうねん》、[三三]念仏念法念僧耶《ねんぶつねんぼふねんそうや》、念戒念天念捨耶《ねんかいねんてんねんしやや》」と。

三四九頁注一八。 二四 日月を夫婦に擬し、月を日の妻としたもの。続教訓鈔に「月ヲ姉トス」とあるのは不審。「姉」は「婦」の誤写か。ただし、日を兄、月を姉とする説もある（春秋感精符）。→注二一。 二五 須弥山の中腹をめぐる上・中・下の三道。→三四九頁注二五。 二六 運行の軌道は太陽と同じの意。→第一話。

第三話 直接の原拠は不明ながら、阿弥陀経、称讃浄土仏摂受経などの所説を敷衍して、西方極楽世界の功徳池に遊ぶ六鳥の生態を説く。

二七 梵語 Amitāyus また Amitābha の音写。無量寿、無量光と漢訳。西方極楽浄土の教主。過去世の法蔵比丘時代、衆生済度の四十八大願を立て、それを成就して仏となった。 二八 西方極楽浄土。 二九 仏国土の池中に満溢する八種の功徳のある水。詳細は本文参照。 三〇 遊びたわむれて飛翔する。文明本節用集「遊舞 イウブ」。 三一 七宝の色どりを呈して。→二九八頁注二六。 三二 仏・法・僧の総称。 三三 底本「頌」を上から「誦」と訂するが、金本「頌」。意によって「頌」を取る。たたえる。讃嘆する。 三四 梵語 mani の音写。宝珠。下出の琉璃・真珠・琥珀と共に浄土の荘厳の形容に慣用する珠玉・貴石。 三五 底本「ムラカテ」とし、促音無表記。「つ」を補。 三六 生滅がなく永遠に安楽であること。 三七 底本虫損。金本により「風」を補。 三八 食う。→二三三頁注一二。 三九 琥珀の省字。 四〇 苦諦の四行相、苦・空・無常・無我中の二相。この世の一切のものは苦であり、すべてが実体のないむなしいものであるという真理。なお、「常楽の風」「苦空の波」は、浄土では吹く風も寄せる波も、万象悉く妙法を説くとする発想に出たもの。 四一 よみは底本の付訓によるが、金本は「タヽヘル・ウカヘル」の二訓を付する。意味的には「タヽヘル」が妥当とも。類「漲 ウカフ・タタヘリ」。 四二 底本虫損。金本により「二」を補。 四三 これ以下は倶舎論一一の所説による。「六」を除いて同趣ながら、原経をやや敷衍する。 四四 虫損するが、金本「比」に照らして推断。 四五 倶舎論「六不レ臭」。 四六 これ以

[三四]是《これ》三十二《さんじふに》相八十種好《さうはちじふしゆがう》[三五]万徳円満《まんどくゑんまん》の相を明らかにす。而《しか》して彼の鳥は、[三六]彼の国の尺には三尺なり。人間の尺には一丈五尺なり〔と云々〕。

寒苦鳥《かんくてう》は無常を観ず第四

[三七]雪山《せつせん》に雪の穴を掘りて、[三八]鳥《とり》住す。彼《か》の山は、昔より[三九]已来《このかた》今に至るまで雪絶えず。仍《よ》りて春夏秋冬異なること無く、常に[四〇]寒氷《かんぴよう》せり。時に件《くだむ》の鳥、[四一]夜々《よなよな》穴に臥し、通夜《よもすがら》鳴きて云《い》はく、「[四二]寒苦《かんく》殺我《せつが》夜明造栖《やみやうざうせい》、寒苦殺我夜明造栖」文と。即ち夜明《あ》くれば穴を出《い》で、側《かたはら》の雪の上に居て、日の光に照して己《おのれ》が翼《つばさ》を[四三]刷《かいつく》ろむて、漸《やうや》く[四四]心に無常を染《そ》めて、栖を[四五]造《す》るに[四六]懶《ものう》し。故に鳴きて云《い》はく、「[四七]今日不知死《こんにちふちし》、明日不知死《みやうにちふちし》、何故造作《かこざうさ》栖《せい》、安穏無常身《あんのんむじやうしん》」文と。[四八]是《かく》の如く鳴きて、未《いま》だ暖かなる[四九]栖を構へず。[五〇]吾等《われら》衆生《しゆじやう》の心は、遥《はる》かに此の鳥に劣《おと》れり。朝《てう》暮《ぼ》に全く此の観無《くわんな》きが故なり。

下は称讃浄土仏摂受経の所説により、時に敷衍する。往生要集・上・大文二にも原経本文を引く。 四七 底本「澄清」。原経「澄浄」に照らし、「清」を浄の誤りと見て金本「澄浄」を取る。 四八 よみは底本によるが、金本は「甘露にして」。甘露は、古代インドで神々の飲料としたソーマ酒の称。仏教では兜率天の甘い霊液で、起死回生の効があるとされた。ここでは甘露のように甘く美味なこと。原経「三者甘美」。 四九 豊かにうるおうさま。原経には「四者軽軟、五者潤沢」とあり、本書では順序が入れ替わる。 五〇 軽くやわらかなさま。さっぱりして口当たりのよい味。 五一 安らぎなごやかなさま。まろやかな味。

以上三五一頁

一 無限のとがや災害。 二 必ず。きっと。 三 底本「能長養二シ諸根一ヲ、四大増益ス。種々殊勝善根也」とするが、原経・金本に照らしてよみ改める。 四 身心のもろもろの機能、またそれを働かせる力。 五 万物を構成する地・水・火・風の四元素で、人体もこの四元素から成るとされる。功徳水の利益によって身心の諸機能が円滑に働き、身体も四元素が調和して長く健康を保持するの句意。 六 格別にすぐれた善果をもたらすもと。 七 これ以下の六鳥は、阿弥陀経の所説と一致する。「彼国常有二種々奇妙雑色之鳥一。白鵠・孔雀・鸚鵡・舎利・迦陵頻伽・共命之鳥。是諸衆鳥、昼夜六時出二和雅音一。其音演二暢五根五力七菩提分八聖道分如レ是等法一。其土衆生聞二是音一已、皆悉念レ仏念レ法念レ僧」(阿弥陀経)。 八 白鳥の古称。「くぐひ」は鳴き声からの称という。類「鵠ツル・クグヒ」。 九 珠玉を連ねた首飾り。ここでは首部をいろどるまだら模様の羽毛を形容したもの。 一〇 完全無欠の悟りを開き得たか、未来永劫に三悪道の苦を離脱して悟りの境地を得よ、の意。なお、一句七字の偈の形式を取るために、二句目の末尾の「耶」を省略した可能性も考えられる。 一一 菩薩が菩提を求めて発心してから、最高の仏果を得るまでの五段階の修行階梯。発心菩提・伏心菩提・明心菩提・出到菩提・無上菩提の五菩提をいう(大智度論五三)。 一二 読経・念仏などの勤行のため、一昼夜を昼三時、夜三時

白象《びやくざう》は牙《きば》の上に蓮花を開く第五

『[一]普賢観経《ふげんくわんぎやう》』に云《い》はく、「[二]普賢は六牙《ろくげ》の白象王に乗る。象牙《ざうげ》の上に池有り、池の中に大宝蓮花を敷《ひら》く」文と。[三]夫以《それおもん》みれば、象の口の中に牙有り。常に舌其の牙を[四]舐《ねぶ》つて、未《いま》だ曾《かつ》て[五]一渧《てい》を湛《たた》へず。若し水無ければ何《なん》ぞ池有らむ。池無くは、[六]安《いか》が[七]蓮敷《はちすひら》けむや。即ち或る[八]論師《ろんじ》、此の疑ひを除かむが為に、[九]此の文《もん》を引きて、[一〇]人法《にんぽふ》の不思議の証《しよう》を[一一]尺《しやく》したまへり。是を以て、我《われ》に有《あ》りては他の[一二]行《ぎやう》を毀《そし》るべからず、人《ひと》に有りては又我が行を[一三]嚬《くちひそ》むべからず。万法《まんぽふ》は不思議の[一四]所摂《しよせふ》なるが故なり。〔自他[一五]幾《いくばく》の利智を以てか彼此《ひし》の行を[一六]糺《ただ》さんやと云々。〕

五百の老鼠《らうそ》は[一七]羅漢果を得《う》第六

[一八]正法《しやうぼふ》の時に、僧〔一人《ひとり》〕房に在り。常に法花経を誦す。房の天井に五百の老鼠有り。[一九]日々に経を聞くこと[二〇]数年なり。時に六十の[二一]狸《いたち》の為《ため》に、

の六時に分けたもので、晨朝（じんじよう）・日中・日没（にちもつ）・初夜・中夜・後夜の総称。 一三 六度は六波羅蜜。菩薩が仏果を得るために実践すべき六種の修行徳目で、布施・持戒・忍辱（にんにく）・精進・禅定・般若（智慧）の総称。あらゆる六波羅蜜の行を身につけ、慈・悲・喜・捨の利他行を身につけて実践躬行しているか、の意。 一四 四無量心の略。四種のはかり知れないほど広大な利他の心で、衆生に楽を与える慈、衆生をあわれんで苦を救う悲、衆生の楽を喜びとする喜、一切のとらわれを捨てて衆生を平等に利する捨 の四心をいう。 一五 瑪瑙に同じ。七宝の一。色「馬脳 メナウ 俗亦作瑪瑙」。ここでは腹毛が瑪瑙色の意。 一六 五根・五力・七菩提は、いずれも三十七道品（悟りを極めるための三十七種の修行法）に含まれる修行方法。五根は信（信仰）根・勤（精進努力）根・念（思念）根・定（禅定）根・慧（智慧）根の五種の能力。五力は五根を機能させる五種の力。七菩提は七菩提分の略で、七覚支とも。念（思念）・択法（ちやくほう） 正しい智慧による思量）・精進・喜・軽安（身体の爽快）・定（精神の安定）・捨（とらわれることのない平等）の七種の悟りに到達するための要素。 一七 八相は釈迦の生涯における八つの重大な事相、降兜率・托胎・出胎・出家・降魔・成道・転法輪・入滅の称。第六相の成道と第七相の転法輪（説法）を特記したのは、この二相を特に重視したもの。 一八 底本「菩提」、対校一本に「菩薩」とする。金本「菩薩」。 一九 菩薩のありとあらゆる形相・姿態。 二〇 梵語 śāri, śārikā の音写。鶖鷺・百舌鳥などと漢訳。人語をまねることの巧みな九官鳥の類で、頸部だけが黄色の黒色の鳥。現在マイナ鳥と呼ばれるものという。 二一 琵琶を抱えているような形をしている意。 二二 底本二字虫損。金本により「云衆」を補。 二三 以下の四句は、仏菩薩が菩提心を発す時に立てる基本的な誓願で、四弘誓願と称されるもの。定形視される摩訶止観一〇下の文言以下、経論によって異同があるが、本書の四句は往生要集・上・大文四に引く文言と完全に一致する。一切の衆生をあまねく救済し、一切の煩悩を悉く断ちきり、一切の仏の教えを余すところなく学び取り、究極の悟りに到達しよう、という四つの誓

一夜に悉《ことごと》く食《じき》せらる。五百乍《なが》ら[二二]忉利天《たうりてん》に生る。[二三]天《てん》の寿《いのち》尽きて[二四]舎利弗《しやりほつ》に値《あ》ひて阿羅漢果を証し、遂《つひ》に[二五]悪道《あくだう》の苦に堕《お》ちず。[二六]慈尊《じそん》の出世の時に大果を証して、[二七]無生忍《むしやうにん》を得、[二八]分[二九]身して施《せ》[三〇]し、[三一]仏事を作《な》して衆生を利益すべし。何《いか》に況《いは》むや、人有りて信を生じ、此《こ》の経を聞かば、[三二]更《さら》に果を得[三三]て成道疑ひ無し。又[三四]外典《げてん》の『[三五]抱朴子《はうぼくし》』が曰《い》はく、

[三六]白鼠《はくそ》は、寿《いのち》[三七]三百才に満つるとき、即ち色《いろ》白し。百才の初めより[三八]白《しろ》むなり。白鼠と成《な》れば、善《よ》く一年の内の吉凶《きちく》并《ならび》に[三九]千里の外《ほか》の事を知る。名づけて[四〇]神《しん》と曰《い》ふ。[四一]鼠の[四二]耳は[四三]季春《きしゆん》に増《ま》す。[四四]火鼠《くわそ》は[四五]炎州《えんしう》に[四六]育《やしな》ふ。[四七]其の皮を取りて衾《ふすま》と為《な》すなり。火鼠は風に当《あ》たれば即ち死す。鼠大きなる[四八]鑊《かなへ》に入りて、三年[四九]金《かね》の気を飡《くら》ひて命を存す。常に一《ひと》つ処《ところ》を以て小便を為す。小便に鑊の尻朽《しりく》ち[五〇]破《やぶ》れて、其《それ》より鼠出《い》づるなり。時に人云《い》はく、「励《はげ》む鼠は鑊の尻を穿《うが》つ」と。

と云々。

願。二四 注一三の六度（六波羅蜜）に方便・願・力・智の四波羅蜜を加えたもの。完全な悟りに到達するために修める十種の行をいう。二五 梵語 kalaviṅka の音写。美音鳥・妙声鳥と漢訳。ヒマラヤ山中に住むとされるが、仏教では極楽浄土の霊鳥とする。二六 大智度論二八の所説。唐の基撰阿弥陀経疏ではこの説を引いて、孵化して後の美声はましてたぐいなしとする。二七 経論の所説を見ないが、浄土曼荼羅類では人頭鳥身の鳥に描く。二八 羽毛に珠のような斑模様がまじっている意。二九 父母や師長に心から仕え、孝養の誠を尽くして、その極楽往生を願うように勧説した句。三〇 生前の功徳に相応した九段階の往生の相で、上品・中品・下品それぞれを上生・中生・下生の三階に区分する。三一 命命鳥、生生鳥とも。本来はインド北部に棲息する雉の一種というが、仏典には一身二頭で、心臓も二つある珍鳥として登場する。三二 ひたすら思いをこらして釈迦如来を念じ、阿弥陀如来を念ずることを忘れてはならない、の句意。念は観想で、仏や浄土の妙相を脳裏に描き、静かに思念すること。三三 念仏から念捨に至る六種の観想を六念と称し、菩提を求めるために修すべき観想行とされる。念捨を念施とし、念天を最後に位置づけるのが普通であるが、捨は平等に施行する、つまり喜捨で施と同義に解される。仏・法・僧の三宝を観想し、戒行を守り、布施を行じ、天界の諸神を念ずる観察行を修しているか、の句意。三四 三十二相は仏と転輪聖王に備わるとされるすぐれた三十二種の身体的特徴。八十種好は仏菩薩に備わるとされる八十種の身体的、進退動作妙相。→二九三頁注二九・三〇。三五 仏菩薩のすぐれた形相が何一つ欠けることなく完全に備わっているさま。三六 極楽浄土と人間世界では計測単位が異なり、浄土の一尺は人間界の五尺（約一・五二メートル）に相当することになる。

第四話　原拠不明。漢訳仏典には見当たらない。法華経鷲林拾要鈔二三ノ二に「物語云」として同話を収録し、録内拾遺五に転載。寒苦鳥の故事は宝物集二、撰集抄九、平家物語九、一〇以下中世の説話・物語類に散見し、歌材にも

二羽の鸚鵡《あうむ》は辟支仏《びやくしぶつ》と成る第七[一]

『賢愚経《げんぐきやう》』[二]に云《い》はく、

昔、仏《ほとけ》在世の時に、須達《しゆだつ》[三]〔長者〕が家に、仏法を信敬《しんきやう》して、僧の旦《だん》[四]越《をつ》と為《し》て所須《しよしゆ》[五]一切を供給《くぎふ》す。其の家の内に、二《ふた》つの鸚鵡《あうむ》鳥《てう》有り。稟性《ひんせい》[七]黠恵《かつゑ》[八]にして能《よ》く人の言語《ごんご》を解《さと》る。比丘の来《きた》るを見ては、先《ま》づ家の内に入りて告げて知らしめ、出《い》[九]でて迎送《げいそう》す。即ち阿難《あなん》[一〇]長者の家に到り、鳥の聡明《そうみやう》なるを見て、為《ため》に四諦《したい》[一一]の〔法〕を説く。時に門の前に樹有り。二《ふた》つの鳥法を聞きて樹の上に飛び昇りて、歓喜[一二]して持誦《ぢじゆ》[一三]す。夜も樹に在《あ》りて宿るに、野狸《まみ》[一四]の為《ため》に食せられぬ。法を聞きしに由りて、[一五]四天王天に生る。彼の天の寿《いのち》尽きて、上《かみ》[一六]ざまに向ひて他化自在天[一七]に生る。是《か》くの如く上生下生七返《じやうしやうげしやうしちかへり》[一八]して、一々に天の寿尽き了《をは》りて、人中《にんちう》に生れて出家して、道を修《しゆ》して辟支仏《びやくしぶつ》と成る。一つをば曇摩《どんま》と名づけ、二つをば修曇摩《しゆどんま》と名づく。

一つをば律提《りつだい》と名づけ、二《ふた》つをば賒律提《ちよりつだい》[六]と名づく。

取られている。三七 ヒマラヤ山脈。千古雪をいただくことからの称。三八 底本「住レ鳥」。金本では「住する鳥なり」とよむ。三九 よみは色「以来 コノカタ」に準拠。四〇 寒く氷りついている。四一 毎晩。色「夜々 ヨナヨナ」。四二 金本は「寒苦我を殺してん、我夜明けば栖(ナ)を造らむ」と訓読。寒さがきびしくて死んでしまいそうだ、夜が明けたら巣を造ろう、の句意。鷲林拾要鈔によると、雌鳥は「寒苦殺我」と鳴き、雄鳥は「夜明造栖」と鳴くという。四三 底本「殷」に似た字体で、「カイックロムテ」と付訓。「刷」の変か。金本により「刷」に改める。「刷ひて」の音便。翼を整えて。羽をなでつけて。四四 金本「心無常に染みて」とよむ。次第に世の無常を感じ取って。四五 底本二字虫損。金本により「造栖」を補。類「栖 スミカ・ス」。四六 気乗りがしない。気が進まない。四七 金本は「今日死なむと知らず、明日死なむと知らず、何が故に栖を造作して、無常の身は安穏ならむ」と訓読。今日明日にも死ぬかも知れないのに、巣を造ったからといって、無常のこの身はどうして安らかに暮らせようか。四八 二字虫損。金本により「如是」を補。四九 虫損。金本に照らして判読。五〇 これ以下、鳥は日中は無常を観ずるが、人間は日夜無常をさとることがないので、遥かに寒苦鳥に劣るとしたもの。寒苦鳥の故事は、一般に当面の苦しみが過ぎるとすぐそれを忘れてしまうことの喩えとするが、ここでは当たらない。本話が管見最古の用例であるだけに注目したい。

以上三五三頁

第五話　原拠不明。

一 仏説観普賢菩薩行法経の略。観普賢経とも。一巻。南北朝時代の宋の元嘉年間(四二四―四五三)、曇摩蜜多訳。普賢菩薩を本尊とする滅罪懺悔の修法を説く。法華経・普賢勧発品の姉妹編として法華三十講の結経とする。二 普賢観経中に同文の経句を見ないが、「普賢菩薩…。以二智慧力一化乗二白象一。其象六牙七支…。於二六牙端一有二六浴池一。一々浴池中生二十四蓮華一。…其華開敷如二天樹王一」とあるのは同趣の記事。これを要約したものか。三 よくよく考えてみると。

と。是《ここ》を以て知りぬ、人身は尤《もつと》も励《はげ》み修すべき者なりと。一九

大王の酔象は踵《きびす》二〇を舐《ねぶ》りて害せず第八

昔、大王、天下の国の中に不善の犯人《ぼんにん》有れば、酔二一象を放二二ち任《まか》す。即ち大象、目を赤め口を開きて犯人を踏み殺し、一人をも生《いか》さず。之《これ》に因《よ》りて国の〔第〕二三一《いち》の財《たから》と為《な》す。隣国《りんこく》の敵《かたき》の人、之を聞きて輙《たやす》く来らず。即ち象の厩《きさや》二四、火の為に焼かる。暫《しばら》く厩を造る程、僧房の辺《ほとり》に繋《つな》ぎて一夜を経たり。房主《ばうず》法二五花経を誦す。象之を聞く。即ち其の明《あ》くる日、数十人の犯者を禁《いまし》二六めて、酔象を将《ゐ》て来りて放ち任す。象伏《ふ》二七し毘《まろ》むで尾を揺《ふる》二八ひ、犯人の踵を舐《ねぶ》りて一人をも害せず。王大きに驚き奇《あやし》みて云はく、「吾《わ》が尊ぶ所は是《これ》汝なり。汝に依りて国内に犯人少《すくな》し。隣《となり》の敵も来らず。若し此《こ》の象是《かく》の如くは、何の怙《たのみ》か有らむや」と。即ち智臣奏して云はく、「今夜《こよひ》僧房の辺に在りしが故に、慈二九悲の心を発《おこ》せるなり。復《また》屠《と》三〇の辺《ほとり》に遣《や》りて、一夜を経て試《こころ》三一みたまふべし」と。時に上の件《くだむ》の如くして、其の明《あ》くる日犯人に向ふに、牙《きば》三二を噛《か》み口を開きて、疾《と》く来りて

色「以 オモミレハ・オモンミル」。四 底本「舐フテ」。促音の無表記と見て「つ」を補。五 ひとしずく。一滴。色「一滴イッテイ」。六「安」のよみは底本の付訓による。「いかが」は「いかにか」の転「いかんが」の撥音の無表記とも。金本「イヅクンゾ」。どうして蓮が開花するだろうか。金本のよみを取れば反語となり、開くはずがないの意となる。七 類「敷 ヒラク」。開くと同意。八 経・律・論のうち、特に論、つまり仏教教理学に精通した学者の称。また広く教義や論議に長じた学僧の称とも。九 上記の普賢観経の文句を証拠資料に引用して。一〇 人法は人間と仏法の意に用いることもあるが、ここでは仏法に対して人間の理法、道理をさした語。人間の凡知をもってしては、広大深遠な仏法の妙理を思いはかることができないことを証明なさった、の句意。一一 釈の省字として通用。「たまへり」と敬語を付することが注目されるが、論師が誰かは不明。一二 身・口・意の所行。行業。一三 口をゆがめることで、そしる、批難する意。一四 取りこむこと。摂取内包。一切の法は人間の浅知でははかり知れない事理を包摂しているからである、の句意。一五 どれほどのすぐれた知恵をもって。色「幾 イクハク」。一六 批正できようか。

第六話 原拠不明。今昔物語集四ノ一九は本話に基づく同文的同話。

一七 阿羅漢果の略。→三一七頁注二三。一八 →三三二頁注一九。一九 金本「鼠日々ニ」。二〇 今昔は「数（あまた）ノ年」とよみ、多年の意に解する。二一 よみは底本の付訓による。鼬（いたち）に同じ。類「狸 イタチ」。二二 →二九四頁注一一。二三 今昔「天ノ命尽テ、皆人界ニ生レヌ」。二四 →中巻第十六話解説。「値」は底本虫損。金本により補。二五 →二九九頁注五四。二六 弥勒菩薩の尊称。弥勒がこの世に仏として出現する時に。→三三七頁注二九、中巻第五十七話。二七 生滅無常の理をさとり、一切を空と観じて安住を得ること。また、その境地。無生法忍。二八 虫損。金本により「得」を補。二九 仏菩薩が種々に変化して広く衆生を済度することで、ここでは無生忍を得た五百の鼠がさまざまに化

一員《かず》の如《ごと》く踏み殺す。二況《いは》むや人の心をや。

野干《やかん》は三詐《いつは》り死して免《まぬか》れむと四欲《おも》ふ第九

五『止観《しくわん》』に云はく、

六四人有りて道を行く。即ち路《みち》の辺《ほとり》に一《ひと》つの野干有《あ》り。草の根を堀り、塊《つちくれ》を破《わ》りて諸《もろもろ》の虫類《ちうるい》を飡《くら》ふ。時に四人近く来《きた》るが故に、野干思ふ様《やう》は、「吾《われ》若し忽《たちま》ちに逃げば七豈《あに》殺さむや。如《し》かじ、吾八詐《いつは》り死して、人々の過ぎなむ後に飽《あ》くまで虫を食ひ肥《こ》えて、九誇りて本《もと》の家に行かむ」とて、一〇随ひて伏しぬ。爰《ここ》に四人、狐の思ひに相違して皆立ち停《とどま》りて、相語《あひかた》らひて云はく、一人は耳を切り、一人は尾を切り、一人は牙を欠《か》かむといふ。狐三人の言《ことば》を聞きて思ふ様は、「吾耳・尾・牙無くとも、一一命有《あ》らば自《おのづか》ら世には有りなむ」と。仍《よ》りて、未《いま》だ心に奥《ふか》く愁せず。即ち今一人の云はく、「頸《くび》を切らむ」と。此の時に野干大きに驚きて、吾れ已《すで》に死なむと擬《す》ること久しからず、直《ただ》ちに起《お》きて逃げむと思ふ。一二時に走り逃ぐる間、四人之《これ》

身し、姿を変えて、の意。三〇 衆生にほどこしをし。三一 説法・法会などを営んで。三二 必ず法華経聴聞の善果を得てさとりを開くことは疑いない。三三 底本「後」に似るが、「得」の誤写と見て改める。金本「得」。三四 内典の対語。仏教を内とする立場から、仏典以外の書籍・文献をさしていう語。三五 →二八七頁注五。以下の引用記事、「神と曰ふ」まで、抱朴子内篇・対俗に対応本文が見える。三六 金本、抱朴子「鼠」。今昔「白キ鼠」。三七 金本「満ヌレハ」。三八 金本「白色也」。三九 遠く離れた土地の出来事。四〇 今昔「神鼠」。抱朴子「善凴レ人而下。名曰仲」。これによると、人にのりうつって託宣を下すことから、天意の媒体として仲と称したことになり、意味が異なる。四一 これ以下、抱朴子現存本に見えず、今昔にも欠けている。四二 耳孫の意。八代目の孫の称とするが、ここでは子孫の意。四三 陰暦三月の称。晩春。四四 和「火鼠 和名比𪖁須三(ひねずみ)」。中国の想像上の動物。四五 火の国の意。火中に棲息し、その毛は火に焼けないとされる。なお、唐代に四川省に置かれた同名の州があるが、ここでは不当。また海内十州(→二八九頁注三九)中に炎洲があるが、当否不明。四六 飼育する。類「育 ヤシナフ」。四七 火鼠の毛皮が火に焼けないことを珍重して、寝具に製したもの。古く中国では、その毛で製した布を火浣布(かかんぷ)と称したが、実際は石綿を火鼠の毛と誤解または偽称したもの。竹取物語にも、得がたいものの一つとして火鼠の皮衣が登場する。和、火鼠の項に「神異記云、…取二其毛一織為レ布」。四八 →二七八頁注二。四九 水分に溶解する金属の成分。金気(かな け)。五〇 底本「破ル」。金本「破レテ」を取る。

以上三五五頁

第七話 原拠は賢愚経一二・二鸚鵡聞四諦品。ただし、本文的にはそれを要約した法苑珠林一七・敬法篇聴法部、諸経要集二・敬法篇聴法縁収載話に近い。今昔物語集三ノ一二は本話に基づく同文的同話。なお同話は他書にも散見するが、金言類聚抄二二・禽類部収載話は、本話との同文性において特記すべきもの。

を見て逃《に》がさず、随《したが》ひて之を殺し、取りて[一三]用ずる所あり。文《もん》。

と。

此の[一四]譬《たと》へを以て衆生《しゆじやう》の愚《ぐ》を誡《いまし》む。所以《ゆゑ》は、野干とは衆生なり。道とは[一五]娑婆《しやば》世界《せかい》なり。虫類を湌《くら》ふとは世間を経るなり。四人とは、生苦《しやうく》・老苦《らうく》・病苦《びやうく》・死苦《しく》なり。耳・尾・牙・頸とは、[一六]生老病死の次第に衰滅《すいめつ》するなり。然《しか》るに一切衆生は生苦、老病の苦を強《あなが》ちに[一七]恐れ厭《いと》はず、自《みづか》ら愁《うれ》へ吟《なげ》き乍《なが》ら、猶《なほ》[一八]世間の楽《らく》を[一九]欣《ねが》ふ。此《これ》即ち狐の、耳・尾・牙を取らむと云ふを聞きて、[二〇]心奢《おご》りして伏せるが如《ごと》し。衆生は死なむと欲《す》る一事に於《おい》て、其の心奢《おご》らず、尤も恐れ吟《なげ》く。是《これ》即ち狐の、頸《くび》を切らむと云ふを聞きて逃ぐるが如し。即ち衆生死を恐ると雖《いへど》も、[二一]定業《ぢやうごふ》来りぬれば更《さら》に生きずして即ち死ぬ。彼《か》の狐の遂《つひ》に逃ぐる間に殺さるるが如し。

然《しか》れば則《すなは》ち一切衆生は、始めて十五六才許《ばかり》より、自《みづか》ら[二二]一切の無常を観《くわん》ぜよ。吾が身も一切衆生も永く有るべからざる身なり。仍《よ》りて将来の生老病死を恐れて、此の度《たびこ》此の畏《おそ》れを断《た》つべし。譬《たと》へば、彼の野干の人の来《きた》るを見て、本より詐《いつは》り死せず、疾《と》く走り逃げましかば、即ち命を延《の》べ、直《ただ》ちに死すべからざるが如し。[二三]努力《ゆめ》努力《ゆめ》此の意《こころ》を得て、人

一 避支迦仏陀の略。縁覚または独覚と漢訳。種々の機縁に開発され、師がなくて独力で悟りを得た者。 二 北魏涼州の僧慧覚等、四四五年、高昌にて訳。十三巻。雑宝蔵経、撰集百縁経と共に代表的譬喩経典の一。 三 →三〇二頁注一五。法苑珠林「須達長者」。金言類聚抄「須達長者家」。 四 檀越に同じ。施主。広く仏教を外護する在家信者の称とも。 五 底本訓点を誤り、「一切の供給を所須す」とよむが、法苑珠林「所須一切供給」、金本「供ニ給一切所須ニ」に照らしてよみ改める。衆僧の所用の品すべてを施し与えた。 六 よみは金本の付訓による。普通は「奢」と同音。 七 生まれつきの性質。天性。 八 こざかしいこと。小利口。 九 金本「今禽出テ、迎送ス」。 一〇 →三〇一頁注一八。 一一 四つの真実の意で、苦・集・滅・道の法をさす。苦の本質を明らかにし、その由来生起するところを悟り、それを超越して成道する教法。 一二 底本「歓喜し持誦して」とよむが、金本、金言類聚抄などに照らして文を終止する。 一三 身につけて読誦する意であるが、ここは口まね巧みな鸚鵡であるから、「苦集滅道」と絶えず鳴きさえずったもの。賢愚経では、阿難が授けた苦集滅道の偈をまねて鳴いたとする。 一四 定訓を得ないが、底本は「マミ」、金本は「ムサヽヒ」と付訓。前者ならアナグマ・ムジナの類。両者共に夜間樹上で餌をあさる。 一五 須弥山の中腹の四方に配される天。持国天(東)・増長天(南)・広目天(西)・多聞天(毘沙門天とも。北)の四神がつかさどり、仏法守護に当たる。 一六 上方の天に向かって、第一天の四天王天から忉利天・夜摩天・兜率天・楽変化天・他化自在天と、欲界六天の上位の天に順次転生した意。 一七 欲界六天の最上位の天。→三三三頁注二九。 一八 上生は上位の境界に、下生は下位の境界に生まれ変わること。弥勒の上生下生でなじみ深い用語。ここでは欲界六天の間を七回輪廻転生した意。 一九 金本は話末に「云々」を付する。これが原姿であろう。

第八話 原拠は付法蔵因縁伝六。今昔物語集四ノ一八は本話に基づく同文的同話。私聚百因縁集三ノ二に本話を転載する。なお摩訶僧祇律二に、頻婆沙羅王の前生譚として

は常《つね》に[一]生界《しやうかい》の無常を観《くわん》じ、娑婆に[二]愛習《あいしふ》の心を留《とど》むること勿《なか》れ。[三]穴賢《あなかしこ》穴賢。『[四]大論』十四。

双鴈《さうがん》は[五]渇《かつ》せる亀を将《ゐ》て去る第十

昔、二《ふた》つの鴈《かり》有り。旧《ふる》き池の辺《ほとり》に芹《せり》の根を飡《くら》ふ。時に池の中より一《ひと》つの亀出《い》で来《きた》りて、鴈に語りて云はく、「吾年来《としごろ》此の池の主《ぬし》として居《きよ》住《ぢう》する間、[六]縁尽《つ》き[七]処《ところ》淡《あは》でて、[八]漸《やうや》く帰《き》する所無し。[九]卿等《きむだち》若し[一〇]恩《うつくしみ》有らば、吾を水香《かう》ばしく深く、[一一]食《じき》に飽《あ》くべき処に将《ゐ》て行け。其の由《よし》は、吾[一二]輒《たやす》く行くに能《あた》はず。卿達は世界を広く見るが故なり」と。時に鴈答へて云はく、「汝《なむぢ》が言ふ所、尤《もつと》も然《しか》なり。吾が往還《わうぐゑん》の道に最も[一三]吉祥《きちじやう》の処《ところ》有り。所以《ゆゑ》は、北は[一四]峨々《がが》たる嶮《さかし》き山峙《そばだ》ち、南は[一五]平々《へいへい》たる広《ひろ》き路《みち》通じ、東は[一六]漫々《まんまん》たる滄海《さうかい》遠からず、西は[一七]眇々《べうべう》たる長き尾《を》聳《そび》き連《つらな》れり。其の北の山の[一八]峡《ふもと》より三里許《ばかり》南に、方《はう》一町の池有り。山の水は北より恒《つね》に加はり、[一九]海沢《かいたく》は東より潜《くぐ》り融《とほ》れり。池の近《ちか》き辺《ほとり》は、四季に林ありて、[二〇]花を開きて菓《このみ》を結ぶ。都《すべ》て極《きは》めたる[二一]嘯《す》き物の住む処なり、[二二]色好《いろごの》みの遊び地《どころ》なり。

同話の異伝を収載。大王は付法蔵伝に華氏国の王とする。マガダ国の阿育王をさすか。華氏城はマガダ国の首都。二〇 かかと。二一 金本によれば「象を酔(ゑ)はしめて」。二二 放して思うがままにさせる。二三 金本、今昔、百因縁集「第一ノ財」。二四 畜舎。類「厩 キザヤ」。二五 付法蔵伝「比丘誦ミ法句ニ曰、為善生天為悪入淵、心便柔和起慈悲意」。これによれば、原拠の法句を法華経に改めたことになる。その結果、原拠に見られる説話の論理的構成が破壊され、漠然と法華経の霊験功徳を強調する話となった。二六 縛って。二七 底本「伏シ昆ムテ」とするが、「昆」の適切な訓を得ない。金本、百因縁集「毘」とし、「マロフ」と付訓するを取って「まろむで」とよむ。二八 百因縁集「ウゴカシテ」と付訓。金本「捶」。二九 底本二字虫損。金本により「慈悲」を補。三〇 屠殺場。刑場。→三三九頁注三二。三一 底本「誠」。金本により改める。三二 金本、百因縁集、今昔「歯」。「歯」を是とすべきか。

以上三五七頁

一 数多く。多数。二 象でもそうなのだから、まして人間の心は教化されないことがあろうか。法華経の功徳を強調したもの。

第九話 原拠は大智度論一四。ただし、改変の跡が著しい。冒頭に「止観に云はく」とあるが、本話は摩訶止観に取材したものではない。しいて本句を生かせば、摩訶止観にも同じ話題を取り上げていることからの注記。野干は狐の別称。

三 底本ここでは「死を詐りて」とよむが、文中では同句を「詐り死して」(→注八)とよむ。意味的に後者を是としてよみ改める。前者のよみでは、死を偽って生きているように見せかける意となる。金本「詐(ハイツ)リテ死テ」。四 よみは金本による。類「欲 オモフ」。五 摩訶止観の略。十巻。五九四年の智顗の講述を法弟章安灌頂が筆録校訂したもの。止観の本義と実践の諸相を説いた権威書で、天台三大部の一。同書四上に同じ話題が見えるが、極めて簡単な記事で、以下の典拠とはなり得ない。ただし、同書を注釈した摩訶止

亦《また》、敵の恐《おそ》[二三]り無くして、永[二四]く飢渇《けかつ》の愁《うれ》へを離れたり。吾が大祖父《おほおほぢ》[二五]往還の次《ついで》に此の処を見て、讃《ほ》めて云はく、「左青竜《させいりよう》[二六]、右白虎《うびやつこ》、後玄武《ごげんぶ》、前《ぜん》朱雀《しゆじやく》、相称《あひかな》[二七]へる勝地なり」者《てへり》。汝実《まこと》ならば将《ゐ》て行かむ。而《しか》も彼の池に主《ぬし》無し」と。

時に亀手を摺《す》り、膝《ひざ》[二八]を屈《かが》めて云はく、「吾を君達早く将て行け」と。即ち鴈、亀に語りて云はく、「吾は飛びて道を行く。汝は昆《は》[二九]ふて道を行く。進退事毎《しんだいことごと》[三〇]に然り。能《よ》く吾等《われら》が言《ことば》に随《したが》はむや」と。亀云はく、「吾が身を思はぬ人や有る。只卿等《ただきむだち》が言《ことば》に相違《さうゐ》せじ」と。即ち鴈云はく、「汝一《ひと》つの木に咋《く》ひ着きて、彼《か》の池に至るまで口を開かざれ。設《たと》ひ途中に人有りて打ち罵《の》[三一]ると雖《いへど》も、汝努力《ゆめゆめ》口を開きて答へざれ。吾等木の左右の端を咋《くは》へて、急《たちま》[三二]ちに速《すみや》かに将て去らむ」と。

時に、約了《やくをは》りて将て行く。即ち一つの市《いち》[三三]を過ぐる間、数十人の童子《わらべ》有り。亀を見て咲《わら》ひ罵《の》る。其の声甚《はなは》だ喧《かまびす》[三四]し。時に亀、忍びずして罵《の》り返す。仍《よ》りて木を離れて、童子の中に落ちて打ち殺されぬ。

即ち此の譬《たと》[三五]へを以て衆生を誡《いまし》む。亀とは衆生なり。木とは教法なり。二つの鴈とは仏と菩薩となり。彼《か》の池とは万徳円満《まんどくゑんまん》[三六]の浄土なり。此の

観輔行伝弘決をさすとすれば、同書四ノ二に大智度論の本文を引いて摩訶止観の記事を敷衍する。 六 大智度論収載話では発端を異にし、林間に住んで獅子や虎の残肉で生きていた狐が、夜半空腹に堪えかねて人家に潜入した時の出来事とする。 七 底本「豈殺ラム哉」とするのは、あるいは「不」字脱として「殺さざらむや」とよみ、殺すに相違ないの意に解したものか。しかし金本「豈殺哉」に照らして脱字を想定せず、「豈殺さむや」とよみ改める。どうして殺すだろうか、殺せないはずだの意。つまり、今すぐ逃げたなら逃げのびられるだろうと考えたが、次に一転して「如かじ、…」と考え直した意。 八 死んだふりをして。思いついた通りにして。 九 意気揚々と。 一〇 その考えに従って。 一一 命があったら、それなりに何とか生きてはゆけよう。 一二 大智度論では、この時狐が意を決して跳躍し、険阻な道に逃げこんだので命が助かったとし、これを一念発起して自ら解脱することの譬喩とする。本話ではこれを狐が殺された話に改変して、以下の教誡の資としている。 一三 利用する。役立てる。 一四 譬え話。譬喩譚。説教で譬喩とされるのは、こうした用い方をされた話。ジャータカ(jātaka)を本生(譚)と訳すのに対して、類似の構成を持つアヴァダーナ(avadāna)を譬喩と訳すのも、用途に由来した訳であろう。 一五 衆生の住む国土。人間世界。娑婆は梵語Sahā の音写。苦悩と汚穢に堪えて生きる世界の意で、忍土と漢訳。 一六 生老病死の順を追って衰え死んでゆくこと。 一七 金本では古形の「恐り」(四段)とよむ。以下も同じ。 一八 俗世の快楽。 一九 底本の誤字を金本によって改める。 二〇 大智度論「若し老い至る時に猶故(とも)のごとく自ら寛なれば」などに照らすに、ここの「心奢」は「寛」に対応する意。「心おごりして」「心ゆる(らか)にして」の二訓が考えられるが、いずれによんでも、のんびりかまえて、ゆったりくつろいでの意となろう。類「奢 オゴル・ユル、カナリ・ユルカニ」。金本「心ゆるにして」とよむ。 二一 前世からの定まった業因。宿業。それによって現世の死果をもたらすことになる。 二二 この世の万物がすべて生滅変化することをひた

池とは[一]娑婆なり。市とは[二]天界なり。童子とは[三]天子・外道《げだう》なり。口を開くとは、[四]聴聞の庭《には》に[五]善根を語りし砌《みぎり》に、[六]離言を作《な》すなり。死とは永く悪道に堕《お》つるなり。[七]努力《ゆめゆめ》之《これ》を信ぜよ。

千の猿は[八]帝尺《たいしやく》を[九]供《く》す第十一

[一〇]中天竺舎衛国《ちうてんぢくしやゑこく》の[一一]泰山《たいざん》の中に一《ひと》つの大樹有り。其の樹に千の猿住《ぢう》す。九百九十九の猿は鼻無し。今一《いまひと》つの猿は鼻有り。時に諸《もろもろ》の鼻無き猿、鼻有る猿を嘲《あざけ》り咲《わら》ふこと極《きはま》り無し。常に詰《なじ》りて云はく、「汝は[一二]是片輪《これかたは》物《もの》なり。吾等《われら》の中に交《まじ》ふべからず」とて、列座せしめず。[一三]供養せずして、只独《ただひと》り愁へ歎く時に、[一四]猿の愁へに依りて、帝釈忽《たいしやくたちま》ちに樹の下に[一五]来《らい》向《がう》す。即ち千の猿、種々《くさぐさ》の[一六]菓《このみ》を備へて帝尺に奉《たてまつ》る。帝尺九百九十九の供物《くもつ》を受けず、鼻有る猿の[一七]所須《しよしゆ》を納受す。九百九十九、帝尺に向ひて云はく、「君、何が故に吾等が供《く》を稟《う》けたまはざるや」と。答へて云はく、「汝等《なむだち》は、先の世に[一八]謗法《はうぼふ》の罪に依りて未《いま》だ[一九]六根《ろつこん》を具せず。即ち鼻根《びこん》無し。此の猿は、前生の功徳《くどく》に依りて六根を具す。[二〇]只愚痴《ただぐち》にして

すら思念して明察せよ。↓三四〇頁注八。三 必ず。きっと。ここでは「得て」にかかる副詞で、文末の「勿れ」にかかるものではない。

以上三五九頁

一 衆生の住む世界。人間界。二 愛情に慣れてそれに引かれる心。愛情にとらわれる心。三 文末に付して、よくよく恐れつつしむようにといましめた語。言外に禁止的語気をこめる。金本この下に「云々」を付する。↓三一三頁注二五。四 この注記、金本にはなし。本来からあったものではなく、伝本過程で後人が付記したものであろう。「大論」は大智度論の略。

第十話 原拠は法苑珠林八二・六度篇忍辱部引証部収載話(出典を五分律とするが、現存本に見えない)。雁を鶴に置き換えた類話は法苑珠林四六・思慎篇慎禍部、今昔物語集五ノ二四などに所見。広域に流布した話で、亀の甲がわれた由来を説く「雁と亀」の昔話ともなっている。ここに登場する雁はインド雁と俗称されるもので、インドと中央アジア(中国内陸地方を含む)の間を去来する。

五 池の水がかれた意。六 この池に住む宿縁が尽きて。七 「淡」は「澆」に当てたもの。世が衰える意であるが、ここでは水がかれ、食物がとぼしくなるなど、亀の居住環境が悪化した意。八 次第に安住する場所がなくなった。九 底本では卿等・君達・君等の表記が見え、本話でも混用。一〇 あわれみ。思いやり。類「慈 ウツクシム」。一一 食物に十分ありつける所に。一二 亀の歩みは遅く、雁は遠く飛行することからの発言。一三 地形のよい場所。吉相の土地。一四 高くけわしい山がそびえ立ち。一五 平坦な大道が通じ。一六 果てしなく水をたたえた青々とした海。一七 遥か遠くまで山裾が尾を引いてそびえ連なっている。色「眇々 ヘウヘウ・ハルカナリ」。一八 麓と同意。類「峡 フモト」。底本「峡ニ従ニ三里許ニ」とするがよみ改める。一九 なじみのない語であるが、浜辺に近い海の浅瀬をさすか。とすれば、浜辺の海水は東方から地下をくぐり抜けて池に注ぐ意。二〇 底本「林アリ」とするが「て」を補。二一 よみは底本の付訓

師を疑《うたが》ふが故に、暫《しばら》く畜生《ちくしやう》の中に生れたり。然而《しか》れども[二一]速《すみや》かに仏道に入らむ。汝等は是《これ》片輪物なり。豈吾《あにわれ》汝等が供を受けむや」と。[二二]此《これ》より耻《はぢ》を忍びて常に己《おのれ》が身の根《こん》の欠《か》けたるを[二三]観《くわん》じて仏道を欣《ねが》ふ。

即《すなは》ち此の譬《たと》へを以て[二四]衆生に准《なずら》ふに、[二五]懈怠放逸《けだいはういつ》の人有りて、[二六]精進観《くわん》行《ぎやう》の人を誘《そし》らば、又[二七]俗家《ぞくけ》の出家の者を軽《かろ》むずるが如《ごと》しと云々[二八]。

蝸牛《くわぎう》は[二九]忉利《たうり》天《てん》に生《うま》る第十二

昔、法花経を読む寺有り。即ち牧牛《もくぎう》の童《わらべ》、[三〇]寺の庭に来りて、立ち乍《なが》ら法を聞く。時に[三一]楉《しもと》を以て地を支《ささ》へて立つ。其の枝《えだ》の下に一《ひと》つの蝸牛有り。杖の端《はし》に当りて死す。[三二]法《のり》の庭《には》に死するが故に忉利天に生れ、[三三]天《てん》眼《げん》を以て牧童《もくどう》の恩を知る。之《これ》に因りて[三四]牧《うしかひ》は、[三五]富貴を忽《たちま》ちに身に感じて、永く人の[三六]奴役《ぬやく》を免《まぬか》れ、現世に[三七]長者の名を得、[三八]後生《ごしやう》に天上の果報を得たり。

による。風流な人。粋人。二二 字義通りに好色な人、多情な人と解するよりは、上の「嘯き物」の言い替えと見るべきか。二三 底本では「恐る」を四段・上一段の二様によんでいる。ここは前者の例。二四 末長く飢えと渇きの心配はない。二五 祖父母の父。曾祖父。二六 これ以下青竜・白虎・玄武(亀)・朱雀(鳳凰)は東・西・北・南の各方位を表わす中国古代の象徴的神獣。この四神がつかさどる方位の地形として、東方(左)に流水、西方(右)に大道、北方(後)に丘陵、南方(前)に汚地(沼沢)がある地形を四神相応の地として最高の地相とする。前出の地形をこれに照らすと、西・南がずれているが、まずはこれをもって最高の地相としたもの。二七 四方位の地形が道理にかなって整合したすぐれた土地。二八 低姿勢で懇願しているさま。二九 類「昆 ハフ」。這うと同意。三〇 進むも退くも一々の行動がすべてそうである。三一 ののしる。悪口を言う。三二 市場。行路より推測して、大勢の人々が集散するいわゆるバザールであろう。三三 類「急 タチマチ」。「忽」の誤写とも。三四 騒がしい。類「喧嘩 カマビスシ」、色「喧 カマヒスシ」。三五 譬え話。→三五九頁注一四。三六 万徳はあらゆる善、円満は完全無欠の意。あらゆる妙善が欠けることなく備わっている浄土。

以上三六一頁

一 人間界。→三五九頁注一五。二 六道の最高位にある天道。ここまでが輪廻転生を免れない境界なので、市を天界に擬したもの。三 仏法の妨げをする天子魔(第六天の魔王)と異教徒。→三三三頁注二九。四 説法を聴聞する場所。五 未来の善果のもととなる話を語った時に。六 底本「離」に似た字体であるが、文意通じがたい。仏教語で、離言はことばで言い現わせないこと、微妙不可説の意とするが、ここでは適合しがたいようである。「雑」の誤写で、原姿「雑言」か。とすれば、口汚いことば、雑談の意。七 下に否定語を伴わない形で、必ず。きっと。

第十一話 原拠不明。今昔物語集五ノ二三は本話に基づく同文的同話。私聚百因縁集三ノ九に本話を転載する。

八 帝釈天王。切利天の主。→二九四頁注一一。九 供養す

猿《さる》は退《しりぞ》きて海底の菓《このみ》[一]を嘲《あざけ》る第十三

昔、海辺《かいへん》の山に一つの獼《み》[二]猴《こう》有り。木の実を喰《くら》ふ。即ち海底に二つの亀有り。夫婦《ふうふ》なり。婦《め》の云はく、「吾汝が子を懐《はら》めり。而《しか》るに腹の病《やまひ》有りて産《う》み難《がた》し。汝吾に吉《よ》き薬を食はせば、平《たひら》[三]かに身を存《そん》して汝が子を生まむ」と。時に夫《をうと》の云はく、「何《いか》なる薬をか用[四]ずべき」と。答へて云はく、「吾聞く、猿の肝《きも》は是《これ》腹の病の第一の薬[五]なりと。吾之《これ》を得むと欲《おも》ふ」と。時に夫海岸に至りて、彼の猿の辺《ほとり》に近づく。時に亀問ひて云はく、「汝此《ここ》に住みて、万《よろづ》の物に足れるや」と。猿の云はく、「一[六]生乏《とも》し」と。亀の云はく、「吾が住む近き辺《ほとり》に、四季に菓《このみ》絶えぬ広き林有り。去来《いさ》、汝を将《ゐ》て行きて飽《あ》かしめむ」と。時に猿往《ゆくさき》[七]を吟《なげ》く。亀の云はく、「吾《わ》が背《せなか》に乗れ。将《ゐ》て行かむ」と。即ち猿亀の背に乗りて、水に入りて海底に至る。亀猿に語りて云はく、「汝聞け。吾が妻《め》は任《はら》める者なり。而《しか》るに腹の病有り。仍《よ》りて汝が肝《きも》を取りて薬に為《せ》む。敢《あ》[八]へて海底に菓無し」と。即ち猿答へて云《い》はく、「汝甚《はなは》だ口惜《くちを》

る。一〇 →二七二頁注九、三二八頁注七。一一 所在不明。中国に同名の霊山があり、五岳の一（→二九〇注三二）とされるが、ここでは当たらない。一二 体に完全でない所がある者。一三 本句の登場はやや唐突ながら、本話の題目や後文から推して、供養の対象は帝釈天。他の猿から仲間はずれにされて供養もできなかったのであろう。一四 猿の愁詐に答えて。一五 尋ねてやって来ることであるが、ここでは影向などと類義で、仏神が姿を現わして来臨する意。一六「くだもの」とも。木にみのる果実の総称。色「菓 クタモノ・コノミ」。一七 訓読すれば「須（もち）ゐる所」で、供物をさす。一八 正法をそしること。謗法の罪は重く、正法念処経などによると無間地獄に落ちるとされる。一九 眼・耳・鼻・舌・身・意の六器官、またそれぞれが機能する働きをもいう。二〇 愚かで道理を理解できないこと。煩悩の基本的なものの一つとして、貪欲・瞋恚（しんい）と合わせて衆生を害する三毒とされる。二一 もうすぐに。二二 百因縁集「此の恥によりて」とよむ。二三 →二九九頁注三六。二四 人間に当てはめてみると。二五 仏道修行を怠り、心を散乱してわがまま勝手にふるまう人。二六 ひたすら仏道修行に専念し、心を集中統一して真理の観察にいそしむ人。二七 出家の対で、世俗にある人、在家の人。二八 百因縁集はこの後に「如レ経云云」と付する。

第十二話 蝸牛と蛤の違いはあるが、同話は善見律毘婆沙四に見え、その要約を経律異相四八・虫畜生部・蛤に収載する。本話はこれを原拠として法華経功徳譚に改変したものか。蝸牛はカタツムリ。色「蝸（ワ）牛 カタツフリ」。二九 欲界の第二天。→二九四頁注一一。三〇 寺の境内の空地。庭はいわゆる庭園ではなく、ある程度の広さを持つ空地をいう。三一 細い木の枝。三二 寺が法場であることから、「寺の庭」を言い換えたもの。三三 一切の障害物を透視し、三世の事相をも予見できるという超能力の眼。修行によって得られ、また仏菩薩・諸天は生得のものともいう。肉眼がめしいても、この眼力は変らないとされる。→中巻第十八話。三四 よみは類「牧 ウシカフ」による。三五 急に富貴

しきかな。[九]隔《へだ》つる心《こころ》有り。聞かずや見ずや。吾等が[一〇]党《ともがら》は本《もと》より身《み》の中《うち》に肝無し。只傍《かたはら》の木に懸《か》け置く所なり。若《も》し彼《かしこ》に於《し》て然言《しかい》はましかば、或いは吾が肝、及び他《ほか》の肝を[一一]取り与へてまし」と。時に亀喜びて言はく、「[一二]汝は是実《これまこと》なる者なり。吾倶《とも》に返《かへ》らむ。其の肝を得しめよ」と。時に亀の背に乗りて本の如《ごと》く山に返りて、高き木に登りて下ざまに向ひ見て云はく、「吾は[一三]墓無《はかな》し。海中に菓有らむや。亀は墓無し。身《み》を離れて肝有らむや」と。

此の[一四]譬《たと》へは、[一五]即ち亀とは[一六]提婆達多《だいばだつた》なり。猿とは尺迦如来《しやかにょらい》なり。昔、提婆達多[一七]仏を失《うしな》ひ奉らむとす。然《しか》而れども仏の[一八]方便勝《はうべんまさ》りたるが故に、遂《つひ》に勝ちて、一切衆生《しゆじやう》の為《ため》に[一九]正覚《しやうがく》を成じ、法を説きて衆生を[二〇]度《ど》したまふと者《いへり》。[二一]又外典に云はく、『抱朴子《はうぼくし》』が云はく、「五百年の猿は化《け》して老人と為《な》る」と」と云々。

金翅鳥《こんじてう》は子の難を訴ふ第十四

[二三]須弥山《しゆみせん》は高さ十六万由旬《ゆじゆん》なり。水の際《きは》より上八万由旬、水の際より

な身の上になって。三七 ここでは大金持ち、大資産家。三六 人に使われて労役に服すること。三八 死後に天界に生まれ変る善果を得た。

以上三六三頁

第十三話 原拠は生経一ノ一〇・仏説鼈獼猴経。その要約は経律異相二三ノ一三にも収載。六度集経四ノ三六は同話の異伝。今昔物語集五ノ二五は本話に基づく同文的同話。また、亀を虬(みずち)に置き換えただけの話が法苑珠林五四・詐偽篇詐畜部に見え、沙石集五本に同系の話を引く。広域に流布した説話で、「猿の生き肝(くらげ骨なし)」の昔話ともなっている。

一 「木の実」の表記と区別すれば、「くだもの」ともよめる。↓三六二頁注一六。 二 猿。色「獼猴 ミコウ」。 三 無事に。 四 ここでは要する、必要とするの意。↓三五九頁注一三。 五 今昔では「薬ナル」と伝聞の形を取る。 六 いつも、始終の気持ちを一生涯と強調したもの。 七 行路難を嘆いた。類「往 ユクサキ」。 八 海底には全く果実はない。 九 隠し立てをする。正直にうち明けない。 一〇 仲間。類「党 トモカラ」。 一一 上の「言はましかば」を受けて、取って与えたであろうのに、の意。 一二 お前さんは正直者だ。 一三 愚かだ。 一四 譬え話。譬喩説話。↓三五九頁注一四。 一五 本生譚の定型として、現在的人物である提婆達多と釈迦を過去物語の亀と猿に結びつけたもの。 一六 斛飯王の子、阿難の兄、釈迦の従弟とされる。釈迦に帰信して出家したが、名声を嫉妬して背叛敵対し、三逆罪(五逆罪とも)を犯したという(大智度論一七、五分律三)。↓二九一頁注五三。 一七 提婆達多は大石を投下したり、酔象に踏ませたり、毒爪にかけるなど、釈迦の殺害を企てたが失敗している。その事実を配慮して、「奉らむとす」とよむ。 一八 手段。方法。↓三七〇頁注一五、三〇〇頁注二。 一九 正しく完全な悟り。絶対の悟り。↓二九三頁注二六。 二〇 済度なされた。救済された。 二一 過去世の猿が現在世で人身の釈迦に転生した話を受けて、モチーフの類した外典の記事を付記したもの。同趣の付記は第三話末尾にも見える。 二二 書名不明。下出

下八万由旬なり。[一]其の水の際より上四万由旬の間に、金翅鳥[二]片岫《かたくき》に巣を咋《く》ひて、[三]子友《こども》を生み置く。則《すなは》ち[四]阿修羅王《あしゅらわう》と云ふ者有《あ》り。[五]住処は二《ふた》つなり。則ち[六]海畔《かいはん》と海底なり。時に其の海畔《かいはん》とは、須弥山の峡《ふもと》の大海の[七]涯《きし》なり。仍《よ》りて常に山を動かして、鳥の子を振《ふる》ひ落して食す。尓時《そのとき》に金翅鳥、仏《ほとけ》の所《みもと》に[八]往詣《わうげい》して白《まう》して言《まう》さく、「海畔の阿修羅王の為に吾が子を食せらる。更に為《せ》む方《かた》無し。如何《いか》にしてか之《これ》を免《まぬか》れむや」と。

仏《ほとけ》の言《のたま》はく、「汝等《なむだち》、世間に[九]四十九日《しじふくにち》を修する処《ところ》有らば、其の[一〇]僧供《そうぐ》の施食《せじき》の飯《いひ》を取りて、山の角《すみ》に置け。然《しか》らば此の難を免《まぬか》るべし」と。時に返りて、其の飯を取りて山の角に置く。即ち阿修羅、力を発して振《ふる》ふと雖《いへど》も、敢へて山動《うご》かず。山動かざるが故に鳥の子落ちず、平《たひ》らかに長ず。

是《こと》を以て知りぬ、四十九日の[一一]施《せ》は尤《もつと》も重しと。[一二]所作《しよさ》無《な》くして食用《じきよう》すべからず。[一三]努力《ゆめゆめ》。[一四]妙楽《めうらく》の云はく、「[一五]諸《もろもろ》の施《せ》の中に、此の施貴《たふと》きが故に[一六]動かざるなり」文《もん》と。

の抱朴子(→二八七頁注五)よりの引用も現存本に見えない。

第十四話 原拠不明。今昔物語集三ノ一〇は本話に基づく同文的同話。私聚百因縁集三ノ一〇は本話の転載。金翅鳥は、→第十六話、三〇八頁注一〇。

三 倶舎論一一に、須弥山は水面上、水面下各八万由旬とする。「蘇迷盧四宝、入レ水皆八万、妙高出亦然」「入レ水量皆等八万踰繕那、蘇迷盧山出レ水亦爾」。蘇迷盧、妙高は須弥山。→三一五頁注一二。

一 水際から中腹までの間ということになる。この上方、水際から四万二千由旬の所に四王天がある。 二 片は一方が切り立っているさま、岫は洞窟。大海に面した絶壁の洞穴。長阿含経・竜鳥品以下阿含部諸経によると、金翅鳥は須弥山をめぐる大海北岸の巨木に住むという。 三 本書での「こども」の普通の表記。子供。 四 六道の一、阿修羅道の王。長阿含経・阿須倫品以下阿含部諸経に四王を挙げ、法華経・序品にも四王を引く。帝釈天と戦い、日月蝕をおこす羅睺羅王が特に著名。阿修羅はAsuraの音写。鬼神の一種で、仏教では仏法守護の八部衆の一。 五 住処を海畔と海底とするが、経論の所説にほぼ対応する。大智度論一〇に「生二在大海辺一住、亦有二城郭宮殿一」とし、長阿含経、大楼炭経、起生経等に、叙述に異同はあるが、阿修羅の四王が須弥山の周海深く、四層に住殿を構えて眷属を従えて住するとする。 六 今昔は「海ノ側(ほとり)」。海辺。類「畔 ホトリ」。 七 よみは底本の付訓による。岸と同意で、色「涯岸 カイカン」の語もある。類「涯 キシ・キハ」。 八 仏神のもとへ参る意の用語。伊ワの畳字「往詣」。 九 死後四十九日めの法要。死後四十九日間は死者の次の生が定まらないので中有、中陰と称され、四十九日めを満中陰として死者は他界に転生するとされる。一七日から七七日に至る法事のうちで、四十九日の法事が最も重視されるのはそのためである。 一〇 法事の際に僧に供する食事。この食膳の飯を取り分けて須弥山の片隅に置くというのは、それを生飯(さば)として阿修羅にたむける意。生飯は三飯、散飯とも書き、膳

師子の身中の虫は自ら《みづか》師子を食《じき》す第十五

『一七蓮花結経』に云はく、「一八師子は是《これ》一切の禽獣《きんじゅう》の王なり。仍《よ》りて死する時、敢《あ》へて他《ほか》の禽獣之《これ》を食せず。即ち身中の肉一九爛《ただ》れ臭《くさ》りて虫と成り、其の死せる身を食す」と。今此の譬へを以てするに、法師《ほふし》有りて、唯《ただ》法師を嫉《ねた》み謗《そし》る。法師は是《これ》仏の親しき弟子なるが故に、二〇一切の物の王なり。二一大智《だいち》の外道すら尚等《なほひと》しからず。二二況《いは》むや余《よ》の類《たぐひ》をや。所以《ゆゑ》に二三或る経に云はく、「二四瞻蔔花《せんぶくげ》は萎《しぼ》むと雖《いへど》も、猶《なほ》二五余の花に勝《まさ》る。破戒の諸《もろもろ》の比丘《びく》は、猶諸《もろもろ》の外道に勝る」文と。然《しか》れば、一切の何《いか》なる者か仏法を壊《やぶ》らむ。但《ただ》し、法師《ほふし》の法師を謗《そし》るは、是《これ》正に仏法を壊《やぶ》るなり。

竜王《りうわう》は鳥の難を吟《なげ》く第十六

竜王は海底に有りて、必ず二六金翅鳥《こんじてう》の畏《おそ》れ有り。又竜王は二七阿耨達池《あのくだっち》に在《あ》り。此の池は鳥の難無し。即ち海底は二八報として、其の子《こ》金翅鳥の為

部の飯を少し取り分けて餓鬼・畜生・無縁霊などの供養に当てるもの。山の角に置くとあることは、生飯を膳の隅に置く習いとも対応する。盂蘭盆に精霊棚の隅に生飯を置いて無縁霊を供養したり、生飯を集めて鳥獣にふるまったりするのも同様の趣旨で、本話は生飯の由来説明譚ともなっている。一一 布施、特に施食をさす。一二 生飯を取り分けて供養に当てる所為をさす。それをしないで食べてはいけないと戒めた句。一三 上の禁戒を言外にこめて、もう一度、決してそのようなことがあってはならぬと強調した語。一四 底本「妙薬」。百因縁集「妙楽」。「薬」は「楽」の誤りと見て改める。妙楽大師をさす。中国天台宗第六祖湛然(七一一―七八二)の諡号。常州晋陵の荊渓(江蘇省武進県)の出身。天台学の権威で、天台三大部の注釈以下著述多数。一五 湛然の著述よりの引用かと思われるが、検索し得ない。一六 須弥山が動かないのである。

第十五話 蓮華面経と大方広十輪経を引いた論説であるが、直接の原拠は不明。

一七 この経名を知らないが、下出の引用経句より推すに、蓮華(花)面経の誤り、または別称。蓮華面経は隋の那連提黎耶舎訳。二巻。一八 蓮華面経に同文の経句は見えないが、上巻に「獅子諸獣中王」とし、また「師子命絶身死、…所㆑有衆生不㆔敢食㆓彼師子身肉㆒。唯師子身自生㆓諸虫㆒、還自噉㆓食師子之肉㆒」と見えるのは全く同趣の記事。これに由来するものか。一九 腐乱して虫が湧き。類「爛 タヽル」。伊「臭クサル」。二〇 万物の王者。以下法師を獅子になぞらえた立論。二一 きわめてすぐれた知恵を身につけた異教の学識者。外道は、→三〇〇頁注一〇。二二 ましてその他の者どもは及ぶべくもない。二三 大方広十輪経をさす。訳者不明。八巻。下出の引用経句は、同経巻三に収める釈迦の説いた一句五字の四句偈。二四 梵語 Campaka の音写。瞻蔔は香樹の一で、黄色の花をつけ、芳香は遠くまで薫るという。二五 原経は第二・四句が小異し、「勝㆓於諸余華㆒」「勝㆓於諸外道㆒」とする。

第十六話 本話の直接の原拠は不明ながら、前半は主と

に食《じき》せらる。[一]竜王仏《ほとけ》に白《まう》して言《まう》さく、「何《いか》にしてか此の難を免《まぬか》れむ」と。尓時《そのとき》告げて云《のたま》はく、「[二]袈裟《けさ》の一《ひと》つの角《すみ》の[三]甲《かふ》を取りて、汝《なむぢ》が子の上に置け」と。時に仏の[四]説の如くに之《これ》を置く。後に金翅鳥、[五]二《ふた》つの羽を以て扇《あふ》ぎて、大海を[六]乾《ほ》いて竜の子を求むるに見えず。即ち空《むな》しく返る。[七]此の鳥は又[八]迦楼羅《かるら》とも名づく。此の鳥の両《ふた》つの羽の広さは、[九]三百三十六万里なり。[一〇]神力《じんりき》有り。雄《おどり》は化《け》して天子と為《な》り、雌《めどり》は化して天女と為る。[一一]住処は宝宮に有り。亦[一二]百味《ひやくみ》有り。然《しか》而れども、[一三]報として竜を食《じき》すべし。寿《いのち》は八千才なり。[一四]竜此の骨を得れば王と為《な》る。上《かみ》の文《もん》の如くは、袈裟を着たらむ僧を見ては、設《たと》ひ破戒《はかい》と雖《いへど》も、之《これ》を敬《うやま》ふこと仏の如くして、敢《あ》へて[一五]軽罵《きやうめ》せざれ。況《いは》むや[一六]打ち淩《しの》ぐべからず。

餓鬼《がき》は十子を食《じき》す第十七

[一七]『倶舎論』に云はく、「[一八]我夜五子を生む。生むに随《したが》ひて皆自《みづか》ら食《くら》ふ。昼五つを生むも亦然《またしか》り。尽すと雖も[一九]飽くこと無し」文と。[二〇]餓鬼に九種有り。此《これ》は人を食ふ鬼《き》なり。哀《あはれ》なるかな。一切の[二一]哀憐《あいれん》は[二二]祖子《おやこ》の愛に勝《まさ》

して摩訶僧祇律二の所説に由来し、後半は法華文句二下の記事を要約する。今昔物語集三ノ九は本話に基づく同文的同話。

二六 伝説上の巨大な鳥。→三六八頁注八、三〇八頁注一〇。

二七 阿耨達池は梵語 Anavatapta の音写。雪山の頂上にあるとされる池の名。無熱池、無熱悩池などと漢訳。池中の五柱堂が竜王の宮殿とされ、ここに住めば三患がなく、清涼にして常楽我浄の境とされる(法華文句)。

二八 竜蛇は宿因によって三患(三熱)の苦果を受け、その一つが金翅鳥の餌食となる苦報とされる。

一 これ以下の袈裟の功徳譚は、僧祇律二の所説を原拠とする。 二 本来は僧が所有を許される三種の日常的衣服の称で、粗末な布切れを綴り合わせて染色した粗衣。中国・日本では次第に華美なものとなり、法衣の上に着用する装飾的法服に転じた。ここでは前者の意。 三 袈裟を作るのに用いる地裂(じぎれ)。甲を綴り合わせて袈裟を製するわけで、その袈裟の一隅の地裂を取って、の句意。 四 よみは底本のままとするが、「説きたまふが如くに」とも。 五 両翼であおって大風をおこして。 六 よみは底本の付訓による。「乾して」の音便形。大海の水を全部さらい尽くして海底を露出させた意。 七 これ以下、「王と為る」までの記事は、法華文句二下の所説を抄出要約したもの。 八 梵語 Garuda の音写で、金翅鳥はその漢訳。→三六七頁注二六。 九 仏典に慣用する巨大な計測数値の一。ちなみに須弥山の高さも三三六万里とされる(大楼炭経五)。 一〇 神通力。 一一 法華文句「化㆓己住処㆒、有㆓宝宮㆒」。 一二 →三三五頁注二二。 一三 前世の業因の報いとして、竜を食わなければならない。金翅鳥が竜を食い、竜が金翅鳥に食われるのは前世よりの定めとするもの。→三六七頁注二八。 一四 法華文句では、金翅鳥の死後、その心臓が風化して如意宝珠となり、「竜これを得れば即ち王となる」とする。なお、法華文句が引いた観仏三昧海経の原経には「難陀竜王取㆓此鳥心㆒以為㆓明珠㆒、転輪王得為㆓如意珠㆒」とある。 一五 軽んじののしる

るは無し。[二三]生々《しやうじやう》の契《ちぎ》り、世々《せぜ》の昵《むつび》なり。二親の中に、子を[二四]悲しぶこと母尤《もつと》も勝《まさ》るなり。而《しか》るに此の餓鬼、[二五]飢渇《けかつ》の為に逼《せま》られ、又[二六]前報《ぜんぽう》に依《よ》りて生める子を食ふ。時に夜五人、昼五人、合せて十人の子[二七]なり。一々に生み得て、返りて一々に之を食ひて猶《なほ》心足《た》らず。此《これ》に二《ふた》つの報《ほう》有り。一《ひと》つは、昔貧《ひん》なりしが故に他人に子を売りて[二八]奴《やつこ》と成して、吾生活《しやうくわつ》せしが故に、此の報を得たり。二《ふた》つは、[二九]僧供《そうぐ》の未《いま》だ[三〇]供《く》せざる初めに、[三一]味《あぢ》はひ取りて用ゐるが故に、此の報を得たり。

蛭《ひる》の[三二]牙歯《きば》に[三三]仏舎利を求む第十八

[三四]『金光明最勝王経』に云はく、「[三五]蛭の牙歯を以て大橋を作りて、[三六]梵《ぼん》天《でん》に至る通路と為し、人天此《にんてんこれ》より上下す。此の時仏舎利を求めむ」文《もん》と。[三七]是《ここ》を以て知りぬ、仏身《ぶつしん》は本《もと》より[三八]生《しやう》も無く滅《めつ》も無し。今の[三九]双樹《さうじゆ》の滅は真実に非《あら》ずと。但《ただ》し、我《われ》[四〇](等)愚闇《ぐあん》の衆生の為に、仮に此の相《さう》を現ず。若《も》し吾等《われら》[四一]勤行《ごんぎやう》せば、[四二]此の仏身を得《う》べし。

こと。よみは色「罵詈 メリ」より類推。一六 恥ずかしめること。凌辱。

第十七話 倶舎論八収載の四句偈の因縁を説く話であるが、原拠不明。撰集百縁経五に、一日一夜に五百子を生み、飢渇のためにそのすべてを食い尽くす女餓鬼の類話が見える。餓鬼は、死後に赴く三悪道の一、餓鬼道に落ちた者。生前の嫉妬・貪欲、また借財の未済などの因によって受ける苦果とされる。

一七→三四九頁注一〇。一八 倶舎論八に収める一句五字の四句偈で、女餓鬼が目連に言った偈とする。一九 底本虫損。倶舎論「雖レ尽而無レ飽」によって「無飽」を補い、他例に準じて句末に「文」を付する。二〇 阿毘達磨順正理論三一の所説によると、無財鬼・少財鬼・多財鬼の三類があり、各類に三種の餓鬼があって都合九種の餓鬼とする。ただし、この中には食人鬼と特定したものはない。正法念処経一六に説く餓鬼三十六種の中には、食肉鬼・食小児鬼などがある。二一 あわれみいつくしむこと。色「哀憐 アイレン」。二二 底本虫損。「子」と判読される。二三 生々世々の親子の因縁と親昵を二分した表現。二四 心の底からいつくしみかわいがる意。二五 飢えと渇きに追いつめられ。二六 前世の業因による報い。二七 底本「子人」とし、「人」を衍字とする。二八 奴僕。奴隷。二九 僧に供養する食物。三〇 供養する前に。三一 いわゆる盗み食いをしたために。

第十八話 金光明最勝王経一・如来寿量品中の偈頌の一節を引いて、仏身(釈迦)の常住不滅を説いた一文であるが、原拠は不明。蛭の牙歯は蛭牙(しつが・しつげ)とも。亀毛・兎角などと共にこの世に存在しないもののたとえ。三二 よみは色「牙 キ・―歯」、類「牙歯 古牙字」による。三三 釈迦の遺骨。三四 唐の義浄訳。十巻。奈良朝以来鎮護国家の経典として重んじられた。三五 金光明最勝王経一・如来寿量品中の長偈の一節、「仮使水蛭虫、口中生ニ白歯一、長大利如レ鋒、方求ニ仏舎利ニ」に、続く「仮使持ニ兎角一、用成ニ於梯蹬一、可レ昇ニ上天宮一、方求ニ仏舎利ニ」が混交した文。大意編者による原経よりの直接的引用でないことは明白。

鶚《みさご》の獦《れふ》を仏菩薩《ぶつぼさつ》の利生《りしやう》[一]に譬ふ第十九

鶚魚《うを》を取らむと欲《ほつ》する時、河の水の上に至りて、翥《はふ》[二]つて遊び廻《めぐ》る。其の影水の底に在り。[三]魚之を視て、挙《こぞ》[四]つて上に浮ぶ。即ち底を視て上なる鳥を知らず。時に水際《みづぎは》に浮び上《あが》るに甚《はなは》[五]だ浅し。此《ここ》に於《おい》て疾《と》[六]く落ちて、浮べる魚を取りて陸《くが》に至る。即ち此の喩《たと》へを以て、仏菩薩の一切《いつさい》衆生《しゆじやう》を利益《りやく》するに准《なずら》[七]ふ。所以《ゆゑ》は、魚とは一切衆生なり、河とは三界《さんがい》[八]なり、鶚《みさご》とは仏《ほとけ》なり、水の底の影とは菩薩なり。仏は涅槃《ねはん》[九]の陸に居《ゐ》たまひ、菩薩は生死[一〇]の底に入りて、漸《やうや》[一一]く観じて上生せしむ。即ち人道《にんだう》[一二]の水[一三]際に至る時に、本仏《ほんぶつ》[一四]方便[一五]の力を発《おこ》して之を導《みちび》き、涅槃の岸に置きたまふ者なり。

獼猴《みこう》は水の底の月を取る第二十

深き淵《ふち》の辺《ほとり》に大樹《たいじゆ》有り。[一六]五百の獼猴住す。即ち宿《やど》れる間、[一七]夜中を以

は、あるはずもない蛭の牙で大きな掛け橋を作って梵天に通ずる道とし、人間と天人がその道を通って上り下りする、そういう時になれば仏舎利を求められるだろう、の意。現実にはあり得ないことで、仏舎利は求められない、つまり仏舎利は存在せず、従って釈迦の死もないことになる。なおこの偈は、憍陳如婆羅門が芥子粒ほどでも仏舎利を手に入れたいと言ったのに対して、梨車毘童子が答えた偈頌中の一節。三教指帰に登場する蛭牙公子の命名の由来もこの偈にある。三六 →二二九頁注一五。三七 理解の経緯については注三五参照。三八 生成することもなく死滅することもない。つまり釈迦は、諸行無常の生滅の法を超越した常住の存在である、の意。これ以下の論旨は、三十六巻本大般涅槃経九・月喩品に説く「如来之性実無二生滅一、為レ化二衆生一示有二生滅一」などを踏まえたもの。最勝王経・如来寿量品に「我常在二鷲山一、宣二説此経宝一、成二就衆生一故、示二現般涅槃一」とあるのも同趣で、同品の本旨もそこにある。三九 釈迦の沙羅双樹間での入滅は真実ではない。→中巻第三十七話。四〇 底本「我レ愚闇」とするが、文意不通。「我」の下に「等」脱と見て補。愚かで煩悩の闇に迷う我々衆生に生滅の法をさとらせる為に。四一 ひたすら仏道の修行にいそしめば。四二 常住の仏身。つまり衆生本具の内なる仏性(本仏)を開花させて成仏できるであろうの意。

以上三六九頁

第十九話 原拠不明。鶚は、よみは底本の付訓による。普通鵰鳩・鶚を当てる。鷹科に属し、海辺や大きな湖沼にすむ。体長五〇—六〇センチメートルで、魚類を主食とする。一 衆生を利益すること。二 底本「ハウテ」と付訓。「はう(ふ)って」の促音無表記と見て「つ」を補。はばたいて。色「翥 ハフル・ハウチス」。三 底本「在水底」の下二字虫損。残存字形及び意によって「魚視」を補。四 底本促音無表記。「つ」を補。全部集まって。ことごとく。五 水面のごく浅いところまで浮かび上がる意。六 鶚は獲物を見つけると、低空飛行をしながら急降下しておそいかかる習性がある。七 比較する。見立てる。→三六三頁注二四。八 欲界・色

て水の底の月を見る。各《おのおの》相《あひ》語らひて云はく、「汝等《なむだち》、天下《てんげ》を照らす月落ちて淵の底に入る、[一八]之を為すに如何《いかん》ぞ」と。相議《あひはか》りて云はく、「先《ま》づ[一九]一つには此の木の下枝を捕《とら》へ、次に[二〇]連々《れんれん》と水の底に至りて月を取出さむ」と。議り了《をは》りて、[二一]展転《てんでん》して相連《あひつらな》る間、五百[二二]已《すで》に列《れつ》して甚《はなは》だ重きが故に、枝折れて深き淵に死ぬ。此の喩《たと》へを以てするに、衆生[二三]愚痴にして迷《まど》ひ深きが[二四]故に、説法《せつぼふ》の師を疑ひて謗《そしり》を生じ、悪道に堕つ。努力《ゆめゆめ》師を謗ること勿《なか》れ。

黄牛《あめうし》は長者と生《うま》る第二十一

昔、人有《ひとあ》りて、[二五]善根《ぜんごん》の為《ため》に、[二六]経蔵《きやうざう》より[二七]大般若《だいはんにや》を運びて[二八]転読《てんどく》せしむ。即ち、傍《かたはら》の家の黄牛、大般若を負《お》ひて家に持て来りて、転読已《すで》に了りて、又件《くだむ》の大牛に負はせて本《もと》の経蔵に送る。返《かへ》りて七日を経《へ》て牛死ぬ。即ち[二九]四天王天《してんわうてん》に生る。天《てん》の寿《いのち》尽きて、人間に大長者と生る。所謂《いはゆる》[三〇]須達《しゆだつ》是《これ》なり。[三一]三世の仏の[三二]旦越《だんをつ》と為《な》り、富貴《ふうき》[三三]世々《せぜ》に絶えざる者なり。

界・無色界の三境界。いずれも生死の輪廻を免れない境界で、人間界は欲界に属する。→三三〇頁注七。九 一切の煩悩を断ち切った安らぎと悟りの境地。一〇 生死の輪廻の尽きない煩悩の世界を水底に擬したもの。煩悩の熾烈な娑婆世界に身をひたして、の句意。一一 六道の衆生に少しずつ真実の相を観察させて上位の境界に転生させる。上生は、→三五六頁注一八。一二 六道の一としての人間界。人間界を水際に擬したもので、これより上生すれば善所に転生することになる。衆生が悪道より上生して人間界に生まれ合わせた時、それを待ち受けて仏が教化するという見立てである。一三 底本「水陸」とするが、文意不通。「陸」を際の誤写と見て改める。一四 ここでは本物の仏、仏自身というほどの意。一五 真実を悟らせるための手段としての教え。→三〇〇頁注二。

第二十話 原拠は摩訶僧祇律七。金言類聚抄二三・獣類部「獼猴取井中月事」も同話。獼猴は猿。色「獼猴 ミコウ」。この句は古来衆生の愚かな所行をたとえる成句となっていたようで、三十六巻本大般涅槃経九・菩薩品にも「喩如三獼猴捉二水中月一」と見える。一六 原文「住五百獼猴」。語順にやや難があるが、しばらくかくよんでおく。一七 僧祇律では、樹下に井戸があり、猿のボスがその井中の月影を見ての所行とする。一八 これをどうしたらよかろう。僧祇律では、ボス猿が「月今日死して落ちて井中に在り。当に共にこれを出すべし。世間を長夜の闇冥たらしむることなかれ」(原漢文)と言ったとする。一九 第一には。二〇 次々に連なって。二一 よみは色「転々テンデン」より類推。ころげ回ること、また螺旋状につながること。ここでは、ねじれたりよじれたりして次々につながったさま。二二 全部が一列になって。二三 →三六二頁注二〇。

第二十一話 原拠不明。黄牛は「黄なる牛」「黄の牛」の読例もあるが、しばらく類「黄牛 アメウジ」、色「黄牛 アメウシ」による。飴色(黄褐色)の牛。二四 底本一字分虫損。意によって「故」を補。二五 未来の善い果報のもととなる行為。二六 経典の収蔵庫。

野原の鶴は忉利天《たうりてん》に生る第二十二

野の中に子を生める鶴有り。[一]野火《のび》四面より燃《も》え来《きた》る。則ち二《ふた》つの羽を弘げて、子の上に覆《おほ》ひて立たず、火の為に焼かる。子を悲しびて[二]死するが故に忉利天に生る。天の寿《いのち》尽きて後、[三]羅漢果《らかんくわ》を得て悪道に堕《お》ちず。却《かへ》つて一人の為に[四]須臾《しゆゆ》の間慈悲を発《おこ》せる果報、[五]敢《あ》へて以て量《はか》るべからず。之《これ》を聞く人、人の為に必ず[六]情《なさけ》を致《いた》すべき者なり。

林の間の鹿は[七]釈種《しやくしゆ》を継《つ》ぐ第二十三

一《ひと》つの鹿林の間に子を生む。即ち猟師来《きた》りて鹿を[八]駈《か》る。驚き起《お》きて逃げ走る。[九]先づ身に中《あた》る矢□。即ち、猶《なほ》子を惜《を》しむ心、深く胸に満ちて、又返りて猟師の[一〇]鏑《やさき》に向ふ。林の中に至りて、[一一]遂《つひ》に□辺に□其の命死《し》ぬ。此の慈悲の故に、[一二]尺迦授記を与へて[一三]慈氏と名づく。[一四]当来《たうらい》の弥勒如来是《これ》なり。[一五]末代の武者《むさ》、畜類と[一六]雖《いへど》も子を悲しぶ者に於《おい》ては、弥《いよいよ》

経堂。二七 底本「大緒」。「緒」を「般若」と解字。大般若経、詳しくは大般若波羅蜜多経の略。唐の玄奘訳の般若部経典六百巻の総称。二八 全文を読誦する真読の対で、抜き読みの意。大般若経の各経巻を開いて数行、または呪を誦するだけで全巻の読誦に代える。二九 →三五六頁注一五。三〇 →三〇二頁注一五。三一 過去・現在・未来の仏。過去七仏から未来仏の弥勒に至る一切の仏。三二 →三五六頁注四。三三 色「世々セ、」。過去・現在・未来にわたる多くの世。

第二十二話 大智度論一六に、雉が身を捨てて野火を消しとめて忉利天に転生した類話を収め、その要約が経律異相四八にも雉救林火として所見。インドでも著聞したらしく、大唐西域記六・拘戸那掲羅国(クシナガラ国、現ビハール州)の条にこの話を伝え、その雉を供養した救火卒塔婆を実見したとする。日本ではこの二伝を源流として、私聚百因縁集三ノ七は大智度論を引き、金言類聚抄二二・禽類部は大唐西域記を引く。これがやがて子を救う話に転じ、中世に「焼野の雉、夜の鶴」の成句を生んだことを思えば、本話も同系話の一訛伝と見るべきものか。なお忉利天は、→二九四頁注一一。

一 野火事もあるが、春の初めに山野の枯れ草を焼いて新芽の成育を助ける野焼きもある。 二 慈悲の悲で、心の底からあわれみいくつしむ意。母性愛の表現に用いることが多い。 三 阿羅漢果。→三一七頁注二三。 四 わずかの間。 五 到底推しはかることができないほど大きい。絶大である。 六 思いやる。あわれみをかける。

第二十三話 原拠不明。前話に続いて、これも子故に命を捨てた禽獣の慈悲譚。

七 釈迦族の意で、仏弟子の汎称ともするが、本書では釈迦または釈門の意に用いている。→三〇七頁注二七。 八 駆り立てる。追い立てる。 九 底本「先身ニ中ル□レ矢」。虫損により定訓を得ないが、文脈より推すに欠字は「无(無)」か。とすれば、母鹿はとっさに逃げ出したが、さしあたってわが身に矢が当たらなかった。そこでほっとした

慈《うつくしび》を生ずべし。[一七]努力《ゆめゆめ》意《こころ》に任《まか》せて殺害《せつがい》すべからざる者なり。

蝙蝠《かはほり》[一八]は霊鳥と成る第二十四

昔、[一九]人至らざる山寺に、老鼠《らうそ》有りて寺に住《ぢう》す。日暮《く》るれば、即ち前の谷に至りて、羽を湿《ぬ》[二〇]らして来りて、[二一]金色《こんじき》の面《おもて》の像を飛び廻《めぐ》るに、古《こ》仏《ぶつ》の[二二]色身《しきしん》[二三]漸々《ぜんぜん》に研《みが》かる。後の時に衆人《しゆにん》来りて、[二四]金色の仏《ほとけ》の面《おもて》を見《み》奉《たてまつ》り、[二五]道心を発《おこ》して合掌礼拝《がつしやうらいはい》す。[二六]即ち[二七]此の報を[二八]即身《そくしん》に感ず。鷲と成りて自在に飛行《ひぎやう》して、[二九]物を食《じき》するに乏《とも》しからず。諸《もろもろ》の鳥の怖《おそ》れ無し。遂に[三〇]天中《てんちう》に生れて快楽《けらく》を受く。之《これ》に因《よ》りて、金色の仏を造らずとも、仏に[三一]荘厳《しやうごん》を加ふれば果報[三二]殊勝《しゆしよう》なり。

石の中の蛇《くちなは》は仏身と現じて法を説く第二十五

昔、[三三]舎衛国に一《ひとり》の長者有り。名をば[三四]利陀南と曰《い》ふ。[三五]伽藍《がらん》一院を造りて、書写せる[三六]金泥《こんでい》の[三七]大般若経一部六百巻を置く。其の寺の[三八]別当の法師、

途端、やはりわが子をあわれむ気持で胸が一杯になって、の意となる。一〇 よみは底本の付訓による。類「鏑 ヤサキ」。矢先。矢おもて。一一 底本「遂」の下二字を欠く。欠字を擬定し得ないが、文脈から推すに「遂に子の辺に臨みて」というほどの意か。一二 仏が修行者に対して未来世での成仏を予言し、保証してやること。一三 弥勒の漢訳。慈尊とも。一四 未来世に仏となって世に出る弥勒仏。→中巻第五十七話解説。一五 末世。→三三五頁注二七。一六 子をあわれみいつくしむ者に対しては。一七 決して思いのままに殺害してはならない。

第二十四話 原拠不明。

一八 コウモリ。類に「カハボリ」とする。一九 底本「人不至山寺こ」。これによれば「人山寺に至らず」となるが、「人至らざる山寺に」とよみ改める。人が訪れない山寺に。二〇 底本「混」に「ヌラシテ」と付訓。「混」を「濕」の誤写と見て改める。「混」を生かせば「ひたたけて」で、羽を水にまぜ合わせて、つまり羽に水を含ませる意となり、これでも文意は通じる。二一 「金色の像の面」とあるのが普通であろうが、底本に転倒符を付していない。金色の顔の仏像。二二 法身に対する語。目に見える姿を持つ仏身。仏の現実身で、ここでは仏像をさす。二三 訓読すれば「やうやうに」。少しずつ。次第に。二四 コウモリの羽に磨き上げられて金色に輝く仏の尊容。二五 仏道に帰依する心。求道心。二六 即座に。二七 仏の顔を光り輝かせて衆人に道心をおこさせた善行の報い。二八 この世ながらの身。生を変えずに果報を感受したもので、いわゆる現報に相当する。二九 食物に不自由しなかった。三〇 天界に転生して。欲界六天のいずれかに生まれ変わったもの。三一 美しく飾りつけること。装飾。三二 格別にすぐれること。

第二十五話 原拠不明。

三三 →一七二頁注九。三四 伝不明。三五 寺院。→三〇五頁注二六。三六 金箔の細片や金粉をにかわで練り、加熱溶解したもの。これで紺色の紙に写経したものがいわゆる紺紙金泥経と称される。伊ロの畳字「金泥」。三七 →三七一頁注

[一]貪欲《とんよく》深くして、大般若を盗みて他国の臣に売り、其の[二]直《あたひ》を[三]用じて[四]福栄《ふくえい》忽《たちま》ちに在り。時に[五]生界《しやうかい》限り有りて、長者死し、法師も死す。即ち長者は、又其の国の王と生れ、法師は蛇身《じやしん》を受けて、[六]方《はう》の面《おもて》五尺の石の中に生れたり。[七]進退得《しんだいえ》難《がた》し。而《しか》るに其の石、其の国の大海の湊《みなと》に沈《しづ》めり。[八]時節を経《ふ》ること千歳許《せんざいばかり》か。[九]此の大王を波斯匿王《はしのくわう》と名づく。[一〇]時々大般若を書写し奉《たてまつ》る願《ぐわん》在り。然《し》而《か》れども、未だ其の日に至らず。即ち大王、海の辺《ほとり》に至りて、[一一]網人《あみびと》を召して大網を引く。時に彼の湊に、[一二]石網に懸《かか》りて引き上げられたり。之《これ》を見るに、石の面平《おもてたひら》かにして掌《たなごころ》の如し。勅して云はく、「後に此の石を取りて、大般若経の[一三]料紙《れうし》を打たむ」と。日暮れて返りて、数月《すげつ》を経て[一四]経《きやう》の事を始む。此の石を引きて、日々に経の料紙を打つ。六百巻の料紙打ち了《をは》る日、石の中《なかば》より破《わ》れて、金色《こんじき》の三尺の仏像出で現れて、光を放ちて王宮《わうぐう》を照す。即ち大王・后妃《こうひ》、[一五]後宮《こうきう》の[一六]采女《さいによ》合掌礼拝す。

時に仏為《ため》に[一七]本《もと》の因縁を説きたまふ。「吾は汝が前世《ぜんせ》に建立《こんりふ》せし伽藍の別当なり。大般若を盗みて[一八]売用せし貪欲の故に蛇身を受け、石の中に[一九]蔵《かく》れたり。今日大般若の力に依りて、身を転じて仏と成る。汝と吾

二七。二八 僧職の一。大寺にあって一山の法務をつかさどる最高位の僧職。延暦寺の座主、東寺の長者などに相当するものであるが、ここでは寺務を管理する上席の僧というほどの意。

一 むさぼり求めること。瞋恚・愚痴と共に善根をそこなう三毒の一とされる。二 代価。売価。三 利用して。ここでは私物化した意。→三五九頁注一三。四 富み栄えること。五 仏界に対する語で、衆生の生存する世界。人間界。人界の寿命には限りがあって、の句意。六 五尺四方の石。七 石の中に閉じこめられて身動きできない。八 海底に沈んで千年ほども時を経たことか。九 長者の転生した王。波斯匿王は、→中巻第十七話解説。一〇 色「時々 ヨリヨリ」、伊「時々 トキトキ」。古来両様によむ。折々に。折にふれて。一一 魚網を曳く人の意で、漁夫と同意。一二 港において。港で。一三 写経の用紙を製造しよう。製紙法は不明。「打つ」の字義より推測するに、石の表面で竹・麻などの植物繊維を細かに打ちほぐし、その溶液を石の上に敷いた簾などの上に流して天日乾燥したものか。ただし古代インドでの製紙を聞かないので、この記事は中国・日本での製紙法からの発想であろう。一四 写経の事業を開始した。一五 天子・皇帝の常の住殿の後方にあったことからの称で、后妃・女官の住殿。一六 訓読すれば「うねめ」とよめるが、音読しておく。女官の総称。一七 一語で本縁とも。過去世の因縁で、事物がこの世に出現するに至った由来。一八 よみは底本の訓点により音読。一九 類「蔵 カクル」。二〇 生まれかわり死にかわりしていつの世にも。生々世々。→三〇四頁注一。二一 在々所々の意で、生まれ合わせたその土地土地で。二二 師檀とも。師僧と檀那(檀越)の関係。師僧と施主・外護者の間柄。→三〇六頁注一四。二三 大地を支えとして立ち上がる。なお、この譬喩は内外典に散見する慣用的表現。二四 前生・後生に対して、生きているこの世、現世。以下、大般若経の功徳を強調した結語。

第二十六話 摩訶止観五上を原拠とするが、同文性に乏

と[二〇]生々《しやうじやう》に縁《えん》深く、[二一]在々に[二二]師旦《しだん》為《た》り。経に依りて蛇と作《な》り、経に依りて仏身と現ず」と。譬へば、人の地に倒《たふ》れて、又[二三]地を抑《おさ》へて起《た》つが如《ごと》し。仍《よ》りて大般若経は、必ず[二四]今生《こんじやう》に一度《ひとたび》耳に聞き奉《たてまつ》るべき者なり。

飛《ひ》鳥《てう》は網の一目《いちもく》に係《かか》る第二十六

[二五]人有りて、鳥《とり》の網《あみ》を張りて鳥を待つ。即ち鳥来《きた》りて、只一目《ただいちもく》に懸《かか》る。即ち網の目は一目に非《あら》ず、[二六]多くの目在りて鳥を得る所なり。[二七]行人《ぎやうにん》の仏法を勤修《ごんしゆ》すること網の目の如し。[二八]一《ひと》つの菩提に達するも、[二九]仏道を期《ご》すべからず。必ず[三〇]偏習《へんじふ》の過《とが》有り。彼《か》の網の、但《ただ》一目を以て鳥を得《う》べからざるが如《ごと》し。又[三一]諸《もろもろ》の行の中《うち》、[三二]心を停《とど》めし一行を[三三]正道《しやうだう》と為し、諸の行を以て[三四]助道《じよだう》と為す。譬《たと》へば、網に多くの目在りて鳥を得るが如し。行《ぎやう》多しと雖《いへど》も[三五]一道より成仏す。一道より菩提を[三六]究竟《くきやう》することは[三七]諸の行の力なり。

しく、直接の典拠は不明。同一原拠に由来する同趣の簡単な記事が往生要集・中・大文五にも見える。
二五 ある人が。 二六 多くの網の目があって初めて、鳥を一つの網の目に捕えることができるのである。 二七 仏道修行者。 二八 一つの悟り。完全無欠な菩提へ到達する過程で得られる部分的、限定的悟り。菩提は一切の煩悩を断ち切った安住平静の境地。 二九 仏道の成就を期待することはできない。 三〇 他に見ない語で、字義通りに解すれば、片寄った考え方が身について離れないこと、偏見に染まること。 三一 仏道を成就するための多様な修行。 三二 底本訓点が乱れて「停シ一行ニ」とする。「停めし一行」と「一行に停めて」の混態と見て、しばらく前者を取る。前者によめば、心を打ちこんだ一つの修行、後者によめば、一つの修行に打ちこんでの意となる。 三三 仏道成就のための正統な修行の道。正業、正行なども類義。 三四 正道を補助する修行の道。助業、雑行なども類義。 三五 一道、つまり正道を通じて。 三六 極め尽くすこと。究極絶対の菩提を得るのは、の句意。 三七 正道以外の多くの修行、つまり助道。源信は同じ原拠を踏まえて、往生の行を説き、本話の正道に観念を据え、助道を助念として、「万術もて観念を助けて、往生の大事を成ずるなり」(往生要集・中・大文五)としている。

第二十七話 原拠は法句譬喩経三・安寧品。法苑珠林二三・奨導篇引証部にもその大要を転載。
一 昔とよみ分けて色「往昔 ワウシヤク」を取る。訓読すれば「むかし」。類「往昔 ムカシ」。 二 はかり知れないほどの大昔。永遠の過去世。 三 下出の五種の神通力を修得した僧。原経ではこの僧を過去世の釈迦とし、以下に登場する四禽獣を現在世で釈迦の説法を聴聞する四比丘とする。 四 これ以下の五通解説記事は原経には見えない。 五 神足通・如意通とも。思いのままに変幻自在し、神出鬼没する通力。一切の障碍を超越してあらゆる所に出没可能であり、また物質を自在に変質させることができる能力という。

五通《ごつう》の比丘《びく》は禽獣《きんじう》の辛苦を聞く第二十七

[一]往昔《わうじやく》、[二]久遠無数《くをんむしゆ》の世の時、[三]五通の比丘有り。[四]五通とは、一は[五]神境通《じんきやうつう》、二は[六]天眼通《てんげんつう》、三は[七]天耳通《てんにつう》、四は[八]他心通《たしんつう》、五は[九]宿命通《しゆくみやうつう》なり。此の比丘を名づけて[一〇]精進力《しやうじんりき》と曰ふ。山中の樹下《じゆげ》に在りて、寂《しづ》かに道を求む。時に四つの禽獣有り。左右に[一一]依附《えふ》して常に安穏を得たり。一は[一二]鴿《いへばと》、二は烏《からす》、三は毒蛇、四は鹿なり。此の四獣各《おのおの》相《あひ》語らひて云はく、「世間の苦《く》は、何者《なにもの》をか重《おも》しと為す」と。各《おのおの》答へて云ふ。烏の云はく、「吾は[一三]飢《け》渇《かつ》の苦を第一と為す」と。鴿の云はく、「吾は[一四]婬欲《いんよく》の苦を第一と為す」と。毒蛇の云はく、「吾は[一五]瞋恚《しんい》の苦を第一と為す」と。鹿の云はく、「吾は[一六]驚怖《きやうふ》の苦を第一と為す」と。[一七]是《ここ》を以て知る、一切《いつさい》の生類《しやうるい》の言語《ごんご》音声《おんじやう》、皆苦ならざるは無し。[一八]得道《とくだう》の日、皆[一九]之《これ》を開悟《かいご》す。凡夫《ぼんぶ》の時は等《ひと》しく迷《まど》ひて開悟すること無し。

六 あらゆるものを見通し、また自他の未来の転生のさまをも洞察する通力という。七 一切の音声を聞き取り、聞き分ける通力。八 一切衆生の心を知る通力。他人の心をすべてよみ取る能力。九 過去世の生活や出来事を思い出す能力。以上の五通に、おのれの煩悩が滅尽したことを知る漏尽通(ろじんつう)を加えて六通という。五通は凡夫でも精進努力次第で修得できるが、漏尽通は阿羅漢果を証した聖者にして初めて会得できるものとされる。一〇 五通比丘の精進勤行を擬人化した名。一一 よりすがって。もたれ合って。一二 家鳩。土鳩。類「鴿 イヘバト」。一三 飢えとかわき。苦因は原経によるに、飢渇によって身心が疲労の極に達し、網にかかって命を落とす故という。一四 みだらな性欲。原経によるに、愛欲が熾盛な時は分別を失い、身を滅ぼすもととなる故という。一五「しんに」とも。激しい怒り。貪欲・愚痴と共に三毒の一。これによって親疎の別もつかなくなり、自他を殺害するに至る故という。色「瞋恚 シンイ」。一六 原経によるに、猟師に追われ、猛獣におびやかされることによって、常に恐怖におののき、身を滅ぼす故という。一七 原経では、五通比丘が四禽獣の告白を聞いて、それらはいずれも枝葉末節の苦に過ぎず、大苦の根元は肉体の存在自体にあると説いて、四禽獣は開悟したと結ぶ。一八 悟りを得ること。成道。一九 世間一切が苦であり、その苦から離脱することこそ涅槃への道であることを悟る。

第二十八話 原拠は白居易の古塚狐(白氏文集四・新楽府)。引用本文は原拠の転載に近い。

二〇 土を盛り上げた所をいうが、多く墳墓をさす。土墳。二一 外典は仏教の側からの称呼で、仏典を内典とするのに対して、それ以外の俗書の総称。二二「に」を補ってよむ。二三 変化して。化けて。なまめかしくあでやかで。優艶で。二四 底本「夫人」。白氏文集、東寺本中巻第四十三話(削除分)によって改める。女性の意。色「婦人 フシン」。二五 色「顔色 カンソク」。二六 底本「雲髪」。白氏文集によって改める。美しく結い上げた髻(けま)を翠雲に見立てた語。美しい髻。二七 美しく化粧した顔形。類「粧 ヨソホヒ」。

古き塚《つか》[二〇]の狐は人心を迷《まど》はす第二十八

外典《げてん》[二一]に云はく、「古き塚に狐有り。妖《えう》[二二]にして且《か》つ老《お》いたり。化《け》[二三]して婦人《ふじん》[二四]と為《な》る。顔色好《がんそくよ》[二五]し。頭《かしら》は雲鬟《うんくわん》[二六]に変ず。面《おもて》は粧《よそほひ》[二七]に変ず。大きなる尾は曳《ひ》[二八]きて長き紅《くれなゐ》[二九]の裳《も》と作《な》して、徐《やうや》[三〇]く傍《かたはら》の荒村《くわうそん》[三一]の路に行きて、日没《ひしづ》みなむと欲《す》る時に、静かなる処にして、或《ある》いは歌ひ、(或いは)[三二]悲しみて歎き啼《な》く。翠《みどり》[三三]の眉挙《まゆみあ》[三四]げず、花の顔低《かほた》れて、忽然《こつぜん》[三五]として一《ひとたび》笑ふに、万《よろづ》[三六]の態《さま》、見る者十人が八九《はつく》は仮《かり》[三七]の色に迷《まど》ふ。実《まこと》[三八]の色の人を迷はすは、応《まさ》[三九]に此《これ》に過ぎたるべし」文と。仍《よ》りて色に耽《ふけ》るは、仮実二《けじつふた》[四〇]つの色に依る。生々世々《しやうじやうせぜ》[四一]証[四二]する処無し。穴賢《あなかしこ》[四三]、狂《たぶろ》[四四]いで湎《ふけ》[四五]るべからざる者なり。

巨鼇《きよがう》は蓬萊《ほうらい》[四六]を負へり第二十九

外典[四七]に云はく、「東南の海中に大きなる亀有り。名は上《かみ》[四八]の如し。其の背《せなか》は常に波《なみ》洗ふ。何《いか》[四九]なる塵《ちり》を積まむや。而《しか》るに現《げん》に背の上に、蓬萊《ほうらい》

二八 後方に引きずって。 二九 漢語の紅裙(こうくん)に相当する語。赤色の裳で、万葉集以来の「赤裳(あかも)」に同じ。裳は婦女子が腰から下に着用する袴衣で、裾を長くうしろに引く。 三〇 ゆっくり。静々と。 三一 荒れ果てた村。 三二 底本「荒林」。白氏文集によって改める。 三三 底本「歎悲啼ス」とするが、東寺本中巻第四十三話「或悲歎啼」を是として採用。白氏文集「或歌、或舞、或悲啼」。 三三 漢語の翠黛(すいたい)に相当する語。本来は翠の眉墨で画いた書き眉をさすが、日本では黒くつやのある美しい眉をいう。共に美女の眉、また美女の形容。 三四 よみは底本の付訓による。下句と相俟って、伏し目がちに顔を伏せるさまで、恥じらいの風情。 三五 急に。突然。 三六 あらゆるしぐさふるまい。千姿万態。 三七 かりそめの美しさ。狐の化けた美しさ。 三八 狐妖の美に対して、人間の美女の美しさ。 三九 当然狐妖の美を上回るであろう。 四〇 →注三七・三八。 四一 生まれかわり死にかわり永久に。 四二 底本は一本により「登」と校合し、東寺本中巻第四十三話も「登」に作る。「登」は「證」の誤写または省字であろう。悟りを開くこと。証果を得ること。 四三 下の「ざる」と呼応して、決しての意。 四四 よみは底本の付訓による。「たぶろきて」の音便形。「たぶろく」は「たぶろかす」の自動詞形で、稀有な語例。気が違って。正気を失って。色「狂・誑タフル」。類「誑 タブロカス」。 四五 底本「おもねる」とよむが、こびへつらう意となって文意いかが。躭・愐・媔・醧など、類・色・伊「フケル・オモネル」の両訓を持つもの多く、また躭湎(→二八七注四〇)の語例にも照らして「ふける」とよみ改め、心を奪われる意に解する。

第二十九話 引用の外典は不明ながら、白居易の海漫漫(白氏文集三・新楽府)、題海図屏風(白氏文集一)を踏まえたもので、同文的記事も認められる。関連記事は列仙伝(文選五・呉都賦李善注所引)、列子・湯問篇などに所見。巨鼇は巨大なすっぽんの意で、中国の伝説上の大海亀。なお、蓬萊山を背負うという故事から巨鼇贔屓(きひ)の句が生まれ、文選以下中国詩文に散見。

四六 東海にあると想像された仙人の住む山。不老不死の神

山《さん》の高さ[一]八万里なるを負へり。其の山の上に[二]多く不死の薬を(生ず)[三]。若《も》し人之《これ》を採りて服しつれば、羽化《うくわ》[四]して仙と成る。仙寿[五]は長《なが》くして楽しび厚し」文と。此《ここ》に於《おい》て此の山の有無を論ず。実《まこと》[六]に有りといはば、童男《どうなん》[七]丱女《くわんによ》[八]遂《つひ》に見ず。若し実に無しといはば、浦嶋[九]の子は、蓬莱の仙《せん》[一〇]宮《ぐう》に到《いた》りて蘭閨《らんけい》[一一]に嫁《とつ》[一二]ぎす。漢皇《かんわう》[一三]の方士《はうし》[一四]は、貴妃《きひ》が素皃《そめう》[一五]を見る。是《ここ》[一六]に知る、仙[一七]と不仙との間に山の有無有《あ》りと。二《ふた》[一八]つの疑ひに執《しふ》[一九]すべからず。

胡馬《こば》は北風に嘶《いば》[二〇]ゆ第三十

外典[二一]に云はく、「漢の海人[二二]、胡国[二三]に通ひて貨易《くわやく》[二四]す。即ち彼の胡馬の子を盗みて、旅籠《はたご》[二五]に入れ、漢朝に将て来る。後《のち》[二六]の恐れ有るに依りて、漢皇《かんわう》[二七]に献ず。時に御象[二八]預りの臣に之《これ》を飼はしむ。三才に至るまで未《いま》だ鳴《な》かず。王奇《あやし》む。即ち、時に厩《むまや》[二九]を出して庭に食はしむるに、千《ちたび》[三〇]盤《たちもとほ》[三一]り廻《めぐ》りて、北風に向ひて嘶《いば》え跳《あせ》[三二]る。王臣共に悦《よろこ》びて云《い》はく、「此の馬、何が故に常に北風に向ひて嘶《いば》ゆるや」と。臣奏して云はく、「己《おのれ》が生土《しやうど》[三三]を恋ふる心有り。生国の方の吹《かぜ》[三四]を得て始めて嘶《いば》ゆるなり。是《これ》吾が

仙境で、方丈・瀛州(えいしゅう)と共に三神山とされ、また岱輿・員嶠・方壺(または方丈)・瀛州と共に五山とされた。古くは渤海の東方にあるとされたが、後代は東シナ海の舟山群島海域にあるともされ、竜宮信仰や観音信仰とも結びついた。四七 →注二一。四八 名は上記の通り、つまり巨鼇。四九 どんな塵を積むことがあろうか、波に洗われて塵一つ積もるはずがない。

一 蓬莱山の高さについては諸説あり、国書の二中歴・坤儀歴・三山の項には、「出㆓列子・荘子等㆒略抄」として「其高下周三万里、其頂平処九千里」とする。 二 前注に引く二中歴に「珠玕之樹皆生有㆓滋味㆒。食㆑之皆不老不死、所㆑居之人皆仙矣」とする。「山上多生㆓不死薬㆒。服㆑之羽化為㆓天仙㆒」(白氏文集・海漫漫)。 三 底本「多不死薬」。東寺本中巻第四十四話(削除分)「多生不死薬」を是として「生」を補。 四 羽がはえて、仙人となって昇天する。いわゆる羽化登仙で、地仙が天仙となって飛行自在となる意。 五 仙人の寿命。 六 本当に蓬莱山があるというならば。 七 以下は、徐福(徐市とも)が秦の始皇帝の命により、蓬莱山の不老長生の薬を求めて、童男童女数千人を率いて東海に船出したが、遂に帰らなかったという故事(史記一一八、前漢書二五、後漢書一一五など)を踏まえたもの。ここの童男童女は、徐福に随伴して遂に蓬莱山にたどり着かなかった者たち。 八 底本「臥女」。東寺本中巻第四十四話「丱女」によって改める。丱女は、髪を束ねて二つの角のように揚げ巻きにした女子で、童女、少女の称。 九 以下は上巻第一百二話の故事を踏まえたもの。 一〇 仙人の居住する宮殿。伊セの畳字「仙宮」。 一一 蘭香のかぐわしい部屋の意で、后妃・美姫の居室。 一二 蓬莱宮での仙女との契りをさす。 一三 以下は上巻第一百一話の故事を踏まえたもの。漢皇は唐の玄宗皇帝、下出の貴妃は楊貴妃。 一四 →二八三頁注二五。 一五 →二八三頁注三〇。 一六 「知る」を強調するための倒置的表現。 一七 仙人か仙人でないかの相違に蓬莱山の有無はかかっている。つまり、蓬莱山は仙人にとっては実在し、仙人なら

方の風の芳《かうば》しきなり」と。況《いは》むや、人倫は尤《もつと》も[三五]懐土の心([三六]有る)べし。[三七]誰か[三八]嶋子[三九]燕丹を談ずべけむや。又畜生すら尚《なほ》此の心有り。人為《ひとた》らむものの、([四〇]尤も)生土を忘るべからざる者なり。故に[四一]書《しよ》に云はく、「[四二]錦《にしき》の袴《はかま》を着ば故郷に返るべし。[四三]錦の衾《ふすま》を着ると雖《いへど》も故郷に留《とどま》らざれ」と云々。

五鷰《ごえん》は[四四]穀《もみ》を蒔《ま》く第三十一

昔、[四五]天下成りて[四六]炎帝《えんてい》の時に、政《まつりごと》[四七]質《すなほ》にして、[四八]人厚きあり。[四九]但仁《ただじん》にして[五〇]偏頗《へんば》無し。其の時、[五一]三春《さんしゆん》の終《をは》りに五羽の[五二]紫鷰《しえん》帝の庭に来り。一《ひと》つは口に籾《もみ》を咋《く》ひ、一つは[五三]泥《ひぢ》を咋ひ、一つは鳴きて云はく、「[五四]遅々《ちち》たり[五五]蒔《じ》殖《しよく》」と。一つは水に入りて羽を[五六]滋《ぬら》して泥《ひぢ》に[五七]洽《そそ》く。一つは其の[五八]泥に[五九]踏み混《ひた》く。此の五羽の鳥、常に此《こ》の処を守りて秋の時に至る。即ち件《くだむ》の籾、長《ちやう》じて茎《くき》一本に枝《えだ》千を生ず。米一粒《りふ》の長さ[六〇]四寸八分《しすんはちぶ》、[六一]輪《めぐり》三寸なり。皮の長さ五寸四分、輪三寸二分。其の稲の皮を以て[六二]小さき仏の葩《はなびら》と為す。一穂《いつすい》に三百余の粒在り。或いは[六三]之《これ》を結《ゆ》ふに足らず、一茎《いつきやう》の穂を以て車一両に積むに太《はなは》だ[六四]重し。

ぬ者にとっては存在しない、の意。 一八 蓬萊山があるかないかの疑問。 一九 とらわれてはならない。

第三十話 原拠不明。他にも同話を見ない。文選・雑詩上・古詩で有名な「胡馬依㆓北風㆒、越鳥巣㆓南枝㆒」の対句の上句に由来する話。一見該句の由来譚のようにも見えるが逆で、後人が該句に基づいて創作したものであろう。↓上巻第七十九話。胡馬は胡国の馬。中国の塞外の北・西地方は駿馬の産地として知られた。↓第四十話注三一。なお、文選の「胡馬依㆓北風㆒」が、日本では中古以来「胡馬嘶㆓北風㆒」の形に転じている。

二〇 いななく。類「嘶 イバユ・イナヽク・馬イナヽク」。 二一 →三七七頁注二一。 二二 普通漁師をさすが、ここでは船乗り・海商の類。 二三 漢人からの称呼で、中国の塞外の地。特に北方、時に西方をさすこともある。 二四 交易。貿易。 二五 旅行時に携行した物入れのかご。もと馬糧を入れたものという。色「馬籠・旅籠 ハタコ」。 二六 後難を恐れて。 二七 漢王。ここでは特定の王をささない。 二八 王の象の飼育係。西域よりの貢物でもあったか。 二九 厩舎。広く畜舎の意とも。「きざや」の訓もあるが、いずれによむも同意。類「厩 ムマヤ・キザヤ」。 三〇 底本「千盤」に「チタヒ」と付訓するが、原姿ではなかろう。本来は「千」の訓だったものが、転写間に位置がずれたものと解する。ただし、「盤」が「般」の増画とすれば、「千盤」に「ちたび」の訓も得られよう。 三一 歩き回る。行きつ戻りつする。類「盤 タチモトホル」。 三二 よみは底本の付訓による。いらだって躍り上がる。色「沛艾 ハイカイ・アセル・ヲトリアセル」。沛艾は、馬があばれて躍り上がる意。 三三 生まれた土地。ふるさと。 三四 よみは底本の付訓による。類「吹 カゼ」。風を感じ取って。 三五 訓読すれば「土を懐(おも)ふ心」。故郷を思慕する心。望郷の念。 三六 底本「可懐土之心」に作るが、文意不通。東寺本中巻第四十五話(削除分)の本文「可有懐土之心」に照らして、「有」脱と見て補。 三七 誰が浦島の子や燕丹のことを取り立ててあげつらうことができようか。故郷をなつかしむのは万人

[一]蝗虫《くわうちう》は海に遷《うつ》る第三十二

[二]大宗《たいそう》の[三]貞観《ぢやうぐわん》の録《ろく》に云はく、

此の虫、蚕《かひこ》に似て其の首《かしら》赤し。[四]政《まつりごと》直《なほ》からず、[五]下《しも》乱《みだ》れたる故に、此の虫[六]千里《せんり》の間に[七]雨《ふ》りて、[八]其の苗《なへ》を食ひ、[九]空しく赤き土《つち》のみあり。[一〇]両河より始めて[一一]三輔《さんぽ》に及び、終《つひ》に青き苗を見ず。即ち河南《かなん》の[一二]長吏《ちやうり》言はく、「万民を以て此の虫を[一三]捕《ひろ》はむ。之《これ》を賞せむに[一四]粟《ぞく》[一五]一斗、[一六]銭三百を給はむ」と。[一七]爰《ここ》に一虫死すと雖《いへど》も百虫来《きた》る。[一八]蠢々《しゆんしゆん》として増す。則ち良吏《りやうり》有り。官々《つかさつかさ》に吉《よ》き[一九]務《まつりごと》有り。田を作るに[二〇]一収に過ぎず。三年の[二一]代《しろ》に、[二二]巷佰《かうはく》に[二三]楼《ろう》を造り、[二四]浪食《らうじき》を置く。老を問ひ、[二五]産を訪ねて食《じき》を給ふ。[二六]刑を止《とど》め、犯を赦《ゆる》す。[二七]之《これ》に因《よ》りて、蝗虫[二八]挙《こぞ》つて、[二九]未《ひつじ》の時の[三〇]宣《おほせごと》を聞きて[三一]酉《とり》の時に海に移る。[三二]前《さき》の苗一本は返りて千本と成る。

と。尤《もつと》も[三三]興福の者なり。

に共通の思いであるの意。三八 浦島の子。→上巻第一百二話。三九 燕の太子丹。→上巻第七十二話。四〇 東寺本中巻第四十五話によって補。四一 書名不明。→三八二頁注一八。四二「衣(佩)レ錦還レ郷」「衣レ錦昼行(遊)」などは、中国古典に頻出する慣用句。功成り名遂げて故郷に帰る意。四三 錦の寝具を身にまとうような富貴の身であっても、故郷に留まってはならない。どんなに恵まれた境遇にあり、住み心地がよくても、故郷に永住しては真に郷里を思慕する念は湧かないとしたもの。同意ではないが、「ふるさとは遠きにありて思ふもの」の詩句にも一脈通じる発想。

第三十一話 原拠不明。鷰は燕と同じで、五羽のつばめ。四四 籾(もみ)に同じ。色「穀 モミ」。四五 天下がまとまって。天下統一して。四六 火徳によって帝位についたことからの称で、神農氏をさす。→上巻第七話。四七 正しくゆがみがないこと。類「質 スナホ」。四八 誠実さ。篤実なさま。四九 慈悲深く思いやりに富むこと。五〇 かたよりがあって公平を欠くこと。えこひいき。色「偏頗 ヘンパ」。五一 初春・仲春・晩春の総称。陰暦正月から三月までの春三か月。五二 華南地方に飛来する小型の燕で、頷の下が紫色であることからの称という。越燕とも。五三 泥土。類「泥 ヒヂ」。五四 遅いさま。おくれるさま。もみをまいて苗を作るのがおくれているぞ、早く早くとせき立てているもの。五五 底本に「ハイショク」と付訓するが、不審。あるいは類語の色「播殖 バンショク」と誤ったものか。「じしょく」とよみ改める。種をまき、苗を植えること。五六 よみは底本の付訓による。「うるひて」ともよめよう。五七 よみは底本の付訓による。三八四頁注一でも同字に同訓を付ける。五八 底本「泥ニ」に従ったが、「泥を」ともよめよう。五九 足で踏みつけて泥をこね合わせる。「混く」は、まぜ合わせる意。色「混・混沌 ヒタヽク」。六〇 一寸は約三・〇三センチメートル、一分はその十分の一。以下これにならう。六一 回り。周囲。六二 小さな仏像の台座を作る花弁。もみがらを細工して小像の蓮華座の蓮弁としたもの。色「葩 ハナヒラ」。六三 これを束ねようとしても、巨大に過ぎて手が回らない、つま

狐は虎の威《ゐ》を仮《か》る第三十三

『摂寿経《せふじゆきやう》』に云はく、

[三四]乃往《ないわう》過去、[三五]宝幢《ほうだう》仏の時に国有り。[三六]出婆《すいば》国と名づく。山有り、[三七]祐咤《いうた》山と名づく。其の山に一《ひと》つの狐あり、[三八]地徳《ちとく》と名づく。[三九]虎の威を仮りて一切の禽獣を怖畏《ふゐ》せしむ。時に彼の山に一つの虎住す。[四〇]漸《やうや》く此の事を聞きて、狐の所《もと》に到り、責めて云ふ。即ち狐、天地の神に誓ひを係《か》けて云ふ。[四一]方計を求めて走り逃ぐるに、[四二][四三]不意に一つの[四四][四五]穴井《あなゐ》に落ち入りて、昇るべき方《はう》無し。即ち水の底に於て、伏し乍《なが》ら[四六]世間の平らかならざることを観《くわん》じて菩提心を発《おこ》す。「昔、[四七]薩埵《さつた》王子は身を虎に施《せ》して成道す。我《われ》も又《また》必ず尓《しか》らむ」と。尓時《そのとき》に大地[四八]六種《ろくしゆ》に震動す。乃《すなは》ち[四九]帝尺宮《たいしやくぐう》幷《なら》びに[五〇]六欲天《ろくよくてん》一々に動く。即ち、[五一]文殊《もんじゆ》と帝尺と仙人の形と化《け》して、彼の穴井の本に至りて問ひて云はく、「汝《なむぢ》、何《いか》なる[五二]観行《くわんぎやう》をか作《な》す」と。時に狐云はく、「若し此の事を知らむと欲せば、先《ま》づ我を引き上げよ。其の後に云ふべし」

り一抱えに余るの意か。六三 東寺本中巻第四十六話(削除分)は「不足指之」に作る。六四 東寺本中巻第四十六話は末尾を「矣」で結ぶ。

以上三七九頁

第三十二話 原拠は白居易の捕蝗(白氏文集三・新楽府)。ただし、加筆改作の跡が著しい。なお、太宗治下の蝗害としては、貞観政要・務農に記す貞観二年の飛蝗が著名。一 バッタ科に属する昆虫の総称。中国や日本で蝗害をもたらす主役はトノサマバッタだという。原拠によるに、蝗虫は、陰陽二気の和合が破れて、蠹蠱(とこ) 穀虫と紙魚)が化したものとする。伊「蝗虫 クワウチウ」。二 底本のまま。「大」は太に通用。正しくは太宗。唐の第二代皇帝、李世民(五九八―六四九)の廟号。唐朝の基礎を確立し、その善政は貞観の治とたたえられた。三 原拠文末の注に「貞観二年太宗呑二蝗虫一事、具二貞観実録一」とある「貞観実録」をさす。太宗の貞観の治政(六二七―六四九)に関する実録の意であろう。これを捕蝗全文の出典と誤ってかく記したもの。四 正しく行われず。五 下は、為政者を上とするのに対して下民、人民をさす。民生が乱れたために、の句意。六 極めて広大な地域。七 蝗虫が大挙飛来して広域に降下することで、飛蝗といわれる現象。類「雨 フル」。八 五穀を始めとする作物の苗。九 一切を食い尽くして赤土だけが露呈しているさま。一〇 黄河の南北で、河南・河北地方の称。一一 長安(今の西安)周辺地区の称。一二 漢代の官制では、中央一般では食禄六百石以上、地方官では二百石から四百石までの官吏の称としたが、ここではおも立った役人の称。一三 よみは底本の付訓によったが、「とらへむ」とよむも可。虫なので拾うとしたもので、つかまえる意。一四 あわ。籾米(もみごめ)また穀物の総称とも。一五 日本では約一八リットルの容量をさすが、中国では時代により地域によって異同があった。一六 銭貨三百枚。三百文。一七 言外に、このようにして虫を捕えてみても、の語気をこめる。一八 多くの虫がうごめくさま。一九 よみは底本の付訓による。政務。類「務 マツリコト」。二〇 年に一度しか収穫がない。二一 用に当てる

と。時に之を引き上げ、早く説けと責む。狐説かずして逃《に》げむと欲《おも》ふ。仍《よ》りて仙人、[一]降魔《がうま》の相《さう》に成りて、釰《つるぎ》・鉾《ほこ》を以て之を責む。即ち上《かみ》の事を説く。[二]今の仙人は慈悲を以て[三]授記して云はく、「汝命終《みやうじゆう》の後、尺迦の世に[四]菩薩と成りて二《ふた》つの名を得む。一は[五]大弁《だいべん》才天《ざいてん》と云ひ、二は[六]堅牢地神《けんらうぢしん》と名づく。[七]八万四千の鬼神を以て士卒《しそつ》と為し、一切衆生に福を与へむ」と。授記し了《をは》りて忽《たちま》ちに隠《かく》れぬ。尓時《そのとき》の仙人とは文殊是《これ》なり。狐とは堅牢地神是《これ》なり。此の菩薩は高さ千丈、[八]九億四千の鬼神を以て[九]伴と為す。[一〇]八《や》つの手有り。[一一]二《ふた》つの手は掌《たなごころ》を合はせ、[一二]六《む》つの手の印《いん》は[一三]鎰《かぎ》と鎌と鍬《くは》と鉏《すき》等を持《も》たり。[一四]一切衆生に五穀を作りて与ふる者なり。と。仍《よ》りて、[一五]一念の菩提心は[一六]不可思議なり。

烏《からす》は[一七]返哺《へんぼ》の恩を知る第三十四

[一八]書に云はく、「母の烏、其の子を養ふ。四方に飛行《ひぎやう》して餌《ゑ》を求めて之《これ》を食はしむ。則ち母漸《やうや》く年老《としお》いて、羽弱く、[一九]觜《くちばし》虚《うつ》けて飛びて食《じき》す

もの。所用の物で、ここでは備荒食糧。凶作に備えた三年分の食糧として、の句意。二二「佰」は陌の当て字で、正しくは巷陌。ちまた。市中の道筋。二三 訓読すれば「たかどの」。高い建物。高層建築物。二四「浪」は粮の当て字で、正しくは粮食。糧食と同意。二五 出産をする者。産婦。二六 刑の執行を停止し、犯罪者を釈放する。二七 このような善政を敷いたので。原拠では、これ以下を「蝗出レ境」と簡記するのみ。二八 底本「コソテ」。促音無表記と見て「つ」を補。二九 午後二時の前後二時間。また午後二時から四時までの二時間。三〇 皇帝の仰せ。みことのり。類「宣オホセコト」。三一 午後六時の前後二時間。また午後六時から八時までの二時間。勅宣後四時間で蝗虫が速やかに海に退去したことは善政の功徳で、政治と蝗害の因果関係を強調したもの。三二 蝗害を免れた苗一本が千本と成った。三三「福を興す」ともよめるが、底本に返点を付さないので音読。興福は漢語として熟しており、法苑珠林にも興福部を立て、興福寺の寺名もある。幸福をもたらし盛り上げる意。

第三十三話 出典を摂寿経とするが、同経の存否不明。経録に見えないことから偽経か。今昔物語集五ノ二一は本話に基づく同文的同話。三四 過去世。三五 釈迦以前に出世した過去仏の一ということになるが、詳細不明。宝幢如来と同じなら、胎蔵界の中台八葉院の東方に配される仏。三六 所在不明。三七 所在不明。三八 大地の福徳をつかさどることを示唆する名。三九 戦国策・楚策に由来する「虎の威を仮る狐」の故事が、ここに引かれていることに注意。「仮」は借の意。四〇 次第にこのうわさを伝え聞いて。四一 記事簡潔に過ぎるが、今昔では「諍フト云ヘドモ、虎更ニ不信ズ」と敷衍。天地神明に誓ってそのようなことはしていないと抗弁した。四二 計略。のがれるはかりごと。四三 底本虫損。今昔「走リ逃ル程ニ」により「逃」を補。四四 思いもかけず。四五 類「穽 シ、ノアナ」と同意。獣を捕えるために掘った縦穴。四六 今昔「世間ノ無常ヲ観ジテ」。絶体絶命の窮地に陥った狐が、静思熟

るに能《あた》はず。時に若《わか》き子、恩を知り、力を竭《つく》して飛び来《きた》りて、食物《じきもつ》を取り賷《も》て来りて、老《お》いたる祖《おや》を養ふ」と。況《いは》むや人に於《おい》てをや。祖子《おやと》の間は遠《とほ》く居ること無く、祖に孝《けう》すべきなり。[二〇]努々《ゆめゆめ》。

鯨《くぢら》は[二一]蒱牢《ぶらう》を[二二]撃つて[二三]鐘《かね》の響きに[二四]応《こた》ふ第三十五

『[二五]文選《もんぜん》』に云はく、

「[二六]花鐘《くわしよう》」の注に曰《い》はく、「海中に大魚有り、鯨《くぢら》と名づく。海辺に又獣《けもの》有り、蒱牢と名づく。蒱牢は素《もと》より[二七]鯨鯢《げいげい》を畏る。鯨鯢は蒱牢を撃つ。蒱牢[二八]大《おほ》きに鳴き吼《ほ》ゆるに鐘の如し。鐘の鳴る音は蒱牢に似たり。[二九]鯨を以て[三〇]撞《ばち》と為し、蒱牢を以て鐘と為す。[三一]千万の鐘の響きは、是《これ》蒱牢なり」。

と。

慮して初めて世間の不安と無常を悟って道心に目覚めたもの。四七 薩埵王子が餓死しかけた母子虎を救うために、わが身を投げ出してその肉を与えた故事。金光明最勝王経・捨身品に詳しく、六波羅蜜の施行の範として三宝絵・上以下国書にも頻出。四八 経説によって異なるが、仏典では大地の震動に六時・六方・六相を説き、各大中小があって、都合六種十八相があるとする。四九 忉利天王帝釈天の居住する喜見城。善見城とも訳し、須弥山頂にある。→二九四頁注一一。五〇 六天とも。いまだ欲望に束縛される天界であることからの称で、四王・忉利・夜摩・兜率・楽変化・他化自在の六天の総称。五一 →三四二頁注一四。五二 心を静止統一して、ひたすら真理を観察・観想する行法。

以上三八一頁

一 悪魔を畏怖降伏させる形相で、不動明王以下の明王部の諸尊に典型的な大忿怒相。二 先の降魔の相をやわらげて、今の仙人は慈悲の心をもっての意。三 仏が修行者に対して未来世における成仏を予言し、保証することで、ここはそれに準じた用法。四 ここは大乗の菩薩で、仏の教化を助け、人間界に顕現して衆生を救済する覚者。五 インドの古代神が仏教に取りこまれたもので、本来は水神。日本では楽道・財福の神ともされた。なお、弁才天・堅牢地神同体説は、本来の仏教の所説には見当たらない。水神と地神の恵みによって五穀の豊穣がもたらされることからの習合説で、国産の信仰か。類似の習合思想として、財福神の弁才(財)天が、穀霊をつかさどった竜神の宇賀神と結びついた宇賀弁財天の信仰がある。六 →三三五頁注三一。七 経論頻出の語で、極めて多数を意味する慣用語。八 八万四千と同類語。九 従者。一〇 八本の腕。八臂。一一 左右二臂の手のひらを合わせ、十指を合わせた印相。合掌印と称されるもので、専心無垢の敬意を表わす。一二 六臂の手印。印は手指を種々に組み合わせて、仏菩薩の機能・誓願・功徳などを象徴化した造形で、各手の持物はそれを具体化した器物。一三 鎰は収穫物の備蓄収蔵の用、鎌・鍬・鉏は農具で、これら持物を総じて五穀豊穣を象徴する。一四 五種の主要

四鳥の別れの涙《なみだ》は山海に洽《あまね》[一]し第三十六

書[二]に云はく、「完山《くわんざん》[三]の鳥、四羽の子を生ぜり。翼已《すで》に成りて将《まさ》に各《おのおの》分れ飛ばむとす。其の子友《こども》[四]、四海[五]に佪《めぐ》り翔《かけ》[六]つて去ること能《あた》はず。甚《はなは》だ悽《いた》み愴《あは》れぶ。其の母哀《あは》れび鳴きて、各《おのおの》子を送る。子の涙海[七]に添《そ》ふ。母の鳴《なき》[八]山に盈《み》ちぬ」と。鳥類すら尚祖子《なほおやと》の別れを惜しみ吟《なげ》く。況《いは》むや人《ひと》、尤《もつと》も親族を嫉《そね》[九]むこと勿《なか》れ。努々《ゆめゆめ》[一〇]。

一《ひと》つの蛇《くちなは》有りて頭《かしら》と尾と論ず第三十七

『雑譬喩経《ざふひゆぎやう》』[一一]に云はく、

昔、蛇有り。頭・尾自《みづか》[一二]ら諍《あらそ》ふ。頭尾に語りて言はく、「我当《まさ》に大《だい》[一三]と為《な》すべし」と。尾頭に語りて云はく、「我当に大と為すべし」と。頭云はく、「我《われ》耳有りて能く聴《よき》く。目有りて能く見る。口有りて能く食ふ。行く時前《さき》に在り。故《ゆゑ》に我大と為すべし。汝此の術

な穀物。諸説あるが、米・麦・豆・粟・黍。時に稗・麻などをあげることもある。一五 一瞬の思念によって発起した求道心。一六 凡智をもってしては計り知れない深遠な功徳を持つ意。

第三十四話　慈烏反哺の故事は中国の古伝。礼記以下和漢の書に頻出して原拠を特定しがたいが、陽明文庫本、船橋家本各孝子伝・下末尾に付録する同話は特記すべきもの。世俗諺文・反哺鳥の項にも孝子伝本文を引く。一七 多く反哺を当てる。哺は食物を口に含ませることで、哺育の恩に報いる意。烏が親の養育の恩に報いた本話の故事に基づいて、広く老親に孝養を尽くす意ともする。一八 経・論等の仏典に対して、漢籍の外典をさす語。「経云」「論云」等が仏典よりの引用を意味するのに対して、「書云」は漢籍の外典よりの引用を意味し、この区別は中世までは明確であった。一九 くちばしの中がうつろになって。老いてくちばしがもろくなり、機能が退化して餌をついばむことができない意。色「虚 ウツケタリ」。二〇 底本「奴力々々」。原姿「努々」の転と見て改める。→三八四頁注一〇。

第三十五話　原拠は李善注文選一・班孟堅(班固)東都賦。ただし、直接の取材ではなく、先行文献よりの孫引きであろう。

二一「蒱」は蒲の異体。李善注「蒲牢」とし、以下も同じ。よみは底本の付訓によるが、類でも蒲の和音を「フ」とする。海獣の一。詳細は不明。二二 底本の付訓「ウテ」。促音を補。二三「鍾」は鐘の異体。二四 反応する。共鳴する。二五 梁の昭明太子蕭統(五〇一―五三一)編。三十巻。ただし現行本は李善注以来の六十巻本。周代より六朝時代の梁に至る代表的詩文約八百編を集大成する。二六 華鐘と同語。李善注に「鐘有二篆刻之文一故曰レ華也」とするように、篆字を彫刻した鐘。東都賦の「於レ是発二鯨魚一、鏗二華鐘一」の李善注に、「薛綜西京賦注曰」として下文とほぼ同文を引く。二七 鯨はクジラのおす、鯢はクジラのめす。李善注「鯨魚」。二八 李善注は「輙大鳴」で終わり、以下は異文。二九 李善注「凡鐘欲レ令二声大一者、故作二蒲牢於上一。所三以撞レ之者、為二鯨魚一」。こ

無し。何《なん》ぞ大と為すと云ふ」と。尾曰《い》はく、「我汝を去らしむる[一四]が故に、去ることを得《う》。若し我去らずして、身を以て木を繞《めぐ》る[一五]こと三帀《さんさふ》[一六]し、三日已《や》[一七]まずして食《じき》を求むることを得ざれば、飢《う》ゑて死に垂《およ》[一八]ばむ」と。仍《よ》りて頭、尾に語りて曰《い》はく、「汝我を放《はな》て。聴《ゆる》[一九]して汝を大と為《な》さむ」と。尾其の言《ことば》を聞きて之《これ》を放つ。頭云《い》はく、「汝既《すで》に大と為《な》りぬ。意《こころ》に任《まか》せて前《さき》に行け」と。時に尾、行くと未《いま》だ幾《いくば》くならざる間に、深[二〇]き坑《あな》に堕ちて死す。

と。此[二一]の喩《たと》へを以て、衆生無智にして、己が理《り》を習《しふ》[二二]して非《ひ》[二三]道《だう》を達して、我慢《がまん》[二四]を発《おこ》して三途《さんづ》[二五]八難《はちなん》の苦《く》に堕《お》つるに喩ふ。之《これ》に因《よ》りて、智者に随ひて慢《おご》[二六]ること勿《なか》れと云々。

庚申《かうしん》[二七]の夜は眠りを制す第三十八

『抱朴子《はうぼくし》』[二八]が曰《い》[二九]はく、「人[三〇]の身の中に三《み》[三一]つの尸《むし》有り。是魂霊鬼神《これこんれいきじん》[三二]の属[三三]なり。人をして早く死せしむ。此の尸は鬼《き》[三四]と作《な》ることを得《う》。是《ここ》[三五]を以て、庚申《かうしん》の日に到りて輙《たやす》[三六]く天[三七]に上《のぼ》りて、司命《しめい》[三八]に白《まう》して人間の過失[三九]を記

れによると、鐘声を大きく響かせるために鐘の上部(釣り手か)に蒲牢を鋳刻し、撞木を鯨に見立てて鐘をついたとする。三〇 字形「橦」とも見えるが、字義的に「撞」を取る。よみは底本の付訓による。古辞書によみの証を得ないが、類「撞 ツク・ウツ」とあり、同類の打楽器であることから「撥・桴」と同訓を類推したものか。撞木。鐘をつく棒。

三一 ありとあらゆる鐘の音響は、蒲牢の鳴き吼える声である、の意。

以上三八三頁

第三十六話　原拠は孔子家語・顔回。李善注文選二八・陸士衡楽府・予章行の「四鳥悲異林」の注にも孔子家語同文を引く。有名な故事で、「完(桓)山の鳥」「四鳥の別れ」などの成語を生み、中国の詩文に散見する。

一 底本「ソ、ク」と付訓するが、いかが。「あまねし」とよみ改める。類「洽 アマネシ」。広く行き渡る意。「そそく」のよみは古辞書に証を得ず、意味的にも不適当。二 書は経・論・疏などの仏典に対して外典をさす語で、「書云」は外典を引く場合の慣用句。三 桓山・峘山をも当てる。山名であるが所在不明。孔子家語「桓山」、李善注、説苑「完山」。

四 本書における子供・子等の一般的表記。→三六六頁注三。

五 四方の海というほどの意。この一句、孔子家語に見えず。李白、上留田行の「(桓山之禽別離苦)、欲レ去迴翔不レ能レ征」の句に類似する。六 底本促音無表記。「つ」を補。

七 海水に加わる。伊「添　益也」によれば、涙で海水の量が増すの意ともなろう。八 よみは底本の訓による。鳴くの名詞形。子との別離を悲しむ母鳥の鳴き声。九 憎み恨む。

一〇 底本「奴力々々」。原姿「努々」の転と見て復元。上句を重ねて強調したもので、「努々嫉むこと勿れ」の意。→三八三頁注二〇。

第三十七話　原拠は道略集雑譬喩経二五。経律異相四八・虫畜生部・蛇二ノ二にも同話を転載。百喩経三ノ五四は同話の異伝。高名な譬喩譚で諸書に散見するが、特に上宮太子拾遺記四収載話は本話と同文性に富む。

二 同名の経典が数種あるが、道略集の一巻本雑譬喩経を

せしむ」と。[一]『大清経《だいせいぎやう》』に云はく、「庚申の夜、[二]正しく午《うま》に向ひ、再拝《さいはい》して[三]呪《しゆ》して曰《い》はく、「[四]彭侯子《はうこうし》・[五]常遊《じやういう》(子《し》)・□児子《じし》」と。此《かく》の如《ごと》く唱《とな》ふるが故に、[六]其の悦《よろこ》びは難を払ひて福を与ふ」文と。況《いは》むや、人[七]其の夜眠らずは、天過失を記すこと無し。故に、[八]鶏鳴《けいめい》に至るまで慎《つつし》むで眠ること勿《なか》れ。

[九]雌《し》鵠《こく》は七子を養ふ第三十九

[一〇]『玉篇《ぎよくへん》』に云はく、「此の鳥は七《なな》つの子を将《ゐ》て来《きた》りて、桑の枝に居て[一一]次第に之《これ》を養ふ。旦《あした》には上より下様《しもざま》に餌《ゑ》を与ふ。暮《くれ》には下より上様《かみざま》に之《これ》を与ふ。是《これ》[一二]平均の心を存して養ふ所なり」と。[一三]畜生と雖《いへど》も[一四]子に於《おい》ては此の思ひを生ず。況《いは》むや[一五]人をや。若《も》し[一六]子友《こども》、此の事を[一七]信じて諸《もろもろ》の恩を[一八]忽《いるか》せにすれば、[一九]天地は[二〇]嚬《くちひそ》むで、[二一]福を奪ひ命を促《つづ》むるなり。

穆王《ぼくわう》は[二二]八駿《はつしゆん》の[二三]天の駒《こま》を[二四]逸《おご》る第四十

さす。一二 内輪もめをした。一三 すぐれていること。偉大。一四 移動させる。進退させる。一五 巻く。巻きつく。類「繞 メグル」。一六 三巻き。類「垂 オヨフ」。一七 巻きついたままにして。一八 よみは底本による。一九 聞き入れて。二〇 原経「火坑」。二一 これ以下原経に欠けるが、上宮太子拾遺記に「喩下衆生無智、強為二人我一、終堕中三途上」とある。二二 執してと同意。こだわって。執着して。二三 道理にはずれたことを押し通して。二四 強い自我意識からおこる思い上がり。慢心。二五 三途は地獄・餓鬼・畜生の三悪道。八難は、見仏聞法の不可能な八つの境界、仏法に無縁な八種の世界。上記の三悪道に加えて、長寿天・辺地・盲聾瘖瘂・世智弁聡・仏前仏後の総称。二六 類「慢 オコル」。

第三十八話 抱朴子・内篇六・微旨と大清経の所説を引いて、庚申信仰の由来と習俗を説く。

二七 干支の一で、かのえさるの日。六十日ごとに到来する。二八 →二八七頁注五。二九 「が」のよみは中巻第一話の捨て仮名にならう。三〇 抱朴子現行本に照らすと、以下の本文は抄出的記事。三一 「尸」のよみは底本の付訓による。音読して「さんし」とも。三二 三尸虫ともいい、一は頭中、二は腹胃中、三は足中に住むという。また足中に代わって鍼灸の点穴中に住むとする説もある。三三 本来は死者の霊や死屍に宿る魂魄をさす語であるが、ここでは広く目に見えない、超自然的能力を持つ霊鬼の類。→中巻第四十九話。三四 訓読して「ともがら」とも。たぐい。同類。三五 →注三二。三六 抱朴子現行本では「是以毎レ到二庚申之日一」とあり、これによれば、庚申の日になるたびごとにの意。三七 よみは底本の付訓によるが、「すなはち」ともよめる。前者なら容易に、後者ならそのたびごとにの意。三八 睡眠中に人の体内より脱け出して昇天し、過失を申告するという。三九 道教で、人間の生死をつかさどる神。天帝を輔佐し、勧善懲悪の教化に当たるという。陰陽家では泰山府君の類とし、仏教と習合して閻魔王と同体、またはその下官ともなった。四〇 底本「過」字の下一字虫損。抱朴子「人所為過失」より推して「失」を補。あやまち。罪過。

『楽府《がふ》』[二五]に云はく、「八駿[二六]の図を刺《さ》[二七]して奇物《きぶつ》[二八]を戒《いまし》[二九]む。逸遊《いついう》[三〇]を懲《こ》らす。件《くだむ》の天馬[三一]は、背は竜の如く、頸[三二]は鳥の如し。骨竦《ほねそばた》[三三]ち筋《すぢ》高く、脂肉《しにく》[三四]少なし。日に万里を行き、速きこと飛ぶが如し。穆王独《ひと》り之《これ》に乗りて、四《し》[三五]荒八極《くわうはつきよく》す。其の時、此の遊びに依りて世乱れ、政《まつりごと》差《たが》[三六]ふ。愁[三七]へと為すこと多々なり。則ち後孫《こうそん》[三八]の君□[三九]之を愛し、写《うつ》して図と為《せ》り。仍《よ》りて永《なが》く之《これ》を刺《さ》して、後代に奇物有らば、之に躭媔《たんめん》[四〇]すること勿《なか》れ。世を乱る□[四一]物是《これ》なり」と。疾《と》[四二]しと雖《いへど》も未だ死涯《しがい》[四三]を免《まぬか》れず。豈《あに》之を愛せむや。

鳳凰《ほうわう》は仁智《じんち》[四四]有り第四十一

此の鳥は南[四五]方の鳥なり。雄《をどり》[四六]をば鳳と曰《い》ひ、雌《めどり》をば凰と曰《い》ふ。『山海経《せんがいきやう》』[四七]に云はく、「桂[四八]山に五[四九]朵の鳥三《み》つ有り。一《ひと》つをば皇《わう》と名づけ、二《ふた》つをば鸞《らん》と名づけ、三《み》つをば鳳[五〇]皇と名づく。三[五一]百六十の鳳皇を具[五二]す。[五三]其の身に五《いつ》つの文《もん》[五四]有り。首《かしら》の文は礼《れい》と曰《い》ひ、翼《つばさ》の文は仁《じん》と曰ひ、背《せなか》の文は義《ぎ》と曰ひ、腹《はら》の文は信《しん》と曰ひ、左右の文は智《ち》と曰ふ。其[五五]の状《かたち》鶴の如し。鶏《にはとり》の冠《とさか》、鷰《つばくらめ》[五六]の喙《くちばし》、蛇の頭、魚の尾、亀の背なり。其[五七]の翼は

以上三八五頁

一 道教経典の一。玄超撰。十二巻。日本国見在書目録では医方家に収める。二 真南に向かって。牛は南、正南の方位。三 呪文を唱えてまじないをして。庚申の夜誦と称する。四 以下は三尸の名で、各名に添えた「子」は接尾語。三尸を人間に見立てて子を付し、親愛の意を添えたもの。なお三尸の名については諸説があり、彭倨(踞)・彭質・彭矯、青姑・白姑・血姑ともする(雲笈七籤など)。五 底本「常遊」。「子」脱と見て補。大清経は「彭常子」とする。六 呪誦がもたらす慶事。呪誦の効能。二中歴・呪術歴・庚申夜誦の項に大清経を引き、「今案、庚申夜寝時呼レ之、三尸去万福来」とする。七 →三八五頁注三五。八 夜明け。暁。色「鶏鳴 アカツキ・ケイメイ」。

第三十九話 玉篇を原拠とするが、同書佚存部には見えない。

九 鵠の雌鳥。鵠はクグイ、コウノトリ。古くは白鳥の称。和「鵠 古布(ふこ)・久々比(くくひ) 大鳥也」。一〇 部首別字書。梁の顧野王編。三十巻。中国では散佚し、わずか日本に零巻が残る。一一 順を追って。順々に。一二 平等に哺育する気持。一三 禽獣の総称。一四 子供に関しては。一五 「人に於てをや」と同意。まして人間においてはなおさらのことである。一六 子供。→三六六頁注三。一七 文意の展開からすれば「信ぜず(して)」とありたいところ。あるいは「不」脱か。一八 ゆるがせにすれば。なおざりにすれば。類「忽 イルカセ」。一九 天地の神々。天神地祇。二〇 口をゆがめて。非難して。二一 人道に反する不孝の子として、その福徳を奪い、命をちぢめる。

第四十話 原拠は白居易の八駿図(白氏文集四・新楽府)。引用本文の前半は原拠の転載に近いが、後半は意を取って加筆する。穆王八駿の故事は、列子・周穆王、穆天子伝一、王子年拾遺記三以下中国古典に頻出し、詩文にも取り上げられる。国書にも散見し、源平盛衰記一四、太平記一三、三国伝記一ノ一四などに収載。穆王は西周五代の王。昭王の子。名は満。治世は紀元前十世紀後半。八駿の故事を始

一算《さん》の若《ごと》し。其の声は籥《せう》二の如し。雄《をどり》は節々《せつせつ》三と鳴き、雌《めどり》は足々《そくそく》四と鳴く。夜は善哉《ぜんざい》五と鳴き、晨《あした》六には賀世《がせ》七と鳴き、昏《ゆふべ》八は国常《こくじやう》九と鳴き、昼《ひる》は保長《ほちやう》一〇と鳴く。食《じき》するに節《せつ》一一有り。飲むに義《ぎ》一二あり。一三生きたる虫を啄《ついば》まず。生きたる枝を折らず」と。是菩薩《これぼさつ》一四の化身なり。仍《よ》りて小土《せうど》一五に来《きた》らず。悪しき国に遊ばざるなり。

老鶏《らうけい》は暁を告《つ》ぐ第四十二

一六書に云はく、「『仲尼問録《ちうぢがもんろく》』一七に曰《い》はく、「東の涯際《がいさい》一八に三石《さんせき》一九の山《やま》有り。二〇寸分の草木《さうもく》無く、純《もは》二一ら石なり。□二二山は高し。辺《ほとり》二三は即ち窪《くぼみ》なり。其の高き石の山の上に、万年《まんねん》の老身の鶏、一羽住す。即《すなは》ち日輪二四西北より廻《めぐ》りて東に返る。其の丑寅《うしとら》二五の角《すみ》に於て、先《ま》づ二六光在《あ》り。次に正輪二七出《い》で来る。其の鳥之《これ》を見て鳴く。南天下二八の諸《もろもろ》の鶏《にはとり》、彼の声を聞きて共に鳴くなり」」と」と。

め、西王母との宴遊、釈迦の霊鷲山の講席に参会しての法華経普門品聴法、菊慈童説話など、伝説的話題に富む。二二 八竜の駿とも。八頭の駿馬。その名は赤驥・盗驪・白義(白䤾)・踰輪・山子・渠黄・華騮・緑耳(列子、穆天子伝)とも、絶地・翻羽・奔霄・超影・踰輝・超光・騰霧・挟翼(王子年拾遺記)とも伝える。二三 天馬に同じ。→注三一。二四 気まま勝手にふるまう。ここでは駿馬を乗り回して思いのままに遊歴した意。類「逸 オコル」。二五 古くは漢魏以来の歌詩・宴曲の称であったが、ここでは新楽府で、歌唱されない主情的叙事詩の称。→本話解説。二六 詩文の題ともされ、柳宗元にも「観二八駿図一説」がある。二七 そしって。非難して。二八 珍しく変わった物。珍奇な物。二九 底本のよみに従ったが、「戒め」とありたいところ。三〇 気まま勝手に遊ぶこと。三一 天空を飛翔する馬。竜馬ともいい、駿馬のたとえとする。漢魏以来、中国で西域種の名馬をさした称呼で、血の汗を流して疾駆する意から汗血馬の異称もあった。三二 底本「頭」。白氏文集によって改める。鳥は鳳凰のイメージ。三三 筋肉たくましく、丈高くそそり立つさま。三四 底本「腤」。白氏文集により「脂」の誤写と見て改める。脂肪が少なく馬体が引き締まっている意。三五 底本「四荒八遊」。白氏文集により「遊」は極の草体の誤写と見て改める。四荒八極に遊行する意。四荒は四方(東西南北)の辺地、八極は四方・四維(西北・西南・東南・東北)の最果ての地。三六 正道にはずれる。類「差 タガフ」。三七 嘆かわしいこと。憂うべきこと。三八 子孫。三九 底本虫損。「王」を擬すべきか。四〇 「湎」は湎の俗字。類「躭湎」。伊「妉湎 タンメン」。心を奪われてのめりこむ。熱中して深みにはまる。四一 底本虫損。「尤」が擬せられる。とすれば、すぐれた物、逸物の意。四二 駿馬がどんなに足が速くても、それに騎乗して死の到来を振り切って生きのびることはできない。四三 生涯の対で、死の境涯。

第四十一話 原拠として山海経を引くが、直接の取材ではなく先行の一書よりの孫引きであろう。山海経現行本に照らすに、巻一南山経、巻一六大荒西経収載記事を複合し、

烏《からす》は[二九]蚌《はまぐり》を得て涙を垂る第四十三

[三〇]律に云はく、「昔、飢ゑたる世に[三一]万生餓死《がし》す。尓時一《そのときひと》つの烏有り。大海の[三二]浦《うら》に至りて一つの[三三]蚌蛤《ばうかふ》を得たり。之《これ》を食はむと欲《す》るに、[三四]更《さら》に堅《かた》くして其の内の肉《しし》の身を得ず、時節を経《へ》たり。然《しか》して後に涙を垂《た》る。即ち尺迦之を観《み》て、[三五]慈《うつくしび》の心を発《おこ》して訓《をし》へて云《のたま》はく、「汝、蚌《はまぐり》を咋《く》ひて高く上りて、巌《いははほ》の上に落せ」と。時に飛び上りて之を落すに、即ち破《わ》れ已《を》了《は》んぬ。後に其の身《み》を食《じき》す。尺迦此の[三六]報《ほう》に依りて、五百生《しやう》蚌の身を得たまひき」[三七]者《てへ》れば、[三八]菩薩すら[三九]尚分段《なほぶんだん》の報を免《まぬか》れたまはず。仍《よ》りて、[四〇]努殺生《ゆめゆめせつしやう》すること勿《なか》れと云々。

烏《からす》は雉《きじ》に[四一]交通《けうつう》して子を[四二]生ぜしむ第四十四

『[四三]僧祇律《そうぎりつ》』に云はく、「[四四]昔、烏有り。一つの[四五]雉に[四六]合ひき。交通して子を生ぜしむ。即ち其の子烏の如し。発する声は雉に非《あら》ず烏に非ず。

さらに敷衍増幅している。 四四 慈悲深く智恵豊かなこと。伊シの畳字「仁智」。 四五 四神信仰でも朱雀(鳳凰)を南方に配し、山海経でも鳳凰の棲息地を南山経に収載。 四六 山海経注に広雅・釈鳥を引いて「雌曰レ皇、雄曰レ鳳」とする。和「鳳凰 爾雅云、雄曰レ鳳、雌曰レ凰」。 四七 古代中国の地理書。原本は伝わらず、現行本は晋の郭璞注の十八巻本。 四八 山海経一六・大荒西経によるに、北狄の国にある山で、桂が多いことからの山名という。ただし以下の記事は、原経では桂山に続く榣山の項に収載。 四九 五彩とも。青・赤・黄・白・黒の五色。 五〇 鳳凰の異表記。 五一 この一句、山海経現行本に見えず。 五二 引き連れる。伴う。鳥王があって他を統率したものか。 五三 以下の記事、山海経現行本では巻一南山経・丹穴之山の項に収載。鳳凰が一身に仁・義・礼・智・信の五常の紋様を備えていたとするのは、霊鳥の徳を象徴するもの。 五四 紋。模様。字をかたどった紋様であろう。 五五 山海経には「其状如レ鶏」とある。 五六 よみは類・色による。「つばめ」とも。燕に同じ。 五七 これ以下、山海経現行本に見えず。

以上三八七頁

一 計数に用いる竹または木の細長い角棒。算木。色「算長六寸以計二暦数一者也」。 二 古代中国の管楽器。長短の竹管十六ないし二十四本を鳳凰の翼状に並べ、木製の枠に収めたもので、各管を横に吹奏する。 三 広雅・釈鳥などには即々とも。 四 節々に呼応して、足ることを知ってむさぼらない意をこめた語。 五 善しとしてほめたたえる意。ここでは国土の安寧を称賛したもの。 六 「には」のよみは底本の捨て仮名による。これにならえば前後を「夜には」「昏には」「昼には」ともよめる。 七 善哉に呼応して、天下泰平を祝賀する意をこめる。 八 類「昏 ユフベ」。色「昏 クレヌ」により「くれ」ともよめよう。 九 国土に異変がなく、常に安寧が維持される意。 一〇 国常に呼応して、長く世が平安に保たれる意をこめる。 一一 節度。時を定め、規則正しく食事する。 一三 礼儀。礼節。上句と相俟って、飲食に

若《も》し母の音《こゑ》を鳴かむと欲《す》れば、其の父鳥なり。若し父の音を鳴かむと欲れば、其の母雉[一]なり。二《ふた》つ倶《とも》に兼《か》ねて鳴かむと欲れば、未《いま》[二]だ曾《かつ》て尓《しか》らず」と。此の子を以て、法師《ほふし》の在家《ざいけ》[三]なる、即ち出家[四]に非ず在家に非ざる義に喩《たと》ふ。在家と云はむと欲《す》れば、其の体《てい》[五]法師なり。出家と云はむと欲れば、其の行《ぎやう》[六]在家[七]なり。

麒麟《きりん》の声は呂律《りよりつ》[八]に和《わ》[九]す第四十五

書[一〇]に云はく、「仁獣《じんじう》[一一]あり。牡《をうと》[一二]をば其《き》[一三]と云ひ、牝《め》をば粦《りん》と曰《い》ふ。三百[一四]六十の其粦を具す。鹿[一五]の身《み》、羊の頭《かしら》、牛の尾なり。首《かしら》に一つの角《つの》有り。本《もと》は狭《せば》くして末は広し。狼[一六]の頭《かしら》、馬の蹄《ひづめ》なり。身に五采《ごさい》[一七]有り。腹の下は黄に白し。質《すがた》[一八]は黒くして高さ[一九]一丈二尺、音《こゑ》の中《うち》に律呂《りつりよ》あり。歩《あゆみ》[二〇]の中に規矩《きく》あり。土[二一]を択《えら》びて践《ふ》む。郡居《ぐんきよ》[二二]せず。生[二三]きたる虫を践まず、生きたる草を折らず。牡《をうと》[二四]は遊聖《いうせい》と鳴き、牝《め》は婦和《ふわ》と鳴く。動静《どうせい》[二五]に則ち義有[二六]り。怒《いか》[二七]り闘《たたか》へば、則ち日月蝕《にちげつしよく》[二八]す」と。

節度があり、礼儀正しく、みだりにむさぼらないことをいう。一三 以下は殺生を犯さない意。一四 上の叙述を受けて、儒仏習合の視点から鳳凰を菩薩の化身としたもの。ちなみに五常は五戒に配されて、仁を不殺生、義を不偸盗、礼を不邪淫、智を不妄語、信を不飲酒とする。一五 小国。大国は仏法流布の土、小国は仏法に縁薄き辺土とする思想に由来する。

第四十二話 原拠は仲尼遊方問録とするが、一書よりの孫引きである。

一六 書名は不明。→三八二頁注一八。一七 仲尼遊方問録の略称。→二八八頁注一四。一八 きわみ。果ての地。伊ヵの畳字「涯際」。一九 よみは底本によるが、三つの峰より成る岩山であろう。二〇 少しの。二一 もっぱら。まじりけのない。類「純 モハラ」。二二 一字虫損。文意より推すに、あるいは「此」か。二三 周辺は谷になっている意。二四 底本一字虫損。意によって「日」を補。太陽が地球の周囲を運行するとする天動説に基づくもの。二五 北東の方位。二六 日の出の前の曙光をさす。二七 日輪の本体。二八 四天下中の南天下。持国・増長・広目・多聞の四天下の世界のうちの増長天下の世界で、我々の住む南閻浮提(南贍部洲)をさす。鶏鳴が南天下におこるとするのは、南方を朱雀とする四神思想とも関係があろう。

第四十三話 原拠不明。

二九 色・類「蚌 ハマクリ」。三〇 律部の一書であろうが特定し得ない。三一 底本「万里生」とし里を衍字とする。あらゆる生物。生きとし生けるもの。三二 海浜。浜辺。三三 蚌とよみ分けて音読したが、類「蚌蛤 ハマグリ」により訓読も可。三四 「更に」は下出の「得ず」にかかる。固く殻を閉じて全く中の肉を食うことができない。三五 あわれみの心。慈悲心。三六 むくい。ここでは殺生に力を貸したことによる悪報。三七 といへれば、の約。というから。三八 釈迦成仏以前の因位の出来事として菩薩と称したもの。三九 分段生死の報。永遠究極の安住境(寂滅為楽の境)を得ず、切れ切れの生死を繰り返して六道を輪廻する果報。→二九七頁注

[二九]正月七日青馬《あをうま》[三〇]の節[三一]第四十六

[三二]書に云はく、「白馬《はくば》を以て青馬《あをうま》と名《な》づく。[三三]馬の性《しやう》は陽に属し、本体は白と為す。[三四]白竜《はくりよう》天に在り、白馬地に在り。若《も》し人、[三五]初年に白馬を見れば、則ち年中の[三六]邪気《じやき》・疾疫《しつえき》除失す。昔、白馬に乗りて奥山《おくやま》に行く人有り。[三七]五百の虎瞋《いか》り来《きた》りて、則ち白馬を見て、口を閉《と》ぢて早く去る」と。

亀は八卦《はつけ》[三八]の図を負ふ第四十七

[三九]書に云はく、「昔、[四〇]伏羲子王《ふつきしわう》、[四一]河に臨みて魚を釣る。即ち一《ひと》つの亀[四二]を得たり。背《せなか》の上に[四三]文《もん》有り。是《これ》八卦なり。[四四]変じて[四五]六十四の卦の体《たい》を成す」と。之《これ》を以て[四六]模《かたぎ》と為す。[四七]五姓《ごせい》の吉凶《きちく》を尋《たづ》ぬるに[四八]一毫も謬《あや》まらず。[四九]或《あ》る経《きやう》に云はく、「[五〇]普賢菩薩《ふげんぼさつ》自ら誓《みづか》ひて云はく、「我大亀《おほがめ》と作《な》りて、背に五姓の吉凶を負ひ、世に現《あらは》れて[五一]恒《つね》の規《のり》と為《せ》む」者《てへり》」と。仍《よ》りて八卦

二三。 四〇 底本「奴力」。原姿「努」と見て元へ復す。類例は三八三頁注二〇、三八四頁注一〇などに散見。
第四十四話 原拠は摩訶僧祇律二四。経律異相四八・禽畜生部・鳥七にも転載。
四一 性交。交尾。 四二 よみは底本の捨て仮名による。以下これにならう。 四三 摩訶僧祇律の略称。東晋の仏陀跋陀羅・法顕共訳。四十巻。僧の順守すべき個人的社会的法規を結集した律蔵の一。 四四 以下は要約で、原文の引用ではない。 四五 原拠では雌鶏。伝承間の訛伝または改変で、本話が孫引きであることの一証。 四六 交合。交接。

以上三八九頁

一 底本虫損。残存字形及び意によって「雉」を補。 二 これまでできたためしはない。どうしてもできない。原拠「鳥鶏二兼学、是二倶不レ成」。 三 「在家なるは」の意。在家は出家の対で、本来は在俗の信者(優婆塞・優婆夷)の称。ここでは得度しないで、世俗的生活を営む僧。俗聖(ぞくひじり)。 四 虫損。意によって「家」を補。 五 姿形。なりかたち。 六 所行。しわざ。肉食妻帯などの破戒行為を含めた語。 七 虫損。意によって「也(なり)」を補。
第四十五話 同類記事は部分的に中国古典に頻出するが、それらを集録した初学記二九・麟三などは本話の記事をすべて包含し、原拠たるにふさわしい。
八 中国・日本古来の音楽で用いられる十二の音階。十二律。それを陰陽に分けて、陰の音を呂、陽の音を律とする。 九 調和する。→三八二頁注一八。 一〇 特定しがたいが、初学記などが考えられる。 一一 情深い獣。挙措進退が礼にかない、殺生を犯さないことからの称。「説文曰、麒麟仁獣也」「何法盛徴祥記、麒麟者毛虫之長、仁獣也。牡曰レ麒牝曰レ麟」(初学記)。 一二 よみは底本の付訓による。下の「牝(め)」に対して「を(雄)」ともよめよう。 一三 底本「某」。「騏」の旁から推して「其」に改める。以下もこれにならう。 一四 「大戴礼曰、毛虫三百六十而麟為二之長一」(初学記)。第四十一話に霊鳥鳳凰が「三百六十の鳳皇を具す」とあるのに対応する記事。 一五 「何法盛晋中興徴祥記、麟麕身、牛尾、

を信ずべきなり。

[一]野干《やかん》は[二]両舌《りやうぜつ》して自《みづか》ら死ぬ第四十八

[三]『四分律』に云はく、

昔、二《ふた》つの[四]悪獣《あくじう》有りて[五]伴為《ともがらた》り。一《ひと》つを[六]善牙師子《ぜんがしし》と名づく。二つを[七]善博虎《ぜんはくと》と名づく。昼夜、衆《もろもろ》の鹿を伺《うかが》ひ捕《とら》へて之《これ》を食ふ。時に一つの野干、之《これ》に随従《ずいじゆう》し、其の残りの[八]完《しし》を食ひて、以て命を活《い》く。彼の野干、心中に思ふ様《やう》は、「何《いか》なる方便を以てか二つの獣《けもの》を失《うしな》ひ、我[九]足《あ》くまで食はむ」と。時に、野干[一〇]中言《なかごと》を作《な》し、先《ま》づ善牙師子の所《もと》に至りて告げて云はく、「善博虎は卿《きみ》を賤《いや》しむこと有り。即ち言はく、「[一一]形色《ぎやうしき》及《およ》び[一二]所生《しよしやう》、大力《だいりき》にして復勝《またまさ》る。[一三]善牙は(善くすること)能《あた》はじ」と。善博は是《かく》の如《ごと》く[一四]説《い》へり」と。善牙師子野干に問ひて云はく、「何事を以て実《まこと》と知るを得むや」と。答へて云はく、「共に一つ処に会ひて見るべし」と。又、[一五]善博虎の所《もと》に至りて告ぐ、「善牙師子卿《きみ》が為に[一六]放言《はうごん》有り。即ち言はく、「形色及

狼頭、一角、黄色馬足也」(初学記)。一六 先に「羊の頭」とし、ここに「狼の頭」とするのは、複数資料の混交を推測させる。一七 五色。三八七頁注四九。一八 よみは底本の付訓による。色「質 スカタ」。一九 体高約三・六四メートル。二〇 歩行が規則正しく、足どりが乱れることがない。底本「規」に「ノリ」、「矩」に「アコエ」と付訓。これに従えば「規(のり)あり、矩(あとえ)土を択びて践む」とよめるが、下記の原拠に照らし、「矩」を「距」に誤ったものと見てよみ改める。色「距 アコエ」、類「距 アコエ」。なお「あこえ」は蹴爪の意。「広雅曰、行歩中レ規、折還中レ矩、游必択レ土、翔必後レ処、不レ履二生虫一、不レ折二生草一、不二群居一」(初学記)。二一 場所を選ぶことで、穢土を踏まない意。二二 底本のまま。正しくは群居。群がって居ること。集団で生活すること。二三 殺生を犯さない意で、鳳凰の所行と同趣。→三八八頁注一三。二四 初学記では何法盛徴祥記を引いて、「牡鳴曰二遊聖一、牝鳴曰二帰昌一」とする。二五 立ち居ふるまい。進退動作。二六 礼儀にかなう。二七 「淮南子曰、麒麟闘則日月蝕」(初学記)。「麒麟闘而日月食」(現行本淮南子・天文訓)。二八 日食と月食がおきる。

第四十六話 原拠は十節記。同文的ながら孫引きであろう。中古以来の年中行事関係の故実書も十節記(録)を引いて同文的記事を収める。

二九 正月七日に行われた宮廷恒例の年中行事。豊楽院(後に紫宸殿)で行われ、左右馬寮の官人が一組七頭、三組二十一頭の白馬を引いて天皇・群臣の観覧に供した儀式。三〇 葦毛または灰色の毛の馬。平安中期より、青馬を白馬と表記するようになった。色「白馬 アオウマ」。三一 節会。節日の儀式後、天皇の出御のもとに群臣の饗宴がある。三二 不明。→三八二頁注一八。三三 陰陽五行説では、馬は陽物、陽獣、陽は青陽で春に当たる。初春に白馬の節会が行われる由来でもある。「十節録云、馬性以レ白為レ本、天有二白竜一、地有二白馬一、…」(年中行事抄・正月)。三四 伊ハの畳字「白竜」。白色の竜で、天帝の使者とされる。三五 年の始め。年初。三六 病気や災厄をもたらす悪気。三七 多数を

び所生、[一七]大力にして復勝る。善博は(善くすること)能はじ」と。善牙は是《かく》の如く説《い》へり」と。善博問ひて云はく、「何を以て実と知るを得むや」と。答へて云はく、「一つ処に至り合ひて之《これ》を見よ」と。時に二つの獣来《きた》り合ひて、眼《まなこ》を嗔《いか》らして相《あひ》見て[一八]害に至らむと欲《す》。即ち善牙師子、[一九]是《かく》の念を作《な》す、先づ[二〇]実否《じつぷ》を問ひ、愚《おろ》かに乱《みだ》るべからずと。仍《よ》りて説《い》ひて云はく、「「形色及び所生、大力にして復《また》勝る。善牙は我に如《し》かじ」と、善博是説《かくい》へるや」と。時に虎答へて云はく、「[二一]善博は是説《かくい》はず。形色及び所生、大力にして、[二二]復勝る。善牙は(善くすること)能《あた》はじ」と」と。仍りて二つの獣、野干の中言を知りて之《これ》を殺す。
と。知りぬ、中言は[二三]口の殃《わざはひ》、身を損する[二四]怨《あた》なりと。

鹿は子を[二五]悲しびて猟師《れふし》を導く第四十九

[二六]有る論に云はく、「昔、二《ふたり》の猟師一《ひと》つの鹿を追ふ。鹿に小《ちひさ》き子有り。時に[二七]一人《ひとり》は子有りと見、一人は未《いま》だ之を見ず。又一人の家は幼き子有

意味する慣用句。

第四十七話　古河図、古洛書以来の中国の古伝を受けたもの。書経・孔安国伝以下諸書に見えるが、竜馬の出現を霊亀の出現と訛伝するのは、八卦由来譚と併伝された禹の洪範九疇の故事(書経・孔安国伝以下に収載)と混交したものか。

三八 周易で、陰爻(いんこう)⚋と陽爻⚊を組み立てた八種の卦、乾・兌・離・震・巽・坎・艮・坤の称。三九 書名不明。→三八二頁注一八。四〇 →上巻第六話解説。四一 黄河。四二 書経・孔安国伝以下竜馬の出現を説く。亀としたのは禹の洪範九疇の由来と混交したものか。四三 紋。模様。四四 変化して。八卦から展開して。四五 八卦を重ねて六十四卦としたもので、上卦三十、下卦三十四から成る。重卦とも。四六 形木の意で、規範。規準。類「模　カタギ」。四七 五行・五音にかなう姓。天下の万物を五行・五音の五姓に配属させたことから、人事・自然にわたる天下のありとあらゆるものをさす。四八 一本の毛筋で、微細、微少のたとえ。四九 不明。以下の記事は正統な仏説にはあり得ない習合説なので、該経が存在するとしても偽経であろう。五〇 →二九九頁注五五、三四二頁注一三。五一 不変のきまり。恒常的規準。

以上三九一頁

第四十八話　原拠は四分律一一。原文に即した要約的引用であるが、孫引きであろう。同話の異伝または異訳と見られるものが、十誦律九、五部律六などに所見。十誦律収載話は経律異相四七・師子一ノ六を介して、金言類聚抄二三・獣類部・師子三ノ三にも転載。

一 狐。→三五八頁解説。二 仏教で十悪の一。一つの事について双方に別なことを言って両者を争わせること。二枚舌。三 姚秦(後秦)の仏陀耶舎・竺仏念共訳。四段階の編集を経て完成させたことからの称で、六十巻。四 悪は荒々しく強い意で、強暴な獣。猛獣。五 仲間。友達。六 立派で鋭利な牙を持つ獅子の意。七 体軀の偉大な虎の意。八 食べ残しの肉。類「完　シシ」。九 よみは底本の付訓によるが、「食(じき)に足(あ)かむ」とよむも一案。いずれも腹一杯

り、一人の家は老いたる母有り。即ち鹿、矢に中《あた》りて音《こゑ》を挙《あ》げて泣きて死す。其の時、[一]子を持たる獦師が耳には、我が子よと泣くと聞く。母を持たる獦師の耳には、[二]阿良夜々《あらやや》と泣くと聞く。仍《よ》りて、二乍《ふたりなが》ら音《こゑ》に依りて道心を発《おこ》し、[三]仙洞《せんとう》に入りて家に返らず。[四]仏道を成じて、観

（以下、欠）

（失　題）

（上欠く）□[五][六]水豹《すいへう》来れば故《もと》の如く縮む。之《これ》に因りて遂に其の難を免れ、海に至りて[七]自在を得《う》。若し□[八]衆生[九]六根を守りて犯す所無くは、悪魔[一〇]障㝵《しやうげ》を得ず、遂に捨てて去りぬ。仍りて其の衆生[一一]転廻《てんゑ》の郷を離れ、[一二]魔軍の陣を破りて、[一三]薩婆若《さつばにや》の海に至り、[一四]自行化他《けた》尤も[一五]通達せり。故に知りぬ、若し人能く六根に[一六]悔過《けくわ》有れば、必ず[一七]二世[一八]安穏《あんをん》して、[一九]魔縁の為に[二〇]敗壊《はいゑ》せざる者なりと。

[二一]秘蔵すべし、秘蔵すべし。　伝領[二二]大法師[二三]盛守

食べたいの意。類「足 アク」。 一〇 色「中言 ナカコト」によるが、音読も可。二者の間にあって双方に他者の悪口をいうこと。 一一 これ以下、原拠の四句偈「形色及所生、大力而復勝、善牙不能善、善博如是語」をよみ下したものであるが、三・四句間に重出する「善」の一字を欠脱、または衍字として削除したため、底本の句読が乱れ、読解を誤る。原拠に復元してよみ改める。なお同様の誤読、またはそれに起因する誤解は下文の注一七・二一・二二にも見られるが、いずれも同様に処置した。形色は容姿、姿形。原拠では以下の偈に先立って、狐が善牙師子に「善博虎有二如レ是語一言。我生処勝、種姓勝、形色勝レ汝、力勢勝レ汝。…」と中傷している。以下の狐の発言はこれを踏まえたもの。 一二 素性。生まれ育ち。 一三 善牙はとてもかなうまい。 一四 よみは底本の付訓による。以下もこれにならう。 一五 底本虫損。意によって「博」を補。 一六 勝手なことを言い散らすこと。色「放言 ハウゴン 罵詞」。 一七 底本「大□而復勝善博一。不能善牙二」とするがよみ改める。→注一一。虫損部、意によって「力」を補。 一八 傷害。 一九 底本「是ノ」。「この」ともよめようが、類「是 カクノゴトキ」による。下記のように考えた。 二〇 真実かどうか。虚実。色「実否 ジツプ」。 二一 以下は原拠の偈文「善博不レ説レ是、形色及所生、大力而復勝、善牙不レ能レ善」をよみ下したもの。→注一一。 二二 底本「復勝善牙。不能善牙」。「復善牙に勝る。善牙に能はじ」とよんだのであろうが、注一一に起因する誤読・誤解と見て改める。なお「不能善牙」の「善牙」は原拠に見えず。注一一の誤解に基づく恣意的付加と見て削るが、誤読を生かすとしても「善博」とありたいところ。善牙では意不通。不審。 二三 口がもたらす災厄。「口は禍《わざはひ》の門（本）」「禍は口から」などのことわざに通じる句。 二四 危害をもたらすもの。敵。類「怨 アタ」。

第四十九話　「論云」とするが、同話が見当たらず、原拠を特定しがたい。結尾を欠くが、あるいは鹿が仏菩薩の変化《へんげ》であったなどと結ぶものだったか。 二五 あわれみいつくしんで。 二六 書名を特定しがたい。論

二四仁平二年八月一日二五光明山の二六北谷に於て書き了《をは》んぬ。

は、仏の名において説かれた経・律に対して、仏弟子がそれらの仏説・仏制を研究解説した文献の称で、大毘婆沙論、倶舎論、大智度論の類。梵語 abhidharma(阿毘達磨)の漢訳で、論書とも。経・律と共に三蔵を構成する。 二七 猟師の一人は子鹿を見つけたが、もう一人の猟師の目にはとまらなかった。

以上三九三頁

一 以下、二人の猟師が鹿の悲鳴をわが身の上に当てて感じ取ったもの。 二 感動詞「あら、やや」の音仮名表記。老母の嘆声に擬した語。 三 仙人の住居。転じて、俗界を遠く離れた清浄の奥山など。 四 仏道を成就して。悟りを開いて。

失題 下巻末の断簡に記す失題話の後半部。原拠は不明。
五 底本二字虫損。 六 水棲の豹の意で、豹に似た斑点を持つアザラシの称。ゴマアザラシ・豹アザラシの類。 七 自由の身となる。 八 底本虫損。残存字形より推すに「有」か。とすれば、「衆生有りて」とよめる。 九 →三六二頁注一九。 一〇 障碍に同じ。妨げること。妨害。色「障礙 シヤウケ」。伊シの畳字「障导」。 一一 連声で「てんね」とも。転転輪廻の意。生死を繰り返して永遠に煩悩から解脱し得ないこと。郷は境界。 一二 悪魔の軍勢が張りめぐらす陣備え。 一三 梵語 Sarvajña の音写。一切智、一切種智などと訳。一切の事象の総体相と個別相を知り尽くす究極の智慧で、仏の智慧。その深遠広大を海にたとえたもの。 一四 自らの修行と他を教化利益する行。この二行兼修がいわゆる菩薩行で、大乗仏教の理想とする。 一五 とどこおりなく達成する意。 一六 仏・法・僧に対して、自分の犯した罪過を懺悔すること。 一七 現世と来世。現当二世。 一八 色「安穏 アンオン」。連声で「あんのん」とも。 一九 正法を妨げる縁となるもので、悪魔、魔物。 二〇 やぶれくずれること。 二一 以下の奥書は別筆で、盛守が伝領後に付記したもの。 二二 大法師位。天平宝字四年(七六〇)制定の僧位九階の最上位で、伝灯・修行各位四階の上にある。ただし、この頃は形骸化する。 二三 伝不明。 二四 一一五二年。 二五 光明山寺。山城国相楽郡綺田(京都府相楽郡山城町)に所在した。三論宗の東大寺僧永観(一〇三三―一一一一)が再興蟄居後は、三論宗門の別所となった。 二六 光明山北麓の谷あいの平地。ここに住坊があったのであろう。

注好選 原文

凡例

一　底本として用いた東寺観智院本（ただし中巻第四十一から第六十までは金剛寺本）の原文を翻刻して掲げた。

二　翻刻にあたっては次のような措置を施した。

1　原則として、漢字・片仮名の字体は現在通行のものに改めた。反復記号は底本のままとした。

2　明らかな誤記・脱字、また傍書の位置が疑われる場合なども、原則として改めずにそのまま示した。

3　判読困難な虫損の箇所は□で示した。

4　訓み下し文を参照しやすくするため、校注者による句点を付した（この句点は必ずしも底本と一致するものではない）。また経文には適宜読点を付した。

5　底本にある声点、返り点、句読点等は省いた。

6　誤記を正す底本の見せ消ち、補入、転倒符などは、それに従って正した形で示した。

7　説話番号の欠けているものは（　）を付して補った。

三　委細は東寺貴重資料刊行会『古代説話集　注好選』（一九八三年）、後藤昭男編『金剛寺蔵　注好撰』（一九八八年）の影印を参照されたい。

□巻　付□家

□惟末代学士未必《モ》習本文《ヲ》。因茲纔雖学文《ト》書難識《リ》本義《ヲ》。譬《ハ》如田夫《ノ》作苗《ヲ》不作穂《ホヲ》。惟只《タヽ》竭《ツクシテ》 力《ヲノミ》 是有《ンヤ》 何益《カ》者《レハ》 粗注之譲《ル》小童《ニ》云、。

劫焼第一

劫者必有始必有終。一袜以《テ》名《ク》劫《ト》。始終之中間久有故□劫也。付之有四劫。謂一成劫。下従風輪際上至梵天国□。世間衆生世間漸〻成立出生。此間有廿増減。一増者従十才至八万四千才《ニ》。一咸《ト》者従八万四千才至十才也。二《ハ》住劫。此間《ニ》又有廿増減。是《ヲ》云《フ》中劫。初《ノ》一中劫《ハ》唯減《シテ》 無増《シ》。所以《ニ》従人寿無量才至十才。終《ノ》第廿中劫《ハ》唯増《ニシテ》 無減《シ》。所以従□量才。中間十八中劫《ニ》有増減。准《セヨ》 成劫《ニ》。三《ハ》壊劫。此□。其中《ニ》発《ル》三種災。一火災。下従無間地獄上□初禅。二水災。下従水輪上壊二禅。三風災。下従風輪上壊三禅。或七《ツノ》 日出《テ、》 万物焼燋《ヌ》。更芥子許《リモ》 無遺《シ》留物。是云劫焼《ト》。此《ノ》時《ニ》若《シ》有法花経持者《ハ》火不焼。法花経誦読供養《スル》 地《ハ》又不壊也。四《ハ》空劫。下〻上〻皆壊已《レヲハテウツケタルコト》 空　如黒穴《ノ》。此間《ニ》過廿増減《ヲ》。其最後《ノ》減劫《ノ》時《ニ》又返《テ》可成劫《ス》。〻又有三種。小劫中劫大劫也。謂小劫一増一減也。中劫廿増減也。大劫八十中劫《ヲ》一合《ニテ》為一大劫也。又付劫言其程《ト》久者《ト》有四十里石。梵天三珠《ノ》天衣三年《ニ》一《ヒ》撫《ナツルニ》 石如是撫尽《ヲ》為小劫。八十里尽《ヲ》為中劫。百里尽為大劫也。又云卌里城蒔満芥子《テ》百《ヲ》年取一粒取《リ》尽《ヲ》為小劫。八十里尽《ヲ》為□中劫。百里尽為大劫也。

□

□《リ》地堅《マリテ》 未生《ルセ》人類最初時《ヲ》名《ル》開闢《ト》也。

□皇第三

天定地堅之後開闢之時《ニ》在《テ》変化人始称《テ》皇《ト》持世《ヲ》助《ク》人。其皇頭《ノヘ》十二也。治化《ハ》一万八千年《ナリ》。此《ノ》皇時以十二月《ヲ》定《メ》一年《ト》即以吾十二頭《ヲ》表《スル》 十二月《ヲ》也。

地皇第四

天皇之後地皇即《ツイテ》位《ヲ》治《シ》世《ヲ》助《ク》人《ヲ》。此皇頭十一《ナリ》。治天下一万二千年。此皇時山現川流。於地上《ニ》限《ル》四至阡陌《ヲ》。定《メ》町段歩数《ヲ》并令《ム》有四方四角《ヲ》也。

人皇第五

□皇之後人皇即《テ》位《ヲ》治世助人。此皇時祀《マツリ》神《ヲ》葬《ス》人。皇頭九也。　已上三皇。

□

□羲子即位持世養人。此帝時少有尊卑《ヒ》。粗《ホヽ》□在。復以男為《シ》女夫《ト》以女為《ス》男妻。此時《ニ》人与禽獣相和《テ》茹《スキ》《シキ》毛飲《テ》血居《ルニ》無定止矣。

神農第七

伏羲子之後神農即位治世顧《ル》民。従此帝之前《ニハ》未《スラ》有五穀。又無耕《シカヘシ》田《ヲ》作《コト》畠《ヲ》。即神農登《リ》山《ニ》遊《テ》野《ニ》取草木葉一ゝ《ニ》嘗《ム》其味《ヲ》。一日之内逢《テ》七十二毒草《ニ》百度死百度生。即在天命遂《ニ》獲《タリ》五穀。謂粟麦稲麻豆也。此帝手《ラ》自《ラ》取《テ》金鋤《ヲ》蒔《テ》五穀為《ニス》民《ノ》。即従此已来播《カタカチ》殖《テフ》養命也。

祝融《シクユウ》第八

神農之後祝融即位。此帝之時《前ニハイ》雖有五穀人未《サリキ弁イ》蒸之。即□転《タヽク》多禽獣遂《ニ》少《シ》。帝仰《テ》見《ルニ》天上《ヲ》有火星。見《テ》之攅《テ》□鉄《ヲイテ》鋳為鍋釜蒸《ス》穀。因之民相続《ツイテ》在《リ》今《イマニ》。

軒轅第九

祝融之後軒轅即位。此帝時《ノ》皇帝造《ル》城墎。着《キ》衣裳服《ヨソノ□》牛乗《ニリ》馬《ニ》立倉多《シテ》尊卑有《リ》礼節。於《テ》官《ニ》始《テ》在《リ》政也。

顓頊《セン玉》第十

皇帝之後顓頊即位。此帝時始造《ル》銭《ヲ》。故人民即貨□《スル》者也。

帝嚳《コク》《佶イ》第十一

顓頊之後帝嚳即位《ヲ》。此帝時《ニ》衣色五色《ニ》染成《ス》。男女其服《ノモノ》各異《ナリ》。吉凶卜筮《セイ》之事人道種ゝ之事始相備《ヒハル》矣。

帝尭《ケウ》第十二

帝嚳之後帝尭即位。此帝時始造治律《ヲ》定国郡郷村各ゝ存政。

□十三

□舜即位。此帝時立市《ヲ》。飲酒并世路資具以土木□器。人ゝ随好《ミニ》設《ク》資具。鳳皇来遊《テ》於王庭《ニ》表《ス》帝徳矣。

禹《ウ》王第十四

帝舜之後禹王即位。此王時水災息《ヤミヌ》。作地広《シテ》五穀豊満《ス》。
天清地寧《ヤスク》《ユタカニシテ》人民安楽互有礼。悟孝《テヲ》報恩《スル》者也。
尭代第十五
此時遭九年之洪水《ニ》。然而人民誇《ホコテ》不《リキ》菜食《セ》哉《イ無》。
渇《タウ》辰第十六
此時遭七年早颰。然而民寧《ヤスクシテ》無飢《タル》色《ロ》矣。已上帝皇代沙汰也。
蘇秦刺《シサク》《サス》股《モヽヲ》第十七
□学生与《ハ》張儀僧《ニ》《倶イ》事《ルコト》鬼谷先生十年《ニ七イ》《ナリ》。通《ス》六芸百家之言。
□読書《ニヲ》不《ス》息《スマ》。欲《レハ》眠《ト》垂以錐《キリヲ》刺股《テヲ》不《ス》臥矣。
□第十八
□学生《ハ》好学書《ヲ》欲睡以縄着《テニ》梁其縄《ヲ》懸《テニ》頸通《ラ》夜不臥矣。
車胤《ハ》聚蛍《ヲ》第十九
此学生家極貧無燭便《シ》。即取《テ》蛍十枚《ヲ》咸《ツヽムテ》絹帋置《テノ》書上《ニ》読《ム》文。
匡衡穿《ウカツ》壁《ヲ》第廿
此学生前漢《ノ》東海人《ナリ》。好《ミ》学読《テ》書不息《マ》。夜不寤《イネ》。而其家甚
貧《シテ》無燭。其室《ノ》穿《テ》東西壁《ヲ》招《マネキ》入《テノ》月光以夜《ヲ》続《ツイテ》朝《ニ》誦《ル》文音不絶。
幻《クエム》安割《サク》席《ムシロヲ》第二十一

此人不《リキ》好美艶《ヲ》。其身貧故《カニ》只割席半枚敷之《ヲ》居《タリ》其上。
君長截《カル》蒲《カマヲ》第二十二
此人少《ナカシ》時牧《カフテ》羊《ヲ》於沢《ノ》辺《ニ》截《ル》蒲《ヲ》。即蒲葉《ヲ》以《テ》常《ニ》書字《ヲ》。於藜《ノ》
□声尤高《シ》。時群《ニ》守見《テ》而奇《テ》之《ヲ》将《テ》帰《テ》令学書《セ》。遂一《イ無》〔底本
一丁脱落のため、以下第二十六前半まで欠〕
（第二十六）
〔上欠く〕作疇《ウネヲ》。休息之際《ニハ》便節《ヨリ》ゝ《ニ》披《テキ》読。年月差積《シテ》逐其□至
御史之官矣。
薫沖《ハタル》下帷《ヲ》第二十七
此学生前漢広川人。好学下帷《テヲ》令不散目《因イ》。読書《テ》遇《フニ》人不多
談。向食不久逗留者也。
桓栄《クワンエイ》励《ケムノミ》己第二十八
後□此学生本《トクワン》元卿曰家子也。即与元卿倶在《ニリ》田《ニ》。暫
休息暇《ルニ》桓栄読書。元卿曰《ク》貧賤《ノ》基在《リ》之《ニ》。而其心不変改弥励《ム》。
後時《ヲ》為尚書《ノ》大傅《フト》。弟子千万《ナリ》。元卿貴《フ》《ス》之。
孝明《カウメイ》継《ツク》火《ヲ》第二十九
此学生後漢《ノ》人《ナリ》。学書夜無休《ムコト》。継《テ》火誦書《ヲ》恒過《ス》夜半。

□《□ハナクテホコヲ》戈《ホコヲ》　第三十

此人《ハ》本在《トモ》《リ》軍旅中《ニ》放《ステ、》戈即読史書矣。

□《ヲ》第三十一

後漢呉人《ナリ》。好学読書。不覚遺《エルヲ》冠《ノ》。莫《リキ》憶□食時《ヲモ》矣。

高鳳流麦《ヲ》第三十二

此人《ハ》読《テ》書晨《タ》夕《ニ》不止《ヤマ》。其妻曝《サラシテ》麦《ヲ》令《ム》鳳《ニ》守《ラ》之《ヲ》。以竿《カネヲ》《シモト》授《テ》手《ニ》使《メキ》追《ハ》鶏雀《ヲ》。即天《リ》大《ル》雨《リキ》。而鳳執《テ》竿《ヲ》読《テ》書不覚《ヲ》流《エコトヲ》麦。妻《ノ》還《テ》罵《ルニ》始《テ》悟《ル》矣。

常林《ハ》接《セフスヲ》暇第三十三

好学読書田《ヲ》鋤《キ》耕《ルニ》休息《シテ》書披《テ》読。卅年遂至官《ニ》。

朱寵《チヨウ》無疲《タユムコト》《イタムコト》《オコタルコト》　卅四

此人《ハ》為《テ》潁《エイ》川《ノ》守行《トクニ》先経書《ヲ》荷《ヒ》負《セテ》停止之処《ニハ》披《キ》読《ミ》講《シテ》義《ヲ》暫《モ》不息《マ》矣。

□安《ハ》不憩《イキツキアヘス》《イコノハ》　第卅五

□安定人也。従《リ》臨学文《ニ》以後至《マテ》于老死《ニ》暫其声不□。

□禽獣守《リ》之《ヲ》鬼来恭《テウヤマウ》矣。

石勤　棘《アラハニセ□》　院《ヲ》第卅六

此人《ハ》南陽人也。勤学《ニ》不《ス》遑《イトマアラ》。門《ノ》前床《ノ》上《ヘニ》荊棘為《セリ》藪《ヲトロヲ》。敢掃《フニ》之《ヲ》無暇《マ》。終不交外《ハラノ》友《ニ》矣。

張儀《ハ》文朗《ナリ》　第三十七

此学生《ハ》為《シテ》大守《ト》行《クニ》之臨《テ》夕《ノ》宿《ニ》枯木之林《ノ》中《ニシテ》即誦《ス》新古之文。其声誦〻《トシテ》可也。其農《ニ》《アシタニ》彼林《ノ》中《ニ》無枯木。皆有《テ》木開花有花結《フ》菓《ヲ》矣。

亀毛《ハ》弁妙《ヘナリ》　第三十八

此人宿《テノ》秋野《ニ》節趣《ニ》因《テ》書史《シニ》陁《サカス》弁《ヲ》。即夜明《テ》復作《ス》弁《ヲ》。其傍《ニ》有《リ》死《タル》骸骨。即依《テノ》弁妙《ナル》古《サレタル》骨等更脂《□イテ》《シヽツイテ》《アフラツイテ》流《ス》汗《ヲ》也。

□《ム》雪《ヲ》第三十九

此学生《ハ》家尤貧《シテ》無灯。即冬夜書《ノ》辺《ニ》積《テ》雪《ヲ》照《テ》文《ヲ》読《ム》之。

白元《クエン》結《フ》帯《ヲ》第四十

此学生《ハ》居《テ》家《ニ》学書。敢《テ》無《シ》伴侶。飲食難得。従旦至于暮結《コト》帯《ヲ》七分《ナリ》。以帯《ヲ》為《テ》力《ト》書《ニ》夜《ス》読《ヲ》書。年長《シ》功成《テ》遂位至《ル》御史之官。

羅由《ハ》泣《ク》梏《シモトニ》　第四十一

此人《ハ》漢懸寧人也。若《カクシテ》遊餧《ヒユルクシテ》《ニ》五十《ニシテ》泣《テ》師梏《ナクノトニ》。学《ル》書《ヲ》登《ル》位《ニ》云、。

張仲食《ハス》蕗《フウキヲ》 第四十二

此人平陵人也。荷《ヒ》書随師《ニ》従《リ》入深谷十九年未《ス》出来。即師与張俱《ニ》食《テ》谷《ノ》蕗《ヲ》敢不怠《タラ》。即徳重《ナリ》功成《テ》師《ハ》駕《シテ》仙《ノ》轝《ニ》昇《ル》遷楼。張《ハ》乗《テ》皇車《ニイ》御衣服矣。

伯英荷《エイフ》笈《フンハコヲ》 第四十三

此学士《ハ》台明人也。従九才従師《テニ》好学《ムヲ》。其師巡《ルニ》七日州《ヲ》伯荷《テ》莒《ヲ》共《ニ》巡《ル》《生イ》。遂《ニ》学達《シテ》如照《カ》明鏡《ヲ》。学徒《ト》七十人其半昌《ニシテ》便位至《テ》御史之官《ニ》財物如踊《ワクカ》也。

孝尼貢《カウチハ》脩《スシ、ヒシヲ》《シ、ヒシホヲ》 第四十四

此人前漢盧人也。服従《ツキシテ》師《ニ》読書《ヲ》。其師常《ニ》不食。謂《ク》腹中在《ニ》病。医家云《ノク》一生之間可《カ》食《シ》脩《ヲ》。即時《ニ》孝尼請《ヒヒ》天《ニテ》祈地《ニ》為《ニノ》師常獦《レウシテ》山野則毎《ニ》一字貢《スノ》千脩《ヲ》。師病差《ヤンテ》孝才鏡明《ナリ》矣。

鎮那切《ハラル》舌《ヲ》第四十五

此人前漢臣也。少《カシ》時《ニ》暫《ク》学書。即年老遷官《シテテ》於此《コ、ニ》嘗《モトノ》師為《ニ》皇有輙《イサ、カナルヲカシ》犯。其臣《ノ》奉《テ》勅《ヲ》譴《イマシム》彼犯《ノヲ》。則皇後《ノ》時《ニ》聞《テ》禁《スルヲ》師《ヲ》謫《ツミシテ》臣切《テ》其舌《ヲ》永却《サケツ》臣《ヲ》也。已上廿九人至孝人類。

舜父盲《ハカヲ》《シキタルメヲ》明《アケタリ》 第四十六

史記云昔呉舜父因《テ》後妻言《ノコトニ》井堕《オトシ》入《テヲ》舜欲殺《シテト》以大石埋《ムヲ》井。舜兼《テ》得其意《ヲ》従《リ》東家《ノ》井中《ノ》潜《カクリ、テ》出去《テ》於歴山《ニ》耕《ウツル》。即父埋《ウメシカ》井故《ニ》両《ノ》目清盲《アキシヒナリ》。母《又イ》後病《瘖イ》瘂《ナリ》。経《テ》十年《ヲ》舜《カ》従山出来《テ》《タツクル》居《テ》市物貨《ウル》。於此《ニ》舜《カ》後母易《ウリキ》銭《ヲ》。舜銭返《テ》令《ムエ》得直物《ヲ》。即三度《マテス》。時母怪《テ》而報《ス》父《ニ》。〻曰《カク》若吾子舜《ニヤアラン》哉。汝将《ホテ》吾《ヲ》可《シ》向市《ニ》。妻遂将《ニテ》行《ク》。舜見《テ》父《ノ》年老《ヲ》泣《ナク》。攬《ル》子《ノ》泣《ヲ》。即舜以手《ヲ》拭《フニ》父《カ》涙《ヲ》両目明《ナリ》《アキヌ》。後母能《ク》言語《ス》也。

閔騫《ヒント□ハ》《ケンハ》母去《カルヲ》還《テ》留《ム》第四十七

曾《魯イ》人也。父娶《トツキス》《ヘシ》後妻《ヲ》。時《ニ》於母生《セリ》二子。其《ノ》後母蔵《セリ》牛紘《ノツナヲ》。後時《ニシテ》於御車《ニ》即父召《テ》閔騫責《ヲメテ》之誡懲《メコロシヌ》《ラス》。後時《ノ》知《ニテ》母《カ》所為《ヲ》也欲《ス》放《テムト》妻《ヲ》。時閔騫泣《テ》曰母在一子。又在《リ》二子。若母去《ナハ》三子寒《コイテ》死《ム》。大人思《ヘ》之。父愧《テ》而止《トム》。後母《ノ》悔《テ》過《ヲ》遂《ニ》与二子均《ヒトシ》矣。魯《ロノ》哀公聞《テ》之遂自《ラ》為《ナス》費《ヒ》邑之宰《ツカサト》也。

郭巨《クワクキヨ》掘《テ》地《ヲ》埋《ム》児《ヲ》第四十八

字《ス》文挙《キヨトモ》。後漢《ノ》河内人也。至孝尤深。家貧生《テリ》一子《ヲ》。三才之時《ニ》語妻《ニ》云《ク》養《ヲ》子之間《ニ》可闕《カクル》老母孝《ヲ》。因之吾堀《ニレテ》穴《ヲ》埋《テ》吾子偏孝《ニラム》母《ニ》。以妻《ニ》負《セテ》児《ヲ》父取《トリテ》鋤《ヲ》行《テ》山《ニ》堀《ルニ》穴即従地《ノ》底得黄金《ノ》一釜《ヲ》。

返《テ》不《シテ》 捨子以其《ノ》財《ヲ》孝《シ》母《ニ》養《フ》妻子《ヲ》者也。

姜《キヤウ》詩《ハ》因《テ》江《ニ》 遂《ヲフ》婦《ヲ》第四十九

字《ス》子遊《トモ》。後漢人也。其母好《ム》江水《ヲ》。不《レハ》 得不《ス》食《セ》。去《コト》 江《ヲ》八里《リ也》。婦吾《レ》更謂《モフ》 不《シト》堪。因之却《サケテ》 其妻《ヲ》自負《テ》江水《ヲ》供《ス》母《ニ》。大旱遂仰《テ》天泣《カハ》 従《リ》庭江水自《ラ》出《タリ》 泉《ト》也。

孟宗泣《ハク》竹《ニ》第五十

此人《ノ》母無《レハ》 筍不食《ス》。臨《テ》冬時《ニ》雪高寒《ク》 厳《キヒシクシテ》 筍尤難得。母向《テ》台《ニ》曰《ク》吾年已老《タリ》。有《テ》人界《ニ》煩《コトヲ》 子今不《ラス》 幾《ク》。何《カ》故《ソ》尓《□シテ》 為年来《ノ》孝子《ト》不《ルソ》 備《ヘ》今朝《ノ》味《ヲ》。不如《シ》吾《シカ》不《シテ》 受汝供《ヲ》直死。時孟宗忽《ニ》到竹薗捕《ヘテ》 其枝《ヲ》仰天《ニ》高《シテ》 声《ヲ》泣《キ》悲《フ》。即在《テ》天感雪《ノ》中《ニ》紫筍十枚《枝》生《ヒ》出《タリ》。採《テ》之《ヲ》供母。〻悦《テ》食《ス》。其後毎《ニ》冬有筍七年也。

王祥扣《ハタ、ク》 氷《ヲ》第五十一

此人《ノ》父無《レハ》 鮮魚不食。雪高氷原《シテ》 江河《ニ》無魚。欠《タリ》 一日之供《ヲ》。父向子甚恨深《ミシ》。即王祥辷《マロフ》《マロヒ》 岸《キシニ》 扣《テ》氷泣。涙以血色《ヲ》也。天地有感《テ》三尺鯉氷上踊《ル》。以供之也。

曾参《ソウシムハ》 奏《ス》琴《ヲ》第五十二

此人与父同《シテ》 鋤《ヲ》行《ユク》薗。父嗔《テ》以鋤打破《テ》其頭《ヲ》血流《ル》。即曾《ソ》参引琴《ヲ》。時《ニ》父散《スク》吟《ケキ》 思《ヲ》。是第一孝也。若不《シハ》引琴《ヲ》父吟《カ》深《キテ》可成不孝之子《ト》矣。

顧初辷《マロフ》 棺《ニ》第五十三

此人遭《テ》母亡《ルニ》 即伏棺《ノ》上《ニ》啼哭《ス》火《ニ》。乃《チ》飛去《テ》遂《ニ》其棺不《ス》焼也。

劉殷《リウインカ》 雪芹《ノセリ》第五十四

此人《ノ》母冬月思《ネカフテ》 無青芹不食《ハ》。殷哭《テ》求《ルニ》 之《ヲ》徙大雪生《セリ》 青芹《ヲ》矣。

丁《テイ》蘭《カ》木母第五十五

此人葬《シテ》 母《ヲ》之後慕《テ》其芳儀《ヲ》命《シテ》 工人《ニ》令造母《ノ》形《ヲ》。居室《ノ》内《ニ》下《テ》帳《ヲ》四季朝暮《ニマイナヒスルコト》 略 倍《セリ》 於存生《ノ》時《ニ》。従官之還《テハ》 先於帳前《ニ》成《ス》世間之言語《ヲ》。三年之水淑更《ニ》不《ス》癈《オコタラ》。即婦思煩《テ》丁《ヲ》他《カ》行之程《ニ》破《テ》木《ノ》母《ヲ》故《モトノ》 室置《ツ》之《ヲ》。丁夕《ニ》還来《テ》 帳内《ニ》有《リ》痛《ム》音。驚《テ》見之《ヲ》現《ニ》赤血席上《ニ》流《タリ》 也。時人聞《テ》之貴賤感《スルニ》至孝《ノ》之貴《コトヲ》 也。

伯楡《ユハ》 泣《ナク》杖《ニ》第五十六

此人《ノ》母常《ニ》 叱《サイナム》 子《ヲ》。然而伯楡深《ク》知《テ》母《ノ》孝《ヲ》堪忍《シテ》 更《ラニ》 不高《クナカ》泣。其母七十《シテ》 打《ツ》其子。即伯楡高《ク》泣。母問《テ》云何《ソ》高泣耶。答曰杖不《ス》痛《ラ》。故《ニ》泣《ク》也。

原谷《ハ》 賷《モテカヘル》 輦《ヲ》《コシヲ》 第五十七

原谷者楚人也。其父不孝常厭父之不死。時父作輦入父与原谷共担棄置山中還家。原谷走返載祖父輦賷来。父呵責云何故持来耶。原谷答云為人子者老父棄山者也。我父老時入之将去棄。更不能作。爰父思惟之更祖父将帰致孝。惟原谷之方便也。

三州義士第五十八

三人各棄郷土至会一樹之下。相共同宿也。於時一人問云汝等何人従何処去従何国来耶。皆互問答云為生活離家東西耳。吾等三人各有三世因感宿一樹之下。故結断金之契全期永代之眤。其長為父小年二為兄第。桂蘭之心恒芳膠漆之語弥深。求得財彼此不別孝養於父猶踰骨肉。爰父欲誡子等心語二子云我河中建舎以為居処。二子奉教運土塡河海入漂流溺波浪。雖経三年不得塡作。爰二子吟云我等成不孝。不叶父命。海中之玉豈為誰耶。世上之珎復為誰也。未造小舎。我等為人耶。憂歎寝夜夢見有一人持壊投於河中。明旦見之河中塡土数十余丈建屋数十宇。見聞之者皆共奇云大。孝養天神感応河中為岳一夜建舎使父安置。天下聞之莫不嘆恩。其子終生長為五位名二千石。食口卅有余以三州為性也。夫雖非親父至丹誠神明之感在近。況骨肉乎。

蔡順脱賊第五十九

此人汝海南人也。母行隣酔酒而吐。爰蔡順遭飢饉行桑薗採桑実赤黒各別入袖帰家。途中忽赤眉賊来縛蔡順奪桑実欲食。乃賊云何故汝桑実各別二種乎。蔡順答云色黒味甘。以可供母。色赤未熟。此為己分。時賊歎云我雖賊有父母。汝為母有心。何殺汝奪之。即放之便与害十片。蔡順得之還家養母労己身。其後母没。蔡順常居墓辺護母骸骨。時一白虎張口向順来。順知虎心中臂探虎喉取出黄骨一枚与之。虎知恩常送死鹿。荒賊猛虎知恩義。況人倫乎。

楊威脱虎第六十

此人会稽人也。少年其父早没与母居。時入山林採薪。忽尓逢虎。楊威跪虎前泣云我有老母。亦無養子。只以我独《ヲ》怙《タノミ》仰《ク》衣食《ト》。若無我者必致《ム》餓死《ヲ》。時虎閉《チ》目低《テ》頭《ヲ》永棄《ステ》、而去《ニキ》也。

曹《サウ》娥《ハ》混《ヒタス》衣《ヲ》第六十一

此人《ハ》会稽人也。異本《ニ》（女帝王ナリ其父好云丶イ）女帝《ノ》二字有。其父好《ム》絃歌《ヲ》。於時所《ノ》引以琴笛《ヲ》乗《テ》艇《ハシフネヲ》《ニ》遊《フ》波浪《ニ》。艇覆《テ》没《シテ》《シヌ》江中《ニ》。曹娥年十四泣《コト》七日七夜不息《ヤマ》。至《テ》第七日《ニ》脱《テ》衣《ヲ》呪《テ》曰《ク》若可値《ハ》父之《カ》死骸《ニ》者我《カ》衣可没《シツム》江中《ニ》。其《ノ》時《ニ》彼衣随《テ》沈《シ》入《ヌ》。曹娥其身《ヲ》投《ツ》衣《ノ》所《ニ》沈《シツム》《メル》。女人《ナリトイヘトモ》悲《テ》父《ヲ》不惜《マ》身命《ヲ》也。

白年《ハ》返《ス》衾《マヲ》第六十二

此人至《ル》朋友之家《ニ》。友饗《ス》之《ヲ》。酔《テ》酒不還。時《ニ》寒《カ》故友以衾《ヲ》覆《ヘリ》之《ニ》。白年驚《キ》覚《テ》而知《テ》覆《エリト》衾《ヲ》即脱却《ヌキサケテ》不着。友問《テ》云何故不着衾。答云我母独寒家宿《ニネタマヘリ》也。我何《カ》得《ンヤ》暖《コトヲ》乎。仍不着也。友聞之《ヲ》流涙如雨也。

張敷《ハ》泣《ク》扇《ニ》第六十三

此人生一才《ニシテ》而母没《シキ》也。至十才《ニ》問《ヒ》求《ム》母《ヲ》。家人答云早死《シテ》無也。時張敷悲痛《ソテ》云我《カ》母存生之時《ニ》為《メニ》我有《ケン》遺財乎。家人云有《リ》一《ノ》画《ケル》扇。張敷得之弥以《テ》泣《ク》。涕《タ》血也。恋慕無《ヤムコト》已。

毎日見扇《ヲ》泣《キ》々《ク》。見聞之人莫不痛也。

許牧《キヨホク》負《オフ》土《ヲ》第六十四

此人《ハ》呉《コ》寧人也。父母滅亡《シヌ》。許牧自《ラ》負《テ》土《ヲ》作《ル》墳《ハカヲ》。々《ノ》下《ニウヘ》栽松柏《ヲ》八行《セリ》。遂《ニ》成土墳《ヲ》也。

義士遇《アフ》赦《シヤニ》第六十五

曾《シ》有《キ》義士。兄弟二人《ナリ》。一人《ハ》母《カ》子一人《ハ》父子《ナリ》。幼《キ》時《キ》父母滅亡《ヌ》。後母与兄弟懃《ロニ》。々孝順《シテ》不懈《ラ》。時隣《ノ》人酔《テ》来《テ》罵《リ》恥《ム》其母《ヲ》。両男聞《テ》之殺《ツ》罵《ル》人《ヲ》。爰知《テ》犯罪《スト》不重《ラ》開《テモ》門《ヲ》不《ス》避《ケ》。遂《ニ》官使来《テ》捕《テ》擬《ス》死《ト》。即兄《ノ》曰吾《レヲ》《カ》殺《レヨ》《ル》也。弟《カ》《ノ》曰《ク》兄《ヲハ》《ハ》不殺。吾殺《ヨ》《ルイ本》也。彼此互《ニ》譲《ル》命《ヲ》之間《ニ》不得決《コトヲ》罪《ヲ》。使《ヒ》還《テ》曰《ス》王《ニ》。々召其《ノ》母《ヲ》問。依《テ》実《ニ》母申《テ》云《ク》過《カハ》在《リ》妾《カ》身《ニ》。教《テ》子《ヲ》令犯也。王《ノ》曰《ク》罪法有《リ》限。不得代《コトヲ》罪《ニ》。其子《ヲ》二人《カラ》可殺。然而《トモ》免《テ》一人《ヲ》殺《ン》一人《ヲ》。若汝《ノ》何子（愛何子イ）不孝《ナル》也。申云可被殺少《キ》者《ヲハ》。王《ノ》曰《ク》何故然乎。母申云小妾《ハ》之子也。長《ル》者前《ノ》母《カ》子也。然其父命終之時《キ》語妾《ニ》云此子《ハ》無母。我復擬死《ナムト》。孤露《シテ》無帰。我死《ニ》念《ニ》之《ヲ》不《ス》安《ラ》。時妾語《テ》其父《ニ》云我愛此《ノ》子《ヲ》。汝莫《レ》所思。父喜《テ》命終《ヌ》。其言《ハヲ》不《シ》謬《タ》。者（故イ）殺《テ》吾《カ》子《ヲ》生《ケム》父《カ》子《ヲ》。時《ニ》王《ノ》曰《ク》一門《ニハ》有三賢。一室《ニハ》有三義哉。即従皆恩赦《セラレヌ》也。

佰奇払《ハフ》蜂《ヲ》第六十六

此人《ハ》周《ノ》丞相伊尹去補《吉イホカ》之子也。為《ニ》人《ノ》孝慈《アリ》。未《ス》嘗《ニモ》有悪。時《ニ》後母生《テ》一男始《テ》憎《ニクム》佰奇《ヲ》。或《ハ》取《テ》蛇《ヲ》入《レテ》瓶《ニ》令《テ》賷佰奇《ニ》遣《ル》小児之所《モトニ》。小児見《テ》之《ヲ》畏怖《シテ》泣《キ》叫《フ》。爰母語父云《ク》佰奇常《ハ》欲《ス》殺《ト》吾子《カヲ》。君不見知乎。往《テ》見《ヨ》畏《シキ》物《ヲ》。父見《テ》瓶《ノ》中《ノ》蛇《ヲ》曰《ク》吾子若《ハワカウヨリ》為《ニ》人《ノ》無《シ》悪。豈有《ンヤ》之哉。母曰《カク》若《シ》君不信者《ハ》慥《ニ》令《メム》見其《ノ》所為等《ヲ》。妾与《ト》佰奇往《テ》彼薗《ニ》採《ム》菜《ヲ》。君竊《テ》可見佰奇之所為《ヲ》。即後母蜜《ニ》取《テ》蜂裹《ツヽムテ》袖《ノ》中《ニ》至《ヌ》薗《ニ》。乃《チ》母倒《レテ》地《ニ》云吾懐《カニ》入《レリ》蜂。爰佰奇走寄《リテ》採《トリ》懐《ヲ》掃《フ》蜂《ヲ》。時母起《テ》走《リ》還《テ》家《ニ》云君不見否《ナヤ》。父信《テ》之《ヲ》召《シテ》佰奇《ヲ》云汝《ハ》吾子也。上《ニハ》恐《ヲリ》于天下《ニ》《ニハ》恥于地。何汝犯後母《ヲ》乎。佰奇聞之五肉《ニ》無《シ》主。既《ニ》知《テ》後母讒《カサム》謀《ヲ》也雖《モ》諍《カフトシ》不信《セ》。不如自殺害《シテム》。有人誨《テ》云無罪徒《ニ》死《ヨリハ》不如逃住《テムニハ》他国《ニ》。時佰奇遂《ニ》逃去《ケヌ》。父猶知《テ》後母《カ》讒謀《ヲ》馳《テ》車遂《ニ》行《ク》。至《テ》河《ノ》岸《ニ》逢《テ》史《ニ》問《テ》云《ク》従此過《ツル》童子耶《ヤ》。史答云可愛《ウツクシケナル》童子涙《リ》至《テ》河中《ニ》仰《テ》天《ニ》嘆《ク》曰我不計《ル》之外忽《ニ》遭蜂《ノ》難《ニ》離《テ》家《ヲ》浮蕩《シテ》無《シ》帰《スル》所。心《ニ》不知所向《ヲ》。歎《キ》已《ハテ》即身《ヲ》投《テ》河《ノ》中《ニ》死也。父聞《テ》之《ヲ》悶絶《シ》悲痛《コト》無限。乃曰吾子佰奇含《テ》怨投《ケタリ》身《ヲ》。嗟々《ナケカシキカナヤ》為悔々《クヤシキカナヤ》哉。時《ニ》飛鳥来至《セリ》吉補《カ》之前《ヘニ》。吉補曰《カク》吾子《ノ》若化《ルカ》鳥《ニ》耶。若然者当入《レ》我懐《ニ》。鳥即居《テ》吉補之手《ニ》亦入《テ》其懐従袖出《ヌ》也。又父曰《カ》吾子佰奇《カ》之化《セルナラハ》而居《テ》吾車《カノ》上《ニ》順《テ》吾《ニ》還《レ》家《ニ》。即鳥居《テ》車《ノ》上《ニ》還到《リタル》於家《ニ》。後母出《テ》見《テ》曰噫《アヤシキ》悪怪《ノ》鳥也。何不射《イ》殺《コロサ》。父張《テ》弓《ヲ》射《イルニ》之箭《ヲヤ》不《シテ》中鳥《ニハ》当《テ》中母《カ》胸《ニ》死亡《シヌ》。鳥則居《テ》其《ノ》頭《ニ》喙《ハミテ》穿面目《ヲ》乃高飛《ヌ》也。死《テモ》而報《ルハ》敵《ヲ》所謂鵃《イム》鳥是也。雛《ヒナニシテ》而所養《レ》母《ハニ》長《テハ》而還《テ》食《ス》母《ヲ》也。世々《ニ》此怨《ミ》敵所不施以如此乎。

郎女代《ハフ》枕《ヲ》第六十七

此女《ハ》長安里人也。其夫《ノ》為《ニ》人《ノ》有敵《リ》。々人欲殺《テト》夫《ヲ》来至《セリ》。依無其夫縛《ハル》妻之父。聞被縛出内《ヌヨリ》也。即仇謂《テ》女《ニ》云不《ハ》出汝夫将《ニ》殺《サン》汝父。謂《テ》仇云《イハク》豈《ニ》依夫殺父《ヲ》。君随《テ》吾言《カムニ》以《ノ》後時来至吾《カ》家《ニ》。令殺夫《ヲ》。即曰寝《クネヤノ》上《ニハ》夫東首《マクラ》妾《ハ》西首《ラ》也。後来《ニテハ》可《シ》斬《キル》東首《ヲ》。於是仇既知《テ》時《ヲ》常《ノ》方《ニ》帰《ヌ》。時妻語《ニ》夫云従《ハ》今夜吾東首《ラニ》宿《ネタラム》。即仇《ノ》来《テ》殺《テ》之《ヲ》見《ルニ》妻《ノ》代《ルヲ》夫也。仇大傷《ミ》嗟《ナケキナケク》《テ》而悲曰《ク》貞母 女 ハイ本 代夫《ニ》捨命《ツヲ》。乃解《シテ》仇心《ヲ》永為《タリ》骨肉也。

義夫護《ル》墓《ハカヲ》第六十八

此人楊里人也。十九《シテ》妻死亡《ヌ》。義夫年《カハ》百十五也。妻死之後《ノ》墓《ニ》本《ヘ》殖木作《テ》花薗《ヲ》不着他《ノ》女《ニ》。有《テ》人云何不《ソ》娶《トツカ》女《ヲ》。答云雲《霊イ》存《ノ》。約《ヲ》思《フ》不謬《シト》也。

養由《ハ》射《イル》日《ヲ》第六十九

此《ハ》武者也。昔天《シ》有十之日。為天下《ノ》有大《キ》旱。即養由射-落《テ》九之日《ヲ》即令《ム》有《ラ》此一之日《ヲ》也。

李《リ》広貫《ツラヌク》巌《ヲ》第七十

此武者也。即有一虎。害李広《カ》母《ヲ》失也。李広得《テ》人言《ヲ》来《テ》見《ルニ》実也。取弓矢付跡追行《ク》。即山《ノ》口《ノ》野《ノ》中《ニ》有斑岩《リ》。即見《テ》虎《ト》射之矢従中已融《ヲヌ》。寄《テ》見《ルニ》岩《イハホ》也。返《テ》復射之不入矢也。

蘇武鶴《カ》-髪《ノ》第七十一

此《ハ》武者漢帝人也。為《シテ》皇《ノ》所使征《トク》胡塞《サイヘ》。十六《シテ》奉《テ》勅廿四《テ》帰朝《ス》。即十九年《ノ》転蓬《ニ》髪白《コト》如鶴《ノ》頭《ノ》乎。

燕舟馬角《ノ》第七十二

此武者《ハ》秦皇《ノ》人也。少《ノ》時《ニ》去《テ》父母《ノ》家《ヲ》服《ツイテ》皇《ニ》至《マテ》于過半《ニ》不視親《ヲ》。及《テ》老年《ニ》奏《シテ》秦皇《ニ》請《ス》帰《コトヲ》。更不許《ユルサ》。復請《スレハ》皇《ノ》云《ハク》烏《ノ》頭《ラ》白《ク》馬《ニ》生《ヲヒム》角《ノ》此時《ニ》許《ム》尓《チヲ》。乃舟仰《シカハ》天首白烏《キ》来伏《リシカハ》地馬《ニ》角生《ヒテ》来《リキ》也。

紀札懸《ケキ》釼《ツルキヲ》第七十三

此武者為《テ》丹使《ト》往外国《ニ》。於《テ》途中《ニ》遭《テ》洪水《ニ》難進退《シ》。即宿《ヤトテ》猪君家《ニ》二月《アリテ》天晴《ハレ》雨止《テテ、》出《ク》行。時語猪君《ニ》云与吾命《カト》共《ニ》惜《ムハ》所《ノ》帯《ハケル》釼《タチ》也。戮《イテ》謀叛《ヲ》還《ラムニ》必譲《ユツラム》此《ノ》釼《ヲ》。已過退敵《ニキ》地《テ》経《ニシテ》一年《テ》遂《ヲニ》殺《テ》賊首《ヲ》還《ル》。時猪君《ニ》死家門《テ》荒廃《シ》村邑成《レリ》野原《ト》。即紀札逢《テ》故老《ニ》問《フニ》猪君《ヲ》指《ユヒヲサシテ》用教《フ》彼墓《ヲ》。〻上《ノ》生《ニ》榎《リ》。丈三尺《ナリ》。解《トイテ》釼《ヲ》掛《ケテ》此《ノ》木《ニ》酬恩《ヲ》謝《テ》約《ヲ》以去《ヌセ》。

利徳報《ハ》盞《スヲ》第七十四

昔有二人《ノ》上戸。謂《ク》利徳明徳也。不過三日《ヲ》相互《ニ》行《テ》飲酒《ヲ》。即利徳為《メニ》田獵《レフノ》出《テキ》無《ニ》時明徳来《レリ》矣。主無故《カ》乞《ニテ》坏《ヲ》居《エ》池《ノ》橋《ノ》上《ニ》汲《テ》水《ヲ》差《テ》盞《ヲ》飲《ヲ》水。燕《シ》已《テ》還《ヌ》。其夕《ノ》利《ヘ》徳来《レリ》。妻述件《フ》事《ノヲ》。明旦《ニ》又於《シテ》橋《ノ》上《ニ》汲《コト》取《イ》水如《クス》前《ノ》。頌云御《ク》酒《ノ》非《ス》欲《ニハ》明徳《ノ》芳《シキ》也。

蘇規破《キワル》鏡《ヲ》第七十五

此人《ハ》為《シテ》勅使《ト》行《ユク》外州。即談《シテ》妻《ニ》云《ク》吾鏡《カ》破《ヲ》二《テ》半《ニ》令《カハ》得君半《ニヲハ》吾《ラム》覽。由者《ハ》若吾娶《セハ》他女此《ヲ》半《ノ》鏡《ノ》飛来君《テカ》鏡《ニ》合《ヘ》。若君有他男《ハ》亦《ニ》以如《シ》此《ノ》。妻許-諾《ユルシシタカフテ》得之《テ》置《テ》箱《ノ》内《ニ》思惟《ラク》実難《ニシ》然《コト》焉。即蘇規出家《ヲ》十日有《テ》妻有犯《リコト》。半鏡飛蘇規所来《カニテ》而合《コト》如約《ノ》矣。

楊娃慎《ハシムヲ》 薪第七十六

此女人生《セリ》七子《ヲ》。即夫取《テ》薪《ヲ》従中焼《カキ》切《ル》。見之《ヲ》忌《テ》慎《テ》去《ヌ》。後迎《ニトモ》不来。惜《ム》早別《ヲ》故也。

耆婆治《ス》病《ヲ》第七十七

此人《ハ》本山夫也。往《テ》西北《ノ》山《ニ》採《テ》薪《ヲ》貨易《シテ》生活《ス》。常《ニ》往《ク》山之道《ニ》有誦《スル》薬王品之房。暫《ク》留《テ》聞《テ》之深信《ス》。即山夫共《ニ》荷《テ》木還《スル》見《ルニ》前後之人《ヲ》明了《ニ》見身内之万病《ノ》体相《ヲ》。時《ニ》随《テ》治《ルニ》之更不謬《タ》及《ヒ》手《ニ》取《ル》毒草変《ハテ》成《ル》良薬。天下《ニ》無並。仍位至《ル》大臣《ニ》也。

鷗鵲《ハ》悔《クユ》卜《ヲ》第七十八

此人《ハ》卜筮之極第一也。即皇取《テ》鼠一《ヲ》牧《ヲ》入《テ》箱《ニ》召鷗鵲問曰此《ノ》箱《ニ》入物体与員卜申《セ》也。時鷗鵲卜《テ》云鼠十一也。即開見《テルニ》之現十一也。子十母也。於此皇給禄《フヲ》。後《ニ》若与皇《ト》有違《アラハ》可損《コトシツ》皇《ヲ》。仍殺之。時《ニ》悔《テ》□後代子《ハノ》日《ハ》不可卜也。

陳安《ハ》掛《カケキ》冠《ヲ》第七十九

此人《ノ》他家《ノ》垣《ヲ》過《ルニ》李《ノ》枝《ニ》掛《カ、ヌ》冠。則思惟《ラク》若取《ラ》吾《レ》冠《ヲ》者《ハ》可云《レヌ》取《ルト》李。仍不《シテ》賈《トラ》冠捨去《タリ》也。

南効《カウハ》棄《ツ》履《クツヲ》第八十

此人過《ニ》人《ノ》薗《ヲ》沓脱《ヌケテツネニ》畝落《ヌ》。若取沓《ヲ》可念取《ルト》苽。仍只棄沓不取去者也。

許由洗《フ》耳《ヲ》第八十一

此人従少《ヲサナキ》時不好艶《ヲ》。常《ニ》観《テ》世間《ノ》不定《ヲ》不求栄爵《ヲ》不耕田畠《ラ》。即時《ニ》到江《ニ》鉤《ル》魚《ヲ》。勅使来《テ》云卿《クキミ》任《セリ》大臣《ニ》。時許由観可《シ》発《キコトヲ》貪《ヲ》念《テ》可《キコトヲ》 習《ス》栄《ヲ》江《ニ》水《テ》洗耳《ヲ》不《リキ》 聞宣《ヲ》也。

巣□父《サフハ》引《ク》牛《ヲ》第八十二

此人即知《コト》□常《ヲ》不劣《ヲトラ》許由《ニ》。尓時《ニ》引牛江《ニ》来《テ》擬令飲水《ヲ》。時有女洗物《フヲ》。問□許由何所《ハノソヤ》也。答云聞任《テセムトスルト》大臣《ニ》洗耳去《ヲニキ》。巣父《カ》云此《ノ》江成《ハケリ》不浄《ニ》也。仍引牛将還《キテヌ》也。

利楊郷殖栗《キヲ》第八十三

有山夫。以二月中荷《ヲモテ》生栗《ヲ》志《ス》利楊家《ニ》。利楊与物不《シテ》食栗殖《テキ》地《ニ》也。

陳薩渇《ハスニ》水第八十四

此人行《クニ》挟道即無《キカ》銭故《ニ》半日水不《ヲシテ》飲渇《シテ》而行《モク》也。

孔子却《ケキヲ》車第八十五

昔孔子駕《テ》車行《ク》其道《ニ》。有三人《ノ》七才《ナル》童《ハ》。作《テ》土城《ヲ》遊戯《ス》。時孔

子来《テ》告《テ》小児《ニ》ゝゝ《云クイ》汝等《チ》逃《テ》道《ヲ》過《セ》吾車《ヲ》。小児等嘆《テ》《咲テイ》曰未聞逃《ルコトヲ》車《ノ》城《ヲ》《ヲハ》。聆《キク》逃《コトヲハ》 城之《ノ》車《ヲ》。仍孔子却《テ》車《ヲ》従城《ノ》外過也。敢不横理。

文選《ハ》止《メキ》 諍《ヲ》第八十六

昔舎衛国《ニ》有王。名《ク》都夫王《ト》。其《ノ》夫人生《メリ》 四《ノ》王子。又任《セリ》 一子《ヲ》。即未《ルニ》 生《セ》《レタマハ》 任子王没崩《シテ》《ヒキ》。王在《リ》遺言。君等吾死後《ニハ》 領《テ》天下《ヲ》救人民。太郎《ハ》春三月可領東《ヲ》。次郎《ハ》夏三月可領南。三郎秋三月可領西。四郎冬三月可領北。任子未《ハ》 生不《レハ》 置《シテ》所領王《ヲ》崩了《ヌ》。即四《ノ》王子如父《ノ》命領《ス》四方。時任子生《セリ》。已《テニ》 男也。成人《シテ》 向兄等《ニ》云為《メニ》 吾父有《ル》何《カ》領。兄等答云君依未生給不《シハサ》□ 置所領。五郎王子《ノ》云同父一腹也。豈無所分哉。君達《カ》所拘《カ、ヘ》惜《ヲシム》也。度ゝ致相論《ヲ》。即五郎王子力用勇健《シテ》 一人当千也。即闘諍盛《ニシテ》 天下不静《マラ》。更致《テ》損傷《ヲ》敢無由可停《ルニ》。時《ニ》有《リ》大臣。云文選博士《ト》。五《ノ》王子《ノ》前《ニ》来《テ》再拝《テ》曰《ク》暫公達各ゝ坐給《ヘ》。文選可《シ》謹啓《ス》。時五王子許—諾《シテ》 各座《ヒス》。博士《ノ》云王已為《メニ》 安万《シ》民《ヲ》持国《カ》土君《ヲ》等《ニ》各令領四方《ヲ》。然違《テ》遺言《ヲ》破国土《ヲ》損《ル》人民《ヲ》甚以不可也者公達御心平《シテハ》 持国民《ヲ》吾即各分《ニテ》奉《ラム》 配《アテ》。乍五《ノ》王子平等《ニ》七十二日受領給《ヘ》。四王子各方ゝ分《テ》十八日《ヲ》奉《タマヘ》 五郎王子《ニ》。時君《ニ》等随《テ》博士言《ハニ》 承引《テ》七十二日《ヲ》心平《ニ》怨止《ヌ》。五郎王子語《テ》博士《ヲ》言吾等将来有《ニ》人博士《ノ》末孫者《トイハ、》 縦《ヒチ》穿《ヲ》眼《トモ》打《ヲ》 頭可免《シスノ》其過《ヲ》。敢無《テラム》《シメン》崇《タ、リ》 者耶。

酉夢《イウハ》 裂《サクル》 身《ヲ》第八十七

此人不孝《ナル》 之上《ニ》毎《ニ》来《ル》農《ノ》与《ト》父共《ニ》相—論沃《スコエタル》 田《ヲ》。則貪心熾盛《ニシテ》 敢《テ》不思停《マラ》。時以杤《アウコヲ》 打《ツ》父《ヲ》。俄雲《ノ》雷未《ルニ》《ナテ》 還家《ニ》天雷裂《テキ》 其《ノ》身《ヲ》也。

恵竜《クエイハ》得《テキ》 薬《ヲ》第八十八

此大王《ノ》母沈《テ》病《ニ》擬《ルコト》 死《ト》不久。即王仰《テ》天高泣《ク》《カハ》。天為《ニ》之《カ》乗《テ》雲《ニ》下来《テ》天《ノ》薬《ヲ》授王《ニ》。ゝ得《テ》之治《ス》母《ノ》病《ヲ》。延《コト》 命《ヲ》廿七年也。

殺《テ》父頸《ヲ》孝子《トス》 八十九

荊保《ハ》《ト》云《シ》人《トハ》 為飢《ニ》饉《ノ》家貧《カ》故《ニ》与父共行《ニテ》隣州《ニ》而盗人《テ》財。即父与子盗財之間家人并近辺各出叫《テ》 追《ヒテフ》之《ヲ》。二人逃走《コト》 逢《ヘル》猫《ニ》如《シ》鼠《ノ》。即《チ》子《ハ》疾《クリ》走父遅《クク》逃。破《テ》垣出《ル》時《ニ》子先出《ヌ》。父頭《カハ》在垣《ノ》外其《ニ》足垣《ノ》内《ニ》所《レヌ》 捕《ヘ》。時《ニ》荊保以釼《ヲ》殺《キル》《テ》父頸《ヲ》去也。父惜《シ》恥《ヲ》故《ニ》喜《テ》而未《ス》痛。時《ノ》《ト》人称《シテ》 之名《ク》孝子《ト》矣。

亘《ワタシテ》母橋《カハシヲ》不孝《トス》第九十

楚那《ト》《邲イ》云《シ》人《ハ》家《ノ》薗内《ニテ》造小舎《ヲ》居《テ》孀《ヤモメ》《ナル》母《ヲ》養育《ス》。即密《ニ》遭《テ》傍男《ニ》自《ラ》送《ル》年序《ヲ》。其往還之間《ニ》有深《キ》塹《ホリ》。楚那《ト》僅《カニ》知《テ》母《ノ》気色《ヲ》其母《ヲ》安《カニ》□《メニ》令往来彼《ノ》道《ノ》塹《ニ》亘《ス》橋《ヲ》。即母恥《テ》子《ノ》知《ルコトヲ》愛別《シテ》窃《ニ》去《テ》死《ヌ》。是《レ》不孝《ノ》子也。

焚会《ハ》懸《キ》針《ヲ》第九十一

此武者《ナリ》。高《キ》木《コ》末《ヘニ》懸《テ》針《ヲ》於町《ノ》外《ノ》射《ルニ》之必入《ル》木《ノ》下《ノ》鋺《ミヽニ》《鉢イ》。百度射之百度《カラ》中《ル》。定入《ル》其《ノ》鋺《ミヽニ》《鉢イ》也。

莫耶分《ツ》釼《ヲ》第九十二

此人《ハ》眉間尺《カ》父楚人也。楚王《ノ》夫人常《ニ》抱《ク》鉄。ゝ《ノ》精有咸遂任《セリ》。生鉄《ノ》精《ヲ》。王奇《シテ》曰《ク》推《コレ》非凡鉄。時召《テ》莫耶《ヲ》令《ム》作釼。莫耶蒙《テ》命《ヲ》退作両《ノ》釼《ヲ》。一《ノ》釼《ヲハ》上《ル》王《ニ》。ゝ得《テ》之収《メ》置《マヒテ》後《ニ》釼鳴《ル》。王怪《フテ》問《フ》群臣。ゝゝ奏《テ》云《ク》此釼必有雄釼耶。是故吟也。時王大《ニ》忿《テ》欲《ス》殺《ト》莫耶《ヲ》。即使者未到之。前《テ》莫耶語婦云吾今夜見《ツ》悪相《ヲ》。家《ニ》不《シ》在。今汝《カ》所《ノ》任子《ラ》若男者成長之日《ニテ》語《ヘシ》曰《ト》見南《ノ》前松《ノ》中《ヲ》。語《ヒ》已出《テヌ》乎北戸入乎南山隠《ニテ》大《ナル》石《ノ》中《ニ》而死也。婦生《メリ》男《ヲ》。年十五《ナリ》也《テ》其眉間有一尺。名《ク》眉間□。母具《ニ》語《タル》父《カ》遺言《ヲ》。子思惟《ク》得《テ》釼《ヲ》欲《フ》報《ヲウタムト》父《カ》敵。時王《ノ》夢《ニ》見《ル》有《テ》眉間□尺者《ノ》欲《フ》殺朕《ヲ》。乃命《テ》四方《ニ》云能《ヨク》捕《ヘム》《ラハ》之《ヲ》人《ニ》当《シ》賞《ス》《ニタフ》於千金《ヲ》。眉間尺聞之逃入《テヌ》深山《ニ》。即於山中《ニ》逢《ヘリ》一《ノ》客《ニ》。ゝ問《ク》云眉間尺《カ》耶。答云是也。客《ノ》曰《ク》吾為君報《ン》敵《ヲ》。眉間尺問曰《ク》客用《スル》何物。客曰可用《シ》君頭《カ》幷利釼《ヲ》也。眉間尺則以釼《テ》斬頭授《ク》客也。得《テ》頭《ヲ》上《ツル》楚王《ニ》。ゝ如《ク》募《ツノリ》思加《カテ》犬糞《ヲ》頭《ヲ》投《テ》客《ニ》令《ム》煮《ニサ》七日《マテニ》不爛《タヽレ》。客奏《ス》其由。王奇《テ》面《ヲ》臨《テ》鑊《カナヘニ》見《ルニ》之王頭落《チ》入《□》鑊《ノ》中《ニ》。二頭相噛《カム》。客《ノ》曰《ク》恐《クハ》弱《カラム》眉間尺頭《カハ》。時《ニ》釼《ヲ》投《ケ》―入《ル》鑊中《ニ》。両頭《ノ》共爛《ヌ》。又客久《ク》臨《テ》鑊中《ニ》見《ルニ》之自頭《カ》斬《テ》入《ヌ》。三頭相混《ケテ》不能分別《スルコト》。時有司作《テ》一《ノ》墓《ヲ》葬《ス》三頭《ヲ》。今《ニ》在《リ》汝―南宜―春県也。

奚仲《ハ》造《ル》車《ヲ》第九十三

此人《ハ》黄帝《ノ》時《ノ》大臣也。黄帝者《イハ》前《ノ》人皇是也。即皇《ノ》幸《ミユキヲ》為令厳《シク》始造《テ》車駕《ルニ》牛《ヲ》甚以美也。

貨狄《クワイテキハ》彫《ル》船《ヲ》第九十四

此人《ハ》黄帝《ノ》時大臣也。即県ゝ《ニ》在民管ゝ《ニ》置《ク》政《ヲ》。往還《ニ》煩《ヒ》多《シ》之。不可不《スハアル》助。乃彫《リ》船《ヲ》造《テ》楫《ヲ》与《ヘタリ》矣。

蒙恬《モウ□ンハ》作《マク》筆《ヲ》第九十五

此人《ハ》秦皇《ノ》時《ノ》大臣也。始《テ》巻《ク》筆《ヲ》。即其《ノ》様《ハ》如錐《ノ》。時《ニ》江南《ノ》石《ノ》上《ニ》有紫毛《ノ》菟。常《ニ》嚙《ハム》藤《ヲ》。其毛甚以質《ナヲシ》。賣《トテ》之《ヲ》千万《カ》中《ニ》撰《フ》一《ヲ》。切畢《テ》功賦後《ニ》用以大《ナリ》矣。是以筆《ヲハ》名紫毫《ト》也。

杜《ト》康《ハ》造酒《ヲ》第九十六

此女人《ノ》夫他行《シテ》不来。日〻《ニ》備《フ》飯《ヲ》。旦《ニ》備《テ》夕《ニ》不《レハ》来林《ニ》持《テ》行《テ》入《レ》置《ク》木《ノ》天《ウツ》阿《ヲニ》《河イ》。経《テ》多日《ヲ》夫到来《セリ》。即杜康相夫《ニ》相語《ヒ》日《フ》来《ノ》功《ヲ》。夫《ヲトコ》行《テ》見《ルニ》之香薫《シテ》色紫《ナリ》。見奇《テ》不能返《コト》。以螺《ヲ》汲《テ》之《ヲ》飲《ニ》其心悦〻《タリ》。憂変《シテ》為《タリ》楽《ト》。老返《テ》既若《ワカシ》。奇驚《ヒテ》再拝《シテ》祀《ル》木《ニ》神《ヲ》。〻〻受之《テ》悦《コト》無極。始称《テス》酒《ト》也。

田祖《ハ》返《ス》直《ヲ》第九十七

往有《シリキ》三人。同父一腹《ノ》兄弟也。田祖田達田音云《トフ》。即其《ノ》祖《ノ》家《ニ》前栽《ウエタリ》。四秀《ニク》開花荊《ケイ》三茎在《テ》一花《ハ》白一花赤一花紫《ナリ》。自往《ワウ》代相伝《テ》為《テアリ》財《ト》随《ヒ》色《ニ》付《テ》香《ニ》千万《ノ》喜有《リ》剰《アマリ》。人〻雖欣《フト》未有他所《ニ》。即父母亡《テ》後《ニ》此《ノ》三人身極《テ》貧《シ》。相語《テ》云売《テ》吾《カ》家《ヲ》移住《セム》他国《ニ》。時隣国《ノ》人買《フ》三荊《ヲ》。已売《ニ》之《ニ》得《ツ》直《ヲ》。其明《ノ》旦《ニ》三荊花落《チ》葉枯《タリ》也。三人見《テ》之歎《ス》。未見《ト》如此之事《ヲハ》。呪《シテ》曰吾《カ》三荊為《ニ》惜《ムカ》別《ヲ》枯《タリ》也。吾等可留。復返栄《テムヤ》耶。即返直《テヲ》。随《テ》明日《ニ》如故盛也。故不去。

是以契《ヲハ》曰三荊《ト》也。

胡楊免《ハル》鏑《ヤサキヲ》《カフラヲ》第九十八

此胡楊童子形《ハ》美艶也。少《シテ》母死《ヌ》。父与後母《アリ》。胡楊年十六也。後母欲相眤《フト》。即父他行之間屏《ノ》中《ニ》招取《テ》語云《ク》吾与汝有思《リ》事。相《シヤ》叶否《ヤ》。胡楊云為《カ》父《ニノ》有《ハ》失豈天地不《ムヤ》聴哉。□不相眤《ヒ》。母大耻《ニテ》□刀剪《リ》自《ラカ》髪《ヲ》損《シ》手足破《ル》衣裳。而語父云《ニク》胡楊為《ニ》吾有思事。今日《ノ》所為如此。時《ニ》父大忿《ニテ》三人兵《ヲ》相副《テツ》放之。語《テ》兵云若尓《シ》等《チ》不《スハ》殺胡楊頸《カ》尓等親族《ヲ》又以殺失《セム》。時《ニ》三兵征《ユイテ》野射之。胡楊念天判《フ》。初《ノ》箭《ハ》金翅鳥咋《クヒテ》空上《ヌ》。次箭眦嵐風吹《キ》摧《イツ》。次矢背《ニ》有兎《テ》中《テ》死也。仍三兵幷《ニ》童子越《テ》三朝《ニ》童子即《テキ》王位《ヲ》。三兵為《シテ》承相《ト》其朝内《ノニ》永制《セリ》両妻《ヲ》也。

武帝《ハ》燕《エンス》木《ノ》《ヲ》后《ニ》第九十九

此漢《ノ》武帝李《リ》夫人死之後恋慕不止。即命《シテ》工人《ニ》令作《テ》夫人形《ヲ》置《テ》帳《ノ》裏《ニ》抱《テ》之燕《ル》時《ニ》木《ノ》夫人相燕《ヒコト》如存生《ノ》時《ノ》更無《シ》異《コトナルコト》者也。

劉縞《リウカウハ》飲《ム》石《ノ》酒《ヲ》第一百

此人《ハ》上戸也。酒飲《ニ》不《レハ》満一石《ニ》不酔。即死葬《ルニ》之其身皆焼了《ニ》皆只有《テ》三寸《ナル》《ノ》丸《ナル》石不焼。七日焼《ニ》之《ヲ》不失。時《ニ》有智臣云以酒一石《ヲ》懸《テ》之《ニ》可焼。即随焼《ニ》之満《テ》酒一石《ヲ》了《ルニ》石焼也。存生之時《ニ》必飲《シハ》一斛《ヲ》此石也。仍石《トトハ》与石無別也。

漢皇《ハ》渧《ナク》密契《ニ》第一百一

此漢皇別《テ》楊《テニ》翁女《ノヲ》之後《ニ》心肝不安。夜《ノ》天更難《ク》明《ケ》昼英劫《エイトモ》不暮《クレ》。痛《ノ》心安《イトコカ》息《メム》。悲涙弥《イヨ〱》潤《ス》。於《時イ》方士《ヲシテ》令《ム》賣《モトメシ》魂魄《ヲ》。方士昇《リ》碧落《ニテ》入黄泉《ニ》適《ユイテ》於蓬莱《ノ》仙宮《ニ》見《ル》索《素》良《ヲ》。相《ヒ》更問答《ス》。貴妃《カ》云為《メニ》遂《カ》宿習《ヲ》生《テハ》下界《ニ》暫《ク》為《レリ》夫婦《ト》。使者求《ニ》吾《ヲ》丁寧《ニシテ》得相見《コトヲ》。早《ク》退《テ》依《テ》実《ニ》可奏《シス》。方士《ノ》云《ク》御宇《ノ》恋慕甚重《シ》。以《テ》言《ハヲ》為《ント》証哉。貴妃授《テ》金釵一枝鈿合一扇《ヲ》云《ク》此《ハ》皇《ノ》始《テ》幸《ミユキセシ》時《ニ》所《ノ》賜《ヘル》物也。是《ヲ》以《テ》為《ヨ》証《ト》哉。使者《ノ》云《ク》是世《ニ》所《ノ》有物也。未決《コヽロヨカラ》。猶有《シ》何《ノ》密契《カ》。楊貴妃云有《ハ》天《ニ》願《ヒ》成《ント》比翼《ノ》鳥《ト》在《ラハ》地願《フ》作連理《ノ》枝《ト》。使者帰《テ》報《ス》皇《ニ》。時皇信《シテ》之泣《ヲク》。血流也。

嶋子《カウ》別《ハル》筥《ハコノ》雲《ニ》第一百二

嶋子自《リ》少《ワカウ》好《テ》仙《ノ》行《ヲ》。即乗《テ》船《ニ》江浦《ニ》鉤《ル》魚《ヲ》之間《ニ》得《タリ》亀《ヲ》。亀即変《シテ》美女《ニ》語《テ》云《ク》吾昔与汝有契《テ》不《ス》遂《ケ》而為《レリ》天仙《ト》。今為遂《カ》昔《ノ》契《ヲ》来《レリ》汝船《カニ》。将至《キテ》本《テ》宮《ニ》早《ク》察《セム》素懐《ヲ》。語云汝《ハ》下界《ノ》仙人也。豈恩《ヲモフラム》本郷《ヲ》哉。子以尓也。仙言君子送《ハ》人《ニ》以《ヲテス》言《ハヲ》少人贈《ハヲクルニ》人以《ヲス》財《ヲ》。吾語《フ》汝《ニ》。此玉《ノ》筥《ヲ》勿《レ》開《コト》。不開《スハ》又再得相《ヒ》逢《ムコトヲ》。時子本郷《ニ》帰《リ》了《ヌ》。其郷成《リ》山《ト》或作《テ》海《ト》人跡永《ク》絶《タリ》。逢古老《ノ》女《ニ》問《テ》云此処《ハ》何《カ》云《フ》也。答昔嶋子《カ》処也。時在《テ》蓬莱経《シ》薬《タノシヒヲ》之間知《ヌ》久過《タルヲ》。則愚《ニ》開《ケハ》箱《ヲ》雲飛《テ》去《ヌ》。故天仙之行皆失《ヌ》。時不《ス》逢《ラ》仙本郷《ニ》無由。故《ニ》恋焦《シ》身《ヲ》悲摧《ク》肝《ヲ》。不信人《ノ》言《ハヲ》故《ニ》枯松《ノ》下《ニシテ》《シタニ》死也。

注好選上

注好選抄中　付法家明仏因位

天名曰大極《ト》第一

抱朴《ハウホク》子曰《カク》大極初《ニ》構《ニ》者《トヘリ》。是以《ヲテ》知《ヌ》万物之初《メ》二儀之首《ナリ》。文場秀句云天《ヲハ》云円清《ト》。天《ノ》刑《ハ》円気之軽清者《ケイセイナレハ》上《ヲハ》為天《ト》。又天《ヲハ》云玄蓋《クエン》《ト》。即天《ノ》色玄《クロキカ》故也。易云天有《リ》九重之霄《ソラ》。又天《ニ》有九卿。又陽数《ノ》九《ツ》也。広雅云天去地一億一万六千七百八十一里半也。抱朴子云天云左動。広雅云天南北二億三万三千五百里七十五歩。東西短減四歩。周六億十万七百七里廿五歩。白虎通曰《ニク》河図格《トノニク》云天不足西北《ニ》。ゝゝ《ヲ》為天門《ノト》。ゝゝ無《ハ》上。黄帝《ノ》書《ニ》曰天《ハ》在地《ノ》外《ニ》。水《ハ》在天《ノ》外。浮天《テヲ》而載《イタヽイタリ》地《ヲ》者。鄭玄《テイカ》曰窮蒼《ハノ》天名也。春《ヲハ》云蒼天夏云炎天秋云昊《カウ》天冬云玄天。如次云。東南西北天《ノナリ》。東南名《ハ》陽天西南名朱天西北名幽天東北名愍天。春《ヲハ》云青陽《ト》夏云朱明秋云白蔵冬云玄英《ト》。四気和《ルヲ》謂之玉燭《ト》。春云発生夏云長羸秋云収成《スト》冬云安寧《ト》。四気和通謂之景風。仲尼遊《カ》方《ノ》問録《ニ》云天有運動。天《ハ》西行《ヘク》。日月《ハ》東行《ク》。天《ハ》疾行《クク》。日月《ハ》遅行《クク》。天力大《ラナリ》日月力小《ナリ》。故没《スニ》西。日月《ハ》逆《ヘテ》天《ヲ》西行《ユク》也。四時一和三節陰陽之気《ナルカ》故不失其《セ》時仮《ヲ》。天有卅《ノ》三重。ゝ別《ニ》亦有《リ》人民。如《クシテ》平地《ノ》尽《ク》好《テ》慈悲《ヲ》不殺生。天有《ニ》三百六十《ノ》度。一度《ニ》三千九百二里《ナリ》。日月一日一夜行一度《ヲ》。三百六十日《ニ》行周《ユキメクル》天《ヲ》。月《ハ》一日一夜《ニ》行《ク》十三度《ヲ》。卅三日《ニ》一周《リス》天《ヲ》。故十二月《ヲ》為一才。天《ハ》東《シ》高《ク》西下《レリ》。或《ル》論云上下風輪《ノ》中間《ニ》有一四天下之国土也。

地称為清濁《ト》第二

抱朴子《カ》云清濁始《テ》分《ル》。故天先《ニ》成《ツ》而地後定。文場秀句云地《ヲ》云方濁。地之《ハ》方《ニシテ》濁地之方気《キハ》重濁《ナリ》者下《ヲ》為地。又地云方輿。地方《ハニシテ》在《コト》下《ニ》為輿《ノ》。易云《カ》地《ヲ》云黄輿《ト》。地色黄故也。地有十州。又陰《ノ》数十也。疾雅云地厚一億一万六千七百八十一里半也。抱朴子曰地云右動《ト》。淮南子《カ》曰《ク》八極之地《ノ》広《ハ》東西二億三万三千里南北二億三万一千五百里。禹王《カ》所《ノ》埋《タル》四海《ノ》内《ノ》地東西二万八千里《ナリ》南北二万六千里《ナリ》。白虎通《ニ》曰《ク》河図括《ヒツニ》云無云地東西不足。東南《ヲ》為地戸。ゝゝ無《シ》下。仲尼遊《カ》方問録

云地方《ハニシテ》 安静也。地西高《ク》東下《レリ》。地《ニ》有九州。冀洲荊青ゝ徐ゝ預ゝ雍ゝ梁ゝ充ゝ楊ゝ。九洲之地《ハ》縦広三万六千里《ナリ》。何由只有九州。軒轅皇帝《ニ》有九子。各封《ス》一洲《ヲ》。故有九洲。鄭玄曰両河《ノ》間曰冀洲河南曰預洲。河西曰灘洲漢南曰荊洲河南曰楊洲濟河南曰充洲。済《ノ》東《ヲ》曰徐州。鄰曰幽州晋曰営洲。京房易妖《エキカ》占曰《ク》天冬雷《ナレハ》 地必震《フル》。故令撓《ナヤマス》《タ、□タワム》。則冬《ノ》雷民飢也。白虎通曰雲《ハ》従地出。霜《ハ》従上下《ル》。論衡云《ニ》雲散《レハ》 雨之微《ナリ》。夏《ハ》則為露《ト》冬《ハ》則為霜。温《ニ》則為雨寒《ハ》則為雪。即霜露雪凍凝《コト》 皆由地発《ル》。不従天降。仲尼遊方問録云地有五岳四瀆。可見本書。或論云地下五百由旬為有閻魔王宮。至八千里卅九日着府《ス》。又云地下二万由旬有阿鼻地獄。至三億二万里九月《ニ》始《テ》落入《ル》。此地《ニ》下有金剛座。其下有凝結之金輪。厚三億二万由旬。其下在水輪。厚八億由旬。其下有風輪。厚十六億由旬也。其次下無色界《アリ》。如《テ》是十方上下重ゝ《ニ》不可算者也。略知《レ》天普《ク》露地広戴。日《ハ》温《ニ》熱《シ》月冷《ク》潤《ス》。天下《カ》誰《ノ》人物《カ》不《ヤ》重此恩哉。譬如父母師君為人間《ノ》為宝云、。

調達苦《ム》大王第三

名提婆達多《トモ》 天熱云。玄賛云此人《ハ》往古《ノ》阿私仙人也。居奥山学仙法住幽林鏡聖教。意《ニ》兼大小思通自他利。其仙世《ノ》大王捨宮入洞《ニ》委《ユツテ》 位《ヲ》出城。吹螺而驚冥顕《ヲ》振錫以発願云《ク》為我有説大法者投身命《ヲ》為奴僕《ト》。従郷入林《リ》従谷登峰《ニ》。夜居《テ》不臥昼《ハ》行而不息。高声満山深念駮《ス》心《ヲ》。素《シロキ》 脛《ハキハ》 黒瘦《クヒハレ》 緑髪《ハ》八曝《サラサレ》 乱《タリ》。即到此《ノ》仙室《ニ》服従《ス》。仙云限千才《ヲ》其後授法。尓《チ》不《ヤ》肯否《ヤ》。大王謹《テ》請《ケ》伏《ス》。従其日已為奴役《ト》。昼《ハ》肩《ニ》荷薪従峰之谷《ユキ》超《テ》 至谷之峰。夜背《ハニ》臥《セテ》 仙《ヲ》従暮之暁仕《ツカエテ》 従暁之暮《ニ》。岳蕨《ノワラヒ》 無《トテ》 味以拳《ヲ》叩頭《ヲ》林《ノ》薪有煙以椦《ヲ》吒《サイナム》 脛《ハキヲ》。惜泣《テナキヲ》 於喉《ノ》中歟《カニ》 随《ヒ》仙《ノ》行《ニ》納《テヲ》涙於瞼《マナシリノ》 内《ニ》忍《テツル》 仕《ノ》 師側《ニ》。於此供給満千《ヲ》才《テ》勤求《ニ》種《テ》一道《ニ》奉《リ》得今《ノ》法花経《ヲ》給《ヘリ》。自成《テ》正覚於《シテ》一切衆生《ヲ》令入仏道。其大王者今尺迦如来阿私仙即提婆達多也。善哉。善知識拳跡《ノ》皆《ハ》備《タリ》 三十二相《ヲ》。椦疵《ノキスハ》 悉得《ヘリ》 八十種好《ヲ》耶。

鴦掘摩羅《ハ》詰《ナシル》 太子《ヲ》第四

此《ノ》人《ハ》指鬘比丘《ノ》弟子也。資師相順信学《シ》外道之法《ヲ》。即尺迦如来過往無量劫之時《ニ》於法身地遥《ニ》照見《ニスルニ》 三界六道之衆生《ヲ》一人《トシテ》 而無有可作仏之意人。適生《ハ》易死多苦少楽。因之為此等衆生《ノ》発五百《ノ》大願。一〻願皆度一切衆生《ヲ》永抜苦遥《ニ》与《リ》楽。仍生浄飯王太子随不欲《セ》王位《ヲ》。窃《ニ》出宮之閫《トシキミヲ》専《ラ》入《ル》利生之道《ニ》。其日指鬘比丘呵責《シテ》鴦掘摩羅《ヲ》云汝今日出《テ》、切《テ》千人之指《ヲ》祀《テ》天神《ニ》早得《テ》王位《ヲ》治《テ》天下《ヲ》跨《コシ》富貴《ニ》。時鴦掘摩羅竜《ノ》如《シテ》得《ルカ》水《ヲ》右《ノ》掌《ニ》拳《キリ》釼《ノ》左手《ニ》持《テ》索《ヲ》出《ヌ》。即哀《ナル》事《ハ》悪人《ノ》趣道《ノ》最初《ニ》先太子来向《リ》給《リキ》。進退意《ニ》不任而太子即返《リ》給《フ》。鴦掘《ハ》叫《テ》追《ヒ》行《ク》。疾《ク》逃《ケ》遅《ク》追《フ》。故太子《ハ》前《キ》立《テ》鴦掘疲極《ヌ》。即鴦掘高声云吾聞汝本願。為叶衆生楽故出《ニ》王宮入利生《ノ》道。吾切千人指欲得王位。何故汝背我欲《ヒニ》惜一指耶。文云住〻大沙門、浄飯王太子、我是鴦掘魔、今当切一指文。時太子聞此言立返《テ》与指。時鴦掘発心入沙門之道。

憍尸迦《ハ》諫《イサナフ》舎指《ヲ》第五

憍尸迦者忉利天主帝尺天王也。舎指夫人者帝尺《ノ》妻毗摩質多羅阿修羅王之娘也。即阿耨達多流也。即帝尺仏未出世之前《ニ》有仙人。名提婆那羅延仙。常来《テ》其《ノ》仙所問《ヒ》習《ヒキ》仏法。時舎指夫人心《ニ》思様《ハ》帝尺定《テ》非習《シモ》仏法。是人必可有他《ノ》夫人。即帝尺《ノ》後《ロニ》夫人隠《テ》密《ニ》尋行。而実《ニ》天王居仙《ノ》前。夫人忽来《ル》。爰《コヽニ》帝尺呵責《シテ》夫人《ヲ》云仙法《ハ》不見不聞女人《ヲ》。早返給《トテ》即以蓮《ノ》茎《ヲ》打《ハ》舎脂〻〻阿万《マ》衣天《エテ》言-語《ス》帝尺《ニ》。仙人其女阿天那留声耽《フケルカ》故忽失《ニ》仙通力《ヲ》返《ル》凡夫《ニ》。是以女人《ハ》為仏法《ノ》大障也。

山夫屠《ハル》大魚《ヲ》第六

昔尺迦如来剰《アマリサヘ》一切衆生為《ニノ》欲機《カ》縁《ヲ》故誓願給《シハク》我飢渇世成《ニテ》大魚臥《トラム》海辺山夫之道《ニ》。往還人《ノ》先《ツ》屠《テ》我肉《ヲ》食者吾成正覚之最初《ニ》度《サム》之《ヲ》。時山夫五人《ニ》来《テ》見《テ》大魚之死《ルヲ》喜《テ》屠《テ》肉《ヲ》飢心《ノ》飽《ニ》満《シヌ》。是以尺迦成道《ノ》初《ニ》先度五人是也。五人者拘隣比丘馬勝摩訶男十力迦葉拘利太子是也。況有衆生吾進発心求道耶。

精進弁《ハ》戒《シム》睡《ヲ》第七

昔有二人求菩提。一人《ヲハ》名精進弁《ト》一人《ヲハ》名得楽止《ト》。即得楽止常好《テ》睡《ヲ》不覚知道行《ヲ》。精進念〻不怠。相語《ク》云汝得楽止甚睡深《シ》。是煩悩《ノ》重也。睡《ハ》是盗《ミ》奪《ハフ》一切衆生《ノ》善根《ノ》宝《ヲ》第一《ノ》人也。汝何《ソ》不慎《シテ》能睡《マ》耶。時得楽止去《ニ》林《ヲ》住《ス》蓮花池《ノ》側《ニ》。然-而《トモ》猶即眠《ル》。従池蓮中大《ナル》蜂飛来欲差《ト》得楽止之目《ヲ》。差時守眼《ヲ》故不眠行道。即睡時蜂又来也。其蜂者今《ノ》尺迦如来也。精進弁者文殊師利菩薩也。得楽止者弥勒如来也。尺迦如来昔作《テ》蜂《ト》令除得楽止眠《カヲ》。故越九十一劫成仏。得楽止眠《カ》故尺迦之後《ニ》成道。尋尺迦弥勒之発心《ヲ》弥勒《ハ》前尺迦《ハノ》遥後発心者也。是以知眠《ハ》尤可禁止者也。

五人供養《ス》稲《ノ》花《ヲ》第八

昔有六人。成同道《ト》而行《ク》。即見稲花相伝云去来《イサヤ》吾等取此花奉十方《ノ》諸仏《ニ》。時一人《カ》云此花《ノ》未熟。同《ク》者実付之後奉之。五人云分段《ノ》依身者不定也。論《ハ》其命有竹葉《ニ》劣《レリ》露《ニ》。日光過《ル》一枝之間《ニ》死期自縮□《カヌ》来。豈《ニ》待熟時哉。因之五人取稲《ノ》花《ヲ》以置藪《ノ》上供十方《ノ》仏《ニ》。一人《ハ》不然。是以尺迦如来成道《ノ》初《ニ》有五人成仏者昔時五人也。後《ニ》得《エシ》道須跋者待熟《ヲ》一人是也。然則修《ム》善根人努力可急遂也。

薬王《ハ》焼身臂《ヲ》第九

此菩薩者昔名喜見。中曰星光。即得雪山之薬施衆僧発誓願。吾以此功徳未来生《ノ》時《ニ》必除一切衆生身心《ノ》二病。従発此《ノ》願名薬王《ト》。即於日月浄明徳仏《ノ》法《ノ》中《ニ》勤苦行《ヲ》聞《テ》法花経信心精《ニ》進《シテ》以香油《ヲ》塗体以天衣纏身於彼仏前燃其身《ヲ》。即経《テ》千二百才次身賛《テ》又浄徳王家《ノ》子《トシテ》又出王宮求道。彼仏涅槃之後取其舎利起八万四千七宝塔〻下《シテ》焼《トホス》二《ノ》臂《ヲ》。即経七万二千才《ヲ》。付此《ノ》文所討《タツネフ》奇者何故《カソ》於身臂時節異耶。大身小時也。小臂久也。尺云初為自行後為化他。是故我可利他其為勝也。

浄徳夫人《ハ》化大王《ヲ》第十

昔有四人。結契云吾観身命《ノ》無常《ヲ》更於世間無其楽欲。不如吾等四人成同行《ト》入深山《ニ》求法花経《ヲ》。如是議《シテ》了入山居樹下送年月《ヲ》。即世澆《テ》衣食難得継。時有一人云三人全誦法花遂本願。於吾《ハ》出《テ》、郷《ニテ》求所須《ヲ》供-給行者《ニ》。即出入往還之間《ニテ》遇大王《ノ》幸《ニ》見之欣人天之楽《ヲ》。時四人命終三人為菩薩一人生人中為王。謂妙荘厳是也。於此王着《テ》楽忘《レ》仏法殆失昔大乗之善《ヲ》。乃擬《ト》堕悪道《ニ》。因之彼三人《ノ》菩薩相語《テ》云吾等具《カルハ》普賢《ノ》道《ヲ》昔此王《ノ》於同法《ト》由求養故也。此王不堕地獄。而今度令《ムト》入仏道《ニ》。議了《テ》一《ノ》菩薩《ハ》為王《ノ》后《ト》。浄徳夫人是也。二《ノ》菩薩《ハ》為王子。兄浄《ハ》蔵弟《ハ》浄眼也。三人即廻《シ》神通《ヲ》現方便《ヲ》。彼王不信永入仏見。彼王者今沙羅樹王仏是也。其后《ト》者今光照荘厳相菩薩是也。兄王子者今薬王菩薩是也。弟王子者今薬上菩薩是也。是以知雖女人為善知識《ト》能化《テ》人令入仏道《ニ》也。

瞿曇比丘《ハ》伏外道《ヲ》第十一

瞿曇者尺迦如来《ナリ》。即有一城。五百人《ノ》外道其師徒為一城《ト》住《ス》。時外道《ノ》主告伴類《ニ》云今明日之間瞿曇比丘為乞食可来《ヘキ》吾等城之由有風聞者《レハ》若吾城《ノ》中《ニ》乃至一人《トシテモ》有《ラハ》供養《スル》彼比丘者《ヲ》擬令《ムト》弁五百両金《ヲ》。即時瞿曇比丘阿難倶為乞食《ノ》此城《ニ》来《ヌ》矣。時外道等依主戒一々閉門戸《ヲ》一家無開戸之家。仍行五百余家《ヲ》鉢空還給《ニ》即有老婢。臭漿入破《タル》瓮器《ニ》外《ニ》持出《テ》擬棄之。時老婢見比丘《ノ》鉢空《ヲ》心《ノ》中《ニ》思《フ》様《ハ》吾《レ》世《ニ》有人均《ヒトシク》者奉《マシ》供養此比丘。悲態《ワサ》也。一日之内巡《ニメクリ》行給遂《ニ》鉢空還給《ヌト》思《フ》。此時比丘暗知此女慮語《ニ》女云汝持物入我鉢。女云臭漿。恐不入御鉢《ニ》。仏言但汝生信可入之也。仍奉供養已了仏受了《ヌ》。漸歩云此女依此功徳生天受天楽廿五劫《アテ》天《ノ》寿尽《ハ》必離悪道可感大果。時《ニ》垣《ノ》辺有一外道。聞此事問比丘云汝尺種浄飯王《ノ》子也。然《ニ》何依得少食作虚妄之言耶。老婢依何許《ノ》善《ニ》可得大果耶。比丘云汝聞。吾生々未虚言。仍吾舌相広長《ニシテ》舐《ル》髪際《ヲ》。是無虚妄之報也。即汝不信吾言。然汝世《ノ》中《ニ》見《ルヤ》之奇異瑞相否。

答云吾見也。問云何物耶《ソ》。尼拘陀樹也。其種大《ハ》芥子三分《カ》一許也。然彼木本団也。木下立五百両車《ヲ》木下猶広。此甚希有也。即比丘云汝吾言亦復如是。女信《コト》吾信業苦故也。故雖少善《ト》決定《テ》可感大報《ヲ》。少種堅地自秀故高大也。外道聞此言《ヲ》城挙《コソテ》皆呼出《シテ》生随喜心《ヲ》各毎《ニ》家出五百両《ノ》金《ヲ》相具《シテ》送比丘。皆信伏比丘《ノ》一道《ヲ》者也。

須達《ハ》詣《テ》市《ニ》売《ル》升《ヲ》第十二

昔須達長者一生之内《ニ》七度富《ハ》七度貧也。其最後成貧人之度貧苦倍前六度。即無牛衣許《ノ》服。無菜食許味。夫妻相吟《テ》送昼夜。厭《レ》於境界《ニモ》悪《レテ》随近《ニモ》全三日不食。時行《テ》見本倉《ノ》内有栴檀升片角。得見之須達自行《テ》市売《ル》。貨易五升得也。時取米一升《ヲ》為価菜出市。妻飷《カシク》米一升《ヲ》而待須達之間仏《ノ》御弟子解空第一須菩提来乞食。妻取鉢一粒不惜供之已了。又炊米一升待夫之間又神通第一御弟子目連来乞食。如前供了。又炊米一升待夫之間多門第一御弟子阿難来乞食《ス》。如前供了。妻独思様今米一升也。白精炊而夫婦用之。従此後何《ノ》御弟子等雖来敢不供養。先継吾命得思已炊《ニ》未来須達即大師尺尊自来乞食。妻投随喜之涙礼拝供養已了。時尺尊為女説偈云貧窮布施難、富貴忍辱難、危嶮持戒難、小状捨欲難文。返給《テ》。暫之後須達来矣。妻一々述前事。夫云汝為我生々世々大善知識也。起礼拝妻喜悦無限。仍其日其時三百七十倉如本満七宝。此度富貴倍前六度。永伐挙名閻浮提無比者也。

賢者《ハ》種稲《ノ》穀第十三

昔有一賢人。為末代《ノ》衆生求第一食味《ヲ》。九月之間宿山野不返本処。即従高峰至深谷其谷水精石上生《タリ》一茎十枝一粒七寸之稲一本。即石面有碑文云是《ヲ》名曰任娘草。将来《ノ》□女食之為力可産養也。子作之可養祖。喜《テ》返問又有金鋤。其柄柄有碑文云以之可耕稲。即随殖作其流今不断。其賢人者観音也。稲者尺迦如来眼中精肉也。神農次之天下耕之。本是任女報食也。

須達《ハ》金敷地第十四

須達長者。常《ニ》心中《ニ》思様可然之処《カナ》。建立《シテ》伽藍一院奉令住尺尊并弟子等一生之間日々《ニ》欲奉《ト》供養《シ》。即有大臣名祇陀。

極《ル》勝地《ヲ》。水竹受左右菓樹置前後。爰須達逢大臣乞地。大臣答云件地《ハ》東西十里南北七百余歩也。当国《ノ》貴君達雖召《ト》不進。於君事已為仏法也。不可惜。但地上金敷六寸《アタヒトシテ》真令得約了。須達運金其地上《ニ》厚六寸布満。地主度了。其地《ニ》造一百余寺《ノ》精舎《ヲ》寺々房々《ニ》奉令住尺迦及高名威徳菩薩五百羅漢等備運百味満置廿五年之間奉供養。是最後依妻信所得富貴也。

祇陀大臣《ハ》施樹第十五

彼須達所売与之地立多本樹。名曰遊多林。時大臣思様何須達布金価《リ》地。吾此木不掘取永為地毛奉施仏。抑件《ノ》樹有希有《ノ》用。千万之敵所《タル》追之人入《レハ》此林中敵退返《シテ》凡夫離怖畏事《ヲ》。仍従《ハ》地樹《ハ》是勝宝也。然不惜一本《ヲモ》地具《シテ》施了《ヌ》。故彼処云祇樹給孤独薗《ト》。挙旦越二人之名為処名《ノ》。伽藍《ヲハ》云祇薗精舎《ト》。祇者上地主。薗者須達也。

舎利弗勝外道第十六

身子声聞本外道師兄也。正其母鉄腹外道也。母胎身子依智可破母腹。仍以鉄為帯。時身子背邪道門徒成尺種御弟子了《ヌ》。因之大智外道神通外道韋陀外道為首《ト》若干外道等一心妬舎利弗。相合秘術計相報。已《ニ》企勝負《ノ》計。此事十六大国《ニ》風聞見物為《ナス》市《ヲ》。即身子《ハ》但一人《ナリ》。外道《ハ》無量也。相対居左右《ニ》現術。外道身子《カ》頭上《ニ》現大樹欲打《フチ》摧《カムト》其頭《ヲ》。毗嵐云風吹《テ》他方《ニ》吹却《ツ》。次現洪水《ヲ》。有《テ》大象吸失《ツ》。次現大山。有力士以拳打摧。次現青竜。持椓。有金翅鳥遥追却。次現大牛。有師子此不依。次現夜叉。有毗沙門伏之。故外道併負身子尤勝也。尺尊之面目法身《ノ》勇猛従此弥風聞。復彼日多沙《ノ》門外道服従舎利弗《ニ》永帰信仏道。故文云大樹毗嵐風池象山力士竜鳥牛師子夜叉毗沙門云。

波斯匿王請《ハス》身子第十七

処々安居終《テ》仏御弟子等自参集給。時舎利弗羅仏前来《テ》左右随在《セリ》。即仏問羅云吾弟子中誰為上座。答云身子是也。時仏見之身子肥白貴徳也。羅云疲黒現骨。即時仏言何□吾弟子《ノ》中《ニ》舎利弗肥耶。答云智恵朗《テ》為貴賤之師。勝味珍物運此人所。仍肥也。羅云不尓仍疲也。時仏言吾法中《ニ》不許蘇油食。何身子肥哉。身子聞之生攀縁隠居。大王長者雖送請敢不請。時王子大臣長者顆々《タル》官徒皆詣仏所白仏言唯願召舎利弗請《コト》　人請可被命。由何者大師不受人請。又以誰為《シテ》　師勤仏事哉。即告衆等言舎利弗本有毒蛇。本習深故聞吾言生怨也。即召之早受人請為仏法成師。爰身子随教勅受請也。

阿那律比丘《ハ》得天眼第十八

昔此比丘甚貧也。即納宝有寺。時心中思様臨夜窃《ニ》入此寺盗宝貨易《テ》生活《セム》。即夜持弓箭至彼寺《ニ》相構開《テ》其□入内。見仏《ニ》前在灯。乃擬滅。即明為見宝以矢頭《ハスヲ》　挑御明也。時仏像金色堂内《ニ》英満《セリ》。仍廻《リ》返《リ》仏前合掌作観《ヲ》。何□投《テ》宝造仏立《ソ》堂《ヲ》。我又同人也。以何心盗之哉。又感此報後々生々貧報《テ》尤可住。故不取返了。其灯挑《カニ》故得天眼作観故成仏弟子也。

利群史比丘閉塞《セリキ》　口《ヲ》第十九

此人在俗《ニシテ》　衣食難《リキ》　得。成比丘又難得。即宿《シテ》　塔下初僅得食。彼又不得食。全七日飢渇将死不久。須菩提目連阿難日□来欲与食。更相違不得。已経十日未食。目連相構壊鉢持来。即塔戸俄堅閉《テ》更不開。目連以神通力乍抱鉢従匙《カ□ノ》穴入《テ》与飯。比丘取鉢従手落地下入《ヌ》五百由旬《ニ》。目□以神通力申臂取出《シ》又与。比丘取欲食。即口堅《ク》閉不開。仍遂不食。目連相共《ニ》至仏所問此由。仏答云汝当昔母《ノナ□》見施僧惜財母込土倉令飢渇死。故汝食難得。依□母功徳今来我前《ニ》作弟子証果也。

阿難誨《ヲシフ》鶖子《ヲ》第二十

鶖子者舎利弗。常慢於阿難。〻〻欲勝舎利弗□偽風病《テ》臥《セリ》。枕辺《ニ》粥盛置《テケリ》。即舎利弗訪之来。白□帯法衣服《ヲ》。於此阿難此粥未《ス》用《キ》卿《ニ》奉《ラム》之《ヲ》。時身□。時阿難従莚下《テ》取出草一本授舎利弗言是大師御□持《テ》参給《ヘ》。時身子取之行於途中手足甲成牛爪了《ヌ》。驚奇《テ》白仏言。仏言汝身已牛也。草《ハ》汝食也。但其由吾不知。返問《テ》阿難。走返告阿難。〻〻云不着袈裟不呪願□人施《ヲ》者必受畜生報也。汝無慙《ニシテ》受吾施。故忽感此報。時身子能懺《シテ》転此報。仍末代《ノ》僧必着袈裟受施《ヲ》。努力〻〻。

勝鬘夫人失金《ノ》釵《カムサシヲ》 第廿一

仏放光入《テノ》城内即城《ヲ》内照曜《フ》。王并夫人頂頭礼仏。即金釵落在前。見地求金釵更無。即仏過給光失之後前在釵。是以知仏光明殊勝也。吾等一切衆生作仏□此相亦復如《シテ》是更無《ラム》差別乎。

薄拘羅終《ハニ》無病第二十二

此比丘昔毗婆尸仏《ノ》滅後極貧《ニテリシ》人也。傭作《シテ》生活《ス》。即従□手得一呵梨勒丸《ヲ》。時思惟《ク》是《ハ》第一薬也。尋求《テ》病僧《ヲ》施之。因茲九十一劫不堕悪道。趣天上人中受福殊勝也。今生又至于八十不識《ラ》頭病。況余病乎。目不視女人面《ノヲ》不説一句法《ヲ》遂不入尼寺。依此等善今日成等正覚也。

舎利弗誡《ミル》目連《ヲ》第二十三

仏在祇薗精舎多御弟子等来集。其中身子未来。即仏命目連云汝往身子所《ニ》可将来。時目連至身子所補《ヲキノテ》衣《ヲ》而解帯置地。身子云汝神通第一人也。此我帯可取動也。目連励神通挙之塵許《モ》不動。振須弥動大□遂帯不動。身子云汝前参。吾後至。時目連到仏所御前《ニ》身子威儀無闕而供。是故目連知身子智恵神通第一也。

目連難窮仏声第廿四

目連語《テ》大衆言吾等処々《ニシテ》而聞《クニ》仏《ノ》声《ヲ》常《ニ》有側《ニ》如聞《シカ》。吾以神通力《ヲ》遥《ニ》遠《ク》行《キ》去《テ》聞《カム》御声《ノ》高下《ヲ》。飛過《テ》三千大千世界《ヲ》従此西方過□《テ》行無量無辺不可思議那由他恒河沙仏《ノ》国土《ヲ》聞《ニ》之在側《ニ》如聞《カ》無異。時目連疲極《シテ》僧《ノ》居座《シテ》受《ル》施《ヲ》居《テ》鉢《ノ》縁《ヲ》而息。僧等見之云此似沙門虫也。何衣虫落来耶云□慢。目連長一丈三尺也。其土仏言尺迦神通第一弟子也。是以知仏声不可思議也。仍仏神通力《ヲモテ》目連還至《テ》弥信耶声第一也。

毗豆盧和上《ハ》化堅貪女《ヲ》第廿五　此和上比丘《ハ》尺迦如来御父方《ノ》伊止古弟也。賢相第一也。

時有一女人名堅貪女《ト》。常《ニ》居屏風□内作煎餅《ヲ》為愛物。貪一切物如着膠《カノ》惜《フ》一切物如守《カ》眼精《ヲ》。時毗豆盧和上欲化《ト》之行《テ》宅《ニ》捧《テ》鉢乞煎餅《ヲ》。女深惜《テ》不能施。従旦至《マテ》于未《ノ》時《ニ》乍立乞之。設和上《ハ》雖立死《ト》吾《ハ》遂不供養。即比丘忽《ニ》死《テ》臭《キ》香満《テ》宅《ノ》内《ニ》上下并女病痛《ス》。時女催《テ》人欲曳捨《ムト》之。三人寄曳《ニ》之不動。乃至百千余人雖曳弥重《シテ》不動更香臭《シ》。女人呪曰若女和上生返《ラハ》吾不《テ》惜而与《ヘム》。時和上忽《ニ》生返《テ》立《テ》乞之。即女念又死事取来鉢入《テ》煎餅二枚与之間《ニ》鉢《ニ》在煎鉢五枚。女擬取《ト》三枚。相互捕鉢引《テ》諍之程《ニ》和上引放《ツ》手。時鉢到着《テ》女《ノ》鼻《ノ》上《ニ》更《ニ》不《シテ》落着処如《シテ》居《ルカ》灸《ヲ》難堪。即女手摺《テ》乞《フ》免《ト》此苦《ヲ》。和上云吾不及智。詣吾大師《カ》御許《ニ》可問申。吾将《テ》行《カム》。時急《テ》欲往。比丘云相具種々《ノ》財《ヲ》可参。仍女車五百両夫千人積荷《テ》財《ヲ》参詣仏所免苦。為説法得羅漢永無堅貪心。故知和上教化甚以第一也。

提河長者獲《タリ》自然太子第廿六

此長者夫婦共《ニ》年老也。無一人子。即相語云天上人中《ニ》以無子為劇。因之祈樹神之間已壊任《セリ》。長者喜愛無限。時身子来《レリ》。長者問云此子男女云何。身子答云男也。相了返。弥長者詠詩歌舞。後時六師外道問云何故不似例甚宴給耶。答云身子吾子男《ナリ》相了《ヌ》。聞《ニ》之喜深也。時外道欲謙《ト》身子相《テ》云君子女也。云了《テ》返《ヌ》。後身子来《リ》。述上事身子云更男也。又外道云女也。相互挑。時提河詣仏所問実否。仏言男子也。必化祖可入仏道。聞之弥生妬心告《テ》長者走馬《ニ》加鞭《ヲ》者年来《ノ》旦越也吾加《テ》秘術女《ヲ》変為男子。長者喜悦《ス》。返《テ》外道相儀云此事若仏雄哉者不如□不《ニハ》令生子。儀了《テ》作《テ》必死之薬遣之告云《ク》一日一丸可食。即薬三丸也。大如柚色太赤《シ》。即当三日母不言死。長者悲吟身子共詣仏所。仏言汝母与子何《ヲカ》欲得《ト》。答云但得男子。然不吟。汝子在。不失。仏未虚忘。即葬送之日外道聚仏来給。即炎有中十三才許童。花顔甚妙也。令抱毗沙門仏《ノ》御膝《ノ》上《ニ》居《リ》。汝名自然太子《ト》。無母出来。長者召《テ》給之《ヲ》。外道負《テ》而返。貴賤弥信仏語。即此子化《テ》祖入仏道也云、。

沙門《ハ》顕鵝珠《ヲ》第廿七

持戒《ノ》沙門到珠造《ノ》家《ニ》乞食《ス》。時《ニ》家主蒙《テ》王《ノ》勅作珠傍机《ノ》上《ニ》置七珠。其辺鵝随《テ》食《ス》物《ヲ》。珠作入内求供物。即無其程鳥呑珠一《ヲ》丸《ヲ》。沙門見之。家主《ノ》出来無物。又算珠失一丸。時其沙門責珠。沙門持戒故思様《ハ》鳥不言豈為証。為見実否死鳥我戒可破。偏吾為盗人了。珠作取杖打沙門。鳥在珠作《ノ》後《ニ》当杖端《ニ》直死。時沙門汝聞此鳥呑耶。即裂腹見之実在。珠作《ノ》云沙門何故疾不言耶。答言戒初《トシテ》殺生《ヲ》尤禁也。仍吾雖成盗人欲不死鳥命故不言。死後明之也。

比丘脱賊縛《ヲ》第廿八

即是持戒比丘也。道逢賊。奪法具《ヲ》縛《テ》比丘落入塹岸《ノ》草《ニ》繫之。即従旦至暮大王具千余《ノ》兵従獦返給。於此高声呼《フ》免《ムト》。時大王自依《テ》見之問云汝已繫草根也。何引《キ》切《テ》不上竟日在塹中乎。答云吾是持戒人也。戒重制《セリ》切《ヲ》草根一本。仍設雖命終《ト》不破戒也。大王聞之投弓箭剃《ソリ》除鬚髪《ヲ》。余《ノ》伴類《モ》併如此一人《シテ》而不還家。従此比丘皆行仏道住戒得作仏者也。

金剛醜女《ハ》変美艶《ニ》第廿九

舎衛国《ニ》有王。名波斯匿王《ト》。后《ヲハ》曰末利夫人《ト》。其形良吉《シテ》十六大国無並。時夫人生一女子已。身《ノ》膚如毒蛇。其臭香不可近。右髪左《ニ》巻《テ》是鬼也。時大王与夫人乳母三人知《テ》余人其令知其醜。王云君子是金剛醜女。甚怖。早令別居。仍方丈《ノ》室《ヲ》造《テ》宮北去《テ》二里具乳母侍女一人込《コメテ》室《ノ》内《ニ》更令出入。時成十二三之間推《シテ》末利夫人女《ノ》美《コトヲ》従十六大国各ゝ相妨《フ》。即大王召一陰孫位成《テ》大臣称《シテ》聟令相具。大臣非心逢《テ》怖畏昼夜愁吟《コト》無極。然間大王為一生大願《ノ》修法会。第一女形鬼故不来。仍諸大臣奇疑《ミテ》以酒令酔《ハ》聟大臣《ヲ》取腰《ニ》指匙《ルカキ》指下官令見善悪遣。時彼女下官《ノ》未到之前《ニ》室内独居《テ》悲《テ》云霊山尺迦吾形《ヲ》成美令逢父《ノ》法会《ニ》。依此願仏身現《ス》庭中。女見此相生随喜故身上移得仏相。居待吾夫之間下官窃《ニ》来《ル》。従物隙見之返《テ》告諸臣云目《ノ》相不及。未曾有是《ノ》女人相《ハ》。時聟臣《ノ》腰《ニ》差《ツ》匙《ヲ》。臣起《テ》至室退立《テ》不近。疑云吾室何《ナル》人《ノ》来給《ソ》。女云吾《ハ》汝妻也。又云更不尓。又云早来。吾出法会。即蒙尺迦引接也。臣起返告大王《ニ》。則王后宮ゝ振《テ》玉輦《ヲ》行幸《シテ》迎《テ》娘《ヲ》将来《テ》善《ノ》庭。会了《ヌ》仏所《ニ》将《テ》行《テ》一ゝ《ニ》問《ムル》之。仏言此《ノ》女《ハ》昔汝家御炊也。然汝殿《ニ》一聖人来《テ》受《シニ》施汝有普願置一俵米至于牧《モク》童令搏令供養僧《ニ》。其中此女乍供僧後《ニ》謗形醜《キコトヲ》。後《ニ》聖人王《ノ》前《ニ》来《テ》現《テ》神変上虚空《ニ》入涅槃。彼女見之泣ゝ懺悔謗罪《ヲ》。是《ノ》以供僧故生大王子生謗故得鬼形身。後時至懺悔故《ニ》蒙《リテ》吾教化永入仏道。故僧不可謗。復造罪能ゝ生怖心可懺悔。ゝゝ第一《ノ》道也。

婆羅門《ハ》売《ル》髑髏第卅

有一婆羅門。貫多古頭《ヲ》入王舎城。高声《ニ》叫云有人可価吾持白頭。一人無価人。悲痛《テ》人ゝ罵謗《ス》。時賢人価之。即耳《ノ》穴通与直而取穴不通返。婆羅門問云何故尓耶。答云聞法花経頭《ハ》耳《ノ》穴通《レリ》不聞不尓。仍返也。起塔置僧《ヲ》供養之。時天人降礼拝其塔者也。

金色女《ハ》離婬行《ヲ》第三十一

又云金貴女。此《ノ》女前身人《ノ》家《ノ》老婢也。即傍有寺内坐金色《ノ》丈六。御胸前金少《シテ》落失《タリ》也。見之求得《テ》金薄一枚《ヲ》欲押《ムト》之《ニ》。然‐而《モ》難《シ》得。即欠《テ》己《ノ》分《ヲ》食価得《テ》砂金少分至《テ》薄打《ノ》家《ニ》述上事。即答云汝甚以貴《シ》。打之令得。契云生ゝ□《ト》汝倶善知識《ム》必入仏道。時女膚《ニ》金押《ヲシ》了《テ》後《ニ》彼此命終《シテ》生天上《ニ》。二人共得楽人間又生。女名金色女。膚如名。男名金神。身如名。即為一家夫婦《ト》相語《テ》云相互《ニ》永《ク》不交会《セ》。終《ニ》今生直《ニ》入仏知見《ニ》云了。後《ノ》時夏此女臥《セ》床《ノ》上《ニ》金神有庭。時毒蛇有床下《ニ》女《ノ》手《ニ》下垂《レリ》。金神《ハ》恐毒蛇《ヲ》取女手《ヲ》懐《ロノ》内《ニ》。女驚覚云《ク》汝行何違《テ》約《ニ》有不浄心耶。金神述上《ノ》事。如是多年遂《ニ》不交会。皆同時《ニ》証果入仏道。

精提女《ハ》堕餓鬼道第三十二

此女《ハ》目連母也。其時目連名羅上。ゝゝ語母云我他行之間来得意人。必饗給《ヘト》。即他行已了《ヌ》。依実人来《レリ》。母依貪心《ニ》為偽《ムカ》経営《ス》遂《ニ》無実。客已返《ヌ》。由此報生炬白鬼《ノ》中《ニ》。常盛《ニ》炎従口出入《シテ》髄□堪。冷景行《ケハ》者去《サリ》香《キ》泉《ハ》来成火《ト》。後《ロニ》有口。又貪心《ノ》苦無極。聞□人能ゝ施人。

目連設《ク》施会第三十三

目連見母餓鬼苦《ノヲ》白仏言以何行抜之。仏言汝以七月十五日
設供養請一夏九旬之安居僧《ヲ》饗《ヲ》之。堕汝母苦可脱。随仏教
修之即母并一切餓鬼皆離苦入仏道。

優塡王《ハ》慕《シノフ》仏《ノ》相好《ヲ》第三十四

尺迦如来為報母《ノ》恩昇忉利天歓喜薗中婆利質多□樹《ノ》下《ニ》一夏
九旬安居《シテ》説法凡夫未知何処《ニ》坐《ト》。時波斯匿王憂闐王奉《テ》恋《ヒ》
如来《ノ》御相好即朝暮之子《ノ》如求《カ》母《ヲ》。時召集《シテ》巧人《ヲ》語《ラヒ》此事給《フニ》則
一人不能作。毗首竭磨天感《テ》王《ノ》心《ヲ》降《テ》化《テ》人為二《ノ》王《ノ》作《ル》二体。皆
五尺也。波斯匿王五尺立仏《シテ》置祇薗精舎。憂闐王五尺居
仏《シテ》置王宮《ニ》。即安居畢従忉利天降給《ニ》立仏来《テ》実仏《ノ》所《ニ》屈《ス》腰。
□合□奉礼実仏。是信心所致《ス》感也。

阿闍世王詣霊山第三十五

尺迦如来坐霊山《ニ》。此山《ノ》中《ハ》天竺摩伽陀国《ノ》王城《ノ》丑寅行《テ》十五里《ヲ》
在也。此王当国王也。父曰頻婆羅王母名韋提希。即為見
仏聞法《ノ》往詣《ルニ》鏤《チリハメテ》七宝《ヲ》為道《シ》研《ミカイテ》黄金《ヲ》成橋《ト》。従山《ノ》脚至頂《ニ》
之間三里余也。其山南面裾《スソニ》高一丈五尺《ノ》有八角《ノ》率都婆。
其南面《ノ》文云諸行無常、是生滅法、生滅〻已、寂滅為楽。

時《ニ》王従此過行上《テ》至乗《リヌ》率都婆所《ヨリ》下輦《ヲ》歩行。其上《ニ》至《テ》有退凡
率都婆。従此択《ラヒ》留《ム》懈怠不信者《ヲ》。修行精進人〻相具所上
也。随時不同也。四三二一日上《ニ》至也。

売貧身《ヲ》得涅槃《ノ》楽《ヲ》第三十六

尺迦如来処〻説法《ヲ》五十余年已□生年七十九《ニシテ》至壬申年二
□日《ニ》擬入涅槃。即着倶尸那□沙羅林中説涅槃本□云
吾昔無量無辺那由他劫前作貧人《ト》。尓時名娑婆。仏名尺迦
為衆生説涅槃《ヲ》。聞已欲供養此法。仍行十方売《リキ》身《ヲ》。有一
人云吾有悪瘡。医教云日〻食人《ノ》新肉三両《ヲ》。汝叶此事《ニ》哉。
吾価喜服《ヲ》従得金銭五文《ヲ》将来作《シキ》供養《ヲ》。聞涅槃相就其人《ニ》勤
彼《ノ》事《ヲ》心不《リキ》悔痛。故其病差吾身平腹《シテ》亦無創其身具阿耨菩
提《ヲ》。是則従聞如来証《ヲ》□永断於生死《ヲ》若有至心聴常得無量楽
故也。

双樹変《シテ》成鶴林《ト》第三十七

於仏涅槃処《ニ》惣有八本《ノ》樹。各面二本。故名双林也。仏在世
之間《ハ》花葉菓茂盛也。如来入滅《ノ》時《ニ》始《テ》皆枯《レテ》其林《ノ》色如《シ》鶴。故
為名。其林《ニ》有風常鳴《テ》説偈云仏已寂滅入涅槃、諸滅結者

皆随去、世界如是空無智、痴冥道増智灯滅文。況人倫憶《オモヒヤテ》涅槃《ヲ》不作観哉。

天上遺《ニ》憍梵《ヲ》第三十八

尺迦如来臨涅槃時召憍梵比丘《ヲ》云汝衆中形極醜。故吾入滅《ノ》後人々発《テム》慢軽《ヲ》於汝。々我在時至天上住《ヨ》。即遣忉利天《ノ》尸利舎薗《ニ》。時仏涅槃之後至羅漢告《ク》流涙。涙下《リテ》至仏《ノ》涅槃棺《ノ》下《ニ》。涙《ノ》中《ニ》説偈云憍梵波提頭面礼、妙衆第一大徳僧、聞仏入滅我随去、如大象去象子随也云。

世尊投鉄菱《ノヒシヲ》第三十九

尺迦如来乃臨涅槃従金棺起《テ》向雲集《ノ》無量恒沙《ノ》天衆《ノ》方《ニ》告云我以鉄《ノ》菱投汝等方《カニ》。限《テ》身所惜《ム》可隠也。時諸天以天衣裹首以手覆眼。時如来他方《ニ》捨菱而云汝等吾入滅《ノ》後《ニ》守《ムコト》一切衆生《ヲ》如《シテ》惜今日《ノ》頭目《ヲ》守衆生如《シテ》持《カ》眼守其心中《ノ》仏種《ヲ》如惜首。故善庭《ニハ》更天衆疾《ク》来給也。

摩訶迦葉詰《ル》阿難第四十

尺迦如来既入涅槃後迦葉為上座千人羅漢欲結集大小乗経《ノヲ》。其中阿難之不可具一《ニ》。仍迦葉糺《シ》問之《ヲ》。抑汝請仏《ヲ》為瞿曇女《ノ》許《シカ》戒故《ニ》促《ツヽメタリ》正法五百年《ヲ》。其咎何耶。阿難不失。如来在世滅後《ニ》必有四衆。謂比丘々々尼男女也。又云仏入滅《ノ》時《ニ》汲水《ヲ》不奉。其咎何。答云五百車従川上度故《ニ》不汲。又云仏向汝《ニ》可住一劫可住多劫問給三度《マテ》不答申。其咎何。答不失。天魔外道可作障碍《ヲ》。又云仏入涅槃時《ニ》摩耶夫人申手執仏足涙落給如来。何故汝為侍者不制女《ノ》手《ヲ》令触仏身《ニ》。答云将来《ニ》於祖子悲深為令伝知恩報徳也。仍阿難所答一々道理也。迦葉止之。

〔以下金剛寺本によって補う〕

卌一

阿難入匙穴《ヨリ》。即千人羅漢皆共至《テ》霊山入《ル》結集堂《ニ》。時《ニ》迦葉云《カク》九百九十人《ハ》皆無学《ナリ》。阿難一人《ハ》是有学也。又時々引《ク》女有。女未《タ》薄習者早出堂内《ヲ》。云了《ヒ》是《ヲ》引《ヒキ》出閉《ツ》門《ヲ》。即阿難出外《ニ》告《テ》迦葉《ニ》云吾有学為悉旦益《ノ》也。又云更《ク》於女境《ニ》無愛。猶《ヲ》吾《ヲ》入《テ》令《ヨト》着座《セニ》。迦葉云《カク》汝於物無《ニクハ》習証《セヨ》無学果《ノヲ》。然《ラハ》入《レテ》令座《ムセ》。時暫《ニク》在阿難《カ》云吾証《レハ》果《ヲ》令入。迦葉云《カクラハ》証果不開可入。時《ニ》阿難入《テ》匙穴《ノヨリ》在《アリ》大衆《ノ》中《ニ》。時諸《ノ》衆《ノ》云《ク》以誰《ヲ》為結集長者《ト》。時阿難《ノ》云《ク》以

吾《トヲ》 可為長者。時阿難昇《レリ》 於高座《ニ》。身相如《シテ》 仏無異《コト》。時大衆生《ス》三疑《ヲ》。一尺尊《ノ》重《テ》出給《ヘルカ》 歟二他方仏来三阿難成仏《カニ》。時云《フニ》 如是我聞《ト》大衆遣三疑《ヲ》。時迦葉讃《テ》阿難《ヲ》説偈言《ク》面如浄満月、眼若青蓮花、仏法大海水、流入阿難心《ト》云、。

卌二

羅睺羅泣《ハク》王 鐺《カナヘニ》。如来入滅之後二百年《ニ》波斯匿王并夫人手《テツ》自《カラ》調百味《ヲ》清浄如法供具《ヲ》以請《シテ》 羅云《ヲ》奉供養。即羅云食《メシテ》 一《ト》箸《ヲ》流《テ》涙《ヲ》涕《コト》 如少児《ノ》。時《ニ》王后百官皆奇《シミ》 鬱《シテ》 即問《テ》云《ク》我供《ニ》有《テ》何《ノ》由泣給《フソ》。疾《ク》聞《ト》此由《ヲ》。時羅云答《ラク》 如来滅後未《ス》久《ラ》。即此飯味遥《ニ》変《シテキ》 悪也。況末代衆生《ハ》以《テカ》 何《ヲ》為食《ト》思《フ》也。是故涙《タ》不留。大王見《テ》之《ヲ》給《ヘトテ》 即申臂《ヲ》地《ノ》底《コノ》土中《ヨリ》 自飯《ヲ》一粒《ヲ》取出《シテハ》 是如来在世飯《ナリ》。断惑聖人《ノ》食也。可《シト》誡《ロミ》合《ハセ》給《マフ》。即大王 嘗《コヽロミルニ》 之香味《ヲ》不可思議也。相比《ルニ》 実《ニ》如毒《ノ》。時羅云《ノ》言《ク》堅牢地神聖人《ハ》皆去《ヌ》為《ニカ》 誰《カ》置之《ヲ》地味《ヲ》五百由旬《ノ》底《ニ》埋《メリ》。王云然《シカハ》 可為《キナル》 何時《ノカ》。答云《ク》講読仁王経之《ヲ》処《ニ》必可《キ》有《ル》地味也。

(四十三)

迦葉尊《ハ》者蔵《ル》霊山《ニ》。迦葉畳《テ》如来付属之袈裟《ヲ》持《テ》錫杖《ヲ》至《テ》霊鷲山《ノ》頂《ニ》誓《テ》云《ク》我身不賛不《シテ》 変壊《セ》乍《ラ》此身《ミ》入《テ》山中《ニ》居弥勒出世《ニ》称尺迦御弟子《ト》奉《ラムト》 此袈裟《ヲ》。即入《テ》山中《ニ》後山 合《アハムコト》 如故《モトノ》。是《ヲ》以迦葉《カ》身《ミ》不滅也。

卌四

菩薩造《ル》 世《セイ》具《ヲ》。世《ノ》始菩薩造《リ》出《セリ》 衆生資具《ヲ》。謂鍋臼杵箕馬鍬《クワ》犁《カラスキ》 及諸一切具《ハ》菩薩《ノ》造《レル》 也。但其中《ニ》遂《ニ》不造殺生之具《ヲハ》。是《レ》衆生罪業《ノ》意《ノ》工《ミ》所構造出也。所以経《ノ》文《ニ》云《ク》若有世界初成時、衆生所須□具生、尓時菩薩為巧匠、終不作造殺生器文。故知一切衆生悪業有為意工《ト》所造也。非他作也云、。

卌五

世親報三年。西国伝云有三菩薩。一《ヲハ》 名無着《ト》一名世親《ト》一《ヲハ》名師子覚《ト》。結契《ヲ》云《ク》吾等三人《カ》中《ニ》命終必生都率天《ニ》奉見《ニ》弥勒《ヲ》先《ツ》死者必返可相報。時《ニ》師子覚先没《ツテ》而不来。次世親無常《シヌ》。即経《テ》三年《ヲ》来報《ス》無着《ニ》。々云《ク》何故《ソ》有久来《ルヤ》耶。世親《ノ》云聞《キヽ》弥勒《ノ》一座説法《ヲ》了《テ》来《レル》 也。仍彼天《ノ》時節《ハ》久也。又無着《カ》云《ク》師子覚在《ハル》何処《ニカ》。答云《ク》師子覚《ハ》着《テ》五欲《ノ》楽《ニ》在外眷属中《ニ》。未見弥勒《ヲ》也云、。

(四十六)

竺長舒《ハ》免火難《ヲ》。応験伝云《ニク》此人《ハ》晋《ノ》代元康年中《ニ》□洛陽《ニ》為火《ノ》可焼草屋《ヲ》。在風《ノ》下《ニ》不可免。即一心《ニ》称《カハ》観音名《ヲ》仍火廻去滅《テシヌ》。爰《ニ》郷《ノ》里人〻見《テ》之目《テ》思《テ》風《ノ》吹《キ》却《ケテ》滅《ヌト》擲火《ヲ》焼之《ヲ》即滅《ヌ》。至《マテ》于三度《ニ》遂《ニ》不焼。故各《ニ》叩《テ》頭《ヲ》随喜《シテ》云《ク》称観音《ノ》名《ヲ》所致之咸也。人〻弥《イヨ〳〵》見《テ》之《ヲ》信仰《スル》者也云〻。

卌七

舎活舌不焼。此人年《トシ》来《コロ》誦法花経《ヲ》。家在七子。時舎命終《シヌ》。子共支《モ》葬《ルニ》之《ヲ》身体《ハ》皆焼尽《テ》舌更《ニ》不焼。七人子誓各当一日一夜七日焼《クニ》猶《ヲ》不焼。七子疑《テ》吾等不孝《ト》仰天伏《テ》地泣。〻《ク》時天《ノ》中《ニ》在《アテ》声云《ク》汝父専《ラ》誦法花経《ヲ》。仍天人来《テ》迎舌《ヲ》。不可置凡地《ニ》。故《ス》不焼。即天《ノ》中《ニ》在楽《カク》云《ク》。舌飛《トビ》昇《ヌ》。時人心誦経《ヲ》云。

（四十八）

陽《タウ》梨《ハ》聞《ク》金声《ヲ》。此人晋《ノ》代《ノ》太元年中《ノ》人《ナリ》。造供養《テ》金像《ノ》観音帯《ヲシ》置《ケリ》髻《リノ》中《ニ》。時忽《ニ》被《レテ》狂為賊即在屠《コロスニ》。下刀殺其頸《ヒヲ》但聞《テ》金声《コエニ》刀随《ニ》三析頸遂《ニ》不殺《キレ》。驚問之《ヲ》答云《ク》吾髻《ノ》中《ニ》有金像。解見《テ》之《ヲ》仏像《ニ》有三痕《ノキス》。故得免《ヲ》。人〻信之《ヲ》云〻。

卌九

帝尺髑髏制《ス》。人死伏《テセリ》野草《ニ》。鳥獣食《ス》之《ヲ》。皮骨随之中《ニ》帝尺不令食《セ》頭《ヲハ》。是人〻見之《ヲ》為令観無常《ヲ》。又人死《□キ》時成三魂七魄。其魂受苦《ヲ》来《テス》禁《イマシム》魄《ヲ》。其魂受楽来《テ》礼魄《ヲ》。所以《ニ》三魂《ハ》往《ユキ》七魄《ハ》留《マル》也。頭有七穴。二目《ノ》二耳《ノ》二鼻一口穴也。七鬼在《ハリ》之《ニ》。為人《ノ》成《トハ》祟《リヲ》七魄《ノ》鬼《カ》所致也。維南子云天気《ヲ》為魂《ト》地気《ヲ》為魄《ト》。霊魄屍云。語者魂《ノ》所生行動者魄《ノ》所致。此等云人神《ト》云〻。

五十

恵達《ハ》離《ル》怨《ノ》賊難《ヲ》。応験伝云《ニク》此人《ハ》晋《ノ》代隥安《ヨキリウ》年北丘《ノ》上《ニ》掘《ホル》甘草《ヲ》。時飢羗《シ》捕人《ヲ》食《ス》之《ヲ》。即恵達為羗《ニノ》所捕《レテ》已繋置《ケリ》柵《カキクエノ》下《ニ》。先《ツ》択《ムテ》肥《ヲエヒス》食《ス》。恵達与少児置《ハ》明日断其夜恵達一心《ニ》称《ス》観音《ヲ》。明朝《ニ》擬《ト》食之《ヲ》。時有一《ノ》白虎《キラ》擬《ト》食羗《ヲ》。是故諸羗捨《シ》恵達《ト》少児《トヲ》散《チリ》外《ニケヌ》。仍信観音《ヲ》云。

五十一

樹神《ハ》挙手《ヲ》下百味《ヲ》。法句経云《ク》仏在祇薗寺《ニ》為《ニ》一切衆生説法。須達長者運供具《ヲ》。□一貧人提酪《ヲ》行。此人命終成樹神《ト》。時五百婆羅門飢渇迷山野《ニ》求食《ヲ》至《レリ》大木下《ニ》。時樹神現《シテ》身《ヲ》与百味《ヲ》。是昔投酪《ヲ》果報也云〻。

五十二

求色女壊《ハフル》王橋《ヲ》。昔夫妻二人結《テ》契《ヲ》行《ス》十斉《サイヲ》。時夫相就《テ》求色女《ニ》不勤斉食《ヲ》。本《ノ》妻《ハ》有信力勤十斉《ヲ》。即三人命終《シテ》乗《テ》一道《ニ》行。時途有一大河。以玉《ヲ》為《セリ》橋《ト》。々左右坐《リ》普賢文殊。即三人渡《ルニ》階《ヲ》先本《ノ》妻《ハ》前《ニ》行《キ》次求色女次夫行《ク》間《ニ》本《ノ》妻渡了《テ》後階《ニハシ》折段々二人没《シヌ》河底《ニ》。而本妻得《テ》仏加被《ヲ》返《テ》済二人《ヲ》令生天上《ニ》也。雖女有信力勝男《ニ》也云々。

五十三

鬼神掃《ラフ》一比丘跡《アトヲ》。即有《テ》無暫破戒《ノ》比丘受《テ》人請《ヲ》行。其後《ロニ》有《テ》五《ノ》百鬼神払其跡《ヲ》。深《ハ》五百由旬也。由《ユヘ》何堅牢地神《ノ》吟地重《ヲ》故也。又国王地水不許一渧也。

五十四

大梵《ハ》護破戒比丘《ヲ》。梵尺二尺不捨《テ》□護《ス》破比丘《ヲ》。由何《ヘ》者《レハ》依剃《レル》頭《ヲ》功徳《ノ》貴《ニ》也。刹者是如来舌相也。以刹《ヲ》剃《ルハ》頭《ヲ》是《レ》申《テ》如来舌相《ヲ》舐《ネフル》衆生《ノ》煩悩《ヲ》也。除《ク》欲界煩悩《ヲ》也《ト》。剃《ル》上髪《ヲ》者除無色界《ノ》煩悩《ヲ》剃下髪《ノヒケヲ》除色界煩悩《ヲ》也。故剃頭功徳勝也。

五十五

夜叉驚鍾響《ノニ》。須弥山脚《フモトニ》住《スル》夜叉《アリ》。飛行《ノ》夜叉地行《ノ》夜叉《ト》也。若《シ》人界《ニ》有《テ》修善《ヲ》叩鍾《ヲ》聞《テ》之《ヲ》飛行《ハ》廻天《ニ》々衆《ヲ》勧《メテ》下《ス》。地行《ハ》廻三千大千世界《ヲ》請《テ》地類《ヲ》集《ツム》。是故《ニ》天衆地類降臨集会《シテ》伏《シ》魔《ヲ》除《テ》難令善根《ヲ》増長者也。

五十六

幽《イウ》信《ハ》脱《マヌカル》枷鏁《ヲ》。此人昔逢《シテ》王難《ニ》其身《ミ》繋杻械枷鏁《ニ》将《ニ》死不久。心《ニ》念《ト》観音《ヲ》無《シ》間息。即夜夢中《ニ》視《ハ》観音《ノ》像《ヲ》放《テ》光《ヲ》照身《ヲ》。夢覚《メ》了《メテ》吾身《ミ》在獄門外《トニ》。光更《リニ》不息《ヤマ》。即付《テ》光廿五里《マテ》行乃見者也。

(五十七)

弥勒三会者《トハ》第一会者《ハ》夜摩天宮《ノ》白毫寺《ニシテ》導師《ハ》尺迦如来《リ》。々々々々末《ノ》法《ノ》一善人《ノ》一称礼拝《スルノ》者其時《ニ》生会《レテ》成仏。故云《ク》我今弟子付弥勒、竜花会中得解脱文云。第二会者忉利天宮《ノ》宝網蔵寺《ニシテ》導師《ハ》文殊。第三会者《ト》他化自在天宮《ノ》化生寺《ニシテ》導師普賢菩薩《リ》。即其国土《ハ》衣食天《ヨリ》降《リ》地《ヨリ》可涌《ワク》。米《ノ》一粒《ハ》七分人命七千歳《リ》。五百歳《ニ》始知娶《キノ》事《ヲ》者也云々。

五十八

尺迦末世《ニ》現《ス》明神《ト》。末世衆生《ハ》悪心狂乱《シテ》甚不善也。日々《ニ》不善相《ヒテ》重於麁妙善《ニ》更無梗概結縁。是故尺迦如来誓《テ》云《ク》吾《レ》末世《ニ》現《テ》大沙明神《ト》於《テ》男女令勤《サ》一日一夜《ノ》精進《ヲ》以之為結縁《ト》漸ゝ《ニ》引入《シテ》令至内法《ニ》。若不順者成祟《リト》懲《コロシ》《イマシメ》其心《ヲ》所惜之物《ノ》若《ハ》帛銭乃至余《ノ》資具《ヲ》投他境《ニ》令無世染着。故《ニ》悲花経《ニ》云《ク》我滅度後、於末法中、現大明神、広度衆生文。又優利曼陀□呪経《ニ》云尺迦普賢金剛手、薬師文殊地蔵尊、栴檀香仏摩利支、得大勢至無量寿、内護外護度衆生《ト》文。大集経云十二神所居者、是菩薩《ノ》所住也文。即若有人執此等文《ヲ》偏《ニ》仰《テ》神道《ヲ》軽《メ》仏法《ヲ》或神辺《ニシテ》自《ヲ》背《カム》法《ヲ》。吾現《トハ》神《ト》権也。但為禁衆生《ヲ》。以入仏法《ニ》為正道《ト》。是以神方為邪道《ト》。仍有論《ニ》云《ク》一礼一切諸神祇、正受蛇身五百度、現世《ノ》福徳更不来《ラ》、後生仏法永遠離《ス》文。

五十九

閻魔王《ハ》吟《ク》舟《タン》筆《ヲ》。舟筆者《トハ》注《ハ》罪《ヲ》筆《ノ》名也。所以生《ル》浄土《ニ》人如麟角《ノ》堕地獄者如春雨《ノ》。是故《ニ》閻魔王《ハ》不《スシテ》息《ヤマ》注《ルス》衆生《ノ》日ゝ念ゝ《ノ》所作《ノ》悪業《ヲ》。返《テ》所《ロ》悲吟《スル》也。即向《テ》来集《ノ》罪人説偈《ヲ》云汝得人身《ヲ》不《レハ》修道《ヲ》、如入宝山《ニ》空手《ヲ》、自行悪業《ヲ》還受苦《ヲ》、叫喚苦《ヲ》者欲何為《ト》文。

六十

獄率恥《シム》罪人《ヲ》。一切衆生《ハ》在ゝ処ゝ終《ニハ》但《ニ》皆至《ル》獄率之手《ニ》。率者従閻魔王許《ノモト》所遣使也。謂十八牛頭馬頭等也。首在十八眼《コ》或六十四眼《ヨリヒヽフクコト》如電《ノ》。每眼見張《ハ□テ》眦《ラム》悪業衆生《ヲ》。須臾之間《モ》不可堪。即其使《ヒ》於中有令恥衆生《ヲ》云《ク》我《レ》前《ニ》呵責《シキ》汝《ヲ》、出後亦不来《ト》、若来《ナハ》此獄《ノ》中《ニ》、愚《ニ》不可恨《ウラム》哉文。又云非異人《ノ》作《テ》悪《ヲ》、異人受《ニ》苦報《ヲ》、自業自得果《ヲ》、衆生皆如是文。努力《ユメゝゝ》一切衆生且《ツハ》恥且可悲。恐《ハ》任心《ニ》不可作悪業《ヲ》。能ゝ信之《ヲ》而已。

已上六十条。

注好撰下

日名金烏《ト》第一

文場秀句云日色赤故云金。日中有三足烏故云烏。亦日云陽烏《ト》。日為陽《ノ》精《ト》。亦日扶光《ト》。日出於扶桑山《ヨリ》。相良《ハ》可在下文。倶舎曰日《ノ》広《ハ》五十一由旬《ナリ》。孔子云日形《ハ》方千里。日三百六十日以為一匝《ト》。日《ハ》去《コト》天《ヲ》遠《ク》去地《ヲ》近《シ》。日形方円也。昔観自在菩薩以七宝造《ル》日。々下面火珠。此日匝《テ》照四天下《ヲ》。一日一夜《ニ》周八十万億一百五万三千五百廿六里《ヲ》還復本処《ニ》。曰《ク》常行《ク》三道《ヲ》。其在《レリ》須弥山《ノ》半復《ニ》。謂従水際上《ニ》有四万由旬。三道者《トハ》春秋《ハ》中道故《ニ》其《ノ》一節不熱不《シテ》寒冷然也。冬《ハ》行上道《ヲ》故《ニ》日《ノ》光《リ》遠《ク》去《テ》山陰《カケ》闇《ク》覆《ヘリ》。露《ハ》為《ナリ》雪《ト》水《ハ》結《フ》氷《ヲ》。夏《ハ》行下道《ヲ》故《ニ》日《ノ》光《リ》近《シテ》甚《タ》熱《シ》。日《ハ》為夫《ト》可知也。

月称玉兎第二

文場秀句云月色白故云玉。月中有兎故云兎。亦月云陰兎。亦月云娥影。恒《カウ》娥《ヲハ》為月《ノ》御《ト》。亦月云桂影。月《ノ》中《ニ》有桂。亦云景夜。亦望《ハウ》舒《ト》。倶舎云月《ノ》広五十由旬。白虎通《ニ》曰《ク》月《ハ》疾《広哉ク》行。孔子云月形《ハ》方千里。去天遠《ク》去地近《シ》。如日。昔得大勢至菩薩以七宝造月。々下面水精《ナリ》。月為婦《ト》。行三道同日《ニ》可知也。

六鳥詠教法第三

阿弥陀仏極楽国有八功徳水池。其《ノ》池数十也。毎池有六鳥遊舞矣。身色成七宝詠声誦三宝。或時群《ムラカテ》摩尼之湊《ミナトニ》礼拝往生之人《ヲ》。或時集琉璃之庭讃歎成仏之輩。遊真珠之浜《ニ》茹《スキ》常楽之風《ヲ》臨虎白之岸飲苦空之波。其池漲《ウカヘル》水《ヲ》称八功徳水《ト》者有□《ノ》説。先一者水味太甘《コト》無比。二者水飲《ニ》身内外極冷香《シ》。三者水飲身《ノ》内外尤柔和《ナリ》。四者水飲身軽《シテ》飛行《ス》。五者水飲身心清浄《ナリ》。六者水飲身心《ニ》無苦患。七者飲時不損喉《ヲ》。八飲已腹病皆失《テ》不発。次一者飲身心澄清。二者飲身心清浄。三者甘露《コトノ》母乳《ヲ》如嘗《ルカ》子《ノ》。四者飲身心潤沢《ニシテ》飽満《ス》。五者軽耎。六者安和。七者飲時永除飢渇等無辺過患《ヲ》。八飲已定能長養《シ》諸根《ヲ》四大増益《ス》種々殊勝善根也。六鳥者一者白鵠《クヽキ》。腹白背金《ニテ》頸《ニ》在瓔珞。頌云無上菩提証得耶、永離三途得菩提文。是明五種菩提也《ヲ》。二孔雀。頸与尾虎白《シテ》腹《ハ》真珠背青《シ》。面《ハ》鳥足《ハ》人《ナリ》。六時《ニ》頌云六度万行証得耶、慈悲喜捨証得耶文。是明四無量義。三鸚鵡。背金腹馬脳。頌云五根五力七菩提、八相成道転法輪。是明菩提《菩薩イ》三十万億種《ノ》相貝《ヲ》。四舎利鳥。二羽持琵琶《ヲ》。其色金《ナリ》。詠□生無辺誓願度、煩悩無辺誓願断、法門無尽誓願知、無上菩提誓願証。是明十波羅密也。五迦陵頻伽鳥。在卵中其声勝衆鳥也。面人足鳥也。其身五色斑《ナル》殊也。詠云甚《其カ》重父母往生耶、孝養師長往生耶。是明九品往生也。六共命鳥。背腹頭紫。歌云尺迦如来不忘念、弥陀如来不忘念、ゝ仏念法念僧耶、念戒念天念捨耶。是明三十二相八十種好万徳円満相也。而彼鳥《ハ》彼国尺《ニハ》三尺也。人間尺《ニハ》一丈五尺也。

寒苦鳥観無常第四

雪山掘雪《ノ》穴住鳥。彼山従昔已来至于今雪不絶。仍春夏秋冬無異常寒氷《セリ》。時件鳥夜ゝ臥穴通夜鳴云寒苦殺我夜明造栖、ゝゝゝゝゝゝゝゝ文。即夜明《レハ》出穴《ヲ》居《テ》側《ノ》雪《ノ》上《ニ》照《テ》日《ノ》光《ニ》斂《カイツクロムテ》己翼《カヲ》漸《ク》心《ニ》染《メテ》無常《ヲ》懶《モ》□《シ》□。故鳴云今日不知死、明日不知死、何故造作栖、安隠無常身文。□鳴《テ》未構《カマヘ》暖《ナル》栖《ヲ》也。鳥《ノ》心以《テ》然《ナリ》。吾等衆生之心《ハ》遥《ニ》劣《レリ》此鳥《ニ》。朝暮《ニ》全無此《ノ》観故。

白象牙上開蓮花第五

普賢観経云普賢乗六牙白象王。象牙《ノ》上有池ゝ中敷大宝蓮花文。夫以《レハ》象《ノ》口《ノ》中《ニ》有牙。常《ニ》舌舐《フテ》其《ノ》牙《ヲ》未曾湛《タ、ヘ》一滴《ヲ》。若無水何有池。無《クハ》池安《イカ、》敷《ケム》蓮哉。即或論師為除此疑《ヲ》引此文《ヲ》尺《ヘリ》人法《ノ》不思議之証《ヲ》。是以有我不可毀他《ノ》行《ヲ》有人又不可疑《嚬クチヒソム》我行《ヲ》。万法《ハ》不思議所摂故也。

五百老鼠得羅漢果第六

正法《ノ》時《ニ》僧在房《ニ》。常誦法花経《ヲ》。房《ノ》天井《ニ》有五百老鼠。日ゝ聞《ニ》経数年也。時《ニ》為六十《ノ》狸《イタチノ》一夜《ニ》悉所食也。乍五百生忉利天。ゝ寿尽□舎利弗証阿羅漢果遂不堕悪道《ノ》苦。慈尊出世《ノ》時《ニ》証大果□無生忍分身《シテ》而施作仏事《ヲ》利益《ヘシ》衆生《ヲ》。何況有人生信《ヲ》聞此《ノ》経《ヲ》更後果成道《ヲ》無疑。又外典《ノ》抱朴子《カク》曰白鼠《ハ》寿三百才《ニ》満《ルトキ》即色白《シ》。従百才《ノ》初白也《ムナリ》。成白鼠《ト》善知一年之《ノ》内吉凶幷《ニ》千里之外《ノ》事《ヲ》。名《テ》曰神《ト》。鼠《ノ》耳《ハ》増於季春《ニ》。火鼠《ハ》育《フ》於炎州《ニ》。取其皮為《ヲ》衾《ナリト》。火鼠《ハ》当《レハ》風《ニ》即死《ヌ》。鼠入《テ》大《ナル》鑊《ニ》三年飡《テ》金《ノ》気《ヲ》存命。常以《テ》一処《ヲ》為小便《ヲ》。ゝゝ《ニ》鑊《ノ》尻《リ》朽《チ》破《ル》従其鼠出《ツル》也。時人云励《ム》鼠《ハ》穿鑊《ノ》尻《ヲ》云ゝ。

二羽鸚鵡成辟支仏第七

賢愚経云昔仏在世《ノ》時《ニ》須達家《ニ》信敬《シテ》仏法《ヲ》為《シテ》僧《ノ》旦越《ト》所《ス》須一切《ノ》供給《ヲ》。其家《ノ》内《ニ》有二《ノ》嬰武鳥。一《ヲハ》名律提《ト》二《ハ》名《ク》賒《ショ》律提。稟性黠《カツ》恵《ニシテ》能《ク》解《ル》人《ノ》言語《ヲ》。見比丘来《ルヲ》先入家内《ノ》告《ニ》令知出迎送《ス》。即阿難到長者家《ニ》見鳥《テノ》聡明《ヲ》為《ニ》説四諦《ヲ》。時門前有樹《ニ》。二鳥聞法飛昇《テ》樹《ノ》上《ニ》勧喜《シ》持誦《シテ》。夜《モ》在樹《ニ》宿《ルニ》為野狸《マミノ》所《ヌ》食。由聞《シニ》法《ヲ》生四天王天。彼《ノ》天寿尽向上《ミサマニ》 生他化自在天。如是上生下生七返《シテ》、一ゝ天寿尽了生人中出家修道《シテ》成辟支仏《ト》。一名曇摩二名修曇摩。是以知人身尤可励修者也。

大王酔《ノ》象舐踵《ヲ》不害第八

昔大王天下国《ノ》中《ニ》有不善犯人酔象放任。即大象赤目開口踏殺犯人不生一人。因之為国《ノ》一財也。隣国之敵人聞之《ヲ》輙不来。即象厩為火所焼也。暫造厩之程繋僧房《ノ》辺経一夜。房主誦法花経。象聞之。即其明日禁数十人犯者酔象将来放任。象伏《シ》昆《ムテ》揺《ハ》尾舐犯人踵一人不害。王大驚奇云吾所尊是汝也。依汝国内犯人少《シ》。隣敵《モ》不来。若此象如是何有怙《ノミカ》 哉。即智臣奏《テ》云今夜在僧房《ノ》辺故発□心也。復遺屠《テ》辺《ニ》経一夜可誠。時如上件其明日向犯人嚙《カミ》牙《ヲ》開《テ》口《ヲ》疾来《テ》如員踏殺《ミ》。況人心乎。

野干詐《イツハリテ》 死欲免第九

止観云有四人行道。即路辺《ニ》有一《ノ》野干。堀《リ》草根破 塊《ツチクレヲ》 飡諸虫類《ヲ》。時四人近来《クカ》故野干思様吾若忽逃《ニケハ》豈殺《ラム》哉。不如吾詐《ハリテ》 死人《ノ》ーゝ過《ナムニ》 後飽《マテ》 食肥《エテ》 虫誇《テ》行《トテ》 本《ノ》家《ニ》随伏《シヌ》也。爰《コゝニ》四人相違《シテ》 狐《ノ》思《ニ》皆立停《テ》相語《テ》云一人《ハ》切耳一人切尾一人欠《ムトイフ》 牙《ヲ》。狐聞《テ》三人《ノ》言《ヲ》思様吾無《トモ》 耳尾牙有《ラハ》 命自有《ラナム》 世。仍未心奥《ニ》愁《クセ》。即今一人《ノ》云切《ムト》 頸《ヲ》。此時《ニ》野干大驚《ニテ》吾已擬《ニ》死不《トニハ》久直起《ニテフト》思逃。時走逃之間四人見之不逃随殺之取所用文。以此譬誡衆生愚《ヲ》。所以野干《ト》者衆生也。道者娑婆世界也。飡虫類者経世間也。四人者生苦老苦病苦死苦也。耳尾牙頸者生老病死次第衰滅也。然一切衆生ゝ苦老病苦強不恐厭自乍《ラ》愁《ヘキ》 吟猶所世間《ノ》楽《ヲ》。此即狐聞《テ》云取《ト》耳尾牙《ヲ》心奢《シテ》 如伏《ルカ》。衆生《ハ》欲死《ムト》於一事其《ノ》心不奢尤恐吟《ク》。是即狐《ノ》聞《テ》云《ヲ》切《ト》頸《ヲ》如《シ》逃。即衆生雖恐《ルト》死《ヲ》定業来《ヌレハ》更不《シテ》生即死《ヌ》。彼狐《ノ》遂逃《ル》之間如被殺。然則一切衆生《ハ》始《テ》自《リ》十五六才許自《ラ》観《ヨ》一切無常《ヲ》。吾身《モ》一切衆生《モ》永不可有身也。仍恐将来《ノ》生老病死《ヲ》此度可断此畏《ヲ》。譬如彼《ノ》野干《ノ》見《テ》人来本自《リ》不詐《リ》死《セ》疾走《リ》逃《マシカハ》即命延《ヘ》直《ニ》不可死也。努力〱得此《ノ》意《ヲ》人常《ニ》観生界無常《ヲ》娑婆《ニ》勿《レ》留《コト》愛習之心《ヲ》。穴賢〻〻。大論十四。

双鴈《ハ》渇《セル》亀《ヲ》将《テ》去《ル》第十

昔有二鴈。旧池辺湌芹《ノ》根。時従池中一亀出来語鴈《ニ》云吾年来主《テ》此池《ノ》居住之間縁尽《ツキ》処淡《アハテ、》漸無所帰。卿《キム》等《タチ》若有恩者於吾水香《ク》深《ク》食《ニ》可飽之処将《テ》行《ケ》。其由者吾輙不能行《ニ》。卿達世界広《ク》見故也。時鴈答云汝所言尤然也。吾往還之道《ニ》有最吉祥之処。所以北峨〻嶮山峙《ソハタチ》南《ハ》平〻広路通《シ》東漫〻滄海不遠西眇〻《タル》長尾聳《ソヒキ》連《レリ》。其北山峡《ノフモトニ》従三里許南《ニ》有方一町之池。山水北《ヨリ》恒《ニ》加海沢東《ヨリ》潜《ク、リ》融《トホレリ》。池《ノ》近辺《ニ》四季《ニ》林《アリ》開花結菓。都《テ》極《タルスキ》嘯物《ノ、》住処《ナリ》、色《イロ》好《ノ》遊《ヒ》地也。亦無《シテ》敵《ノ》恐《リ》也永離《タリ》飢渇《ノ》愁《ヲ》。吾大祖父往還之次《ニ》見《テ》此処讃《テ》云左青竜右白虎後玄武前朱雀相《ヒ》称《ヘル》勝地矣者《ヘリ》。汝実者《ラハ》将行《テム》。而彼《ノ》池《ニシ》無主。時《ニ》亀手《ヲ》摺《スリ》屈《テ》膝《ヲ》云吾《ヲ》君達《チ》早《ク》将《テ》行《ケ》。即鴈語亀云《ク》吾《ハ》飛《テ》行道《ヲ》。汝昆《ハフテ》行道《ヲ》。進退毎事然《リ》。能随《ムヤ》吾等《レカ》言《ニ》哉。亀云《ヌ》不思《ハ》吾《カ》身《ミ》有人。只卿等《カ》不相違《セ》言《ニ》。即鴈云汝一《ノ》木《ニ》咋《クヒ》着《テ》至于彼《ノ》池《ニ》不《サレ》開口《ヲ》。設《ヒ》途中《ニテ》有人雖打《チ》罵《ト》汝努力開《テ》口不答。吾等咋《ヘテ》木《ノ》左右《ノ》端《ヲ》急《ニ》速《ニ》将去《ラム》。時約了《テ》将行《ク》。即過《ル》一《ノ》市之間有数十人《ノ》童子《ラヘ》。見《テ》亀《ヲ》咲《ヒ》罵《ル》。其声甚《タ》喧《ヒスシ》。時《ニ》亀不《シテ》忍罵《リ》返《ス》。仍離《テ》木《ヲ》童子《ラヘノ》中《ニ》落《テ》所《レヌ》打殺也。即以此《ノ》譬誡衆生《ヲ》。亀者衆生也。木者教法也。二鴈者仏与菩薩也。彼池者万徳円満浄土也。此池者娑婆也。市者天界也。童子《ハ》天子外道也。開口者聴聞之庭《ニ》語《シ》善根之砌《ニ》作《ス》離言《ヲ》也。死者永堕悪道也。努力信之。

千猿供帝尺第十一

中天竺舎衛国泰山《ノ》中《ニ》有一《ノ》大樹。其樹《ニ》住千猿。九百九十九猿無鼻。今一猿有鼻。時諸無鼻猿有鼻猿嘲咲無極。常詰云汝是片輪物也。不可交吾等中不令列座。不供養只独愁歎時依猿愁帝釈忽樹下来向。即千猿備種〻之菓奉帝尺。〻〻不受九百九十九供物《ヲ》有鼻之猿所須納受。九百九十九向帝尺云君何故不稟吾等供哉。答云汝等先世依謗法罪未具六根。即無鼻根。此猿依前生功徳具六根。只愚痴疑師故暫《ク》生畜生中。然而速入仏道。汝等是斤輪物也。豈吾受汝等供哉。従此恥忍常観己身根欠欣仏道。即以此譬准衆生《ニ》有懈怠放逸之人《ヲ》謗精進観行之人又如俗家軽出家者、云。

蝸牛《キウ》生忉利天第十二

昔読法花経有寺。即牧牛童寺庭《ニ》来乍立聞法。時以楉《シモトヲ》支《サヽヘテ》 地《ヲ》立也。其枝下有一《ノ》蝸牛。当杖端死也。法庭死故生忉利天以天眼知牧童之恩。因之牧富貴忽《ニ》身《ニ》感《シテ》 永免人奴役《ヲ》現世得長者之名《ヲ》後生得天上果報也。

猿退《ハテ》嘲《ケル》 海底《ノ》菓《ヲ》第十三

昔海辺山有一獮猴。喰木実。即海底有二亀。夫婦也。婦云吾懐汝子。而有《テ》腹病難産。汝吾食吉薬平存身《ヲ》生汝子。時夫云何薬可用。答云吾聞猿肝是腹病第一薬也。吾欲得之。時夫至海岸近彼猿辺。時亀問云汝住此足万物哉。猿云一生乏也。亀云吾住近辺《ニ》四季《ニ》菓不絶有広林。去来汝《ヲ》将行《テ》令飽《カ》。時猿吟往《ヲ》。亀云乗吾背。将行。即猿乗亀背入水至海底。亀語猿云汝聞。吾妻《カ》任者也。而有腹病。仍取汝《カ》肝薬《ニ》為矣。敢《テ》海底《ニ》無菓也。即猿答云汝甚口惜哉。有隔心。不聞不見。吾等《カ》党《ハ》従本身中無肝。只傍《ノ》木《ニ》所懸置也。若於《テ》彼然《カ》言《カハ》 或吾肝及他肝取与乎。時亀喜而言汝是実者也。吾俱返《ラム》。令得其肝。時亀背乗《テ》如本返山登高木向下《サマニ》 見云《ク》吾無墓。海中有菓。亀無墓。離身有肝哉。此譬即亀者提婆達多。猿者尺迦如来。昔提婆達多奉失仏。然而仏方便勝故遂勝《テ》為一切衆生成正覚説法度衆生者也。又外典云抱朴子云五百年猿化為老人《ト》、云。

金翅鳥訴《ハフ》子《ノ》難《ヲ》第十四

須弥山高十六万由旬也。従水際上八万由旬従水際下八万由旬也。其従水際上四万由旬之間金翅鳥片岫《ニ》咋巣生置子友。則有阿修羅王云者。住処《ハ》二也。則海畔海底《ナリ》。時其海畔者須弥山《ノ》峡《フモト》 大海之涯《キシ》也。仍常動山振落鳥子食。尓時金翅鳥往詣仏所《ニ》白言為海畔阿修羅王吾子所食。更無為方。如何免之哉。仏言汝等世間有修卅九日之処其僧供取施食之飯置山角。然者可免此難也。時返《テ》取其飯置山角。即阿修羅発力雖振敢山不動。不山動故鳥子不落平長。是以知卌九日之施尤重。無所作不可食用。努力。妙薬云諸施中《ノ》此施貴故不動也文。

師子《ノ》身中《ノ》虫《ハ》自食師子《ヲ》第十五

蓮花結経云師子是一切禽獣《ノ》王也。仍死時敢他禽獣不食之。即身中肉爛臭成虫食其死身。今以此譬有法師唯嫉《ミ》謗《ルニ》法師。ゝゝ是仏親弟子故一切物王也。大智外道《スラ》尚不等。況余類乎。所以或経云瞻蔔花雖萎猶勝於余花。破戒《ノ》諸《ノ》比丘猶勝諸外道文。然一切何者壊仏法。但法師謗法師是正壊仏法也。

竜王《ハ》吟鳥難《ヲ》第十六

竜王有海底必有金翅鳥畏。又竜王在阿耨達池。此池無鳥難。即海底《ハ》報《トシテ》而其子為金翅鳥《ノ》所食。竜王白仏言何免此難《ヲ》。尓時告云取袈裟《ノ》一《ノ》角《ヲ》甲《ケ》置《カノ》汝子上《ニ》。時如仏説《ノ》置之。後金翅鳥以二《ノ》羽扇《ホイテ》乾大海《ヲ》求《ルニ》竜《ノ》子《ヲ》不見。即空《ク》返《ル》。此鳥又名迦楼羅。此鳥両羽《ノ》広三百卌六万里也。有神力。雄《リハ》化為天子雌《トリハ》化為天女《ト》。住処《ハ》有宝宮《ニ》。亦有百味。然《トモ》而報《トシテ》須《シ》食《スヲ》竜。寿《ハ》八千才也。竜得《レハ》此骨《ナル》為王也。如上《ノ》文《ノ》見《テハ》着《ラム》袈裟《ヲ》僧《ヲ》設《ヒ》雖破戒敬《ト》之如《シテ》仏敢不軽《レ》罵《セ》。況不可打淩也。

餓鬼食十子第十七

倶舎論云我夜生五子。随生皆自食。昼生五亦然。雖尽而□。餓鬼有《ニ》九種。此《ハ》食人《ヲ》鬼也。哀哉。一切之哀憐《ハ》無勝《ルハ》祖□之愛《ニ》。生ゝ之契《リ》世ゝ之昵也。二親之中悲《コト》子母尤勝也。而此餓鬼為飢渇所逼又依前報《ニ》食生子《ヲ》。時夜五人昼五人合十人子也。一ゝ生得返一ゝ食之《ヲ》猶心不足。此有《ニ》二報。一昔貧故他人売《テヲ》子成《テト》奴吾生活《シカ》故得此報。二僧供之未供初味取《テ》而用故得《ニ》此報《ヲ》。

蛭《ヒルノキ》牙歯《ニ》求仏舎利第十八

金光明最勝王経云以蛭《ノ》牙歯《ヲ》作大橋至梵天《ニ》為通路人天従此上下。此時求仏舎利文。是以知仏身《ハ》本自無生無滅。今双樹《ノ》滅《ハ》非真実。但為我愚《レ》闇《ノ》衆生仮現此相。若吾等勤行《セ》者可得此《ノ》仏身《ヲ》也。

鶚《ミサコノ》獵《レウヲ》譬《フ》仏菩薩《ノ》利生《ニ》第十九

鶚欲取魚之時至河水上翥《ハウテ》遊廻《ヒル》。其影在水《ノ》底。□之挙《ヲソテ》浮《フ》上《ニ》。即視底《ヲ》不知上《ナル》鳥《ヲ》。時浮《ヒ》上《ニ》水際《ニ》甚浅《シ》。於此疾《ク》落《テ》取《テ》浮魚《ヲ》至陸《ニ》。即以此喩《ヲ》准仏菩薩《ノ》利益《スルニ》一切衆生《ヲ》。所以魚者《トハ》一切衆生也河者三界也鵜者仏也水《ノ》底影者菩薩也。仏居涅槃之陸《ニ》菩薩入生死之底《ニ》漸観《テ》令上生。即至人道《ノ》水陸《ニ》時《ニ》本仏発方便之力導之置涅槃之岸者也。

獮猴取水《ノ》底《ノ》月《ヲ》第二十

深淵《ノ》辺《ニ》有大樹。住五百獮猴。即宿之間以夜中《ヲ》見水底《ノ》月《ヲ》。各相語云汝等照天下《ヲ》月落入淵底為《ニ》之《ヲ》如何。相議云先一《ハ》捕此木《ノ》下枝《ヲ》次連〻《テ》至《テ》水底取出月。議了《テ》展転相連之間五百已列《シテ》甚重《カ》故《ニ》枝折《テ》而深淵死《シヌ》也。以此喩衆生愚痴《シテ》迷《ヒ》深《カ》□疑《テ》説法《ノ》師《ヲ》生謗《ヲ》堕《ツ》悪道《ニ》。努力勿謗師。

黄牛《ハ》生長者第二十一

昔有人為善根従経蔵運大般若《ヲ》令転読。即傍《ノ》家《ノ》黄牛負大般若家《ニ》持来《テ》転読已了《テ》又負件大牛送《クル》本《ノ》経蔵《ニ》。返経七日牛死。即生四天王天。〻寿尽人間生大長者。所謂須達是也。為三世仏旦越富貴世〻不絶者也。

野原鶴《ハ》生忉利天《ニ》第廿二

野中生子有鶴。野火四面《ヨリ》燃《エ》来《ル》。則弘《ケテ》二羽《ヲ》覆子《ノ》上《ニ》不立為火《ノ》所焼。悲子死故生忉利天。〻寿尽之後得羅漢果《ヲ》不堕悪道。却為一人須臾之間発慈悲之果報敢以不可量。聞之人為人必可致情者也。

林間鹿継《ツク》釈種《ヲ》第廿三

一《ノ》鹿林《ノ》間《ニ》生子《ヲ》。即獦師来《テ》駈《ル》鹿《ヲ》。驚《キ》起《テ》逃《ケ》走《ル》。先身《ニ》中《ル》□《ノ》矢。即猶惜《ム》子心深《ク》満《テ》胸《ニ》又返《テ》向《フ》獦師《ノ》鏑《ヤサキニ》。至林《ノ》中《ニ》遂《ニ》□辺《ニ》其命死《シヌ》。此慈悲《ノ》故尺迦与授記《ヲ》名慈氏。当来弥勒如来是也。末代《ノ》武者雖畜類悲子於《テハ》者弥可生慈《ヲ》。努力任意不可殺害者也。

蝙蝠成霊鳥第廿四

昔人不至山寺有老鼠住寺《ニ》。日暮即至前《ノ》谷混《ヌラシテ》羽《ヲ》来《テ》飛《ヒ》廻《ルニ》金色《ノ》面像《ヲ》古仏色身漸〻所研也。後《ノ》時《ニ》衆人来《テ》奉見金色仏面《ヲ》発道心《ヲ》合掌礼拝《ス》。即此《ノ》報感《ス》即身《ニ》。成鷲《ト》自在《ニ》飛行《シテ》食物《ヲ》不乏。無諸鳥之怖。遂《ニ》生天中《ニ》受快楽《ヲ》。因之不《トモ》造金色《ノ》仏《ヲ》〻加荘厳《ヲ》果報殊勝也。

石中蛇《ハ》現仏身説法第廿五

昔舎衛国有一長者。名曰利陀南。造伽藍一院置書写金泥《ノ》大般若経一部六百巻。其寺別当法師貪欲深盗大般若売他国《ノ》臣《ニ》用其直福栄忽在。時生界有限長者死法師死。即長者又生其国王法師受蛇身方面五尺石《ノ》中《ニ》生《タリ》。難得進退。而其石其国《ノ》沈《メリ》大海《ノ》湊《ミナトニ》。経時節千歳許歟。此大王名波斯匿王。時〻奉書写大般若在願。然而未至其日。即大王至海辺召網人引大網。時彼湊《ニ》石懸網所《リ》引《キ》上《ケ》。見之石面平《テ》如掌。勅云後取此石《ヲ》打大般若経料紙《ヲ》。日暮返《テ》経数月始経《ノ》事《ヲ》。引此石《ヲ》日〻打経料紙。六百巻《ノ》料紙打了《ル》日従石中破《カレテ》金色三尺仏像出現《テ》放光照王宮。即大王后妃後宮采女合掌礼拝《ス》。時仏為説本因縁。吾《ハ》汝《カ》前世《ニ》建立《セシ》伽藍《ノ》別当也。盗大般若売用《セシ》貪欲《ノ》故《ニ》受蛇身蔵《クレタリ》石《ノ》中《ニ》。今日依大般若力転身成仏。譬如汝与吾生〻縁深《ク》在〻為師《リ》旦。依経《ニ》作蛇依経現仏身。譬如人倒地又抑地起《カ》。仍大般若経必今生一度耳《ヒニ》可奉《ヘキ》聞《ル》者也。

飛鳥係網一目第廿六

有人張鳥網待鳥。即鳥来而只懸一目。即網目非一目在《ニリ》多《ノ》目鳥所得也。行人勤修仏法如網目。達一菩提不可期仏道。必有偏習之過。彼網但以一目如不可得鳥。又諸行之中心停《シ》一行為正道以諸行為助道。譬如網在多目得鳥。雖行多従一道成仏。従一道究竟《コトハ》菩提諸行《ノ》力也。

五通《ノ》比丘《ハ》聞禽獣《ノ》辛苦《ヲ》第廿七

往昔久遠無数世時有五通比丘。五通者一神境通二天眼通三天耳通四他心通五宿命通。此比丘名曰精進力《ト》。在山中樹下《ニ》寂求道。時有四禽獣。依附《シテ》左右《ニ》常得安隠。一者鴿二者烏三毒蛇四鹿也。此四獣各相語《テ》云世間之苦何者為重。各答云。烏云吾飢渇《ノ》苦為第一。鴿云吾婬欲苦為第一。毒蛇云吾嗔恚苦為第一。鹿云吾驚怖苦為第一。是以知一切生類言語音声皆無不苦也。得道之日皆開悟之。凡夫時等迷無開悟。

古塚《ツカノ》狐《ハ》迷人心《ヲ》第廿八

外典云古塚《ニ》有狐。妖《エウシテ》且老《タリ》。化《テ》為夫人《ト》。顔色好《シ》。頭変雲《ハス》鬢《ニ》。面変粧《ニ》。大尾《ハ》曳《テ》作《シテ》長《キ》紅《ノモト》裳徐《ヤク》行《テ》傍《ノ》荒林《ノ》路《ニ》日欲《スル》没《ナムト》時《ニ》静《ナル》処《ニシテ》或歌《ハ》歎悲啼《ス》。翠眉不挙《ミアケ》花顔低《タレテ》忽然《トシテ》一笑《ヒニノ》万態見者十人《カ》八九迷仮色《ノニ》。実色迷人《ノハ》応過《タル》此文。仍耽色者依仮実二色。生〻世〻無證《登イ》処。穴賢《タフロイテ》狂不可湎《ヲモネル》者也。

巨鼇《キヨカウ》負《ヘリ》蓬萊《ヲ》第廿九

外典云東南海中《ニ》有大亀。名《ハ》如上。其背《カハ》常波洗《フ》。何《ル》塵積《ム》哉。而現《ニ》背《ノ》上《ニ》負《リ》蓬萊山《ノ》高八万里《ルヲ》。其山《ノ》上《ニ》多不死《ノ》薬。若人採《テ》之服《ツレハ》羽化《シテ》成仙《ト》。〻寿長楽厚《シ》文。於此〻《ノ》山《ノ》論有無《ヲ》。実《ニ》有者《トイハヽ》童男臥女遂不見。若実無者浦嶋子到蓬萊《ノ》仙宮《ニ》娶《トツキス》蘭閨《ケイニ》。漢皇《ノ》方士見貴妃《カ》素貞《ヲ》。是知仙与不仙之間《ニ》有山《ノ》有無。二疑不可執。

胡馬《ハ》嘶《ハユ》北風第卅

外典云漢海人通《テ》胡国《ニ》貨易《ス》。即彼《ノ》胡《ノ》馬子《ヲ》盗入旅籠《ニ》漢朝《ニ》将来。依有《ルニ》後《ノ》恐献漢皇《ニ》。時御禹預臣《ニ》令飼之。至三才未鳴。王奇《ム》。即時厩《ヲ》出令《ルニ》食庭千盤《チタヒ》廻《テ》向北風《ニ》而嘶《ハエ》跳《アセル》。王臣共《ニ》悦《テ》而云此馬何故常向北風《ニ》嘶《ル》耶。臣奏云恋己《カ》生土《ヲ》有心。得生国《ノ》方《ノ》吹《セヲ》始《テ》嘶《ル》也。是吾《カ》方《ノ》風《ノ》芳《キナリ》也。況人倫尤可懐土。之心誰《カ》嶋子燕舟《エンタン》可《ケム》談哉。又畜生尚有此心。為《ムモノ》人不可忘生土者也。故書云着《ハ》錦《ノ》袴《ヲ》可返故郷。雖着錦《ノ》衾《ヲ》不留故郷《ニ》、云。

五鸞蒔《ク》穀《ヲ》第卅一

昔天下成炎帝《ノ》時《ニ》政《コト》質《ホニシテ》人厚《アリ》。但仁《シテ》而無偏頗。其時三春之終《ニ》五羽紫鸞帝《ノ》庭《ニ》来《リ》。一《ハ》口《ニ》咋《クヒ》籾《ヲ》一咋《ヒ》泥一鳴云遅〻蒔《ハイ》殖《シヨクト》。一入《テ》水滋《ヌラシテ》羽《ヲ》洽《ソヽク》泥《ニ》。一踏混《フミヒタヽク》其泥《ニ》。此五羽鳥常《ニ》守《テ》此処《ヲ》至秋時《ニ》。即件《ノ》籾長《シテ》生茎一本枝千也。米一粒長四寸八分輪三寸也。皮長五寸四分輪三寸二分。以其稲皮為小仏之葩《ハナヒラト》。一穂在三百余粒。或不足結《ユフニ》之以一茎穂積《ムニ》車一両《ニ》而太《タ》重《シ》。

蝗虫遷《ウツル》海第卅二

大宗貞観録云此虫似蚕《ニ》其首赤《シ》。政不直下乱《タル》故此虫雨千里之間《ニ》食其苗空赤土《ツチノミアリ》。始自両河及三輔《ニ》終不見青苗《ヲ》。即河南《ノ》長吏言以万民捕《ヒロハム》此虫。賞《セムニ》之《ヲ》給粟一斗銭三百。爰一虫雖死《ト》百虫来《ル》。蠢〻《トシテ》増。則有良吏。官〻有《ニ》吉務《キマツリコト》。作田一収《ニ》不過三年代《ニ》。巷佰《ニ》造《リ》楼《ヲ》置《ク》浪食《ヲ》。問老訪《ヲ》産給《フ》食。止刑《ヲ》赦《ユルス》犯《ヲ》。因之蝗虫挙《コソテ》聞《テ》未《ノ》時《ノ》宣《ヲ》酉《ノ》時《ニ》移《ル》海《ニ》。前苗一本《ハ》返成千本《ト》。尤興福者也。

狐《ハ》仮虎威第卅三

摂寿経云乃往過去宝幢仏《ノ》時有国。名出婆国。有山名祐咤山《ト》。其山《ニ》有一狐名地徳《ト》。仮《テ》虎《ノ》威《ヲ》一切《ノ》禽獣《ヲ》令怖畏。時《ニ》彼《ノ》山《ニ》住一《ノ》虎。漸聞此《ノ》事《ヲ》到狐《ノ》所《ニ》責云。即狐係天地《ノ》神《ノ》誓《ヲ》云。求方《テ》計《ヲ》走《リ》□不意《ニ》落入一穴井《ニ》可昇無方。即於水底乍伏観世間《ノ》不《コトヲ》平発菩提心。昔薩埵王子《ハ》身施虎成道。我又必尓《ム》矣。尓時大地六種震動。乃帝尺宮并六欲天一〻動。即文殊与帝尺化仙人《ノ》形至《テ》彼穴井《ノ》本問云汝作何観行。時狐云若欲知此事先我《ヲ》引上。其後可云。時引上之早説《ト》責《ム》。狐不《テ》説欲逃《フト》。仍仙人成降魔相以釼鉾責《ム》之《ヲ》。即説上事。今仙人以慈悲授記云汝命終後尺迦世成菩薩得二名。一云大弁才天二名堅牢地神。□八万四千鬼神為士卒一切衆生与《ヘ》福。授記了《テ》忽隠《ヌ》。尓時仙人文殊是也。狐者堅牢地神是也。此菩薩高千丈九億四千鬼神以為伴。有八手。二手《ハ》合掌六手印鎰《ト》鎌《ト》鍬《ト》鉏《トナリ》等持。一切衆生《ニ》五穀《ヲ》作《テ》与《フル》者也。仍一《ノ》念菩提心不可思議也。

烏《ハ》知返哺《ホノ》恩《ヲ》第卅四

書云母烏其子《ヲ》養《フ》。四方《ニ》飛行《シテ》求餌《ヲ》而令食之《ヲ》。則母漸《ク》年老羽弱觜《クチハシウツケテ》虚　不能飛食《スルニ》。時《ニ》若子知恩竭《ツクシテ》力《ヲ》飛来《テ》取食物《ヲ》賷《モテ》来《テ》養《フ》老祖《ヲ》。況於人《ニ》乎。祖子之間無遠居可孝祖《ニ》也。奴力〻〻。

鯨《クチラ》撃《ウテ》蒲《フ》牢《ラウヲ》応鍾《ノ》響《ニ》卅五

文選云花鍾注曰海中有大魚名鯨《ト》。海辺又有獣名蒲牢《ト》。〻〻素《ハモトヨリ》畏鯨鯢。〻〻撃《ハ》蒲牢。〻〻大《キニナキホユルニ》鳴吼　如鍾。〻《ノ》鳴《ル》音似《タリ》蒲牢《ニ》。以鯨為《ヲ》撞《ハチト》以蒲牢《ヲ》為鍾《ト》。千万《ノ》鍾《ノ》響《ハ》是蒲牢也。

四鳥別涙洽《ハソヽク》山海《ニ》第卅六

書云完《クワン》山之鳥生四羽子《ノ》焉《ヲ》。翼已成《ニテ》将《ス》各分飛《レムト》。其子友《モ》四海《ニメクリカケテ》佪翔　不能去《コト》。甚悽《イタミアハレフ》愴　也。其《ノ》母哀《レヒテ》鳴各送《ル》子《ヲ》。〻《ノ》涙《タ》添《フ》海《ニ》。母《ノ》鳴《キ》盈《チヌ》山《ニ》。鳥類《スラ》尚惜吟《ミク》祖子之別《ヲ》。況人尤親族《ヲ》勿嫉《ソネムコト》。奴力〻〻。

有《テ》一《ノ》蛇頭《ト》与尾論《ス》第卅七

雑譬喩経云昔有蛇。頭尾自《ツラフ》諍。頭語《テ》尾《ニ》言《ク》我当為大。尾語頭云我当為大。頭云我有耳能聴。有目能見。有口能食。行時在前。故我可為大。汝無此《ノ》術。云何為大。尾曰我令汝去故《ニ》得去。若我不去以身繞《コト》木《ヲ》三帀三日不已《テ》不得求食飢《テヲヨハムニ》垂　死。仍頭語尾《ニ》曰汝放我。聴《ユルシテ》汝為大。尾聞《テ》其《ノ》言《ヲ》放《ツ》之。頭云汝既為《ヌ》大《ト》。任意《ニ》行《ケ》前。時尾行未幾之間堕深坑死也。以此喩衆生無智《ニシテ》而習《テ》己理《ヲ》達《テ》非道《ヲ》発我慢《ヲ》喩堕《ルニ》三途八難之苦《ニ》也。因之随智者勿慢云、。

庚申《ノ》夜制眠《ヲ》第卅八

抱朴子曰《ク》人《ノ》身《ノ》中《ニ》有三尸《ノムシ》。是魂《コン》霊鬼神之属也。使人早死。此尸得作鬼。是以到庚申日輒《ク》上《テ》天白司命令記人間《ノ》過□。大清経云庚申之夜正向午再拝《シテ》呪曰《ク》彭侯子常遊□児子。如此唱《ルカ》故《ニ》其悦《テ》払難《ヲ》与福《ヲ》文。況人其夜不《ハ》眠天無記過失《ヲ》。故至于鶏鳴《ニ》慎《ツヽシムテ》勿眠《コト》。

雌鵠養七子第卅九

玉扁云此鳥《ノ》七子《ヲ》将《テ》来《テ》居《テ》桑枝《ニ》次第《ニ》養之。旦《ハ》従上下様《シモサマニ》与《フ》餌《ヲ》。暮《ハ》従下上様《ニ》与之。是存《シテ》平均之心《ヲ》所養也。雖畜生《ト》於子生此《ノ》思《ヲ》。況人《ヲ》乎。若子友信此事《ヲ》忽諸恩《ヲ》天地嚬《クチヒソムテ》奪《ヒ》福《ヲ》促《ツヽムル》命《ヲ》也。

穆王《ハ》逸《ヲコル》八駿《ノ》天駒《コマ》第四十

楽府云刺《サシテ》八駿《ノ》図《ヲ》戒《シム》奇物《ヲ》。懲《コラス》逸遊《ヲ》。件《ノ》天馬《ハ》背《ハ》如竜《ノ》頭《ハ》如鳥《ノ》。骨竦《ソハタチ》筋《チ》高《ク》脂肉少《シ》。日《ニ》行万里《ヲ》速《キコト》如飛《シカ》。穆王独乗《リテ》之《ニ》四荒八遊《ス》。其時依此《ノ》遊《ヒニ》世乱《レ》政差《タカフ》。為愁《ト》多ゝ《ナリ》。則後孫《ノ》君□愛之写《シテ》為図《リト》。仍永《ク》刺《サシテ》之後代《ニ》有《ラハ》奇物勿《レ》躭媔《スルコト》之。乱《ル》世□物是也。雖疾《シト》未《タ》《ス》免《レ》死涯《ヲ》。豈愛之《ヲ》乎。

鳳凰有仁智第四十一

此鳥南方之鳥《ナリ》。雄《ヲハ》曰鳳《ト》雌《ヲハ》曰凰《ト》。山海経云桂山《ニ》有五采《ノ》鳥三。一者名皇二者名鸞《ラント》三者名鳳皇《ト》。具三百六十《ノ》鳳皇《ヲ》也。其身《ニ》有五《ノ》文。首《ノ》文曰礼《ト》翼《ノ》文《ハ》曰仁背《ノ》文曰義《ト》腹文曰信《ト》左右《ノ》文《ハ》曰智《ト》。其状如鶴《シノ》。鶏冠《ノトサカ》鷰《メノクチハシ》喙蛇《ノ》頭魚《ノ》尾亀背《ナリ》。其翼若算《シノ》。其声如簫《セウノ》。雄《ハ》鳴節ゝ《ト》雌《ハ》鳴足ゝ《ト》。夜《ハ》鳴善哉《ト》晨《ニハ》鳴賀世《ト》昏《ハ》鳴国常《ト》昼鳴保長《ト》。食《スルニ》有節《トキ》。飲《ニ》有義。不喙《ツイハマス》生虫《ヲ》。不折生枝《ヲ》。是菩薩化身也。仍不来《ラ》小土《ニ》。悪国《ニ》不遊《ハ》也。

老鶏告《ツク》暁《ヲ》第四十二

書云仲尼《カ》問録《ニ》曰東涯《カイ》際有三《ノ》石山。無寸分《ノ》草木純石也。□山《ハ》高。辺即窪也。其高石《ノ》山《ノ》上万年老身之鶏一羽住《ス》。即□輪従西北廻返東《ニ》。於其《ノ》丑寅《ノ》角《ニ》先在光。次正輪出来《ル》。其《ノ》鳥見之鳴。南天下諸《ノ》鶏聞彼《ノ》声《ヲ》共《ニ》鳴也。

烏得蚌《クリヲ》垂《ル》涙《ヲ》第四十三

律云昔飢世万生餓死《ス》。尓時有一《ノ》烏。至大海浦《ノウラニ》得一《ノ》蚌《ヲ》蛤。

欲《ルニ》食《ムトヲ》之更堅《シテ》不得其《ノ》内《ノ》身経《ヲ》時節《ヲ》。然《シテ》後《ニ》垂涙《ヲ》。即尺迦観《テ》之発《シテ》慈心訓《ヲ》云《テ》汝咋蚌高《ク》上《テ》落《セト》巌上《ニ》。時《ニ》飛《トヒ》上《テ》落之《ヲ》即破已了。後《ニ》食其《ノ》身《ヲ》。尺迦依此《ノ》報五百生得蚌《ノ》身《ヲ》者《レハ》菩薩尚不免《マハ》分段《ノ》報《ヲ》。仍奴力勿殺生云、。

烏交通《シテ》雉《ニ》使《シム》生《セ》子《ヲ》四十四

僧祇律云昔有烏。合《キ》一《ノ》雉《ニ》。交通《シテ》令《ム》生子《ヲ》。即其《ノ》子如烏《ノ》。発声非雉《ニ》非烏《ニ》。若欲《レハ》鳴母《トノ》音《ヲ》其《ノ》父烏也。若欲鳴父《トノ》音《ヲ》其母□也。二倶《ニ》兼而欲鳴未曾尓。以此子《ヲ》喩《トフ》法師《ノ》在家《ナル》即非出□非在家《ニ》義《ニ》。欲《レハ》云在家《ト》其体法師也。欲云出家其行在家□。

麒麟《ノ》声《ハ》和呂律《ニ》第四十五

書云仁獣《アリ》。牡《ヲウトヲハ》曰某牝《トメヲハ》曰粦《ト》。具三百六十《ノ》某粦《ヲ》。鹿身《ノミ》羊《ノ》頭《ラ》牛《ノ》尾《ナリ》。首《ニ》有一角。本狭《ハセハクシテ》末広《ハシ》。狼《ノ》頭馬《ノヒツメナリ》蹄。身《ニ》有五采。腹《ノ》下《ハ》黄《ニ》白《シ》。質《スカタ》黒《シテ》高一丈二尺音中《ノ》律《ニ》呂《アリ》。歩中《ノ》規《ニノリアリ》矩《アコエ》。択《テ》土《ヲ》而践《フム》。不郡居《セ》。不践生《イキ》虫《ヲ》不折生《キ》草《ヲ》。牡《トハ》鳴遊聖牝《ハ》鳴婦和《ト》。動静《ニ》則有義。怒《イカリ》闘《タヽカヘハ》則日月蝕《ス》也。

正月七日青馬節第四十六

書云以白馬号青馬。〻性属陽《ニ》本体為白《ト》。〻竜在天白馬在地。若人初年見白馬則年中邪気疾疫除失。昔乗白馬行奥山有人。五百虎瞋《リ》来《テ》則見白馬閉口早去也。

亀負八封《卦イ》図第四十七

書云昔伏羲子王臨河《ニ》釣《ル》魚《ヲ》。即得《タリ》一亀。背上有文。是八封《卦イ》也。変成《ス》六十四《ノ》封体。以之為模《ト》。尋五姓《ノ》吉凶《ヲ》一毫《モ》不謬《ラ》。或経云普賢菩薩自誓云我作大亀背《ニ》負五姓《ノ》吉凶《ヲ》現於世《ニ》為恒規《ノリト》者。仍可信八封《卦イ》也。

野干両舌自死第四十八

四分律云昔有二《ノ》悪獣為伴《リ》。一名善牙師子。二名善博虎《ト》。昼夜伺捕《ヒヘテ》衆鹿《ノヲ》食之。時《ニ》一《ノ》野干随従之食《ニ》其《ノ》残《ヲ》完以活命《ヲ》。彼野干心中《ニ》思様《ハ》以何方便《ヲ》失二獣《ヲ》我足《レアクマテ》食《ム》。時《ニ》野干作中言《ヲ》先《ツ》至善牙師子所告云善博虎《ハ》有卿《キミヲ》賤《シムコト》。即言《ク》形色及所生大力而復勝。善牙不能。善博如是説《イヘリ》。善牙師子問野干云以何事得知実哉。答云共会一処《ニ》可見也。又至善□虎所《ニ》告善牙師子為卿《カ》有放言。即言形色及所生大□而復勝。善博不能。善牙如是説。善博問云以何得知実哉。答云一処至合見之。時二獣来合《テ》嗔《シテ》眼《ヲ》相見《テ》欲至害《ニ》。即善牙師子作是《ノ》念《ヲ》先問実否《ヲ》愚《ニ》不可乱。仍説云形色及所生大力而復勝。善牙不如我。善博説是耶。時虎答云善博不説是。形色及所生大力而復勝。善牙不能善牙。仍二獣知野干《ノ》中言殺之。知《ヌ》中言《ハ》口《ノ》殃《ハヒ》身《ヲ》損《スル》怨也。

鹿悲子導《ク》獦師《ヲ》第四十九

有論云昔二《ノ》獦師追一《ノ》鹿《ヲ》。ゝ有小子。時一人見有子《ト》一人未見之。又一人家《ハ》有幼子一人家有老母。即鹿中矢挙音而泣《テ》死《ス》。其時持子之獦師《カ》耳《ニハ》聞我子《ヨト》泣《ト》。持母獦師《ノ》耳《ニハ》聞阿良夜ゝ《ト》泣《ト》。仍乍二依音発道心入仙洞《ニ》不返家。成仏道観〔以下欠〕

〔失題〕

〔上欠く〕□水豹来《レハ》如故縮。因之遂免其難《ヲ》至海《ニ》得自在《ヲ》。若□衆生守《テ》六根《ヲ》無所犯者悪魔不得障㝵《ヲ》遂《ニ》捨《テ、》而去《ヌ》。仍其衆生離転廻之郷破魔軍之陣《ヲ》至薩婆若海《ニ》自行化他尤通達《セリ》。故知若人能於六根《ニ》有《レハ》悔過必二世安隠《シテ》而為魔縁不敗壊《セ》者也。

可秘蔵ゝゝゝ

伝領大法師盛守

仁平二年八月一日於光明山北谷書了

付録

源為憲雑感

大曾根章介

一

源順が醍醐天皇の皇女勤子内親王の命によって『倭名類聚鈔』を撰述したのは、承平年間(九三一―九三八)彼が二十代のことである。それには内親王の母近江更衣源周子が彼の一族であり、彼の母が内親王に近侍していたことが契機であったろうが、順によって始めて簡便で実用的な和語の字書が編纂されたのである。本書の序文によると、漢語抄や流俗人の説は先ず本文(中国の出典)に挙げて訓釈を施し、本文が未詳の時は直接に『弁色立成』や『楊氏漢語抄』等を出典とし、それに用いてある仮名を付し、梵語もこれに倣《なら》った。また誤謬と分りながら世間で広く用いられているものは「今案」を加えて、故老の説を明らめ閭巷の談を述べたとある。要するに俗に近く事に便にして、忘れた時に常に掌を指すように明白にするのが目的であった。古人の言に、「街談巷説、猶有レ可レ採」といい、自分もそれを捨てないが、ここに引用したものはすべて「前経旧史、倭漢之書」から出ていると述べている。街談巷説は取るに足らぬものであるが、天子が閭巷の風俗を知って経世に役立てるのに必要であり、その採集のために稗官が置かれたと中国の史書に書かれている。ここでは童幼の教育啓蒙のために街談巷説も一概に捨てることができないというのであろう。源順は童幼の啓蒙のために大きな功績を残しており、『倭名抄』の外にも『新撰詩髄脳』を書いている(『作文大体』)。

彼は橘在列の門人で紀伝道に学んだが、父母に死別し兄弟に離別して援助者もなく、学業も中々功を現わさなかった。天暦五年(九五一)に和歌所の寄人に召され、『万葉集』の訓読と『後撰集』の撰進に当ったことは彼にとって大きな名誉であったが、それも彼の栄達とは余り関係がなかった。彼が文章生になったのは四十三歳の時である。その翌年に書かれた「沙門敬《きよう》公集序」は、不遇な生涯を終えた先師在列の才能を讃えた内容を持つが、それは取りも直さず我身の境遇を顧みての悲痛な訴えではなかったろうか。天徳三年(九五九)八月の闘詩会に彼は翰林の棟梁であった大江維時、菅原文時・橘直幹とともに作者に選ばれる栄誉に浴し、これによって文壇に大きな地歩を占めることが出来たのであるが、その後の彼の生き方を辿って見ると、それも立身出世とは繋りを持たない。彼が庇護を求めた源高明の失脚が不遇の大きな原因であろうが、所詮彼は紀伝道の傍流に過ぎなかったことによる。彼は大業《たいごう》を遂げることができず、生涯を地方官で終えている。天延四年(九七六)淡路守を求めた奏状には、以前の和泉守としての受領の功十二箇条(具体的には不明だが)をもって補せられんことを願っており、天元三年(九八〇)に国守を求めた奏状には、和泉守としての功労十二箇条を散位の労十一年をもって申請している。その中で彼は延喜、天暦二朝の故実により、国司は旧吏と功労の次第と成業不成業の別を勘案して任命されるものであるといい、自分はこの三事を兼ねていると述べている。そこには学者の申文に強調する儒労はない。彼等が誇示するのは儒官としての経歴、皇子皇女の御名の撰進、年号の勘進、天皇の命による詔勅や願文等の執筆、天子の侍読、子弟の教育と省試や対策の試判等である。同じく紀伝道に学んでも、学者と文人では全く生き方を異にしている。両者は共に詩文の道に携って文場で席を並べまた官職位階を申請している。しかし『本朝文粋』を繙けば分かる様に、摂関の辞表や皇親の願文、諷誦文はすべて文章博士が執筆しているし、詩序にしても内宴や重陽宴などの公的な作文の文章は文人に委嘱されることがない。『枕草子』八十八段に「博士の才あるは、いとめでたしといふもおろかなり。(中略)願文・表・ものの序など作りいだしてほめらるるもいとめでたし」とあり、二百十一段にも「書は文集・文選(中略)願文・表・博士の申文」と見えるが、これは公的な文章が世間の鑑賞享受の対象になっていたことを示しており、その文章も対句の巧拙によって評価されたことは多くの文話によって知られる。従って大業を遂げざる者がその文才を認められるには、作文の詩や奏状の文章の秀句によって人々を感動させ、世間の賞讃を得るより外に道はなかったのである。その様に考えると、順にとって『倭名抄』の作成が貴族や文人の間で注目を浴び高評を博したとは認め難い。実際問題として、彼は生涯この著作について言及していない。また依頼する方も、彼が鴻儒でなく学生の身分であったことは好都合であったと思われる。彼が世人に評価されたのは「河原院賦」や「沙門敬公集序」を始めとする文章や詩によるものであったと考えられる。初等教科書の著述はまだ鴻儒の仕事ではなかったのである。こうした彼の生き方をそのまま継承しているのが、弟子の源為憲であった。

二

源為憲は光孝源氏の筑前守忠幹の子で、若くして源順に学んだ。『江談抄』巻五に順は家集を兄弟子の橘正通に与えずに為憲に遺したと記しているが、師から嘱望信頼されていたのであろう。彼は文章生を経て遠江・美濃・伊賀等の守に任ぜられており、地方官として生涯を終えた点は師と同じである。学生時代のことだが、彼は応和三年(九六三)の『善秀才宅詩合』に出席している。この時参加した者の中には慶滋保胤・橘倚平・藤原有国等がいる。その翌年の康保元年(九六四)に、保胤の主唱によって始めて勧学会が行なわれたが、彼等がその参加者であったことは注目される。為憲は『三宝絵』の中で詳細に勧学会の内容を伝え、「娑婆世界はこゑ仏事をなしければ、僧の妙なる偈頌をとなへ、俗のたふとき詩句を誦するをきくに、心おのづからうごきて、なみだ袖をうるほす」と他に見られない主観的感想を洩らしており、また『江談抄』巻六において紀斉名作の「勧学会序」にある「不独記東山勧学会、有風煙泉石之地」の句を非難しているのが、勧学会における風流韻事を否定する彼の姿勢を表わしたものと解されることから、彼も勧学会の会衆の一員と見做されている[1]。学生時代から保胤と親交があったことは、彼の著作の享受影響を考える上で軽視できぬものがある。保胤の『日本往生極楽記』にある空也の伝は、為憲の『空也誄』を本にして書かれたことが知られる。『空也誄』は少なくとも空也が入滅した天禄三年(九七二)九月から一周忌までの間に書かれたものと思われる。序文と四字三十四句の誄から成るが、空也の弟子の言や法会の願文や善知識の文を資料にして書かれた。『江談抄』巻六には甚だ見苦しいもので、誄でなくて伝であると非難されている。空也上人の出自、社会事業、市聖と阿弥陀聖の称号、阿弥陀井の由来、播磨国峯合寺で一切経の難義の箇所を夢中に出現した金人に教示された話、四国湯島の観音像が光明を放った奇蹟、大和介伴典職《のりもと》の前妻の上人入滅の予言及び臨終の際の瑞相など、順序は異なるが殆んどそのまま『日本往生極楽記』に引かれている。勿論保胤と為憲では信仰の内容や度合に相違があることは否定できぬが、保胤を媒介として為憲の仏教的著作が叡山の僧侶の間に拡がって行ったことが想像されるのであり、『三宝絵』はその代表といえる。

『三宝絵』は永観二年(九八四)十一月に、冷泉天皇の第二皇女尊子内親王のために書かれたもので、『大鏡』伊尹伝の記事によって古くから知られている。本書の文学的価値については先学の研究があり、専門外の私が贅言するを要しない。ただ巻下に挙げられている月次に開催される法会の来歴に、比叡山関係の記事が多いことに気付く。これは『法華経賦』(『往生要集』跋文)とも相俟って、彼の仏教思想の基調が天台法華宗であることを示すものであろう。そして無視することができないのは、本書と『法華験記』との関係である。

『法華験記』の説話の中で『日本霊異記』と一致するものが六話ある。巻上第十吉野山海部峰《あまべのみね》寺広恩法師(童子が買い求めた魚が櫃の中で『法華経』に化する話)、巻下第九十六軽㆓咲《えみわらふ》持経者㆒沙弥(乞食の持経者を軽咲した沙弥が口がゆがんで話せなくなった話)、第九十八比丘尼舎利(女根のない法華持経者の比丘尼を誹謗した僧が鬼神に取り殺される話と法師との問答に相手を論破して尊敬された話)、第一〇五山城国相楽《さがらか》郡善根男(三七日の『法華経』の読誦の功徳で経箱が伸びて経巻を入れることができた話)、第一〇六伊賀国報恩善男(自宅の中に転生した母に逢う話)、第一〇八美作国採㆑鉄男(『法華経』書写の功徳により生き埋めになった穴から助かる話)がそれに当るが、第九十八の一話を除いた五話は終に「出㆓霊異記㆒」と記している。ところがこの六話はすべて『三宝絵』に収められていて、文末に必ず「霊異記に見たり」と出典が記されている。『法華験記』の著者鎮源は、源信が止住した横川首楞厳院の沙門で、寛弘四年(一〇〇七)に源信が創めた横川霊山院釈迦講の歴名に名が見えることから、若い頃に源信を取巻いていた一員であることが知られる。二十五三昧会の結成に加わり、出家して横川に入って保胤と源信との密接な関係、また文章生の時代から親交のあった為憲と保胤との繋り、さらに為憲の著述に見られる信仰などから推して、『三宝絵』が叡山の僧侶の間に伝えられ、それが鎮源の『法華験記』に引用されたと推測するのが穏当であろう。為憲は出家した尊子内親王に仏道に専心することを勧める目的で執筆したことは言うまでもないが、この作品は単に婦女子の読物だけではなかったのである。しかし為憲の功績は幼童の啓蒙のために著述を行なったことにあると思われる。その双璧が『口遊《くちずさみ》』と『世俗諺文』である。

三

『口遊』は天禄元年（九七〇）に為憲が藤原為光の長子である七歳の松雄君（誠信）のために書いた略頌である。序文によると、貴族の児童は遊戯の間に歌語をするが、その内容は将来朝廷に仕え官吏としての備に何等役立たない。そこで経籍の文や故老の説の中で、朝廷で役立ち閭巷に捨て難き類を一巻に勒し、十九門三七八曲に分けて『口遊』と名づけた。その詞は幼童が歌い易く、その体は俗に近い様に配慮したという。彼が「願為二此巻於掌底之玩一、常為二其文於口中之遊一」ことを求めていることからも、典型的な初等教科書といえる。本書は乾象・時節・年代・坤儀・諸国・田舎・宮城・居処・内典・人倫・官職・陰陽・薬方・飲食・書籍・音楽・伎芸・禽獣・雑事に分かれている。この分類は『倭名抄』とも異なって居り、また中国の類書とも違うので、著者が自分で考案したものと思われる。その内容は当時の貴族社会を反映していると見てよかろう。

『口遊』が流布したと思われることは、『権記』寛弘八年（一〇一一）十一月二十日条に「良経来請二和名類聚抄四帖、口遊一巻、自臨故兼明皇子書一巻一。皆与レ之」とある。また『江談抄』巻六にも「口遊亦有二二失一。一者以二朔望弦晦一為二廿四気一。一者晋朝七賢加二山簡一是也」と見えるし、三善為康は『掌中歴』の序に「夫源氏之口遊者、流俗之諺文也」といい、その脱漏を拾い近代の俗諺を主にして本書を作ったと記している。『口遊』が幼童の教科書として用いられたことは容易に想像されるし、院政期には中原師元がそれを抄録して『口遊抄』一巻を編している(『本朝書籍目録』)。

『口遊』は平安後期の『掌中歴』から『二中歴』や『簾中抄』、さらに『拾芥抄』といった百科全書に継承されて行ったことは周知であろう。またその中の項目は種々の書物と関係を持っている。例えば「書籍門」の五言、七言詩の平仄、八病等は『作文大体』と繋りがあり、韻字の条は三善為康の『童蒙頌韻』から『平他字類抄』へと受け継がれて行く。ここで注目されるのは「伎芸門五曲」である。「一音《とん》・二弁・三形《ぎよう》・四徳・五愛敬《あいぎよう》〈謂二之化他師一〉」は導師(説教僧)としての必要条件を記したものであるが、これが藤原明衡の『新猿楽記』にある天台の学生五郎の項に「謂二其容貌《ようみよう》一忝等二阿難羅睺《らご》一。論二其智弁一者同二身子《しんじ》富楼那一。一音二弁三形四徳五愛敬、既以具足」と引かれている。これは『雲州消息』中末にも「右御仏名之間不二参給一、有二何故一乎。初夜御導師、一音二弁共得二其道一」と見えるので、当時広く伝えられていたと思われる。『枕草子』三十三段に「説経の講師は顔よき。講師の顔をつとまもらへたることそ、その説くことのたふとさもおぼゆれ」とあるのは、女性の眼から見た印象に過ぎないことを知る。

また同門の「一心・二初(物《もつ》)・三手・四勢・五力・六論〈謂二之博奕一〉」は、博奕の心掛けをいったもので、同じ『新猿楽記』の高名な博打大君の夫の項に「一心二物三手四勢五力六論七盗八害、無レ所レ欠乎」と記されており、『伊呂波字類抄』にも引かれている。江戸時代の新井白峨の『牛馬問』によると、「一心」とは心を図々しく持つこと、「二物」は金銭を沢山持つこと、「三手」は「三上」とあり、上手になることというが、双六の賽を操る手先の技ではあるまいか、「四勢」は「四性」とあり思い入れを強くすることというが、今でいうつき(流れ)を考えることであろう。「五力」はひどく負けた時は無理をいって力づくで勝つこと、「六論」は口論で言いまくり相手の感情を乱すことという。これも当時の博奕に言い習わされた口遊であったことは疑いない。また「雑事門」の九九及び附録にある竹束篇は、五君の夫の算道の学生に「九九・竹束八面蔵……無レ所レ暗」と見える。当時の九九は現在とは逆に九九八十一から一々一に下ってくるものであり、竹束篇は竹を束ねた時に周囲の竹の数から全体の数を出す計算方法をいう。

ここで横道に逸れるが、『新猿楽記』には男女三十人の職業と生活態度や容貌及び使用する器物などが列挙されている。こうした事物の名称を列挙する叙述は『文選』の賦に見え、我国でも『枕草子』や『玉造小町壮衰書』などにも窺える。従来最初にある猿楽の叙述と書名から演劇書として扱われて来たが、それは誤りであって往来物と見るのが正しい。ただ往来物の本来の形である書簡形式を取っていないし、中世の往来物の様に初等教科書的な性格も稀薄である。だが事物を列挙する叙述方法は往来物と同じであり、その内容も当時の人事全般に亘っていることは、作者に啓蒙的意図が全くなかったとはいえない。もしこうした考え方が許されるとするならば、この作品を『枕草子』などの流れを汲む文学作品とは到底いえない。むしろ或点では『口遊』に似た一面を持っており、それをさらに卑俗的にし、幼童でなくて大人を相手にした啓蒙書といえようか。『口遊』は作者が依頼されて貴族の子弟のために書いたものであり、『新猿楽記』は著者が興に任せて筆を取ったものである。扱う対象や作者の性格の違いもあり、両書が叙述や内容を異にするのは当然といえる。ただ『新猿楽記』の執筆に際して『口遊』が参考にされた(書承口承は問わない)ことは疑いのない事実である。

『世俗諺文』は寛弘四年(一〇〇七)藤原頼通のために、当時世俗の話に出て来る諺語(故事熟語)について、その出典と本義を知らしめるために書かれたものである。序文に「夫言語自交、俗諺者多出二経籍一。雖二釈典仏書一為二街談巷説一。然而必不レ知二本所一出矣」とあることによって知られるのであり、「用レ賤彰二貴物一」すことが著者の意図であった。一五二門六三一章を三巻に勒したというが、現存するのは上巻二二四章のみであり、その部立もはっきりしない。ただ作者に分類の意識があったことは、上巻の目録の項目が、神・天子・忠臣・父母・子・兄弟・夫婦・才能・富貴・貧賤・友人・仙人・教師・文人・学問等に関する熟語が配列されていることによって想像される。漢籍殊に経書や史書が中心を成しているが、文学書や雑書さらに仏典も経律に亘って引用されており、我国の古典として『日本書紀』や「職員令」の名が見える。作者が教訓的金言だけでなく街談巷説にも意を注いでいることは「五月生子」[2]や「両児前生為レ兄」などの項目によって分かる。また「七生孫」は『続斉諧記』に出典を求め[3]、注に「本朝浦島子同事也」と記している。『浦島子伝』に「忽以至二故郷澄江浦一、尋不値二七世之孫一」と見えるので、巷間に知られていたか。

また「文室辺雀」については『千字文』の「秋収冬蔵」を挙げ「今案世俗以二此文一。為二文室辺雀啼一、未詳」と注している。これは『宇津保物語』の「田鶴の群鳥」の絵解に、女一の宮が琴を弾く場面があり、仲忠が「つれなくも遊ばすかな(羞しげもなくお弾きになりますね。琴の名手仲忠の皮肉)」といったのに答えて「文屋ほとりとかいふなる(あて宮の側にいたので自然に習いおぼえまして)」といったのに該当する。有朋堂文庫の頭注には「誤なるべし、勧学院の雀蒙求を囀ると同じ意歟」とある。太田晶二郎氏によると[4]「ふんやほとりの雀は秋収冬蔵となく」の意であるといわれる。『千字文』が幼童の教科書であったことは、陽成天皇が八歳の時読書始に講義を受けており(『三代実録』貞観十七年四月二十三日条)、同じ『宇津保物語』の「楼の上の上」に「小君に千字文ならはし奉り給へしかば、やがて一日に聞きうかべ給ふめりき。詩など誦じ給ふ御声にはまさり給ふなめり」と見えるし、時代は降るが三善為康の

『続千字文』に附された詩の詞書にも「此書頒二行天下一也」と記している。そして当時の『千字文』の読み方は文選読みで、その音読(秋収)が雀の鳴声に似ているからだと説かれている。なお「文屋(室)」は『江次第鈔』第五に「文屋童、大学寮謂二之文屋之司一。故学生名文屋童也」と見える。

当時の作品に引用されている漢籍の故事熟語が直接原典に基づくものではなく、簡便な類書からの孫引きであることは先学の指摘する所である。例えば藤原敦光の「勘申」に見える漢籍の例文が殆んど『群書治要』からの引用であることから推しても、敦光程の学識のない作者が書いたものには、簡便な本書が活用されたことが容易に想像される。『世俗諺文』の流れを汲むものに鎌倉時代に藤原孝範の『明文鈔』、伝藤原良経の『玉函秘抄』、菅原為長の『菅蠡鈔』などがある。これらの作品は『明文鈔』では本邦の典籍の比重が増えており、『玉函秘抄』や『菅蠡鈔』では『貞観政要』『帝範』『臣軌』の引用が多くなっている。[5] しかも時代が降るに従って訓誡性が強くなる傾向が見られる。為憲は世間で使用される諺の典拠を明らかにするために作ったので知識の習得に重点があり、鎌倉時代の金言集はそれ以上に教誡性を強調したのであろう。それには文学教養が重視された紀伝道中心の平安時代と、経学が顧みられた明経道復活の鎌倉時代との、時代社会の相違に基因する所が大きいと思われる。

ところで『口遊』と『世俗諺文』は共に初等教科書の性格を持っているが、両書の間には差異が存する。前者は将来官吏として役立てるために卑近で実務的な知識を習得させることを目的としたものであり、後者は公卿として最低限必要な教養を身につけさせることを主眼としたものである。換言すれば、大和魂と漢才の違いと言うことができようか。ただし著者にそうした区別意識があったかは疑問である。両書の間には三十数年の隔りがあり、また著述の対象となった児童の年齢も十歳以上の差がある(前者の誠信は七歳、後者の頼通は十九歳)。そのために叙述の形式や内容の難易に違いが生じたのであって、結果として実用的と教養的の区別が生れたに過ぎない。しかしこの両書はその後それぞれ別の方向に展開して行った。既に述べた様に『口遊』の系譜は『二中歴』や『拾芥抄』の如き百科辞書に、『世俗諺文』は『明文鈔』や『玉函秘抄』の如き金言集にと発展して行った。そしてどちらかといえば為憲の著書とは逆に、前者が大人向き後者が児童向きといった色彩が濃いといえようか。この両書が後代の人々に活用されただけでなく、初等教科書の先駆として後続の作品を方向づけたことを銘記すべきであろう。

四

為憲の『太上法皇(円融)御受戒記』に「小臣源為憲以二旧臣一聴二扈従一、恩渥《あつし》二古今一」と記し、国司の闕を求めた奏状にも天禄の朝廷に仕えたことを強調している。彼は円融天皇の寵を得て卑位ながらも活躍の場を与えられていた。その点で花山朝の新政の中心になった旧友の藤原惟成やそれを輔けた保胤、また一条朝に高官となった藤原有国等とも生き方を異にしている。彼は師の順や兄弟子の橘正通と比較すれば、数箇の国司を歴任しており恵まれた生涯を送ったといえる。そして文運隆盛を謳われた一条朝において頻繁に開催された公私の作文に出席して詩才を発揮した。だがこの時代は学者や文人にとっては受難の時代であった。紀伝道の再興と儒家の繁栄を求めて苦闘した鴻儒大江匡衡は、生涯公卿の地位を夢みながら果せなかった。延喜・天暦のよき時代は、もはや帰って来なかったのである。

そして紀伝道の衰退により学者は儒門の確立と起家の排斥に腐心した。才能の有無、年齢の高下に拘らず、ただ家学を継承せんがために儒家の子弟は学問料を支給され優遇された。衰えたりとはいえ、まだ起家に較べて儒家の優位は動かしがたいものがあったし、活躍の場も広かったのである。藤原公任が辞状を大江以言や紀斉名に誂えたが満足できず、大江匡衡に頼んでその文章に満足した話が残されているが、貴紳に文章を依頼されたのは皆学者である。そして文章の巧拙が世間に取り沙汰され名声を博する原因ともなっている。当時の追い詰められた学者には初等教科書など書くことは思いも寄らなかったし、街談巷説に目を向ける余裕もなかった。貴族の方でも子弟のための啓蒙書を依頼する文人と、辞表や願文の執筆を依頼する学者とを区別していたし、世人もそれを認めていたのである。紀伝道の傍流であったが故に、文才のある為憲が啓蒙書を依頼されたと考えるのは誤りではなかろう。ただそのことは彼の文才を天下に認識させる上ではそれ程役立たなかったことも事実である。

為憲は詩人としてすぐれた天分を有していた。その秀句に一条天皇は感歎されて自作と称したといい（『江談抄』第四）、「故郷有ㇾ母秋風涙、旅館無ㇾ人暮雨魂」の佳句は白楽天の作と誤られて中世の歌人に愛翫されている（『正徹物語』巻下）。また秀句を作るために、彼は文場に臨むたびに常に嚢を携え、披講された秀句を抄筆して遺忘に備えた話はよく知られている。彼に纏わる多くの詩話文話は、彼が詩文の一字一句に鏤骨したことを物語っているが、それも詩文の上で天下の名声を得たかったからに外ならない。それ故に彼にとって初等教科書の作成は畢世の大業ではなかった。これらの著述が世の中に貢献する所大であったにしても、世人はこの著述によって彼を評価してはくれなかったのである。また為憲自身もそれを誇示しようとする意識はなかったのではあるまいか。

ところが院政期から鎌倉時代においては事情が違って来る。順や為憲の様に幼童の啓蒙のために活躍した三善為康・菅原為長・藤原孝範等は、何れも当代の鴻儒として世人から認められている。このことは従来一部の貴族に限定されていた知識や学問が、卑俗な形であるが広い階層に流布し、そのために多くの啓蒙書が書かれたことと関係があろう。武士の勃興隆盛、庶民の擡頭という新しい時代の流れに、学者達も安閑としていられなくなった。遊女や傀儡子という下層階級の生態を取上げ、猿楽や田楽の庶民芸能を写したのも、そうした態度の現われであり、街談巷説は学者にとって大きな興味の対象にさえなったのである。もはや初等教科書の作成は、学者にとって何等後ろめたさを感じさせるものではなく、それが彼等の学識を天下に認知させる手段でもあった。事実鎌倉時代の学者の業績は、初等教科書以外に何等見るべきものがないといっても過言ではない。時代の推移に眼を遣る時、順や為憲は恵まれない星の下に生まれたというべきで、彼等は生存時には不当に扱われたといえる。一方また狭い文学観に捉われている現代において、彼等が正しい評価を与えられているか疑問とせねばならぬ。初等教育先駆者としての為憲の業績と、『口遊』や『世俗諺文』の正しい価値を見出すことが我々に課された急務である。

（1）平林盛得氏「空也と平安知識人——空也誄と日本往生極楽記弘也伝——」『書陵部紀要』第十号。
（2）『大鏡』序に「これは四十たりの子にて、いとゞ五月にさへむまれてむつかしきなり」とあることによって有名である。
（3）『菅家文草』巻五の「劉阮遇渓辺二女詩」の注には『幽明録』から引用している。
（4）太田晶二郎氏「勧学院の雀はなぜ蒙求を囀ったか」『東京大学史料編纂所報』第六号。
（5）これらの書物は『世俗諺文』上巻には見られないが、何れも『日本国見在書目録』に載せられている。

＊本論文は『リラ』第八号（昭和五十五年十月）に発表されたものを転載した。

東寺観智院旧蔵本『三宝絵』の筆写者

外村展子

東寺観智院旧蔵本（東博本）『三宝絵』は下巻の末に、

（古典保存会複製本・昭和十六年三月より転載）

という書写識語がある。「戸部《こぶ》」は民部省の唐名、「二千石《にせんせき》」は地方長官の俗称であるから、文永十年（一二七三）頃、それに該当する三善某がその筆写者ということになる。

内閣文庫蔵『関東評定伝』（群書類従本『関東評定衆伝』は原本一丁分の脱落あり）は、『吾妻鏡』が終る文永三年以降の、鎌倉幕府の評定衆・引付衆の構成と異動とを知ることのできる、ほとんど唯一の記録である。その文永六年・同七年・同八年・同九年・同十年・同十一年の「引付衆」の項に、それぞれ、

町野備後
民部大夫三善政康

が記載され、建治元年(文永十二年、一二七五)の項には、

町野
備後
民部大夫三善政康　十二月上洛

前備後守康持男

文永二年三月廿日任民部少丞　同四月十二日叙爵　建治元年十二月為在京上洛　弘安八年(一二八五)五月廿二

日任加賀守

正応二年(一二八九)二月廿八日於鎌倉卒　年七十七

とある。この、民部大夫三善政康が、六十一歳の時に『三宝絵』を書写したと考えてよいのではないか。

所功氏「続類従未収本『三善氏系図』考」[1]によると、三善氏には、百済系三善氏(文章博士家。清行・浄蔵・日蔵らの系譜)と漢族系三善氏(算博士家。『拾遺往生伝』『後拾遺往生伝』等の作者為康の系譜)とがあり、鎌倉に下った三善氏は、算博士系三善氏の一族であろうということである。算博士系三善氏は、十世紀後半に至り、錦宿禰を三善朝臣と改められていることから、書写識語の「三善朝臣」[2]は、三位以上の者が自称に用いた「朝臣」ではなく、「三善朝臣」という姓の意である。なお、京の三善家の直系に「民部」と記される人物は見当たらない。加えて、「武家の花押の第一の特徴は、同族集団、主従集団などの集団成員間に類似した形の花押が多いことである。これを集団的類似性といっ

てよいであろう」という佐藤進一氏の言(3)にまさに符合するように、識語「三善朝臣」の下に記された花押が左の図版に示す鎌倉の三善氏の花押と似通っていることも、筆写者が鎌倉の三善家の者であることを示している。

三善康信花押

三善康連花押

（『国史大辞典』吉川弘文館・昭和五十八年二月より転載）

『関東評定伝』及び、三木靖氏「三善氏一族の地頭職支配（その1）――備後国太田庄を舞台に――」(4)により、鎌倉に下った三善氏の系図を作成すると、次の頁のごとくである。(5)

政康の曾祖父康信（法名善信）の父の名は不明である。(6)朝廷では、太政官の史、後、中宮少属に補任されている。康信は、母が源頼朝の乳母の妹であった（吾妻鏡・治承四年六月十九日）ため、もともと志は関東に在り（吾妻鏡・元暦元年四月十四日）、鎌倉に下向して、大江広元らと頼朝の政務の補佐を行い、問注所の初代執事に任じられている。問注所が康信宅に移されていた時期さえあった（吾妻鏡・正治元年四月一日）のである。裁判を司る関係上からも、蔵書の数は厖大なものであったらしい。

午剋。問注所入道（善信）名《な》越《ごや》家焼亡。而於㆓彼家後面之山際㆒構㆓文庫㆒。将軍家御文籍。雑務文書。并散位倫兼日記已下累代文書等納置之処。悉以為㆓灰燼㆒。善信聞㆑之。愁歎之余。落涙数行。心神為惘然。仍人訪㆑之云々。

（吾妻鏡・承元二年正月十六日）

丑刻。町大路東失火。大夫属入道善信宅災。重書并問注記以下焼失云々。

（吾妻鏡・承久三年正月二十五日）

と、彼の文庫は二度の火災にあっている。

三善氏系図

- 康信（法名善信）
  - 康俊（民部大夫 加賀守 問注所執事 暦仁元年卒（一二三八））
    - 康持（民部大夫 加賀守・備後守 問注所執事 正嘉元年卒（一二五七））
      - 政康（町野）（民部大夫 加賀守）
  - 康連（民部大夫 阿波権守 問注所執事 康元元年卒（一二五六））
    - 康宗（民部大夫 伊勢権守 問注所執事 文永二年卒（一二六五））
      - 宗有（太田）
    - 康有（勘解由判官 美作守・問注所執事 正応三年卒（一二九〇））
      - 時連（太田）
  - 行倫
    - 倫重（外記大夫 大和守・対馬守 寛元二年卒（一二四四））
      - 倫長（矢野）（外記大夫 対馬守 文永十年二月十五日卒（一二七三） 六十四歳）
  - 康継
    - 康遠
      - 康世（上田）
    - 康綱
      - 有信（富部）

また、前掲の書写識語の後には別筆で「東寺宝泉院本」とあり、この本自体、東寺と深い関わりがあるのだが、康信と東寺の関係も浅くはない。まず、『吾妻鏡』に次のような事件(7)が書き残されている。

宣旨状一通到二来于大夫属入道(善信)許一。季時取二進之一。但御精進之間。不レ能レ覧レ之。任二其旨一。可レ施二行東国御家人等一之由。仰二善信一。是去五日夜。群盗入二東寺宝蔵一。仏舎利道具已下代々宝物等。併盗二取之一。仍同九日。可レ尋二捜件盗人一之由。被レ下二宣旨於五畿七道一云々。宣下状云。

右弁官下　東海道諸国

応下令レ尋中捜盗二取東寺舎利并道具等一輩上事

右。今月五日夜。有二白波一入二東寺一。取二舎利一盗二道具一。舎利者一代教主之遺身。道具者三国相承之霊宝也。仏法已得二衰微之期一。王法又失二鎮護之力一。不レ可レ不レ惜。不レ可レ不レ恐。左大臣宣。奉レ勅。宜下仰二五畿七道国々并諸寺諸山一遍尋捜上。雖下得二一物一之輩上。募以二不次之賞一者。諸国承知。依レ宣行レ之。

建保四年二月九日　左大史小槻宿禰国宗

権左中弁藤原朝臣　（建保四年二月十九日）

この事件は結局、

京都使者到着。申云。去月廿九日申剋許。於二東山新日吉辺一。大夫尉秀能。淡路守秀康等生二虜東寺強盗一。仏舎利道具等不二紛失一。仍今月九日如レ元被レ奉レ安二置于東寺一。即日。秀康任二右馬助一。淡路守如レ元。秀能任二出羽守一。使如レ元。各賜二進東寺強盗一賞也云々。為二此御祈一。二月廿三日被レ立二公卿勅使一。光親卿。於伊勢太神宮一。今月廿九日入洛之後。

彼賊徒等露顕。是則云二王化一。云二仏法一。未レ尽之所レ致也云々。

（同年三月二十二日）

と、群盗はつかまり、宝物等は無事であったのだが、事程左様に、京のことはまず鎌倉の三善家に知らされるのであるから、京の寺社と三善家が個人的なつながりを持ったとしても不思議ではない[8]。また、東寺長者は、真言系の有力寺院、仁和寺・大覚寺・三宝院・勧修寺の四門中より勅命によって補任するのを例としたことや、網野善彦氏が指摘しておられる「東寺領荘園・末寺は、長者渡領の形をとっており、供僧発足当初、供料荘の荘務は仁和寺菩提院（行遍）が、学衆設置の初頭、その荘園の荘務は大覚寺聖無動院（道我）が掌握していた[9]」事実からもわかるように、康信と前掲の四寺と高野山、及びそれぞれの末寺との関わりも、東寺との関わりと同様に捉えることが出来るであろう。とすれば、

今日。高野山大塔料所備後国大田庄乃貢対捍之由。寺家訴二申之一。仍有二其沙汰一之処。彼使者僧与二地頭大夫属入道（善信）代官一及二口論一。依レ為二御前近々一。両人共被二追立一。於二此事一者。暫可レ閣之旨。直被二仰下一云々。

（吾妻鏡・承元三年三月一日）

とあるように、康信（法名善信）が、高野山領備後国太田荘の地頭職であったことが見逃せない事実である。

この太田荘の地頭職は、建永二年（一二〇七）八月六日太田方を兵衛尉康継が、建保五年（一二一七）八月二日桑原方を七郎康連が相伝し、その後更に分割してそれぞれの子孫が譲り受けている[10]。この地は、重要な荘園であったらしく、何故その地頭職を嫡男康俊に譲らなかったのかは不明である。ところで、高野山が領家となってからの、太田荘の領家年貢は約二千石であった[11]。文永十年の時点ではまだ加賀守ではない政康は、長官（守《かみ》＝国司）の意ではなく、文字通り石高の意、すなわち太田荘の地頭の呼称を記したのではないだろうか。本人は備後守ではないのに、父が備後守であった

ことにより、必ず「町野備後」と正式に記されるように、三善家の嫡系には「二千石」と称することが許されていたと考えてよいのではないか。[12] なお、政康は、康信の嫡系であるが、父康持が寛元四年(一二四六)名越光時の陰謀に加担して失脚した[13](関東評定伝)ため、問注所執事・評定衆は、康連の子孫太田氏が世襲することになってしまったのである。その康連の嫡孫宗有は、文永九年(一二七二)正月二十日に「地頭松熊丸今者宗有」(関東下知状)、正和四年(一三一五)十一月二十三日に「太田弥太郎宗有」(同上)と記されており、[14] 書写識語の「戸部」に該当しない。

政康が『三宝絵』を入手あるいは借覧した経路として、三善家の蔵書・東寺・高野山の可能性があることを述べてきたのだが、鎌倉の寺院と三善氏と東寺との関係にも触れておかなくてはならない。醍醐寺蔵本『伝法灌頂師資相承血脈』[15]に、

光宝　法印権大僧都醍醐座主勧修寺長吏(中略)住関東入定豪僧正室　暦仁元年四月十七日入滅
守海　法印　関東佐々目　守通息　安貞二年三月廿四日同院(遍智院)　十二口
頼助　佐々目大僧正
聖雲　関東　尺迦堂上人
房玄　中納言法印　於関東受
覚雄　醍醐座主　小坂大納言長通息　於関東受
守海　大納言法印　佐々目　寛元々年七月廿五日関東明王院　卅九　十口

などとある。二度伝法灌頂を受けている「守海」は、鎌倉の佐々目に居住し、執権北条経時の子で、第十代鶴岡宮別当となった頼助や厳喜(本覚房法印)に授法している。「関東明王院」は『寺院本末帳』に「仁和寺末　教相本寺高野山

鎌倉十二所村　明王院」(二十・古義真言・四・寛政三年提出)とある寺である。「聖雲」の注に「関東　尺迦堂上人」とある「尺迦堂」は、『吾妻鏡』に度々出てくる大慈寺釈迦堂であろう。「相州鎌倉郡十二所邑　今属于建長寺　大慈寺」(寺院本末帳・八十五・禅宗二十七・天明六年提出)とあり、近世には臨済宗であったが、当時の宗旨は未詳である。(16) 建暦二年(一二一二)十月十一日、将軍実朝が、大慈寺の新造の堂舎を見るため、多くの供を従えて大倉の地に遊んだ時、康信(法名善信)と寺僧との間に、以下のような問答があり、その問答の趣を記して、大慈寺の縁起を作るよう実朝が命じたということがあった。

善信献㆓山水絵図㆒。態自㆓京都㆒召下云々。殊所㆑預㆓御感㆒也。此間善信於㆓御前㆒申云。去建久九年十二月之比。夢想云。善信為㆓先君(頼朝)御共㆒。赴㆓大倉山辺㆒。爰有㆓一老翁㆒云。此地。清和御宇。文屋康秀為㆓相摸掾㆒所㆑住也。可㆑建㆓精舎㆒。我欲㆑為㆓鎮守㆒云々。夢覚之後。上㆓啓此由㆒。于㆑時幕下将軍御病中也。忽催㆓御信心㆒。若及㆓御平愈㆒者。可㆑有㆓堂舎造営㆒之由。被㆑仰之処。翌年正月薨御。不㆑被㆑果之条。愚意潜為㆑恨。而当御代依㆓自然御願㆒。有㆓此草創㆒。併霊夢之所㆓感応㆒也。境内之繁栄也云々。僧云。上又先年依㆑有㆓夢想之告㆒。今所㆑企㆑之也。是何非㆓合体之儀㆒乎。古今事書者。文屋康秀為㆓参河掾㆒欲㆓下向㆒。出㆓立于県見㆒哉之由。誘㆓引小野小町㆒云々。彼両人。共逢㆓于仁明之朝㆒。可㆑当㆓清和御宇㆒否哉云々。善信云。夢中事。誠以難㆑備㆓実証㆒。但見㆓古除書㆒。康秀者。元慶三年任㆓縫殿助㆒歟。然者。仕㆓清和朝㆒之条無㆓異儀㆒歟。相摸掾事未㆑勘㆑之云々。将軍家頻以有㆓御感㆒。仰㆓範高㆒被㆑記㆓此御問答之趣㆒也。可㆑被㆑作㆓当寺縁起㆒。以㆓此夢記㆒。可㆑為㆓事初㆒之旨。内々被㆑仰云々。　(吾妻鏡)

このように、三宝院方の史料である『血脈』に出てくる鎌倉の寺院と三善氏とのつながりも指摘できるのである。なお、『寺院本末帳・二十』によると鎌倉には一乗院という東寺の末寺もある。また、多くの貴重書を蔵していた金沢文庫を境内に持つ称名寺は、当初は念仏寺であったものを、文永四年に実時が真言律宗に改めている。

最後に、観智院本の裏表紙見返しの裏に、本文と同筆と思われる筆で記されている記事について述べてみたい。

卅日出京□

九月一日下着信太郷 此日雨下 落付　二日雨下朝 郡□

三日[17]

とある「信太郷」は、『和名抄』にある、常陸国信太郡信太、陸奥国玉造郡信太、陸奥国志太郡信太のうちの、常陸国の信太郷であると思われる。常陸国信太荘の諸郷は、北条政村の子孫たちに細かく分与されており[18]、三善氏の所領ではない。ところがこの地は東寺と関わりがあり、後のことではあるが、

常陸国信太庄、所被寄付教王護国寺也、早令知行当寺供僧学衆等、供料無懈怠、可被致其沙汰

（文保二年〈一三一八〉正月二十四日・後宇多法皇院宣、東寺文書・書七―一二）

と、後宇多法皇が東寺に寄進した荘園なのである。また、

八条院庁分御領内常陸国信太庄、為御祈禱料所、御寄付金剛寺候

（金剛寺文書一二〇号、三月二十日、氏名未詳奉書）

とあるのによると、八条院暲子が没する建暦元年（一二一一）以前に、信太荘の領家職が、河内国金剛寺（建久九年〈一一九八〉に仁和寺北院の末寺となっている）に寄付されていたことになり、更に、「東寺百合文書」に、

当荘（信太荘）六十六郷之地也、此内十一郷□方、惣公田八百廿六丁

（へ一三三号、建治二年〈一二七六〉四月安嘉門院庁資忠注進抄写[19]）

とあることも考え合わせると、文保二年以前も、東寺は信太荘と深くかかわっていたと考えられる。十四世紀はじめには、東寺の雑掌が、関東御教書や関東下知状等により年貢米未進の追及をしているように、政康は、信太荘の地頭に対して年貢送進の催促、あるいは何らかの問題解決のために彼の地へ下ったのではないだろうか。その訴訟を提起したのが東寺であったとは言い切れないが。更に付け加えるなら、菊地勇次郎氏「佐久山方と醍醐寺末の真言宗」[20]によると、信太荘永国郷に、長徳元年(九九五)正月に、醍醐寺成尊によって開かれた今泉寺(羽黒山今泉院大聖寺。応安七年〈一三七四〉現存)という寺があったという。三善為康の一族たる政康としては、かねてから仏教説話集に興味を持っていたが、たまたま職務で信太郷(現、美浦村)に下った折、同じ荘内のこの寺(現、土浦市)に立ち寄り、そこにあった『三宝絵』を、日記と同じ料紙に筆写したという可能性も考えられるのである。

(1)『塙保己一記念論文集』昭和四十六年三月、温故学会。

(2) 山田孝雄『三宝絵略注』(昭和二十六年十月、同四十六年八月復刻版、宝文館出版)四〇八頁の読みに従う。

(3)「花押小史——類型の変遷を中心に——」『書の日本史』第9巻、昭和五十一年三月、平凡社。

(4)『鹿児島短期大学研究紀要　3』昭和四十四年。

(5) 康信の子息の年齢関係は明らかではない。なお、康信は『玉葉和歌集』に一首入集し(雑二・二〇七六番)、康俊は将軍頼経時代に「和歌之輩」(『吾妻鏡』・貞永元年十一月二十九日)と呼ばれた武家歌人でもあった。

(6)『大日本史料』(五—一)承久三年八月九日条所収の「相杜六郎家譜略」(毛利家所蔵)によると、父は康光(山城守。死日卒年不知、母不知、妻不知)であるという。

(7) 東寺百合文書せ一二号(続図録東寺百合文書　一一五号文書)にも見える。
(8) 東寺百合文書も一六号に「建永二年八月晦日三善氏女田地売券」という文書もある。
(9) 『中世東寺と東寺領荘園』(昭和五十三年十一月、東京大学出版会)六二頁。
(10) 注(4)所収三木靖論文による。
(11) 河合正治「西国における領主制の進展——備後国大田荘を中心に——」(『中世武家社会の研究』昭和四十八年五月、吉川弘文館)による。『高野山文書』(大日本古文書)一の四三四号に「都合米千八百三十八石二斗」とある。
(12) そうでなければ「備後守」の意であろう。なお、実際の地頭文書、『高野山文書』(高野山文書刊行会)金剛峰寺文書(二)「一一大田庄地頭三善注進状」には、「天福二年正月日地頭三善(花押)」とある。
(13) 建長四年(一二五二)四月に、ようやく許され、引付衆に加えられた。
(14) 注(4)所収三木靖論文による。
(15) 築島裕「醍醐寺蔵本『伝法灌頂師資相承血脈』」(『醍醐寺文化財研究所研究紀要』一、昭和五十三年)による。
(16) 『鎌倉廃寺事典』(貫達人・川副武胤編、昭和五十五年十二月、有隣堂)による。『伝法灌頂師資相承血脈』(注15)に「承空 賢観房　善峰寺　正応二年十一月十一日」とある「承空」は鎌倉幕府の御家人、宇都宮氏の一族で、浄土宗の僧である。この『血脈』に載ることがすなわち真言宗であることを意味しないのである。
(17) 日記の一部であろう。三善氏には、康有に『建治三年丁丑日記』(増補　続史料大成10所収)、時連に『永仁三年記』(増補続史料大成10所収)がある。
(18) 網野善彦「鎌倉時代の常陸・北下総」『茨城県史・中世編』昭和六十一年三月。
(19) 以上、信太荘に関する史料は、網野善彦「常陸国信太荘について」(『茨城県史研究』4)による。
(20) 『茨城県史・中世編』所収。

「妙達和尚ノ入定シテヨミガヘリタル記」について

田辺秀夫

東博本(いわゆる東寺観智院本)『三宝絵』の中巻末尾には、「或本云」「妙達和尚ノ入定シテヨミガヘリタル記云」と題して、墨付二十二丁に及ぶ漢字片仮名交りの文章を付載してある。「本マヽ」と注を付して草仮名を残した箇所があり、底本は草仮名書きと推測される。この文章は『三宝絵』とは別の作品である。妙達の蘇生談は、『本朝法華験記』巻上第八、『今昔物語集』巻十三第十三話、『元亨釈書』十九、『本朝高僧伝』六十八に収められるが、いずれも『本朝法華験記』を出典として、「出羽の国竜華寺の僧妙達は天暦九年のころ入定したが、法華経読誦の功徳により蘇生し、閻魔王から聞いた因果応報談を語って衆生を感化して入寂した」という話である。

「妙達和尚ノ入定シテヨミガヘリタル記」(以下「ヨミガヘリタル記」と略す)は閻魔王が語った因果応報談を四十一話、三十一箇所の改行で並べて、説話集の形態をとる点に特色がある。書写年代は『三宝絵』の書写と同じく文永十年(一二七三)、筆者も同じである。ただし、なぜ中巻の終りにこの様な『三宝絵』とは別の作品が付加されているかはわからない。この「ヨミガヘリタル記」は、続々群書類従の巻十六に収める『僧妙達蘇生注記』(以下「蘇生注記」と略す)の異本の一種と考えられる。「蘇生注記」は、天治二年(一一二五)の書写で漢文体(宣命書きを含む)である。冒頭部分に欠文があるが、因果応報談を改行なしで四十六話収める。

『本朝法華験記』には、「為説日本国中善悪衆生所行作法。聖人能憶持還於本国。勧善誡悪利益衆生。其善悪人如別伝註」とある。「蘇生注記」と「ヨミガヘリタル記」の群小説話は「別伝註」に該当するものであり、「蘇生注記」またはその祖本が、長久二年(一〇四一)成立の『本朝法華験記』上巻に出典を提供していたのである。「蘇生注記」の原本の成立年代もこの年以前としか言えない。妙達について、『今昔物語集』では「必ズ極楽ニ生レタル人トナム語リ伝ヘタルトヤ」と記すが、これは文飾に過ぎず、「蘇生注記」では都率天への上生者とする。

「蘇生注記」と「ヨミガヘリタル記」を対比してみるといろいろと興味深い。第一に、「蘇生注記」は東国説話集であり、後に西国の説話が数多く混入したということである。「蘇生注記」に現れる国名は、筑前・河内の二国以外すべて京以東である。一方、「ヨミガヘリタル記」には丹波・周防など西国が十二存在するが、これは西国説話十話を含む十二話(第二、第五、第九、第十五、第十七、第十九、第二十、第二十六、第三十六、第三十七、第四十、第四十一話)の混入があったためである。十二話の混入は第一、二、三話と巻頭話との関係を見れば明白である。「ヨミガヘリタル記」の第三話は「蘇生注記」巻頭話の後半部(1′)が成長し独立したものであり、独立後に第二話の西国説話が混入したのであって、その逆はありえない。

第二に、「ヨミガヘリタル記」には、流伝による変貌が見られる。地名や人名が変化移動した話や語義が不明になるまで表現が変化してしまった話は多い。特徴的なのは第十話で、「法花経……イフ菩薩ノ位ニイタルベシ」とあって、空白があるが、実際の場面では、しかるべき用語を補充することで唱導の機能を果たしたはずである。また、因と果の内容も変化している。このため、「蘇生注記」に認められたところの、僧侶の善報は都率天上生、在俗者のそれは十六大国転生という区別もあいまいになる。なお、人名・地名・寺の名に仮名書きが多い点や第十話に空白があることから、「ヨミガヘリタル記」に収める説話は聞書きかどうかを検討する余地もありそうである。

説話の配列は「蘇生注記」の方に混乱がある。在俗の人から僧侶へという大きな流れの中で、第十四話の僧侶の話が在俗者の間に位置するのは不自然である。第十二話から第十八話までの部分で錯簡があったことを思わせる。

なお、山形県酒田市の善宝寺(曹洞宗)は古くは天台宗で妙達を開基とする。境内の竜華庵を竜華寺の跡と伝え、裏山を妙達山と呼び、彼が修行し入定した地という。別の竜神伝説もあり、漁業関係者の信仰が厚い。境内には丈六の弥勒菩薩像を安置してあって、文献では極楽往生者とされる妙達の弥勒信仰が生きている。

凡例

(1) 上段には「ヨミガヘリタル記」を、下段には「蘇生注記」を対照できるように改行して配置し、漢数字と算用数字でそれぞれの説話の配列を示した。「ヨミガヘリタル記」には濁点・句読点を補って読み易い形にし、「蘇生注記」では続々群書類従で施した返り点を外し、読点を句点に改めた。
(2) 次に掲げる異体字は( )内の通行の字体に改めた。
阝(部)　无(無)　虵(蛇)　陁(陀)　乹(乾)　井(菩薩)　帝尺(帝釈)　卅(三十)　卌(四十)　鐵(鉄)
(3) 漢字の下の踊り字の「〻」は「々」に改めた。
(4) 傍書は〔 〕を付して当該の字句の下に入れた。

或本云。
妙達和尚ノ入定シテヨミガヘリタル記云、
天暦五年九月十五日出羽国ウミノツライツホリ越後国ノサカヒ田

僧妙達蘇生注記云。竜花寺常住断穀人也。羃事多歟。本□八行者無。破也。越後国人也。

河ノ郡ノ南ノ山竜花寺トイフ寺ニ久クスム僧アリ。名ヲバ妙達トイフ。法師ニナリテ後粟稗麦大豆小豆飯スベテ五穀ヲタチ、アト山ノフモトヲイデズ。久ク此寺ニスム。久ク法花経ヲヨミタテマツル。而間ニコノ僧ハカラザルニ定ニ入テ七日七夜アリテヨミガヘリテ云、閻王ノ宮コニメサル。召ニ随テ詣ヅ。其道青キ山セバクカサナレリ。黄ナルスナゴヲフミユク。七重《カサネ》アル鉄ノカキアリ。ワタノゴトクニシテメグリメグレリ。六丈ノアカヾネノ柱タカクヒラケタリ。ムナシキチマタヲヒトリユク。閻魔王ノ宮ニ候テ即高座ニツキヌ。ソノ時閻魔王ノ乃給ハク。汝ハ煩悩ナシ。加之二生ノイサゴニアサカラズ。況ヤ法師ニ成テノチ他事ナク法花経ヲヨミタテマツル。スミヤカニ返ベシ。カヘリテ法花経イマ千部ヨミタテマツレト乃給フ。ソノ時ニ妙達申テ申サク、父母ノ生て侍らん所ト、日本国ニ死侍ニシ人〴〵ノ生タラム所々ヲミシリテ帰ラム、ト申時ニ、閻魔王ノ給ハク、ハヤクミルベシ、トノ給。汝ガ母ハ阿鼻地獄ノ乾ノ角ニ四十里ノ□[1]石ヲイタヾキテ立リ。ソノコトヲ[2]イハヾ昔仏ノ御《ミ》物僧ノ物ヲトリツカヒシ罪也。汝ガ父ハ地獄ノ上ノ巽ノスミニ火ノ柱ヲイタヾキテ立リ。其罪ヲイハヾヨコサマニ[3]〔邪婬ノ事〕女ヲヲカシタル罪也。爰ニ妙達□[4]涙ヲナガシ、[5]心ニタヘガタクシテ、閻魔王ニ申サク、今功徳ヲ行ベシ。是ニヨリテ父母罪ヲヌクベシ、ト申時ニ閻魔王ノ給ハク、□[6]カヘリテ法花経ヲ書供養ジタテマツレ。又人ヲワタサムトイフ誓ヲオコスベシ。コノ時ニ閻魔王の給ク、ヨク〴〵聞タモチテ□[7]カヘルベシ。一々ニシラセムトノ給□[8]ク。

(一) 筑前□[9]介紀忠宗トイヒシ者ハヒエノ山ニ千僧供ヲ行ヒ年ゴ

炎魔王宣。抑汝者非業。其由何者未尽劫。但命終之後都率天可往生。仍速擬返遣。但娑婆作善人悪人教示後報者。

(1) 筑前介紀忠宗者知哉止宣。不知申。彼忠宗者天別台山千供

トニツトメテオコタラズ。五百丁ノヨキ田ヲカヒテ天台別院ニ施入シタテマツレリ。此功徳ニヨリテホカムチトイフ菩薩ノ位ヲソナヘタリ。

(二) 丹波国ニアマダノ郡トイフ所ニクシタトノ景遠トイヒシ者ハ大般若経一部六百巻又法花経一部八巻書供養ジタテマツレリ。此功徳ニヨリテ都率天ノ内院ニ生タリ。但シ一部ノ法花経ハイラシ米五十石ガ代ニカヒエタル也。ソノウリシ法師モ忉利天トイフ帝釈ノ宮ニ生タリ。又

(三) 下野国ニアリシオホエノタチ山トイヒシ者ノ妻イクエノチカコハモノ[10]〔米之事〕ヲ、サムル時ニハ大ナル斗ヲモテ納メ、人ニオロス時ニハチヰサキ斗ヲモテオロス。コノ罪ニヨリテ[11]□ゴトクニ眼ナキ大蛇トナリテハラバヒマロ[12]□ビアリク。

(四) 信乃国ニアリシ高橋ノ保道[13]トイヒシ者ハ大般若経一部書供養ジタテマツレリ。此功徳ニヨリテ舎衛国第一ノ長者トナレリ。

(五) 周防国ニアリシ三善ノ恒藤ハ地獄ニ[14]落テ罪ヲ□ウクル者[15]トナルベシ。サレドモ随求即得陀羅尼経ノ千巻率都婆三百本ツクリタテ□[16]又年ゴトニハキハメテサムキニモアツキニモ衣食ヲ人ニトラセシガユヘニケウシ[17]ヤラ国ノ内院トイフ所アリ、カシコニアヅカリトナリテ功徳ノ人トナレリ。

(六) 陸奥ニアリシ大サク官ガ壬生ノ吉廉《カド》ト云シ者ハ法花経千部ヲ書タテマツリ当国ノ国分寺ニシテ書供養ジタテマツリテノチヒエノ山ニスクヰトイフ所ニハコビアゲテオキタリ。此功徳ニヨリテ百済国ノ第一ノ人トナレリ。後ニハカナラズ仏ニナルベシ。

僧経年奉仕也。依彼功徳力十六大国生也。

(1′) 但彼妻依斗升大小罪東山懸下野国立山至于今無所到如浮雲。

(2) 又信濃国高橋安道依大般若奉書力舎衛国長者成也。

(3) 陸奥国大目壬生良門千部法花以金泥依奉書之力十六大国王生也。

（七）上野国ニアリシ大掾三村ノ正則ハ大般若六百巻書供養ジ、又アシキ泥ノ上ニ橋ヲワタシ、アシクケハシキミゾサハニハシヲツクリワタシ、ケハシキ所ニ井ヲホリテ人ニ乃マス。此功徳ニヨリテ天帝釈ノ宮ニ生タリ。

（八）出羽国ニタカトノ郡ノ大領オホウチノ景正ハち乃かふ[18]〔本マヽ〕一〔小堂事也〕[19]ヲツクレリ。ソノウチニ阿弥陀仏観音勢至二リノ菩薩ヲ作タテマツレリ。是皆金色也。又三重ノ塔ノウチニオサメタリ。コノ功徳ニヨリテ舎衛国ノ王トナレリ。

（九）伊与国ニアリシアガタヌシ乃時春ハ最勝王経ヲ三千巻金剛般若経ヲカキタテマツレリ。七重ノ多宝ノ塔ヲツクレリ。又一万人ノ僧ヲ供養ゼムト思フ誓ヲオコセリ。是ニヨリテクル国ノ王トナリテ七日ガウチニ是ヲ遂タリ。ソノヽチせけ菩薩ト云位ヲエタリ。

（一〇）上野国ニアリシ介藤原惟長〔仲ィ〕ハ大般若経一部法花経……イフ菩薩ノ位ニイタルベシ。

（一一）越後国ニイクエノ豊廉〔門ィ〕ハ大般若経一部マダラノ浄土ナヽカタヒラウツシカキタテマツレリ。又多宝塔一ヲツクレリ。此功徳ニヨリテ今日[20]舎衛国ノ王トナレリ。シカリトイヘドモ王ノスム所サダマラズ。其故ハ件ノ塔ヲツクリテ供養ゼシ日一人ノ法師ニハヂヲアタヘタリ。是ニヨリテツクレル寺皆ヤブレソムジニタリ。

（一二）甲斐国ニアリシ大掾中原奥藤ハ大般若経一部法花経百部書供養ジタテマツレリ。是ニヨリテせハラ国ノ王トナレリ。但其

（4）上野大掾三村正則奉書大般若并依橋度大河之力今在三十六年可召置大国王。

（5）又出羽国田川郡大荒木景見五丈御堂奉造。其内安置無量寿如来并左右仏菩薩。依是善力舎衛国王成。

（6）又上野介藤原惟永依書大般若一部法花経百部之力十六大国之第一長者生也。経三代之後大国王可生。

（7）越後国蒲原郡司守部有茂三重塔一基奉造功徳力円羅国王生也。

（8）遠江国島田有相依施行之心大国王生。

（9）下総国伴今国奉造三丈五尺御堂。其内安置無量寿如来并左右仏菩薩。依是種々大善力舎衛国東北五十里之内為彼人造置屋員五百五十字。其内積無量財物。早可来往。雖然遺願依未果暫留也。但奉書最勝王経半分被納今半分者経師飲酒。因之不被納也。

（10）越前国生江豊門依奉書大般若并曼陀羅一補奉造堂塔数宇力憍薩国王生也。

（11）伊勢国船木良見子[1]僧供力大唐国第五王生也。

（13）甲斐国大掾永原興藤依大般若奉書之力大唐国生也。

王ノ身ハツネニクルシミイタム事アリ。ソノ故ハ経ヲカヽセシ時ニ夫妻一所ニフセリキ。コノケガラハシキツミニヨリテコノ苦ビ王[21]ノ身ニアリ。

（一三）常陸国シチノ郡ニアリシ大領伴恒クニ[22]〔如本〕ハ金泥経百部な[23]ゝまれかふ天日とつ〔日とつ〕弥勒菩薩左右ノ菩薩ツクリ供養ジタテマツレリ。是ニヨリテモロコシノ御門ノ王ノ子トナレリ。

（一四）又同国掾藤原元景ハ金泥法花経八部一万三千ノ仏ヲ一カタヒラカキタテマツレリ。コノ功徳ニヨリテ帝釈ノ大ミ□[24]ノマホル神トナレリ。

（一五）丹後国ニアリシ竹〔武ィ〕野重通ハ法花経八部書タテマツレリ。薬師仏又諸仏ヲツクリタテマツレリ。此功徳ニヨリテモロコシノ国ニ第二ノ大臣ト生タリ。タヾシ其身マヅシキクルシミアリ。其故ハ法師ヲナヤマセル故也。

（一六）又常陸国ナコノ郡ノ郡司大中臣助真ハ法花経八部最勝王経百部書供養ジタテマツレリ。此功徳ニヨリテ□[25]ケウサラ国ノ王トナレリ。タヾシ其経ナカラハ王ノ宮ニヲサメズシテアシキ泥ノ中ニステタリ。其故ハ経ヲカヽセシ時ニ経書法師ニ日々ニ酒ヲ三度乃マセシ罪也。残ハ功徳ナリ。

（一七）又紀伊国ニ名草ノ郡ト云所アリ。ヒシヲヒノ春忠トイヒシ者ハ百部法花経ヲ書供養ジタテマツラムトチカヒアリ。其中ニ五十部ハ書タテマツリ残ハイマダ書供養ジタテマツラズ。其身死ニテ後此チカヒニヨリテ摩訶陀国ノ王トナレリ。即王トナル日七日ノ中ニ残ノ経ハ書供養タテマツレリ。タヾシホウシヒノヒトリノシノ心ヲナヤマセリ。是ニヨリテ其法師イクサヲ五百人オコシ

（16）同[2]国伴常連五丈御塔一宇并三尺弥勒仏左右仏菩薩像百部法花以金泥奉書也。依是功徳大国生也。

（15）常陸国新治郡東条竹馬郷居住藤原元景六丈御堂并員菩薩奉造八部法花以金泥奉書一万三千仏奉図絵。依是功徳帝印国第五人被定縁者大唐王可生。

（17）那珂郡居住大中臣佐真二丈五尺御堂作薬師左右菩薩像奉安置。又八部法花奉書也。仏即伴金色経又一部書了残七部書写之間経師飲酒。加以遂果之内不浄人以食物備置師前也。因之不被納竜蔵ト宣。

（18）武蔵国車持貞吉依奉造薬師仏之力波羅奈国王生也。

テ常ニウチシ乃ガムトス。シカレドモ大ナルチカヒノ力ニ彼イクサ即コノ王ニ随ヒヌ。

(一八) 上野国ニアリシ介藤原ノ友連越後国ニ有シ助通等ハ一切経ヲ書供養ズトイヘドモ人ノフルクアタラシキソフモノヲトリアツメテヨロヅノ人ヲクルシメナヤマシテツクレル功徳也。是ニヨリテ作レル功徳ハミヅカラノ功徳トナラズ。タヾシ其人ハ帝釈ノ宮ノ四ノカタニオハレテ力ヲツクス。モノヲセメラレテクルシビシ人〴〵ハオノ〳〵功徳ヲエタリ。

(一九) 土左国ニアリシ桑原ノ忠房ハ力ヲツクシテ命ヲシマズシテ経ヲ書供養ゼリ。其功徳ニヨリテサダメテ三タビノ生ル度々トメル人トナレリ。後ニ必ズせヱチト云菩薩ノ位ニイタル。

(二〇) 越前国ニ有シイクエノヨツネト云シ者ハ一生ノ間人ニ物ヲトラセムト思心フカシ。常ニ法師尼ヲ供養ジキ。法花経八部大般若経二部書供養ジヤブレタル寺ヲツクロヒキ。此功徳ニヨリテケウシラ国ノ第一ノ人トナレリ。

妙達申テ申サク、イマハムカシタヾシクミシ法師ノムマレテアラム所ヲウケ給テマカリカヘラム、ト申時ニ閻魔王ノ給ハク、ヨク〳〵キヽタモチテマカリ帰ベシ。

(二一) 汝ガスム国タカトノ郡シタカモリ寺ノ僧観シハイキタリシ時心キヨクオコナヒテ口ニ五穀ヲタテリ。此功徳ニヨリテ霊鷲山ト云山ニテ常ニ仏乃説給ノリヲキク。

(二二) 陸奥ニ平等寺ト云山寺ニアリシ僧志きハイキタリシホド大般若経ヲ空ニウカベタリ。此功徳ニヨリテ天帝釈ノ宮ニ生タリ。

---

(12) 上野介藤原興連越後国同縁風等雖奉書一切経取用人之物。仍各成人人功徳而更為願主無所得。不被寄帝釈宮千里之外被追捨也。即日三度受辛苦。

(14) 又炎魔王宮庁前敷半畳而今坐妙達。即炎魔王宣。汝三生人也。一生内奉読法花也。仍故汝令知如是善悪事也。汝不忘失而早帰向娑婆令告知道俗。炎魔王宣ク。

汝居住国川野郡南山竹沢寺住規真ト云師者依一生之内絶五穀食草葉以宛施他之力。都卒内院可生。

(19) 六奥国行方郡寺座主僧真義者一生之間時法花大般若経奉読之力忉利天生。

（二三）又下野国僧タクユト云シモノハ諸ノ経論書供養ジキトイヘドモ、モハラ帝釈ノハリノ帳ニシルサズ。其故ハ昔人ノ信施ヲウケテツカヒキ。此フクツケキ心ニヨリテサウノキタヲモテニ六イロ三尺マデ人屋アリ。コレニヲリ。

（二四）又信乃国ニサウせ寺ト云寺アリ。別当ノソウレシト云物ハ仏ノ御物ヲカシツカヘリ。ミアカシノ油ヲケチトレリ。ヲモテ八アル大蛇トナレリ。又

（二五）越後国ニアリシカウセシト云寺ノ別当ソウシレハイキタリシホド観音ノミハナノ米ト餅ト油トヲトリテ妻子我モロトモニクヒキ。此罪ニヨリテ千里ノ外ニクサキ香ヲハナテ八イロ五尺ノ大蛇トナレリ。石ノ人ヤニイリテ一千歳アルベシ。

（二六）同キソウカウハコレ諸ノ人ノヲシフル事ナレリ。シカモタウワチ[26]〔檀越カ〕ノアテヲコナフ布施ノ物ヲコハザルニヲノレコヒトリテオホク乃人ノ事ヲヤブレリ。コノ罪ニヨリテ石ノ人ヤニ五百才フセルベシ。

（二七）又妙達聖申サク、太政大臣藤原忠平ハ何所ニカ生給ヘル。是ハ妙達ガ檀越ナリト申。忠平ハオホク乃人ノ物ヲ除目ニヲサメトリテオホクノふこしろ〔本マヽ〕[27]云をソコナヘリ。オノガ心ニマカセテ罪ヲツクレリ。是ニヨリテ頭九アル竜トナレリ。

（二八）又下総国ニアリシ平将門ハコレ東国ノアシキ人也トイヘドモ、先世ニ功徳ヲツクリシムクヒニテ天王トナレリ。

（二九）天台座主尊意ハアシキ法ヲ行テ将門ヲコロセリ。コノ罪ニヨリテ日ゴトニモヽタビタヽカヒス。

（20）下野国住定祐師者一願之内両分受用絶五穀。雖寺塔造慳貪人物之罪。我城北方一丈五尺相却在獄可召居。両分之受用報等也。

（21）信濃国在真連師者水内郡善光寺本師仏花米餅油等受用。依是果報在面八三丈五尺大蛇成也。

（22）越後国岡前寺別当真蓮師者一生之間彼寺花米餅油妻子共受用。依是報四丈五尺大蛇成也。

（23）出羽国山本郡在天台別院別当持法師天台座主増命弟也。彼増命存生日成置彼寺別当。頗有無慚。仍百年之内所辛苦。

（24）又天台座主等居処者知也ト宣。彼座主等者受戒者強令悩乱。依其報我城死作用石獄入置宣。

（25）太政大臣藤原忠平在所者知哉ト宣。彼朝臣者除目之日成阿容。依人物多受用之罪報九頭竜成也。受大苦悩也。

（26）下総国居住平将門一府之政禁断城東悪人之王也。彼禁断之縁則日本州之悪王可被召遣。是前生可治領天王者也。

（27）而天台座主尊意者為国王師随其詔命修悪法而将門令殺依是罪報経十一劫不可得人身。故将門与尊意者一日之内十度合戦無間。

（28）同国在天台内永絶五穀一心観音薩埵奉造多宝塔。依是功徳力兜率天生。戌亥角金銀瓦葺屋立。可令坐其上。

（29）又下野国在天台別院座主台南師者犯用仏物之上在下多上前

(三〇) 同国天台別院座主ソウネムハ先世ニ将門ガヲヤ也。一生仏ノ寺ニスミテ観音ヲタノミタテマツリオホクノタウヲツクリ心ヨカリキ。此功徳ニヨリテ都率天ノ内院ニ生タリ。

(三一) 下野国ニ大光寺ト云寺アリ。ソノ別当一如ハ仏ノミモノヲトリウゴカシテ上臈ヲオホク乃リフミシカバソノムクヒニテ大蛇ノ身トナレリ。

(三二) 豊前国弥勒寺上座千玄ハコノサウ所々ノ法会ノ堂達ヲツトムルホドニ僧ノウベキ物ヲワカチトリテソノムクヒニ五百世大蛇ニナルベシ。

(三三) 下野国常提寺ノ住持教班ハザムナク〔慚無〕[28]シテ十方施主ノ物ヲウケテ妻子ヲヤシナヒシ罪ニ日々ニ鉄ノアツキマロガシヲ千度乃ムクルシビヲウク。カヘリテ人ニカリツカハルベシ。クサ〴〵〔種々〕[29]ヲカ〔犯〕[30]セル罪ニテ五百歳其苦ヲマヌカルベカラズ。

(三四) 又上野国クルマノ郡ヲホトノ寺ノ上座禅智法師ハ寺ノカタハラノカミノハナ米糯油ヲヒトリムサボリトリテ人ニワカタザルムクヒニ五丈六尺ノ大蛇ニナリテ其寺ノ石ズヱノシタニ五尺入テフセリ。

(三五) 日本国ハナノ宮コノ他化師ノナカニ、定増ハ炎魔宮ノ艮ノ角ニ大ナル石ヲイタヾキテタテリ。

湛祐法師ハ城ノスミ五里ヲサリテアカヾネノ柱ヲイダキテタテリ。

平塞法師ハ城ノサルトリ□[31]六里サリテ八尺ノ石ヲイタヾキテタテリ。

之踏穢。因之頭在人腰下大蛇成死。我城丑寅角火柱為令壊。

(30) 又同国在大光寺一如ト云師者修国中大願所々堂達行事取大少僧分罪五百世大蛇成。

(31) 同国在菩提寺住僧教理師者無慚而受十方施主信施不浄物食交妻子共食乱罪呑鉄丸千度受無量大苦。不可得人身毛斑牛生而彼施主等可被打仕。

(32) 武蔵国在証賀師者一生之内無所犯而奉読法花力都率天内院銀高座上可安楽。

(33) 河内国深貴寺明蓮師者三十年之内奉読法花無量罪除兜率天内院高座之上可講法花経。

(34) 下総国豊内郡住仁高師者九種得罪報。一雇人非業人呪咀殺罪。二同法呪咀罪。三仏物用罪。四同心俗人同法令恥罪。五受信施物妻婚罪。六僉宍鳥魚類食乱罪。七寺内娶女人罪。八誹謗仏法僧罪。九仏物受用罪。五百世之内受大苦悩可成大蛇。

(35) 上野国群馬郡在石殿座主禅惟師石殿之側明神料花米餅油等貪取不行他人。只己猶貪取罪大蛇成石殿之側伏。

(36) 同国妙見寺花餅油等貪取女人食罪地獄無量苦悩受。

(37) 妙達居住世界作罪輩如網目結。天台山出火仏殿僧房焼輩者炎上無量劫可被焚焼者也。

爰炎魔王宣云。汝早返遣□蓓四処未荒懐之前帰返云々。牛頭獄卒二人相副テ妙達之前後立行之。

(38) 現天台山并京化他師之受苦所々令見給。

炎魔王宮城辰巳角去三里許雲晴者荷石立也。

同城未申角祚源者戴六角石在也。

増墸ハ城ノ乾三里ヲ去テ泥ノ中ニ石ヲイタヾキテヲリ。延寂法師ハ城ノ北ノ角三里ヲ去テ熱鉄ノハシラヲイタヾキテ立リ。延善法師ハ城ノウトリノ七里ヲサリテ火ノ柱ヲイタヾキテタテリ。カヤウノ無量ノトモガラソノホウヲオホクウクル物多アリ。

(三六) 又仁和ノ光仙師ハ女御ヲミタテマツリテ思カケタリシムクヒニ王舎城ノ南ニ百里ヲサリテキツネニナリテモゴヨヒアリク。

(三七) 因幡国ノ浄徳法師ハ知識ノ物ヲアツメテワタクシニ取ツカヘルムクイニ大地獄ニ入テカナシビフセリ。

(三八) 又信乃国ノ清水寺ノ和有法師ハ金泥法花経カケルムクヒニ都率天ノ内院ニ生ニタリ。

(三九) 又天台座主増命ハコノヨノ勤ニテ帝釈宮乃講師トシテヨルヒル法ヲトク。其後ハ浄土ニ生ベシ。

(四〇) 但馬国ノ竜音寺ノ仁住法師ハ法華経一部書タテマツレルニヨリテ補陀楽山ニイタレリ。

(四一) 大和国ノ追捕使藤原是秀ハ法師ヲコロセルムクヒニテ五百世イサゴヲ食トシテハカリナキクルシビヲウク。カヤウノコトヾモハカリナケレバワヅカニオボユルカギリヲシルセリトゾイヒタル。イトアハレナリシ。コレヲユクサキノ人ハキヽハカリツヽシムベキ也。

同城戌亥角立去里許談祐者懐銅火柱居也。同城丑寅角平塞者令荷運万里許石。同城戌亥角去三里許延寂者戴八尺石立也。是衆生之施受用而不致観行貪食罪。九町許渭中成裸鳥荷渭水令運上。

(39) 法座上飲酒輩者大地獄受大苦悩令運水洗清。

(40) 又上野国大般若奉書人々。伴今行・伊福部安則・市中秋宗・山口盛吉・清階道忠・尾張利富・同国大名僧元明・長〔喜敷〕祐・明玄等也。件経幷法花各別帝釈宮不被収其由者師請施供飲酒而奉書。仍被棄捨。

(41) 同国在禅金師者不意為人被害死。是則非業人呪咀殺果報已至也。引知識奉書大般若擬開題名之間諸人物乞取不奉請衆僧而己自用願之。妻死自是西方去八里許渭水大蛇成伏其中大苦悩。彼渭水色宛如炎焼。更是苦不可免。

(42) 信濃国在清水寺住僧利有師者以金泥奉書一切経。依此功徳都率内院生師子座上了。

(43) 天台山座主増命者一生之間観世間無常之理。因之炎魔王宮万会講師請定。其後都率天内院可坐。但炎魔王宮我城経三十年可行六万会。次第請僧之定作給。先七僧者講師近江国平意。呪願信濃国在恵基。読師甲斐国在貞寂。三礼美濃在安日。咀越後在勢仁。散花武蔵国在無念。堂達出羽国在吉仙者。又証師者越後国在今疑。同国在観暁等。六十僧次第依有恐多々不注載。

(44) 又越前国藤原高茂幷愁行事大難等ト宣フ。

(45) 又上総国小蔵郡居住海金吉依年三斎食力忉利天第四御子生也。

(46) 又相模国在三村弟子町修年三斎戒。幷奉造六丈御堂一宇造立印仏菩薩同経三十巻。依信力堅固離五障女身可成天人衆之由帝釈炎魔王付帳了。

又炎魔王之宣。汝妙達帰向娑婆能々可勤行。更無念可往生都率天内院者。又以是行事愁告天下。真言大凝如是。

天治弐年十月晦日書了一交之

「ヨミガヘリタル記」注

1「ホカニ」を見せ消ちにする。

2「イ」の縦棒が曲がったのを正し「イ」と傍書。

3「邪婬ノ事」は別人の筆跡で傍書。下の「ヲカ」は後補。

4「申サク泣〱」を見せ消ちにする。

5「ス」を見せ消ちにし「シ」と別筆にて傍書。

6・7 ともに「マカリ」を見せ消ちにする。

8「閻魔王ノ給ハ」を見せ消ちにする。

9「国」を消す。

10「米之事」は3と同じ筆跡で傍書。

11「ソレソカヘル雲ノ」を見せ消ちにして、「雲ノ」の傍に「蛛□」と別筆で書き、さらにこれを見せ消ちにして、左傍で「蚯蚓ノ」と3と同筆にて改める。「蘇生注記」に「如浮雲」とある箇所だが、「雲」では意味が通らないため同音語の「蛛」を当てたが納得できず、「眼ナキ」をヒントにして「みみず(蚯蚓)」を当てたか。

12「フ」を消し下に3と同じ筆跡で「ビアリク」を加える。

13「通」か「道」か不詳。字の旁の部分を太くなぞって改めている。

14「落テ」の二字補入。下の「罪ヲ」と「ウクル」の間に「受ヌ」(あるいは「落ヌ」か)の二字を入れて、また消す。

15「ア」を消して「ナ」に改めている。

16「シナカニヲキタテマツリ」を見せ消ちにする。下の「年ゴトニハ」の「ハ」は後補。

17「ナ」と読めそうな字を消して「ヤ」に改める。

18「ち乃かふ」は「蘇生注記」の「五丈御堂」が相当する。

19「小堂事也」は3と同筆。なお、下の「ツクレリ」の「ク」も同筆による後補。

20「今日舎衛国」は「ケウサラ国」の誤りか。

21 一字消して「王」と改める。

22 底本「ニイ」を補入しその右に「如本」と書く。ただし、「イ」の第二画は虫損。

23「なゝま此かふ天日とつ」は「蘇生注記」の「五丈御塔一宇」が相当する。

24 一字を消す。

25「今日」を見せ消ちにする。「ケウサラ国」の「ケウ」と誤ったためであろう。

26「檀越カ」は本文と同筆。

27「云」の草体であるが、あるいは「ミ」か。また、傍注「本マ、」は「云を」にまで及ぶものか。

28「慙無」は3と同じ筆跡か。

29「種々」も3と同じ筆跡か。

30「犯」も3と同じ筆跡か。

31 一字を消す。

「蘇生注記」注

1「子」は「千」の誤り。

2 「同国」とは第15話の「常陸国」をいう。

解説

三宝絵 解説

馬淵和夫

一 名称

『三宝絵』は絵巻物の名称、『三宝絵詞』はその詞書だけを書き出して、読み物としたものの名称である。これを現代では「さんぼうえことば」と読んでいるが、平安時代には「さむぼうゑのことば」もしくは、「さむぼうのゑのことば」と「の」を入れて読んだものかと思われる。というのは「えことば」という語は「絵巻の中のことば」という意味にはならなくて、「絵文字」「絵暦」が「絵で文字の代りをしたもの」「絵で書いた暦」という意味を表わすごとく、「絵でことばを表わしたもの」ということになってしまうからである。『国史大辞典』「絵巻」の項(宮次男執筆)には、「絵詞」を「絵巻」と混同する様になったのは幕末頃からの誤用としている。

本書の底本とした東京国立博物館本(いわゆる東寺観智院本)は、上・中・下各冊の表紙外題には「三宝絵詞」と書くが、内題・尾題はいずれも「三宝絵」とし(ただし、下巻の内題のみ「三宝絵詞」)、名古屋市博物館本(いわゆる関戸本)、前田尊経閣本もすべて「三宝絵」としているので、本書も「三宝絵」とすることにした。

なお、「三宝」は「さむぼう」か「さむぽう」かは決定しがたい。

二　成立

『三宝絵』の成立についてはその総序にあるごとく、源為憲が冷泉天皇第二皇女尊子内親王の為に著作し、永観二年(九八四)の冬に内親王に奉ったのである。このことは『大鏡』にも、

女二の宮は冷泉院の御時の斎宮にたゝせ給て、円融院の御時の女御にまいり給へりし、ほどもなく、内のやけにしかば、火の宮と世の人つけたてまつりき。さて二三度まいり給てのちほどもなくうせ給にき。この宮に御覧ぜさせむとて三宝絵はつくれるなり。

とある。尊子内親王の出家は天元五年(九八二)のことらしく、なくなられたのは寛和元年(九八五)五月一日、御年二十歳であったから、その間約三年であった。『三宝絵』の総序に、

玉ノスダレ錦ノ帳ハ本ノ御スマヒナガラ、花ノツユ香ノ煙ハ今ノ御忩《おほむいそ》ギニ成ニタリ。

とあるから、出家はされたけれど、今までと同じお住いで、そのままで信仰の生活に入られたらしい。とすると『三宝絵』作成はちょうどその頃の内親王の信仰生活を励ますために書かれたもので、絵もふくめて完成までに二年ぐらいを費やしたとしてよいであろう。

三　諸本

『三宝絵』の諸本には、平仮名書きの名古屋市博物館本(旧関戸本、本書では「名博本」と略称)、漢字片仮名交り文の東京国立博物館本(旧東寺観智院本、本書では「東博本」と略称)、真名《まな》本の前田尊経閣本(本書では「前田本」と略称)、および一話のみを伝える高山寺本の四本が広く知られている。

1　名古屋市博物館本(旧関戸本)・東大寺切

もと関戸本として知られていたこの本は、春日和男博士により、「三宝絵詞東大寺切の研究」(『九州大学文学部四十周年記念論文集』昭和四十一年一月)、「関戸本三宝絵詞東大寺切の本文について」(『九州大学文学研究　第七十四輯』昭和五十二年三月)において翻刻されたが、その後名古屋市博物館の所蔵となり、写真複製本(解説小泉弘)が平成元年九月に公刊された。それ以前にこの本より切り出されて古筆家の方で東大寺切として珍重されているものが八十六葉あり、山田孝雄博士がその蒐集に努力され(『国語国文』昭和二十八年十二月)、さらに校本を作成されていた(本書では「山田校本」として引用)。名古屋市博物館本の墨付八十三葉と合わせて一六九葉が『諸本対照三宝絵集成』(昭和五十五年六月、笠間叢書一三一)に翻刻されている。その後に新出した四葉(安田尚道「『三宝絵詞』東大寺切とその本文(一)」『青山語文』第十一号、昭和五十六年三月)、および平成五年十一月の古典籍下見展覧大入札会に出た一葉を加えて一七四葉が知られている。

この本は保安元年(一一二〇)の識語を有する平仮名古筆の名品で、すでに幾度も紹介され研究も進んでいるが、本書では底本として採用しなかったし、その紹介・研究については先学諸氏のもの、および馬淵「三宝絵詞の草稿本、東大寺切・関戸本について」(『古典の窓』平成八年六月、大修館)で一応述べてあるので、ここでは省略する。

なお、この古筆の名品が名古屋にあることについて、川瀬一馬先生は、もと関白秀次の蒐集品であったのが秀次切腹後秀吉の蔵となり、大坂落城の後徳川家康が駿府へ運ぶつもりで、尾張家の付家老成瀬隼人にその運搬を命じたところ、家康の急死のことがあってか成瀬隼人の居城犬山城に止めおかれ、後、尾張藩の三大出入商人の一、関戸家へ質物として出たのだろう、と推測している(『かがみ』第三十号、平成四年三月)。

2　東京国立博物館本(東寺観智院本)

「東寺観智院本」と通称されているが、現在は東京国立博物館蔵。次の三種の写真複製が出ている。

古典保存会　山田孝雄解説　昭和十四年十一月より昭和十六年三月まで
日本古典文学影印叢刊17　大曾根章介解説　昭和五十九年五月
勉誠社文庫一二八・一二九　小泉弘解説　昭和六十年四月

また、翻刻としては、

大日本仏教全書一一一伝記叢書　大正十一年八月(昭和四十七年十月新編纂、九〇芸文部三)
三宝絵詞　高瀬承厳解題・安西覚承校訂　森江書店　昭和七年十一月十二日
古典文庫二一五　吉田幸一・宮田裕行　昭和四十年五月
諸本対照三宝絵集成　小泉弘・高橋伸幸　昭和五十五年六月
現代思潮社古典文庫六四・六五　江口孝夫　昭和五十七年一月・三月

などがある。

本書はこの東博本を底本としている。

粘葉装三帖(上巻、中巻、下巻)。斐紙。紙高二十七・四センチ、紙幅十六・九センチ。上巻四十八丁、中巻六十丁(「妙達和尚ノ入定シテヨミガヘリタル記」を付載する)、下巻八十丁。行間書き込みの一部を除いて全部一筆(ただし最後の「東寺宝泉院本」の六文字のみ別筆)。上巻は最後の一丁が欠落。一面九行書きを原則とし、十行書き二面、八行書き二十面がある。中・下巻はすべて押界八行で八行書きである。

奥書は、

文永十年八月八日 彼岸中日 未刻
書写了
戸部二千石三善朝臣(花押)

とあり、その左に書く「東寺宝泉院本」は別筆であるから、三善氏の写したものを東寺に寄進したかなにかによって宝泉院の什物となっていたのであろう。「三善朝臣」は当時民部大夫であった三善政康である(付録、外村展子氏論文参看)。

宝泉院は『東寺定額僧院ゝ法流血脈相承次第』中に見え、醍醐寺地蔵院の法流にある。橋本初子氏(京都精華大学教授)の御教示(同氏「関東と密教僧——京の記録にみる「関東住」の実態について——」『三浦古文化』第五十五号、平成六年十二月)によれば、宝泉院は醍醐寺地蔵院流で、その法流親玄は、鎌倉時代中期に活躍した大僧正、関東(鎌倉)に居住しながら、永仁六年(一二九八)醍醐寺座主・東寺二長者となった。『醍醐寺座主次第』によれば、正応六年(一二九三)仏眼法を修し、永仁六年には仁王経護摩兼五大虚空蔵法を鎌倉で修している。正応六年は、東博本『三宝絵』の書写された文永十年(一二七三)より丁度二十年後に当る。文永十年に書写されたこの本が、三善政康(正応二年〈一二八九〉死去)かその子から親玄の手に渡り、東寺宝泉院の什物となったという筋道は、確証は無いけれども十分可能性のあることである。

東博本の表記様式

この本の特徴として直ちに気付くことは、上巻が、漢字を大字、片仮名を双行小字書きにするという、いわゆる「片仮名双行宣命書き」であるのに対して、中・下巻が片仮名も漢字と同じ大きさで書く(ただし助詞などはやはり小さく書くというくせは残っている)「漢字片仮名交り文」であるということである。

上巻と中・下巻の表記が全く別の様式であるということは、上巻と中・下巻とはもと別の本であったものを合わせて一本にした、いわゆる「取り合わせ本」ではないかと思うのが自然である。しかも、上巻は目次が無く、中・下巻には目次があり、上巻の一面の行数は八・九・十行と不揃いであるのに対して、中・下巻では一面八行で、しかも押界がしてあって整然と書かれている。しかし、この本は上・中・下三巻とも同じ料紙であり、筆蹟も同一人である。とすると、この本の親本がすでに「取り合わせ本」であったとするか、あるいは、この本の筆者がなんらかの理由によって、上巻を書写する時と、中・下巻を書写する時とで違う表記様式をとったとするかである。水田紀久氏は「取り合わせ本」と考えられ、「上帖の記載形式は、平安中期から末期にかけてかな本よりかきあらためられたために成立したものであり、中下帖の記載形式わ《ママ》、すでに院政鎌倉時代にはいってからかきあらためられたことにより、成立したものとおもわれる」(『国語国文』第二十一巻第七号、昭和二十七年八月)として前者の解をとった。しかし、上巻の様な「片仮名双行宣命書き」だからというので、直ちにそれが平安中期から末期のものとすることは危険である。平安時代の資料について見ると、片仮名は小字書きする(これをここでは「宣命書き」とする)が、多くは一行書きである

（『東大寺諷誦文稿』『打聞集』など）。つまり片仮名を一行で書くか二行で書くかは時代的な違いではなく、様式の違いかと考えられるからである。

もう一つ考慮に入れなければならないのは、他にも中・下巻に「宣命書き」の資料が残っていることである。その一つは『聖徳太子伝玉林抄』所引の三宝絵（『三宝絵集成』）で、それは中巻序の部分の後半であるが、文章は東博本と大同である。その二つは、高山寺蔵『盂蘭盆供加自恣』（三宝絵抜書）で、これは下巻の終りに近い部分であり、しかも片仮名は双行である。さらにもう一つ、小林芳規博士が紹介された、高山寺蔵『類秘抄』（承久二年〈一二二〇〉写、本奥は仁平四年〈一一五四〉）に三宝絵下巻の次の如き引用がある（『鎌倉時代語研究』第一輯、昭和五十三年三月）。

三宝絵下云経云正五九月ニハ帝尺南閻浮提ニ向テ衆生ノ所作善悪ヲ注ス此月ニハ沐浴潔斎シ諸善事ヲ行云々

可勘本

これは「宣命書き」ではあるが、双行か否か不明。ともかく、「漢字片仮名交り文」が「宣命書き文」よりも後出であることはいうまでもないが、鎌倉時代書写の文献についてその表記様式からだけで時代の先後は論じられない。そこで別の徴証から上巻と中・下巻の関係を見ていくことにする。

東博本中の万葉仮名・平仮名

東博本は片仮名を使用する本なのであるが、中に万葉仮名・平仮名が全巻にわたって散見する。まず、十丁目までで、大字で書かれるべき箇所（多くは自立語・活用語の語幹）のうち、万葉仮名、または平仮名で書かれている箇所、および、普通の片仮名の大字で書かれている箇所がどのくらいあるか、を表にしてみる。

丁	万葉仮名もしくは平仮名	片仮名	万葉仮名もしくは平仮名書きの語例
二オ	5	0	(朝*)末多木、己*幾、加久-曾〈カク・此・是、ソ〉、伊(坐)(二回)〈イマス〉
二ウ	0	0	
三オ	0	0	
三ウ	0	0	
四オ	1	19	太*身
四ウ	5	19	末*己毛、於とゝ〈大臣・オトト〉、以*末女幾、奈*加為、奈*と-仁〈ニ〉
五オ	0	7	
五ウ	2	2	伊(坐)〈イマス〉、(玉*)ッ佐、(水*)クき(「ッ佐」「クき」は0.5ずつとする)
六オ	2	0	奈良无〈ナラム・成ム〉、伊(坐)
六ウ	0	0	
七オ	2	0	伊(坐)(二回)
七ウ	2	0	末*者、伊(坐)
八オ	2	0	伊(坐)(二回)
八ウ	1	0	奈止加〈ナトカ〉
九オ	1	0	加久〈カク〉
九ウ	1	0	須*加利
十オ	0	0	
十ウ	0	0	

＊は全巻に一例しかないもの。〈 〉内は、中・下巻におけるその語の表記。

四、五丁の表裏にことに大字の片仮名表記が多いのは、この部分が枕詞を多く用いたりして和文調の濃いところであり、また「以末女幾ノ中将」など、仮名でなくては書けない書名があったりして、万葉仮名（これも漢字である）、もしくはその代理としての平仮名を多用するうちに、宣命書きに徹し切れず、片仮名をもって代用することになってしまったということなのであろうと思う。

ついで十一丁以後、上巻で、万葉仮名・平仮名、大字の片仮名で書かれている箇所の、すべての例を左に掲げる。

伊奴留曾止（一三オ1・一八頁3） 以那は（一九オ6・四二頁5） 佐良者（一三オ9・一九頁8） 佐良波（一八ウ4・四一頁3） 於与久（一四オ8・二一頁3） はき（一四ウ4・二一頁8） 波木ツ（二四オ7・三四頁8） 太末佐加（一五オ7・二二頁7） 与曾比（一五ウ4・二二頁15） 加知与利（一六オ1・二三頁5） 木仁計利（一六オ3・二三頁8） 木奴留（一九ウ7・二八頁11） 於保呂介（一六ウ2・二四頁5） 太己（いとこ）（一七オ6・二五頁8） 阿わ天ゝ（一七ウ4・二五頁16） ツ奈木（一八オ6・二六頁13） 木ノ目ノ毛由留（一九ウ6・二八頁10） ツ久呂比加太加留（二一オ1・三〇頁5） さけの家（二一オ4・三〇頁8） 多留ナリ介利（二二オ1・三一頁9） ムツレ（二二ウ7、二三オ3・三二頁8、14） 祢不留（二三オ9・三三頁6） 祢不利（三二オ6、四七オ3・四六頁14、六八頁15） 加末比（二三ウ1・三三頁8） 久佐利（二五オ8、三一オ5・三五頁12、四五頁10） 佐へ（二六オ3・三六頁16） 加ゝ留（二八オ4〈2回〉、三三ウ3・四〇頁2、四八頁16） 於毛保衣須（二八オ7・四〇頁6） 太者事（二八オ7・四〇頁7） きたなく（二九オ8・四二頁9） きた无ク（三一オ9・四五頁14） 者見天无（三〇ウ6・四四頁10） 者む（三〇ウ7、8・四四頁12、14） 加シツ久へ加良数（三一オ9・四五頁14） 於久礼天(三一ウ5・四六頁3） 宇津ゝ仁(三三オ1・四七頁16） 比留む(三三ウ8・四九頁5） ツ木太留(三四オ5・四九頁12） 不世久(三四ウ7・五〇頁10） ハルカニ(三五オ9・五一頁12） き江天(三六オ3・五二頁11） 多ゝ礼(三七オ6・五三頁16） 由加女利(三七オ7・五三頁16） 奈ツミ(三七ウ4・五四頁11） ヒ留ミ(三七ウ5・五四頁11） 伊ツ礼(三八ウ5・五六頁7） 加久(三九ウ8、四六ウ4、6・五八頁2、六八頁3、8） 那止天(四一オ3・六〇頁8） いモ祢ス(四一ウ2・六一頁5） あやふき(四一ウ4・六一頁6） 加ゝ末利天(四三ウ7・六四頁3） 同シ借リ(四四オ4・六四頁11） 久留曾(四五ウ5・六六頁13） 末加リ(四六オ4・六七頁10） 阿良サリ(四六ウ4・六八頁3） 安き(四七ウ7・六九頁14） あ木(四八ウ1・七〇頁12） 於保サハ(四八オ2・七〇頁4）

右を見ると、「いぬ(去)」「さらば」「はぐ(剝)」「むつる(睦)」「ねぶる(舐)」「くさる(腐)」「かかる(斯)」「きたなし(汚)」「はむ(噉)」「かく(斯)」「あく(開)」 など二回以上の例があり、これらの語には当てるべき漢字が思い浮ばなかったことを物語っている様に見える。

ところが、中・下巻における万葉仮名・平仮名書きの語を見ると、右の様なはっきりした理由は感ぜられない。左にその全例を挙げる。なお、「乃」「天」は片仮名の一字体とする。万葉仮名の中には草体のものもある。

中巻　悦給て(七オ5・七八頁8） かさの病(九オ3・八〇頁12） か遣里(一三オ7・八五頁8） 志奈天留耶(一四ウ6・八七頁4） 阿者礼(一四ウ6・八七頁4） 二尓(一六オ4・八八頁13） 三尓(一六オ7・八八頁15） 競いてゝ(一九ウ6・九三頁1） マウ遣て(二〇ウ2・九三頁12） 於ほヤケ(二一オ7・九四頁11） か多く於本ユル(二二オ7・九五頁11） 豊服の君か妻(二三ウ7・九七頁2） 物いふ事(二四オ6・九七頁

9） 大神宮の僧（二四ウ5・九八頁1） 佐賀君と（二五オ1・九八頁6） あきらかなる光（二八オ2・一〇二頁6）

下巻 月ことに（二ウ2・一三二頁2） 三尓ハ（四ウ5・一三五頁5） ヲシフルことゝな（八オ4・一三九頁6） 帰て（一一オ7・一四三頁4） 於もふ（一四オ2・一四六頁10） ノ給ハく（一四オ3・一四六頁10） 佐ゝ名実（二八ウ3・一六五頁4） 候て（四四ウ3・一八四頁12） 時尓ハ（四五オ3・一八五頁6） もゝさくにやそさかそへて堂まへてしちふさのむくいけふせすはいつかわかせんとしハをつさよハへにつゝといふ事（四五オ7、ウ1・一八五頁11） カ子ノミタ遣の蔵王（五三オ8・一九五頁8） 阿ミた仏の（六二オ5・二〇六頁11） 秋の風（六二ウ6・二〇七頁7） 勝波豆米（六三ウ5・二〇八頁8）

上巻と中・下巻とに見られる同一の漢字用法

右のごとく、上巻と中・下巻とは表記様式が違っているが、しかし同一と認められる漢字の用法もある。それは次の様なものである。

(1)数を表わす語はすべて漢字で書く。
(2)仏教語もすべて漢字で書く。
(3)漢語は漢字で書く。
(4)一音節語は漢字で書くことが多い。
(5)固有名詞は漢字で書く。
(6)ある慣用が成立していて常用されている漢字がある。たとえば次の様なものである。

石 命《いのち》 家 牛 魚 鬼 風 門《かど》 皮《かは》 神 后 昨日《きのふ》 京 蛇《くちなは》 国 雲 車 官人 孝 今日 煙 子 金《こがね》 国王 心 銀《しろかね》 白《しろし》 銭 宣旨 太子 大臣 大王 唐 堂 玉 民 地《ち》 父《ちち》母《はは》 月 天 天皇 毒 鳥 名 汝 庭 俄《にはかに》 願《ねがはくは》 念《ねん》ズ 百済国 林 日 妃 火 光 左 右 人 臂 一《ひとつ》 二 二人《ふたり》 文《ふみ》 申《まう》ス 又 御《み》 子《こ》 御心 三人《みたり》 三《みつ》 水 耳 宮 御世 虫 村 室 物 八人《やたり》 山 湯 世々 王 王宮 王子 我 童 女 女子

これらの語の表記はすべて三巻共通であり、また、片仮名表記の交っているものでも、漢字で書く場合には三巻共通の漢字を用いているのである。その二、三の例を挙げれば次の如くである。

		上	中	下
ヨロコブ	喜	11	3	8
	悦	19	6	10
	ヨロコブ	0	4	7
トコロ	所	33	22	43
	トコロ	0	1	0
トフ	問	33	12	7
	トフ	0	11	8
トシ	年	15	20	28
	トシ	0	2	2
ツミ	罪	20	8	13
	ツミ	0	4	12
ツカヒ	使	9	18	6
	ツカヒ	0	1	2
タノシブ	楽	4	2	7
	タノシブ	0	0	6
タチマチニ	忽ニ	9	8	4
	タチマチニ	0	0	1

ただし、上巻と中・下巻で用字に相異のあるものもある。

		上	中	下
ステニ	既	6	0	0
	已	8	3	3
	ステニ	0	3	6
スナハチ	即	19	23	28
	則	4	0	0
	スナハチ	0	1	11
イマス	伊坐	12	0	0
	イマス	0	4	6
ノタマフ	宣	41	0	1
	ノ給(玉)フ	0	15	88

「スデニ」「スナハチ」の例は、「既」「則」という漢字が上巻だけに見える。「イマス」「ノタマフ」は上巻と中・下巻とでかなりはっきり表記が別れている。しかしこれらは表記様式の相異からくる違いということで説明でき、かならずしも「とり合わせ本」としなくてもよいであろう。

東博本の親(祖)本

既述のごとく、東博本は三巻とも一筆と認められ、「妙達和尚ノ入定シテヨミガヘリタル記」も同筆であることから、この様な形で一本となったのは親本からのことであろうと想像される。その「親本」もしくは「祖本」はどんな本であったか。山田孝雄博士は次の様にいう。

雨下(天下)
木仁計利(来ニケリ)
勝チ負ノ太身無端シ(カチマケノイドミアヂキナシ)
太己ニカ汲移サム(イドコニカクミウツサム)
不思去リキ(オモハザリキ)
同シ借リツレハ(オナジカリツレバ)

という様な文字遣いは、もとの「仮名書き」に「出たらめの文字遣い」を当てたからであり、また下巻(五ウ・一三六頁)の、

或ハ経論ヲ説テナカク乃リノ灯ヲツカムヤ
或ハ戒律ヲマモリテ鉢ノ油ヲカタフケス

或ハ身ノ根《或本真言》ヲサタメテマタクカメノ水ヲウツシ
或ハ大乗ヲ誦シテアマネク衣ノウラニ玉ヲカケ
或ハ禅定ヲコノミテ世ノイソキヲステ
或ハ世間ニイテヽ人ノ心ヲスヽム
ミナコレ仏教ノアマタノ門ヨリワカレイテヽヲナシク菩提ノ一所《トコロ》ニイタリアハムトスル也

とあるのは、前田本で、

或説経論　永挑法灯
或護戒律　不傾鉢油
或伝真言　全移瓶水
或誦大乗　普繋衣珠
或好禅定　捨世営
或出世間　勧人心
是皆仏教自数門分入同欲著菩提一所也

とあるのが元で、それが一旦「仮名書き」せられ、その本を基にして東博本（もしくはその祖本）が漢字を多くして書き改めたものであろう、というのである。水田紀久氏も前掲論文で同趣旨からさらに幾つもの例を挙げていられる（これらの点については本文中の当該箇所で注した）。私も東博本の本文中、どうも、祖本で平仮名であったものを、「漢字片仮名交り文」（宣命書きか否か不明）に改めたらしい痕跡を見出して、二氏の見解に賛意を表したいと思う。その二、三の例を挙げる。

◎フルキ室(中四オ7・七五頁5)　名博本「ふるみち」　前田本「古道」　続高僧伝四・玄弉伝「路極めて梗渋」

「室」はもと「みち」が正しい。漢字や片仮名では誤ることはあるまい。平仮名「みち」を「むろ」と誤ったか。

◎僧ノカ《ウ(別筆)》クルノミナラズ(下五〇オ5・一九一頁10)　前田本「僧受」

「ウ」が正。「ウ」を「カ」と誤るのは平仮名のせい。

◎物コフ物カホニキタラバ(下五八ウ2・二〇一頁13)　前田本「乞者来門者」

「カホ」は「カト」の誤。「かと」を「かを」と読み誤り、さらに「かほ(顔)」と誤解した。

◎左ノ手シテハ飯ヲサヅク(下五九オ3・二〇二頁6)　前田本「左手抑飯」　盂蘭盆経「以左手障飯」　高山寺本「抱」

この前後の文意は「母が与えられた飯鉢を左の手でおさえて右手でとって食おうとする」ところであるから、「飯鉢を抑え」か「飯鉢をさゝへ」。「鉢を抱き」はいき過ぎか。よって「さゝへ」を「さつく」と誤ったか。

◎目連クヒカナシビテ(下五九オ5・二〇二頁9)　前田本「目連呼悲」　高山寺本「目蓮呼悲テ」

「クヒ」は「よひ」の誤。「よひ」を「くひ」と誤ったか。

◎悪ヲツクレバ(下六〇ウ6・二〇四頁7)　前田本「了安居」　高山寺本「安居ヲヘツレバ」

これは小林氏の前掲論文にも指摘がある。東博本は文意をなさない。「悪」は「安居」の誤であり、もと「あこ」とあったものを「あく」と誤読した結果である。漢字であっても片仮名であってもこの様な誤は起こり難い。小林博士もこの例から、祖本に平仮名文を想定している。

東博本の書き込み

東博本にも校合や注記の書き込みがある。しかもその筆蹟、墨色より判ずれば、本文筆者のものと、後人のなしたものとがある。校合の部分は異本によったもので、「イ」とあることからわかる。単なる注記で筆者本人のもの(つまり本文と同筆のもの)は、訓みの注記や、誤写訂正のものがある。これらの中に、上巻がひょっとしたら本書の筆者によって「片仮名双行宣命書き」に改められたのではないかと疑われるものがある。一つの例を挙げれば、上巻四オ6の、

風《カス》カナル

とあるのは、「風」の字の中央に訂正のしるしがあって右に「カス」とあるのであって、これは後から訂正したものではなく書きながら消したものである。普通の訂正ならば「〻」を字の左に印して右に訂正字を書くのであるが、ここは、いきなり「風」の上に斜線を引いたもので、筆先の毛の乱れたまま三本の線(そのまん中ははっきりと)で引いたので、筆者は「風」の字を書いて、「風」の字ではまずいと思い右に「カス」と書いたものであろう。同じ様な消し方は、上巻一五オ7の「来」にもみえる。「風」の字は上巻二七ウ5に「風ニノカ聞コユ」とあるごとく、「ホノカニ」に当てようとしている字である。そうすると、親本では片仮名で「カスカナル」とあったものであろう。

この様に考えると、親本で片仮名書きであったものが、観智院本の様な表記様式に改められた時に、漢字に直され

たということになり、さきに「東博本中の万葉仮名・平仮名」で指摘した宣命書きの乱れもその現象の一つかも知れない。あるいは現在の細字で傍に書かれている片仮名は親本では大字の片仮名ではなかったかとも思われてくる。前田本と比べてみると、東博本で片仮名をつけた語はかなりのものが前田本では違った漢字になっているのに、片仮名の付してない漢字はほとんど共通しているということが言えそうである。そのことを片仮名傍訓の比較的多い、上巻第二丁オと、第四丁ウで調べてみる。圏点を付した語が前田本と同字のものである(片仮名小字は普通の大きさに、双行は単行にした)。

第二丁オ

三宝絵序

古ノ人ノ云ル事有、

身観バ岸額ニ根離ル草、命論バ江辺不繋船。

ト。又、

世中ヲ何譬ム朝末多木己《マダキコギ》幾行船ノ跡ノ白浪

ト云リ。唐ニモ此朝ニモ物ノ心ヲ知人ハ加久曾云《カクゾイヘ》ル。况解深《サトリフカク》慈ビ広ク伊坐《イマ》ス仏御教《ミノリ》ニ、

世ハ皆《ミナ》堅ク不レ全ル事、水ノ沫《アハ》、庭水《ニハタヅミ》、外景《カゲロフ》ノ如シ。汝等悉ク正ニ疾《トク》厭ヒ離ル、心ヲ可成。

ト宣ヘリ。仏ハ衆生ノ父ニ伊坐ス。子ノ為ニ背《ウシロ》メタ□勧給ハムヤハ。雨下《ノシタ》ノ人此事ヲ知レルハ多カレド

第四丁ウ

ヨリモ多カレド、木草山川鳥獣モノ魚虫ナド名付タルハ、物イハヌ物ニ物ヲイハセ、ナサケナキ物ニナサケヲ付

タレバ、只海アマノ浮木《ウキキ》ノ浮ベタル事ヲノミイヒナガシ、沢ノ末己《間》毛《鷹》ノ誠トナル詞ヲバムスビオカズ《不結置ス》シテ、伊加《伊賀ノ》《トイ》乎女《太平女イ》、土佐ノ於とゞ《大殿》、以末女《今様ノイ》幾ノ中将、奈加為《中居》ノ侍従ナド云ヘルハ、男女奈ど仁寄ツヽ花ヤ蝶ヤトイヘレバ、罪ノ根、事葉ノ林ニ露ノ御心モトヾマラジ。ナニヲ以カ貴キ御心バヘヲモハゲマシ、シヅカナル御心ヲモナグサムベキ、ト思フニ、昔シ竜樹菩薩ノ禅陀迦王ヲオシヘタル偈ニ云ク、

モシ絵ニカケルヲ見テモ、人ノイハムヲ聞テモ、或ハ経ト書ミトニ

つまり、圏点を付した字は、これらの片仮名書き三宝絵に共通の漢字だったと一応見当をつけると、それ以外の字はあるいは東博本の筆者のもの(祖本のものであることもあろうが)ではなかったかと思われるのである。

次に、筆者の用いた校合本はどんなものであったかというに、「イ」「イ本」「或」とあるものから想像するに、やはり宣命書きであったと思われるが、片仮名双行であったかどうかは不明である。

後筆による校合は、

下巻一四ウ3(一四七頁注一五)の「二ニハ垢ノツキヨコレル事ヲ除ソク」

下巻三一オ7(一六九頁注一五)の「終レリ」を訂して「入定シ玉ヘリ」

下巻三八オ4(一七六頁注一三)の「万灯ヲヤ」の補入

下巻五七オ4(一九九頁注二四)の「昔」を「シカシ」と訂正

下巻六三ウ5(二〇九頁注一二)の「アヒタ」を訂し「アタイ」とする

下巻七六ウ8(二二四頁注一)の「ハ初テ生ルトキヨリ衣ヲキタリィ」

などに表われているが、これも宣命書きで、その片仮名は一行書きであった様である。

この様にしてみると、宣命書き(片仮名が双行か否かは不明であるが)はかなり後世まで行われていた形式であって、東博本上巻の表記様式は、この本の書写時に片仮名双行の宣命書きに改められた可能性が強く、本文は上・中・下巻とも同性質のもので、とり合わせ本ではなかったであろうと思われる。

もっともこの上巻と中・下巻の表記様式の相異は、三巻とも片仮名宣命書きであった親本を写す時に、上巻だけは親本の表記に従ったが、中巻と下巻は漢字交り片仮名文にした、という小林芳規博士の解釈(『鎌倉時代語研究』第一輯)も成り立つであろう。

なお余説であるが、東博本の使用仮名の中に、珍しい異体字がある。「ナ(ツ)」(上一三ウ2・一九頁注九)、「つ(ラ)」(上二五オ6・三五頁注一五)、「サ(キ)」(上二五ウ1、2・三六頁注二)、「ツ(タ)」(上二八ウ7・四一頁注一四)などで、「つ」はときたま見え、「サ」は石山寺蔵『虚空蔵求聞持経』に見られる(築島裕『平安時代訓点本論考』による)が、その他のものは未詳。これが何を意味するかは今後の課題としたい。

3 前田本

前田本は尊経閣叢刊昭和十年度配本の一として、池田亀鑑博士の解説を付して複製頒布された。この本は醍醐釈迦院有雅の所蔵であった寛喜二年(一二三〇)の写本を、江戸時代になって正徳五年(一七一五)に前田家藩主松雲公が影摹せしめ、自ら跋文を書いたものである。池田博士によれば、縦一尺一寸(三十三・三センチ)、横七寸八分(二十三・六センチ)とある。袋綴三冊。各巻とも表紙右下に「信教房之本」と書し、所蔵所を示す。信教房は上醍醐宝幢院のことである。

奥書は、

上巻　寛喜二年广(庚)宀(寅)三月十九日酉刻於醍醐山西谷書写了
　　　　　　求法沙門叡賢 生年七十七
　　　一交了
中巻　寛喜二年广宀三月二十四日書写了
　　　　　　求法沙門叡賢 生年七十七
　　　一交了
下巻　寛喜二年庚寅四月九日未刻於醍醐山西谷書写了
　　　　欣求菩提沙門叡賢 生年七十七

右三宝絵三巻者釈迦院前大
僧正有雅所蔵也乙未之夏借
其旧本而覆摹之遂加再校以
収書庫云
　　正徳五年六月中澣
　　　　養民堂主人識

寛喜二年の写本というのは現在醍醐寺には無い様である(拙稿「醍醐寺不見書二種」『醍醐寺文化財研究所研究紀要』第八号、昭和六十一年三月)。

さてこの本はいわゆる真名本である。つまり漢文でもなく変体漢文でもなくて、漢字のみをおおむね国語の順に書いた文献で、『伊勢物語』や『曾我物語』にその種のものがある。漢文にしろ変体漢文にしろそれぞれの格があるのに比して、これはただ漢字を並べただけで、おそらく一定の読みは期待できないものであろう。したがってこれが中世、ある『三宝絵』の一本から漢字のみ集めてできたであろうことは容易に想像される。さきに試みた様に、東博本上巻第三丁ウの本文をとり出し、前田本と同字のものに圏点を付けてみる(仮名の表記の修正は同前)。

諸ノ事ノ中ニ無比。仏界皆喜給ヒ、魔軍ハ悉振フ。

生死海ノ船、涅槃ノ山粮也。

ト讃給ヘリ。因茲波羅門暫程酔テ僧形ニ成カバ、此故ニ後ニ法ヲ聞キ。蓮花色ガ戯ニ尼ノ衣ヲ服ケルハ、其力ニ今仏ニ奉遇レリ。酔ノ迷ヒ戯ノ衣成シダニ善根遂不空ケレバ、賢心、実志ナルハ、功徳弥難量シ。

穴貴ト、吾冷泉院太上天皇ノ二人ニ当リ給フ女ナ御子、春ノ花貌チヲ恥、寒キ松音ヲ譲リ、九重ヘノ宮ニ撰レ入リ給ヘリシカド、五ノ濁ノ世ヲ厭ヒ離給ヘリ。彼勝鬘ハ波斯匿王ノ女スメ也、心ヲ発セル事人モ不教。有相ハ宇陀羨《キ》《セム》王ノ后也、髪ヲ剃シ事誰又進メシ。貴トキ家ヨリ生レ、重キ位ニ備ハリタシカド、蓮ノ

これによると、全漢字数一四六のうち、一致するもの一一〇になり、一致率は七割五分となる。残りも同意異字(無と无、振と震、此と是など)が十二あり、これを加えれば八割四分も一致することになる。これから考えれば、前田本は東博本の様な漢字片仮名交り文で書かれた一本から漢字を集めたものということができよう。そしてこれは他の真名本と同じく、僧侶の人々が物語を読み物として享受しようとした一つの表われということになろう。しかし、五〇二頁で示したごとく、もとの偈の正しい表記を伝える点もあることからすると、かなり原本に近い頃にできた漢字片仮名交り文から出たものの様である。

4　高山寺本『盂蘭盆供加自恣』

下巻第二十四条一話の室町初期写本。表紙共五丁。この断簡が『三宝絵』であることは、小林芳規博士「高山寺蔵『三宝絵』詞章遺文」(『鎌倉時代語研究』第一輯、昭和五十三年三月)、安田尚道氏「高山寺蔵本『盂蘭盆供加自恣』(三宝絵抜書)の研究」(『高山寺典籍文書の研究』昭和五十五年十二月所収)によってあまねく知られるところとなった。安田氏が本資料と前田本とが共通の祖本を持つであろうことを、「優婆塞戒経」という文言から想定されたのは卓見というべく、前田本の元に、漢字の多い片仮名交りの本があったのではないか、という私見にも有利である。しかし、この資料と前田本との漢字の一致率はそれ程高くはない。

5　その他の諸本、および草稿本について

右に述べた諸本の他、断片的に『三宝絵』の本文を伝えるものがある。

イ、名博本・東大寺切対校本

「名博本・東大寺切」には処々異本をもって対校した跡がある。その対校本は漢字片仮名交り本であった様で、次項「御記本」に近い様である(詳しくは拙稿「三宝絵詞の草稿本、東大寺切・関戸本について」)。

ロ、御記本

『上宮太子御記』は『三宝絵』より中巻の序と中巻第一条を抜き出したもので、『三宝絵』の一本の姿を伝えるものである。『諸本対照三宝絵集成』に収められた。

ハ、その他

『扶桑略記』『東大寺要録』『聖徳太子伝玉林抄』『和歌童蒙抄』『袖中抄』などに引用されている文章についても『諸本対照三宝絵集成』に収めてある。また、高山寺蔵『類秘抄』中の引用文については前に掲出した。『今昔物語集』の中の『三宝絵』より取材した話は原文をそのまま伝えたものではないが、その内容からかなり本文系統は推定し得るものである。

ニ、源為憲草稿本

為憲の草稿本があったらしいことは『叡岳要記』(群書類従巻第四百三十九)に、

源為憲撰三宝絵草案中在之

とあることより知られるが(山田孝雄『三宝絵略注』)、尊子内親王に奉献した本の草稿本が奉献本以外に流布したものかと思われる。それは漢学者為憲らしく漢文もしくは漢文を書き下したものであったろうと想像されるところであるが、どうも序文(各巻の序も含めて)だけは漢文が下地にあったとは思われない。

たとえば、第四丁表より裏にかけて、

物ノ語ト云テ女ノ御心ヲヤル物オホアラキノモリノ草ヨリモシケクアリソミノハマノマサコヨリモ多カレト

木草山川鳥獣モノ魚虫ナト名付タルハ物イハヌ物ニ物ヲイハセナサケナキ物ニナサケヲ付タレハ只海アマノ

浮木ノ浮ヘタル事ヲノミイヒナカシ沢ノマコモノ誠トナル詞ヲハムスヒオカスシテ

などという文章は漢文系統の文章では書けない様な気がする。やはり序文だけは後から和文に書いて付けたものではないだろうか。その他のことは『古典の窓』の拙稿に譲る。

6　諸本の系統

以上の様な諸点を勘案して、次の様な諸本系統図を想定してみた。

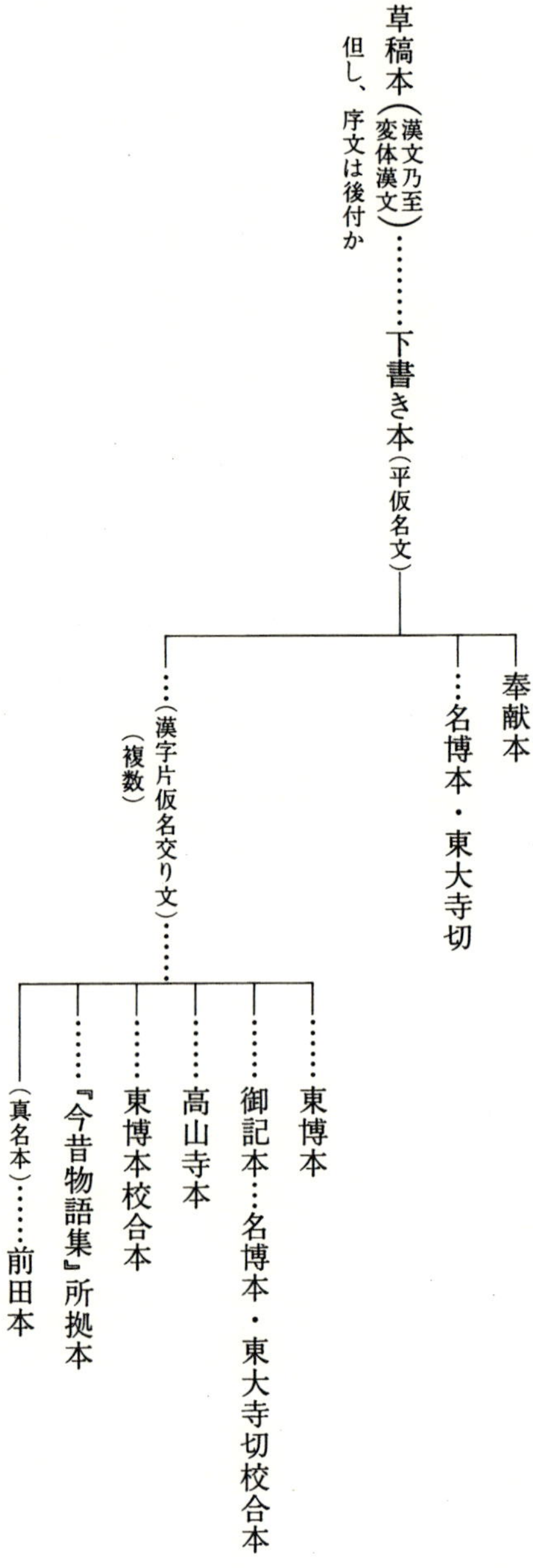

＊東博本と『今昔物語集』所拠本とが密接な関係にあることは、中巻第十四条の「楢磐島」の話で、標題をどちらも「橘磐島」とし、出典である『日本霊異記』および、『三宝絵』の他の諸本では「楢磐島」となっていること、本文中の修多羅供の銭をこの二本のみ「卌貫」とし、『日本霊異記』および他の諸本では「卅貫」となっていることなどから明らかであるが、それがどの段階で起きたことかは明確ではない。よって一応右の様にした。

主要参考文献（主として単行本。詳細な研究文献目録は、『諸本対照 三宝絵集成』および『勉誠社文庫 下』の解説〈小泉弘担当〉にある）

三宝絵詞（大日本仏教全書111） 大正十一年八月、昭和四十七年十月新編纂 東博本翻刻

三宝絵（前田家尊経閣叢刊、池田亀鑑解説） 昭和十年七月 前田本影印

三宝絵詞（古典保存会複製、山田孝雄解説） 昭和十四年十一月—昭和十六年三月 東博本影印

三宝絵略注（山田孝雄略注・解説） 昭和二十六年十月 宝文館 東博本底本

三宝絵詞（古典文庫215、吉田幸一・宮田裕行校） 昭和四十年五月 古典文庫 東博本翻刻

「三宝絵詞東大寺切の研究」（『説話の語文』所収、春日和男） 昭和五十年 桜楓社 名博本翻刻および研究

諸本対照 三宝絵集成（小泉弘・高橋伸幸）昭和五十五年六月 笠間書院 諸本および佚文の集成・研究

三宝絵詞 上・下（古典文庫64 65、江口孝夫校注） 昭和五十七年一月・三月 現代思潮社

三宝絵詞・明恵上人伝（日本古典文学影印叢刊17、大曾根章介解説） 昭和五十九年五月 日本古典文学会 東博本影印

三宝絵詞 上・下（勉誠社文庫128 129、小泉弘解説） 昭和六十年四月 勉誠社 東博本影印

三宝絵詞自立語索引（笠間索引叢刊87、中央大学国語研究会） 昭和六十年十月 笠間書院 底本東博本

三宝絵詞付属語索引（笠間索引叢刊88、中央大学国語研究会） 昭和六十一年六月 笠間書院 底本東博本

名古屋市博物館蔵三宝絵 平成元年九月 名古屋市博物館 名博本影印、解説・翻刻（小泉弘）

三宝絵（東洋文庫513、出雲路修校注） 平成二年一月 平凡社 東博本底本（漢字平仮名交り文に書き直す）

『三宝絵』の後代への影響

小泉　弘

『三宝絵』の後代への影響についての研究は、殆ど先学の諸研究に尽きているが、若干の追加や補正を要する箇所もない訳ではない。ここでは、基本として山田孝雄氏の『三宝絵略注』(昭和二十六年十月)をふまえながら、いささか私見も加えつつ、『三宝絵』流伝の足跡をたどることにする。

一　日本往生極楽記

『極楽記』行基伝末尾の注記によれば、慶滋保胤《よししげのやすたね》は在俗時にその本文及び序を草し、ひとまず巻軸を成し終っていた(第一次本)。出家(寛和二年、法名寂心)後、寂心は新たに往生人五、六輩を得たが、念仏に暇なく、その加入や撰文を兼明親王に委嘱し、親王はその後、聖徳太子・行基菩薩の二伝を加うべしとの夢告を得たが病により成し得ず、やむなく寂心自身が書き加えて、現在見る形に完成させたという。追補の時期は、保胤出家の寛和二年(九六六)四月以降、親王逝去の永延元年(九六七)九月前後の頃かとされている。

注目すべきは、増補された聖徳太子・行基の二伝に『三宝絵』の影響が認められることである。

まず、『極楽記』の太子伝は『聖徳太子伝暦』を中核的資料としたものであるが、『極楽記』の方が『三宝絵』より詳細になっているのは、『伝暦』を中核的資料としながら『三宝絵』をも座右に置いて、より詳細な伝を構成したことに基づくものと推定される。『極楽記』の、「太子薨《し》にたまひて後、……冬十月廿三日の夜半に忽ちにこの経を失ひて、去りし所を知らず。今法隆寺に納めたる経は妹子が持ち来りしところなり」という記事は、『伝暦』には存在せず、『三宝絵』の、「太子カクレ給シ日、彼衡山《かの》ヨリモテキタリ給ヘリシ経ハ、俄ニウセヌ。イマダ寺ニアル経ハ、妹子ガモテキタリシナリ」を継承したものと推定できる。『極楽記』の太子伝が『三宝絵』を実見しながら成ったことの一証となるであろう。

『三宝絵』の行基伝は、源為憲が複数の資料を用いて編成した独自の伝で、次のように大きく五部に区分することができる。

A　行基の出自、諸国巡歴、民衆教化のこと等(『続日本紀』一七、天平二十一年の没伝による)

B　無理にすすめられて口にした膾《なます》を、魚に化して吐き出した話(佚書『名僧伝』によるか)

C　髪に鹿の油を塗った女性を、大法会の会衆中から見抜いた話(『日本霊異記』中29による)

D　智光、行基をねたみ罵った口禍により地獄に堕ち、蘇生後、懺悔帰依すること(『日本霊異記』中7による)

E　東大寺供養に際し、難波に婆羅門僧正を迎え、和歌を唱和すること(『名僧伝』によるか)

さて、『極楽記』の行基伝の冒頭に据えられている「胞衣に包まれて出生。少年の時、村童と共に仏法を讃嘆する話」は、重松明久氏によれば『行基大菩薩行状記』に拠ったものという。そして、この冒頭加入記事を除くと、『極楽記』の行基伝は、右の『三宝絵』C部は省略されているが、その他はすべてA・B・D・Eと、同じ順序に構成され、行文もまた近い関係にある。

『極楽記』の空也伝は、源為憲の『空也誄』によって書かれており、保胤主宰の勧学会発足時の「記」を執筆したのは為憲であり、詩文の道や仏道の上での両人の親交ぶりからすれば、『極楽記』の聖徳太子・行基二伝増補にあたり、永観二年(九八四)十一月に成った『三宝絵』を参看しつつ文を進めたとみることができよう。かくて、『三宝絵』の成った永観二年から僅か二、三年後という早い時期において、『三宝絵』摂取の足跡を、『極楽記』に認めることができるのである。

二　大日本国法華験記

『法華験記』は、首楞厳院《しゅりょうごんいん》の沙門鎮源の、長久年間(一〇四〇—一〇四四)の撰。全一二九話中、説話末に「見(または出)二霊異記一」の注記を持つ巻上10、巻下96、105、106、108の五話、並びに、この注記を持たない巻下98の計六話は、『霊異記』を直接の典拠とするものではなく、いずれも、霊異記——→三宝絵——→法華験記の関係にあるもので、次のように表示することが出来る。

霊異記	三宝絵	法華験記
下6	中16	上10　吉野山海部峰寺広恩法師
上19	中9	下96　軽咲持経者沙弥
中6	中10	下105　山城国相楽郡善根男
中15	中11	下106　伊賀国報恩善男

下13	中17	下108 美作国採鉄男
下19	中4	下98 比丘尼舎利

『三宝絵』は『霊異記』摂取にあたり、独自の付加や省略、更には原文の改変等を行っている。たとえば『法華験記』下105の「また新故の二の経は、双べて一の箱に入るるに、新しき経を入るるといへども、故き経を入れず」は、『三宝絵』中10の「人、二ノ経ヲナラベテ一ハコニ入レバ、フルキハイラズ、アタラシキハイル」を継承したものであるが、これは『霊異記』中6には存在せず、『三宝絵』で付加された記事である。また、『霊異記』下19の「身俄に長大し、頭頸成り合ひ、人に異りて頤《おとがひ》無し」は、『三宝絵』中4ではこれを省略し、『法華験記』下98も『三宝絵』を受け継いで、この記事を欠く。『霊異記』下6は、病により体力衰弱した禅師が、弟子に「我、魚を噉はむとおもふ。汝、求めて我を養へ」と命じたことになっているが、『三宝絵』中16は、「身ツカレ給テ、病スデニオモクナリ給タリ。……心ミニナヲ魚ヲマイレ」と、弟子がねんごろにすすめたことに改変されている。『法華験記』上10は『三宝絵』のこの部分をそのまま継承し、また、『霊異記』では、弟子の求めてきた魚を、師の僧は、天の加護だと喜んで食べるのであるが、『三宝絵』では、「禅師コノ事ヲキヽテ、アヤシビ悦テクハズナリヌ」と改めている。『法華験記』は『三宝絵』を継承して、「沙門聞き已へて希有の心を生じ、その魚を食せず」とある。

以上、『霊異記』摂取時における『三宝絵』の付加・省略・改変等を指摘しつつ、『法華験記』の六話が、いずれも『三宝絵』を典拠とすることを明らかにした次第である。以上は『三宝絵』のみを単一の出典とする場合であったが、一説話が、『三宝絵』を含む複数出典から取材している場合を表示したものが次の表である。

法華験記	出典
上1　伝灯仏法聖徳太子	極楽記1、聖徳太子 三宝絵中1、聖徳太子
上3　比叡山建立伝教大師	叡山大師伝 三宝絵下3、比叡懺法
上4　慈覚大師	極楽記4、慈覚大師 慈覚大師伝 三宝絵下16、比叡舎利会

『法華験記』上1の「聖徳太子」の伝は、その大部分が『極楽記』に拠ったものだが、その条末にある太子の三つの名の由来は、『極楽記』に存せず『三宝絵』に基づいたものであり、また、条末に「出日本記・別伝等」とある依拠文献も、『三宝絵』に拠って、しかもこれを簡略化したものと推定される。つまり、『法華験記』上1は『極楽記』、『三宝絵』の複数出典に取材したものということになる。

『法華験記』上3「比叡山建立伝教大師」の条は、その内容を七部に区分できるが、(2)延暦四年の願文、(3)入唐以前の研鑽と修業、(6)遺言と制戒、(7)入滅の四部は、仁忠の『叡山大師伝』に基づき、冒頭の(1)最澄の出自と出家、(4)入唐して道邃和尚に天台の法文を習う、(5)帰朝後の八幡宮・春日社の神異と奇瑞、の三項は『三宝絵』下3「比叡懺法」に拠ったものである。

『法華験記』上4「慈覚大師」の伝は八部から成るが、冒頭の(1)は『三宝絵』下16「比叡舎利会」の慈覚大師伝に拠っている。(2)・(3)・(4)・(7)の一部並びに(8)は『極楽記』、(5)・(6)及び(7)の一部は源英明の『慈覚大師伝』に拠ったもので、これまた『三宝絵』を含む複数出典によって構成されている。

三　栄花物語

『栄花物語』「うたがひ」の巻は、太政大臣を辞した道長が、出家の上、ひたすら仏事善業にいそしんだことを主とした巻で、次のように多くの仏事の年中行事が列記されている。

正月	御斎会 山の四季の懺法	七月	奈良の文殊会
二月	山階寺の涅槃会	八月	山の念仏
三月	志賀の弥勒会	九月	東寺の灌頂
四月	比叡の舎利会	十月	山階寺の維摩会
五月	長谷寺の菩薩戒	十一月	山の霜月会
六月	六月会	十二月	御仏名

右の諸行事は、道長が親しく参会したものとして、月を追って叙述してあり、「六月会」と「東寺の灌頂」とを除くと、すべて『三宝絵』と重なるもので、次に『栄花物語』「うたがひ」の巻の一端を掲げてみる。

(1)　二月には山階寺の涅槃会に参らせ給て、……かの熱田の明神の宣ひけん事もあはれにおぼさる。

(2)　三月、志賀の弥勒会に参らせ給ふ。……いとあはれにおぼされて、万の事急がせ給ふ。

(3)　四月、比叡の舎利会は、……これにつけても、この香姓婆羅門がとどめ置きけん程、いとあはれにおぼされて。

(4)　長谷寺の菩薩戒に参らせ給て、……かの沙弥得道「礼拝威力自然成仏」の額《ぬか》も、あはれにおぼしめす。

(5)　十月、山階寺の維摩会に参らせ給ては、……維摩居士の、衆生の罪をおぼし悩みけん程も、いつとなくあはれにおぼさる。

一読して直ぐ気付くことは、「かの……けん事……あはれにおぼさる」という類型的文型で、背後に自他周知のある説話を潜《ひそ》ませ、これに対する共感や感銘等を「あはれにおぼしめす」「哀に悲しともおろかなり」などと述べている。右の場合はすべて『三宝絵』下巻に詳述の、仏会や寺の縁起等を頭においての表現となっている。これは「うたがひ」の巻にとどまるものではなく、他の巻々からの例も若干掲げておく。

(6)　「もとのしづく」の巻、皇太后妍子の女房達、経供養の条

鏡に写れる影を見たまては、かの舎衛国の女人の、我顔よしと見けんにも劣らず。

(7)　「御裳ぎ」の巻、法成寺万灯会の条

阿闍世王の、十万石の油して為けんにも、これはまさゞまに見えたり。

(8)　「後くゐの大将」の巻、脩子内親王御落飾の条

波斯匿王の女、心をおこせる、人も教へず。髪を削ぎしに、誰かは教へすすめし。ありがたく、昔の事覚えたる御心掟なり。

(6)は『三宝絵』総序の「又不見ヤ、舎衛国ノ女人ノ、鏡ヲ見ツヽ我白吉ト慢《ホ》コリシガ、命尽テ虫ニ成テ本ノ尸《かばね》ノ頭ニ住シヲ」をふまえ、(7)は、下15「薬師寺万灯会」の「(阿闍世)王、百石ノ油ヲモチテ、宮ノ門ヨリ祇園精舎ニイタルマデ、トモシ火ヲトモセリ」あたりを頭におき、(8)は、脩子内親王の自発的発心に関連して、総序中の、勝鬘・有相両人の先例「彼《かの》勝鬘ハ波斯《はし》匿王《のくわう》ノ女《む》スメ也、心ヲ発セル事人モ不教、有相ハ宇陀羨王ノ后也、髪ヲ剃シ事誰又進メ

シ」を想起し、しかも両人の故事を勝鬘一人の事と改変したものと思われる。

更に、『栄花物語』「うたがひ」の巻には、『三宝絵』総序・中巻序・下巻序から抽出した記事を、順序を変え、巧みに組合わせて、天竺における仏教衰微の状況を叙述した次のような例もある。ⒶⒷⒸ等の符号を対比しながら見てほしい。

栄花物語「うたがひ」の巻

Ⓐ世中像法の末になりて、Ⓑ天竺は仏の現れ給ひし界なれども、今は、Ⓒ鶏足山の古き道には竹繁りて人の跡も見えず。孤独園の昔の庭、薄加梵うせて人住まずなり、Ⓓ鷲の峰には思現れ、鶴の林には声絶えて、Ⓔかせうは鐘の声に伝へ、Ⓕ憍梵婆提は四偈を唱へて水と流れなどして、あはれなる末の世にて、仏を造り、堂を建て、僧をとぶらひ、力を傾けさせ給ふ。

三宝絵

〔総序〕Ⓐ像法ノ世ニ有ム事、遺ル年不幾。

〔中巻序〕Ⓓ鷲ノミネニヲモヒアラハレ、鶴ノ林ニ声タエニシヨリコノカタ、Ⓔ迦葉ガ詞ヲ鐘ノ音ニツタヘ、……Ⓑ天竺ハ仏ノアラハレテ説給シ境、震旦ハ法ノ伝テヒロマレル国也、……Ⓒ鶏足山ノフルキ室ニハ竹シゲリテ人モカヨハズ、孤独苑ノ昔ノ庭ニハ、室ウセテ僧モスマザリケリ。

〔下巻序〕尺尊カクレ給ニシヨリ、普賢ハ東ニ帰シカバ、菩薩ノ僧ノ目ニミヘ給モナシ。Ⓕ憍梵ハ水トナガレテシヅマリ、

以上概観してきたように、『栄花物語』における『三宝絵』摂取の様相は、各種説話集等の場合と違って、各所に、

他に見られない独自多彩な摂取ぶりが指摘できる。『栄花』の作者は『三宝絵』をよく読みこんでいて、縦横にこれを駆使した結果と推定される。

『栄花物語』の全篇が鳥羽天皇の嘉承二年(一一〇七)頃までに成立していたとする説に従って、その前後における『三宝絵』流伝状況を概観すると、鎮源の『法華験記』(一〇四三年頃の成立)に引用があり、『大鏡』に「この宮(尊子内親王)に御らんぜさせむとて三宝絵はつくれるなり」とあることは周知のとおりである。『扶桑略記』や『今昔物語集』に摂取の跡の顕著であることも今更言を俟たぬ所であるし、保安元年(一一二〇)書写の名博本も現存している。『宝物集』(一一八八年頃までに成立)への影響も明らかで、『三宝絵』は当時かなり世間に流布していたものと思われる。

『栄花物語』の表現形式は、こうした『三宝絵』流布の地盤に対して語りかけ、思いおこさせるという発想で語られていると推定される。

四　今昔物語集

『今昔物語集』の出典として、具体的に『三宝絵』を用いた研究は、芳賀矢一氏の『攷証今昔物語集』本朝部上(大正三年八月)が最初であった。山田孝雄氏の『三宝絵略注』も、『今昔』と『三宝絵』との関係について詳細に言及しておられる。その後、或いは『三宝絵』研究者の側から、或いは『今昔』研究者の側から、それぞれ詳しい考察が発表されている。

今は、単なる同系の話・類話等の場合ははぶき、原文対照による比較考証もすべて割愛し、『三宝絵』が確実に『今昔』の典拠と認定できる場合に限って、次に表示することにした。

今昔物語集	三宝絵	備考
巻十一		
聖徳太子於此朝始弘仏法語第一	中1聖徳太子	極楽記・法華験記からも取材
行基菩薩学仏法導人語第二	中3行基菩薩	霊異記・極楽記からも取材
役優婆塞誦持呪駆鬼神語第三	中2役行者	霊異記上28も参照したか
道照和尚亘唐伝法相還来語第四	中2役行者	霊異記上22からも取材
婆羅門僧正為値行基従天竺来朝語第七	中3行基菩薩	
伝教大師亘宋伝天台宗帰来語第十	下3比叡懺法・下27比叡灌頂	法華験記も参照したか
〈慈覚大師亘唐伝顕密法〉帰来語第十一	下16比叡舎利会	法華験記によるが、三宝絵からも取材
聖武天皇始造東大寺語第十三	下22東大寺千花会	他の資料からも取材
代々天皇造大安寺所々語第十六	下17大安寺大般若会	
天智天皇造薬師寺語第十七	下11薬師寺最勝会	三宝絵以外の資料は未詳
光明皇后建法華寺為尼寺語第十九(欠話)	下13法花寺花厳会	本文欠だが、三宝絵が出典か
聖徳太子建天王寺語第二十一	中1聖徳太子	第四段までは三宝絵による
伝教大師始建比叡山語第二十六	下3比叡懺法・下19比叡受戒・下30比叡霜月会	上記三条から取材して構成
慈覚大師始建楞厳院語第二十七	下16比叡舎利会・下25比叡不断念仏	上記二条ほかによって構成
天智天皇建志賀寺語第二十九	下10志賀伝法会	三宝絵以外の資料は未詳
徳道聖人始建長谷寺語第三十一	下20長谷菩薩戒	
巻十二		
於山階寺行維摩会語第三	下28山階寺維摩会	

於大極殿被行御斉会語第四	下2御斎会	
於薬師寺行最勝会語第五	下11薬師寺最勝会	
於山階寺行涅槃会語第六	下8山階寺涅槃会	
於薬師寺行万灯会語第八	下15薬師寺万灯会	
比叡山行舎利会語第九	下16比叡舎利会	第二段以下は別資料による
於石清水行放生会語第十	下26八幡放生会	直接の典拠未詳。三宝絵参照か
巻十四		
山城国高麗寺栄常謗法花得現報語第二十八	中9山城国囲碁沙弥	霊異記上19からも取材
誦方広経僧入海不死返来語第三十八	中15奈良京僧	霊異記より三宝絵が今昔に近い
巻二十		
橘磐島賂使不至冥途語第十九	中14楢磐島	本話の出典は三宝絵中14

五　扶桑略記

『扶桑略記』には、冒頭に「為憲記云」を据えて、『三宝絵』の記事を引用、或いは取捨按排し、又は一部を略抄して掲げ、終りを「已上為憲記」で結んでいる箇所が目につく。「為憲記」はいうまでもなく為憲の『三宝絵』のことで、『三宝絵』の『扶桑略記』への影響のあとを端的に示している。次の表はこれをまとめて一覧に供したものである。『扶桑略記』は国史大系所収本に拠った。

扶桑略記	扶桑略記における三宝絵からの記事	三宝絵
巻四、孝徳天皇白雉四年	〈為憲記云〉道昭渡唐の時、新羅山中で法華経を講じ役行者と問答のこと〈已上為憲記也〉	中2　役行者

巻五、文武天皇 大宝元年	〈為憲記云〉役行者、召し返されて後、唐へ飛び去る事、並びに「古人の伝」のこと〈已上出為憲記〉	中2 役行者
巻五、天武天皇 白鳳九年	〈為憲記云〉薬師寺は、清御原天皇の師僧祚蓮、入定して竜宮の様を見て習ひ作れる也〈已上〉	下11 薬師寺最勝会
巻六、聖武天皇 神亀四年	〈為憲記云〉長谷寺十一面観音造像の由来〈出二天平五年徳道記縁起等文一〉	下20 長谷菩薩戒
抜萃、孝謙天皇 天平勝宝元年	〈為憲記云〉東大寺供養の日、行基、良弁、仏哲、伏見老翁等、皆来り集り、御願を助け成したこと	下22 東大寺千花会

六　宝物集

『宝物集』の伝本は、一巻本、二巻本系、片仮名三巻本系、平仮名三巻本系、第一種七巻本系、第二種七巻本系と複雑であり、何れの系統本にも、量や質の差はあるが、『三宝絵』に依拠した説話や記事を載せていて、誠に複雑多岐の様相を呈している。

次の表は、『宝物集』における『三宝絵』記事の掲載状況の一端を一覧にして掲げたものである。『宝物集』は、岩波の新古典文学大系所収の『宝物集』(第二種七巻本系)所載頁を掲げた。

三宝絵 巻・条	三宝絵に依拠した宝物集の記事や説話	宝物集
	身を観ずれば岸の額の……命を論ずれば江のほとりの不レ繋船	二九〇

巻	話	内容	頁
総序		梵天より糸をくだして大海の底の針をつらぬかんがごとし	二七一
		舎衛国の女人、形をよしと慢り、死後に骸の中の虫と成る	三〇七
		婆羅門酔ひて僧形をまね、蓮花女戯れに尼の袈裟を着る	一六七
上	1	檀波羅蜜のこと	二七三
	1	尸毗王、鳩にかわりて自らの肉を与える	二七四
	2	須陀摩王、不妄語のこと	二二五
	3	忍辱仙人のこと	二三二
	4	大施太子のこと	二一・二四四
	5	尚闍梨仙人のこと	二三二
	8	堅誓師子のこと	一九五
	9	鹿王、妊める鹿の身代りとなること	一九六
	10	魚の子、菴羅の花、成長熟果するものは稀なる譬え	一九一
	10	雪山童子、半偈のために身命を捨ること	五六
	11	薩埵王子、飢たる虎に身を施すこと	二七四
	12	須多拏太子の施与の願、極りなきこと	二七四
中	1	用明帝后、金色の僧を夢見て聖徳太子を懐胎	一六
	1	聖徳太子、物部守屋を討つ	一〇五
	3	聖武天皇、東大寺を建立	二三四
	3	東大寺供養の日、婆羅門僧正、行基をみて歌を詠むこと	二三五
	16	法華経読誦の功徳により、魚変じて経となること	三三九
	18	石淵寺法華八講始まりし由来	二三一
		天の瓶を破らぬ如く、鉢の油をこぼさぬ如く、おそれつつしみて仏道を求めよ	二三〇

		十輪経に云く膽蔔の花のしぼめる、万花の鮮なるに勝る	一八七
		竜の子は小さしと雖も軽んずべからず、雲を起し雨をそそく	一八六
		指鬘比丘は過去の如来、不軽菩薩は未来の教主	一八七
	序	僧侶に対する敬・不敬の例 （須達長者・耆婆・影堅王・阿育王→敬 維那・少年→不敬）	一八八
下	3	八幡大菩薩、伝教大師の講経に感じ紫の衣を布施	三二四
	4	温室の功徳	二七九
	4	道珍禅師、池を観想して往生の素懐を遂ぐ	二八三
	6	栴檀香、堂の崩れしを補修せること	二三三
	7	憍曇弥の出家	一六五
	8	釈尊入滅のこと	一三〇
	13	善知識者是大因縁	三一二
	15	薬師寺の僧恵達が墓に光明あること	二七九
	15	貧女が一灯のこと	二七六
	15	阿那律の身より光明を放つこと	二七九
	16	香姓婆羅門、舎利を犯用すること	二〇一
	18	「百さかや」の讃嘆歌	三〇
	21	施米のこと	二八〇
	23	食物を人に施す五つの徳のこと	二八〇
	26	亀の報恩譚	二六六
	26	小さき沙弥、蟻を助けて命を延ぶること	二六六
	31	仏名会のこと	二七三

七　私聚百因縁集

『百因縁集』巻二ノ4「釈尊出家発心ノ事」は、釈尊の出家発心譚を内容とするが、本題に入るに先立ち、次のような前文を冒頭に掲げている。

百因縁集二ノ4「釈迦出家発心ノ事」
是ヲ以テ釈尊因行ヲ尋ヌルニ、Ⓐ或ハ三僧祇百大劫ノ間、功ヲ積ミ徳ヲ累テ成仏スト説カレタリ。Ⓑ或ハ一大三千界芥子許リモ身ヲ捨テザル処無ク、苦行ヲ立テタマフト見ヘタリ。……爾レバⒸ尸毘大王トシテ鴿ノ秤ニ身ヲ懸ケ、Ⓓ薩埵王子トシテハ飢タル虎ニ身ヲ投ゲ、亦過去修行遥カナルノミニ非ズ……

三宝絵上巻序
我ガ尺迦大師、凡夫ニ伊坐セシ時ニ、Ⓐ三大阿僧祇ノ間ニ衆生ノ為ニ心ヲ発シ、Ⓑ三千大千界ノ中ニ、芥子許モ身ヲ捨テ給ハヌ所無シ。方ニ今マ王宮ノ内ニ生レテ、五欲ヲ厭ヒテ父ヲ別カレ、道樹ノ下トニ往テ、四魔ヲ随ヘテ仏ニ成リ給ヘリ。

傍線部ⒶⒷは、『三宝絵』上巻序を踏まえたもの、Ⓒは、『三宝絵』上1「檀波羅蜜」を、Ⓓは同じく上11「薩埵王子」の説話を取りあげ、身命を惜しまざる苦行の具体例としたものと思われる。

『三宝絵』上巻序を摂取した例は、『百因縁集』巻二ノ6にも見られ、本題の満財長者の話に入るに先立ち、仏の神通力を説く前文を置いている。著者住信の個性的な独自の見解を説くこの前文中にも、『三宝絵』上巻序に説く仏教故事が㊀㊁㊂㊃と集中して使用されている。

百因縁集二ノ6「満財長者仏ニ帰スル事」
鳥瑟ノ御髪高ク聳ヘザレドモ㈠梵王天ノ眼モ見ズ、伽陵ノ御音ヲビタヽシ《キコ》カラネドモ、㈡目連神足モ其ノ聞ハ極マラズ、調達ガ酔象、鴦掘摩羅ガ利刀、更ニ釈尊金剛不壊ノ身ヲ破ラズ、……㈢火ヲ変ジテ池水ト作ス故ニ、勝蜜ガ車空シク過ギ、㈣水ヲ歩ムコト陸地ノ如ク、故ニ迦葉ノ船徒ラニ去ル。

三宝絵上巻序
如此キ諸ノ相ハ皆先ノ世ノ若干ノ行ヒノ力《ちか》ラ、諸ノ波羅蜜ノ成セル所ナリ。㈠梵王ノ天眼モ其頂ヲ見ズ、㈡目連ノ神通モ其ノ音ヲ窮メズ。……㈢火ヲ変ジテ池ト成シヽカバ、勝蜜ガ門空ク過ギ、㈣水ヲ踏ムコト土ノ如クセシカバ、迦葉ガ船徒ニ去リニキ。

傍線部㈠㈡は『摩訶止観』一下の「梵天不レ見二其頂一、目連不レ窮二其声一」を原拠とするが、『百因縁集』、『三宝絵』両書に、梵王・目連・勝蜜・迦葉の故事が近接して並ぶことから、筆者はこれを三宝絵—→百因縁集の関係によるものと解した。

『百因縁集』巻九ノ12「大安寺栄好事」の条末の、

或ハ開経結経ヲ加テ十講ヲ行フ所モ有リ。一寺ノ僧、力ヲ合スル事ハ古迹ヲ継グ也。

の記事は、東博本『三宝絵』中18には、

或ハ開結経クハヘテ十講ニヲコナフ所モアリ。一寺ノ僧、力ヲアハスルコトハ、勤操ガフルキアトヲ継ナリ。

と、殆ど同文で見えており(前田本これを欠く)、『百因縁集』が『三宝絵』を継承したものであることを端的に物語っている。

百因縁集七ノ6「伝教大師ノ事」

抑〻殊ニ春夏秋冬ノ初月毎ニ十二人ノ堂僧ヲ以テ三七日懺法ヲ行ハシム。

三宝絵下3「比叡懺法」

春夏秋冬ノハジメノ月ニイタルゴトニ、十二人ノ堂僧ヲモチテ三七日ノ懺法ヲ、コナハシム。

右の記事は『三宝絵』独自の記事で、伝教大師伝を載せる諸書に見えないものである。『百因縁集』は殆どこれと同文で、『三宝絵』に基づくものであることを端的に示す好例といえよう。

『百因縁集』巻七ノ7「慈覚大師ノ事」は、『三代実録』円仁卒伝、『慈覚大師伝』、『極楽記』、『法華験記』等の複数資料から取材して構成したもので、この複数資料の中に、『三宝絵』下19「比叡受戒」をも加えることができる。

次に『百因縁集』と『三宝絵』の「比叡受戒」を対比して掲げてみる。

百因縁集七ノ7「慈覚大師ノ事」

然ルヲ嵯峨ノ天皇ノ御宇ニ、〔伝教大師筆ヲ振ヒ文ヲ飛シテ顕戒論三巻ヲ作テ弘仁ノ帝(嵯峨天皇)ニ奏シテ、仍テ弘仁十三年壬寅夏六月ノ比、之ヲ許シ下シテ官符ヲ賜テ戒壇ヲ立ツ。〕

三宝絵下19「比叡受戒」

コノ故ニ我宗ノ僧ハミナ此戒ヲ伝ヘ受ベシト云テ、オホヤケニ申ニ、定下サレガタシ。〔大師筆ヲフルヒ、文ヲトバシテ、顕戒論三巻ヲツクリテタテマツリ、証文ヲオホク明ナリシカバ、弘仁十三年六月ニ、是ヲユルシ下テ官符ヲタマヒ、戒壇ヲ立タリ。〕

右の〔 〕でかこった両書の記事は極めて一致度の高い行文になっている。伝教大師が『顕戒論』を著したことは諸書に見えているが、『三宝絵』のこの記事と近い関係にあるものは『今昔物語集』巻十一ノ26と『百因縁集』だけである。そして、『百因縁集』は『今昔』とは直接関係はないと見るべきであって、これもまた、三宝絵──→百因縁集の関係にあるものとすべきである。

これを要するに、『百因縁集』は、『三宝絵』を依拠資料として一説話を構成したり、ある時は複数資料の一つとしてこれを用い、時にこれを引用している場合もあって、これらを纒めて一覧にすれば次のようになる。

私聚百因縁集	三宝絵	摂取状況
二ノ4　釈尊出家発心ノ事	上巻序	語句引用
二ノ6　満財長者仏ニ帰スル事	上巻序	語句引用
七ノ2　聖徳大師ノ事	中1聖徳太子	一部利用
七ノ3　行基菩薩ノ事	中3行基菩薩	一部利用
七ノ6　伝教大師ノ事	下3比叡懺法　下27比叡灌頂	一部利用
七ノ7　慈覚大師ノ事	下16比叡舎利会　下19比叡受戒	一部利用
八ノ1　役行者ノ事	中2役行者	一部利用
九ノ12　大安寺栄好ノ事	中18大安寺栄好	中核的出典とする
九ノ13　鑑真和尚ノ事	下5布薩	中核的出典とする
九ノ14　勧学会ノ事	下14比叡坂本勧学会	中核的出典とする

八　上宮太子御記、大日本国粟散王聖徳太子奉讃

『上宮太子御記』が広く世に知られるようになったのは、橋川正氏の『上宮太子御記の研究』（大正十年、丁字屋書

院)による。氏は正嘉元年(一二五七)五月十一日親鸞書写の真筆草本を寂忍が書写し、更に覚如上人が徳治二年(一三〇七)十月に転写した西本願寺現蔵本によって全文を翻字している。

本書は外題に「上宮太子御記」とあるものの、内容は『三宝絵』中巻序全文と中巻第一条「聖徳太子」の条を転写したものである。橋川氏の翻字は『御記』は黒字、『三宝絵』(観智院旧蔵本)は赤で印刷し、両書の異同を一目瞭然対照しうるように組んでいる。伝本少なき『三宝絵』の本文校訂に、貴重な資料というべきであろう。

注目すべきは、親鸞は『御記』書写から凡そ二カ月ばかり前の、康元二年(一二五七)二月三十日に、この『御記』に基づき『大日本国粟散王聖徳太子奉讃』を作製していることである。名畑応順氏校注『親鸞和讃集』(岩波文庫)所収の和讃は、岡崎市満性寺蔵本(室町期古写本)を底本としたもので、諸伝本中で最も正しく信憑性が高いという。

この讃文は、『上宮太子御記』所収の太子伝を中核的資料とし、よく本文を読みこんで、的確かつ平易にこれを韻文化している。次に、両者の対照表を一部掲げるが、時に『聖徳太子伝暦』を補助資料として用い(該当箇所には傍点を付した)、各所に親鸞の独自付加記事をも挿入して(該当箇所には——線を付した)、見事に太子の生涯を讃述している。後出作品への『三宝絵』の影響史の中にあって、誠に特異な例というべきであろう。

下段の文章は、便宜上、和讃に合わせて適時改行した場合もあるが、本文に改変は加えていない。

大日本国粟散王聖徳太子奉讃	上宮太子御記
三　帰命尊重聖徳皇 用明天皇親王のとき 穴太部の皇女の	用明天皇ノハジメテ親王ト成玉ヒシ時ニ 穴太部間人皇女ノ

御はらよりぞ誕生せる
四　皇女の御夢にみたまひき
金色の聖僧あらわれて
われよをすくうねがひあり
しばらく御はらにやどるべし
五　われこれ救世菩薩なり
いゑ西方にありとしめしてぞ
おどりて御くちにいりたまふ
はらまれいます菩薩也
九　太子誕生ありしより
よつきののちにめづらしく
よくものがたりしたまひて
みだりになきさけびましまさず
四七　物部の府都の大神の
あらくはなてるやといひて
太子の御あぶみにあたりしに
おそれはさらにましまさず
五〇　玉造の岸の上に
四天王寺をたてたまふ

御ハラヨリ誕生シタマヘル王子ナリ

始テ母ノ夫人ノ夢ニ
金色ナル僧アリテ云
我世ヲ助クルネガヒアリ
シバラク御ハラニ宿ラムト

我ハ救世菩薩ナリ
家西方ニアリトイヒテ
ロノ中ニオドリイルトミテ
懐妊シタマヘル太子ナリ

ヨツキノ後
ヨクモノノタマフ
〔伝暦〕　知㆓人挙動㆒、不㆓妄啼泣㆒

〔伝暦〕　放㆓物部府都大明神之矢㆒
物部ノ氏ノ大明神ヲ
イノリチカヒテ矢ヲハナツ
太子ノ御アブミニアタレリ

玉造ノ岸ノ上ニ
始テ四天王寺ヲタタツ

仏法これよりさかりなり
王家もいよ〳〵ゆたか也

八六　太子こたへおはします
はじめあればおわりある
さだまれるよのことわりを
ゆめ〳〵おどろきおもわざれ

一〇四　太子崩御のその日にぞ
衡山よりの御経は
にわかにうせまし〳〵ぬ
恋慕渇仰つきがたし

一〇五　妹子がもちてわたれりし
経ばかりこそいますなれ
まことに不思議のおほきこと
奉讃きわなくあわれ也

一〇八　太子のつくりおわします
御寺はそのかずあまたあり
四天王寺、法隆寺
中宮寺、橘寺

一〇九　蜂岡寺、池後寺

コレヨリ仏法弥サカリナリ

太子コタエテイハク
始有者終アリ
者ノサダマレル理ナリ

太子カクレタマヒシ日
彼衡山ヨリモテワタリタマヘリシ経ハ
ニワカニウセヌ

イマ寺ニアル妹子ガ
モテキタレリシ経ナリ

太子
四天王寺、法隆寺
元興寺、中宮寺、橘寺

蜂岡寺、池後寺

葛城寺、日向寺なり
このほか御てらきこゆれど
伝記縁起をひらくべし

葛城寺、日向寺ヲ造タマヘリ

九　和歌童蒙抄、袖中抄、その他

『三宝絵』の後代への影響の跡は、史書・僧伝・歴史物語や仏教説話集などにとどまるものではない。藤原範兼の歌学書『和歌童蒙抄』第三地儀部「山」の項に、『万葉集』巻九の「さゝ波やひらの山風海ふけば釣するあまの袖かへる見め」を掲げ、以下、

さゝ波とは、むかし天智天皇の御時、王城は近江国大津の宮にありき。寺を建給はん処を祈願し給ふ夜の御夢に、法師来りて云、是よりは乾の方に勝たる地あり。

に始まり、「委見志賀寺縁起」までの長文を引く。これは、『三宝絵』下10「志賀伝法会」前半部に該当し、『万葉』の、「さゝ波や」に対して、『三宝絵』の、帝の御下問に優婆塞が答え奉った「フルキ仙霊ノ窟、伏蔵ノ地、ササナミ(佐々名実)長等山」を対応させたものである。

僧顕昭の『袖中抄』にも、『三宝絵』の引用が認められる。『袖中抄』第三「かつまたの池」に、「為憲三宝絵にも、薬師寺は浄御原帝の母后の御為に立給へる所也」とあるのは、『三宝絵』下11「薬師寺最勝会」の冒頭部「薬師寺ハ、浄見原ノ御門ノ、母后ノ御タメニタテマツル所也」を引用したもの。

第六「みにいたつき」の前段に「顕昭云、為憲詞云、修二月はこの月の一日より若は三夜五夜七夜、山里の寺の大

なるおこなひ也。花を営て名香をたき、人の伊多豆木を入るゝ事、常時のおこなひに異と云々」とあるのは、『三宝絵』下6「修二月」の冒頭を引いたもの、続いて「又、灌頂は頂上に水をうけ、掌の中に花を授む事いたづきなきに似たれども、秘密のふかき道なれば仏にならん事是にあり云々」とあるのも、『三宝絵』下27「比叡灌頂」を引いたものである。

第六「くめぢの橋」には「顕昭考云、江優婆塞、俗姓は加茂江公、今は賀茂朝臣と云氏也」に始まり、「一言主の神、行者にしばられて今にいまだとけずと云り。続日本紀、霊異記、居士野仲廉撰日本国名僧伝等に見たり」に終る『三宝絵』中2「役優婆塞」の全文並びに、「古人伝云」以下の追て書きの全文も引用されている。

また、「建保弐年(一二一四)甲戌六月(ママ)日酉剋計書写了」の奥書をもつ高野山本系日本霊異記では、中巻第六、七、八、十五、二十、二十四、二十九、下巻第四、六、十三、十四、十九の計十二条を、「三宝絵下帖有之、故略」、「同上故略之」等と注記して、説話標題だけを記して本文をすべて省略している。この注記や省略は、高野山本系の特徴の一つであるが、建保頃における『三宝絵』流伝の一端を物語るものである。

貞治五年(一三六六)成立の由阿著『詞林采葉抄』第四「楽々浪《ささなみ》」の項にも、『三宝絵』下10「志賀伝法会」と同類の話が載っている。一部に記事が圧縮され、他面潤色も加わっていて、直接『三宝絵』に依拠したものとは思われない。或いは『童蒙抄』を参照しながら、若干の手を加えたものであろうか。

室町期の文明年代(一四六九—一四八六)に成った『太子伝玉林抄』にも、『三宝絵』の引用箇所が認められる。その巻二では、冒頭に「源為憲卿三宝絵詞云」を冠し、巻十六、巻二十では「三宝絵物語云」を冠しての引用である。巻二には「釈尊ハ隠給ヘドモ舎利ハ留レリ、薬ヲ留テ医ノ別ルヽニ同ジ云々」とある。『三宝絵』中巻序の一部である。巻十一では「彼ノ天竺ハ仏ノ顕テ法ヲ説給シ境」以下、「我今掌ヲ合テ法ノ妙ナル事ヲ顕ス」までのかなりの長文を引く。これも『三宝絵』中巻序の一部である。

巻十六に「太子御入滅日、即御経失云々」とあるのは、『三宝絵』中1「聖徳太子」の条の一部を引いたもの、巻二十では、『三宝絵』中5「衣縫伴造義通」の全文引用がある。室町期における『三宝絵』の、書名と本文の一部を垣間見ることができる。

また、『実隆公記』明応七年(一四九八)七月二十三日、八月三日の条には、実隆が後土御門天皇に『三宝絵』を読み申しあげたことや、この朽損を修補し、闕文を補って献納したことが見えている。

以上概観してきたように、中古から中世にかけて多彩に影響の跡を見せてきた『三宝絵』も、江戸期に入るとその影を薄くし、黒川春村の『扶桑名画伝』は為憲をして「図画ヲヨクシテ三宝絵ヲカ、レシコトアリ」といい、『画工便覧』には「為憲、不ㇾ知二何人一、古名画、臻二丹青妙一」とあって、為憲を画人として扱うという有様であり、作品についても、「さて、三宝絵といへるものは、諸仏菩薩及び寺院の縁起、或は釈氏の伝記等を画がける絵巻やうのものなるべし」、「三宝絵は仏法僧を三宝といへば仏絵なるべし」と、未見のままの推定説明となっている。

『三宝絵』の研究を進展させる端緒となったのは、中川忠順氏の「源為憲の三宝絵」(『学燈』明治四十二年一月)であった。正徳五年の臨摹本を中心とするものであったが、これを契機として、東寺観智院本や関戸家本の存在も明らかとなり、『三宝絵』研究の先駆者ともいうべき山田孝雄・芳賀矢一・橋川正・野村八良・池田亀鑑諸氏の研究が輩出する。中でも山田氏の『三宝絵略注』の、学界に対する貢献は大きい。

近時、高山寺蔵『盂蘭盆供加自恣』(外題は「三宝絵言葉」)や内閣文庫蔵本『維摩会』の発見紹介もあり、これまで閲覧困難であった関戸家旧蔵本(今は名古屋市博物館蔵)の複製刊行もあって(平成元年九月)、今後の研究推進が期待される所である。

注好選 解説

今野 達

注好選(撰)は、今でこそ多少知られるようになったが、四、五十年前までは殆ど無名の書であった。筆者の畏友で古書に精通する某氏でさえ、ある古刹の聖教目録の中に「注好選」の書名を見いだして、「注文選」の誤記かと疑ったほどである。幕末の伴信友の訪書の旅から生まれた新写の一本が宮内庁書陵部に伝領され、夙に続群書類従に翻刻されていたのであるが、どうしたわけか、国語国文学界からは長いこと放置されてきた。自分で言うのもおこがましいが、本書を論文めいた形で取り上げたのは、多分昭和二十八年に公表した拙稿が最初であろう。その後徐々に諸氏の関心が向けられて、貴重な研究が提示されるようになったが、これまでの研究は三つの段階を経てきた。各段階を画する契機となったのは新しい古写本の出現で、研究の第一段階は宮内庁書陵部本を踏まえた時期、第二段階は書陵部本の親本の東寺観智院本が出現して以後の時期、第三段階は後藤昭男氏によって河内金剛寺本が発見紹介されて以後の現在ということになる。しかし、依然として完本が見つからず、諸本を寄せ集めても原本が復元できない現状では、本書の研究はなお未熟である。しかし、金剛寺本の参入によって東寺本との比較検討も可能になり、東寺本だけでは動きの取れなかった研究の行きづまりが打開され、問題の所在も明らかになって、本書解明への期待も大きくふくらんできた。とは言え、相変らず不明な点も多く、判断に苦しむことも少なくないが、現段階でわかっている範囲、推察可能な限度内で、以下に注好選の概要を記すことにする。

書名は「注好選」または「注好撰」。時に「注」に註を当てた例もあるが、いずれも通用字による同一書名の書き替えである。伴信友が「東寺古文零聚」の中で東寺本上・中・下巻を「注好選抄」の書名で統一しているのは、東寺本中巻に「注好選抄」とあるのを正規の書名と誤解したものであり、書陵部本が「集」を付加して「注好選集」と題したのも後人のさかしらである。書名の由来は、好みで選んだこと——具体的には目に止まり、気に入った故事・因縁・諺語類を抜き出して注釈を施したという趣意に出たもので、「注蒙求」などと同趣の命名である。

本書は上・中・下三巻より成る。完本は遺存しないが、現在知られている伝本に⑴宮内庁書陵部本、⑵東寺観智院本、⑶金剛寺本の三本がある。ただし、⑴の書陵部本は⑵の東寺本中巻第二十九前半までの転写本なので、実質的には二系の伝本ということになる。

東寺本は上・中・下巻から成り、上巻は冒頭に序文を記して撰集の趣意を明らかにし、以下に劫焼第一から嶋子別筥雲第一百二までを収め、中巻は「注好選抄」の題下に天名曰大極第一から蝗虫遷海第四十七まで、下巻は日名金烏第一から鹿悲子導獦師第四十九前半までを収録して以下を欠く。別に下巻末尾の一葉と見られる断簡一紙二つ折りが遺存し、その一丁表には失題話の後半部を記し、その紙背に別筆で、

可秘蔵〻〻　　伝領大法師盛守

仁平二年八月一日於光明山北谷書了

の奥書を付する。一紙とは言え、この断簡が残ったことは幸運であった。これによって下巻の収録話数が四十九条にとどまらなかったことが確認され、また東寺本の書写が仁平二年(一一五二)をさらにさかのぼることも明らかになった。伴信友もこの断簡を見て「東寺古文零聚」中に転記したのであるが、別筆であることを注記してくれなかったので、筆者は先に仁平二年を東寺本の書写年時と即断したのであった。しかし、断簡の出現によって、仁平二年は大法師盛守の伝領年時で、実際の書写はそれに先立つことが判明した。盛守の伝領経緯は全く不明であるが、状況によっては仁平二年をかなりさかのぼる書写も考えられよう。ただし、上巻は落丁によって第二十二後半から第二十六首部までを欠き、中巻は第四十一から第四十七までが下巻第二十六から第三十二までと重複する。本文を校訂加点した古人もこの重複に気づいて、重複話の各題目下に「下帖有之」と注している。中巻だけが「注好選抄」と題された理由もその辺にあり、もと中・下巻の抄本として「注好選抄」と題されていたものが、本来の上・下巻に中巻として取り合わせられたものであろう。本文が上・下巻に比べてやや錯脱が多く、質的に見劣りがするのも、別本の取り合わせを示唆するものがある。

金剛寺本は、大阪府河内長野市の古刹天野山金剛寺の秘蔵。中巻と下巻第九までを収める一冊。表紙に「注好撰中巻并下」と題するように、もともとこれだけでまとまっていた一本で、他巻が伝本間に欠落したものではない。末尾に、

元久二年乙丑四月一日書写了

信阿弥陀仏(花押)

の奥書を付する。遺存量が少ないのが惜しまれるが、中巻が完備し、これによって東寺本第四十一以降の欠を補い、

注好選中巻が六十条をもって完結することが明らかになった。本文も概して良質で、遺存部に限って言えば東寺本をしのぐものがある。もし遺存量が多ければ、東寺本に優先して、これを注好選の基準本文を伝える底本とすべきであろう。本書についてもう一つ特筆すべきことは、各話の題目の書き方が東寺本と相違する点である。東寺本では各話ごとに通番の題目を立て、行を改めて本文を記述する形をとるが、金剛寺本では題目に続けて本文を記述し、通番を題目の右肩欄外に付する形をとっている。中巻第一に例をとれば、東寺本は「天名曰大極第一」と題目を立て、改行して「抱朴子曰、……」と本文を記すのに対して、金剛寺本は改行することなく「天名曰大極。抱朴子曰、……」とし、「天」の右肩欄外に「一」を付する。この相違は、両本間の本文の異同と相俟って、注好選の成立経緯を考える上に重要な示唆を与えるものである。

東寺・金剛寺二本を取捨総合するに、注好選は上巻百二条、中巻六十条、下巻は五十条以上から成っていたことが明らかになる。下巻の欠落量については推測の域を出ないが、数話にとどまらないことは確かであろう。というのは、東寺本が簡素な綴葉仕立てで、欠落しているのは、第四十九後半から始まる第十一括(またはそれ以上)で、第十括までがすべて六紙十二丁から成っているからである。収載話の長短にもかかわることなので話数を割り出すことはできないが、少なくとも一括収載分ということで、大まかな見当はつくというものである。

撰者は明らかでないが、浄土宗門では、中世を通じて空海の作としてきた。仏典の注釈に注好選を引くことの多かった浄土宗白旗流の碩学、増上寺開山の西誉聖聡は、「大経直談要註記」(一四二三)巻四に「弘法大師作　三巻書也」と注し、「彼大権之撰也。以レ此可レ為二本拠一云々」と言っている。また、時代は下るが、「浄土依憑経論章疏目録」の自他雑作之覚の項に「註好選　上中下　弘法大師作」とするのも、宗門の所伝を受けたものである。一々例証するまでもなく、全く信じがたい仮託説であるが、これをいろは歌・実語教・童子教など、童蒙教育の用に供された諸作が、多く空海の作に仮託された平安末期以来の文化現象の一環としてとらえる時は興味深い。空海撰ではあり得ないが、他に撰者に関する所伝が見当たらない。漠然とした物言いをすれば、考えられるのは学僧、または儒仏兼修の儒者、文章の徒である。しかし、著名な学僧や名僧智識を想定するには、仏法に対する見識が曖昧に過ぎる嫌いがある。あるいは後者を擬すべきであろうか。

撰集の趣旨は、巻頭の序文に明らかである。撰者は「末代の学士未だ必ずしも本文を習はず。茲《ここ》に因りて、纔《わづ》かに文書を学ぶと雖も、本義を識《し》り難し」とし、その短を補い、学習効果を高からしめるために、「粗之《ほぼこれ》(本文)を注して小童に譲る」としたのである。この当時の仏俗二家の童幼がなじんだ初学用テキストは、舶来の蒙求や千字文を始め、それにならった国産の実語教・童子教・仲文章・至要鈔の類である。その多くは、四ないし五字一句を連ねた対偶の文に仕立てて口誦記憶に便ならしめ、各四ないし五字句に故事・逸話・史伝、また社会的、歴史的教養、さらに儒仏二道に基づいた教訓的事項などを織りこんで、初学教育の資としたものであった。それが序文に言う「纔かに文書を学ぶ」に相当するが、各句の来歴を学ぶところがないことを遺憾とし、それぞれの典拠を注して童蒙に提供するというもので、言ってみれば、蒙求や千字文に注を加えて各句の由来を明らかにした先蹤を追ったものである。

こうした意図のもとに撰集された注好選は、上巻は世俗部、中巻は仏法部、下巻は禽獣部の三部編成を取り、各巻ごとに編集の趣意を添える。それによると、上巻は「俗家に付す」、中巻は「法家に付して仏の因位を明らかにす」、下巻は「禽獣に付して仏法を明らかにす」というものであった。これを要するに、一切衆生を俗・僧・禽獣に類別総集して、巻ごとに編集の本意を記したことになるが、上巻はともかく、中・下巻には本意と内容に大きなずれが見られる。編集の杜撰によることは言うまでもないが、本意として標榜するところが牽強付会に過ぎたことにも一因があろう。

上巻は「俗家に付す」とはいうものの、日本は蚊屋の外で、二、三の例外を除けばすべて中国種の、言わば儒の世界の話題で満たされている。冒頭の劫焼第一は、大智度論や倶舎論に説く古代インド的、仏教的世界観に立って、宇宙草創期の超時間的混沌相を記述した非中国種の話題であるが、こうした宇宙の創造進化や天象地儀に関する記事については、仏俗を超越したものとして、中・下巻の冒頭にも配されている。これに続いて中国の神話伝説的古代史の記述が連なり、さらに歴史時代の史伝・故事・逸話へと展開してゆく。末尾の嶋子別筥雲第一百二は、上巻では例外的な唯一の国産種の話であるが、撰者にはそうした認識が乏しく、これをも中国的道家神仙の話ととらえていたのであろう。要するに撰者の念頭にある俗家は、中国に終始する儒家的世界のもので、中巻の仏家の世界に対するものであった。その間、中国的伝統につながる四字句の題も多く立てられ、蒙求や童子教に引かれる二句対偶の故事類の典拠も注されて、序文に記す趣意もほぼ達成された感がある。

中巻は「法家に付して仏の因位を明らかにす」という趣旨であるが、このスローガンは内容と大きく乖離する。第一・二は上巻第一を受けた宇宙の生成論で、第三以降が仏教関連の話題となるが、収載六十条の中で、仏の因位の自行化他の菩薩行を伝える話題はほとんど見当たらない。しいて取り上げれば、第三に説く前生の釈迦の阿私仙奉仕譚や、第六—九の仏菩薩前生譚ぐらいなものであろうか。仏を未来仏の弥勒にまで拡大しても、それと目に止まるようなものはない。主体となるのは釈迦成仏後、涅槃に至る間の化導と、仏弟子や外護者にまつわる話題である。それに付録されるのは、中国の観音霊験譚や、菩薩・諸天から鬼神・夜叉にわたる広義の仏教説話で、その範囲は広く習合神道の所産である権化神の記事にまで及んでいる。経論所収の釈迦をめぐる天竺説話を主体に、中国の仏法霊験譚その他を収集した仏法の巻とは言えても、仏の因位を明らかにするには程遠い巻と言わざるを得ない。なお、上巻で目立った四字句の題目もここでは全く影をひそめるが、これは仏教故事を四字句に織りこんだ類の先蹤が、撰者の周辺にはなかったことを思わせる。

下巻は、「禽獣に付して仏法を明らかにす」と標榜する。「禽獣に付して」はその通りであるが、「仏法を明らかにす」の趣意は、中巻同様、ここでも強引に過ぎて誇大広告の嫌いがある。冒頭の第一・二は上巻第一、中巻第一・二を受けて、ここでは日月の規模や運行に言及し、第三以降が禽獣に関する話題となる。核となるのは経律論に由来する話であるが、漢籍から出た話も少なくない。外典に基づくものの多くは仏法に無縁で、これがどれほど仏法の理解に資するかと疑わざるを得ないものが多い。これをしもなお仏法の名において総括する姿勢は、杜撰というよりは、撰者の仏教に対するこだわりとも言うべきで、あるいはその辺に撰者の実像にせまる鍵があるのかも知れない。注好選三巻の編成に当たって、仏家に優先して上巻に俗家(儒家)を配し、一方中・下巻では、内容との齟齬をも省みず、強引なまでに仏と仏法を前面に押し出している現象は、「なにはの事か法ならぬ」の一句ではかたづけられないものがある。

ところで、こうした三巻、二百数十条に及ぶ話題をどこから取材したものか。これについては各話の脚注に触れたので委細は省略するが、全話に共通する肝心な事として、収載話は書承には相違ないが、直接の取材源は全く不明なことを特記しておきたい。脚注に原拠として挙げたものは、由来するところはそこにあるというだけの注記で、撰者がそれから直接取材したという意味ではない。撰者が出典を明記する場合も多いが、それらについて原典と対照してみても、一つとして直接的引用を首肯させる例がなく、両者の間に第三、第四の文献の介在を想定させるものばかりであった。たとえば、中巻の中国の観音霊験譚群のごときは、出典として観世音応験伝が引かれており、両者を比較する限りでは直接関係を思わせるほどの同文的同話関係にあるのであるが、両者の異同を吟味する時は、むしろ智顗の観音義疏を介した孫引きと考える方が説明がつく。しかし、それなら観音義疏に直接取材したかというに、なお他書の介在が予想されるという状態である。出典を明記しない場合も、船橋家(清家)本孝子伝のごときは、同文的同話性においてまさに上巻の中国孝子譚の直接出典たる資格を持つかにも見えるが、各話の伝承系譜を子細に検討する時には、遂に両者間の直接関係を否定せざるを得なくなる。白居易の新楽府との関係などもまた同様である。こうしたことは他の収載話全般に言えることで、結局、撰者が直接原典に取材したと認められる例は無いに等しい。それらは原典から二伝三伝の屈折した伝承回路を経て、撰者のもとに到達したのであろう。しかも、注好選の記事は、例外なく先行文献に依存した書承で、その上撰者の添削が加わらない原文の転載だったと思われる。記事が二、三行で終わり、半ば要領を得ないようなものから、数十行にわたって委細を尽くしたものまで、精粗多様であることも、その間の消息を伝える証左であろう。直接の取材源が全く見当たらない一因は筆者の調査不足にもあろうが、主因は、撰者の依拠文献のほとんどが散佚したという事情に帰結せざるを得ない。直接関係は認めがたいが、漢故事や嘉言を収集した源為憲の「世俗諺文」の類や、仏教説話を引いて教化の用に資した唱導資料類が撰者の周辺にかなりあって、それから孫引きをしたものであろう。筆者が各話の脚注で、直接取材を思わせる出典の語を避け、原拠というやや曖昧な語を使用した理由もその辺にある。

注好選の後代的受容については、撰者の思わく通り、童蒙教育の用に供されたかどうか、確たる証拠は見いだせない。確認できるのは、童幼ではなく、歴とした後代の知識層に便利な資料集としてかなり活用されたという事実である。今昔物語集の編者は注好選を天竺部の最有力の典拠の一としたし、中世浄土宗門では、弘法大師作の権威も手伝って、経論注疏や唱導教化の資料として活用した。了誉聖冏、西誉聖聡の師弟、また小阿弥陀経私抄を著述した実海などがそれであり、浄土僧住信の私聚百因縁集が注好選に取材したのも一連の動きである。一方仏門に限らず、楽書の続教訓鈔に見られる引用、また同書を介した体源鈔への転載、あるいは室町末期の横座房物語への投影など、注好選の影響はかなり広範な領域にわたったことが跡づけられる。こうした注好選の中世的流布環境を配慮する時、源平盛衰記巻二十・楚効荊保事なども、原拠を注好選と推断してよかろう。同段は「父が頸を害するは孝子なり、母が橋をわたすは不孝なりと云ふ本文あり」を前文として、楚効・荊保の漢故事を引くが、この前文は、注好選上巻第八十九の「殺父頸孝子」と、続く第九十の「亘母橋不孝」の題目を連ねたもの。「本文」という中世特有の意味を担うまでに一般化された成句で、注好選よりの直接の引用とは限らないが、説話本文も概して相似し、特に荊保の話などは同文性が目立つ。多分他書にも引かれ、人口にも上った話だったのであろう。この荊保の話は、源平盛衰記を介して、やがて西鶴諸国咄巻三・因果の抜穴へと脱皮してゆくことになる。

このような注好選受容の足跡に立つ時、注好選は、初学者教育の場では、童蒙を訓導する教授者の側に役立つ虎の巻となったような気がする。室町期のものらしいが、筆者は嘗て比叡山内実蔵坊の真如蔵で永禄三年(一五六〇)写の「童子教註抄」なる抄物を一見したことがあるが、その時も同様の印象を持ったことを付記しておく。

最後にまた成立の問題に立ちもどるが、成立年代については今のところ確かなことは言えない。ただ仁平二年に先立つ古写本が現存し、今昔物語集の直接の出典ともなったことなどを考え合わせると、十二世紀初頭、あるいは十一世紀後半にまでさかのぼり得る作品かも知れない。しかし、一方で権化神が登場し、習合思想に言及していることなどを配慮すると、そう古くまではさかのぼれず、大まかに言って、平安末期の作としておくのが無難であろう。また成立時の原初形態が東寺本系と金剛寺本系のいずれかという問題については、詳説は避けるが、金剛寺本系が原姿で、それをある時期に各条に題目を立てる体裁に模様替えしたのが東寺本系であると勘考する。そしてその時に本文にも多少添削を加えた結果、両本間に時として顕著な本文の異同も生じたと考えておく。なお、管見の範囲では、今昔物語集以下、後代の文献に多く利用された注好選は、どうやら金剛寺本系らしいことが本文の比較から判明する。いずれにせよ、この問題の最終的解決のためには、新しい古写善本、それも完本またはそれに近いものが発見されることが必要で、それによって研究が次の段階に入ったときに決着がつくだろう。しかし、下総中山の法華経寺以下の聖教目録にも注好選の書名をとどめ、また、平安末期以来、中世を通じての受容度が今昔物語集などを遥かに上回ることを思うと、今後の古写善本の発見も絶望ではなさそうである。

再説するが、注好選が見捨てられていた期間は余りにも長かった。それがこの度、新日本古典文学大系に収録されるまでになったのであるから、時勢とは言え、今昔の感を禁じ得ない。収録の経緯については特に聞いていないが、それ相応の理由があったはずで、単なる珍本趣味から出たわけではあるまい。ともあれ、これによって日陰者だった注好選は、曲がりなりにも日本古典文学の仲間入りをするお墨付きをいただくことになった。

しかし、一口に古典文学と言っても、注好選は特異な作品で、古典文学の通念にはいささかなじまないところがある。そこでは編集が第一義で第二義はなく、文学的志向はあったとしても潜在的なものでしかなかった。記事内容は非文学的立場から蒐集した故事・因縁資料で埋め尽くされ、撰者が取りこんだ資料に手を加えて、文学的再生産を計った形跡はほとんど見当たらない。そうした意味では中国のいわゆる類書に通うものがあり、中国的発想を借りれば、さしずめ注好選は、童蒙教育に資するためという名分のもとに、故事・因縁を類集解説した袖珍版の類書ということにもなろう。こうした文学的志向に乏しい事典的性格は、本来なら文学作品にとって負の要因に働くことが多いはずであるが、注好選の場合は、結果的に逆に大きな付加価値を生んだ。特に珍重すべきは収載本文である。そこに撰者によるなまなかな加筆敷衍が施されなかったと見られるだけに、その多くは散佚文献よりの転載本文だったと思われる。それらは長くとも数十行どまりの零文に過ぎないが、それを通して初めて失われた文学的世界を垣間見、そこに未知の文学の諸相とそれを生み出した環境を想察して、これまでの文学史の空白を埋めることも期待できる。一方運よく注好選に拾い上げられた過去の文学的遺産は、新たに注好選を起点として後代に送り込まれ、その影響下に成った文学的所産を簇出させた。かくて注好選の理解には、二つのとらえ方が求められる。一つはそれを静止した一個の作品としてとらえる視座、もう一つは、それを注好選を標幟とする歴史的文学圏としてとらえる視座である。この静・動二つの視座からとらえる時、作品の理解は一段と深まり、注好選に対する評価も、単なる類書や説話資料集の域を越えて、古典文学たるにふさわしいものに高まってくるであろう。

新日本古典文学大系 31
三宝絵 注好選

1997 年 9 月 22 日　第 1 刷発行
2016 年 1 月 13 日　オンデマンド版発行

校注者　馬《ま》淵《ぶち》和《かず》夫《お》　小《こ》泉《いずみ》 弘《ひろし》　今《こん》野《の》 達《とおる》

発行者　岡 本 厚

発行所　株式会社 岩波書店
〒 101-8002 東京都千代田区一ツ橋 2-5-5
電話案内 03-5210-4000
http://www.iwanami.co.jp/

印刷／製本・法令印刷

ISBN 978-4-00-730348-7　　Printed in Japan